敦煌吐魯番文獻集成

The Corpus of

Dunhuang-Turfan Manuscripts

敦煌莫高窟三危山沙丘

敦煌莫高窟全景

上海古籍出版社
上海博物館
編

上海博物館藏敦煌吐魯番文獻

①

01—47

上海古籍出版社
一九九三年・上海

Dunhuang-Turfan Manuscripts Collected in Shanghai Museum

①

01—47

Shanghai Chinese Classics Publishing House
Shanghai Museum

Shanghai Chinese Classics Publishing House
Shanghai, 1993

敦煌吐魯番文獻集成

總策畫　魏同賢

顧　問　季羨林
潘重規
饒宗頤

滬新登字109號

上海博物館藏敦煌吐魯番文獻

編者 上海古籍出版社 上海博物館

執行編輯 李偉國

攝影 嚴克勤

責任編輯 郭子建

裝幀設計 嚴克勤

上海博物館藏敦煌吐魯番文獻 ①

編者 上海古籍出版社 上海博物館

出版 上海古籍出版社
上海瑞金二路二七二號 郵政編碼 二〇〇〇二〇

印製 上海古籍印刷廠

開本 787×1092mm 1/8 印張四七・二五 插頁四二
一九九三年六月第一版 一九九三年六月第一次印刷
ISBN7—5325—1498—6 Z・217

The Corpus of Dunhuang-Turfan Manuscripts

PLANNER-IN-CHIEF

Wei Tongxian

CONSULTANTS

Ji Xianlin

Pan Chonggui

Rao Zongyi

Dunhuang-Turfan Manuscripts Collected in Shanghai Museum

PARTICIPATING INSTITUTIONS

Shanghai Chinese Classics Publishing House
Shanghai Museum

EXECUTIVE EDITOR

Li Weiguo

PHOTOGRAPHER

Yan Keqin

EDITOR-IN-CHARGE

Guo Zijian

COVER DESIGN

Yan Keqin

Dunhuang-Turfan Manuscripts Collected in Shanghai Museum Volume 1

PARTICIPATING INSTITUTIONS

Shanghai Chinese Classics Publishing House
Shanghai Museum

PUBLISHER

Shanghai Chinese Classics Publishing House
(272 Ruijin Erlu, Shanghai 200020, China)

PRINTER

Shanghai Chinese Classics Printing Factory

Octavo 787×1092 mm 47.25 Printed sheets 42 Insets
First Edition June 1993 First printing June 1993
ISBN 7－5325－1498－6 Z·217

敦煌吐魯番文獻集成策畫弁言

魏同賢

當歷史的車輪由上個世紀向本世紀馳進的時刻，在積貧積弱、列強凌欺的中國大地上，卻接連産生了被稱爲中國文化史上四大發現中的兩大發現，這就是一八九九年殷墟甲骨文的發現和一九〇〇年敦煌文獻的發現。前者在河南安陽小屯村先後發掘的十多萬片甲骨，已將我國有文字記載的歷史提前了數百年，爲商朝的歷史研究提供了可信的資料。後者在甘肅敦煌縣鳴沙山莫高窟第一七號洞窟的秘密藏經室中發現了數萬件手寫卷軸和刻印典籍以及繪畫、雕塑等等，它的學術價值雖然尚未被全部認識和利用，然而，從藏經室中所發現的産生於四世紀中葉至十一世紀初的大量用漢文和梵文、藏文、粟特文、回紇文、于闐文書寫和刻印的文書以及多姿多采的繪畫、雕塑，廣泛地涉及我國西部和中亞地區各民族古代社會的政治、經濟、文化生活，它所提供的真實獨特的資料，已經有力地啟動並迅速地推進了對我國和中亞地區古代社會的政治、經濟、法律、宗教、語言、文學、科技、藝術和風俗等各學科的研究，填補了一些迷失已久的學術環節。同樣令人鼓舞的是，於敦煌藏經室打開的前後，在新疆吐魯番及塔里木盆地庫車、和闐、尼雅、樓蘭等地區，也發現了大量的古代遺書，其出土地域同敦煌接近，而文書年代、內容和形態亦與敦煌文書相若。這批被學術界稱之爲吐魯番文書或西域文獻的資料同敦煌文獻相聯繫、印證、輝映，從而孕育並推動了一門國際性學科——敦煌吐魯番學的誕生與發展。所不同的是，殷墟甲骨的輯集、印製已經大體完成，這就爲深入的研究創造了條件；而敦煌吐魯番文獻的公布、輯集、印製卻遠未實現，這自然給敦煌吐魯番學的深入發展形成了困難。

敦煌文獻的發現早已載入文化史册，這無疑是學術史上的盛事和幸事，它本該立即清洗被蒙翳了近九

百年的歷史塵垢，輝耀出它那炫目的學術光彩。然而，一則文化史上的任何新發現都有一個被認識的過程，再則這批文化上的無價之寶一經面世，便被割裂分散。英國的斯坦因、法國的伯希和、俄國的奥登堡、日本的大谷光瑞考察團，紛至沓來，各有裹攜。而刼餘之物，復遭散佚。以至目前除英國國家圖書館、法國國家圖書館、俄羅斯科學院東方研究所聖彼得堡分所和北京圖書館爲著名的四大庋藏家之外，散布在中外公私收藏家手中者不知尚有幾許，再加上有意無意的人爲障礙，從而造成研究工作的困難，影響了這批珍貴文獻的學術效應，這是曾使不少正直熱心的敦煌學家扼腕痛惜的。

因而，敦煌學儘管目前已成爲一門國際性的顯學，可它的誕生和發展卻是曲折而緩慢的。早期的學者如羅振玉、王國維、蔣伯斧、劉師培、繆荃孫等人依靠伯希和等所提供的有限照片和原件，開始了艱難的研究工作。他們辨識著録、撰寫序跋，産生了一大批學術成果。而敦煌學的正式命名則遲至三十年後的一九三〇年。嗣後，我國學者董康、劉復、胡適、王重民、向達、姜亮夫等先後遠涉重洋，奔赴倫敦、巴黎，拍照片，抄遺書，編目録，寫序跋，爲敦煌學的發展作出了卓越的貢獻。陳垣、陳寅恪等更以他們的研究碩果爲敦煌學增添了光彩。而英國的斯坦因，法國的沙畹、伯希和，德國的格倫威德爾，俄國的奥登堡，日本的内藤湖南、那波利貞等等，也對敦煌文獻的整理、研究作出了各自的貢獻，爲敦煌學的開創和發展做了大量卓有成效的工作，與中國的敦煌學家共同推動了敦煌學的前進。到目前，敦煌學更有了蓬勃的發展，國際性的學術研討會已經數度舉辦，中國敦煌吐魯番學會已經建立數年，一些有影響的敦煌吐魯番學家如季羡林、唐長孺、饒宗頤等等正同一大批中青年學者進行着深入踏實的研究，學術成果不斷湧現，呈現了敦煌學的初步繁榮景象。

這種景象的確是令人鼓舞的，它的出現自是中外數代敦煌吐魯番學家心血凝聚的成果。如果從工作環節的角度考慮，敦煌文獻的輯集、印製同敦煌學的整理、研究則是緊相連接又互爲促進的。初期的敦煌學著述往往同輯印文獻合二而一，諸如羅振玉、蔣伯斧、王仁俊等的《敦煌石室書目及發見之原始》、《敦煌石室真跡録》、《敦煌石室遺書》、《鳴沙石室佚書》、《鳴沙石室古籍叢殘》等都是交互出現的，這些都是對敦煌文獻整理的成果，同時也是對敦煌文獻認識、研究的成果。進一步，在對這些資料進行縝密科學的研究後，方才産生了王國維、陳寅恪等的學術著作，從而奠定了敦煌學的基礎。此後的發展在在都顯示了文獻的刊布滋助了研究的進步，研究的進步帶動了文獻的刊布。不僅如此，敦煌文獻的刊布同敦煌

研究的發展還存在着同步前進的現象。敦煌所發現的文獻，不論屬傳世文獻的補充，還是遺佚文獻的重新出現，都帶有孤本的性質；加以出現之後，即被分藏於世界各地，甚至同一件文獻，復遭割裂、破損，造成了嚴重的分散。況且，各藏家的管理觀念和制度又極不相同，從而造成了閱讀、使用的不便，這不能不被視爲是對學術研究的嚴重限制。正是由於存在這種限制，所以，在近一個世紀的漫長歲月中，敦煌學雖然已從無到有，從小到大，有了長足的發展，出現了初步的繁榮；然而，如果從敦煌文獻所提供的應有價值來看，已被開發利用的，無論是宏觀的整體研究還是微觀的具體研究，都還是有待進一步推動的。爲此，作爲前提條件和對象目標的，自然還是提供研究的資料。而這，最理想的辦法是創造條件使有志於此的學者都能閱讀原始文獻。不過這在目前的客觀物質和主觀認識條件下，大概都還無法實現。於是，退而求其次，商得各收藏家（單位或個人）的贊同、協助，採取現代影印方法，輯集彙刊，使孤本文獻化身千百，讓敦煌學家身處書室，即能縱覽敦煌吐魯番文獻全貌，既省卻奔波旅行之苦，又免除四方求閱之煩，以其寶貴而有限的學術時間，悉心於閱讀、分析、推論、判斷，從而得出科學的結論，這結果就是從根本上推進了敦煌學的發展。這就是我們輯集出版《敦煌吐魯番文獻集成》的目的。

我們輯集彙印的《敦煌吐魯番文獻集成》的預期目標是：一、相對完備。我們將盡力搜求、輯集，將敦煌、吐魯番等地區出現的各種文字資料和藝術資料，盡可能完整地反映出來，使其成爲一部總匯式的集成文獻；二、力求存真。敦煌吐魯番文獻具有文獻和文物兩重價值，這就要求對文獻的印製必須逼真，其大小、長短、形狀、色彩、字跡、殘損自不必説，即使是紙質、卷軸、包封等等也不宜忽略。當然，將實物通過圖像反映出來，是會受到若干限制而有所失的，但失而不損其真，圖版力求其像，則是我們工作的一項核心要求；三、定名準確。給敦煌吐魯番文獻定名本身就是一項研究工作，數代學者已經在這方面做過深入的考訂，我們將汲取這份可貴的成果，作爲我們編輯工作上的依據或參考，並進一步聽取學術界的意見，盡其所能地給文獻準確定名；四、編排合理。《集成》是一套大型的資料性圖書，中心目的在給學術界提供一份全面可信的原始資料，因而，文字部分如前言、編例、敘録、分類目録、年表、索引等等，均屬説明性質，意在方便使用；圖版部分則按序排列，重在實用，兼及欣賞。做到圖文結合，以發揮資料圖書的最佳效果。

《集成》雖爲我們所籌畫、推動和實行，可實在也是中外熱心於敦煌學的有識之士合作贊助的成果，

像已列入第一批出書的上海博物館、上海圖書館、北京大學圖書館、天津藝術博物館、俄羅斯科學院東方研究所聖彼得堡分所、法國國家圖書館等等，對此我們表示衷心的感謝。在籌畫、編輯過程中，我們還得到了中外敦煌學家的熱情幫助，他們曾給予我們多方面的支持，特别是北京大學季羡林教授、臺灣潘重規教授、香港中文大學饒宗頤教授，他們於百忙中出任《集成》的學術顧問，使《集成》的編輯得到了可靠的學術保證，在此我們特申謝忱。我們還認爲，任何圖書的最具權威的評論家是該圖書的使用者，我們特别期望着他們能夠根據各自的需要提出改進的建議，在這裏，我們則要先此致謝了。

一九九二年七月十二日

Preface to The Corpus of Dunhuang-Turfan Manuscripts

At the turn of the century, poor and weak China, where big powers predominated, saw two of the four major discoveries in her cultural history. One is the discovery of over 100,000 Yin ruins oracle bone inscriptions in 1899 at Xiaotun village in Anyang of Henan Province, which has proved that China's recorded history existed several hundred years earlier than it used to be believed to, and provided reliable material for the study of the history of the Shang Dynasty. The other is the discovery of Dunhuang documents in 1900. Tens of thousands of manuscripts, printed texts, paintings and sculptures were discovered at the walled-up library of Cave No.17 in the Mingshashan Mogao Caves in Dunhuang County of Gansu Province. Although their value in academic research has not yet been fully recognized or utilized, these originals, including the colourful paintings, sculptures, and a large number of the manuscripts and printed texts dating from the period between the middle of the 4th century and the early years of the 11th century written in Chinese, Sanskrit, Tibetan, Sogdian, Uygur and Khotanese, cover a wide range of political, economic and cultural life of various nationalities in ancient Central Asia and West China and constitute a powerful source for the study of politics, economics, law, religion, language, literature, technology, art and customs in ancient China and Central Asia. Thus, the age-old gaps in a number of areas of learning have been finally filled. What is equally encouraging is the fact that many ancient manuscripts were also excavated in such places

as Kucha, Khotan, Niya, and Loulan in Xinjiang's Turfan and Tarim Basin areas around the time of the discovery of the Dunhuang Library Cave. They are similar to Dunhuang texts in dates, content and forms and their excavation areas are close to Dunhuang. These documents, called Turfan documents or the Western Regions documents by experts, are interrelated with the Dunhuang texts, each providing reference and adding lustre to the other. Hence an international discipline ——Dunhuang-Turfan Studies—— came into being and has become an important field of study. Now, compilation and printing of the Yin ruins oracle bone inscriptions has almost been completed, thus facilitating further studies; however, the work of compiling and publishing Dunhuang-Turfan documents is far from being finished, which naturally causes great difficulty to the advancement of Dunhuang Studies.

The discovery of the Dunhuang texts has long gone down in the history of human civilization, which fact is undoubtedly a remarkable event in academia. Immediately after their discovery, the Dunhuang texts should have been cleaned of the dust of history gathered over nearly 900 years and given back their dazzling splendour in areas of learning. Yet throughout cultural history, all new discoveries have to undergo the process of winning recognition. Moreover, soon after these invaluable documents became available, they were taken away and scattered all over the world. "Inspection delegations" headed by Marc Aurel Stein of Britain, Paul Pelliot of France, S. F. Oldenburg of Russia and Otani Kozui of Japan came one after another and carried off large numbers of documents. What documents were left after the plunder were also scattered later on so that no one knows how many documents public or private collectors at home and abroad possess aside from those in the hands of the four main collectors: the British Library, the Bibliothèque Nationale in France, St. Petersburg Institute of Oriental Studies of the Academy of Sciences of Russia and the Beijing Library. In addition, there have been obstacles placed deliberately or inadvertently. All this has had an adverse effect on research in the rare documents and stabbed those upright and ardent Dunhuang scholars to the heart.

Now Dunhuang Studies has become a field of study of worldwide importance, but its birth and growth have undergone a slow and tortuous process. Earlier scholars like Luo Zhenyu, Wang Guowei, Jiang Bofu, Liu Shipei and Miao Quansun, making use of a limited number of photographs and originals provided by P. Pelliot and others, embarked on the

arduous work, distinguishing, editing, cataloguing, and prefacing. Their efforts yielded notable results. However, Dunhuang Studies was so named as late as 1930, thirty years after the Dunhuang documents were discovered. Later, Chinese scholars such as Dong Kang, Liu Fu, Hu shi, Wang Chongmin, Xiang Da and Jiang Liangfu went off one after another to London and Paris to take photographs of collections, copy ancient manscripts, catalogue and preface, making valuable contributions to the advancement of Dunhuang Studies. And the great achievements made in this field by Chen Yuan, Chen Yinque and others added glory to Dunhuang Studies. Mention should also be made of M. A. Stein, E. E. Chavannes, P. Pelliot, A. Grünwedel. S. F. Oldenburg, Naito Koman, and Naba Tosisada, who made their contributions to the sifting and research of the manuscripts and did a lot for the birth and growth of Dunhuang Studies. Together with Chinese Dunhuang scholars, they pushed Dunhuang Studies forward. Hitherto, Dunhuang Studies has made remarkable progress and international seminars have been held for several times. It has been a few years since the Dunhuang-Turfan Academic Society of China was established and Dunhuang-Turfan scholars of high prestige such as Ji Xianlin, Tang Changru, and Rao Zongyi, as well as a large number of young and middle-aged scholars, have been doing steady and thoroughgoing research with notable results so that Dunhuang Studies has presented a picture of initial prosperity.

This encouraging picture is creditable to the joint painstaking efforts of generations of Dunhuang-Turfan scholars at home and abroad. The work of editing and printing Dunhuang documents and the sifting and research of Dunhuang Studies are closely interrelated and help each other forward. Earlier Dunhuang scholars often combined the two into one. Illustrative of the point are works like *A Catalogue of Manuscripts in Dunhuang Caves and Their Discovery, Originals of Manuscripts in Dunhuang Caves, Ancient Manuscripts in Dunhuang Caves, Manuscripts in Mingsha Caves Lost and Found,* and *Serializing Fragments of classical Writings Found in Mingsha Caves* written by Luo Zhenyu, Jiang Bofu, Wang Renjun and others. Such works are both fruit of sorting out Dunhuang documents and achievements in the study of the documents. After careful studies of such materials, academic works by Wang Guowei and Chen Yinque appeared, thereby laying the foundation for Dunhuang Studies. Its advancement indicates that publication of the documents has promoted progress in document study and progress, which has in turn given impetus to

publication of Dunhuang documents. Moreover, publication of the Dunhuang documents and advancement of Dunhuang Studies sometimes synchronized. The manuscripts discovered in Dunhuang are the only copies extant, no matter whether they are additions to texts handed down from ancient times or lost texts that have reappeared. In fact, these documents were carried off to all parts of the world soon after they were discovered. In some cases, sections of the same document came into the possession of different people. Besides, collectors differ widely in their concepts of management and system, which causes great inconvenience in reading and in making use of the materials and, to a great extent, hinders researches. Owing to these obstacles, either general research in the whole or specific study of details has yet to be improved although Dunhuang Studies has been built up from nothing and has taken on initial prosperity over a long period of nearly one century. It goes without saying that the prerequisite to the improvement of Dunhuang Studies is to provide research materials, and the ideal way would be to make the originals accessible to all ardent scholars. For various reasons, however, this goal may be difficult to achieve at present. After consultations with collectors, an agreement was reached, which was to photolithograph the entire corpus of the documents in one edition with the help of sophisticated equipment. In this way the only copies extant will be made available to all Dunhuang scholars, who could thus save the trouble of hunting for originals and devote their limited amount of valuable time to reading, analyzing, making inferences from and forming judgements of the photographic reproductions so that they might draw their own scientific conclusions. The work will give infinite impetus to the evolution of Dunhuang Studies. And this is our very aim in publishing *The Corpus of Dunhuang-Turfan Manuscripts*.

Our objectives in publishing *The Corpus of Dunhuang-Turfan Manuscripts* are as follows: (1) Relative completeness. We have tried to search, edit, and organize various manuscripts and paintings in Dunhuang-Turfan areas in an effort to publish a comprehensive corpus. (2) True to originals. Dunhuang-Turfan manuscripts have the dual values of documents and historical relics, which requires that the prints should be the very images of the originals, including their sizes, lengths, forms, colours, and traces of damaged calligraphy. We even took the quality of paper, scrolls, and covers into account. Naturally, it is difficult to present three dimensional objects in the form of two dimensions, but we

have tried our best to retain the images of the originals in the plates despite some insurmountable difficulties. In effect, we have striven for perfection in our work. (3) Accuracy in assigning titles. In fact, assigning titles to Dunhuang-Turfan documents is a kind of research in itself. In assigning titles to the documents, we will draw on available research achievements made by generations of scholars and consult contemporary scholars so as to reinforce accuracy. (4) Rational arrangement. This is a large-format comprehensive corpus suitable for reference. Our main purpose has been to make these documents available to the academic circles in an accurate and credible form. For the convenience of those interested in the corpus, the script section includes such expository items as editorial notes, table of contents, descriptive catalogue, and index. The plate section is arranged in order, with emphasis on practical value of the documents and due consideration to appreciation. Illustrations and expositions can both be found in the book. All this has been done with a view to making the most of this reference book.

Although we plan, edit, and publish this corpus, it is, so to speak, the fruit of the substantial support and joint efforts by ardent Dunhuang scholars of insight and relevant bodies at home and abroad. Acknowledgements must be made to Shanghai Museum, Shanghai Library, Beijing University Library, Tianjing Art Museum, the St. Petersburg Institute of Oriental Studies of the Academy of Sciences of Russia, and the Bibliothèque Nationale in France which are among the first to publish books on Dunhuang Studies. We also wish to express our thanks to many Chinese and foreign Dunhuang scholars who have given us their enthusiastic support. Our indebtedness is due particularly to the academic advisers to the corpus, Professor Ji Xianlin of Beijing Universtiy, Professor Pan Chonggui from Taiwan, and Professor Rao Zongyi of The Chinese University of Hong Kong. We think that readers of this corpus are the most authoritative cirtics, so their advice and suggestions will be greatly appreciated.

Wei Tongxian

July 12, 1992

transtlated by Wang Deming

上海博物館藏敦煌吐魯番文獻總目録

Contents

序言

謝稚柳

自敦煌石窟密室藏經寫卷大量散出後，石室之名爲世界所熟知，並導致「敦煌學」興起。漢張騫通西域、唐玄奘往天竺求經皆經敦煌，爲史所載，爲人所頌。然這巋崒穹崇，丹青千壁，靈巖淨域，書畫萬卷，居然簡籍稀載，往哲無聞。本世紀初自王道士打開石窟秘室，英籍匈牙利人斯坦因到敦煌，挑選上好經卷、佛畫等捆載四十駝而去，此事方轟傳國外。法國人伯希和繼而又至，運走十大車，石室之名遂大噪於人間，莫高窟作爲世界藝術寶庫之名亦由此爲人所識。

敦煌學是一綜合性的學科，分枝很多，涉及面很廣。出版國內外所藏敦煌文獻，爲學術研究服務，爲廣大的文物愛好者服務，無疑是一項十分壯觀而偉大的事業。上海博物館所藏敦煌吐魯番文書雖僅八十件（一九六〇年館方已將所藏敦煌寫卷百卷移交上海圖書館），但品位甚高，內容蘊含亦頗豐富。這些卷子，上自後涼下迄五代，有的曾見於著録，有的曾公開展出，但絶大多數未曾刊布。上海古籍出版社能夠出版上海博物館所藏全部敦煌吐魯番文獻，並附收十來件館藏傳世唐宋寫經以資對照，實是非常有意義的事情。

上海博物館所藏敦煌寫卷，大部分是佛經，其中多件卷末存有題記署款，記載抄經日期、抄經者、校閱者、監造者、用紙張數等等，對於研究佛學史，研究文字流變，研究書法史等均有重要價值。

六十年代初，上海博物館得到一件後涼寫《維摩詰經》。其卷末署款爲：

麟嘉五年（公元三九三年）六月九日王相高寫竟，疏拙，見者莫笑也。

著名版本學家徐森玉先生見之拍案叫絶。此卷爲存世極少數時代最早的署款寫經之一，白麻紙，烏絲欄，

十接，每接二十七行，行二十三字。所書經文爲吳支謙譯本，與通行的後秦鳩摩羅什譯本不同，卷首已殘缺，尚存「菩薩品第四」、「諸法言品第五」和「不思議品第六」三品。其卷末署款中「笑」字原作「咲」。「笑」之正字爲「笑」或「笑」，俗作「咲」。古人有以「艹」代「竹」，「咲」遂成「咲」，又省作「咲」。《玉篇》「笑」亦作「咲」；《漢書》顏注以「咲」、「关」並爲古「笑」字；《集韻》去聲三十五「笑」，重文有「咲」；《龍龕手鏡》上聲卷第二口部第七有「咲」。「咲」當即「咲」字稍有變形。在王相高書是卷中此類別體甚多。王相高未見史書記載，當是一位書法極具功力的「經生」，用筆沉着有力，拙樸而有天趣，字體已由隸及楷，筆畫間還保留着相當多的隸意（參見敦煌出土漢簡），使我們清楚地看到字體的演變過程。

是卷之背面亦寫有經文，前缺十品，至二十七品止，無署款，字體草率，但也古拙秀美，滿紙承居延漢簡遺風，書寫者可能與王相高同時或稍晚一些。

上海博物館所藏敦煌文獻中，有一件珍貴的唐人造莫高窟記殘卷，是研究敦煌莫高窟的第一手資料。是稿首尾均殘，無施造者姓名及年月，文有云：

> ……龍興、大雲之寺，齋堂梵宇之中，布千仏而咸周，禮六時而莫怠。

又云：

> 公顧謂諸官曰：萬里勝邑，地帶鳴沙；三危遠邊，境鄰昌海。爲東井之巨防，作西服之咽喉，幽此山峒，功德無量，與公等敬造一窟，垂裕千齡，締良緣于……

史載龍興寺、大雲寺均爲敦煌名刹，敦煌石窟D二二〇窟左壁，即有唐貞觀十六年（公元六四二年）大雲寺律師弘道造「藥師淨土變相」壁畫一鋪；龍興寺的建寺年代見《佛祖統紀》卷五三：「玄宗勅天下諸郡建開元寺、龍興寺。」由此推之，此殘卷應爲中晚唐時所書，爲研究敦煌莫高窟提供了重要的線索。袁克文在旁題曰：

> 此唐人寫唐人造莫高石窟記十八行，森玉檢得於唐人寫經殘紙中以相贈。自鳴沙山石室出而唐人手澤傳於海內外者夥矣，從未聞有關於石室之文章，此幀不特寶其翰墨已也。

是稿的發見及其特殊性於袁題中可見一斑。

上博藏品中還有一件唐人寫《論語鄭玄注·子罕篇》殘卷，文中有朱筆句逗，正文下用夾行注。此抄寫格

式究竟源於何時，雖然現在仍不清楚，但其與後來雕版印刷之關係，有着密切的因果之緣，應該説是古籍整理中的一種可喜資料。

上博所藏敦煌遺書中，還有幾件佛畫，其中一件五代雕印《觀自在菩薩像》，上欄爲菩薩像，墨印填彩，施有紅、黄、緑三色。下欄有「發願文」十四行。雕板印畫綫條清晰，字跡渾古，頗有顔魯公筆意。天地頭裱有寶藍四瓣花錦文圖案，格調極爲鮮明典雅。由此可見我國的雕板印刷技術産生既早，質量亦精，洵爲難得。

本書附收以資對照之傳世唐宋寫經亦有其獨特價值。其中有一件《法華經玄贊卷第六》，草書抄寫，得小草千文遺意，筆勢頗類懷素晚年書體，書法絶妙。董其昌題跋謂此卷書風「簡澹一洗唐朝姿媚之習，宋四大家皆出於此。余每臨之，亦得一班」。是卷與《鳴沙餘韻》中唐寶應二年（公元七六三年）之《大乘起信論略述卷上》的草書核對，用筆、結體都比較接近，當屬中唐時期的寫經。

敦煌之有學，仰之彌高，鑽之彌深。上海博物館所藏敦煌吐魯番文獻，超乎象外，法度有踪，形式、内容各臻其妙，可使觀者目醉神摇，可與史書相得益彰，今天能得以全部出版問世，爲學術界提供經緯之文獻，實幾代人徵集、整理的結果，值得慶幸。由是格物致知，正心修身，探賾索隱，化古爲今，弘揚文化，功德無量矣。

Preface

Since the originally intact manuscripts within the walled-up Library Cave (Cave 17) in the Mogao Grottoes at Dunhuang found reduction in quantities, the name of the stone cave has become very familiar throughout the world , which led to the emergence of a branch of learning——Dunhuang Studies.

The fact that both Zhang Qian of the Han Dynasty, who went on a mission to the Western Regions, and Xuanzang of the Tang Dynasty, who went to India to seek Buddhist scriptures, had passed by Dunhuang on their way is recorded in history and eulogized by people. But strange to say, those thousands of murals and tens of thousands of volumes and paintings held in that holy land were seldom recorded in any books and even unheard of among the sagacious-minded in the past! And it was not until the beginning of this century that Taoist Priest Wang came to open the walled-up cave and discoverd these treasures. Soon afterwards, Marc Aurel Stein, an Englishman of Hungarian descent, took a trip there. Among all things, he picked out the best scriptures and paintings and carried them away in bundles on the backs of forty camels. It was then that the news spread about and caused a sensation in foreign lands. When Paul Pelliot, a Frenchman, came on Stein's heels and took away another ten carts of the finds, the Mogao Grottoes immediately gained great fame around the globe and were recognized as the world's treasure house of art.

Dunhuang Studies is a comprehensive subject. Having many sub-branches, it has a

very wide coverage. Hence, to publish the Dunhuang corpus held in China and abroad in the service of academic research and for the benefit of the great number of cultural-relic lovers is, to be sure, a tremendous as well as splendid undertaking.

The pieces of Dunhuang-Turfan documents housed in the Shanghai Museum——a hundred volumes of which were transferred to the Shanghai Library in 1960——now number only 80 in all, but they belong to a category of the top-grades with quite a rich content. Some of these documents, dated as early as the Later Liang and down to the Five Dynasties, have been catalogued and some have been put on display, but the great majority of them have never been made public or seen in print. It is extremely significant that the Shanghai Chinese Classics Publishing House is able to publish all these documents housed in the Shanghai Museum at present and append them with a dozen existent Tang and Song copies of sutras in the collection of the Museum for comparison purposes.

Most of the Shanghai Museum's Dunhuang corpus are Buddhist sutras, a number of which bear signatures and explanatory cartouches, dates of copying, names of the copyists, checkers and supervisors and even the number of sheets of paper used. All these are of value to the study of the changes in the Chinese written language and the history of Chinese calligraphy.

At the beginning of the 1960s, the Shanghai Museum added to its collection a handwritten copy of *Vimalakīrtinirdeśasūtra* executed in the Later Liang days. The signature and inscription at the end of the copy read:

> Wang Xianggao finishes clumsy copying on the 9th Day of the 6th Month in the 5th Year of Linjia Reign (393). Those who come to see this please do not laugh (笑, pronounced *xiao*)at it.

However, when Xu Senyu, a famous textual critic specialized in edition discrimination, saw it, he was overwhelmed with admiration for the superb handwriting.

This volume of scripture is one of the earliest and rarest signed manuscripts extant. Written on white hemp paper ruled with black lines, it has ten sections, each section carrying 27 lines and each line 23 characters. It is a copy of the translated text by Wu Zhiqian, which is different from a prevalent one by Kumārajīva of the Later Qin days. The first part was missing. What is left contains three chapters:"Chapter Four, Bodhisattva", "Chapter Five, Dharma Teachings" and "Chapter Six, Beyond Thinking and Words".

The character 笑 in the above-mentioned inscription meaning "laugh" was originally written as 𠯗, while in the regular script it should appear as 笑 or 笶, and in popular usage as 㗛. The upper radical 䒑 was used by ancients to take the place of the radical 竹(Bamboo); therefore, 㗛 turned out to be 咲 or in a further simplified form 咲. In the lexicographical work *Yu Pian*, 笑 is also written as 咲; in the history book *The Book of Han*, Yan Shigu made an annotation that both 咲 and 关 are ancient forms of 笑; in the rhyming dictionary *Jiyun*, it is marked as belonging to the falling tone No. 35 笑 with an added form 咲. In *Longkan Shoujing* (Falling-Rising Tone, Chapter Two), there is given the form of 咲 (the 7th entry under the radical 口). Hence, 𠯗 should be a slightly varied form of 咲. We have noticed that there were many such variant forms of characters in Wang Xianggao's hand-written script. Wang himself, however, was not mentioned in any historical accounts; he must have been an earnest "student of Buddhist scripture" adept in calligraphy. His strokes look steady and vigorous, unsophisticated yet naturally charming; and his style is a growth from the official script into the regular script, yet in between the strokes there lingers a fair amount of the flavour of the former (see the Han bamboo slips unearthed at Dunhuang). From his handwriting we can clearly perceive the course of evolution of the styles of Chinese calligraphy.

There are also some sutras on the back of the hand-written copy, with ten preceding chapters missing. Ending with the 27th chapter, it bears no signature or any inscription, and the calligraphy looks careless and hasty, with ancient simplicity and elegance, however. The whole thing is filled with the taste implicit in the Han-Dynasty Juyan's bamboo-slip characters. The copyist was probably a contemporary of Wang Xianggao or lived in a little later time.

Among the corpus housed in the Shanghai Museum is a treasured relic——an incomplete piece giving an account of the building of the Mogao Grottoes during the Tang Dynasty. It is a firsthand material for the study of these caves. Regretfully, both its beginning and end parts are missing, and it bears no names of the builders or the date of hewing. Part of the inscription, however, reads:

> ... Longxing and Dayun temples——all over their fasting rooms and worshipping halls are placed numerous Buddha statues, and homage is regularly paid to them at hours of the six divisions of a day.

Elsewhere it reads:

> The sovereign says to his ministers: There is a vast beautiful region along the ranges of the Mingsha Mountains. Sanwei Mountains are in the remote frontiers neighbouring on Changhai, a great strong defense for the east and a key junction to the west. The caves are peacefully secluded. To do boundless beneficence through an actual pious deed, let us hew out a grotto. Its benefaction will last centuries and it will help establish the predestined benign relationships with...

Historical records have marked both Longxing and Dayun as famous temples at Dunhuang. On the left wall of Cave D220 is a mural entitled "Bhaisajyarāja Sukhāvatī's Bianxiang" (picture) drawn by a vināyācārya named Hongdao of the Dayun Temple in the 16th Year of Zhenguan Reign (642) of the Tang Dynasty. The date of construction of the Longxing Temple can be found in Volume 53 of *Fozu Tongji* (A General Chronicle of Sākyamuni). The statement reads:

> Emperor Xuanzong decrees that Kaiyuan Temples and Longxing Temples be erected in various prefectures in the country.

It is inferred from all this that the manuscript, though incomplete, should have been copied in the mid-and-late-Tang Dynasty. It provides an important clue to the study of Dunhuang's Mogao Grottoes. In the margins of it, Yuan Kewen put down an inscription:

> These 18 lines written by a calligrapher in the Tang Dynasty as an account of the building of the Mogao Grottoes by the Tang people were picked up by Senyu from among the remnant pieces of paper on which a man in the Tang Dynasty had copied a scripture, and Senyu was kind enough to give it to me as a gift. Since the discovery of the cave in the Mingsha Mountains, there have been many manuscripts copied by the Tang people that have spread around in the country and foreign lands, but we have never heard of essays about the walled-up cave. Therefore, this copy sheet is much more valuable than a mere piece of excellent inkwork.

The discovery of this manuscript with its uniqueness can thus be viewed in Yuan's inscription.

In the collection of the Shanghai Museum there is another rare piece of handwriting by the Tang people in copying *Confucian Analects Annotated by Zheng Xuan——A Piece on Zi Han*. It bears punctuation marks in red, and below the text itself are interlinear notes. As to

when such a form of copy work originated, it remains unclear up to now, but a close cause-and-effect relationship can be sensed between this form and the later forms of typesetting and printing. This might be considered to be an encouraging availability of source material in the course of sorting out ancient books.

Among the legacies of Dunhuang housed in the Shanghai Museum there are also several pieces of Buddhist painting. One is a print of engravings done in the Five Dynasties entitled " the Image of Avalokiteśvara". The upper part of the painting is an image of Buddha in black ink with fillings in three colours——red, yelow and green. The lower part is a 14-line passage entitled "Making a Vow". The lines of the engraved picture are very clear and the handwriting antiquely bold and vigorous, partaking much of the style of Yan Lugong. The top and bottom margins are mounted with bright and beautiful four-petal patterns in sapphire blue, so that the style is extremely distinctive and elegant. From it we can see that the craftsmanship of engraving plate printing in China was not only born quite early but also exquisitely executed. This is something rare and hard to come by.

The manuscripts that have been handed down from the Tang and Song days as presented in the appendix of this book for comparison also possess unique value. One such manuscript is *Xuan Zan Volume Six of Saddharmapundarīkasūtra.* It is written in the cursive hand with the flavour of small-cursive-characters used in copying a juvenile reader entitled *A Thousand Characters*. The force of the strokes is very much like that of the script of Huai Su in his later years, and the calligraphy is superb. About the style of this painting, Dong Qichang says in an inscription : "Its simplicity and quietness has brushed away the practice of being sophisticatedly charming of the Tang artists. The four master artists of the Song Dynasty all drew on it, and every time I did imitation, I was sure to benefit." If this handwriting is checked against the cursive script used in copying Volume One of *A Brief Account of Mahāyāna-Śraddhotpādaśāstra* as incorporated in the book *Mingsha Yuyun* (Lingering Charm of Mingsha) in the 2nd Year of Baoying Reign (763) of the Tang Dynasty, then it can be seen that the strokes and structures of the two are more or less close, i.e., it should have belonged to the sutras copying in the Mid-Tang times.

That the topic Dunhuang has grown into a branch of learning called Dunhuang Studies implies that there are great heights to explore and great depths to probe into. The Dunhuang-Turfan manuscripts in the collection of the Shanghai Museum go beyond the

physical phenomena or form; there are traces of a law to follow. Both content and form are remarkably good. The viewers in sight of the corpus will find themselves dazzled and enchanted; the manuscripts can, in fact, serve as a complement to history books and, *vice versa*, to bring out the best in each other. Now, they are to be published in whole and made known to the public to provide the academic circles with orderly documents as the direct result of the efforts of several generations in making collections and sorting out. This is worth rejoicing over. Henceforth, people can study better the phenomena of things and acquire knowledge, set their heart and mind on exploring secrets and turn what is ancient into things for today's use as they do with all other cultural studies, and in this way, develop the culture of our nation. This is indeed a task that will bring about boundless beneficence.

Xie Zhiliu

Translated by Yang Liyi
Finalized by Huang Songlin

編例

一　本書收録上海博物館藏全部敦煌吐魯番文獻共八十號，另附收該館所藏傳世唐人、宋人寫經共十一號，以資對照研究。

二　本書所收上海博物館藏敦煌吐魯番文獻一依原收藏號爲序編排，爲便於查檢，另編「上博01」——「上博80」新序號，並將原收藏號括注於後。附收傳世品亦以原收藏號爲序編排，另編「上博附01」——「上博附11」新序號，並將原收藏號括注於後。一號中原包含兩件以上者，在原收藏號後加標「A、B……」以爲區别；一件之背面另有文字者，在原收藏號後加標英文字母「V」（verso）以爲區别。

三　本書所收全部文獻一律爲之定題。定題之基本原則爲：原卷首題、尾題皆存者酌採其一。原卷僅存首題或尾題者照録。原卷首、尾題闕失，而卷中存有章、節、品題者，據現存文獻查出原書名；若原卷僅爲一書之某一章、節、品者，録書名及章、節、品名；若原卷有兩個以上章、節、品者，再查出卷數，録書名及卷數。原卷標題殘闕者據現存文獻查考，有相應現存文獻者，據以定題；無相應現存文獻者或一時難以判定者，據内容擬題（包括範圍較大的名稱如「佛經」等）。官私文書據其内容依照敦煌學界通行做法擬題。一件之一面中原包含多項内容者，依次分别定題，並在各題前加標「1、2、3、……」以爲區别。

四　本書全部影印圖版，均係專爲編纂本書而直接據原件拍攝並電子分色上版的。拍攝時對長卷按版面需要分割，相連兩幅之間有一行文字重複，以便考核。本書採用8開本，圖版大部分作上下兩欄排列，

部分紙大、字密、墨淡的卷子酌情放大。

五　某些遺書用紙特大，字跡較密，朱墨雜陳，彩繪佛畫，鈐有朱墨印章，爲方便讀者瞭解其原貌，特擇要另攝彩色反轉片，製作彩色圖版，作爲插頁置於各册之首，其原件全貌黑白圖版仍予保留。

六　本書每一影印圖版均加説明文字。

黑白圖版的説明文字包括：藏家簡稱、新編號、原收藏號、件數序號、背面標記、內容序號、標題、圖版總數和序號等內容。例如：

上博 01（2405）　佛説維摩詰經卷上　（27—1）

其中，「上博」爲藏家簡稱，「01」爲新編號，「（2405）」爲原收藏號，「佛説維摩詰經卷上」爲標題，「（27—1）」爲圖版總數和序號，「27」表示該件共有正文圖版（不包括包首、題跋等）27幅，「1」表示第1幅。

又如：

上博 49（44057）AV　1.雙林裏歌　2. 雜寫　3. 天福八年燉煌鄉文書

其中，「A」爲件數序號，表示該號中有兩件以上遺書，此爲第一件；「V」爲背面標記；「1.2.3.」爲內容序號；「雙林裏歌」、「雜寫」、「天福八年燉煌鄉文書」爲標題。因此件背面圖版僅一幅，故圖版總數和序號一項省略。

原件如有包首、封皮等，其圖版置於該號之首，説明文字不標圖版總數和序號，但在卷題後括注「包首」或「封皮」等。後人題跋圖版説明文字中括注「題跋」二字，如題跋圖版有兩幅以上，則再注明題跋圖版總數和序號。

彩色圖版的説明文字大體同黑白圖版，惟不標注圖版總數和序號，而標注圖版所攝部分在原件中的部位，如卷首、局部、卷尾等。

七　本書編有下列諸種附録：

叙録。按全書編排順序對所收文獻的外形和內容作簡要説明，包括編號、題名、著譯者、文種、裝式、殘況、首末行、卷長、卷高、紙數、紙長、字心高、天地高、每紙行數、每行字數、紙色、紙質、墨色、字體、欄框、題記、批校、印章、序跋藏印、斷代等項。如係見於《大正藏》的佛教著

作，注出其在《大正藏》中的相應卷、號、頁、欄、行；其餘酌情注出相應傳世文獻和出土文獻，必要時據已有的或此次編纂過程中新取得的研究成果略述內容價值。

年表。摘出所收文獻中有確切年代的原題記，按公元紀年排列。

分類目録。將所收全部文獻按目前通行的做法即佛、道、世俗的順序分類編排。

索引。摘出黑白圖版、彩色圖版、叙録、年表、分類目録中的遺書題名、抄經人名、藏經寺名等，按四角號碼順序排列，注出其在本書各部分中的位置。

限於學術水平和資料條件，在定題等方面恐難免疏誤，尚請方家教正。

Editorial Notes

I. This book includes all the Dunhuang-Turfan manuscripts housed in the Shanghai Museum, totalling 80 in number. They are appended with the Museum's 11 additional extant handscripts of Buddhist sutras originally copied for comparative study by people in the Tang and Song dynasties.

II. All the manuscripts are arranged in the numerical order of the original collection. For the convenience of locating, they are each given a new order number (from 上博01 to 上博80) with the original number put in brackets. Similar arrangement is made with those extant handscripts (from 上博附01 to 上博附11).

Where one original number comprises two or more manuscripts, it is further marked with A, B,... for discrimination. If there are words written on the back of a manuscript, it is marked with the English letter V (verso).

III. All the manuscripts collected in this volume are provided with topics according to the following principles:

If the original script has two topics——one at the beginning and the other at the end——one of the two is adopted after due consideration;

If there is only one topic at either of the two places, it is adopted accordingly;

If topics are missing at both places but there are subtopics of chapters, sections or passages, their sources (titles of books) are given after consulting relevant literature;

if it is found that the original manuscript represents only a certain chapter, section or passage of one book, the title of the said book and the subtitles of the said chapter, section or passage are provided; in case the original manuscript has two or more chapters, sections or passages, its volume number is verified and given together with the title of the book;

Where topics of the original manuscript are found to be fragmentary or incomplete, new topics are given after consulting relevant literature available. Where relevant literature is not available or when it is difficult to make judgment for the time being, new topics are worked out according to the content of the manuscript (including those that even signify an extensive scope such as "Buddhist sutra");

Topics for official and private documents are worked out in accordance with practices generally followed by the Dunhuang academic circles on the basis of their content;

If a manuscript contains several items on one side, topics are fixed respectively according to the order and additionally marked with 1, 2, 3... before them for discrimination.

IV. Facsimile plates photographed directly from the original manuscripts and printed with electronic colour scanners are specially provided for the compilation and editing of this book. When photographing, the lengthy-scroll manuscripts are cut apart according to space requirements of printed pages. There is, however, a line of words duplicated in between two linked consecutive pages to facilitate check-up. The book, appearing in octavo, has most of its plates arranged in two sections of the pages, upper and lower. Manuscripts with characters densely written in pale ink on large-sized paper are magnified as seen fit.

V. Some originals are on extra-large paper with characters densely arranged and sometimes haphazardly written in red and black. The images of Buddha are painted in colours, and at the end of them are affixed seals in ink and vermilion. In such cases, to facilitate comprehension of their original features, the more significant ones are specially photographed on reversal polychrome films, made into colour plates and put at the beginning of each volume as insets with the black-and-white plates of their originals retained.

VI. There is an explanatory note to each facsimile plate throughout the book. Notes to

each black-and-white plate include: the abbreviated name of the collector; the new order number; the number of the original collection; the ordinal number of the item; V (for verso); the ordinal number of content; the topic(s); the total number of plates and their ordinal numbers. e.g.

上博01 (2405) Buddhist doctrine *Vimalakīrtinirdeśasūtra* Vol. I (27-1)

上博——the abbreviated name of Shanghai Museum.

01——the new order number.

(2405)——the number of the original collection.

Buddhist doctrine *Vimalakīrtinirdeśasūtra* Vo1.I——the topic.

(27-1)——the total number of plates and their ordinal numbers. "27" indicates 27 plates of the text in total (excluding those head-sealing label and postscript inscriptions or colophons); "1" indicates the first plate.

Another illustration:

上博49 (44057) AV 1. Shuanglin Lige(songs) 2. Za Xie(writings) 3. A Document of Dunhuang Township, 8th Year of Tianfu Reign

A——the ordinal number of the item, indicating that there are two or more extant scripts and this is the first one.

V——verso.

1, 2, 3——the ordinal numbers of the content.

Shuanglin Lige, Za Xie and A Document of Dunhuang Township, 8th Year of Tianfu Reign——the topics.

As there is only one plate on the back of the script, mention of the total number of plates and their ordinal numbers is omitted.

If the original piece has a head-sealing label, front cover, etc., the plates are put at the beginning of the item to indicate that the notes will not mark out the total number of plates and their ordinal numbers, but after the topics there are "head-sealing label" or "front cover" or some such marks put in brackets. Notes to the plates, postscripts or inscriptions by later generations are shown by the two characters 題跋(pronounced *tiba*) in brackets, and no total number of plates with their ordinal numbers is given unless there are two plates or more.

The notes to the colour plates are by and large the same as those to the black-and-white

plates, only that the total number of plates and their ordinal numbers are not given, whereas the locations of those parts (like "the beginning", "part (detailed)" and "the end")in the original piece that are photographed to form the plates are indicated.

VII. This book has the following appendices:

1. A descriptive catalogue briefly describing the outward look and inner content of all the manuscripts collected in accordance with the order of compilation of the whole book, including:

Order number, topic(s), name of writer or translator, language, format, surviving state. first and last lines, length and width of script scroll, number of sheets of paper, length of paper, height of the vertical line of characters, width of the upper and lower margins, number of lines in a sheet, number of characters in a line, colour of paper, quality of paper, ink colour, style of calligraphic script, columns, inscriptions, annotated collation, seals, the collector's seal at the preface and in the postscript and determination of historical period division.

If reference is made to the Buddhist writings under *Dazang Jing* (a complete collection of Buddhist works), the relevant volume number, item number, page number, column and line are indicated. All other references are marked, after due consideration, with the relevant extant documents and unearthed documents available. Where necessary, a brief account of the content value is given according to the results of research work already available or recently gained in the course of editing and compiling this book.

2. A chronological table prepared by picking out the original inscriptions on documents that have been collected and definitely ascertained as to their date (year or age), and by arranging them in the order of the Christian Era.

3. A classified catalogue compiled by classifying and arranging all the manuscripts collected in this book according to the prevailing practice of setting the order: Buddhist, Taoist and the Secular.

4. An index compiled by picking out from the black-and-white plates, colour plates, the descriptive catalogue, the chronological table and the classified catalogue with all the titles of the extant manuscripts, the names of the writers or translators, the names of the copyists of the sutras, and the names of the temples that have them housed, and then by arranging all these in the order of the four-corner numerical index system for

Chinese characters, with their respective positions in the various parts of this book indicated.

Owing to the limitations in terms of our academic knowledge and the availability of material for this task of compilation, there are bound to be oversights and mistakes in the fixation of topics, etc. We would be very grateful for any comment or correction from proficient scholars in Dunhuang Studies.

Translated by Yang Liyi

Finalized by Huang Songlin.

一　上海博物館外景

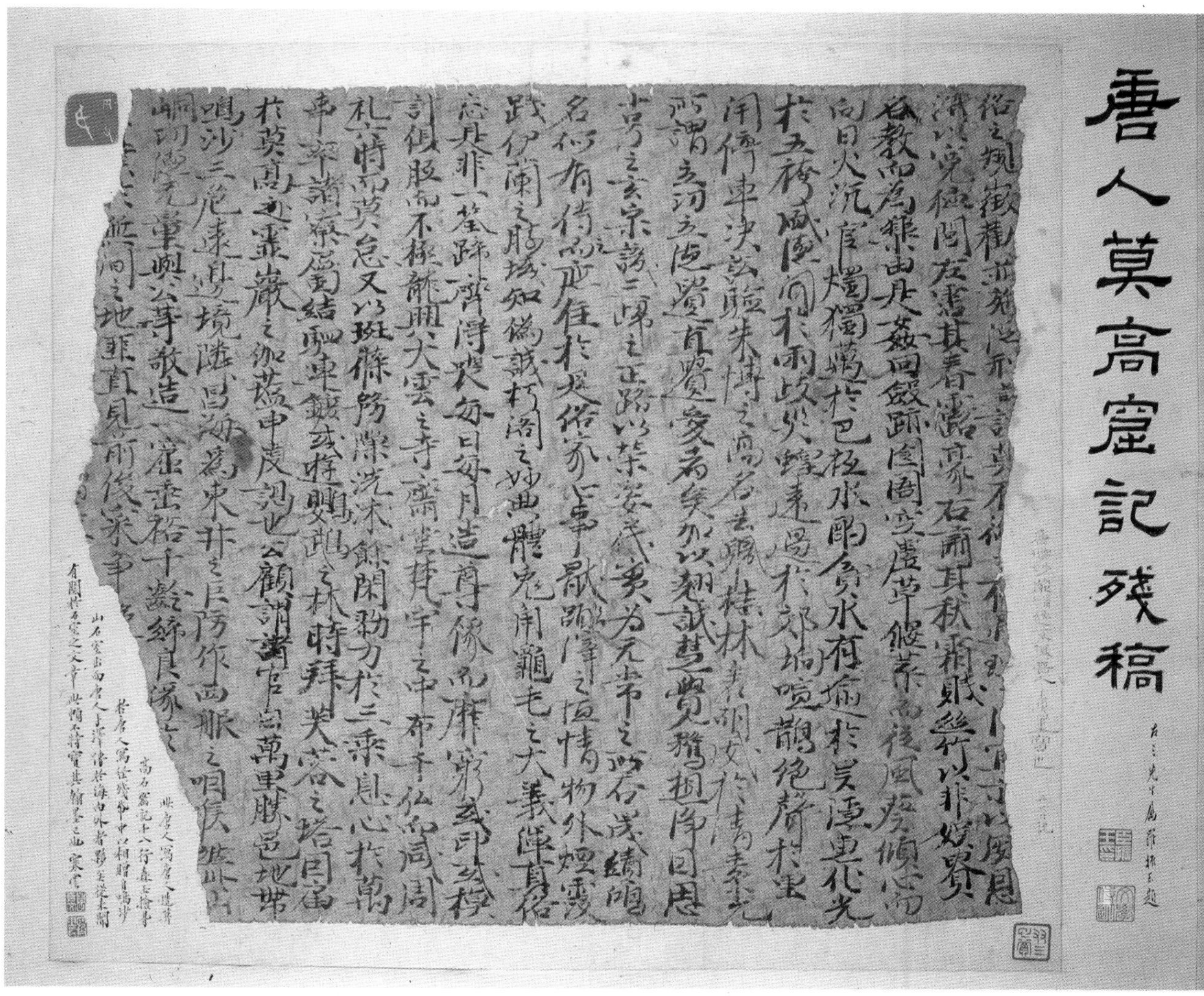

二　上博 40 (39341)　造莫高窟記

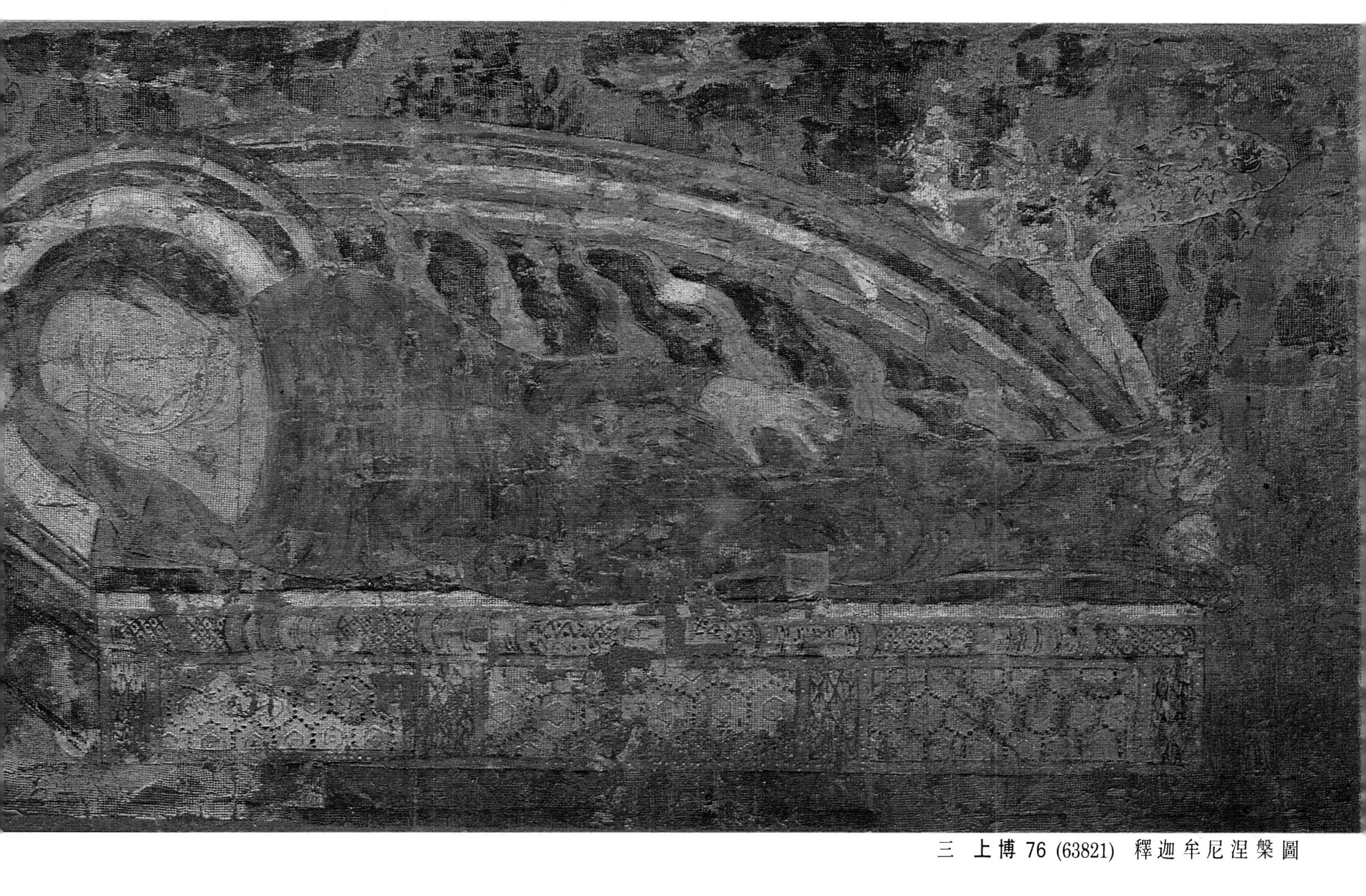

三　上博 76 (63821)　釋迦牟尼涅槃圖

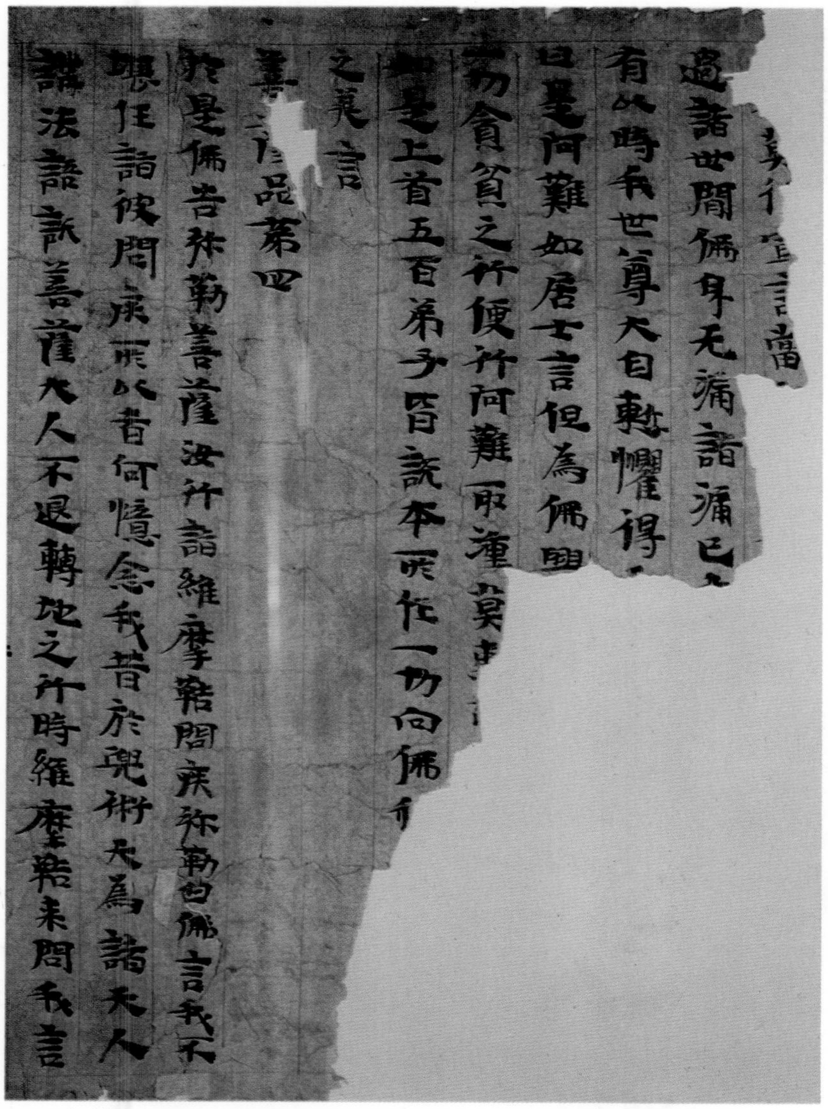
□□□言當
過諸世間佛身无漏諸漏已□
有以時我世尊大自慚懼得□
曰是阿難如居士言但為佛出
五濁貪窮之行便行阿難取乳莫慚
於是上首五百弟子皆說本所作一切向佛□
之莫言
菩薩品第四
於是佛告彌勒菩薩汝行詣維摩詰問疾彌勒白佛言我不
堪任詣彼問疾所以者何憶念我昔於兜術天為諸天人
講法語說菩薩大人不退轉地之行時維摩詰來問我言

四　上博01 (2405)　佛說維摩詰經卷上（卷首）

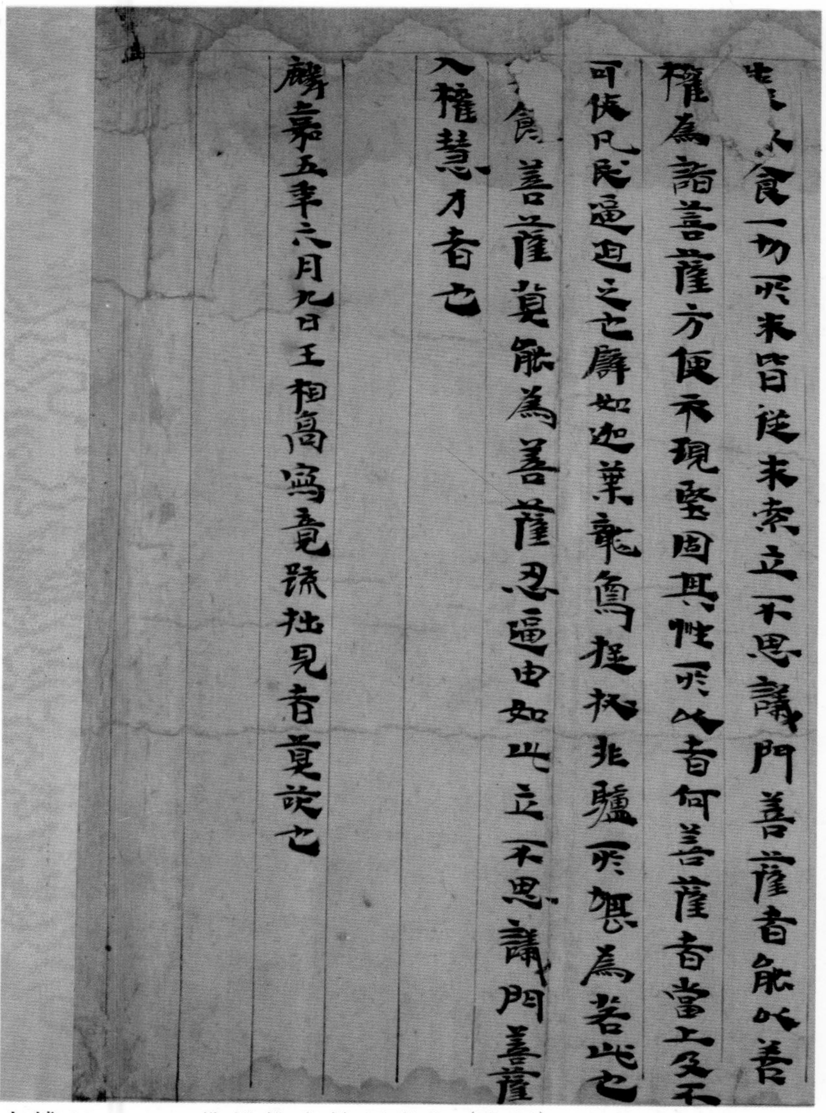
生人食一切所來皆從來求立不思議門菩薩者能以善
權為諸菩薩方便示現堅固其性所以者何菩薩者當上及不
可使凡民逼迫之也譬如迦葉龍象蹴踏非驢所堪為若此也
□食善權莫能為菩薩忍逼由如此立不思議門菩薩
入權慧才者也

麟嘉五年六月九日王相高寫竟疏拙見者莫笑也

上博01 (2405)　佛說維摩詰經卷上（卷尾）

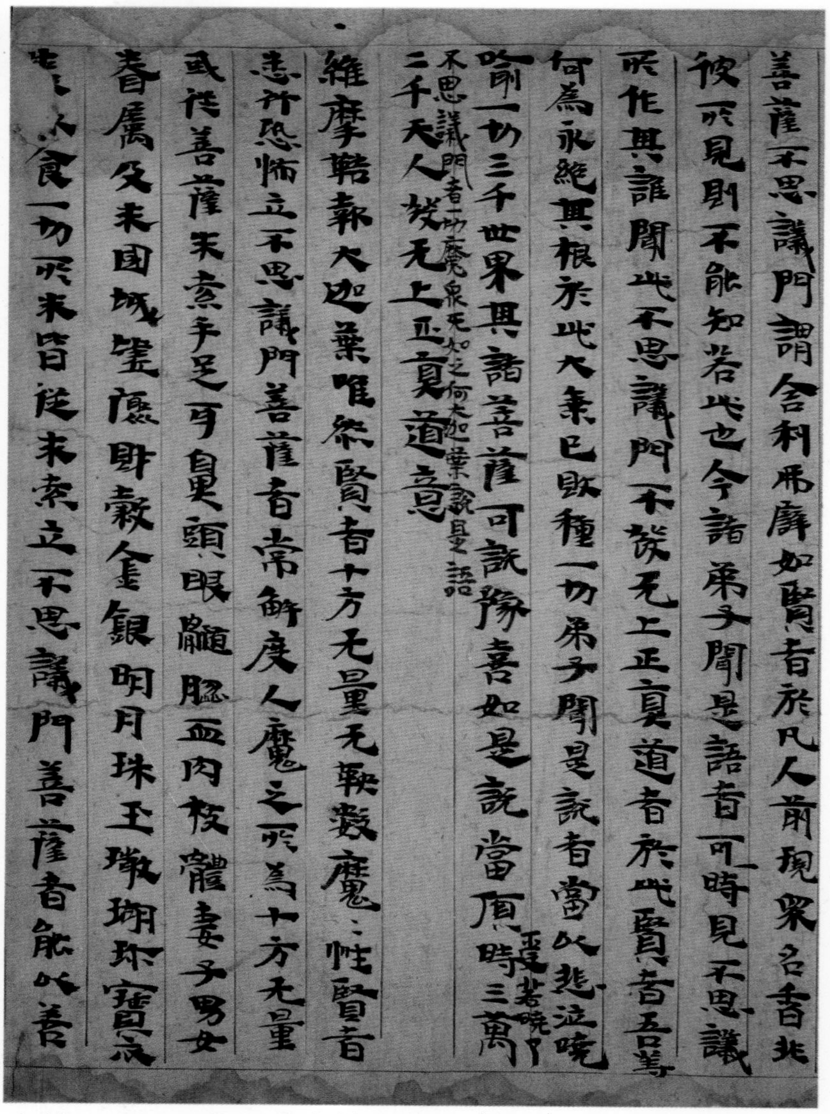
菩薩不思議門謂舍利弗譬如賢者於凡人前現眾色香非
彼所見則不能知若此也今諸弟子聞是語者可時見不思議
所作其誰聞此不思議門不發无上正真道者於此賢者吾等
何為永絕其根於此大乘已敗種一切弟子聞是說者當以悲泣曉
喻一切三千世界其諸菩薩可說踴喜如是說當頂受若曉了時三萬
不思議門者一切魔衆无如之何大迦葉說是語
二千天人發无上正真道意
維摩詰謂大迦葉唯然賢者十方无量无數魔魔性賢者
恚所恐怖立不思議門菩薩者常斷度人魔之所為十方无量
或從菩薩求索手足耳鼻頭眼髓腦血肉皮體妻子男女
眷屬及來國城墨廛財穀金銀明月珠玉璩瑚珎寶衣
生人食一切所來皆從來求立不思議門菩薩者能以善

上博01 (2405)　佛說維摩詰經卷上（卷中）

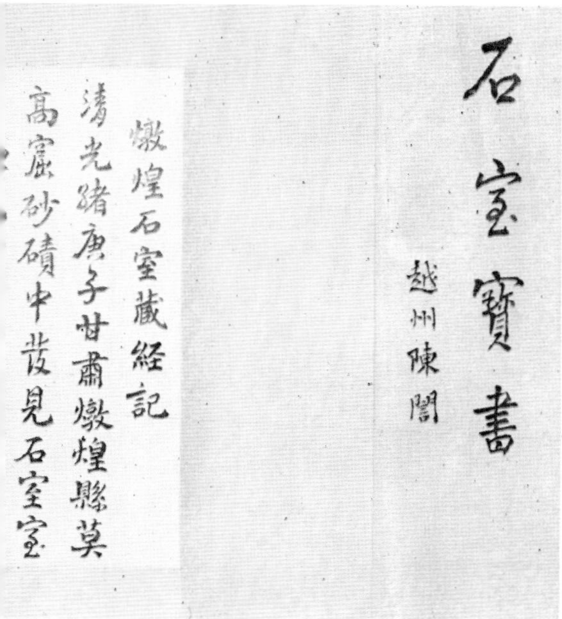
石室寶書
越州陳誾
燉煌石室藏經記
清光緒庚子甘肅燉煌縣莫高窟砂磧中發見石室

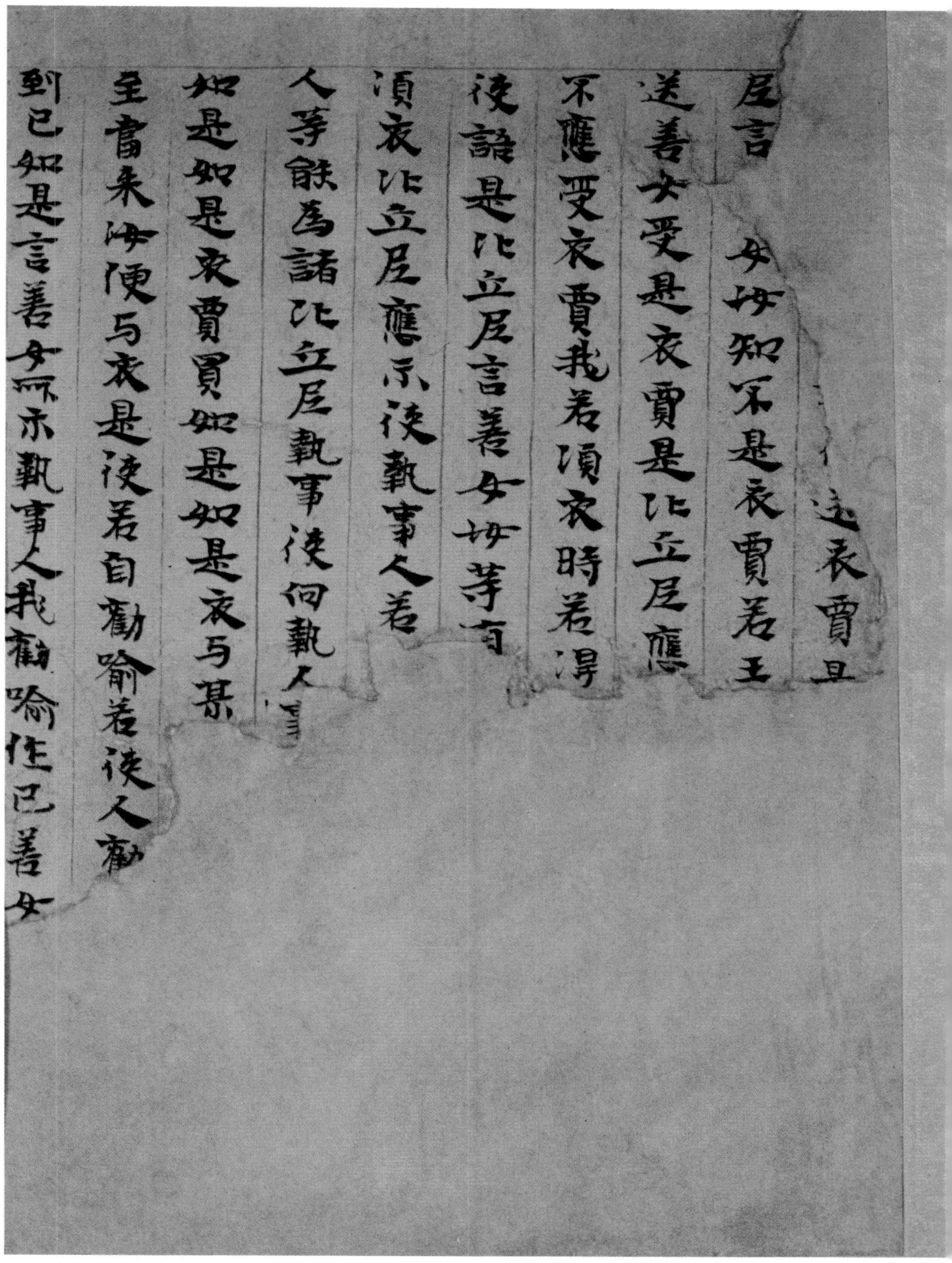
送衣賈已
尼言　女姊知不是衣賈若王
送善女受是衣賈是比丘尼應
不應受衣賈我若須衣時若得
淨語是比丘尼言善女姊等有
須衣比丘尼應示淨執事人若
人等餘為諸比丘尼執事淨向執人言
如是如是衣賈買如是如是衣与某
至書來汝便与衣是淨若自勸喻若淨人勸
到已如是言善女所示執事人我勸喻作已善女

五　上博02 (2415)　比丘尼戒經一卷（卷首）

上博02 (2415)　比丘尼戒經一卷（卷尾）

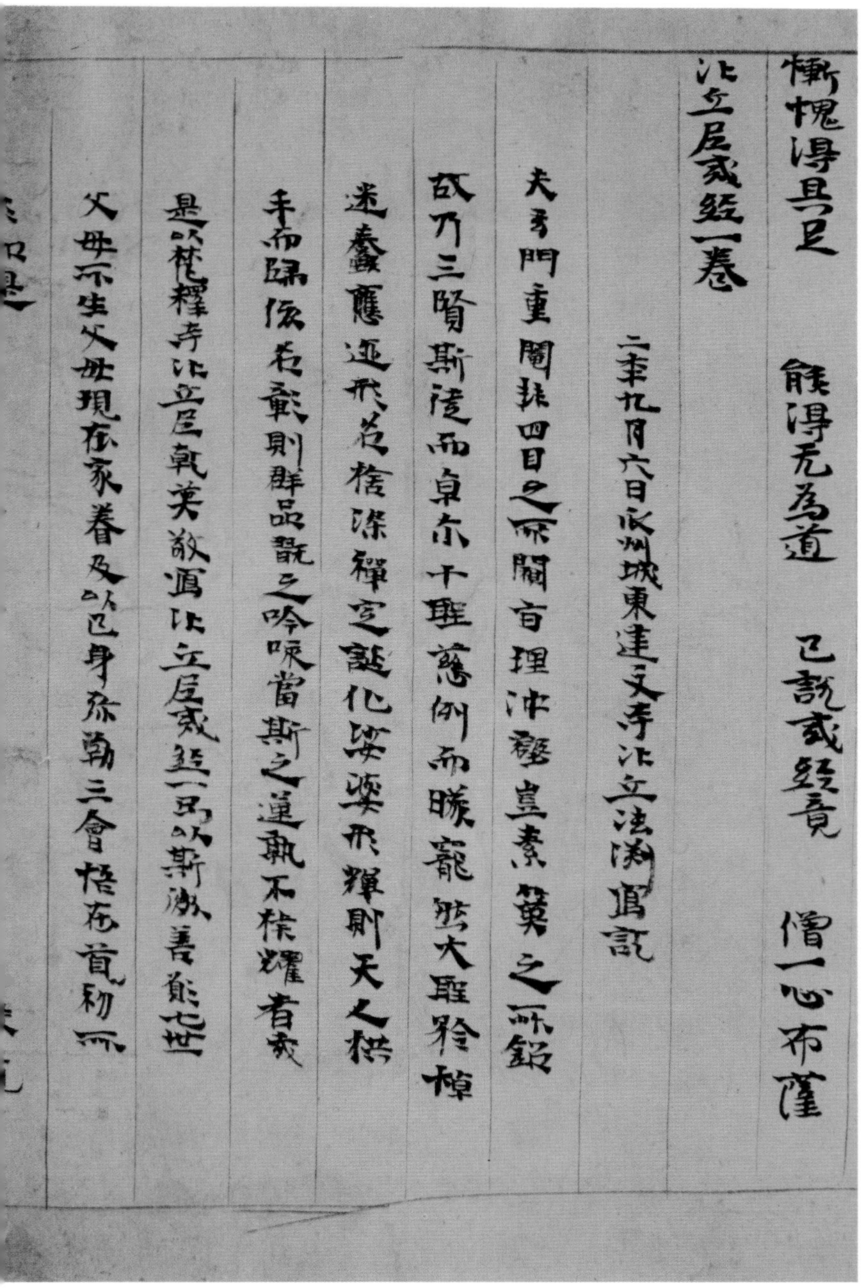
慚愧得具足　能得无為道　已說戒經竟　僧一心布薩
比丘尼戒經一卷
二年九月六日永州城東達文寺比丘法滿寫記
夫沙門重閣非四日之所闚旨理沖邈豈素質之所銘
故乃三賢斯陡而卑尔千聖萬例而曦寵然大聖矜悼
迷蠢應迹形名捨深禪定誕化娑婆形輝則天人欣
手而歸依名彰則群品翫之吟味當斯之道孰不欣躍者哉
是以龍釋寺比丘尼龍英敬寫比丘尼戒經一部以斯微善能世
父母不生父母現存家眷及以己身弥勒三會悟於首初所

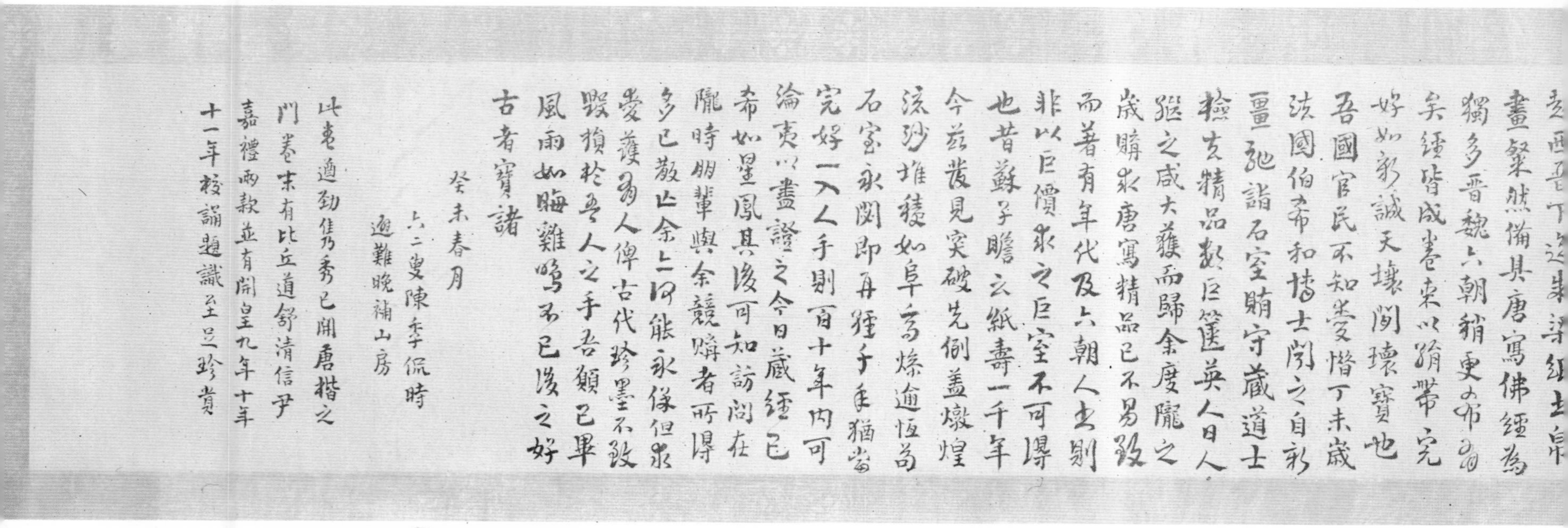
支西晉下迄梁隋經出土帛
畫絮然備具唐寫佛經爲
獨多晉魏六朝稍更如希有
矣經皆成卷束以絹帶完
好如新誠天壤間瓌寶也
吾國官民不知愛惜丁未歲
法國伯希和博士聞之自新
疆馳詣石室賄守藏道士
撿去精品數巨篋英人日人
繼之咸大獲而歸余度隴之
歲購求唐寫精品已不易致
而著有年代及六朝人書則
非以巨價求之巨室不可得
也昔蘇子瞻云紙壽一千年
今茲發見突破先例蓋燉煌
流沙堆積如阜爲燥適恆爲
石室永閟即再經千年猶當
完好一入人手則百十年内可
淪夷以畫證之今日藏經已
希如星鳳其後可知訪閲在
隴時朋輩與余競購者所得
多已散亡余亦何能永保但求
愛護爲人俾古代珍墨不致
毀損於吾人之手吾願已畢
風雨如晦雞鳴不已後之好
古者寶諸
癸未春月
六二叟陳季侃時
適難晩補山房
此卷適勁俊秀已開唐楷之
門卷末有比丘道舒清信尹
嘉禮兩款並有開皇九年十年
十一年校誦題識至足珍貴

六　上博03 (2416)　大般涅槃經卷第六（題跋）

上博03 (2416)　大般涅槃經卷第六（卷尾）

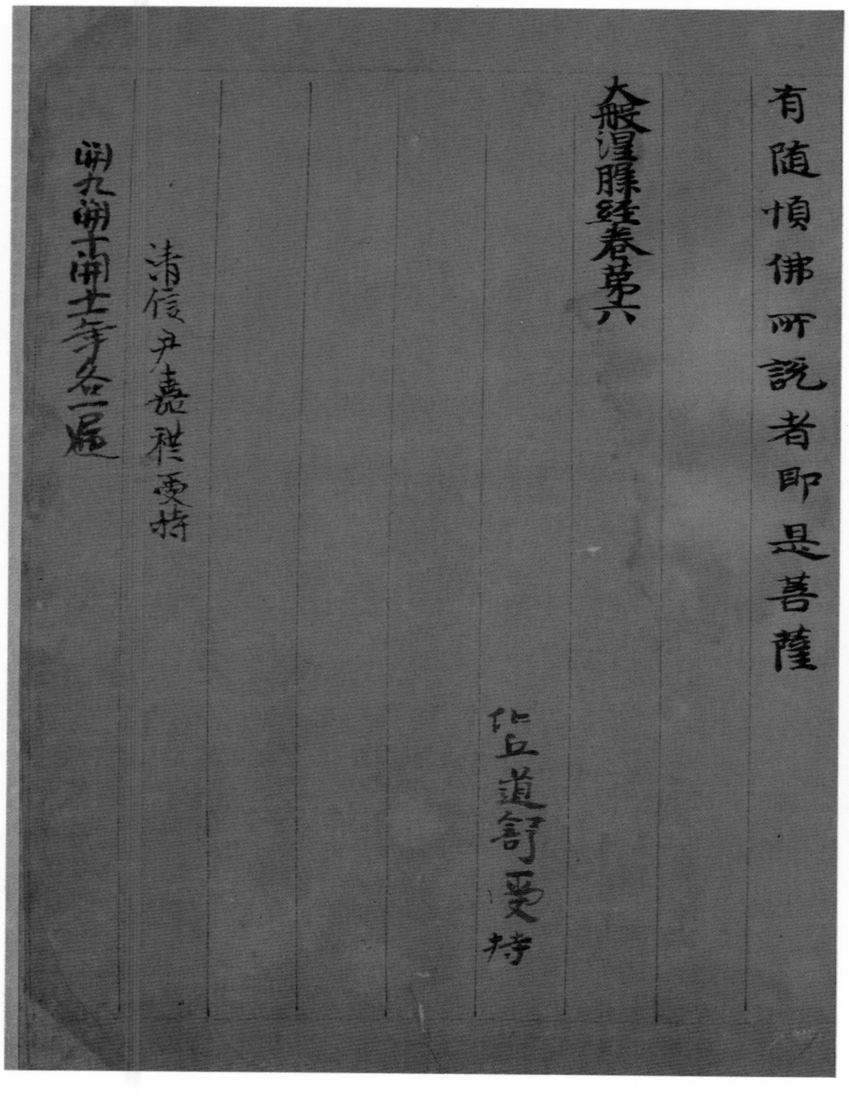
有隨順佛所説者即是菩薩
大般涅槃經卷第六
比丘道舒受持
清信尹嘉禮受持
開九開十開十一年合一遍

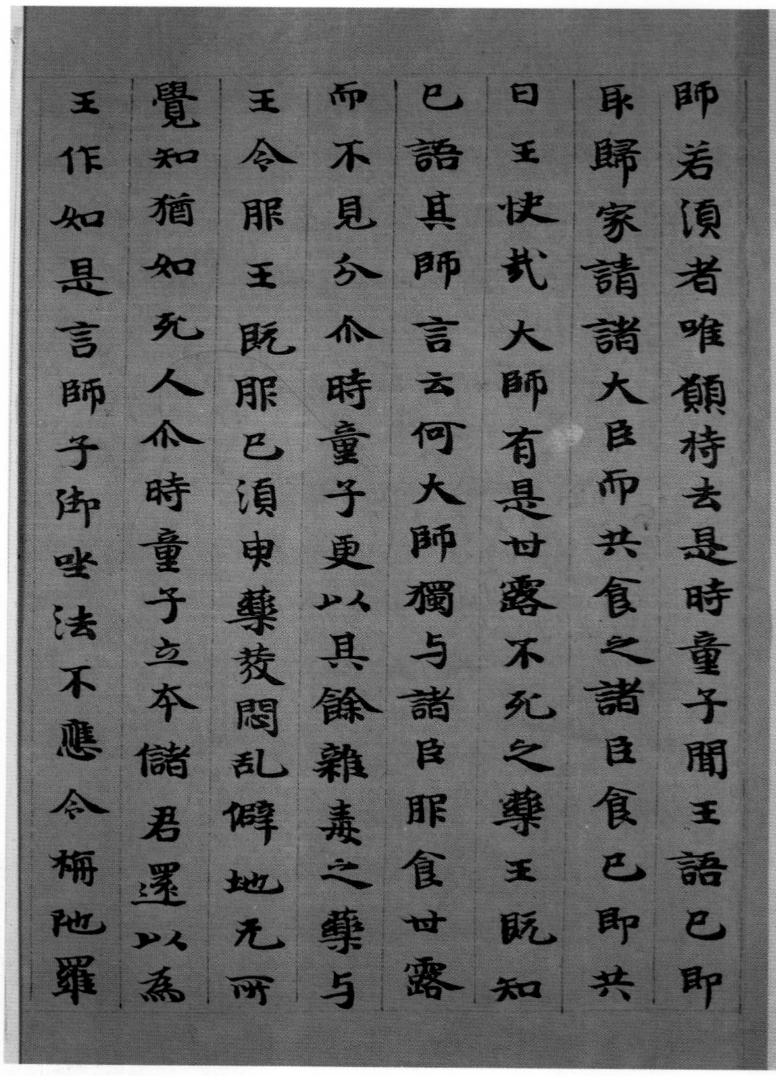
師若須者唯願持去是時童子聞王語已即
取歸家請諸大臣而共食之諸臣食已即共
白王快哉大師有是甘露不死之藥王既知
已語其師言云何大師獨與諸臣服食甘露
而不見分尒時童子更以其餘雜毒之藥與
王令服王既服已須臾藥發悶乱僻地无所
覺知猶如死人尒時童子立本儲君還以為
王作如是言師子御坐法不應令栴陁羅

上博03 (2416)　大般涅槃經卷第六（卷首）

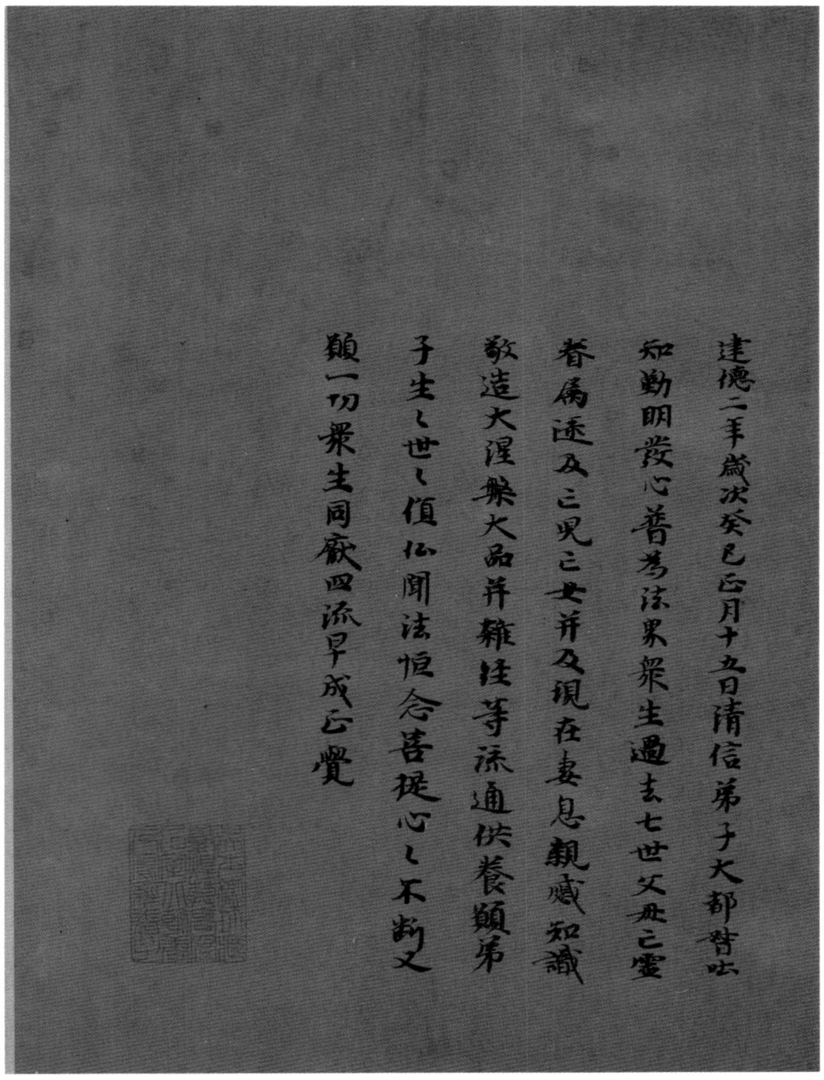
建德二年歲次癸巳正月十五日清信弟子大都督吐
知勤明發心普為法界衆生過去七世父母亡靈
眷屬逮及亡兒亡女并及現在妻息親戚知識
敬造大涅槃大品并雜經等流通供養願弟
子生生世世值佛聞法恒念菩提心心不斷又
願一切衆生同欲四流早成正覺

上博05 (3260) 大般涅槃經卷第九（題記）

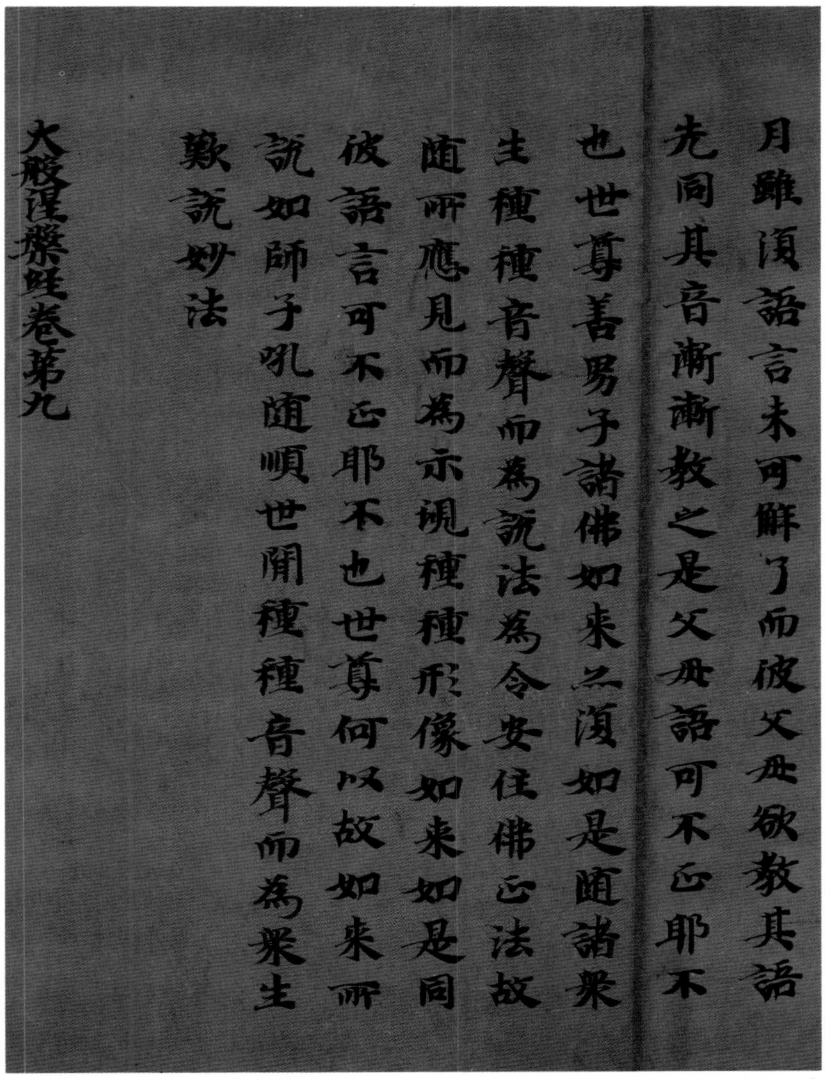
月雖須語言未可解了而彼父母欲教其語
先同其音漸漸教之是父母語可不正耶不
也世尊善男子諸佛如来亦復如是隨諸衆
生種種音聲而為說法為令安住佛正法故
隨所應見而為示現種種形像如来如是同
彼語言可不正耶不也世尊何以故如来所
說如師子吼隨順世間種種音聲而為衆生
歎說妙法
大般涅槃經卷第九

七 上博05 (3260) 大般涅槃經卷第九（卷尾）

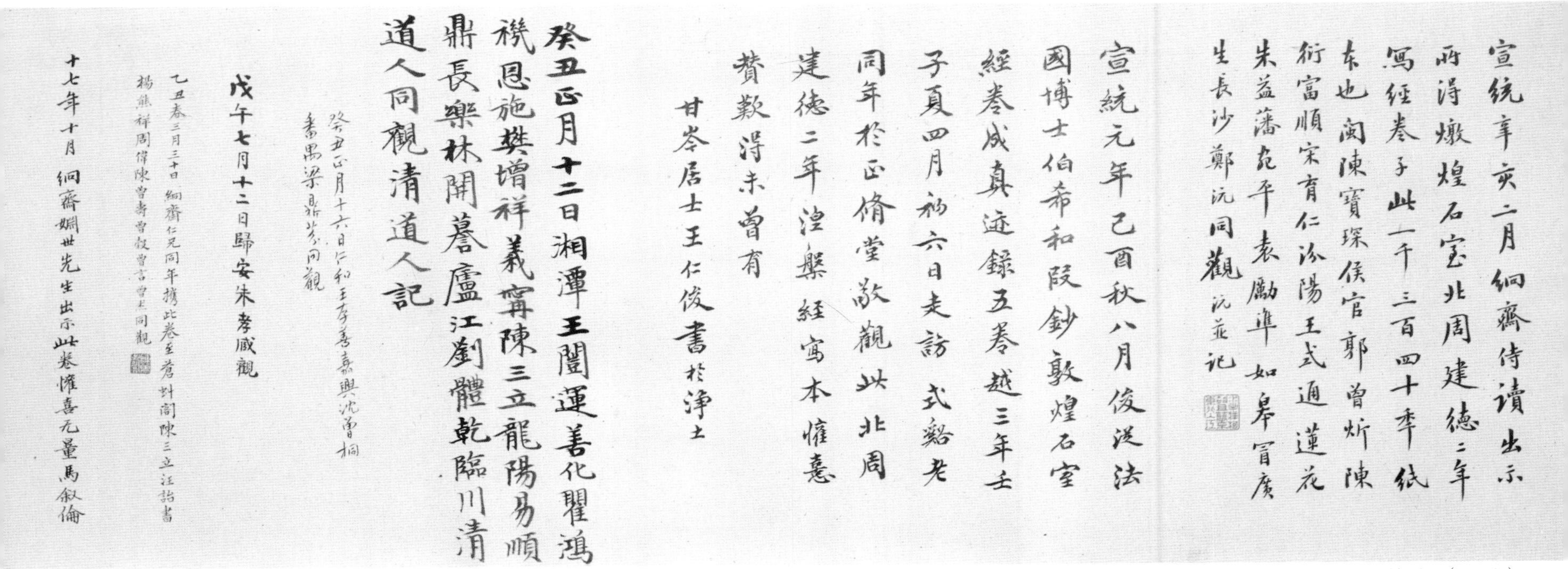
宣統辛亥二月綗齋侍讀出示
所得燉煌石室北周建德二年
寫經卷子此一千三百四十年
物也閩陳寶琛侯官郭曾炘陳
衍富順宋育仁汾陽王式通蓮花
朱益藩宛平袁勵準如皋冒廣
生長沙鄭沅同觀沅並記
宣統元年己酉秋八月俊從法
國博士伯希和假鈔敦煌石室
經卷成真迹錄五卷越三年壬
子夏四月初六日走訪式谿老
同年於正脩堂敬觀此北周
建德二年涅槃經寫本惟悳
贊歎得未曾有
甘岑居士王仁俊書於淨土
癸丑正月十二日湘潭王闓運善化瞿鴻
禨恩施樊增祥義寧陳三立龍陽易順
鼎長樂林開謩廬江劉體乾臨川清
道人同觀清道人記
癸丑正月十六日仁和王存善嘉興沈曾桐
番禺梁鼎芬同觀
戊午七月十二日歸安朱孝臧觀
乙丑春三月三十日綗齋仁兄同年携此卷至詹斗閣陳三立汪詒書
楊熊祥周偉陳曾壽曾叔曾言曾矩同觀
十七年十月綗齋姻世先生出示此卷惟喜元量馬叙倫

上博05 (3260) 大般涅槃經卷第九（題跋）

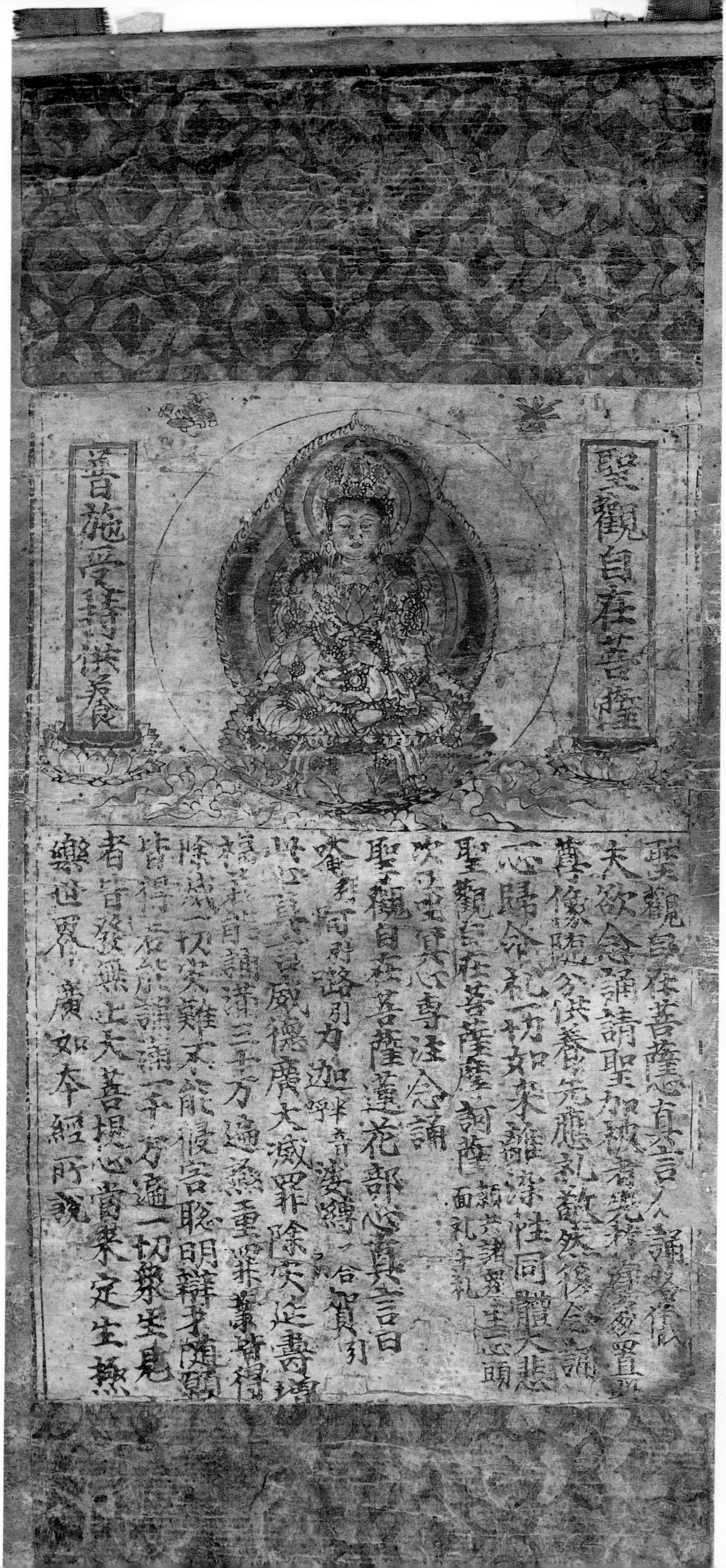

八　上博07 (3296)　觀自在菩薩像

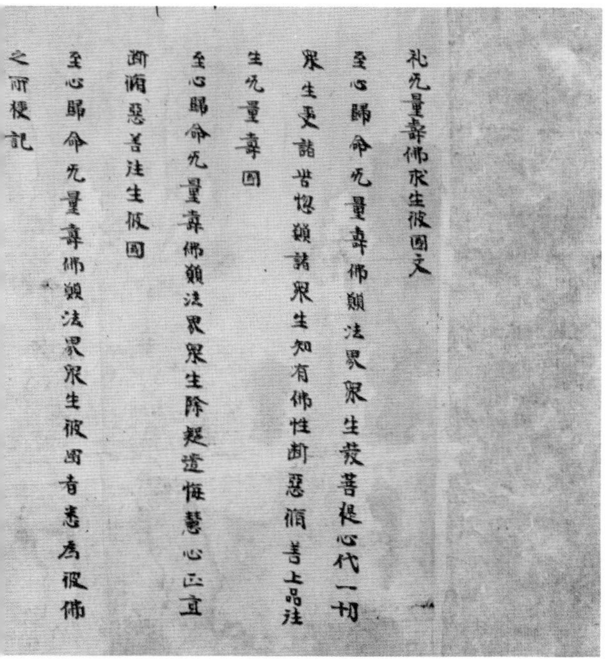

礼无量壽佛求生彼國文
至心歸命无量壽佛願法界衆生發菩提心代一切
衆生受諸苦惱願諸衆生知有佛性斷惡脩善上品往
生无量壽國
至心歸命无量壽佛願法界衆生除疑遣悔慧心正直
斷惡脩善往生彼國
至心歸命无量壽佛願法界衆生彼國者悉爲彼佛
之所授記

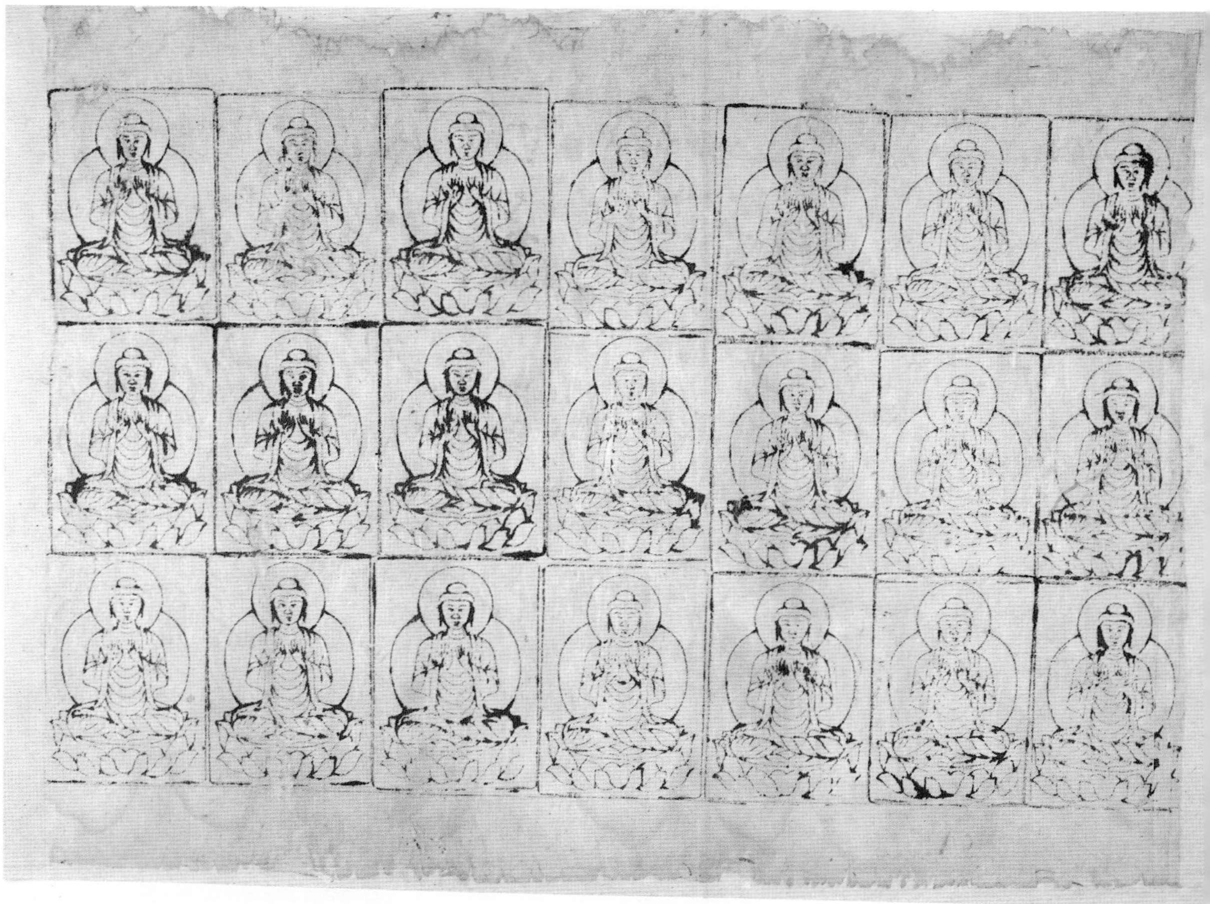

九　上博08 (3297)　佛像

一〇　上博09 (3298)　佛像

一一　上博10 (3299)　佛像

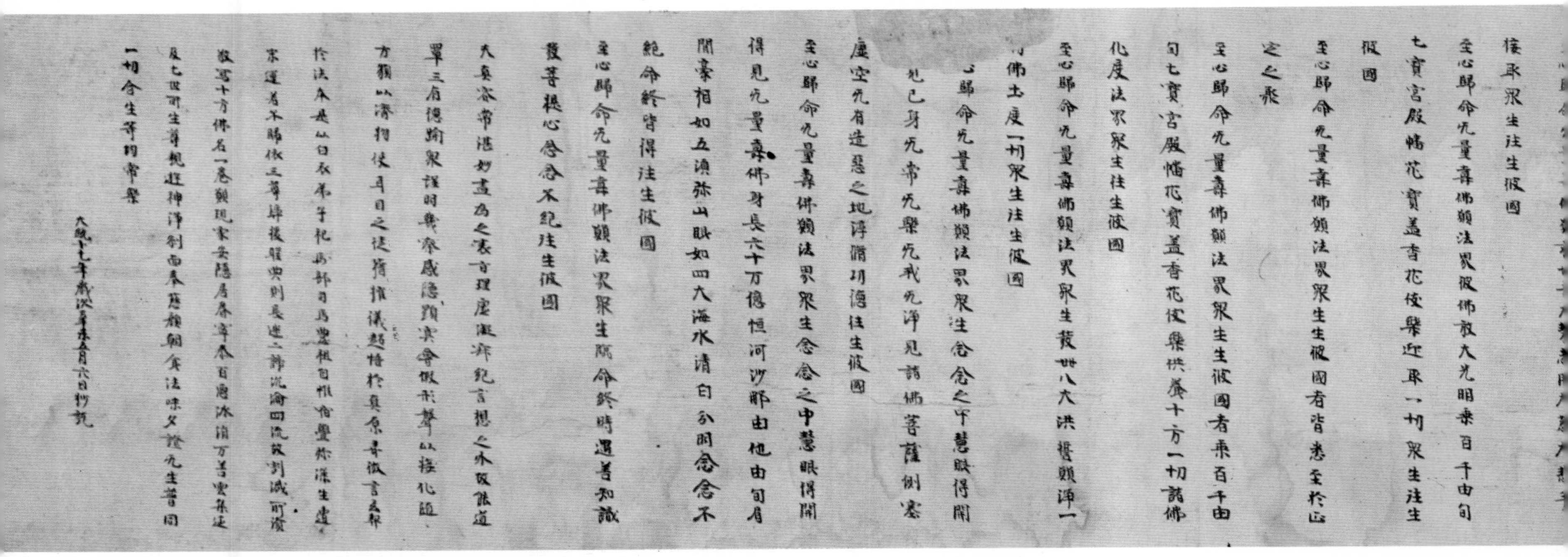

接承眾生往生彼國
至心歸命无量壽佛願法界彼佛放大光明乘百千由旬
七寶宮殿幡花寶蓋香花伎樂迎取一切眾生往生
彼國
至心歸命无量壽佛願法界眾生生彼國者皆悉至於正
定之聚
至心歸命无量壽佛願法界眾生生彼國者乘百千由
旬七寶宮殿幡花寶蓋香花伎樂供養十方一切諸佛
化度法界眾生往生彼國
至心歸命无量壽佛願法界眾生發卌八大洪誓願淨一
切佛土度一切眾生往生彼國
至心歸命无量壽佛願法界眾生念念之中慧眼得開
見已身无常无樂无我无淨見諸佛菩薩側塞
虛空无有造惡之地淨備功德往生彼國
至心歸命无量壽佛願法界眾生念念之中慧眼得開
得見无量壽佛身長六十万億恒河沙那由他由旬眉
間毫相如五須彌山眼如四大海水清白分明念念不
絕命終皆得往生彼國
至心歸命无量壽佛願法界眾生臨命終時遇善知識
發善根心念念不絕往生彼國
夫真容常湛妙盡有之表言理虛凝跡絕言想之外故能道
畢三有德踰眾謹明幾齊感隱顯實會假形聲以接化道
方類以濟物使耳目之徒猶推儀趣悟於真原寄微言未歸
於法本是以白衣弟子化為部司馬豐祖自惟宿豐於深生遠
來運為不歸依三尊歸依[illegible]則長迷三界流淪四流故割減所資
敬寫十方佛名一卷願現家安隱居眷寧泰百惡冰消万善雲集逮
及七世所生尊親超神淨刹面奉慈顏餐法味又證无生普同
一切含生等同常樂
大統十七年歲次辛未五月六日抄訖

一二　上博16 (3318)　禮无量壽佛求生彼國文

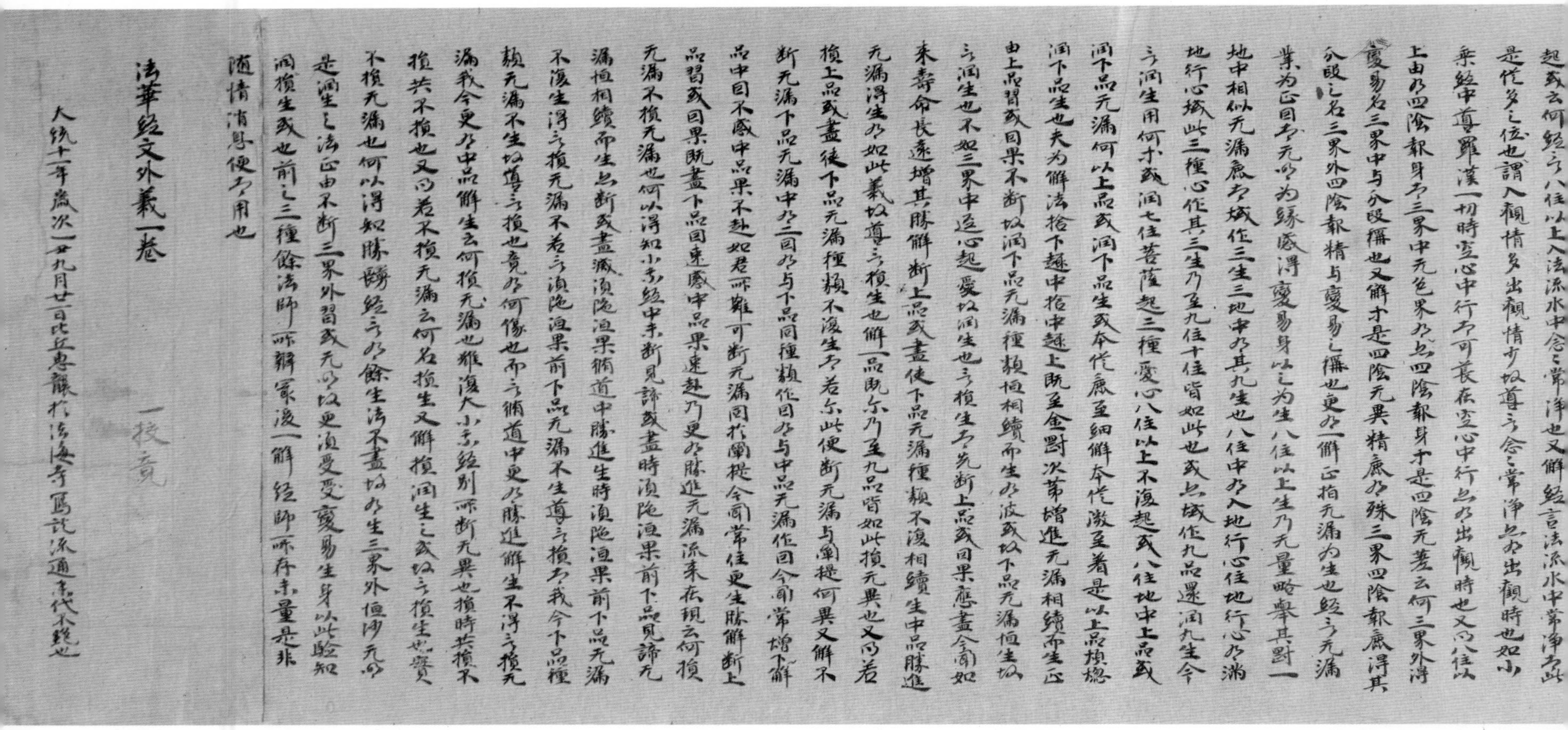

隨情消息便可用也

法華經文外義一卷

一校竟

大統十一年歲次乙丑九月廿一日比丘惠襲於法海寺寫訖流通後代不絕也

一三　上博15 (3317)　法華經文外義一卷（卷尾）

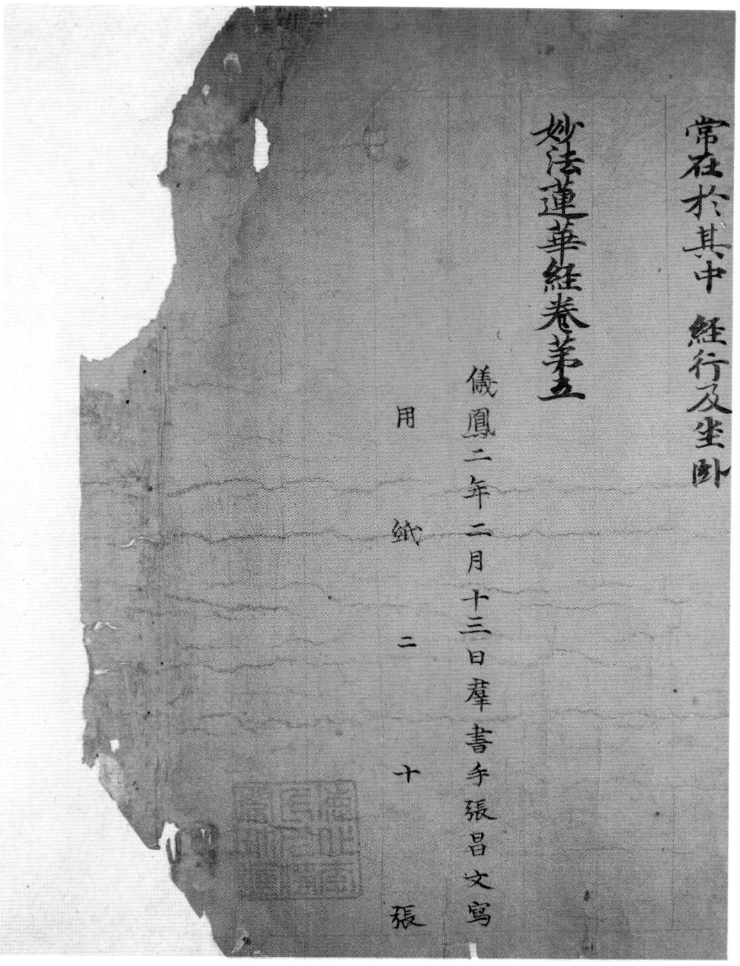
常在於其中 經行及坐臥
妙法蓮華經卷第五
儀鳳二年二月十三日群書手張昌文寫
用紙二十張

一五　上博18 (3322)　妙法蓮華經卷第五（卷尾）

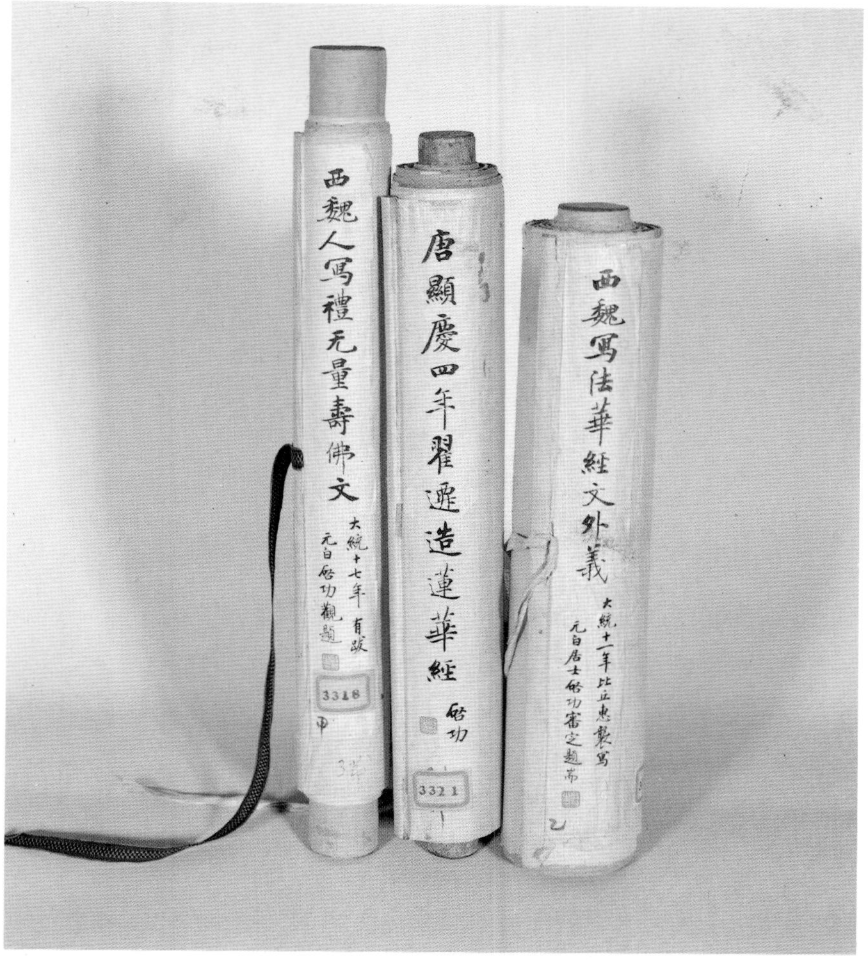
西魏人寫禮无量壽佛文
3318
唐顯慶四年翟遝造蓮華經
啟功
3321
西魏寫法華經文外義

一四　上博15 (3317)　上博16 (3318)　上博17 (3321)　啟功題簽

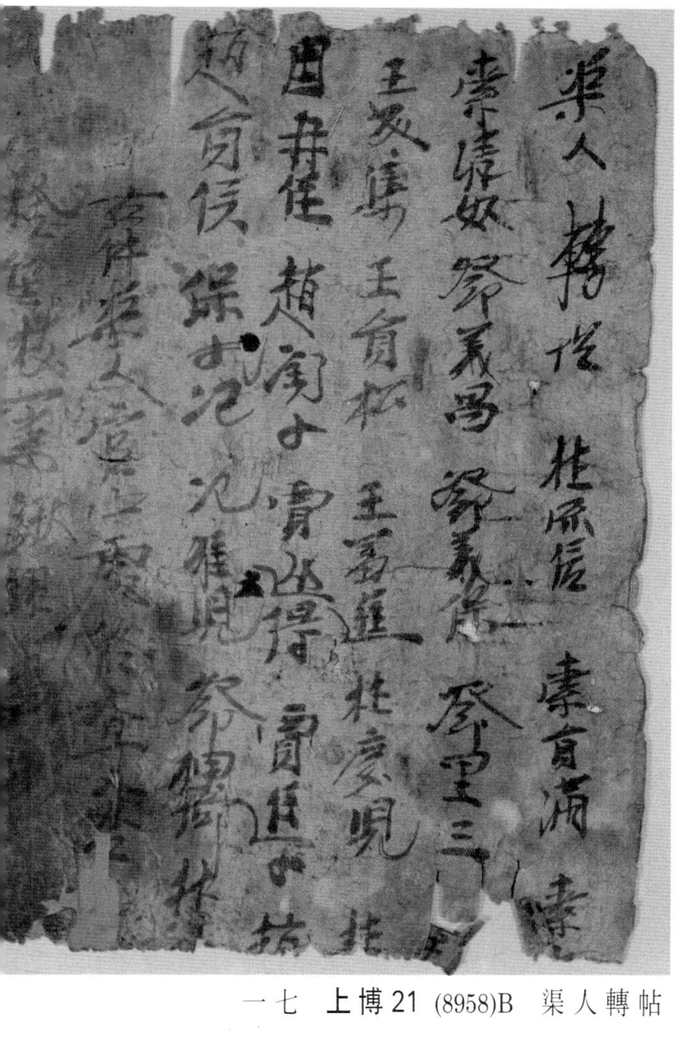

一七　上博21 (8958)B　渠人轉帖

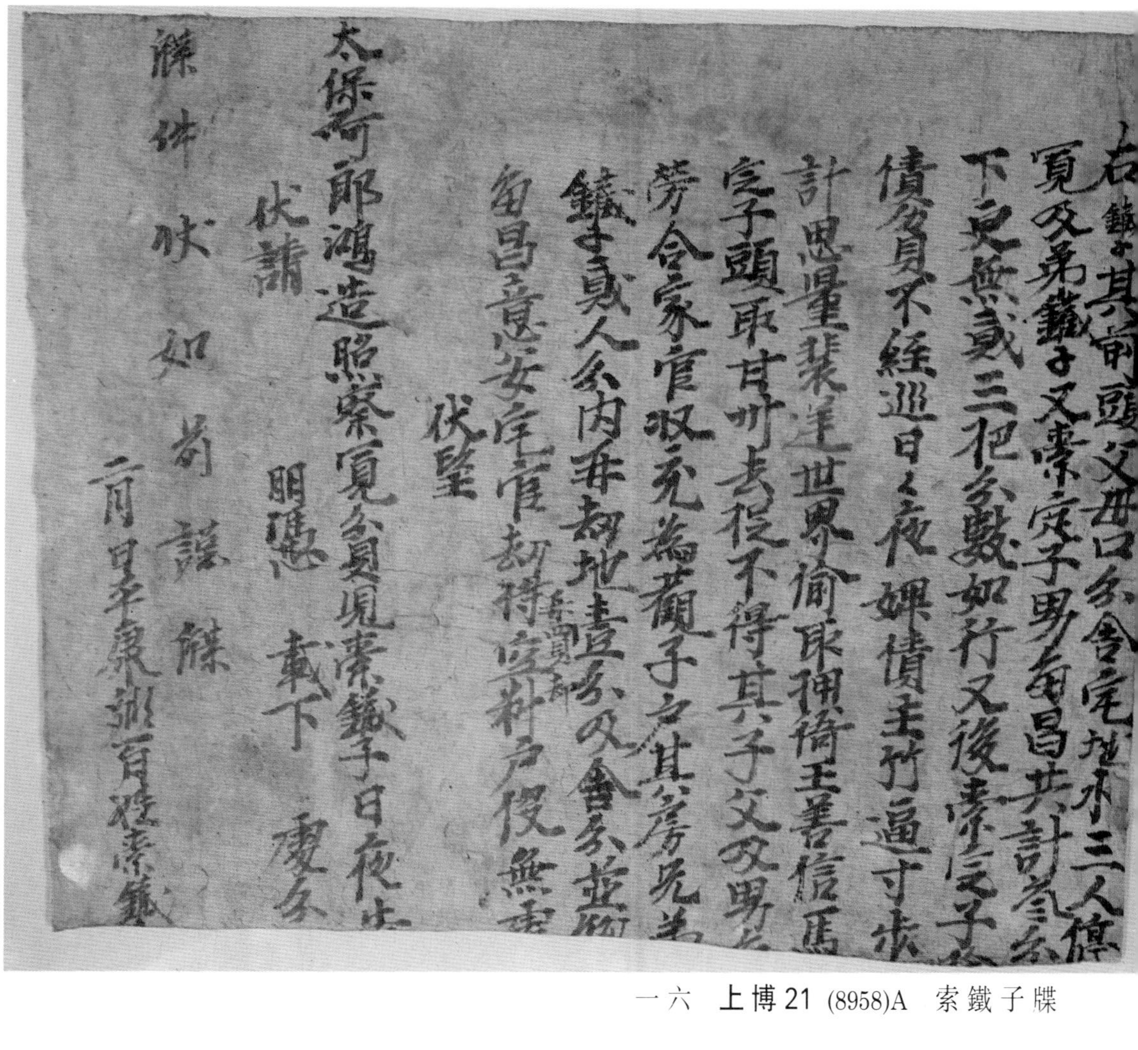

一六　上博21 (8958)A　索鐵子牒

敦煌石室經卷多見
南齊人書經其卷背
皆印千佛像畫法亦
同此卷豈其同出一手
邪

乙丑夏六月衡陽曾熙

唐人画佛雖盈文之卷
未足為貴以云傳世者
多也惟印本為最佳
其刻工之精有似後
人所能誰謂工藝進
化古不逮今耶
家德仁兄寶之　有為

此亦莫高窟所出佛像初
以為北宋本細審紙印蓋
亦唐本也據焦氏筆乘唐
末益州始有墨版多術數
字學小書而已蜀毋昭裔
請刻版印九經始用木版
此似每像各有一版當為泥
版在木版之先法以雕範
印於泥上再以紙印之傳世
有韓文銅範即是合成泥
版之先型觀濰縣陳氏所
藏秦瓦量文可見漢以前
已有是法窟中所出寫經
多畫像亦多而印本恰少
故此頁價值尤高云

乙丑五月杭州鄒壽祺

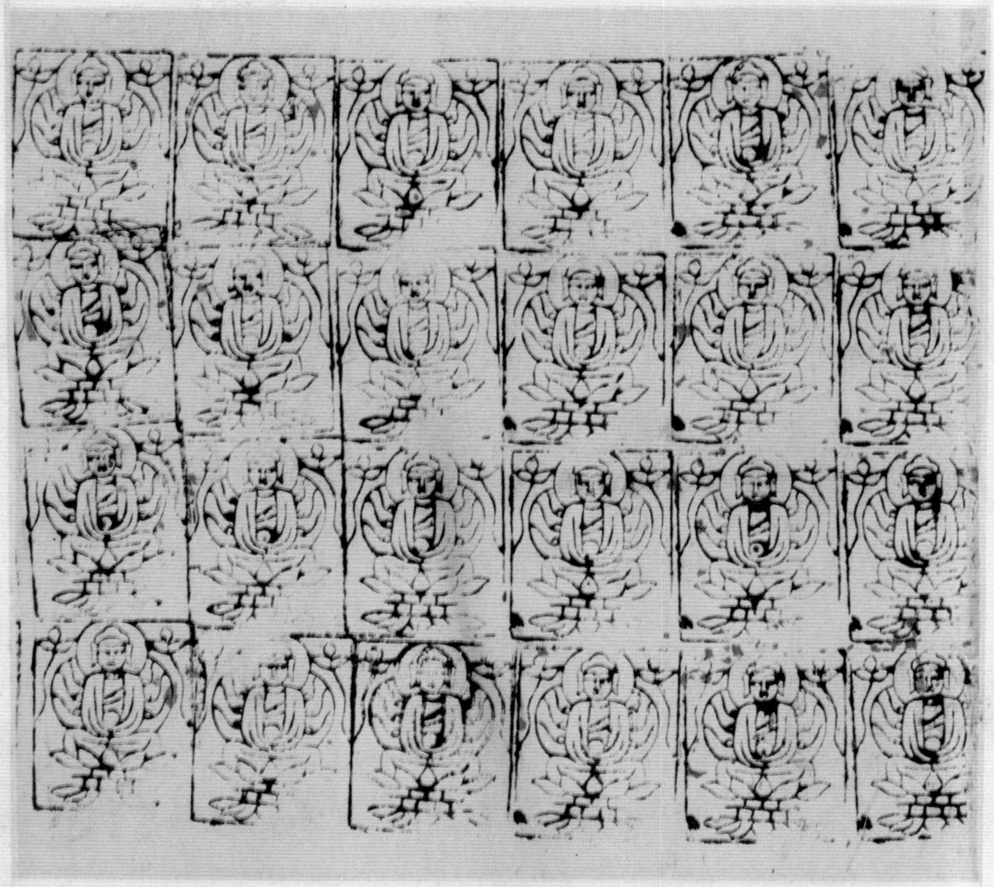

刻字印刷之術舟人皆謂始
於五代張琳以得銅書范
要日證明吾友羅叔言藏
瓦量上有始皇詔每二字為一
板謂是活字之始余謂利從
鐘字形作鳥篆每一篆字
外皆作方匡蓋刻篆於木
印於土范即後來活字
所自昉是刻字之法秦時
即有之矣敦煌所出諸經
中有一短長四寸許刻佛像後
題刻字雷延美開元年號此
字乃刻木作小方塊印而成者
佛象亦敦煌千佛寺物去歲
審其紙墨之色與雷延美一幅
正同定為唐物無疑與吳
越王刻陀羅尼經卷並重攷吾
國雕板術者不可不知也
[illegible]乙丑夏五月徐杭[illegible]記

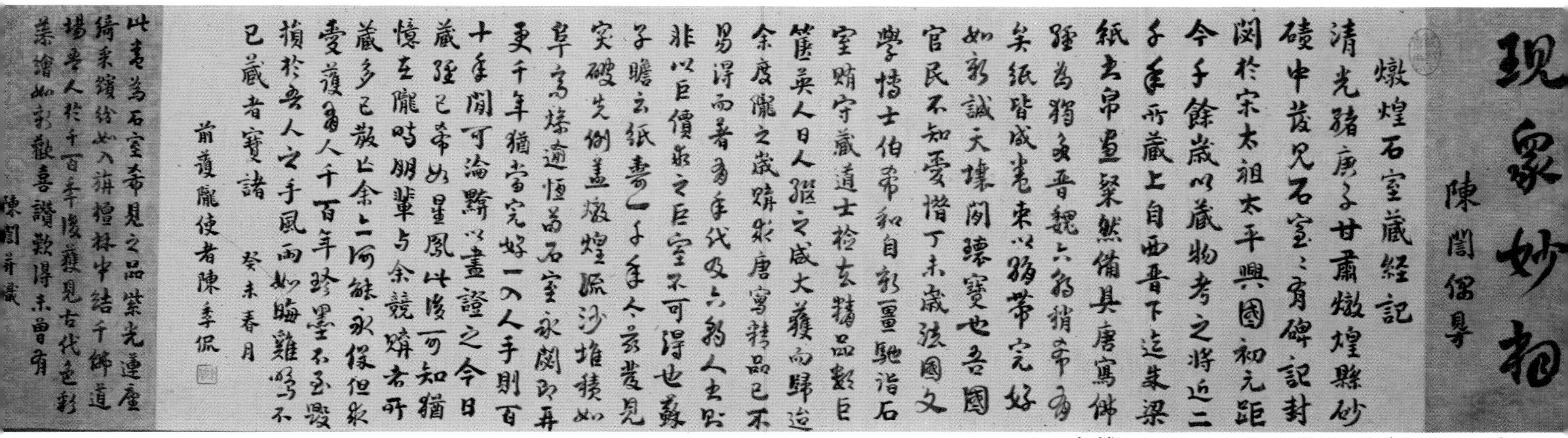

一九　上博23 (19714)　佛説佛名經（卷首題跋）

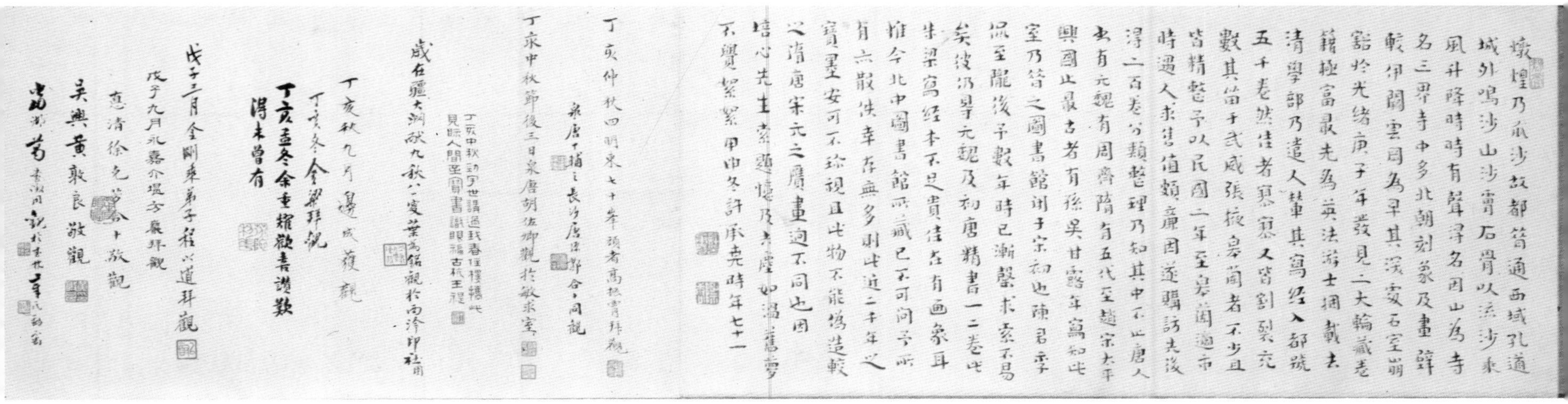

上博23 (19714)　佛説佛名經（卷尾題跋）

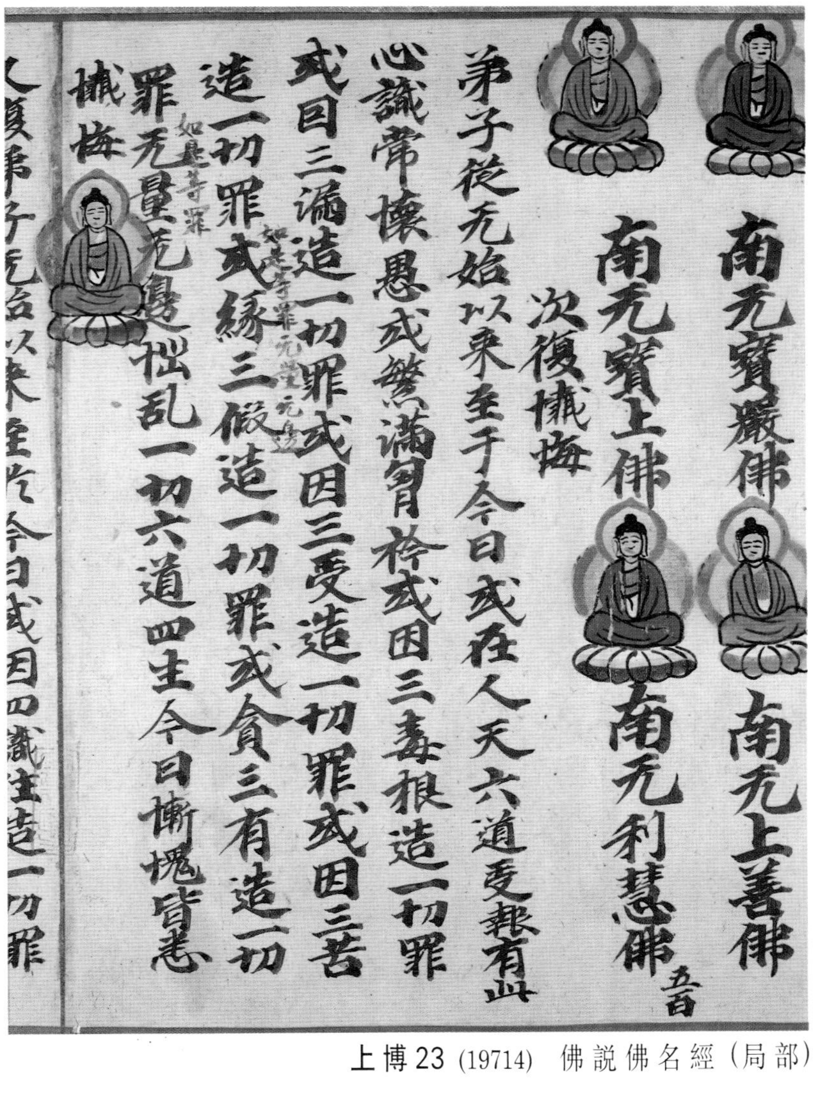

上博23 (19714)　佛説佛名經（局部）

上博23 (19714)　佛説佛名經（局部）

二〇　上博 24 (24579)　論語鄭玄注

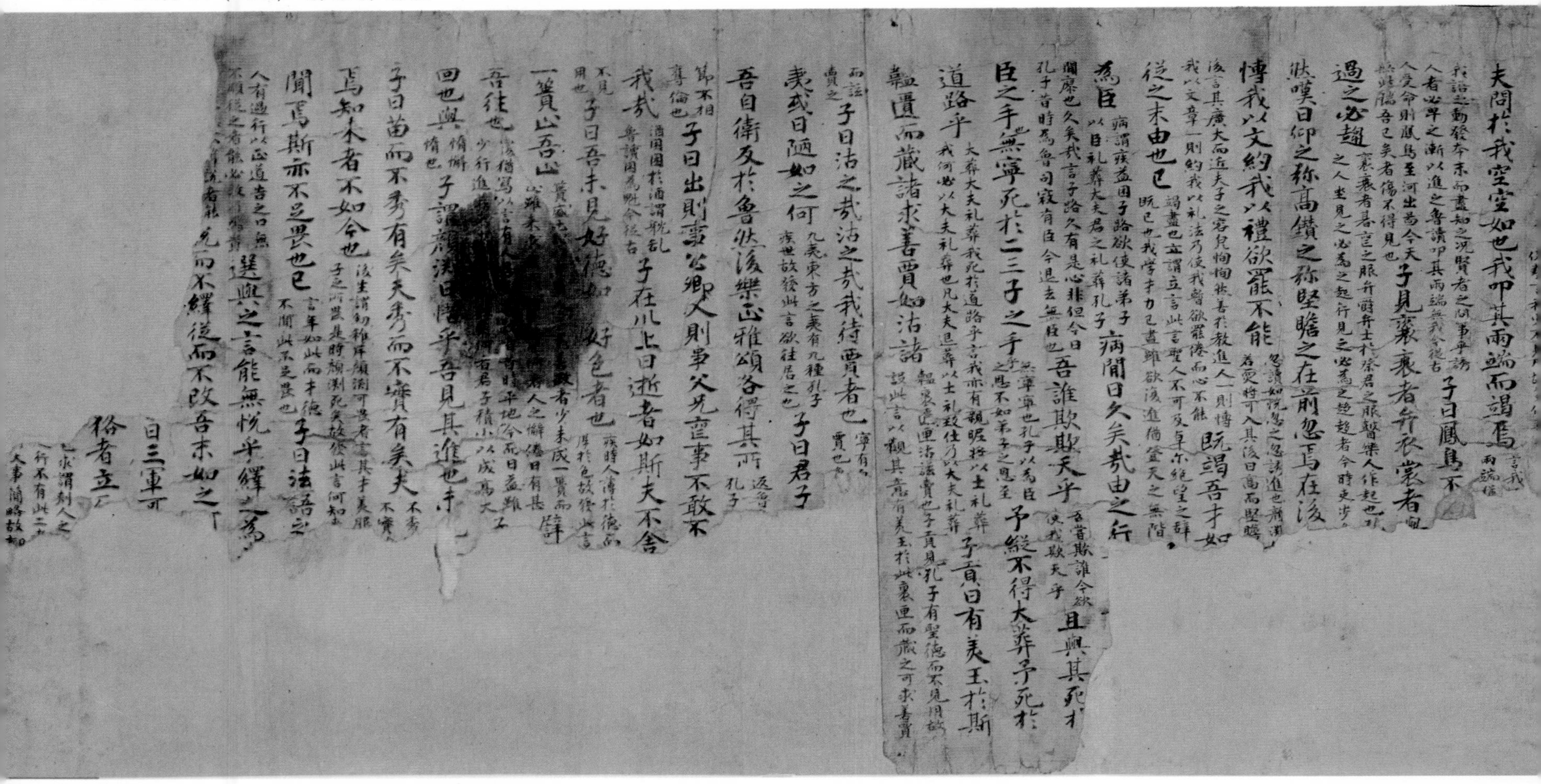

二一　上博 24 (24579)V　書信

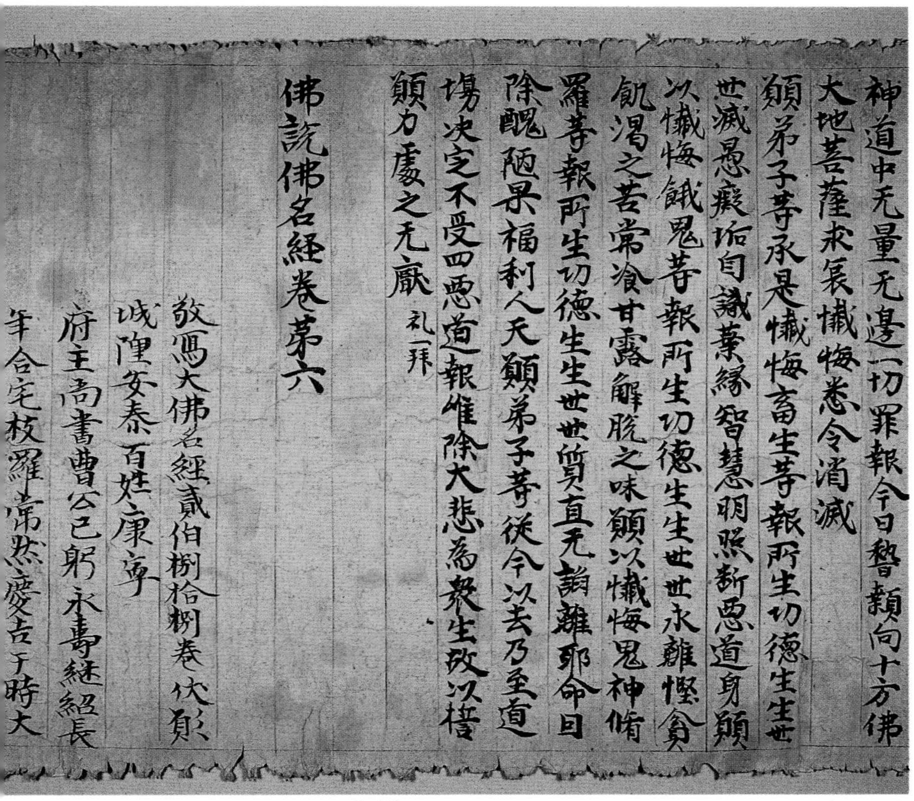

上博25 (25644) 佛說佛名經卷第六（卷尾）

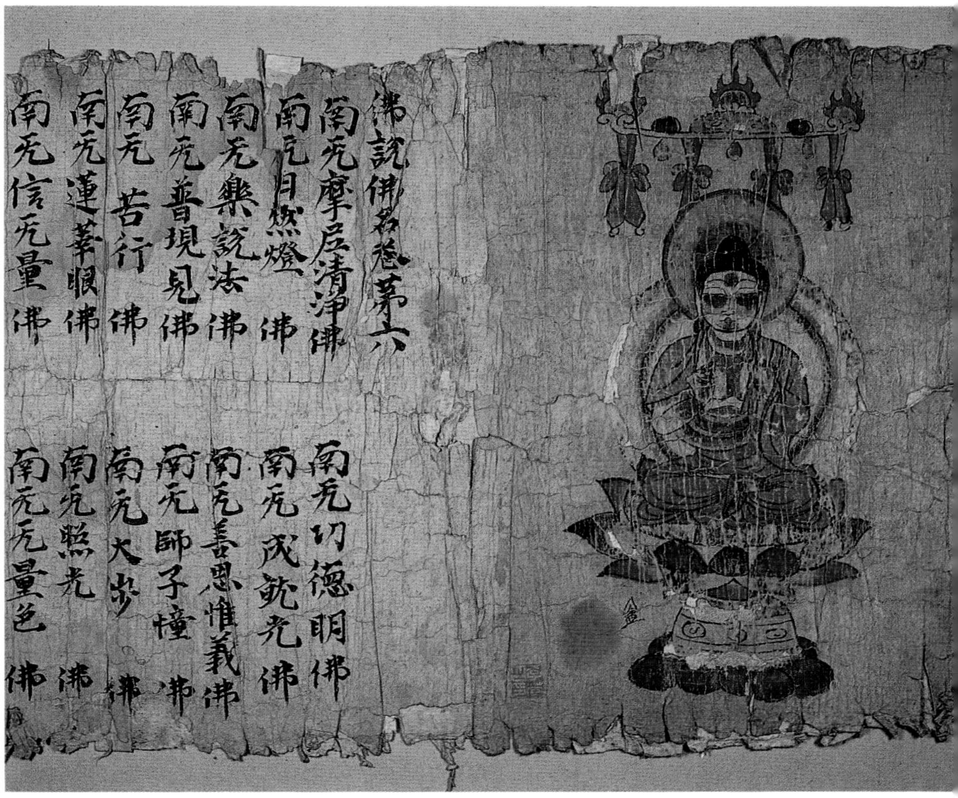

二二 上博25 (25644) 佛說佛名經卷第六（卷首）

二三 上博31 (36643) 請紙牒

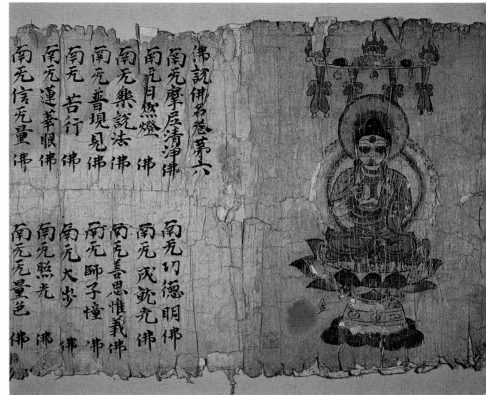

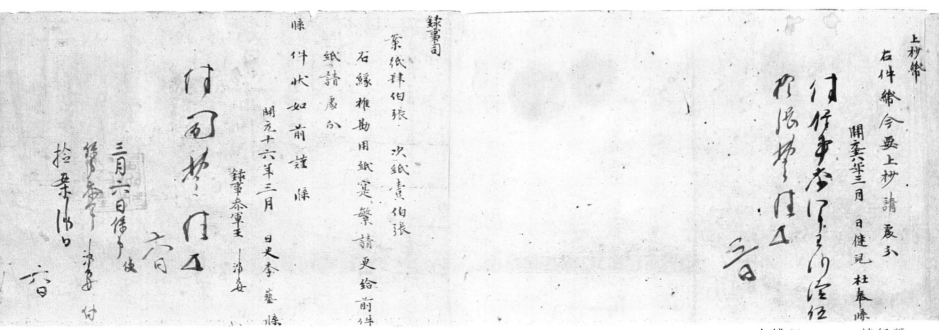

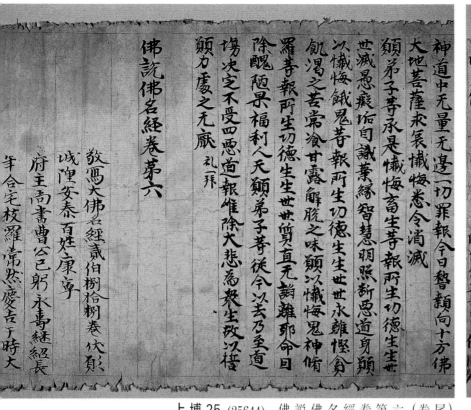

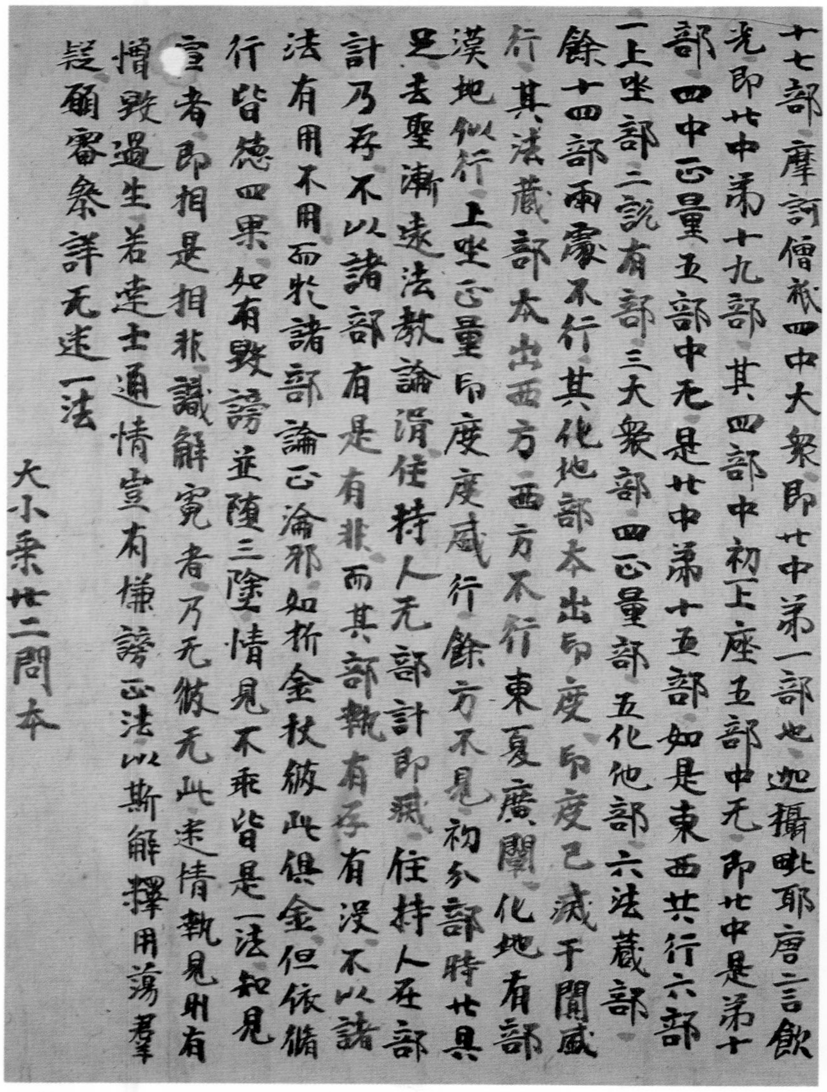

上博 42 (39644) 大小乘廿二問本（卷尾）

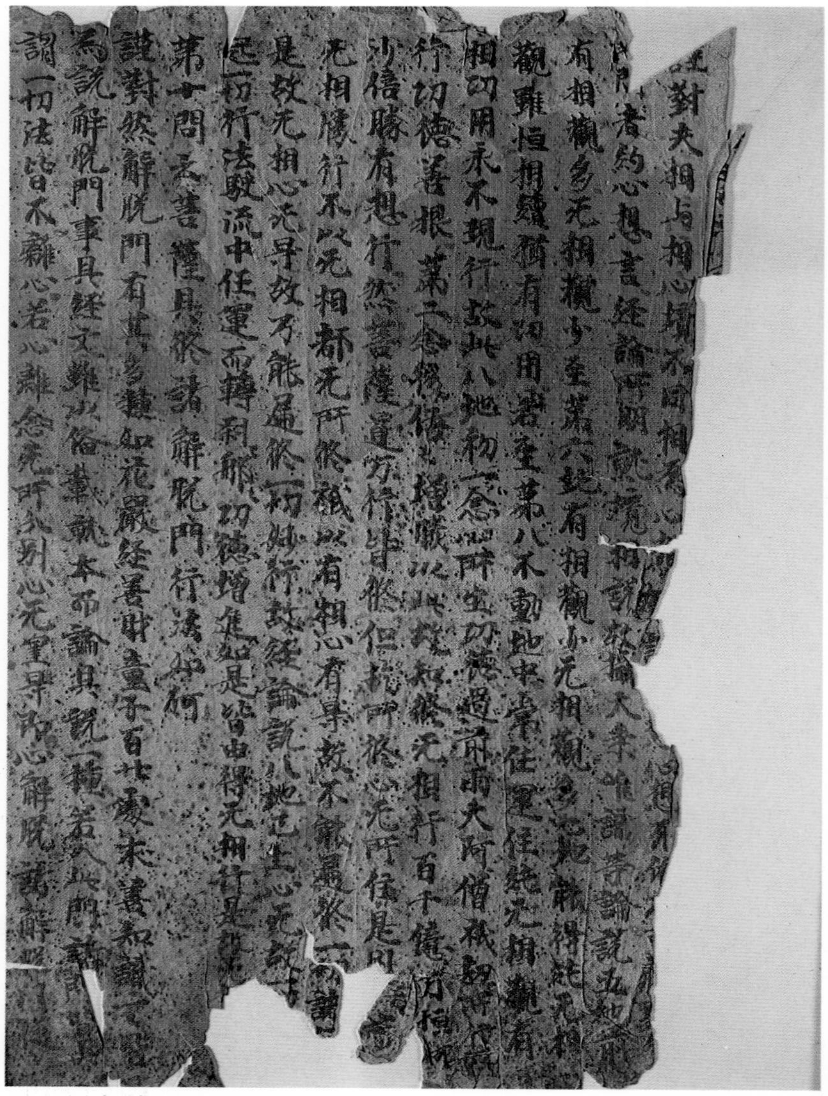

二四 上博 42 (39644) 大小乘廿二問本（卷首）

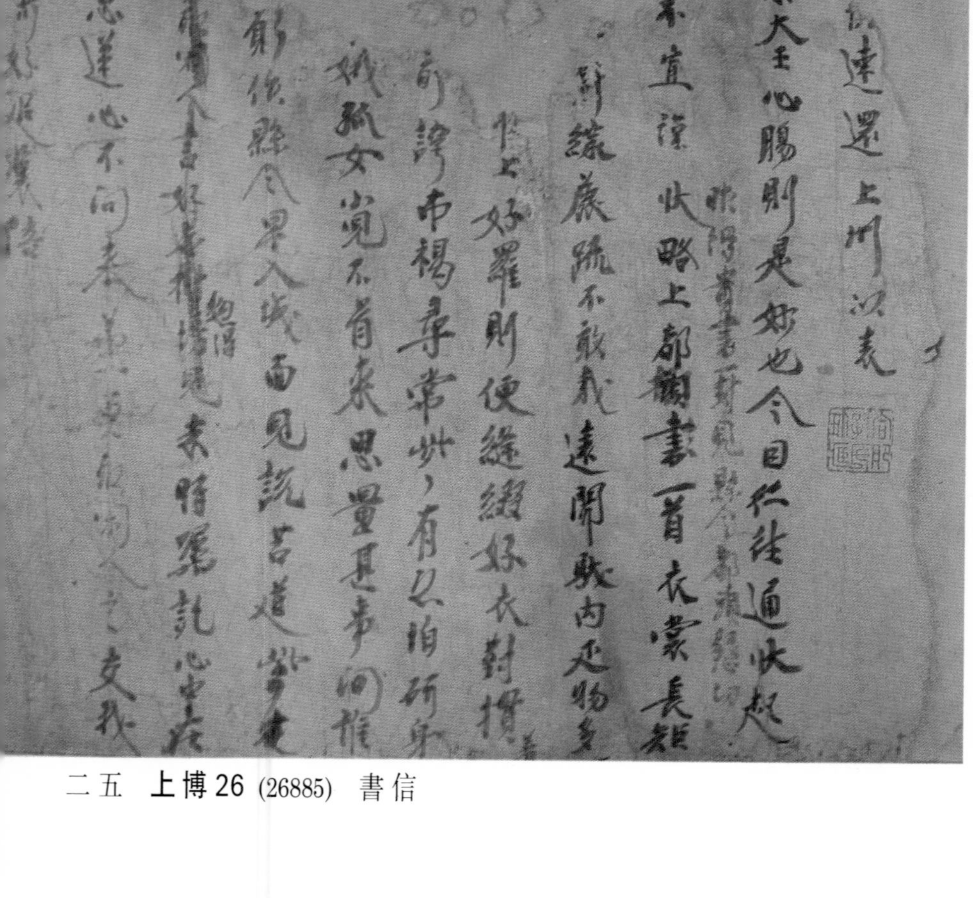

二五 上博 26 (26885) 書信

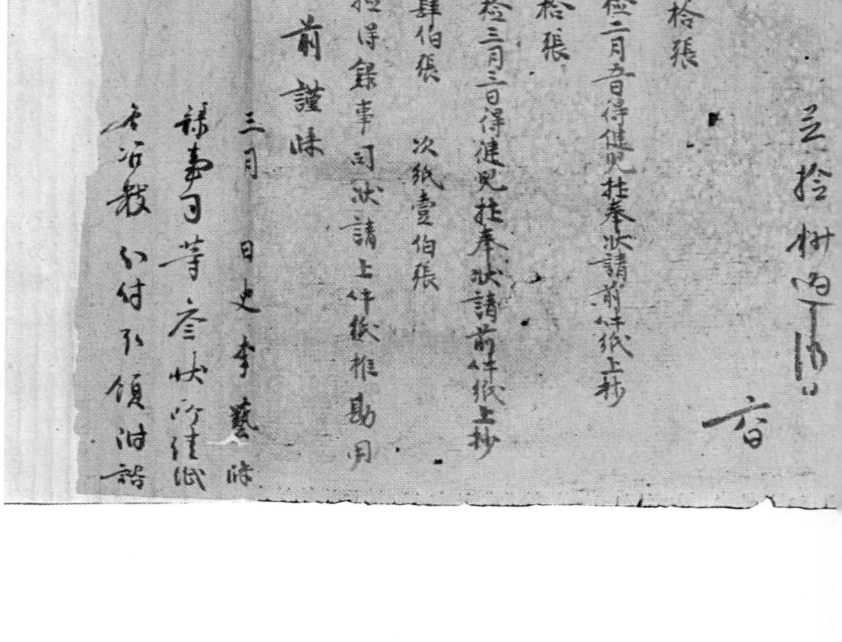

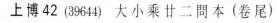

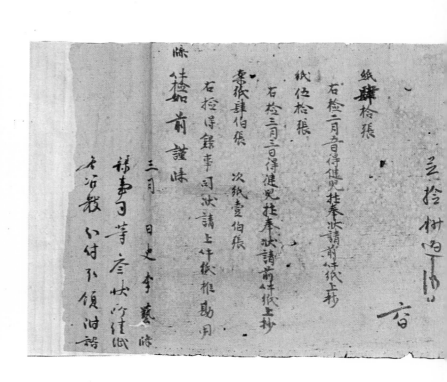

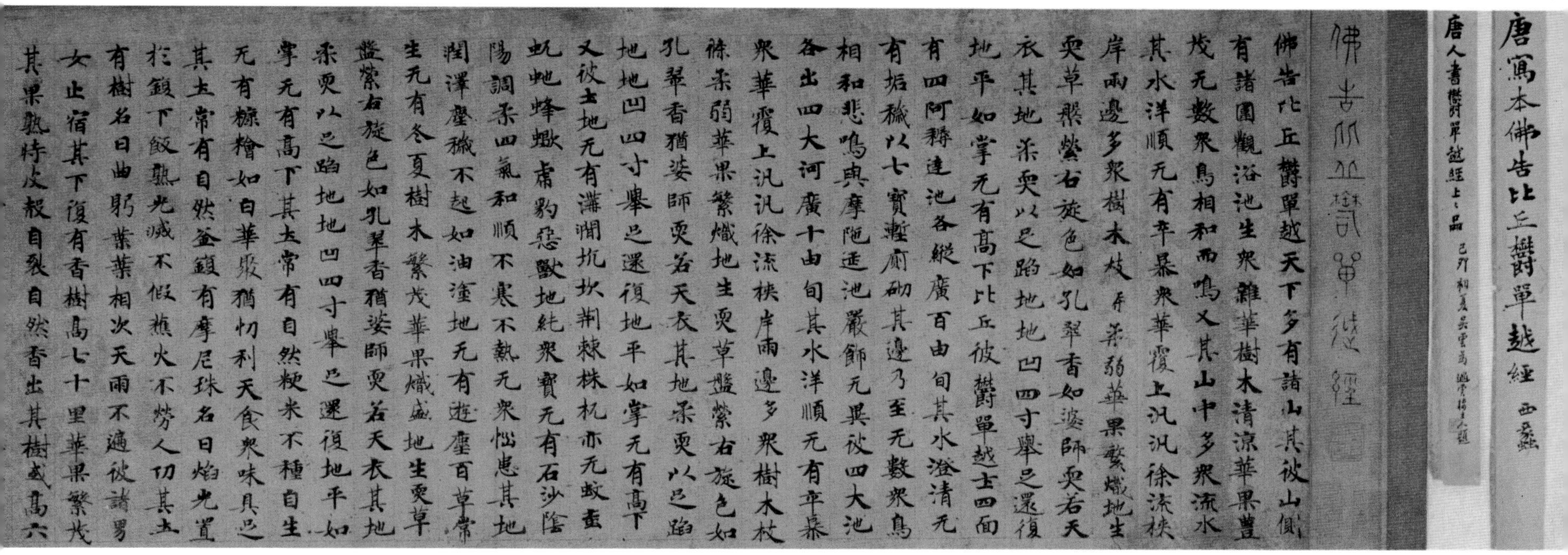

二六　上博附02 (13838)　佛説長阿含第四分世紀經欝單日品第二(卷首)

二七　上博附03 (34667)　法華玄贊卷第六

上博附03 (34667)　法華玄贊卷第六(題跋)

上海博物館藏敦煌吐魯番文獻第一册目録

（上博01—上博47）

彩色圖版目録

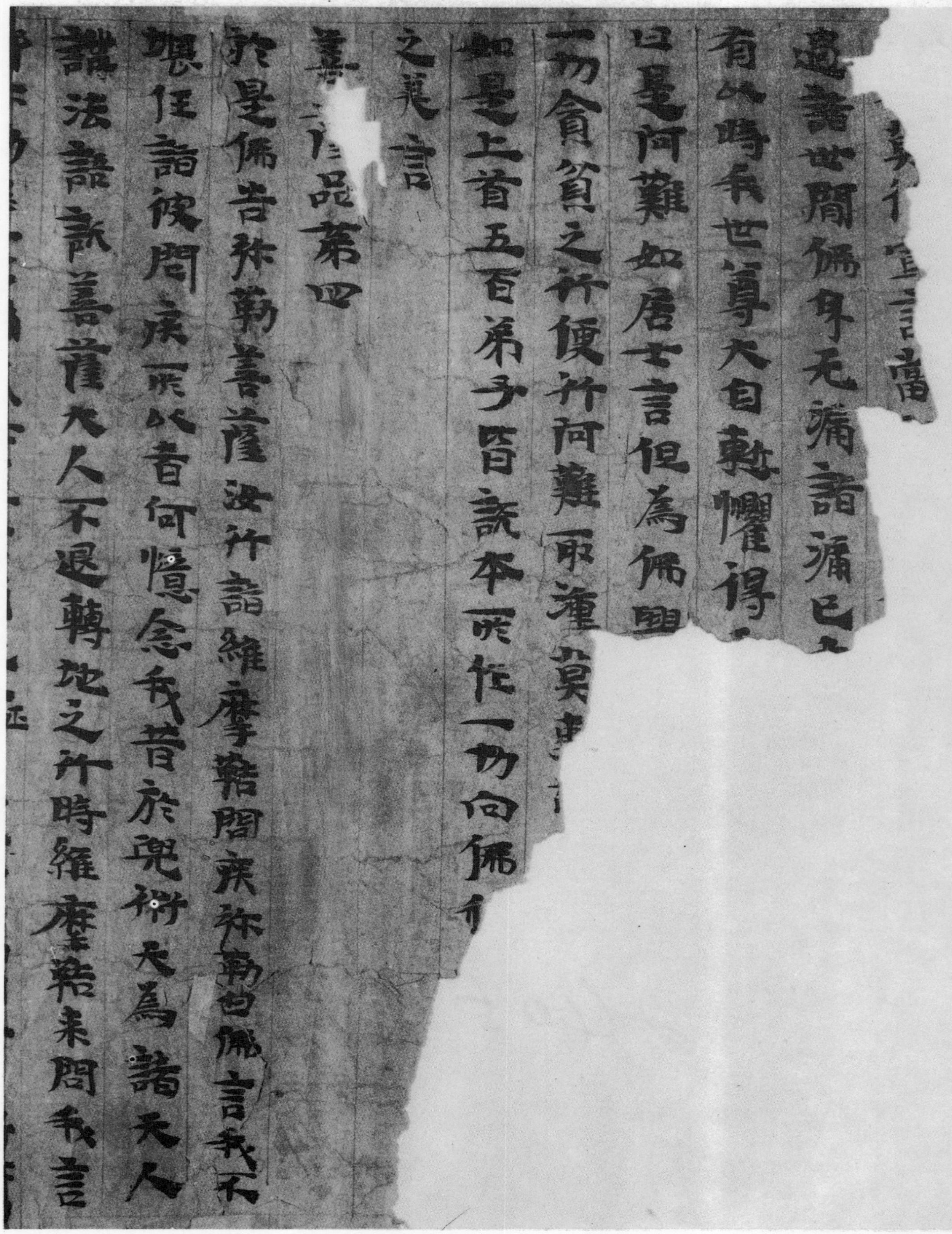

[illegible]
過諸世間佛身无痛諸痛已[illegible]
有以時我世尊大自慚懼得[illegible]
曰是阿難如居士言但為佛興
一切貪貧之所便所阿難取濡莫惠[illegible]
如是上首五百弟子皆說本所作一切向佛[illegible]
之義言
菩薩品第四
於是佛告弥勒菩薩汝行詣維摩詰問疾弥勒白佛言我不
堪任詣彼問疾所以者何憶念我昔於兜術天為諸天人
講法語諸菩薩大人不退轉地之行時維摩詰來問我言
[illegible]

上博 01 (2405) 佛說維摩詰經卷上 (27－1)

講法語說菩薩大人不退轉地之行時維摩詰來問我言
卿弥勒在一生補處世尊所莂無上正真道者為用何生得弥勒
為用過去所當來所現在所去者生盡未來无對現在无
住如佛說寔比丘日是生是老是死是終是始及未生與
當生與此所者非无生也由是論之不從无生得最正覺然則
何用記弥勒決從如起所從如滅所失如者不起不滅一切
人皆如也一切法亦如也眾聖賢亦如也至於弥勒亦如也所
記莂无上正真道者則一切人為得決矣所以者何如者不
稱為已亦无他稱說如弥勒成最正覺者一切人民亦當從
覺所以者何一切人民當從覺道致如弥勒滅度者一切
人民亦當滅度所以者何如來者不捨眾人獨滅度也又當滅

人民亦當滅度所以者何如來者不捨衆人獨滅度也夫當滅
度諸凡人故卿彌勒與天人說莫為非時佛者无往亦无
還反若彌勒此諸天人念欲見道則為旁行道不從身亦不
從正覺亦不意也都滅夫佛一切如化无比夫佛一切造業
无為夫佛一切不惑已斷夫佛一切遠離无猗夫佛於諸受
盛不雜夫佛都以一智兼樂夫佛衆所思樂无言夫佛諸著
不著住夫佛以法情住普入夫佛自然如也不二夫佛二法以離立
夫佛積識信等夫佛如空等无數夫佛離起分處知彼
夫佛衆意行智上夫佛諸入不會不會夫佛逆獄勞斷聖
師夫佛以无比化將導一切非現名夫佛已諦見无色夫佛淨識已
離憒夫佛本性已清明夫佛自然以淨无憂夫佛衆因已裂

上博 01 (2405) 佛說維摩詰經卷上 (27－3)

離憒等佛本性已清明等佛自然以淨无憂等佛衆因已裂
不争等佛諸法等覺无崖等佛色好已捨妙等佛所覺
甚遠當興世尊説是法時彼諸天衆二百天人皆得不起
法忍故我不任詣彼問疾
佛告光淨童子汝行詣維摩詰問疾光淨白佛言我不
堪任詣彼問疾所以者何憶念我昔出維耶離大城時維
摩詰方入城我即爲作禮而問言居士所從來荅我言吾
從道場來我問道場者何所是言道場者无生之心是檢一惡意
故淳淑之心是習增上故聖賢之心是往殊勝故道意之心
是不妄捨故布施之心是不望報故持戒之心是得願具故
忍辱之心是不心是一不亂人故精進之心是无退意故禪思之心

上博 01 (2405) 佛説維摩詰經卷上 (27－4)

忍辱之心是不心是一不亂人故精進之心是无退意故禪思之心
是意行出故智慧之心是慧眼見故慈心則是爲等意故悲
心則是爲忍苦故喜心則是以法樂樂人故護心則是爲道眞
信著故神通之心是得六通故惟務之心是无恚怒故滅
心則是度人民故四恩之心是合聚人故多聞之心是從受成
故不生之心是如自然觀故道品法心是一不著數不惰故諦
心則是諸世間部以不積故緣起之心是以不明不可盡至於老
死皆无盡故衆勞之靜是佛從是最正覺故衆生之心是以
人物自然故諸法之心是從空最正覺故伏諸魔心是以不傾
動故三界之場是離處不惰邪故師子吼場是菩勝无畏故
力无畏場是一切无難故三達之智是无餘罣导故一意思覺
場是一切智普見故如是之爲菩薩若應諸度无極如

上博 01 (2405)　佛說維摩詰經卷上　　(27－5)

場是一切智普具故如是仁者菩薩若應諸度无極如
應化人如應受法已得本行護一切情欲者是為一切從佛
心來立於一切佛法矣當其世尊說是語時有五百天與
人發无上正真道意故我不任詣彼問疾
佛告持人菩薩汝行詣維摩詰問疾持人白佛言我不堪任詣
彼問疾所以者何憶念我昔自於室住天魔波旬從玉女
萬二千狀如帝釋鼓樂絃歌來詣我室稽首我足與其
眷屬共供養我已於一面住我意是天帝釋謂言善來
拘翼雖福應有不當自恣一切欲樂當觀非常无猥多失
當脩德本魔言正士受是最嚴二千女可備掃灑我言拘翼
无以此妖蠱之物要我釋迦弟子也此非我儀時維摩詰

上博 01 (2405) 佛説維摩詰經卷上 (27－6)

无以此妖蠱之物要我釋迦弟子也此非我儀時維摩詰
來謂我言族姓子莫於是起汙意是爲魔來嬈固汝耳
非帝釋也維摩詰言波旬以此與我如我應受莫與釋迦
弟子魔即恐懼念維摩詰必不助我欲隱形去而不能
隱盡現其神了不得去而聞空中聲曰波旬以玉女與
之乃可得去魔以畏故俛與玉女維摩詰言魔以女與
我今汝當發无上正真道意諸玉女言其以如是從道之
教發大道意者當何以自娛樂答言汝等便發无上正
真道意有樂法之樂可以自娛汝等得之不復樂欲樂也即
問何謂法樂維摩詰言樂於喜不離佛樂於諦聞法樂常
供養衆樂不猗三界樂於三界不娛樂知欲无常樂觀

上博 01 (2405)　佛説維摩詰經卷上　(27－7)

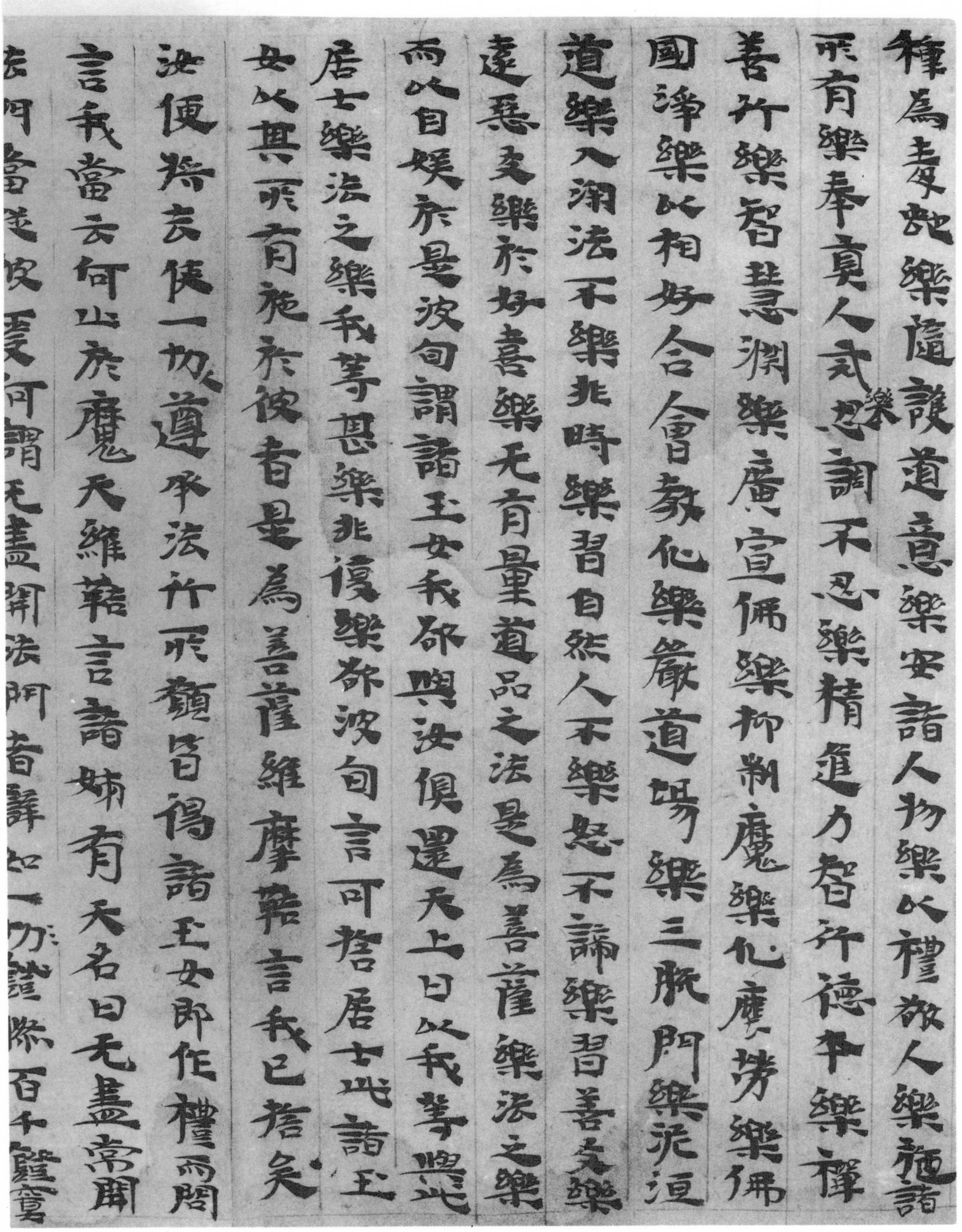
禪為毒蛇樂隨護道意樂安諸人物樂以禮敬人樂施諸
所有樂奉真人戒樂忍調不忍樂精進力習行德本樂禪
善行樂智慧淵樂廣宣佛樂抑制魔樂化塵勞樂佛
國淨樂以相好合會衆化樂嚴道場樂三脫門樂泥洹
道樂入深法不樂非時樂習自然人不樂怨不諦樂習善友樂
遠惡友樂於好喜樂無量道品之法是為菩薩樂法之樂
而以自娛於是波旬謂諸玉女我欲與汝俱還天上曰以我等與此
居士樂法之樂我等甚樂非復樂欲波旬言可捨居士此諸玉
女以其所有施於彼者是為菩薩維摩詰言我已捨矣
汝便將去使一切人遵承法行所願皆得諸玉女即作禮而問
言我當云何止於魔天維摩詰言諸姊有天名曰無盡常開
法門當從彼受何謂無盡開法門者譬如一燈然百千燈冥

上博 01 (2405) 佛說維摩詰經卷上 (27－8)

法門當從彼受何謂无盡開法門者譬如一切燈然百千燈冥
者皆明明終不盡如是諸姊夫一菩薩以道開導百千菩薩
其道意者終不盡乘而復增益於是功德不以導彼彼故而
有盡乘是故名曰无盡常開法門也汝等當從其受魔
界无數天子玉女未有可此道意如汝等者於如來為有反
復法為一切人說已魔眷屬皆去維摩詰所感動如是世
尊故我不任詣彼問疾
佛告長者子善見汝行詣維摩詰問疾善見白佛言我不堪
任詣彼問疾所以者何憶念我昔在諸父舍處祀大祠至于七日
維摩詰來入祠壇謂我言長者子不當祠祀如衆人祠當祀
法祠何用是思邪祠為我問何如為法之祠祀維摩詰言其為

上博 01 (2405) 佛說維摩詰經卷上 (27－9)

有者无本行故敬侍衆人是即法有為之奈何謂為佛事不斷
慈為人事不斷悲為法事不斷喜為慧力不斷護為布施
不斷檀戒化人不斷戒知非我不斷忍身意行不斷精進惟
道事不斷禪思為博聞不斷智慧若无施不斷惟空行俗
數中不斷无想在所胥生不斷无顛護持正法不斷力行以恩會
人不斷壽命知人而不斷謙敬聚其德本不斷命郢為之思
念不斷其念行六堅法不斷學意脩正度不斷淨命行好
善不斷習莫斷意不生不斷愚人為沙門不斷正性善諷
受不斷聞德山澤受法不斷閑居念生佛慧不斷慧堅為一切勞
不斷賢者行地嚴飾相及佛國不斷少部福行隨衆人行而為
說法不斷少部智慧斷衆勞厖諸不善法不斷少部一切德

上博 01 (2405) 佛說維摩詰經卷上 (27－10)

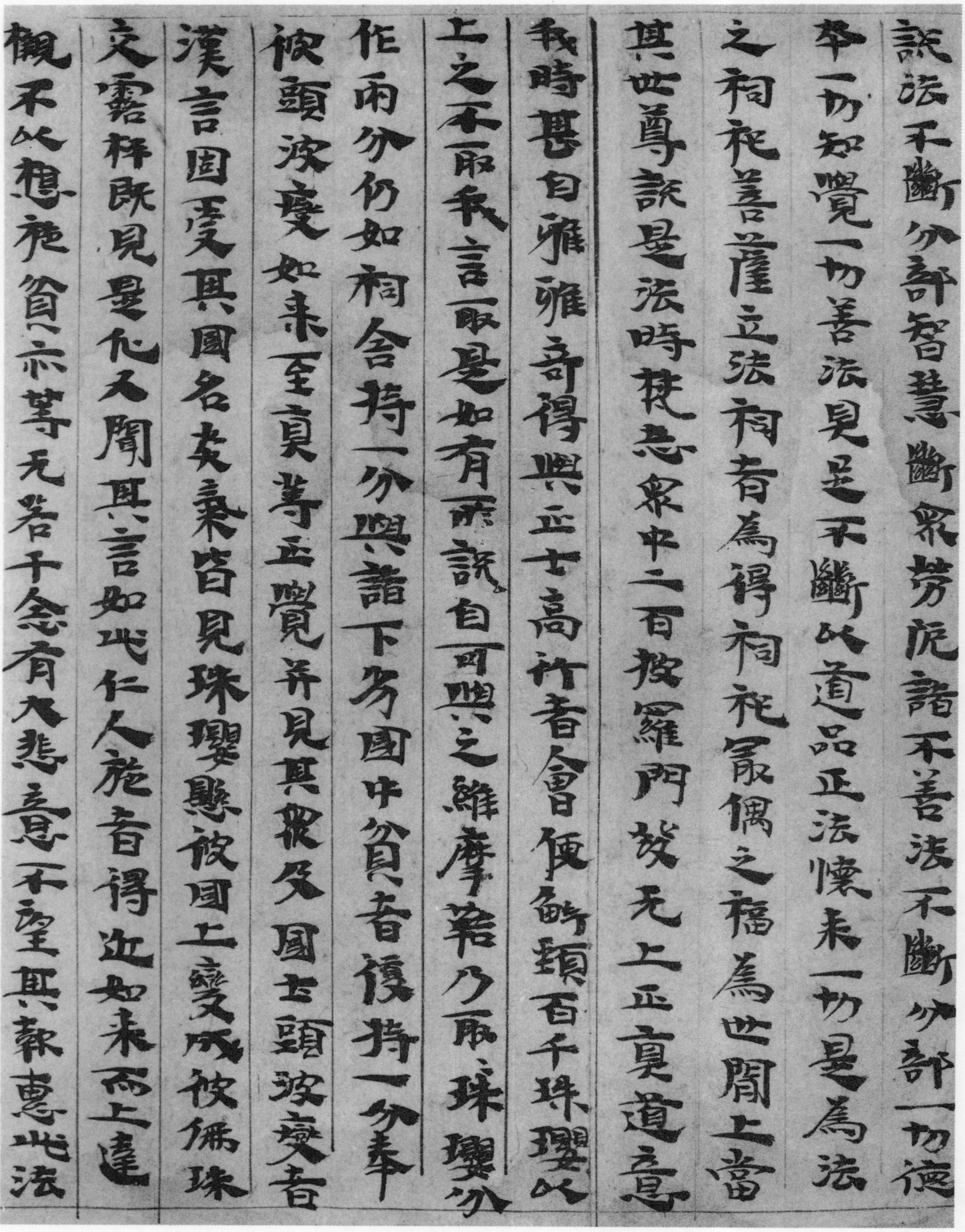
說法不斷分部智慧斷衆勞厖諸不善法不斷分部一切德
本一切知覺一切善法是是不斷以道品正法懷來一切是爲法
之祠祀菩薩立法祠者爲得祠祀最偶之福爲世間上當
其世尊說是法時梵志衆中二百梵羅門發无上正眞道意
我時甚自雅雅奇得與正士高許者會便解頸百千珠瓔以
上之不取我言取是如有所說自可與之維摩詰乃取珠瓔分
作兩分分如祠舍持一分與諸下劣國中貧者復持一分奉
彼頭波變如來至眞等正覺并見其衆及國土頭波變者
漢言固受其國名炎氣皆見珠瓔懸彼國上變成彼佛珠
交露棚既見是化又聞其言如此仁人施者得近如來而上達
觀不以想施貧人亦等无若干念有大悲意不望其報惠此法

上博 01 (2405)　佛說維摩詰經卷上　(27－11)

觀不以想施貧亦等无若干念有大悲意不望其報惠此法
祠為具足已國中貧人見是變化聞彼佛語皆發无上正真道
意故我不任詣彼問疾
如是一切菩薩各稱其所說不任詣彼
諸法言品第五
佛復告文殊師利汝行詣維摩詰問疾文殊師利者漢言濡
首白佛言世尊彼維摩詰難優彼寒入深法要其德至淳
以辯才立智不可勝一切菩薩法式悉聞諸佛藏處无不得入進
却衆魔降之以德勢行權慧非徒飲食然由復求依佛住者
欲於其中闓度十方於是衆菩薩大弟子釋梵四天王皆曰念今
得文殊師利與維摩詰二人共談不亦具足大道談矣即時

上博 01 (2405)　佛說維摩詰經卷上　(27－12)

得文殊師利與維摩詰二人共談不亦具足大道說矣耶時
八千菩薩五百弟子百千天人同意欲行於是文殊師利與諸菩
薩大弟子及諸天人眷屬圍繞俱入維耶離大城長者維
摩詰心念今文殊師利與大衆俱來吾斯立空室合坐為一坐
以疾而臥文殊師利既入其舍見其室空除去所有更寢一牀維
摩詰言勞乎文殊師利不面在昔辱來相見文殊師利言如
何居士忍斯種作疾寧有損不至增乎世尊慇懃致問無量
興起輕利遊步強耶居士是病何所正立其生久如當何時滅
維摩詰言是生久矣從癡有愛則我病生用一切人病是故我
病若一切人得不病者則我病滅所以者何欲建立衆人故菩薩
入生死為之病使一切人皆得離病則菩薩無復病譬如長者
有一子得疾以其疾故父母諸父為之生疾其子病愈父母亦愈菩

上博 01 (2405) 佛說維摩詰經卷上 (27－13)

育一子得疾以其疾故父母諸父爲之生疾其子病愈父母亦愈菩
薩如是於一切人愛之若子彼人病我則病彼不病則不病又
言菩薩病何所正立菩薩病者以大悲立文殊師利言何以空
无供養維摩詰言諸佛土與此舍皆空如空又問何謂爲空
荅曰空於空又問空何爲空荅曰空无思是爲空空又問空復誰爲荅
曰思想者也彼亦爲空又問空者當於何求荅曰空者當於六
十二見中求又問六十二見當於何求荅曰當於如來解脫中求又問
如來解脫者當於何求荅曰當於衆人意行中求又仁所問何
无供養一切衆魔皆是吾養彼諸轉者亦吾養也所以者何
魔行者愛生死生死者則菩薩養也彼轉者愛諸見菩薩於
諸見不傾動文殊師利言居士所疾爲何等類荅曰仁者我病

上博 01 (2405) 佛說維摩詰經卷上 (27－14)

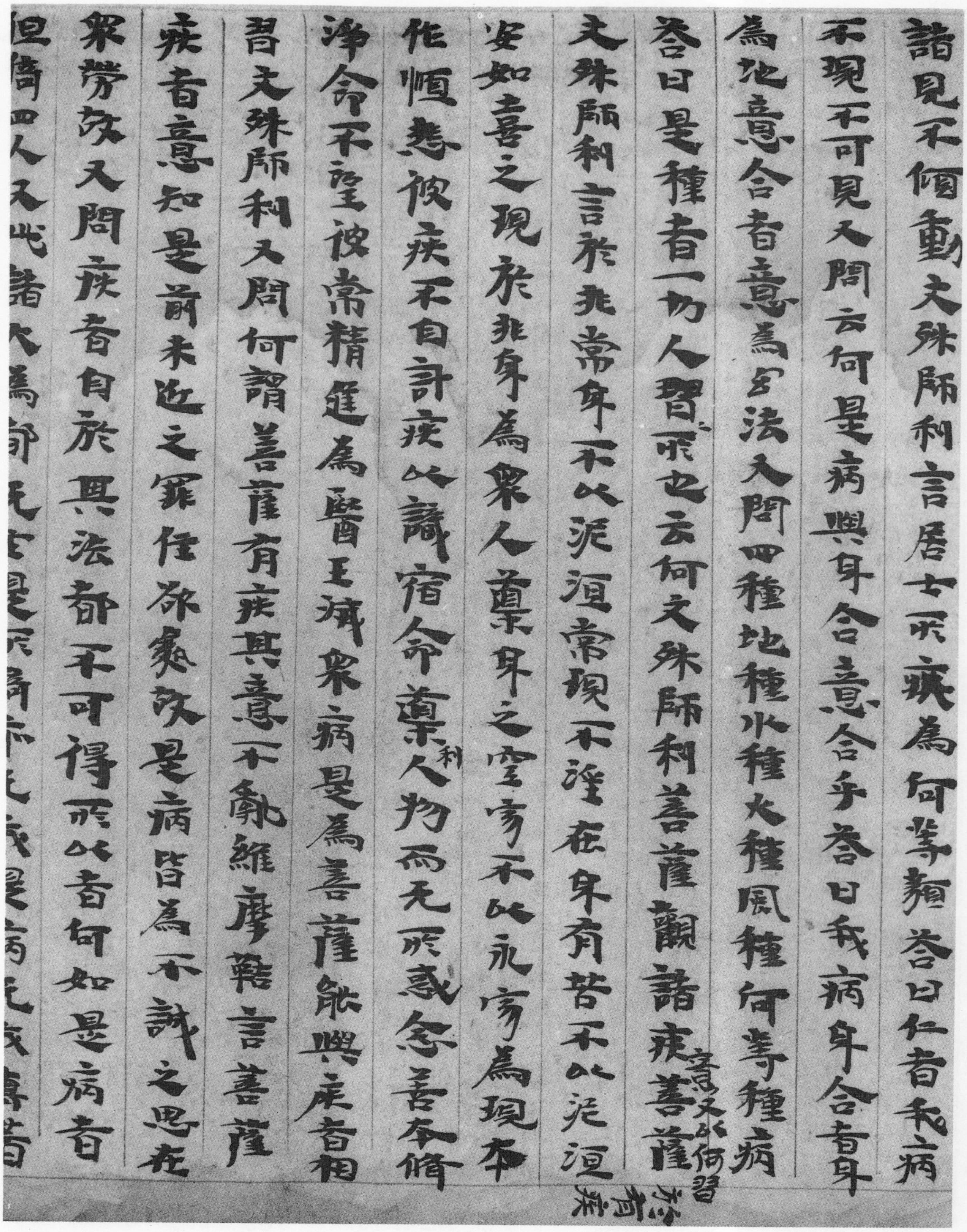
諸見不傾動文殊師利言居士所疾為何等類答曰仁者我病
不現不可見又問云何是病與身合意合乎答曰我病身合者身
為地意合者意為幻法又問四種地種水種火種風種何等種病
答曰是種者一切人習所也云何文殊師利菩薩觀諸疾菩薩
文殊師利言於非常身不以泥洹常現不淫在身有苦不以泥洹樂
安如喜之現於非身為衆人導身之空寂不以永寂為現本
作恒悲彼疾不自計疾以識宿命導(利)人物而无所惑念善本脩
淨命不望彼常精進為醫王滅衆病是為菩薩能與疾者相
習文殊師利又問何謂菩薩有疾其意不亂維摩詰言菩薩
疾者意知是前未近之罪住邪顛致是病皆為不誠之思在
衆勞致又問疾者自於其法都不可得所以者何如是病者
但倚四大又此諸大為都无主是所倚亦无我是病无我專着

上博 01 (2405)　佛説維摩詰經卷上　　(27－15)

但猗四人无此諸大為都无主是所猗亦无我是病无我專著
兩无專著得病本者又知精進无我人想為起法想身為法數
法起則起法滅則滅法轉則轉不想念不相知起者不言我起滅者不言我滅知法想者將
養其意而无所住若以法想憂耗大山以離病者我不為是何
謂斷病謂我作非我作患斷何謂是我作非我作患斷謂
已自无邪何謂已自无邪謂內无習行何謂內无習行謂等不動
不可動何謂為等謂我等泥洹等所以者何此二皆空何名為
空所言為空二者如是凡聖道成皆從平等病亦不異何
謂所受亦空謂已曉了不覺諸痛不盡於痛以取證際如
是二者為諸痛長一切惡道以導近一切人與大悲哀吾
為衆人作自省法觀以除其病而不除法亦不除其本病

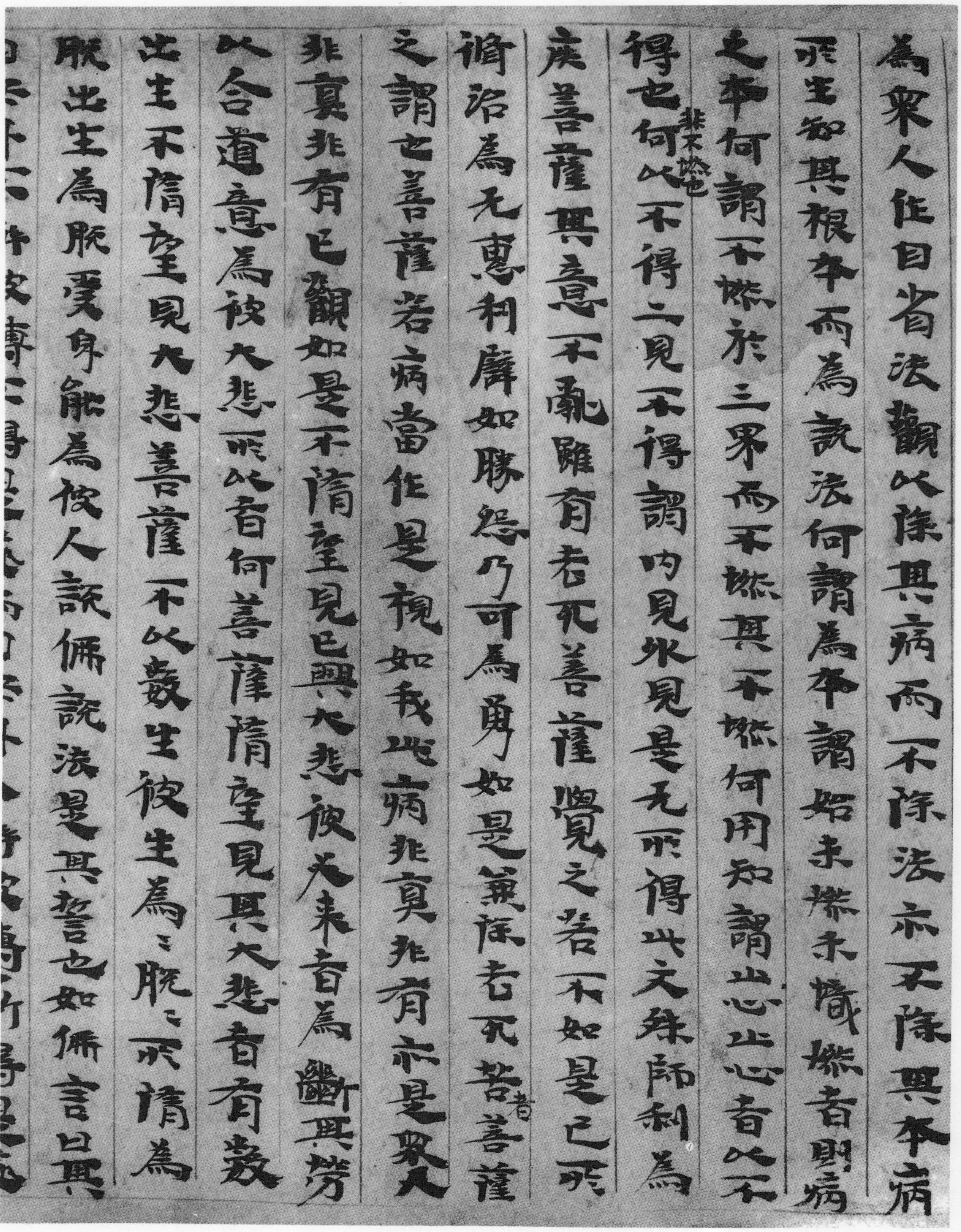
為衆人作自省法觀以除其病而不除法亦不除其本病
所生知其根本而為說法何謂為本謂始未然未識然者興病
之本何謂不然於三界而不然其不然何用知謂止心止心者以不
得也（非不然也）何以不得二見不得謂內見外見是无所得此文殊師利為
疾菩薩其意不亂雖有老死菩薩覺之若不如是已所
猗治為无惠利譬如勝怨乃可為勇如是兼除老死苦（者）菩薩
之謂也菩薩若病當作是視如我此病非真非有亦是衆人
非真非有已觀如是不猗望見已興大悲彼无來者為斷其勞
以合道意為彼大悲所以者何菩薩猗望見其大悲者有數
出生不猗望見大悲菩薩不以數生彼生為〻脫〻所猗為
脫出生為脫受身能為彼人說佛說法是其誓也如佛言曰其

上博 01 (2405)　佛説維摩詰經卷上　(27－17)

所出生為所受身能為彼人說佛說法是其誓也如佛言曰其
自安身不解彼縛不得是處而自安身人解彼縛斯得是處
故曰以所菩薩其行不縛不解何謂縛何謂解菩薩禪定
以縛諸我以道縛我縛者菩薩以善權主五道解彼受
菩薩无權執智縛行權執智解智不執權縛智而執
權解彼何謂无權執智縛謂以空无想不願之法生不
洛相及佛國已化人是无權執智之縛也何謂行權執智解謂
脩相及佛國開化人而曉空无想不願之法生是行權執智
之解也何（謂）智不執權縛謂以見行勞望受立脩行一切德善之
本是智不執權之縛也何謂智而執權解謂斷諸見行勞
望之受以殖眾德之本而以布此道是智而執權之解也彼
有疾菩薩以如是下此法說身有病觀其无常為苦為空為

上博 01 (2405) 佛說維摩詰經卷上 (27－18)

有疾菩薩以如是下也法說身有病觀其无常爲苦爲空爲
非身是爲智慧又身所覆不以斷惡生死善利人民心合乎
道是爲權行又若身病智異同意彼過非新明觀其故是
爲智慧假使身病不以都滅所當起者是爲權行是文殊
師利爲疾菩薩其意不亂亦不高住所以者何若高住者是愚
人法以卑住者是弟子法故菩薩住不高不卑於其中无所處
是菩薩行不凡夫行不賢夫行是菩薩行在生死行不爲汚
行是菩薩行觀泥洹行不永泥洹是菩薩行〻於四魔過諸
魔行是菩薩行博學慧行无不知時之行是菩薩行於四諦行
不以諦知行是菩薩行觀无生行不謂難至是菩薩行在緣
起行於諸見而无邪是菩薩行在諸人衆无勞望行是菩薩
行在閑居行不盡身意是菩薩行於三界行不壞法情是菩

上博 01 (2405) 佛說維摩詰經卷上 (27－19)

行在閑居行不盡是意是菩薩行於三界行不壞法情是菩
薩行為空无行一切衆事清德皆行是菩薩行行六度无極為衆
人意行而度无極是菩薩行行六神通不盡漏行是菩薩行具
道之行不與小道是菩薩行以此觀知魔行不滅迹行是菩薩
行於弟子緣一覺所不應不現行不為數佛法行是菩薩行說是
語時八千天人發无上正真道意文殊師利僮子甚悅
賢者舍利弗心念无坐是菩薩大弟子當於何坐維摩詰
知其意所謂言云何賢者為法來耶求牀坐也舍利弗言居士我為
法來非利所安也維摩詰言唯賢者其利法者不貪軀命
何況牀坐唯舍利弗夫利法者非有色痛想行識之求非有陰種
諸入之求非有欲色无色之求唯舍利弗夫利法者不著佛求
不著法求不著衆求唯舍利弗夫利法者无見苦求无斷習求

上博 01 (2405) 佛說維摩詰經卷上 (27－20)

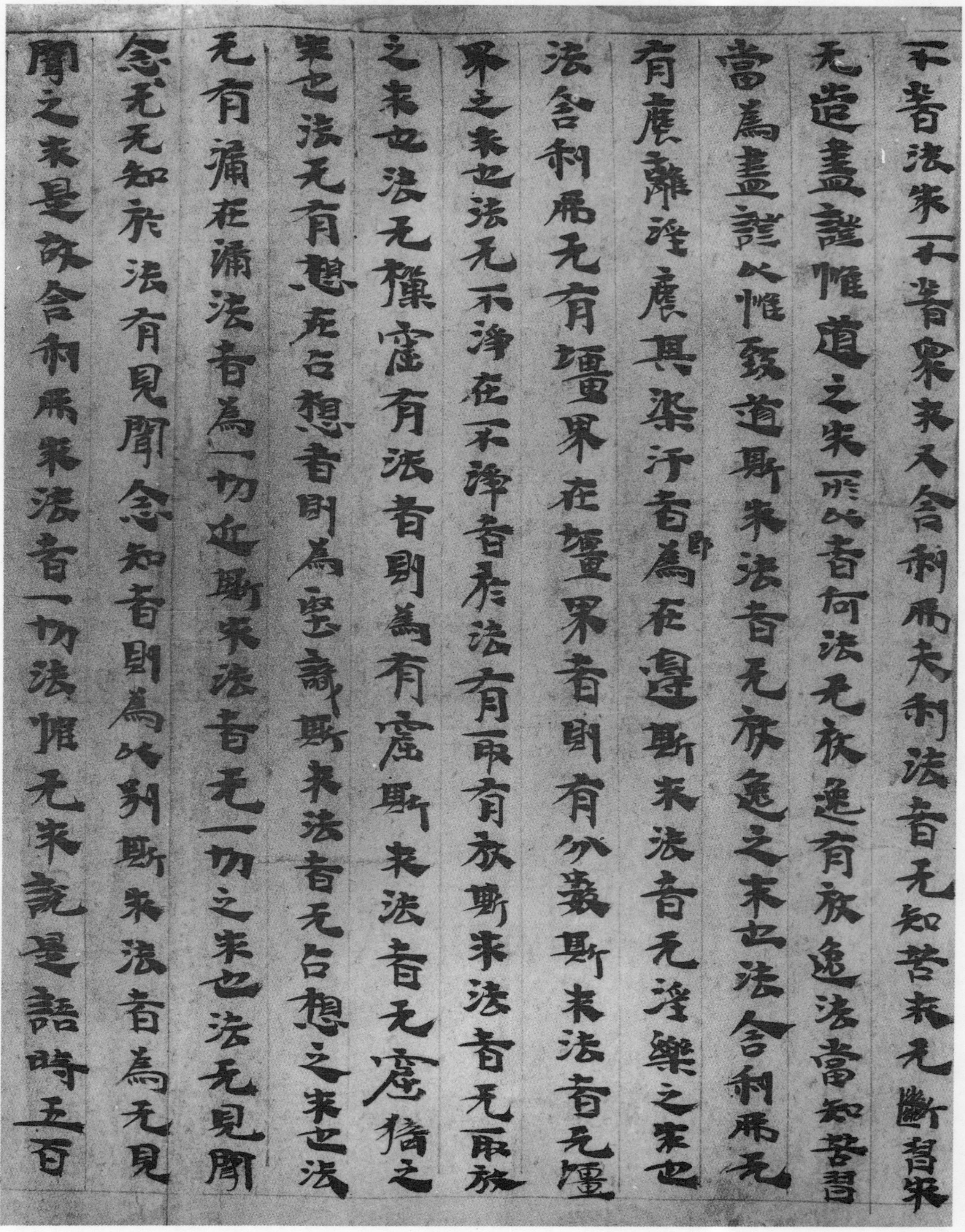

一不著法求一不著衆求又舍利弗夫利法者无知苦求无斷習求
无造盡證惟道之求所以者何法无放逸有放逸法當知苦習
當爲盡證以惟致道斯求法者无放逸之求也法舍利弗无
有處離淫處其染汙者爲即在邊斯求法者无淫樂之求也
法舍利弗无有境界在境界者則有分數斯求法者无境
界之求也法无不淨在不淨者於法有取有放斯求法者无取放
之求也法无攀處有法者則爲有處斯求法者无處猗之
求也法无有想在右想者則爲墮識斯求法者无右想之求也法
无有漏在漏法者爲一切近斯求法者无一切之求也法无見聞
念无无知於法有見聞念知者則爲以別斯求法者爲无見
聞之求是故舍利弗求法者一切法惟无求說是語時五百

上博 01 (2405)　佛說維摩詰經卷上　(27－21)

聞之未是故舍利弗求法者一切法悕无求說是語時五百
天人諸法法眼生
不思議品第六
於是維摩詰問文殊師利仁者遊於无量无數佛國億百
那術何等佛土為一切持一切有好師子之坐文殊師利言有族姓
子東方去此佛國度卅六恒沙等刹其世界名須沫幡其佛號
須弥鐙王如來至真等正覺今現在其佛身八萬四千由
延佛所之坐六萬八千由延其菩薩身四萬二千由延須弥幡國
有八百卌萬師子之坐彼佛國如來為一切持其師子坐為一切嚴
於是維摩詰則如其像三昧正受所現神足應時彼佛須
弥鐙王如來遣三萬二千師子坐高廣淨好昔所希見一切弟子

上博 01 (2405)　佛說維摩詰經卷上　(27－22)

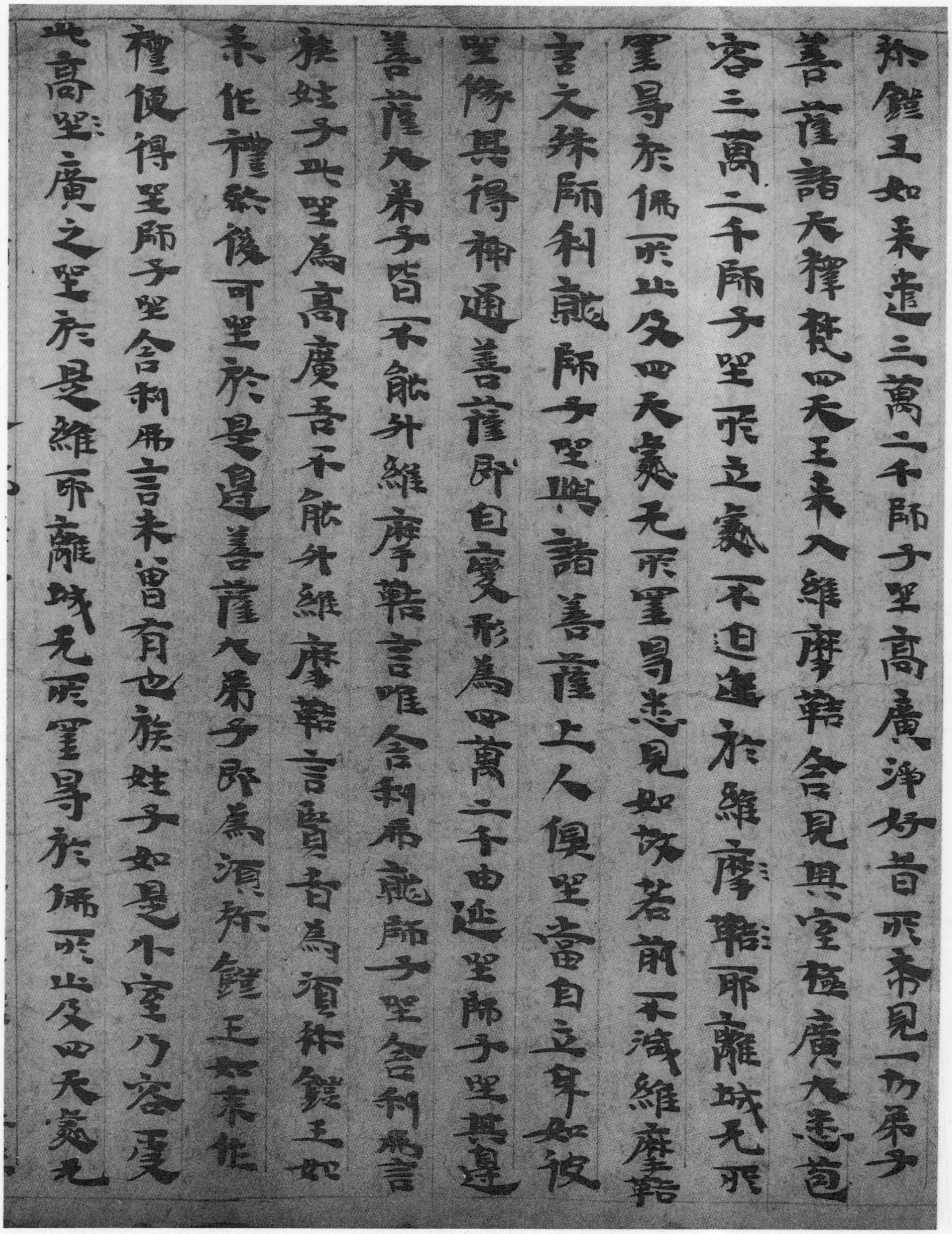
須彌燈王如來遣三萬二千師子座高廣淨好昔所希見一切弟子
菩薩諸天釋梵四天王來入維摩詰舍見其室極廣大悉苞
容三萬二千師子座所立處一不迫迮於維摩詰維耶離城無所
罣礙於佛所止及四天處無所罣礙悉見如故若前不減維摩詰
言文殊師利就師子座與諸菩薩上人俱坐當自立身如彼
座像其得神通菩薩即自變形為四萬二千由延坐師子座其邊
菩薩大弟子皆不能升維摩詰言唯舍利弗就師子座舍利弗言
族姓子此座為高廣吾不能升維摩詰言賢者為須彌燈王如
來作禮然後可坐於是邊菩薩大弟子即為須彌燈王如來作
禮便得坐師子座舍利弗言未曾有也族姓子如是小室乃容受
此高座座廣之座於是維耶離城無所罣礙於佛所止及四天處無

上博 01 (2405)　佛説維摩詰經卷上　　(27－23)

此高坐〻廣之坐於是維耶離城无所罣导於佛所止及四天處无
所罣导於諸國邑天龍神宮亦无所罣导維摩詰言唯然
舍利弗諸如來諸菩薩有八不思議門得知此門者以須彌之
高廣入芥子中无所增減因現儀式使四天王與忉利天不知
誰内我著此而異人者見須弥入芥子中是為入不思議壃界之門
處又舍利弗立不思議門菩薩者使四大海水入一毛孔不嬈魚鼈
黿鼉水性不使龍鬼神阿須倫迦留羅知我何入因喻儀式
其於衆生无所嬈害又舍利弗於是三千世界如佛所斷右掌
排置恒沙佛國而人不知誰安我往而又還復故處都不使人
有往來想因而現儀又舍利弗有无量人生死奉律立不思議
門菩薩者為奉律人現七夜為劫壽人信知謂劫過不知

上博 01 (2405) 佛說維摩詰經卷上 (27－24)

門菩薩者為奉律人現七夜為劫壽人信知謂劫過不知
是七夜也又舍利弗立不思議門菩薩者現諸剎好以為一剎立
一切人置右掌恒化其意與遊諸剎令如日現不震一國住是
禮事十方諸佛又一切從一毛孔見十方諸日月星像十方諸寶
皆隨入門既無所害又使佛國所有一不減一切曠然若得脩行又能
躡取下方恒沙等剎舉置殊異無數佛土若擾類流安隱
地又立不思議門菩薩者為一切人故如佛像色貌立以立之或如緣
覺像色貌立以立之如弟子像色貌立以立之如釋如梵如轉輪王像色貌立以立之隨十方語言音嚴上中
下之所願一切以佛柔濡音響而誘立之為出佛語無常苦空非
身之嚴以如事說諸佛法言出是輩嚴於是耆年大迦葉聞說
菩薩不思議門謂舍利弗譬如賢者於凡人前現眾名香非
彼所見則不能知皆代也今諸弟子聞是語者可一時見不思議

上博 01 (2405) 佛說維摩詰經卷上 (27－25)

菩薩不思議門謂舍利弗譬如賢者於凡人前現衆名香非
彼所見則不能知若此也今諸弟子聞是語者可時見不思議
所作其誰聞此不思議門不發无上正真道者於此賢者吾等
何為永絶其根於此大乘已敗種一切弟子聞是說者當以悲泣曉
喻一切三千世界其諸菩薩可說豫喜如是說當頂時三萬受著曉了
不思議門者一切魔衆无如之何大迦葉說是語
二千天人發无上正真道意
維摩詰報大迦葉唯然賢者十方无量无數魔〻性賢者
悉行恐怖立不思議門菩薩者常解度人魔之所為十方无量
或從菩薩求索手足耳鼻頭眼髓腦血肉皮體妻子男女
眷屬及來國城聚落財穀金銀明月珠玉璬瑚珎寶衣
飲食一切所求皆從求索立不思議門菩薩者能以善

上博 01 (2405)　佛說維摩詰經卷上　(27－26)

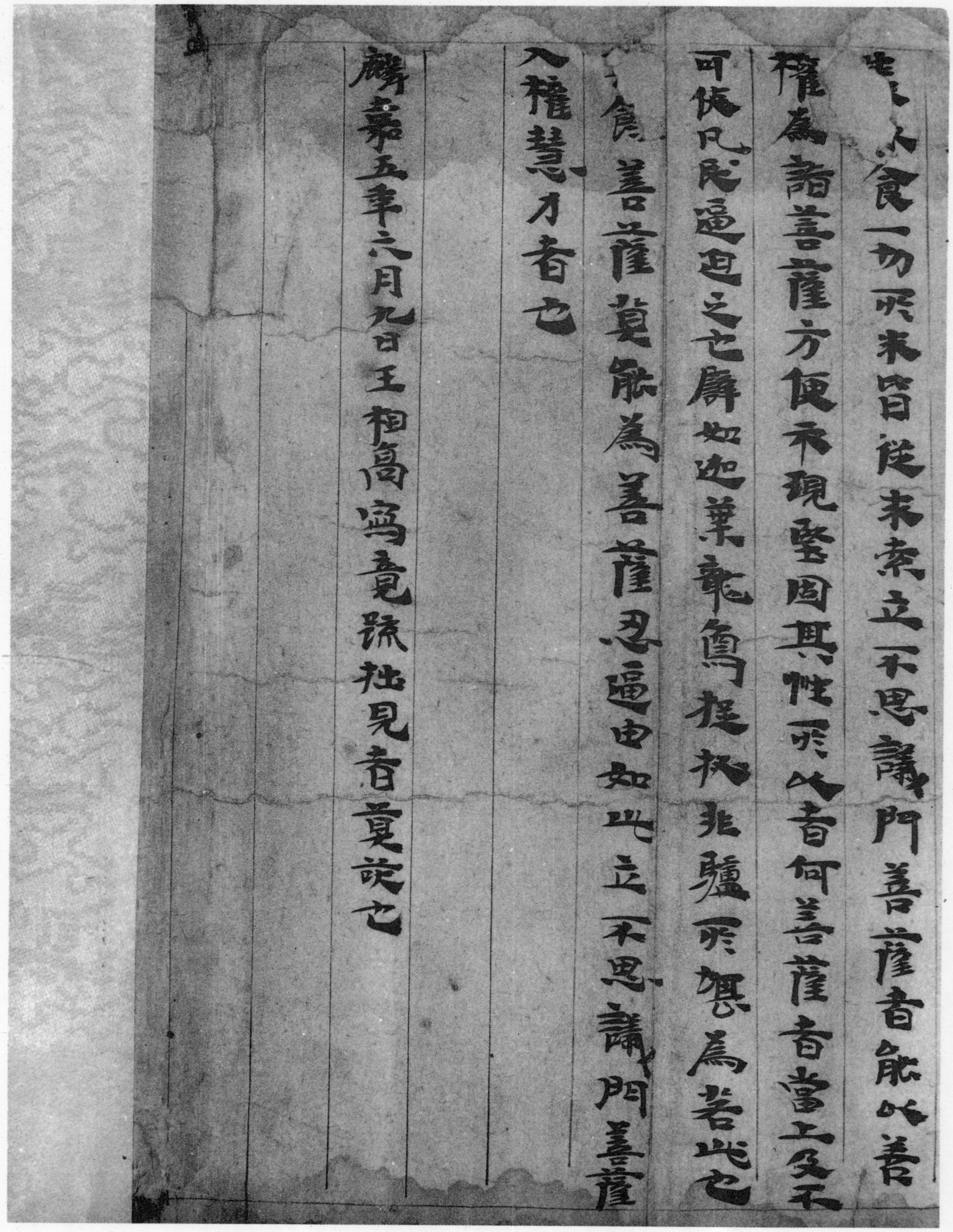
生下飲食一切所求皆從求索立不思議門菩薩者能以善
權為諸菩薩方便示現堅固其性所以者何菩薩者當上及不
可依凡民道迎之也譬如迦葉龍象蹴蹋非驢所堪為若此也
食菩薩莫能為菩薩忍逼由如此立不思議門菩薩
入權慧力者也

麟嘉五年六月九日王相高寫竟疏拙見者莫笑也

上博 01 (2405)　佛說維摩詰經卷上　(27－27)

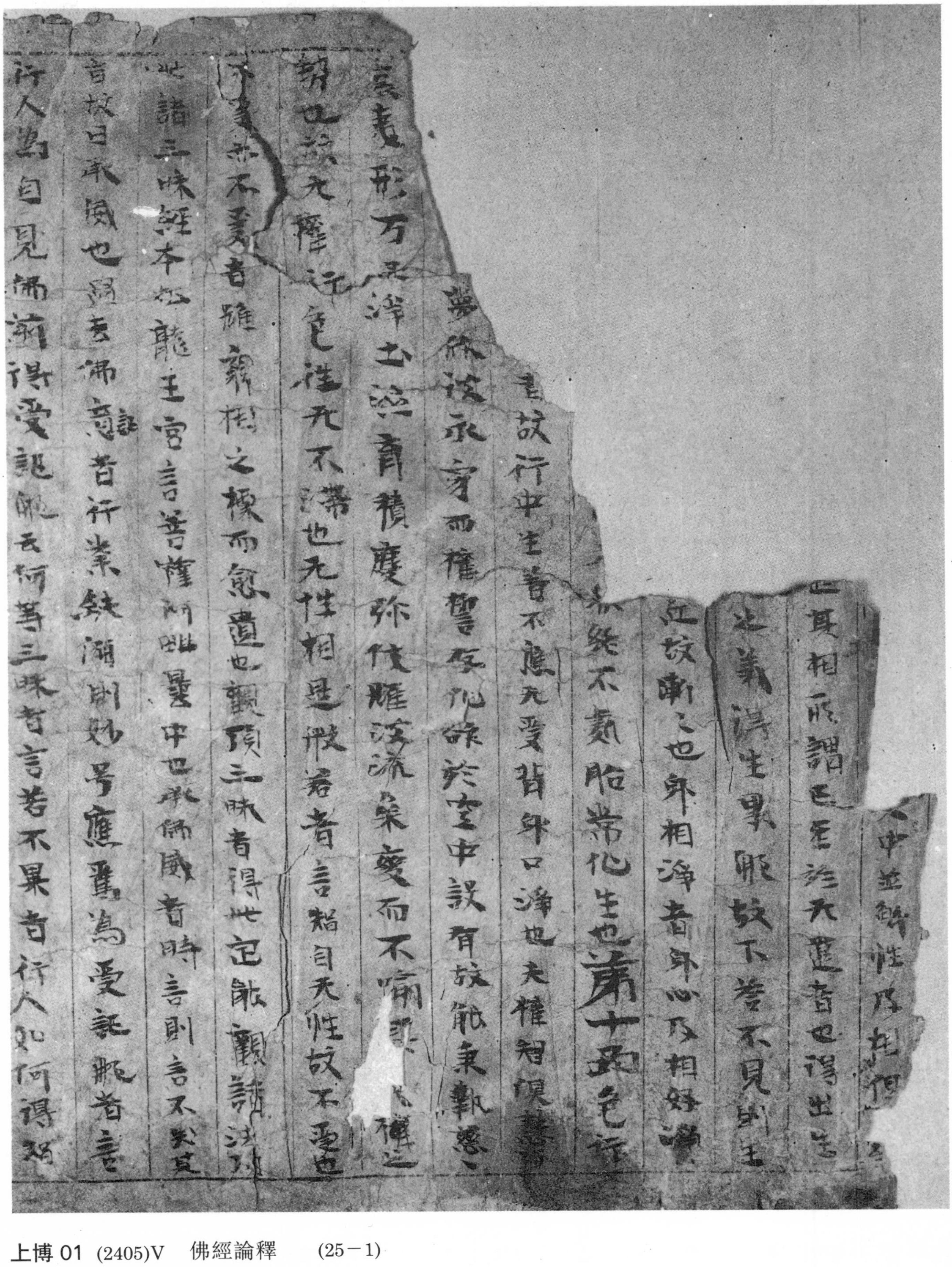

上博 01 (2405)V　佛經論釋　　(25－1)

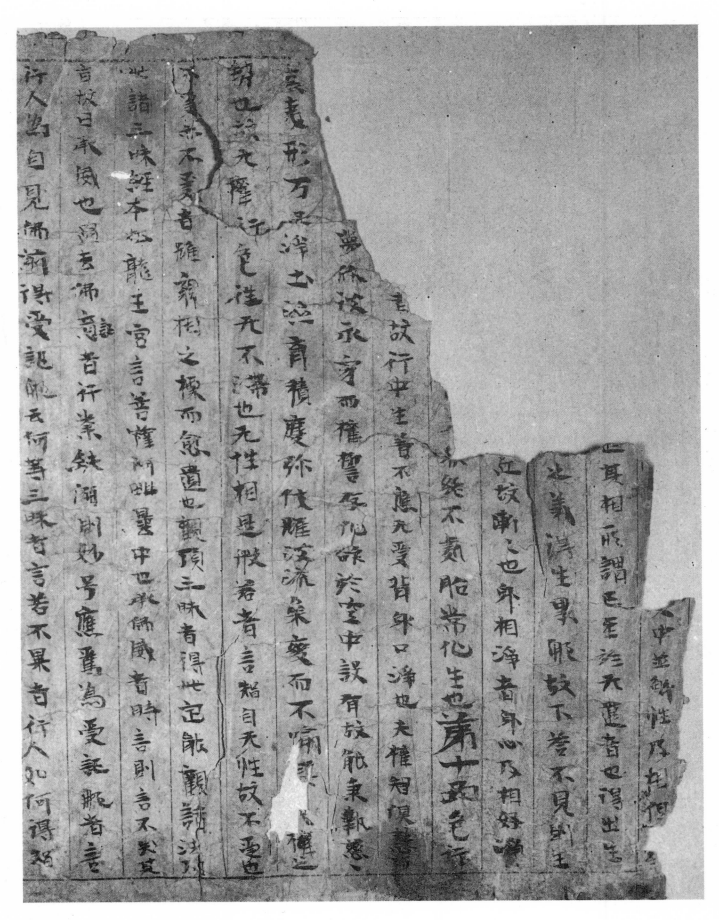

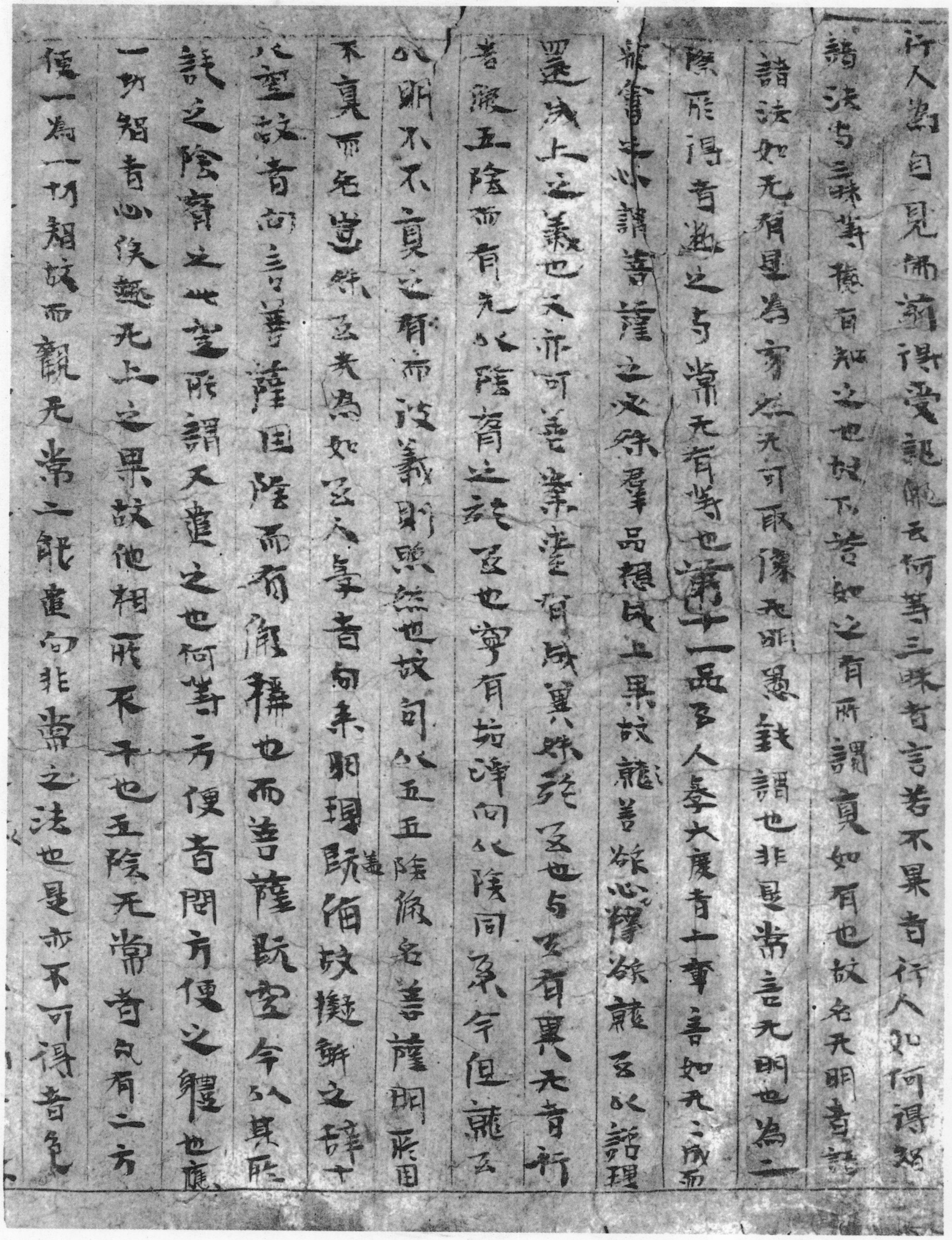
行人為自見佛前得受記所云何等三昧者言若不果者行人如何得知
諸法与三昧等德者知之也故下答如之有所謂真如有也故名无明者謂
諸法如无有是為實於无可取像无明愚執謂也非是常言无明也為二
際所得者然之与常无有等也第十一品多人舉大度者一章善如九之成而
龍當中心謂菩薩之必修舉品想成上果故龍善修心釋修龍至以語理
還成上之義也又亦可是業淺有成異殊說至也与至有異大音行
者修五陰而有无以陰育之說至也寧有始淨向以陰同系今但龍至
以所不不真之體而設義則照然也故句以五五陰須名菩薩明所因
不真而无遣餘至者為如至入舉者句未明理既蓋循故擬解之辭十
以空故者所言菩薩因陰而有稱也而菩薩既空今以其所
說之陰實之世空所謂不遣之也何等方便者問方便之體也應
一切智者心後無无上之果故他相所不干也五陰无常者何有二方
便一為一切相故而觀无常二能盡向非常之法也是亦不可得者色

上博 01 (2405)V　佛經論釋　(25－2)

便一爲一切類故而觀无常之能盡句非常之法也是亦不可得音色
及无常二法也下爲三何也說五陰无常者施人以法令前人亦得无有之心
也上方便内因已滿令得善來緣外之義是以要須四德然後妙階外玄
空可空矣不以色空者言色本自空不由觀而後空也魔事及罪者
魔意初念方便罪郎到設行人所及口所說爲事言若不爲說此魔
所爲之事則是惡友也非謂魔也教行三何者二乘所行事也截手職者
母以恩情之近故教速離苦之事也第十二品菩薩義者自說般若而
得成妙号今此問者明真義之興、必由高會之實也无所有者言行者
達諸法性而无所有是以得真義爲任今言无義者乃進標義之實
也一義言爲无有以得道士義也遁宗而難其言可也阿耨多羅无所有者
言有衆生發心及道可履而道義立也今據真性之境二事俱寂義焉
所說故曰无有也下諸喻直取内无義有則道士亦空焉且人无陰入音說
[illegible]主觀[illegible]非真非實内[illegible]義[illegible]

上博 01 (2405)V 佛經論釋 (25－3)

所說故曰无有也下諸喻直取內无義有則道士亦空焉亦人无陰入者竟
以五主觀五非真非實內无其義及下五取行法中亦爾不有也佛身色
无有者將章上以明下因聖以辯旁也實相豈殊夫有為中无有无為性者
明他性空又交對乃明自性空也无故无自則毒惡无所寄也四念處淨相无、
有熱者以實淨性法中无諸道品之義及與吾我之事也此淨性復爾
也亦可言以是淨法故推无所有也无導者猶空之稱也共法者通凡夫也
不共法則獨聖之有也供養者識生育之重以報其厚也其共、法者通凡
夫也、沙門者博聞衆九十六種之稱也婆羅門者以種性又能登智慧之
稱六歲受戒七歲留頂髮也此中十法之城乃以解脫涵入為出世間法將以凡夫
永不得用故也然此經之例或以四二相以十種了好四等之法以為无漏及與道
法蓋以諸功德所成或以不取於相故異於常辯相經之戰也然後乃知小大之
論采藝曰之殊也瞿不可以一面之言而擬大方之歸也明脫者无身人所得
三明及與解脫也外應果永脫故曰明脫念慧者慧外也正憶者常念四非常

上博 01 (2405)V 佛經論釋 (25－4)

三明及与解脫也外應果永脫故曰明脫念慧者慧外也正憶者常念四非常
之觀故曰憶也識想者向者觀空、无形有由識而生是以觀識既知識空不真
捨入不用處、除向三識也捨苦樂者以三禪有大樂、是則是動法而生苦以是四
禪名不動无苦樂故也十三品為上道者既明菩薩三義略訖於此今欲明大士之
義、以弘運為宗熏志為至菩薩行建號名亦不一故如來以金剛為大
士之稱外子則以慈愍見為言善業以一切智无等心為号外禮以弘誓
為名勤乃行降而稱博殊聚而一致也以大誓者大悲拯溺雖久如彈
指心田難沮如金剛也捨一切者永內形有一切施一切時一切与也等心衆生者盡
等普蓋、及无方也令入涅槃者以永畢衆苦為義也天人涅槃者雖度
而不見度也不生相形癡知者破衆生之見知不生滅離二際也應薩
婆若行六度者不雜二乘及俗心也成衆勝事者知一切法而成為而是
衆義也一相門者知而无別苦樂知无異是為一相也乃至无量者種、之
去壁於无量皆亦當入也氣世十第是一行喜河恨邪大女三義受皆

法性於无量皆亦當入也又此十事是一云言何限耶矣依三議婆娑
音重說金剛之事譏先人後已之義也大心者无三毒及无二乘心為大
也不動者常念一切智心无他趣也安樂者以四等而安利一切而无已也師
法喜法樂法消飢言甚好喜言其好樂言甚深而不已此殺好之美為
三也第十三品吾義見音言此吾義之見及与淨土之相於行者是果、
之甚音故弟子以行人先自整以乃一切為大士義也下言為說即讓、即淨證
乃說事也所以者何无涌不繫者將鮮所以勝言无等等之意也乃田閑不著乃
不繫為二段以明諸法乃田不繫之言以明宣義也无等乃不共二乘心者言
不見法生滅乃二乘之心便是无等不共二乘也此直釋无等等之義也何但是
心亦不著者言一切亦皆不著何但獨於地无等不共二乘心言不著所如
是者此中文言宜如是皆不著目但以此心可貴之宗真著而不著故以標言
之也又夫言亦當无涌者於音諸地言同切鉛也色亦於不著者
開御道心乃无等不共心害皆以无故不著是心者色亦當然又施凝

上博 01 (2405)V　佛經論釋　　(25－6)

開滅道心乃无等不共心皆以无故不舊是心者色亦當然不能擬
訖開也下諸例子故菩薩真言而已也第十四品以弘誓音言以此
誓心發度衆生以修万行莊嚴於誓言也亦可莊嚴行人具无大也凡三
事焉誓也趣也乘也發隨於廣濟曰誓直趣不滯曰趣履万行以運曰乘
雖目其義曰乘而爲三事以爲大士也不爲少許人者即大誓之心行
六度志兼无方也所有功德与衆生共者施時凡有三心焉
求仏道也度衆生也成无上果也此則弘誓之心行施之時樹
此三心下度皆尔也六度互爲賓主或一行而已何則如
始發心菩薩但行施而已乃有得禪之人以定力於空中雨七寶以
施則兼三也若具行大士則兼六也如是施可數也檀之莊嚴者以莊
嚴誓言也者功德護持者衆德感來瓔珞善薩之身也隨方便
般著者能不諠无危无往生彼者由於方便及与敷著也下句
爲合說者單无色逗而不爲不句爲罡也觀空无想者忍

爲合說諸禪无色定而不爲所拘爲異也觀空无想者忍
慮中最殿若得一相觀時也此上三句皆忍中具般若其方其國
上者已說弘誓語故言如是之行皆爲之所讚讚已所說也云
何趣者問行衆行趣一切智之義也行六度離惡不善者應
言四禪中具四等等中具六度也而經文先言六度者盖舉
其極又隨便說也故下於禪中具諸度乃至道品是其義也
而說四等中亦備諸度也所以爾者大乘所尚以兼濟爲首故
稱行六度之鄭運非等无以演其花欲致等之妙舘非禪
无以持其德是以先循禪而後具等等備而能弘廣六度孫
道万行如油又乘水乃潤洽无方也所以於禪明趣者
禪是二乘僧道之携又獲世報果之大果是以大士
於禪備行趣不滯趣趣宗樞故就以禪爲住禪至无
量等等也乃學禪中具四等而得道度自發生一切智

上博 01 (2405)V 佛經論釋 (25－8)

畢竟者也乃禪禪中寂等而行施度自發生一切智曰
之明以熏滌彼垢也下至道品盡是禪中取寂也
奈四等別爲門亦寂行諸也十六空智書言此慧不諍
諸法以无行執是乃破著凝懼眞寂相而振趣義也
下至諸法倒之焉十五品　是檀法音、不可得音此明行音乘、之義
雜行檀而不善又以不起三想成眞乘之運也是法不可得音此大建善室立心
所謂以空破有空空應无也法壞故音以別法盡无所有故曰不可得也乘
是乘音言從佛聽受而得成此妙乘之法故乘之以施供養諸聖又
無淨土而无有想也而變其形音謫詭之形也諸佛所讚音謚大乘之
義也第十六品云何大誓音前以稱明法此品將明行人施爲大誓變身如佛神
光曜振以以悟一切又爲聖王行六度化羣有也檀莊嚴音以以檀著諸莊嚴大誓
而自瓔珞故能接御无方衆无不化也天言倡般或言舊心或曰莊嚴
及身有所之事皆名傷般故世𦵔名所用以義名恩也者法目口故音言爲

及彝有所之事皆名儁飛故世明名所明〻義者衆也諸法相如名者言為
聖王之化所造六度及与衆行極塗羣生心解同名色衆生皆得人
身音為增至十方恒沙也不言若干人者標弘誓之塗兼化善及也不
名為大誓音向言大誓所為同名无所有今將明大誓自想空下弘
諸法為證也衆生非作者言大誓之興為衆生故而令衆生非作非生
大誓爲在設所色无縛者受縛者色而道解之善色本空不縛其誰
永解乎何等色无縛者言以何等故而不縛脫問觀之心也一義以色空故問
何等色等故下卷言從若色乃至无漏色也離故空故者言色性自離空空不有故也是名无縛種
者結行大誓菩薩得成此諸妙行也往攝者言斷往世諸行則便能化衆生也淨佛國土乃至
轉法輪也无縛脫衆生教〻化〻者言一於化〻无縛脫衆生也所淨〻无縛脫以土也下
法亦介回言所化人物及一切法同无縛也第十七品乘〻者以其義未盡故就乘之中而少
為五事問也乘也趣也去也住也成也去謂從三界中逾去而於一切智邊出也住謂
住其所乘地也成謂乘〻之人言誰承成也回向一切智者行六度以果報共衆

上博 01 (2405)V 佛經論釋 (25－10)

在其所乘地也成謂乘〻之人言誰取成也迴向一切智者行六度以果薪共羅
生要之而獨至一切智他心近草焉可畢俱能聽空不常不滅者此離實相言
一義以中道說也若對二邊則為倒故以中道而觀不有二事也以內法故外法空者內
中无有外法之事也下涅般非常非滅亦尒釋也此中諸空以離初品釋也故不重詳
也有法相空者此四空判一切法而為一途說亦盡一切法非續十八之例也有法謂有為法
也无法空者謂无為法也自法者總上有无之法各自相空也他法空者諸法各有其相之
位盡其性之辨是他法也如解十二因緣之法而便得盡道之諦是則於緣起是他空
以〻文中言盡法性法位為他者此性〻法法位通在有无語與第一中也若尒者則真性
以〻偽性為他偽亦以〻真為他也者釋斷者言智法所趣之處也寶印者以智為印師子遊者能
遊入諸定進傾自在也放光者智慧光也幢相者言入此定則知諸相也入諸法印者一切法
皆有四種之印空性无常非我涅槃為四之印也住此定則能知其印而入觀方三昧者知諸
法所趣之方門金剛輪者謂國法或以國土或部當之所名之為輪也言此定如金
剛地際能持一切物此定亦尒也遊寶者此定如寶而能遊煩惱也不眴者常

上博 01 (2405)V　佛經論釋　(25－11)

剛地際能持一切物此定亦尒也遊寶者此定如寶而能遊煩惱也不晦者謂
无所不見无盡者能化衆生故觀法无盡也隨盡者爲盡之觀便見盡也不亂
動者於三昧无所動搖无戲論之善也金剛者能壞諸三昧中貢高也淨明諸三昧中无不了
進也妙法印者於定中以實相之印故曰妙也生喜者諸喜於定中生喜也非心者言不起二見
之心也以染善諸有而墮落也金剛者彼諸定令空也安立王者住定中如王之尊也力進
者於定中有威力如王也出者增長諸定也海印者此定如海之包也无量者慧明照无邊也
作衆者散於諸定更衆也諸等也者諸定等也散有疾者能進知諸法有无遂了也妙樂者
是一切法是一切定之種[illegible]攝亂正者攝除二事也空无染者見一切法如空空不有爲也第六品
滿身者道品觀始之於四處故首焉滿謂外別身相非常四義也然外處丑觀不淨
以除淨受心觀苦以除樂心止觀无常以除常法上觀无我以除我也所以然者以我
色法乃是不淨之境受乃能觸則是計樂之器心是增上之主故計常之所
興法想非一而於中計有我之實然及其會憧亦皆兼除也亦无我覺者餘人爲行
時諸覺[illegible]心起而不自知善薩爲行習觀之時无有諸染之覺也亦可言觀身時无

上博 01 (2405)V　佛經論釋　(25－12)

時諸覺心起而不自知菩薩爲行習觀之時无有諸染之覺也亦可言觀外時无
他覺也　正智憶念者略舉心法能爲觀者之名也除世間貪憂者在家者則貪也出
家者以捨家有而未有所獲故則憂故行者心栖事外之事俱遣故日除也此既爲外之四義慧常
察之如手之視嬰唯觀其行止將无墮犯行者亦尒既習四止而觀外之儀所遊翔止療爲
而何將无陷非法犯諦覩一心者雖入外衛令不染色然除村剝也瑳陟者如用瑳鑽之人量
其所宜攘別應機不失會也下卅六物凡想之觀皆習即止之漸之義則俱顯憂心法亦尒
者廣、說則同而取捨則異、也然定並行者將然爲如意之事以然爲前者亦乃雜
事故以在物也並行謂以衆行之能而得並埏故也心定者即觀心之力能爲運外之勢也此
足以定外通之言小異常說也精進定者精進乃得定也慧定者以精進心散發
衛之令不勇決正得其所以並義故而四行爲如意名也根力者初識爲根發增爲力也不
以利鈍言之也除覺者除外心之麁濁而得快樂故日除也捨覺者以慧盡盡三覺盡則勇而除定
念三覺則據故此陰覺調和高卑令得中之宜捨彼二過故日捨也依出者言行七覺
乃爲誘向世出之溼槃故立覺分之名以其能得法之分而根力以下俞遠故不名爲

上博 01 (2405)V　佛經論釋　(25－13)

乃為䟫無出之涅槃故立覺分之名以其能得法之分而相力以下俞遠故不名為
分也然无為所以名焉出也離也不聞也不識也滅覆也不染也已能出於累雜
彼等有不聞在經不識未新滅眾惱懺覆三毒以无有諸染以此七義故通而
建名焉正思者推道品之慶以求道之人而為一派焉言欲趣正法宜所冒履
也定者心著分散應在決定也思惟者意力已彊專趣不退正語者以爭
人恒不犯外三業而身為口過或自稱美或譏是非是以在先也正命者以
行者身為五邪命而不自覺故特分別外業為一名法智者知增厭觀欲界現
事而比智知欲界及上二界去來方比而知故曰比也廉義與常小異亦未詳也未知
想者此三以發為行空三昧者或言出家人身計有法在家人身計貪着故入
見道身先依於二定也十力者佛智力无量將為度羅生故或為十名力調壍達无
无不究了故曰力也蓋以攬此宗果而脩循行以趣之謂之為行也是處非處
者知行善法而得樂果名為是處行惡而悕妙果是非處也是第一力而知无不盡
而下謂力能此中分為无名也智諸業受因緣者知其三世行業量度之難易

上博 01 (2405)V　佛經論釋　(25－14)

而下謂力能世中外為无名也智諸業受因緣者知其三世行業量度之難易
也亦知所處若集今世若後世集多言今世若後世若或言今世集後世集亦知
由何處何因緣故而為諸行業二力也知禪垢淨者是知禪妙法之理乃与垢淨又
知衆生所行也諸根上下者知衆生根有利鈍也種種解者知前人所行宜以何法援
之也種種无一所性者知其身心之性雖行善而性不和或性和而行不善亦知其
今性殊无不了也一切道至處者知前人行是法得是道果也下宿命天眼漏盡
皆曰知亦知一切人也四衆者實与力无畏但力言其內充循之謂施之外敢則物无
不伏辯曰无畏也所以四者二事自說己能造習諸垢塵永棄一也能為明慧
无不朗二也又二事以明法一味而斷一明而出斷疑四事乃摠括理循故但以四名焉如實
者從人畜謂佛然非謗言住聖主處者言佛住法王之位乃无微畏而後師子吼也梵輪
者流亦説法為法輪涅槃為梵輪有法梵之二名也輪取輪為義輪己所有以援之
也四句皆援從者言佛既无有畏故能法鼓再震今方悉聾頼也鄣法音如五逆
及四禁之事并犯餘梵行佛説是鄣道法故曰不鄣也正道能出者清白道者所

上博 01 (2405)V 佛經論釋 (25－15)

及四禁之事并犯餘梵行佛說是郭道法故曰不郭也正道能出者清白道名所
宜覆出法曰不能出也四分別法无导者於名无导曰於法言无导曰語辯名下之實曰義
所說无窮乃禪中思惟為應也十八不共者与二乘共得法亦多但總其要因而言也无不知捨心者常
人智所不了而捨之佛則无有捨而不了也不忘忘者常念正法而
不忘也无異相者不以離想以接衆生常一統而已无不攝者常入定也无感者佛常滿足
心不度於此法也通智慧者有所為事要先智在前而身口意從後為業二乘則不能也无
导者於三世事无不暢也諸字等言等者因字乃言和合有而有句名之於因此故能中忘超
善怒忘而行者知名号不真和合而生故能等之而已則入法不沮動也阿字門入諸法者
阿之言无也諸法之相故以為門名之也行者因此文字之義質窮法之相自持為善亦持不
為惡也下諸字義善義善則為善善義不可則不為之其習文如大衰經中解則增也
无邊崖上者無字前後之極言无邊非是義言也无著者言無諸字所可行法无不周也此
是有說下乃出忘辞也智謂相者如尋經文則知佛為諸人說此事所謂見知能見因知果
義也不高下者人尊衆不懼卑賤不高也第十九品邀者乘以此乘從地轉上以向一切種智

上博 01 (2405)V 佛經論釋 (25－16)

義也不高下者人尊衆不擢鄙卑賤不高也第十九品趣者乘以此乘從地轉上以向一切種智

之果是為趣也不失者若言來去見從下而趣上是則忘想故數習之義不有去來去二是名不失也

行十事者言住於初地行十事以趣二地也以後法雲第十之住不論其行則可知也初住則名行施

及至七住多行智慧七住則得無生慧方乃見是八住備神通之事以淨土人物九住則功業

漸備十住則習為法王行上容義之事及國光震動名為法雲菩薩能興大

法雨充滿十方已洗法雨衆生蒙治也而此中諸住下名繫其行名不同是一方三焉

餘經言初住名為喜地五行施二住名淨地五行戒乃至十名有繫行之此中住云行無生

而上住方言逆吾義之想夫方行便是所謂行處垢因是所捨斷之邪行有時之言亦無

礙也一義以為諸十住地名曰循其地非修治也阿蘭若者寄於二乘之心而觀其事業之也

頭陀者晉言抖擻言棄為不染行者習行無生法是為頭陀振濟無污也遠離者莫近親摩之

盡則廢於行業也二識不生者心趣情應之二法也一義謂七識四識住為二也云何生嫉

者內慳有五事之落色也財也法也教也家也故行者自抑我為衆生之首他人助我施

之云何生嫉自處之言也不作其類者心忘學將來之報也不忘損益者不於法中試

上博 01 (2405) V　佛經論釋　　(25－17)

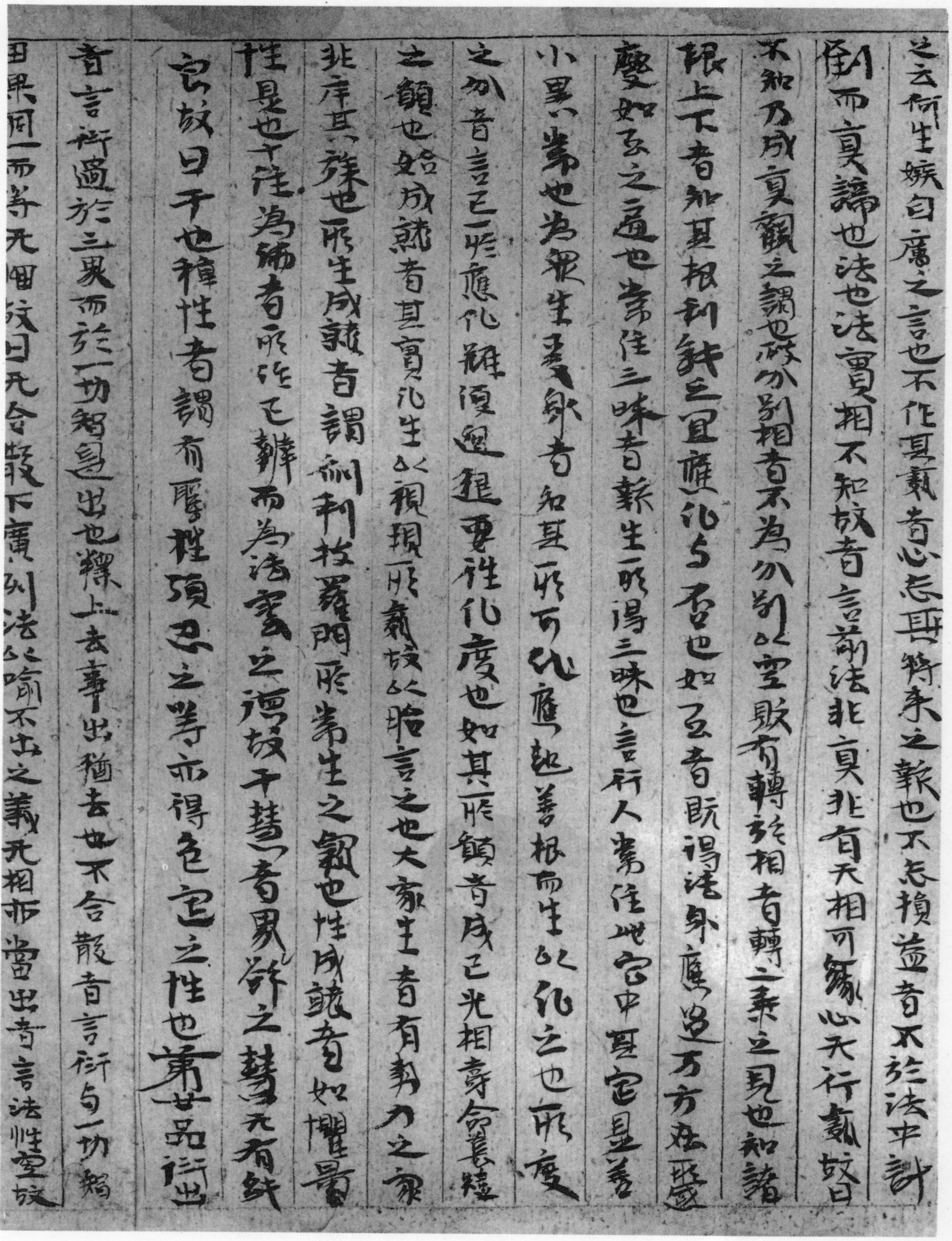
之云何生嫉曰疾之言也不作其氣者心志毋恃來之彰也不忘損益者不於法中計
劉而真諦也法也法實相不知故者言前法非真非有无相可緣心无行氣故曰
不知乃成真觀之謂也於分別相者不為分別以空敗有轉於相者轉二乘之見也知諸
根上下者知其根利鈍之宜隨化與否也如互者既得淨身應逆方方在聖
變如互之道也常住三昧者能生一切得三昧也言行人常住世宅中其宅是善
小果小常也為眾生來身者知其所可化應起善根而生以化之也所度
之分者言已所應化難須迎趣要往化度也如其所領者成已光相壽命長短
之領也始成就者其實化生以現形氣故以暗言之也大家生者有勢力之家
非庠其族也所生成就者謂剎利婆羅門所常生之家也性成就者如權量
性是也十住為佛者所住已辦而為法王之德故于慧者界辨之慧无有餘
宜故曰于也種性者謂有聖性須思之等亦得色宅之性也第廿品衍出
音言衍過於三界而於一切智邊出也釋上去事出猶去也不合散者言衍與一切智
因果同一而等无增故曰无合散下廣引法以喻不出之義无相亦當出者言法性空故

上博 01 (2405)V　佛經論釋　(25－18)

因果同一而等无儞故曰无合散下廣〻列法以喻不出之義无相亦當出者言法性空故
无出若可出者何之无相法則亦同焉下十喻无自空解者以衆會形解故也名字空者凡俶
皆不真之稱也薩婆若是出者罪結初出者之義也行无住〻者明其實相之故曰无住
〻也類應有〻解之辞也下以法性證无住也雖當乘者問乘〻之人前者明法故
異此也四明四義乘也人也法也時也法謂六度法也(是所)用之法時者謂果三阿僧祇劫成時也
義不可得者明无出之人下言无六度明无可出法也何以故法性空故者此一般釋言何以諸法
不可得以此法性乃至无所有名自性空故不可得也此乃解向六度等諸法非乃乘〻人也初住
不可得者是雜地之十種以不可得因此十地乃至五眼等也下総句方乃結上成之義一也
品第廿一 衍勝出者上問五事以訖今復歎美其五事奇特所運之大故也所以初弄
稱衍者欣而讚之故以重也六度是衍者因義其五義故復列名也若欲界實者言一切法若
常有古今不改者則衍不能解空悟有積習成體之妙又亦同彼豈足為奇正以前物緣起
不真非諦之有故衍得生其明鑒而又積成己之弘慶故能出勝也所謂鏡像之相須
也衍雖同彼不真但妄〻復能破妄也下法例亦法性无有者言法性雖无所有而已若有者衍亦无邊

上博 01 (2405)V　佛經論釋　(25－19)

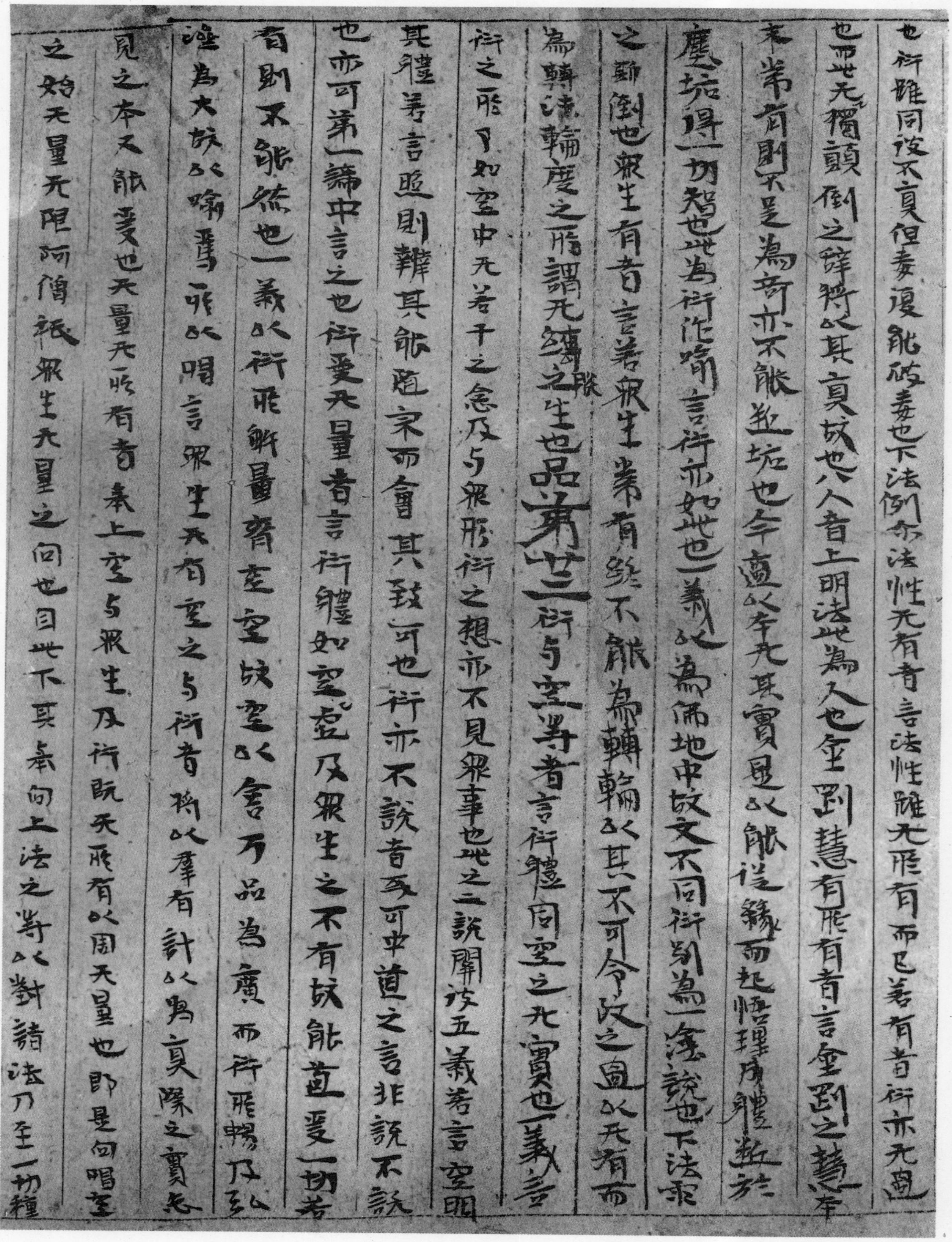
也行雖同彼不真但妄復能破妄也下法例亦法性无有音言法性雖无形有而已善有首行亦无邊
也而世无獨顛倒之辞將以其真故也八人者上明法此為入也金剛慧有形有音言金剛之慧本
來常有則不足為奇亦不能益垢也今通以本无其實是以能從緣而起悟理解體遊於
塵垢得一切智也此為行作喻言行亦如此也一義以為佛地中故文不同行別為一途說也下法乘
之顛倒也衆生有音言若衆生常有終不能為轉輪以其不可令改之邊以无有而
為轉法輪度之形謂无縛之脫生也品第廿三行与空等者言行體同空之无實也一義言
行之形了如空中无若干之念及与衆形行之想亦不見衆事也此之二說開彼五義若言空明
其體等言照則辨其能隨宗而會其致可也行亦不說者及可中道之言非說不說
也亦可第一諦中言之也行要无量者言行體如空虛及衆生之不有故能道要一切者
有則不能然也一義以行形所量齊空空故空以舍万品為廣而行形暢乃弘
塗為大故以喻焉形以唱言衆生无有空之与行者將以摩有計以為真際之實矣
見之本不能受也无量无形有者本上空与衆生及行既无形有以周无量也即是向唱空
之始无量无限阿僧祇衆生无量之向也自此下其本句上法之等以對諸法乃至一切種

上博 01 (2405)V　佛經論釋　(25－20)

之始无量无限阿僧祇衆生无量之向也自此下其衆句上法之寿以對諸法乃至一切種
智形謂以一法入衆經也已作地者從性地至无著地也涅槃㝵无量者自古暨今衆生迷
惑而不滿可不謂之㝵无量哉行亦同設也行不見去来住者謂行在三界運化来去而今言
行體空自无去来下明諸法以為證惑一義言行解无去来也色相如性自相者此是一實
而義立四名也行前後中不可得者亦明已體空也亦可以行能解也盡去空者先明世
空以喻於行也三世等空者向言三世已名自空而今三世之上假名為等而等亦空皆
等空也非一非五者言行平等中中空无有三世及行与菩薩五事之差等与非等也一義
言行形解此讒二之義或可言行或行體空已已名證其宗而等言可也盡去色空
者言離平等行中有无三世及其世中法皆明二事為異上也空中空相者
言空性之體聖明所鑒之境猶不可得況凡品忘見空世中色而可見
所此乃以真況偽也下法類之於此句除中言中中空空相而六度中言等中等亦不
異也下十地中但以无衆生明其空義也是中勝出者説五事已訖罪結
中盡天世之事也故下善業因復嘆行能出生三世佛也品第廿三 乃説行為首

上博 01 (2405)V 佛經論釋 (25－21)

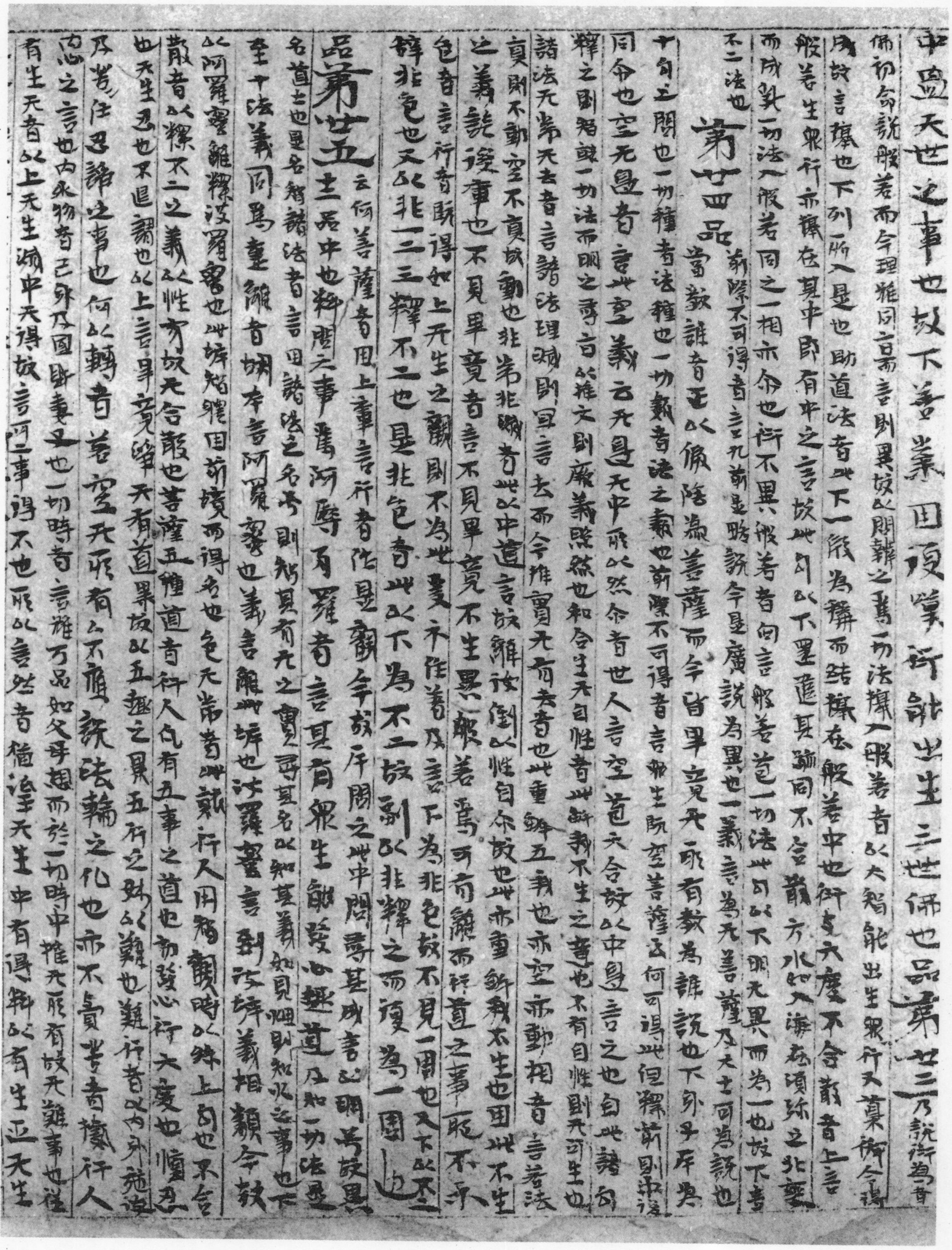
中益天世之事也故下善業因復嘆行能出生三世佛也品第廿三乃說行為音
佛初命說般若而今理雖同高(?)言則異故以明雜之焉一切法攝入般若者以大智能出生衆行又攝衡(?)今攝
成(?)故言攝也下列所入是也助道法者此下一段為攝而結攝在般若中也行支六度不舍薩音上言
般若生衆行亦攝在其中即有中之言故此句以下還(?)其論同不舍薩方水如大海在須弥之北
而成熟一切法入般若同之一相亦命也行不異般若者向言般若苞一切法此句以下明无異而為一也故下言
不二法也 第廿四品 前際不可得者言九前是略說今是廣說為異也一義言為无善薩乃大士可為說也
當數誰音至以依陰為善薩而今皆畢竟无所有數為誰說也下分(?)子序(?)異
中句之間也一切種者法種也一切數者法之義也前際不可得言衆生既空善薩亦何可得此但釋前則示後
同命也空无邊者言此空義云无邊无中所以然命者世人言空苞六合故以中邊言之也自此諸句
釋之則智識一切法而明之尋言於推文則廢義照然也和合生无自性者此解義不生之善也不有自性則无可生也
諸法无常无去者言諸法理滅則寫言去而今推實无有去者也此重解五義也亦空亦動相音言若法
真則不動空不真故動也非常非滅者此以中道言故雜後倒以性自示故也此亦重解義不生也因此不生
之義說後事也不見畢竟者不見畢竟不生畢竟般若焉可有離而行道之事所不示
色音言行者既得如上无生之觀則不為世事所作善及言下為非色故不見一周也又下以不二
辭非色也又以非一二三釋不二也是非色者此以下為不二故别以非釋之而復為一圍(?)邊
品第廿五 云何善薩者因上事言行者作是觀令故序開之此中問尋甚成書以明其故異
主居中也釋開之事舊河磨(?)有羅者言其有衆生能發心趣道乃知一切法是
名道士也是名智諸法者言因諸法之名者則智其有无之實尋其名以知其義如見烟則知火之事也下
至十法義同焉薑(?)離者阿羅蜜也義言離此岸也阿羅蜜言到彼岸義相類令(?)故
以阿羅蜜離釋波羅蜜也此岸智體因前境而得名也色无常者此就行人因觀時以終上句也不舍
散者以釋不二之義以性有故无舍散也善薩五種道者行人內有五事之道也初發心行大度也隨忍
也无生忍也不退轉也以上言畢竟无有道果故以五趣之果五行之對以難也難行者以內外施設
乃菩薩住忍諦之事也何以轉者善空无所有么不應說法輪之化也亦不貪世(?)者攝行人
忍之言也內外物者己身及國財妻子也一切時者言雖万品如父母想而於一切時中推无所有故无難事也往
有生天者以上天生滅中天得故言所以事得不也所以言然者猶從天生中有退轉以有生正天生

上博 01 (2405)V 佛經論釋 (25－22)

上博 01 (2405)V　佛經論釋　(25－23)

日防利義也故下列法空乃念亦有謂不離世天念四者之難空非鄰身外予之意
亦知念有以其言並未退故誘明之也地振動者或地神歡喜或真法靡輕不真撓或有委
前為法王當王世大千故合此事試弟之徒悟天弟之會如聊之訖動亦爲矣飛田地者十
千之界也凡十二方合也河渚祇者十方ム說法
而說ム國人得此也
品第廿六
尔時諸天者猶是前會時天人也然誠此法
時積黑時日乃詰故衆會小歎而不集
他化天者他天心力方便擬新事之像而化月之而更他天攝取為己有而其主愈然而已故日他化也首羅
者言四禪得道之舍亦言帝釋之陑也而合与來道一乘事天同色也可以音以ム光善可分
取一分比之猶不如也蓋因嘆ム光相以明般若一乘所之果妙而況般若乎也云何住者ム問三事
住也能善也行也能體派其妙謂之住也施其明鑒運游身口之業謂之行也焉乎
然者是本切初之謂性此本度初生在人中蠶此草舊上故後也相感亦因此為乎也是人天尊意
者序以入道據之人備設言也從上者轉至ム果也色如翦者是釋方便般若下重志之者正
體也此是菩諦下諸道品之度是道諦也以此天等業未致道故失今階四諦之淺以及淵也相因緣聞者言
諸法无主然從緣中相助而成事因此句以下明諸但假緣勢而无我之實蓋中道而言之也
說阿辱心不可得者言四句之心也已滅无上道心方生勢不相接不得俱也非心中不得四句者言
四ム心乃无上道心俱望同有而為非心所為非心二為齊而可有所以言此者ム法田由而後
獲果今獲具實不可得故也不思議者二心同虛不可思議常然不改亦无所二心也亦勸助者以廣行
者今進故曰助也大士作所為要行之曰而有三為議論无數劫罪一也始當成ム勸轉法輪現ム
則諸今不滅度二也善盡未來世一切善法盡觀曰以求无上道亦勸一切人成道三也何言勸助慶
義同為本三世所為善根道而助喜為第三也非不報恩也者言逼ム及与弟子說法輪之教而今
王尊由之得成亦蒙此弘慶之重寶銘說心頓曉大度也而教導一切廊法王之業是親之
嚴者故今說大法已勸衆也如所應住者不取法相心无所鑒則為住也此中行之与住合餘之也
不二不別者言行人之与色同一无所有也所言尔者忠身為難今遣已捨内處方品乃妙行真住之謂也之向不
住者因住以明不住也可得故者計有諸法心存有得乃是非極亭辜表妙觀之滅故曰不庭
住也无為相者乃言此无為之果故而有諸道之名也入位猶言七住之位也命說諸盡者謂即今身取道入无為之果
也中間入涅般者以除即得道之身從二身乃至第六生得道其中除家二及七生之身盡是中間之義
一形以言中者除被別至二果之名而餘者總以中間為釋也是人向不豐者也被聞者天上得道故曰

上博 01 (2405)V 佛經論釋 (25－24)

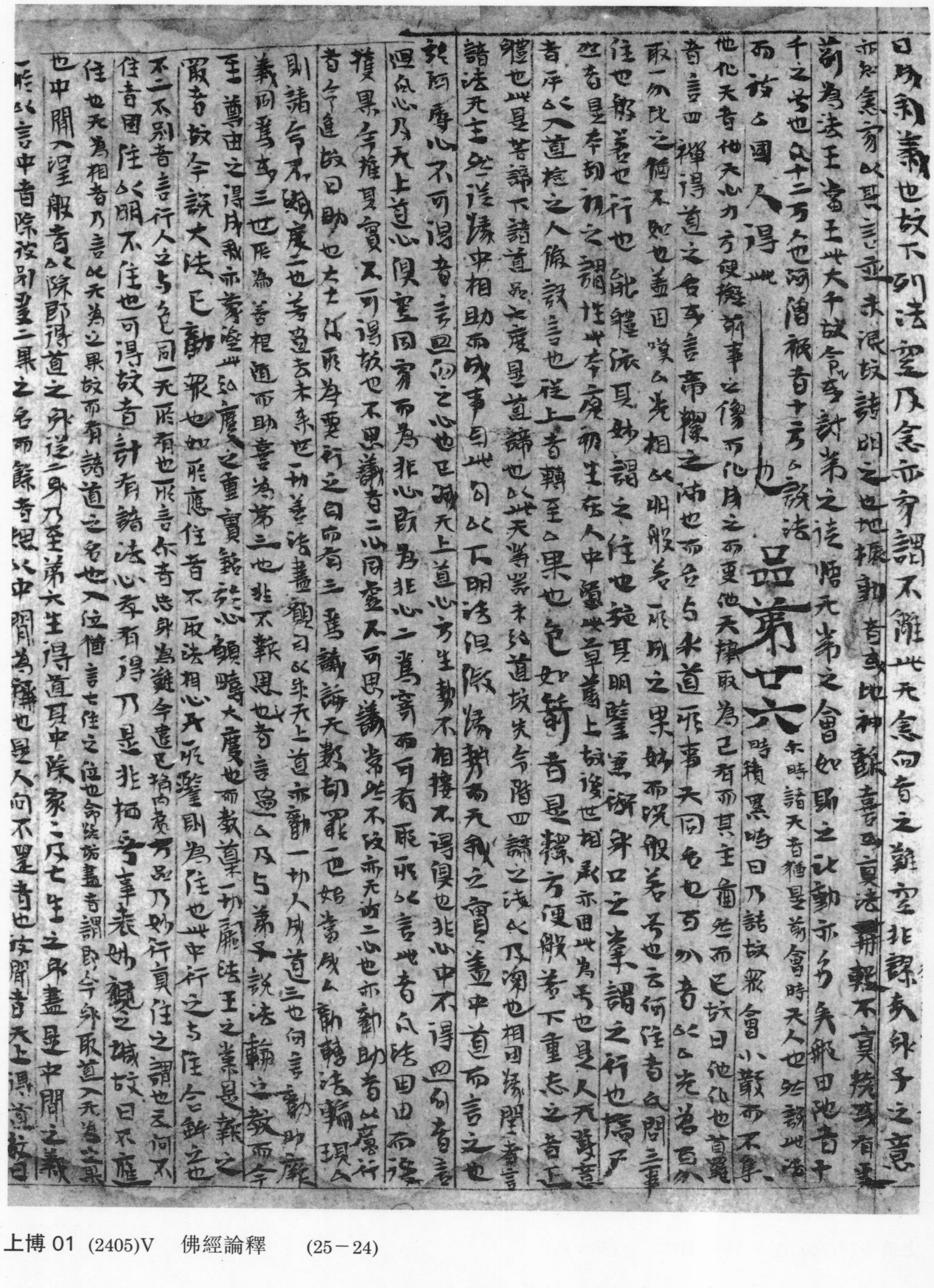

所以言中者除彼別立二果之名而餘者想以中間為釋也是人向不墨者也彼間者天上得道故曰
彼也阿羅漢命終入者蓋應人心謂阿羅漢當更脩大業故也樹出香者夫道悟之由大情名
有且以也如香之寄法飯熟五分身因妙觸皆是階道之關豈惟月因義故樹出妙香以為今事也不住
有為无為者凡夫人住有為賢聖住无為是以大聖不二義住也不住非不住者義由道之住也亦可住實
相一義也夜叉語者彼語難而易解善業語而易解而義瀾也相解不者聞此二人之辯相於可得相解不明
必不解録也是中不說色者言此中不說色有真之像也此經本天竺語宛妙而理易令故為秦
文故不便也不離是忍者言三乘成道化人利用者天何急言云何為聽法之器故曰如化
皆由此平等之忍乃得成道也

品第廿七

人之器義所用也聽法亦如化者天謂聽法之衆
不同餘衆生故若亦然无別也使義入乃能受此是新習行不退之下也不以色以空者言不於色
分別而今為空以其即自空故徹若說三乘之教者嘆其深奧非其器則不信解然乃
當出三乘之訓是善薩之所宗也讚持者言此法之施行人攝持以德如哉之持人也下所列諸行及
餘无利善之智盡在讚持法也下又得化之生乃淨土之報嘆其果也當得捷疾者謂
以泉說難為七事也速為疾入也深入利也无窮為不盡也不毀號曰不壞也應也於理不乘
為義也泉說无有窮為最上也而此中疾之与利似若語辯之類又義辯亦同獨以泉
說為七事所未詳也何因緣故者問善業以何事之妙意而得此行得善能問所以得之也
此空故廣說者言為行之時得十八空於衆行中去想滴之者是以得此諸善法也

上博 01 (2405)V 佛經論釋 (25－25)

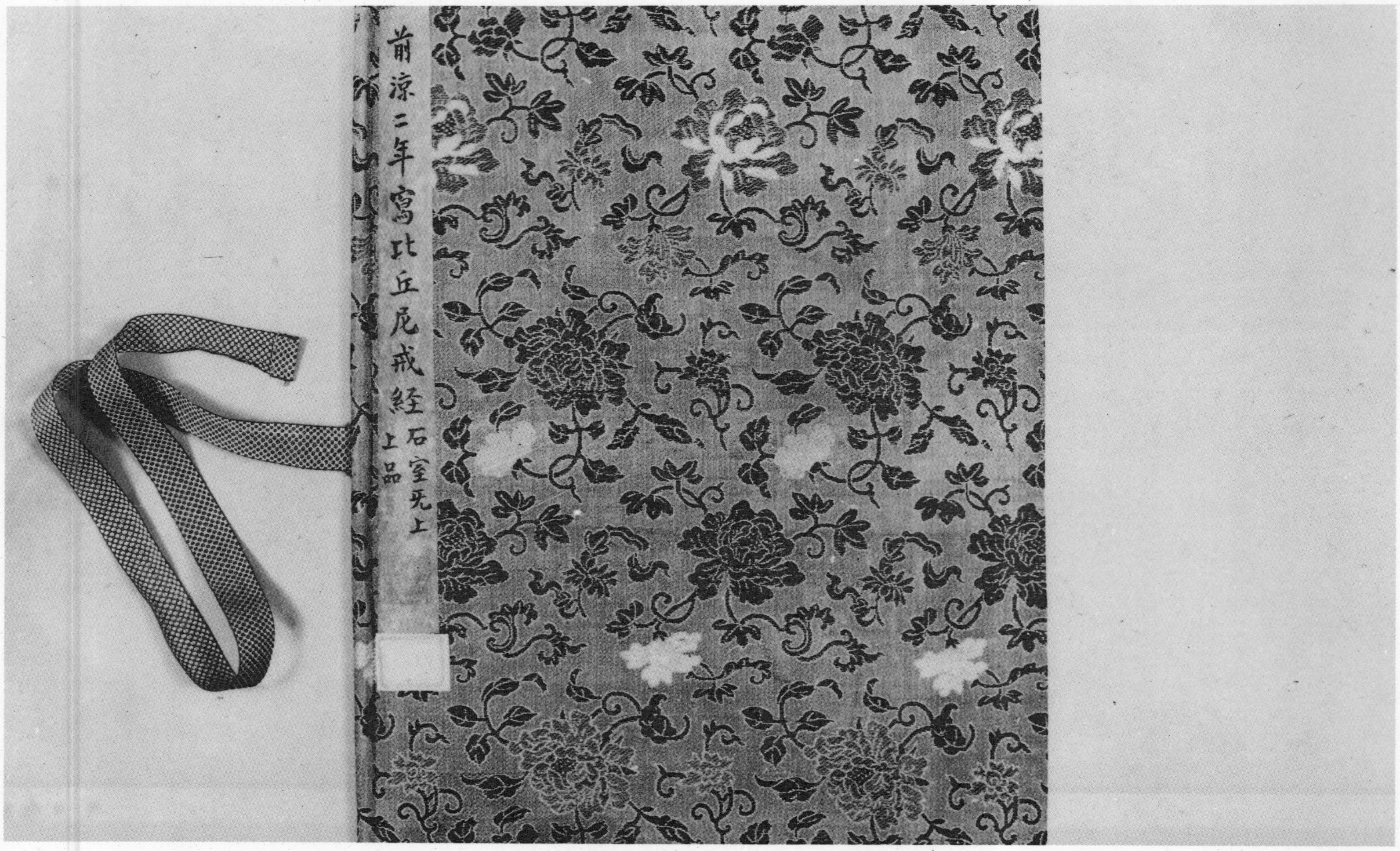

上博 02 (2415)　比丘尼戒經一卷　　(包首)

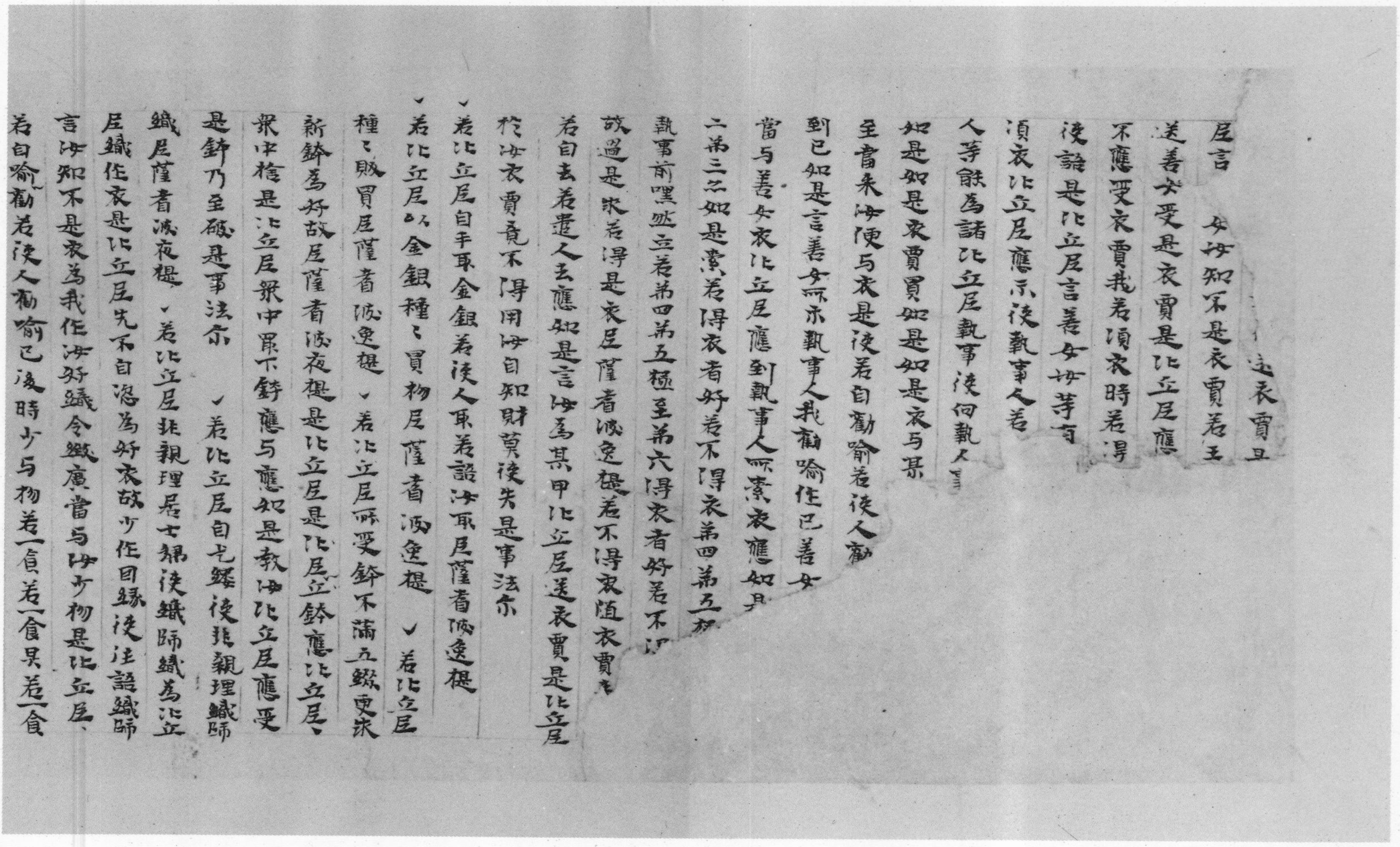
丘衣賈丑
尼言　女汝知不是衣賈若五
送善女受是衣賈是比丘尼應
不應受衣賈我若須衣時若淨
後語是比丘尼言善女汝等有
須衣比丘尼應示從執事人若
人等能為諸比丘尼執事從何執人言
如是如是衣賈買如是如是衣与某
至當來汝便与衣是從若自勸喻若從人勸
到已如是言善女所示執事人我勸喻作已善女
當与善女衣比丘尼應到執事人所索衣應如是
二第三亦如是索若得衣者好若不得衣第四第五極
執事前嘿然立若第四第五極至第六得衣者好若不得
故過是求若得是衣尼薩耆波逸提若不得衣隨衣賈
若自去若遣人去應如是言汝為某甲比丘尼送衣賈是比丘尼
於汝衣賈竟不得用汝自知財莫使失是事法爾
若比丘尼自手取金銀若使人取若語汝取尼薩耆波逸提
若比丘尼以金銀種種買物尼薩耆波逸提　若比丘尼
種種販買尼薩耆波逸提　若比丘尼所受鉢不滿五綴更求
新鉢為好故尼薩耆波夜提是比丘尼是比丘尼鉢應比丘尼
眾中捨是比丘尼眾中最下鉢應与應如是教汝比丘尼應受
是鉢乃至破是事法爾　若比丘尼自乞縷使非親理織師
織尼薩耆波夜提　若比丘尼非親理居士居士婦使織師織為比丘
尼織作衣是比丘尼先不自恣為好衣故少作因緣使往語織師
言汝知不是衣為我作汝好織令緻廣當与汝少物是比丘尼
若自喻勸若使人勸喻已後時少与物若一食若一食具若一食

上博 02 (2415)　比丘尼戒經一卷　　(13－1)

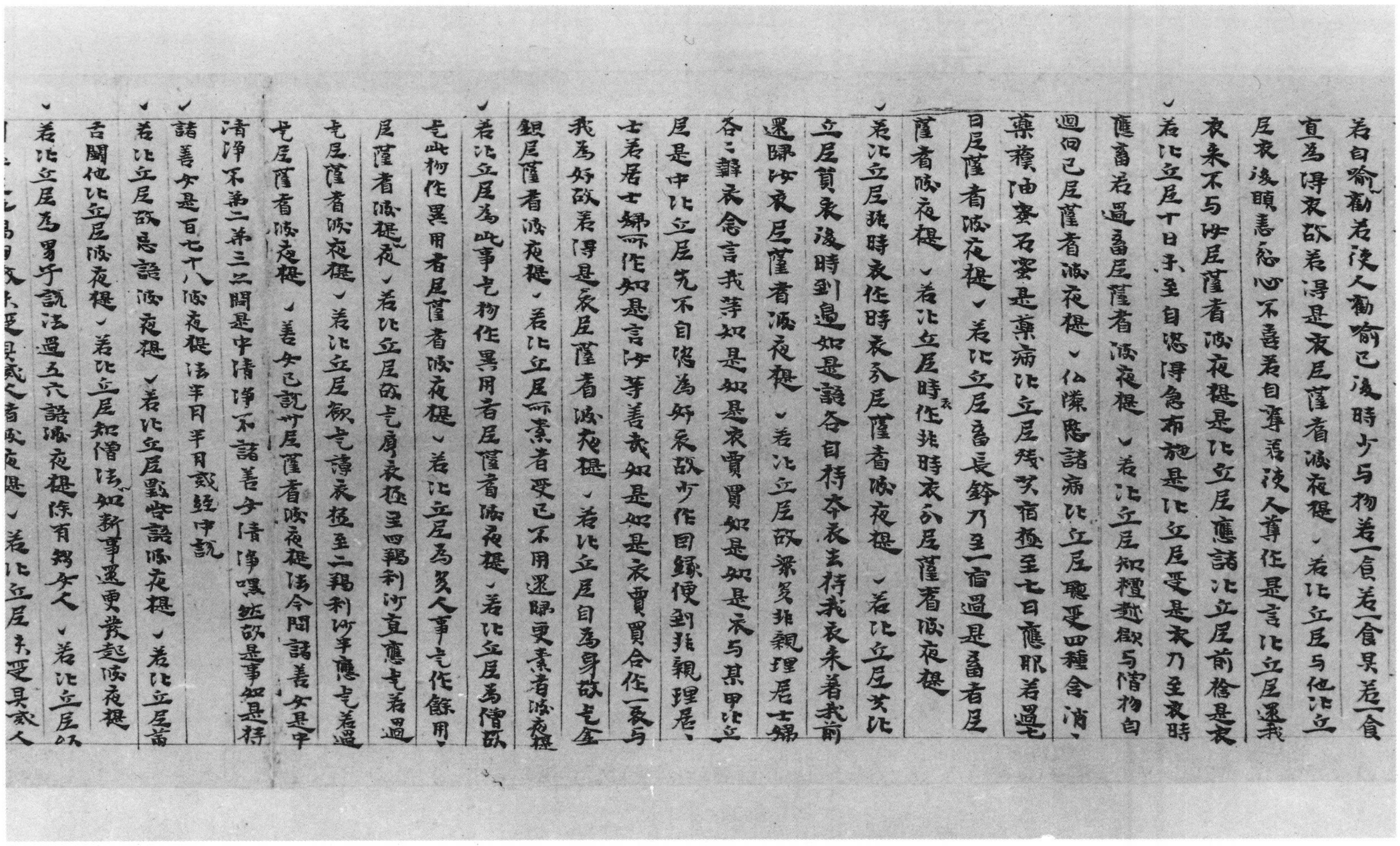

若自喻勸若使人勸喻已後時少與物若一食頃若一食
直為得衣故若得是衣尼薩耆波夜提 、若比丘尼與他比丘
尼衣後瞋恚忿心不喜若自奪若使人奪作是言比丘尼還我
衣來不與汝尼薩耆波夜提是比丘尼應諸比丘尼前捨是衣
若比丘尼十日未至自恣得急施是比丘尼受是衣乃至衣時
應畜若過畜尼薩耆波夜提 、若比丘尼知檀越欲與僧物自
迴向己尼薩耆波夜提 、佛聽患諸病比丘尼服四種含消
藥蘇油蜜石蜜是藥病比丘尼殘宿極至七日應服若過七
日尼薩耆波夜提 、若比丘尼畜長鉢乃至一宿過是畜者尼
薩耆波夜提 、若比丘尼時衣作非時衣分尼薩耆波夜提 、若比丘尼共比
丘尼貿衣後時到邊如是語令自持本衣去持我衣來著我前
還歸汝衣尼薩耆波夜提 、若比丘尼從衆多非親理居士婦
各各辭衣念言我等如是如是衣貿買如是衣與某甲比丘
尼是中比丘尼先不自恣為好衣故少作因緣便到非親理居
士若居士婦所作如是言汝等善哉如是如是衣貿買合作一衣與
我為好故若得是衣尼薩耆波夜提 、若比丘尼自為身故乞金
銀尼薩耆波夜提 、若比丘尼所索者受已不用還歸更索者波夜提
若比丘尼為此事乞物作異用者尼薩耆波夜提 、若比丘尼為僧故
乞此物作異用者尼薩耆波夜提 、若比丘尼為多人事乞作餘用
尼薩耆波夜提 、若比丘尼欲乞厚衣極至四羯利沙直應乞若過
乞尼薩耆波夜提 、若比丘尼欲乞薄衣極至二羯利沙半應乞若過
乞尼薩耆波夜提 、善女已說卅尼薩耆波夜提法今問諸善女是中
清淨不第二第三亦問是中清淨不諸善女清淨嘿然故是事如是持
諸善女是百七十八波夜提法半月半月戒經中說
若比丘尼故妄語波夜提 、若比丘尼毀呰語波夜提 、若比丘尼當
吾鬪他比丘尼波夜提 、若比丘尼知僧法如法斷事還更發起波夜提
若比丘尼為男子說法過五六語波夜提除有智女人 、若比丘尼以
[illegible]受具戒之者波夜提 、若比丘尼未受具戒人

上博 02 (2415) 比丘尼戒經一卷 (13－2)

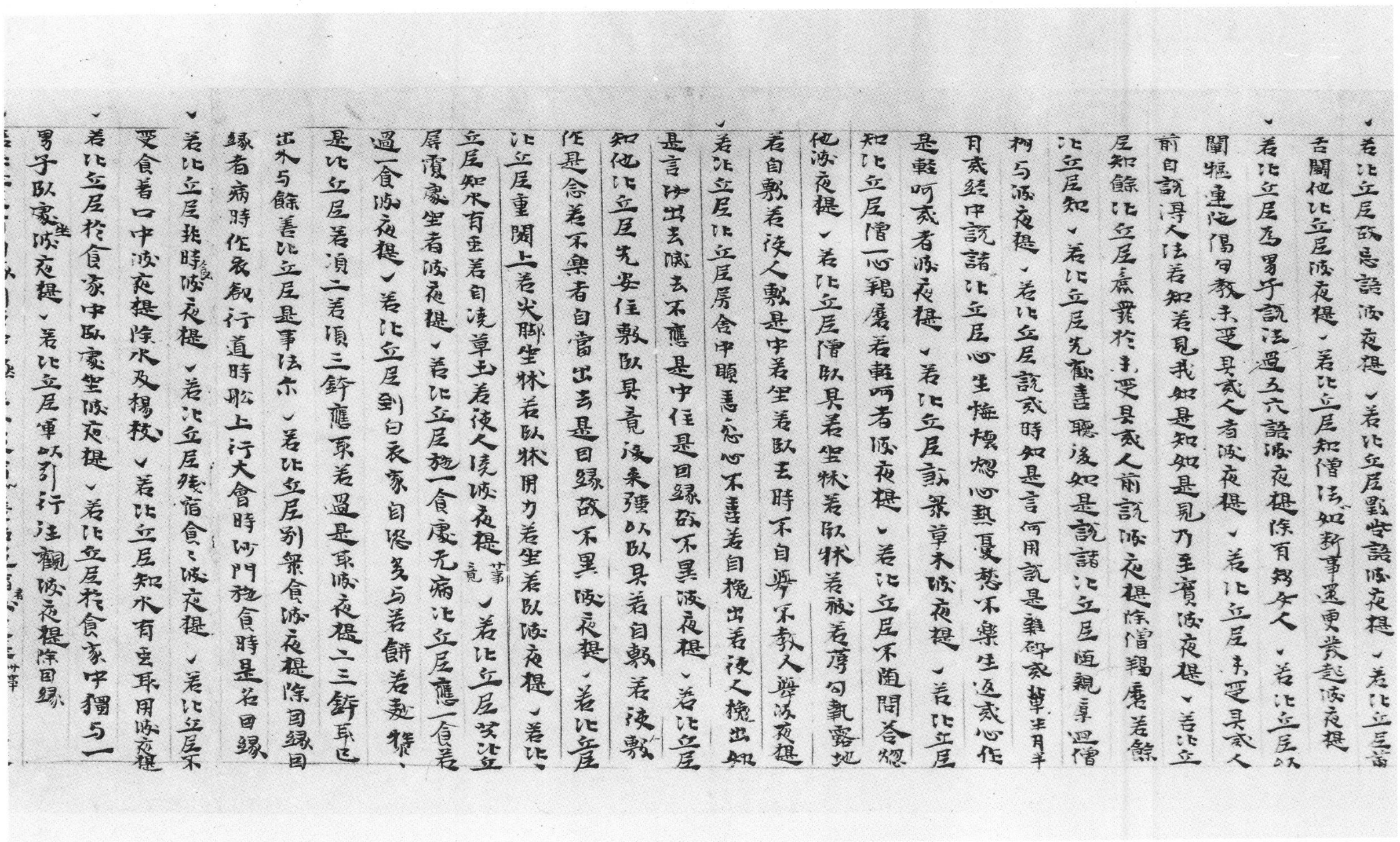

若比丘尼故妄語波夜提 、若比丘尼毀呰語波夜提 、若比丘尼當
吾鬪他比丘尼波夜提 、若比丘尼知僧法如法斷事還更發起波夜提
若比丘尼為男子說法過五六語波夜提除有智女人 、若比丘尼以
闡犍連句偈句教未受具戒人者波夜提 、若比丘尼未受具戒人
前自說得人法若知若見我知如是知如是見乃至實波夜提 、若比丘
尼知餘比丘尼麁罪於未受具戒人前說波夜提除僧羯磨若餘
比丘尼知 、若比丘尼先歡喜聽後如是說諸比丘尼隨親厚迴僧
物與波夜提 、若比丘尼說戒時如是言何用說是雜碎戒半月半
月戒經中說諸比丘尼心生悔憹惱心熱憂愁不樂生返戒心作
是輕呵戒者波夜提 、若比丘尼斫衆草木波夜提 、若比丘尼
知比丘尼僧一心羯磨若輕呵者波夜提 、若比丘尼不隨問答惱
他波夜提 、若比丘尼僧臥具若坐牀若臥牀若褥若薦自敷露地
若自敷若使人敷是中若坐若臥去時不自舉不教人舉波夜提
若比丘尼比丘尼房舍中瞋恚忿心不喜若自挽出若使人挽出如
是言汝出去滅去不應是中住是因緣故不異波夜提 、若比丘尼
知他比丘尼先安住敷臥具竟後來強以臥具若自敷若使敷
作是念若不樂者自當出去是因緣故不異波夜提 、若比丘尼
比丘尼重閣上若尖腳坐牀若臥牀用力若坐若臥波夜提 、若比
丘尼知水有蟲若自澆草土若使人澆波夜提 、若比丘尼共比丘
屋覆處坐者波夜提 、若比丘尼施一食處无病比丘尼應一食若
過一食波夜提 、若比丘尼到白衣家自恣多與若餅若麨糒、
是比丘尼若須二若須三鉢應取若過是取波夜提二三鉢取已
出外與餘善比丘尼是事法尒 、若比丘尼別衆食波夜提除因緣因
緣者病時作衣時行道時船上行大會時沙門施食時是名因緣
若比丘尼非時食波夜提 、若比丘尼殘宿食食波夜提 、若比丘尼不
受食著口中波夜提除水及楊枝 、若比丘尼知水有蟲取用波夜提
若比丘尼於食家中臥處坐波夜提 、若比丘尼於食家中獨與一
男子臥處坐波夜提 、若比丘尼軍以列行往觀波夜提除因緣

上博 02 (2415) 比丘尼戒經一卷 (13－3)

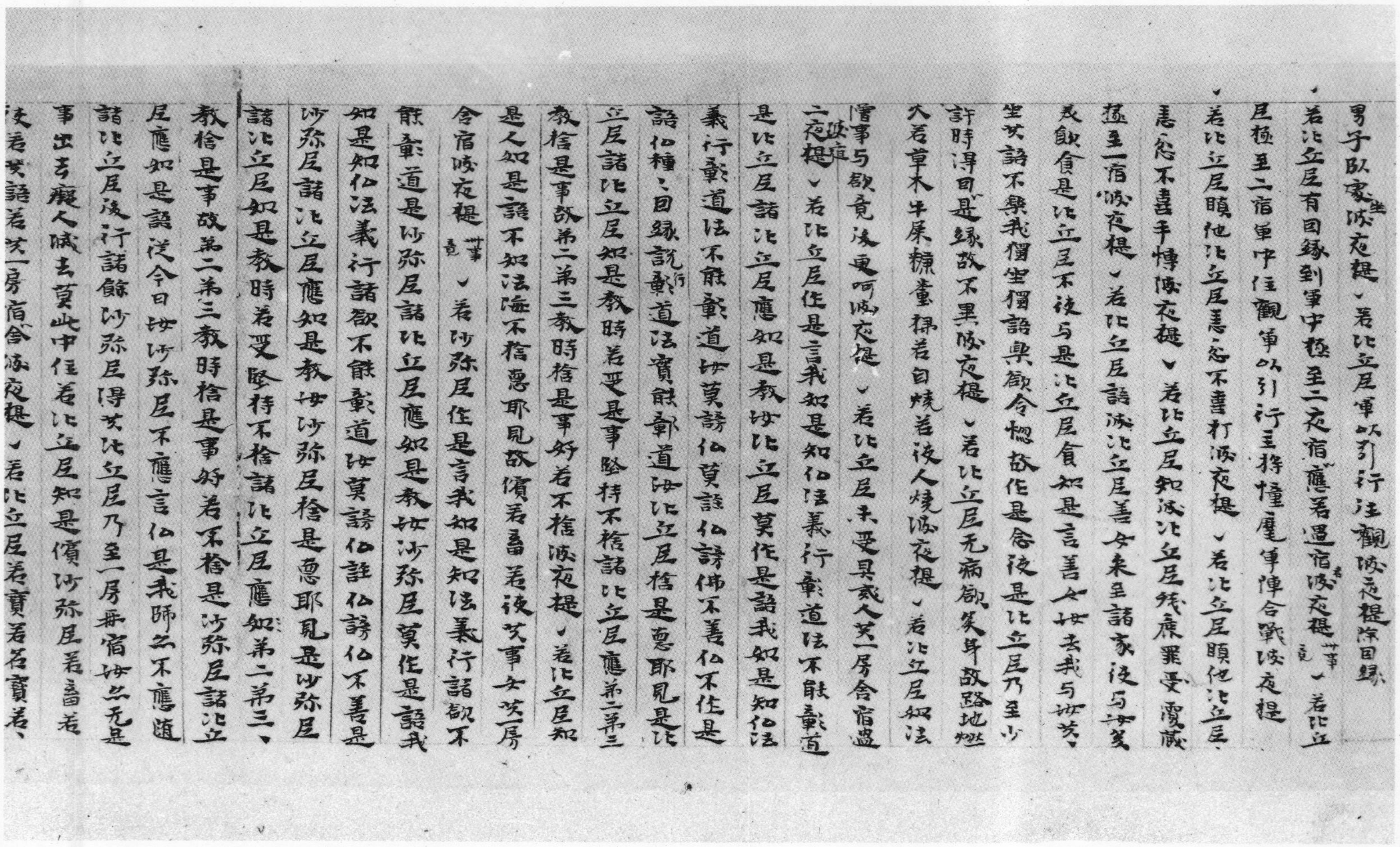

男子臥處波夜提若比丘尼軍以引行往觀波夜提除因緣
若比丘尼有因緣到軍中極至二夜宿應若過宿波夜提若比丘
尼極至二宿軍中住觀軍以引行主將幢麾軍陣合戰波夜提
若比丘尼瞋他比丘尼恚忿不喜打波夜提若比丘尼瞋他比丘尼、
恚忿不喜手搏波夜提若比丘尼知波比丘尼殘麁罪覆藏
極至一宿波夜提若比丘尼語諸比丘尼善女來至諸家與汝美
飲食是比丘尼不與是比丘尼食如是言善女汝去我与汝共、
坐共語不樂我獨坐獨語樂欲令惱故作是念後是比丘尼乃至少
許時得因是緣故不異波夜提若比丘尼無病欲炙身故露地燃
火若草木牛屎糠糞掃若自燒若使人燒波夜提若比丘尼知法
僧事与欲竟後更呵波夜提若比丘尼未受具戒人共一房舍宿過
二夜波夜提若比丘尼作是言我知是知佛法義行鄣道法不能鄣道
是比丘尼諸比丘尼應如是教汝比丘尼莫作是語我如是知佛法
義行鄣道法不能鄣道汝莫謗佛莫誣佛謗佛不善佛不作是
語佛種種因緣說鄣道法實能鄣道汝比丘尼捨是惡邪見是比
丘尼諸比丘尼如是教時若受是事堅持不捨諸比丘尼應第二第三
教捨是事故第二第三教時捨是事好若不捨波夜提若比丘尼知
是人如是語不如法悔不捨惡邪見故僧若畜若使共事共一房
舍宿波夜提若沙弥尼作是言我知是知法義行諸欲不
能鄣道是沙弥尼諸比丘尼應如是教汝沙弥尼莫作是語我
如是知佛法義行諸欲不能鄣道汝莫謗佛莫誣佛謗佛不善是
沙弥尼諸比丘尼應如是教汝沙弥尼捨是惡邪見是沙弥尼
諸比丘尼如是教時若受堅持不捨諸比丘尼應如第二第三、
教捨是事故第二第三教時捨是事好若不捨是沙弥尼諸比丘
尼應如是語從今日汝沙弥尼不應言佛是我師亦不應隨
諸比丘尼後行諸餘沙弥尼得共比丘尼乃至二房宿汝亦無是
事出去癡人滅去莫此中住若比丘尼知是擯沙弥尼若畜若
使若共語若共一房宿舍波夜提若比丘尼若寶若名寶若、

上博 02 (2415) 比丘尼戒經一卷 (13－4)

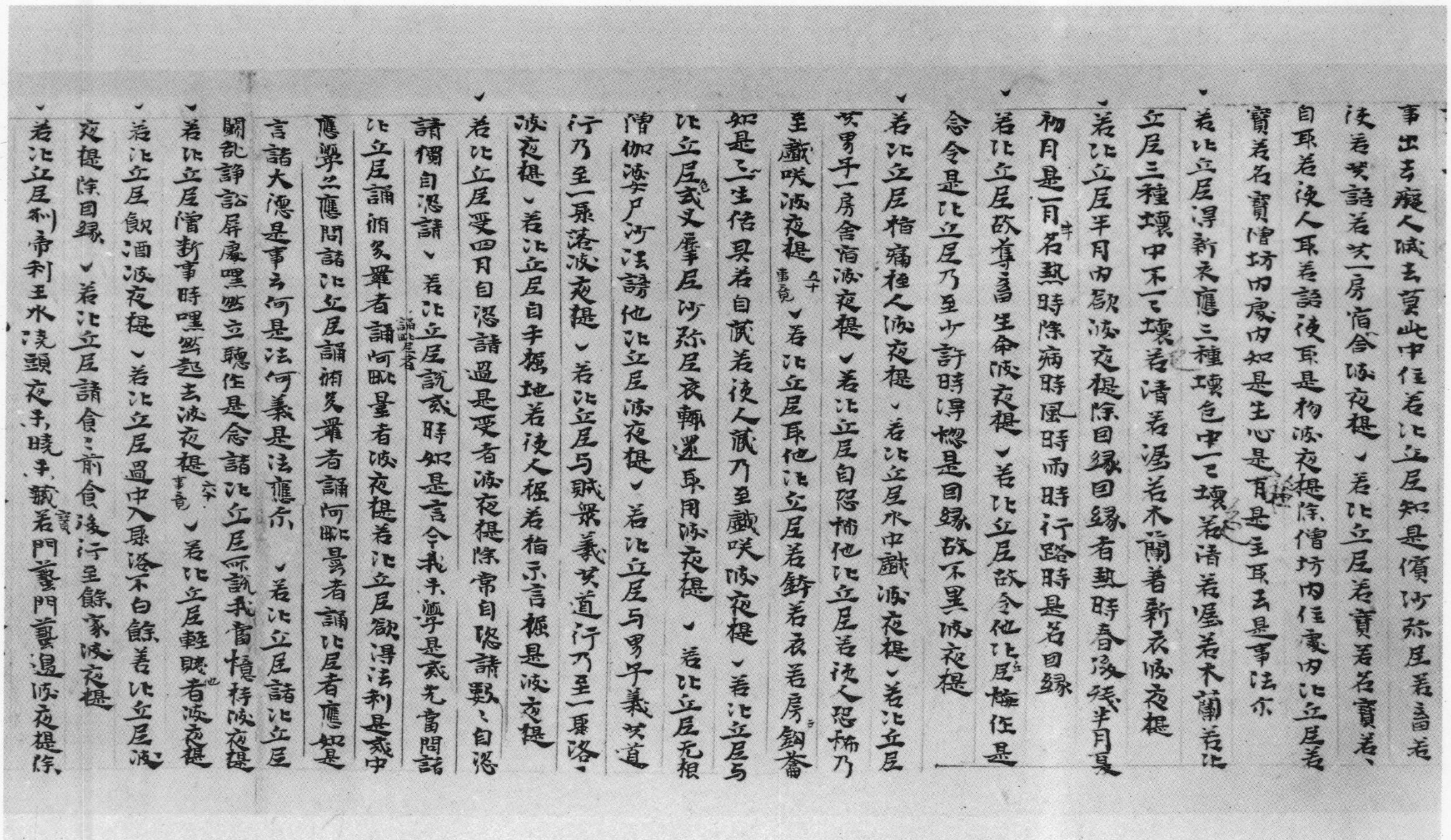

事出去癡人滅去莫此中住若比丘尼知是擯沙弥尼若畜若
使若共語若共一房宿舍波夜提若比丘尼若寶若名寶若、
自取若使人取若語使取是物波夜提除僧坊內住處內比丘尼若
寶若名寶僧坊內處內知是生心是有主取去是事法尒
若比丘尼得新衣應三種壞色中一一壞若青若泥若木蘭若比
丘尼三種壞中不一一壞若青若泥若木蘭著新衣波夜提
若比丘尼半月內浴波夜提除因緣因緣者熱時春後殘半月夏
初月是一月半熱時除病時風時雨時行路時是名因緣
若比丘尼故奪畜生命波夜提若比丘尼故令他比丘尼極住是
念令是比丘尼乃至少許時得惱是因緣故不異波夜提
若比丘尼擔痛搔人波夜提若比丘尼水中戲波夜提若比丘尼
共男子一房舍宿波夜提若比丘尼自恐怖他比丘尼若使人恐怖乃
至戲咲波夜提五十事竟若比丘尼取他比丘尼若鉢若衣若房鈎蕃
如是三生活具若自藏若使人藏乃至戲咲波夜提若比丘尼与
比丘尼式叉摩尼沙弥尼衣輙還取用波夜提若比丘尼無根
僧伽婆尸沙法謗他比丘尼波夜提若比丘尼与男子義共道
行乃至一聚落波夜提若比丘尼与賊衆義共道行乃至一聚落、
波夜提若比丘尼自手掘地若使人掘若指示言掘是波夜提
若比丘尼受四月自恣請過是受者波夜提除常自恣請數數自恣
請獨自恣請若比丘尼說戒時如是言今我未學是戒先當問諸
比丘尼誦修多羅者誦阿毗曇者波夜提若比丘尼欲得法利是戒中
應學亦應問諸比丘尼誦修多羅者誦阿毗曇者誦比尼者應如是
言諸大德是事云何是法何義是法應尒若比丘尼諸比丘尼
鬪亂諍訟屏處嘿然立聽作是念諸比丘尼所說我當憶持波夜提
若比丘尼僧斷事時嘿然起去波夜提六十事竟若比丘尼輕賤者波夜提
若比丘尼飲酒波夜提若比丘尼過中入聚落不白餘善比丘尼波
夜提除因緣若比丘尼請食食前食後行至餘家波夜提
若比丘尼刹帝利王水澆頭夜未明未藏寶若門閾過波夜提除、

上博 02 (2415) 比丘尼戒經一卷 (13－5)

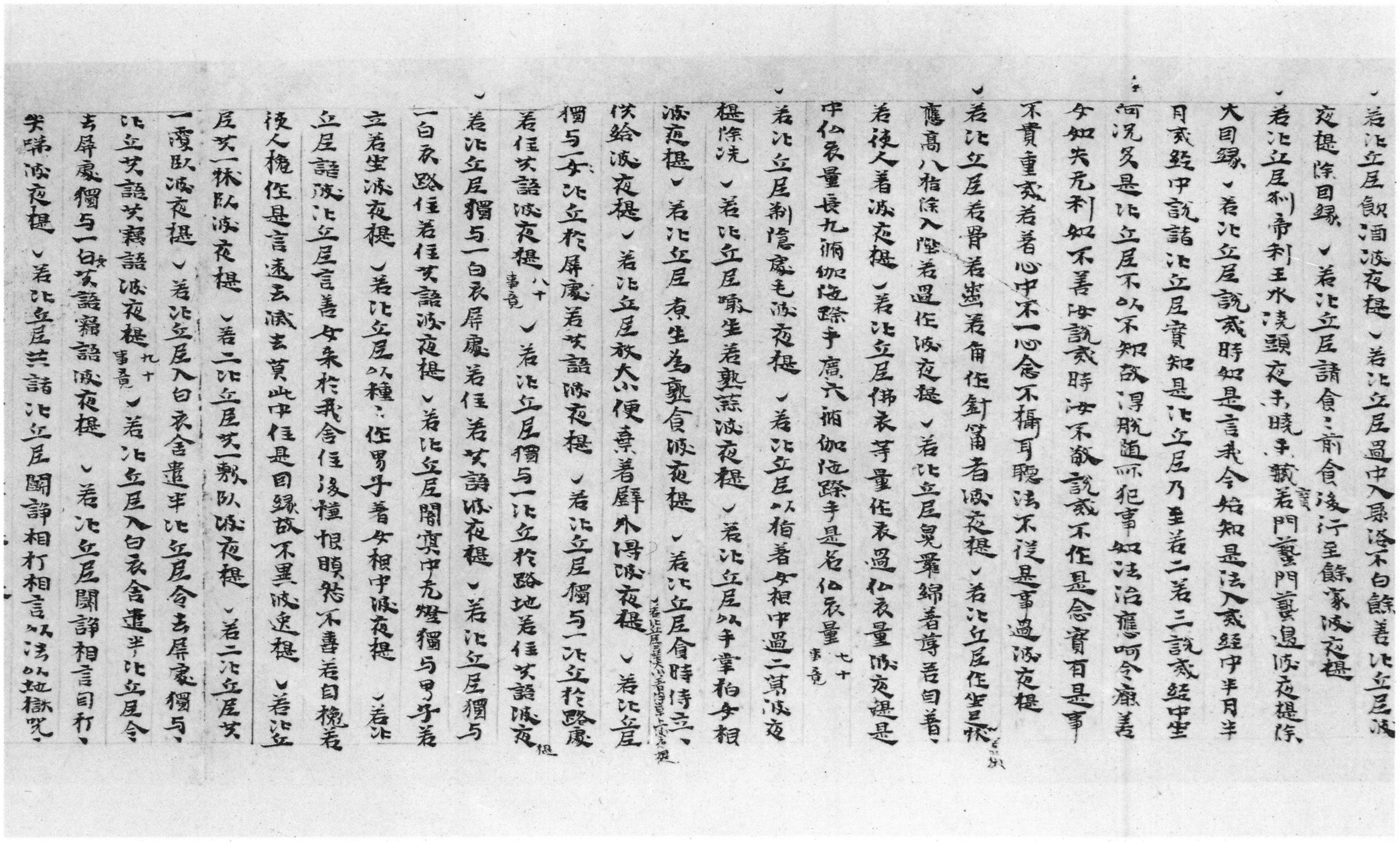
若比丘尼飲酒波夜提 若比丘尼過中入聚落不白餘善比丘尼波
夜提除因緣 若比丘尼請食〻前食後行至餘家波夜提
若比丘尼刹帝利王水澆頭夜未曉未藏寶若宮門閾過波夜提除
大因緣 若比丘尼說戒時如是言我今始知是法入戒經中半月半
月戒經中說諸比丘尼實知是比丘尼乃至若二若三說戒經中坐
何況多是比丘尼不以不知故得脫隨所犯事如法治應呵令慚羞
汝失无利汝不善汝說戒時汝不敬說戒不作是念實有是事
不貴重戒若著心中不一心念不攝耳聽法不從是事過波夜提
若比丘尼若骨若齒若角作針筒者波夜提 若比丘尼作坐床
應高八指除入陛者過作波夜提 若比丘尼兜羅綿著褥吾臥著
若後人著波夜提 若比丘尼佛衣等量作衣過佛衣量波夜提是
中佛衣量長九修伽陀磔手廣六修伽陀磔手是名佛衣量 七十事竟
若比丘尼剃隱處毛波夜提 若比丘尼以指著女根中過二節波夜
提除洗 若比丘尼噉生若熟蒜波夜提 若比丘尼以手掌拍女根
波夜提 若比丘尼煮生為熟食波夜提 若比丘尼食時侍立、
供給波夜提 若比丘尼放大小便棄著壁外得波夜提 若比丘尼
獨與一男比丘於屏處若共語波夜提 若比丘尼獨與一比丘於路處
若住共語波夜提 八十事竟 若比丘尼獨與一比丘於路地若住共語波夜提
若比丘尼獨與一白衣屏處若住若共語波夜提 若比丘尼獨與
一白衣路住若住共語波夜提 若比丘尼闇冥中无燈獨與男子若
立若坐波夜提 若比丘尼以種〻作男子著女根中波夜提 若比
丘尼語彼比丘尼言善女來於我舍住後檀恨瞋恚不喜若自擯若
使人擯作是言遠去滅去莫此中住是因緣故不異波逸提 若比丘
尼共一牀臥波夜提 若二比丘尼共一褥臥波夜提 若二比丘尼共
一覆臥波夜提 若比丘尼入白衣舍遣半比丘尼令去屏處獨與、
比丘共語共竊語波夜提 九十事竟 若比丘尼入白衣舍遣半比丘尼令
去屏處獨與一白衣共語竊語波夜提 若比丘尼鬪諍相言因打、
哭啼波夜提 若比丘尼共諸比丘尼鬪諍相打相言以法以地獄咒、

上博 02 (2415) 比丘尼戒經一卷 (13－6)

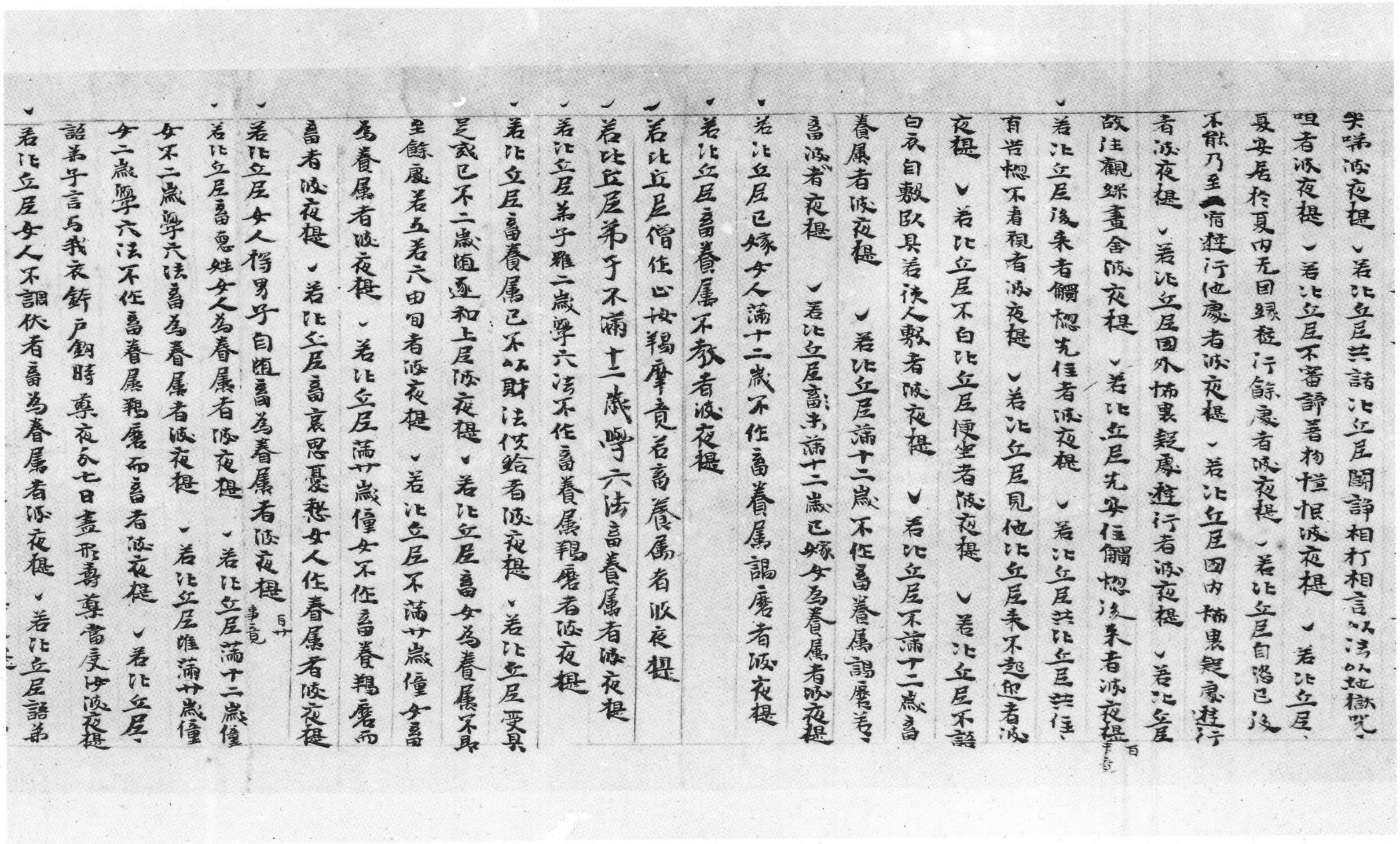
哭啼波夜提 若比丘尼共諸比丘尼鬪諍相打相言以法以地獄咒、
咀者波夜提 若比丘尼不審諦著物埵恨波夜提 若比丘尼、
夏安居於夏內无因緣遊行餘處者波夜提 若比丘尼自恣已後
不能乃至一宿遊行他處者波夜提 若比丘尼國內怖畏疑處遊行
者波夜提 若比丘尼國外怖畏疑處遊行者波夜提 若比丘尼
故往觀綵畫舍波夜提 若比丘尼先安住觸惱後來者波夜提 百事竟
若比丘尼後來者觸惱先住者波夜提 若比丘尼共比丘尼共住、
有苦惱不看視者波夜提 若比丘尼見他比丘尼來不起迎者波
夜提 若比丘尼不白比丘尼便坐者波夜提 若比丘尼不語
白衣自敷臥具若使人敷者波夜提 若比丘尼不滿十二歲畜
養屬者波夜提 若比丘尼滿十二歲不作畜養屬謁磨著、
畜波者夜提 若比丘尼童女滿十二歲已嫁女為養屬者波夜提
若比丘尼已嫁女人滿十二歲不作畜養屬謁磨者波夜提
若比丘尼畜養屬不教者波夜提
若比丘尼僧作心教羯磨竟若畜養屬者波夜提
若比丘尼弟子不滿十二歲學六法畜養屬者波夜提
若比丘尼弟子雖二歲學六法不作畜養屬羯磨者波夜提
若比丘尼畜養屬已不以財法攝給者波夜提 若比丘尼受具
足戒已不二歲隨逐和上尼波夜提 若比丘尼畜女為養屬不將
至餘處若五若六由旬者波夜提 若比丘尼不滿廿歲僮女畜
為養屬者波夜提 若比丘尼滿廿歲僮女不作畜養羯磨而
畜者波夜提 若比丘尼畜哀思憂愁女人作養屬者波夜提
若比丘尼女人將男子自隨畜為養屬者波夜提 百廿事竟
若比丘尼畜惡性女人為養屬者波夜提 若比丘尼滿十二歲僮
女不二歲學六法畜為養屬者波夜提 若比丘尼雖滿廿歲僮
女二歲學六法不作畜養屬羯磨而畜者波夜提 若比丘尼、
語弟子言與我衣鉢尸鉤時藥夜分七日盡形壽藥當度汝波夜提
若比丘尼女人不調伏者畜為養屬者波夜提 若比丘尼語弟

上博 02 (2415) 比丘尼戒經一卷 (13－7)

語弟子言与我衣鉢戶鉤時藥夜分七日盡形壽藥當更汝波夜提
若比丘尼女人不調伏者畜為眷屬者波夜提 若比丘尼語弟
子言汝二歲學六法當畜汝為眷屬後不畜者波夜提 若
比丘尼歲歲眷屬者波夜提 若比丘尼別住畜眷屬者波夜提
若比丘尼若欲作衣應量作是中長六佛搩手廣二搩手半
若過作波夜提 若比丘尼多畜衣波夜提 百卅事竟 若比丘尼作
衣時極久聽五夜若過者波夜提 若比丘尼過五夜不著五
衣波夜提 若比丘尼白病休已病衣浣与在家人那者波夜提
若比丘尼月病休已病浣清已不趣者波夜提 若比丘尼遮
与衆衣者波夜提 若比丘尼懶不作五衣而受迦絺那衣者波夜
提 若比丘尼僧訖迦絺那衣時聽不聽者波夜提 若比丘
尼僧分衣時不聽者波夜提 若比丘尼僧新事時不聽者捨波
夜提 若比丘尼不捨所住房而遠遊行者波夜提 若比丘尼
誦種種呪術者波夜提 若比丘尼種種呪術者若教白衣者若施
外道者波夜提 若比丘尼助白衣家作者波夜提 若比丘
尼坐白衣坐去時不還白衣者波夜提 若比丘尼不語白衣輒
坐其坐者波夜提 若比丘尼无病騎乘者波夜提 若比丘尼
紡績者波夜提 若比丘尼着指環者波夜提 若比丘尼持
蓋入白衣舍者波夜提 若比丘尼不近比丘住夏安居者波
夜提 百五十竟 若比丘尼安居竟不於二部僧中以三事見聞疑自恣
者波夜提 若比丘尼半月半月不詣比丘僧所求而僧教者波
夜提 若比丘尼衆集受教時无病不來聽者波夜提 若比丘
尼僧房中比丘住不白輒入門者波夜提 若比丘尼憶心嗜嗜向
比丘者波夜提 若比丘尼共比丘尼鬪諍相言惡口咒詛語者
波夜提 若比丘尼姤嫉白衣舍者波夜提 若比丘尼受檀
越請卻不食者波夜提 若比丘尼不聽問而問難脩多羅毗尼
阿毗曇者波夜提 若比丘尼露地操飛濤者波夜提 百六十事竟
若比丘尼著白衣嚴身具者波夜提 若比丘尼注觀庭歡歌儛
伎樂者波夜提 若比丘尼若癡若創若使男子若裹若解者

上博 02 (2415)　比丘尼戒經一卷　(13－8)

阿毗曇者波夜提 若比丘尼露地操飛濤者波夜提 百六十事竟
若比丘尼著白衣嚴身具者波夜提 若比丘尼注觀庭歡歌儛
伎樂者波夜提 若比丘尼若癡若創若使男子若裹若解者
波夜提 若比丘尼以耶念共男子行步相瞻者波夜提
若比丘尼以末香澡香胡麻屑若澤塗身者波夜提 若比丘尼
知世間法著初生革者波夜提 若比丘尼於比丘尼僧坊出門不
語同心者波夜提 若比丘尼以諸果汁治賤者波夜提 若比丘尼
使人諸以樹果汁治賤者波夜提 若比丘尼以蹈蹈頭者波夜提 百七十竟
若比丘尼使人蹈蹈頭者波夜提 若比丘尼以劇劇頭者波夜提
若比丘尼使人以劇劇頭者波夜提 若比丘尼生草葉上大小便者
波夜提 若比丘尼弄出精者波夜提除義中 若比丘尼飲男
子精者波夜提 若比丘尼於男子浣浴水中浣浴者波夜提
若比丘尼於門扇後隈住者波夜提 百七十八事竟 諸善女我已說百
七十八波夜提法今問諸善女是中清淨不第二第三亦問是中清
淨不諸善女是中清淨嘿然故是事如是持
諸善女是八出罪法半月半月戒經中說
白衣舍有如是美食乳酪生蘇熟蘇油魚宍脯若比丘尼无病、
自乞乳是比丘尼應諸比丘尼前出罪作如是言諸善女我墮可呵
法所不應作是應出法我今出是名初可出法 若比丘尼无病
自為乞酪乞生蘇熟蘇油宍魚脯應諸比丘尼前出罪作如是言
諸善女我墮可呵法所不應作是應出法我今出是名第八出法
諸善女我已說八出罪法今問諸善女是中清淨不第二第三亦問是
中清淨不諸善女是中清淨嘿然故是事如是持
諸善女是衆學法半月半月戒經中說
不高著內衣應當學　不下著內衣當應當學
不參差著衣內當應學　不如分頭著內衣應當學
不如多羅葉著內衣應當學　不如鳥鼻著內衣應當學
不如魏團著內衣應當學　不細攝著內衣應當學

上博 02 (2415)　比丘尼戒經一卷　(13－9)

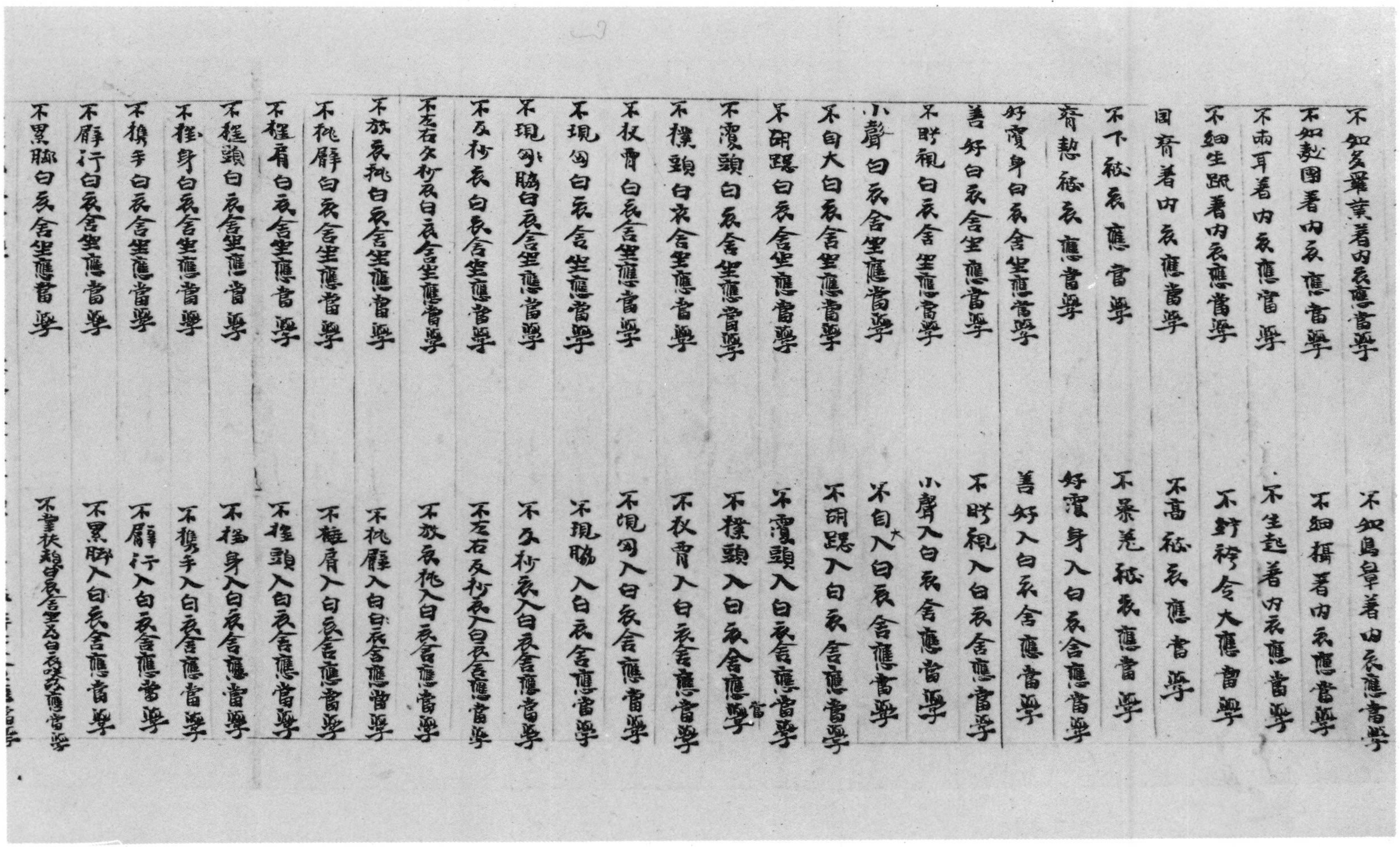

上博 02 (2415) 比丘尼戒經一卷 (13－10)

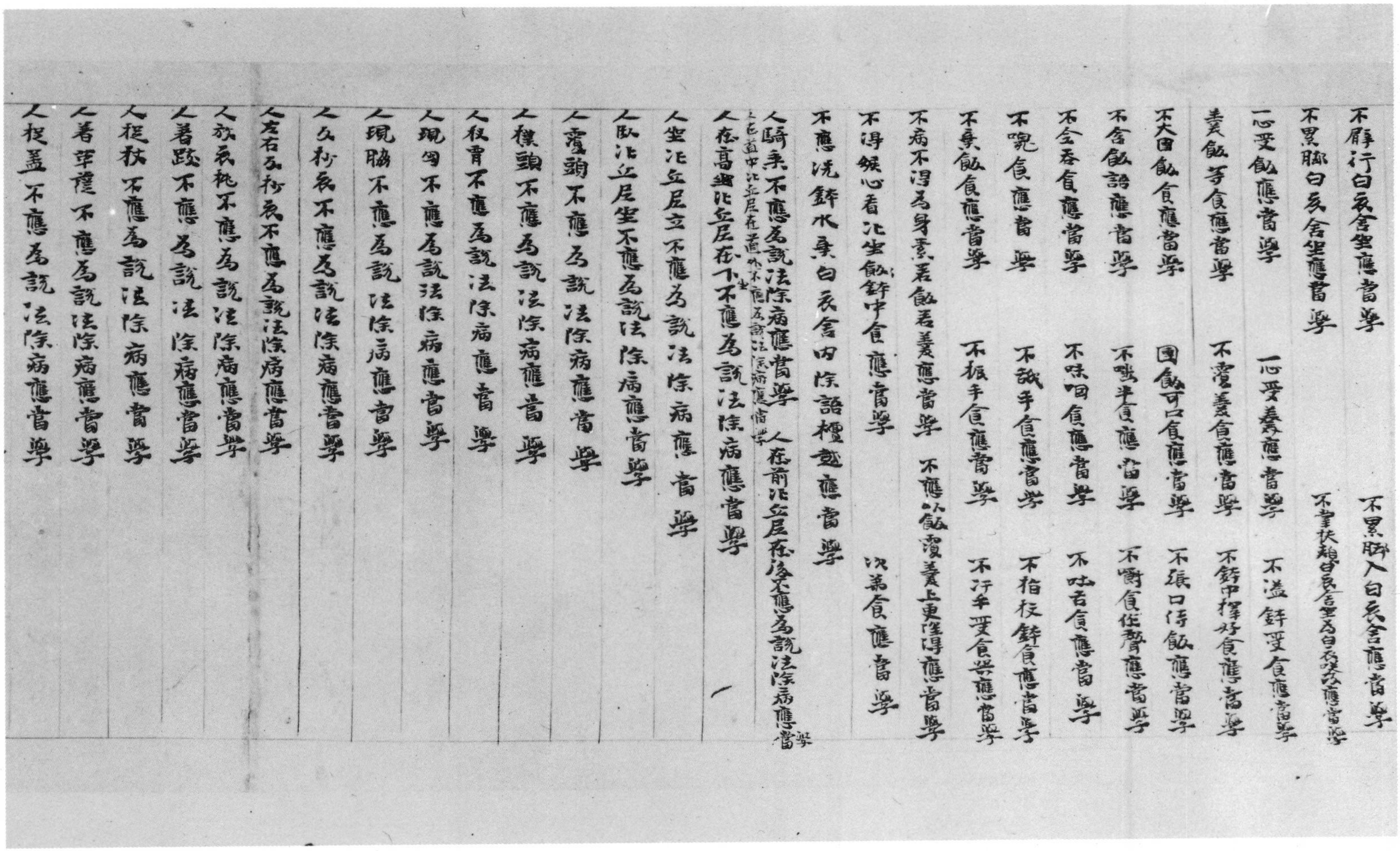

上博 02 (2415) 比丘尼戒經一卷 (13－11)

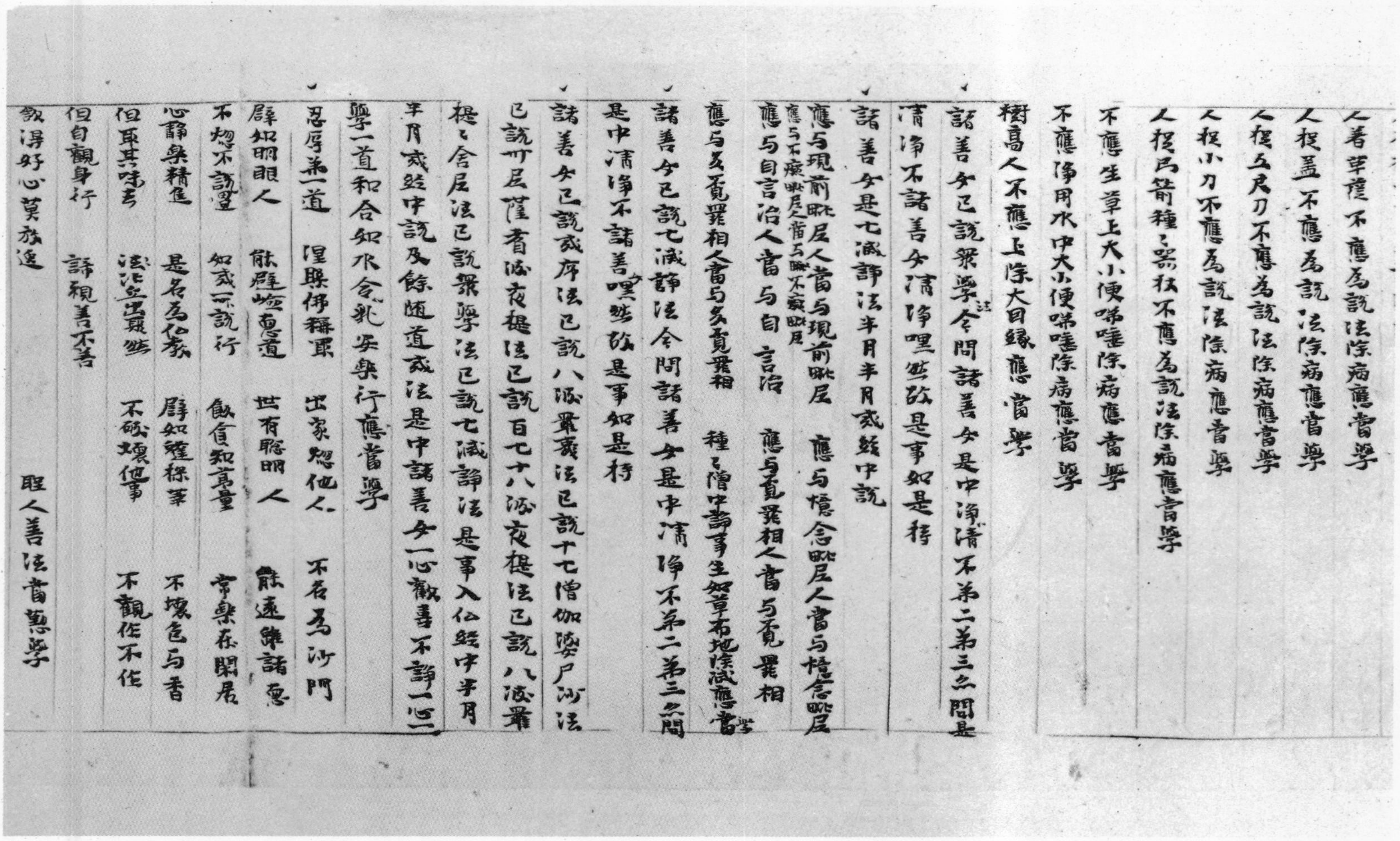
人著革屣不應爲說法除病應當學
人捉蓋不應爲說法除病應當學
人捉五尺刀不應爲說法除病應當學
人捉小刀不應爲說法除病應當學
人捉弓箭種種器杖不應爲說法除病應當學
不應生草上大小便涕唾除病應當學
不應淨用水中大小便涕唾除病應當學
樹高人不應上除大因緣應當學
諸善女已說衆學法今問諸善女是中淨清不第二第三亦問是
清淨不諸善女清淨嘿然故是事如是持
諸善女是七滅諍法半月半月戒經中說
應與現前毗尼人當與現前毗尼　應與不癡毗尼人當與不癡毗尼　應與憶念毗尼人當與憶念毗尼
應與自言治人當與自言治　應與覓罪相人當與覓罪相
應與多覓罪相人當與多覓罪相　種種僧中諍事生如草布地除滅應當學
諸善女已說七滅諍法今問諸善女是中清淨不第二第三亦問
是中清淨不諸善女嘿然故是事如是持
諸善女已說戒序法已說八波羅夷法已說十七僧伽婆尸沙法
已說卅尼薩耆波夜提法已說百七十八波夜提法已說八波羅
提提舍尼法已說衆學法已說七滅諍法是事入佛經中半月
半月戒經中說及餘隨道戒法是中諸善女一心歡喜不諍一心
學一道和合如水合乳安樂行應當學
忍辱第一道　涅槃佛稱最　出家惱他人　不名爲沙門
譬如明眼人　能避嶮惡道　世有聰明人　能遠離諸惡
不惱不說過　如戒所說行　飲食知節量　常樂在閑居
心靜樂精進　是名爲佛教　譬如蜂採華　不壞色與香
但取其味去　比丘出聚然　不破壞他事　不觀作不作
但自觀身行　諦視善不善
欲得好心莫放逸　聖人善法當懃學

上博 02 (2415)　比丘尼戒經一卷　(13－12)

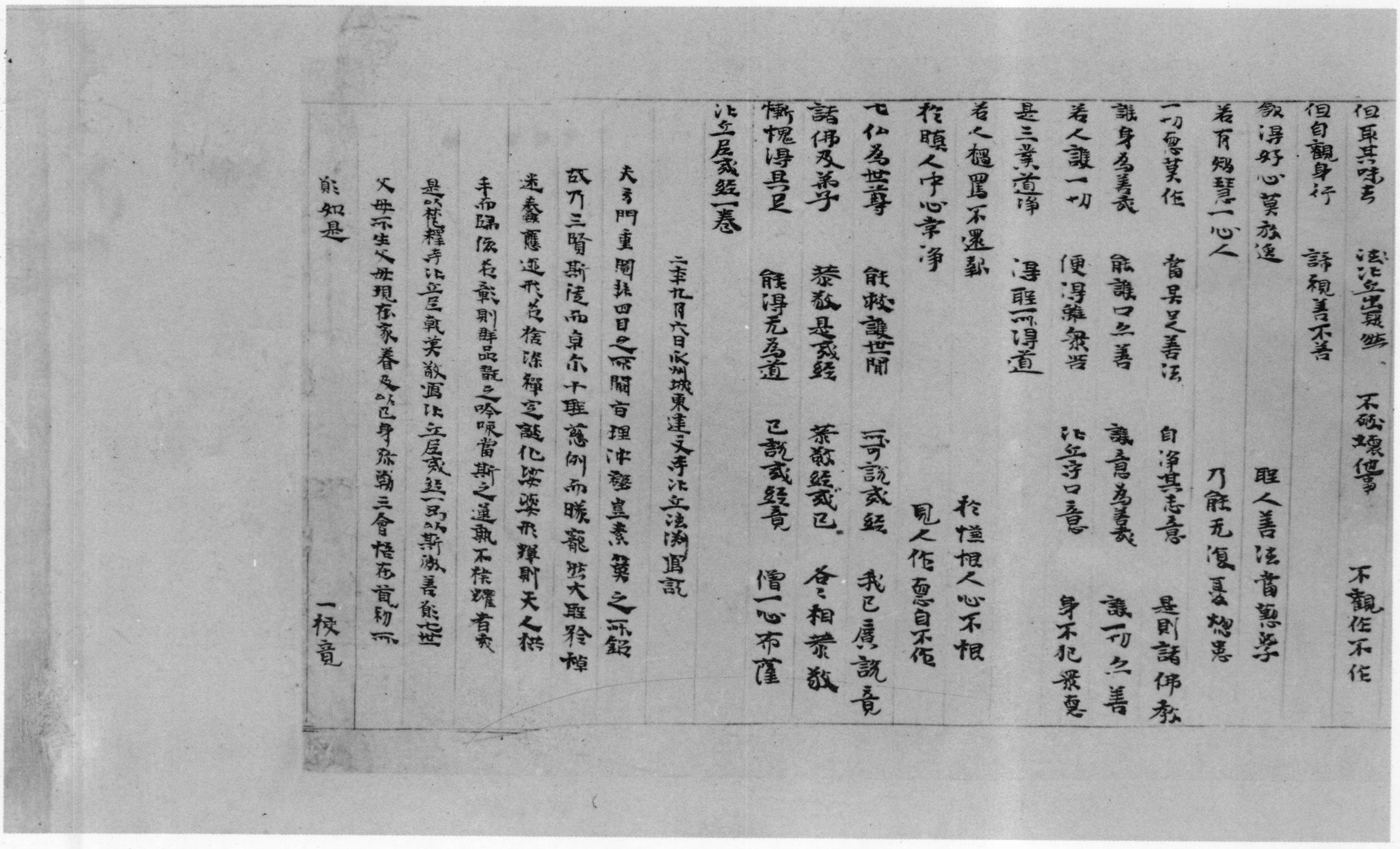
但取其味去　比丘出聚然　不破壞他事　不觀作不作
但自觀身行　諦視善不善
欲得好心莫放逸　聖人善法當懃學
若有智慧一心人　乃能無復憂惱患
一切惡莫作　當具足善法　自淨其志意　是則諸佛教
護身爲善哉　能護口亦善　護意爲善哉　護一切亦善
若人護一切　便得離衆苦　比丘守口意　身不犯衆惡
是三業道淨　得聖所得道
若人撾罵不還報　於憎恨人心不恨
於瞋人中心常淨　見人作惡自不作
七佛爲世尊　能救護世間　所可說戒經　我已廣說竟
諸佛及弟子　恭敬是戒經　恭敬經戒已　各各相恭敬
慚愧得具足　能得無爲道　已說戒經竟　僧一心布薩
比丘尼戒經一卷
二年九月六日於涼州城東建文寺比丘法洲寫訖
夫玄門重關非四目之所闚百理沖邃豈素質之所銘
故乃三賢斯陵而阜于十聖蘊例而曦龐然大聖矜悼
迷蠢應迹形危搖沫禪宮誕化娑婆形耀則天人棲
手而歸依名彰則群品翫之吟咏當斯之道孰不祭耀者哉
是以龍釋寺比丘尼就英敬寫比丘尼戒經一部以斯微善願七世
父母所生父母現在家眷及以己身恭勤三會悟在首初所
能如是　一校竟

上博 02 (2415)　比丘尼戒經一卷　(13－13)

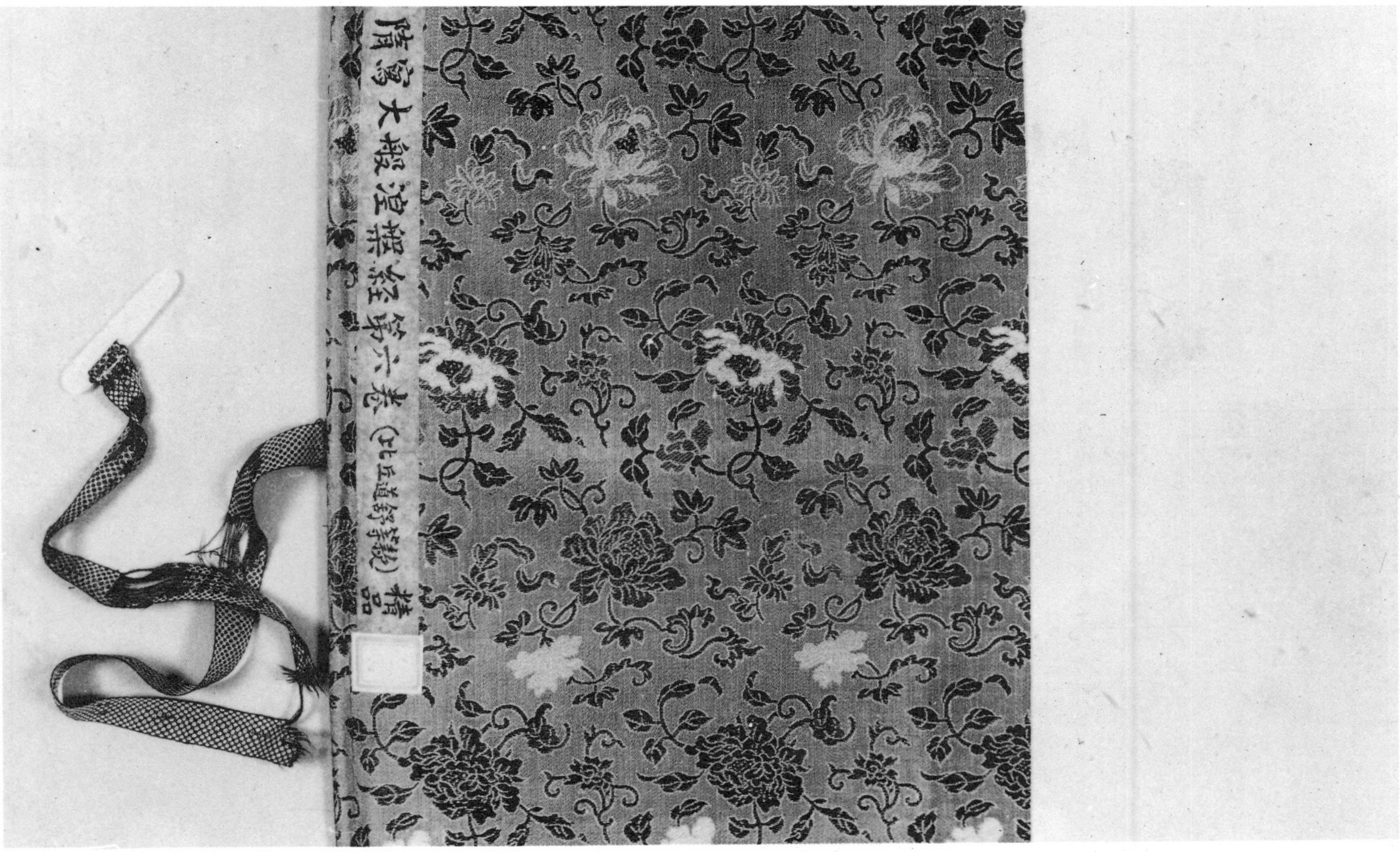

上博 03 (2416)　大般涅槃經卷第六　　(包首)

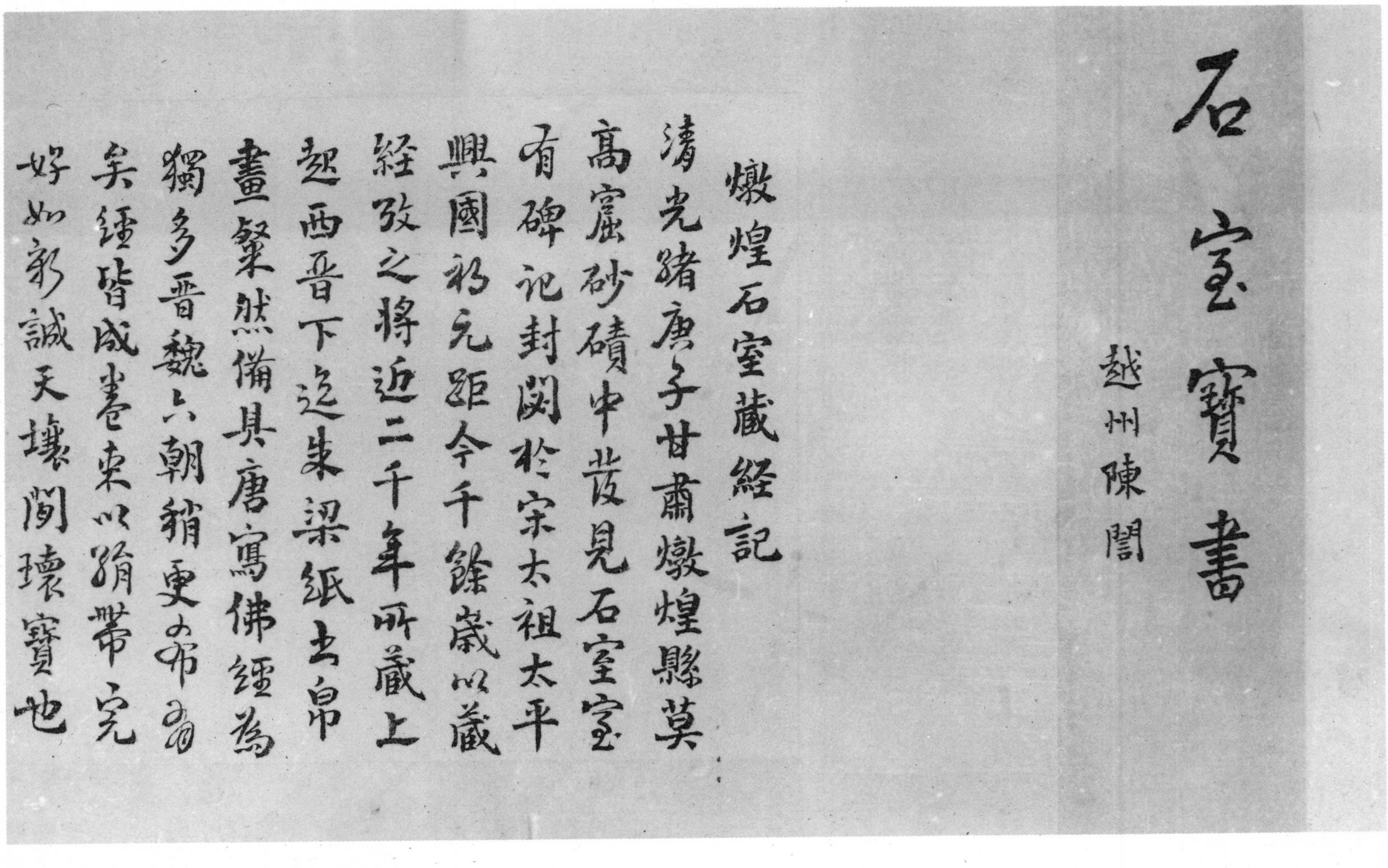

上博 03 (2416)　大般涅槃經卷第六　　(題跋3－1)

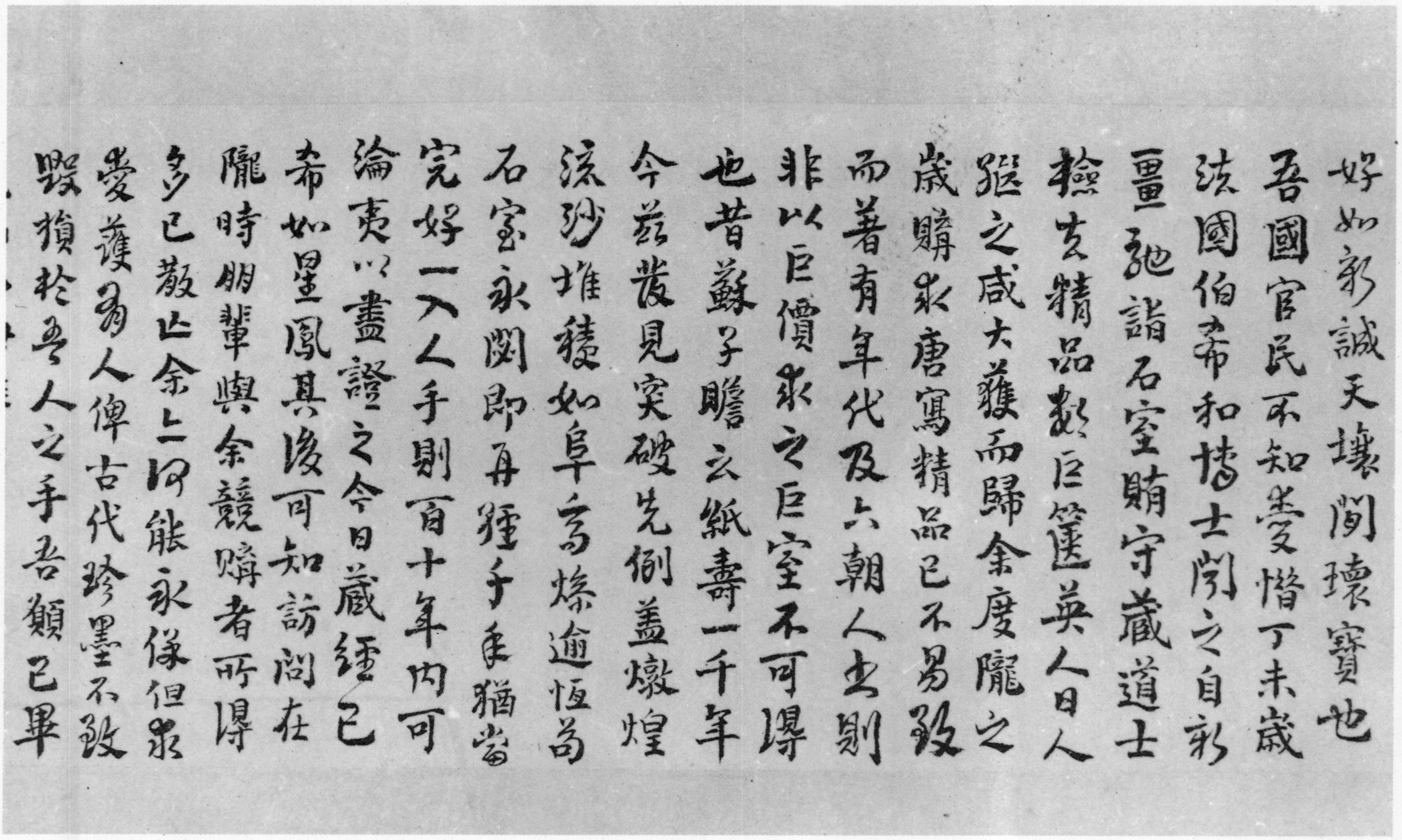
好如新誠天壤間瓌寶也
吾國官民不知愛惜丁未歲
法國伯希和博士聞之自新
疆馳詣石室賄守藏道士
檢出精品數巨篋英人日人
繼之咸大獲而歸余度隴之
歲購求唐寫精品已不易致
而著有年代及六朝人書則
非以巨價求之巨室不可得
也昔蘇子瞻云紙壽一千年
今茲發見實破先例蓋燉煌
流沙堆積如阜高燥適恆為
石室永閟即再經千年猶當
完好一入人手則百十年內可
淪夷以盡證之今日藏經已
希如星鳳其後可知訪問在
隴時朋輩與余競購者所得
多已散亡余亦何能永保但求
愛護為人俾古代珍墨不致
毀損於吾人之手吾願已畢

上博 03 (2416) 大般涅槃經卷第六 (題跋3－2)

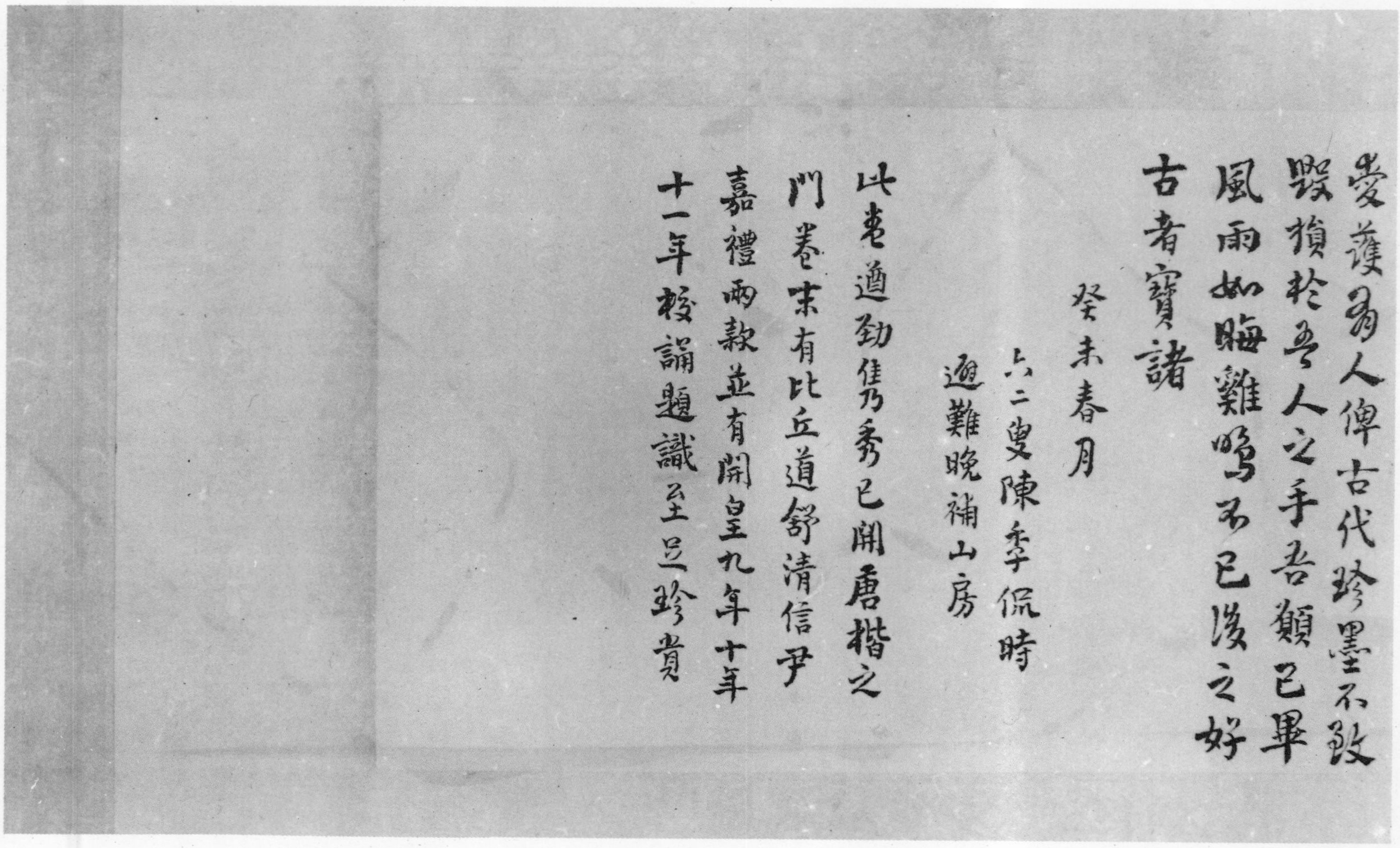
愛護為人俾古代珍墨不致
毀損於吾人之手吾願已畢
風雨如晦雞鳴不已後之好
古者寶諸
癸未春月
六二叟陳季侃時
避難晚補山房
此卷遒勁儁秀已開唐楷之
門卷末有比丘道舒清信尹
嘉禮兩款並有開皇九年十年
十一年校誦題識至足珍貴

上博 03 (2416) 大般涅槃經卷第六 (題跋3－3)

師若須者唯願持去是時童子聞王語已即
取歸家請諸大臣而共食之諸臣食已即共
白王快哉大師有是甘露不死之藥王既知
已語其師言云何大師獨与諸臣服食甘露
而不見分尒時童子更以具餘雜毒之藥与
王令服王既服已須臾藥發悶乱僻地无所
覺知猶如死人尒時童子立本儲君還以為
王作如是言師子御坐法不應令栴陁羅
昇我從昔來未曾聞見栴陁羅種而為王也
若栴陁羅治國理民无有是處汝今應還紹
継先王正法治國尒時童子経理是已復以
解藥与栴陁羅令其醒悟即醒悟已駈令出
國是時童子雖為是事猶故不失婆羅門法
其餘居士婆羅門等聞其所作嘆未曾有讚
言善哉善哉仁者善能駈遣栴陁羅王善男
子我涅槃後護持正法諸菩薩等亦復如是
以方便力与彼破戒假名受畜一切不淨物
僧同其事業尒時菩薩若見有人雖多犯戒
能持毁禁諸惡比丘即往其所恭敬礼拜四
事供養経書什物悉以奉上如其自无要當
方便從諸檀越求覓而与為是事故應畜八
種不淨之物何以故是人為治諸惡比丘如
彼童子駈栴陁羅尒時菩薩雖復恭敬礼拜

上博 03 (2416)　大般涅槃經卷第六　(16－1)

種不淨之物何以故是人為治諸惡比丘如
彼童子駈栴陁羅尒時菩薩雖復恭敬礼拜
是人受畜八種不淨之物悉无有罪何以故
以是菩薩為欲儐治諸惡比丘令清淨僧得
安隱住流布方等大乘経典利益一切諸天
人故善男子以是因緣我於経中說是二偈令
諸菩薩皆共讚嘆護法之人如彼居士婆羅
門等稱讚童子善哉善哉護法菩薩正應如
是若有人見護法之人与破戒者同其事業
說有罪者當知是人自受其殃是護法者實
无有罪善男子若有比丘犯禁戒已憍慢心
故覆藏不悔當知是人名真破戒菩薩摩訶
薩為護法故雖有所犯不名破戒何以故以
无憍慢發露悔故善男子是故我於経中覆
相說如是偈
若知法者　若老若少　故應供養　恭敬礼拜
猶如事火　婆羅門等　如第二天　奉事帝釋
以是因緣我亦不為學聲聞人但為菩薩而
說是偈迦葉菩薩白佛言世尊如是等菩薩
摩訶薩於戒緩者本所受戒為具在不佛言
善男子汝今不應作如是說何以故本所受
戒如本不失設有所犯即應懺悔悔已清淨
善男子如故堤塘穿穴有孔水則淋漏何以
故无人治故若有人治水則不出菩薩之尒

上博 03 (2416)　大般涅槃經卷第六　(16－2)

善男子如故堤塘穿穴有孔水則淋漏何以
故无人治故若有人治水則不出菩薩亦尒
雖与破戒共作布薩受戒自恣同其僧事所
有戒律不如堤塘穿穴淋漏何以故若无清
淨持戒之人僧則損減慢緩懈怠日有增盛
若有清淨持戒之人即能具足不失本戒善
男子於乘緩者乃名為緩於戒緩者不名為
緩菩薩摩訶薩於此大乘心不懈慢是名本
戒為護正法以大乘水而自澡浴是故菩薩
雖現破戒不名為緩迦葉菩薩白佛言衆僧
之中有四種人如菴羅菓生熟難知破戒持
戒云何可識佛言善男子因大涅槃微妙經
典則易可知云何因是大涅槃經可得知也
譬如田夫種稻穀等芸除稗莠以宍眼觀
名為淨田至其成實草穀各異如是八事能
汙染僧若能除却以宍眼觀則知清淨若有
持戒破戒不作惡時以宍眼觀難可分別若
惡彰露則易可知如彼稗莠易可分別僧中
亦尒若能遠離八不淨毒虵之法是名清
淨聖衆福田應為人天之所供養清淨果報
非是宍眼所能分別復次善男子如迦羅迦
林其樹衆多於是林中唯有一樹名鎮頭迦
是迦羅迦樹鎮頭迦樹二菓相似不可分別
其菓熟時有一女人悉皆拾取鎮頭迦菓裁

上博 03 (2416)　大般涅槃經卷第六　(16－3)

是迦羅迦樹鎮頭迦樹二菓相似不可分別
其菓熟時有一女人悉皆拾取鎮頭迦菓裁
有一分迦羅迦菓乃有十分是女不識賫來
詣市而衒賣之凡愚小兒復不別故買迦羅
迦菓噉已命終有智人輩聞是事已即問女
人姊於何得持是菓來是時女人即示方所
諸人即言如是方所多有无量迦羅迦樹唯
有一根鎮頭迦樹諸人知已咲而捨去善男
子大衆之八不淨法亦復如是於是衆中多
有受用如是八法唯有一人清淨持戒不
受如是八不淨法而知諸人受畜非法然与
同事不相捨離如彼林中一鎮頭迦樹有優
婆塞見是諸人多有非法亦不恭敬供養是
人若欲供養應先問言大德如是八事為受
畜不佛所聽不若言佛聽如是之人得共布
薩羯磨自恣不是優婆塞如是問已衆皆荅
言如是八事佛所憐愍皆悉聽許優婆塞言
祇洹精舍有諸比丘或言金銀佛所聽畜或
言不聽有言聽者是不聽者不与共住說戒
自恣乃至不共一河飲水利養之物悉不共
之汝等云何言佛聽許佛天中天設使聽者
汝等衆僧猶不應畜若有受者乃至不應
与共說戒自恣羯磨同其僧事若共說戒
自恣羯磨同僧事者命終即當墮於地獄

上博 03 (2416)　大般涅槃經卷第六　(16－4)

与共說戒自恣羯磨同具僧事若共說戒
自恣羯磨同僧事者命終即當墮於地獄
如彼諸人食迦羅菓已而便命終復次善
男子辟如城市有賣藥人有妙甘藥出於雪
山亦復多賣其餘雜藥味甘相似時有諸人
咸皆欲買然不識別至賣藥所問言汝有雪
山藥不其賣藥人即荅言有是人欺詐以餘
雜藥語買者言此是雪山甘好妙藥時買藥
者以宍眼故不能善別即買持去復作是念
我今已得雪山妙藥迦葉若聲聞僧中有假
名僧有真實僧有和合僧若持戒破戒於是
衆中等應供養恭敬礼拜是優婆塞以宍眼
故不能分別喻如彼人不能分別雪山甘藥
誰是持戒誰是破戒誰是真僧誰是假僧有
天眼者乃能分別迦葉若優婆塞知是比
丘是破戒人不應給施礼拜供養若知是人
受畜八法亦復不應給施所須礼拜供養若
於僧中有破戒者不應以被袈裟因緣恭敬
礼拜迦葉菩薩復白佛言世尊善哉善哉如
来所說真實不虛我當頂受辟如金剛珎寶
異物如佛所說是諸比丘當依四法何等為
四依法不依人依義不依語依智不依識依
了義經不依不了義經如是四法應當證知
非四種人佛言善男子依法者即是如来大

上博 03 (2416)　大般涅槃經卷第六　(16－5)

了義經不依不了義經如是四法應當證知
非四種人佛言善男子依法者即是如来大
般涅槃一切佛法即是法性法性者即是如
来是故如来常住不變若復有言如来无常
是人不知不見法性若不知見是法性者不
應依止如上所說四人出世護持法者應當
證知而為依止何以故是人善解如来微
密深奧藏故能知如来常住不變若言
如来无常變易无有是處如是四人即
是如来何以故是人能解如来密語及能
說故若有人能了知如来甚深密藏及知如
来常住不變如是之人若為利養說言如来
是无常者无有是處如是之人常可依止何
況不依是四人也依法者即是法性不依人
者即是聲聞法性者即是如来聲聞性者即
是有為如来者即是常住有為者即是无常
善男子若人破戒為利養故說言如来无常
變易如是之人所不應依善男子是名定義
依義不依語者義者名曰覺了覺了義者名
不羸劣不羸劣者名曰滿足滿足義者名曰
如来常住不變如来常住不變義者即是法常
法常義者即是僧常是名依義不依語也何
等語言所不應依所謂諸論綺餝文辞如佛

上博 03 (2416)　大般涅槃經卷第六　(16－6)

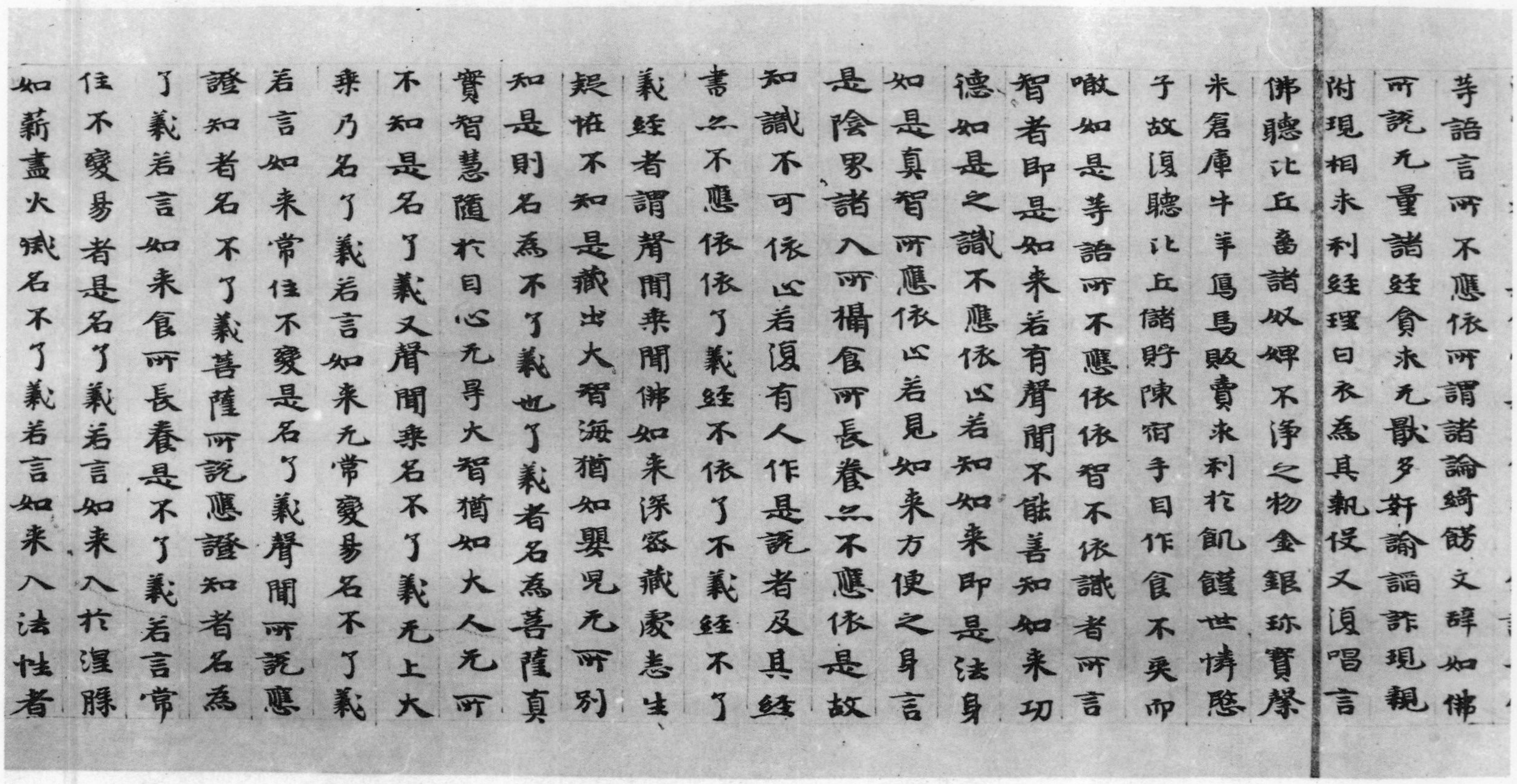

所說无量諸經貪求无猒多姧諂詐現親
附現相求利經理白衣為其執役又復唱言
佛聽比丘畜諸奴婢不淨之物金銀珎寶穀
米倉庫牛羊象馬販賣求利於飢饉世憐愍
子故復聽比丘儲貯陳宿手自作食不受而
噉如是等語所不應依依智不依識者所言
智者即是如來若有聲聞不能善知如來功
德如是之識不應依也若知如來即是法身
如是真智所應依也若見如來方便之身言
是陰界諸入所攝食所長養亦不應依是故
知識不可依也若復有人作是說者及其經
書亦不應依依了義經不依不了義經不了
義經者謂聲聞乘聞佛如來深密藏處悉生
疑恠不知是藏出大智海猶如嬰兒无所別
知是則名為不了義也了義者名為菩薩真
實智慧隨於自心无㝵大智猶如大人无所
不知是名了義又聲聞乘名不了義无上大
乘乃名了義若言如來无常變易名不了義
若言如來常住不變是名了義聲聞所說應
證知者名不了義菩薩所說應證知者名為
了義若言如來食所長養是不了義若言常
住不變易者是名了義若言如來入於涅槃
如薪盡火滅名不了義若言如來入法性者

上博 03 (2416)　大般涅槃經卷第六　(16－7)

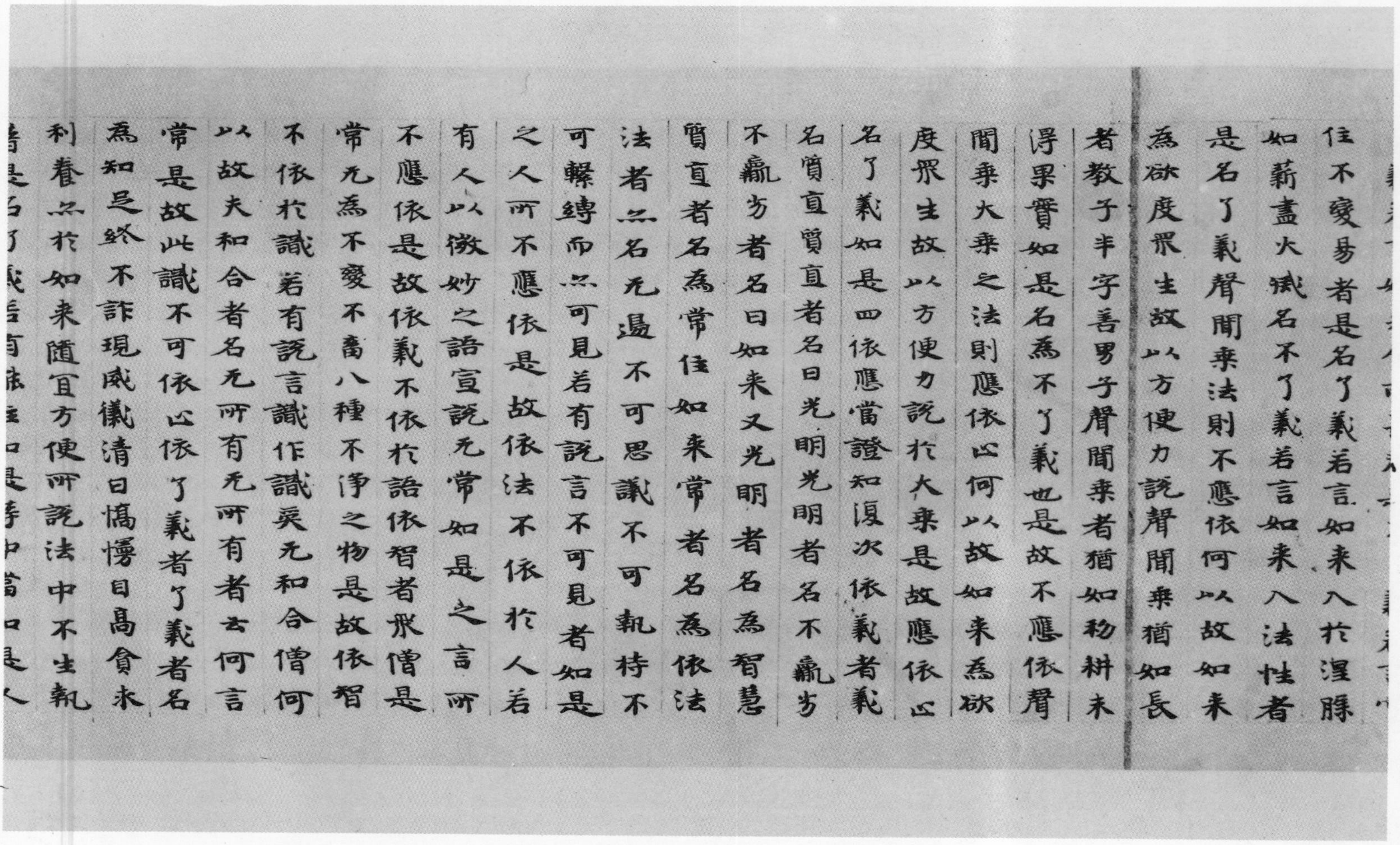

住不變易者是名了義若言如來入於涅槃
如薪盡火滅名不了義若言如來入法性者
是名了義聲聞乘法則不應依何以故如來
為欲度衆生故以方便力說聲聞乘猶如長
者教子半字善男子聲聞乘者猶如初耕未
得果實如是名為不了義也是故不應依聲
聞乘大乘之法則應依止何以故如來為欲
度衆生故以方便力說於大乘是故應依止
名了義如是四依應當證知復次依義者義
名質直質直者名曰光明光明者名不羸劣
不羸劣者名曰如來又光明者名為智慧
質直者名為常住如來常者名為依法
法者亦名无邊不可思議不可執持不
可繫縛而亦可見若有說言不可見者如是
之人所不應依是故依法不依於人若
有人以微妙之語宣說无常如是之言所
不應依是故依義不依於語依智者衆僧是
常无為不變不畜八種不淨之物是故依智
不依於識若有說言識作識受无和合僧何
以故夫和合者名无所有无所有者云何言
常是故此識不可依也依了義者了義者名
為知足終不詐現威儀清白憍慢自高貪求
利養亦於如來隨宜方便所說法中不生執

上博 03 (2416)　大般涅槃經卷第六　(16－8)

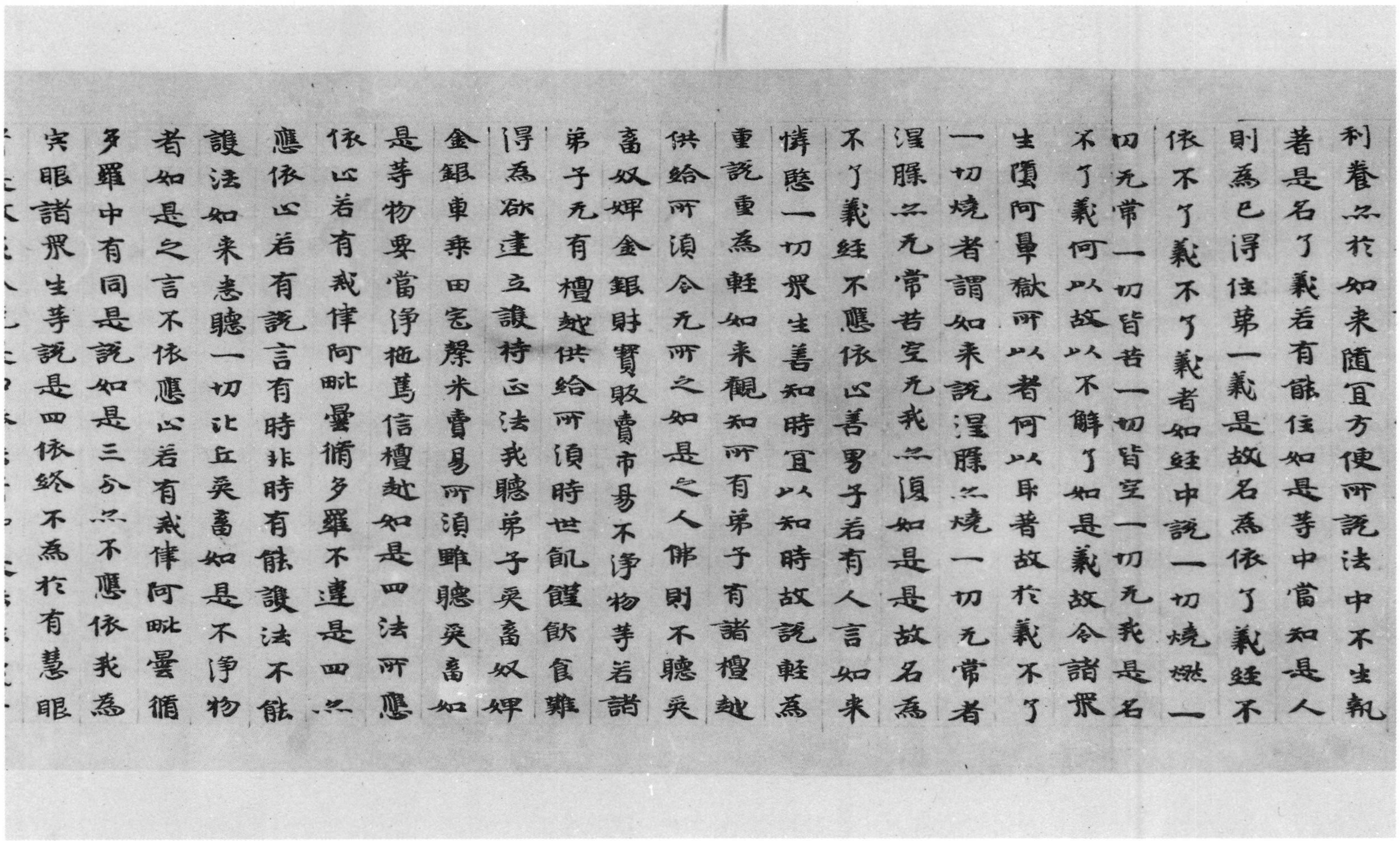

利養亦於如来隨宜方便所説法中不生執
著是名了義若有能住如是等中當知是人
則為已得住第一義是故名為依了義經不
依不了義不了義者如經中説一切燒燃一
切无常一切皆苦一切皆空一切无我是名
不了義何以故以不能解了如是義故令諸衆
生墮阿鼻獄所以者何以取著故於義不了
一切燒者謂如来説涅槃亦燒一切无常者
涅槃亦无常苦空无我亦復如是是故名為
不了義經不應依止善男子若有人言如来
憐愍一切衆生善知時宜以知時故説輕為
重説重為輕如来觀知所有弟子有諸檀越
供給所須令无所之如是之人佛則不聽受
畜奴婢金銀財寶販賣市易不淨物等若諸
弟子无有檀越供給所須時世飢饉飲食難
得為欲建立護持正法我聽弟子受畜奴婢
金銀車乘田宅穀米賣易所須雖聽受畜如
是等物要當淨施篤信檀越如是四法所應
依止若有戒律阿毗曇脩多羅不違是四亦
應依止若有説言有時非時有能護法不能
護法如来悉聽一切比丘受畜如是不淨物
者如是之言不應依止若有戒律阿毗曇脩
多羅中有同是説如是三分亦不應依我為
肉眼諸衆生等説是四依終不為於有慧眼

上博 03 (2416)　大般涅槃經卷第六　(16－9)

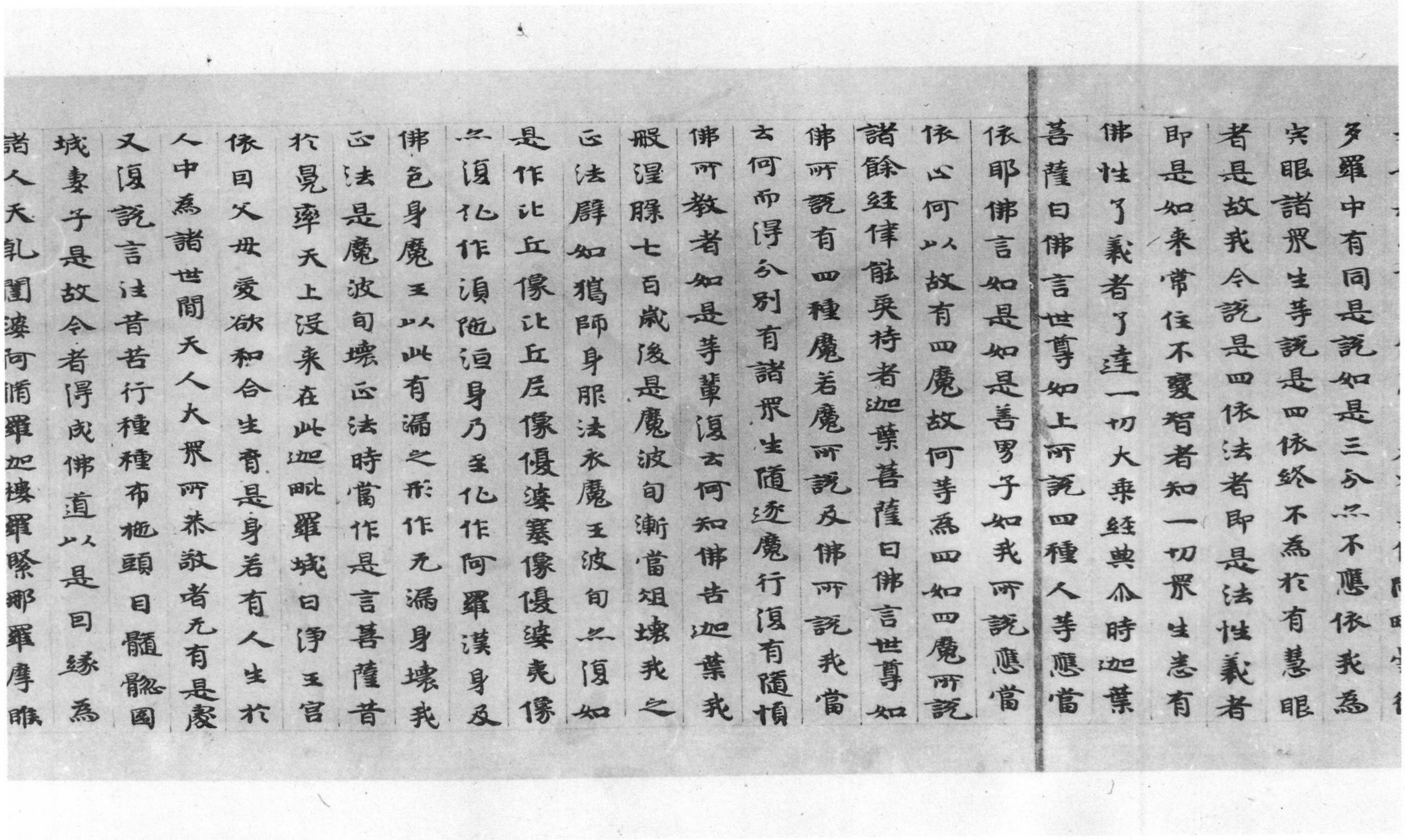

多羅中有同是説如是三分亦不應依我為
肉眼諸衆生等説是四依終不為於有慧眼
者是故我今説是四依法者即是法性義者
即是如来常住不變智者知一切衆生悉有
佛性了義者了達一切大乘經典亦時迦葉
菩薩白佛言世尊如上所説四種人等應當
依耶佛言如是如是善男子如我所説應當
依止何以故有四魔故何等為四如四魔所説
諸餘經律能受持者迦葉菩薩白佛言世尊如
佛所説有四種魔若魔所説及佛所説我當
云何而得分別有諸衆生隨逐魔行復有隨順
佛所教者如是等輩復云何知佛告迦葉我
般涅槃七百歲後是魔波旬漸當沮壞我之
正法譬如獵師身服法衣魔王波旬亦復如
是作比丘像比丘尼像優婆塞像優婆夷像
亦復化作須陁洹身乃至化作阿羅漢身及
佛色身魔王以此有漏之形作无漏身壞我
正法是魔波旬壞正法時當作是言菩薩昔
於兜率天上没来在此迦毗羅城白淨王宫
依因父母愛欲和合生育是身若有人生於
人中為諸世間天人大衆所恭敬者无有是處
又復説言往昔苦行種種布施頭目髓腦國
城妻子是故今者得成佛道以是因緣為
諸人天乹闥婆阿脩羅迦樓羅緊那羅摩睺

上博 03 (2416)　大般涅槃經卷第六　(16－10)

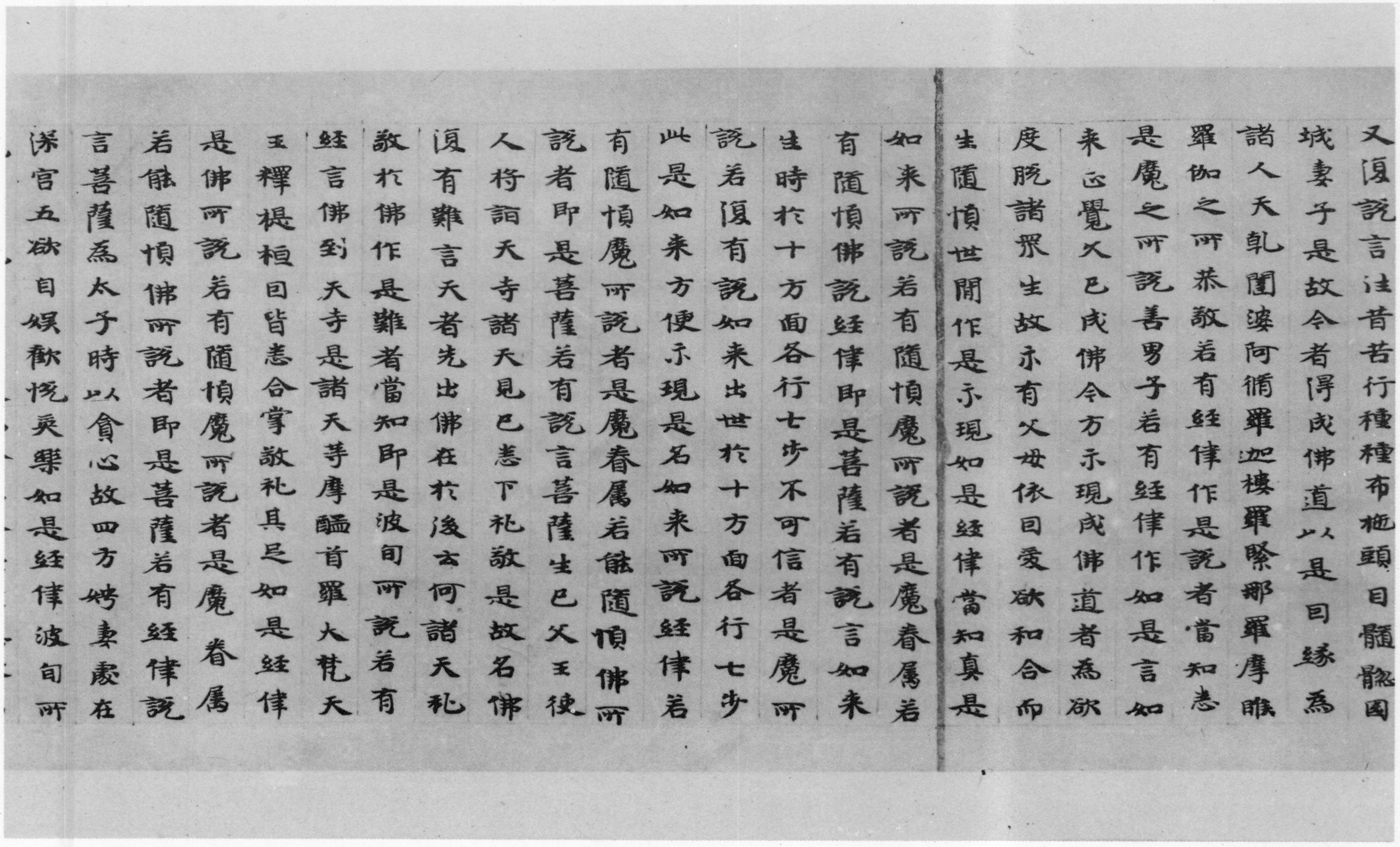
又復說言汝昔苦行種種布施頭目髓腦國
城妻子是故今者得成佛道以是因緣爲
諸人天乾闥婆阿脩羅迦樓羅緊那羅摩睺
羅伽之所恭敬若有經律作是說者當知悉
是魔之所說善男子若有經律作如是言如
來正覺久已成佛今方示現成佛道者爲欲
度脫諸衆生故示有父母依因愛欲和合而
生隨順世間作是示現如是經律當知真是
如來所說若有隨順魔所說者是魔眷屬若
有隨順佛說經律即是菩薩若有說言如來
生時於十方面各行七步不可信者是魔所
說若復有說如來出世於十方面各行七步
此是如來方便示現是名如來所說經律若
有隨順魔所說者是魔眷屬若能隨順佛所
說者即是菩薩若有說言菩薩生已父王使
人將詣天寺諸天見已悉下禮敬是故名佛
復有難言天者先出佛在於後云何諸天禮
敬於佛作是難者當知即是波旬所說若有
經言佛到天寺是諸天等摩醯首羅大梵天
王釋提桓因皆悉合掌敬禮其足如是經律
是佛所說若有隨順魔所說者是魔眷屬
若能隨順佛所說者即是菩薩若有經律說
言菩薩爲太子時以貪心故四方娉妻處在
深宮五欲自娛歡悅受樂如是經律波旬所

上博 03 (2416) 大般涅槃經卷第六 (16－11)

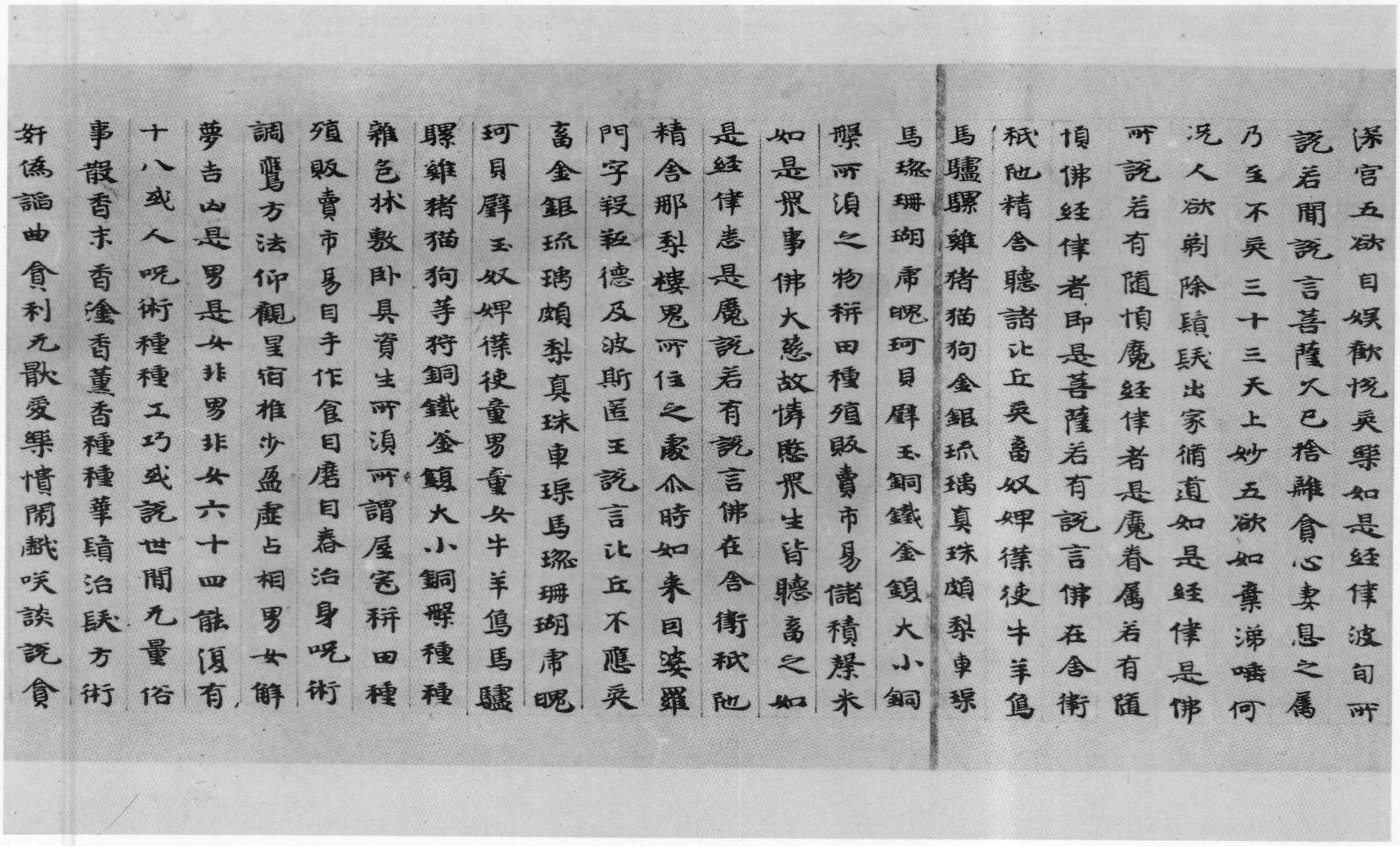
深宮五欲自娛歡悅受樂如是經律波旬所
說若聞說言菩薩久已捨離貪心妻息之屬
乃至不受三十三天上妙五欲如棄涕唾何
況人欲剃除鬚髮出家修道如是經律是佛
所說若有隨順魔經律者是魔眷屬若有隨
順佛經律者即是菩薩若有說言佛在舍衛
祇陀精舍聽諸比丘受畜奴婢僕使牛羊象
馬驢騾雞猪猫狗金銀琉璃真珠頗梨車璖
馬瑙珊瑚虎珀珂貝璧玉銅鐵釜鍑大小銅
盤所須之物耕田種殖販賣市易儲積穀米
如是衆事佛大慈故憐愍衆生皆聽畜之如
是經律悉是魔說若有說言佛在舍衛祇陀
精舍那梨樓鬼所住之處尒時如來因婆羅
門字羖羝德及波斯匿王說言比丘不應受
畜金銀琉璃頗梨真珠車璖馬瑙珊瑚虎珀
珂貝璧玉奴婢僕使童男童女牛羊象馬驢
騾雞猪猫狗等獸銅鐵釜鍑大小銅盤種種
雜色牀敷臥具資生所須所謂屋宅耕田種
殖販賣市易自手作食自磨自舂治身呪術
調鷹方法仰觀星宿推步盈虛占相男女解
夢吉凶是男是女非男非女六十四能復有
十八惑人呪術種種工巧或說世間无量俗
事散香末香塗香薰香種種華鬘治鬚方術
奸偽諂曲貪利无厭愛樂憒鬧戲笑談說貪

上博 03 (2416) 大般涅槃經卷第六 (16－12)

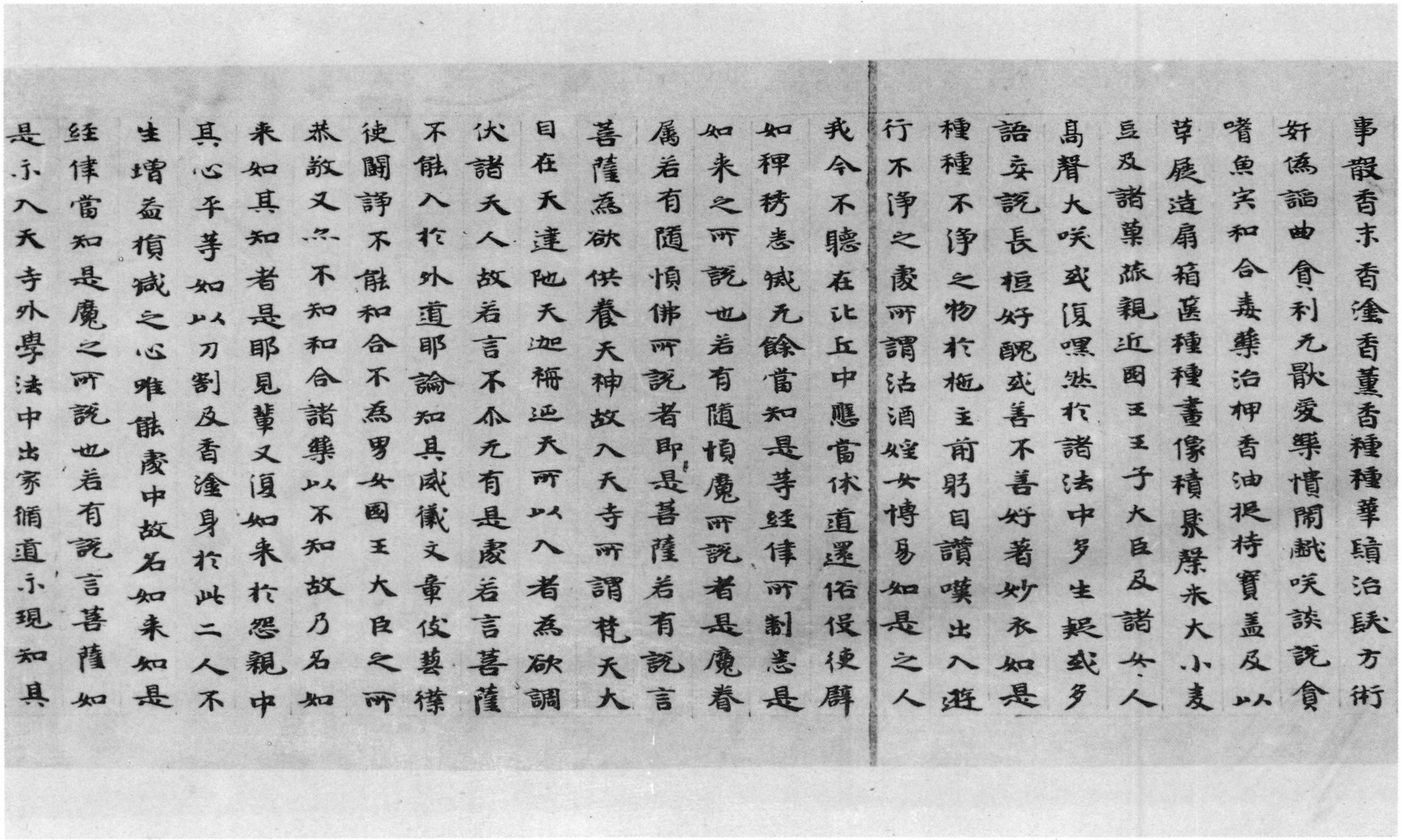
事散香末香塗香薰香種種華鬘治肰方術
奸偽諂曲貪利无猒愛樂憒閙戲咲談説貪
嗜魚宍和合毒藥治押香油捉持寶蓋及以
革屣造扇箱篋種種畫像積聚穀米大小麦
豆及諸藥疏親近國王王子大臣及諸女人
高聲大咲或復嘿然於諸法中多生疑或多
語妄説長短好醜或善不善好著妙衣如是
種種不淨之物於檀主前躬自讚嘆出入遊
行不淨之處所謂沽酒婬女博奕如是之人
我今不聽在比丘中應當休道還俗役使譬
如稗莠悉滅无餘當知是等經律所制悉是
如來之所説也若有隨順魔所説者是魔眷
屬若有隨順佛所説者即是菩薩若有説言
菩薩為欲供養天神故入天寺所謂梵天大
自在天違陁天迦栴延天所以入者為欲調
伏諸天人故若言不尒无有是處若言菩薩
不能入於外道邪論知其威儀文章伎藝僕
使鬪諍不能和合不為男女國王大臣之所
恭敬又亦不知和合諸藥以不知故乃名如
來如其知者是即見輩又復如來於怨親中
其心平等如以刀割及香塗身於此二人不
生增益損減之心唯能處中故名如來如是
經律當知是魔之所説也若有説言菩薩如
是亦入天寺外學法中出家脩道亦現知具

上博 03 (2416) 大般涅槃經卷第六 (16－13)

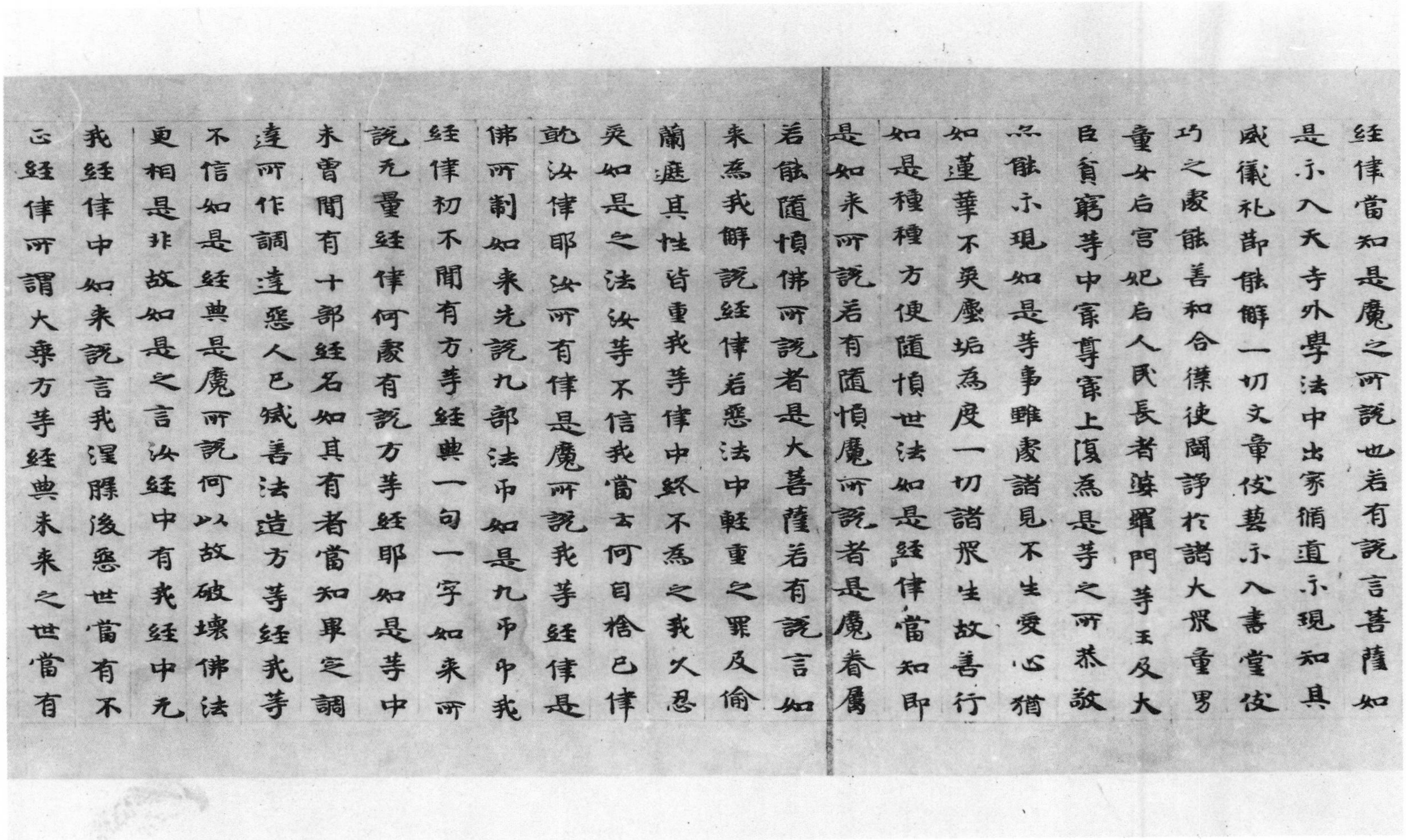
經律當知是魔之所説也若有説言菩薩如
是亦入天寺外學法中出家脩道亦現知具
威儀礼節能解一切文章伎藝亦入書堂伎
巧之處能善和合僕使鬪諍於諸大衆童男
童女后宮妃后人民長者婆羅門等王及大
臣貧窮等中最尊最上復為是等之所恭敬
亦能示現如是等事雖處諸見不生愛心猶
如蓮華不受塵垢為度一切諸衆生故善行
如是種種方便隨順世法如是經律當知即
是如來所説若有隨順魔所説者是魔眷屬
若能隨順佛所説者是大菩薩若有説言如
來為我解説經律若惡法中輕重之罪及偷
蘭遮其性皆重我等律中終不為之我久忍
受如是之法汝等不信我當云何自捨己律
就汝律耶汝所有律是魔所説我等經律是
佛所制如來先説九部法印如是九印印我
經律初不聞有方等經典一句一字如來所
説无量經律何處有説方等經耶如是等中
未曾聞有十部經名如其有者當知畢定調
達所作調達惡人已滅善法造方等經我等
不信如是經典是魔所説何以故破壞佛法
更相是非故如是之言汝經中有我經中无
我經律中如來説言我涅槃後惡世當有不
正經律所謂大乘方等經典未來之世當有

上博 03 (2416) 大般涅槃經卷第六 (16－14)

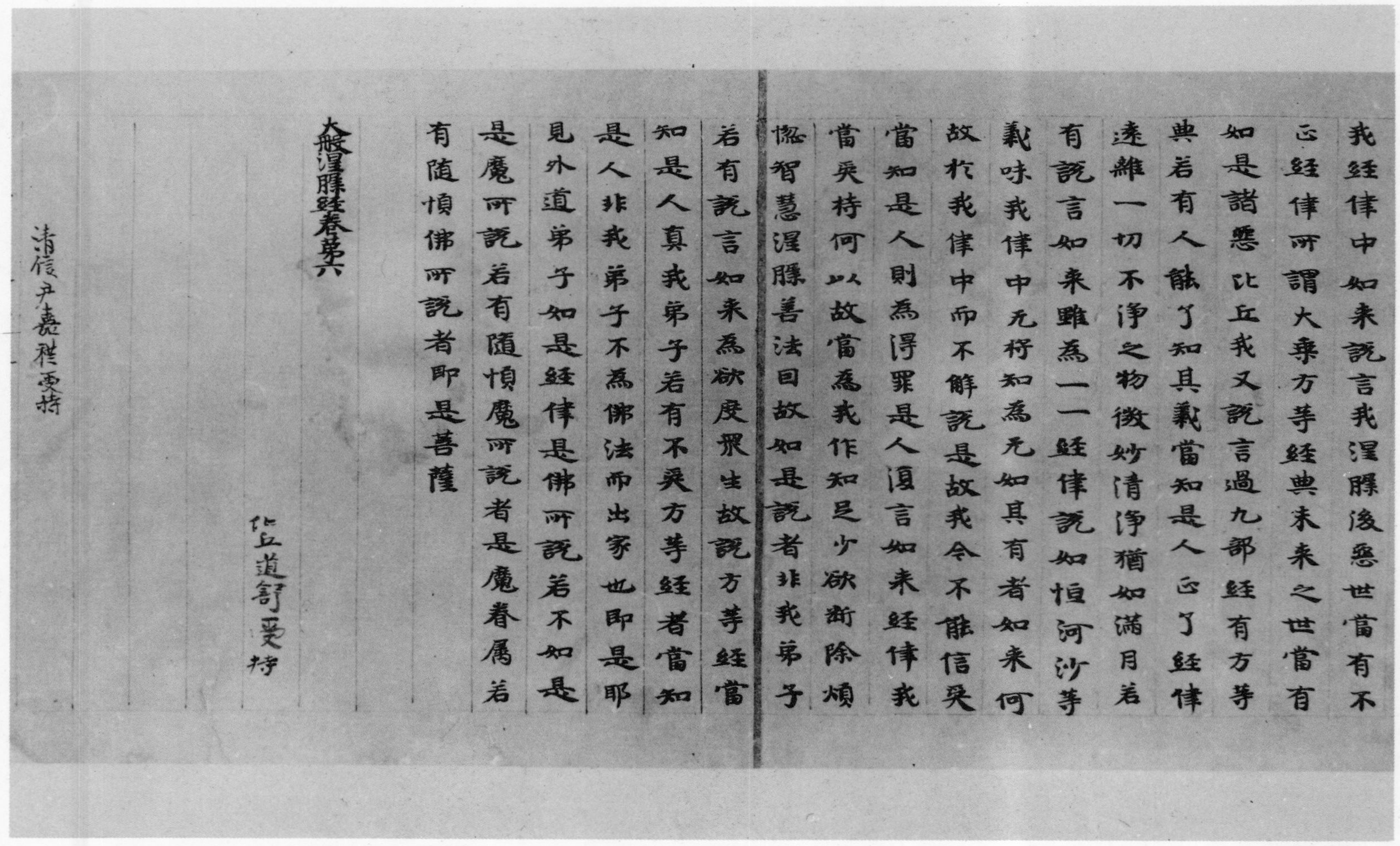

我經律中如來說言我涅槃後惡世當有不
正經律所謂大乘方等經典未來之世當有
如是諸惡比丘我又說言過九部經有方等
典若有人能了知其義當知是人正了經律
遠離一切不淨之物微妙清淨猶如滿月若
有說言如來雖為一一經律說如恒河沙等
義味我律中无有知為无如其有者如來何
故於我律中而不解說是故我今不能信受
當知是人則為淨罪是人復言如來經律我
當受持何以故當為我作知足少欲斷除煩
惱智慧涅槃善法因緣如是說者非我弟子
若有說言如來為欲度衆生故說方等經當
知是人真我弟子若有不受方等經者當知
是人非我弟子不為佛法而出家也即是邪
見外道弟子如是經律是佛所說若不如是
是魔所說若有隨順魔所說者是魔眷屬若
有隨順佛所說者即是菩薩

大般涅槃經卷第六

比丘道𠷸受持

清信尹嘉禮受持

上博 03 (2416)　大般涅槃經卷第六　(16－15)

有隨順佛所說者即是菩薩

大般涅槃經卷第六

比丘道𠷸受持

清信尹嘉禮受持

開九開十開十一等各一遍

上博 03 (2416)　大般涅槃經卷第六　(16－16)

上博 04 (2420) 大般涅槃經卷第九 (包首)

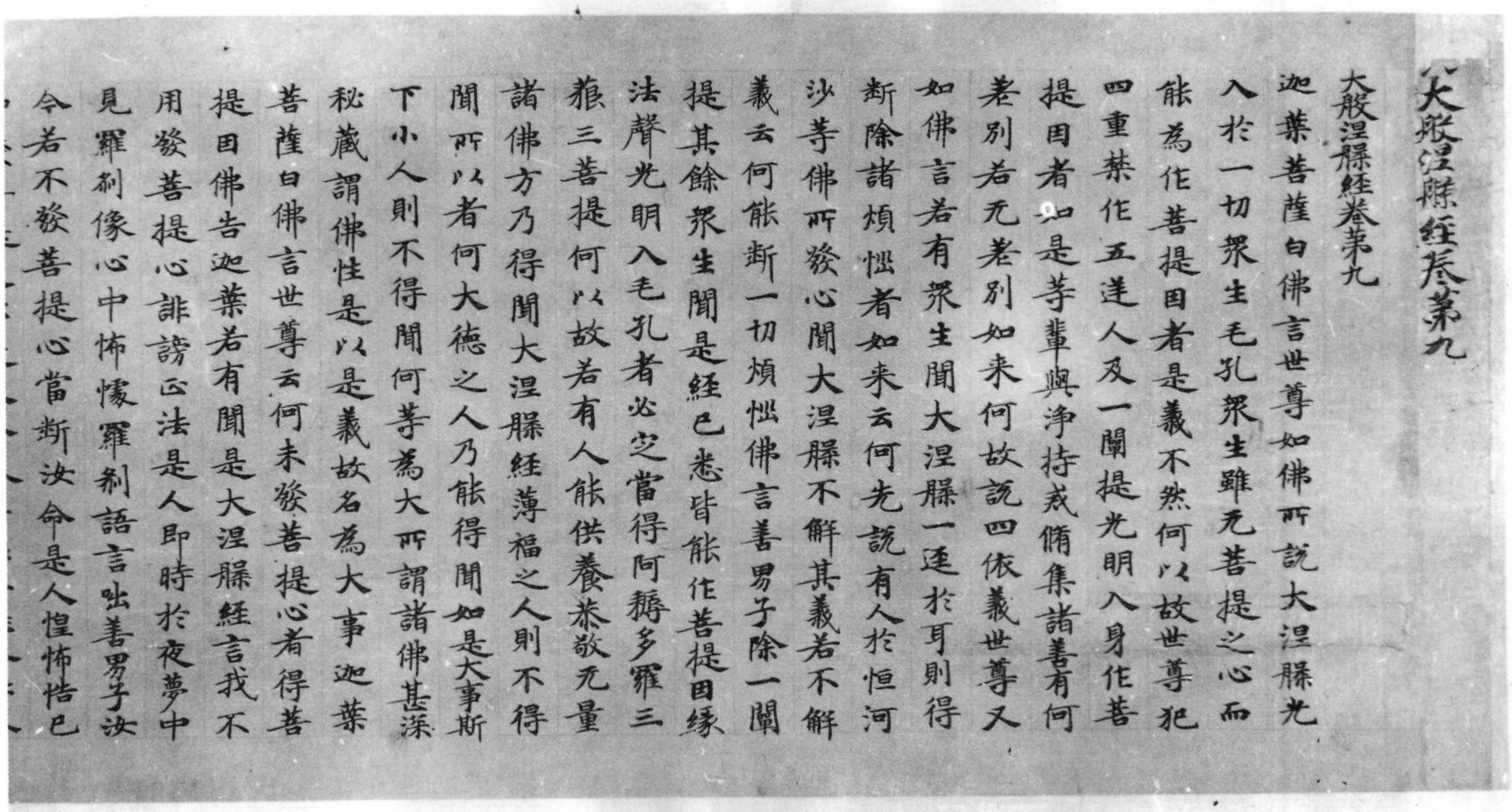
大般涅槃經卷第九

大般涅槃經卷第九
迦葉菩薩白佛言世尊如佛所說大涅槃光
入於一切衆生毛孔衆生雖无菩提之心而
能為作菩提因者是義不然何以故世尊犯
四重禁作五逆人及一闡提光明入身作菩
提因者如是等輩與淨持戒脩集諸善有何
差別若无差別如來何故說四依義世尊又
如佛言若有衆生聞大涅槃一逕於耳則得
斷除諸煩惱者如來云何先說有人於恒河
沙等佛所發心聞大涅槃不解其義若不解
義云何能斷一切煩惱佛言善男子除一闡
提其餘衆生聞是經已悉皆能作菩提因緣
法聲光明入毛孔者必定當得阿耨多羅三
藐三菩提何以故若有人能供養恭敬无量
諸佛方乃得聞大涅槃經薄福之人則不得
聞所以者何大德之人乃能得聞如是大事斯
下小人則不得聞何等為大所謂諸佛甚深
秘藏謂佛性是以是義故名為大事迦葉
菩薩白佛言世尊云何未發菩提心者得菩
提因佛告迦葉若有聞是大涅槃經言我不
用發菩提心誹謗正法是人即時於夜夢中
見羅剎像心中怖懅羅剎語言咄善男子汝
今若不發菩提心當斷汝命是人惶怖寤已

上博 04 (2420) 大般涅槃經卷第九 (18－1)

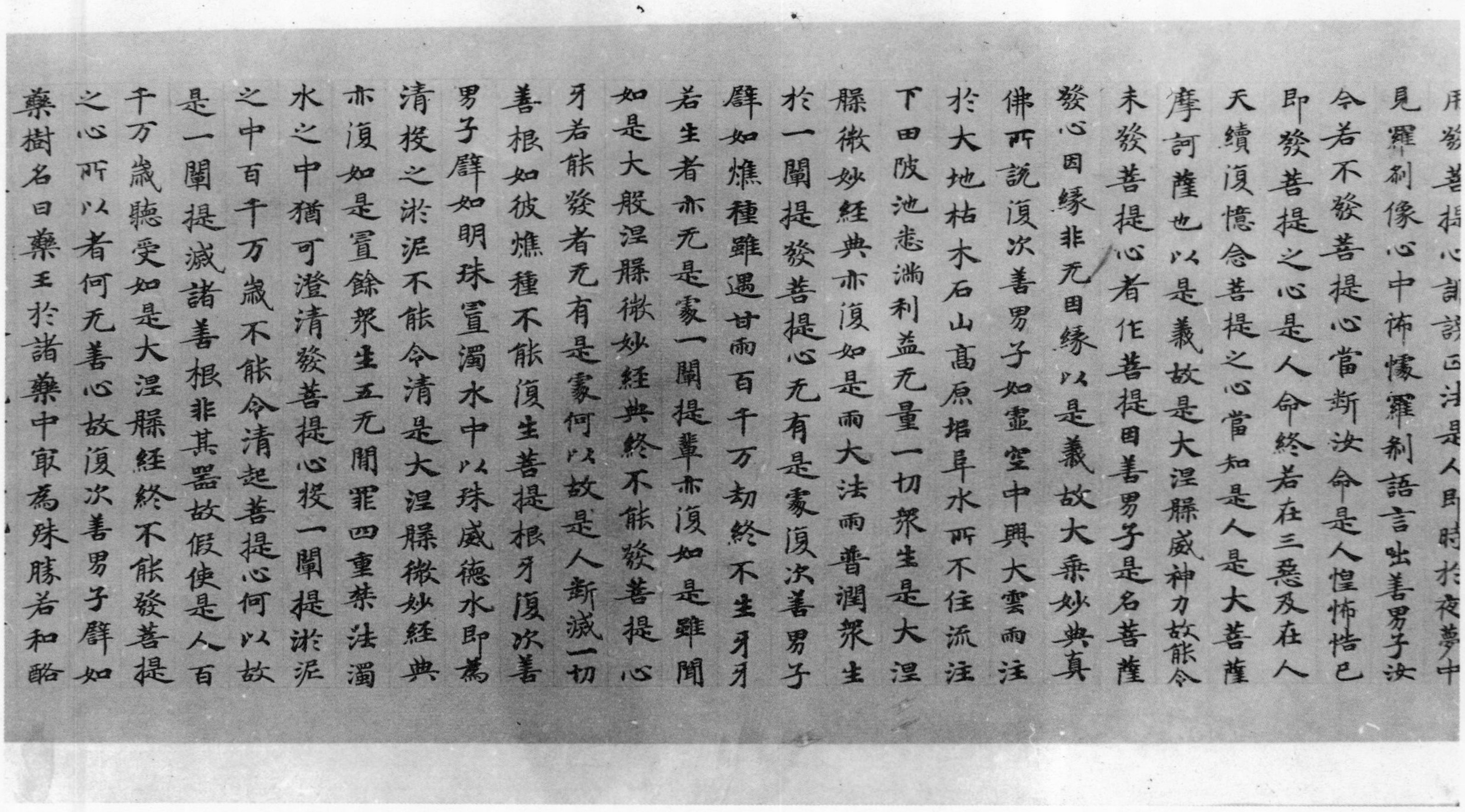

用發菩提心誹謗正法是人即時於夜夢中
見羅刹像心中怖懼羅刹語言咄善男子汝
今若不發菩提心當斷汝命是人惶怖寤已
即發菩提之心是人命終若在三惡及在人
天續復憶念菩提之心當知是人是大菩薩
摩訶薩也以是義故是大涅槃威神力故能令
未發菩提心者作菩提因善男子是名菩薩
發心因緣非无因緣以是義故大乘妙典真
佛所說復次善男子如虛空中興大雲雨注
於大地枯木石山高原堆阜水所不住流注
下田陂池悉滿利益无量一切衆生是大涅
槃微妙經典亦復如是雨大法雨普潤衆生
於一闡提發菩提心无有是處復次善男子
譬如燋種雖遇甘雨百千万劫終不生牙牙
若生者亦无是處一闡提輩亦復如是雖聞
如是大般涅槃微妙經典終不能發菩提心
牙若能發者无有是處何以故是人斷滅一切
善根如彼燋種不能復生菩提根牙復次善
男子譬如明珠置濁水中以珠威德水即為
清投之淤泥不能令清是大涅槃微妙經典
亦復如是置餘衆生五无間罪四重禁法濁
水之中猶可澄清發菩提心投一闡提淤泥
之中百千万歲不能令清起菩提心何以故
是一闡提滅諸善根非其器故假使是人百
千万歲聽受如是大涅槃經終不能發菩提
之心所以者何无善心故復次善男子譬如
藥樹名曰藥王於諸藥中最為殊勝若和酪

上博 04 (2420)　大般涅槃經卷第九　(18－2)

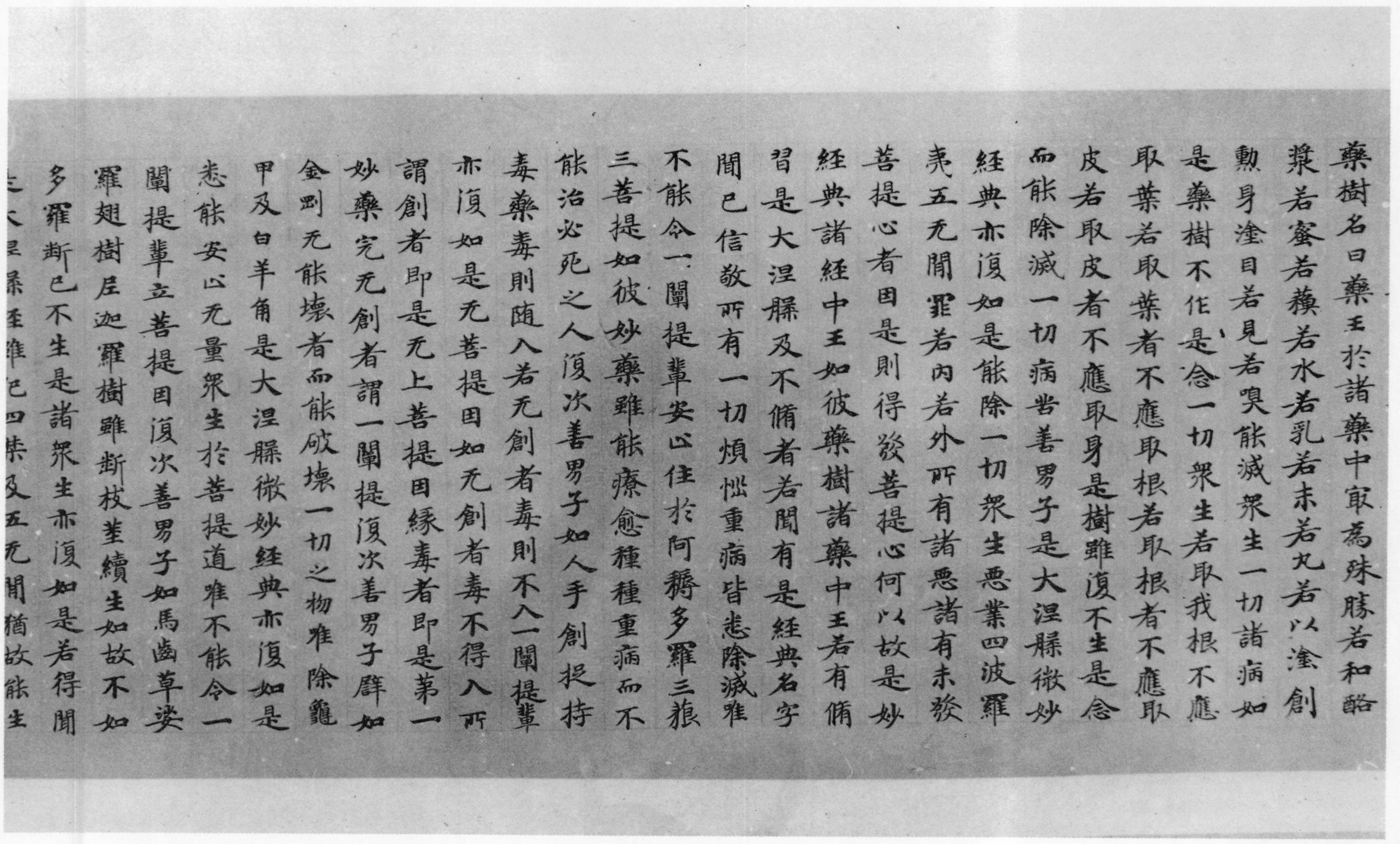

藥樹名曰藥王於諸藥中最為殊勝若和酪
漿若蜜若蘇若水若乳若末若丸若以塗創
勳身塗目若見若嗅能滅衆生一切諸病如
是藥樹不作是念一切衆生若取我根不應
取葉若取葉者不應取根若取根者不應取
皮若取皮者不應取身是樹雖復不生是念
而能除滅一切病苦善男子是大涅槃微妙
經典亦復如是能除一切衆生惡業四波羅
夷五无間罪若內若外所有諸惡諸有未發
菩提心者因是則得發菩提心何以故是妙
經典諸經中王如彼藥樹諸藥中王若有脩
習是大涅槃及不脩者若聞有是經典名字
聞已信敬所有一切煩惱重病皆悉除滅唯
不能令一闡提輩安止住於阿耨多羅三藐
三菩提如彼妙藥雖能療愈種種重病而不
能治必死之人復次善男子如人手創捉持
毒藥毒則隨入若无創者毒則不入一闡提輩
亦復如是无菩提因如无創者毒不得入所
謂創者即是无上菩提因緣毒者即是第一
妙藥完无創者謂一闡提復次善男子譬如
金剛无能壞者而能破壞一切之物唯除龜
甲及白羊角是大涅槃微妙經典亦復如是
悉能安止无量衆生於菩提道唯不能令一
闡提輩立菩提因復次善男子如馬齒草娑
羅翅樹尼迦羅樹雖斷枝莖續生如故不如
多羅斷已不生是諸衆生亦復如是若得聞
是大涅槃經雖犯四禁及五无間猶故能生

上博 04 (2420)　大般涅槃經卷第九　(18－3)

羅翅樹层迦羅樹雖斷枝茎續生如故不如
多羅斷已不生是諸衆生亦復如是若得聞
是大涅槃經雖犯四禁及五无間猶故能生
菩提因緣一闡提輩則不如是雖得聽受是
妙經典而不能生菩提道因復次善男子如
佉陀羅樹鎮頭迦樹斷已不生及諸燋種一
闡提輩亦復如是雖得聞是大涅槃經而不
能發菩提因緣猶如燋種復次善男子辟如
大雨終不住空是大涅槃微妙經典亦復如
是普雨法雨於一闡提則不能住是一闡提
周體密緻猶如金剛不容外物迦葉菩薩白
佛言世尊如佛說偈
不見善不作　唯見惡可作　是處可怖畏　猶如嶮惡道
世尊如是所說有何等義佛言善男子不見
者謂不見佛性善者即是阿耨多羅三藐三
菩提不作者所謂不能親近善友唯見者見
无因果惡者謂謗方等大乘經典可作者謂
一闡提說无方等以是義故一闡提輩无心
趣向清淨善法何等善法謂涅槃也趣涅槃
者謂能脩集賢善之行而一闡提无賢善行
是故不能趣向涅槃是處可畏謂謗正法誰
應怖畏所謂智者何以故以謗法者无有善
心及方便故嶮惡道者謂諸行也迦葉復言
如佛所說
云何見所作　云何得善法　何處不怖畏　如王夷坦道
是義何謂佛言善男子見所作者發露諸惡

上博 04 (2420)　大般涅槃經卷第九　(18－4)

云何見所作　云何得善法　何處不怖畏　如王夷坦道
是義何謂佛言善男子見所作者發露諸惡
從生死際所作諸惡悉皆發露至无至處以
是義故是處无畏喻如人王所遊正路其中
盜賊悉皆逃走如是發露一切諸惡悉滅无
餘復次不見所作者謂一闡提所作衆惡而
不自見是一闡提憍慢心故雖多作惡於是
事中初无怖畏以是義故不得涅槃喻如弥
猴捉水中月善男子假使一切无量衆生一
時成於阿耨多羅三藐三菩提已此諸如來
亦復不見彼一闡提成於菩提以是義故名
不見所作又復不見誰之所作所謂不見如
來所作佛為衆生說有佛性一闡提輩流轉
生死不能知見以是義故名為不見如來所
作又一闡提見於如來畢竟涅槃謂真无常
猶如燈滅膏油俱盡何以故是人惡業不虧
損故若有菩薩所作善業迴向阿耨多羅三
藐三菩提時一闡提輩雖復毀呰破壞不信
然諸菩薩猶故施與欲共成於无上之道何
以故諸佛法介
作惡不即受　如乳即成酪　猶灰覆火上　愚者輕蹈之
一闡提者名為无目是故不見阿羅漢道如
阿羅漢不行生死嶮惡之道以无目故誹謗
方等不欲脩集如阿羅漢勤脩慈心一闡提
輩不脩方等亦復如是若人說言我今不信
聲聞經典信受大乘讀誦解說是故我今即
是菩薩一切衆生悉有佛性以佛性故衆生

上博 04 (2420)　大般涅槃經卷第九　(18－5)

輩不脩方等亦復如是若人說言我今不信
聲聞經典信受大乘讀誦解說是故我今即
是菩薩一切衆生悉有佛性以佛性故衆生
身中即有十力三十二相八十種好我之所
說不異佛說汝今與我俱破无量諸悪煩惱
如破水瓶以破結故即得見於阿耨多羅三
藐三菩提是人雖作如是演說其心實不信
有佛性為利養故隨文而說如是說者名為
惡人如是惡人不速受果如乳成酪譬如王
使善能談論巧於方便奉命他國寧喪身命
終不匿王所說言教智者亦介於凡夫中不
惜身命要必宣說大乘方等如来祕藏一切
衆生皆有佛性善男子有一闡提作羅漢像
住於空處誹謗方等大乘經典諸凡夫人見
已皆謂真阿羅漢是大菩薩摩訶薩是一闡
提悪比丘輩住阿蘭若處壞阿蘭若法見他
得利心生嫉妬作如是言所有方等大乘經
典悉是天魔波旬所說亦說如来是无常法
毀滅正法破壞衆僧復作是言波旬所說非
善順說作是宣說邪悪之法是人作悪不即
受報如乳成酪灰覆火上愚輕蹈之如是人
者謂一闡提是故當知大乘方等微妙經典
必是清淨如摩尼珠投之濁水水即為清大
乘經典亦復如是復次善男子譬如蓮華為
日所照无不開敷一切衆生亦復如是若得
見聞大涅槃日未發心者皆悉發心為菩提

上博04 (2420) 大般涅槃經卷第九 (18－6)

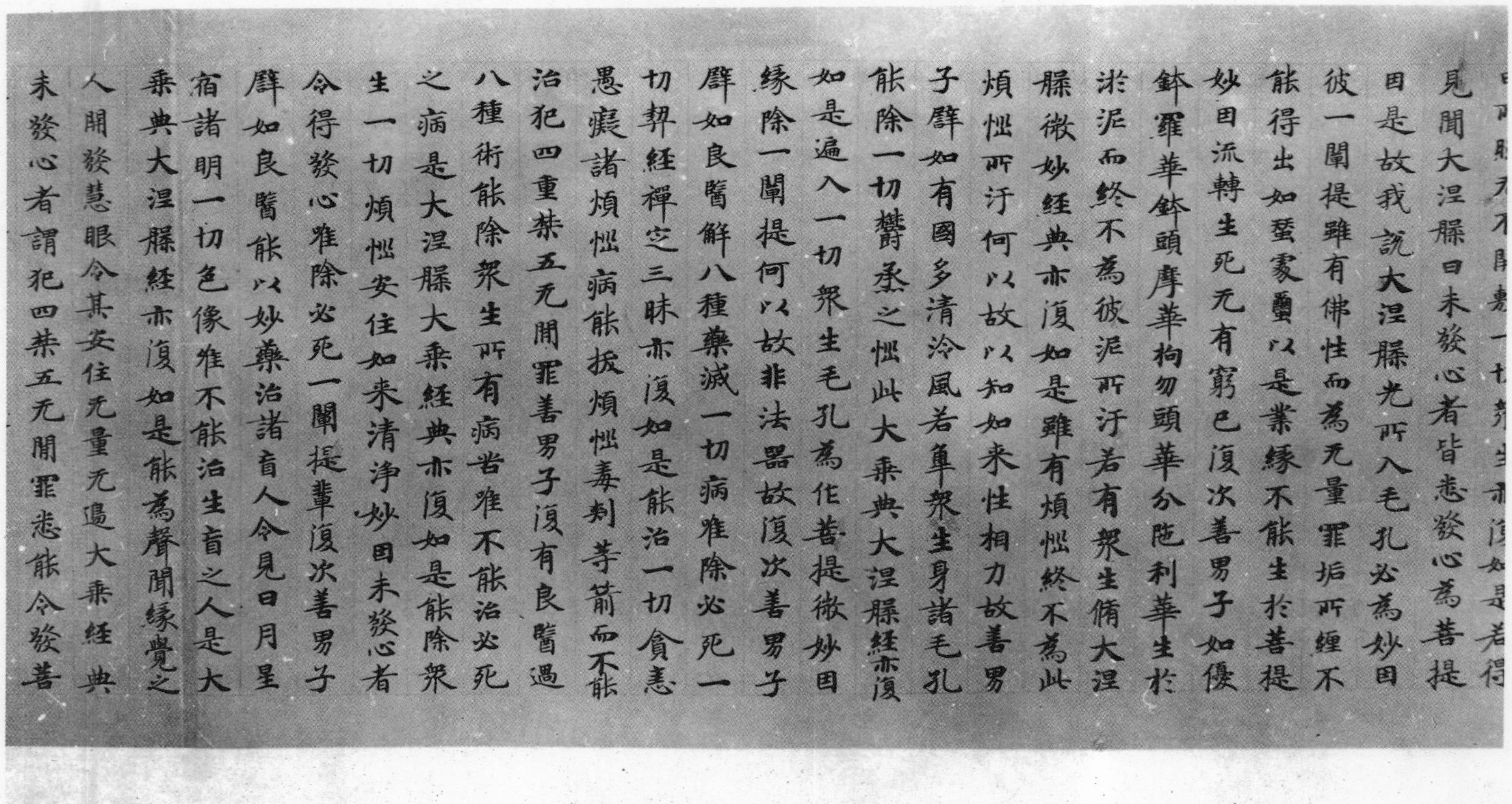
見聞大涅槃日未發心者皆悉發心為菩提
因是故我說大涅槃光所入毛孔必為妙因
彼一闡提雖有佛性而為无量罪垢所纏不
能得出如蚕處繭以是業緣不能生於菩提
妙因流轉生死无有窮已復次善男子如優
鉢羅華鉢頭摩華拘物頭華分陁利華生於
淤泥而終不為彼泥所汙若有衆生脩大涅
槃微妙經典亦復如是雖有煩惱終不為此
煩惱所汙何以故以知如来性相力故善男
子譬如有國多清冷風若箄衆生身諸毛孔
能除一切欝烝之惱此大乘典大涅槃經亦復
如是遍入一切衆生毛孔為作菩提微妙因
緣除一闡提何以故非法器故復次善男子
譬如良醫解八種藥滅一切病唯除必死一
切契經禪定三昧亦復如是能治一切貪恚
愚癡諸煩惱病能拔煩惱毒刺等箭而不能
治犯四重禁五无間罪善男子復有良醫過
八種術能除衆生所有病苦唯不能治必死
之病是大涅槃大乘經典亦復如是能除衆
生一切煩惱安住如来清淨妙因未發心者
令得發心唯除必死一闡提輩復次善男子
譬如良醫能以妙藥治諸盲人令見日月星
宿諸明一切色像唯不能治生盲之人是大
乘典大涅槃經亦復如是能為聲聞緣覺之
人開發慧眼令其安住无量无邊大乘經典
未發心者謂犯四禁五无間罪悉能令發菩

上博04 (2420) 大般涅槃經卷第九 (18－7)

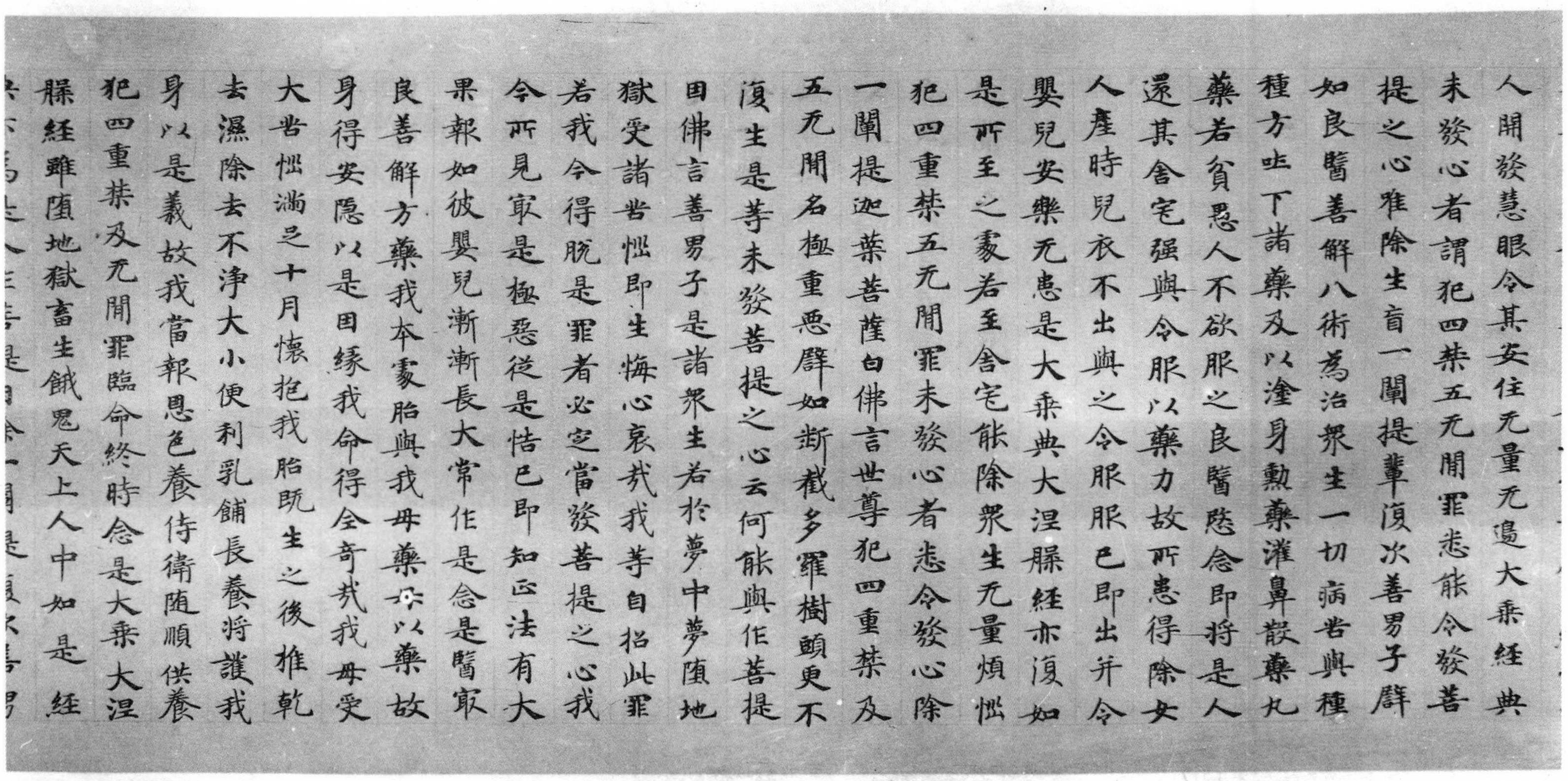
人開發慧眼令其安住无量无邊大乘經典
未發心者謂犯四禁五无間罪悉能令發菩
提之心唯除生盲一闡提輩復次善男子辟
如良醫善解八術爲治衆生一切病苦與種
種方咒下諸藥及以塗身勳藥灌鼻散藥丸
藥若貧愚人不欲服之良醫慈念即將是人
還其舍宅强與令服以藥力故所患得除女
人產時兒衣不出與之令服服已即出幷令
嬰兒安樂无患是大乘典大涅槃經亦復如
是所至之處若至舍宅能除衆生无量煩惱
犯四重禁五无間罪未發心者悉令發心除
一闡提迦葉菩薩白佛言世尊犯四重禁及
五无間名極重惡辟如斷截多羅樹頭更不
復生是等未發菩提之心云何能與作菩提
因佛言善男子是諸衆生若於夢中夢墮地
獄受諸苦惱即生悔心哀哉我等自招此罪
若我今得脫是罪者必定當發菩提之心我
今所見冣是極惡從是悟已即知正法有大
果報如彼嬰兒漸漸長大常作是念是醫冣
良善解方藥我本處胎與我母藥以藥故
身得安隱以是因緣我命得全奇哉我母受
大苦惱滿足十月懷抱我胎既生之後推乾
去濕除去不淨大小便利乳餔長養將護我
身以是義故我當報恩色養侍衛隨順供養
犯四重禁及无間罪臨命終時念是大乘大涅
槃經雖墮地獄畜生餓鬼天上人中如是經

上博 04 (2420) 大般涅槃經卷第九 (18－8)

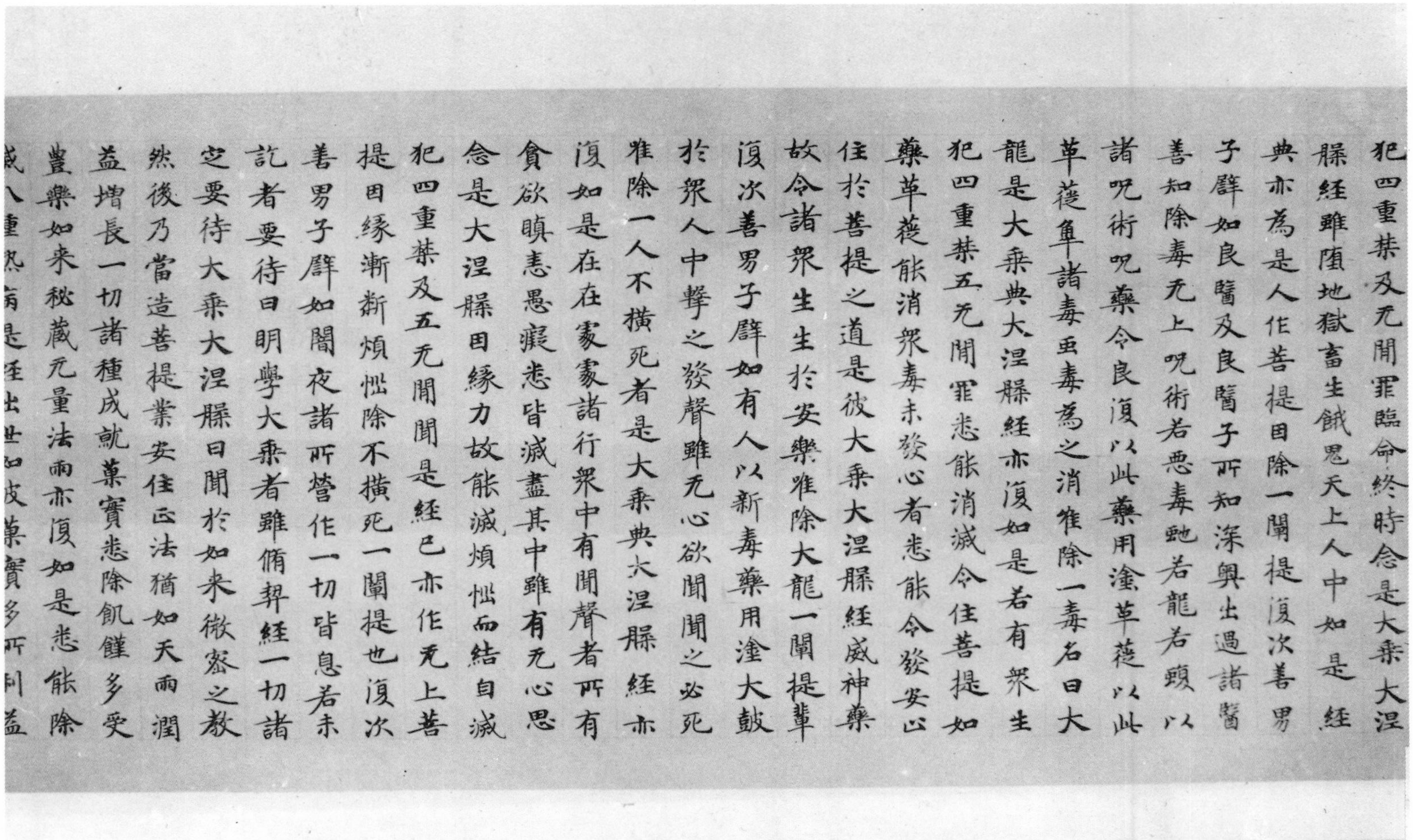
犯四重禁及无間罪臨命終時念是大乘大涅
槃經雖墮地獄畜生餓鬼天上人中如是經
典亦爲是人作菩提因除一闡提復次善男
子辟如良醫及良醫子所知深奧出過諸醫
善知除毒无上咒術若惡毒虵若龍若蝮以
諸咒術咒藥令良復以此藥用塗革屣以此
革屣觸諸毒虫毒爲之消唯除一毒名曰大
龍是大乘典大涅槃經亦復如是若有衆生
犯四重禁五无間罪悉能消滅令住菩提如
藥革屣能消衆毒未發心者悉能令發安止
住於菩提之道是彼大乘大涅槃經威神藥
故令諸衆生生於安樂唯除大龍一闡提輩
復次善男子辟如有人以新毒藥用塗大鼓
於衆人中擊之發聲雖无心欲聞聞之必死
唯除一人不橫死者是大乘典大涅槃經亦
復如是在在處處諸行衆中有聞聲者所有
貪欲瞋恚愚癡悉皆滅盡其中雖有无心思
念是大涅槃因緣力故能滅煩惱而結自滅
犯四重禁及五无間聞是經已亦作无上菩
提因緣漸斷煩惱除不橫死一闡提也復次
善男子辟如闇夜諸所營作一切皆息若未
訖者要待日明學大乘者雖脩契經一切諸
定要待大乘大涅槃日聞於如來微密之教
然後乃當造菩提業安住正法猶如天雨潤
益增長一切諸種成就菓實悉除飢饉多受
豐樂如來秘藏无量法雨亦復如是悉能除

上博 04 (2420) 大般涅槃經卷第九 (18－9)

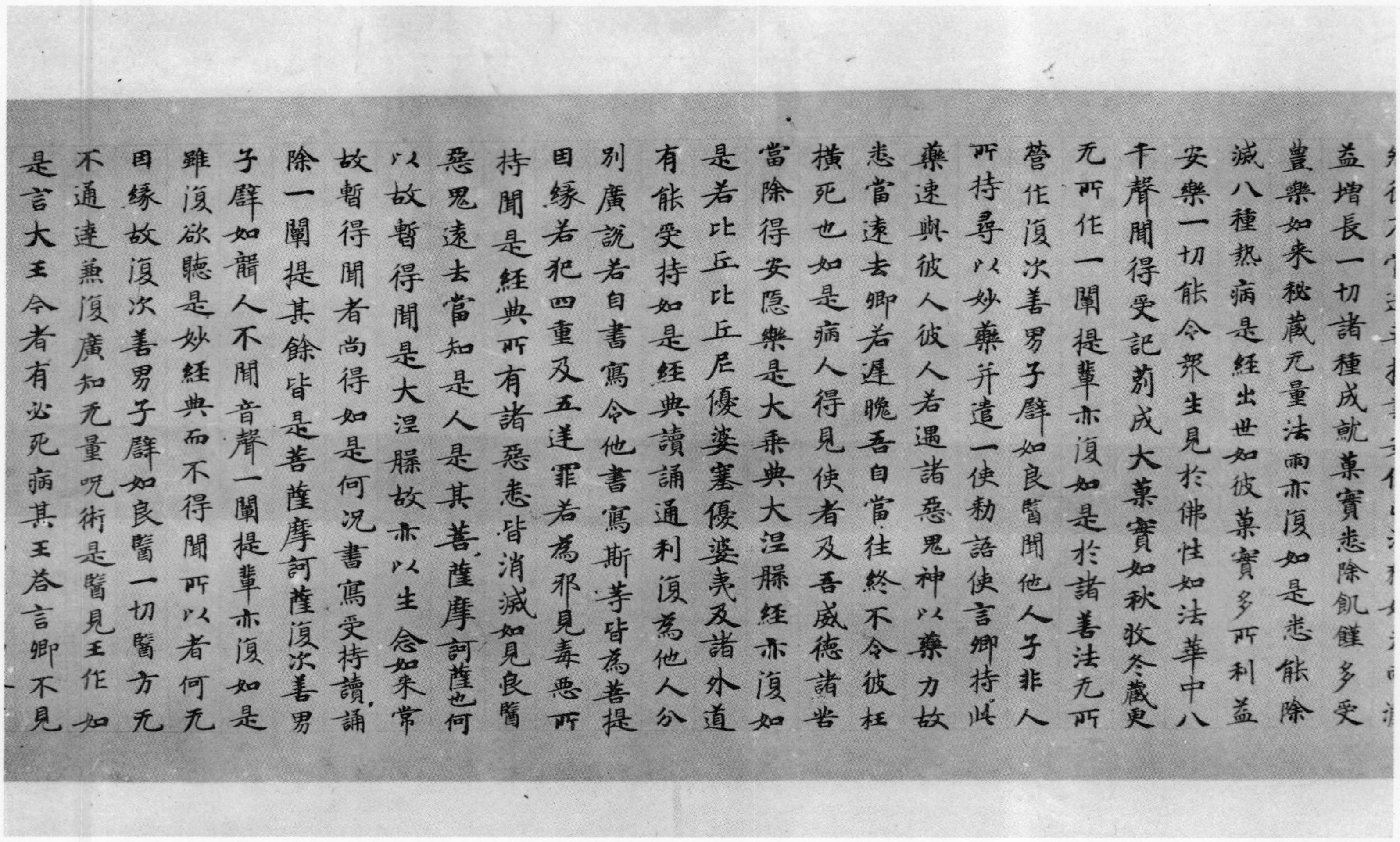

益增長一切諸種成就菓實悉除飢饉多受
豐樂如来秘藏无量法雨亦復如是悉能除
滅八種熱病是經出世如彼菓實多所利益
安樂一切能令衆生見於佛性如法華中八
千聲聞得受記莂成大菓實如秋收冬藏更
无所作一闡提輩亦復如是於諸善法无所
營作復次善男子譬如良醫聞他人子非人
所持尋以妙藥并遣一使勑語使言卿持此
藥速與彼人彼人若遇諸惡鬼神以藥力故
悉當遠去卿若遲晚吾自當往終不令彼枉
横死也如是病人得見使者及吾威德諸悪
當除得安隱樂是大乘典大涅槃經亦復如
是若比丘比丘尼優婆塞優婆夷及諸外道
有能受持如是經典讀誦通利復為他人分
別廣說若自書寫令他書寫斯等皆為菩提
因緣若犯四重及五逆罪若為邪見毒惡所
持聞是經典所有諸惡悉皆消滅如見良醫
惡鬼遠去當知是人是其菩薩摩訶薩也何
以故暫得聞是大涅槃故亦以生念如来常
故暫得聞者尚得如是何況書寫受持讀誦
除一闡提其餘皆是菩薩摩訶薩復次善男
子譬如聾人不聞音聲一闡提輩亦復如是
雖復欲聽是妙經典而不得聞所以者何无
因緣故復次善男子譬如良醫一切醫方无
不通達兼復廣知无量呪術是醫見王作如
是言大王今者有必死病其王答言卿不見

上博 04 (2420) 大般涅槃經卷第九 (18－10)

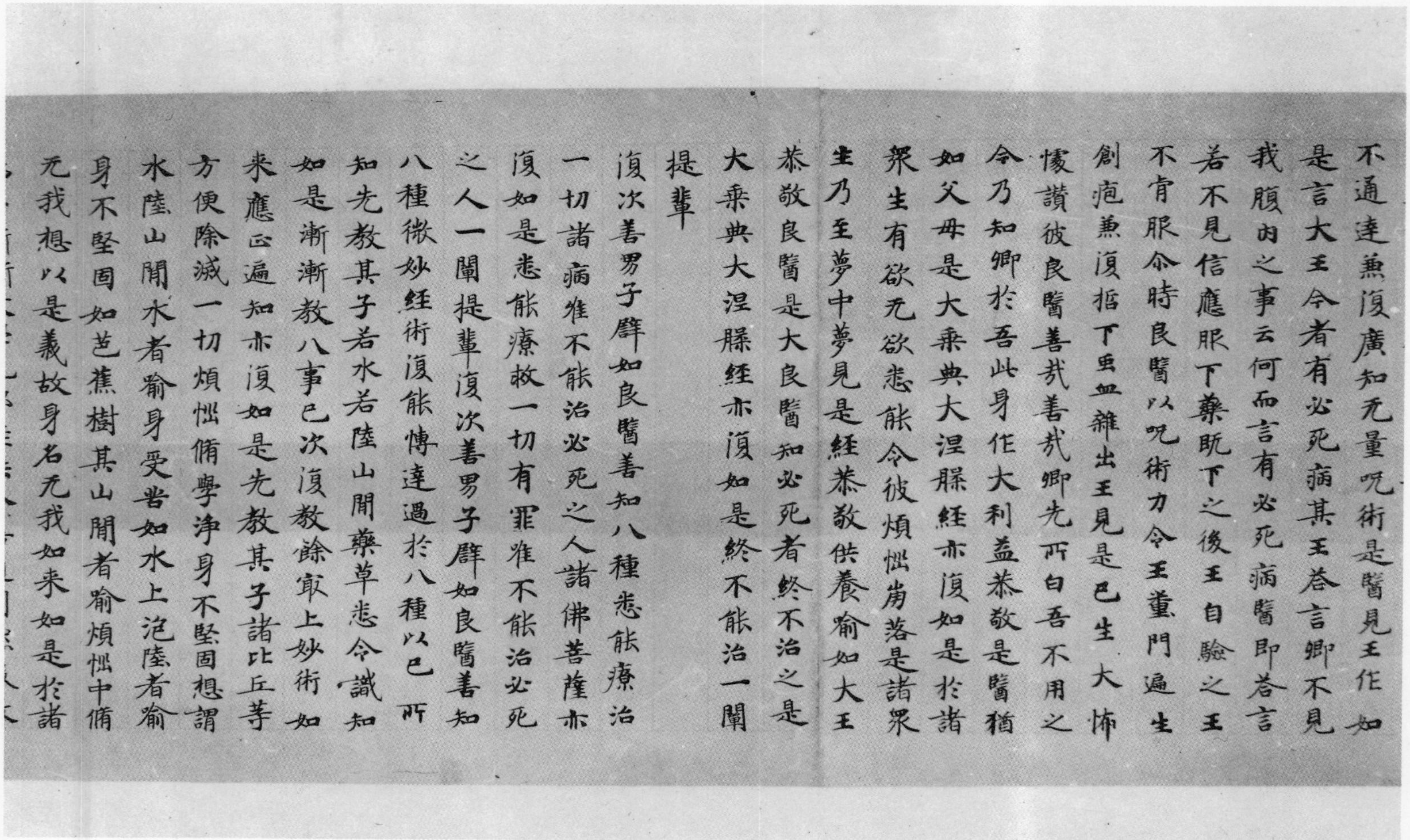

不通達兼復廣知无量呪術是醫見王作如
是言大王今者有必死病其王答言卿不見
我腹内之事云何而言有必死病醫即答言
若不見信應服下藥既下之後王自驗之王
不肯服尒時良醫以呪術力令王糞門遍生
創疱兼復指下虫血雜出王見是已生大怖
懅讚彼良醫善哉善哉卿先所白吾不用之
今乃知卿於吾此身作大利益恭敬是醫猶
如父母是大乘典大涅槃經亦復如是於諸
衆生有欲无欲悉能令彼煩惱崩落是諸衆
生乃至夢中夢見是經恭敬供養喻如大王
恭敬良醫是大良醫知必死者終不治之是
大乘典大涅槃經亦復如是終不能治一闡
提輩
復次善男子譬如良醫善知八種悉能療治
一切諸病唯不能治必死之人諸佛菩薩亦
復如是悉能療救一切有罪唯不能治必死
之人一闡提輩復次善男子譬如良醫善知
八種微妙經術復能博達過於八種以己所
知先教其子若水若陸山間藥草悉令識知
如是漸漸教八事已次復教餘最上妙術如
来應正遍知亦復如是先教其子諸比丘等
方便除滅一切煩惱修學淨身不堅固想謂
水陸山間水者喻身受苦如水上泡陸者喻
身不堅固如芭蕉樹其山間者喻煩惱中修
无我想以是義故身名无我如来如是於諸

上博 04 (2420) 大般涅槃經卷第九 (18－11)

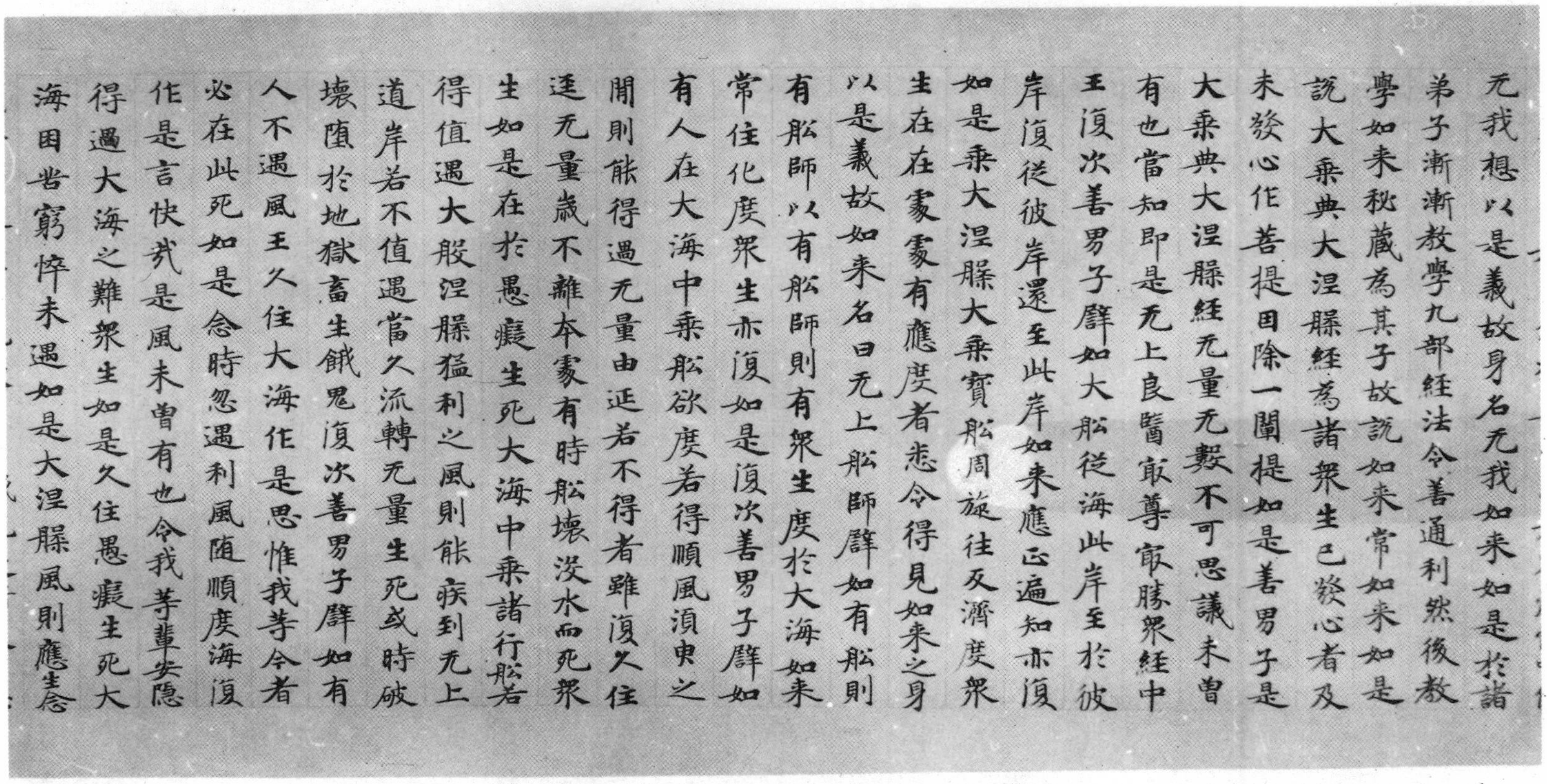
无我想以是義故身名无我如来如是於諸
弟子漸漸教學九部經法令善通利然後教
學如来秘藏為其子故說如来常如来如是
說大乘典大涅槃經為諸衆生已發心者及
未發心作善提因除一闡提如是善男子是
大乘典大涅槃經无量无數不可思議未曾
有也當知即是无上良醫最尊最勝衆經中
王復次善男子譬如大舩從海此岸至於彼
岸復從彼岸還至此岸如来應正遍知亦復
如是乘大涅槃大乘寳舩周旋往反濟度衆
生在在處處有應度者悉令得見如来之身
以是義故如来名曰无上舩師譬如有舩則
有舩師以有舩師則有衆生度於大海如来
常住化度衆生亦復如是復次善男子譬如
有人在大海中乘舩欲度若得順風須臾之
間則能得過无量由延若不得者雖復久住
逕无量歳不離本處有時舩壞没水而死衆
生如是在於愚癡生死大海中乘諸行舩若
得值遇大般涅槃猛利之風則能疾到无上
道岸若不值遇當久流轉无量生死或時破
壞墮於地獄畜生餓鬼復次善男子譬如有
人不遇風王久住大海作是思惟我等今者
必在此死如是念時忽遇利風隨順度海復
作是言快哉是風未曾有也令我等輩安隱
得過大海之難衆生如是久住愚癡生死大
海困苦窮悴未遇如是大涅槃風則應生念

上博 04 (2420) 大般涅槃經卷第九 (18－12)

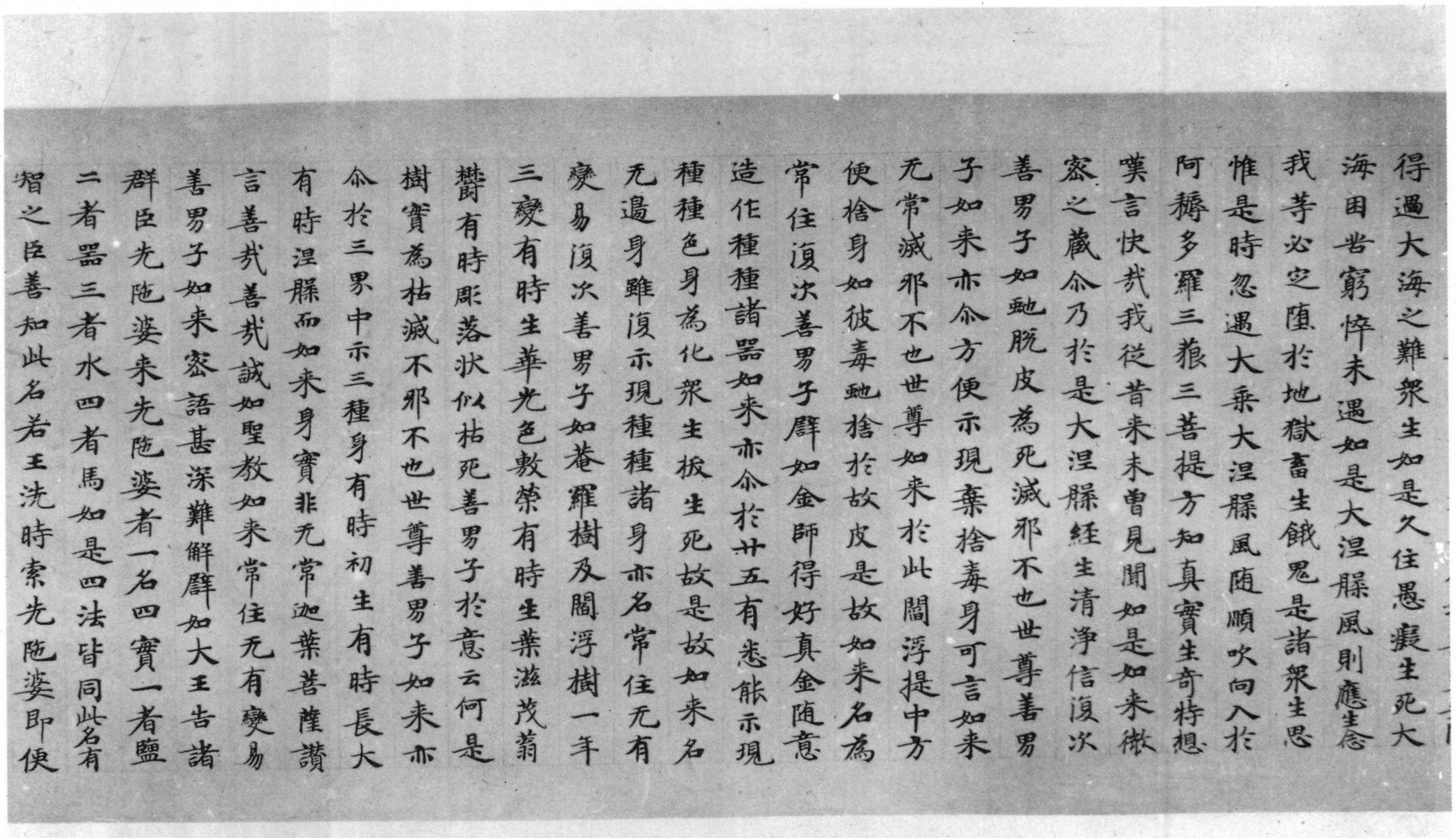
得過大海之難衆生如是久住愚癡生死大
海困苦窮悴未遇如是大涅槃風則應生念
我等必定墮於地獄畜生餓鬼是諸衆生思
惟是時忽遇大乘大涅槃風隨順吹向入於
阿耨多羅三藐三菩提方知真實生奇特想
嘆言快哉我從昔来未曾見聞如是如来微
密之藏尒乃於是大涅槃經生清淨信復次
善男子如虵脫皮為死滅邪不也世尊善男
子如来亦尒方便示現棄捨毒身可言如来
无常滅邪不也世尊如来於此閻浮提中方
便捨身如彼毒虵捨於故皮是故如来名為
常住復次善男子譬如金師得好真金隨意
造作種種諸器如来亦尒於廿五有悉能示現
種種色身為化衆生拔生死故是故如来名
无邊身雖復示現種種諸身亦名常住无有
變易復次善男子如菴羅樹及閻浮樹一年
三變有時生華光色敷榮有時生葉滋茂蓊
欝有時彫落狀似枯死善男子於意云何是
樹實為枯滅不邪不也世尊善男子如来亦
尒於三界中示三種身有時初生有時長大
有時涅槃而如来身實非无常迦葉菩薩讚
言善哉善哉誠如聖教如来常住无有變易
善男子如来密語甚深難解譬如大王告諸
群臣先陁婆来先陁婆者一名四實一者鹽
二者器三者水四者馬如是四法皆同此名有
智之臣善知此名若王洗時索先陁婆即便

上博 04 (2420) 大般涅槃經卷第九 (18－13)

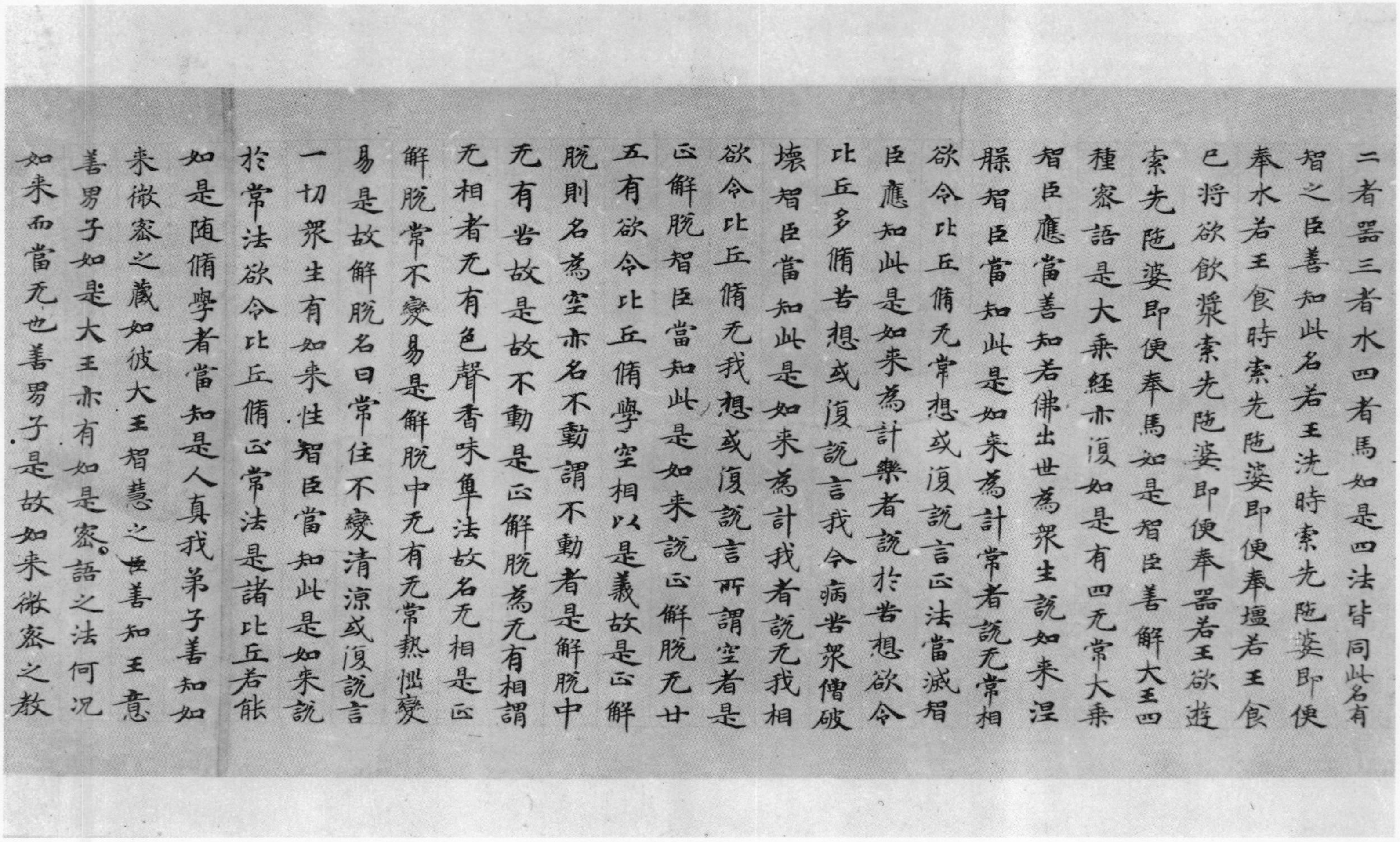
二者器三者水四者馬如是四法皆同此名有
智之臣善知此名若王洗時索先陁婆即便
奉水若王食時索先陁婆即便奉塩若王食
已将欲飲漿索先陁婆即便奉器若王欲遊
索先陁婆即便奉馬如是智臣善解大王四
種密語是大乘經亦復如是有四无常大乘
智臣應當善知若佛出世為衆生說如来涅
槃智臣當知此是如来為計常者說无常相
欲令比丘脩无常想或復說言正法當滅智
臣應知此是如来為計樂者說於苦想欲令
比丘多脩苦想或復說言我今病苦衆僧破
壊智臣當知此是如来為計我者說无我相
欲令比丘脩无我想或復說言所謂空者是
正解脫智臣當知此是如来說正解脫无廿
五有欲令比丘脩學空相以是義故是正解
脫則名為空亦名不動謂不動者是解脫中
无有苦故是故不動是正解脫為无有相謂
无相者无有色聲香味觸法故名无相是正
解脫常不變易是解脫中无有无常熱惱變
易是故解脫名曰常住不變清涼或復說言
一切衆生有如来性智臣當知此是如来說
於常法欲令比丘脩正常法是諸比丘若能
如是随脩學者當知是人真我弟子善知如
来微密之藏如彼大王智慧之臣善知王意
善男子如是大王亦有如是密語之法何況
如来而當无也善男子是故如来微密之教

上博 04 (2420) 大般涅槃經卷第九 (18－14)

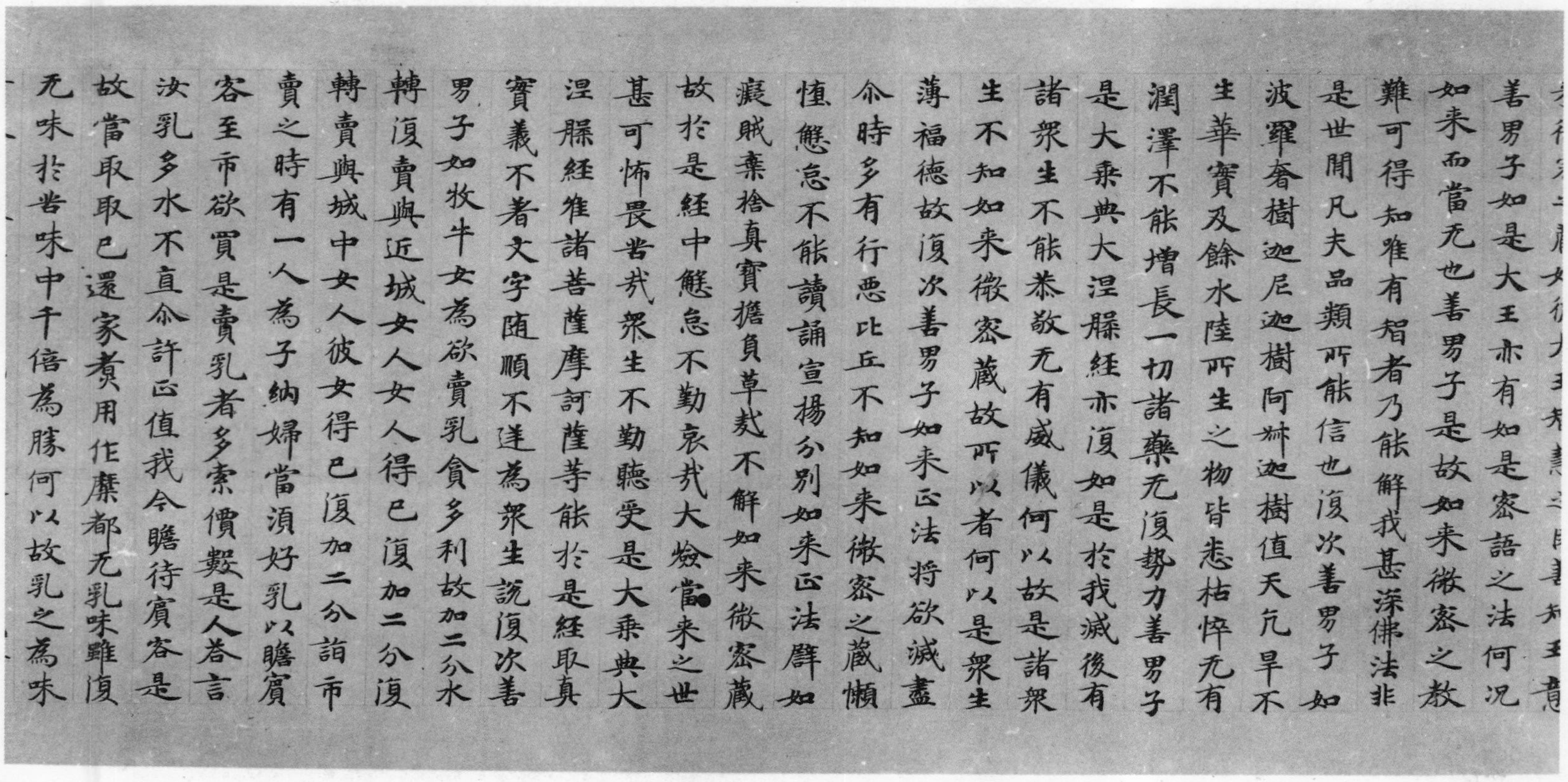
善男子如是大王亦有如是密語之法何況
如来而當无也善男子是故如来微密之教
難可得知唯有智者乃能解我甚深佛法非
是世間凡夫品類所能信也復次善男子如
波羅奢樹迦尼迦樹阿捄迦樹值天亢旱不
生華實及餘水陸所生之物皆悉枯悴无有
潤澤不能增長一切諸藥无復勢力善男子
是大乘典大涅槃經亦復如是於我滅後有
諸衆生不能恭敬无有威儀何以故是諸衆
生不知如来微密藏故所以者何以是衆生
薄福德故復次善男子如来正法将欲滅盡
尒時多有行悪比丘不知如来微密之藏懶
惰懈怠不能讀誦宣揚分別如来正法譬如
癡賊棄捨真寶擔負草𧂐不解如来微密藏
故於是經中懈怠不勤哀哉大嶮當来之世
甚可怖畏苦哉衆生不勤聽受是大乘典大
涅槃經唯諸菩薩摩訶薩等能於是經取真
實義不著文字隨順不逆為衆生說復次善
男子如牧牛女為欲賣乳貪多利故加二分水
轉賣與近城女人女人得已復加二分復
轉賣與城中女人彼女得已復加二分詣市
賣之時有一人為子納婦當須好乳以贍賓
客至市欲買是賣乳者多索價數是人答言
汝乳多水不直尒許正值我今贍待賓客是
故當取取已還家煮用作糜都无乳味雖復
无味於苦味中千倍為勝何以故乳之為味

上博 04 (2420) 大般涅槃經卷第九 (18－15)

无味於甞味中千倍為勝何以故乳之為味
諸味中冣善男子我涅槃後正法未滅餘八
十年尒時是經於閻浮提當廣流布是時當
有諸悪比丘抄略是經分作多分能滅正法
色香美味是諸悪人雖復讀誦如是經典滅
除如来深密要義安置世間莊嚴文餝无義
之語抄前著後抄後著前前後著中中著前
後當知如是諸悪比丘是魔伴侶受畜一切不
淨之物而言如来悲聽我畜如牧牛女多加
水乳諸悪比丘亦復如是雜以世語錯定是
經令多衆生不得正説正寫正取尊重讚
嘆供養恭敬是悪比丘為利養故不能廣宣
流布是經所可分布少不足言如彼牧牛貧
窮女人展轉賣乳乃至成糜而无乳味是大
乘典大涅槃經亦復如是展轉薄醎无有氣
味雖无氣味猶勝餘經足一千倍如彼乳味
於諸甞味為千倍勝何以故是大乘典大涅
槃經於聲聞經冣為上首喻如牛乳味中冣
勝以是義故名大涅槃復次善男子若善男
子善女人等无有不求男子身者何以故一
切女人皆是衆悪之所住處復次善男子如
蚉子尿不能令此大地沾洽其女人者婬欲
難滿亦復如是譬如大地一切作丸如亭歷
子如是等男與一女人共為欲事猶不能足
假使男子數如恒沙與一女人共為欲事猶
不能足善男子譬如大海一切天雨百川衆

上博 04 (2420)　大般涅槃經卷第九　(18－16)

假使男子數如恒沙與一女人共為欲事猶
不能足善男子譬如大海一切天雨百川衆
流皆悉歸投而彼大海未曾滿足女人之法
亦復如是假使一切能為男者與一女人共
為欲事而亦不足復次善男子如阿輸迦樹
波吒羅樹迦尼迦樹春華開敷有蜂唼取色
香細味不知猒足女人欲男亦復如是不知
猒足善男子以是義故諸善男子善女人等
聽是大乘大涅槃經常應呵責女人之相求
於男子何以故是大乘經典有丈夫相所謂
佛性若人不知是佛性者則无男相所以者
何不能自知有佛性故若有不能知佛性者
我説是等名為女人若能自知有佛性者我
説是人為丈夫相若有女人能知自身定有
佛性當知是等即為男子善男子是大乘典
大涅槃經无量无邊不可思議功德之聚何
以故以説如来秘密藏故是故善男子善女
人若欲速知如来密藏應當方便勤脩此經
迦葉菩薩白佛言世尊如是如是如佛所説
我今已有丈夫之相得入如来秘密藏故如
来今日始悟悟我因是即得決定通達佛言
善哉善哉善男子汝今隨順世間之法而作
是説迦葉復言我不隨順世間法也佛讚迦
葉善哉善哉汝今所知无上法味甚深難知
而能得知如蜂採味汝亦如是復次善男子
如蚊子澤不能令此大地沾洽當来之世是

上博 04 (2420)　大般涅槃經卷第九　(18－17)

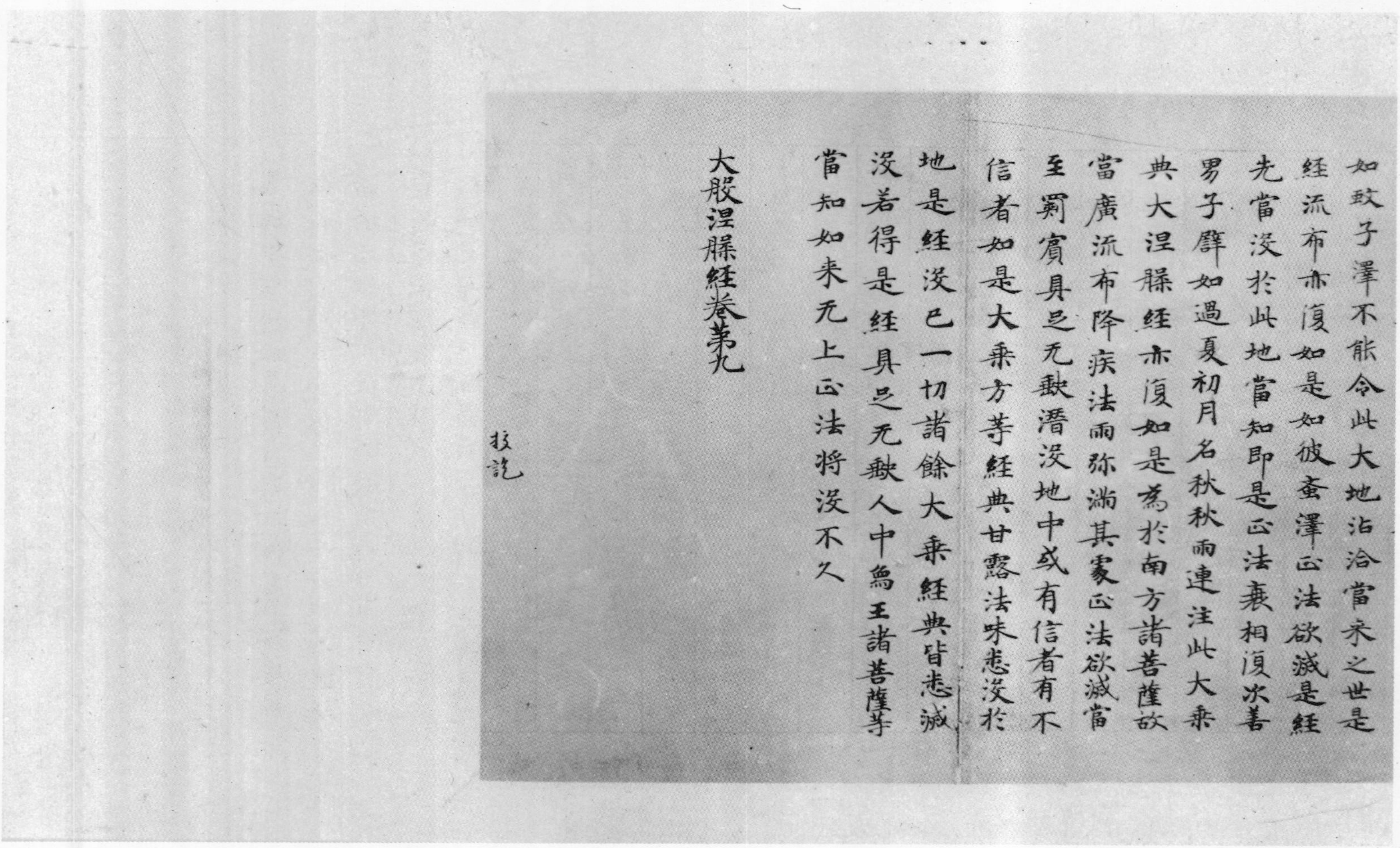

上博 04 (2420)　大般涅槃經卷第九　　(18－18)

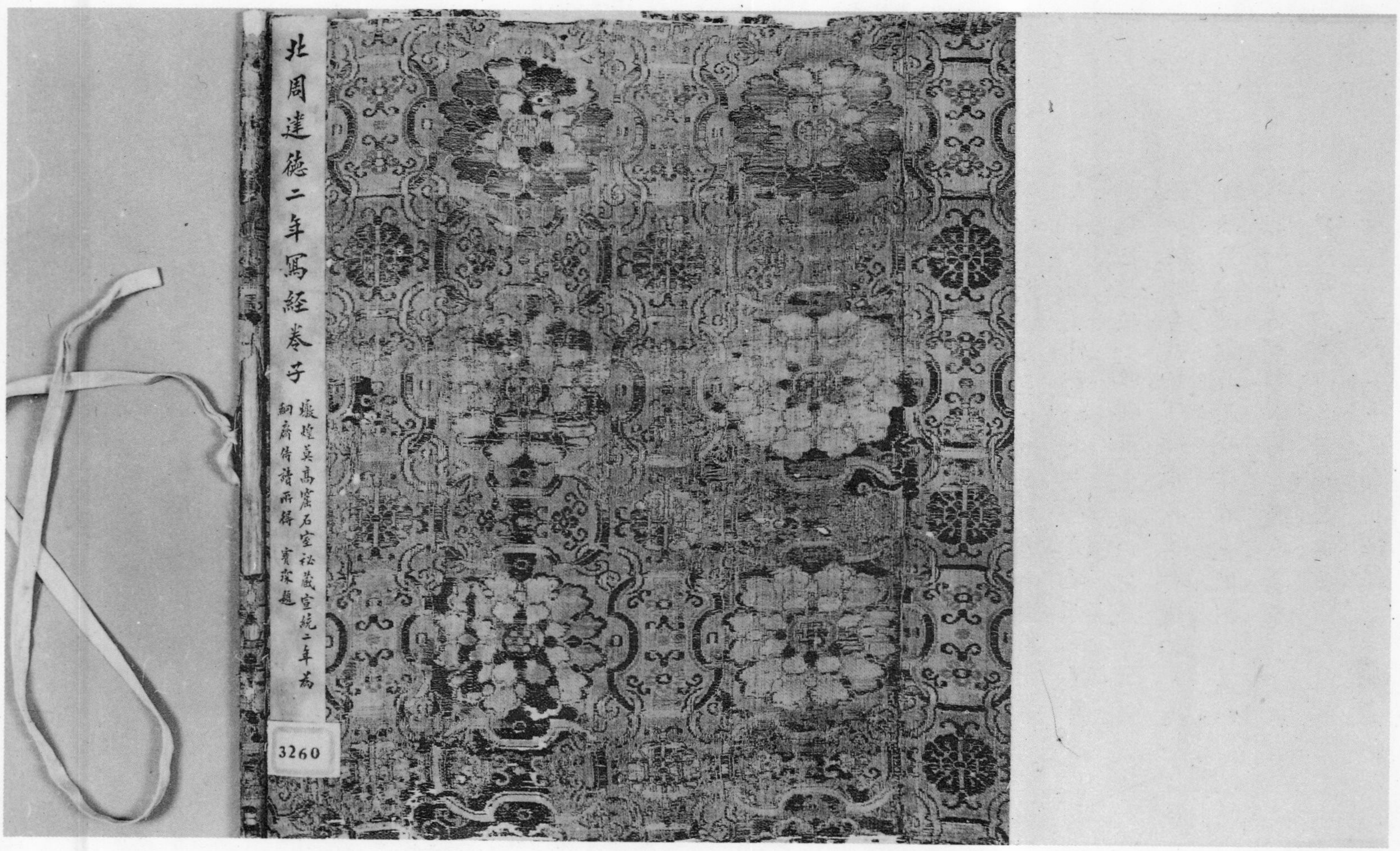

上博 05 (3260)　大般涅槃經卷第九　　(包首)

常是法□如来□……是□
常住不變復次善男子譬如滿月一切悉現
在在處處城邑聚落山澤水中若井若池及
諸水器一切皆現有諸衆生行百由旬百千
由旬見月常隨凡夫愚人妄生憶想言我本
於城邑屋宅見如是月今復於此空澤見之
爲是本月爲異於本各作是念月形大小或
言如鏇口或言如車輪或言如卌九由旬一
切皆見月之光明或見圓圍猶如金槃是月
性一種種種衆生各見異相善男子如来亦尒
出現於世或有人天而作是念如来今者在
我前住復有畜生亦生是念如来今者在我
前住或有聾瘂亦見如来有聾瘂相衆生雜
類言音各異皆謂如来悉同己語亦各生念
在我舍宅受我供養或有衆生見如来身廣
大无量或見微小或見有佛是聲聞像或復
有見爲緣覺像有諸外道復各念言如来今
者在我法中出家學道或有衆生復作是念
如来今者獨爲我故出現於世如来實性譬
如彼月即是法身是无生身方便之身隨順
於世示現无量本業因緣在在處處示現有
生猶如彼月以是義故如来常住无有變異
復次善男子如羅睺羅阿脩羅王以手遮月
世間諸人咸謂月蝕阿脩羅王實不能蝕以

上博 05 (3260)　大般涅槃經卷第九　(25－1)

世間諸人咸謂月蝕阿脩羅王實不能蝕以
阿脩羅鄣其明故是月圓圓无有虧損但以
手鄣故使不現若攝手時世間咸謂月復還
生皆言是月多受苦惱假使百千阿脩羅王
不能惱之如来亦尒示有衆生於如来所生
麁惡心出佛身血起五逆罪至一闡提爲未
来世諸衆生故如是示現壞僧斷法而作留
難假使无量百千億魔不能侵出如来身血
所以者何如来之身无有血肉筋脈骨髓如
来真實實无惱壞衆生皆謂法僧毀壞如来
滅盡而如来性真實无變无有破壞隨順世
間如是示現復次善男子如二人鬪若以刀
杖傷身出血雖至於死不起殺想如是業相
輕而不重於如来所本无殺心雖出身血是
業亦尒輕而不重如来如是於未来世爲化
衆生示現業報復次善男子猶如良醫欲教
其子醫方根本此是根藥此是味藥此是色
藥種種相貌汝當善知其子敬奉父之所勑
精懃習學善解諸藥是醫後時壽盡命終其
子號慕而作是言父本教我根藥如是莖藥
如是華藥如是色相如是如来亦尒爲化衆
生示現制戒應當如是受持莫犯作五逆罪
誹謗正法及一闡提爲未来世起是事者是
故示現欲令比丘於佛滅後作如是知此是
契經甚深之義此是戒律輕重之相此是阿
毗曇分別法句如彼醫子復次善男子如人
見月六月一蝕而上諸天須臾之間已見月
蝕何以故彼天日長人間短故善男子如来

上博 05 (3260)　大般涅槃經卷第九　(25－2)

見月六月一蝕而上諸天須臾之間已見月
蝕何以故彼天日長人間短故善男子如來
之命天人咸謂如來短壽如彼天人須臾之
間頻見月蝕如來又於須臾之間亦現百千
万億涅槃斷煩惱魔陰魔死魔是故百千万
億天魔悉知來如入般涅槃又復示現无量
百千先業因緣隨順世間種種性故亦現如
是无量无邊不可思議是故如來常住无變
復次善男子譬如明月衆生樂見是故稱月
号為樂見衆生若有貪恚愚癡則不得稱為
樂見也如來如是其性純善清淨无垢是最
可稱為樂見也樂法衆生視之无猒惡心之
人不憙瞻覩以是義故故言如來譬如明月
復次善男子譬如日出有三時異謂春夏冬
冬日則春日處中夏日極長如來之命於此
三千大千世界為短壽者及諸聲聞示現短
壽斯等見已咸謂如來壽命短促譬如冬日
為諸菩薩示現中壽若至一劫若減一劫譬
如春日唯佛覩佛其壽无量譬如夏日善男
子如來所說方等大乘微密之教亦現世
間雨大法雨於未來世若有人能護持是典
開示分別利益衆生當知是輩是真菩薩譬
如盛夏天降甘雨若有聲聞緣覺之人聞佛
如來微密之教譬如冬日多遇冷患菩薩之
人若聞如是微密教誡如來常住性无變易
譬如春日萌牙開敷而如來性實无長短為
世間故亦現如是即是諸佛真實法性復次
善男子譬如衆星晝則不現而人皆謂晝星

上博 05 (3260) 大般涅槃經卷第九 (25－3)

世間故亦現如是即是諸佛真實法性復次
善男子譬如衆星晝則不現而人皆謂晝星
滅没其實不没所以不現日光映故如來之
命聲聞緣覺不能得見猶如世人不見晝星
復次善男子譬如陰闇日月不現愚人謂言
日月失没而是日月實无失没如來正法滅
盡之時三寶現没亦復如是非為永滅是故
當知如來常住无有變易何以故三寶真性
不為諸垢之所染故復次善男子譬如黑月
彗星夜現其明熾盛暫出還没衆生見已生
不祥想諸辟支佛亦復如是出无佛世衆生
見已皆謂如來真實滅度生憂悲想而如來
身實不滅没如彼日月无有滅没
復次善男子譬如日出衆霧悉除此大涅槃
微妙經典亦復如是出興於世若有衆生一
經耳者悉能滅除一切諸惡无間罪業是大
涅槃甚深境界不可思議善說如來微密之
性以是義故諸善男子善女人等應於如來
生常住心无有變易正法不斷僧寶不滅是
故應當多脩方便懃學是典是人不久當得
阿耨多羅三藐三菩提是故此經名為无量
功德所成亦名菩提不可窮盡以不盡故故
得稱為大般涅槃有善光故猶如夏日身无
邊故名大涅槃

大般涅槃經菩薩品第十六

復次善男子如日月光諸明中最一切諸明
所不能及大涅槃光亦復如是於諸契經三
昧光明最為殊勝諸經三昧所有光明所不
能及何以故大涅槃光能入衆生諸毛孔故

上博 05 (3260) 大般涅槃經卷第九 (25－4)

所不能及大涅槃光亦復如是於諸契經三
昧光明甯為殊勝諸經三昧所有光明所不
能及何以故大涅槃光能入衆生諸毛孔故
衆生雖无菩提之心而能為作菩提因緣是
故復名大般涅槃迦葉菩薩白佛言世尊如
佛所說大涅槃光入於一切衆生毛孔衆生
雖无菩提之心而能為作菩提因者是義不
然何以故世尊犯四重禁作五逆人及一闡
提光明入身作菩提因者如是等輩與持淨
戒脩集諸善有何差別若无差別如來何故
說四依義世尊又如佛言若有衆生聞大涅
槃一經於耳則得斷除諸煩惱者如來云何
上說有人恒沙佛所發菩提心聞大涅槃不
解其義若不解義云何能斷一切煩惱佛言
善男子除一闡提其餘衆生聞是經已悉皆
能作菩提因緣法聲光明入毛孔者必定當
得阿耨多羅三藐三菩提何以故若有人能
供養恭敬无量諸佛方乃得聞大涅槃經薄
福之人則不得聞所以者何大德之人乃能
得聞如是大事凡夫下劣則不得聞何等為
大所謂諸佛甚深秘藏如來性是以是義故
名為大事迦葉菩薩白佛言世尊云何未發
菩提心者得菩提因佛告迦葉若有聞是大
涅槃經言我不用發菩提心誹謗正法是人
即於夢中見羅刹像心中怖懼羅刹謂言咄
善男子汝今若不發菩提心當斷汝命是人
惶怖寤已即發菩提之心是人命終若在三
趣及在人天續復憶念菩提之心當知是人

上博 05 (3260) 大般涅槃經卷第九 (25－5)

趣及在人天續復憶念菩提之心當知是人
是大菩薩摩訶薩也以是義故是大涅槃威
神之力能令未發菩提心者作菩提因善男
子是名菩薩發心因緣非无因緣以是義故
大乘妙典真佛所說
復次善男子如虛空中興大雲雨注於大地
枯木石山高原堆阜水所不住流注下田陂
池悉滿利益无量一切衆生是大涅槃微妙
經典亦復如是雨大法雨普潤衆生唯一闡
提發菩提心无有是處復次善男子譬如燋
種雖遇甘雨百千万劫終不生牙牙若生者
无有是處一闡提輩亦復如是雖聞如是大
般涅槃微妙經典終不能發菩提心牙若能
發者无有是處何以故是人斷滅一切善根
如彼燋種不能復生菩提根牙復次善男子
譬如明珠置濁水中以珠威德水即為清投
之淤泥不能令清是大涅槃微妙經典亦復
如是置餘衆生五无間罪四重禁法濁水之
中猶可澄清發菩提心投一闡提淤泥之中
百千万歲不能令清起菩提心何以故是一
闡提滅諸善根非其器故假使是人百千万
歲聽受如是大涅槃經終不能發菩提之心
所以者何无善心故復次善男子譬如藥樹
名曰藥王於諸藥中最為殊勝若和乳酪若
蜜若蘇若水若漿若末若丸若以塗瘡薰身
塗目若見若嗅能滅衆生一切諸病如是藥
樹不作是念一切衆生若取我根不應取葉
若取葉者不應取根若取身者不應取皮若

上博 05 (3260) 大般涅槃經卷第九 (25－6)

樹不住是念一切衆生若取我根不應取葉
若取葉者不應取根若取身者不應取皮若
取皮者不應取身是樹雖復不生是念而能
除滅一切病苦善男子是大涅槃微妙經典
亦復如是能除一切衆生惡業四波羅夷五
无間罪若内若外所有諸惡諸有未發菩提
心者因是則得發菩提心何以故是妙經典
諸經中王如彼藥樹諸藥中王若有修習是
大涅槃及不修者若聞有是經典名字聞已
敬信所有一切煩惱重病皆悉除滅唯不能
令一闡提輩安住阿耨多羅三藐三菩提如
彼妙藥雖能療愈種種重病而不能治必死
之人復次善男子如人手瘡捉持毒藥毒則
随入若无瘡者毒則不入一闡提輩亦復如
是无菩提因如无瘡者毒不得入所謂瘡者
即是无上菩提因緣毒者即是第一妙藥全
无瘡者謂一闡提復次善男子譬如金剛无
能壞者悉能破壞一切之物唯除龜甲及白
羊角是大涅槃微妙經典亦復如是悉能安
立无量衆生於菩提道唯不能令一闡提輩
立菩提因復次善男子如馬齒草娑羅翅樹
尼迦羅樹雖斷枝莖續生如故不如多羅斷
已不生是諸衆生亦復如是若得聞是大涅
槃經雖犯四禁及五无間猶故能生菩提因
緣一闡提輩則不如是雖得聽受是妙經典
而不能生菩提道因復次善男子如佉陀羅
鎮頭伽樹斷已不生一闡提輩亦復如是雖
得聞是大涅槃經而不能發菩提因緣復次

上博 05 (3260)　大般涅槃經卷第九　(25－7)

得聞是大涅槃經而不能發菩提因緣復次
善男子譬如大雨終不住空是大涅槃微妙
經典亦復如是普雨法雨於一闡提則不能
住是一闡提周稚密緻猶如金剛不容外物
迦葉菩薩白佛言世尊如佛説偈
不見善不住　唯見惡可住　是處可怖畏　猶如險惡道
世尊如是所説有何等義佛言善男子不見
者謂不見佛性善者即是阿耨多羅三藐三
菩提不住者所謂不能親近善友唯見者見
无因果惡者謂謗方等大乘經典可住者謂
一闡提説无方等以是義故一闡提輩无心
趣向清淨善法何等善法謂涅槃也趣涅槃
者謂能修集賢善之行而一闡提无賢善行
是故不能趣向涅槃是處可畏者謂謗正法
誰應怖畏所謂智者何以故以謗法者无有
善心及方便故險惡道者謂諸行也
迦葉復言如佛所謂
云何見所住　云何得善法　何處不怖畏　如王夷坦道
是義何謂佛言善男子見所住者發露諸惡
從生死際所作諸惡悉皆發露至无至處以
是義故是處无畏譬如人王所遊正路其中
盜賊悉皆逃走如是發露一切諸惡悉滅无
餘復次不見所住者謂一闡提所住衆惡而
不自見是一闡提憍慢心故雖多作惡於是
事中初无怖畏以是義故不得涅槃譬如獼
猴捉水中月善男子假使一切无量衆生一
時成就阿耨多羅三藐三菩提已此諸如来
亦復不見彼一闡提得成菩提以是義故名

上博 05 (3260)　大般涅槃經卷第九　(25－8)

之復不見彼一闡提得成菩提以是義故名
不見所作又復不見誰之所作所謂不見如
來所作佛為衆生説有佛性一闡提輩流轉
生死不能知見以是義故名為不見如來所
作又一闡提見於如來畢竟涅槃謂真無常
猶如燈滅膏油俱盡何以故是人惡業不損
滅故若有菩薩所作善業迴向阿耨多羅三
藐三菩提時一闡提輩雖復毀呰破壞不信
然諸菩薩猶故施與欲共成就無上之道何
以故諸佛法尒
作惡不即受　如乳即成酪　猶灰覆火上　愚者輕蹈之
一闡提者名為無目是故不見阿羅漢道如
阿羅漢不行生死險惡之道以無目故誹謗
方等不欲修集如阿羅漢懃修慈心一闡提
輩不修方等之復如是若人説言我今不信
聲聞經典信受大乘讀誦解説是故我今即
是菩薩一切衆生悉有佛性以佛性故衆生
身中即有十力三十二相八十種好我之所
説不異佛説汝今與我俱破無量諸惡煩惱
如破水瓶以破結故即能得見阿耨多羅三
藐三菩提是人雖作如是演説心實不信有
如來性為利養故隨文而説如是説者名為
惡人如是惡人不速受果如乳成酪譬如王
使善能談論巧於方便奉命他國寧喪身命
終不匿王所説言教智者之尒於凡夫中不
惜身命要必宣説大乘方等如來秘藏一切
衆生皆有佛性善男子有一闡提作羅漢像
住於空處誹謗方等大乘經典諸凡夫人見

上博 05 (3260)　大般涅槃經卷第九　(25－9)

衆生皆有佛性善男子有一闡提作羅漢像
住於空處誹謗方等大乘經典諸凡夫人見
已皆謂真阿羅漢是大菩薩摩訶薩是一闡
提惡比丘輩住阿蘭若處壞阿蘭若法見他
得利心生嫉妬作如是言所有方等大乘經
典悉是天魔波旬所説之説如來是無常法
毀滅正法破壞衆僧復作是言波旬所説非
善順説作是宣説耶惡之法是人作惡不即
受報如乳成酪灰覆火上愚輕蹈之如是人
者謂一闡提是故當知大乘方等微妙經典
必定清淨如摩尼珠投之濁水水即為清大
乘經典之復如是復次善男子譬如蓮華為
日所照無不開敷一切衆生之復如是若得
見聞大涅槃日未發心者皆悉發心為菩提
因是故我説大涅槃光所入毛孔必為妙因
彼一闡提雖有佛性而為無量罪垢所纏不
能得出如蠶處繭以是業緣不能得生菩提
妙因流轉生死無有窮已
復次善男子如優鉢羅華鉢頭摩華拘牟頭
華分陁利華生淤泥中而不為彼淤泥所汙
若有衆生修大涅槃微妙經典之復如是雖
有煩惱終不為彼煩惱所汙何以故以知如
來性相力故善男子譬如有國多清涼風若
觸衆生身諸毛孔能除一切鬱蒸之惱此大
乘典大涅槃經之復如是遍入一切衆生毛
孔為作菩提微妙因緣除一闡提何以故非
法器故
復次善男子譬如良醫解八種藥滅一切病

上博 05 (3260)　大般涅槃經卷第九　(25－10)

法器故
復次善男子譬如良醫解八種藥滅一切病
唯不能除阿薩闍病一切契經禪定三昧亦
復如是能治一切貪恚愚癡諸煩惱病能拔
煩惱毒刺等箭而不能治犯四重禁五無間
罪善男子復有良醫過八種術能除衆生所
有疾苦唯不能治必死之病是大涅槃大乘
經典亦復如是能除衆生一切煩惱安住如
来清淨妙因未發心者令得發心唯除必死
一闡提輩復次善男子譬如良醫能以妙藥
治諸盲人令見日月星宿諸明一切色像唯
不能治生盲之人是大乘典大涅槃經亦復
如是能為聲聞緣覺之人開發慧眼令其安
住無量無邊大乘經典未發心者謂犯四禁
五無間罪悉能令發菩提之心唯除生盲一
闡提輩復次善男子譬如良醫善解八術為
治衆生一切病苦種種方藥隨病興之所謂
吐下塗身灌鼻若薰若洗若丸若散一切諸
藥而貧愚人不欲服之良醫慈念即將是人
還其舍宅強與令服以藥力故所患得除女
人產難兒衣不出若服此藥兒衣即出亦令
嬰兒安樂無患是大乘典大涅槃經亦復如
是所至之處若至舍宅能除衆生無量煩惱
犯四重禁五無間罪未發心者悉令發心除
一闡提
迦葉菩薩白佛言世尊犯四重禁及五無間
名極重惡譬如斷截多羅樹頭更不復生是
等未發菩提之心云何能與作菩提因佛言

上博 05 (3260)　大般涅槃經卷第九　(25－11)

名極重惡譬如斷截多羅樹頭更不復生是
等未發菩提之心云何能與作菩提因佛言
善男子是諸衆生若於夢中夢墮地獄受諸
苦惱即生悔心哀哉我等自招此罪若我今
得脫是罪者必定當發菩提之心我今所見
最是極惡從是寤已即知正法有大果報如
彼嬰兒漸漸長大常作是念是醫最良善解
方藥我本處胎與我母藥母以藥故身得安
隱以是因緣我命得全奇哉我母受大苦惱
滿足十月懷抱我身既生之後推乾去濕除
去不淨大小便利乳餔長養將護我身以是
義故我當報恩色養侍衛隨順供養犯四重
禁及無間罪臨命終時念是大乘大涅槃經
雖墮地獄畜生餓鬼天上人中如是經典亦
為是人作菩提因除一闡提復次善男子譬
如良醫及良醫子所知深奧出過諸醫善知
除毒無上呪術若惡毒蛇若龍若蝮以諸呪
術呪藥令良以此良藥用塗革屣以此革屣
觸諸毒虫毒為之消唯除一毒名曰大龍是
大乘典大涅槃經亦復如是若有衆生犯四
重禁五無間罪悉能消滅令住菩提如藥革
屣能消衆毒未發心者能令發心安住無上
菩提之道是彼大乘大涅槃經威神藥故令
諸衆生生於安樂唯除大龍一闡提輩復次
善男子譬如有人以新毒藥用塗大鼓於衆
人中擊令發聲雖無心欲聞聞之皆死唯除
一人不橫死者是大乘典大涅槃經亦復如
是在在處處諸行衆中有聞聲者所有貪欲

上博 05 (3260)　大般涅槃經卷第九　(25－12)

一人不横死者是大乘典大涅槃經亦復如
是在在處處諸行衆中有聞聲者所有貪欲
瞋恚愚癡悉皆滅盡其中雖有无心思念是
大涅槃因緣力故能滅煩惱而結自滅犯四
重禁及五无間聞是經已亦作无上菩提因
緣漸斷煩惱除不横死一闡提輩復次善男
子譬如闇夜諸所營作一切皆息若未訖者
要待日明學大乘者雖脩契經一切諸定要
待大乘大涅槃日聞是如來微密之教然後
乃當造菩提業安住正法猶如天雨潤益增
長一切諸種成就菓實悉除飢饉多受豐樂
如來秘藏无量法雨亦復如是悉能除滅八
種熱病是經出世如彼菓實多所利益安樂
一切能令衆生見如來性如法華中八十聲
聞得受記莂成大菓實如秋收冬藏更无所
作一闡提輩亦復如是於諸善法无所營作
復次善男子譬如良醫聞他人子非人所持
尋以妙藥并遣一使勑語使言卿持此藥速
與彼人彼人若遇諸惡鬼神以藥力故悉當
遠去卿若遲晚吾當自往終不令彼枉横死
也若彼病人得見使者及吾威德衆苦當除
得安隱樂是大乘典大涅槃經亦復如是若
比丘比丘尼優婆塞優婆夷及諸外道有能
受持如是經典讀誦通利復為他人分別廣
說若自書寫令他書寫斯等皆為菩提因緣
若犯四禁及五逆罪若為耶鬼毒惡所持聞
是經典所有諸惡悉皆消滅如見良醫惡鬼遠

上博 05 (3260)　大般涅槃經卷第九　(25－13)

是經典所有諸惡悉皆消滅如見良醫惡鬼遠
去當知是人是真菩薩摩訶薩也何以故
暫得聞是大涅槃故亦以生念如來常故暫
得聞者尚得如是何況書寫受持讀誦除一
闡提其餘皆是菩薩摩訶薩復次善男子譬
如聾人不聞音聲一闡提輩亦復如是雖復
欲聽是妙經典而不得聞所以者何无因緣
故復次善男子譬如良醫一切醫方无不通
達兼復廣知无量呪術是醫見王作如是言
大王今者有必死病其王答言卿不見我腹
内之事云何而言有必死病醫復白言若不
見信應服下藥既下之後王自驗之王不肯
服尒時良醫以呪術力令王隱處遍生瘡皰
兼復癕下虫血雜出王見是已生大怖懼讚
彼良醫善哉善哉汝先所白吾不用之今乃
知汝於吾此身作大利益恭敬是醫猶如父
母是大乘典大涅槃經亦復如是於諸衆生
有欲无欲悉能令彼煩惱崩落是諸衆生乃
至夢中夢見是經恭敬供養譬如大王恭敬
良醫是大良醫知必死者終不治之是大乘
典大涅槃經亦復如是終不能治一闡提輩
復次善男子譬如良醫善知八種悉能療治
一切諸病唯不能治必死之人諸佛菩薩亦
復如是悉能救療一切有罪唯不能治必死
之人一闡提輩復次善男子譬如良醫善知
八種微妙經術復能博達過於八種以己所
知先教其子若水若陸山谷藥草悉令識知
如是漸漸教八事已次復教餘冣上妙術如

上博 05 (3260)　大般涅槃經卷第九　(25－14)

八種微妙經術須能博達遍於八種以己所
知先教其子若水若陸山谷藥草悉令識知
如是漸漸教八事已次復教餘最上妙術如
來應供正遍知亦復如是先教其子諸比丘
等方便除滅一切煩惱脩學淨身不堅固想
謂水陸山谷水者譬身受苦如水上泡陸者
譬身不堅如芭蕉樹山谷者譬煩惱中脩无
我想以是義故身名无我如來如是於諸弟
子漸漸教學九部經法令善通利然後教學
如來祕藏為其子故說如來常如是說
大乘典大涅槃經為諸衆生已發心者及未
發心作菩提因除一闡提如是善男子是大
乘典大涅槃經无量无數不可思議未曾有
也當知即是无上良醫最尊最勝衆經中王
復次善男子譬如大船從海此岸至於彼岸
復從彼岸還至此岸如來正覺亦復如是乘
大涅槃大乘寶船周旋往反濟度衆生在在
處處有應度者悉令得見如來之身以是義
故如來名曰无上船師譬如有船則有船師
有船師則有衆生度於大海如來常住化度
衆生亦復如是復次善男子譬如有人在大
海中乘船欲度若得順風須臾之間則能得
過无量由延若不得者雖復久住經无量歲
不離本處有時船壞沒水而死衆生如是在
彼愚癡生死大海乘諸行船若得值遇大般
涅槃猛利之風則能疾至无上道岸若不值
遇當久流轉无量生死或時破壞墮於地獄
畜生餓鬼復次善男子譬如有人不遇風王

上博 05 (3260)　大般涅槃經卷第九　(25－15)

畜生餓鬼復次善男子譬如有人不遇風王
久住大海作是思惟我等今者必在此死如
是念時忽遇利風隨順度海復作是言快哉
是風未曾有也令我等輩安隱得過大海之
難衆生如是久住愚癡生死大海困苦窮悴
未遇如是大涅槃風則應生念我等必定墮
於地獄畜生餓鬼是諸衆生思惟是時忽遇
大乘大涅槃風隨順吹向入於阿耨多羅三
藐三菩提方知真實生奇特想歎言快哉我
從昔來未曾見聞如是如來微密之藏尒乃
於是大涅槃經生清淨信
復次善男子如虵脫皮為死滅不不也世尊
善男子如來亦尒方便示現棄捨毒身可言
如來无常滅耶不也世尊如來於此閻浮提
中方便捨身如彼毒虵捨於故皮是故如來
名為常住復次善男子譬如金師得好真金
隨意造作種種諸器如來亦尒於廿五有悉
能示現種種色身為化衆生拔生死故是故
如來名无邊身雖復示現種種諸身亦名常
住无有變易
復次善男子如菴羅樹及閻浮提樹一年三
變有時生華光色敷榮有時生葉滋茂蓊鬱
有時彫落狀似枯死善男子於意云何是樹
實為枯死不耶不也世尊善男子如來亦尒
於三界中亦三種身有時初生有時長大有
時涅槃而如來身實非无常迦葉菩薩讚言
善哉誠如聖言如來常住无有變易善男子
如來密語甚深難解譬如大王告諸群臣先

上博 05 (3260)　大般涅槃經卷第九　(25－16)

如来密語甚深難解譬如大王告諸羣臣先
陁婆来先陁婆者一名四實一者鹽二者器
三者水四者馬如是四物共同一名有智之
臣善知此名若王洗時索先陁婆即便奉水
若王食時索先陁婆即便奉鹽若王食已欲
飲漿時索先陁婆即便奉器若王欲遊索先
陁婆即便奉馬如是智臣善解大王四種密
語是大乘經亦復如是有四无常大乘智臣
應當善知若佛出世為衆生說如来涅槃智
臣當知此是如来為計常者說无常相欲令
比丘脩无常想或復說言正法當滅智臣應
知此是如来為計樂者說於苦相欲令比丘
多脩苦想或復說言我今病苦衆僧破壞智
臣當知此是如来為計我者說无我相欲令
比丘脩无我想或復說言所謂空者是正解
脫智臣當知此是如来說正解脫无廿五有
欲令比丘脩學空相以是義故是正解脫則
名為空亦名不動謂不動者是解脫中无有
苦故是故不動是正解脫為无有相謂无相
者无有色聲香味觸等故名无相是正解脫
常不變易是解脫中无有无常熱惱變易
是故解脫名曰常住不變清涼或復說言一
切衆生有如来性智臣當知此是如来說於
常法欲令比丘脩无常法是諸比丘若能如
是隨脩學者當知是人真我弟子善知如来
微密之藏如彼大王智慧之臣善知王意善
男子如是大王亦有如是密語之法何況如
来而當无邪善男子是故如来微密之教難

上博 05 (3260)　大般涅槃經卷第九　(25－17)

男子如是大王亦有如是密語之法何況如
来而當无邪善男子是故如来微密之教難
可得知唯有智者乃能解我甚深佛法非是
世間凡夫品類所能信也
復次善男子如波羅奢樹迦尼迦樹阿叔迦
樹值天亢旱不生華實及餘水陸所生之物
皆悉枯悴无有潤澤不能增長一切諸藥无
復勢力善男子是大乘典大涅槃經亦復如
是於我滅後有諸衆生不能恭敬无有威德
何以故是諸衆生不知如来微密藏故所以
者何以是衆生薄福德故復次善男子如来
正法將欲滅盡尒時多有行惡比丘不知如
来微密之藏嬾墯懈怠不能讀誦宣揚分別
如来正法譬如癡賊棄捨真寶擔負草木不
解如来微密藏故於是經中懈怠不懃哀哉
大險當来之世甚可怖畏苦哉衆生不懃聽
受是大乘典大涅槃經唯諸菩薩摩訶薩能
於是經取真實義不著文字隨順不逆為衆
生說復次善男子如牧牛女為欲賣乳貪多
利故加二分水轉賣與餘牧牛女人彼女得
已復加二分轉復賣與近城女人彼女得已
復加二分轉復賣與城中女人彼女得已復
加二分詣市賣之時有一人為子納婦急須
好乳以供賓客至市欲買是賣乳者多索價
直是人語言此乳多水實不直是值我今日
瞻侍賓客是故當取取已還家煑用作糜无
復乳味雖无乳味於苦味中猶勝千倍何以
故乳之為味諸味中最善男子我涅槃後正

上博 05 (3260)　大般涅槃經卷第九　(25－18)

復乳味雖无乳味於苦味中稍勝千倍何以
故乳之為味諸味中最善男子我涅槃後正
法未滅餘八十年尒時是經於閻浮提當廣
流布是時當有諸惡比丘抄略是經分作多
分能滅正法色香美味是諸惡人雖復誦讀
如是經典滅除如來深密要義安置世間莊
嚴文飾无義之語抄前著後抄後著前前後
著中中著前後當知如是諸惡比丘是魔伴
侶受畜一切不淨之物而言如來悉聽我畜
如牧牛女多加水乳諸惡比丘亦復如是雜
以世語錯定是經令多衆生不得正說正寫
正取尊重讚歎供養恭敬是惡比丘為利養
故不能廣宣流布是經所可分流少不足言
如彼牧牛貧窮女人展轉賣乳乃至作糜而
无乳味是大乘典大涅槃經亦復如是展轉
薄淡无有氣味雖无氣味猶勝餘經是踰千
倍如彼乳味於諸苦味其勝千倍何以故是
大乘典大涅槃經於聲聞經最為上首譬如
牛乳味中最勝以是義故名大涅槃
復次善男子若善男子善女人等无有不求
男子身者何以故一切女人皆是衆惡之所
住處復次善男子如蚊蚋水不能令此大地
潤洽其女人者婬欲難滿亦復如是譬如大
地一切作丸令如芥子如是等男與一女人
共為欲事猶不能足假使男子數如恒沙與
一女人共為欲事亦復不足善男子譬如大
海一切天雨百川衆流皆悉歸注而彼大海
未曾滿足女人之法亦復如是假使一切悉

上博 05 (3260) 大般涅槃經卷第九 (25－19)

海一切天雨百川衆流皆悉歸注而彼大海
未曾滿足女人之法亦復如是假使一切悉
為男子與一女人共為欲事而亦不足復次
善男子如阿恕迦樹波吒羅樹迦尼迦樹春
華開敷蜂䖳取色香細味不知猒足女人
欲男亦復如是不知猒足善男子以是義故
諸善男子善女人等聽是大乘大涅槃經常
應呵責女人之相求於男子何以故是大經
典有丈夫相所謂佛性若人不知是佛性者
則无男相所以者何不能自知有佛性故若
有不能知佛性者我說是等名為女人若能
自知有佛性者我說是人為大丈夫若有女
人能知自身定有佛性當知是等即為男子
善男子是大乘典大涅槃經无量无邊不可
思議功德之聚何以故以說如來祕密藏故
是故善男子善女人若欲速知如來密藏應
當方便懃脩此經迦葉白佛言世尊如是如
是如佛所說我今已有丈夫之相得入如來
微密藏故如來今日始覺悟我因是即得決
定通達佛言善哉善哉善男子汝今隨順世
間之法而作是說迦葉復言我不隨順世間
法也佛讚迦葉善哉善哉汝今所知无上法
味甚深難知而能得知如蜂採味汝亦如是
復次善男子如蚊子澤不能令此大地沾洽
當來之世是經流布亦復如是如彼蚊澤正
法欲滅是經先當沒於此地當知即是正法
衰相復次善男子譬如過夏初月名秋秋雨
連注此大乘典大涅槃經亦復如是為彼南

上博 05 (3260) 大般涅槃經卷第九 (25－20)

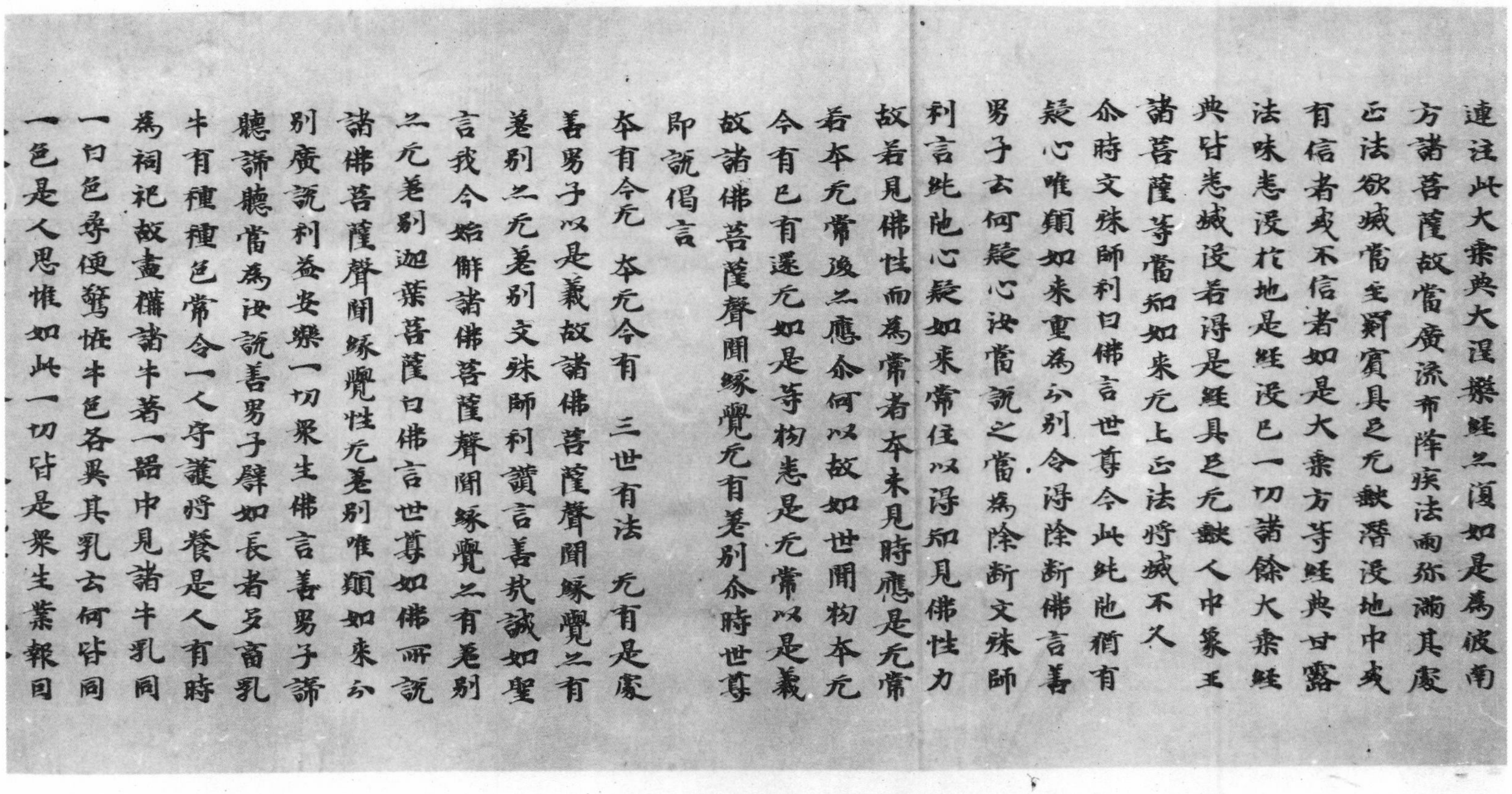
違注此大乘典大涅槃經之復如是爲彼南
方諸菩薩故當廣流布降疾法雨彌滿其處
正法欲滅當至罽賓具足无缺潛沒地中或
有信者或不信者如是大乘方等經典甘露
法味悉沒於地是經沒已一切諸餘大乘經
典皆悉滅沒若得是經具足无缺人中象王
諸菩薩等當知如來无上正法將滅不久
尒時文殊師利白佛言世尊今此純陀猶有
疑心唯願如來重爲分別令得除斷佛言善
男子云何疑心汝當說之當爲除斷文殊師
利言純陀心疑如來常住以得知見佛性力
故若見佛性而爲常者本未見時應是无常
若本无常後亦應尒何以故如世閒物本无
今有已有還无如是等物悉是无常以是義
故諸佛菩薩聲聞緣覺无有差別尒時世尊
即說偈言
本有今无　本无今有　三世有法　无有是處
善男子以是義故諸佛菩薩聲聞緣覺亦有
差別亦无差別文殊師利讚言善哉誠如聖
言我今始解諸佛菩薩聲聞緣覺亦有差別
亦无差別迦葉菩薩白佛言世尊如佛所說
諸佛菩薩聲聞緣覺性无差別唯願如來分
別廣說利益安樂一切衆生佛言善男子諦
聽諦聽當爲汝說善男子譬如長者多畜乳
牛有種種色常令一人守護將養是人有時
爲祠祀故盡構諸牛著一器中見諸牛乳同
一白色尋便驚怪牛色各異其乳云何皆同
一色是人思惟如此一切皆是衆生業報因

上博 05 (3260)　大般涅槃經卷第九　(25－21)

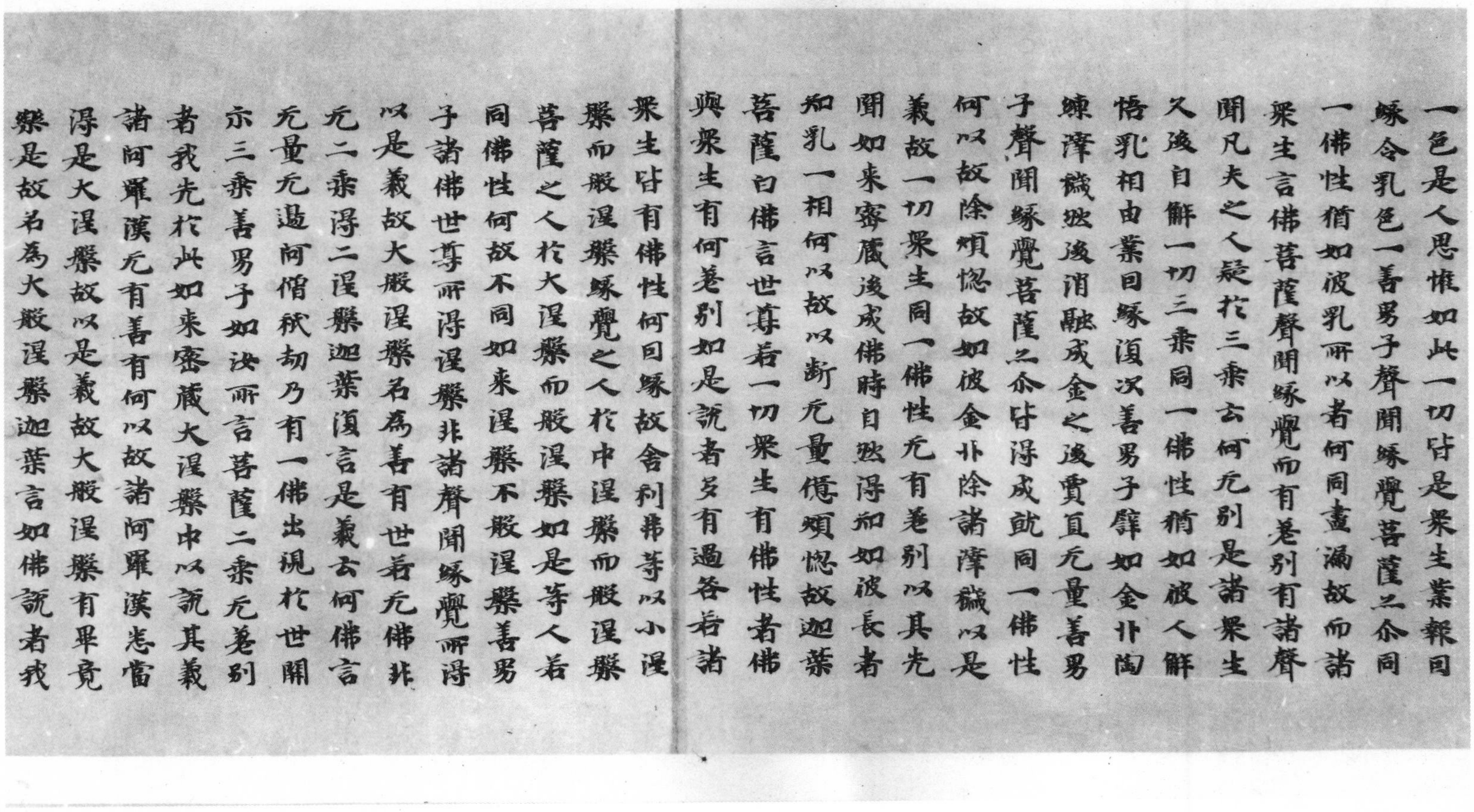
一色是人思惟如此一切皆是衆生業報因
緣令乳色一善男子聲聞緣覺菩薩亦尒同
一佛性猶如彼乳所以者何同盡漏故而諸
衆生言佛菩薩聲聞緣覺而有差別有諸聲
聞凡夫之人疑於三乘云何无別是諸衆生
久後自解一切三乘同一佛性猶如彼人解
悟乳相由業因緣復次善男子譬如金鑛
鍊滓鑛然後消融成金之後價直无量善男
子聲聞緣覺菩薩亦尒皆得成就同一佛性
何以故除煩惱故如彼金鑛除諸滓穢以是
義故一切衆生同一佛性无有差別以其先
聞如來密藏後成佛時自然得知如彼長者
知乳一相何以故以斷无量億煩惱故迦葉
菩薩白佛言世尊若一切衆生有佛性者佛
與衆生有何差別如是說者多有過咎若諸
衆生皆有佛性何因緣故舍利弗等以小涅
槃而般涅槃緣覺之人於中涅槃而般涅槃
菩薩之人於大涅槃而般涅槃如是等人若
同佛性何故不同如來涅槃不般涅槃善男
子諸佛世尊所得涅槃非諸聲聞緣覺所得
以是義故大般涅槃名爲善有世若无佛非
无二乘得二涅槃迦葉復言是義云何佛言
无量无邊阿僧祇劫乃有一佛出現於世開
示三乘善男子如汝所言菩薩二乘无差別
者我先於此如來密藏大涅槃中以說其義
諸阿羅漢无有善有何以故諸阿羅漢悉當
得是大涅槃故以是義故大般涅槃有畢竟
樂是故名爲大般涅槃迦葉言如佛說者我

上博 05 (3260)　大般涅槃經卷第九　(25－22)

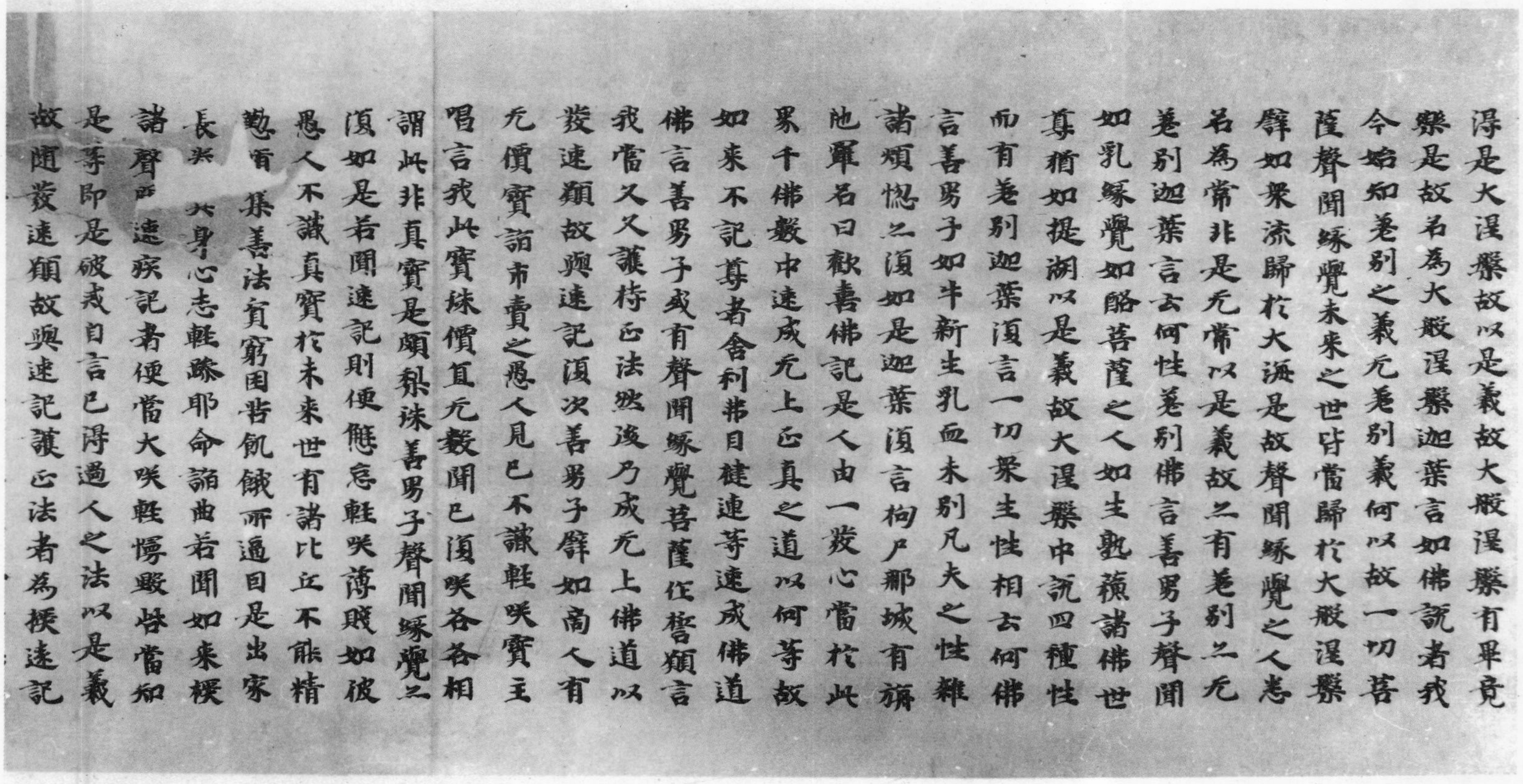

淂是大涅槃故以是義故大般涅槃有畢竟
槃是故名為大般涅槃迦葉言如佛說者我
今始知差別之義无差別義何以故一切菩
薩聲聞緣覺未來之世皆當歸於大般涅槃
譬如衆流歸於大海是故聲聞緣覺之人悉
名為常非是无常以是義故亦有差別亦无
差別迦葉言云何性差別佛言善男子聲聞
如乳緣覺如酪菩薩之人如生熟蘇諸佛世
尊猶如醍醐以是義故大涅槃中說四種性
而有差別迦葉復言一切衆生性相云何佛
言善男子如牛新生乳血未別凡夫之性雜
諸煩惱亦復如是迦葉復言拘尸那城有旃
阤羅名曰歡喜佛記是人由一發心當於此
界千佛數中速成无上正真之道以何等故
如來不記尊者舍利弗目揵連等速成佛道
佛言善男子或有聲聞緣覺菩薩作誓願言
我當久久護持正法然後乃成无上佛道以
發速願故與速記復次善男子譬如商人有
无價寶詣市賣之愚人見已不識輕笑寶主
唱言我此寶珠價直无數聞已復笑各各相
謂此非真寶是頗梨珠善男子聲聞緣覺亦
復如是若聞速記則便懈怠輕笑薄賤如彼
愚人不識真寶於未來世有諸比丘不能精
懃脩集善法貧窮困苦飢餓所逼因是出家
長養其身心志輕躁邪命諂曲若聞如來授
諸聲聞速疾記者便當大笑輕慢毀呰當知
是等即是破戒自言已淂過人之法以是義
故隨發速願故與速記護正法者為授速記

上博 05 (3260)　大般涅槃經卷第九　(25－23)

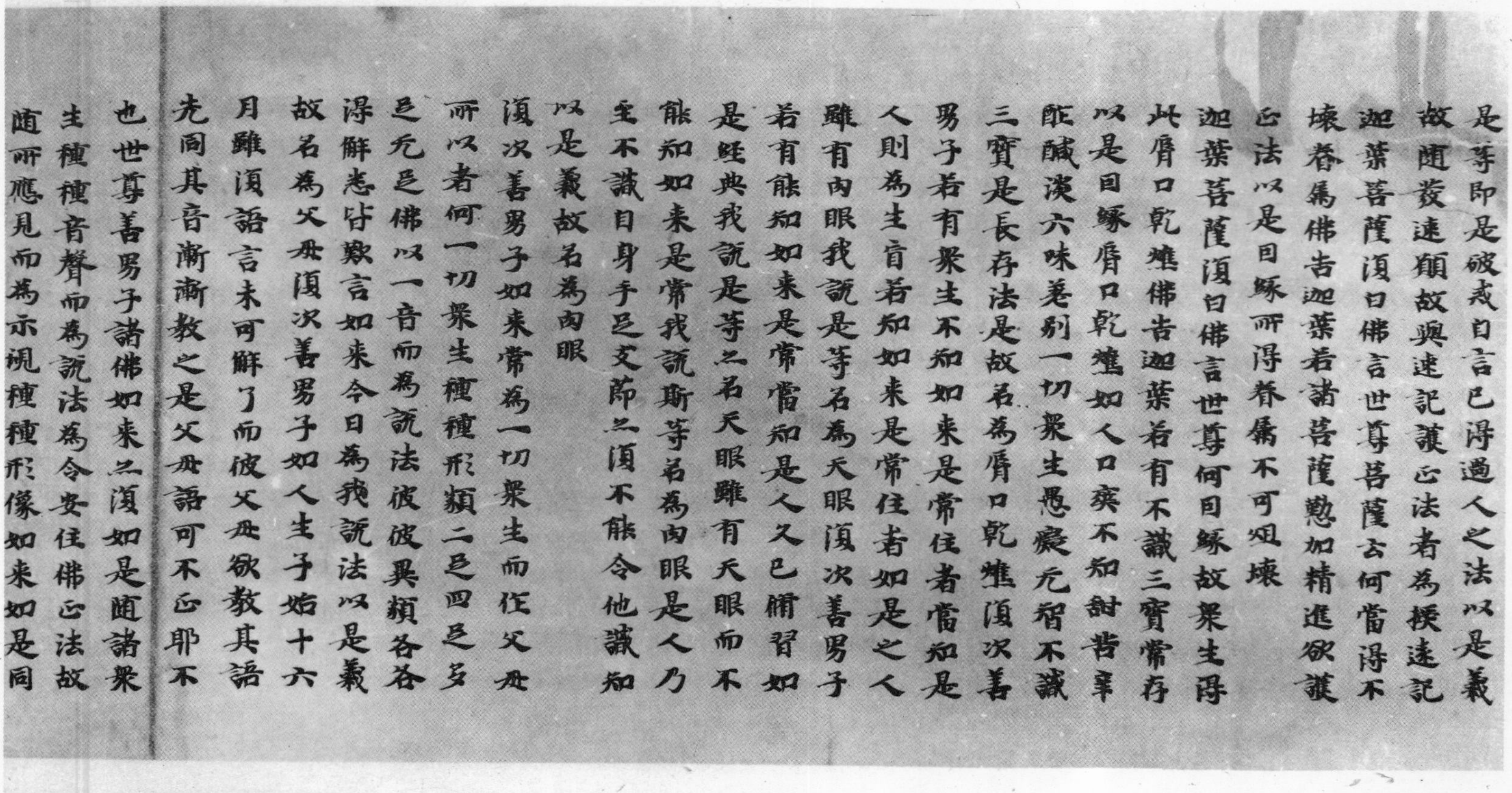

是等即是破戒自言已淂過人之法以是義
故隨發速願故與速記護正法者為授速記
迦葉菩薩復白佛言世尊菩薩云何當淂不
壞眷屬佛告迦葉若諸菩薩懃加精進欲護
正法以是因緣所淂眷屬不可沮壞
迦葉菩薩復白佛言世尊何因緣故衆生淂
此脣口乾燋佛告迦葉若有不識三寶常存
以是因緣脣口乾燋如人口爽不知甜苦辛
酢醎淡六味差別一切衆生愚癡无智不識
三寶是長存法是故名為脣口乾燋復次善
男子若有衆生不知如來是常住者當知是
人則為生盲若知如來是常住者如是之人
雖有肉眼我說是等名為天眼復次善男子
若有能知如來是常當知是人久已脩習如
是經典我說是等亦名天眼雖有天眼而不
能知如來是常我說斯等名為肉眼是人乃
至不識自身手足支節亦復不能令他識知
以是義故名為肉眼
復次善男子如來常為一切衆生而作父母
所以者何一切衆生種種形類二足四足多
足无足佛以一音而為說法彼彼異類各各
淂解悉皆歎言如來今日為我說法以是義
故名為父母復次善男子如人生子始十六
月雖復語言未可解了而彼父母欲教其語
先同其音漸漸教之是父母語可不正耶不
也世尊善男子諸佛如來亦復如是隨諸衆
生種種音聲而為說法為令安住佛正法故
隨所應見而為示現種種形像如來如是同

上博 05 (3260)　大般涅槃經卷第九　(25－24)

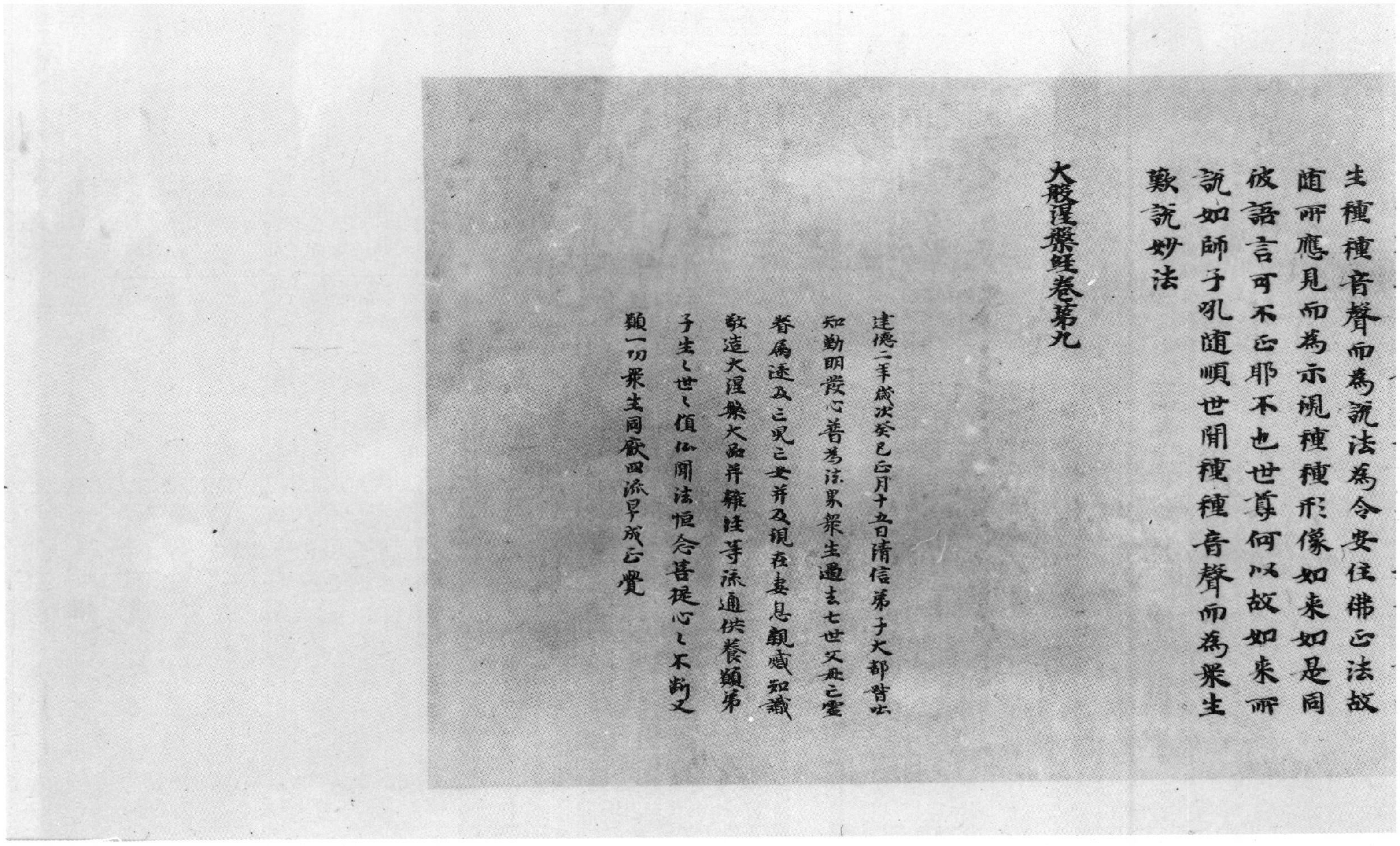
生種種音聲而為說法為令安住佛正法故
隨所應見而為示現種種形像如來如是同
彼語言可不正耶不也世尊何以故如來所
說如師子吼隨順世間種種音聲而為衆生
數說妙法
大般涅槃經卷第九
建德二年歲次癸巳正月十五日清信弟子大都督吐
知勤明發心普為法界衆生過去七世父母己靈
眷屬逮及己兒己女并及現在妻息親戚知識
敬造大涅槃大品并雜經等流通供養願弟
子生〻世〻值仏聞法恒念菩提心〻不斷又
願一切衆生同獻四流早成正覺

上博 05 (3260)　大般涅槃經卷第九　　(25－25)

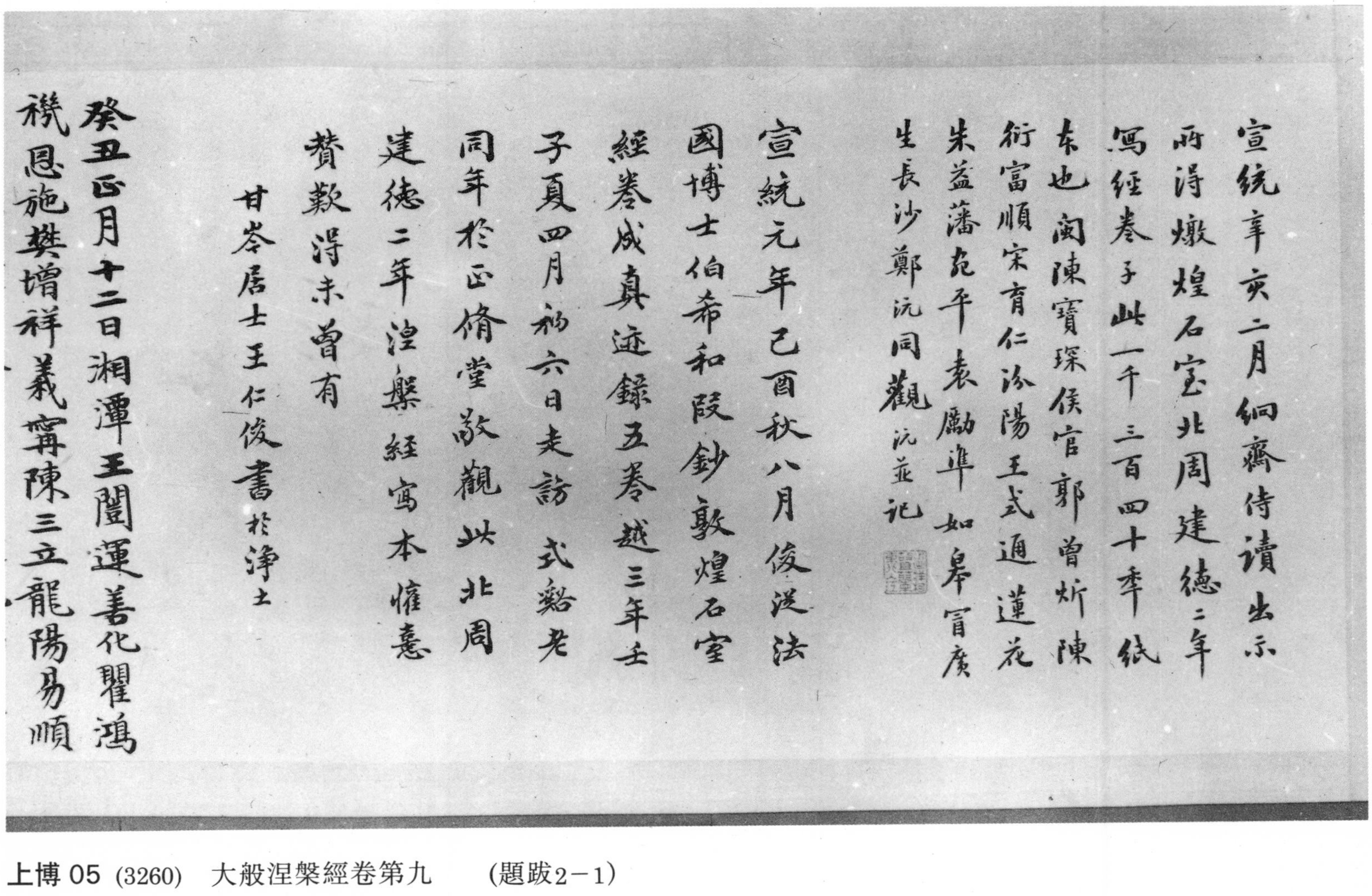
宣統辛亥二月絅齋侍讀出示
所得燉煌石室北周建德二年
寫經卷子此一千三百四十年紙
本也閩陳寶琛侯官郭曾炘陳
衍富順宋育仁汾陽王式通蓮花
朱益藩宛平袁勵準如皋冒廣
生長沙鄭沅同觀沅並記
宣統元年己酉秋八月俊從法
國博士伯希和假鈔敦煌石室
經卷成真迹錄五卷越三年壬
子夏四月初六日走訪弢翁老
同年於正脩堂敬觀此北周
建德二年涅槃經寫本惟憙
贊歎得未曾有
甘岑居士王仁俊書於淨土
癸丑正月十二日湘潭王闓運善化瞿鴻
禨恩施樊增祥義寧陳三立龍陽易順

上博 05 (3260)　大般涅槃經卷第九　　(題跋 2－1)

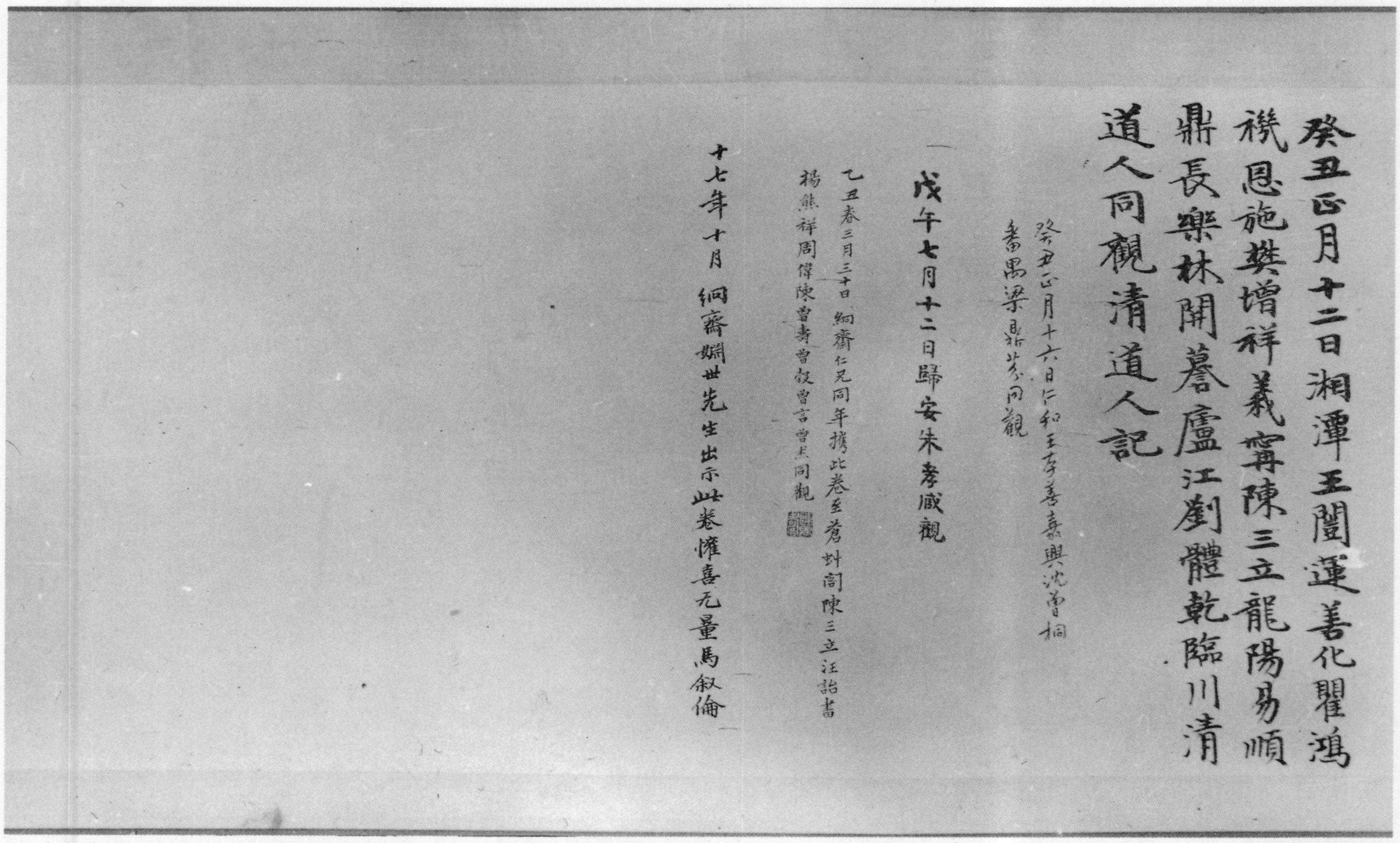
癸丑正月十二日湘潭王闓運善化瞿鴻
禨恩施樊增祥義寧陳三立龍陽易順
鼎長樂林開謩廬江劉體乾臨川清
道人同觀清道人記
癸丑正月十六日仁和王存善嘉興沈曾桐
番禺梁鼎芬同觀
戊午七月十二日歸安朱孝臧觀
乙丑春三月三十日 絅齋仁兄同年携此卷至蒼虬閣陳三立汪詒書
楊熊祥周偉陳曾壽曾叙曾言曾矩同觀
十七年十月 絅齋姻世先生出示此卷懽喜无量馬叙倫

上博 05 (3260) 大般涅槃經卷第九　　(題跋 2－2)

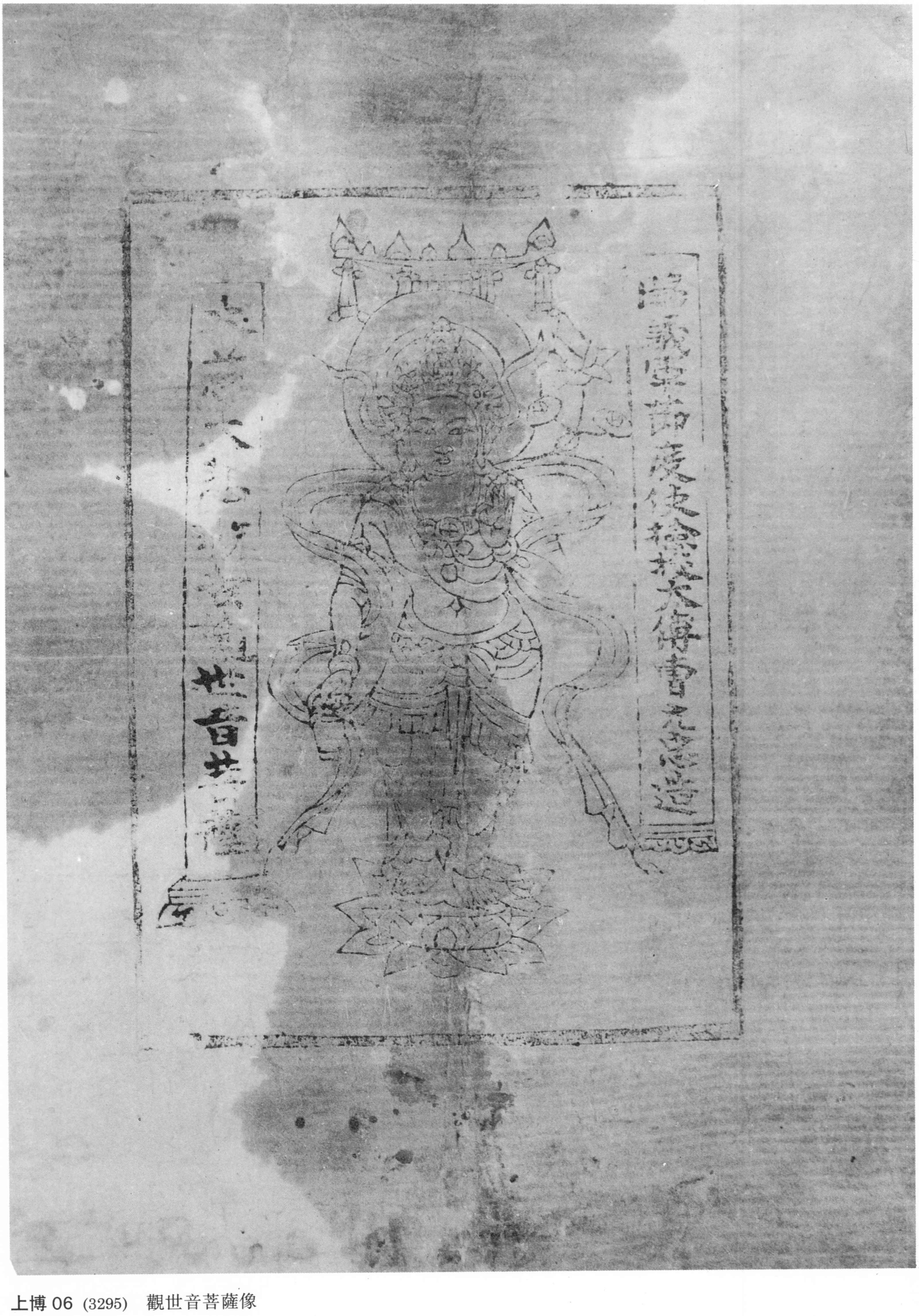

上博 06 (3295) 觀世音菩薩像

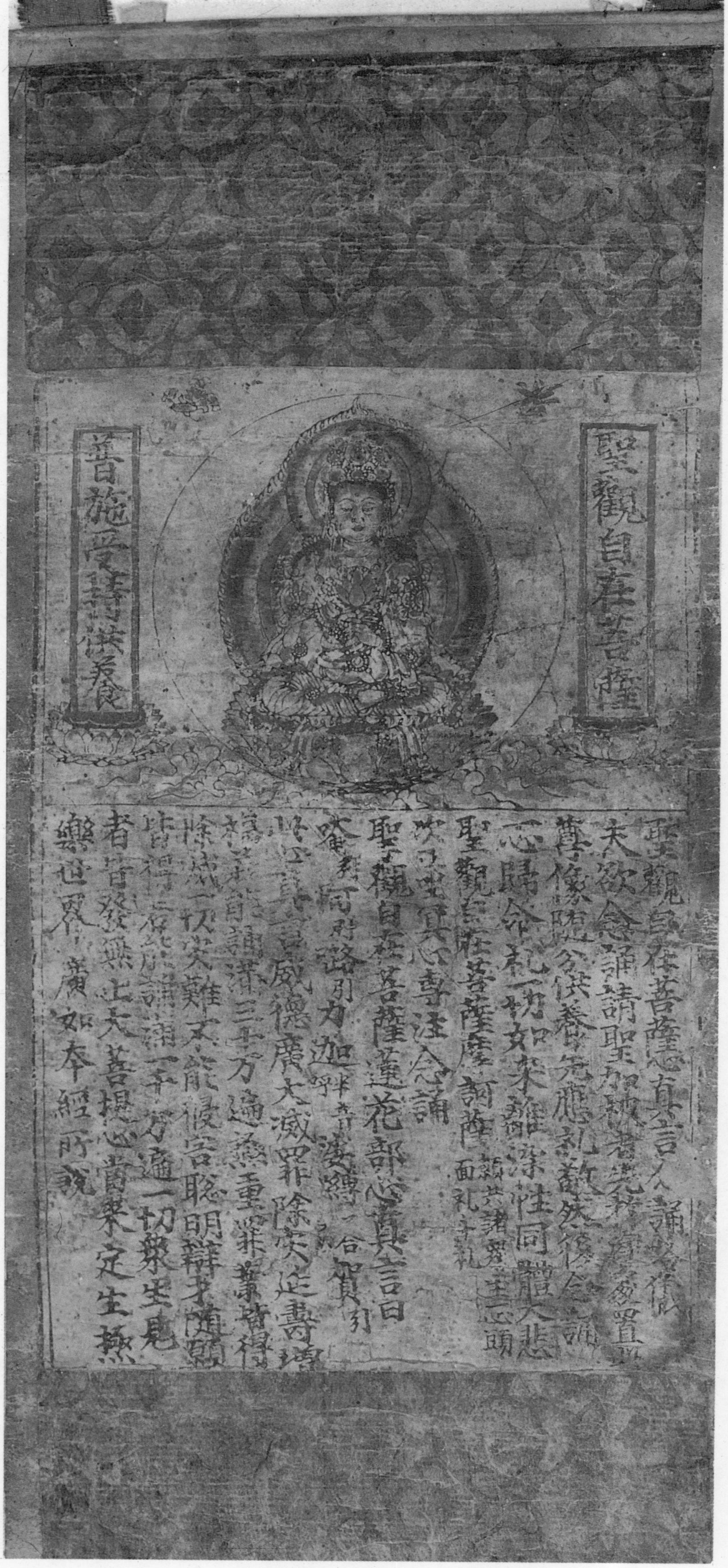

上博 07 (3296)　觀自在菩薩像

上博 08 (3297) 佛像

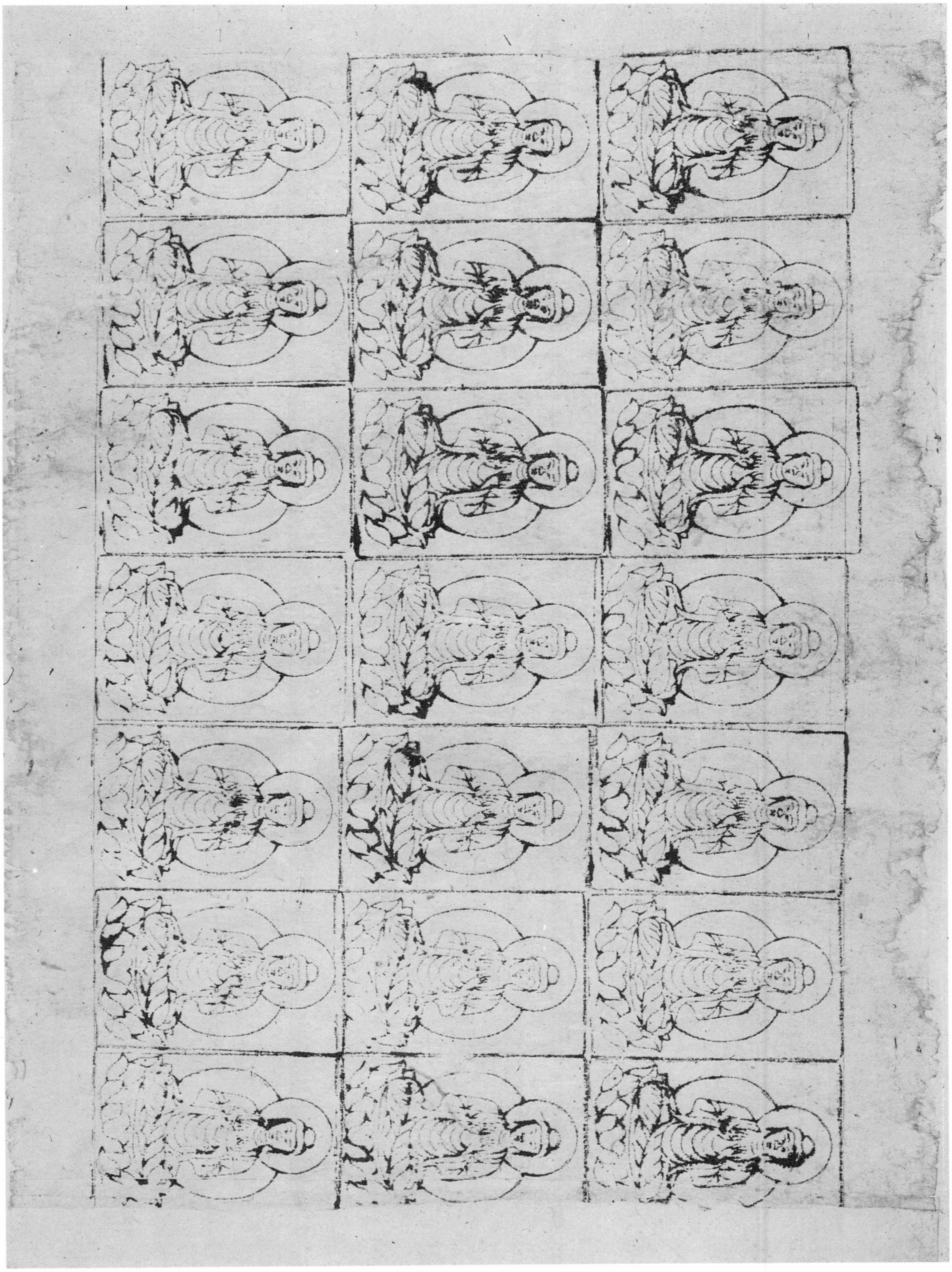

上博 09 (3298)　佛像

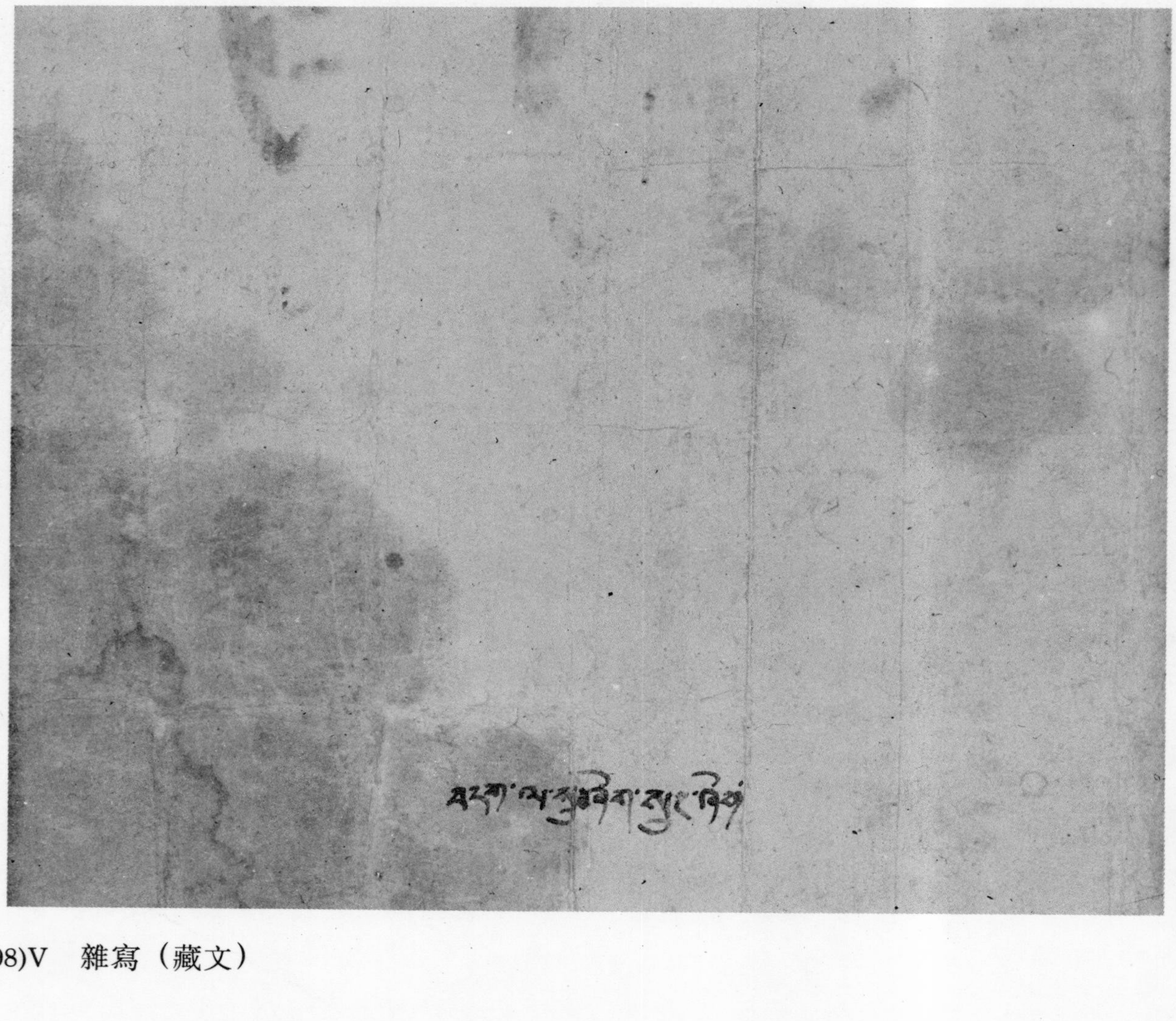

上博 09 (3298)V　雜寫（藏文）

上博 10 (3299) 佛像

上博 11 (3300) 佛像

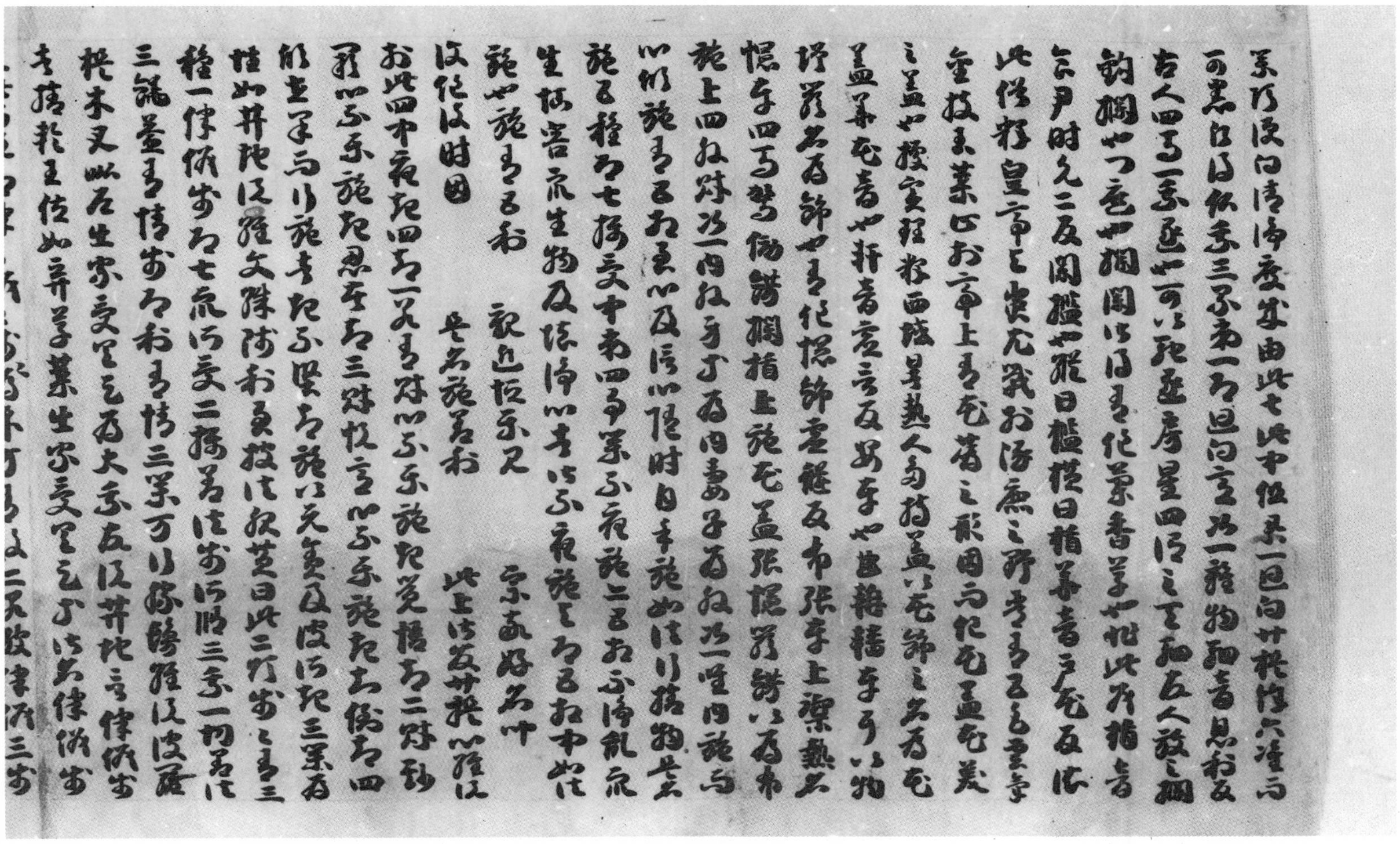

上博 12 (3303) 法花經疏卷第二 (21－1)

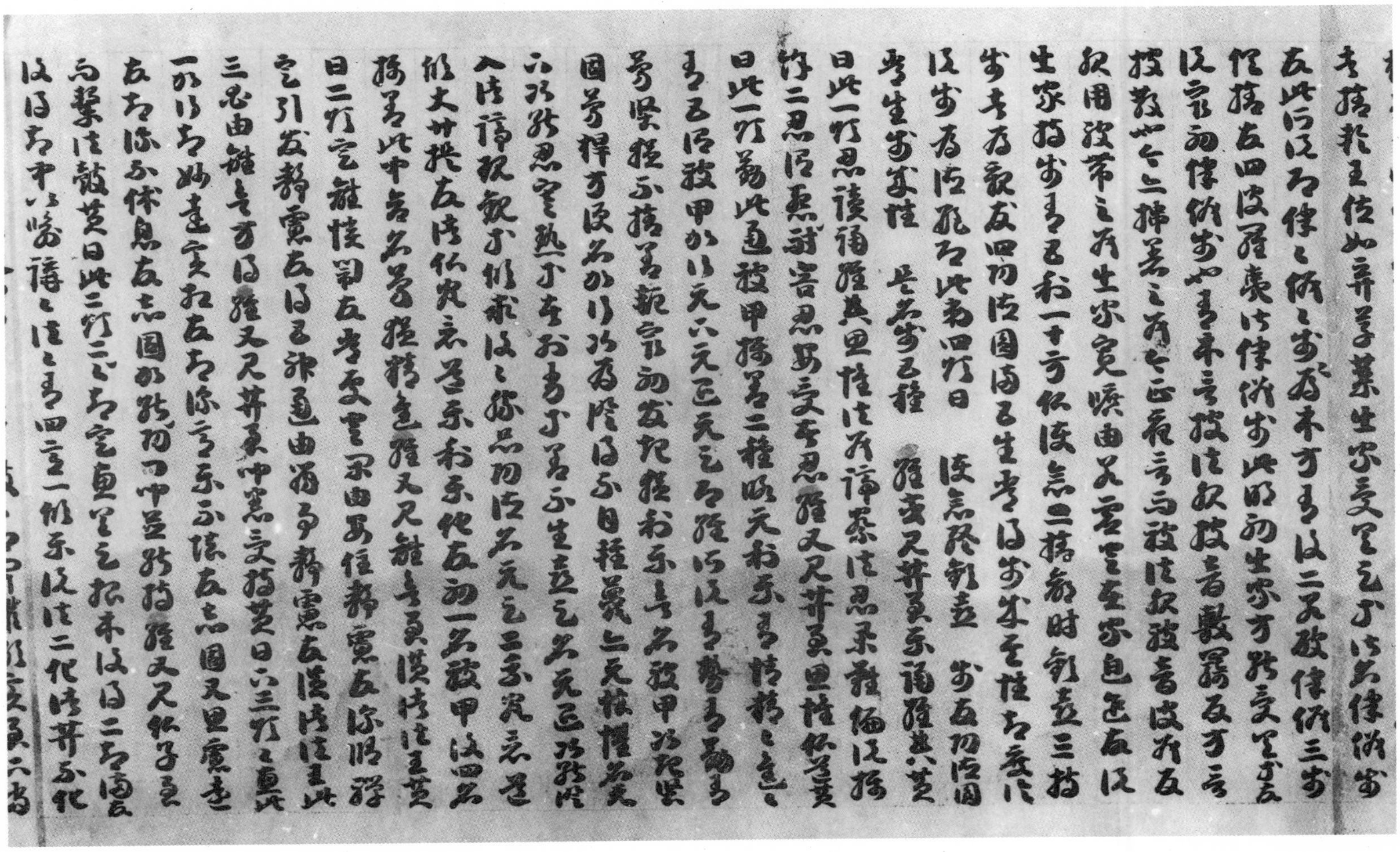

上博 12 (3303) 法花經疏卷第二 (21－2)

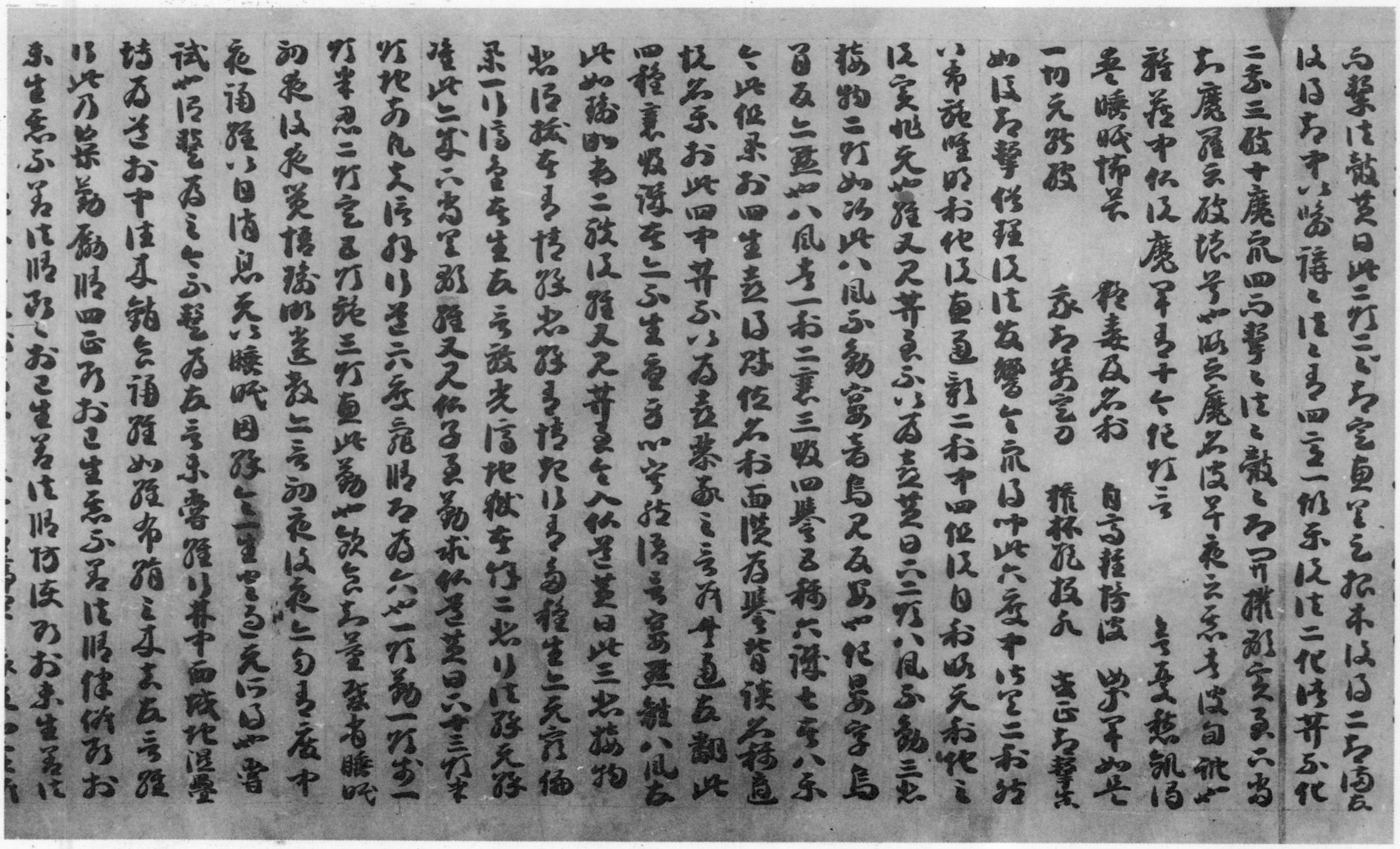

上博 12 (3303)　法花經疏卷第二　(21－3)

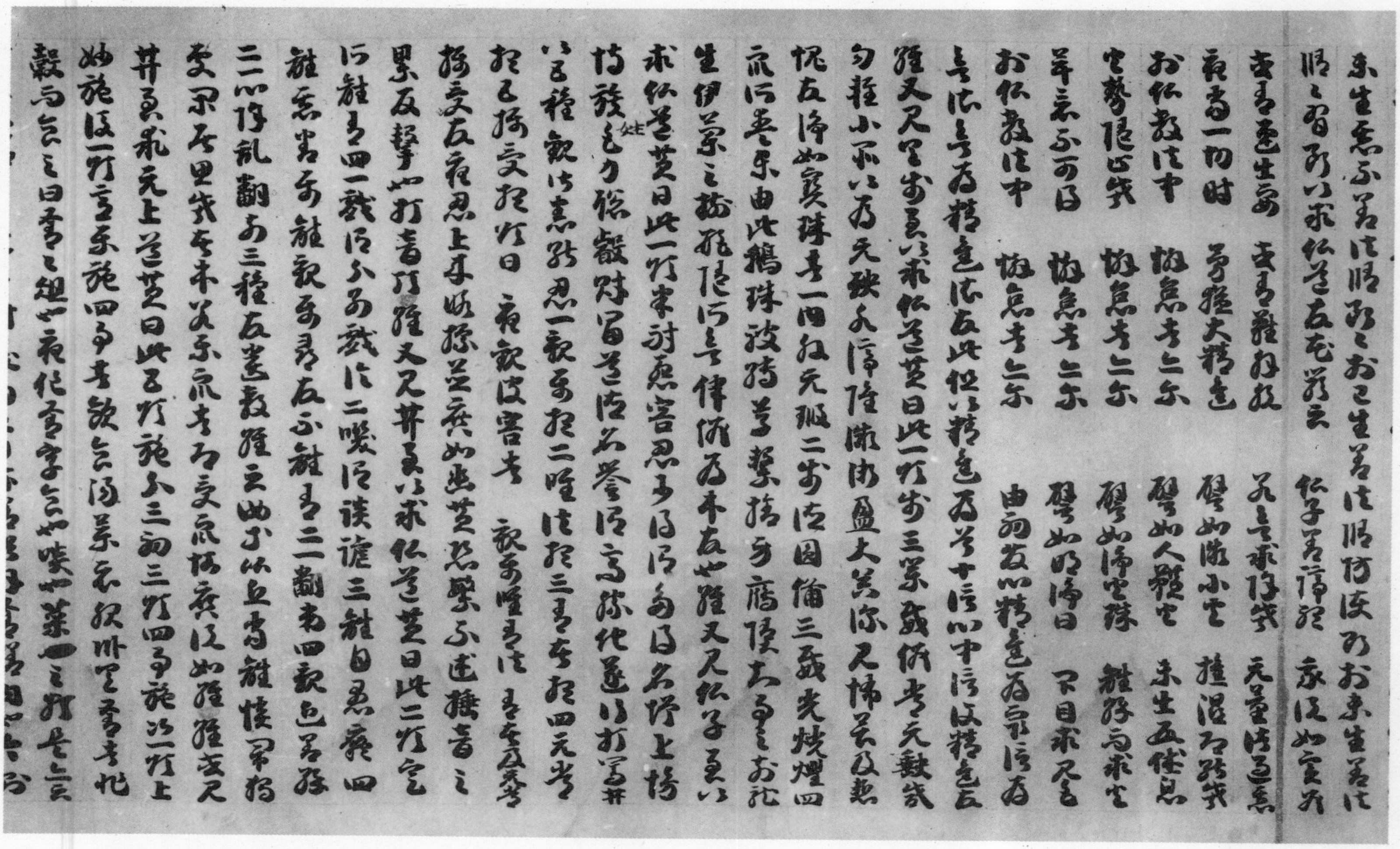

上博 12 (3303)　法花經疏卷第二　(21－4)

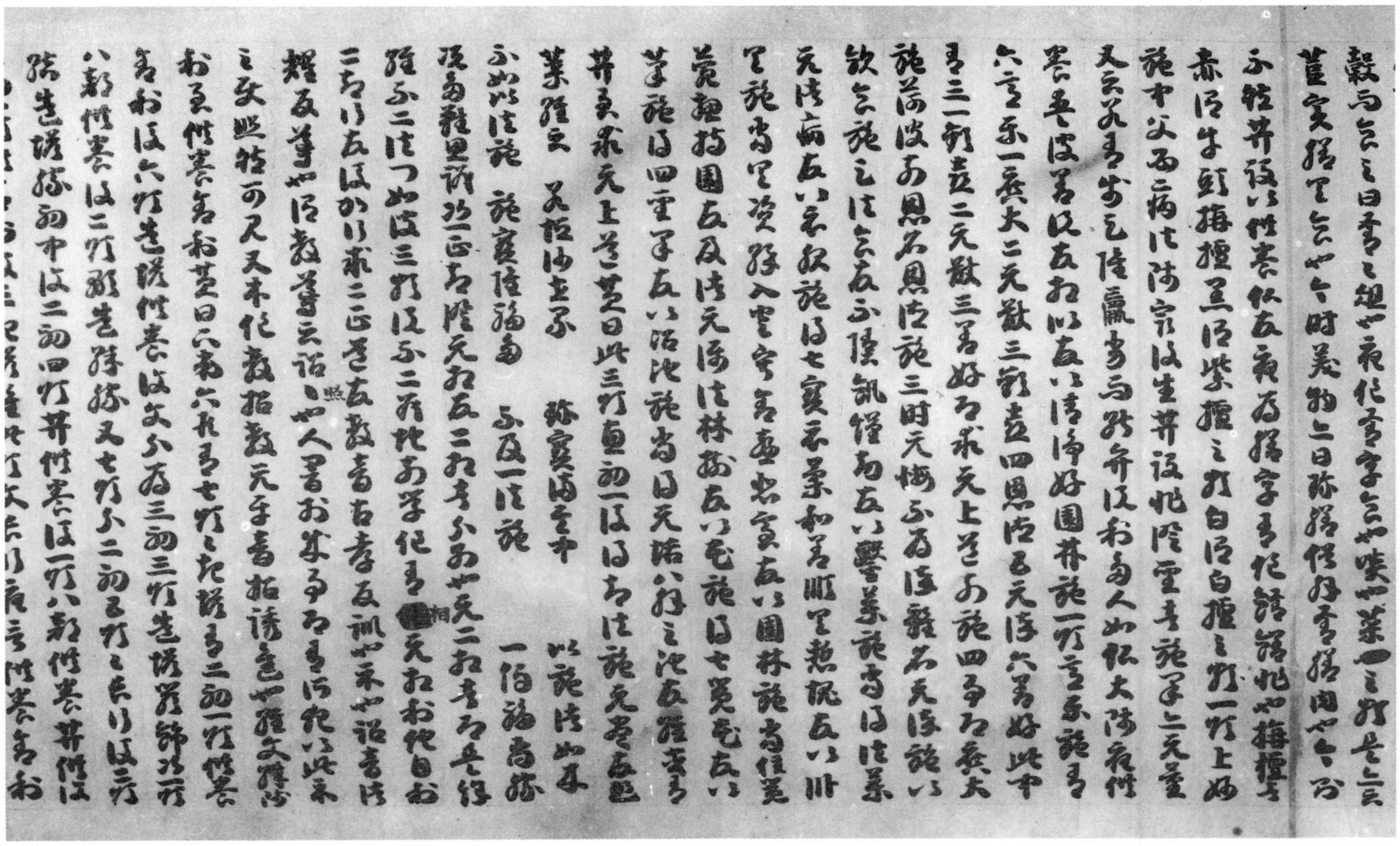

上博 12 (3303)　法花經疏卷第二　(21－5)

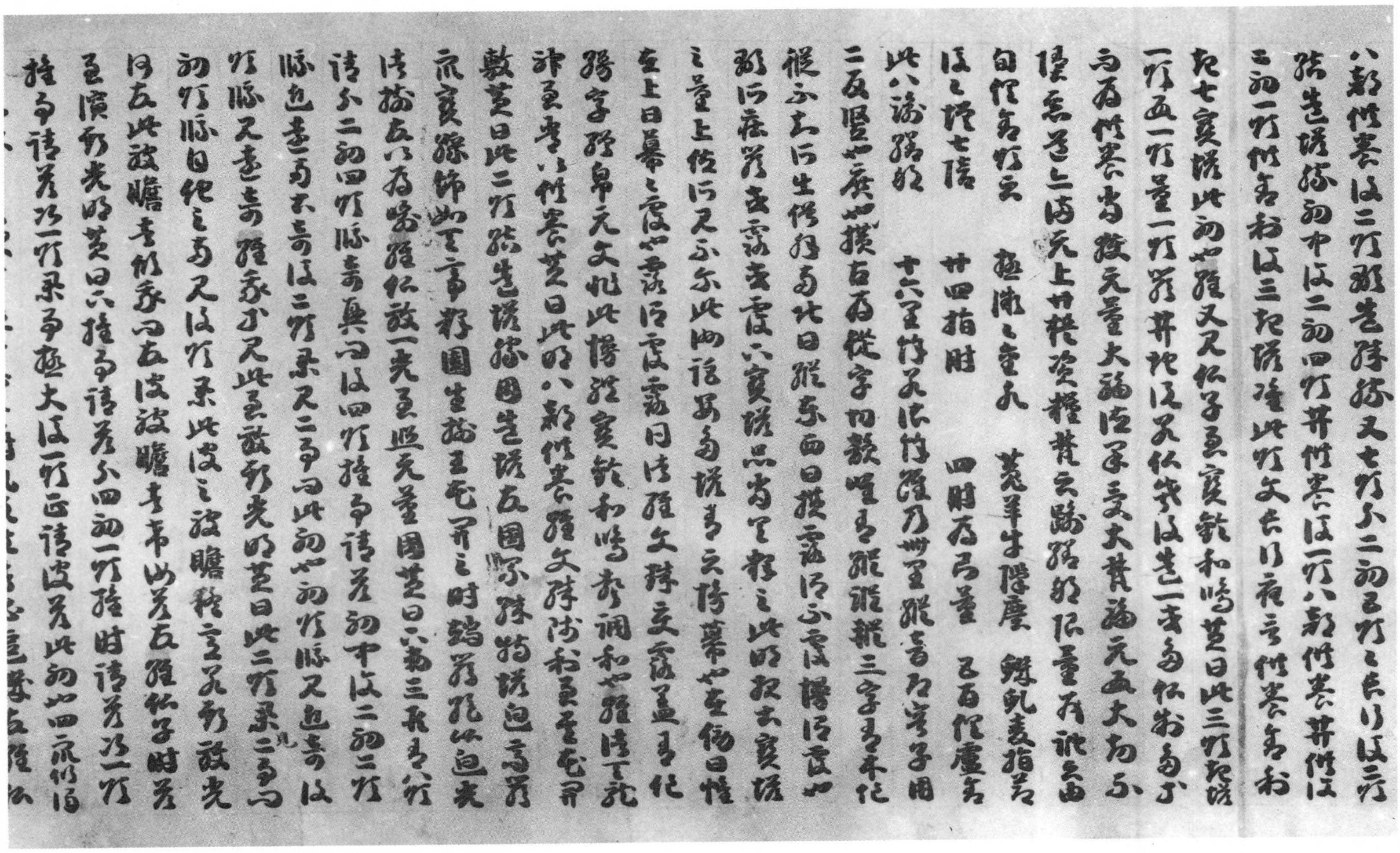

上博 12 (3303)　法花經疏卷第二　(21－6)

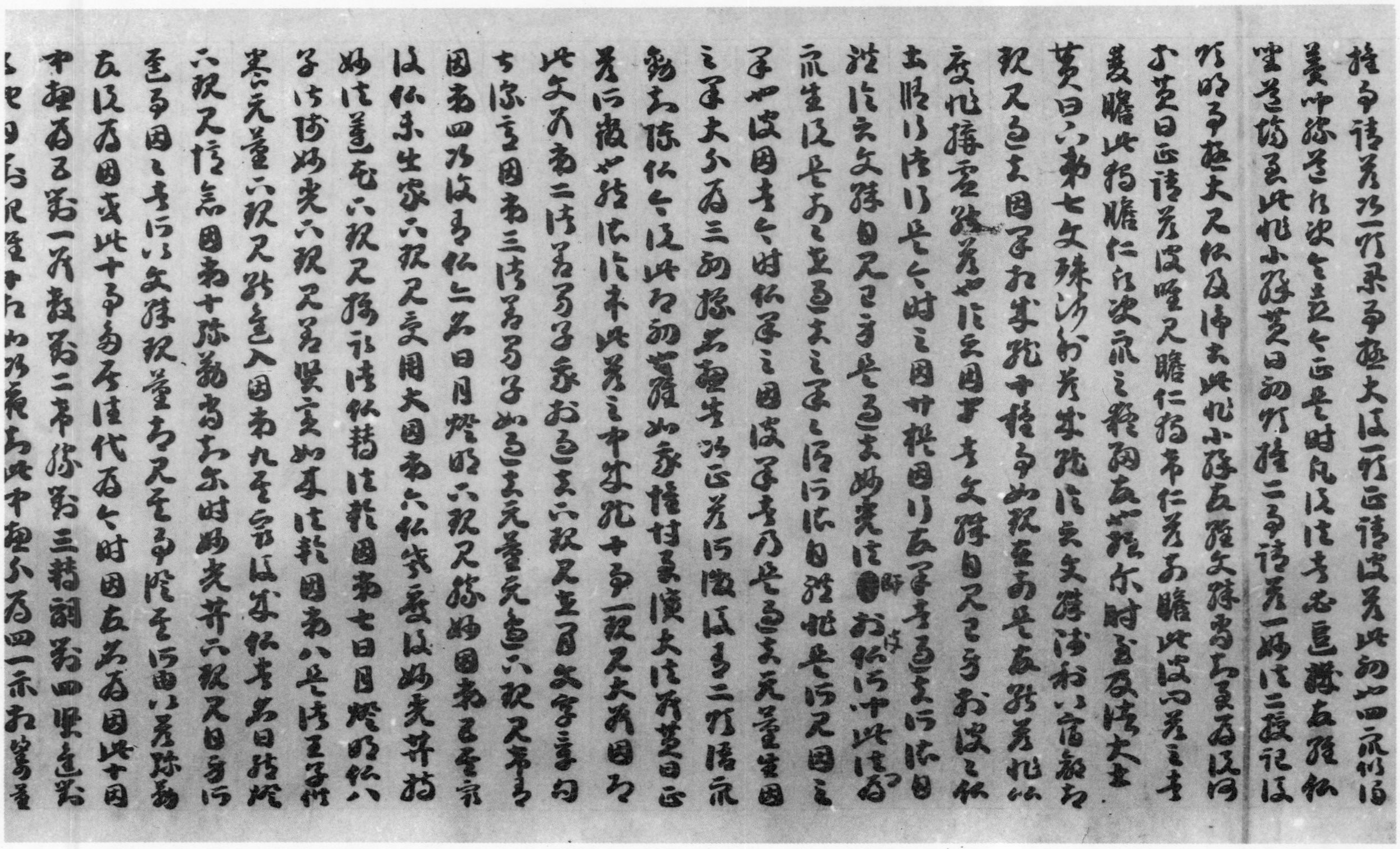

上博 12 (3303) 法花經疏卷第二 (21－7)

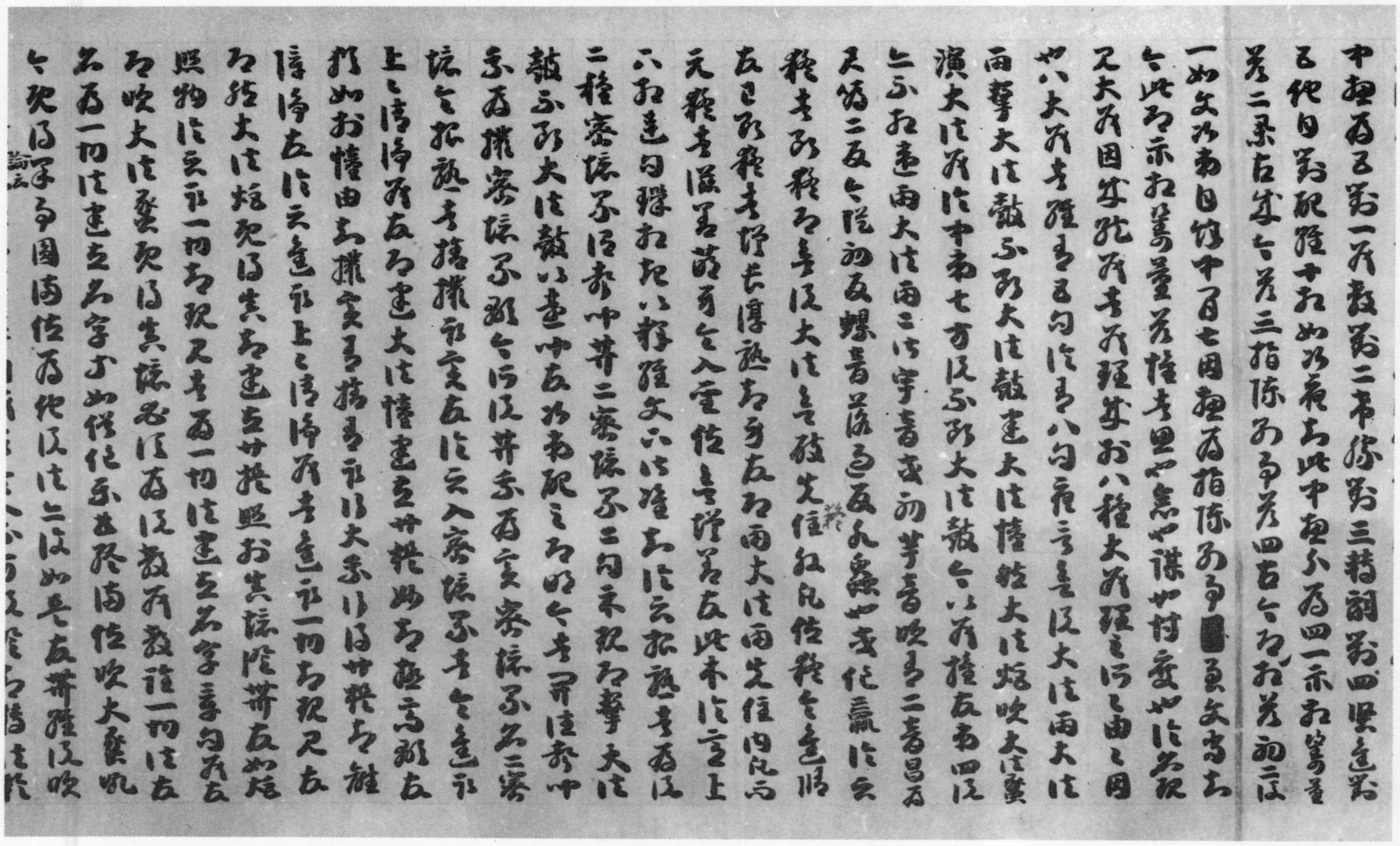

上博 12 (3303) 法花經疏卷第二 (21－8)

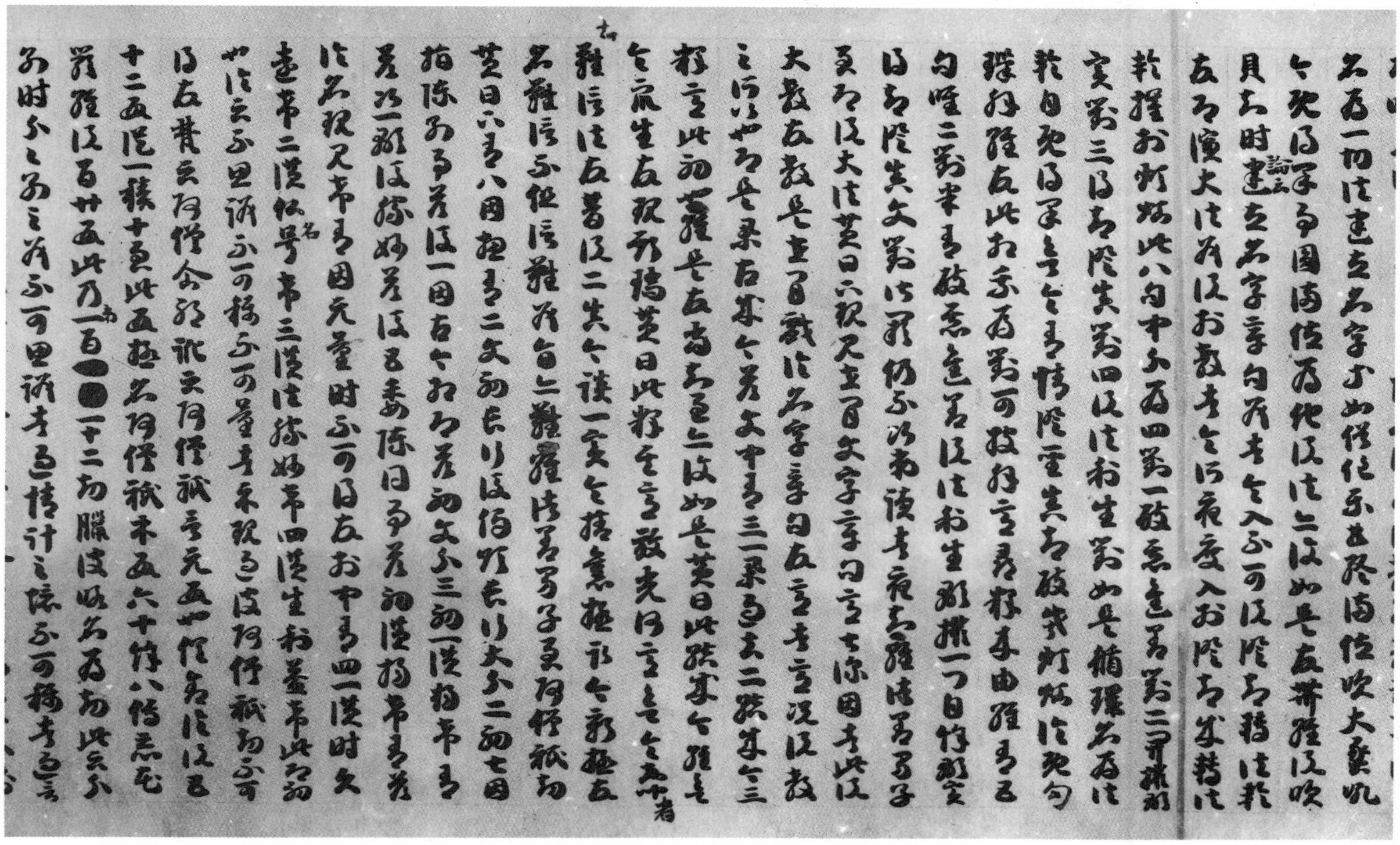

上博 12 (3303) 法花經疏卷第二 (21－9)

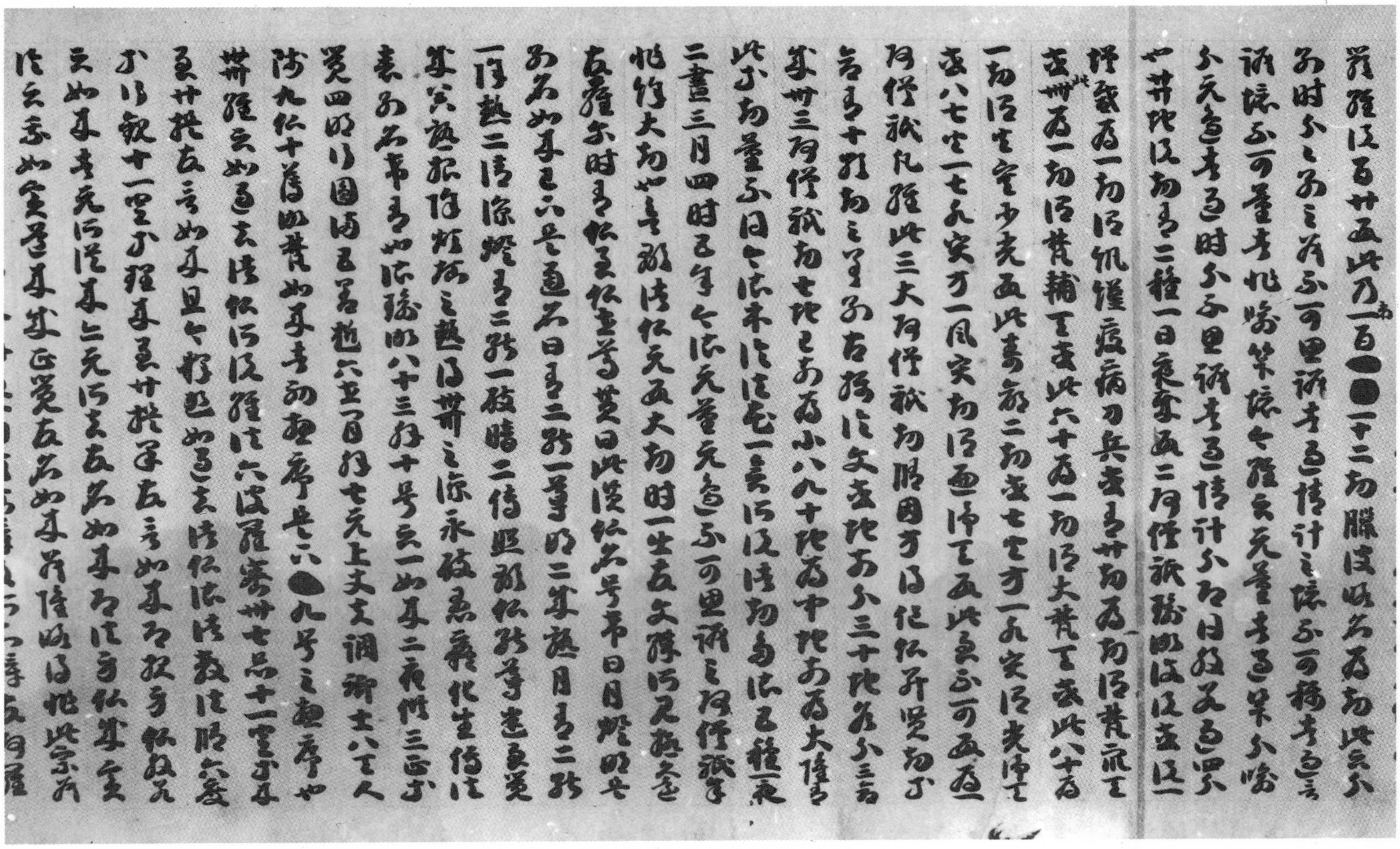

上博 12 (3303) 法花經疏卷第二 (21－10)

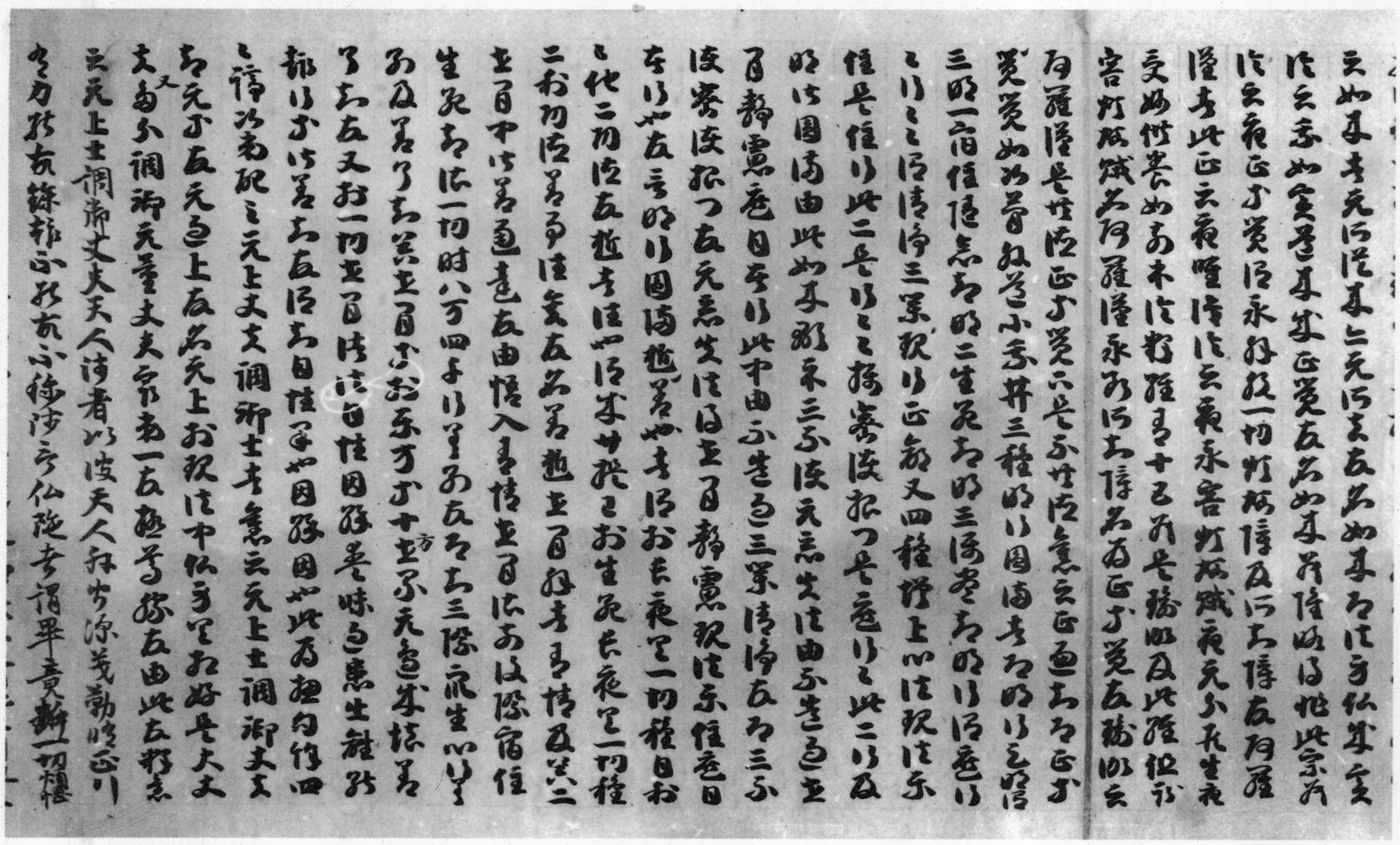

上博 12 (3303)　法花經疏卷第二　(21－11)

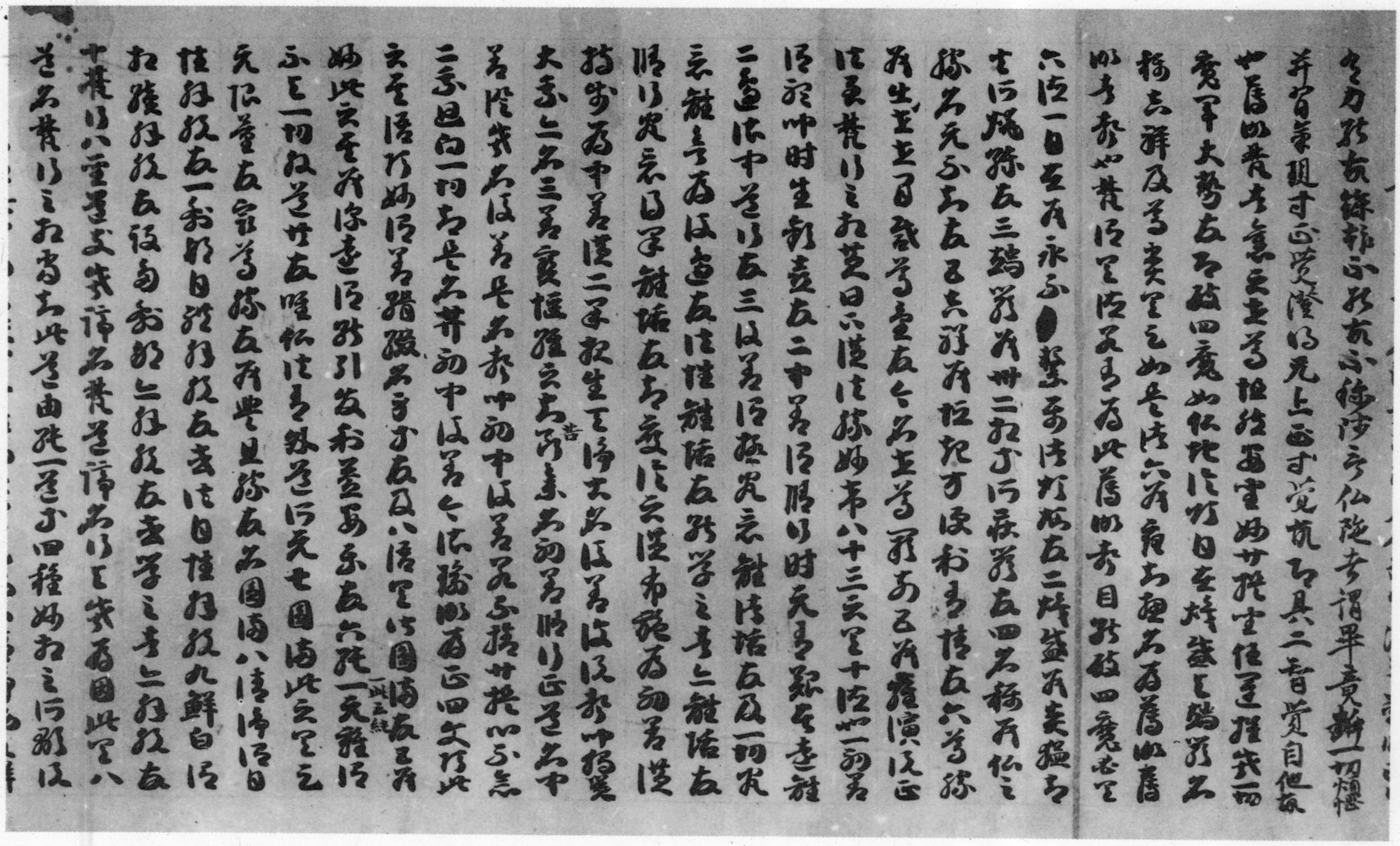

上博 12 (3303)　法花經疏卷第二　(21－12)

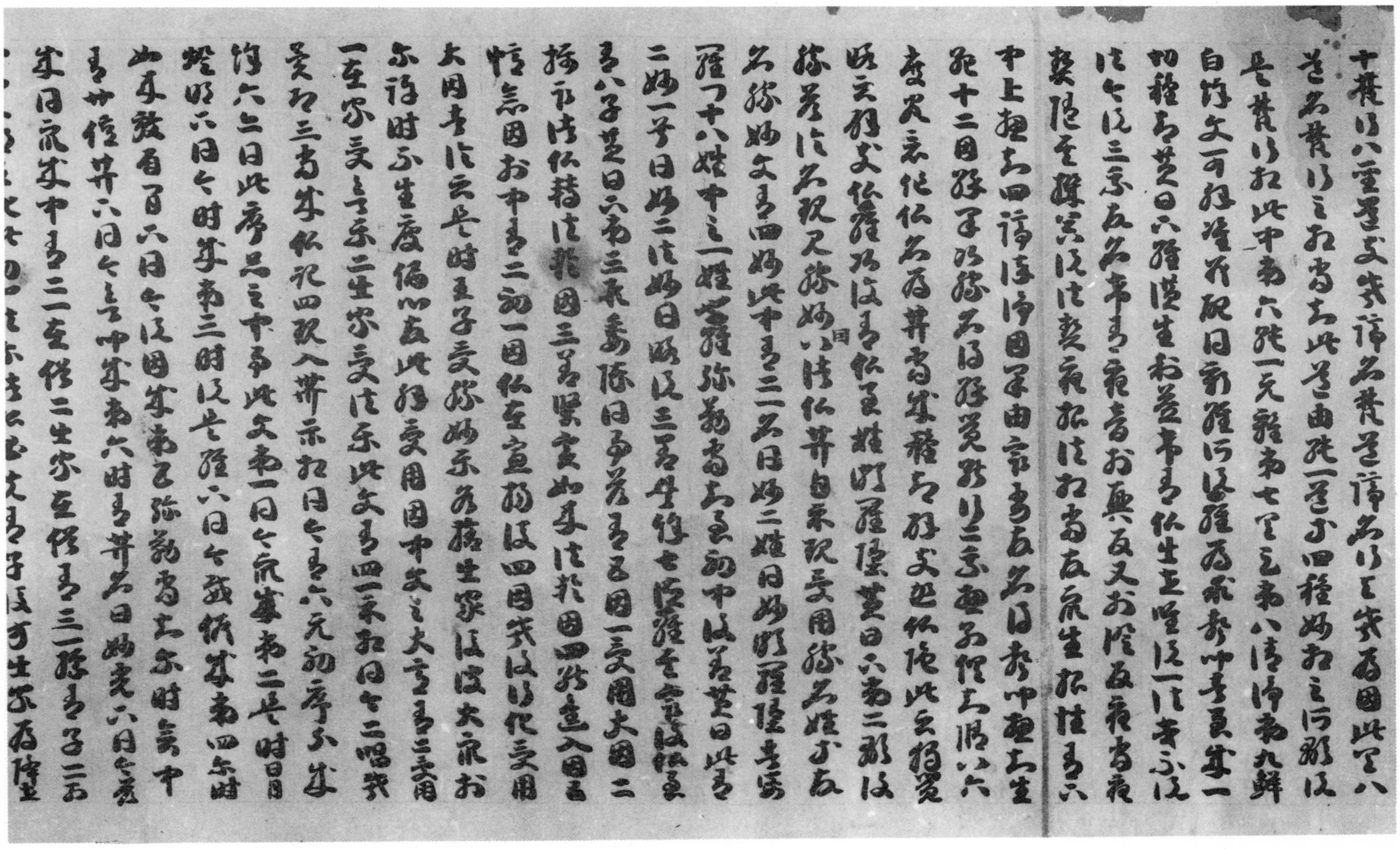

上博 12 (3303)　法花經疏卷第二　(21－13)

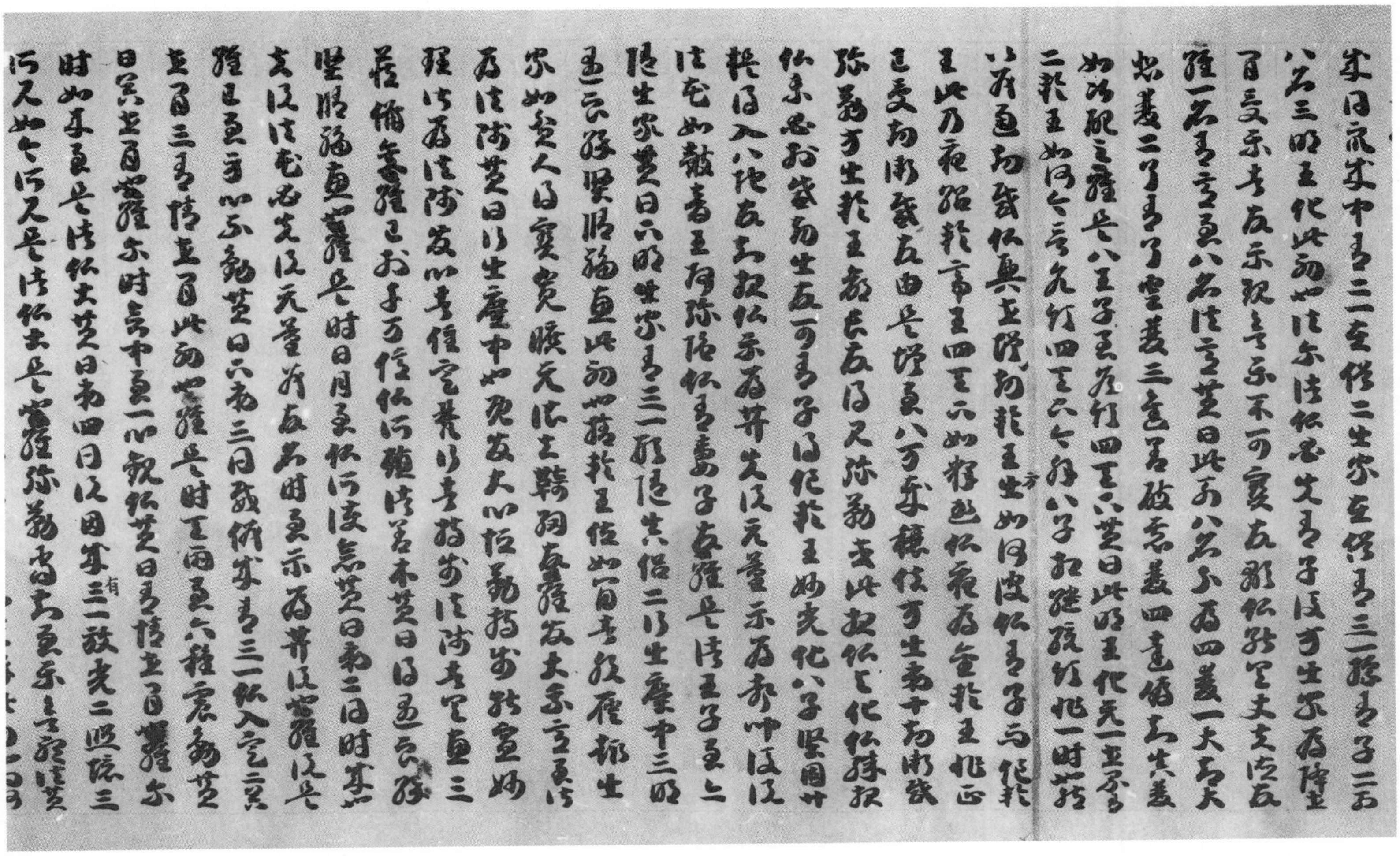

上博 12 (3303)　法花經疏卷第二　(21－14)

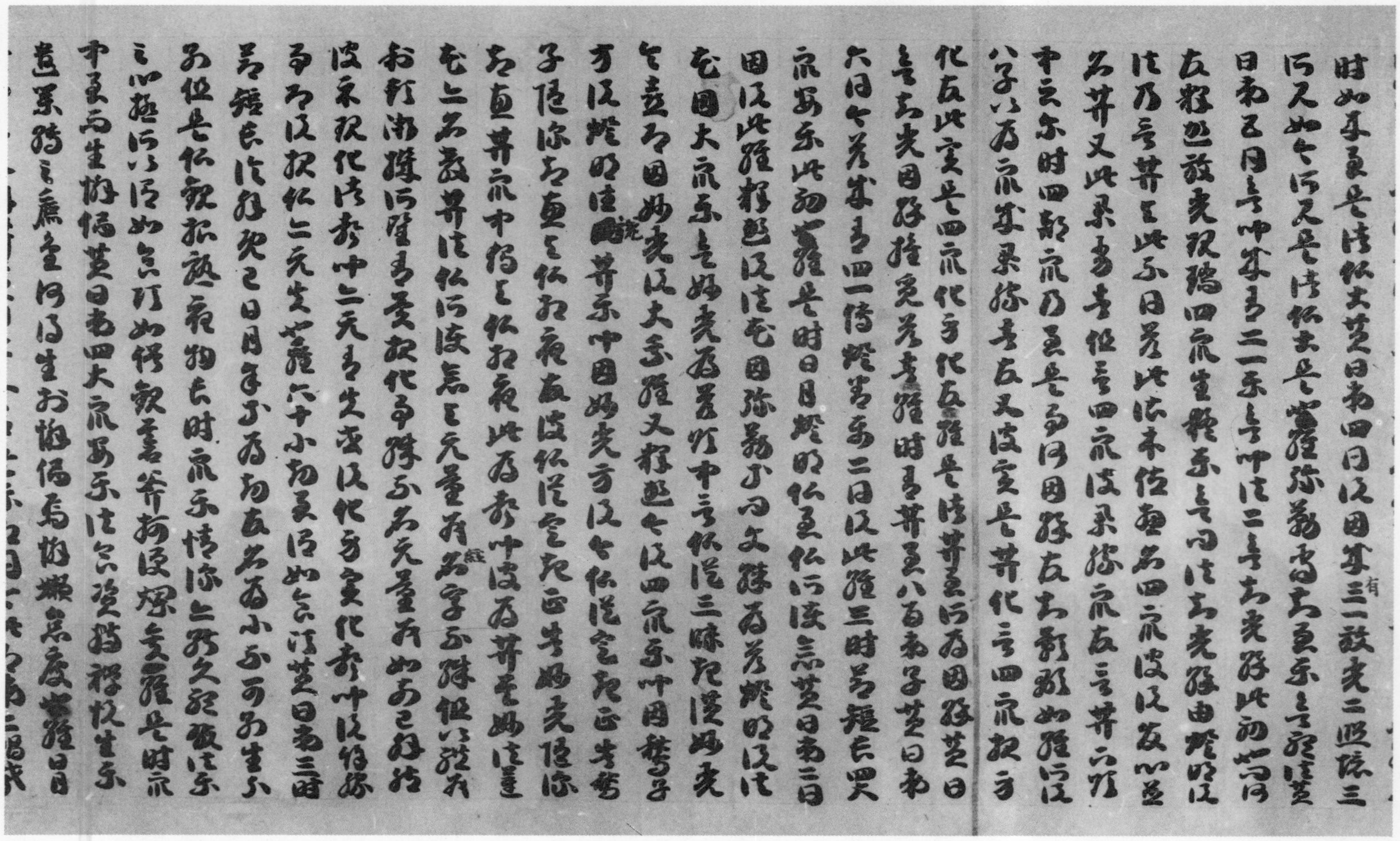

上博 12 (3303)　法花經疏卷第二　　(21－15)

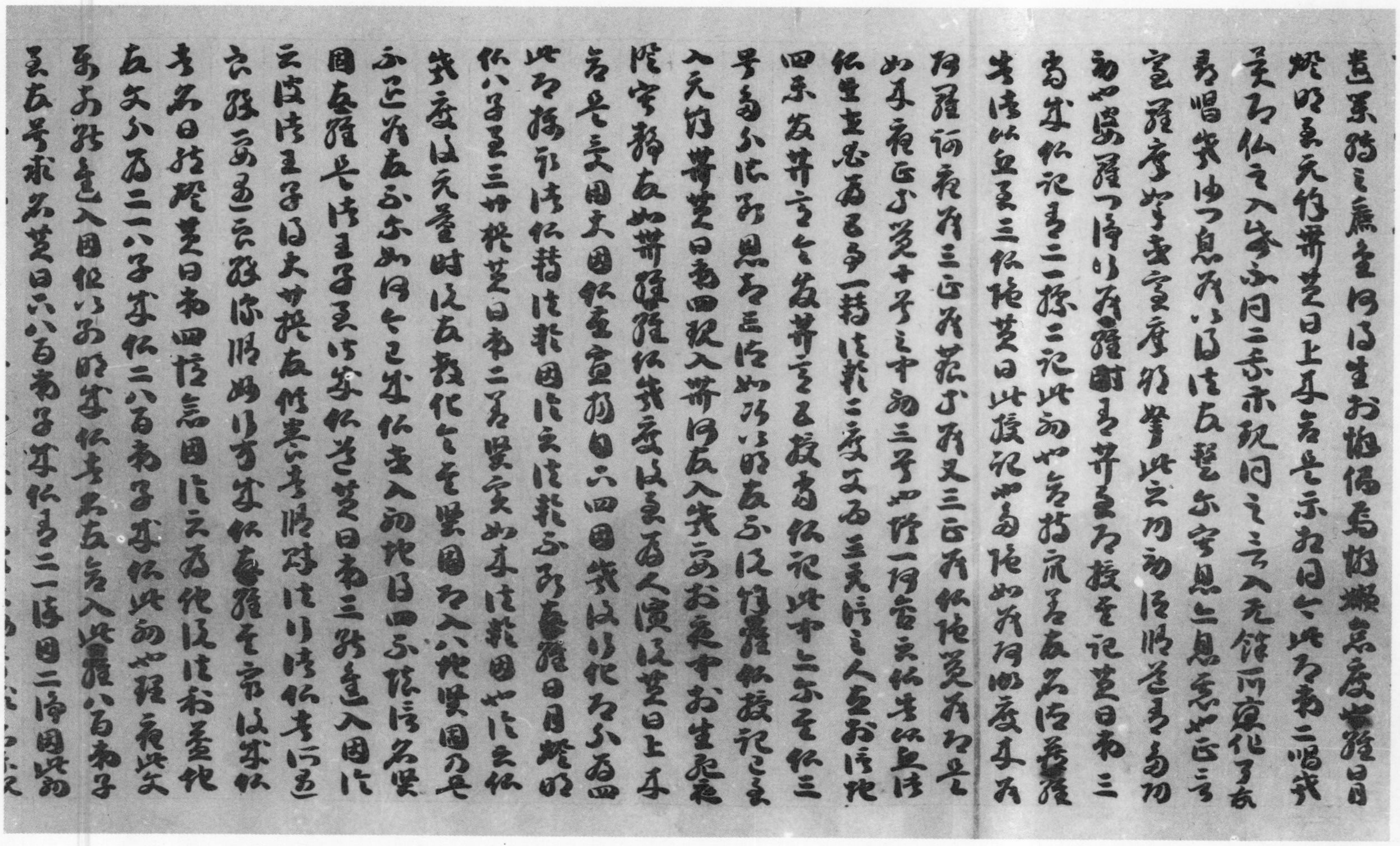

上博 12 (3303)　法花經疏卷第二　　(21－16)

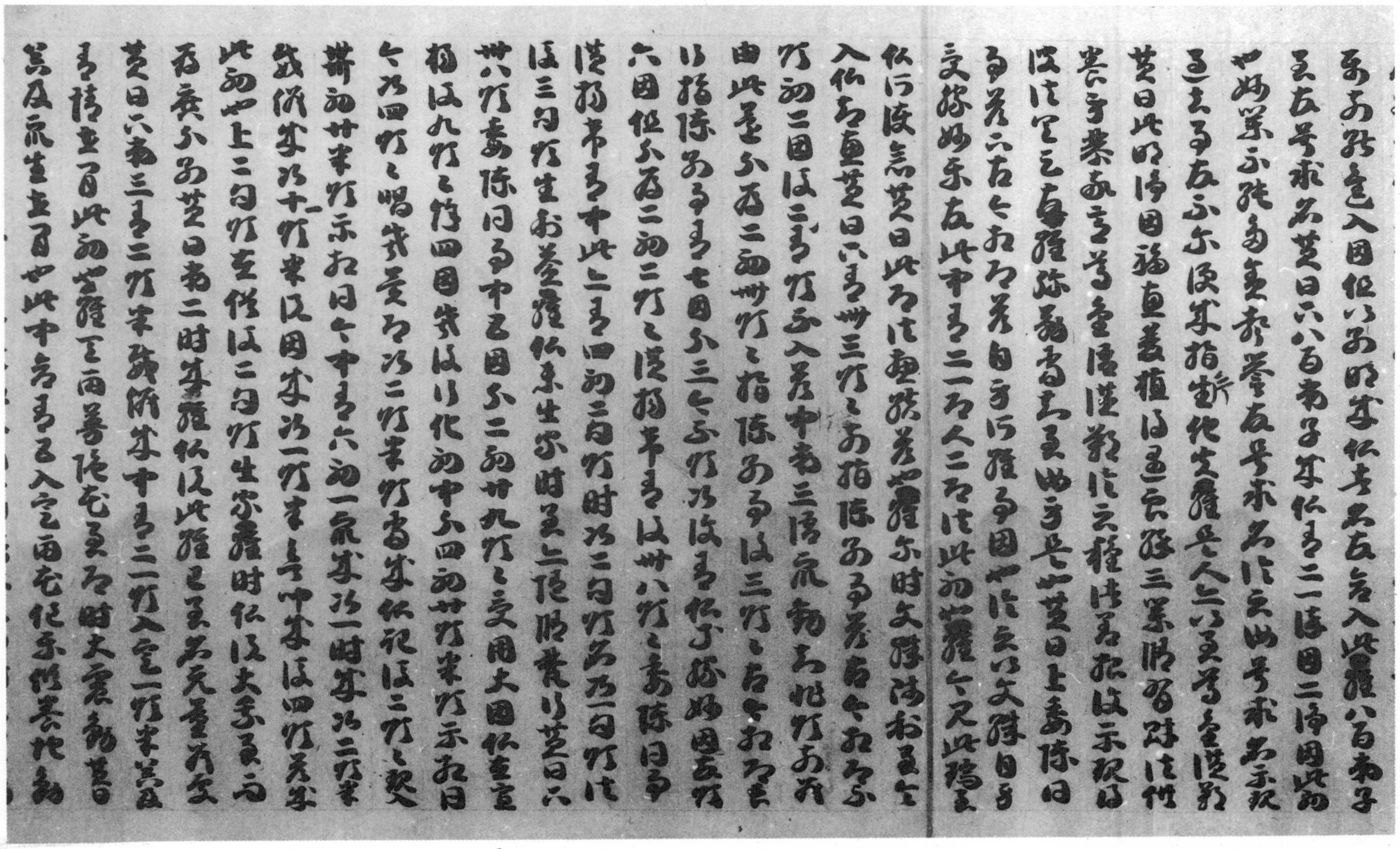

上博 12 (3303) 法花經疏卷第二 (21－17)

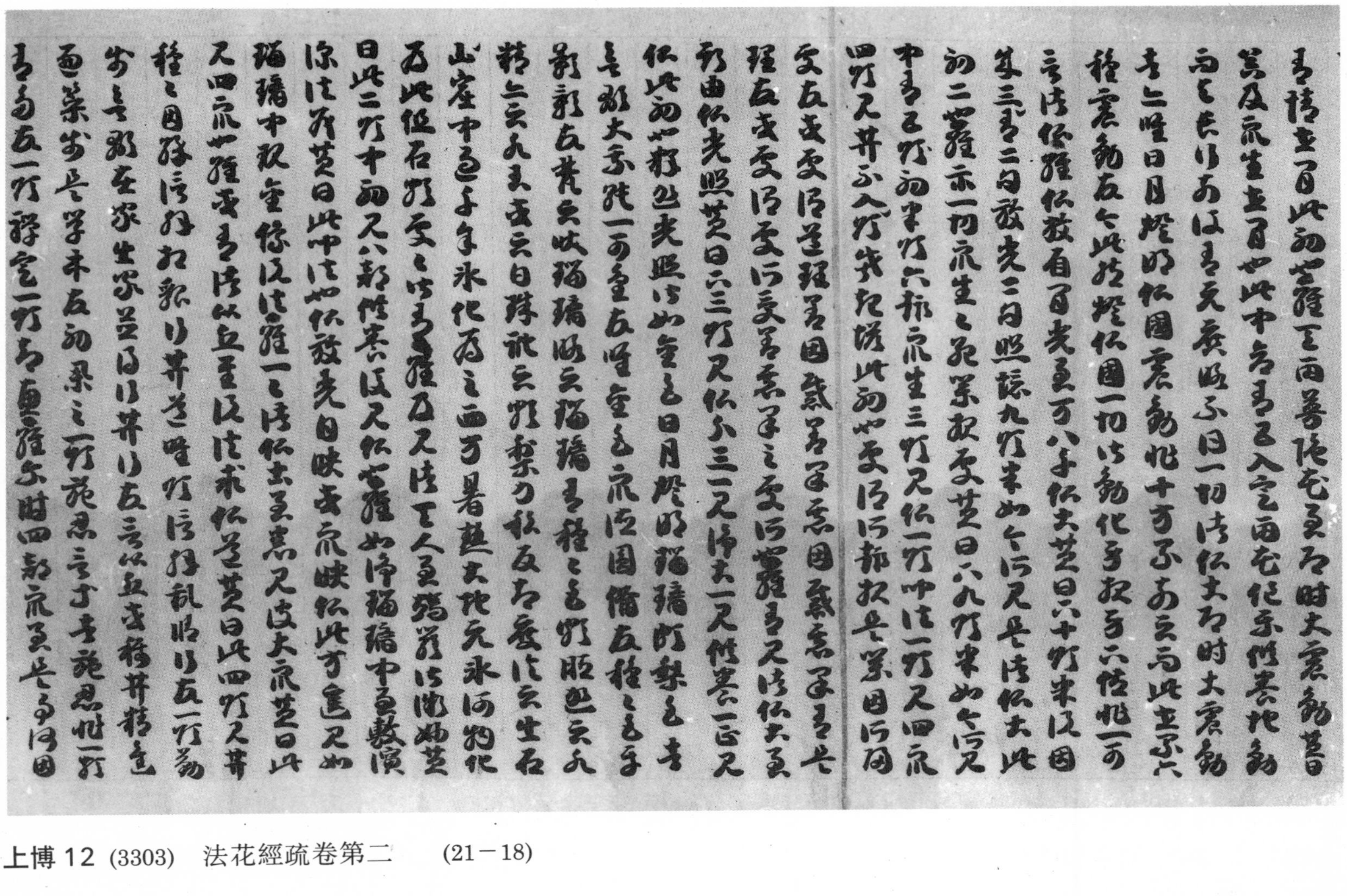

上博 12 (3303) 法花經疏卷第二 (21－18)

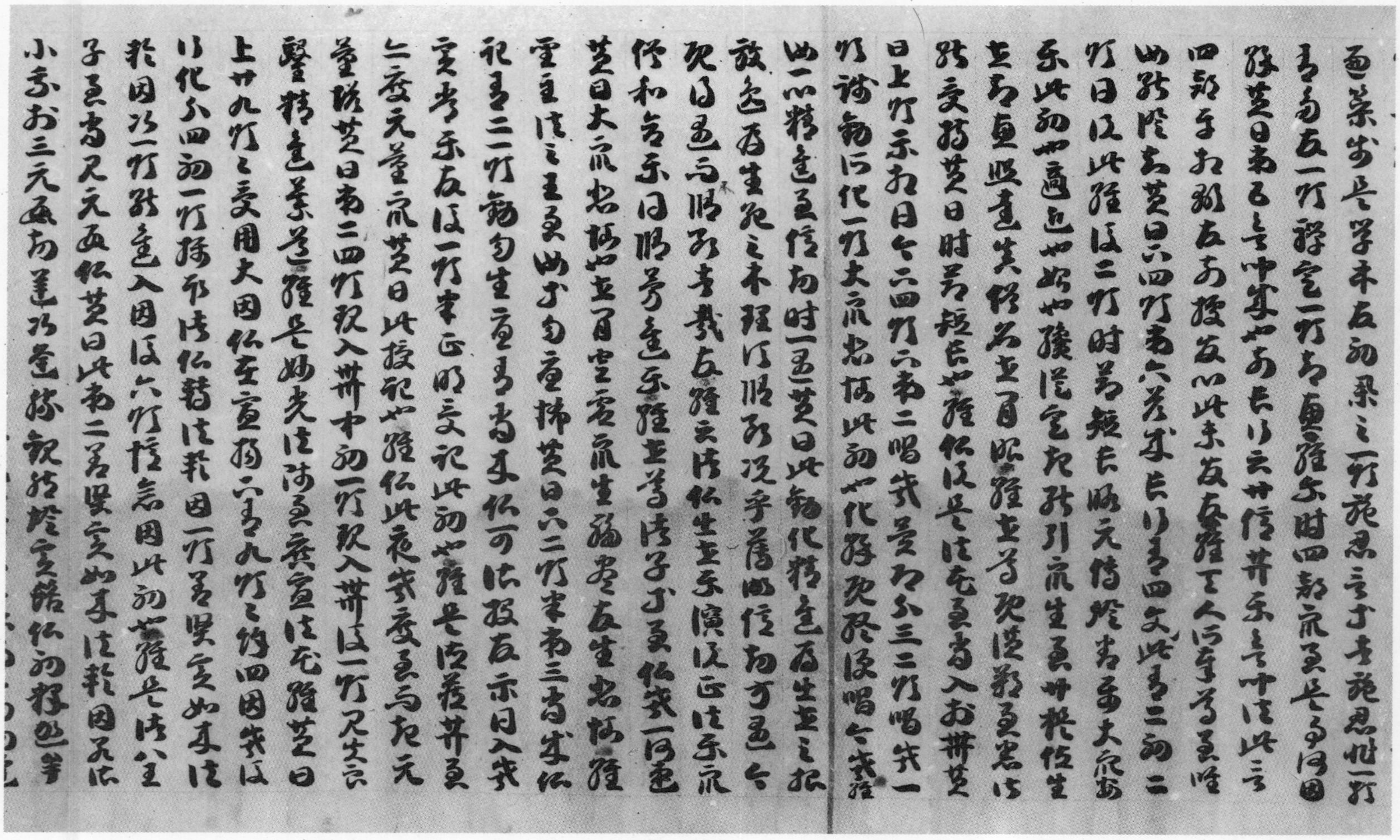

上博 12 (3303) 法花經疏卷第二 (21－19)

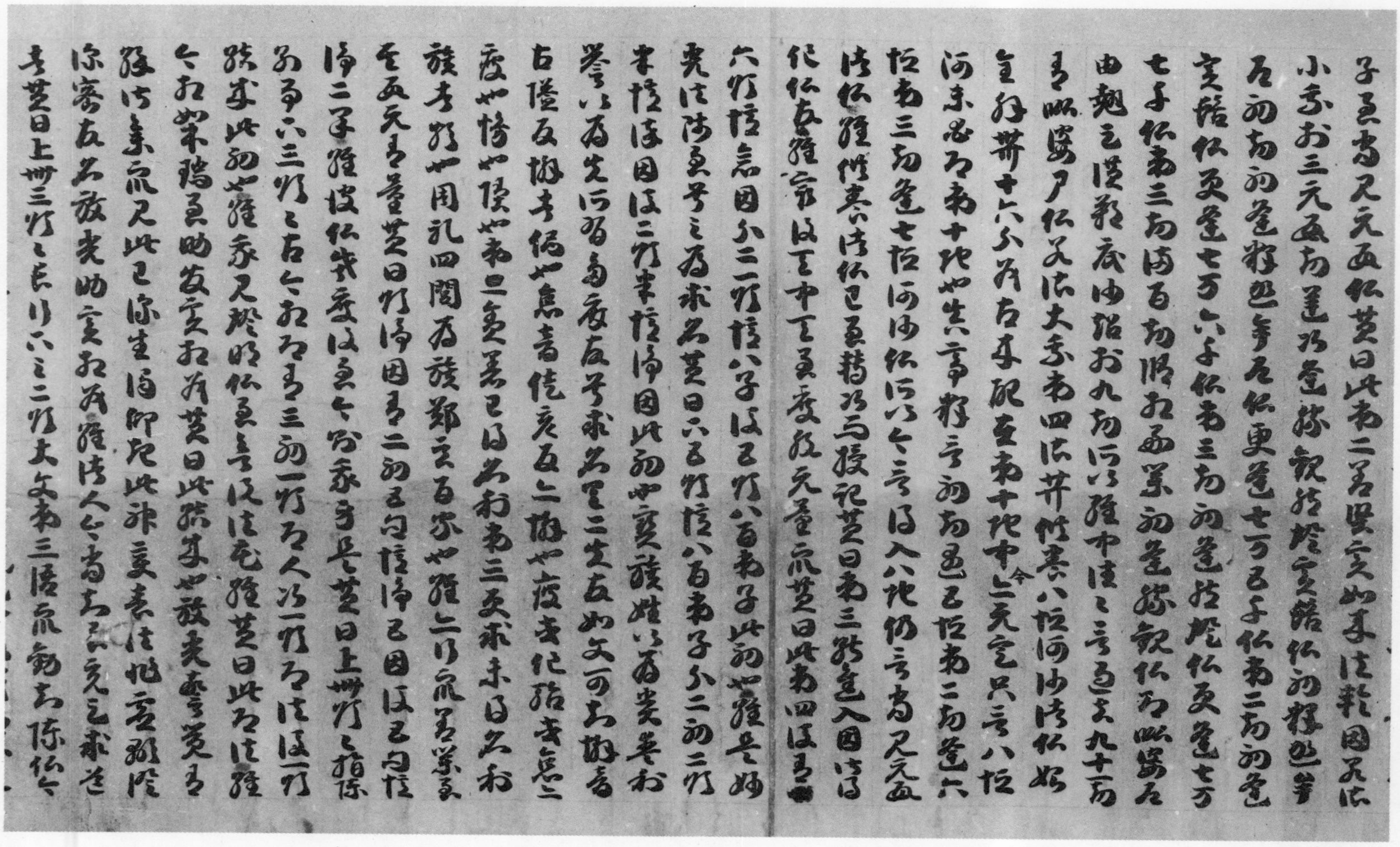

上博 12 (3303) 法花經疏卷第二 (21－20)

上博 12 (3303)　法花經疏卷第二　(21－21)

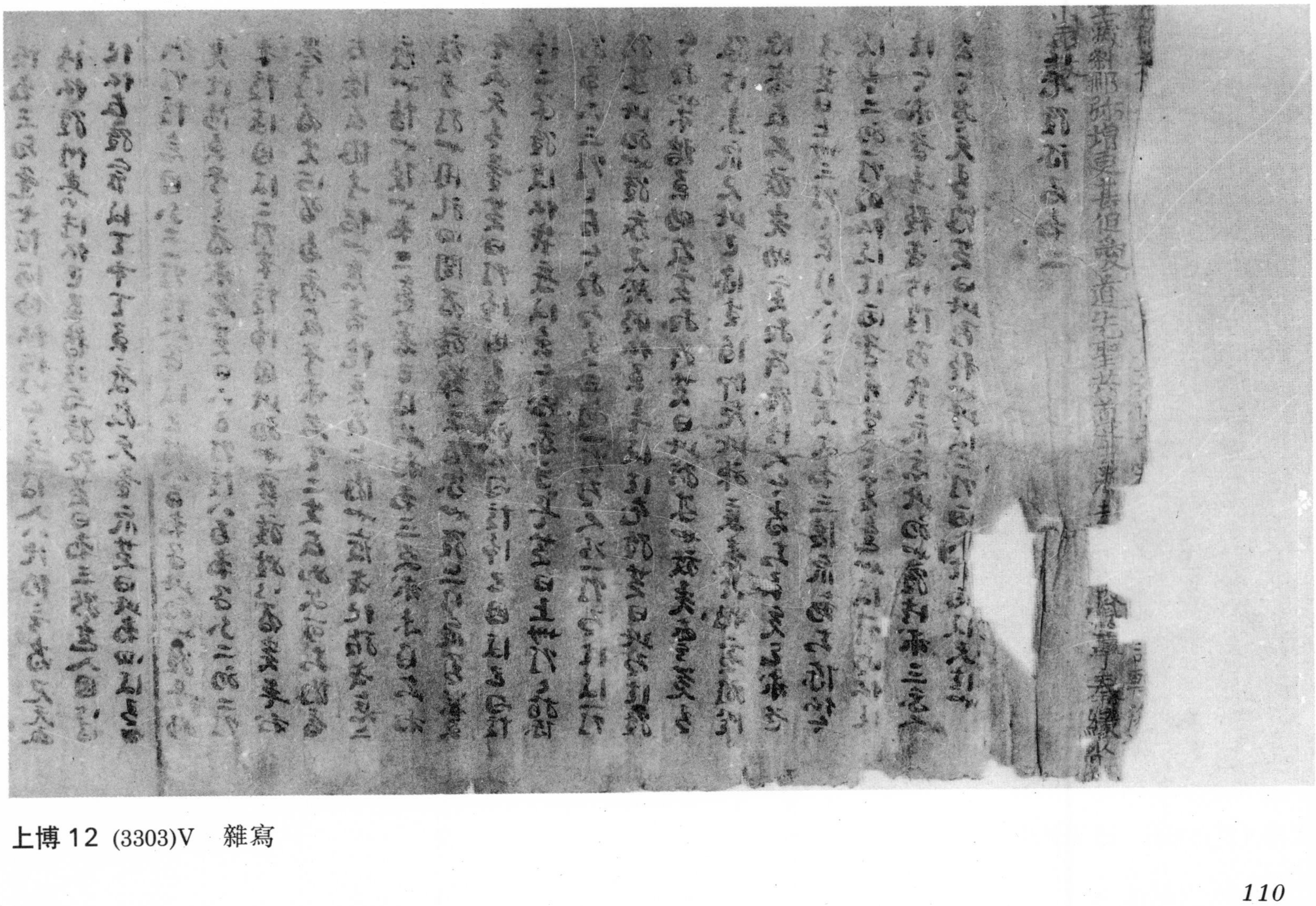

上博 12 (3303)V　雜寫

上博 13 (3314)　佛說首楞嚴三昧經卷下　　(包首)

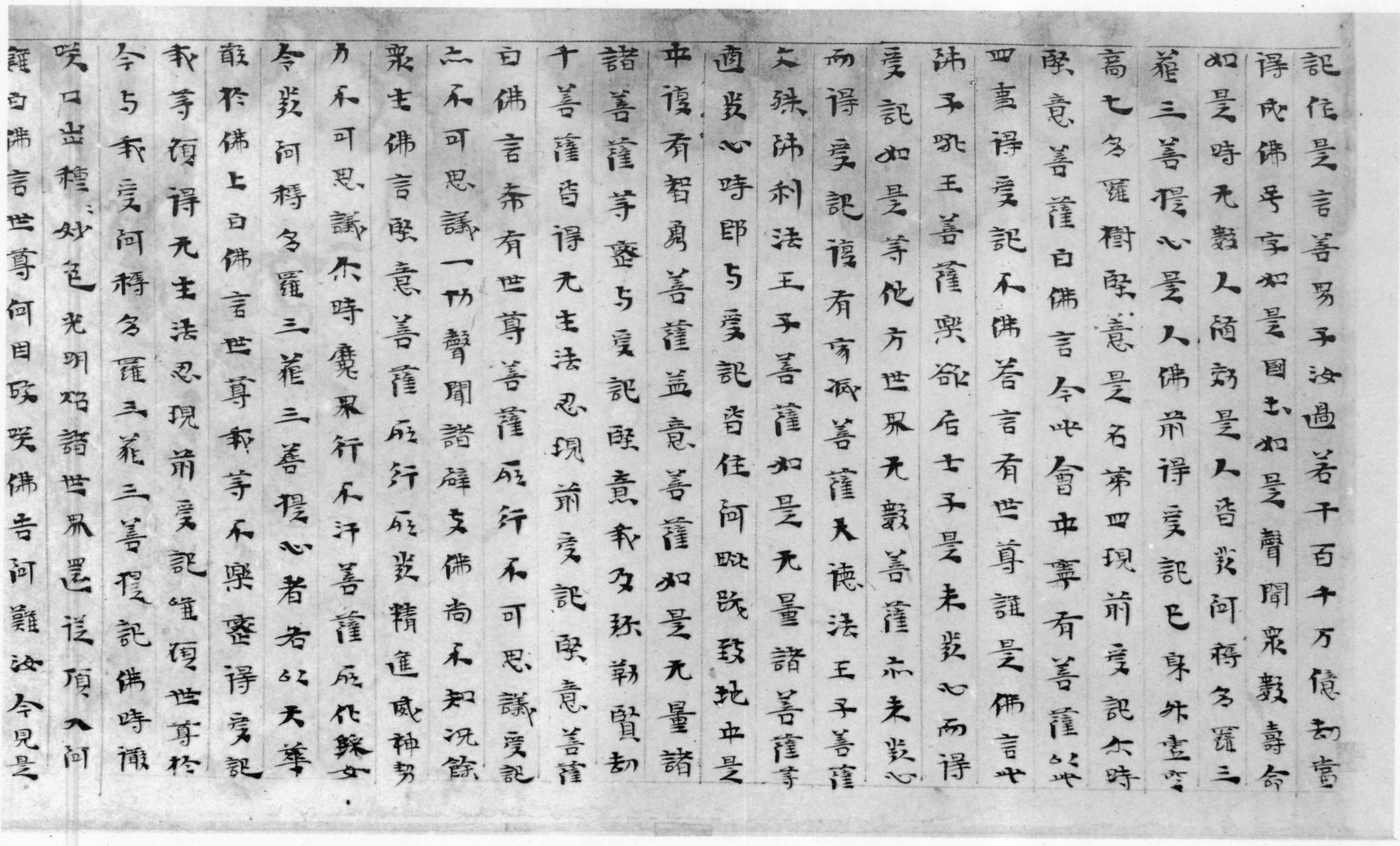
記作是言善男子汝過若干百千万億劫當
得成佛号字如是國土如是聲聞衆數壽命
如是時无數人隨動是人皆發阿耨多羅三
藐三菩提心是人佛前得受記已身升虛空
高七多羅樹堅意是名第四現前受記尒時
堅意菩薩白佛言今此會中寧有菩薩以此
四事得受記不佛答言有世尊誰是佛言此
師子歌王菩薩與欲名士子是未發心而得
受記如是等他方世界无數菩薩亦未發心
而得受記復有寂滅菩薩大德法王子菩薩
文殊師利法王子菩薩如是无量諸菩薩等
適發心時即与受記皆住阿惟越致地中是
中復有智勇菩薩益意菩薩如是无量諸
諸菩薩等悉与受記堅意我及弥勒賢劫
千菩薩皆得无生法忍現前受記堅意菩薩
白佛言希有世尊菩薩所行不可思議受記
亦不可思議一切聲聞諸辟支佛尚不知況餘
衆生佛言堅意菩薩所行所發精進威神勢
力不可思議尒時魔界行不汙菩薩所化魔女
今發阿耨多羅三藐三菩提心者各以天華
散於佛上白佛言世尊我等不樂悉得受記
我等須得无生法忍現前受記唯願世尊於
今与我受阿耨多羅三藐三菩提記佛時微
咲口出種種妙色光明照諸世界還從頂入阿
難白佛言世尊何因緣咲佛告阿難汝今見是

上博 13 (3314)　佛說首楞嚴三昧經卷下　　(3－1)

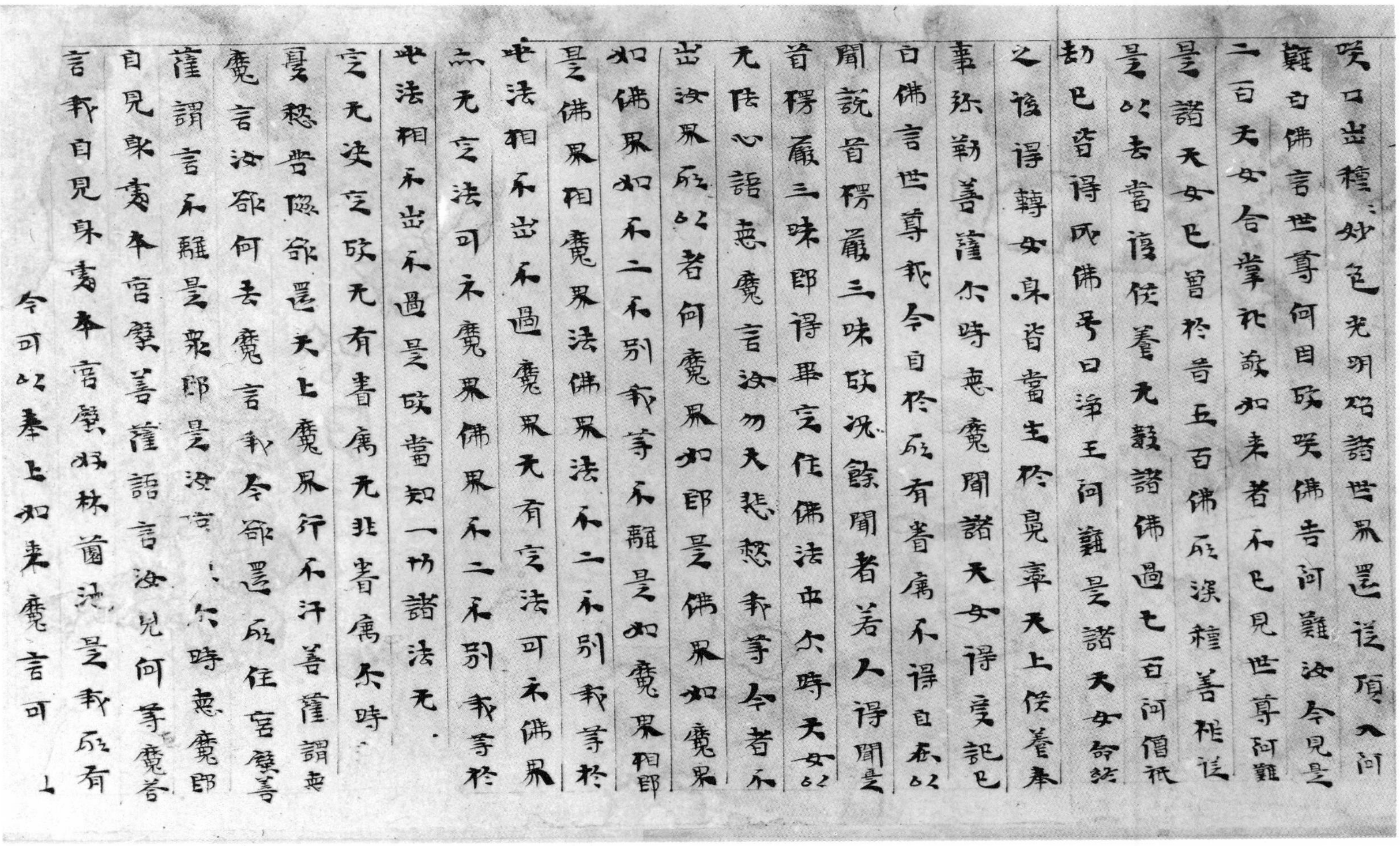
咲口出種種妙色光明照諸世界還從頂入阿
難白佛言世尊何因故咲佛告阿難汝今見是
二百天女合掌禮敬如來者不巳見世尊阿難
是諸天女巳曾於昔五百佛所深種善根從
是以去當復供養无數諸佛過七百阿僧祇
劫巳皆得成佛号曰淨王阿難是諸天女命終
之後得轉女身皆當生於兜率天上供養奉
事弥勒菩薩尒時惡魔聞諸天女得受記巳
白佛言世尊我今自於所有眷屬不得自在以
聞說首楞嚴三昧故況餘聞者若人得聞是
首楞嚴三昧即得畢竟住佛法中尒時天女以
无阹心語惡魔言汝勿大悲愁我等今者不
出汝界所以者何魔界如即是佛界如魔界
如佛界如不二不別我等不離是如魔界相即
是佛界相魔界法佛界法不二不別我等於
此法相不出不過魔界无有定法可示佛界
亦无定法可示魔界佛界不二不別我等於
此法相不出不過是故當知一切諸法无
定无決定故无有眷屬无非眷屬尒時
憂愁啼欲還天上魔界行不汙菩薩謂惡
魔言汝欲何去魔言我今欲還所住宮殿菩
薩謂言不離是衆即是汝宮[illegible]尒時惡魔即
自見身處本宮殿菩薩語言汝見何等魔答
言我自見身處本宮殿好林薗池是我所有
今可以奉上如來魔言可 上

上博 13 (3314)　佛說首楞嚴三昧經卷下　(3－2)

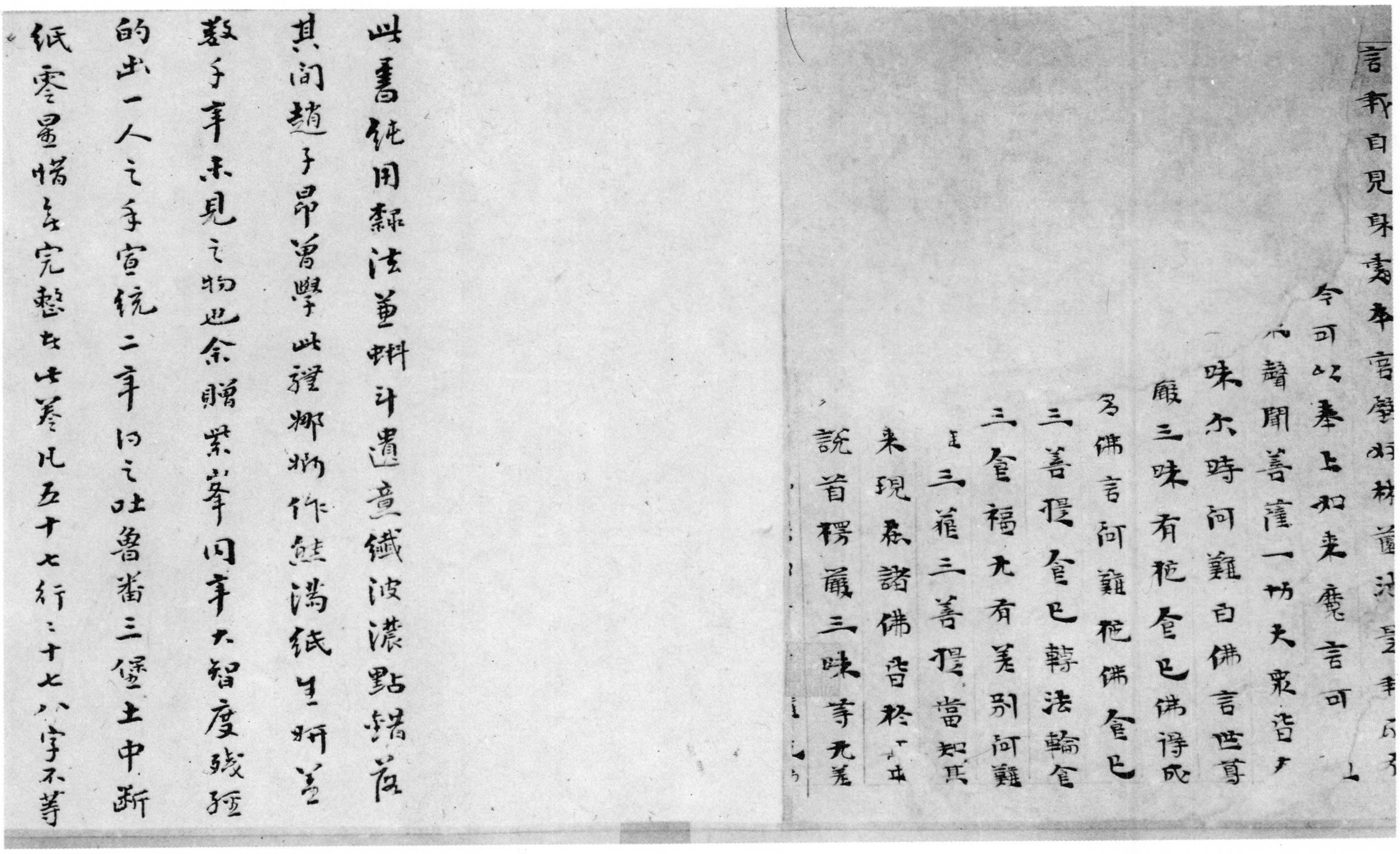
言我自見身處本宮殿好林薗池是我所有
今可以奉上如來魔言可 上
聲聞菩薩一切大衆皆
味尒時阿難白佛言世尊
嚴三昧有稚會巳佛得成
多佛言阿難稚佛會巳
三菩提會巳轉法輪會
三會福无有差別阿難
三藐三菩提當知其
来現在諸佛皆於十方
說首楞嚴三昧等无差

此書純用隸法兼蝌斗遺意纖波濃點錯落
其間趙子昂曽學此體娜娜作態满紙生妍蓋
數千年未見之物也余贈紫峯同年大智度殘經
的出一人之手宣統二年得之吐魯番三堡土中斷
紙零星惜未完整存此卷凡五十七行二十七八字不等

上博 13 (3314)　佛說首楞嚴三昧經卷下　(3－3)

此書純用隸法董蝌斗遺意鐵波濃點錯落
其間趙子昂嘗學此種郷郷作態湾紙生輝葢
散于事未見之物也余贈紫峯同事大智度殘經
的出一人之手宣統二年以之吐魯番三堡土中斷
紙零墨惜各完整出此卷凡五十七行三十八字不等
一字千金可以療飢
公度先生其永寶用享　甲寅十月王樹柟題贈

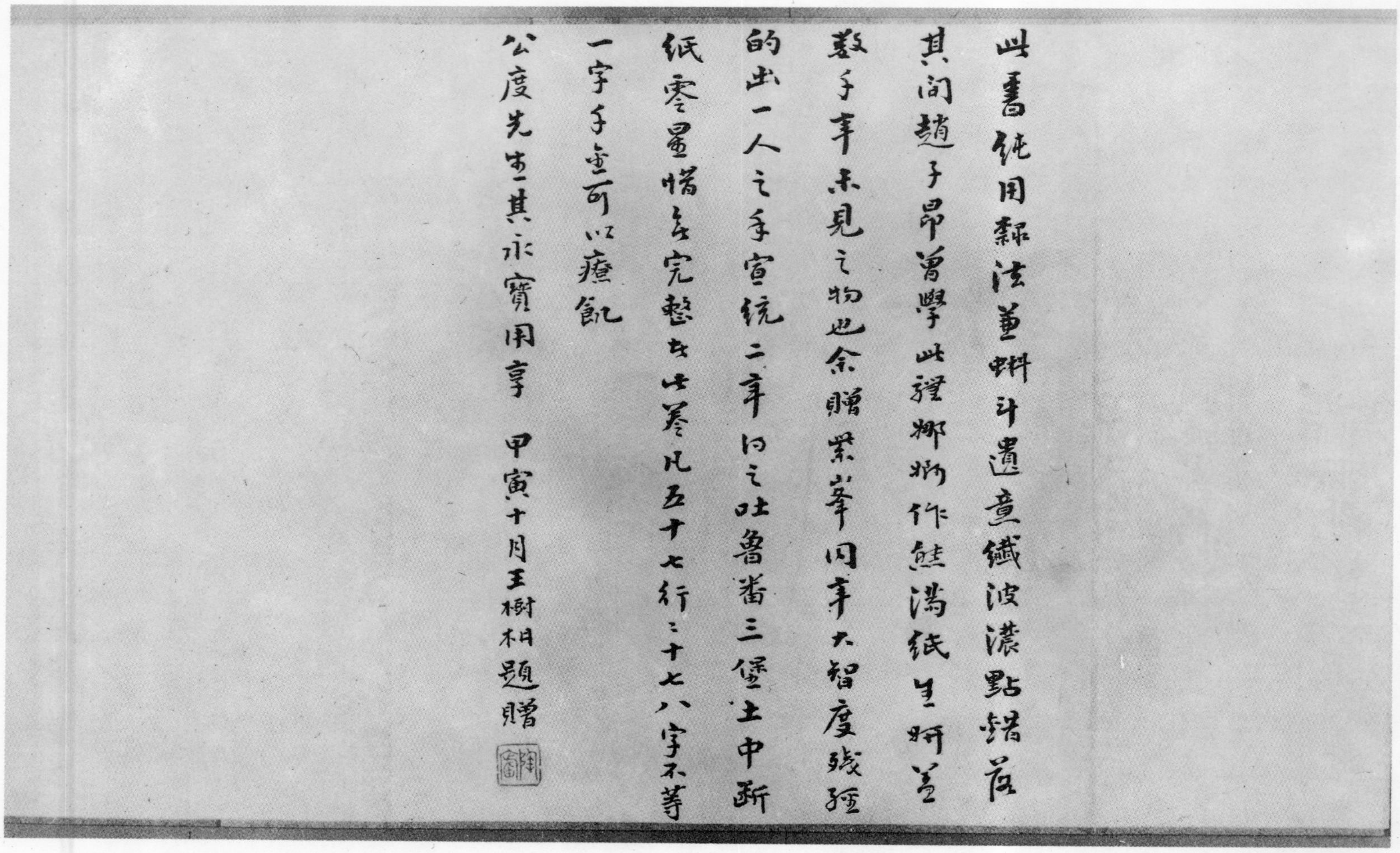

上博 13 (3314)　佛説首楞嚴三昧經卷下　　（題跋）

晉比丘僧洪寫觀佛三昧海經　啓功題籤

上博 14 (3315)　佛説觀佛三昧海經卷第一　　（包首）

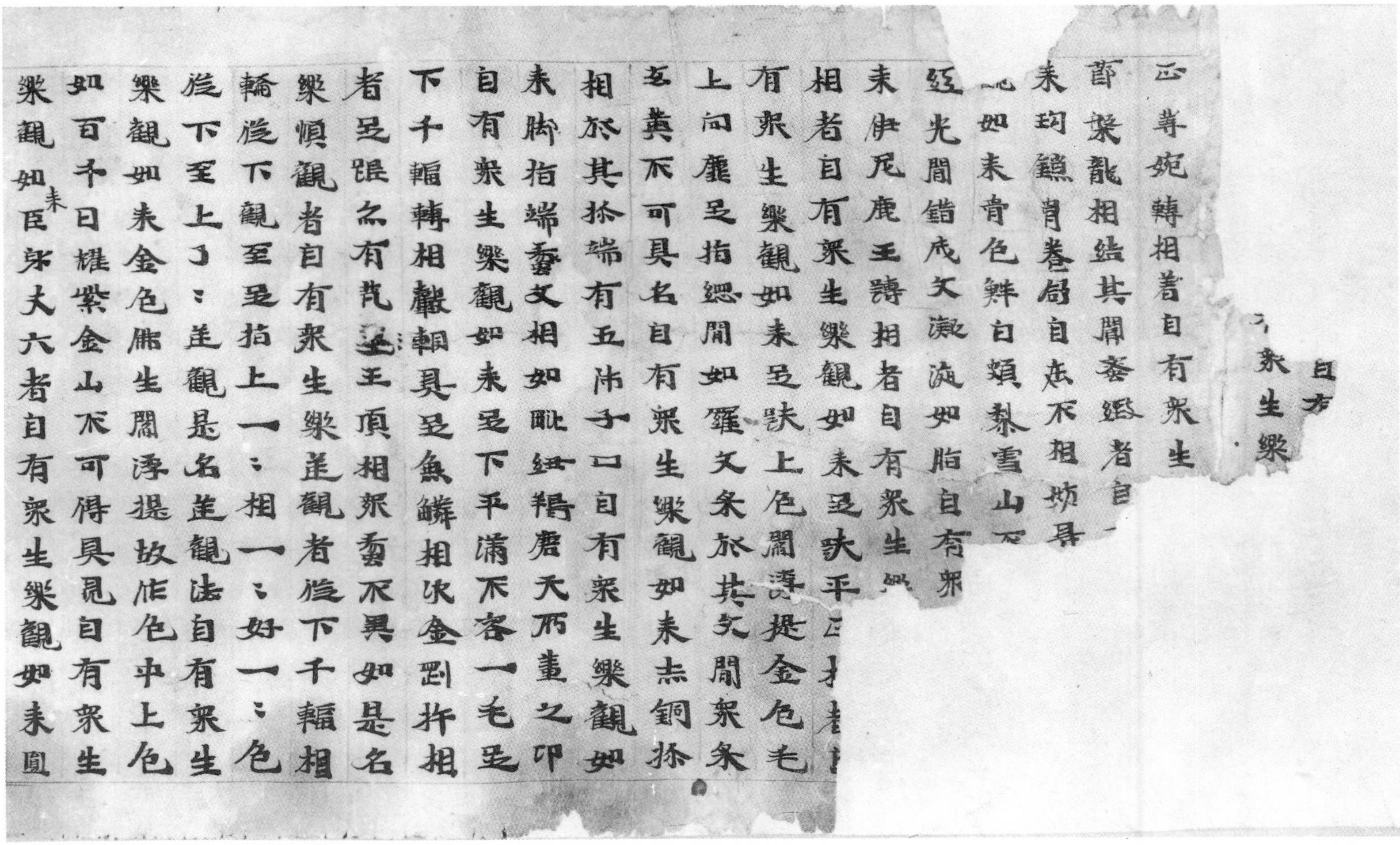

正尊婉轉相著自有衆生
節樂龍相結其間萎縮者自
來玓鑠背卷向自在不相妨异
如來骨色鮮白頗梨雪山不
經光間錯成文澈流如脂自有衆
來伊尼鹿王蹲相者自有衆生
相者自有衆生樂觀如來足趺平正
有衆生樂觀如來足趺上色閻浮提金色毛
上向麁足指縵間如羅文象於其文間衆象
玄冥不可具名自有衆生樂觀如來赤銅抓
相於其抓端有五卍字口自有衆生樂觀如
來脚指端畫文相如毗紐羯磨天所畫之印
自有衆生樂觀如來足下平滿不容一毛足
下千輻輪相轂輞具足魚鱗相次金剛杵相
者足跟亦有梵王頂相衆畫不異如是名
樂順觀者自有衆生樂逆觀者從下千輻相
輪從下觀至足指上一一相一一好一一色
從下至上了了逆觀是名逆觀法自有衆生
樂觀如來金色佛生閻浮提故作色中上色
如百千日耀紫金山不可得具見自有衆生
樂觀如來臣身丈六者自有衆生樂觀如來圓
自方
衆生樂

上博 14 (3315) 佛説觀佛三昧海經卷第一 (7－1)

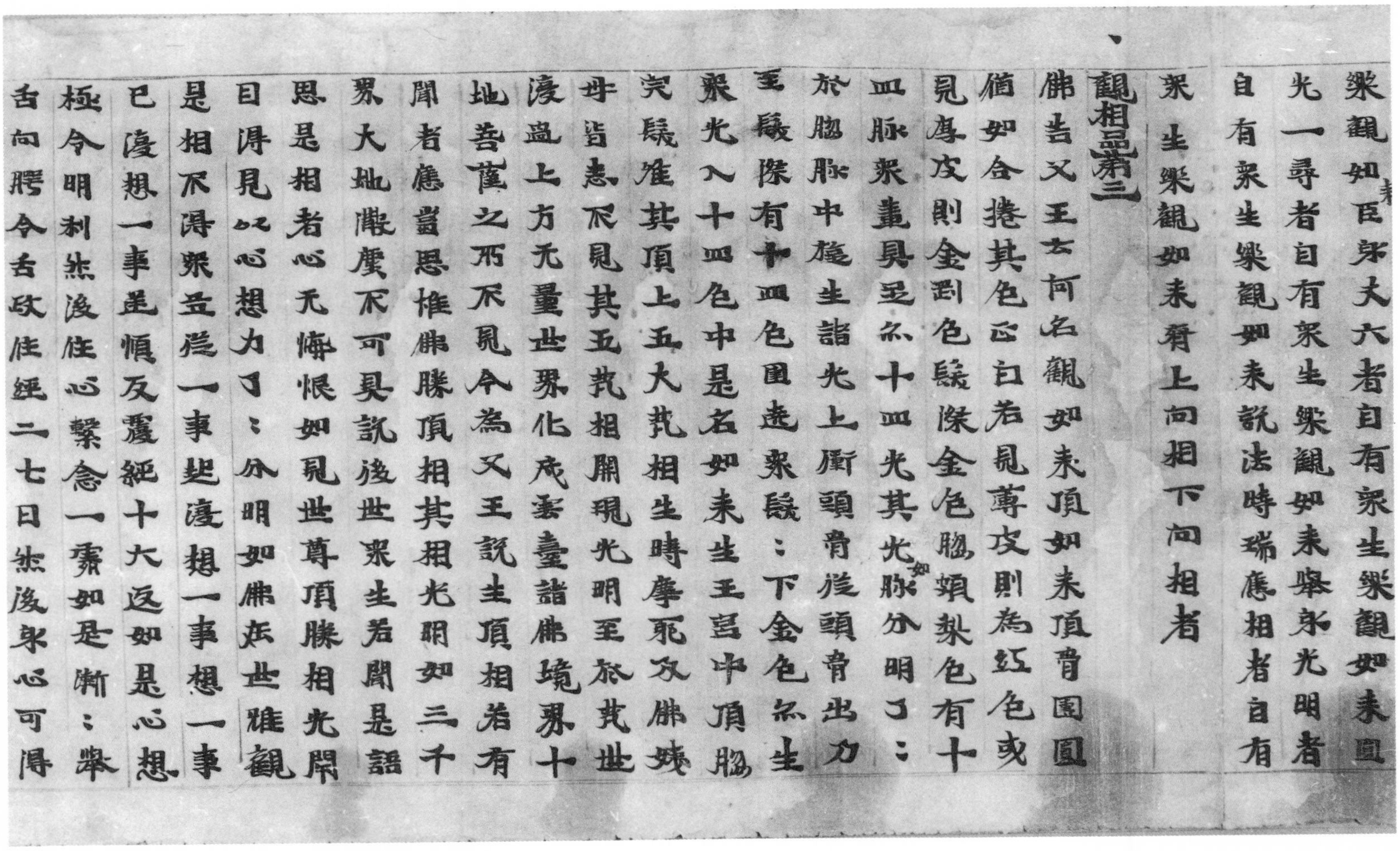

樂觀如來臣身丈六者自有衆生樂觀如來圓
光一尋者自有衆生樂觀如來舉身光明者
自有衆生樂觀如來說法時瑞應相者自有
衆生樂觀如來脊上向相下向相者
觀相品第三
佛告父王云何名觀如來頂如來頂骨團圓
猶如合捲其色正白若見薄皮則爲紅色或
見厚皮則金剛色髮際金色腦頗梨色有十
四脈衆畫具足亦十四光其光如脈分明了了
於腦脈中旋生諸光上衝頭骨從頭骨出力
至髮際有十四色圍遶衆髮髮下金色亦生
衆光入十四色中是名如來生王宮中頂腦
突髮推其頂上五大梵相生時摩耶及佛姨
母皆悉不見其五梵相開現光明至於梵世
淩蓋上方无量世界化成雲臺諸佛境界十
地菩薩之所不見今爲父王說生頂相若有
聞者應當思惟佛勝頂相其相光明如三千
界大地微塵不可具說後世衆生若聞是語
思是相者心无悔恨如見世尊頂勝相光開
目得見以心想力了了分明如佛在世雖觀
是相不得衆多從一事起復想一事想一事
已復想一事是順反覆經十六返如是心想
極令明利然後住心繫念一處如是漸漸舉
舌向腭令舌砍住經二七日然後身心可得

上博 14 (3315) 佛説觀佛三昧海經卷第一 (7－2)

舌向腭令舌政住經二七日然後身心可得
安隱復當繫心還觀佛頂觀佛頂法先從毛
孔入
佛告父王及勅阿難諦〻聽〻善思念之如
來今者頂上有八万四千毛皆滿向靡右旋
而生分齊分明一〻毛孔旋生五
光入前十四色光中昔我未言乳母為我沐
頭時大愛道來至我所悉達生時豈諸奇特
人若問我汝子之髮為長幾許我云何答今
當量髮知其尺度即勅我申髮母以尺量長
一丈二尺五寸放已右旋還成蠡文欲納妃
時復更沐頭母復勅言前者量髮正長一丈
二尺五寸今當更量即申量之長丈三五寸
我出家時天神奉去然長丈三五寸今者父
王欲看髮相不父王白言唯然天尊樂見佛
髮如來即以手申其髮從尼拘樓陀精舍至
父王宮如紺瑠璃遶城七匝於佛髮中大衆
皆見若干色光不可具說是一〻光普照一
切作紺瑠璃色於瑠璃色中有諸化佛不可
稱數現是相已縮髮卷光右旋婉轉還住佛
頂即成蠡文是名如來真實髮相若有比丘
及比丘尼諸優婆塞優婆夷尊敬觀佛髮當
作是觀不得他觀若他觀者名為邪觀名為
狂亂名為失心名為邪見名顚倒心謗得罪

上博 14 (3315)　佛説觀佛三昧海經卷第一　(7－3)

作是觀不得他觀若他觀者名為邪觀名為
狂亂名為失心名為邪見名顚倒心謗得罪
者无有是處如是父王佛真髮相事實如此
觀髮相已次觀髮際如赤真珠色婉轉下垂
有五千光間錯分明皆上向靡圍遶諸髮從
頂上出遶頂五匝如天畫師所作畫法圓〻
正等細如一絲於其絲間生諸化佛有化菩
薩以為眷屬諸天八部一切色像於中現
色如日輪不可具見是名觀佛髮際如此觀
者名為正觀若異觀者名為邪觀佛告父王
此名如來髮際實觀
云何觀如來頂廣平正相頂廣平正相中有
三相一者所謂白毛相佛初生時王與夫人
將太子詣阿私陀仙令相太子仙人披疊抄
見太子眉間白毛旋生於白毛上有諸輪郭
從白毛旋相流舒毛見毛長大即取尺度量
其長短足滿五尺如瑠璃筒放已右旋如蠡
形珠頸現无量百千色光是名菩薩初生時
白毫相光至年八歲妻母復觀悉遶年大其
眉間毛亦隨年長令誠有之即舒白毛見毛
正直如白瑠璃筒於其毛端出五光明還入
毛孔母甚憐念情无已〻告語諸人我子毛
相乃至如此諸人見已如前右旋甚可愛念
是名菩薩童子時白毫毛相

上博 14 (3315)　佛説觀佛三昧海經卷第一　(7－4)

是名菩薩童子時白毫毛相
云何名菩薩納妃時白毫毛相耶輸陁羅又
自遣相師來相太子見卅二相炳然如畫唯
於白毛其心不了相師即言地天太子其餘
衆相同金輪王唯此白毛流出衆光非我所
明今欲舒看為可尒不太子告言隨汝所欲
尒時相師以手申毛其毛流出如牛王乳射
相師眼其眼明淨即於毛中見百千轉輪聖
王七寶千子皆悉具足相師驚愕自言地天
太子我申白毛欲觀長短不知何意如牛王
乳來射我眼為是實見為是夢見為是狂亂
今者悉忘太子相好一切都盡唯見百千轉
輪聖王七寶千子及四種兵從四面起我心
歡喜如婆羅門得梵世樂語已放毛右旋婉
轉還復本處尒時相師名羊度跋豆見此事
已五體投地禮於太子太子衆相不可具見
如我相法見一相者王四天下快得自在今
太子相如摩醯首羅自在神力不可記錄當
云何知太子告言吾不遠此汝自歸家陳白
汝王尒時相師即還本國以如上事具向王
說王聞是語驚乘名鴦摹陰百千諸血毗羅
城到淨飯王宮以水澡太子手持女上之因
為作禮地天太子願受我女可備灑掃相師
所見上好毛相我今欲見為可尒不太子告

上博 14 (3315)　佛說觀佛三昧海經卷第一　(7－5)

所見上好毛相我今欲見為可尒不太子告
言隨意看之尒時耶輸陁羅又以手申太子
白毛見其白毛如頗梨幢節節相當於衆節
間見有无量百千梵王釋提桓因諸勝天子
与宮嬪俱了了而見如於明鏡自觀面像見
已歡喜尋復放捨如前右旋還住眉間光明
然并四面布散入輪郭中不可具說是名菩
薩納妃時白毫相佛告父王佛涅槃後四部
之衆其欲觀菩薩為童子時及納妃時白毫
相者當作是觀如此觀者名為正觀若異觀
者是名邪觀
佛告父王云何名如來出家時白毫相我欲
出家時父王及母遣諸綵女常以衛護門抴
關揵開闔有聲如師子吼於窓牖奩懸諸鈴
金鐸相鉤龍鬼苑又无從得入尒時四天王
於虛空中遙發聲言地天太子日時已至宜
當學道我今欲往供養太子恐殿有聲无緣
得入尒時太子以手申毛至四天王所色如
天繒柔軟可愛時四天王見心甚愛以敬愛
敬故即於毛中見化菩薩結加趺坐形如太
子一一菩薩復有无量諸大菩薩共為眷屬
此相現時无量諸天龍鬼又等俱時得入勅
語車匿汝往後廄被揵陟來車匿白言今此
地中若舉足時此地振吼如大鳥聲云何得

上博 14 (3315)　佛說觀佛三昧海經卷第一　(7－6)

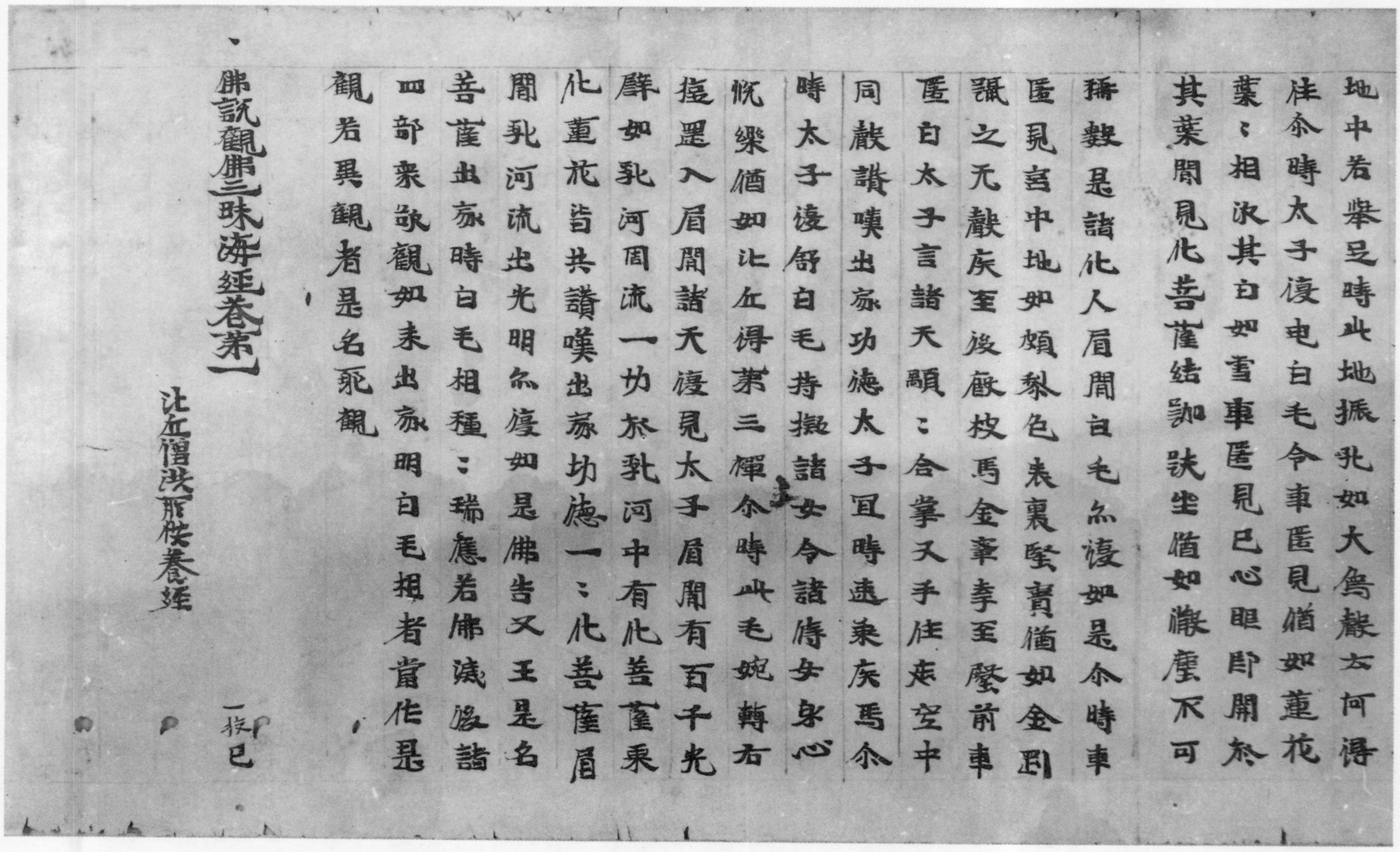

地中若舉足時此地振丸如大鳥飛去何得
住尒時太子復申白毛令車匿見猶如蓮花
葉葉相次其白如雪車匿見已心眼即開於
其葉間見化菩薩結跏趺坐猶如微塵不可
稱數是諸化人眉間白毛亦復如是尒時車
匿見宮中地如頗梨色表裏映貫猶如金剛
踊之無數疾至後廄被馬金鞍牽至殿前車
匿白太子言諸天顒顒合掌叉手住虛空中
同聲讚歎出家功德太子宜時速乘疾馬尒
時太子復舒白毛持擬諸女令諸侍女身心
悦樂猶如比丘得第三禪尒時此毛婉轉右
旋還入眉間諸天復見太子眉間有百千光
譬如乳河周流一切於乳河中有化菩薩乘
化蓮花皆共讚歎出家功德一一化菩薩眉
間乳河流出光明亦復如是佛告父王是名
菩薩出家時白毛相種種瑞應若佛滅後諸
四部衆欲觀如來出家明白毛相者當作是
觀若異觀者是名邪觀

佛說觀佛三昧海經卷第一

比丘僧洪那供養經

一校已

上博 14 (3315)　佛說觀佛三昧海經卷第一　(7－7)

上博 15 (3317)　法華經文外義一卷　　(包首)

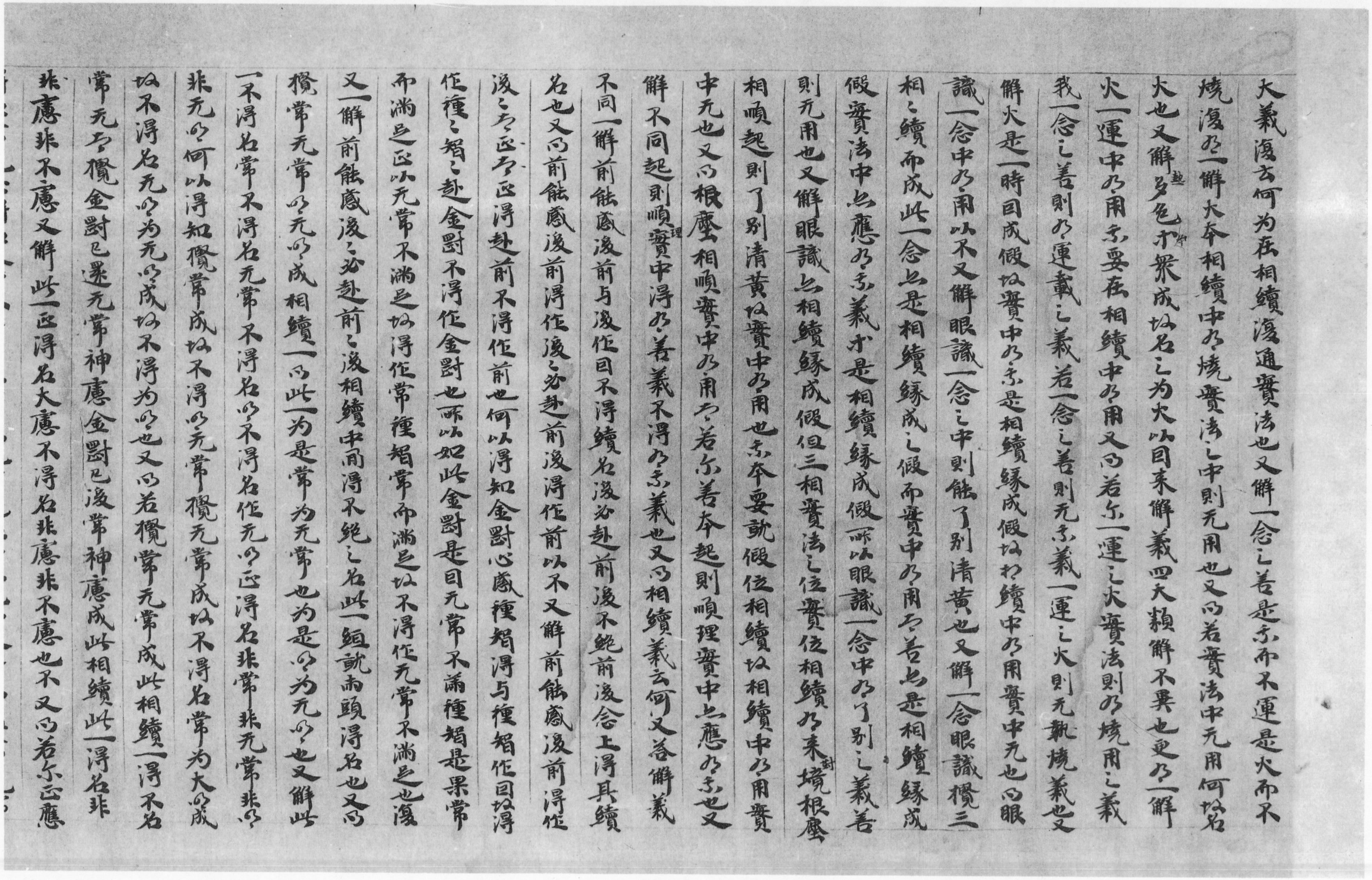
大義復云何為在相續復通實法也又解一念之善是亦而不運是火而不
燒復次一解大本相續中有燒實法之中則无用也又有若實法中无用何故名
大也又解多色赴眾成故名之為大以因未解義四大頼解不異也更有一解
火一運中有用亦要在相續中有用又有若尓一運之火實法則有燒用之義
我一念之善則有運載之義若一念之善則无亦義一運之火則无執燒義也又
解火是一時因成假故實中有亦是相續緣成假故相續中有用實中无也有眼
識一念中有用以不又解眼識一念之中則能了別清黃也又解一念眼識攬三
相之續而成此一念亦是相續緣成之假而實中有用亦善亦是相續緣成
假實法中亦應有亦義亦是相續緣成假所以眼識一念中有了別之義善
則无用也又解眼識亦相續緣成假但三相實法之位實位相續有來對境根塵
相願起則了別清黃故實中有用也亦本要就假位相續故相續中有用實
中无也又有根塵相願實中有用亦若尓善本起則願理實中亦應有亦也又
解不同起則願實理中得有善義不得有亦義也又有相續義云何又答解義
不同一解前能感後前与後作因不得續名後必赴前後不絕前後合上得其續
名也又有前能感後前得作後之必赴之前後得作前以不又解前能感後前得作
後之亦正亦正得赴前不得作前也何以得知金對心感種智得与種智作因故得
作種之智之赴金對不得作金對也所以如此金對是因无常不滿種智是果常
而滿是正以无常不滿是故得作常種智常而滿是故不得作无常不滿是也復
又一解前能感後之必赴前之後相續中间得不絕之名此一經就兩頭得名也又有
攬常无常有无有成相續一有此一為是常為无常也為是有為无有也又解此
一不得名常不得名无常不得名有不得名作无有正得名非常非无常非有
非无有何以得知攬常成故不得有无常攬无常成故不得名常為大有成
故不得名无有為无有成故不得為有也又有若攬常无常成此相續一得不名
常无亦攬金對已還无常神應金對已後常神應成此相續此一得名非
非應非不應又解此一正得名大應不得名非應非不應也不又有若尓正應

上博15 (3317)　法華經文外義一卷　　(41－1)

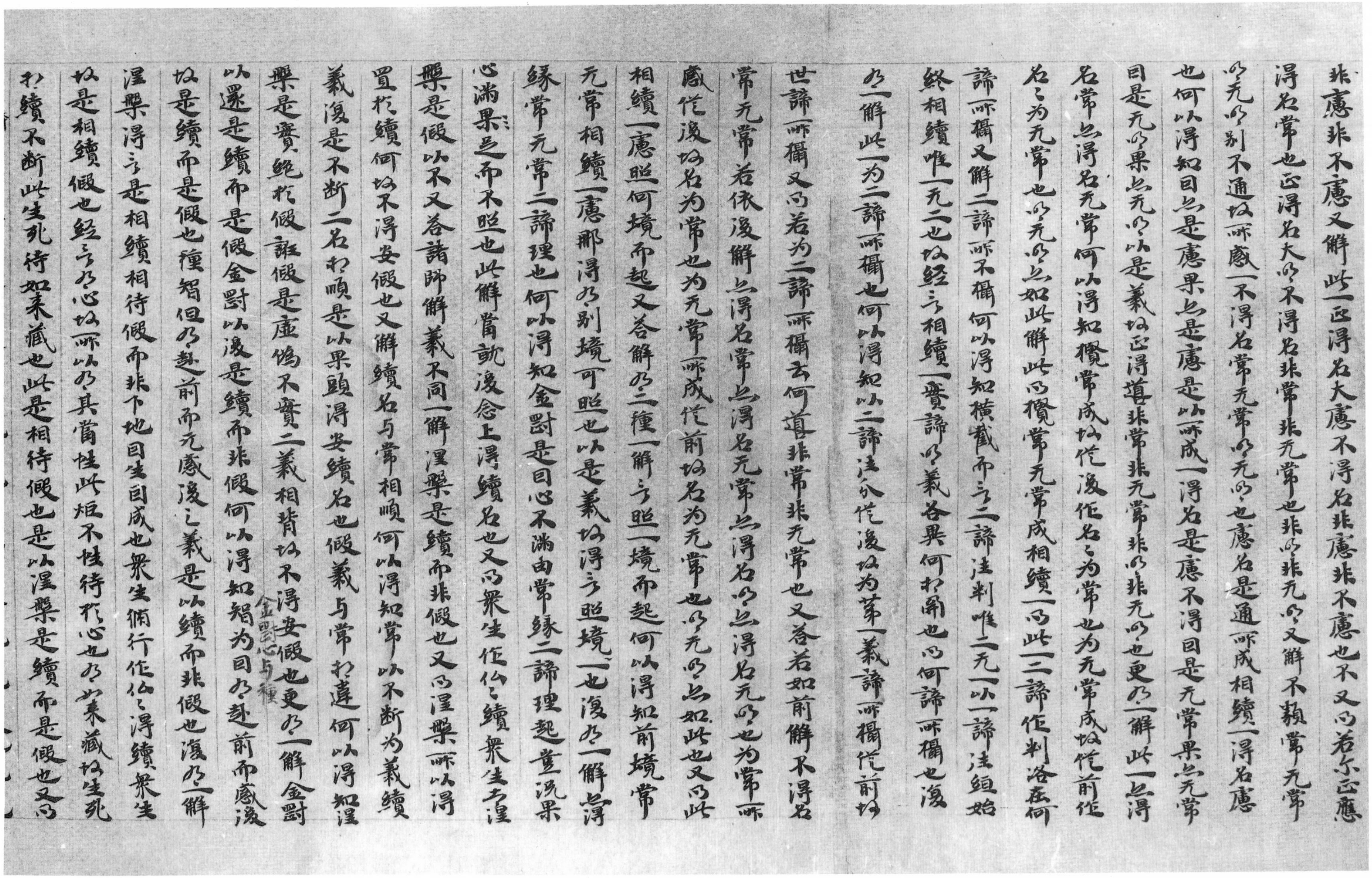

非應非不應又解此一正得名大應不得名非應非不應也不又乃若爾正應
得名常也正得名大乃不得名非常非無常也非乃非無乃又解不類常無常
乃無乃別不通故所感一不得名常無常乃無乃也應名是通所成相續一得名應
也何以得知因亦是應果亦是應是以所成一得名是應不得因是無常果亦無常
因是無乃果亦無乃以是義故正得道非常非無常非乃非無乃也更乃一解此一亦得
名常亦得名無常何以得知攬常成故從後作名名為常也為無常成故從前作
名名為無常也乃無乃亦如此解此乃攬常無常成相續一乃此一二諦作判洛在何
諦所攝又解二諦所不攝何以得知橫截而言二諦注判唯二無一以一諦注組始
終相續唯一無二也故經言相續一實諦乃義各異何於開也乃何諦所攝也復
乃一解此一為二諦所攝也何以得知以二諦注分從後故為第一義諦所攝從前故
世諦所攝又乃若為二諦所攝云何道非常非無常也又答若如前解不得名
常無常若依後解亦得名常亦得名無常亦得名乃亦得名無乃也為常所
感從後故名為常也為無常所成從前故名為無常也乃無乃亦如此也又乃此
相續一應照何境而起又答解乃二種一解言照一境而起何以得知前境常
無常相續一應那得乃別境可照也以是義故得言照境一也復乃一解亦得
緣常無常二諦理也何以得知金對是因心不滿由常緣二諦理起莫況果
心滿果之而不照也此解當就後念上得續名也又乃衆生作佛之續衆生之涅
槃是假以不又答諸師解義不同一解涅槃是續而非假也又乃涅槃所以得
置於續何故不得安假也又解續名与常相順何以得知常以不斷為義續
義復是不斷二名相順是以果頭得安續名也假義与常相違何以得知涅
槃是實絕於假誑假是虛偽不實二義相背故不得安假也金對心与種更乃一解金對
以還是續而是假金對以後是續而非假何以得知智為因乃起前而感後
故是續而是假也種智但乃起前而無感後之義是以續而非假也復乃一解
涅槃得言是相續相待假而非下地因生因成也衆生脩行作佛之得續衆生
故是相續假也經言乃心故所以乃其當性此短不性待於心也乃如來藏故生死
於續不斷此生死待如來藏也此是相待假也是以涅槃是續而是假也又乃

上博 15 (3317)　法華經文外義一卷　(41－2)

故是相續假也經云乃心故所以乃其當性此炬不性待於心也乃如來藏故生死
於續不斷此生死待如來藏也此是相待假也是以涅槃是續而是假也又乃
涅槃百斷絕非云何是假也又答涅槃絕者絕於下地之相斷絕下地之假也絕下地
之非絕下地是金剛以還百是不能是百非不能非斷正是大相也斷正是大非
是大是也斷非金剛以還生死之是故稱為非斷絕金剛已還生死之非故稱
為是也又乃涅槃若是假應是无常又答何必是无常也何以得知如虛空結
盡是相待假而非是无常涅槃假之中極非是无常也又乃云无常此義云何
又一解就相續道中本時行地无明闇惑之心今變作果頭大明又乃明解既起
斷去无明云何得相作也又解之起亘惑理不相作但明解之生没他无明心滅
起道云作也更乃一解明闇相連不得相作就相續道中本時无明所成者今
作頭果大明者所成者也者名是通得相作也故經云本時廉王今則我身是
也就寬時中本時廉王成者今佛作者又乃金剛已還離心之者金剛已後即心
之者云何非心得續於心若非心得續於心金剛已還色亦應得續於心若色不
得續心金剛已還非色非心者不得續於果頭心也又解者義非心義所以得
相續也更乃一解金剛以還乃二種之者乃即心者乃離心者今言續者即心者
續於果頭者離心者齊金剛已還謝滅不通果頭也者名是通應亦是通
得相作也常无常時明无明別不得相作也又乃眾生循行作佛為當一中得佛為當
異中作佛又解正眾生與佛相續一故就相續一中眾生循行得作佛也復乃一解
若菩然異不得作佛若冥達一亦不作佛也正以乃一乃異故就一異之中眾生循行得
作佛也又乃永斷之義如上所論永之齊畔竟復云何又答經論師解義各自
不同一解要取性地以上善以為永斷千惠以還非為永斷也何以得知性地以上无
漏空解直感菩提運載行人必故不退此善是强得為永斷也千惠以還退
没不定進趣无恒非為永斷也就大乘中習種性深廣心以上得為永斷自此以
前非為永斷也何以得知經云世間諸善不動不出乃於流没无於出世已相无
執也以此驗知世間善非為永斷也又乃若世間善非為永斷者何以經云是永
激妙花三果出至薩婆若佳復言積世間善滿得出世間善下經云艫頭舉

微妙從三界出至薩婆若住復言積世間善滿得出世間善下經云低頭舉
手童子聚沙一豪之善皆得成仏以此驗知乃相諸善都得以為乘體云何道
者世間善非為乘體也又解道者從三界出者三界善与乘為因故能遠生於乘道
者從出道者亦積世間善滿也低頭舉手乃相諸善皆得成仏者世間乃相諸善能
發生於乘与乘為因為緣何以得知五戒十善感得人天果超此善理數滅盡更无
所感故知非正乘體也又乃若世間乃相諸善与乘為因為緣非正乘體者乃此見諦
一念在中得与循道為因与三界外恒沙為因与无明住地作因得与處處為因令且
乃見諦与循道作因者此因為當屬見諦為屬循道也又解見諦与循道為因
以循道果來緣屬於循道名為循道或也又乃若見諦与循道作因此因屬循
道不名見諦者我世間乃相諸善与出无漏作因應屬於出世應名相善得
為乘體也若世間善与出世无相作因不得屬於无相見諦与循道為因不應
屬於循道名循道或應名見諦又解不類或本同是遠理取性鄣解不殊
為一无导解脫所除是以見諦中為因者得名循道或善本相无相異漏无漏
別伏除乃異雖与无相作因不得漏於无相得為乘體也又乃千惠以前此善
為因不為乘體此事可解今乃千惠与性地為因者此玄回何又解千惠終心与
性地作因者此善得之屬无相以為正乘自此以前但乃資發之義非正乘也復
乃一解莫乃乃初无初但使一豪諸善皆能運載行人都得以為乘體也何以得
知經之是乘微妙從三界出至薩婆若住經復之低頭舉手童子聚沙
皆得成仏以此驗知都得以為乘體也若世間乃相善不能運載外化凡夫乘何
善來得至性地之地既不到初住乃至十住何由可階衆生從无始已來无乃循行
得仏者若尓法古已來无乃諸仏聖人正以衆生從无始以來循善來至性地乃
至十地循住行作仏以此都驗故知世間乃相諸善皆能運載得為乘體也又乃
若世間善都以為乘體者世間善乃動出何以經之世間諸善不動不出乃相沈
沒无相出世也此解詛不遠經文也又解導之相善不動不出者零山以前不了
義說為循五戒十善得人天果報屬於人天名人天乘道品等行因緣觀智屬於
二乘名聲聞緣覺乘也行六波羅蜜名菩薩乘為欲彰五乘教別故導之
不動不出也又來世間乃相善中乃二種因乃遠有近者感人天果報遠感於仏道之

上博 15 (3317) 法華經文外義一卷 (41－4)

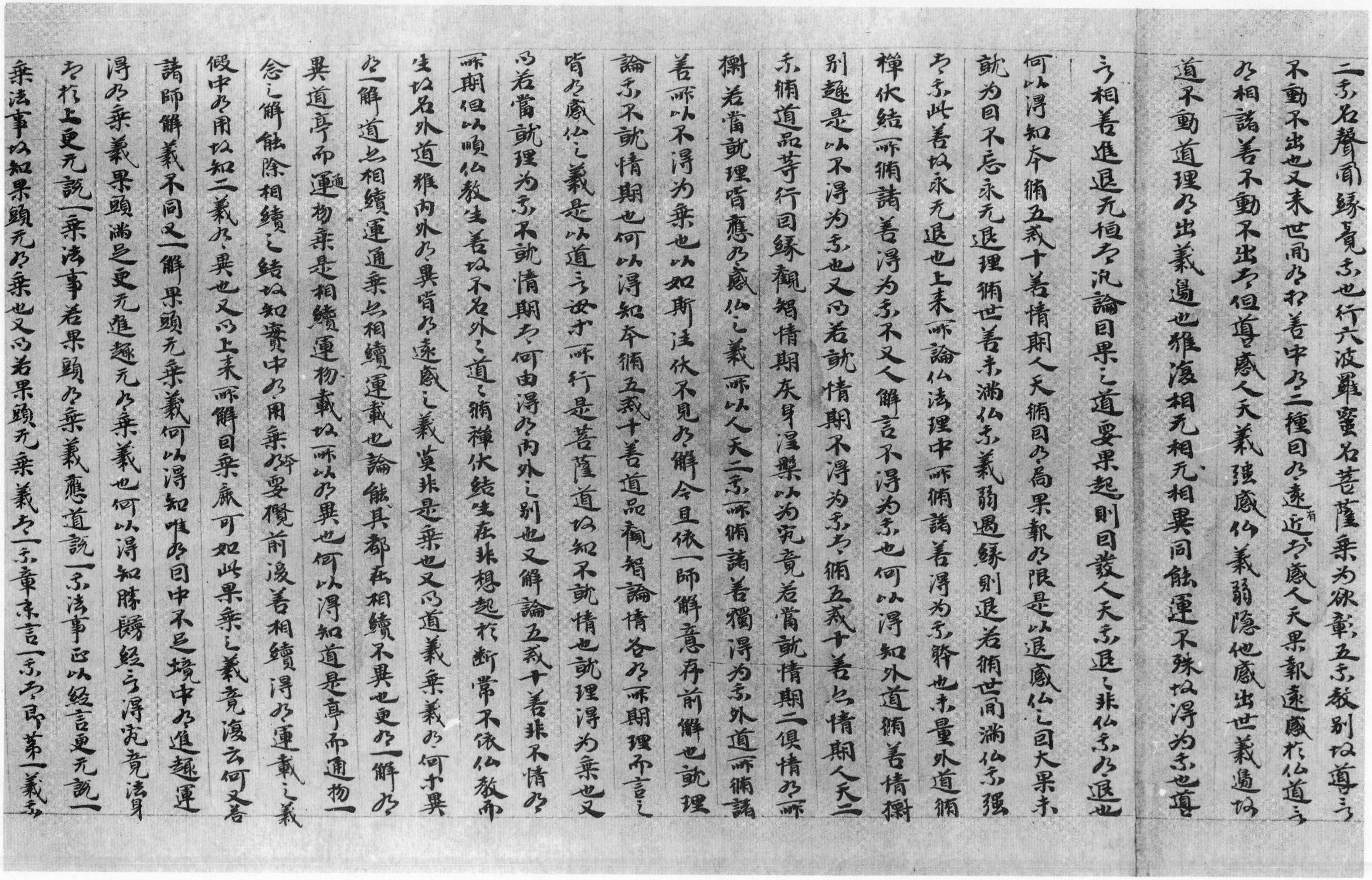

上博 15 (3317)　法華經文外義一卷　(41－5)

者於上更无說一乘法事若果頭乃乘義應道說一厶法事正以經言更无說一
乘法事故知果頭无乃乘也又乃若果頭无乘義者一厶章末言一厶者即第一義厶
此為是因厶為果乘也又答一厶者即第一義乘第一義諦能發生於厶此是緣中說
乘也又乃若作此解果頭无厶義者若尓唯因中不足境中乃惡可防得乃戒義
果頭无惡可防无乃戒義因中乃苦可代得乃樂義果頭无苦可代无乃樂義知
是類難万義可知果頭无乘復无戒義常樂義若尓唯因中得乃万義果頭
无也云何經言大涅槃斡備万義也如此之難云何可解此解難存也又一解果
頭乃乘義果斡滿足雖无進趣得此滿足之理能運度含生下接解乘義也復
乃一解運載行人代苦得樂名之為厶如似世人乘於車馬代於馳驟之苦万善相
續載行人離苦得樂名為厶也因中代苦不極由尚得乃乘義果頭代苦之極特
得乘義也是以果頭也得乃乘義又乃代苦得樂解厶義者代无常得常也
得解厶義以不若代无常得常不得解乘義者代苦得樂也不得解厶也我
淨也尓類難不異也又答代无常得常也得解厶義无我得我不淨得淨都
得解厶義也何以得知苦以逼切為義樂以適悅為能乘以運載為義苦樂義
非是厶義而得解乘義常以不遷為義无常以遷流為義乘以運載為義常
无常也非厶義何以不得解厶義也以此驗知代无常得无我不淨得淨都得
解厶義也又乃都若得解乘義者何以不導代无常得常无我得我不淨得
淨乃導苦樂也又答苦樂是衆生報之主分報之精功由苦樂乃来但舉於果
不通於因且就顯處語无常義濟通於因果不淨義也尓彰乘義不顯故不
道也更乃一解代苦得樂不解厶義運載解厶義但厶義於善惡无由取別將
代苦得樂来欲擇善惡厶別何以得知運載行人代樂得苦故以知不善厶運
載行人代苦得樂以知是善厶也以是義故得知善惡厶別也復乃一解運載解
厶義因中不足境中進趣運載解於因厶果頭運載之極解於果厶也何以得
知如人厶車遠来至家亭住雖无乃者由故名為車来到果頭雖无進趣但運
載極故由故得名善能運也以是義故果頭得乃厶義也又乃因果厶同能運載
何由取別又答因中進趣運載解於因厶論果頭也運載物解於果乘所以乃

上博 15 (3317) 法華經文外義一卷 (41－6)

載極故由故得名善能運也以是義故果頭得乃亦義也又乃曰果亦同能運載
何由取別又荅曰中進趣運載解於因亦論果頭也運載物解於果乘所以乃
別也曰中行乎何由不隊洛三塗良由乃亦可亦故行乎不隊不没也果頭行乎
何由湛然常住正以乃亦可亦故以无常窮之善運无窮行乎是以湛然常住又
乃果頭運載之極得乃乘義必惡之極得乃戒義乎若尒果頭必惡之極應名
大護何故名為三不護也又荅曰中必惡不極事須三業防護果頭必惡極故不須
防護故得不護之名也又乃能亦所何以得知如似車是能載人是所載也更乃一解
人能所法人是御乘之人善是所乘之法又乃亦既如此一義復云何又荅一解一義
唯在於果不通於因何以得知大果无二可得名一因中參差不得為一唯果頭得
一名因中无也更乃一解因雖方差同感一果始終相續運義不殊名為一因果雖乃万
義差別同是湍是之訓因義不殊名為一果故經云因无異趣果无別從天下道理
唯乃一因一果是以乘通因果一乘通因果故云一乘也
斯蒲文經理經又乃唯取能詮為經所詮亦是經也又荅解義不同一解言唯取
能詮為經不取所詮也何以得知若取所詮為經何由得乃三寶勝別能詮佛
文是經所詮佛事復是經能詮僧文是經所詮僧事復是經若尒唯一法寶以
是義故无乃三寶異也今乃三寶歷然故知所詮非經也又來若取所詮為經乎
經云狐狼野干不淨等物豈可是經是經乎然狐狼野干應得然法寶之罪今
然狐狼野干不得然寶法之罪以是義故所詮前事勝非是經也又復涅槃
經七善中言知十二部經名為知法是其能詮前理名為知義是其所詮若取
所詮為經乎何由得乃七善勝別便應正乃六善又來四无㝵中初明達於能詮名為
法无㝵知於所詮以為義无㝵若以所詮為經唯乃三无㝵不應乃四也四依中言
以能詮之教以為初依教下所詮之理以為第三依若取所詮為經何由得乃四
依義別正應唯三无四今時正以乃四依義殊四无㝵勝別七善乃異以此眾驗故
知唯取能詮為經不取所詮也復又一解能詮所詮俱皆為經也何以得知經言
涅洹是真法寶理處精高益物中勝故知理為經也如人不識月以指指月欲使尋
指以得月若論先識乎栖於月上何用指為教亦如是正以耳目之徒不達於理聖

指以得月若論先識亦栖於月上何用指為教亦如是正以耳目之徒不違於理聖
人布教万差正欲使行者尋教得理若能同於法身以上真心會理豈復假此
麁教及其會理要必亡詮　夫聖人設教之來正欲引級不逐之流是故說以
名名相相既陳道在方寸故知教是權俗之近詮非是至聖還中之妙旨論其理益
物之本法寶中精粹以存來何異宗氏之守株又復涅槃經言正以經之威力
便令夢覩羅剎墮於地獄加怖發心永闡菩提故知所詮為經也若嘗唯文
為經不取理者昔日三乘經亦是金口所說名字句為幹今涅槃經亦是名字句
色法以之為幹也等是其文乃何所以昔日對文不能發菩提道心今日對文能發
菩提道心故知由二常之理察與乃應感而作能使夢覩羅剎地獄加怖
發心故知正是理之能也又來復言御若遲晚者對文殊不悟復以理加怖發心
故言自注以此來驗故知所詮是其經也又復下六念中言三世諸佛同乃秘密之
藏迦葉菩薩曰即發問若三世諸佛同乃秘密之義迦葉佛時乃是經不如來答
言乃迦葉復問迦葉佛法七日便滅云何乃也如來答言但尒時時衆生利根但假四
依七日流通七日以後不假文經理亦於心文經雖滅理經常存若理非是經何
故道理經不滅故知文理俱皆為經也又來復驗若理非是經下經云此法華經藏
深固幽遠无人能到欲明理〔涅〕槃幽遠唯佛獨究十地不逮若但以文為經讀誦得
者便到何故尊人无能到十住不諳以此驗知理為經也又問若以理為經者唯一法
寶何由得乃三寶幹別又答據理而言唯一法寶就法寶中離出佛僧回中除僧
果頭除佛二諦乃為无為都是法寶以是義故三寶乃別也又問若以理為經者狐
狼野干不淨諸物是所詮前事都應是經也又答都是所詮前事就事中乃
精乃麁精者是事而是經麁者是事而非經也凡經文自乃宗途若論昔經以
空為宗二諦理精得以為經餘者是事而非經也向引狐狼野干不淨物者是
事而非經何以得知為鈍根人故不能深識其患故借世物事以況无明煩惱濁
亂其心不勘而大是以施三引此物事正為廣釋施三之意何關理事故知非
經耶若論事別不同皆是其事下經云一大事者此是一乘之事事之中精者是事
而是經也又問若以理為經者何由得七善義別正應乃六善又來正應乃三无尋
不應乃四也正應乃三旅則无乃四又答夫聖人說法為物故作或合或離彼中為

而是經也又乃若以理為經者何由得七善義別正應乃六善又來正應乃三无㝵
不應乃四也正應乃三依則无乃四又答夫聖人說法為物故作或合或離波中為
欲彰七善義別文〻以理分為二善此中尊經者是摠文理合為一也為欲彰四无
㝵義別四〻依〻騂異故能詮所詮分為二也又解十二部經唯校於文經首之經
文理通為經也何以得知從如是乃至歡欣奉行直說語〻名脩多羅理非語
〻故知唯在於文妙法蓮華經涅槃經此是經首之經文理通是也更乃一解莫
乃十二部經之首經文理通為經也又乃解義唯更乃異釋又答解義不同非唯一
種也又一解經者是經此法經由聖心之所由履出擇為經若尒金口所說可名
為經餘四種人所說云何得名經也又解雖非金口所說為聖述成返由聖述出
得名經仏去世後諸弟子造論不為聖述不在經例也又復解〻經之言由三宗
聖人由之得道故曰經也又復解〻經者是徑如世間徑路通人遠乃之諸法出如
是由履此徑遠之仏果故名徑路也更乃一解經者常也雖復古今乃殊而覺
道不改三世諸仏履之不變恒為益物故曰常也又乃脩多羅可播以不又答不可
播也如似涅槃含万羅漢比丘各含於三脩多羅含五皆是摠意不可播也別
意播何以得知摠不可播別名可播也就胡音自乃摠別能嘆於万摠別斯权
此間漢地發言是別但能嘆別不能一音嘆於万故知不播也別名可播如胡
〻般若秦〻是智此相权得盡得論播也又乃若脩多羅不可播何以經〻直說
語言名脩多羅若尒語〻播脩多羅云何不播也又答脩多羅騂是語〻非是
語〻播脩多羅也又乃若依百論胡音名脩多羅漢〻經本若尒經本播脩多
羅也又答脩多羅騂中乃此本義故尊〻本也何以得知語〻以本不播脩多羅
本以出生為義語〻詮談法相為義脩多羅以五為義何開本事如似柱騂上乃
方圓義何開解柱義柱以楷様為義正以脩多羅騂上乃此出生義故尊〻本
〻義實不播脩多羅也脩多羅更无別義解五義盡即是解脩多羅義也
如涅槃更无別義解万義周盡即解涅槃義也又乃脩多羅含五所以脩以常
名顯脩多羅處又答解乃二種一解常義是義觀通於五所以代也何以得知
是義或能流潤或不能流潤非真湧泉正以備乃常義成故義能流潤是真

上博 15 (3317) 法華經文外義一卷 (41－9)

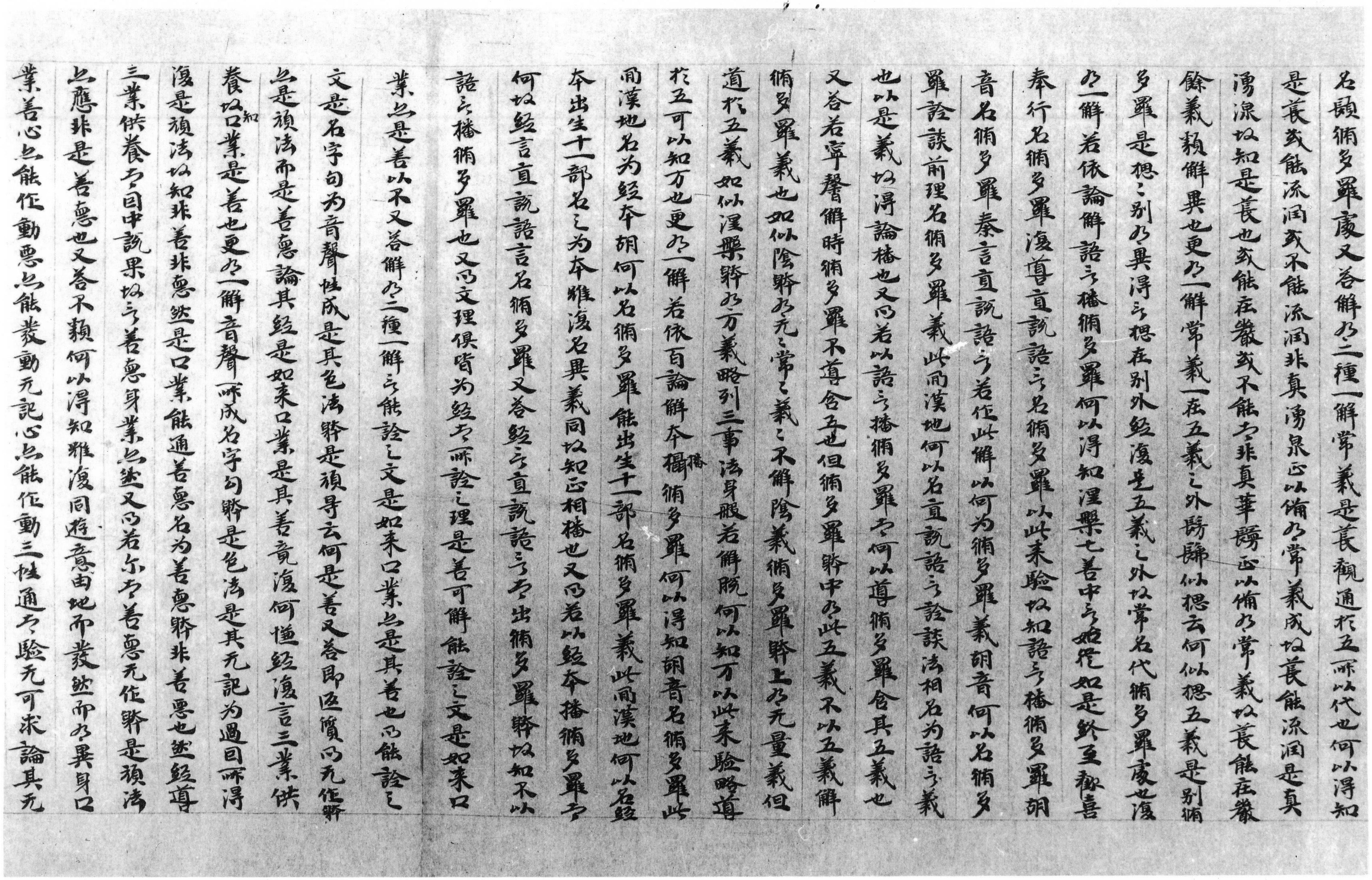
名顯脩多羅處又荅解乃二種一解常義是衰觀通於五所以代也何以得知
是衰或能流潤或不能流潤非真湧泉正以備乃常義成故衰能流潤是真
湧涼故知是衰也或能在嶽或不能亦非真華髣正以備乃常義故衰能在嶽
餘義類解異也更乃一解常義一在五義之外髣髴似想云何似想五義是別脩
多羅是想〻別乃異得〻想在別外經復是五義之外故常名代脩多羅處也復
乃一解若依論解語〻播脩多羅何以得知涅槃七善中〻始從如是終至歡喜
奉行名脩多羅復尊直說語〻名脩多羅以此來驗故知語〻播脩多羅胡
音名脩多羅秦言直說語〻若作此解以何為脩多羅義胡音何以名脩多
羅詮談前理名脩多羅義此間漢地何以名直說語〻詮談法相名為語〻義
也以是義故得論播也又乃若以語〻播脩多羅亦何以尊脩多羅含其五義也
又荅若寧馨解時脩多羅不尊含五也但脩多羅中乃此五義不以五義解
脩多羅義也如似陰時乃无常之義〻不解陰義脩多羅時上乃无量義但
道於五義如似涅槃時乃万義略列三事法身般若解脫何以知万以此來驗略道
於五可以知万也更乃一解若依百論解本㩧[播]脩多羅何以得知胡音名脩多羅此
間漢地名為經本胡何以名脩多羅能出生十一部名脩多羅義此間漢地何以名經
本出生十一部名之為本雖復名異義同故知正相播也又乃若以經本播脩多羅亦
何故經言直說語言名脩多羅又荅經〻直說語〻亦出脩多羅時故知不以
語〻播脩多羅也又乃文理俱皆為經亦所詮之理是善可解能詮之文是如來口
業亦是善以不又荅解乃二種一解〻能詮之文是如來口業亦是其善也乃能詮之
文是名字句為音聲性成是其色法時是頑导云何是善又荅即返質乃无作時
亦是頑法而是善惡論其經是如來口業是其善竟復何憶經復言三業供
養故知口業是善也更乃一解音聲所成名字句時是色法是其无記為過回所得
復是頑法故知非善非惡然是口業能通善惡名為善惡時非善惡也然經尊
三業供養亦曰中說果故〻善惡身業亦然又乃若尔亦善惡无作時是頑法
亦應非是善惡也又荅不類何以得知雖復同遊意由地而發然而乃異身口
業善心亦能作動惡亦能發動无記心亦能作動三性通亦驗无可求論其无

上博 15 (3317)　法華經文外義一卷　　(41－10)

亦應非是善惡也又答不類何以得知雖復同遊意由地而發然而亦異身口
業善心亦能作動惡亦能發動无記心亦能作動三性通方驗无可求論其无
作不尓要善心能發惡亦發无記之心不能發於善惡无作故知亦異也无作體
正是善惡復亦一事一發常亦何以得知要心發得要心即謝无作終身而勝
勝經云我從今日乃至菩提於所受戒不起犯心此身遷流无常論其无作恒
存不滅循環蓑恒皆由善惡心亦寧聲異故知无作體是善惡不類身口
如似揮刀奪命詎得名刀為善惡也遠近雖異同是无記動轉諸業三性通
亦不同无作也又問若善惡唯心不在於色色以質㝵為義心以能緣為義善以順
理為義惡以違理為義始卒同類善惡義非是心義云何善惡唯在意地不
在身口也又答法相亦通亦塞經云即意是意業如似无記之心无記義非心義
得云即心无記之體即是心也善惡義雖非心義得云善惡體即是也故經
云心為天堂心為地獄故知善惡正在於心不在於色也　　敘吸
二智二智者權實雙彰稱之為二浅判分明故名為智大聖一念靈解照万境
朗然何限於二但府就化宜略判有二其二者何實智方便智但就經教明二智各
自不同若就昔經明空有二智者第一義空絕於假誑名之為實緣此實理而起
名實智世諦假誑不實名為方便緣此假誑理起名為方便智也此解二智皆
從境得名也更有一解實智從境得名方便智就功能得稱何以得知世諦華
薄誑凡眼目生人染著之心聖慮高解照不而著故得巧之名方便智就情得
稱也空理是實之智緣實理而生故知實智一向從境得名也又問世諦華薄
凡應生著照而无染得巧之名故就情得者名我第一義空生患處深聖者照
而不著亦應得巧之名若尓實智亦就功能得名云何實智從境方便智
就情又答二諦皆能生患但世諦生患處重亦來是生惑根本於此世諦生患
根本處照而不染故是以得巧之名第一義空生患處薄正以撣脫回緣流
浪至於空上又來生惑之末從智不得巧名也依維摩經二智復異直
緣二諦理起實智所照緣巧智所為者方便智照也如似借坐登王室芭乾像
大小相容循跟蓑恒香積取飡緣如斯之者是方便智境方便智境小隱難
見空如空而緣亦如亦而緣大口亦並小口小亦並口以負尓迦沃下子絕小口

大小相容循距甚掘香積取飡緣如斯之事是方便智境方便智境小隱難
見空如空而緣乃如乃而緣大如大而照小如小而照如似須弥極大芥子絕小如
大而小緣故是實智所絕緣也小能容大作如斯照事是方便智境實智從境
得名方便智就功能得稱也依涅槃經明二智復異二常住之理絕於百非稱之
為實緣此實理而起故稱實智金剛已還生滅流動假誑不實稱為方便
緣此方便理起名為方便智也又問金剛以還有性空何智所緣又答果頭乃性
空故是方便智所緣也更明一解果頭無性空何以得知果時凝然一常住不可
空乃問何智所緣也又問果頭乃互無何智緣也又答果頭乃二種互無何以得
知涅槃中無廿五有廿五有中無涅槃此無不成涅槃洛在二世諦為方便智所緣也
復一種互無成涅槃涅槃之時非廿五有此無即成涅槃廿五有
若寧馨解時果頭互無為實智所照也如牛中無馬此無馬之無不關於牛之時非
馬此無即成於牛也昔日性空二諦今常住二諦法判洛在世諦為方便智照也又問
若道第一義空洛在世諦者第一義空絕於假說名之為實若亦方便智亦緣實理而
起云何一向道言方便智所緣故名方便也又解乃中參差不等空理均精是一從
多故道言緣方便亦乃緣實也又乘世諦乃是空之詮就詮語故道言緣方
便名方便智也今此法華明復異也一乘絕於三處名實緣此實理起名為實智
三乘之教無而說乃稱方便緣此三教而起稱為方便智也若作此解法華明二
智極俠更乃一解緣一乘緣一理起及以乘之境界皆是實智所緣之五乘之教文六
如來殺猴鹿馬權智為所事是方便智所緣也若依復解法華明二智極寬何以
得知莫問昔日空乃二諦常住二諦皆能發生於乘[illegible]故知寬也又問得智名云
何又答二智得名各自不同實智從境得名方便智就情得稱何以得知方之言
善便之言巧正以善巧故能權施三教之是色法若為得論巧也正如人善知作車人巧
故善知作車
可得名車為巧得巧之名人上得目也以此驗知方便就情得名實智一向從境也
又問二智緣境云何又答二智皆緣境起若不緣境時知名是何物智如似乃木
在山臥地不知名作何木乃巧匠繩墨梯擢名某都盡智亦如此以境來彰智得
名万智差別也緣黃故名為黃智緣青故名為青智餘万境類可知也以此驗知

上博 15 (3317) 法華經文外義一卷 (41－12)

乃万智差別也緣黃境名為黃智緣青境名為青智餘万境類可知也以此驗知
緣一境名為實智緣三境名為方便智也又問方便之義唯乃一種更乃異也又答方
便乃多種自前(有)導方便自乃誑相方便乃進趣方便復乃善巧方便也又問此經
明何等方便也又答此經大意明進趣及以善巧何以得知引級小心趣向大理境
知是其進趣也〻方便能使无常〻而說乃權假施三良由巧境所以能尔境知是其
善巧方便也又問三乘方便聖意无而說乃惑情不達執以為實若尔以法實无小機
云何得〻稱機說法又答實如所問本來无其小機正是一大乘機根但就大乘
機根中自乃強弱差別不同自乃感六度〻之機乃感十二因緣乃感四諦〻之機
但小情念果機非是情但情上乃此機義今時以念來約得〻稱機說法也何以得
知以聲聞念來〻念來約四諦機得〻稱機說四諦以緣覺念來約念來約十二
因緣機得言稱機說十二也以菩薩念來約此六度機境得〻稱機說六度又問
緣一境名為實智緣三境名為方便智答今問聖智靈解照時為知本來乃三
可照為知本來无三可照也答聖智照時知本來无三可照何以得知此三曲逐物
情境所以乃非是道理乃〻以此來驗知本來无也又問若聖照知本无三云何緣
三境名為方便也又答聖智知本來无三但三乘人所念乃三念究竟緣他三乘人所
念乃三究竟遍境得〻乃三可照也又問三乘人所念三究竟心為是惑是解也又答
是其惑心非是解也又問三乘人念三究竟以為惑者如來能緣〻心亦應是惑也何
以得知本來(如來知)无三緣他三乘人所念乃三得〻乃三可照三乘人所念乃三既是惑
心如來能緣〻心耶得非惑也如似耶見人謗无三寶四諦此緣无〻心是其耶見
如來今緣他耶見所緣无以〻知〻如來能緣〻心亦應是耶見也又答不得任如此難
也何以得知如來緣三及照已智即知此三非三是以如來能緣〻心是其解非是惑
也三乘緣三不能及照已解即知此三非三是以三乘執三究竟是其惑非是解也
耶見之難亦如此解如來緣耶見所緣无及照已智即知此无非无是以如來能
緣〻心是解非是耶〻見〻〻人不能及照已解即知此无非无是以是其耶見非
是解也又問三乘人執三究竟心為是惑為是非惑也又答解亦不同又一解〻是
其相善何以得知三寶四諦虛假不實凡情不達執為定實此是相善以此來驗

其相善何以得知三寶四諦虛假不實凡情不達執為定實此是相善以此來驗
緣實三究竟此亦是一相善也復有一解執三〻心一向是不善何以得知道理有三
實四諦於此上計定實心是其相善道理无三息執為三究竟无三究竟可以當
心故知一向不善也又有三同乘執為斷結處齊為當有異也又答三示根鈍要斷三果
結盡然後方覺菩薩根利但尒位至習種向也尒不斷結但三人習菩薩行同
在習種性中也又有此經有二智唯有一種更有異也又答若作无常解但有一種二
智若作常解有二種二智安樂以來有其同乘緣此同乘名為實智緣三示虛教
名為方便智也踊出品緣壽量常果名為實智緣金剛已還生滅理起名為方
便智也若如此解与涅槃同然復小異涅槃緣二常理起名為實智此經緣於現
果豈不有當性故所以異也更有一解此經有二智若然与涅槃異何以得知異也
經教宗德義各自不同涅槃二常為宗常无常兩判此經以一乘為對不以常
无常兩判有義既不同故知除患亦異靈山以前空有以相對涅槃常无常
以相對此經一三以相對昔經所以空有以相對者正以眾生不達万法虛假計為定
性是以如來為說空有二諦有世諦因緣故有實義故无破眾生計性之患故空
有以相對也以涅槃常无常以相對者正以眾生八倒在懷金剛已還有漏法中
妄計神我以為常樂我淨以此邪倒在懷故以是如來為說金剛以還苦空无
常除彼常樂我淨倒也於无為法中妄計苦空常倒在懷故是以如來為說
金剛以後常住湛然第一義諦除彼苦空无常倒也是以常无常以相對也
今日此經所以一三以相對正以三乘眾生執已所得以為究竟是以如來顯有一乘是
實三乘是虛破除眾生對三之患是以一三以相對也以是除患不同有教別故所以
異也然涅槃緣金剛以後名為實智金剛以還名為方便智今日此經有一示之通
因果莫不因之以果但使緣一乘理起名為實智緣五乘教起丈六如來稼稚鹿
馬名為方便智也又有此經具有二智以不又答他人有一種解此經不具二智何以得
知昔日施三但有方便智无實智今日破三无三但有實智无方便智也又有也如來
若尒如來二智不具足也若導昔日施三但有方便无實智昔日但之是實不
導方便要令日顯大章昔是權得攝方便昔時不得導方便亦无方便智今日

習

導方便要今日顯大章〃普是權得稱方便普時不得導方便也无方便智今旨
時破三无三但乃實智无方便〃乃今日時中聖緣(智)此像正法中三乘教何智所
緣解〃是方便智所緣也若尓云何破三无方便智也又來破(鈍使)三无緣(三)三世諸仏三
乘教復是何智所緣故是方便智也所緣(也)以此來驗云何導今時破三无方便
智也更又一解如來道王樹下時二智雙歟並乃乃可就教中顯乃難易乃頓不
顯也何以得知如來无始不緣三權三无始不緣三為一緣三權三方便智照緣三
為一是實智所照也故知如來二智恒並乃未曾輟廢也又乃智〃以惠為同緣一境為
乃異緣也又答依經教乃義各自不同若依普經緣空為惠緣乃為智故復乃
一解緣空也得名智也得名為惠也何以得知決了名智觀達名惠於二諦理決了
亦乃名〃為智觀達二諦理原名〃為惠若尓二智皆同緣二諦境起也依如前解
法華涅槃緣(境)乃異也若依後解涅槃法華智(惠)緣境不異也
次明因緣又乃因緣〃義為當一體義殊(為)當別體義異也又答諸師解義各自
不同乃一解〃〃万善強而辨果名〃為因万善弱而助發名〃為緣若作此解因
緣別體也更乃一解因緣一體万善无而能弁當仏果此是親故名〃為因也可乃當
仏道理故万善能弁若畫无當果道理万善何由能弁是以无而能弁說〃為
因可乃而乃說〃為緣若作此解因緣一體而義異也如似麻(胡)中道理乃油故後時
人功押(搗)能使出油道理无油頗能使乃油如似沙中无油縱使人功搗押頗能出
油也永无許理也又乃无而能弁為因(名)乃為當弁无作乃為當弁乃作乃也又答故是
弁乃作乃若无善惡因時當果畫无如似二頭三手龜毛兔角此是畢竟无不可
弁使乃也正以乃一念善因起弁果在當也是以故弁乃作乃非是弁无作乃也復
乃一解現在善惡能親而弁果名〃為因此因不因(回)流動過去迴曽因以〃為緣未〃
乃善惡因時當果畫然乃因故果在當親故說〃為因果以在當要須曽因扶(扶)
故果體顯現故說曽因以〃為緣也到宿現〃時因以為曽因以〃為當是以張冩為
〃更乃一解无而能弁目〃為因此因體即乃蹤而(助)發名為緣一體〃中具乃因緣
義也又乃因緣〃義廣可如此因緣奇畔竟復〃何又答諸師解義各自不
同依如先舊宿(德)解初一念善感仏義不足要万善備感仏義圓滿如似衆系繫

同依如先售宿德解初一念善感仏義不足要万善備感仏義圓滿如似衆系繫
鳥初一系不能制鳥要多系能制鳥也又此初善感仏義不足衆善感仏義
滿等若尒仏果乃憂劣何以得知果顯万義乃其勝如在前感等不滿為不如
在後感等滿足以為勝也豈非勝如也若作万善為緣因仏性為正因可乃許理
何以如此万善是緣〻乃強弱正因恒滿也若作万善作正因此解難存也復乃一解
无始以来曾起一念善以為正因自尒以来既至金剛所脩諸善皆為緣也更乃一解
從无始以来乃至金剛就大寛時中束為一因感仏義圓滿但因不頓發要須次第
而起也始從習種終至金剛起因盡一切種智現前也復乃一解最後金剛一念
善心感仏果圓滿得為因義自此以前感仏義不滿足但相資發郡名為緣也
一切經〻漸〻積功德具足大悲心也又此金剛以前但次第緣發无乃因義等若尒
見諦或中不應得与脩道為因復不應与三界外恒沙无乃住地為因若言見諦
得与處〻或為因復感苦樂〻果我解中何不得与處〻解為因復与仏為因也又
答此義不同或本從麁以至細一切得与處〻為因解本從微至著一切但乃次第發
起〻義无乃越感不得為因也昔聲諸聞衆及求緣覺亦等又此略說中何等
人於中得解又答解義不同一解略說中乃三菩薩利根辟支於中得解何以得知
略說中文略義隱自非利根何由得解一切知利根於中得解也更乃一解此中无乃
緣覺〻人何以得知經中尊言辟如慧彗星夜現時人以為不詳〻相辟支出世
亦復如是乃此人時无乃仏出乃仏時乃无此人云何尊〻緣覺於略說中得悟此
事謬也何以得知此中无乃此人得悟三根人得理在懷要先領解聖与授記何
以如此但二系諸人從昔以来對教情重要須破教執心則豈或心既除得勝理
在懷其必領解若當領解聖應授記何以得知如似舍利弗廣說得解辟
喻品初領解後聖与授記四大聲聞於大宅得悟窮子領解後聖与授記
下根人亦如此三根得解要須領解授記此中若乃此人得解應乃領解受記
今時一不見領解二不見受記以此事来驗一切知二系於略說不解廣說方悟也
又此若尒菩薩得勝理在懷亦應乃領解受記何以一切經不尊又解大品坐上
以与別記亦此今更不復受記菩薩利根執心處薄但得理在懷不須領解

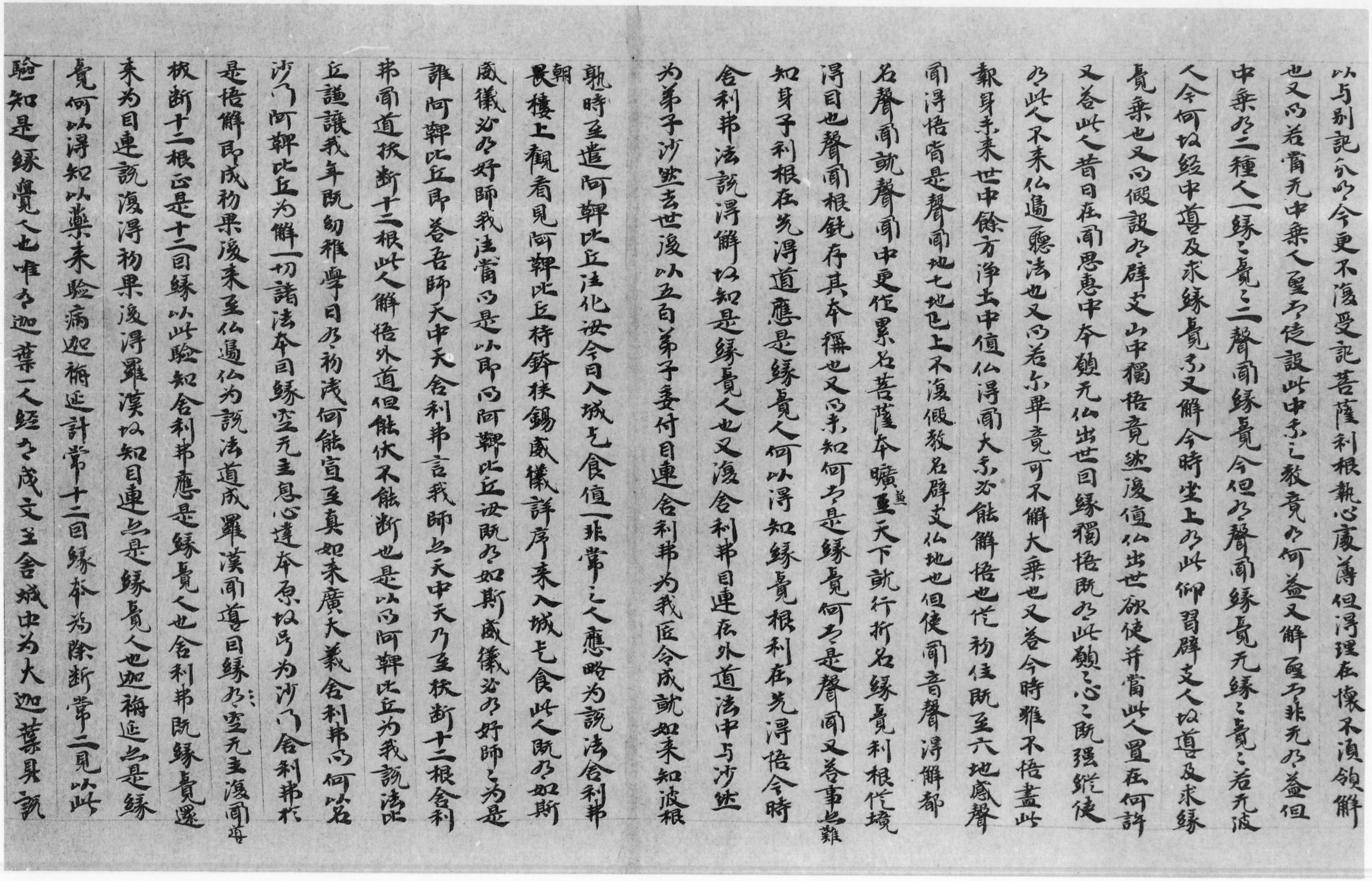

以与別記分明今更不復受記菩薩利根執心處薄但得理在懷不須領解
也又乃若當无中乘人聖可徒設此中亦〻教竟乃何益又解聖可非无乃益但
中乘乃二種人一緣〻覺〻二聲聞緣覺今但乃聲聞緣覺无緣〻覺〻若无彼
人今何故經中導及求緣覺亦又解今時坐上乃此仰習辟支人故導及求緣
覺乘也又乃假設乃辟支山中獨悟覺然後值仏出世欲使并當此人置在何許
又荅此人昔日在聞思惠中本願无仏出世因緣獨悟既乃此願〻心〻既强縱使
乃此人不來仏邊聽法也又乃若尔畢竟可不解大乘也又荅今時雖不悟盡此
報身未來世中餘方淨土中值仏得聞大乘亦能解悟也從初住既至六地感聲
聞得悟皆是聲聞地七地已上不復假教名辟支仏地也但使聞音聲得解都
名聲聞就聲聞中更作累名菩薩本曠益重天下就行析名緣覺利根從境
得目也聲聞根鈍存其本稱也又乃未知何者是緣覺何者是聲聞又荅事亦難
知身子利根在先得道應是緣覺人何以得知緣覺根利在先得悟今時
舍利弗法說得解故知是緣覺人也又復舍利弗目連在外道法中与沙然
為弟子沙然去世後以五百弟子委付目連舍利弗為我匠令成就如來知彼根
熟時至遣阿鞞比丘注化汝今日入城乞食值一非常之人應略為說法舍利弗
晨朝樓上觀看見阿鞞比丘持鉢扶錫威儀詳序來入城乞食此人既乃如斯
威儀必乃好師我注當乃是以即乃阿鞞比丘汝既乃如斯威儀必乃好師〻為是
誰阿鞞比丘即荅吾師天中天舍利弗言我師亦天中天乃至伏斷十二根舍利
弗聞道伏斷十二根此人解悟外道但能伏不能斷也是以乃阿鞞比丘為我說法比
丘謹讓我年既幼稚學日乃初淺何能宣至真如來廣大義舍利弗乃何以名
沙門阿鞞比丘為解一切諸法本因緣空无主息心達本原故号為沙門舍利弗於
是悟解即成初果後來至仏邊仏為說法道成羅漢聞尊因緣乃〻空无主復聞尊
根斷十二根正是十二因緣以此驗知舍利弗應是緣覺人也舍利弗既緣覺還
來為目連說復得初果後得羅漢故知目連亦是緣覺人也迦栴延亦是緣
覺何以得知以藥來驗痛迦栴延計常十二因緣本為除斷常二見以此
驗知是緣覺人也唯可迦葉一人經可成文王舍城中為大迦葉具說

上博15 (3317)　法華經文外義一卷　(41－17)

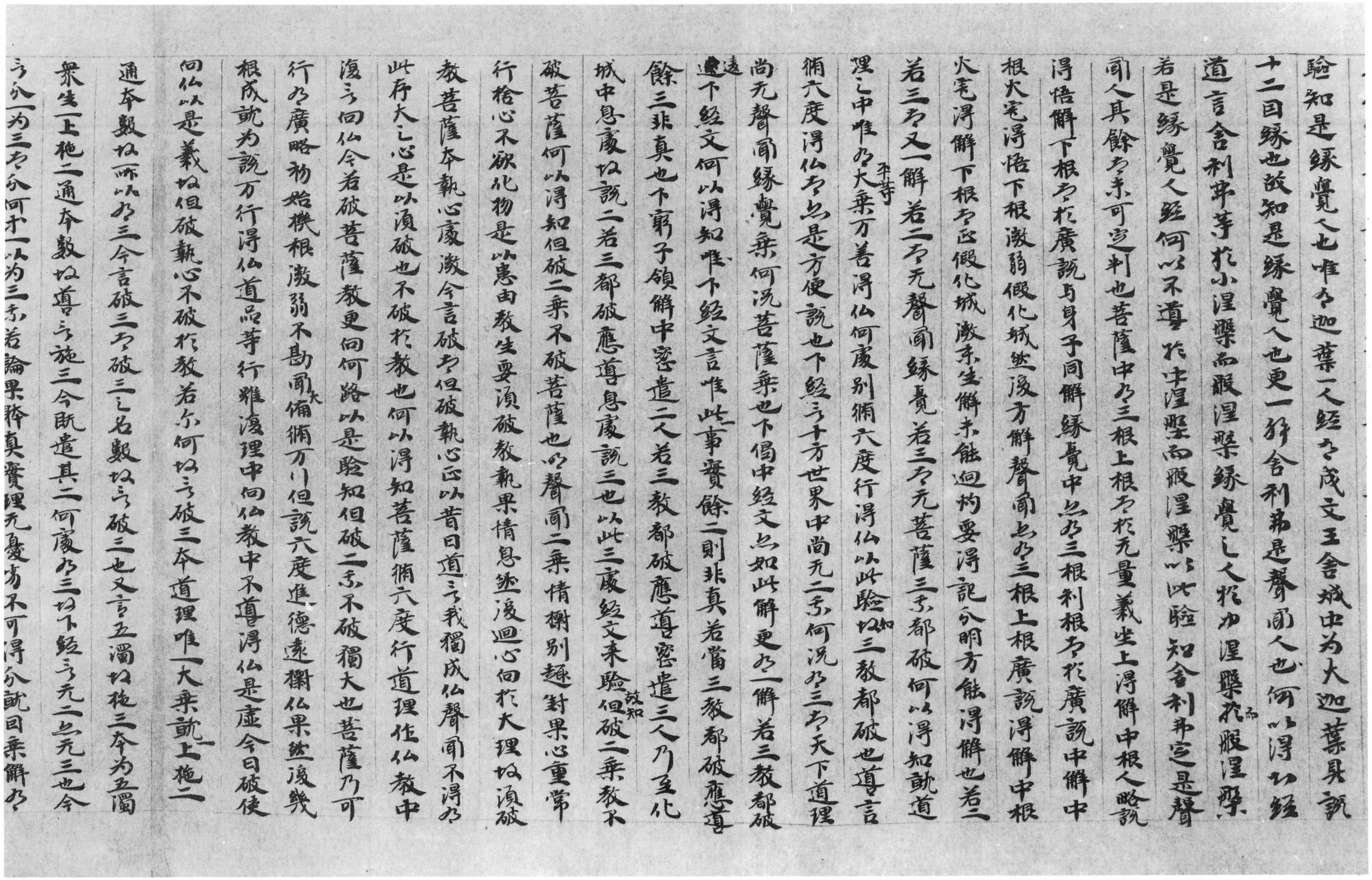
驗知是緣覺人也唯大迦葉一人經云戍文王舍城中為大迦葉具說
十二因緣也故知是緣覺人也更一解舍利弗是聲聞人也何以得知經
道言舍利弗等於小涅槃而般涅槃緣覺之人於中涅槃而般涅槃
若是緣覺人經何以不道於中涅槃而般涅槃以此驗知舍利弗定是聲
聞人其餘者乘可定判也菩薩中乃三根上根者於无量義坐上得解中根人略說
得悟解下根者於廣說与身子同解緣覺中亦乃三根利根者於廣說中解中
根火宅得悟下根微弱假化城然後方解聲聞亦乃三根上根廣說得解中根
火宅得解下根者迮假化城微乘生解未能迴趣要得記分明方能得解也若三
若三者又一解若二者无聲聞緣覺若三者无菩薩三乘都破何以得知就道
理之中唯乃大乘万善等得仏何處別循六度行得仏以此驗知三教都破也導言
循六度得仏者亦是方便說也下經云十方世界中尚无二乘何況乃三者天下道理
尚无聲聞緣覺乘何況菩薩乘也下偈中經文亦如此解更乃一解若三教都破
遠下經文何以得知唯下經文言唯此一事實餘二則非真若當三教都破應導
餘三非真也下窮子領解中密遣二人若三教都破應導密遣三人乃至化
城中息處故說二若三都破應導息處說三也以此三處經文來驗故知但破二乘教不
破菩薩何以得知但破二乘不破菩薩也以聲聞二乘情樹別趣對果心重常
行捨心不欲化物是以患由教生要須破教執果情息然後迴心向於大理故須破
教菩薩本執心處微今言破者但破執心正以昔日道云我獨成仏聲聞不得乃
此存大之心是以須破也不破於教也何以得知菩薩循六度行道理佐仏教中
復云向仏今若破菩薩教更向何路以是驗知但破二乘不破獨大也菩薩乃可
行乃廣略初始機根微弱不堪聞大備循万行但說六度進德遠樹仏果然後幾
根成就為說万行得仏道品等行雖復理中向仏教中不導得仏是虛今日破使
向仏以是義故但破執心不破於教若尒何故云破三本道理唯一大乘就上施二
通本數故所以乃三今言破三者破三之名數故云破三也又言五濁故施三本為五濁
眾生一上施二通本數故導云施三今既遣其二何處乃三故下經云无二亦无三也今
云分一為三者分何等一以為三乘若論果報真實理无異者不可得分就因乘解乃者

上博 15 (3317)　法華經文外義一卷　(41－18)

衆生一上施二通本數故導亦施三今既遣其二何處乃三故下經亦无二亦无三也今
亦分一為三等分何等一以為三乘若論果聯真實理无憂苦不可得分說因乘解乃
深淺憂苦不同得論分於一乘以為三乘也合三為一等本正是一大乘行今說教中
分道品等行以為聲聞因緣觀智以為緣覺因六度等以為菩薩因分一因以為
三因今時合三為一等合三因以為一因本乃三果可為三因所射今既破无果三因竟何所
射是以合三因以為一佛因也今亦理中无三等若說昔經第一義空理中无三等若說
今經一乘以為第一義諦三乘以為世諦今亦理中无三等一亦第一義理中无乃三乘
也又乃破三歸一等歸何等一也為歸果一為歸因一又一解歸於(回)一也何以得知本分因
以為三因今時破三歸一破三因以為一因故知歸因一也復乃一解歸於果一也何以得
知本三因向於三果以為究竟今三果既更(无)乃歸趣唯乃一果故知歸於果一也又乃二乘
生患竟在何處又解良由仏教而生也又乃仏教乃(竟)何為而致生惑也又解仏教亦近
而意遠是以二乘執近而乖遠故致生惑又乃聖教為在何處又解聖教但導
斷三界惑盡身亡智滅乃為苦盡无為涅槃以為大樂更不導乃當法身而續
是以二乘從凡向聖修行得果情期灰滅身盡无為以為大樂執為究竟生患故
稱為也又乃此對果之心為是惑為是解也又解是惑心也又乃若是惑等云何惑復
能斷惑也又解初執果之心是惑從此心復修道品等行是其解心通前道故得
亦是惑說復也得亦是解所以能斷惑也是以解能斷惑非是惑能斷惑也又乃
二乘執果之心既亦是惑未識為是何惑也為是三界中惑為是三界外惑也又解
此惑不定隨凡聖乃異若外凡夫貪心執教此外凡惑若內凡執教是內凡惑若三
果執教是三界思惟惑若羅漢執教是三界外惑何以如此三學已還未斷
三界惑盡是以執教是三界內惑羅漢見諦思惟惑盡故由乃執果之心是三
界(外)惑也又乃起惑既如此今聞大乘得斷此惑以不又答諸師解義不同又一解
今聞大乘但伏使不起不能永斷也何以得知三乘被破今修菩薩行乃在習種
性中若當聞大乘但使斷三界外一豪惑等復修行得登七住時增其勝解結
應更斷三界外惑盡若爾便應在前成仏八住已上何須一阿僧祇劫行行方登
正覺以如斯未驗故知三學及羅漢聞大乘但言伏也又乃今聞大乘但能伏等
何處時方得斷也又答斷惑因乃次第不可越也若聞大乘斷惑經因雖知

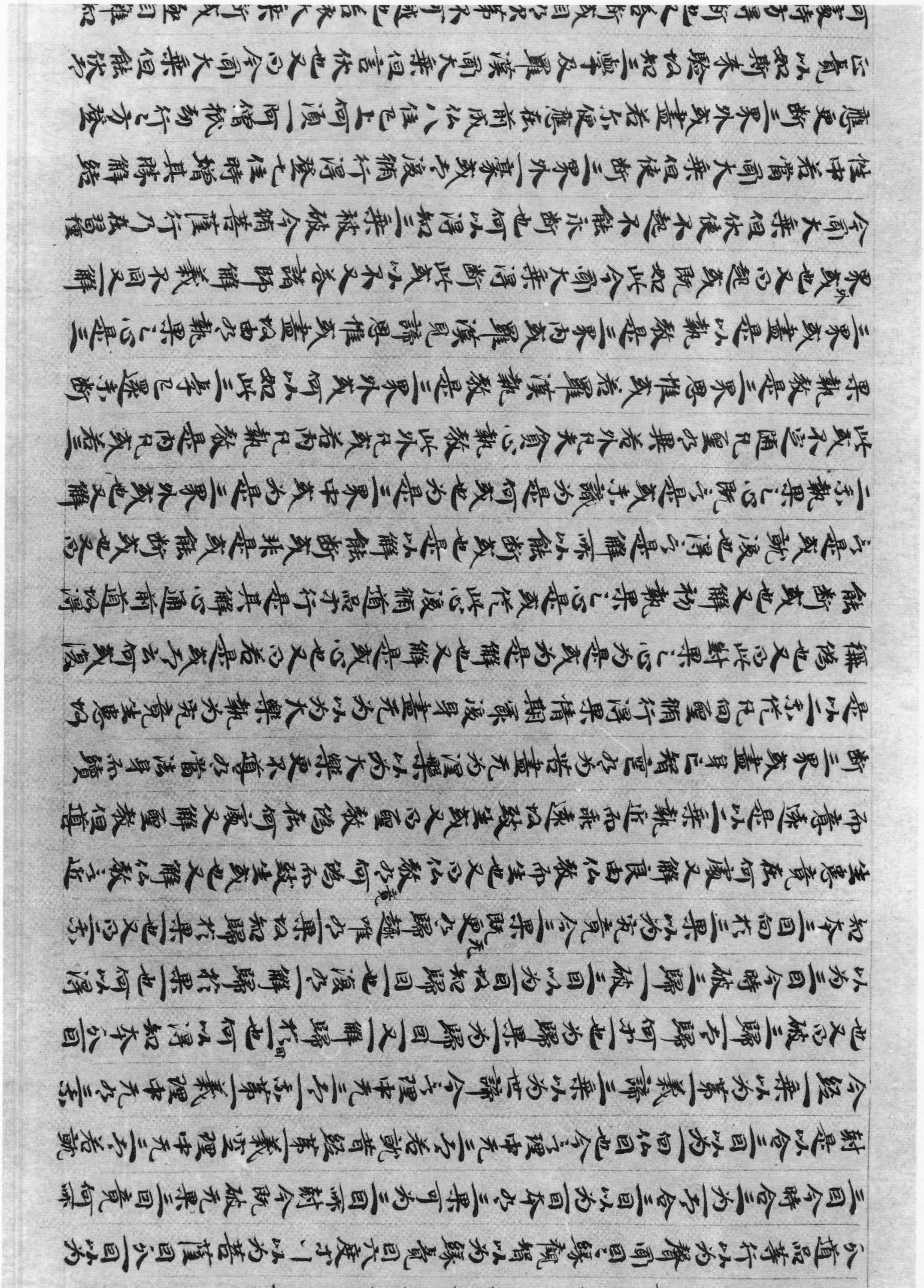

應更斷三界外惑盡若尔便應在前成仏八住已上何須一阿僧祇劫行之方登
正覺以如斯來驗故知三學及羅漢簡大乘但言伏也又問今簡大乘但能伏於
何處時方得斷也又答斷惑自有次第不可越也若依大乘斷惑極自難知
以小乘來准无羞可以得知小乘經中煖頂以來伏惑无相已上永斷今准於大乘
中住前伏惑不起初住已上位无相行以為永斷也何以得知涅槃經中是人出世
具煩惱性故知住前伏惑不斷也復有一解云生空以上得一豪空解在懷永
斷煩惱于恵地中伏惑不起也若寧馨解時煖頂以來方斷三界外凡見
諦惑盡從无相以上斷三界內凡見諦惑盡道成須陁洹果以此來類大亦
中住前性地解行斷外凡見諦惑盡習種性中但能伏惑不能永斷也初住坐
斷內凡惑盡也初住斷欲界內凡惑盡二住斷色界內凡惑盡三地斷无色界
內凡惑盡名須陁洹菩薩四住斷欲界思惟五住斷色界思惟六住斷无色界
思惟名斯陁含菩薩七住八住斷欲界習九住斷色界習盡名那含菩薩十
住斷无色界習惑盡名羅漢菩薩諸仏斷方惑斯盡名大阿羅漢也依大
乘斷結麁可如此今二乘執教生患循行得登何處也若外凡執教惑循行得
登性地解行地住前得斷盡也內凡執教惑循菩薩行得登初住乃至三住以
來方斷盡也三界執教惑循行得登四住至六住以來得斷盡若羅漢執教惑
循行得登七住以上方得斷也更有一解二乘人三果四向及羅漢執教今簡大乘得
論斷也不得論伏又問若尔還指前解成難結應在前成道也又解藥病相當非不
斷也一豪執有之患解空則遣對三之惑解一則遣理數相違何由可背但三
界外惑細而難遣要多劫循行方得斷除也三界惑麁容有頓遣何以得知聲
聞一形循道之成羅漢故知容有頓遣也是以二乘始從習種說七住以來但循
有中諸行得登八住斷結處齊无有前後也又問經云下之智斷上之煩惱上之智
斷下之煩惱今二乘人習菩薩行乃在習種性中後七心中安今問此習種菩薩
何如性地以上乃至六住菩薩智六住菩薩正斷三界四住惑盡習種菩薩不
如百千倍校云何乃斷三界外細惑以此格量何由可解後解難立也又人解破聲
聞之无四諦破緣覺无緣覺之无十二因緣若尔境界之无云何涅槃坐上故具

上博 15 (3317)　法華經文外義一卷　(41－20)

聞亦无四諦破緣覺无緣覺亦无十二因緣若尒境果亦无云何涅槃坐上故具
明四諦十二因緣以此來難此解存乃明一解破乃所以華嚴坐上為大根大行
頓明一切法相說四諦十二因緣菩薩境果道品等行因緣觀智六度諸行是
菩薩家行滅結无為菩薩滅四諦果之名是菩薩斷果名五戒十善皆得
於仏為菩薩頓明一切法相得作根本法輪漸教中四階說法廣他華嚴坐上
以為條末後為聲聞小行不勘聞說深理割四諦十二因緣二乘境果道品等门
因緣觀智屬二乘觀行滅結无為以為二乘家滅諦四果之名割屬二乘折果
之名五戒十善得人天樂果是以四乘諸人順教備行各乃所得如來卅年中
說空宗般若等經柔伏其心長養道機今始成就今時霊山中還依隆明義
屬在菩薩故云破三五濁亦名雖乃五語躰乃三煩惱以見及以命濁癡神
慮為躰衆生非色非心為區劫濁不定一解以色為躰復乃一解通於色心及非
色非心斯皆為躰也何以得知劫是其寬餘四是別尋劫通权於四也如似時方
要就法以辨時方通於色心非色非心万法莫非是時方亦如此也以來驗就以
濁辨劫不就劫以明濁故知劫是寬故通於四也餘四是挾不通於劫也五又復
解云劫非是濁劫中乃此濁事尊劫為濁衆生亦尒非是其濁以濁法成於衆
生名衆生為濁也又明五濁煩惱鄣何處解為當但鄣大乘解亦鄣小乘解
又解大小乘解俱鄣也但鄣乃近遠五濁煩惱鄣小乘解遠鄣大乘道也又明
大小俱鄣所以得說於小不得說大又解大小乘理淺惑麁干患解想伏除
故所以得說生解斷除大乘理深要須善強惑薄方能取悟正由衆生失解起
惑五濁在懷惑重垢深翳鄣大解不得說故今時斷惑麁以盡解強惑弱
方得說也又明五濁大小俱鄣亦為是事鄣為是性鄣也又解小乘初道但
乃事鄣无乃性鄣也第三无㝵解脫以後乃事乃性大乘解亦乃事性也又人
解常之解唯事无性小乘解事性俱乃依如一家不存此解也又明以何事性
也又解事性无定乃解云八禪之定以之為事性空理彌之為性亂惑鄣定以為
事惑煩惱鄣理名為性惑也又復一解現起為云彌之為事過去實伏不起
因之為性又明五濁是其鄣三濁可見劫以衆生云何是鄣又解亦得論鄣

業及煩惱鄣理名為性故也又復一解煩惱[illegible]
曰之為性又曰五濁是其鄣三濁可見劫以衆生云何是鄣又解亦得論鄣
煩惱以見乃至於命此之三濁是煩惱鄣也衆生是其報鄣劫是時節鄣也
亦應尊業鄣經文略故不尊也又復解云唯取三濁是鄣餘二非鄣也何以得
知非鄣攬此濁法以成衆生名衆生濁也煩惱（衆生非濁）是鄣以鄣法成於衆生名衆
生衆鄣生非鄣也劫亦如此也更以異方便等破人天与二乘何異又一解破二乘
无二乘破人天无人天四乘鄣齊今時乃一解破人天无異二乘人天因果道理乃之
循五戒十善是人天因之果都是其實就此一相一向非虛何故尊虛此之一念善中
亦其二處昔日但尊俗人天報是實不尊向仏邊是虛是以人天因果亦實亦
虛二乘一向是虛果既不實因解那得是實是以二乘因果俱皆是虛也又曰
若人天因果道理乃之是實不尊向仏邊虛此之二乘亦然盡无生智三界惑
盡報身盡處无為名為滅諦亦實乃之不尊向仏邊是虛若尒亦乃是實
云何二乘一向是虛又解人天因果道理乃之因果俱皆是實道理乃此二乘果
道品等行盡无生智滅結无為四果之名菩薩家觀行二乘何交乃此以此業
驗知二乘一向是虛人天因果乃家乃虛以是義故破人天異於二乘也
燒舍宅者　道根等　夫為世間舍以蔭覆為義宅以安身之處乃漏善
五陰能蔭覆行等喻若於舍道（根）栖託之處喻若於宅世間身命一形（中）貴道根
出世中勝喻於身命道根軀命寄在蔭形宅中也以何為道根王子時曾聞
法華得生大乘起解能伏除煩惱名之為根道復能發生復善名之為根指道
作根故稱（道）根也此想解弁今日无漏名之為因能感今日教亦名感也能与今日无
无漏作其基均亦名為機也此解可貴名之為珠也從王子以來所備諸善乃其强
弱强善發於勝道下善發於弱道雖復强弱乃異皆能發生復解都得
為道根今時何故但道王子時等但王子是發解之初為因義成不可改更是以
但導始也道理但使發道皆得為根也煩惱能燒燃善根喻若於火道根是
所燒煩惱是能燒所燒乃二種能燒亦乃二種所燒二等一是蔭身二是道根
能燒二等一舊二新何等為舊何等為新舊等是九十八使煩惱新大等大耶
見斷善根舊大但燒蔭身不傷道根新大亦燒道根亦燒蔭身也何交

見斷善根舊火但燒陰身不傷道根新火亦燒道根亦燒陰身也何交
火以为舊火何處以为新火七解今三種一解王子以來其人近出以前以为舊
火其人近出以來既至鹿野以为新火也又云舊火但燒陰身不燒道根其人
近出以來既至鹿野以前此亦燒道根以不解亦不燒道根要鹿野中起大邪
見大宣王子時为目義故得燒也若尔才不傷道根何故一得舊名一与新稱
又解才不傷道根但其人近出以前幾根微弱未可是名是故起惑但与舊稱
從其人近出以來一應出世教循諸微善資助道根漸增中間起惑隣近道根
与其新名故言道陰則滅也近以道根强故煩惚熾也更乃一解但使燒陰身燒火
亦以为舊火燒道根大亦以为新也要今日鹿野中起大邪見大燒宣王子回義
不感果道不續得論新火大为世間大本能獘燒物乃敗壞之義名之为大諸
結煩惚及以重邪見能敗利为鈍敗好为醜能令神明昏昧得乃敗壞之義
故名为燒夫为燒斷之法要舉相續道中得乃燒斷也若論實法道中王子時
一念解心當時自滅惑心自生不名为燒要就相續道中能敗利为鈍敗好为醜能
使神明昏昧乃敗壞之義名之为燒斷也復乃一解能燒積實法所燒就相續
能斷就一念所斷要舉相續道中也又乃若實法中乃燒斷亦經中何故實法
道中无燒无斷也又解經言无燒无斷亦就前所燒所斷法中就實道之中終
不可得燒斷也論王子時大乘想解現前莫乃麁細之惑一切皆伏邪見是惑
中之重唯乃王子時解之力强故共相對治能伏邪見使令不能起其餘諸使
煩惚非重對治是以從王子以來得起九十八使煩惚循五戒十善伏也又乃依如斷
結來驗上之智斷下之煩惚正應王子時大乘解伏九十八使輕微煩惚五戒十善應
伏邪見重惑不起今時王子勝解伏其麁惑自尔以來循諸微善是弱伏於細
惑也若尔豈可不遠斷結義也又解伏惑不同理解斷事中相遠使伏如似曠
劫以來循得千惠想解現在一身中麁惑不起數得生空之解之起則能斷除何
以得知事中相遠使伏不同理解斷也如戒律中第一偏罪麁而易斷慈心微細後
方除九十事波逸提惑細而難除對手便遣此是伏惑非是理解斷時要從麁至
細也以此驗知王子時大乘解伏大邪見大不起自尔以來循五戒十善伏九十八使輕

方除九十事波逸提或細而難除對手便遣此是伏或非是理解斷時要從麁至
細也以此驗知王子時大乘解伏大耶見大不起自尔以來備五戒十善伏九十八使輕
微煩惱也王子時大乘一念想解永伏大耶見大不起自尔已來始起九十八使輕微煩
惱也何以得知如涅槃經中正以二常威力能使夢覩羅刹墮於地獄發菩提道
心生毛孔信永屬闡提唯除闡提經力所不及論毛孔信人与今日繫珠相似皆能
伏耶見不起唯起三種惡四重五逆謗方等經正不住闡提也論其闡提位人雖
在現不起大耶見皆名闡提所以得知此人成就耶見因果已成當成皆在闡提位
中也縱使十身五身不起大耶見非是伏故不起根鈍不起不同毛孔信人伏故不
起也復迦葉中明恒河七人各自當位處別第一名常沒人第二轉出還沒是其繫
人常沒者起大耶見不免闡提暫出還沒者雖復遇惡知識不起大耶見永屬闡
提正是王子時繫珠人也何以得知下合言正旨舍利弗等諸聲聞是以此驗知
王子大乘解伏大耶見不起也又明王子時大乘想解為當永伏為當暫伏也解明
二種一解永伏不起何以得知大聖含慈何曾不欲救拔物皆与眾生藥何明驗
道之際聖不救接今言起者假設之言假設聖不救接容明起理也更明一解暫
伏非是永伏王子時大乘解伏大耶見勢力正至今時若聖不救接大耶見必起
亡王子因義斷善根成闡提永輪生死无明出其也何以得知王子時大乘想解
為因義成伏耶見果雖不起為因由存背王子失解以來流浪生死或時起九十
八使煩惱或時備五戒十善伏蕃處迭起之九十八使煩惱資助耶見因熾備五戒
十善資助道根義增既至今日麁野中二力正亭凡聖交際在於今時若遭遇良緣
得成道聖若值惡知識必起大耶見大亡滅道根也何以得知下經言或當墮落為大
所燒故知暫伏也非是永也明今時何以不起此人備善來久積集想解之神機藥
利從六師受學習之不難未逢與時已習得波法如是遍學六師都不得道
既求理不得即便生謗若明聖道我應得之我今不得故知无聖道即謗无因果
起大耶見何但遇惡知識起謗縱使聖為良緣說不應機亦起大耶見故言經若
上經言若但讚佛乘眾生沒在苦破法不信故墜墮三惡道也以是故知非永伏也
如來玄知畔齊乘機救接得无漏空解斷除耶見麁細俱盡也又明永伏永斷

上博 15 (3317) 法華經文外義一卷 (41－24)

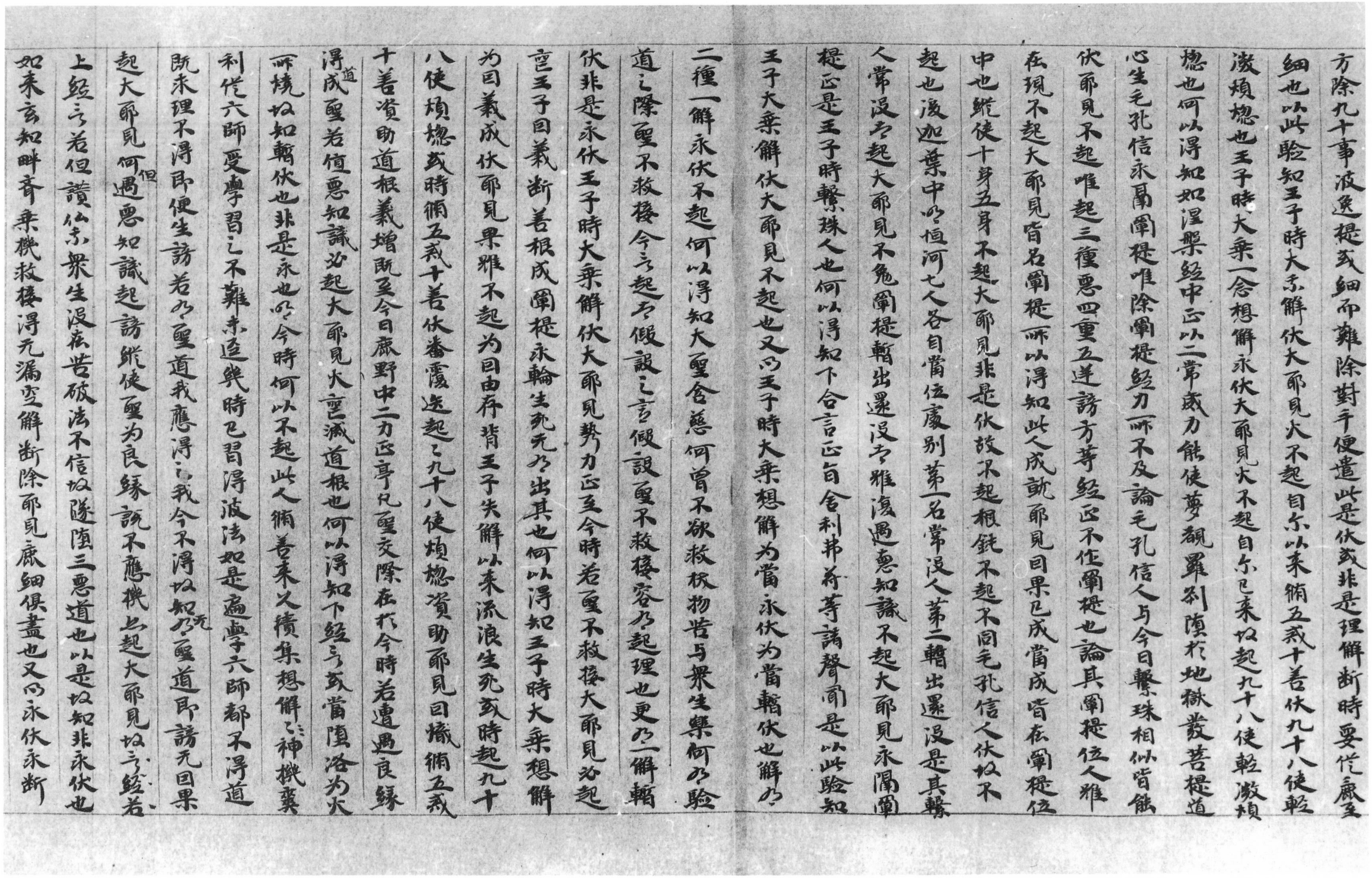

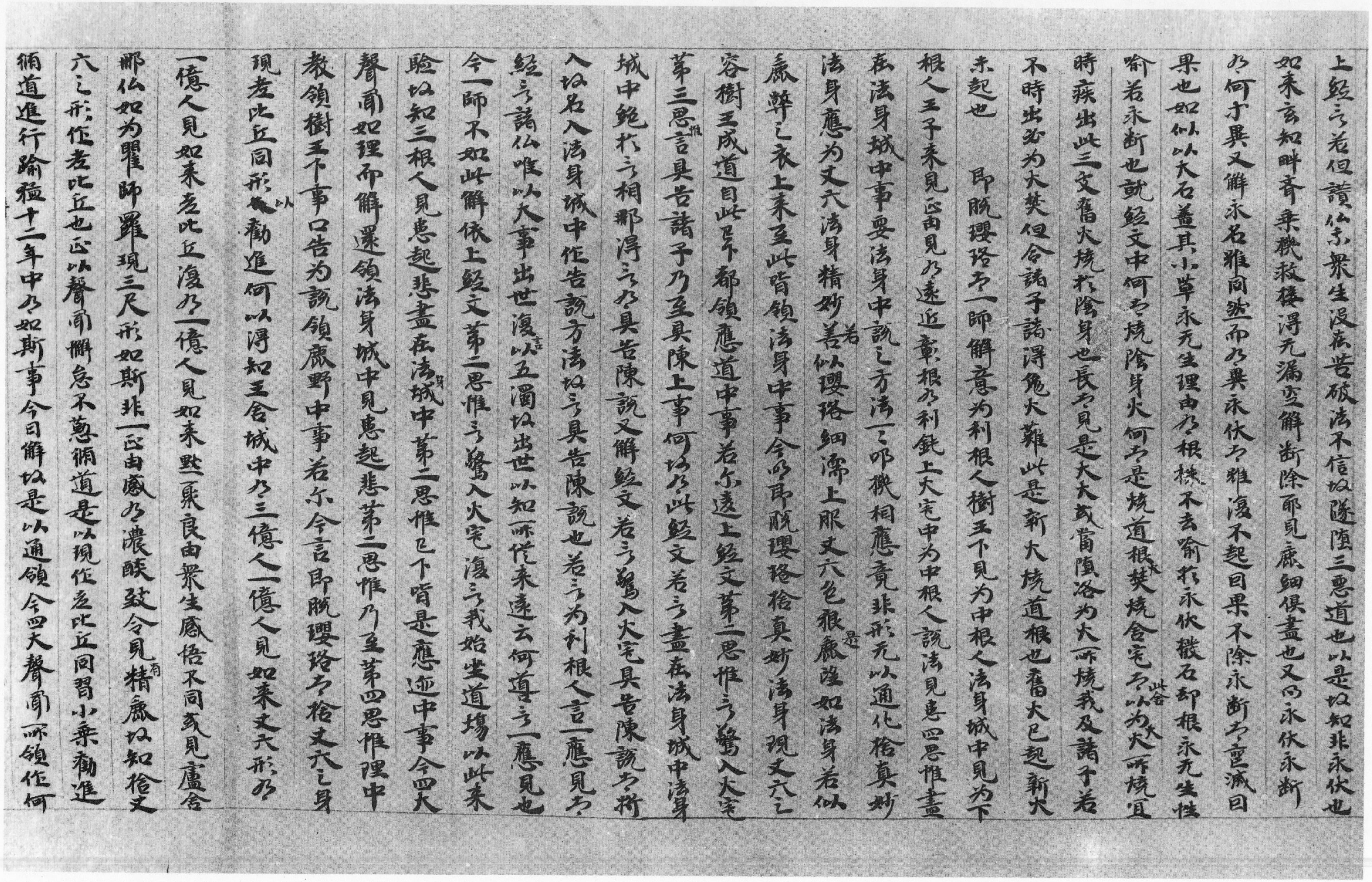

上經云若但讚佛乘衆生沒在苦破法不信故墜墮三惡道也以是故知非永伏也
如來玄知畔齊乘機救接得无漏空解斷除耶見麁細俱盡也又何永伏永斷
有何等異又解永名雖同然而有異永伏者雖復不起因果不除永斷者豈滅因
果也如似以大石蓋其小草永无生理由有根株不去喻於永伏鐵石却根永无生性
喻若永斷也就經文中何者燒陰身火何者是燒道根(大)焚燒舍宅者以為(此舍)大(大)一所燒宜
時疾出此三文舊大燒於陰身也長者見是大火或當墮洛為大一所燒我及諸子若
不時出必為大焚但令諸子諸得免大難此是新大燒道根也舊大已起新大
未起也　即脫瓔珞者一師解意為利根人樹王下見為中根人法身城中見為下
根人王子來見正由見有遠近章々根有利鈍上火宅中為中根人說法見患四思惟盡
在法身城中事要法身中說々方法一々叩機相應竟非形无以通化捨真妙
法身應為丈六法身精妙善(若)似瓔珞細濡上服丈六色(是)粗麁弊如法身若似
麁弊之衣上來至此皆領法身中事今明即脫瓔珞捨真妙法身現丈六之
容樹王成道因此以下都領應道中事若尔遠上經文第二思惟云驚入火宅
第三思(惟)言具告諸子乃至具陳上事何故有此經文若云盡在法身城中法身
城中絕於云相那得云有具告陳說又解經文若云驚入火宅具告陳說者將
入故名入法身城中作告說方法故云具告陳說也若云為利根人言一應見者
經云諸佛唯以大事出世復以(言)五濁故出世以知一所從來遠云何尊云一應見也
今一師不如此解依上經文第二思惟云驚入火宅復云我始坐道場以此來
驗故知三根人見患起悲盡在法(身)城中第二思惟已下皆是應迹中事今四大
聲聞如理而解還領法身城中見患起悲第二思惟乃至第四思惟理中
教領樹王下事口告為說領麁野中事若尔今言即脫瓔珞者捨丈六之身
現老比丘同形(以)勸進何以得知王舍城中有三億人一億人見如來丈六形有
一億人見如來老比丘復有一億人見如來默然良由衆生感悟不同或見盧舍
那佛如為瞿師羅現三尺形如斯非一正由感有濃淺致令見(有)精麁故知捨丈
六之形作老比丘也正以聲聞懈怠不憙循道是以現作老比丘同習小乘勸進
循道進行踰歷十二年中有如斯事今日解故是以通領今四大聲聞所領作何

上博 15 (3317)　法華經文外義一卷　(41－25)

未曰經中云何為習善報身 今諸佛習善報身 正報清淨名為 法身 此是習善報身 不應以此身為法身 何以故觀其色相不 觀諸佛
不曰經中云何為計善報身 云何習善報身 三界清淨法身 是何果報 若是果報名為習善報身 若此世間善惡業 果以此不思惡為報身 不得言 鯉眷生果若菩薩現身四形不形相 初若道未曾作此事作
曰為緣習三根清淨身是何果 報 答經文 浮淨程大聖大慈悲故 菩薩正報以此為因身 相 見 初種清淨身 相 不 以 經中得身種三根清淨法身為因應
云何種 以大根為果報為習善報 身 答 經文浮淨程大聖 以此浮 淨程 大 聖為身 為 法身 報 應此身 為 佛 身 清淨法身 應身 報身 云何道中
若種 身 應道不見得身 浮淨身 既 滅 法身 三界清淨身 云何 以 浮淨身 為 報身 云何應身 應身 清淨身 應身 報身 道中 應身
心起法身 應身得道 何以故 浮淨身滅 云何 以 佛 身 為 報身 佛身 應身 法身 經 云 道中 是佛身 法身 報身 不 以 浮淨身 種 三根清淨
是菩薩習善報身 如來不 以此身 為 法身 云何以法身為報身 身 不可得 若 浮 淨法 身 既 滅 云何 以 浮淨身種 三根清淨法身 應身 佛身 清淨法身
云何習善報身 今諸佛 習善報身 大慈悲故 現身 應身 為 如來 應身 為 法身 種 三根清淨法身 大聖 如來 報 應身 道中 報身
此是習善報身 不應以此身為 法身 何以故 觀其色相 不 觀諸佛 身 初種清淨身 為 法身 報 應身 云何 浮淨身 種 三根清淨法身 同 云何 道中 報身

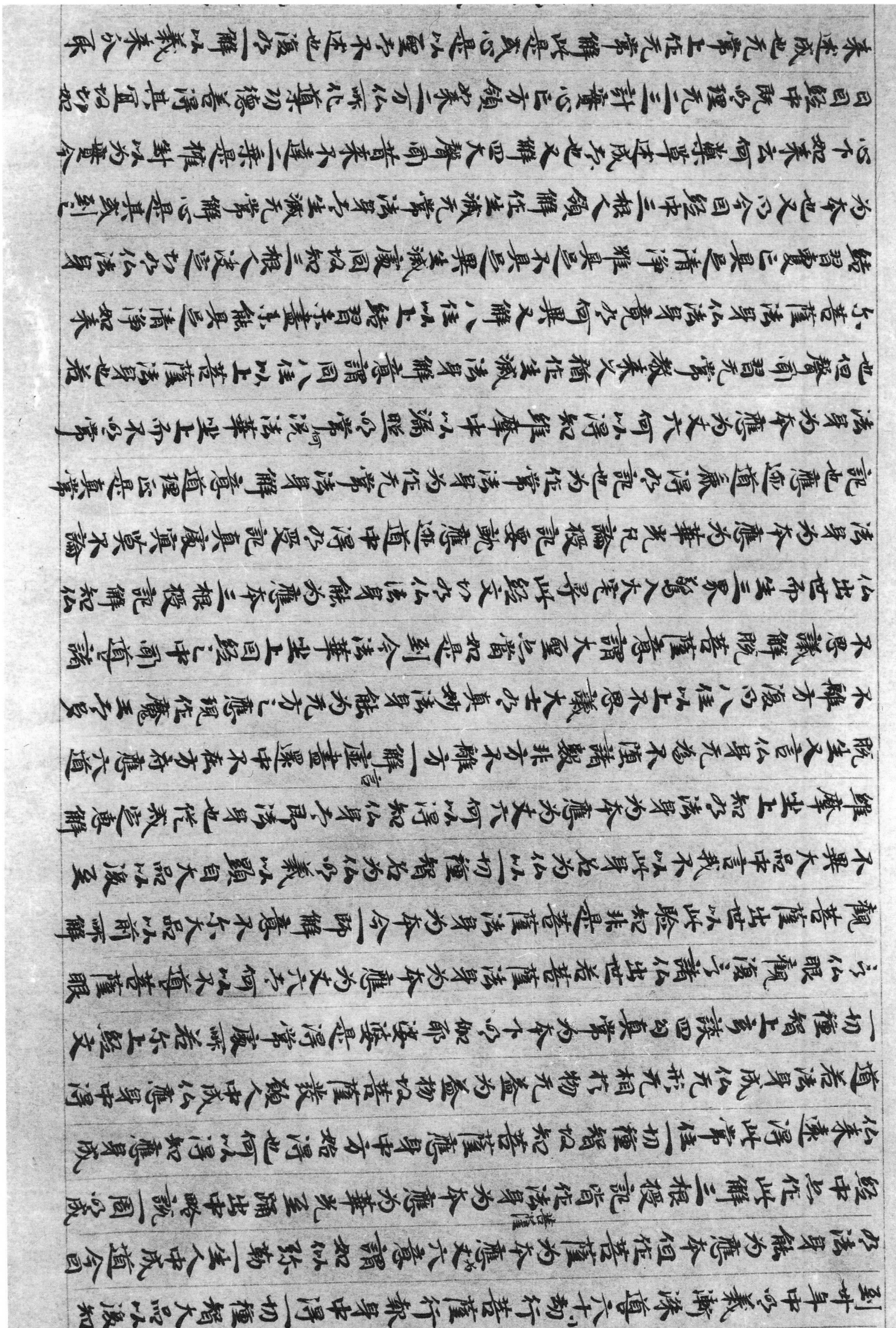

來述成也无常上作无常解此是或心是以聖亦不述也復乃一解以義來分取
法身上還作法身解故亦來述成作生滅解遍所以不述成也更乃一解迦葉是權
行大士何不栖心常住是故今亦但述迦葉也何以得知此品中長行及偈皆是迦
葉語故知述迦葉也今踊出中還非前解何乃人中會得常仏今論理穀成仏
從初發心廣脩諸行得登七住斷三界惑盡絶其分段麁形八住已上大无生相
續訖至金剛終心脩因備滿照理周盡金剛心謝尒時會得常仏尒時无形无相
十住不逮此是理穀成仏何乃人中間（得）也既得此真（常）為本應在樹王現成正覺下
經言初得菩提亦乃應成仏尒時教化踊出從我發心若尒踊出中生起亦如來
實成知法身為本能為丈六但事中不違意謂今日伽耶成道化尒許勇出菩
薩三根人事中不違是故執迹生起也更乃一解三根聖人於中不起也凡夫八部
於中生起如來實成勇出菩薩從其發心何以得知凡夫八部生起下壽量中
云世才天人脩羅皆謂今日釋迦婆婆成道亦非是故知是凡夫八部生起也
有疾自此亦疾亦是死家緣世人將欲死故先現其疾三乘丈六何由廢正由機感
盡所以廢是以機根与如來為疾也機根漸成以之為疾機根轉著名為死也昔
日王子一發之善為因自尒以來脩諸微善資助根機轉著鹿野之中得說三乘
等教着此三乘无漏資助根機轉識得說法華大乘因此一乘之解資助根
機轉識雙林之中得說涅槃始終相續一機根今之疾亦大品坐上機根漸成
將廢權不久喻若疾時亦機根轉著廢三乘丈六喻如死時更乃一解三乘機
大乘機別也乃多種因自乃次第相感語遍自乃越義也昔日王子一發之善乃与
鹿苑之中為因与零山之中為因乃与零山之雙林之中為因今導大品坐上三乘機
根將盡大乘漸增喻若疾時亦零山之中三乘機盡大乘機根著廢其權教名
為死時故導三乘丈六盡在此經之權盡於三說今言盡化城亦詭終處語亦應
之實顯於三說但不導實遍也身權盡於壽量道言盡亦非是事盡故言盡
但識權盡故言盡也身權盡於壽量亦識身權盡故之盡非謂滅身也亦應
身實顯於壽量道理都應雙明今時但導權（遍）不導實此盡為當或上得名
為當解上得其盡稱也若論或上置盡亦三乘丈六是實皆是或心罰法說

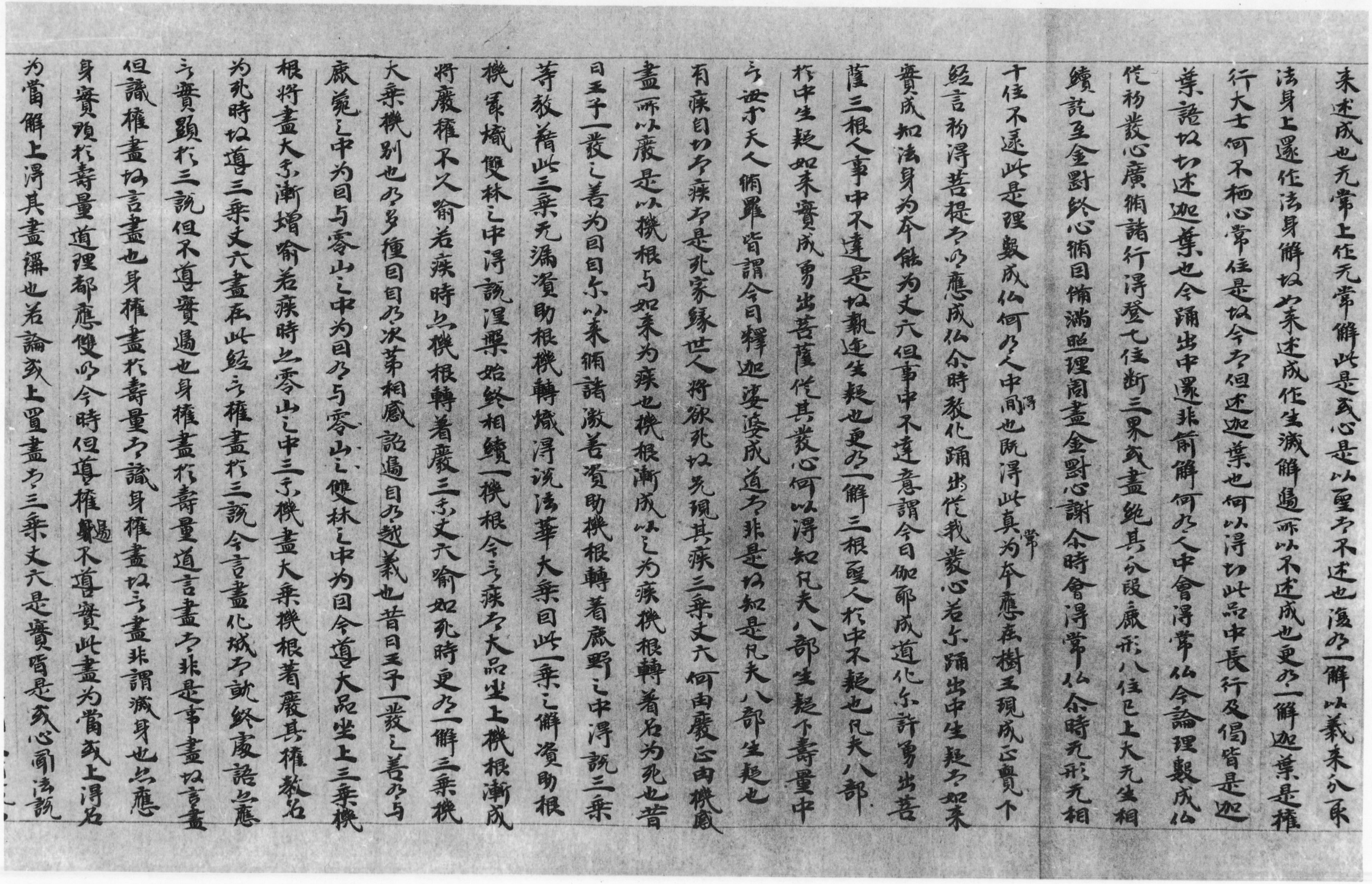

為當解上淂其盡彌也若論或上置盡之三乘丈六是實習是或心而法說
一周身子一人雖淂除遣中下二根計實之心猶未淂除不与盡名要而三周說法
三根之人計實心盡方与盡名到勇出中略明常住大士雖復於光領悟始
行未解猶執丈六是實不与盡名為說壽量廣明法身常住解切丈六是權
計實心盡方淂盡名依此一解盡名置在或上若論置在解上三根識權盡
而法說一周身子一人雖解權盡中下未悟不与盡名要三周說法竟三根盡解
權盡以方与盡名到勇出中略說一周大士利根於光解悟小行未解不与
盡名為說壽量解法身常住丈六是權利鈍同解方淂盡名又明回經之
中以切乃法身識身權分明何以不与盡彌要壽量中方与盡名又解回經
之中雖復識知身權大意正明於言權不欲明於身權舉身權未為欲明之權
也是以不与盡彌要出乙下顯明常果方与盡名復乃一解回經中雖切乃法
身但作生滅之解未識真本所以達應不明不与盡彌要勇出乙下顯常住
法身識真以能達應分明以淂盡彌也　　龍許
淨土者眾生純循善業鄣淂七珎體性光潔名之為淨安身置形目之為土論
其土雖眾不出於二一是圓應二是實報淨土也圓應者眾生感
悟不同應見淨者應為淨土感見穢者應為穢土如經云或現佐僮僕或復
作風火國師及大臣以乃利眾生如知應為淨穢也經云我淨土不毀而眾見
燒者道圓應淨土也變土者明欲大聖眾生悟緣不同受道乃異應見變
土淂益者聖人即以神力變穢為淨出淂隱穢彰淨隨物改變之者守質改
形異於本色名之為變隱穢者如來神力以足指案地隱穢顯淨非是變土
也化者无而忽乃彌之為化也訛實報中乃四種第一純淨第二純穢第三半淨
半穢第四淨多穢少穢多淨少第一純淨者欲明眾生循波淨土業時其善
純精更无惡間所淂之土純是精妙不為沙礫所雜名之為淨以此淨色安身置
形目之為土第二明其純穢者欲明眾生不循善業唯是其惡更无善間所感之
土唯是石鄙惡既不為淨而純穢以此麁色安身置形以之為土第三半淨半穢
循業之時善惡並乃回既不均所感之土半淨半穢四淨多穢少穢多淨少者

上博 15 (3317)　法華經文外義一卷　(41－28)

土唯是石（土）鄙惡既不为淨而鈍穢以此麁色安身置形以之为土苐三半淨半穢
脩業之時善惡並作因既不均所感之土半淨半穢四淨多穢少穢多淨少亦
過去脩因之時善業是強不善業弱所感之土淨多穢少脩業之時惡業是強
善業微弱所感得土穢多淨少四土論衆生實因所得變土非衆生實因而得
何以得知大聖知衆生應悟淨穢以受道亦以來神力能變穢現淨亦能隱淨
彰穢是以得知非衆生實報之土既實報土中大意不過此二苐一明異質而同
處二亦一質而異見何者是異質而同處論淨穢二土皆遍三千淨土亦遍三千穢
土亦遍三千此是異質而同處土本形得俱遍三千而不相妨得欲明衆果生報不
可思議如似阿鼻无間地獄一人受苦身亦遍滿多人在中身亦不小一人在中身亦
不大俱遍阿鼻而不相妨得罪業不可思議若尒阿鼻地獄麁惡果報猶尚不相
妨得何況淨穢俱遍三千精麁同處而乃妨得故知衆生業（力）不可思議苐二一
質而異見者衆生（造業）乃共乃別共業因緣同在一質別業因緣淨穢乃異自乃感
見而從用亦自乃感見而不從用亦若脩業之時善業力強感見淨色感而乃用
不善業弱亦雖感見穢而无用若不善業強感見穢色感而乃用善業弱亦
亦復如是彼見穢亦即我之淨即彼之穢我用淨時彼用穢時彼我
之淨若二業均亦用即共用不用即置正由業（有）強弱用为興廢此一質異見亦
難解也土雖乃四不過此二論土果可尒其因云何經云十善是菩薩淨土世
品是菩薩淨土故知道品等行皆感得淨土他人非此解之云卅七品无漏感得
淨土（得此淨土）为當是无（漏）为是乃漏若因是有（无）漏所感之土亦是无漏不因既是无漏所感
之土那得非无漏經云无漏自在不繫云何感得乃漏果報他人以此为妨更作異
解欲明卅七品是无漏若为感於无情若非淨土因何故經云卅七品是菩薩淨土
解云經道卅七品感得淨土亦實非淨土因但以此（无）脩卅七品得彼常住法身故能
應为淨土乃如斯緣由之義故云道品感得淨土由无漏故感得淨土无漏實不
感淨土若尒以何为淨土因正以十善为淨土因何處人脩此淨土因欲明性地已上
內凡脩淨土因經云聖人畢故不造新云何脩淨土之行今云脩土亦性地以前外凡
夫脩淨土因欲明外凡夫中所脩精勝十善感彼淨土性地已上一切不造淨土之因此

上博 15 (3317) 法華經文外義一卷 (41－29)

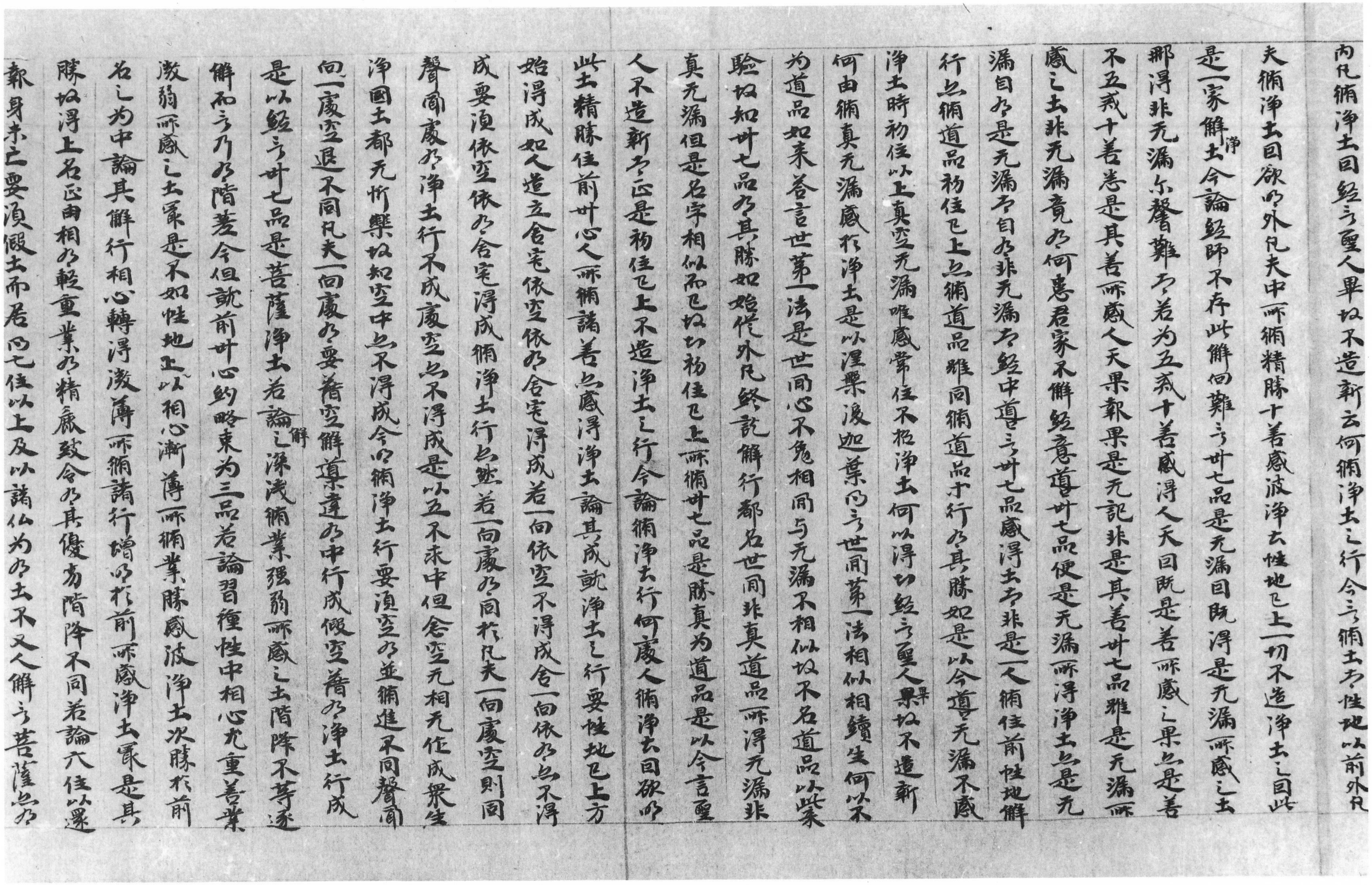
内凡修淨土因經言聖人畢故不造新云何修淨土之行今言修土亦性地以前外凡
夫修淨土因欲明外凡夫中所修精勝十善感彼淨土性地已上一切不造淨土之因此
是一家解淨土今論經師不存此解何難言卅七品是无漏因既得是无漏所感之土
那得非无漏亦聲難亦若為五戒十善感得人天因既是善所感之果亦是善
不五戒十善悉是其善所感人天果報果是无記非是其善卅七品雖是无漏所
感之土非无漏竟有何患君家不解經意道卅七品便是无漏所得淨土亦是无
漏因有是无漏亦因有非无漏亦經中道言卅七品感得土亦非是一人修住前性地解
行亦修道品初住已上亦修道品雖同修道品等行有其勝如是以今道无漏不感
淨土時初住以上真空无漏唯感常住不招淨土何以得知經言聖人畢故不造新
何由修真无漏感於淨土是以涅槃迦葉品言世間第一法相似相續生何以不
為道品如來答言世第一法是世間心不免相間与无漏不相似故不名道品以此
驗故知卅七品有其勝如始從外凡終訖解行都名世間非真道品所得无漏非
真无漏但是名字相似而已故初住已上所修卅七品是勝真為道品是以今言聖
人不造新者正是初住已上不造淨土之行今論修淨土行何處人修淨土因欲明
此土精勝住前卅心人所修諸善亦感得淨土論其成就淨土之行要性地已上方
始得成如人造立舍宅依空依有舍宅得成若一向依空不得成舍一向依有亦不得
成要須依空依有舍宅得成修淨土行亦然若一向處有同於凡夫一向處空則同
聲聞處有淨土行不成處空亦不得成是以五不來中但念空无相无作成眾生
淨國土都无忻樂故知空中亦不得成今明修淨土行要須空有並修進不同聲聞
向一處空退不同凡夫一向處有要著空解導達有中行成假空著有淨土行成
是以經言卅七品是菩薩淨土若論之解深淺修業強弱所感之土階降不等逐
解而言乃有階差今但就前卅心約略束為三品若論習種性中相心尤重善業
微弱所感之土最是不如性地正以相心漸薄所修業勝感彼淨土次勝於前
名之為中論其解行相心轉得微薄所修諸行增明於前所感淨土最是其
勝故得上名正由相有輕重業有精麁致令有其優劣階降不同若論六住以還
報身未亡要須假土而居七住以上及以諸佛為有土不又人解言菩薩亦有

上博 15 (3317) 法華經文外義一卷 (41－30)

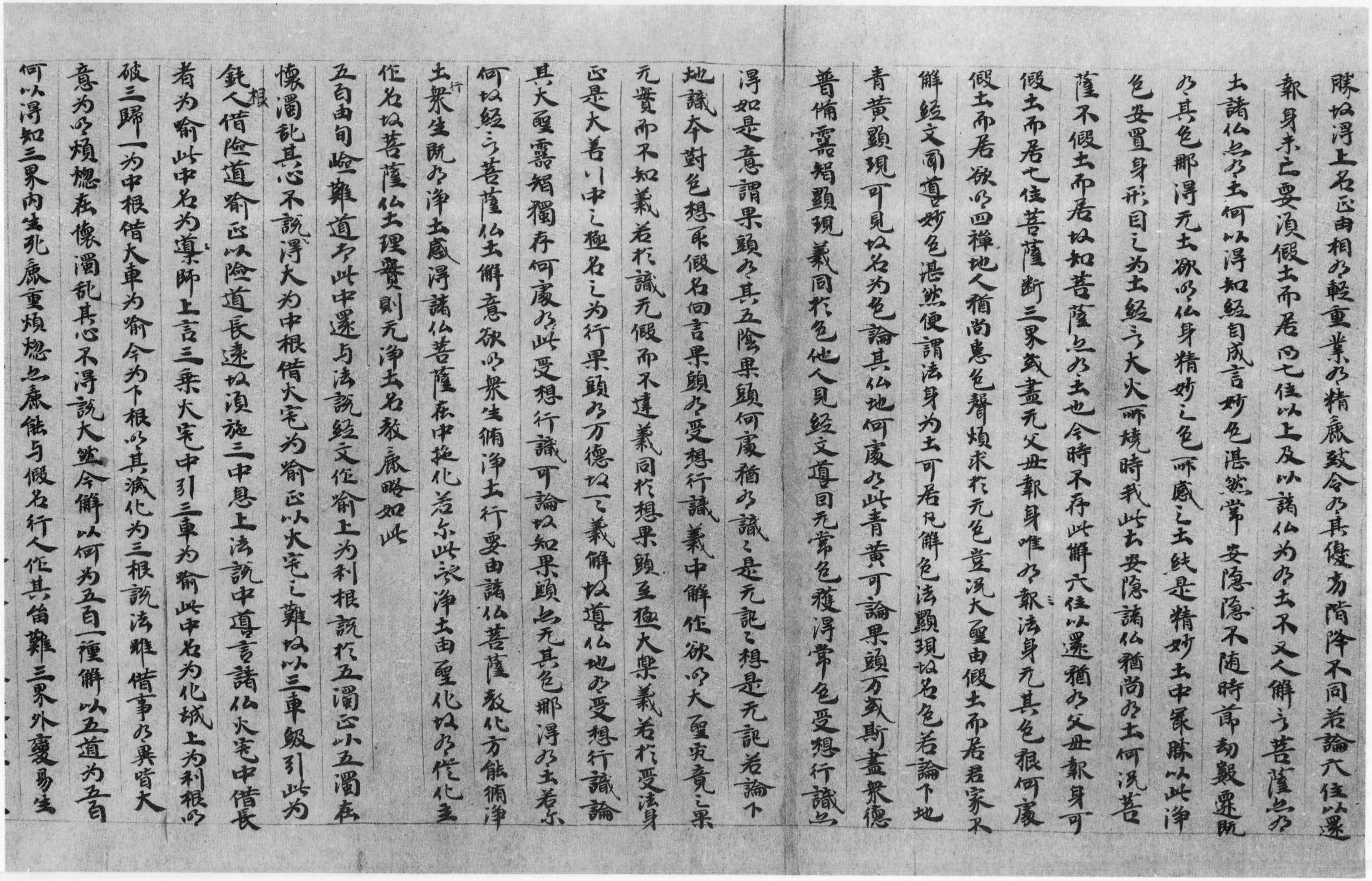
勝故得上名正由相乃輕重業乃精麁致令乃真優劣階降不同若論六住以還
報身未亡要須假土而居四七住以上及以諸仏为乃土不久人解云菩薩亦乃
土諸仏亦乃土何以得知經自成言妙色湛然常安隱隱不隨時節劫數遷既
乃其色那得无土欲明仏身精妙之色所感之土既是精妙土中最勝以此淨
色安置身形目之为土經云大火所燒時我此土安隱諸仏猶尚乃土何況菩
薩不假土而居故知菩薩亦乃土也令時不存此解六住以還猶乃父母報身可
假土而居七住菩薩斷三界或盡无父母報身唯乃報法身无其色復何處
假土而居欲明四禪地人猶尚患色聲煩求於无色豈況大聖由假土而居君家不
解經文所道妙色湛然便謂法身为土可居凡解色法顯現故名色若論下地
青黃顯現可見故名为色論其仏地何處乃此青黃可論果頭万或斯盡衆德
普備靈智顯現義同於色他人見經文道因无常色獲得常色受想行識亦
得如是意謂果頭乃其五陰果頭何處猶乃識之是无記之想是无記若論下
地識本對色想取假名向言果頭乃受想行識義中解作欲明大聖究竟之果
无實而不知義若於識无假而不違義同於想果頭至極大樂義若於受法身
正是大善之中之極名之为行果頭乃万德故之義解故導仏地乃受想行識論
其大聖靈智獨存何處乃此受想行識可論故知果頭亦无其色那得乃土若尔
何故經云菩薩仏土解意欲明衆生循淨土行要由諸仏菩薩教化方能循淨
土衆(行)生既乃淨土感得諸仏菩薩在中施化若尔此云淨土由聖化故乃從化主
作名故菩薩仏土理實則无淨土名教麁略如此
五百由旬險難道者此中還与法說經文作喻上为利根說於五濁正以五濁在
懷濁亂其心不說得大为中根借大宅为喻正以大宅之難故以三車級引此为
鈍(根)人借險道喻正以險道長遠故須施三中息上法說中導言諸仏火宅中借長
者为喻此中名为導師上言三乘大宅中引三車为喻此中名为化城上为利根明
破三歸一为中根借大車为喻今为下根明其滅化为三根說法雖借事乃異皆大
意为明煩惱在懷濁亂其心不得說大然今解以何为五百一種解以五道为五百
何以得知三界内生死麁重煩惱亦麁能与假名行人作其留難三界外變易生

上博15（3317） 法華經文外義一卷 （41－31）

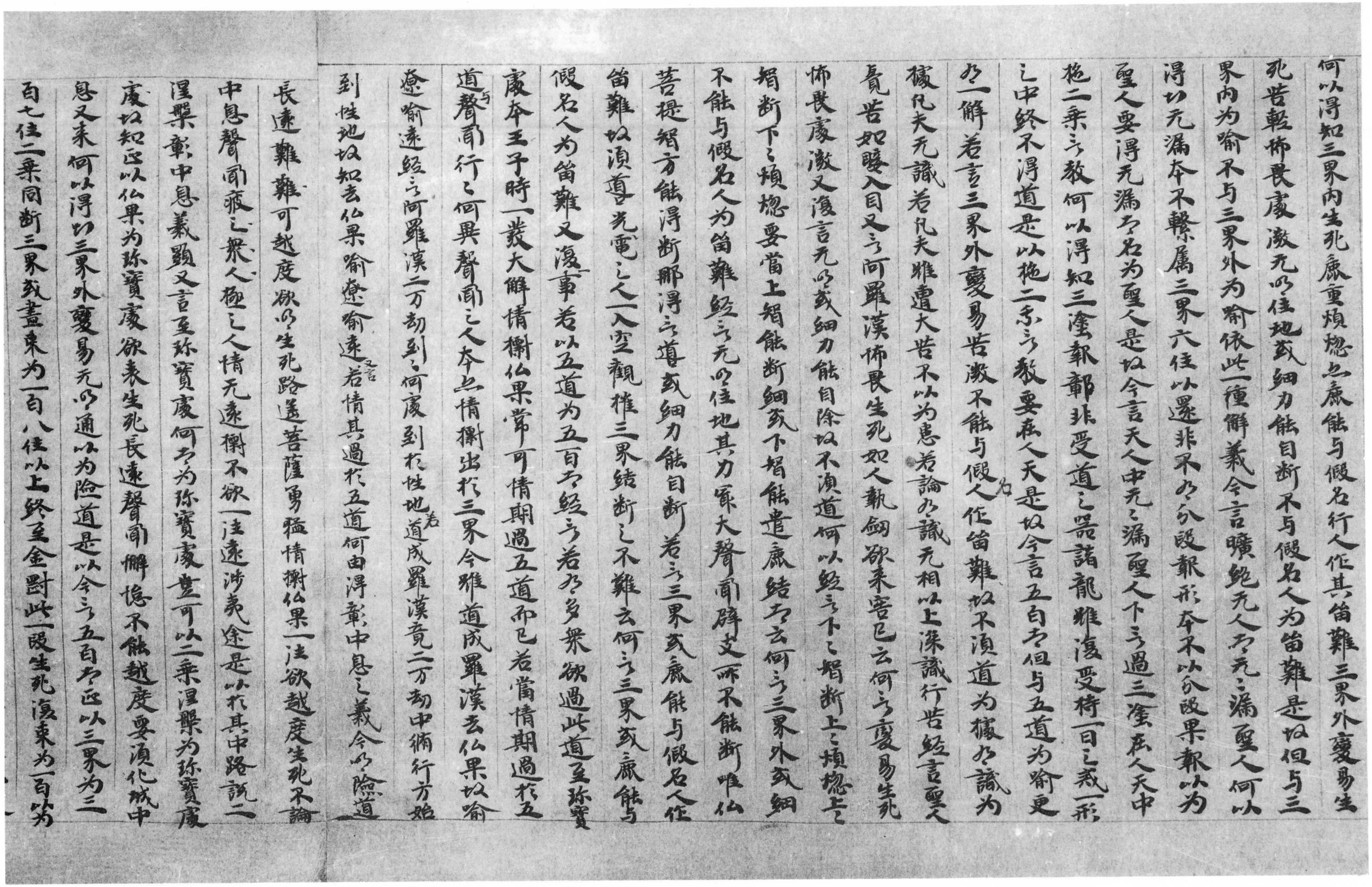
何以得知三界内生死麁重煩惱麁能与假名行人作其留難三界外變易生
死苦輕怖畏處微无明住地惑細力能自斷不与假名人為留難是故但与三
界内為喻不与三界外為喻依此一種解義今言曠絶无人者无〻漏聖人何以
得知无漏本不繫屬三界六住以還非不亦分段報形本不以分段果報以為
聖人要得无漏者名為聖人是故今言无人中无〻漏聖人下〻過三塗在人天中
從二乘〻教何以得知三塗鄣〻非受道之器諸龍雖復受持一日之戒一形
之中終不得道是以從二乘〻教要在人天是故今言五百者但与五道為喻更
為一解若言三界外變易苦微不能与假名人作留難故不須道為據為識為
據凡夫无識若凡夫雖遭大苦不以為患若論為識无相以上深識行苦經言聖人
覺苦如睫入目又〻阿羅漢怖畏生死如人執劍欲来害已云何〻變易生死
怖畏處微又復言无明惑細力能自除故不須道何以經〻下〻智斷上〻煩惱上〻
智斷下〻煩惱要當上智能斷細惑下智能遣麁結者云何〻三界外惑細
不能与假名人為留難經〻无明住地其力最大聲聞辟支所不能斷唯仏
菩提智方能得斷那得〻道惑細力能自斷若〻三界惑麁能与假名人作
留難故須道是光電之人一入空觀推三界結断之不難云何〻三界惑麁能与
假名人為留難又復事若以五道為五百者經〻若多衆欲過此道至珎寶
處本王子時一發大解情擲仏果當可情期過五道而已若當情期過於五
道聲聞行之何異聲聞之人本无情擲出於三界今雖道成羅漢去仏果故喻
途喻遠經〻阿羅漢二万劫到〻何處到於性地道成羅漢竟二万劫中循行方始
到性地故知去仏果喻途喻遠若情其過於五道何由得彰〻中息之義今以險道
長遠難〻可越度欲以生死路遠菩薩勇猛情擲仏果一注欲越度生死不論
中息聲聞疲之衆人極之人情无遠擲不欲一注遠涉長途是以於其中路說二
涅槃彰〻中息義顯又言至珎寶處何者為珎寶處豈可以二乘涅槃為珎寶處
處故知正以仏果為珎寶處欲表生死長遠聲聞懈怠不能越度要須化城中
息又来何以得知三界外變易无明通以為險道是以今〻五百者正以三界為三
百七住二乘同断三界惑盡束為一百八住以上終至金剛此一段生死復束為一百以為

上博 15 (3317) 法華經文外義一卷 (41－32)

百七住二乘同斷三界惑盡來為一百八住以上終至金對此一段生死復來為一百卅為
五百他人難〻若當險道終盡金對亦上法說中乃其五濁為中根引火宅為喻
此〻二種亦通三界外不若當不通乃何所以為鈍根人說法偏明其遠解亦言良乃
所以上為身子先以法相道理明義然復舉五濁亦譯三〻所以正以五濁症懷濁
亂其心故一上作三解五濁是施三目緣是以不通三界外惑非是施三目緣不能一上
作三解那得相決為中根借火宅喻但明能燒道根復能燒險身以之為火三界外惑
不燒道根火本能燒敗壞名之為火三界惑麤鄣解處重能敗利為鈍喻若於
火三界外惑非不鄣解亦理不明不能敗利為鈍是故不得名為火也今為鈍人借險
道為喻欲明險道長遠從始發心終於金對三大阿僧祇循行方始得仏欲明生死路遠
聲聞疲極不能越度要須化城中息又復〻衆又清淨无為三界麤濁鄣名為清淨
若義通三界外云何得導衆又清淨何以得知大界通經〻三界无安猶如火宅復〻
見諸子等安隱得出到无畏處若火通三界外正是可怖可畏云何導言到无畏處
今亦險道何以知通經文但言既得正息无復疲惓即滅化城不言无復險道若以
三界為險道何以不導无復險道即滅化城故〻知險道通三界外經文前後明
義不同今為下根要須借道路遠事宜彰於遠若道三界為險道未足表險
難長遠欲明生死路遠難可越度菩薩勇猛一往越度生死不論中息聲聞
疲極之人不能一往越度要須化城若當導近何由得彰〻中息之義是以為彰中息
義顯事須道更明一解上為中上二根其人根利但說三界火宅五濁不說得一以能
知遠三界外亦是五濁但火宅也今為下根說法異正以其人根鈍要說遠處方能得
解是以金對以還通為險道也為下根人說小異不同中上也曠絕无人亦初住已上
終至金對乃明塵沙聖人何故〻无人凡解人義識古知今施恩報德名之為人今解
人要達古今理盡得名為人欲明金對以還雖明施恩報德識古今理不盡經言十
住菩薩但知其終不達其始人義不滿不与人名如來道備先登居宗斡極三達
靈智識古今理盡人義備滿方得人名是以今〻无人亦金對已還无明滿足之人故
〻无人下言過三百亦二乘涅槃樹果不屬三界故〻過也下〻无水草亦金對以還
无明仏果无漏故言无水草也三界外无明何由得起正以三界中作因故得起何以得知
凡為惑本乃目无量略舉其對不過明四重〻之惑也外凡見諦澈通三界內凡見諦

无乃仏果无漏故言无水草也三界外无明何由得起正以三界中作因故得起何以得知
凡为惑本乃目无量略舉其對不過乃四重〻惑也外凡見諦澈通三界内凡見諦
亦通三界思惟煩惱復澈通三界〻外習惑无明復通三界又内三界外无明何
由得〻通三界也解良由三界中为因故所以趣故尊通也三界外凡見諦一念三毒中還
与外凡同種類作因復与三界内凡作因復与三界思惟作因復得与三界外恒
沙无明作因略道麁處中间可知也麁惑中得与細为因細中不得与麁作因也何
以得知得〻麁惑得与細作因若外凡惑不与内凡惑为因者断外凡惑盡此内凡惑
何由得生若内凡惑不与循道作因此循道煩惱云何得起正由外凡与内凡作因内凡
復与循道为因是以内凡惑循道煩惱得生也三界外習惑作因義顯可知也復所以
得知外凡遠与循道为因乃人入空觀断内凡見諦惑盡道成初果出空觀復不
得起内凡煩惱循道惑何從而生也何以得知外凡惑遠与三界外恒沙无明作因從
初住至六住断三界惑盡若不与作因三界外惑何由得乃令断三界惑盡由乃波惑在
故知麁中与細作因也何以得故細惑不得与麁为因内凡人断外凡惑盡不見乃起外凡
惑乃不見乃循道以上得起内凡夫惑也復不見八住已上人起三界思惟惑也以是驗
知細不与麁为因也三毒煩惱不得交互为因也故經言无明住地惑精細難除要
仏菩提智方能断盡以此驗知三界外恒沙无明變易生死都得以为險道也又
人解細与麁为因三界外无明住地惑与恒沙为因乃与四住煩惱作因正由无明作
地因故恒沙四住得起也何以得知三界外乃識處從此識處中出派来入三界漸
起麁造善惡業起四住〻惑然後入三塗受苦既为衆苦所剪方厭始苦樂
求涅槃方始循道断除也故經言大地壞故草木隨壞无明以为大地恒沙四住依无
明而生以为草木断无明根本盡恒沙四住一切皆盡故言天地壞故草木壞也此
解難解依此一家不存此解存於前解麁与細为因也若麁与細为因者以何为
大地草木因以为大地果以为草木因本能生於果三界四住中万處无明因以为地万
處中无明果以为草木也果依因住名为住地故言道大地壞故草木隨壞也依如不
依任派来解乃如斯解經文也
次明三依　　漸教之初所以法为
四依今漸教之終人为四依也乃二種解一解言昔日皆空无常理淺但能依法自能

上博 15 (3317)　法華經文外義一卷　(41－34)

四依今漸教之終人為四依也乃二種解一解云昔日苦空無常理淺但能依法自能
會理不須依人也今時大乘理深要須由人解釋方能得解是故人為四依也復乃
一解昔日三乘經不了義教但尊法為四依道理人亦可依何以得知昔經勸依知
法人依止和上阿闍梨以此驗知人亦可依也但尊依法者勸依法以承人也昔日四
依者第一依法莫依於人如來去世後四依隱化無乃真人可杖唯乃偽人之本巧說
多端則不可依也佛去世後唯乃金口所說真法在世法是鑒定則是可依故勸依
法莫依人也又來人去理遠法去理近故勸依近而去遠是以勸依法莫依人也
說依法莫依於人利根者別解第一即通解後三如似外書舉一隅則三隅返
乃一以十知又乃通解法用云何又答聖人但尊依法莫依人即能思惟此法又了不
了懼畏人傳則謬作此思惟切不了教不可依了教可依復更思惟了教詮
理不了教亦詮理故知理不定屬於言即能解義是可依語不可依以復思解
執之局理此是想識不得依止已言承理此是智惠則可依也此是通解之方
次解別依通依說第一依即是別依通解下三即是通依之據前境所持之法
解據內情故乃通依別依通解別解之異也第二依由未生解復為說依了義
經莫依不了義經何者名為不了義經如七女經云如雀在瓶中羅縠覆其口
縠穿雀飛去識神隨後走三乘究竟一切無常一切無我如斯非一皆經法不分
明多生人或如似識神隨走謂之常而隨後走也一切無常謂舉常果第一義
空諸無為者皆是無常所尊三寶謂舉鑒然是定故知不了教多生人或不足
可依何者以為了教還播上識神於續隨後走乃為中無常三乘非究竟即
是一乘如是真正能生人解是以可依即是別解第二依復能通上下依即是通
解也亦即是別依通解上下二即是通依也次解第之三之依人柄教定宗由未生解
是以聖者假言易勾依義莫依於語夫言生于不之足之則于無言因言以會理
斯皆可依也即是別解第三通解上下二一通依如此也次解第四依人此人由故柄
教定宗執迷不返是以聖教已相之智能背承理存得之識則不詣於理故勸依
智莫依識第四依人即別解第四通解上三通別之依亦如此也更乃一解說第一
時依四人同解第一利根者通解下三第二根人依教但解第一不能摽解下三第

時依四人同解第一利根者通解下三第二根人依教但解第一不能摽解下三第
二人聞說第二依時三人同解第二也頓解下二下二人依教生解不能頓解下二也
說第三依時二人同解第三三人頓解下一第四依人由故不解復為說第四依
時但為第四人如斯二解並應可存也既(依)乃通別之解當在何處人若是外凡
不能賞(貫)文尋理若是內凡以上神叢以高假文通理也解言三根性地以上第
四人應在于忍之末何以得知經无成津以人情下量三根能頓自非淨理在懷
安如此也第四人不能頓解故知洛在于忍之末也驗文依之人如此說依之人復
在何處也應在四果以上堪為說依人此人永絕相心所聞(聞)入定知眾生機根出
定彌機說法是故堪為師也維摩呵諸聲聞何不先當入定觀此人心故知
入定能知也出定不違性地說至世間第一法亦能說法化人但不免相心所萌
隱其師名一向洛在弟子位中也四依者名雖乃四理實八者四白依四黑依四
白四黑法白是一白依了教是二白依了義是三白依智是四白依人是一黑依
不了教二黑依語是三黑依識是四黑依何以名白白能生白解名之為白也能
生黑解名之為黑也第一義空非是黑白能生白解名為白也智髀是白復能生
白解名之為白也復乃一解相形實白黑由如輕重相形得乃假名輕重名生故知
乃白黑也四白因四白依能生四解与後作因故名白因也四黑因亦能生四惑名之為
黑此惑復能与後惑作因故言四黑因也道理人亦乃可依但不了教故但尊法為
四依也今經人亦乃可依不可依法亦乃可依不可依何以得知魔耶外道則不可
依魔之所說法外道所說法亦不可依也四依真人則可依四依人所說真法則
可依也四依所說真法亦可依此大乘經究竟了義之教會通四依人法通依
也尊之依人者勸依人以承法也涅槃經具明四依住前性地解行五恒行道大
乘理中得八分實義以為第一依也從初住已上說至七住以來六恒行道大乘理
中得十二分義以為第二依從七住說盡九住七恒行道大乘理中得十四分義以
為第三依十住菩薩八恒行道大乘理中得十六分義以為第四依此經略但
尊二依下分別中明三受持也何者為二依一解十住菩薩大乘理中具足十六分
義以為上依九地以還未具足十六分義來為下依也復乃一解凡聖分津住前性

上博 15 (3317) 法華經文外義一卷 (41－36)

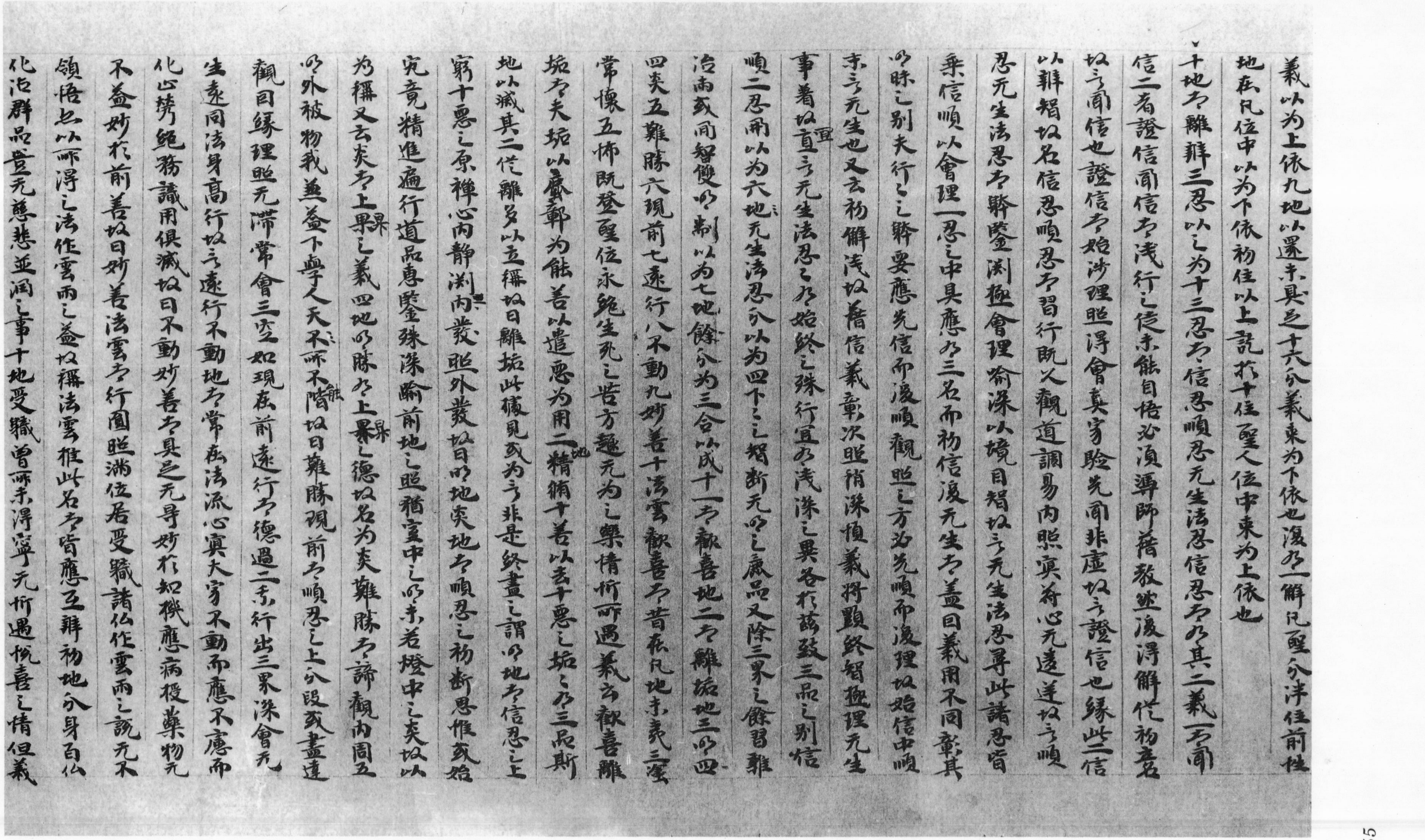

義以为上依九地以還未具足十六分義束为下依也復乃一解凡聖分津住前性
地在凡位中以为下依初住以上説於十住聖人位中束为上依也
十地者離群三忍以之为十三忍者信忍順忍无生法忍信忍者乃其二義一者聞
信二者證信聞信者淺行之徒未能自悟必須導師菩薩教然後得解從初意
故云聞信也證信者始涉理照得會真實驗先聞非虛故云證信也緣此二信
以辯智故名信忍順忍者習行既久觀道調易內照冥符心无違逆故云順
忍无生法忍者幹鑒淵極會理愈深以境目智故云无生法忍尋此諸忍皆
乘信順以會理一忍之中具應乃三名而初信後无生者蓋因義用不同彰其
明昧之別夫行之之幹要應先信而後順觀照之方必先順而後理故始信中順
末云无生也又云初解淺故藉信義彰次照稍深損義將顯終智極理无生
事著故直云无生法忍之乃始終之殊行宜乃淺深之異各於茲致三品之別信
順二忍兩以为六地无生法忍分以为四下之之智斷无明之麁品又除三界之餘習離
治兩惑同智雙明斷以为七地餘分为三合以成十一者歡喜地二者離垢地三明四
四炎五難勝六現前七遠行八不動九妙善十法雲歡喜者昔在凡地未免三塗
常懷五怖既登聖位永絕生死之苦方趣无为之樂情忻所遇義云歡喜離
垢者夫垢以虧鄣为能善以遣惡为用二地精循十善以去十惡之垢之乃三品斯
地以滅其二從離多以立稱故曰離垢此議見或为云非是終盡之謂明地者信忍之上
窮十惡之原禪心內靜淵內發照外發故曰明地炎地者順忍之初斷思惟惑始
究竟精進遍行道品慧鑒殊深喻前地之照猶室中之明未若燈中之炎故以
为稱又云炎者上果之義四地明勝乃上果之德故名为炎難勝者諦觀內周五
明外被物我並益下學人天不所不階故曰難勝現前者順忍之上分段惑盡達
觀因緣理照无滯常會三空如現在前遠行者德過二乘行出三界深會无
生遠同法身高行故云遠行不動地者常在法流心冥大實不動而應不慮而
化心勞絕務識用俱滅故曰不動妙善者具足无㝵妙於知機應病授藥物无
不益妙於前善故曰妙善法雲者行圓照滿位居受職諸佛作雲雨之說无不
領悟也以所得之法作雲雨之益故稱法雲雖此名者皆應互辯初地分身百佛
化治群品豈无慈悲並潤之事十地受職曾所未得寧无忻遇悅喜之情但義

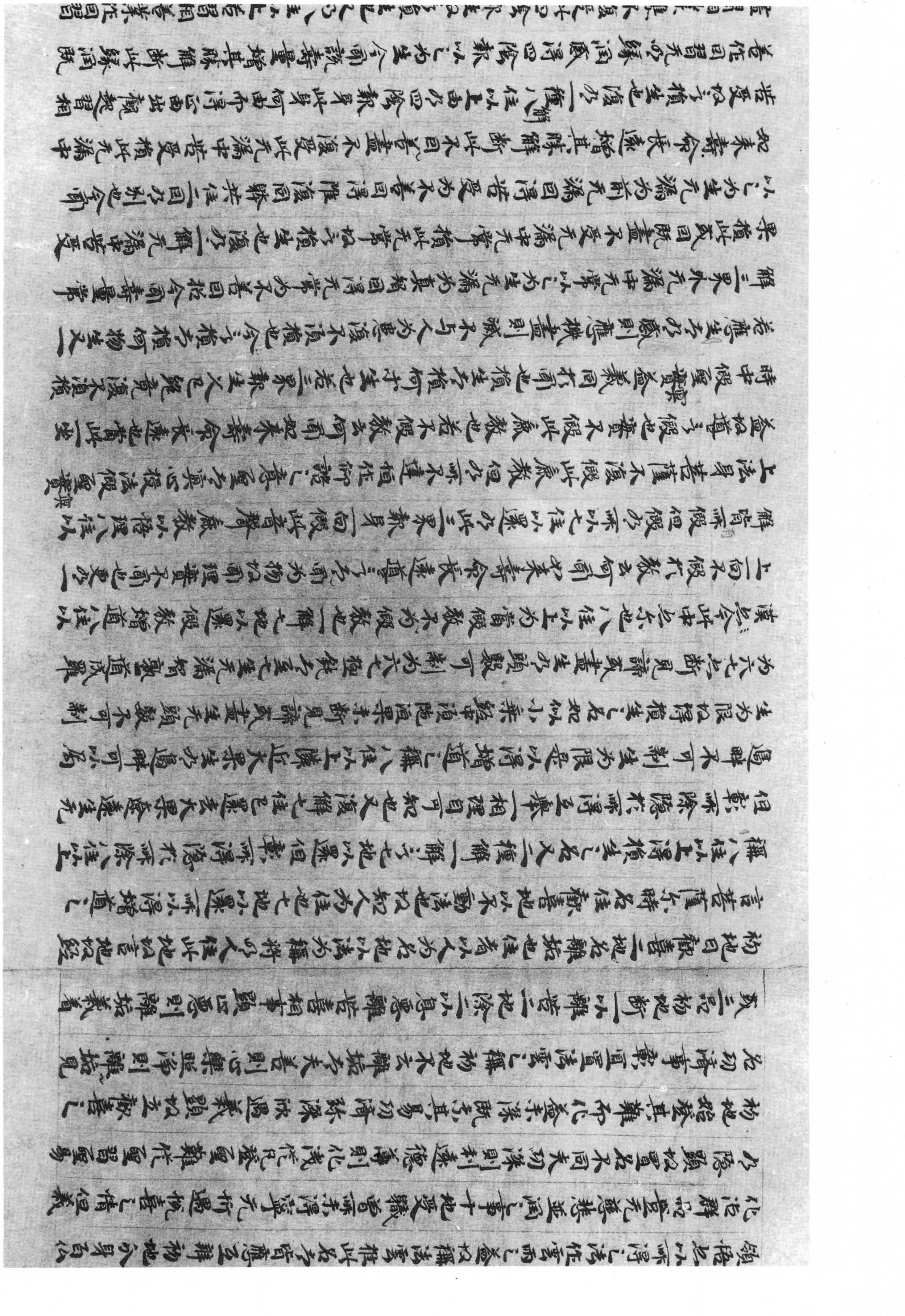

上博 15 (3317) 法華經文外義一卷 (41–38)

善作因習无明緣潤感得四陰報以之為生今而說壽量增其勝解斷此緣潤既
盡習相業燋不復受此四陰報生故云損生也又明八住以上若習相善業作因習
无明緣潤感得四陰以為生而勝瓔珞經中云何无漏業作因无明為緣感得阿羅
漢大力菩薩三種意生身也又解无漏不感生死道云无漏業為因習相善業
作前无漏後起相作故道言无漏作因其實習相善業作因也又明若八住以上由故造習
相善業感四陰而經云何道云聖人畢故不造新業也又解三界報麁故用凡夫
時故業受生更不須造業而得八住以上四陰報精更須造業而得也經云畢
故不造新而不造三界業也又明若三界報麁更不須造業而得而云何涅槃經
中是法報得色界五陰煗頂法中造禪定業受上地報也經師解義不同一解
言性地以上聖人不復造業此人在外凡夫時造取相定業感上地報今來入性地備
習无漏煗頂法中出空觀无漏還入凡夫時取相定之種類故云是法報得色界
五陰也復有一解煗頂法中出空觀无漏造別報定業招上地色界五陰中樂
受報故云是法報得色界五陰也經云道聖人畢故不造新而不造總報業也
造別報業有何傷也更有一解煗心後造禪定業受上地報也他人又明煗心後
造定業受上地身而斷上二界內凡或盡欲界思惟煩惱未斷一豪還辜來欲
界受生聖人但論上進不言下生今為上或辜生豈非枉聖退生又解但使煗頂
法中用定業受上地生而其必入空觀要斷上二界內凡或盡斷欲界思惟或盡
然後出觀若不斷盡終不出觀作勢極解也若爾欲界无或云何辜生也若尒
聲聞解時經道聖人畢故不造新而无相以上聖人用凡夫時故業受生更不造
新也世間第一法以前是內凡夫非是聖人得造業招生也又明八住以上若當出觀
起或云何經云八住以上入法流水中念念常淨也又解經言法流水中常淨而此
是作多之位也謂入觀情多出觀情少故道云念念常淨而亦出觀時也如小
乘經中道羅漢一切時空心中行而可義在空心中行而有出觀時也又明八住以
上由有四陰報身而三界中无色界有而四陰報身亦是四陰无差云何三界外得
變易名三界中與分段攝也又解亦是四陰无異精麁有殊三界四陰報麁得其
分段之名三界外四陰報精與變易之攝也更有一解正指无漏為生也經云无漏
業為正因而无明為緣感得變易身以之為生八住以上生乃无量略舉其對一

上博 15 (3317)　法華經文外義一卷　(41－39)

分段之名三界外四陰報精与變易之稱也更有一解正指无漏為生也經云无漏
業為正因有无明為緣感得變易身以之為生八住以上生乃无量略舉其對一
地中相似无漏麁有域作三生三地中有其九生也八住中有入地住地行心有滿
地行心域此三種心作其三生乃至九住十住皆如此也或出域作九品還潤九生今
云潤生用何等惑潤七住菩薩起三種愛心八住以上不復起惑八住地中上品惑
潤下品无漏何以上品惑潤下品生惑本從麁至細解本從微至着是以上品煩惱
潤下品生也夫為解法捨下趣中捨中趣上既至金剛次第增進无漏相續而生正
由上品習惑因果不斷故潤下品无漏種類恒相續而生有彼惑故下品无漏恒生故
云潤生也不如三界中退心起愛故潤生也云損生者先斷上品惑因果應盡今明如
来壽命長遠增其勝解斷上品惑盡使下品无漏種類不復相續生中品勝進
无漏得生有如此義故導云損生也解一品既尒乃至九品皆如此損无異也又乃若
損上品惑盡使下品无漏種類不復生有若尒此便斷无漏与闡提何異又解不
斷无漏下品无漏中有二因有与下品同種類作因有与中品无漏作因今明常增下解
品中因不感中品果不起如君所難可斷无漏同於闡提今明常住更生勝解斷上
品習惑因果既盡下品因速感中品果速起乃更有勝進无漏流來在現云何損
无漏不損无漏也何以得知小乘經中未斷見諦惑盡時須陁洹果前下品見諦无
漏恒相續而生出斷惑盡滅須陁洹果脩道中勝進生時須陁洹果前下品无漏
不復生得云損无漏不若云須陁洹果前下品无漏不生導云損有我今下品種
類无漏不生故導云損也竟有何傷也而云脩道中更有勝進解生不得云損无
漏我今更有中品解生云何損无漏也雖復大小乘經別所斷无異也損時共損不
損共不損也又乃若不損无漏云何名損生又解損潤生之惑故云損生也實
不損无漏也何以得知勝鬘經云有餘生法不盡故有生三界外恒沙无明
是潤生之法正由不斷三界外習惑无明故更須受變易生身以此驗知
潤損生惑也前之三種餘法師所辯家復一解經師所存未量是非
隨情消息便有用也

華經文外義一卷

是涸𡈽〻法正由不断三界外習氣无明故更須受變易生身以此驗知

涸槙生氣也前〻三種餘法師所解家淺一解經師所存未量是非

隨情消息便方用也

法華經文外義一卷　　一校竟

大統十一年歲次乙丑九月廿一日比丘惠襲於法海寺寫訖流通末代不絕也

上博15 (3317)　法華經文外義一卷　　(41－41)

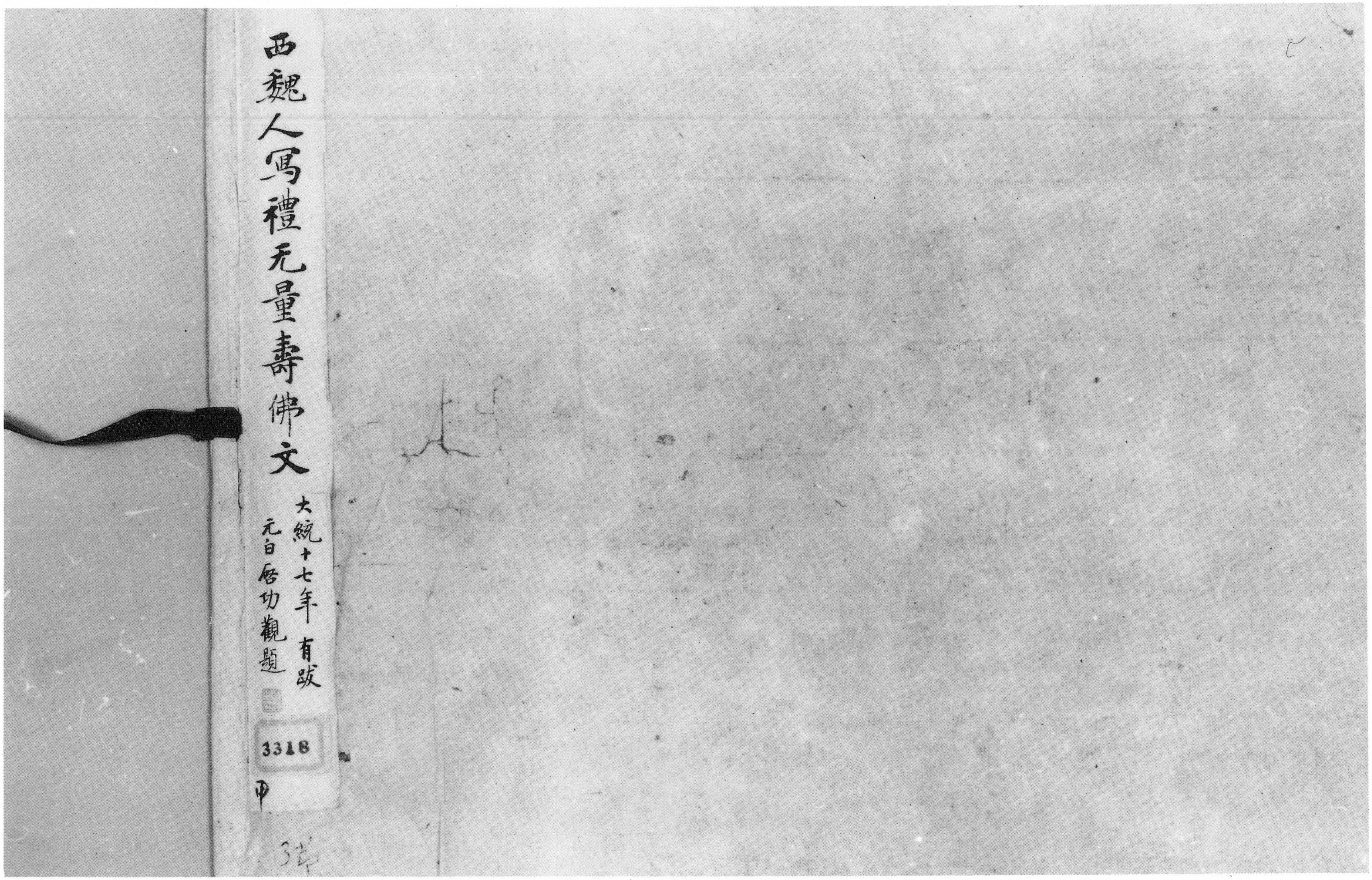

上博 16 (3318) 禮无量壽佛求生彼國文 (包首)

礼无量壽佛求生彼國文

至心歸命无量壽佛願法界衆生發菩提心代一切
衆生受諸苦惱願諸衆生知有佛性斷惡脩善上品往
生无量壽國

至心歸命无量壽佛願法界衆生除疑遣悔慧心正直
斷惡脩善往生彼國

至心歸命无量壽佛願法界衆生彼國者悉爲彼佛
之所授記

至心歸命无量壽佛願法界衆生各曠劫以來及今見在
所有怨結自然和解爲善知識往生彼國

至心歸命无量壽佛願觀世音大勢志用大慈大悲手
接取衆生往生彼國

至心歸命无量壽佛願法界彼佛放大光明乘百千由旬
七寶宮殿幡花寶蓋香花使舉迎取一切衆生往生
彼國

至心歸命无量壽佛願法界衆生生彼國者皆悉至於正
定之聚

至心歸命无量壽佛願法界衆生生彼國者乘百千由

上博16 (3318) 禮无量壽佛求生彼國文 (3−1)

至心歸命无量壽佛願法界衆生生彼國者乘百千由
旬七寶宮殿幡花寶蓋香花伎樂供養十方一切諸佛
化度法界衆生往生彼國
至心歸命无量壽佛願法界衆生發卌八大洪誓願淨一
切佛土度一切衆生往生彼國
〻歸命无量壽佛願法界衆生念念之中慧眼得開
見已身无常无樂无我无淨見諸佛菩薩側塞
虚空无有造惡之地淨脩功德往生彼國
至心歸命无量壽佛願法界衆生念念之中慧眼得開
得見无量壽佛身長六十万億恒河沙那由他由旬眉
間豪相如五須弥山眼如四大海水清白分明念念不
絶命終皆得往生彼國
至心歸命无量壽佛願法界衆生臨命終時遇善知識
發菩提心念念不絶往生彼國
夫真容常湛妙盡為之表言理虚凝寂絶言想之外故能道
罩三有德踰衆聖明幾察感隱顯寘會假形聲以接化隨、
方類以濟物使耳目之徒藉推識趣悟於真原尋微言之契

罩三有德踰衆詮明幾察感隱顯實會俄形聲以接化隨、
方類以濟物使耳目之徒稽惟議超悟於真原尋微言之報
於法本是以白衣弟子祀尚部司馬豐祖自惟宿豐弥深生遭
末運若不歸依三尊導援睚典則長迷二諦沉淪四流故割減所資
敬寫十方佛名一卷願現家安隱居眷寧泰百惡冰消万善雲集延
及七世所生尊親遊神淨剎面奉慈顏朝餐法味夕證无生普同
一切含生等均常樂

大統十七年歲次辛未五月六日抄訖

上博16 (3318) 禮无量壽佛求生彼國文 (3-3)

唐顯慶四年瞿遷造蓮華經
啓功
3321

上博 17 (3321) 妙法蓮華經卷第三 (包首)

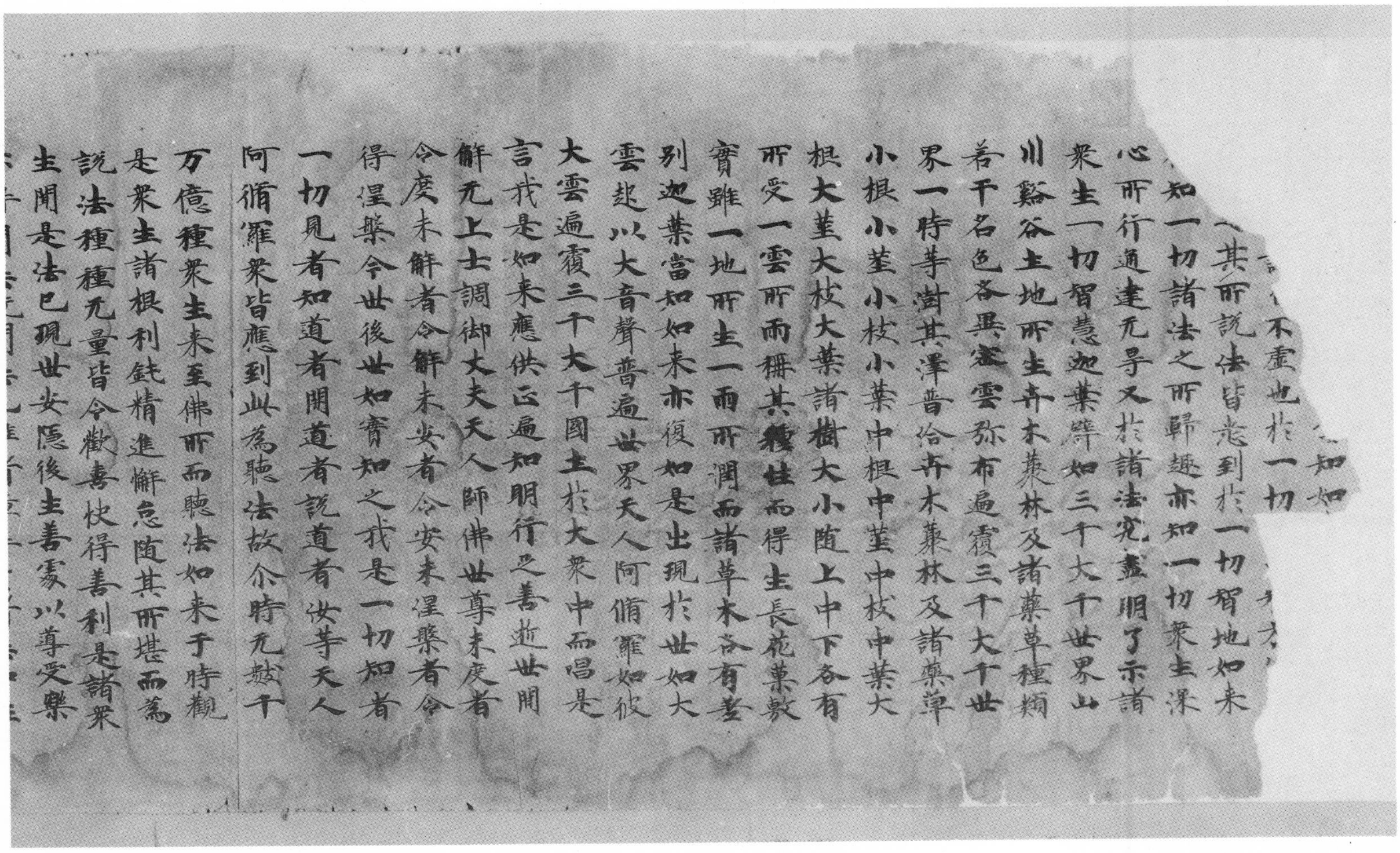
其所說法皆悉到於一切智地如來
一切諸法之所歸趣亦知一切衆生深
心所行通達无导又於諸法究盡明了示諸
衆生一切智慧迦葉譬如三千大千世界山
川谿谷土地所生卉木叢林及諸藥草種類
若干名色各異密雲弥布遍覆三千大千世
界一時等澍其澤普洽卉木叢林及諸藥草
小根小莖小枝小葉中根中莖中枝中葉大
根大莖大枝大葉諸樹大小隨上中下各有
所受一雲所雨稱其種性而得生長華菓敷
實雖一地所生一雨所潤而諸草木各有差
別迦葉當知如來亦復如是出現於世如大
雲起以大音聲普遍世界天人阿修羅如彼
大雲遍覆三千大千國土於大衆中而唱是
言我是如來應供正遍知明行足善逝世間
解无上士調御丈夫天人師佛世尊未度者
令度未解者令解未安者令安未涅槃者令
得涅槃今世後世如實知之我是一切知者
一切見者知道者開道者說道者汝等天人
阿修羅衆皆應到此爲聽法故尒時无數千
万億種衆生來至佛所而聽法如來于時觀
是衆生諸根利鈍精進懈怠隨其所堪而爲
說法種種无量皆令歡喜快得善利是諸衆
生聞是法已現世安隱後生善處以道受樂

上博 17 (3321) 妙法蓮華經卷第三 (23－1)

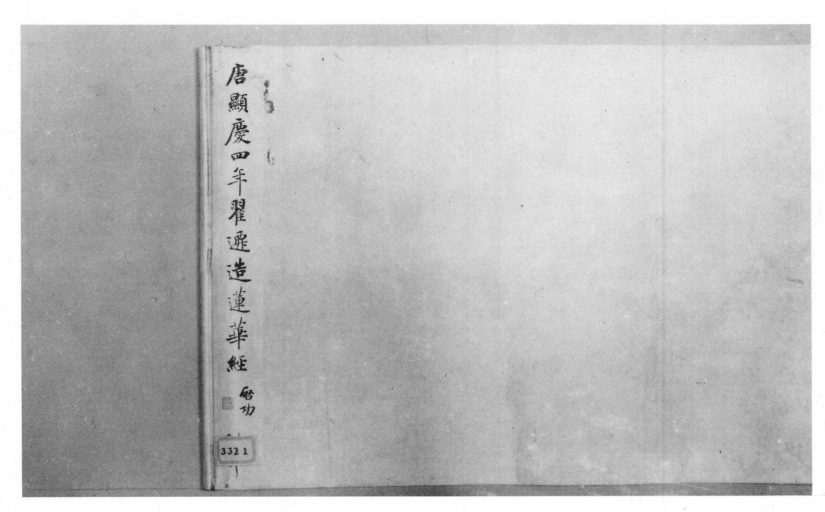

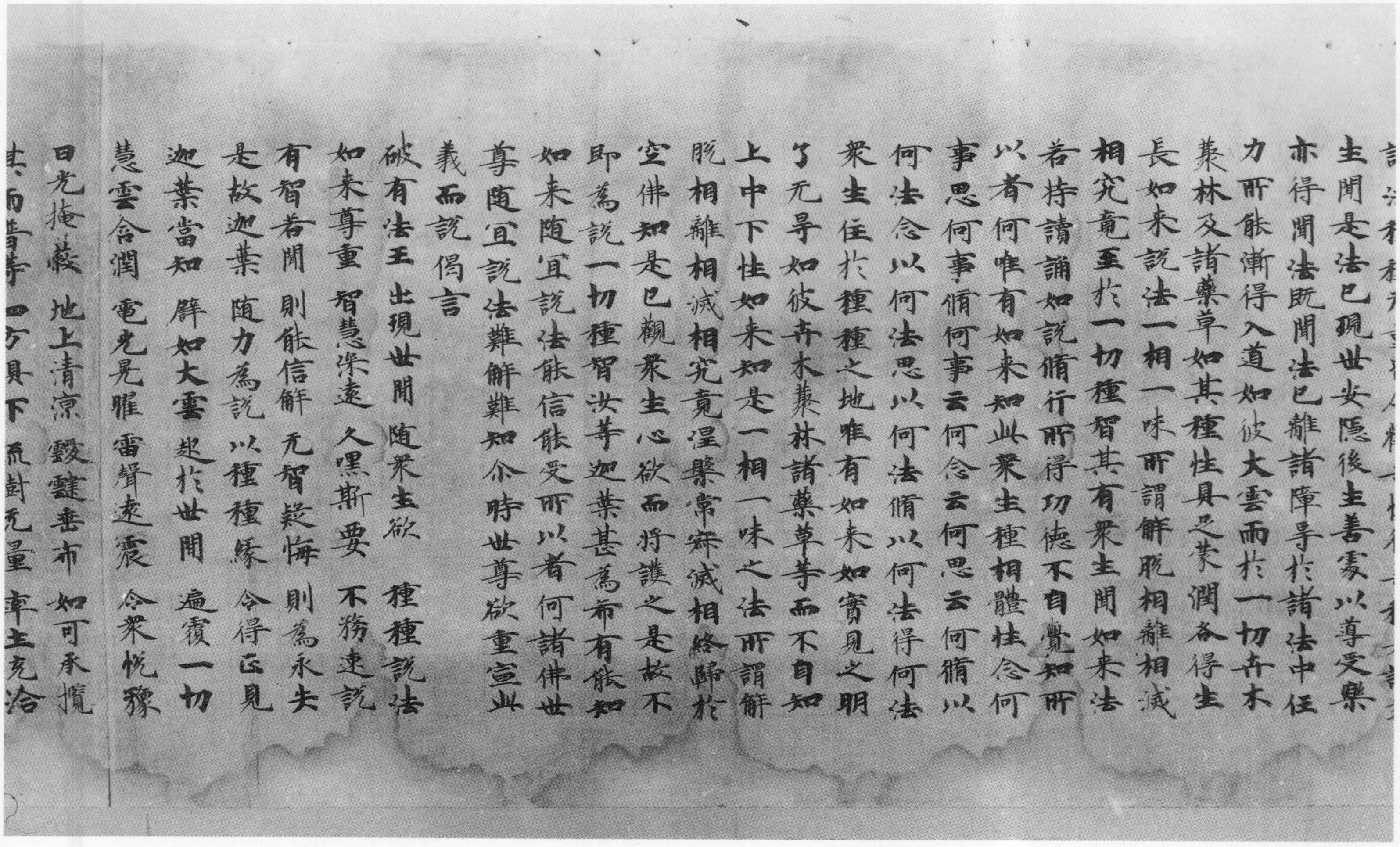
眾生聞是法已現世安隱後生善處以道受樂
亦得聞法既聞法已離諸障礙於諸法中任
力所能漸得入道如彼大雲雨於一切卉木
叢林及諸藥草如其種性具足蒙潤各得生
長如來說法一相一味所謂解脫相離相滅
相究竟至於一切種智其有眾生聞如來法
若持讀誦如說修行所得功德不自覺知所
以者何唯有如來知此眾生種相體性念何
事思何事修何事云何念云何思云何修以
何法念以何法思以何法修以何法得何法
眾生住於種種之地唯有如來如實見之明
了无礙如彼卉木叢林諸藥草等而不自知
上中下性如來知是一相一味之法所謂解
脫相離相滅相究竟涅槃常寂滅相終歸於
空佛知是已觀眾生心欲而將護之是故不
即為說一切種智汝等迦葉甚為希有能知
如來隨宜說法能信能受所以者何諸佛世
尊隨宜說法難解難知爾時世尊欲重宣此
義而說偈言
破有法王 出現世間 隨眾生欲 種種說法
如來尊重 智慧深遠 久默斯要 不務速說
有智若聞 則能信解 无智疑悔 則為永失
是故迦葉 隨力為說 以種種緣 令得正見
迦葉當知 譬如大雲 起於世間 遍覆一切
慧雲含潤 電光晃曜 雷聲遠震 令眾悅豫
日光掩蔽 地上清涼 靉靆垂布 如可承攬
其雨普等 四方俱下 流澍无量 率土充洽

上博 17 (3321) 妙法蓮華經卷第三 (23－2)

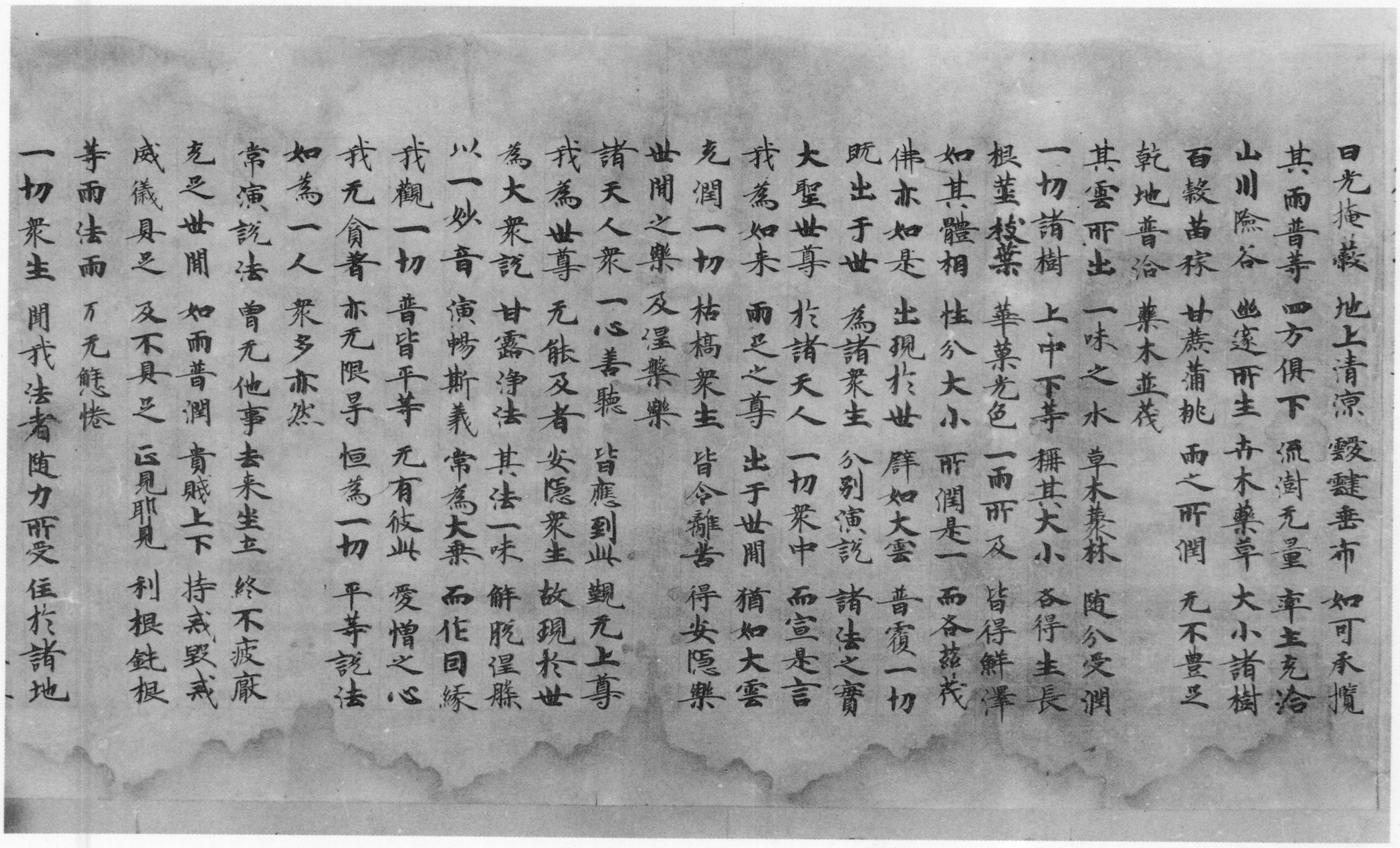
日光掩蔽 地上清涼 靉靆垂布 如可承攬
其雨普等 四方俱下 流澍无量 率土充洽
山川險谷 幽邃所生 卉木藥草 大小諸樹
百穀苗稼 甘蔗蒲桃 雨之所潤 无不豐足
乾地普洽 藥木並茂
其雲所出 一味之水 草木叢林 隨分受潤
一切諸樹 上中下等 稱其大小 各得生長
根莖枝葉 華菓光色 一雨所及 皆得鮮澤
如其體相 性分大小 所潤是一 而各滋茂
佛亦如是 出現於世 譬如大雲 普覆一切
既出于世 為諸眾生 分別演說 諸法之實
大聖世尊 於諸天人 一切眾中 而宣是言
我為如來 兩足之尊 出于世間 猶如大雲
充潤一切 枯槁眾生 皆令離苦 得安隱樂
世間之樂 及涅槃樂
諸天人眾 一心善聽 皆應到此 覲无上尊
我為世尊 无能及者 安隱眾生 故現於世
為大眾說 甘露淨法 其法一味 解脫涅槃
以一妙音 演暢斯義 常為大乘 而作因緣
我觀一切 普皆平等 无有彼此 愛憎之心
我无貪著 亦无限礙 恒為一切 平等說法
如為一人 眾多亦然
常演說法 曾无他事 去來坐立 終不疲厭
充足世間 如雨普潤 貴賤上下 持戒毀戒
威儀具足 及不具足 正見邪見 利根鈍根
等雨法雨 而无懈惓
一切眾生 聞我法者 隨力所受 住於諸地

上博 17 (3321) 妙法蓮華經卷第三 (23－3)

等雨法雨 而无懈惓
一切衆生 聞我法者 随力所受 住於諸地
或處人天 轉輪聖王 釋梵諸王 是小藥草
知无漏法 能得涅槃 起六神通 及得三明
獨處山林 常行禪定 得縁覺證 是中藥草
求世尊處 我當作佛 行精進定 是上藥草
又諸佛子 専心佛道 常行慈悲 自知作佛
决定无疑 是名小樹
安住神通 轉不退輪 度无量億 百千衆生
如是菩薩 名為大樹
佛平等説 如一味雨 随衆生性 所受不同
如彼草木 所禀各異
佛以此喩 方便開示 種種言辞 演説一法
於佛智慧 如海一渧
我雨法雨 充滿世間 一味之法 随力脩行
如彼叢林 藥草諸樹 随其大小 漸増茂好
諸佛之法 常以一味 令諸世間 普得具足
漸次脩行 皆得道果
聲聞縁覺 處於山林 住冣後身 聞法得果
是名藥草 各得増長
若諸菩薩 智慧堅固 了達三界 求冣上乗
是名小樹 而得増長
復有住禪 得神通力 聞諸法空 心大歡喜
放无數光 度諸衆生 是名大樹 而得増長
如是迦葉 佛所説法 譬如大雲 以一味雨
潤於人華 各得成實
迦葉當知 以諸因縁 種種譬喩 開示佛道

上博 17 (3321) 妙法蓮華經卷第三 (23－4)

潤於人華 各得成實
迦葉當知 以諸因縁 種種譬喩 開示佛道
是我方便 諸佛亦然
今為汝等 説冣實事 諸聲聞衆 皆非滅度
汝等所行 是菩薩道 漸漸脩學 悉當成佛

妙法蓮華經授記品第六

尒時世尊説是偈已 告諸大衆 唱如是言 我
此弟子摩訶迦葉 於未来世 當得奉覲三百
万億諸佛世尊 供養恭敬 尊重讃歎 廣宣諸
佛无量大法 於冣後身 得成為佛 名曰光明
如来 應供 正遍知 明行足 善逝 世間解 无上
士 調御丈夫 天人師 佛世尊 國名光徳 劫名
大莊嚴 佛壽十二小劫 正法住世廿小劫 像
法亦住廿小劫 國界嚴飾 无諸穢悪 瓦礫荊
蕀 便利不浄 其土平正 无有高下 坑坎堆阜
瑠璃為地 寶樹行列 黄金為繩 以界道側 散
諸寶華 周遍清浄 其國菩薩 无量千億 諸聲
聞衆 亦復无數 无有魔事 雖有魔及魔民 皆
護佛法 尒時世尊 欲重宣此義 而説偈言
告諸比丘 我以佛眼 見是迦葉 於未来世
過无數劫 當得作佛
而於来世 供養奉覲 三百万億 諸佛世尊
為佛智慧 浄脩梵行
供養冣上 二足尊已 脩集一切 无上之慧
於冣後身 得成為佛
其土清浄 瑠璃為地 多諸寶樹 行列道側
金繩界道 見者歡喜 常出好香 散衆名花

上博 17 (3321) 妙法蓮華經卷第三 (23－5)

於寂後身　得成為佛
其土清淨　瑠璃為地　多諸寶樹　行列道側
金繩界道　見者歡喜　常出好香　散衆名花
種種奇妙　以為莊嚴　其地平正　无有丘坑
諸菩薩衆　不可稱計　其心調柔　逮大神通
奉持諸佛　大乘經典
諸聲聞衆　无漏後身　法王之子　亦不可計
乃以天眼　不能數知
其佛當壽　十二小劫　正法住世　二十小劫
像法亦住　二十小劫　光明世尊　其事如是
尒時大目揵連須菩提摩訶迦旃延等皆悉
悚慄一心合掌瞻仰尊顔目不暫捨即共同
聲而說偈言
大雄猛世尊　諸釋之法王　哀愍我等故　而賜佛音聲
若知我深心　見為授記者　如以甘露灑　除熱得清涼
如從飢國來　忽遇大王饍　心猶懷疑懼　未敢即便食
若復得王教　然後乃敢食
我等亦如是　每惟小乘過　不知當云何　得佛无上慧
雖聞佛音聲　言我等作佛　心尚懷憂懼　如未敢便食
若蒙佛授記　尒乃快安樂
大雄猛世尊　常欲安世間　願賜我等記　如飢須教食
尒時世尊知諸大弟子心之所念告諸比丘
是須菩提於當來世奉覲三百万億那由他
佛供養恭敬尊重讚嘆常脩梵行具菩薩道
於寂後身得成為佛号曰名相如來應供正
遍知明行足善逝世間解无上士調御丈夫
天人師佛世尊劫名有寶國名寶生其土平
正頗梨為地寶樹莊嚴无諸丘坑沙礫荊棘

上博 17 (3321)　妙法蓮華經卷第三　(23－6)

天人師佛世尊劫名有寶國名寶生其土平
正頗梨為地寶樹莊嚴无諸丘坑沙礫荊棘
便利之穢寶華覆地周遍清淨其土人民皆
處寶臺珎妙樓閣聲聞弟子无量无邊筭數
譬喻所不能知諸菩薩衆无數千万億那由
他佛壽十二小劫正法住世廿小劫像法亦
住廿小劫其佛常處虛空為衆說法度脫无
量菩薩及聲聞衆尒時世尊欲重宣此義而
說偈言
諸比丘衆　今告汝等　皆當一心　聽我所說
我大弟子　須菩提者　當得作佛　号曰名相
當供无數　万億諸佛　隨佛所行　漸具大道
寂後身得　三十二相　端政殊妙　猶如寶山
其佛國土　嚴淨第一　衆生見者　无不愛樂
佛於其中　度无量衆
其佛法中　多諸菩薩　皆悉利根　轉不退輪
彼國常以　菩薩莊嚴
諸聲聞衆　不可稱數　皆得三明　具六神通
住八解脫　有大威德
其佛說法　現於无量　神通變化　不可思議
諸天人民　數如恒沙　皆共合掌　聽受佛語
其佛當壽　十二小劫　正法住世　二十小劫
像法亦住　二十小劫
尒時世尊復告諸比丘衆我今語汝是大迦
旃延於當來世以諸供具供養奉覲八千億
佛恭敬尊重讚嘆諸佛滅後各起塔廟高千
由旬縱廣正等五百由旬以金銀瑠璃車渠

上博 17 (3321)　妙法蓮華經卷第三　(23－7)

佛恭敬尊重讃嘆諸佛滅後各起塔廟高千
由旬縱廣正等五百由旬以金銀瑠璃車渠
馬瑙真珠玫瑰七寶合成衆華瓔珞塗香末
香燒香繒蓋幢幡供養塔廟過是已後當復
供養二万億佛亦復如是供養是諸佛已具
菩薩道當得作佛号曰閻浮那提金光如來
應供正遍知明行足善逝世間解无上士調
御丈夫天人師佛世尊其土平正頗梨為地
寶樹莊嚴黄金為繩以界道側妙華覆地周
遍清淨見者歡喜无四惡道地獄餓鬼畜生
阿脩羅道多有天人諸聲聞衆及諸菩薩无
量万億莊嚴其國佛壽十二小劫正法住世
廿小劫像法亦住廿小劫尒時世尊欲重宣
此義而說偈言
諸比丘衆　皆一心聽　如我所說　真實无異
是迦旃延　當以種種　妙好供具　供養諸佛
諸佛滅後　起七寶塔　亦以華香　供養舍利
其冣後身　得佛智慧　成等正覺　國土清淨
度脫无量　万億衆生　皆為十方　之所供養
佛之光明　无能勝者　其佛号曰　閻浮金光
菩薩聲聞　斷一切有　无量无邊　莊嚴其國
尒時世尊復告大衆我今語汝是大目揵連
當以種種供具供養八千諸佛恭敬尊重
歎諸佛滅後各起塔廟高千由旬縱廣正等
五百由旬以金銀瑠璃車渠馬瑙真珠玫瑰
七寶合成衆華瓔珞塗香末香燒香繒蓋幢

上博 17 (3321)　妙法蓮華經卷第三　(23－8)

七寶合成衆華瓔珞塗香末香燒香繒蓋幢
幡以用供養過是已後當復供養二百万億
諸佛亦復如是當得成佛号曰多摩羅跋栴
檀香如來應供正遍知明行足善逝世間解
无上士調御丈夫天人師佛世尊劫名喜滿
國名意樂其土平正頗梨為地寶樹莊嚴散
真珠華周遍清淨見者歡喜多諸天人菩薩
聲聞其數无量佛壽廿四小劫正法住世卌
小劫像法亦住卌小劫尒時世尊欲重宣此
義而說偈言
我此弟子　大目揵連　捨是身已　得見八千
二百万億　諸佛世尊　為佛道故　供養恭敬
於諸佛所　常脩梵行
於无量劫　奉持佛法　諸佛滅後　起七寶塔
長表高刹　華香伎樂　而以供養　諸佛塔廟
漸漸具足　菩薩道已　於意樂國　而得作佛
号多摩羅　栴檀之香
其佛壽命　二十四劫　常為天人　演說佛道
聲聞无量　如恒河沙　三明六通　有大威德
菩薩无數　志固精進　於佛智慧　皆不退轉
佛滅度後　正法當住　四十小劫　像法亦尒
我諸弟子　威德具足　其數五百　皆當授記
於未來世　咸得成佛
我及汝等　宿世因緣　吾今當說　汝等善聽
妙法蓮華經化城喻品第七
佛告諸比丘乃往過去无量无邊不可思議

上博 17 (3321)　妙法蓮華經卷第三　(23－9)

佛告諸比丘乃往過去无量无邊不可思議
阿僧祇劫尒時有佛名大通智勝如来應供
正遍知明行足善逝世間解无上士調御丈
夫天人師佛世尊其國名好成劫名大相諸
比丘彼佛滅度已来甚大久遠譬如三千大
千世界所有地種假使有人磨以為墨過於
東方千國土乃下一點大如微塵又過千國土
復下一點如是展轉盡地種墨於汝等意云
何是諸國土若筭師若筭師弟子能得邊際
知其數不不也世尊諸比丘是人所逕國土
若點不點盡抹為塵一塵一劫彼佛滅度已
来復過是數无量无邊百千万億阿僧祇劫
我以如来知見力故觀彼久遠猶若今日尒
時世尊欲重宣此義而說偈言
我念過去世　无量无邊劫　有佛兩足尊　名大通智勝
如人以力磨　三千大千土　盡此諸地種　皆悉以為墨
過於千國土　乃下一塵點　如是展轉點　盡此諸塵墨
如是諸國土　點與不點等　復盡抹為塵　一塵為一劫
此諸微塵數　其劫復過是　彼佛滅度来　如是无量劫
如来无㝵智　知彼佛滅度　及聲聞菩薩　如見今滅度
諸比丘當知　佛智淨微塵　无漏无所㝵　通達无量劫
佛告諸比丘大通智勝佛壽五百卌万億那
由他劫其佛本坐道場破魔軍已垂得阿耨
多羅三藐三菩提而諸佛法不現在前如是
一小劫乃至十小劫結跏趺坐身心不動而
諸佛法猶不在前尒時忉利諸天先為彼佛

上博 17 (3321)　妙法蓮華經卷第三　(23－10)

一小劫乃至十小劫結跏趺坐身心不動而
諸佛法猶不在前尒時忉利諸天先為彼佛
於菩提樹下敷師子座高一由旬佛於此座
當得阿耨多羅三藐三菩提適坐此座時諸
梵天王雨衆天華面百由旬香風時来吹去
萎華更雨新者如是不絶滿十小劫供養於
佛乃至滅度常雨此華四王諸天為供養佛
常擊天鼓其餘諸天作天伎樂滿十小劫至
于滅度亦復如是諸比丘大通智勝佛過十
小劫諸佛之法乃現在前成阿耨多羅三藐
三菩提其佛未出家時有十六子其第一者
名曰智積諸子各有種種珍異玩好之具聞
父得成阿耨多羅三藐三菩提皆捨所珍往
詣佛所諸母涕泣而隨送之其祖轉輪聖王
與一百大臣及餘百千万億人民皆共圍遶
隨至道場咸欲親近大通智勝如来供養恭
敬尊重讃歎到已頭面礼足遶佛畢一心合
掌瞻仰世尊以偈頌曰
大威德世尊　為度衆生故　於无量億歲　尒乃得成佛
諸願已具足　善哉吉无上
世尊甚希有　一坐十小劫　身體及手足　靜然安不動
其心常惔怕　未曾有散亂　究竟永寂滅　安住无漏法
今者見世尊　安隱成佛道　我等得善利　稱慶大歡喜
衆生常苦惱　盲瞑无導師　不識苦盡道　不知求解脫
長夜增惡趣　減損諸天衆　從冥入於冥　永不聞佛名
今佛得最上　安隱无漏法　我等及天人　為得最大利
是故咸稽首　歸命无上尊

上博 17 (3321)　妙法蓮華經卷第三　(23－11)

是故咸稽首　歸命无上尊
尒時十六王子偈讃佛已勸請世尊轉於法
輪咸作是言世尊説法多所安隱憐愍饒益
諸天人民重説偈言
世雄无等倫　百福自莊嚴　得无上智慧　願為世間説
度脱於我等　及諸衆生類　為分別顯示　令得是智恵
若我等得佛　衆生亦復然
世尊知衆生　深心之所念　亦知所行道　又知智慧力
欲樂及脩福　宿命所行業　世尊悉知已　當轉无上輪
佛告諸比丘大通智勝佛得阿耨多羅三藐
三菩提時十方各五百万億諸佛世界六種
震動其國中間幽冥之處日月威光所不能
照而皆大明其中衆生各得相見咸作是言
此中云何忽生衆生又其國界諸天宮殿乃
至梵宮六種震動大光普照遍滿世界勝諸
天光尒時東方五百万億諸國土中梵天宮
殿光明照耀倍於常明諸梵天王各作是念
今者宮殿光明昔所未有以何因縁而現此
相是時諸梵天王即各相詣共議此事而彼
衆中有一大梵天王名救一切為諸梵衆而
説偈言
我等諸宮殿　光明昔未有　此是何因縁　宜各共求之
為大德天生　為佛出世間　而此大光明　遍照於十方
尒時五百万億國土諸梵天王與宮殿俱各
以衣裓盛諸天華共詣西方推尋是相見大
通智勝如来處于道場菩提樹下坐師子座
諸天龍王乾闥婆緊那羅摩睺羅伽人非人

上博 17 (3321)　妙法蓮華經卷第三　(23－12)

以衣裓盛諸天華共詣西方推尋是相見大
通智勝如来處于道場菩提樹下坐師子座
諸天龍王乾闥婆緊那羅摩睺羅伽人非人
等恭敬圍遶及見十六王子請佛轉法輪即時
諸梵天王頭面礼佛遶百千匝即以天華而
散佛上其所散華如須弥山并以供養佛菩
提樹其菩提樹高十由旬華供養已各以宮
殿奉上彼佛而作是言唯見哀愍饒益我等
所獻宮殿願垂納處時諸梵天王即於佛前
一心同聲以偈頌曰
世尊甚希有　難可得值遇　具无量功德　能救護一切
天人之大師　哀愍於世間　十方諸衆生　普皆蒙饒益
我等所從来　五百万億國　捨深禪定樂　為供養佛故
我等先世福　宮殿甚嚴飾　今以奉世尊　唯願哀愍受
尒時諸梵天王偈讃佛已各作是言唯願世
尊轉於法輪度脱衆生開涅槃道時諸梵天
王一心同聲而説偈言
世雄兩足尊　唯願演説法　以大慈悲力　度苦惱衆生
尒時大通智勝如来嘿然許之
又諸比丘東南方五百万億國土諸大梵王
各自見宮殿光明照曜昔所未有歡喜踊躍
生希有心即各相詣共議此事而彼衆中有
一大梵天王名曰大悲為諸梵衆而説偈言
是事何因縁　而現如此相　我等諸宮殿　光明昔未有
為大德天生　為佛出世間　未曾見此相　當共一心求
過千万億土　尋光共推之　多是佛出世　度脱苦衆生
尒時五百万億諸梵天王與宮殿俱各以衣

上博 17 (3321)　妙法蓮華經卷第三　(23－13)

尒時五百万億諸梵天王與宮殿俱各以衣
裓盛諸天華共詣西北方推尋是相見大通智
勝如來處于道場菩提樹下坐師子座諸
天龍王乾闥婆緊那羅摩睺羅伽人非人等
恭敬圍遶及見十六王子請佛轉法輪時諸
梵天王頭面礼佛遶百千逈即以天華而散
佛上所散之華如須弥山并以供養佛菩提
樹華供養已各以宮殿奉上彼佛而作是言
唯見哀愍饒益我等所獻宮殿願垂納處尒
時諸梵天王即於佛前一心同聲以偈頌曰
聖主天中王　迦陵頻伽聲　哀愍衆生者　我等今敬礼
世尊甚希有　久遠乃一見　一百八十劫　空過无有佛
三惡道充滿　諸天衆減少　今佛出於世　為衆生作眼
世間所歸趣　救護於一切　為衆生之父　哀愍饒益者
我等宿福慶　今得值世尊
尒時諸梵天王偈讃佛已各作是言唯願世
尊哀愍一切轉於法輪度脫衆生時諸梵天
王一心同聲而說偈言
大聖轉法輪　顯示諸法相　度苦惱衆生　令得大歡喜
衆生聞是法　得道若生天　諸惡道減少　忍善者增益
尒時大通智勝如來嘿然許之
又諸比丘南方五百万億國土諸大梵王各
自見宮殿光明照耀昔所未有歡喜踊躍生
希有心即各相詣共議此事以何因緣我等
宮殿有斯光耀而彼衆中有一大梵天王名曰
妙法為諸梵衆而說偈言

上博 17 (3321)　妙法蓮華經卷第三　(23－14)

宮殿有斯光耀而彼衆中有一大梵天王名曰
妙法為諸梵衆而說偈言
我等諸宮殿　光明甚威耀　此非无因緣　是相宜求之
過於百千劫　未曾見是相　為大德天生　為佛出世間
尒時五百万億諸梵天王與宮殿俱各以衣
裓盛諸天華共詣北方推尋是相見大通智
勝如來處于道場菩提樹下坐師子座諸天
龍王乾闥婆緊那羅摩睺羅伽人非人等恭
敬圍遶及見十六王子請佛轉法輪時諸梵
天王頭面礼佛遶百千逈即以天華而散佛
上所散之華如須弥山并以供養佛菩提樹
華供養已各以宮殿奉上彼佛而作是言唯
見哀愍饒益我等所獻宮殿願垂納處尒時
諸梵天王即於佛前一心同聲以偈頌曰
世尊甚難見　破諸煩惱者　過百三十劫　今乃得一見
諸飢渴衆生　以法雨充滿　昔所未曾見　无量智慧者
如優曇鉢華　今日乃值遇
我等諸宮殿　蒙光故嚴飾　世尊大慈愍　唯願垂納受
尒時諸梵天王偈讃佛已各作是言唯願世
尊轉於法輪令一切世間諸天魔梵沙門婆
羅門皆獲安隱而得度脫時諸梵天王一心
同聲而說偈言
唯願天人尊　轉无上法輪　擊于大法鼓　而吹大法螺
普雨大法雨　度无量衆生　我等咸歸請　當演深遠音
尒時大通智勝如來嘿然許之西南方乃至
下方亦復如是
尒時上方五百万億國土諸大梵王皆悉自

上博 17 (3321)　妙法蓮華經卷第三　(23－15)

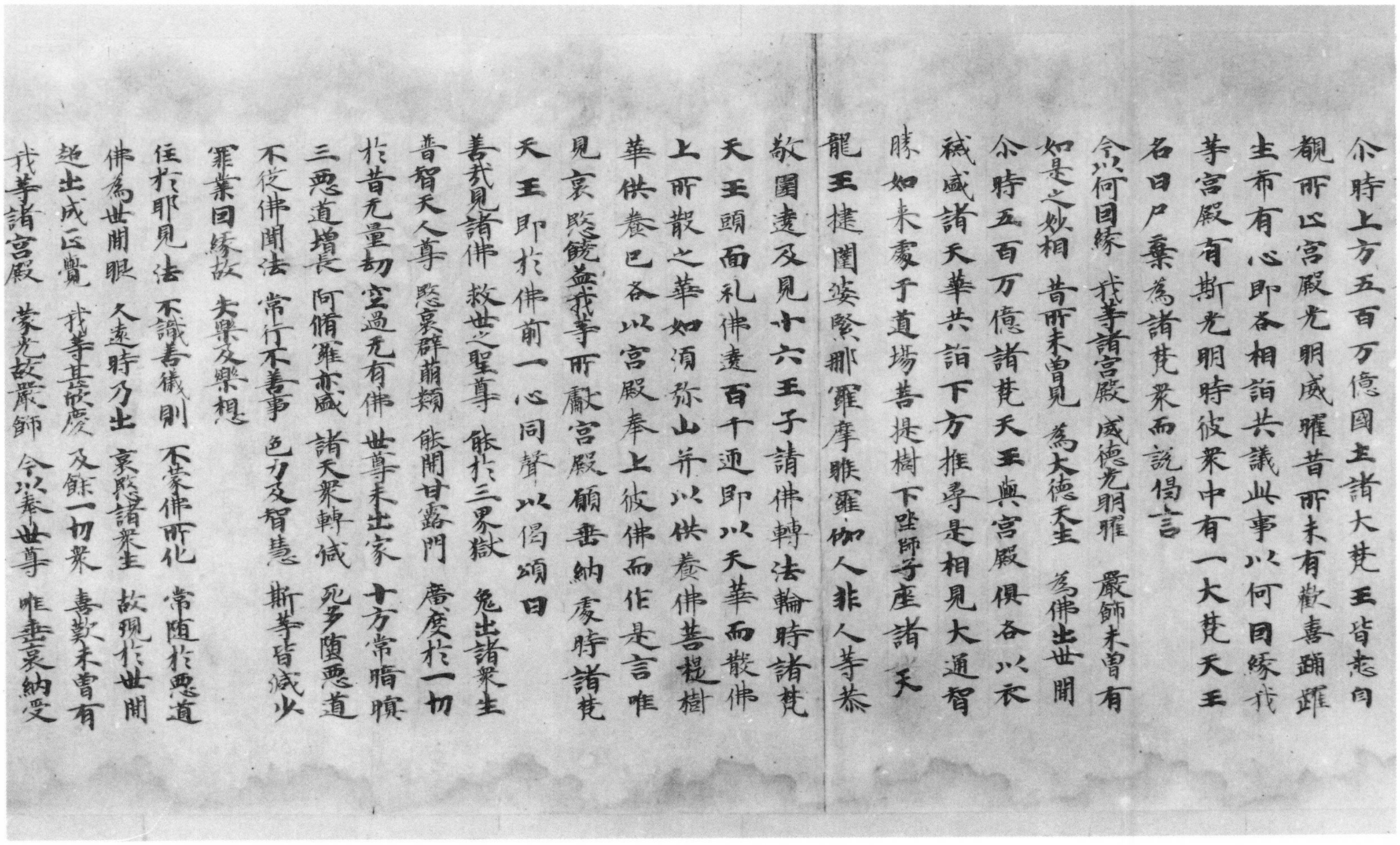

尒時上方五百万億國土諸大梵王皆悉自
覩所止宮殿光明威曜昔所未有歡喜踊躍
生希有心即各相詣共議此事以何因緣我
等宮殿有斯光明時彼衆中有一大梵天王
名曰尸棄為諸梵衆而說偈言
今以何因緣 我等諸宮殿 威德光明曜 嚴飾未曾有
如是之妙相 昔所未曾見 為大德天生 為佛出世間
尒時五百万億諸梵天王與宮殿俱各以衣
裓盛諸天華共詣下方推尋是相見大通智
勝如來處于道場菩提樹下坐師子座諸天
龍王乾闥婆緊那羅摩睺羅伽人非人等恭
敬圍遶及見十六王子請佛轉法輪時諸梵
天王頭面礼佛遶百千匝即以天華而散佛
上所散之華如須弥山并以供養佛菩提樹
華供養已各以宮殿奉上彼佛而作是言唯
見哀愍饒益我等所獻宮殿願垂納處時諸梵
天王即於佛前一心同聲以偈頌曰
善哉見諸佛 救世之聖尊 能於三界獄 勉出諸衆生
普智天人尊 哀愍群萌類 能開甘露門 廣度於一切
於昔无量劫 空過无有佛 世尊未出家 十方常闇瞑
三惡道增長 阿脩羅亦盛 諸天衆轉減 死多墮惡道
不從佛聞法 常行不善事 色力及智慧 斯等皆減少
罪業因緣故 失樂及樂想
住於邪見法 不識善儀則 不蒙佛所化 常隨於惡道
佛為世間眼 久遠時乃出 哀愍諸衆生 故現於世間
超出成正覺 我等甚欣慶 及餘一切衆 喜歎未曾有
我等諸宮殿 蒙光故嚴飾 今以奉世尊 唯垂哀納受

上博 17 (3321) 妙法蓮華經卷第三 (23－16)

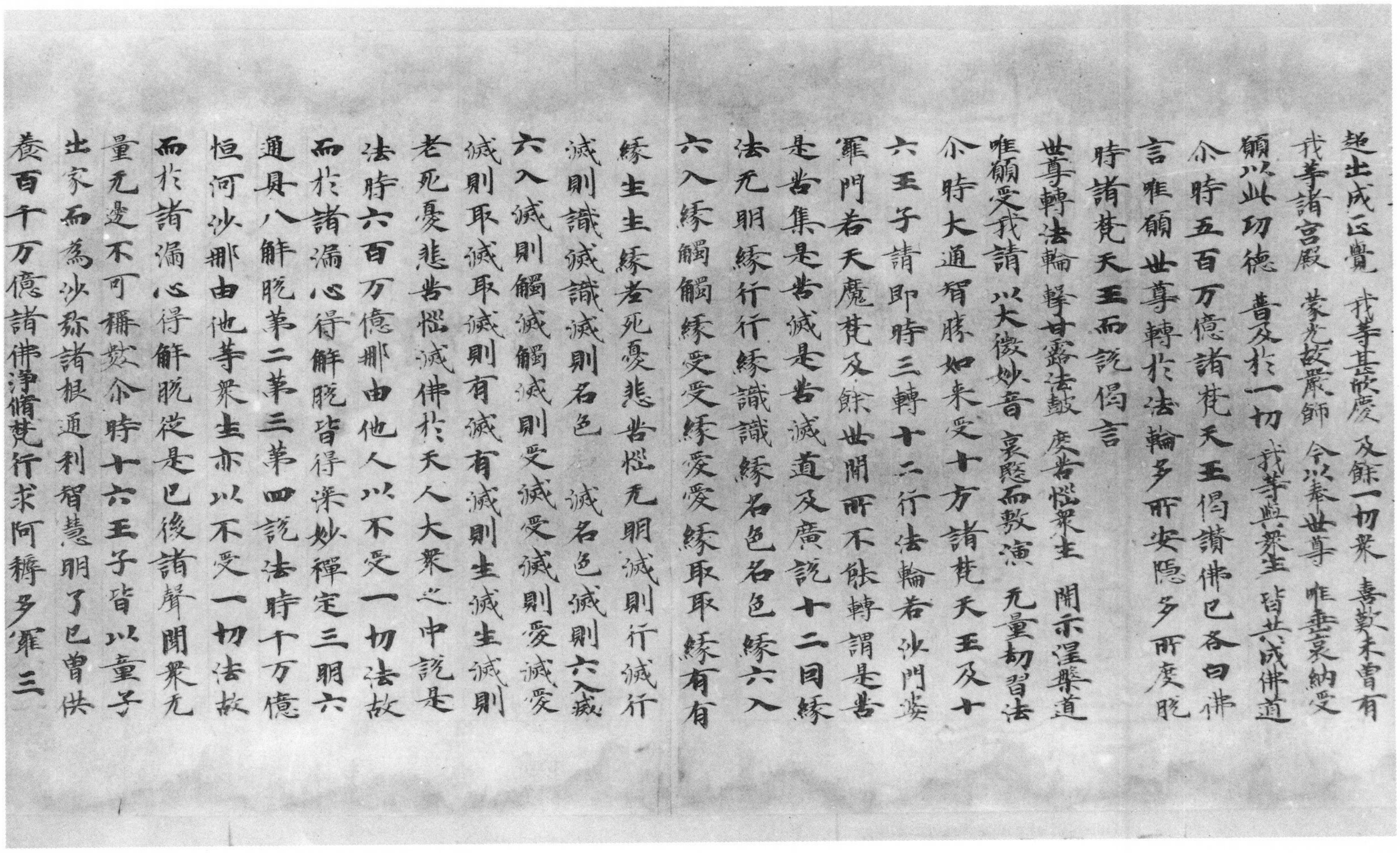

超出成正覺 我等甚欣慶 及餘一切衆 喜歎未曾有
我等諸宮殿 蒙光故嚴飾 今以奉世尊 唯垂哀納受
願以此功德 普及於一切 我等與衆生 皆共成佛道
尒時五百万億諸梵天王偈讚佛已各白佛
言唯願世尊轉於法輪多所安隱多所度脫
時諸梵天王而說偈言
世尊轉法輪 擊甘露法鼓 度苦惱衆生 開示涅槃道
唯願受我請 以大微妙音 哀愍而敷演 无量劫習法
尒時大通智勝如來受十方諸梵天王及十
六王子請即時三轉十二行法輪若沙門婆
羅門若天魔梵及餘世間所不能轉謂是苦
是苦集是苦滅是苦滅道及廣說十二因緣
法无明緣行行緣識識緣名色名色緣六入
六入緣觸觸緣受受緣愛愛緣取取緣有有
緣生生緣老死憂悲苦惱无明滅則行滅行
滅則識滅識滅則名色滅名色滅則六入滅
六入滅則觸滅觸滅則受滅受滅則愛滅愛
滅則取滅取滅則有滅有滅則生滅生滅則
老死憂悲苦惱滅佛於天人大衆之中說是
法時六百万億那由他人以不受一切法故
而於諸漏心得解脫皆得深妙禪定三明六
通具八解脫第二第三第四說法時千万億
恒河沙那由他等衆生亦以不受一切法故
而於諸漏心得解脫從是已後諸聲聞衆无
量无邊不可稱數尒時十六王子皆以童子
出家而為沙弥諸根通利智慧明了已曾供
養百千万億諸佛淨脩梵行求阿耨多羅三

上博 17 (3321) 妙法蓮華經卷第三 (23－17)

出家而為沙弥諸根通利智慧明了已曾供
養百千万億諸佛淨脩梵行求阿耨多羅三
藐三菩提俱白佛言世尊是諸无量千万億
大德聲聞皆已成就世尊亦當為我等說阿
耨多羅三藐三菩提法我等聞已皆共脩學
世尊我等志願如來知見深心所念佛自證
知尓時轉輪聖王所將衆中八万億人見十
六王子出家亦求出家王即聽許尓時彼佛
受沙弥請過二万劫已乃於四衆之中說是
大乘經名妙法蓮華教菩薩法佛所護念說
是經已十六沙弥為阿耨多羅三藐三菩提
故皆共受持諷誦通利說是經時十六菩薩
沙弥皆悉信受聲聞衆中亦有信解其餘衆
生千万億種皆生疑惑佛說是經於八千劫
未曾休癈說此經已即入靜室住於禪定八
万四千劫是時十六菩薩沙弥知佛入室寂
然禪定各昇法座亦於八万四千劫為四部
衆廣說分別妙法華經一一皆度六百万億
那由他恒河沙等衆生示教利喜令發阿耨
多羅三藐三菩提心大通智勝佛過八万四
千劫已從三昧起往詣法座安詳而坐普告
大衆是十六菩薩沙弥甚為希有諸根通利
智慧明了已曾供養无量千万億數諸佛於
諸佛所常脩梵行受持佛智開示衆生令入其
中汝等皆當數數親近而供養之所以者
何若聲聞辟支佛及諸菩薩能信是十六菩
薩所說經法受持不毀者是人皆當得阿耨

上博 17 (3321) 妙法蓮華經卷第三 (23－18)

中汝等皆當數數親近而供養之所以者
何若聲聞辟支佛及諸菩薩能信是十六菩
薩所說經法受持不毀者是人皆當得阿耨
多羅三藐三菩提如來之慧佛告諸比丘是
十六菩薩常樂說是妙法蓮華經一一菩薩
所化六百万億那由他恒河沙等衆生世世
所生與菩薩俱從其聞法悉皆信解以此因
緣得值四万億諸佛世尊于今不盡諸比丘
我今語汝彼佛弟子十六沙弥今皆得阿耨
多羅三藐三菩提於十方國土現在說法有
无量百千万億菩薩聲聞以為眷屬其二沙
弥東方作佛一名阿閦在歡喜國二名須弥
頂東南方二佛一名師子音二名師子相南
方二佛一名虛空住二名常滅西南方二佛
一名帝相二名梵相西方二佛一名阿弥陁
二名度一切世間苦惱西北方二佛一名多
摩羅跋栴檀香神通二名須弥相北方二佛
一名雲自在二名雲自在王東北方佛名壞
一切世間怖畏第十六我釋迦牟尼佛於娑
婆國土成阿耨多羅三藐三菩提諸比丘我
等為沙弥時各各教化无量百千万億恒河
沙等衆生從我聞法為阿耨多羅三藐三菩
提此諸衆生于今有住聲聞地者我常教化
阿耨多羅三藐三菩提是諸人等應以是法
漸入佛道所以者何如來智慧難信難解尓
時所化无量恒河沙等衆生者汝等諸比丘
及我滅度後未來世中聲聞弟子是也我滅

上博 17 (3321) 妙法蓮華經卷第三 (23－19)

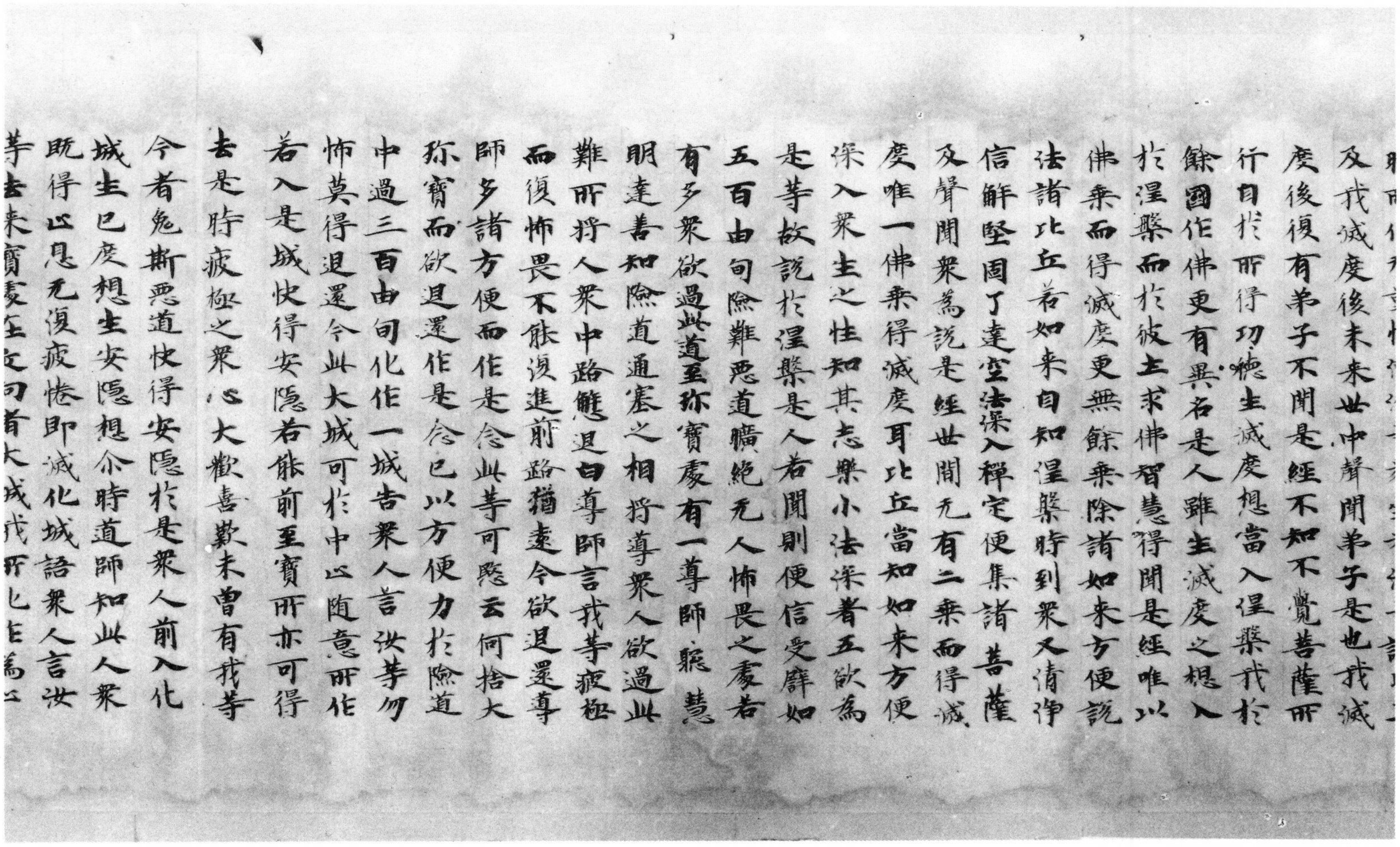

及我滅度後未來世中聲聞弟子是也我滅
度後復有弟子不聞是經不知不覺菩薩所
行自於所得功德生滅度想當入涅槃我於
餘國作佛更有異名是人雖生滅度之想入
於涅槃而於彼土求佛智慧得聞是經唯以
佛乘而得滅度更無餘乘除諸如來方便說
法諸比丘若如來自知涅槃時到眾又清淨
信解堅固了達空法深入禪定便集諸菩薩
及聲聞眾為說是經世間無有二乘而得滅
度唯一佛乘得滅度耳比丘當知如來方便
深入眾生之性知其志樂小法深著五欲為
是等故說於涅槃是人若聞則便信受辟如
五百由旬險難惡道曠絕无人怖畏之處若
有多眾欲過此道至珍寶處有一導師聰慧
明達善知險道通塞之相將導眾人欲過此
難所將人眾中路懈退白導師言我等疲極
而復怖畏不能復進前路猶遠今欲退還尊
師多諸方便而作是念此等可愍云何捨大
珍寶而欲退還作是念已以方便力於險道
中過三百由旬化作一城告眾人言汝等勿
怖莫得退還今此大城可於中止隨意所作
若入是城快得安隱若能前至寶所亦可得
去是時疲極之眾心大歡喜歎未曾有我等
今者免斯惡道快得安隱於是眾人前入化
城生已度想生安隱想爾時導師知此人眾

上博 17 (3321)　妙法蓮華經卷第三　　(23-20)

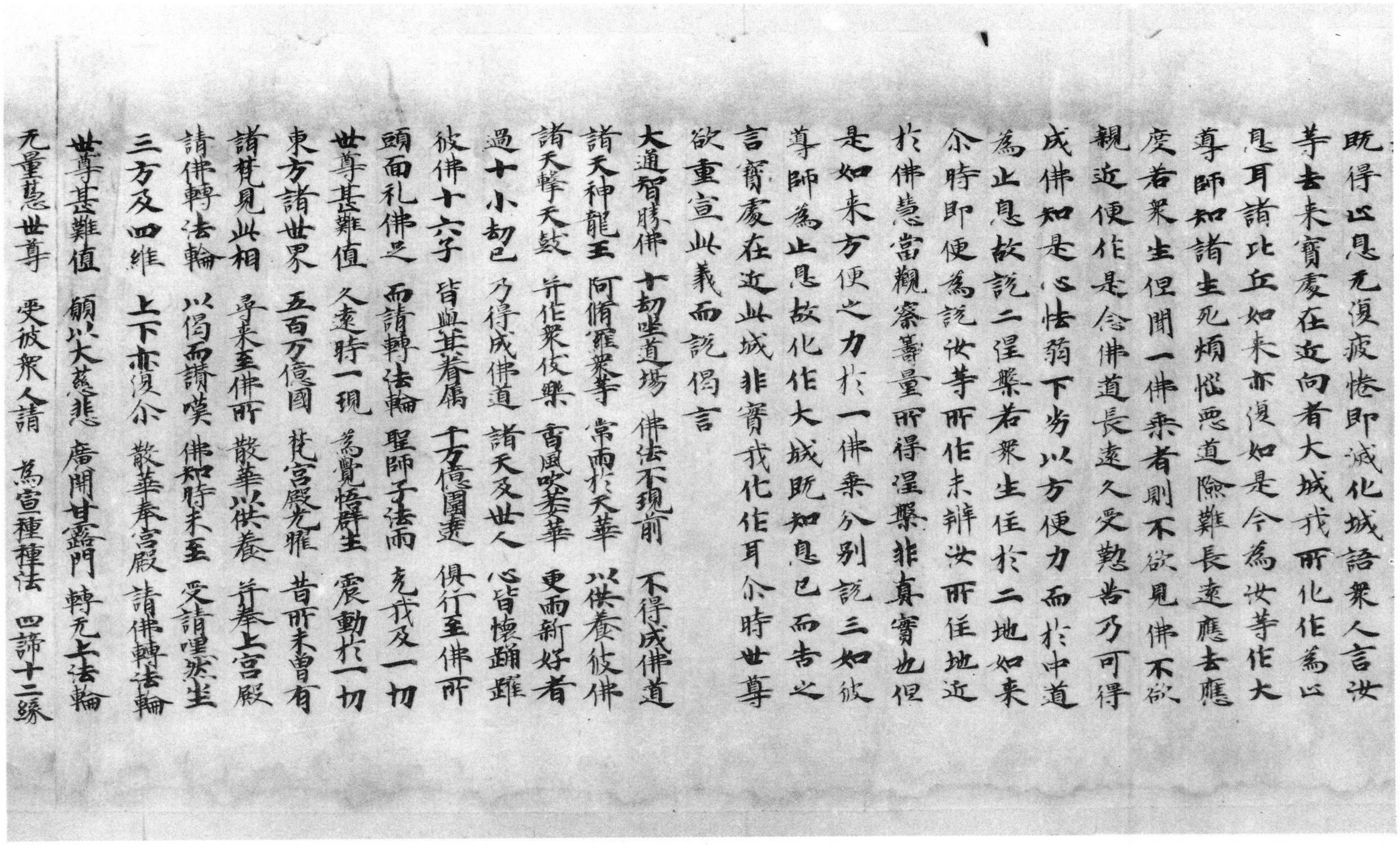

既得止息无復疲惓即滅化城語眾人言汝
等去來寶處在近向者大城我所化作為止
息耳諸比丘如來亦復如是今為汝等作大
導師知諸生死煩惱惡道險難長遠應去應
度若眾生但聞一佛乘者則不欲見佛不欲
親近便作是念佛道長遠久受懃苦乃可得
成佛知是心怯弱下劣以方便力而於中道
為止息故說二涅槃若眾生住於二地如來
爾時即便為說汝等所作未辦汝所住地近
於佛慧當觀察籌量所得涅槃非真實也但
是如來方便之力於一佛乘分別說三如彼
導師為止息故化作大城既知息已而告之
言寶處在近此城非實我化作耳爾時世尊
欲重宣此義而說偈言
大通智勝佛　十劫坐道場　佛法不現前　不得成佛道
諸天神龍王　阿修羅眾等　常雨於天華　以供養彼佛
諸天擊天鼓　并作眾伎樂　香風吹萎華　更雨新好者
過十小劫已　乃得成佛道　諸天及世人　心皆懷踊躍
彼佛十六子　皆與其眷屬　千萬億圍遶　俱行至佛所
頭面禮佛足　而請轉法輪　聖師子法雨　充我及一切
世尊甚難值　久遠時一現　為覺悟群生　震動於一切
東方諸世界　五百萬億國　梵宮殿光曜　昔所未曾有
諸梵見此相　尋來至佛所　散華以供養　并奉上宮殿
請佛轉法輪　以偈而讚歎　佛知時未至　受請默然坐
三方及四維　上下亦復爾　散華奉宮殿　請佛轉法輪
世尊甚難值　願以大慈悲　廣開甘露門　轉无上法輪
无量慧世尊　受彼眾人請　為宣種種法　四諦十二緣

上博 17 (3321)　妙法蓮華經卷第三　　(23-21)

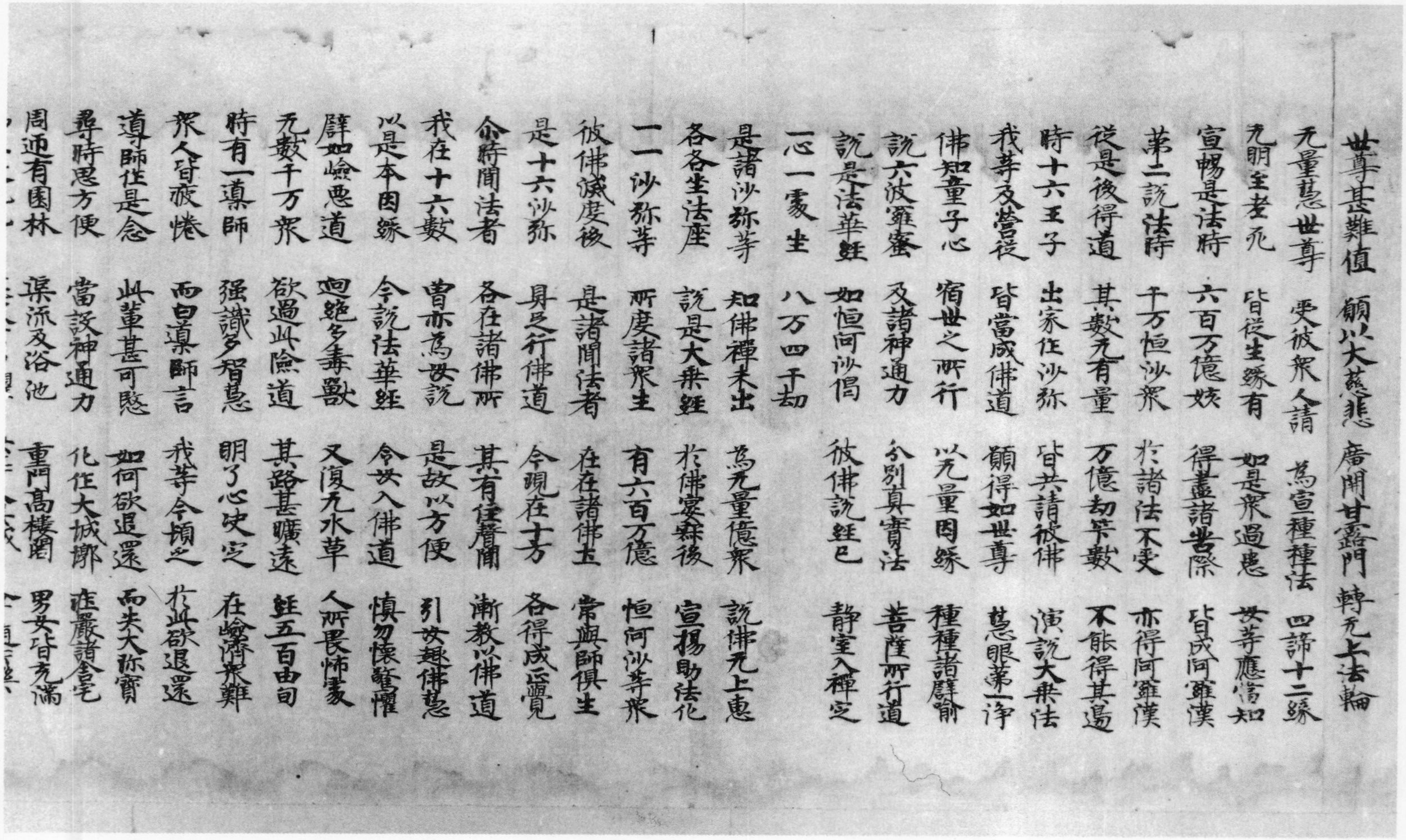

世尊甚難值 願以大慈悲 廣開甘露門 轉無上法輪
無量慧世尊 受彼衆人請 為宣種種法 四諦十二緣
無明至老死 皆從生緣有 如是衆過患 汝等應當知
宣暢是法時 六百萬億姟 得盡諸苦際 皆成阿羅漢
第二說法時 千萬恒沙衆 於諸法不受 亦得阿羅漢
從是後得道 其數無有量 萬億劫筭數 不能得其邊
時十六王子 出家作沙彌 皆共請彼佛 演說大乘法
我等及營從 皆當成佛道 願得如世尊 慧眼第一淨
佛知童子心 宿世之所行 以無量因緣 種種諸譬喻
說六波羅蜜 及諸神通力 分別真實法 菩薩所行道
說是法華經 如恒河沙偈 彼佛說經已 靜室入禪定
一心一處坐 八萬四千劫
是諸沙彌等 知佛禪未出 為無量億衆 說佛無上慧
各各坐法座 說是大乘經 於佛宴寂後 宣揚助法化
一一沙彌等 所度諸衆生 有六百萬億 恒河沙等衆
彼佛滅度後 是諸聞法者 在在諸佛土 常與師俱生
是十六沙彌 具足行佛道 今現在十方 各得成正覺
爾時聞法者 各在諸佛所 其有住聲聞 漸教以佛道
我在十六數 曾亦為汝說 是故以方便 引汝趣佛慧
以是本因緣 今說法華經 令汝入佛道 慎勿懷驚懼
譬如險惡道 迥絕多毒獸 又復無水草 人所怖畏處
無數千萬衆 欲過此險道 其路甚曠遠 經五百由旬
時有一導師 強識有智慧 明了心決定 在險濟衆難
衆人皆疲惓 而白導師言 我等今頓乏 於此欲退還
導師作是念 此輩甚可愍 如何欲退還 而失大珍寶
尋時思方便 當設神通力 化作大城郭 莊嚴諸舍宅
周匝有園林 渠流及浴池 重門高樓閣 男女皆充滿

上博 17 (3321) 妙法蓮華經卷第三 (23－22)

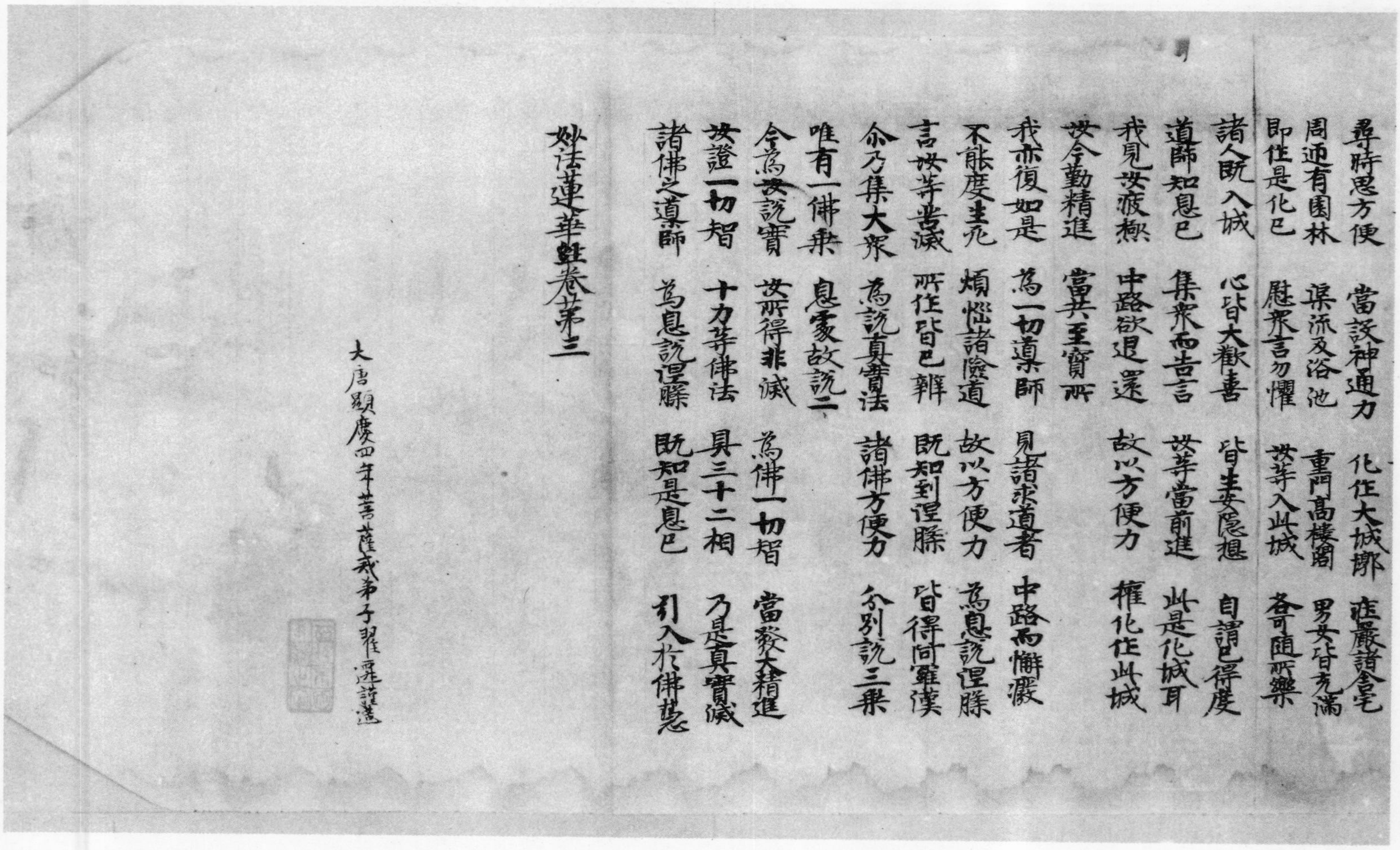

尋時思方便 當設神通力 化作大城郭 莊嚴諸舍宅
周匝有園林 渠流及浴池 重門高樓閣 男女皆充滿
即作是化已 慰衆言勿懼 汝等入此城 各可隨所樂
諸人既入城 心皆大歡喜 皆生安隱想 自謂已得度
導師知息已 集衆而告言 汝等當前進 此是化城耳
我見汝疲極 中路欲退還 故以方便力 權化作此城
汝今勤精進 當共至寶所
我亦復如是 為一切導師 見諸求道者 中路而懈廢
不能度生死 煩惱諸險道 故以方便力 為息說涅槃
言汝等苦滅 所作皆已辦 既知到涅槃 皆得阿羅漢
爾乃集大衆 為說真實法 諸佛方便力 分別說三乘
唯有一佛乘 息處故說二
今為汝說實 汝所得非滅 為佛一切智 當發大精進
汝證一切智 十力等佛法 具三十二相 乃是真實滅
諸佛之導師 為息說涅槃 既知是息已 引入於佛慧

妙法蓮華經卷第三

大唐顯慶四年菩薩戒弟子翟遷謹造

上博 17 (3321) 妙法蓮華經卷第三 (23－23)

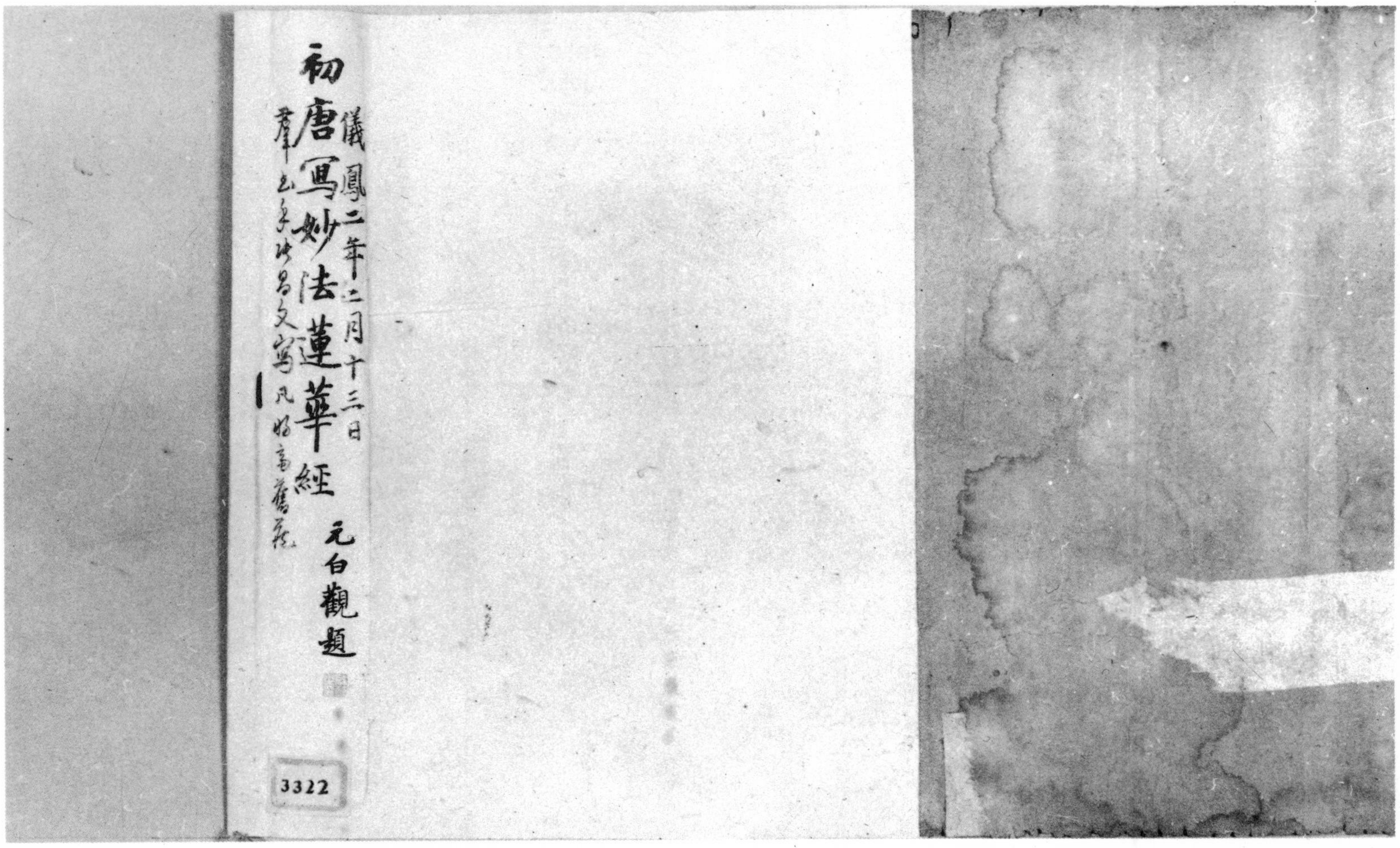

上博 18 (3322)　妙法蓮華經卷第五　　(包首)

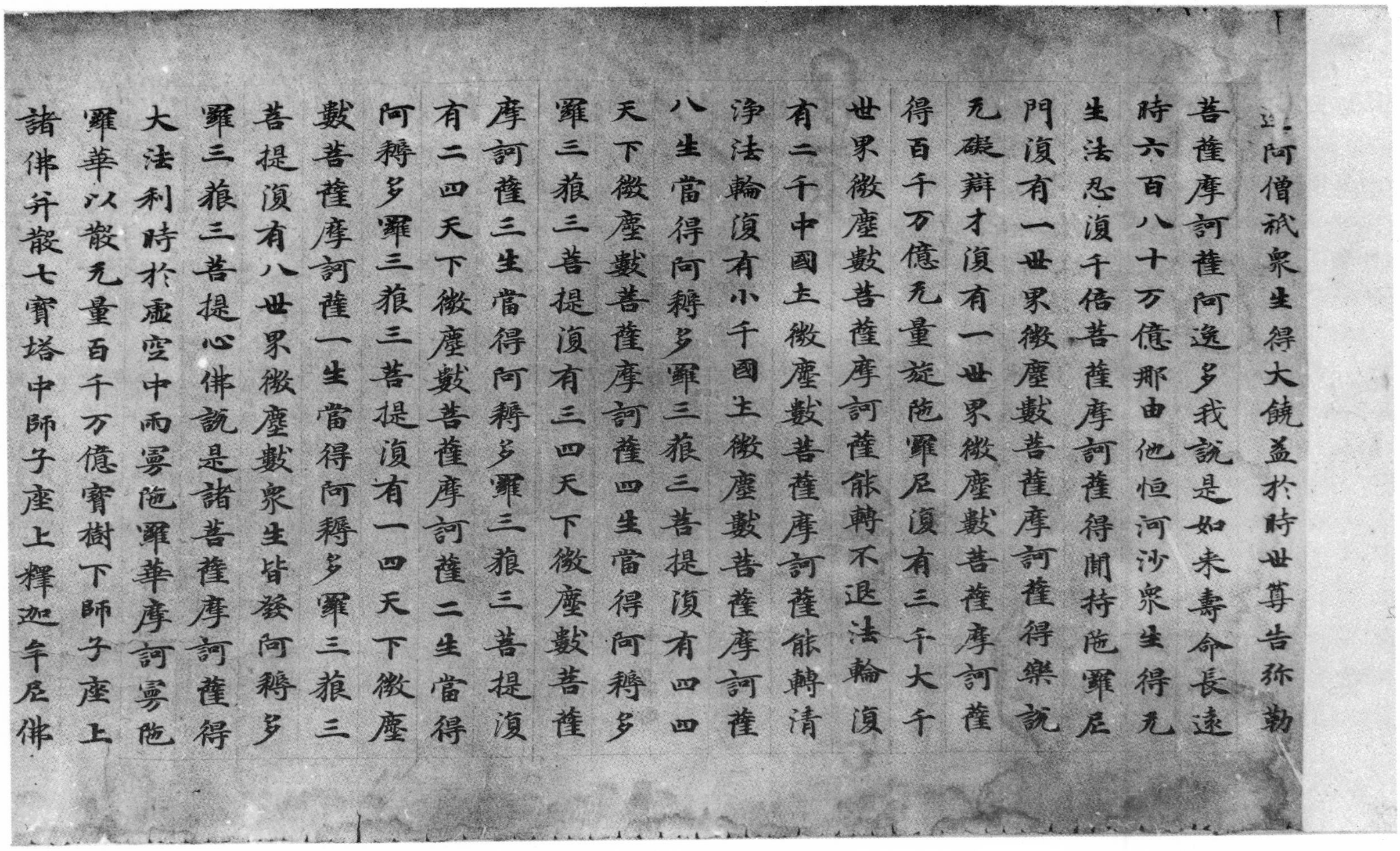

阿僧祇衆生得大饒益於時世尊告弥勒
菩薩摩訶薩阿逸多我說是如来壽命長遠
時六百八十万億那由他恒河沙衆生得无
生法忍復千倍菩薩摩訶薩得聞持陁羅尼
門復有一世界微塵數菩薩摩訶薩得樂說
无礙辯才復有一世界微塵數菩薩摩訶薩
得百千万億无量旋陁羅尼復有三千大千
世界微塵數菩薩摩訶薩能轉不退法輪復
有二千中國土微塵數菩薩摩訶薩能轉清
浄法輪復有小千國土微塵數菩薩摩訶薩
八生當得阿耨多羅三藐三菩提復有四四
天下微塵數菩薩摩訶薩四生當得阿耨多
羅三藐三菩提復有三四天下微塵數菩薩
摩訶薩三生當得阿耨多羅三藐三菩提復
有二四天下微塵數菩薩摩訶薩二生當得
阿耨多羅三藐三菩提復有一四天下微塵
數菩薩摩訶薩一生當得阿耨多羅三藐三
菩提復有八世界微塵數衆生皆發阿耨多
羅三藐三菩提心佛說是諸菩薩摩訶薩得
大法利時於虛空中雨曼陁羅華摩訶曼陁
羅華以散无量百千万億寶樹下師子座上
諸佛并散七寶塔中師子座上釋迦牟尼佛

上博 18 (3322)　妙法蓮華經卷第五　　(8－1)

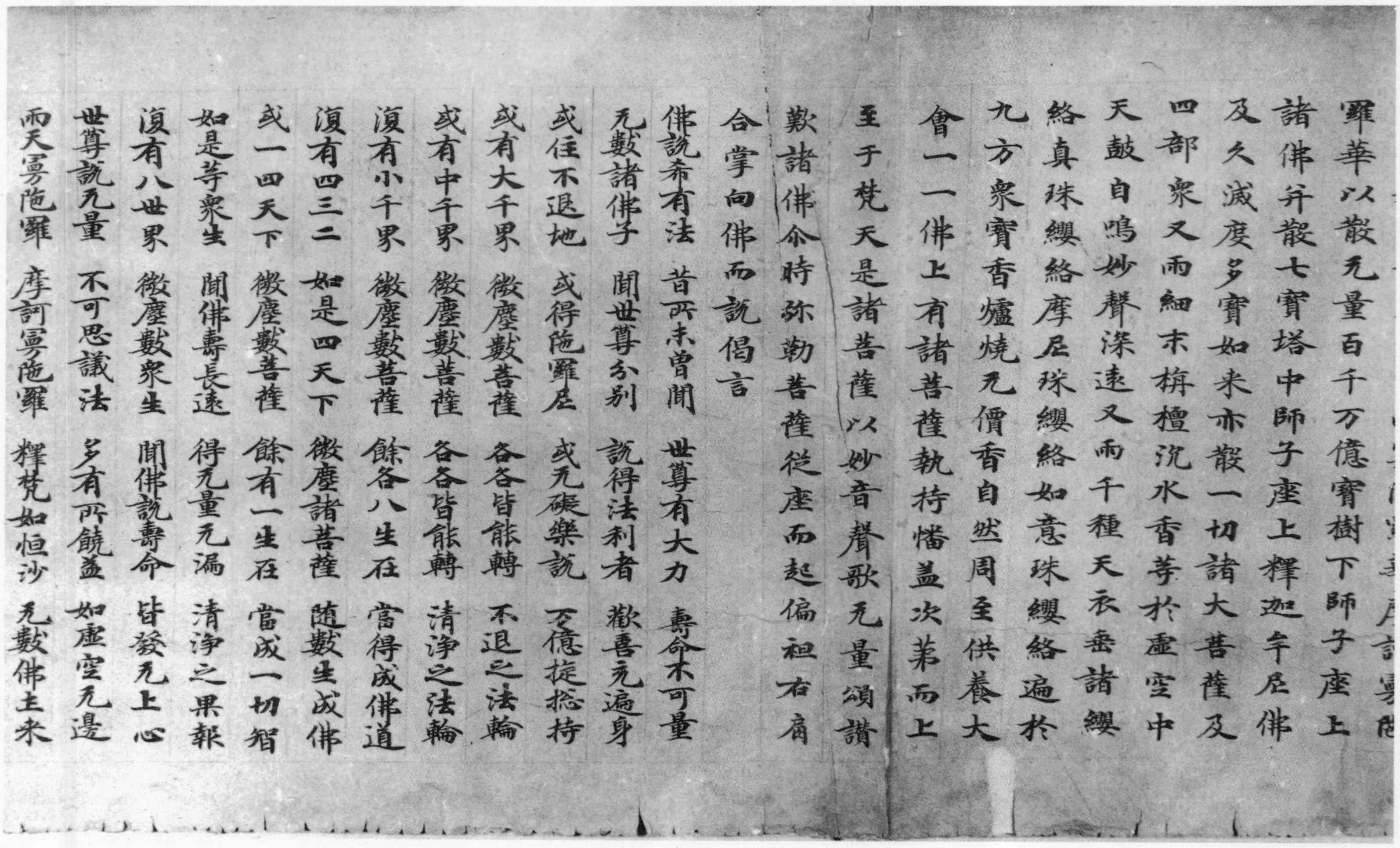

羅華以散无量百千万億寶樹下師子座上
諸佛并散七寶塔中師子座上釋迦牟尼佛
及久滅度多寶如来亦散一切諸大菩薩及
四部衆又雨細末栴檀沉水香等於虛空中
天鼓自鳴妙聲深遠又雨千種天衣垂諸瓔
珞真珠瓔珞摩尼珠瓔珞如意珠瓔珞遍於
九方衆寶香爐燒无價香自然周至供養大
會一一佛上有諸菩薩執持幡蓋次第而上
至于梵天是諸菩薩以妙音聲歌无量頌讚
歎諸佛尒時弥勒菩薩從座而起偏袒右肩
合掌向佛而說偈言
佛說希有法　昔所未曾聞　世尊有大力　壽命不可量
无數諸佛子　聞世尊分別　說得法利者　歡喜充遍身
或住不退地　或得陁羅尼　或无礙樂說　万億旋捴持
或有大千界　微塵數菩薩　各各皆能轉　不退之法輪
或有中千界　微塵數菩薩　各各皆能轉　清淨之法輪
復有小千界　微塵數菩薩　餘各八生在　當得成佛道
復有四三二　如是四天下　微塵諸菩薩　隨數生成佛
或一四天下　微塵數菩薩　餘有一生在　當成一切智
如是等衆生　聞佛壽長遠　得无量无漏　清淨之果報
復有八世界　微塵數衆生　聞佛說壽命　皆發无上心
世尊說无量　不可思議法　多有所饒益　如虛空无邊
雨天曼陁羅　摩訶曼陁羅　釋梵如恒沙　无數佛土來

上博 18 (3322)　妙法蓮華經卷第五　(8－2)

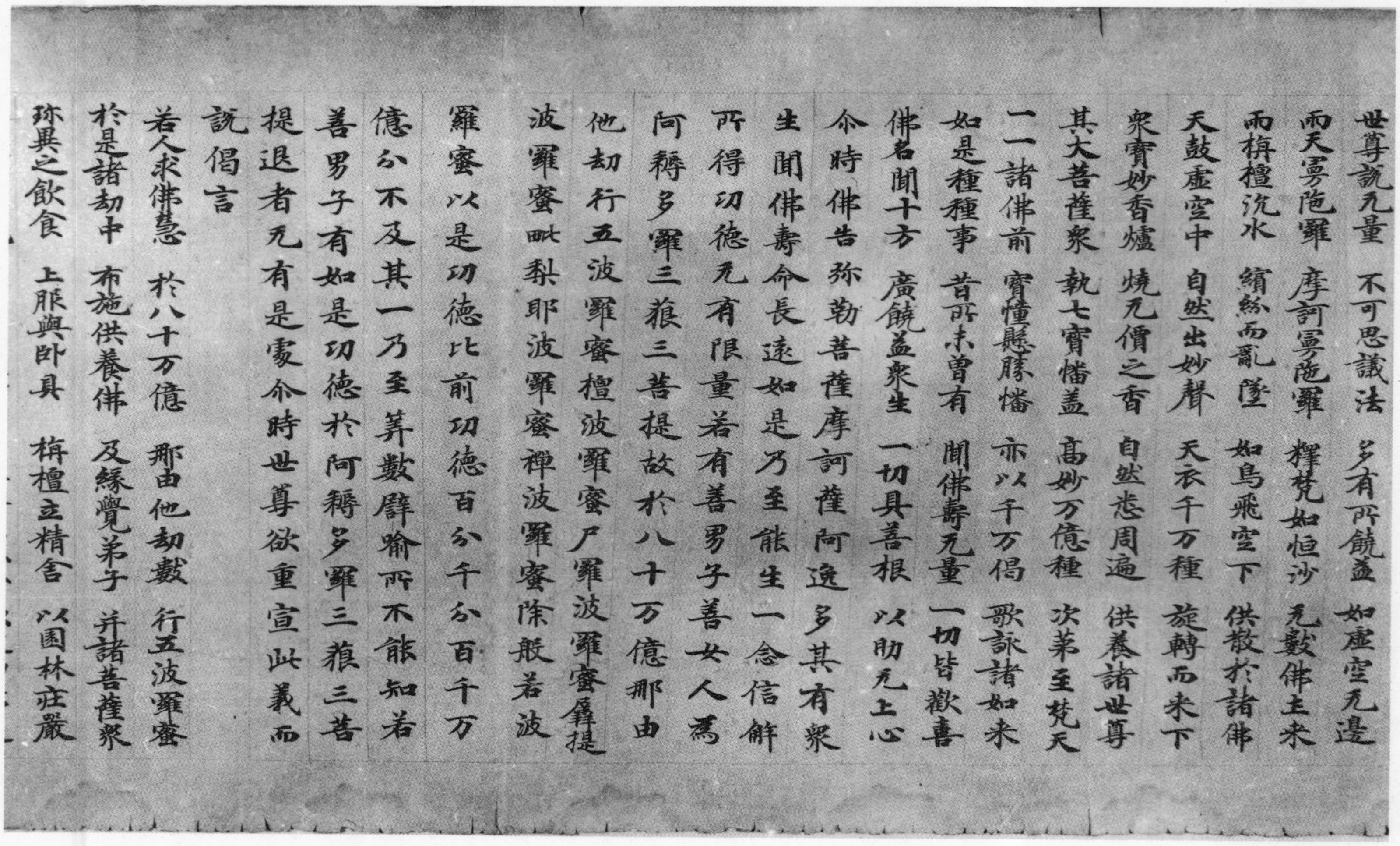

世尊說无量　不可思議法　多有所饒益　如虛空无邊
雨天曼陁羅　摩訶曼陁羅　釋梵如恒沙　无數佛土來
雨栴檀沉水　繽紛而亂墜　如鳥飛空下　供散於諸佛
天鼓虛空中　自然出妙聲　天衣千万種　旋轉而来下
衆寶妙香爐　燒无價之香　自然悉周遍　供養諸世尊
其大菩薩衆　執七寶幡蓋　高妙万億種　次第至梵天
一一諸佛前　寶幢懸勝幡　亦以千万偈　歌詠諸如来
如是種種事　昔所未曾有　聞佛壽无量　一切皆歡喜
佛名聞十方　廣饒益衆生　一切具善根　以助无上心
尒時佛告弥勒菩薩摩訶薩阿逸多其有衆
生聞佛壽命長遠如是乃至能生一念信解
所得功德无有限量若有善男子善女人爲
阿耨多羅三藐三菩提故於八十万億那由
他劫行五波羅蜜檀波羅蜜尸羅波羅蜜羼提
波羅蜜毗梨耶波羅蜜禪波羅蜜除般若波
羅蜜以是功德比前功德百分千分百千万
億分不及其一乃至筭數譬喻所不能知若
善男子有如是功德於阿耨多羅三藐三菩
提退者无有是處尒時世尊欲重宣此義而
說偈言
若人求佛慧　於八十万億　那由他劫數　行五波羅蜜
於是諸劫中　布施供養佛　及緣覺弟子　并諸菩薩衆
珎異之飲食　上服與卧具　栴檀立精舍　以園林莊嚴

上博 18 (3322)　妙法蓮華經卷第五　(8－3)

於是諸刧中 布施供養佛 及緣覺弟子 并諸菩薩衆
珎異之飲食 上服與卧具 栴檀立精舍 以園林莊嚴
如是等布施 種種皆微妙 盡此諸刧數 以迴向佛道
若復持禁戒 清淨无缺漏 求於无上道 諸佛之所歎
若復行忍辱 住於調柔地 設衆惡來加 其心不傾動
諸有得法者 懷於增上慢 爲此所輕惱 如是亦能忍
若復勤精進 志念常堅固 於无量億刧 一心不懈息
又於无數刧 住於空閑處 若坐若經行 除睡常攝心
以是因緣故 能生諸禪定 八十億万刧 安住心不亂
持此一心福 願求无上道 我得一切智 盡諸禪定際
是人於百千 万億刧數中 行此諸功德 如上之所說
有善男女等 聞我說壽命 乃至一念信 其福過於彼
若人悉无有 一切諸疑悔 深心須臾信 其福爲如此
其有諸菩薩 无量刧行道 聞我說壽命 是則能信受
如是諸人等 頂受此經典 願我於未來 長壽度衆生
如今日世尊 諸釋中之王 道場師子吼 說法无所畏
我等未來世 一切所尊敬 坐於道場時 說壽亦如是
若有深心者 清淨而質直 多聞能揔持 隨義解佛語
如是諸人等 於此无有疑
又阿逸多若有聞佛壽命長遠解其言趣是
人所得功德无有限量能起如來无上之慧
何況廣聞是經若教人聞若自持若教人持
若自書若教人書若以華香瓔珞幢幡繒蓋

上博 18 (3322) 妙法蓮華經卷第五 (8－4)

何況廣聞是經若教人聞若自持若教人持
若自書若教人書若以華香瓔珞幢幡繒蓋
香油蘇燈供養經卷是人功德无量无邊能
生一切種智阿逸多若善男子善女人聞我
說壽命長遠深心信解則爲見佛常在耆闍
崛山共大菩薩諸聲聞衆圍繞說法又見此
娑婆世界其地瑠璃坦然平正閻浮檀金以
界八道寶樹行列諸臺樓觀皆悉寶成其菩
薩衆咸處其中若有能如是觀者當知是爲
深信解相又復如來滅後若聞是經而不毀
呰起隨喜心當知已爲深信解相何況讀誦
受持之者斯人則爲頂戴如來阿逸多是善
男子善女人不須爲我復起塔寺及作僧坊
以四事供養衆僧所以者何是善男子善女
人受持讀誦是經典者爲已起塔造立僧坊
供養衆僧則爲以佛舍利起七寶塔高廣漸
小至于梵天懸諸幡蓋及衆寶鈴華香瓔珞
末香塗香燒香衆鼓伎樂簫笛箜篌種種儛
戲以妙音聲歌唄讚頌則爲於无量千万億
刧作是供養已阿逸多若我滅後聞是經典
有能受持若自書若教人書則爲起立僧坊
以赤栴檀作諸殿堂三十有二高八多羅樹
高廣嚴好百千比丘於其中止園林流池經

上博 18 (3322) 妙法蓮華經卷第五 (8－5)

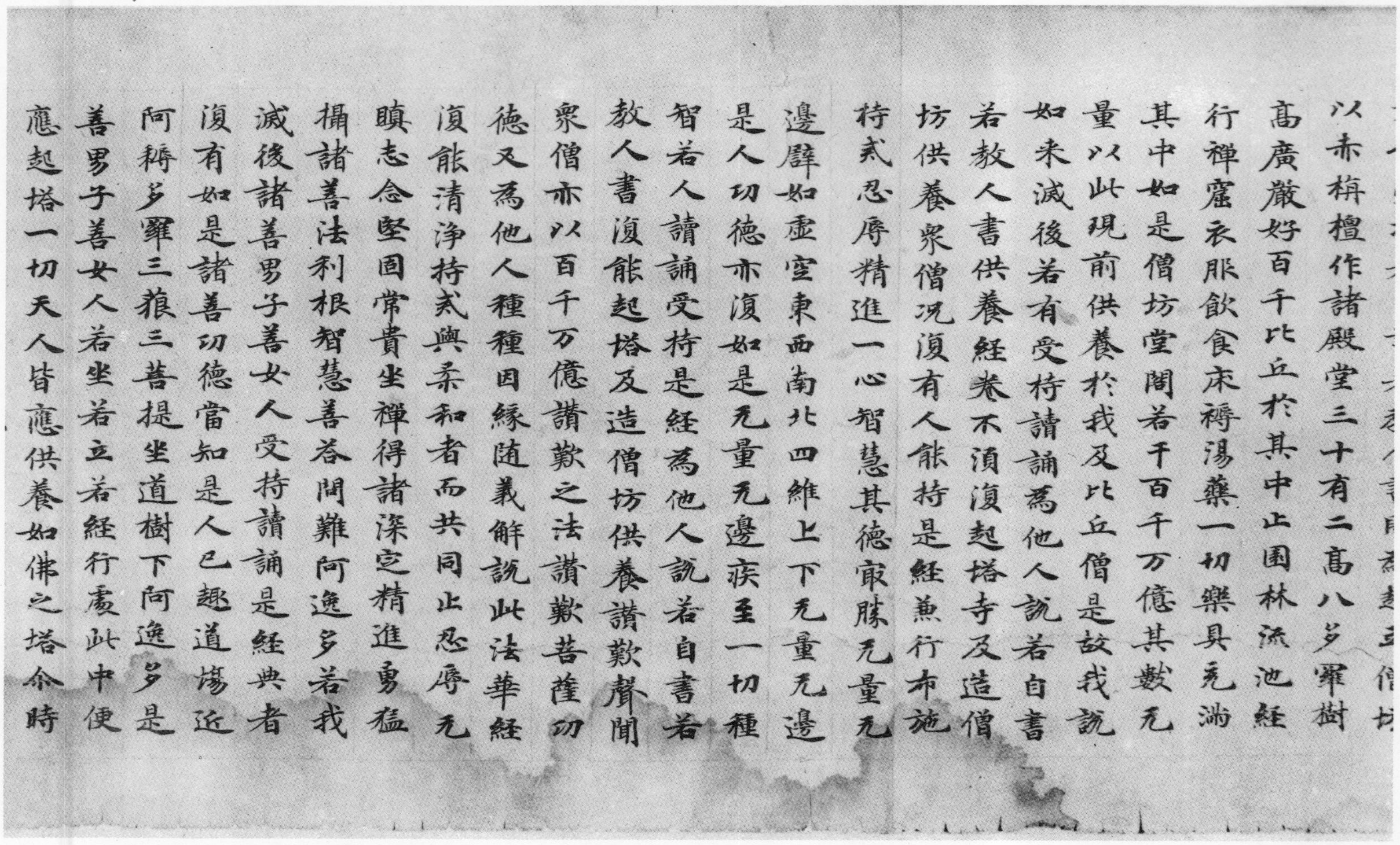
以赤栴檀作諸殿堂三十有二高八多羅樹
高廣嚴好百千比丘於其中止園林流池經
行禪窟衣服飲食床褥湯藥一切樂具充滿
其中如是僧坊堂閣若干百千万億其數无
量以此現前供養於我及比丘僧是故我說
如來滅後若有受持讀誦為他人說若自書
若教人書供養經卷不須復起塔寺及造僧
坊供養衆僧況復有人能持是經兼行布施
持戒忍辱精進一心智慧其德最勝无量无
邊譬如虛空東西南北四維上下无量无邊
是人功德亦復如是无量无邊疾至一切種
智若人讀誦受持是經為他人說若自書若
教人書復能起塔及造僧坊供養讚歎聲聞
衆僧亦以百千万億讚歎之法讚歎菩薩功
德又為他人種種因緣隨義解說此法華經
復能清淨持戒與柔和者而共同止忍辱无
瞋志念堅固常貴坐禪得諸深定精進勇猛
攝諸善法利根智慧善荅問難阿逸多若我
滅後諸善男子善女人受持讀誦是經典者
復有如是諸善功德當知是人已趣道場近
阿耨多羅三藐三菩提坐道樹下阿逸多是
善男子善女人若坐若立若經行處此中便
應起塔一切天人皆應供養如佛之塔尒時

上博 18 (3322)　妙法蓮華經卷第五　　(8－6)

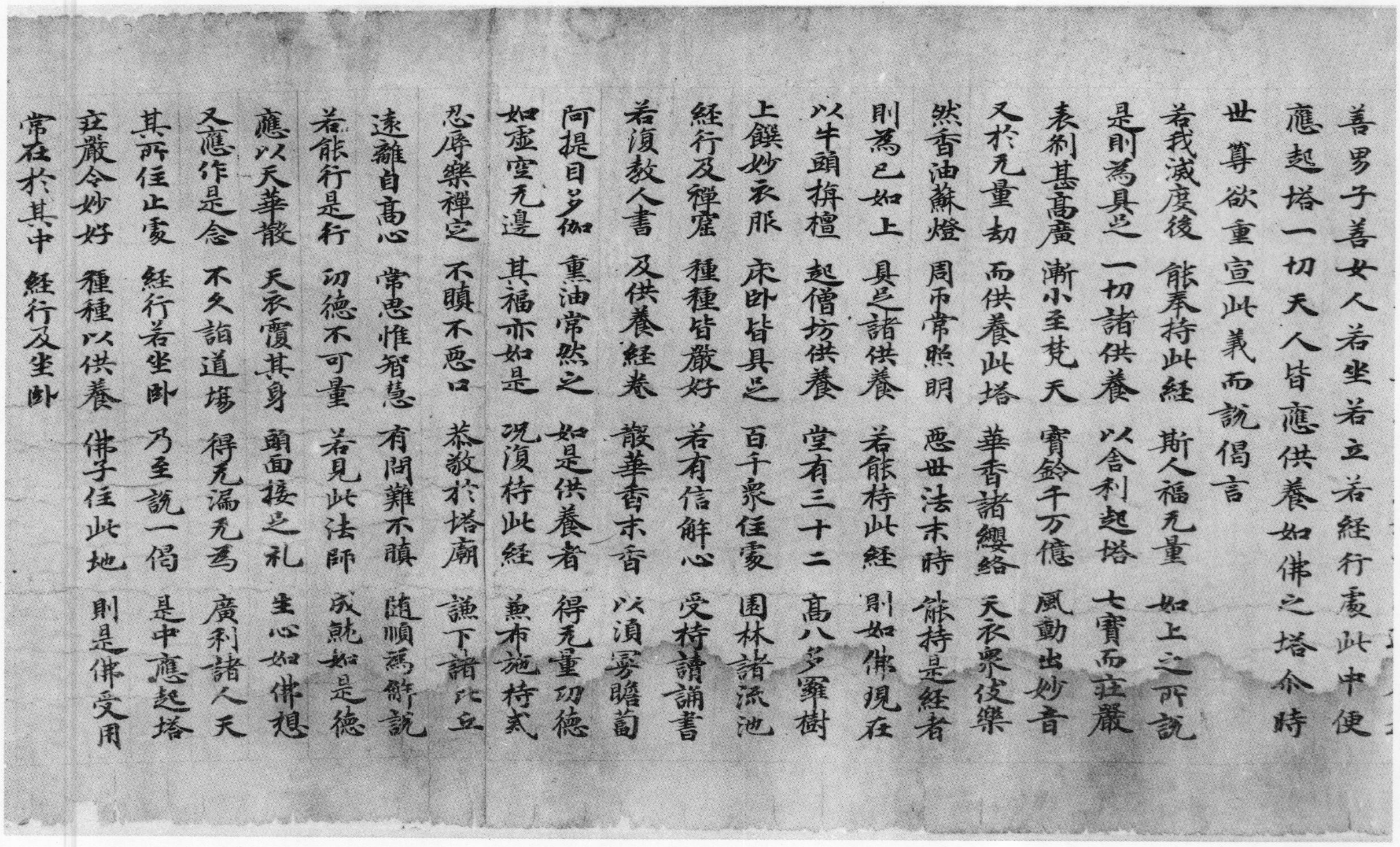
善男子善女人若坐若立若經行處此中便
應起塔一切天人皆應供養如佛之塔尒時
世尊欲重宣此義而說偈言
若我滅度後　能奉持此經　斯人福无量　如上之所說
是則為具足　一切諸供養　以舍利起塔　七寶而莊嚴
表刹甚高廣　漸小至梵天　寶鈴千万億　風動出妙音
又於无量劫　而供養此塔　華香諸瓔珞　天衣衆伎樂
然香油蘇燈　周帀常照明　惡世法末時　能持是經者
則為已如上　具足諸供養　若能持此經　則如佛現在
以牛頭栴檀　起僧坊供養　堂有三十二　高八多羅樹
上饌妙衣服　床卧皆具足　百千衆住處　園林諸流池
經行及禪窟　種種皆嚴好　若有信解心　受持讀誦書
若復教人書　及供養經卷　散華香末香　以須曼瞻蔔
阿提目多伽　熏油常然之　如是供養者　得无量功德
如虛空无邊　其福亦如是　況復持此經　兼布施持戒
忍辱樂禪定　不瞋不惡口　恭敬於塔廟　謙下諸比丘
遠離自高心　常思惟智慧　有問難不瞋　隨順為解說
若能行是行　功德不可量　若見此法師　成就如是德
應以天華散　天衣覆其身　頭面接足礼　生心如佛想
又應作是念　不久詣道場　得无漏无為　廣利諸人天
其所住止處　經行若坐卧　乃至說一偈　是中應起塔
莊嚴令妙好　種種以供養　佛子住此地　則是佛受用
常在於其中　經行及坐卧

上博 18 (3322)　妙法蓮華經卷第五　　(8－7)

莊嚴令妙好 種種以供養 佛子住此地 則是佛受用
常在於其中 經行及坐卧
妙法蓮華經卷第五
儀鳳二年二月十三日羣書手張昌文寫
用紙二十張

上博 18 (3322)　妙法蓮華經卷第五　　(8－8)

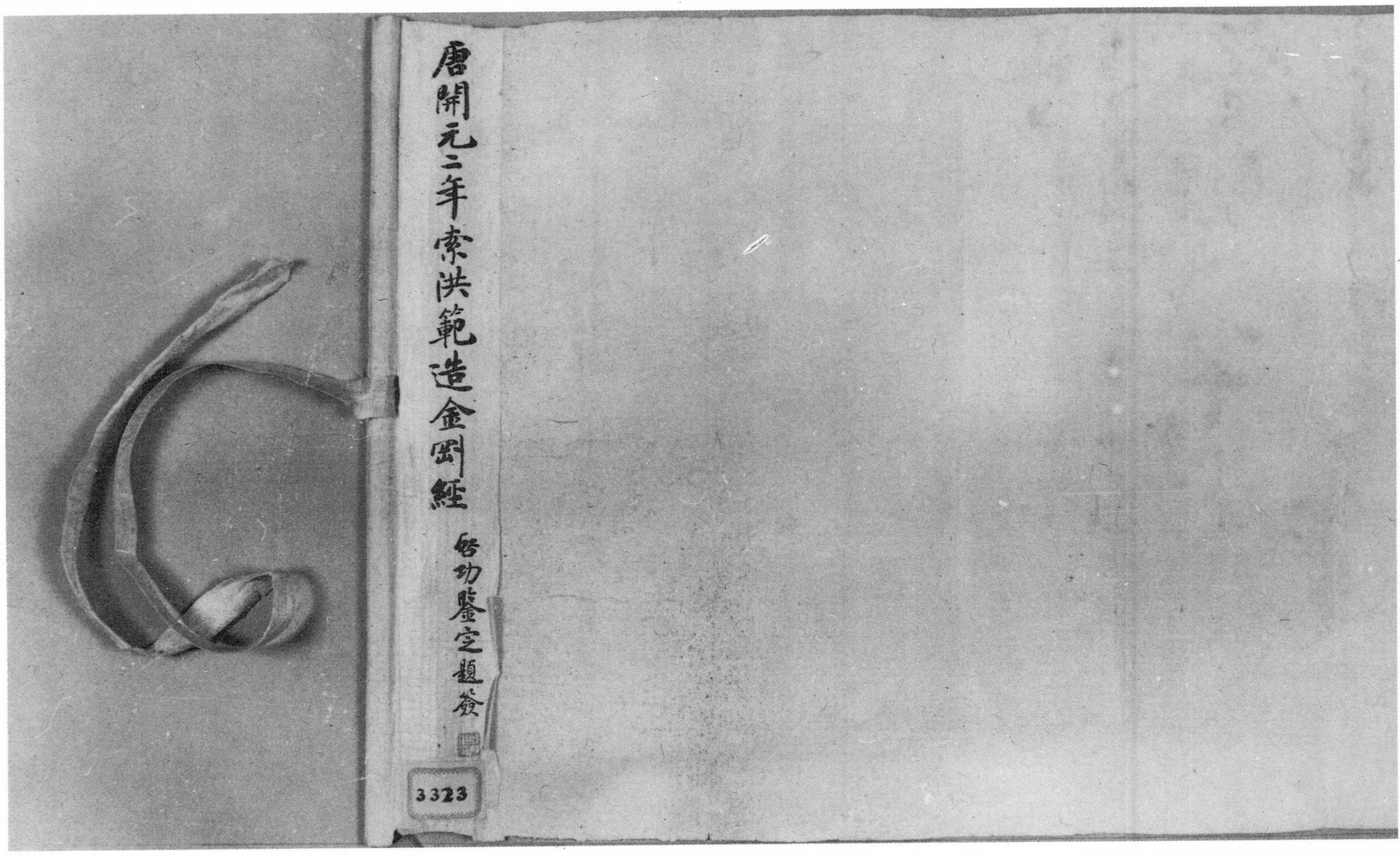
唐開元二年索洪範造金剛經
啟功鑒定題簽
3323

上博 19 (3323)　金剛般若波羅蜜經　　(包首)

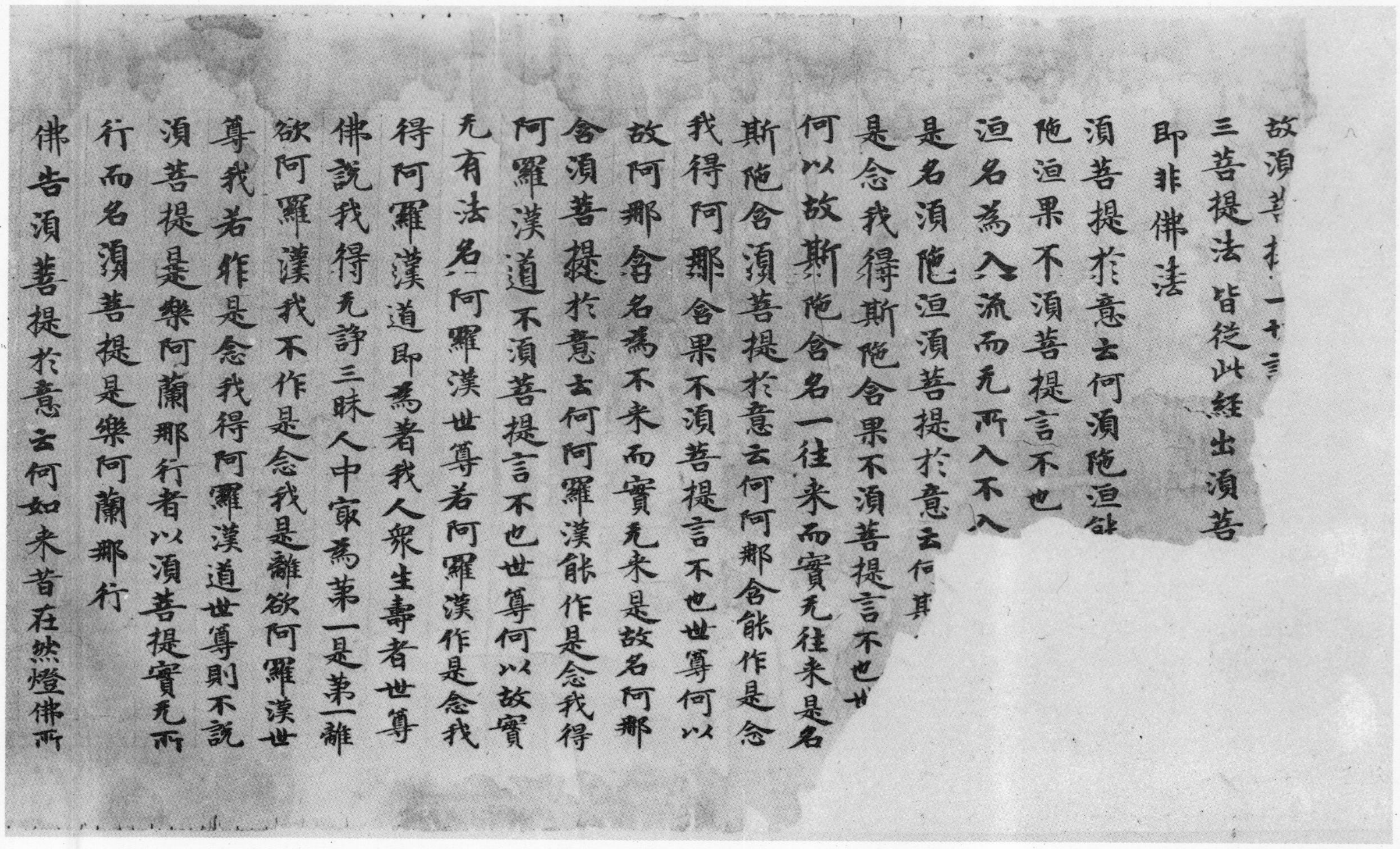
故須菩提一切諸
三菩提法皆從此經出須菩
即非佛法
須菩提於意云何須陁洹能
陁洹果不須菩提言不也
洹名為入流而无所入不入
是名須陁洹須菩提於意云何斯
是念我得斯陁含果不須菩提言不也世
何以故斯陁含名一往来而實无往来是名
斯陁含須菩提於意云何阿那含能作是念
我得阿那含果不須菩提言不也世尊何以
故阿那含名為不来而實无来是故名阿那
含須菩提於意云何阿羅漢能作是念我得
阿羅漢道不須菩提言不也世尊何以故實
无有法名阿羅漢世尊若阿羅漢作是念我
得阿羅漢道即為著我人衆生壽者世尊
佛說我得无諍三昧人中最為第一是第一離
欲阿羅漢我不作是念我是離欲阿羅漢世
尊我若作是念我得阿羅漢道世尊則不說
須菩提是樂阿蘭那行者以須菩提實无所
行而名須菩提是樂阿蘭那行
佛告須菩提於意云何如来昔在然燈佛所

上博 19 (3323)　金剛般若波羅蜜經　(12－1)

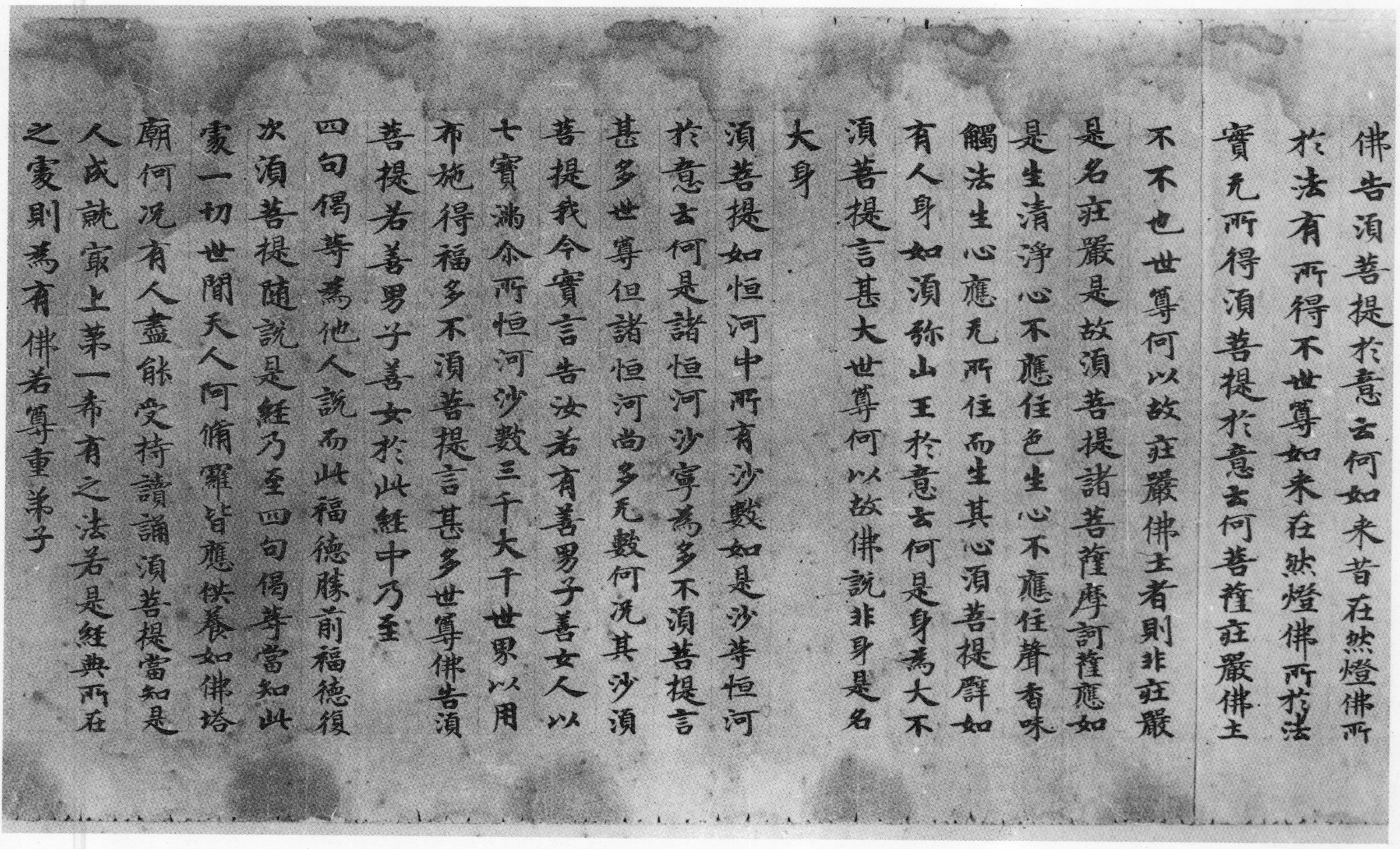
佛告須菩提於意云何如来昔在然燈佛所
於法有所得不世尊如来在然燈佛所於法
實无所得須菩提於意云何菩薩莊嚴佛土
不不也世尊何以故莊嚴佛土者則非莊嚴
是名莊嚴是故須菩提諸菩薩摩訶薩應如
是生清淨心不應住色生心不應住聲香味
觸法生心應无所住而生其心須菩提譬如
有人身如須弥山王於意云何是身為大不
須菩提言甚大世尊何以故佛說非身是名
大身
須菩提如恒河中所有沙數如是沙等恒河
於意云何是諸恒河沙寧為多不須菩提言
甚多世尊但諸恒河尚多无數何況其沙須
菩提我今實言告汝若有善男子善女人以
七寶滿尒所恒河沙數三千大千世界以用
布施得福多不須菩提言甚多世尊佛告須
菩提若善男子善女於此經中乃至
四句偈等為他人說而此福德勝前福德復
次須菩提隨說是經乃至四句偈等當知此
處一切世間天人阿脩羅皆應供養如佛塔
廟何況有人盡能受持讀誦須菩提當知是
人成就最上第一希有之法若是經典所在
之處則為有佛若尊重弟子

上博 19 (3323)　金剛般若波羅蜜經　(12－2)

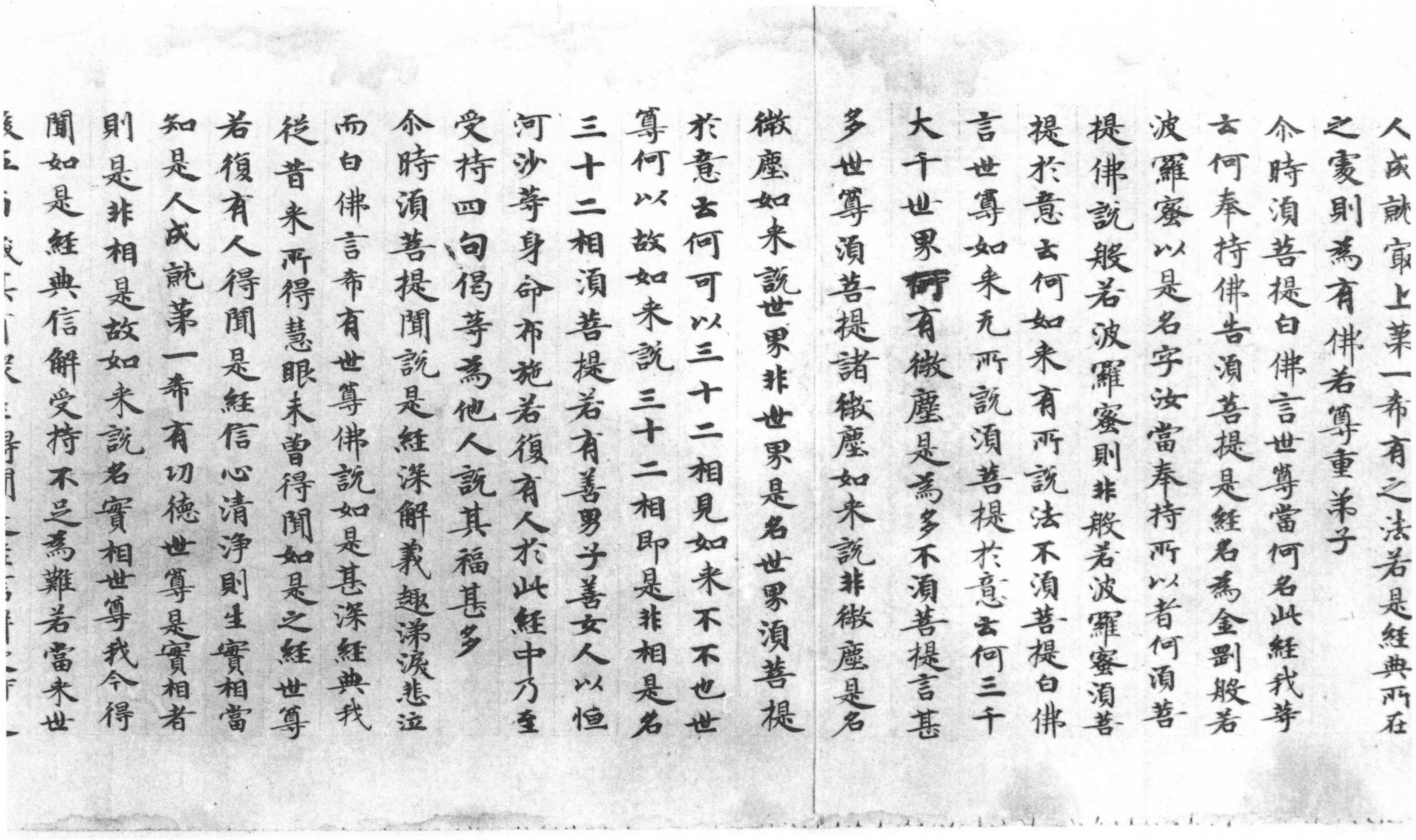
人成就最上第一希有之法若是經典所在
之處則為有佛若尊重弟子
尒時須菩提白佛言世尊當何名此經我等
云何奉持佛告須菩提是經名為金剛般若
波羅蜜以是名字汝當奉持所以者何須菩
提佛說般若波羅蜜則非般若波羅蜜須菩
提於意云何如來有所說法不須菩提白佛
言世尊如來无所說須菩提於意云何三千
大千世界所有微塵是為多不須菩提言甚
多世尊須菩提諸微塵如來說非微塵是名
微塵如來說世界非世界是名世界須菩提
於意云何可以三十二相見如來不不也世
尊何以故如來說三十二相即是非相是名
三十二相須菩提若有善男子善女人以恒
河沙等身命布施若復有人於此經中乃至
受持四句偈等為他人說其福甚多
尒時須菩提聞說是經深解義趣涕淚悲泣
而白佛言希有世尊佛說如是甚深經典我
從昔來所得慧眼未曾得聞如是之經世尊
若復有人得聞是經信心清淨則生實相當
知是人成就第一希有功德世尊是實相者
則是非相是故如來說名實相世尊我今得
聞如是經典信解受持不足為難若當來世

上博 19 (3323) 金剛般若波羅蜜經 (12－3)

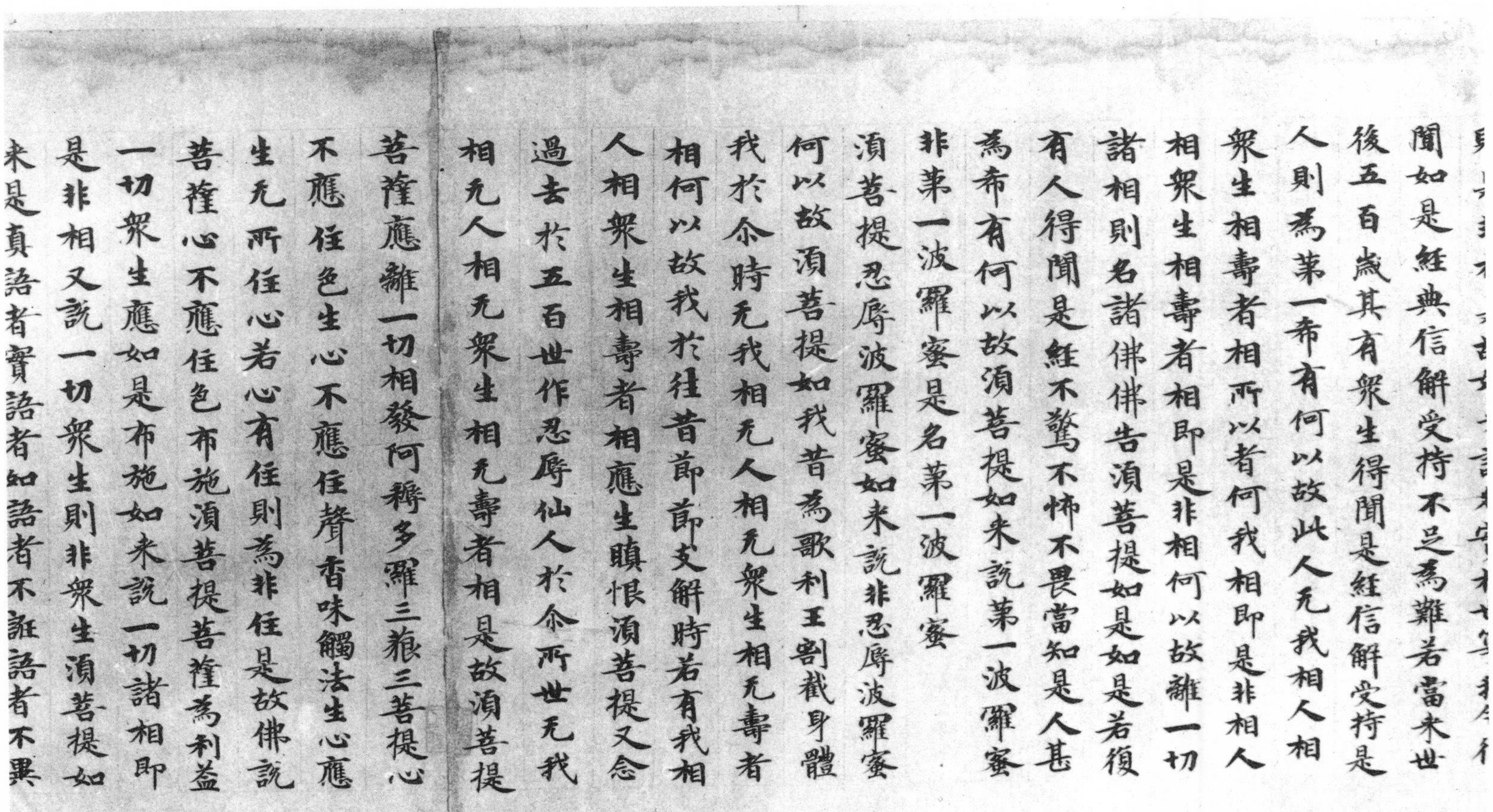
聞如是經典信解受持不足為難若當來世
後五百歲其有眾生得聞是經信解受持是
人則為第一希有何以故此人无我相人相
眾生相壽者相所以者何我相即是非相人
相眾生相壽者相即是非相何以故離一切
諸相則名諸佛佛告須菩提如是如是若復
有人得聞是經不驚不怖不畏當知是人甚
為希有何以故須菩提如來說第一波羅蜜
非第一波羅蜜是名第一波羅蜜
須菩提忍辱波羅蜜如來說非忍辱波羅蜜
何以故須菩提如我昔為歌利王割截身體
我於尒時无我相无人相无眾生相无壽者
相何以故我於往昔節節支解時若有我相
人相眾生相壽者相應生瞋恨須菩提又念
過去於五百世作忍辱仙人於尒所世无我
相无人相无眾生相无壽者相是故須菩提
菩薩應離一切相發阿耨多羅三藐三菩提心
不應住色生心不應住聲香味觸法生心應
生无所住心若心有住則為非住是故佛說
菩薩心不應住色布施須菩提菩薩為利益
一切眾生應如是布施如來說一切諸相即
是非相又說一切眾生則非眾生須菩提如
來是真語者實語者如語者不誑語者不異

上博 19 (3323) 金剛般若波羅蜜經 (12－4)

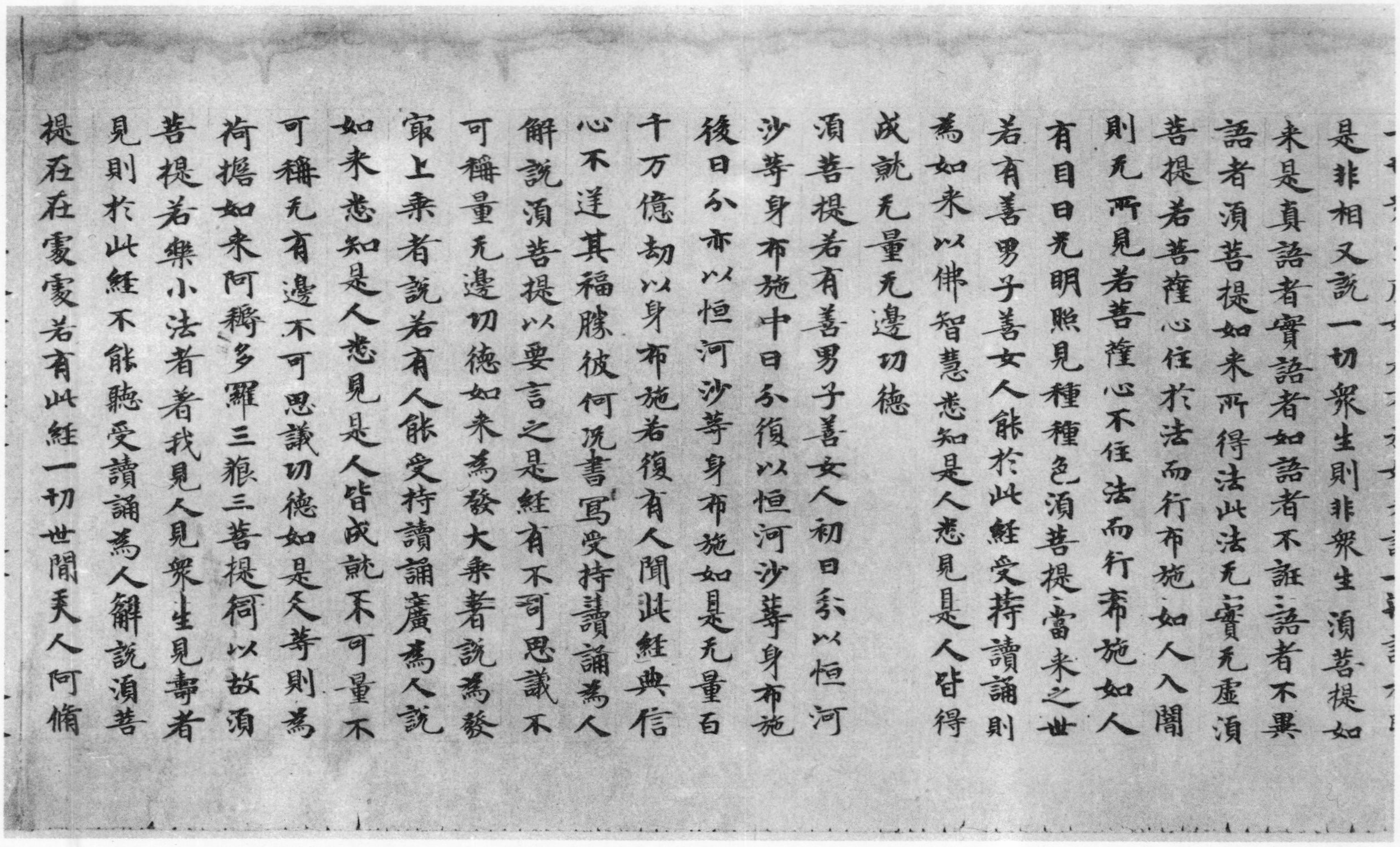

是非相又說一切衆生則非衆生須菩提如
来是真語者實語者如語者不誑語者不異
語者須菩提如来所得法此法无實无虚須
菩提若菩薩心住於法而行布施如人入闇
則无所見若菩薩心不住法而行布施如人
有目日光明照見種種色須菩提當来之世
若有善男子善女人能於此經受持讀誦則
為如来以佛智慧悉知是人悉見是人皆得
成就无量无邊功德
須菩提若有善男子善女人初日分以恒河
沙等身布施中日分復以恒河沙等身布施
後日分亦以恒河沙等身布施如是无量百
千万億劫以身布施若復有人聞此經典信
心不逆其福勝彼何况書寫受持讀誦為人
解說須菩提以要言之是經有不可思議不
可稱量无邊功德如来為發大乘者說為發
最上乘者說若有人能受持讀誦廣為人說
如来悉知是人悉見是人皆成就不可量不
可稱无有邊不可思議功德如是人等則為
荷擔如来阿耨多羅三藐三菩提何以故須
菩提若樂小法者著我見人見衆生見壽者
見則於此經不能聽受讀誦為人解說須菩
提在在處處若有此經一切世間天人阿脩

上博 19 (3323)　金剛般若波羅蜜經　(12－5)

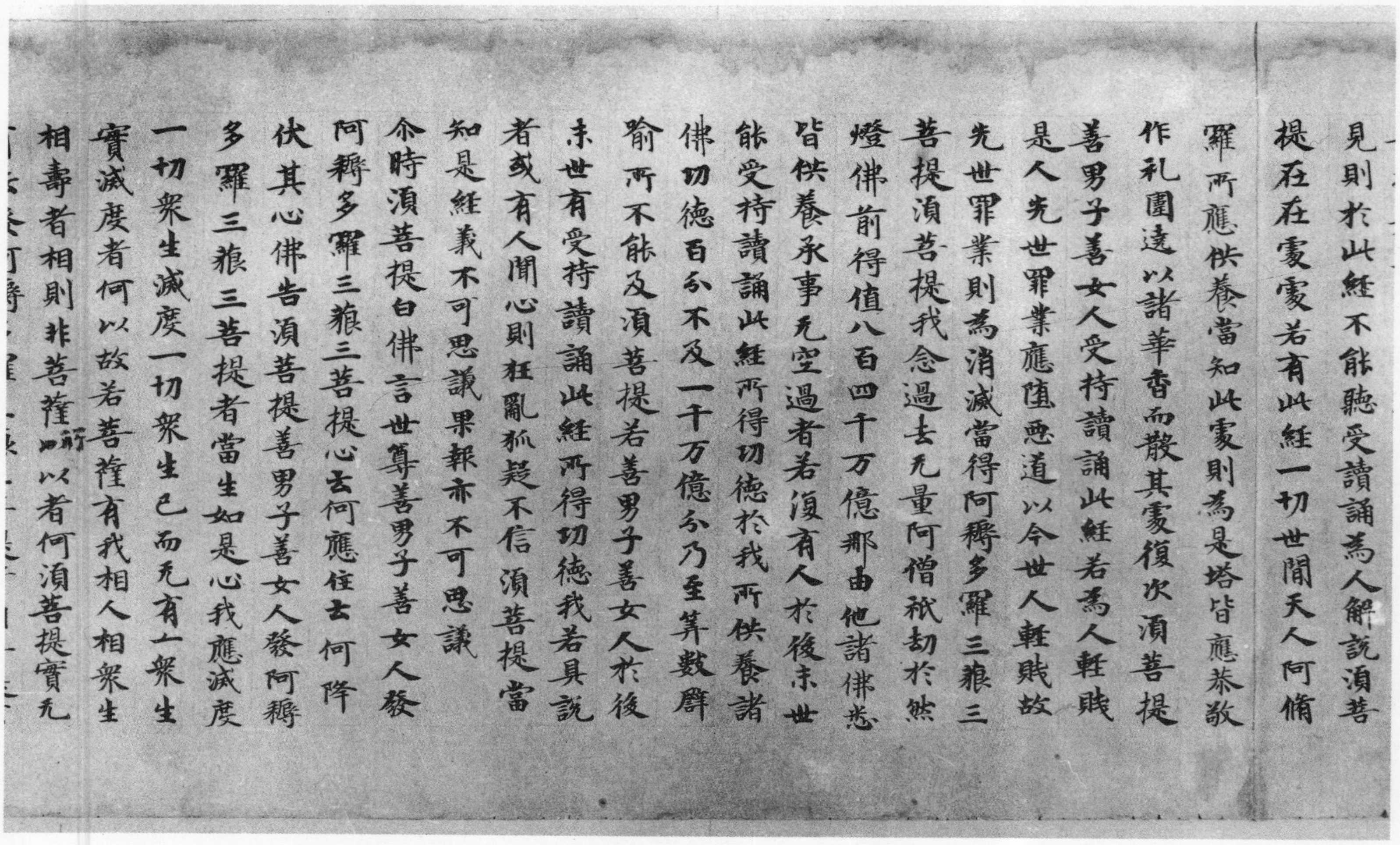

見則於此經不能聽受讀誦為人解說須菩
提在在處處若有此經一切世間天人阿脩
羅所應供養當知此處則為是塔皆應恭敬
作礼圍遶以諸華香而散其處復次須菩提
善男子善女人受持讀誦此經若為人輕賤
是人先世罪業應墮惡道以今世人輕賤故
先世罪業則為消滅當得阿耨多羅三藐三
菩提須菩提我念過去无量阿僧祇劫於然
燈佛前得值八百四千万億那由他諸佛悉
皆供養承事无空過者若復有人於後末世
能受持讀誦此經所得功德於我所供養諸
佛功德百分不及一千万億分乃至筭數譬
喻所不能及須菩提若善男子善女人於後
末世有受持讀誦此經所得功德我若具說
者或有人聞心則狂亂狐疑不信須菩提當
知是經義不可思議果報亦不可思議
尒時須菩提白佛言世尊善男子善女人發
阿耨多羅三藐三菩提心云何應住云何降
伏其心佛告須菩提善男子善女人發阿耨
多羅三藐三菩提者當生如是心我應滅度
一切衆生滅度一切衆生已而无有一衆生
實滅度者何以故若菩薩有我相人相衆生
相壽者相則非菩薩所以者何須菩提實无

上博 19 (3323)　金剛般若波羅蜜經　(12－6)

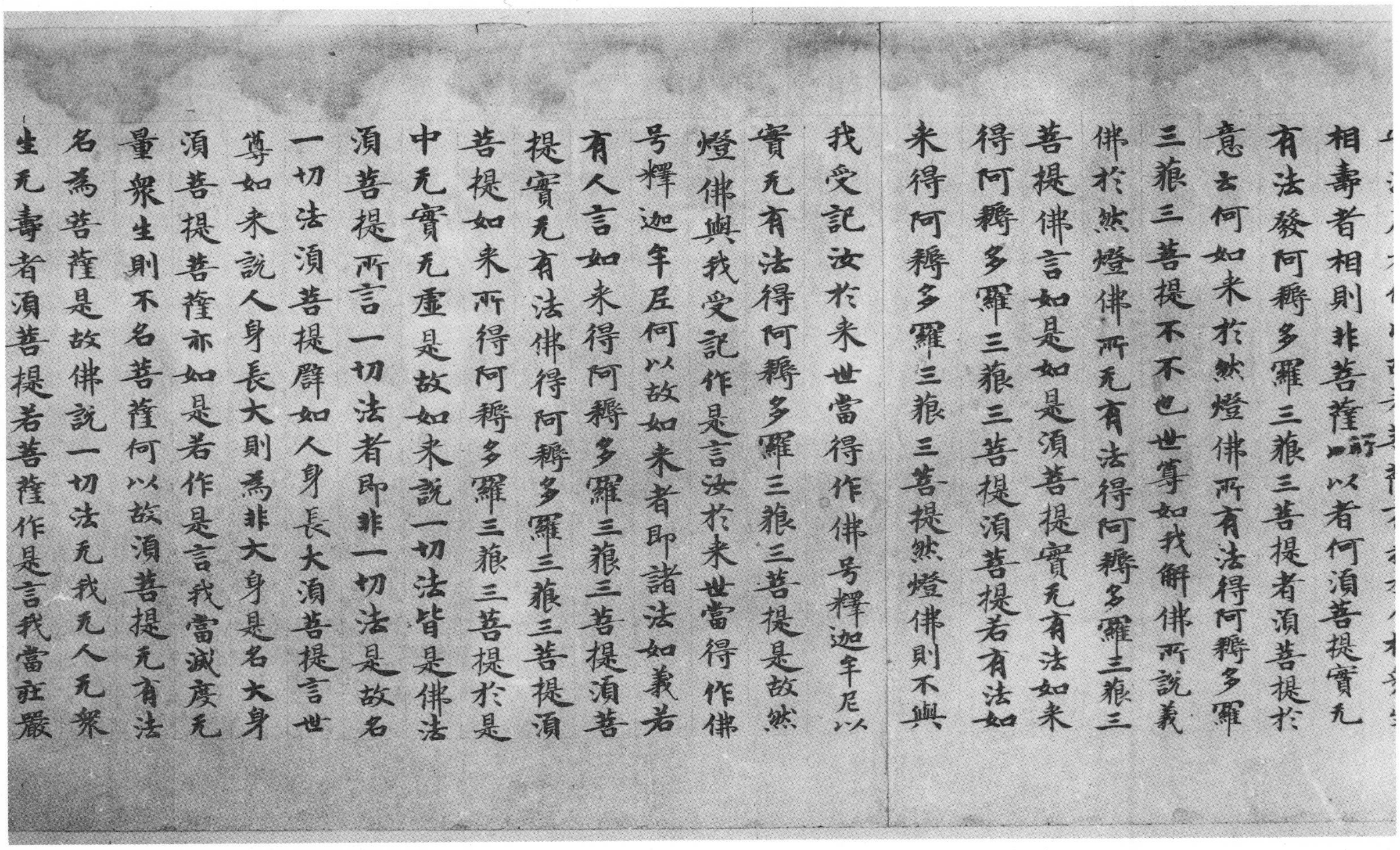

相壽者相則非菩薩所以者何須菩提實无
有法發阿耨多羅三藐三菩提者須菩提於
意云何如来於然燈佛所有法得阿耨多羅
三藐三菩提不不也世尊如我解佛所說義
佛於然燈佛所无有法得阿耨多羅三藐三
菩提佛言如是如是須菩提實无有法如来
得阿耨多羅三藐三菩提須菩提若有法如
来得阿耨多羅三藐三菩提然燈佛則不與
我受記汝於来世當得作佛号釋迦牟尼以
實无有法得阿耨多羅三藐三菩提是故然
燈佛與我受記作是言汝於来世當得作佛
号釋迦牟尼何以故如来者即諸法如義若
有人言如来得阿耨多羅三藐三菩提須菩
提實无有法佛得阿耨多羅三藐三菩提須
菩提如来所得阿耨多羅三藐三菩提於是
中无實无虗是故如来說一切法皆是佛法
須菩提所言一切法者即非一切法是故名
一切法須菩提譬如人身長大須菩提言世
尊如来說人身長大則為非大身是名大身
須菩提菩薩亦如是若作是言我當滅度无
量衆生則不名菩薩何以故須菩提无有法
名為菩薩是故佛說一切法无我无人无衆
生无壽者須菩提若菩薩作是言我當莊嚴

上博 19 (3323) 金剛般若波羅蜜經 (12－7)

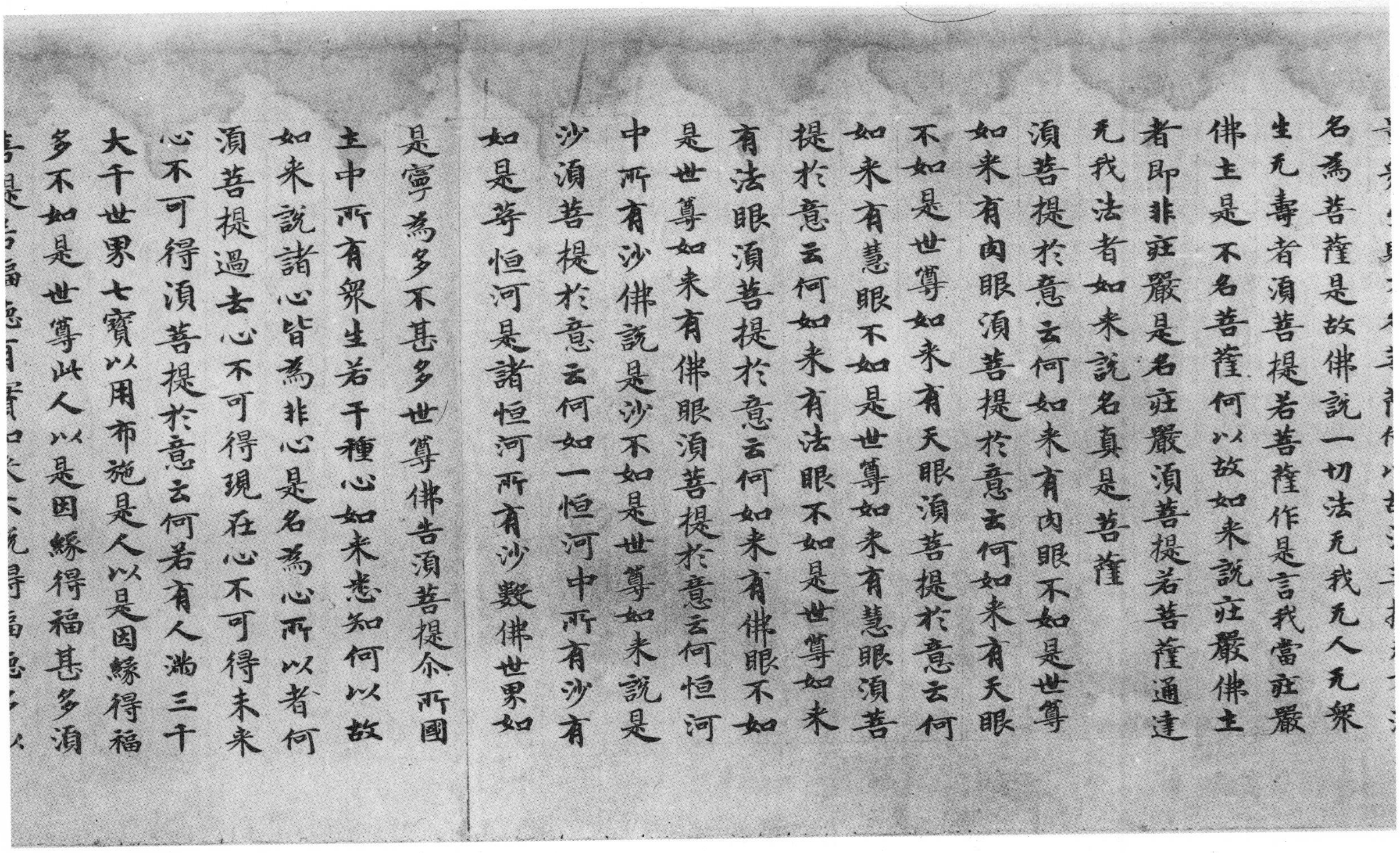

名為菩薩是故佛說一切法无我无人无衆
生无壽者須菩提若菩薩作是言我當莊嚴
佛土是不名菩薩何以故如来說莊嚴佛土
者即非莊嚴是名莊嚴須菩提若菩薩通達
无我法者如来說名真是菩薩
須菩提於意云何如来有肉眼不如是世尊
如来有肉眼須菩提於意云何如来有天眼
不如是世尊如来有天眼須菩提於意云何
如来有慧眼不如是世尊如来有慧眼須菩
提於意云何如来有法眼不如是世尊如来
有法眼須菩提於意云何如来有佛眼不如
是世尊如来有佛眼須菩提於意云何恒河
中所有沙佛說是沙不如是世尊如来說是
沙須菩提於意云何如一恒河中所有沙有
如是等恒河是諸恒河所有沙數佛世界如
是寧為多不甚多世尊佛告須菩提尒所國
土中所有衆生若干種心如来悉知何以故
如来說諸心皆為非心是名為心所以者何
須菩提過去心不可得現在心不可得未来
心不可得須菩提於意云何若有人滿三千
大千世界七寶以用布施是人以是因緣得福
多不如是世尊此人以是因緣得福甚多須

上博 19 (3323) 金剛般若波羅蜜經 (12－8)

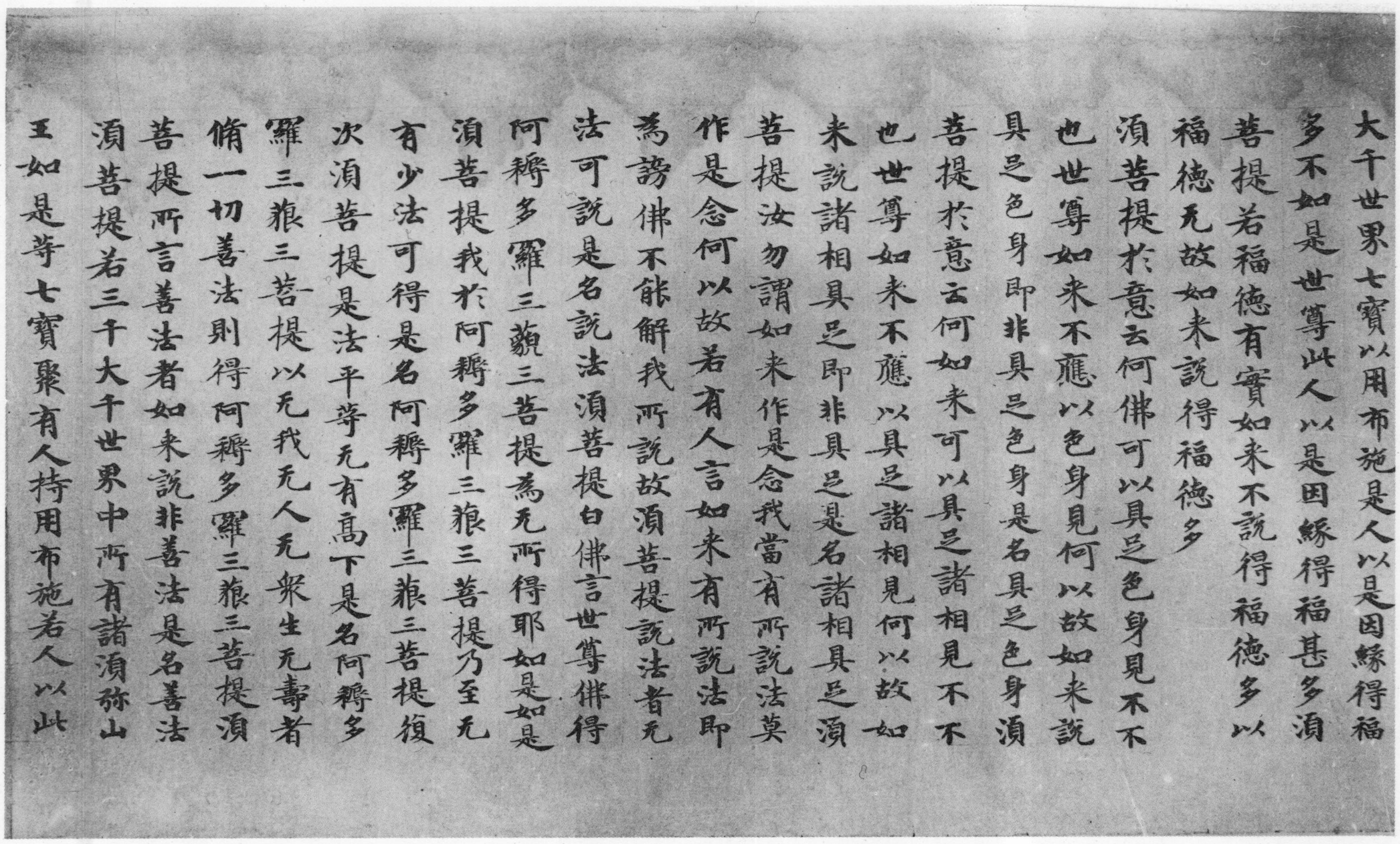
大千世界七寶以用布施是人以是因緣得福
多不如是世尊此人以是因緣得福甚多須
菩提若福德有實如來不說得福德多以
福德无故如來說得福德多
須菩提於意云何佛可以具足色身見不不
也世尊如來不應以色身見何以故如來說
具足色身即非具足色身是名具足色身須
菩提於意云何如來可以具足諸相見不不
也世尊如來不應以具足諸相見何以故如
來說諸相具足即非具足是名諸相具足須
菩提汝勿謂如來作是念我當有所說法莫
作是念何以故若有人言如來有所說法即
為謗佛不能解我所說故須菩提說法者无
法可說是名說法須菩提白佛言世尊佛得
阿耨多羅三藐三菩提為无所得耶如是如是
須菩提我於阿耨多羅三藐三菩提乃至无
有少法可得是名阿耨多羅三藐三菩提復
次須菩提是法平等无有高下是名阿耨多
羅三藐三菩提以无我无人无衆生无壽者
脩一切善法則得阿耨多羅三藐三菩提須
菩提所言善法者如來說非善法是名善法
須菩提若三千大千世界中所有諸須彌山
王如是等七寶聚有人持用布施若人以此

上博 19 (3323)　金剛般若波羅蜜經　(12－9)

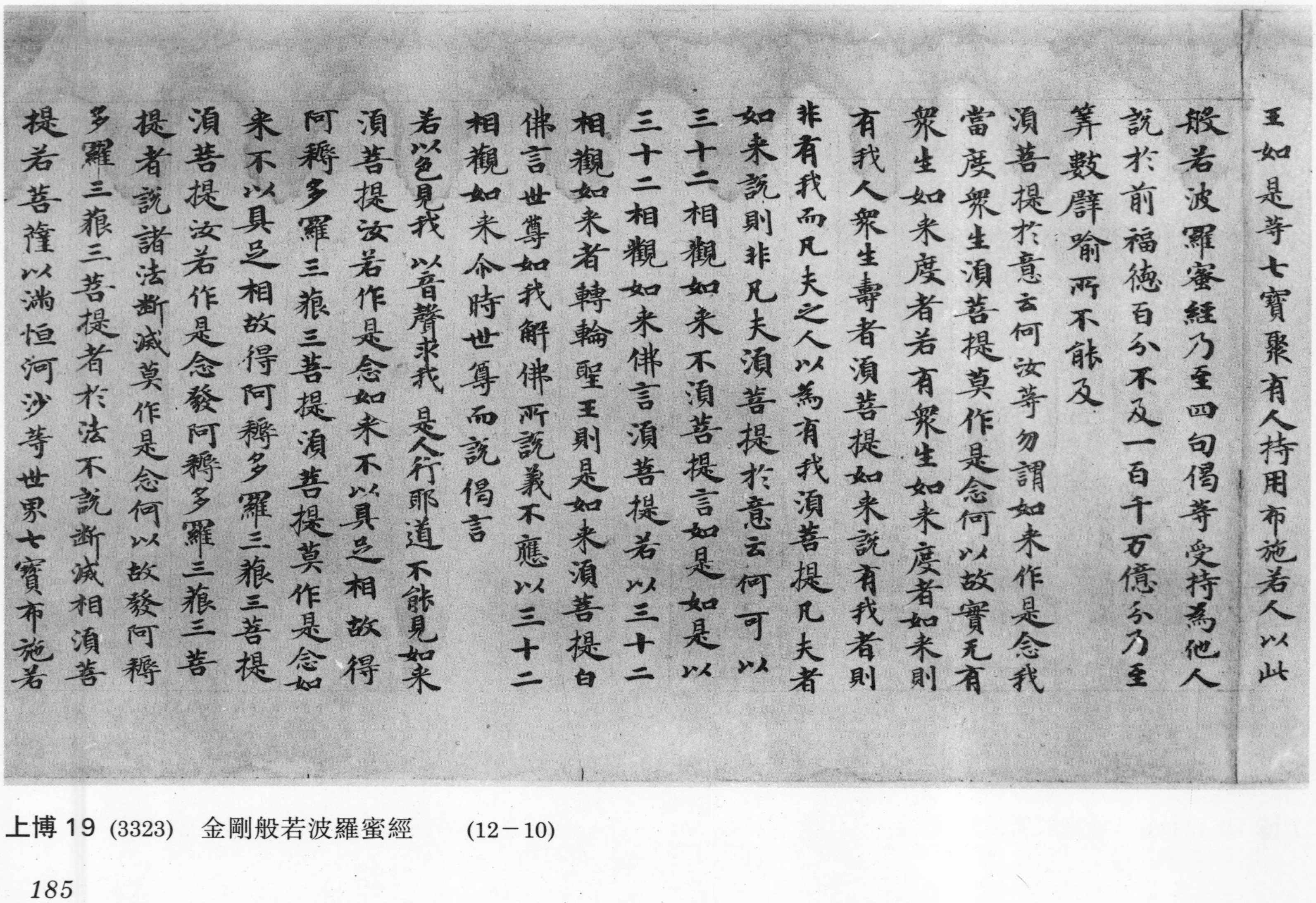
王如是等七寶聚有人持用布施若人以此
般若波羅蜜經乃至四句偈等受持為他人
說於前福德百分不及一百千万億分乃至
筭數譬喻所不能及
須菩提於意云何汝等勿謂如來作是念我
當度衆生須菩提莫作是念何以故實无有
衆生如來度者若有衆生如來度者如來則
有我人衆生壽者須菩提如來說有我者則
非有我而凡夫之人以為有我須菩提凡夫者
如來說則非凡夫須菩提於意云何可以
三十二相觀如來不須菩提言如是如是以
三十二相觀如來佛言須菩提若以三十二
相觀如來者轉輪聖王則是如來須菩提白
佛言世尊如我解佛所說義不應以三十二
相觀如來尒時世尊而說偈言
若以色見我 以音聲求我 是人行邪道 不能見如來
須菩提汝若作是念如來不以具足相故得
阿耨多羅三藐三菩提須菩提莫作是念如
來不以具足相故得阿耨多羅三藐三菩提
須菩提汝若作是念發阿耨多羅三藐三菩
提者說諸法斷滅莫作是念何以故發阿耨
多羅三藐三菩提者於法不說斷滅相須菩
提若菩薩以滿恒河沙等世界七寶布施若

上博 19 (3323)　金剛般若波羅蜜經　(12－10)

[illegible]何以故發阿耨
多羅三藐三菩提者於法不說斷滅相須菩
提若菩薩以滿恒河沙等世界七寶布施若
復有人知一切法无我得成於忍此菩薩勝
前菩薩所得功德須菩提以諸菩薩不受福
德故須菩提白佛言世尊云何菩薩不受福
德須菩提菩薩所作福德不應貪着是故說
不受福德須菩提若有人言如來若來若去
若坐若卧是人不解我所說義何以故如來
者无所從來亦无所去故名如來須菩提
若善男子善女人以三千大千世界碎為微
塵於意云何是微塵衆寧為多不甚多
世尊何以故若是微塵衆實有者佛則不說是
微塵衆所以者何佛說微塵衆則非微塵衆
是名微塵衆世尊如來所說三千大千世界則
非世界是名世界何以故若世界實有者則是
一合相如來說一合相則非一合相是名一
合相須菩提一合相者則是不可說但凡夫
之人貪着其事須菩提若人言佛說我見人
見衆生見壽者見須菩提於意云何是人解
我所說義不世尊是人不解如來所說義何
以故世尊說我見人見衆生見壽者見即非
我見人見衆生見壽者見是名我見人見衆
生見壽者見須菩提發阿耨多羅三藐三菩

上博 19 (3323)　金剛般若波羅蜜經　(12－11)

我見人見衆生見壽者見是名我見人見衆
生見壽者見須菩提發阿耨多羅三藐三菩
提心者於一切法應如是知如是見如是信
解不生法相須菩提所言法相者如來說即
非法相是名法相須菩提若有人以滿无量
阿僧祇世界七寶持用布施若有善男子善
女人發菩薩心者持於此經乃至四句偈等受
持讀誦為人演說其福勝彼云何為人演
說不取於相如如不動何以故
一切有為法　如夢幻泡影　如露亦如電　應作如是觀
佛說是經已長老須菩提及諸比丘比丘尼
優婆塞優婆夷一切世間天人阿脩羅聞佛
所說皆大歡喜信受奉行

金剛般若波羅蜜經

開元二年二月二十三日弟子索洪範奉為
聖主七代父母見存父母及諸親法界衆生
敬造金剛般若經七卷多心經七卷

上博 19 (3323)　金剛般若波羅蜜經　(12－12)

上博 20 (8918)　(包首)

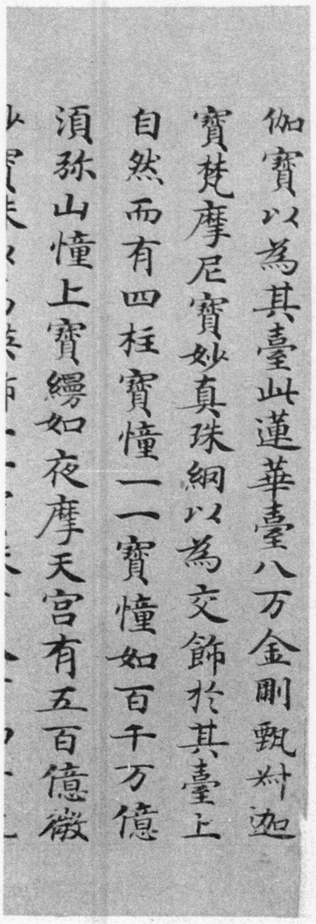

伽寶以為其臺此蓮華臺八万金剛甄叔迦
寶梵摩尼寶妙真珠網以為交飾於其臺上
自然而有四柱寶幢一一寶幢如百千万億
須弥山幢上寶縵如夜摩天宮有五百億微

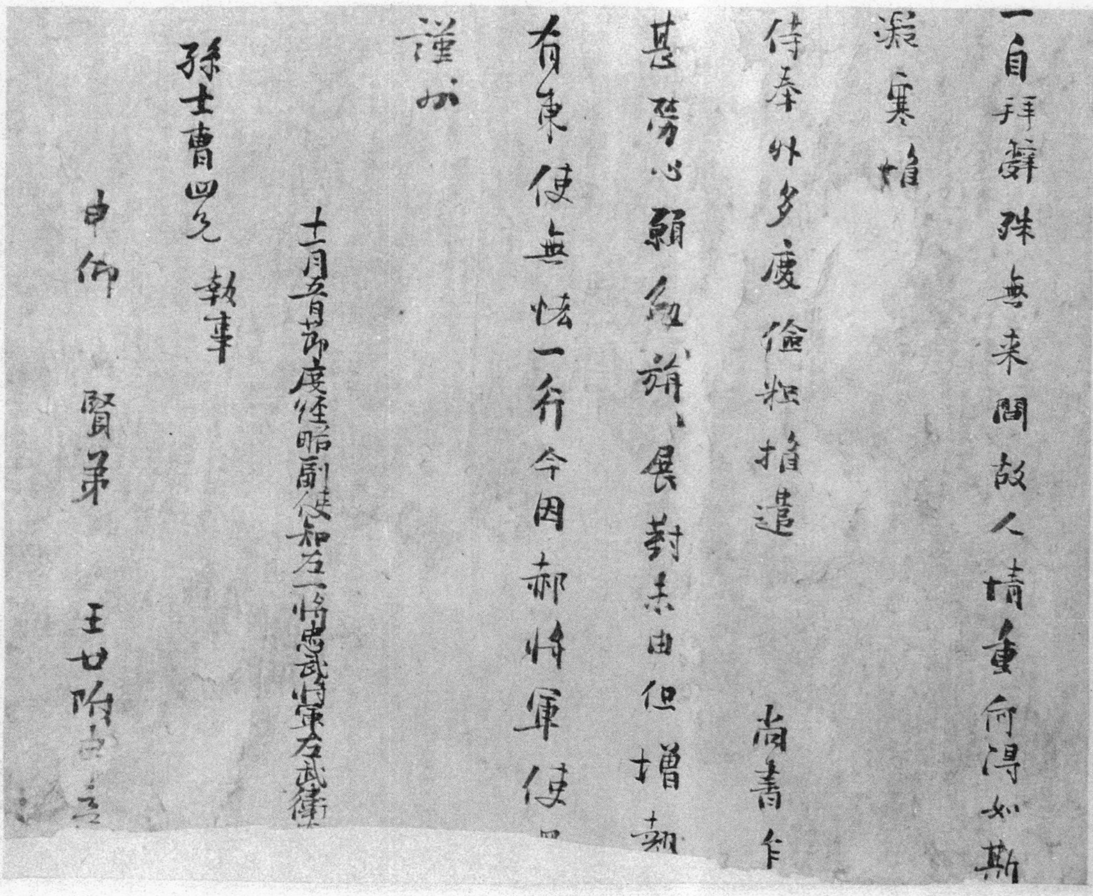

一自拜辭殊無來問故人情重何得如斯
淚寒惶
侍奉外多慶倫粗措遣　尚書
甚勞心願紛紛展對未由但增翹
有東使無怯一行今因郝將軍使
謹此
十月五日節度使昭副使知左一將忠武將軍守左武衛
孫士曹四兄　執事
申仰　賢弟　王廿附白

上博 20 (8918)　1. 書信　2. 佛説觀無量壽佛經　(4－1)

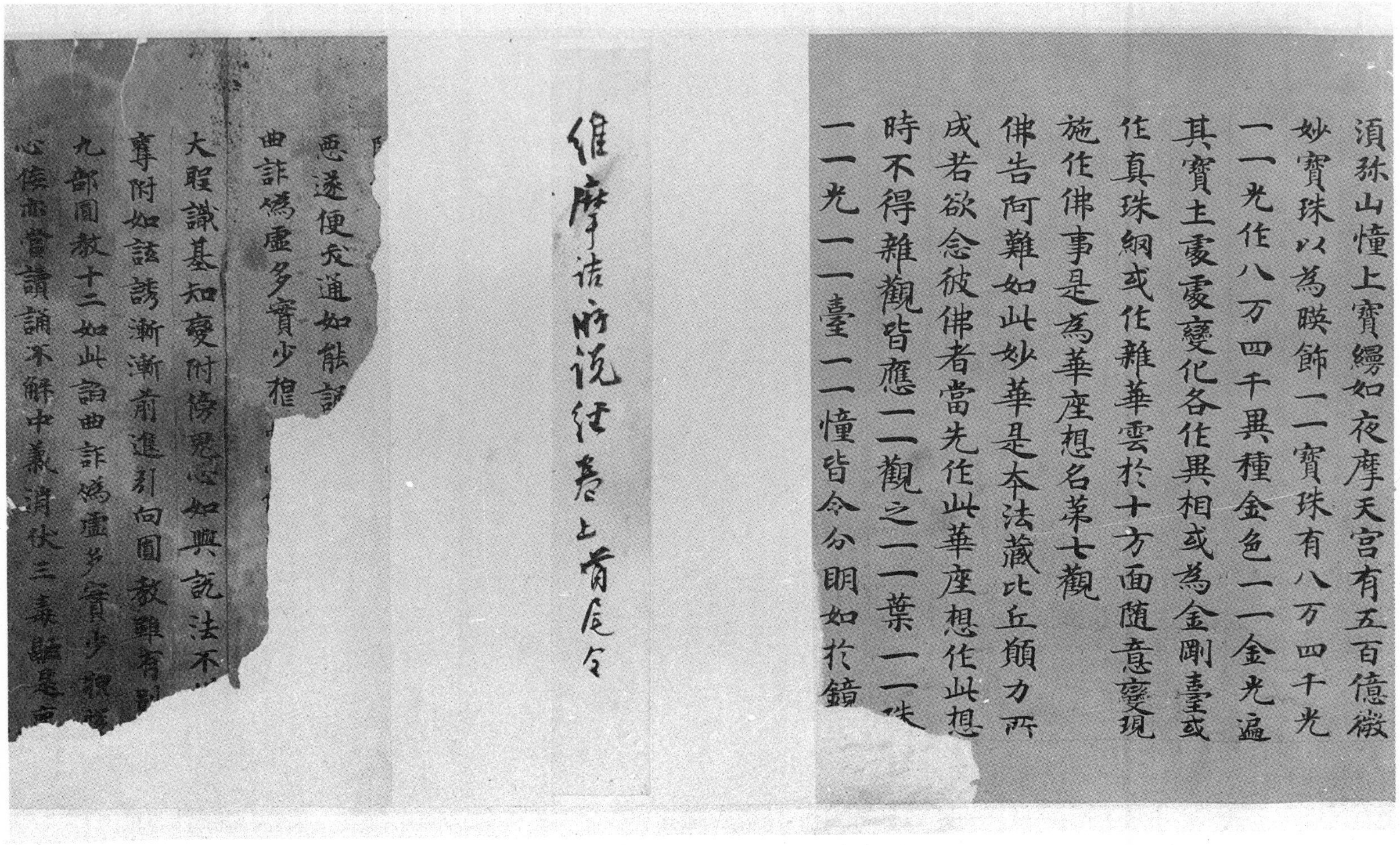

上博 20 (8918)　2. 佛説觀無量壽佛經　3. 佛教著作　(4－2)

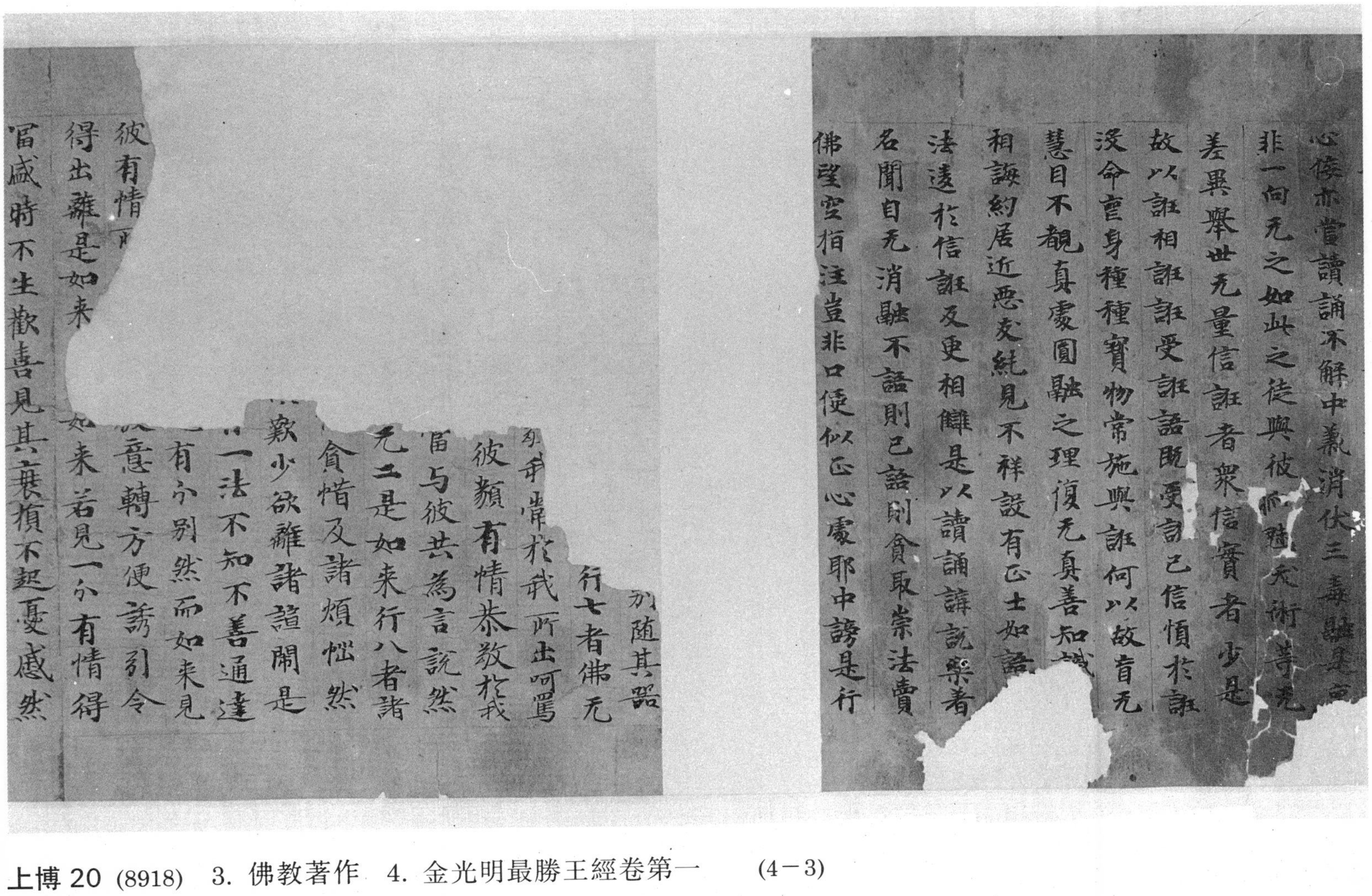

上博 20 (8918)　3. 佛教著作　4. 金光明最勝王經卷第一　(4－3)

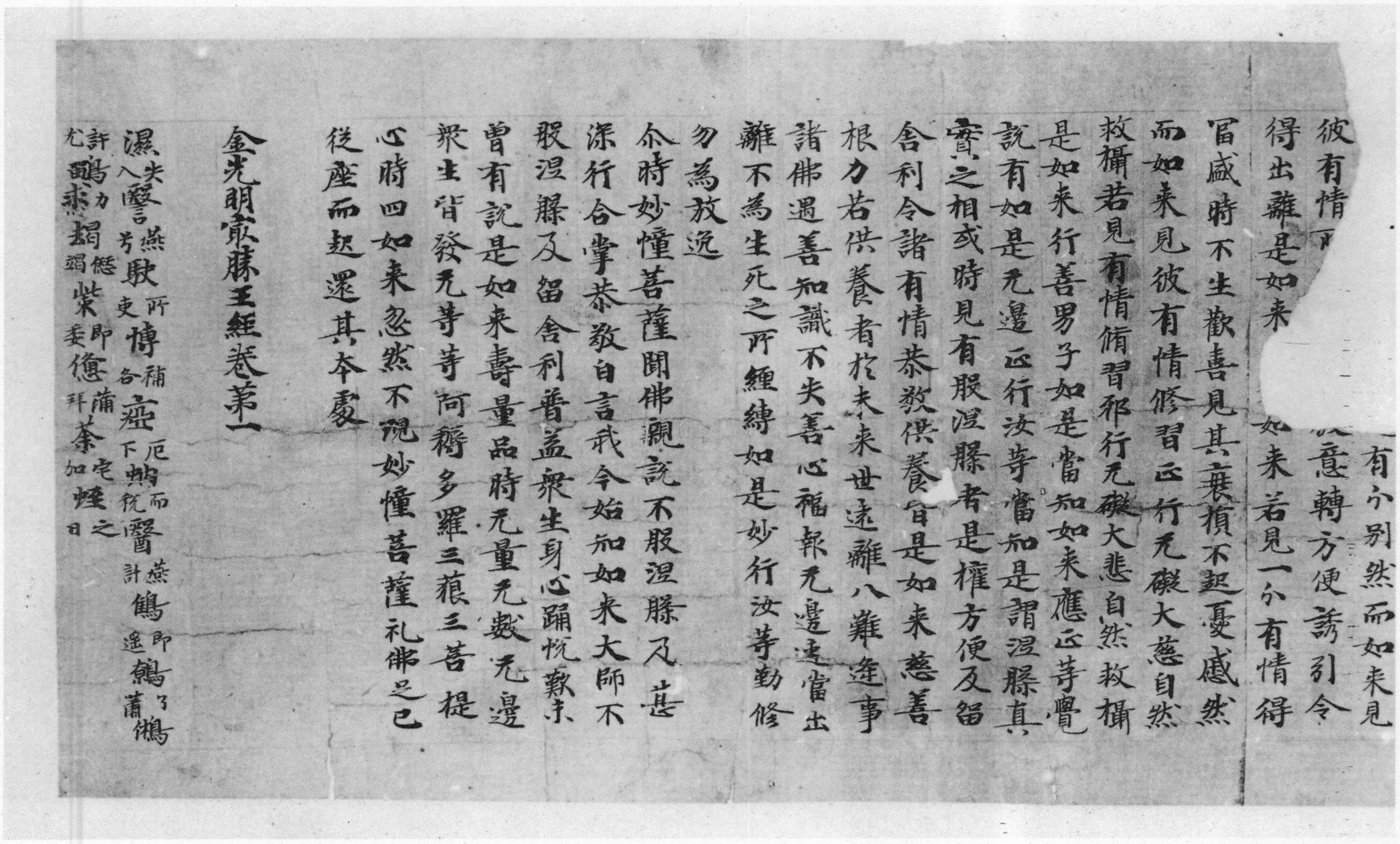
有分别然而如来見
彼有情……意轉方便誘引令
得出離是如来……如来若見一分有情得
冒感時不生歡喜見其衰損不起憂慼然
而如来見彼有情修習正行无礙大慈自然
救攝若見有情脩習邪行无礙大悲自然救攝
是如来行善男子如是當知如来應正等覺
說有如是无邊正行汝等當知是謂涅槃真
實之相或時見有般涅槃者是權方便及留
舍利令諸有情恭敬供養皆是如来慈善
根力若供養者於未来世遠離八難逢事
諸佛遇善知識不失善心福報无邊速當出
離不為生死之所纏縛如是妙行汝等勤修
勿為放逸
介時妙幢菩薩聞佛親說不般涅槃及甚
深行合掌恭敬白言我今始知如来大師不
般涅槃及留舍利普益衆生身心踊悦歎未
曾有說是如来壽量品時无量无數无邊
衆生皆發无等等阿耨多羅三藐三菩提
心時四如来忽然不現妙幢菩薩礼佛足已
從座而起還其本處
金光明㝡勝王經卷第一
濕失入 瞖燕[illegible] 耽所吏 博補各 瘂厄下 蚼而[illegible] 醫燕計 鵂即遥 鶹了蕭
鴟許尤 [illegible]力 揭[illegible] 紫即委 億蒲拜 [illegible]宅加 [illegible]之日

上博 20 (8918)　4. 金光明最勝王經卷第一　　(4－4)

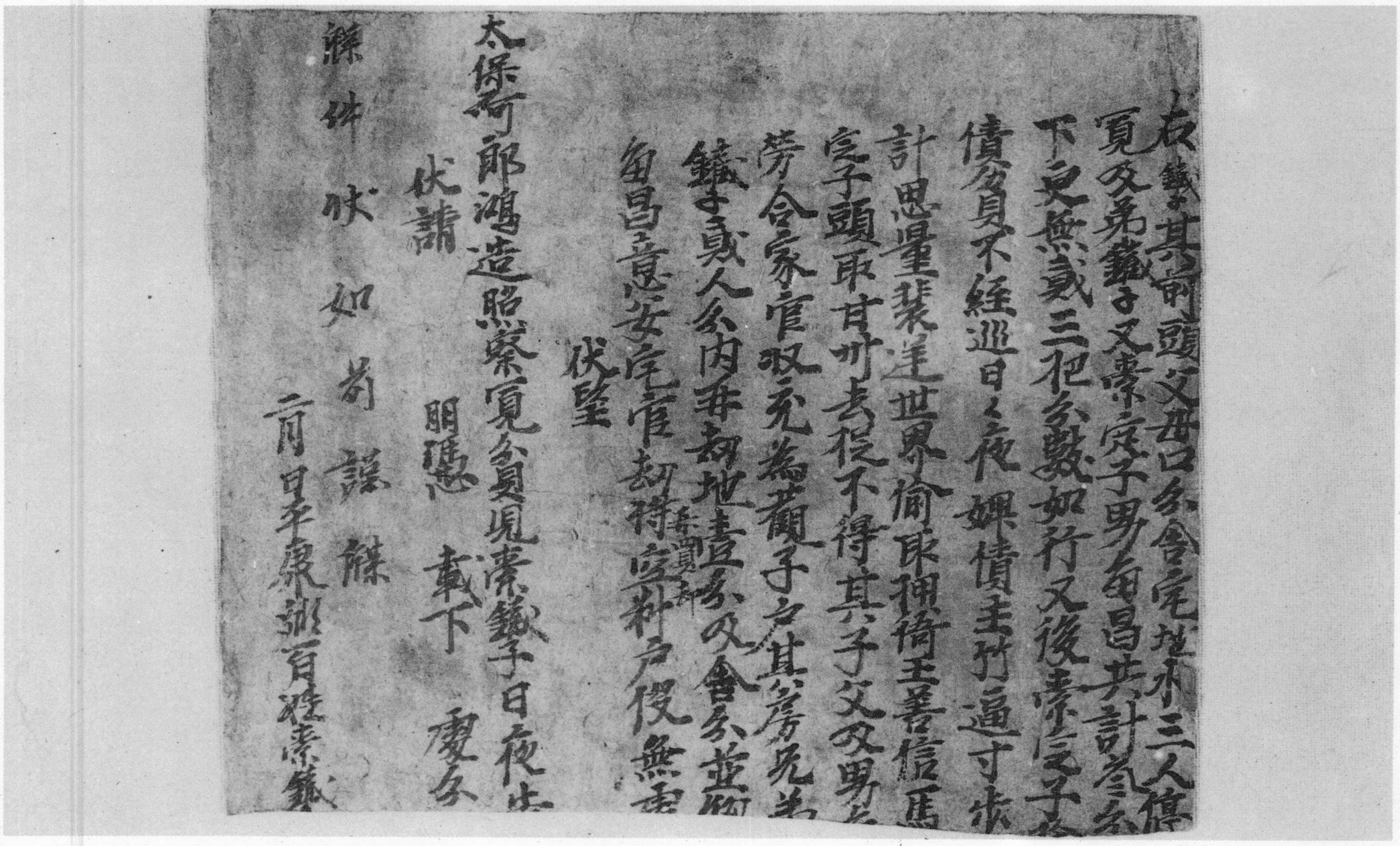
右鐵子其前頭父母口分舍宅地水三人停
覓及弟鐵子又索定子男各昌共計叁分
下更無貳三把分數如行又後索定子於
債及身不經巡日夜婢債主逼寸步
計思量裴逢世界偷取神倚王善信馬
定子頭取甘州去從不得其子文及男分
勞合家官收充為蘭子户其房见当
鐵子貳人分內每勑地壹分及舍分並他
曲昌意安居官勑将□□户役無□
伏望
太保阿郎鴻造照察覓分覓見索鐵子日夜
伏請　明憑　載下　處分
牒件狀如前謹牒
□月日平康鄉百姓索鐵

上博 21 (8958)A　索鐵子牒

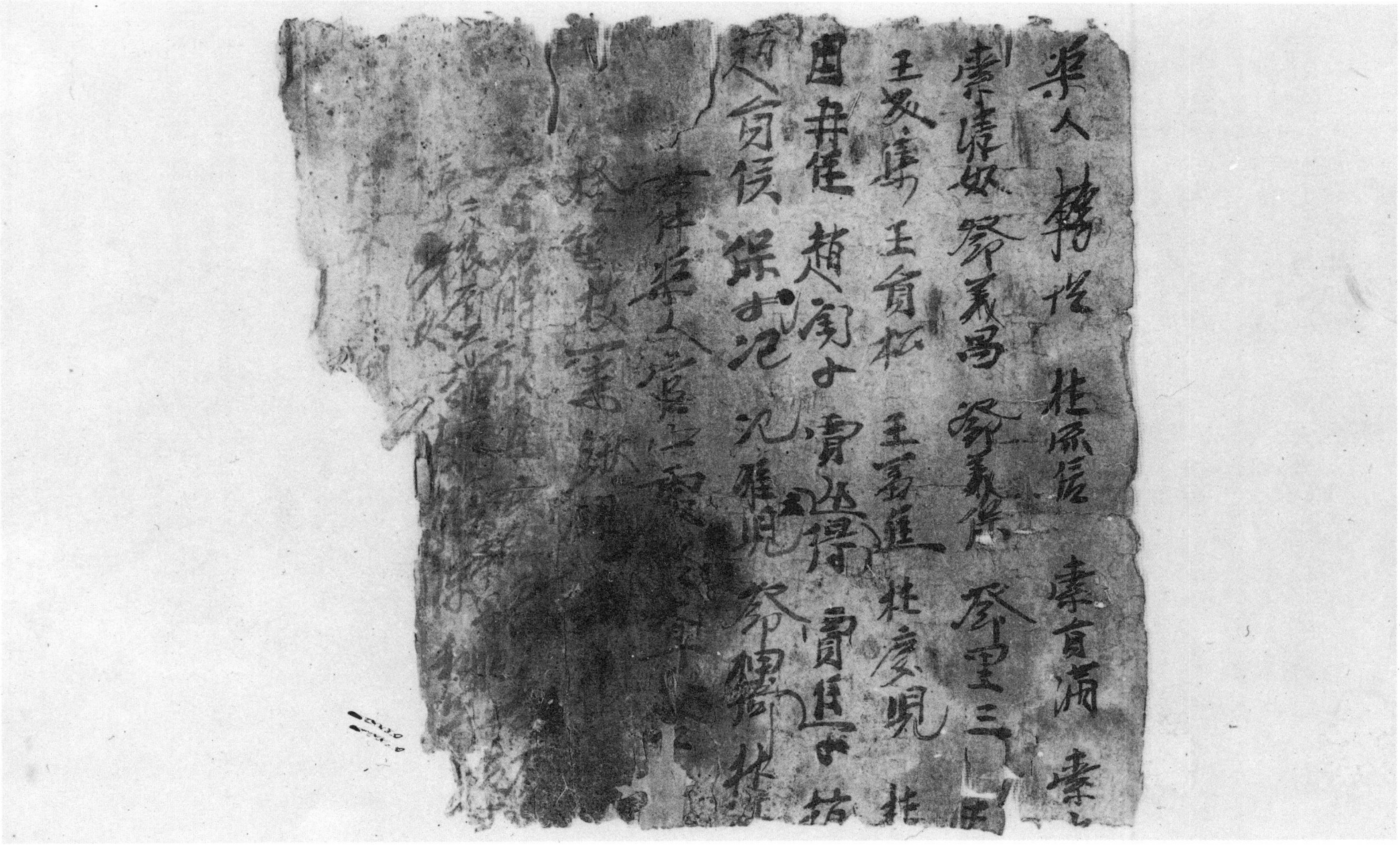

上博 21 (8958)B　渠人轉帖

敦煌石室經卷多見
南齊人書經其卷背
皆印千佛像畫法亦
同此卷豈其同出一手
邪
乙丑夏六月濟陽曹□

唐人畫佛雖盈丈之卷
亦思為貴以今傳世者
多也惟印本寺為最□
其刻工之精有□
人所能雖謂工藝進
化古不遠今邪
永德仁兄室寶心
有為

此亦莫高窟所出佛像初
以為北宋本細籤紙印蓋
亦唐本也據焦氏筆來唐
未益州始有墨版多術數
字學小書而已蜀冊昭商
請刻版印九經始用木版
此似每像各有一版當宏虎
版在木版之失法山雕範
印於泥上再以紙印之傳世
版之失型觀難陳氏所
藏春瓦量文可見漢以書
已有是法窟中所出寫起
多畫像不多而印本恰少
故此亦慣值尤高云
乙丑四日杭州鄒壽祺

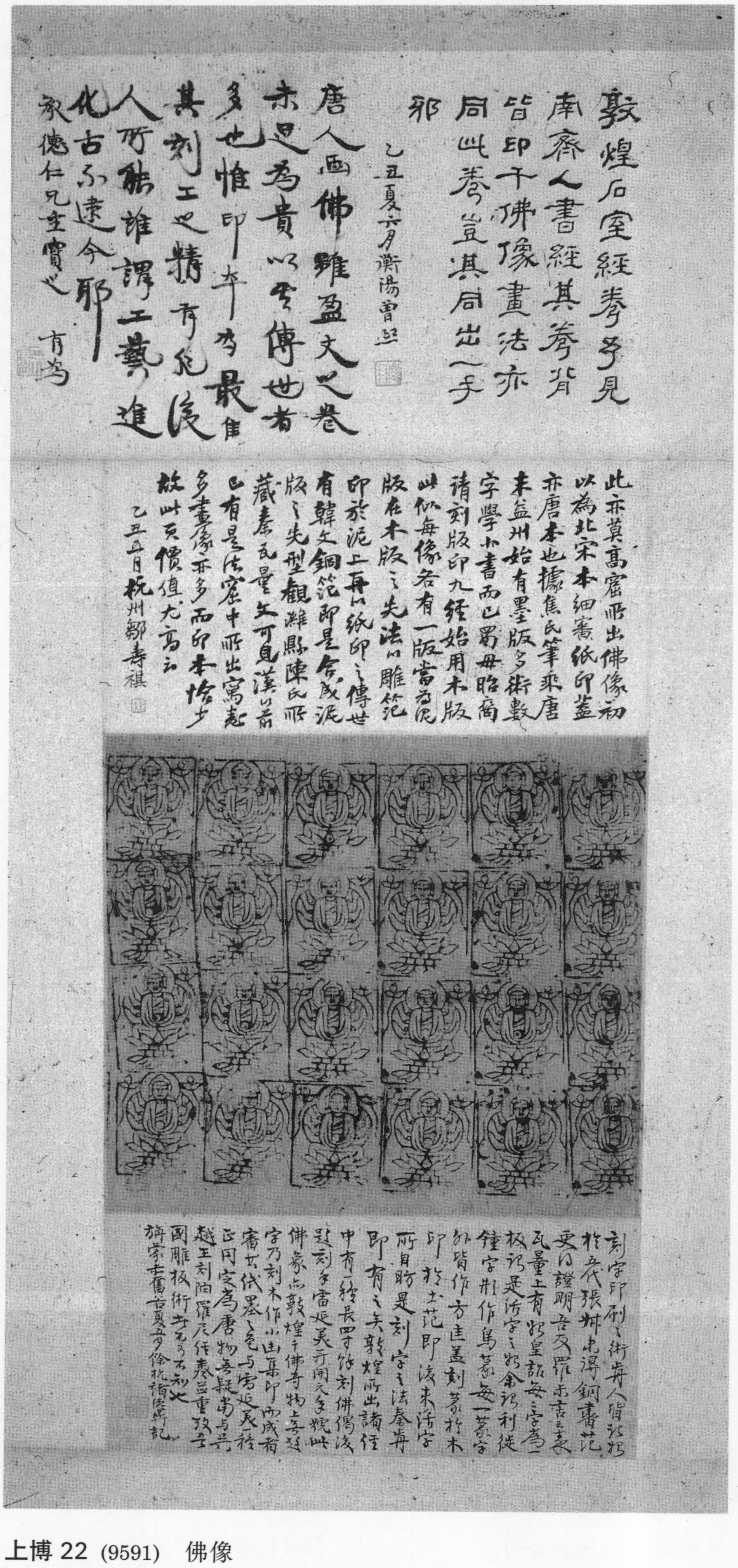

上博 22 (9591) 佛像

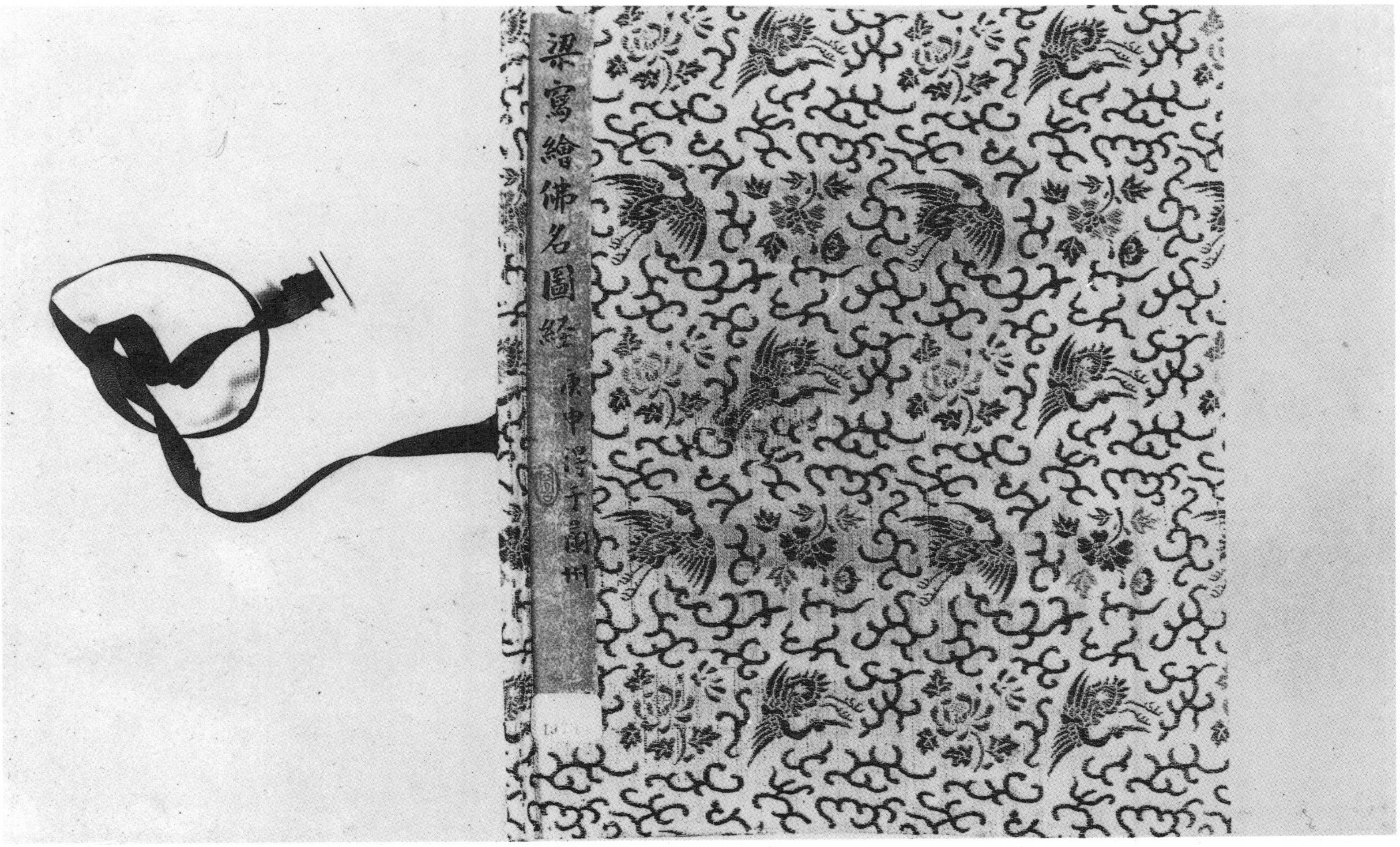

上博 23 (19714)　佛說佛名經　　(包首)

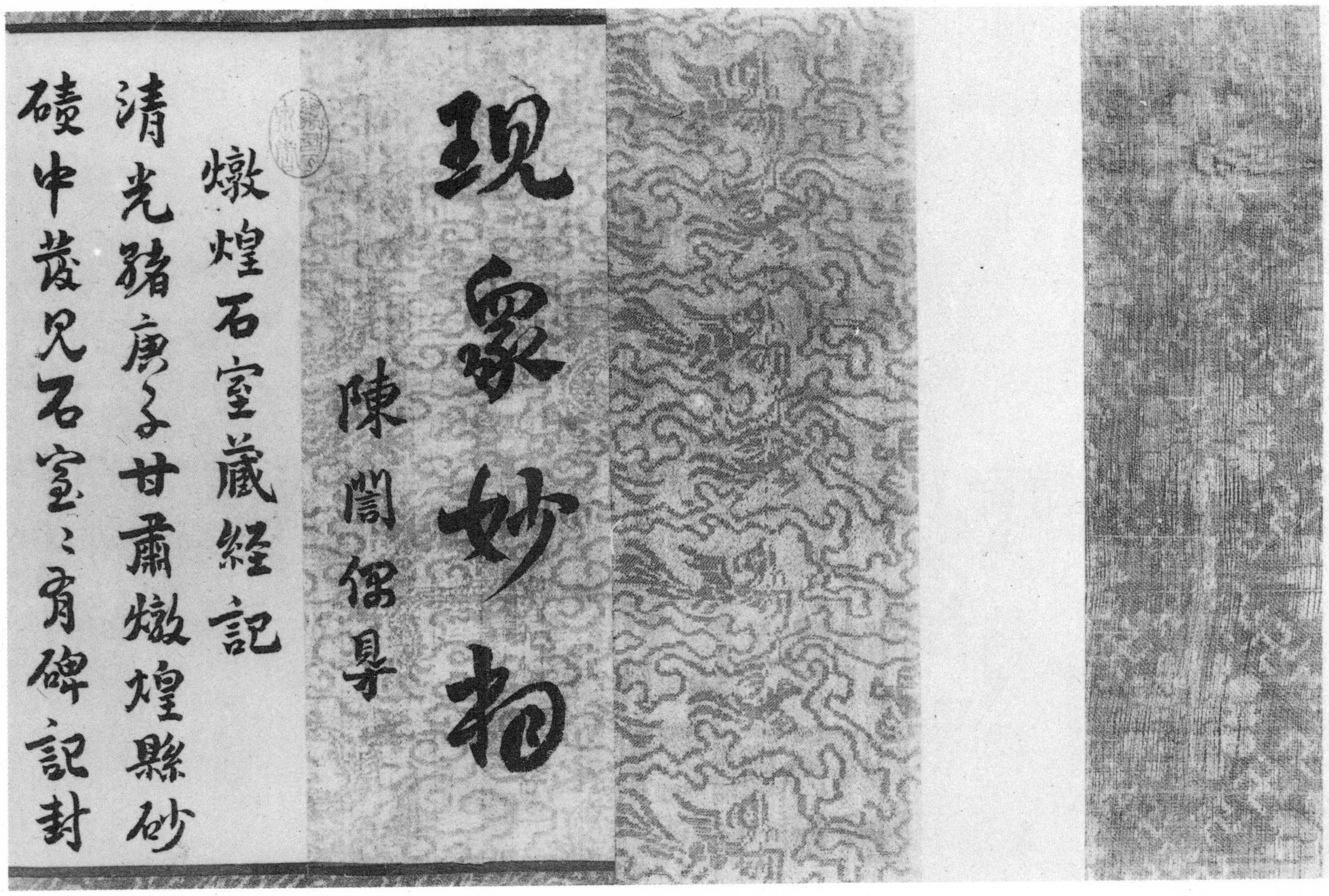

上博 23 (19714)　佛說佛名經　　(題跋6－1)

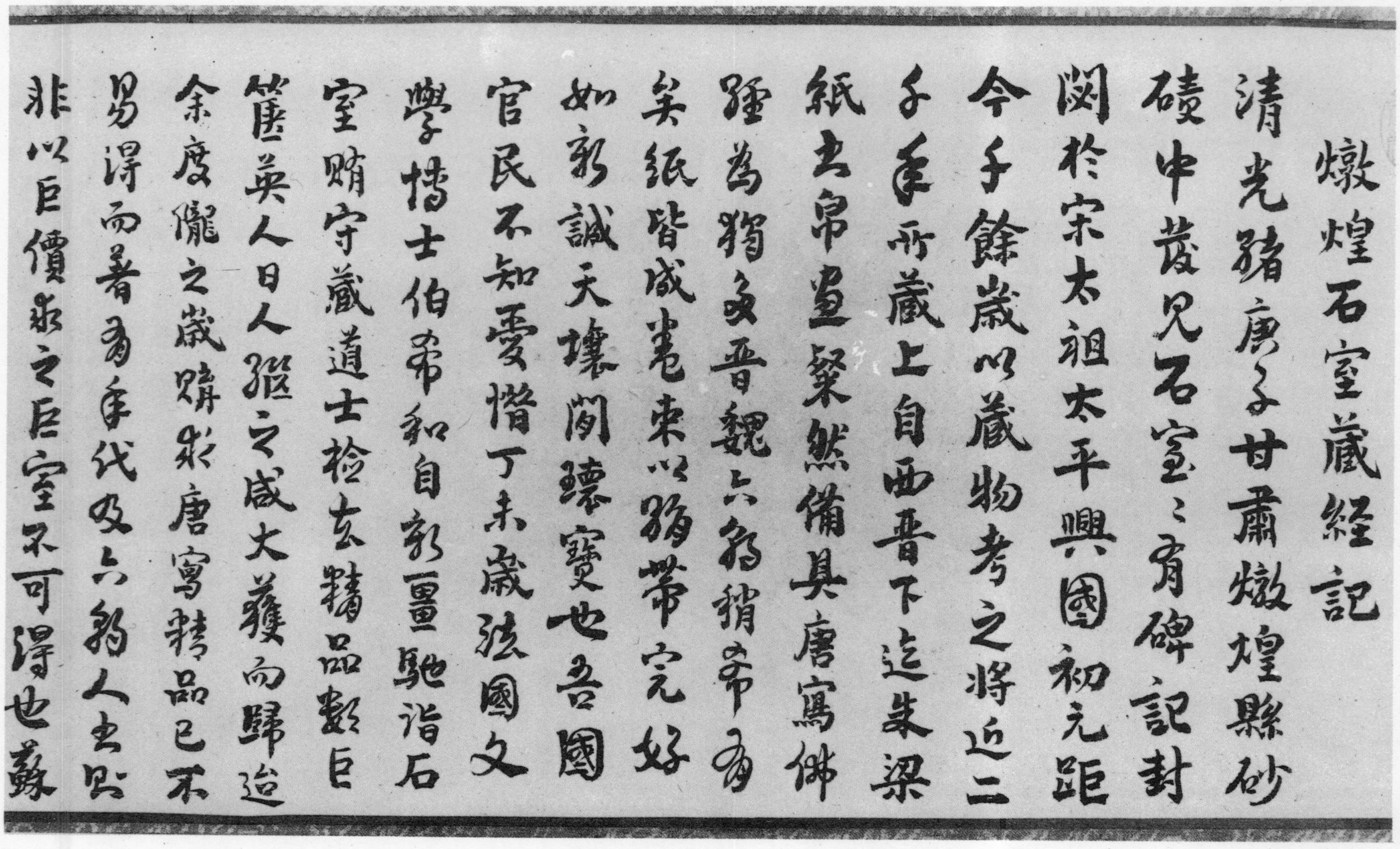
燉煌石室藏經記
清光緒庚子甘肅燉煌縣砂
磧中發見石室〻有碑記封
閟於宋太祖太平興國初元距
今千餘歲以藏物考之將近二
千年所藏上自西晋下迄朱梁
紙素帛畫粲然備具唐寫佛
經爲猶多晋魏六朝稍希有
矣紙皆成卷束以錦帶完好
如新誠天壤間瓌寶也吾國
官民不知愛惜丁未歲法國文
學博士伯希和自新疆馳詣石
室賄守藏道士检去精品數巨
篋英人日人蹤之咸大獲而歸迨
余度隴之歲賄求唐寫精品已不
易得而著有年代及六朝人書則
非以巨價求之巨室不可得也蘇

上博 23 (19714)　佛說佛名經　　(題跋 6－2)

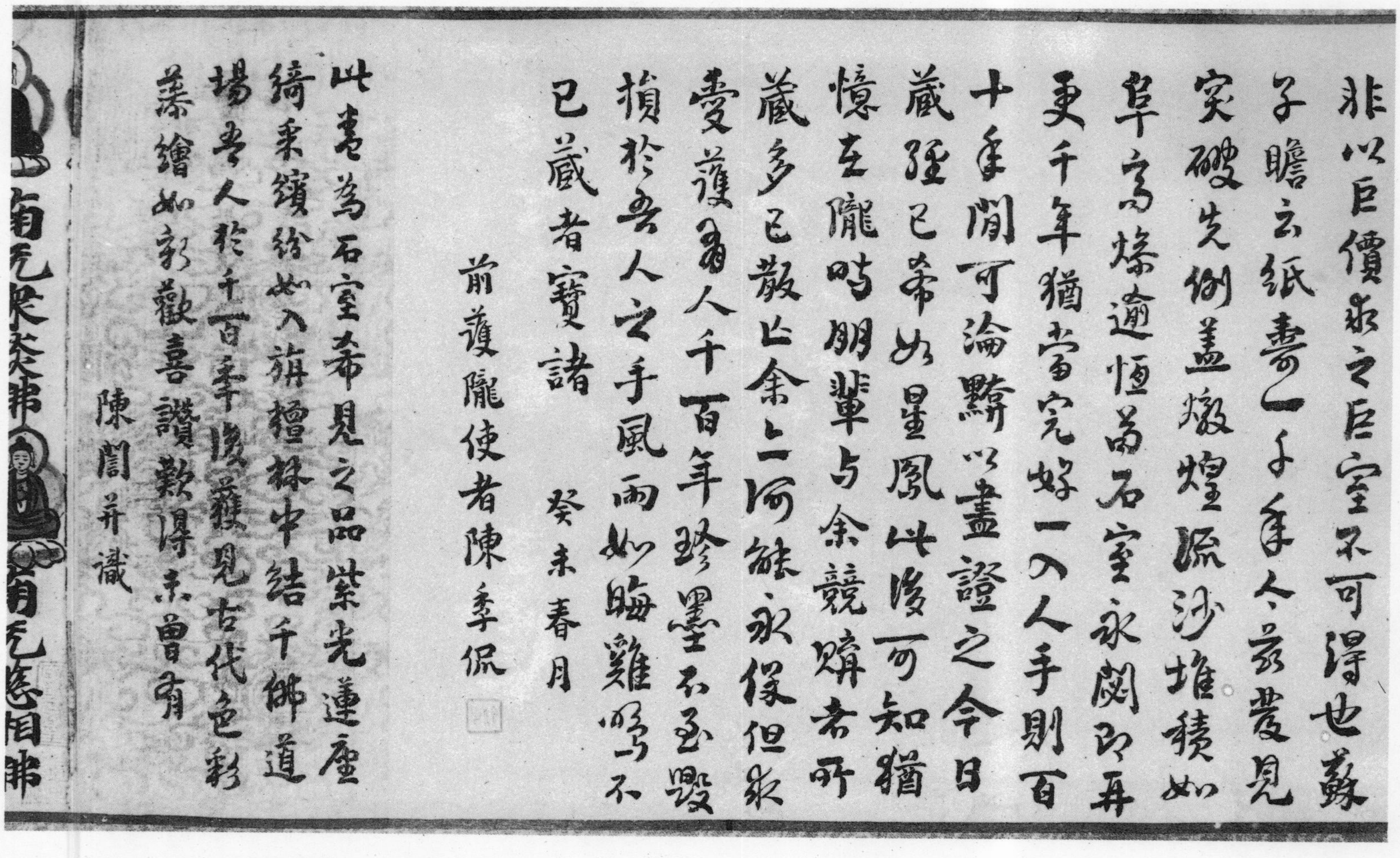
非以巨價求之巨室不可得也蘇
子瞻云紙壽一千年今茲發見
突破先例蓋燉煌源沙堆積如
阜高燥適恒爲石室永閟即再
更千年猶當完好一入人手則百
十年間可論黯以盡證之今日
藏經已希如星鳳此後可知猶
憶在隴時朋輩與余競購者所
藏多已散亡余亦何能永保但求
愛護有人千百年珍墨不至毀
損於吾人之手風雨如晦雞鳴不
已藏者寶諸
癸未春月
前護隴使者陳季侃

此卷爲石室希見之品紫光蓮座
綺秉繽紛如入旃檀林中結千佛道
場吾人於千一百年後獲見古代色彩
藻繪如新歡喜讚歎得未曾有
陳誾并識

上博 23 (19714)　佛說佛名經　　(題跋 6－3)

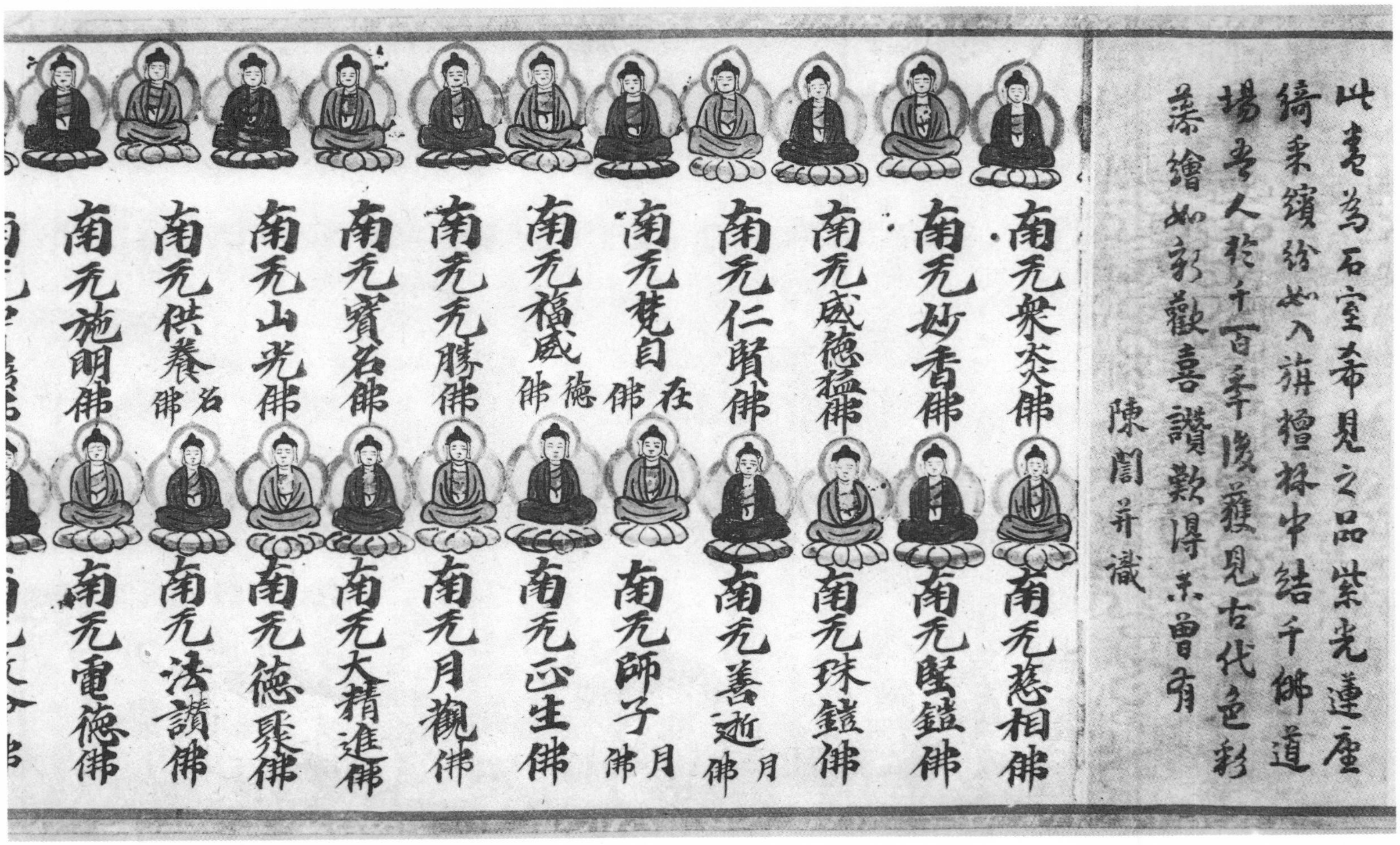
此書爲石室希見之品紫光蓮座
綺采繽紛如入旃檀林中結千佛道
場吾人於千百年後獲見古代色彩
藻繪如親歡喜讚歎得未曾有
陳誾并識
南无衆炎佛
南无妙香佛
南无威德猛佛
南无仁賢佛
南无梵自在佛
南无福威德佛
南无无勝佛
南无寶名佛
南无山光佛
南无供養名佛
南无施明佛
南无慈相佛
南无堅鎧佛
南无珠鎧佛
南无善逝月佛
南无師子月佛
南无正生佛
南无月觀佛
南无大精進佛
南无德聚佛
南无法讚佛
南无電德佛

上博 23 (19714) 佛說佛名經 (11－1)

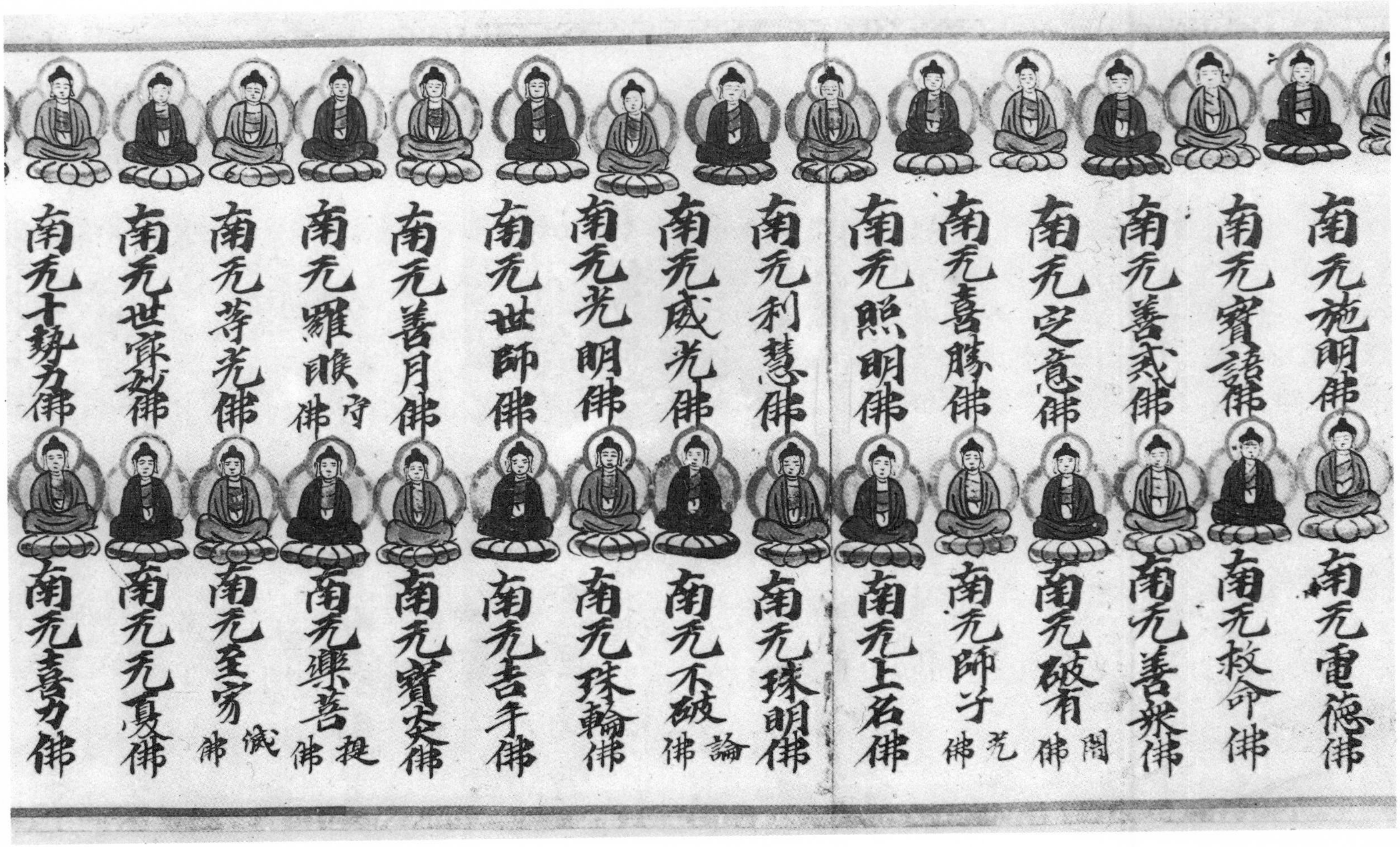
南无施明佛
南无寶語佛
南无善戒佛
南无定意佛
南无喜勝佛
南无照明佛
南无利慧佛
南无威光佛
南无光明佛
南无世師佛
南无善月佛
南无羅睺守佛
南无等光佛
南无世寂妙佛
南无十勢力佛
南无電德佛
南无救命佛
南无善衆佛
南无破有闇佛
南无師子光佛
南无上名佛
南无珠明佛
南无不破論佛
南无珠輪佛
南无吉手佛
南无寶炎佛
南无樂菩提佛
南无至寂滅佛
南无无憂佛
南无喜力佛

上博 23 (19714) 佛說佛名經 (11－2)

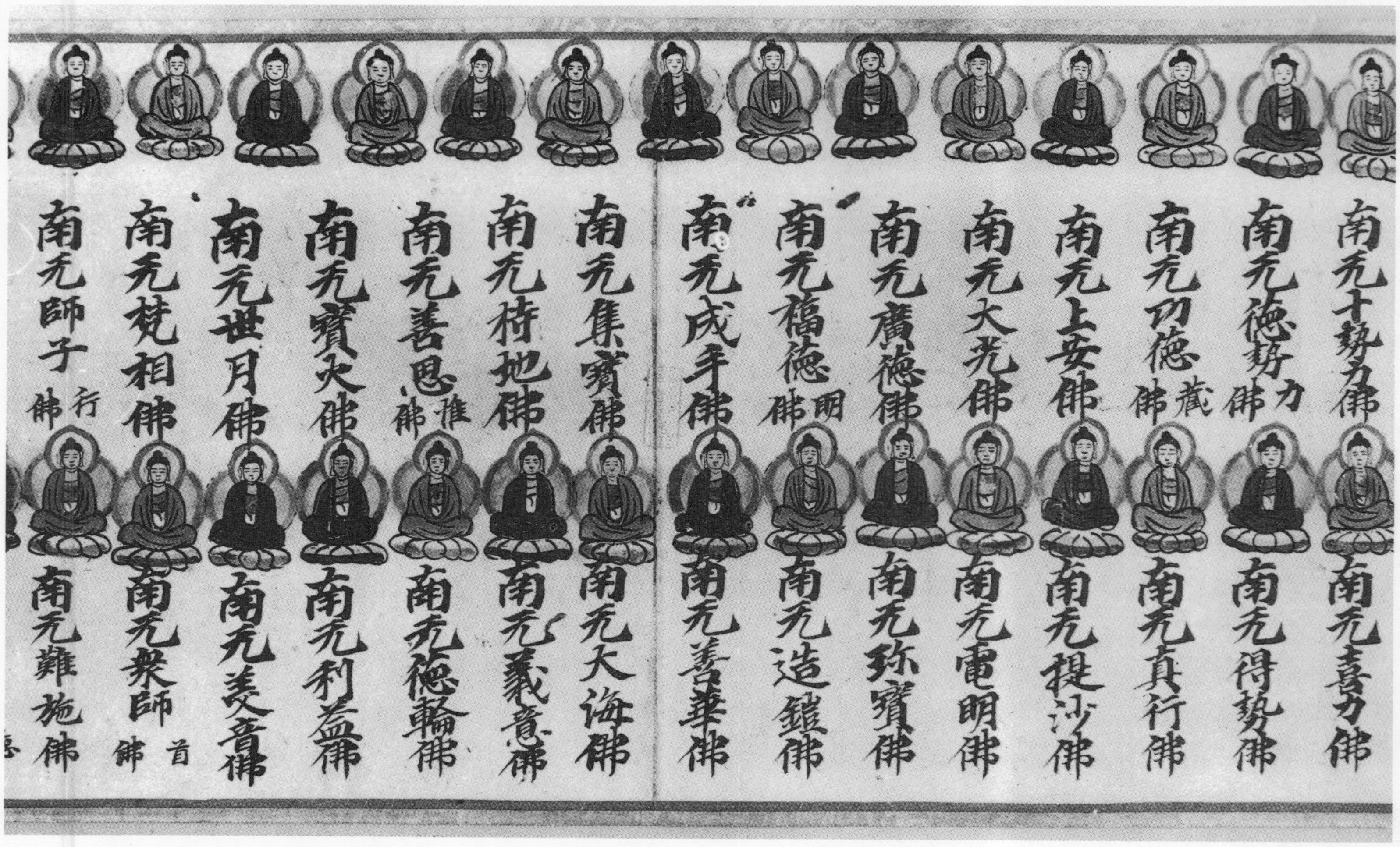

上博 23 (19714) 佛説佛名經 (11－3)

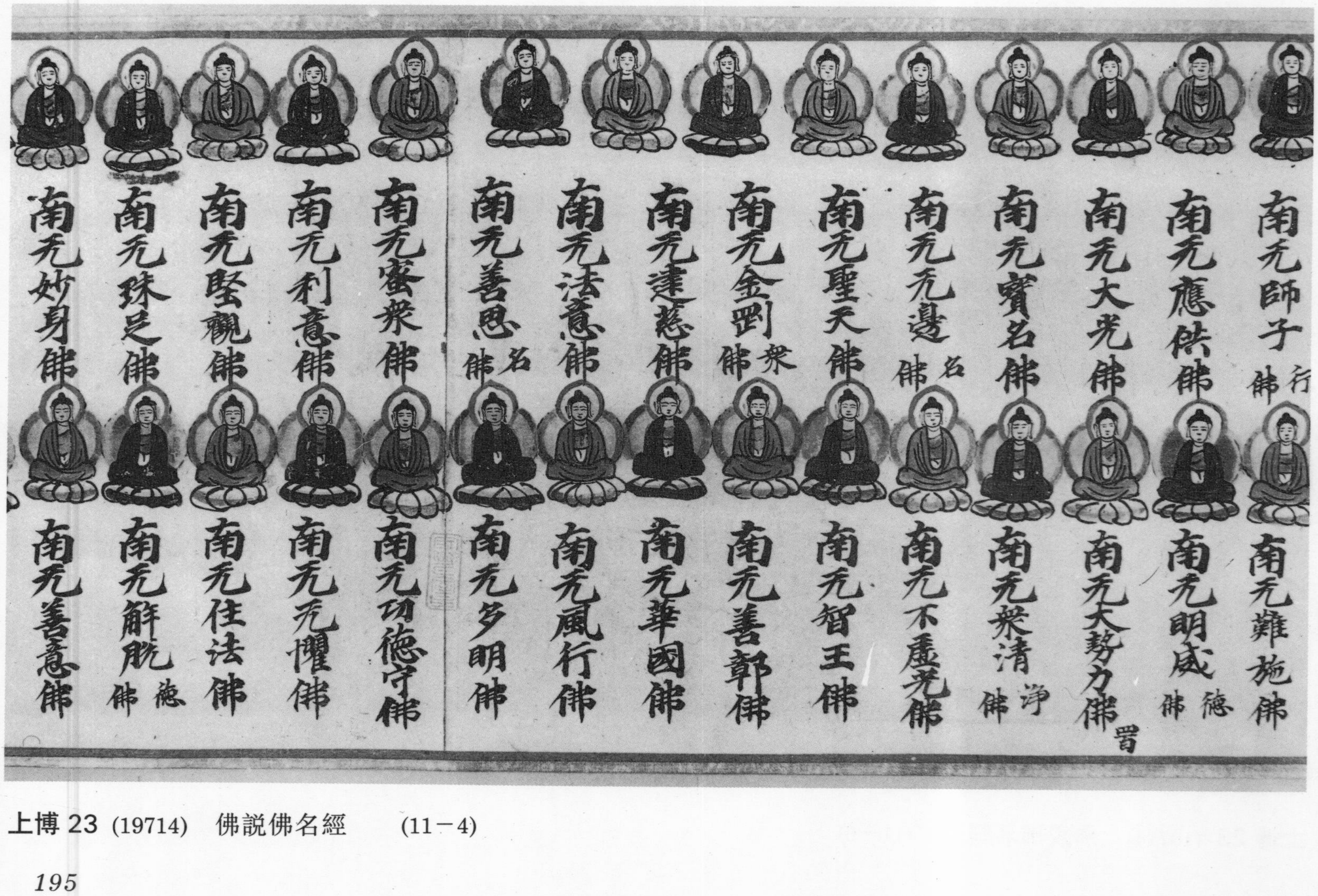

上博 23 (19714) 佛説佛名經 (11－4)

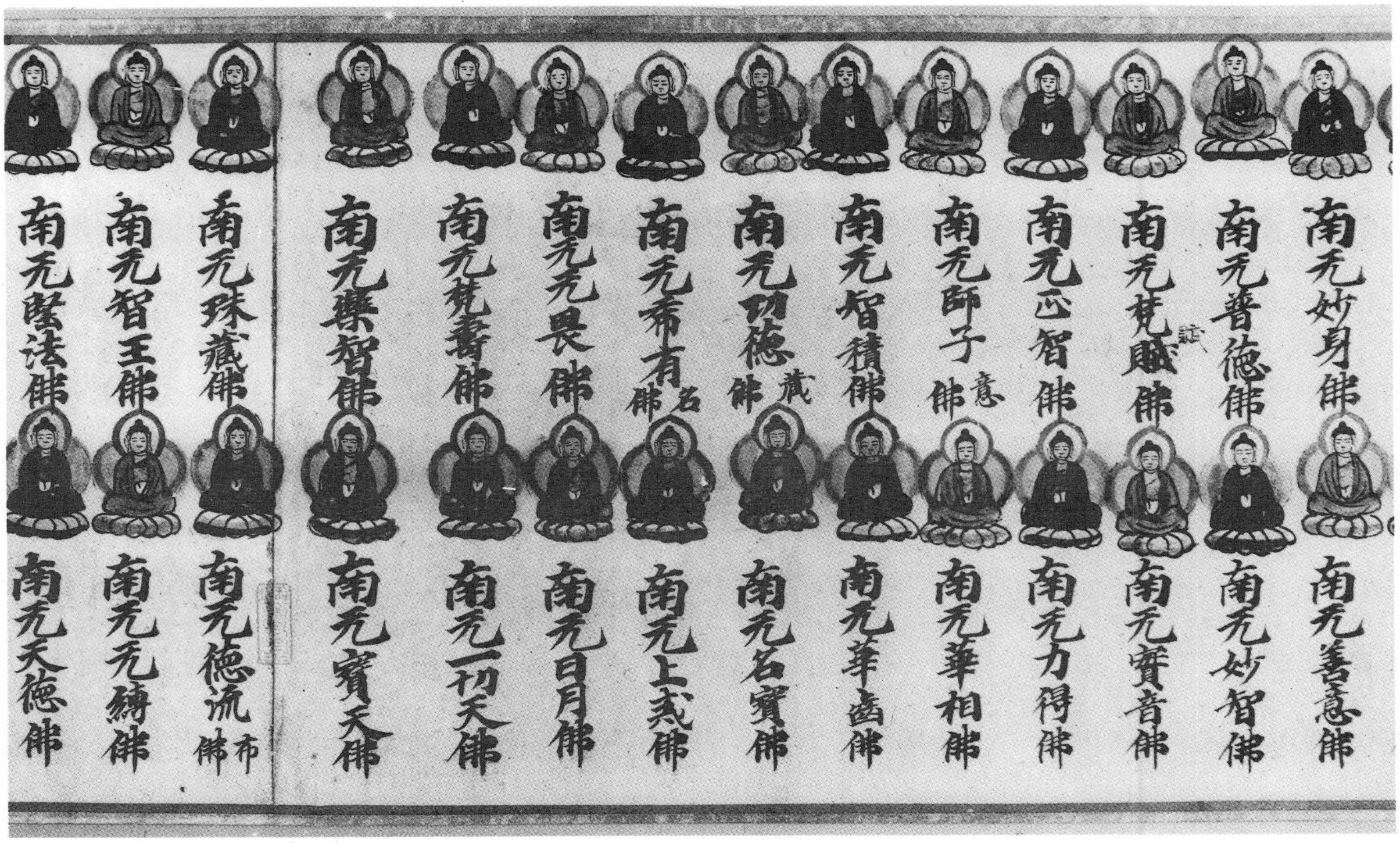

上博 23 (19714)　佛説佛名經　　(11－5)

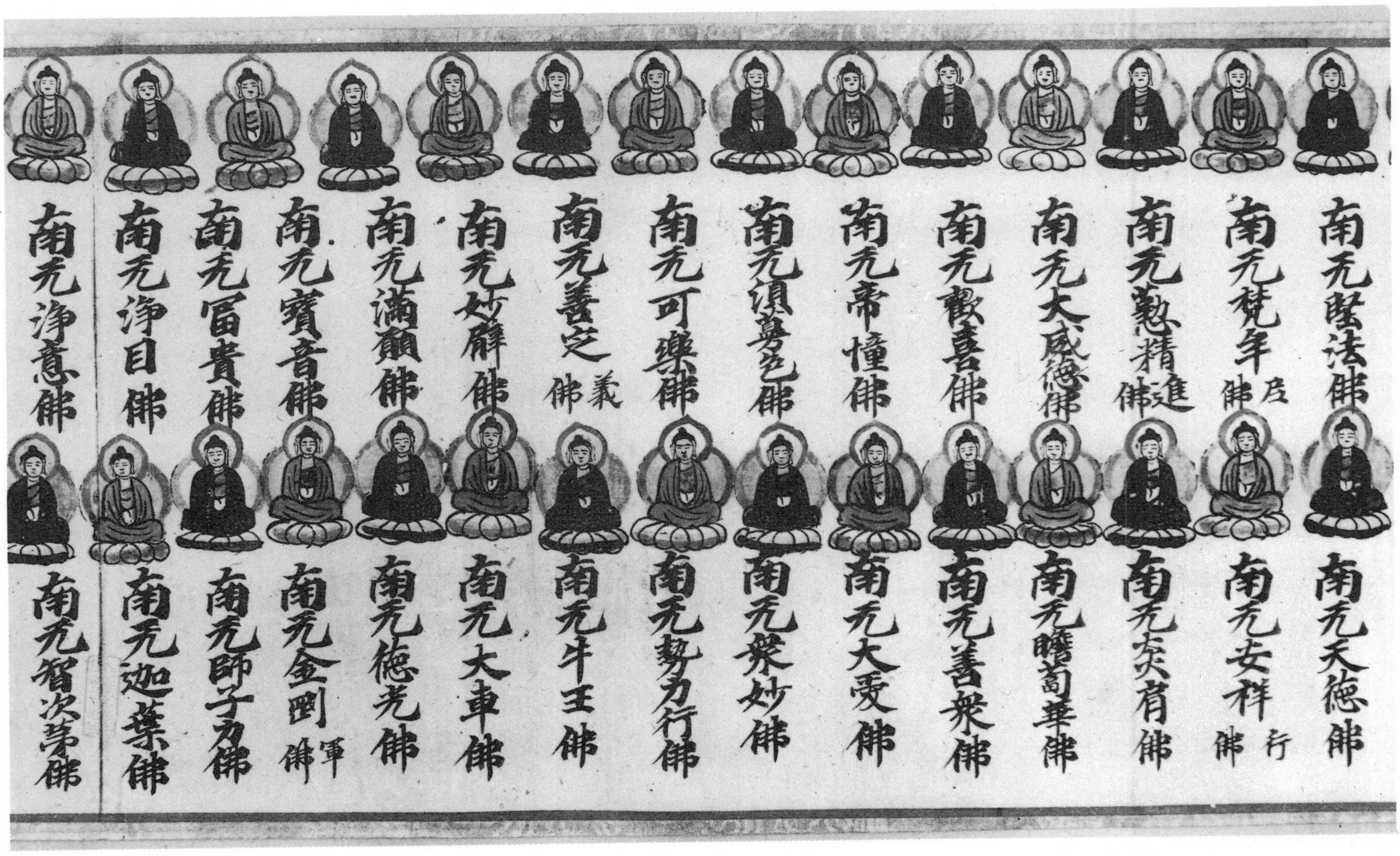

上博 23 (19714)　佛説佛名經　　(11－6)

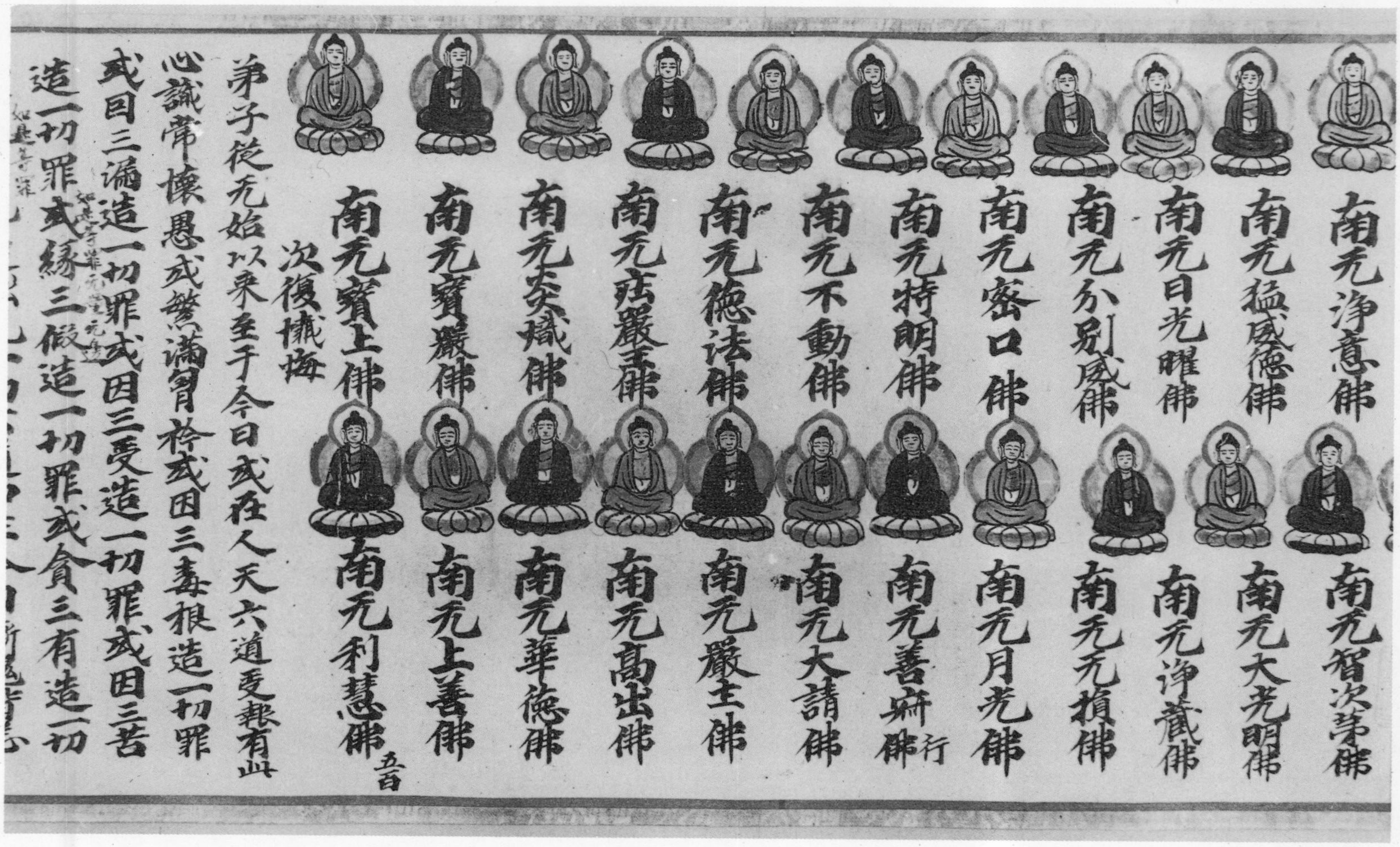
南无淨意佛
南无猛威德佛
南无日光曜佛
南无分別威佛
南无審口佛
南无持明佛
南无不動佛
南无德法佛
南无莊嚴王佛
南无安穩佛
南无寶嚴佛
南无寶上佛
次復懺悔
南无智次第佛
南无大光明佛
南无淨藏佛
南无无損佛
南无月光佛
南无善觧佛 行
南无大請佛
南无嚴王佛
南无高出佛
南无華德佛
南无上善佛
南无利慧佛 五百
弟子從无始以來至于今日或在人天六道受報有此
心識常懷愚惑繁滿胷衿或因三毒根造一切罪
或因三漏造一切罪或因三受造一切罪或因三苦
造一切罪或緣三假造一切罪或貪三有造一切

上博 23 (19714) 佛說佛名經 (11－7)

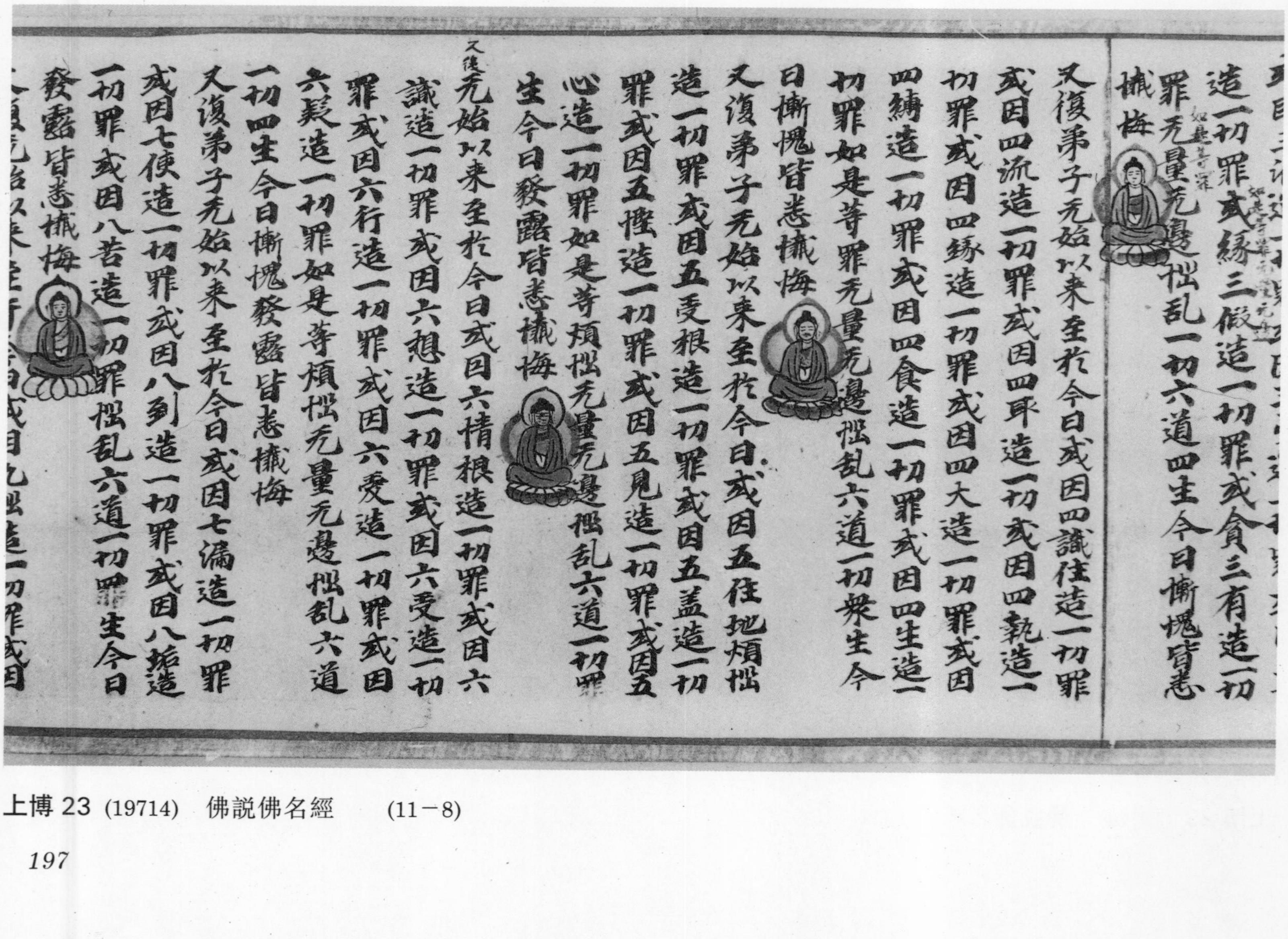
造一切罪或緣三假造一切罪或貪三有造一切
罪无量无邊惱乱一切六道四生今日慚愧皆悉
懺悔
又復弟子无始以來至於今日或因四識住造一切罪
或因四流造一切罪或因四取造一切或因四執造一
切罪或因四緣造一切罪或因四大造一切罪或因
四縛造一切罪或因四食造一切罪或因四生造一
切罪如是等罪无量无邊惱乱六道一切衆生今
日慚愧皆悉懺悔
又復弟子无始以來至於今日或因五住地煩惱
造一切罪或因五受根造一切罪或因五蓋造一切
罪或因五慳造一切罪或因五見造一切罪或因五
心造一切罪如是等煩惱无量无邊惱乱六道一切
生今日發露皆悉懺悔
又復无始以來至於今日或因六情根造一切罪或因六
識造一切罪或因六想造一切罪或因六受造一切
罪或因六行造一切罪或因六愛造一切罪或因
六疑造一切罪如是等煩惱无量无邊惱乱六道
一切四生今日慚愧發露皆悉懺悔
又復弟子无始以來至於今日或因七漏造一切罪
或因七使造一切罪或因八倒造一切罪或因八垢造
一切罪或因八苦造一切罪惱乱六道一切四生今日
發露皆悉懺悔
又復无始以來至於今日或自己出造一切罪或因

上博 23 (19714) 佛說佛名經 (11－8)

發露皆悉懺悔

又復无始以來至于今日或因九惱造一切罪或因
九結造一切罪或緣九上緣造一切罪或因十煩惱
造一切罪或因十纏造一切罪或因十一遍使造一
切罪或因十二入造一切罪或因十六知見造一
切罪或因十八界造一切罪或因廿五我造一切罪或
因六十二見造一切罪或因見諦思惟九十八使百八
煩惱晝夜熾然開諸漏門造一切罪惱乱賢聖及以四
生遍滿三界弥亘六道无處可藏无處可避今日至
到向十方佛尊法聖衆慚愧發露皆悉懺悔
願弟子承是懺悔三毒一切煩惱生生世世三慧明
三達朗三苦滅三願滿願弟子承是懺四識等一切
煩惱所生功德生生世世廣四等心立四信業四惡
趣滅得四无畏願弟子承是懺悔五蓋等諸煩惱度
五道樹五根淨五眼成五分懺悔六受等諸煩惱所
生功德生生世世具足六神通滿足六度業不為六
塵或常行妙行　又弟子承是懺悔七漏八垢九結
十纏等一切諸煩惱所生功德生生世世生七淨華洗
塵八水具九斷智成十地行願以懺悔十一遍使及十二
入十八界等一切諸煩惱所生功德願十一空解常用栖
心自然能轉十二行輪具足十八不共之法无量功德一
切圓滿　弟子等從无始以來至於今日積聚无明
障蔽心目隨煩惱性造三業罪或耽染愛著起於貪
欲煩惱或復瞋恚忿怒懷害煩惱或惛憒瞪瞢不了

上博 23 (19714)　佛說佛名經　(11－9)

欲煩惱或復瞋恚忿怒懷害煩惱或惛憒瞪瞢不了
煩惱或慢自高輕傲煩惱疑或正道猶豫煩惱謗无因
果邪見煩惱不識緣假著我煩惱迷於三世執斷常
煩惱明押惡法起見取煩惱擗禀邪師造戒取煩
惱乃至一等四執橫計煩惱今日至誠皆悉懺悔
願弟子等承是懺悔貪瞋癡等一切煩惱生生世世
折憍慢幢竭愛欲水滅瞋恚火破愚癡暗拔斷疑根裂
諸見網深識三界猶如牢獄四大毒蛇五陰怨賊六入
空聚愛詐親善修八聖道斷无明源正向涅槃不休
不息卅七品心心相應十波羅蜜常現在前　作礼一拜
已懺地獄報竟今當復次懺悔三惡道報經中佛說
多欲之人多求利故苦惱亦多知足之人雖臥地人猶以
為安不知足者雖處天堂猶不稱意但世間人忽有急
難便能捨財不計多少而不知此身臨於三塗深坑
之上一息不還便應墮落忽有知識營功福德令脩
未來善法資粮執此慳心无肯作理夫如此者甚為
愚或何以故佘經中佛說生時不賫一文而來死亦
不持一文而去苦身積聚為之憂惱於己无益徒為他
有无善可恃无德可怙致使命終墮諸惡道是故弟
子等今日稽顙歸依於佛

弟子今日次復懺悔畜生道中无所識知罪報懺悔
畜生道中負重牽梨償他宿債罪報懺悔畜生道
中不得自在為他斫剌屠割罪報懺悔畜生无足二
足四足多足罪報懺悔畜生道中身諸毛羽鱗甲
之內為諸小虫之所唼食罪報如是畜生道中有无

上博 23 (19714)　佛說佛名經　(11－10)

是四足多足罪報……
之内為諸小虫之所唼食罪報如是畜生道中有无
量罪報今日至誠皆悉懺悔
次復懺悔餓鬼道中長飢罪報懺悔餓鬼百千万歲
初不曾聞漿水之名罪報懺悔餓鬼食噉膿血糞
穢罪報懺悔餓鬼動身之時一切支節火然罪報懺
悔餓鬼腹大咽小罪報如是餓鬼道中无量苦報今
日稽顙皆悉懺悔　次復一切鬼神脩羅道中諂
誑𢹂罪報懺悔鬼神道中擔沙負石填河塞海
罪報懺悔鬼神羅剎鳩槃荼諸惡鬼神生噉血肉
受此醜陋罪報如是鬼神道中无量无邊一切罪報
今日稽顙向十方佛大地菩薩求哀懺悔悉令消滅
願弟子等承是懺悔畜生等報所生功德生生世世
滅愚癡垢自識業緣智慧明照斷惡道身願以懺
悔鬼等報所生功德生生世世永離慳貪飢餓
……解脫之味願以懺悔鬼神脩羅等

燉煌乃瓜沙故都箸通西域孔道
城外鳴沙山沙覆石骨以流沙乘
風升降時時有聲得名因山為寺

上博 23 (19714)　佛說佛名經　(11－11)

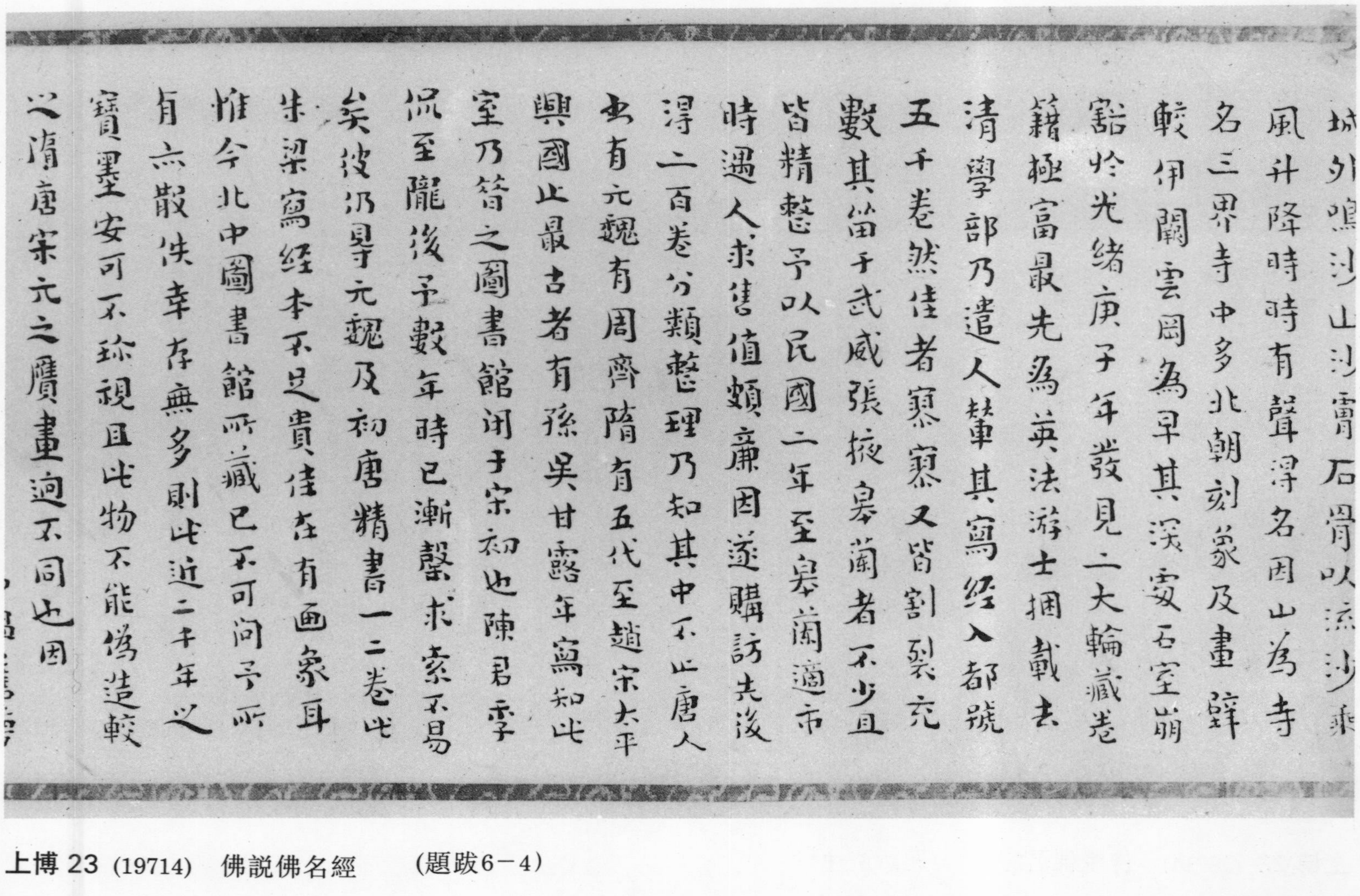
城外鳴沙山沙覆石骨以流沙乘
風升降時時有聲得名因山為寺
名三界寺中多北朝刻象及畫壁
較伊闕雲岡為早其深處石室崩
豁於光緒庚子年發見二大輪藏卷
籍極富最先為英法游士捆載去
清學部乃遣人輦其寫经入都號
五千卷然佳者寥寥又皆割裂充
數其留于武威張掖皋蘭者不少且
皆精整予以民國二年至皋蘭適市
時遇人求售值頗廉因遂購訪先後
得二百卷分類整理乃知其中不止唐人
书有元魏有周齊隋有五代至趙宋太平
興國止最古者有孫吳甘露年寫知此
室乃箸之圖書館閉于宋初也陳君季
侃至隴後予數年時已漸罄求索不易
矣彼仍尋元魏及初唐精書一二卷此
朱梁寫经本不足貴佳在有畫象耳
惟今北中圖書館所藏已不可問予所
有亦散佚幸存無多則此近二十年之
寶墨安可不珍視且此物不能偽造較
之清唐宋元之贋畫迥不同也因

上博 23 (19714)　佛說佛名經　(題跋6－4)

心清唐宋元之層畫迥不同也因
培心先生索題憶及去塵如濡舊夢
不覺絮絮 甲申冬 許承堯時年七十一

丁亥仲秋 四明東七十峯頏者高振霄拜觀
泉唐丁輔之長沙唐源鄴合卺同觀

丁亥中秋節後三日泉唐胡佐卿觀於敏求室

丁亥中秋勁宇世講過我春任樓攜此
見眎人間至寶書識眼福古杭王禔

歲在疆大淵獻九秋八窦葉為銘觀於西泠印社園

丁亥秋九月邊成薙觀
丁亥冬 金梁拜觀
丁亥孟冬余重耀觀喜讚歎
得未曾有

戊子三月金剛乘弟子程以道拜觀
戊子九月永嘉介堪方彙拜觀
惠清徐元夢十敬觀

上博 23 (19714) 佛說佛名經 (題跋6-5)

戊子三月金剛乘弟子程以道拜觀
戊子九月永嘉介堪方彙十敬觀
惠清徐元夢十敬觀
吳興黃敦良敬觀
尚湖葛書徵同觀於玉林辛巳動冬

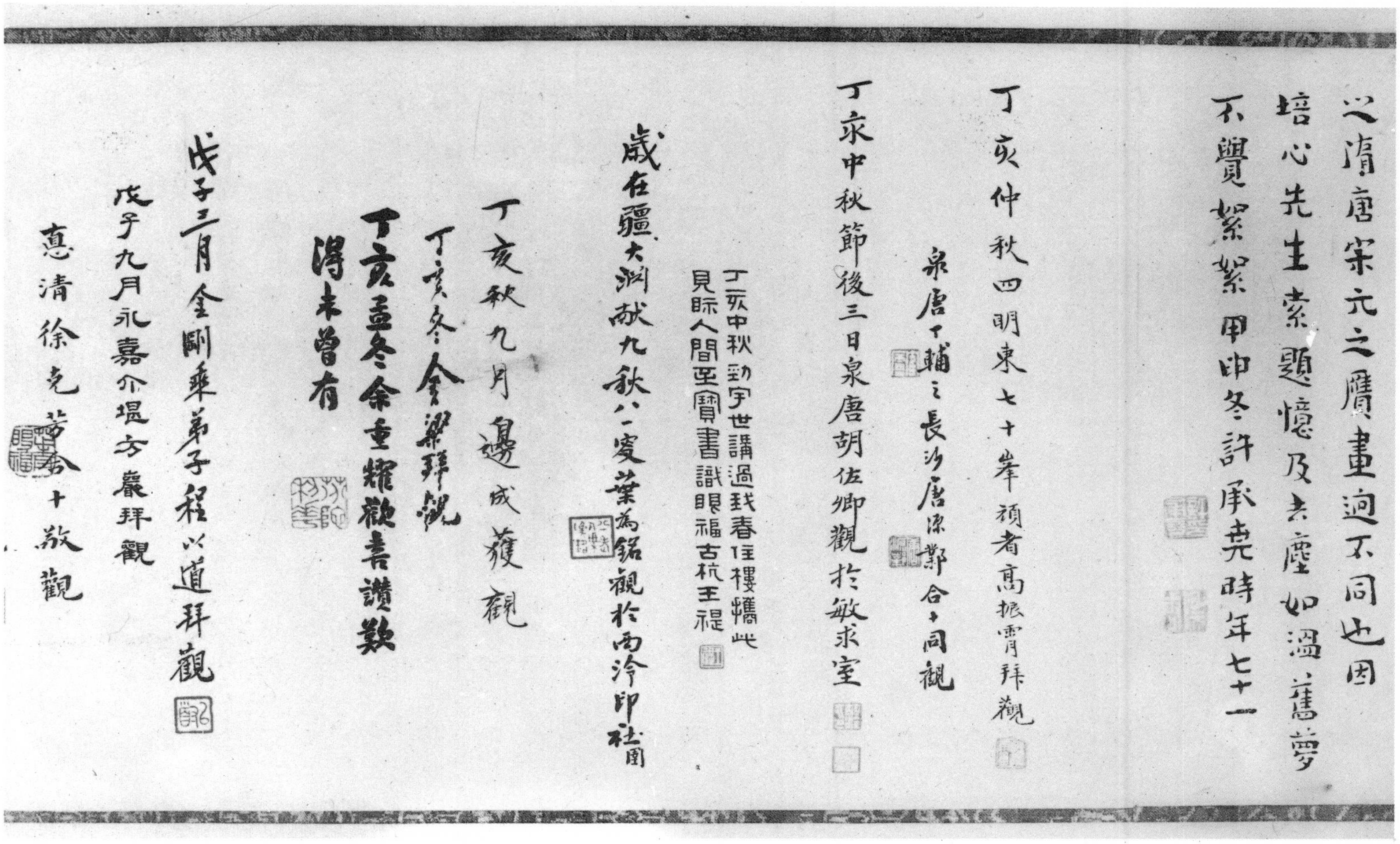

上博 23 (19714) 佛說佛名經 (題跋6-6)

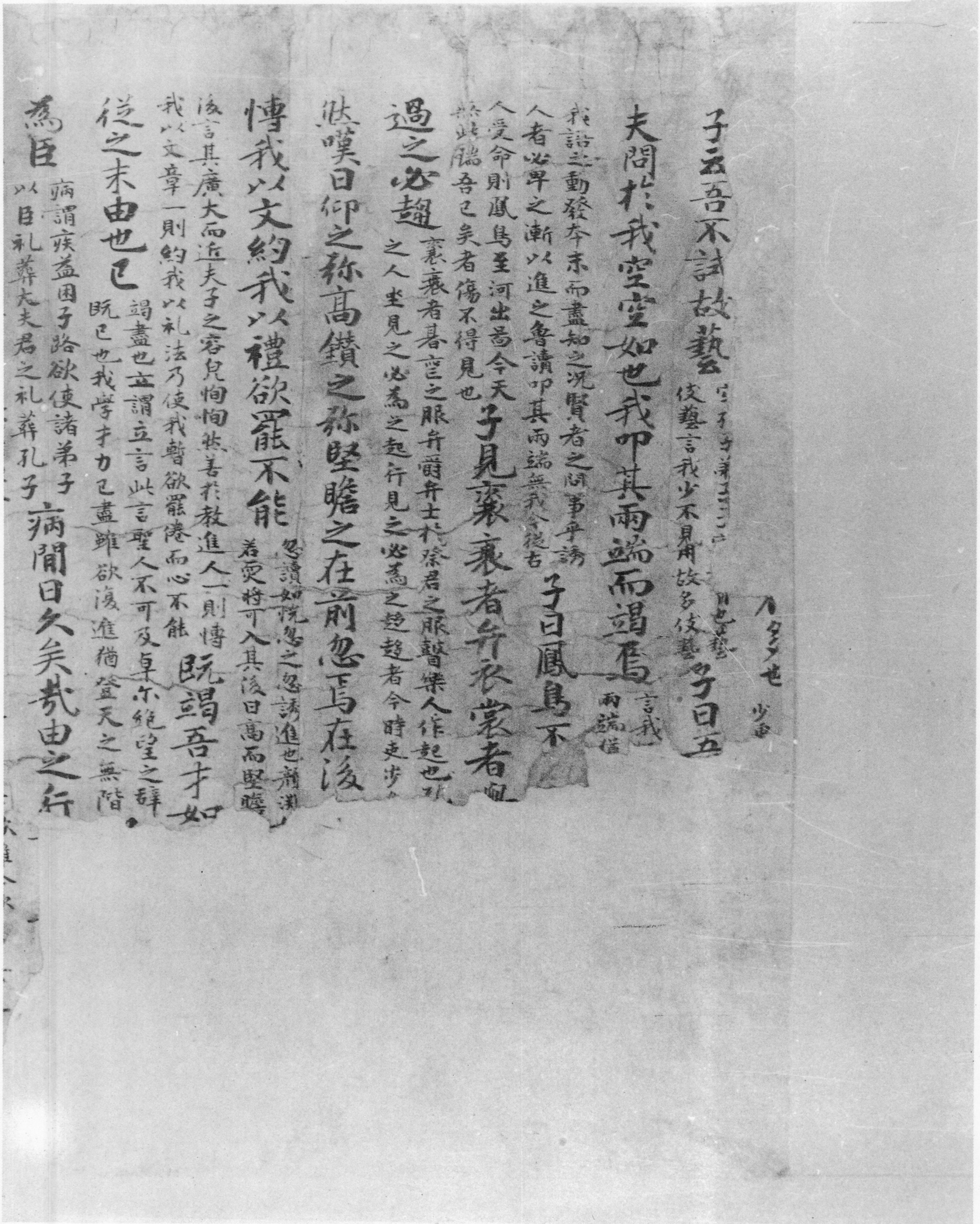

上博 24 (24579)　論語鄭玄注　　(3－1)

後言其廣大而近夫子之容皃恂恂然善於教進人一則博我以文章一則約我以礼法乃使我暫欲罷倦而心不能既竭吾才如

從之末由也已竭盡也立謂立言此言聖人不可及卓尔絶望之辭既已也我學才力已盡雖欲復進猶登天之無階

爲臣病謂疾益困子路欲使諸弟子以臣礼葬大夫君之礼葬孔子病閒曰久矣哉由之行

閒瘳也久矣哉言子路久有是心非但今日孔子昔時爲魯司寇有臣今退去無臣也吾誰欺欺天乎吾嘗欺誰今欲使我欺天乎且與其死於

臣之手也無寧死於二三子之手乎無寧寧也孔子以爲臣之恩不如弟子之恩至予縱不得大葬予死於

道路乎大葬大夫礼葬我死於道路乎言我亦有親暱将以士礼葬我何必以大夫礼葬也凡大夫退葬以士礼致仕乃以大夫礼葬子貢曰有美玉於斯

韞匵而藏諸求善賈如沽諸韞裹匵匣沽謙賣也子貢見孔子有聖德而不見用故設此言以觀其意有美玉於此裹匣而藏之可求善賈

而諠賣之子曰沽之哉沽之哉我待賈者也寧有賈也

夷或曰陋如之何九夷東方之夷有九種孔子疾世故發此言欲往居之也子曰君子

吾自衛反於魯然後樂正雅頌各得其所返魯孔子

節不相奪倫也子曰出則事公卿入則事父兄喪事不敢不

我哉酒困困於酒謂酖乱魯讀困爲魁今從古子在川上曰逝者如斯夫不舍

不見子曰吾未見好德如好色者也疾時人薄於德而[illegible]

上博 24 (24579) 論語鄭玄注 (3－2)

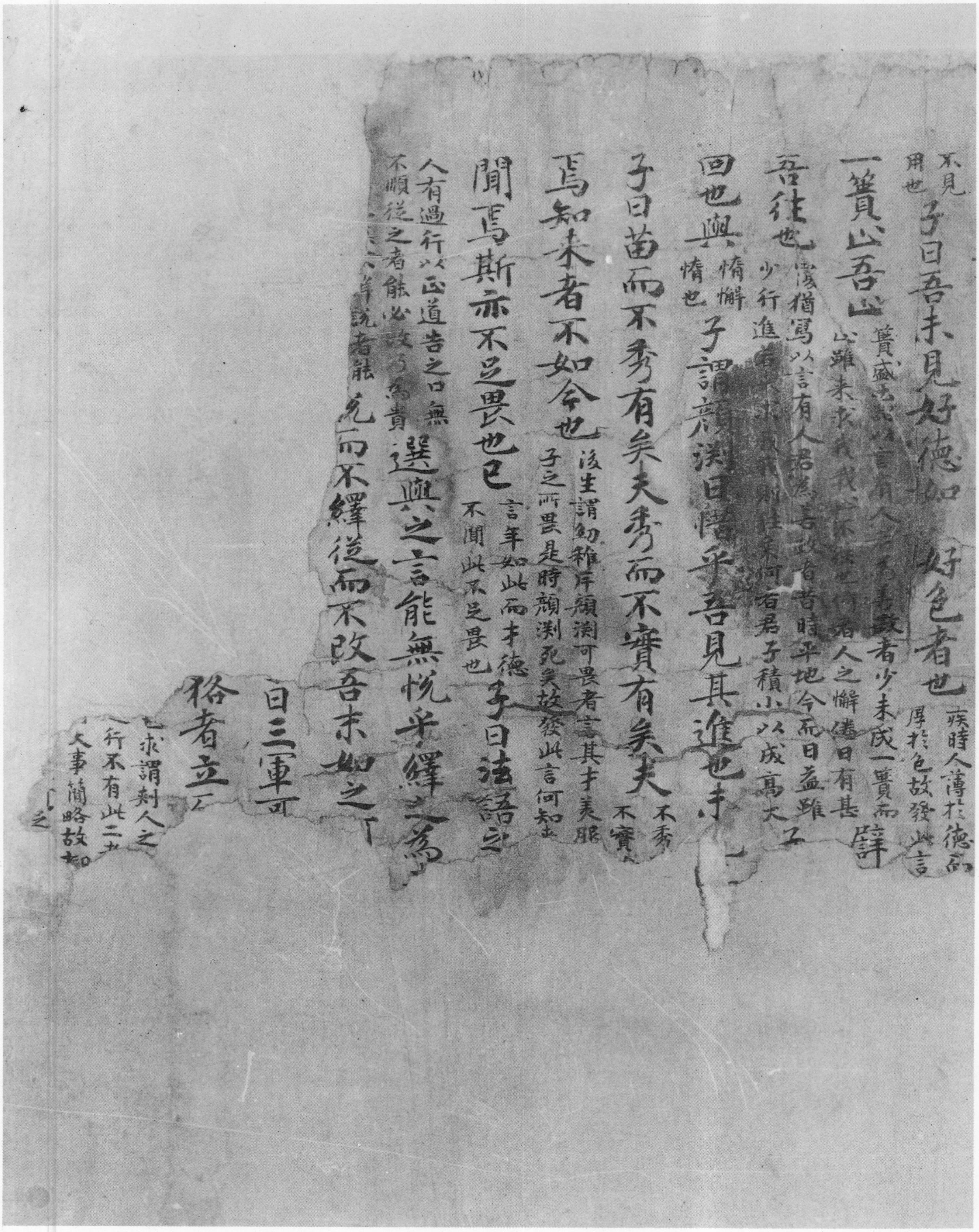
子曰吾未見好德如好色者也
一簣止吾止
吾往也
回也與
子謂顔淵曰惜乎吾見其進也未
子曰苗而不秀有矣夫秀而不實有矣夫
焉知來者不如今也
聞焉斯亦不足畏也已
子曰法語之
選與之言能無悅乎繹之爲
而不繹從而不改吾末如之
日三軍可
裕者立

上博 24 (24579)　論語鄭玄注　　(3－3)

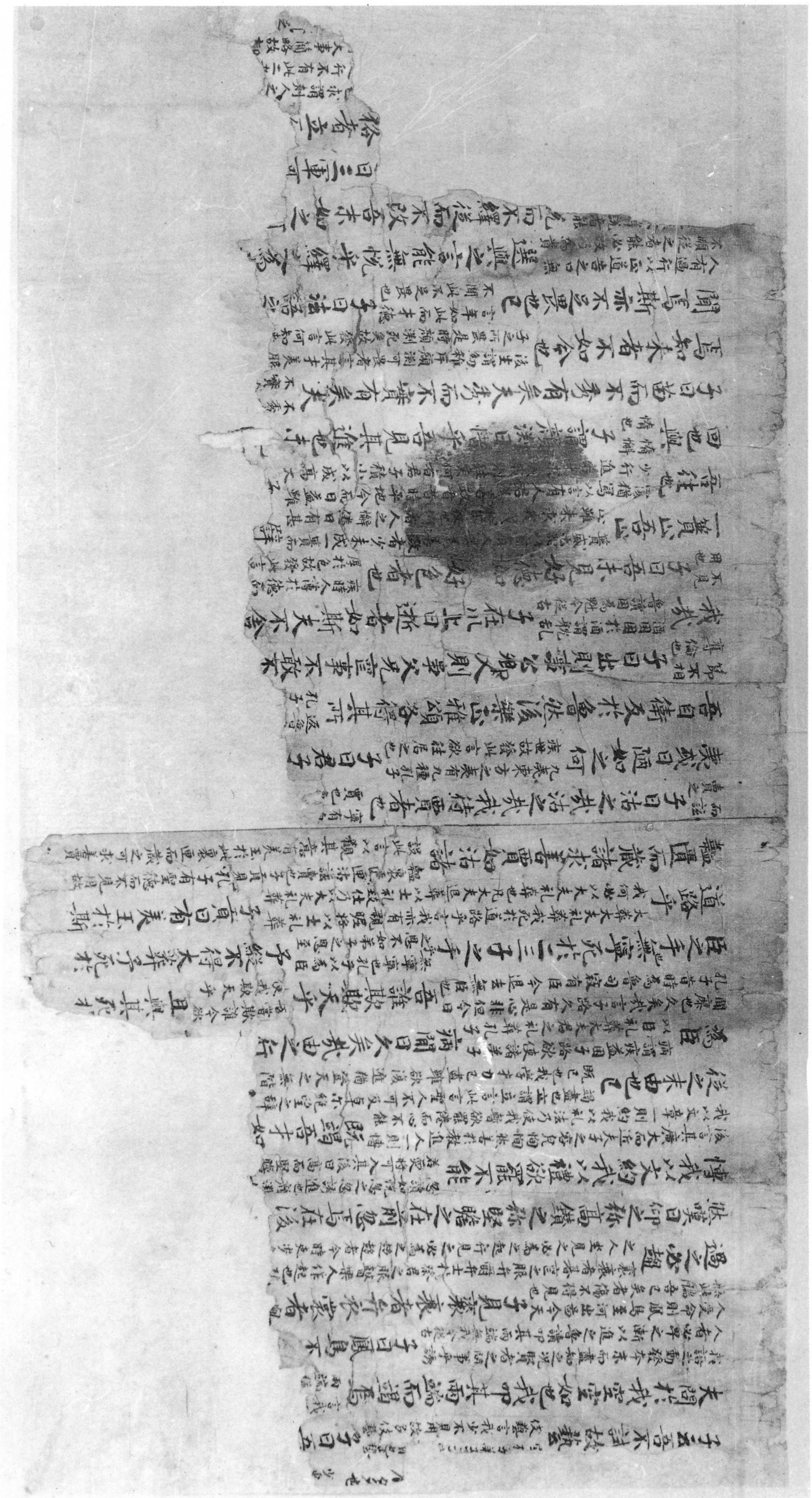

上博 24（24579） 論語鄭玄注

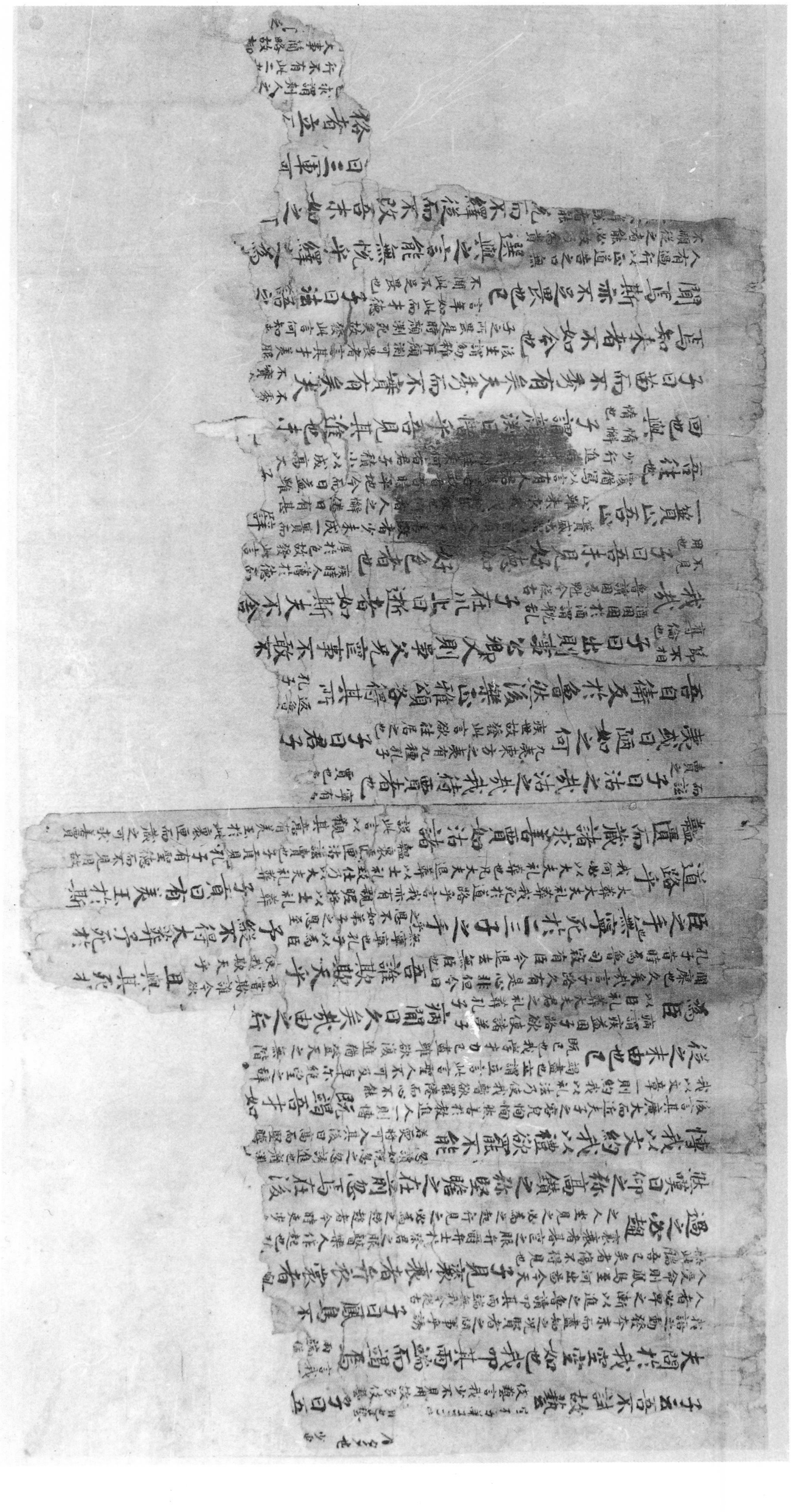

上博 24 (24579)V 書信

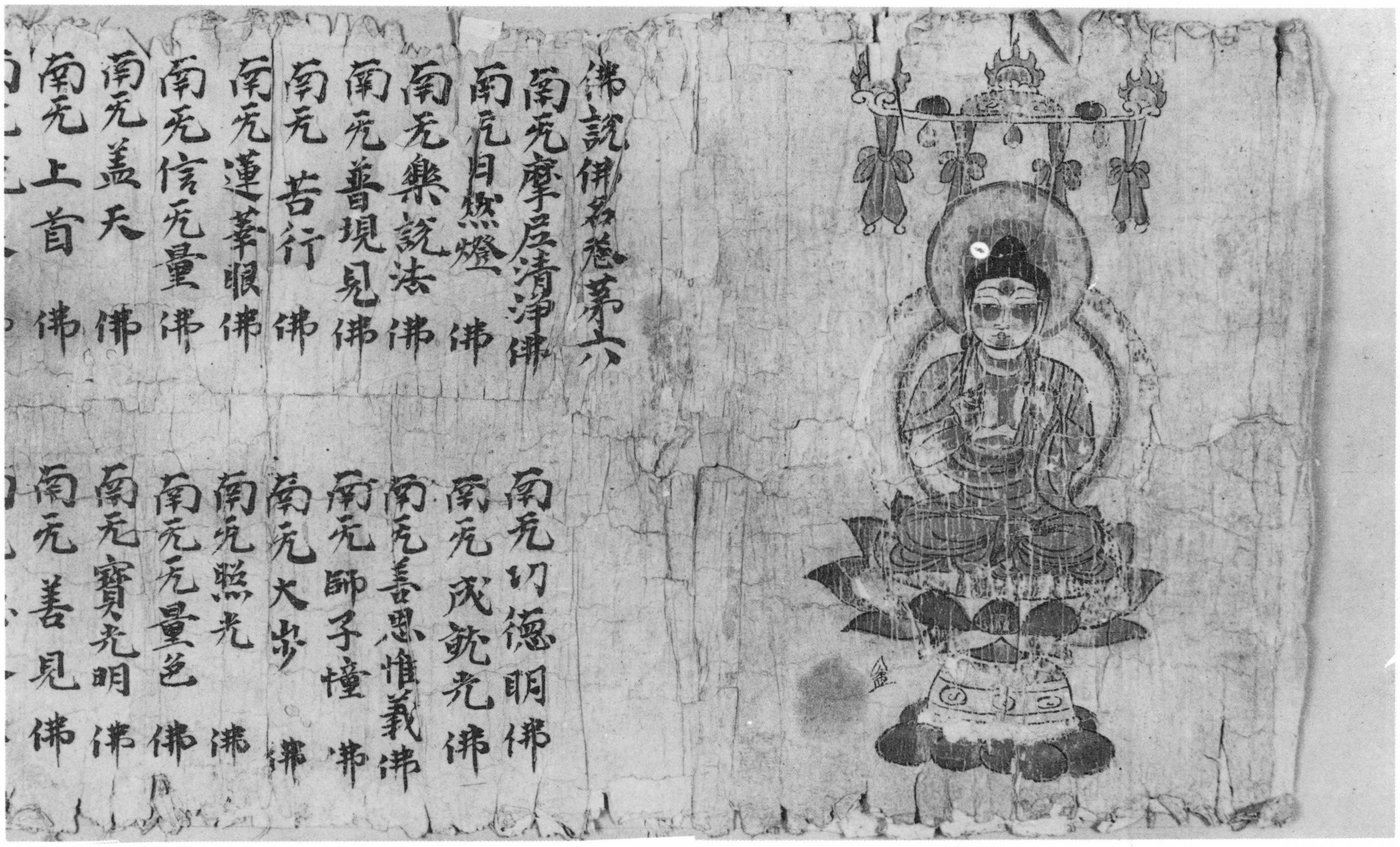

佛說佛名卷第六

南无摩尼清淨佛 南无功德明佛
南无日然燈佛 南无成就光佛
南无樂說法佛 南无善思惟義佛
南无普現見佛 南无師子幢佛
南无苦行佛 南无大步佛
南无蓮華眼佛 南无照光佛
南无信无量佛 南无无量色佛
南无蓋天佛 南无寶光明佛
南无上首佛 南无善見佛

上博 25 (25644) 佛說佛名經卷第六 (34－1)

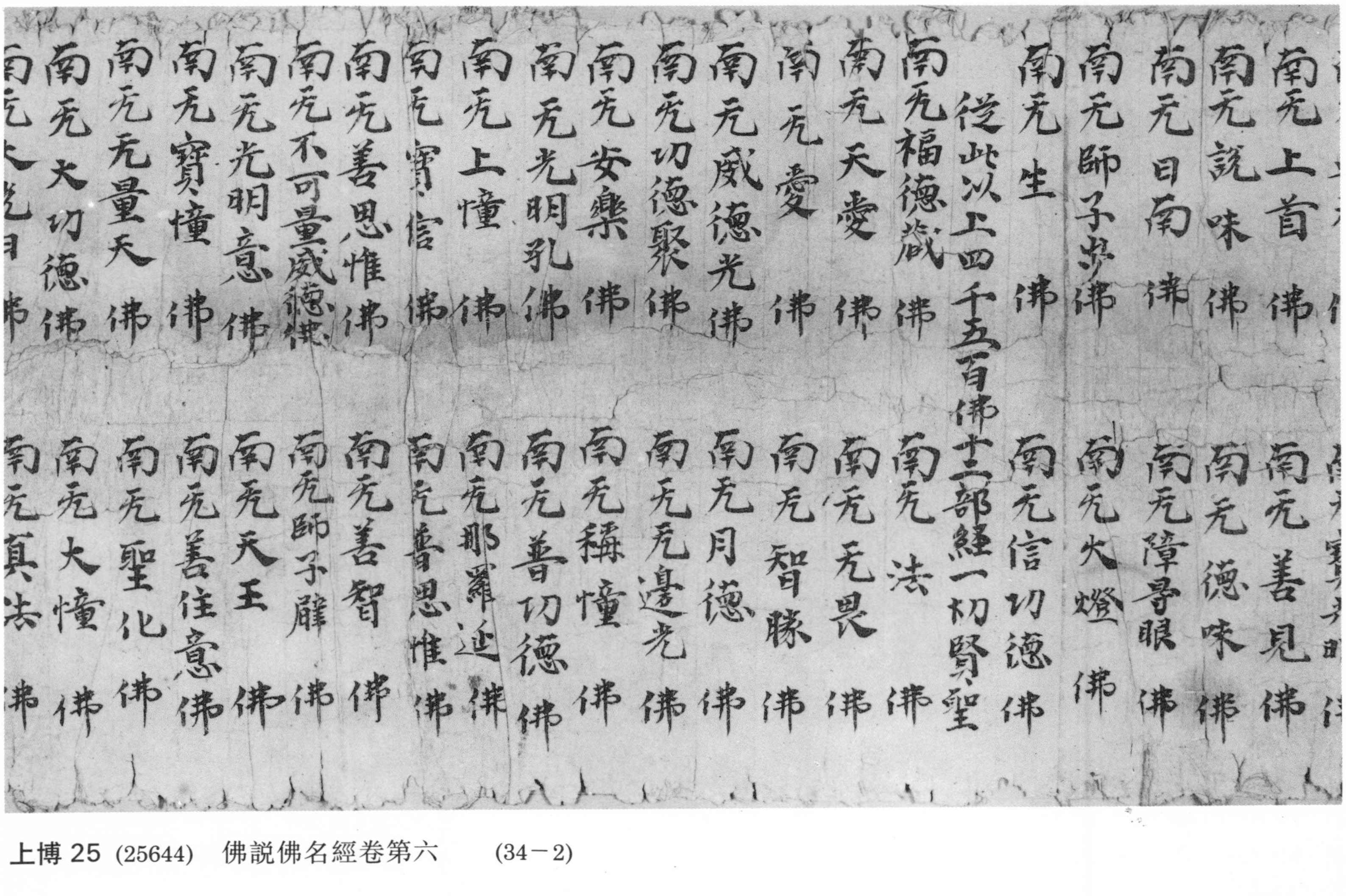

南无上首佛 南无善見佛
南无說味佛 南无德味佛
南无日南佛 南无障导眼佛
南无師子步佛 南无火燈佛
南无生佛 南无信功德佛
從此以上四千五百佛十二部經一切賢聖
南无福德藏佛 南无法佛
南无天愛佛 南无无畏佛
南无愛佛 南无智勝佛
南无威德光佛 南无月德佛
南无功德聚佛 南无无邊光佛
南无安樂佛 南无稱幢佛
南无光明乳佛 南无普功德佛
南无上幢佛 南无那羅延佛
南无實信佛 南无善思惟佛
南无善思惟佛 南无善智佛
南无不可量威德佛 南无師子[illegible]佛
南无光明意佛 南无天王佛
南无寶幢佛 南无善住意佛
南无无量天佛 南无聖化佛
南无大功德佛 南无大幢佛
南无真法佛

上博 25 (25644) 佛說佛名經卷第六 (34－2)

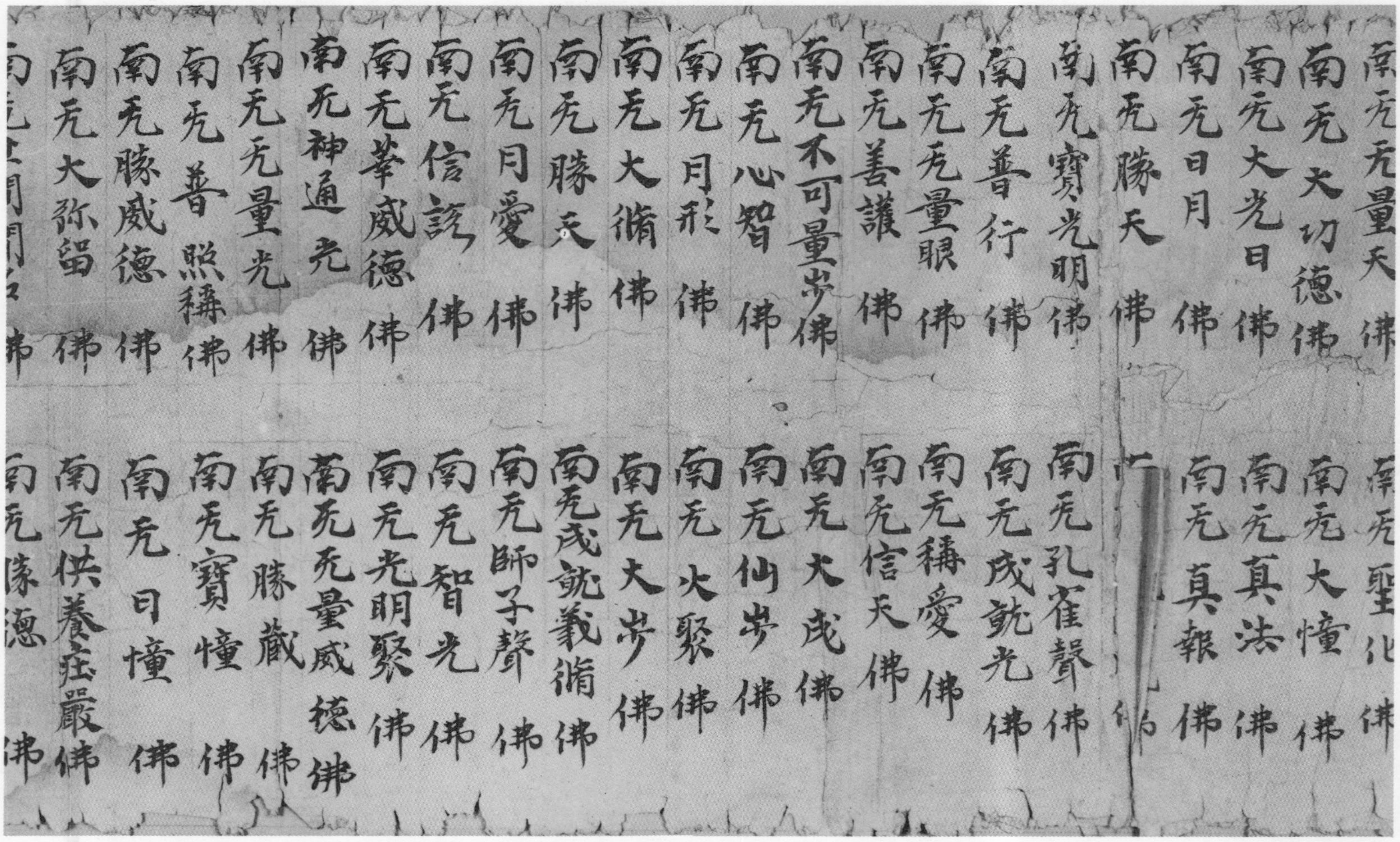

南无无量天佛　南无聖化佛
南无大功德佛　南无大幢佛
南无大光日佛　南无真法佛
南无日月佛　南无真報佛
南无勝天佛　[illegible]佛
南无寶光明佛　南无孔雀聲佛
南无善行佛　南无成就光佛
南无无量眼佛　南无稱愛佛
南无善護佛　南无信天佛
南无不可量步佛　南无大成佛
南无心智佛　南无仙步佛
南无月形佛　南无火聚佛
南无大脩佛　南无大步佛
南无勝天佛　南无成就義脩佛
南无月愛佛　南无師子聲佛
南无信說佛　南无智光佛
南无華威德佛　南无光明聚佛
南无神通光佛　南无无量威德佛
南无无量光佛　南无勝藏佛
南无普照稱佛　南无寶幢佛
南无勝威德佛　南无日幢佛
南无大彌留佛　南无供養莊嚴佛
南无上聞[illegible]佛　南无勝德[illegible]佛

上博 25 (25644)　佛說佛名經卷第六　(34－3)

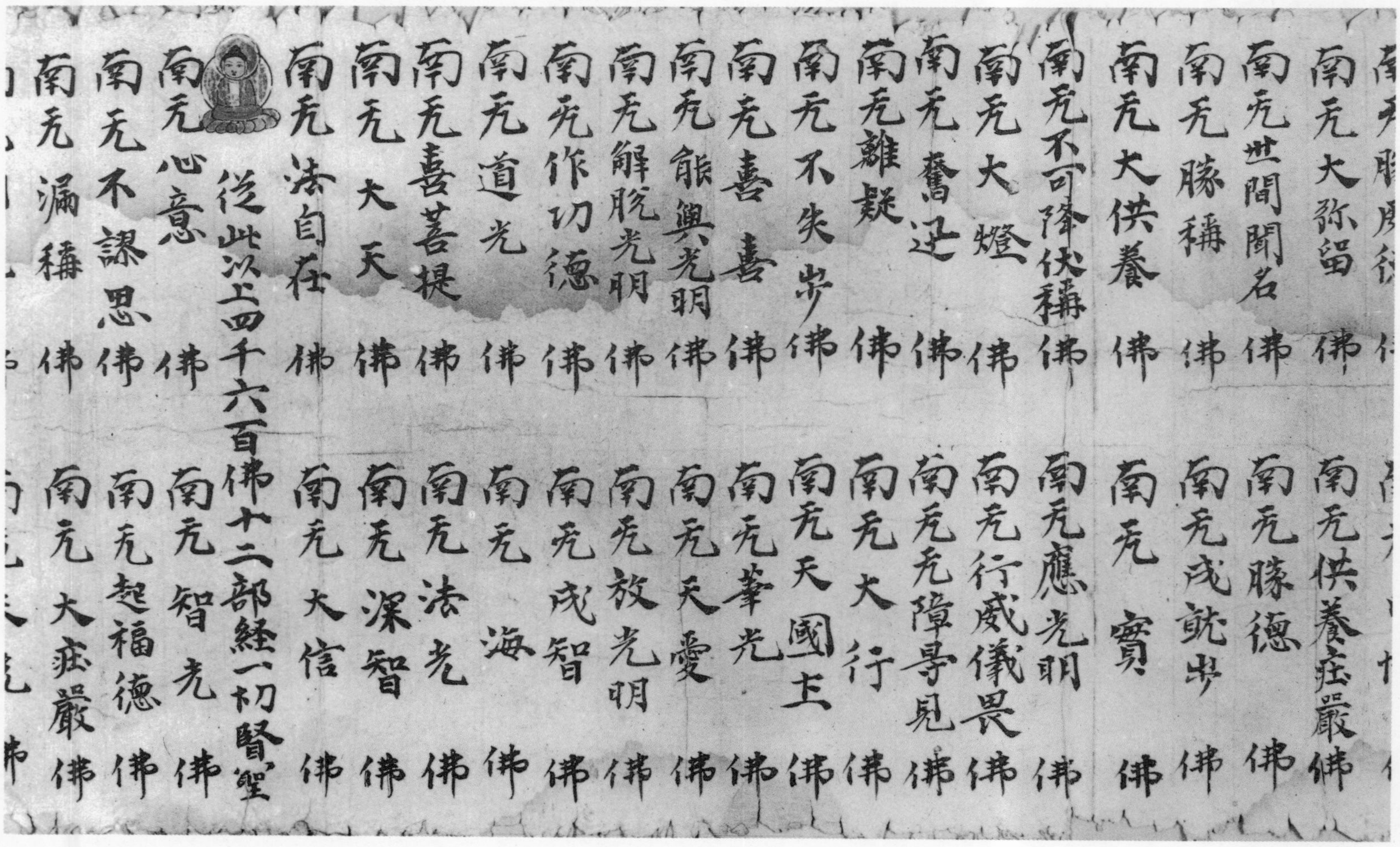

南无[illegible]佛　[illegible]
南无大彌留佛　南无供養莊嚴佛
南无世間聞名佛　南无勝德佛
南无勝稱佛　南无成就步佛
南无大供養佛　南无寶佛
南无不可降伏稱佛　南无應光明佛
南无大燈佛　南无行威儀畏佛
南无奮迅佛　南无无障导見佛
南无離疑佛　南无大行佛
南无不失步佛　南无天國土佛
南无喜喜佛　南无華光佛
南无能與光明佛　南无天愛佛
南无解脫光明佛　南无放光明佛
南无作功德佛　南无成智佛
南无道光佛　南无海佛
南无喜菩提佛　南无法光佛
南无大天佛　南无深智佛
南无法自在佛　南无大信佛
從此以上四千六百佛十二部經一切賢聖
南无心意佛　南无智光佛
南无不謀思佛　南无起福德佛
南无漏稱佛　南无大莊嚴佛
[illegible]

上博 25 (25644)　佛說佛名經卷第六　(34－4)

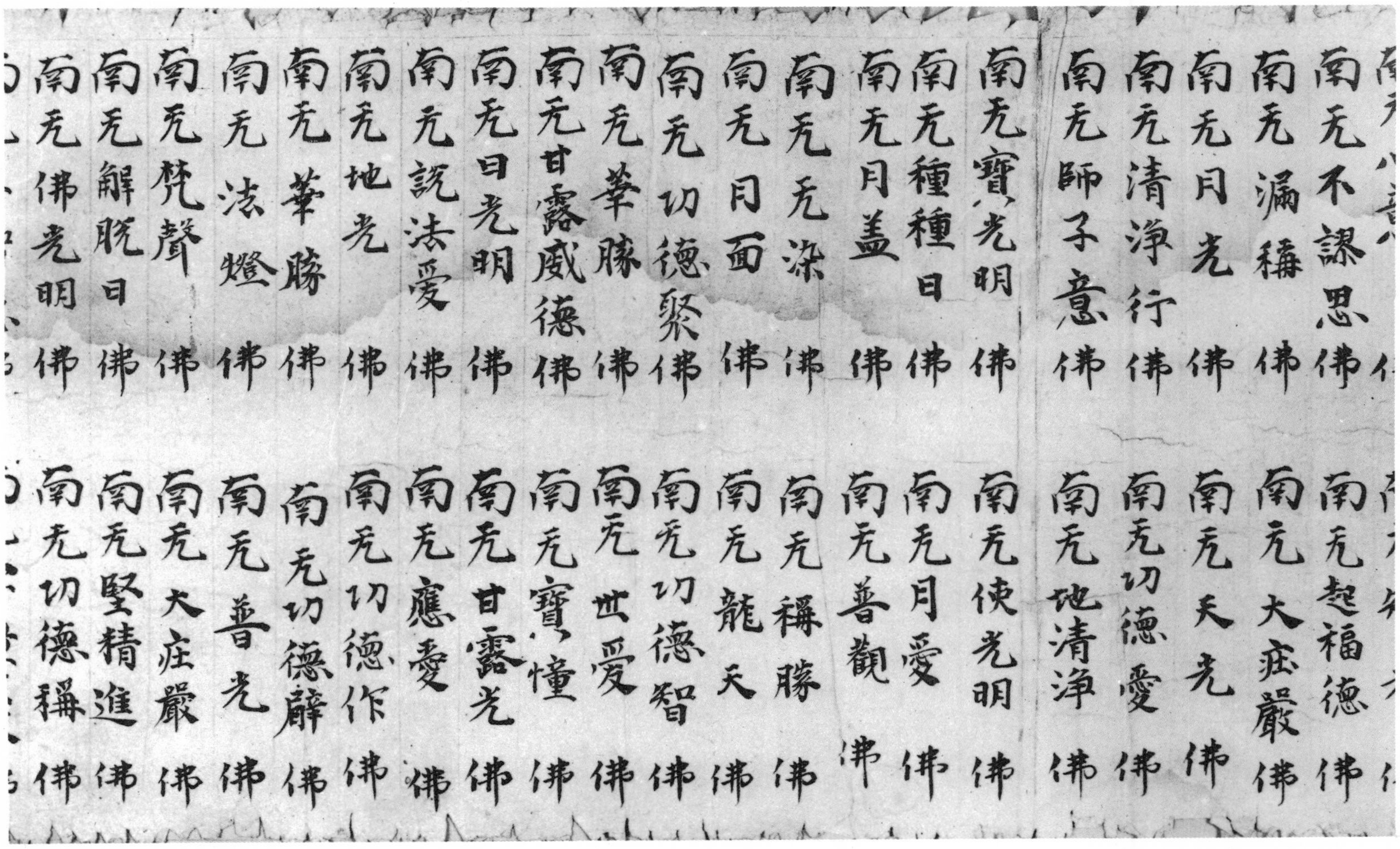

南无不謀思佛　南无起福德佛
南无漏稱佛　南无大莊嚴佛
南无月光佛　南无天光佛
南无清淨行佛　南无功德愛佛
南无師子意佛　南无地清淨佛
南无寶光明佛　南无使光明佛
南无種種日佛　南无月愛佛
南无月蓋佛　南无普觀佛
南无无染佛　南无稱勝佛
南无日面佛　南无龍天佛
南无功德聚佛　南无功德智佛
南无華勝佛　南无世愛佛
南无甘露威德佛　南无寶幢佛
南无日光明佛　南无甘露光佛
南无說法愛佛　南无應愛佛
南无地光佛　南无功德作佛
南无華勝佛　南无功德辭佛
南无法燈佛　南无普光佛
南无梵聲佛　南无大莊嚴佛
南无解脫日佛　南无堅精進佛
南无佛光明佛　南无功德稱佛

上博 25 (25644)　佛說佛名經卷第六　(34－5)

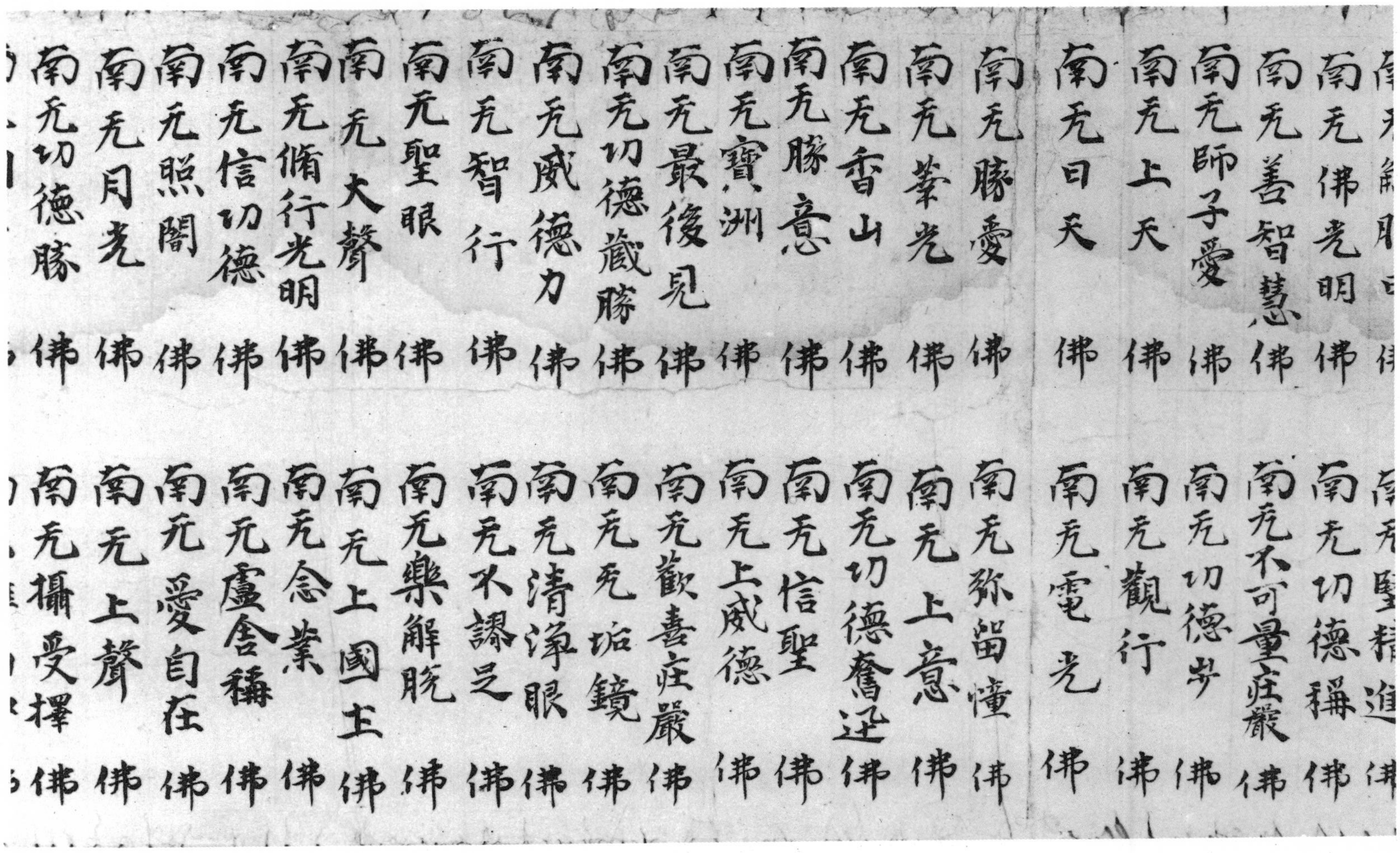

南无佛光明佛　南无功德稱佛
南无善智慧佛　南无不可量莊嚴佛
南无師子愛佛　南无功德步佛
南无上天佛　南无觀行佛
南无日天佛　南无電光佛
南无勝愛佛　南无弥留幢佛
南无華光佛　南无上意佛
南无香山佛　南无功德奮迅佛
南无勝意佛　南无信聖佛
南无寶洲佛　南无上威德佛
南无最後見佛　南无歡喜莊嚴佛
南无功德藏勝佛　南无无垢鏡佛
南无威德力佛　南无清淨眼佛
南无智行佛　南无不謬是佛
南无聖眼佛　南无樂解脫佛
南无大聲佛　南无上國土佛
南无脩行光明佛　南无念業佛
南无信功德佛　南无盧舍稱佛
南无照闇佛　南无愛自在佛
南无月光佛　南无上聲佛
南无功德勝佛　南无攝受擇佛

上博 25 (25644)　佛說佛名經卷第六　(34－6)

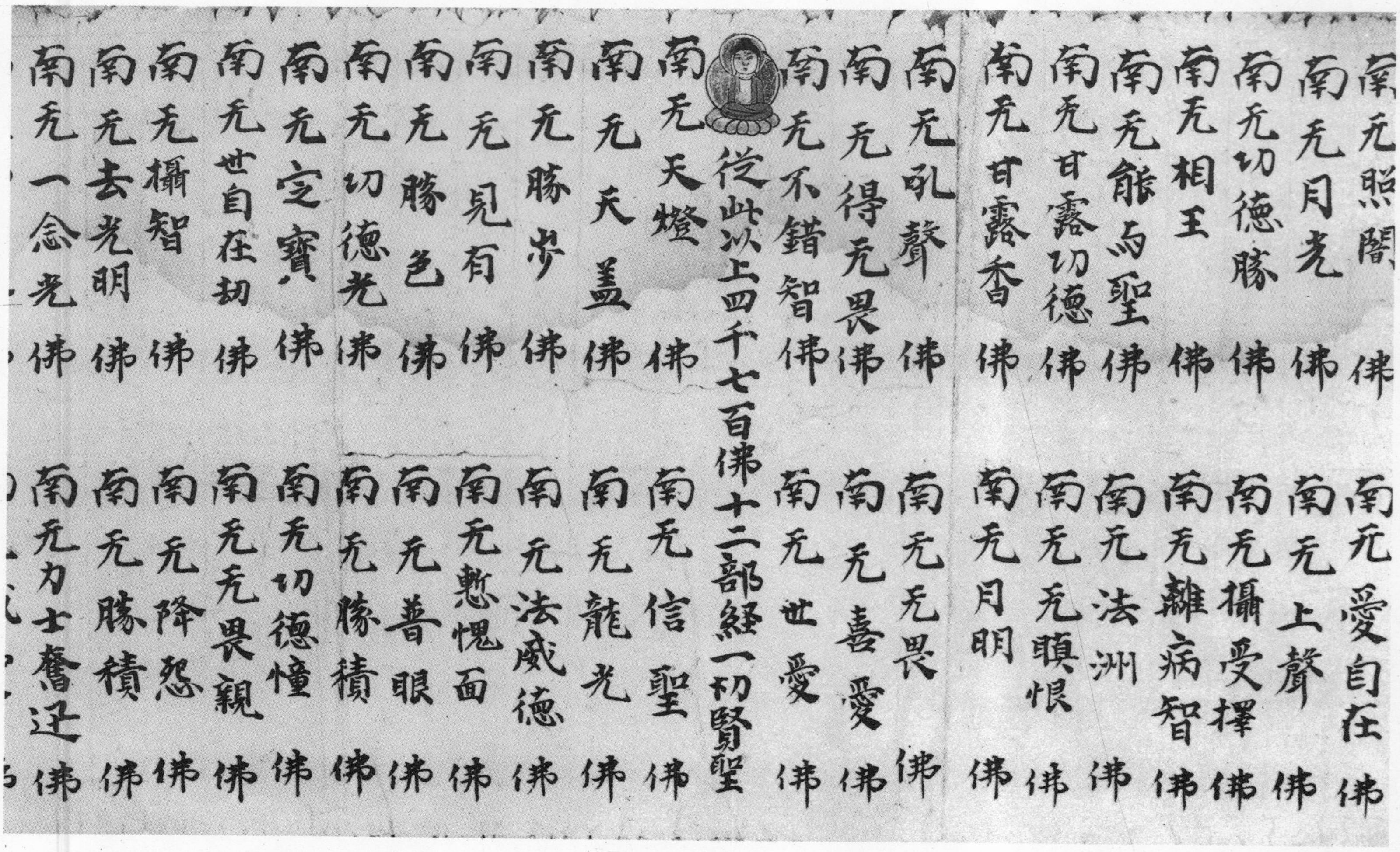

南无照闇佛　南无愛自在佛
南无月光佛　南无上聲佛
南无切德勝佛　南无攝受擇佛
南无相王佛　南无離病智佛
南无能為聖佛　南无法洲佛
南无甘露切德佛　南无无瞋恨佛
南无甘露香佛　南无月明佛
南无吼聲佛　南无无畏佛
南无得无畏佛　南无喜愛佛
南无不錯智佛　南无世愛佛
從此以上四千七百佛十二部經一切賢聖
南无天燈佛　南无信聖佛
南无天蓋佛　南无龍光佛
南无勝步佛　南无法威德佛
南无見有佛　南无慙愧面佛
南无勝色佛　南无善眼佛
南无切德光佛　南无勝積佛
南无定寶佛　南无切德幢佛
南无世自在切佛　南无无畏親佛
南无攝智佛　南无降怨佛
南无去光明佛　南无勝積佛
南无一念光佛　南无力士奮迅佛

上博 25 (25644)　佛說佛名經卷第六　(34－7)

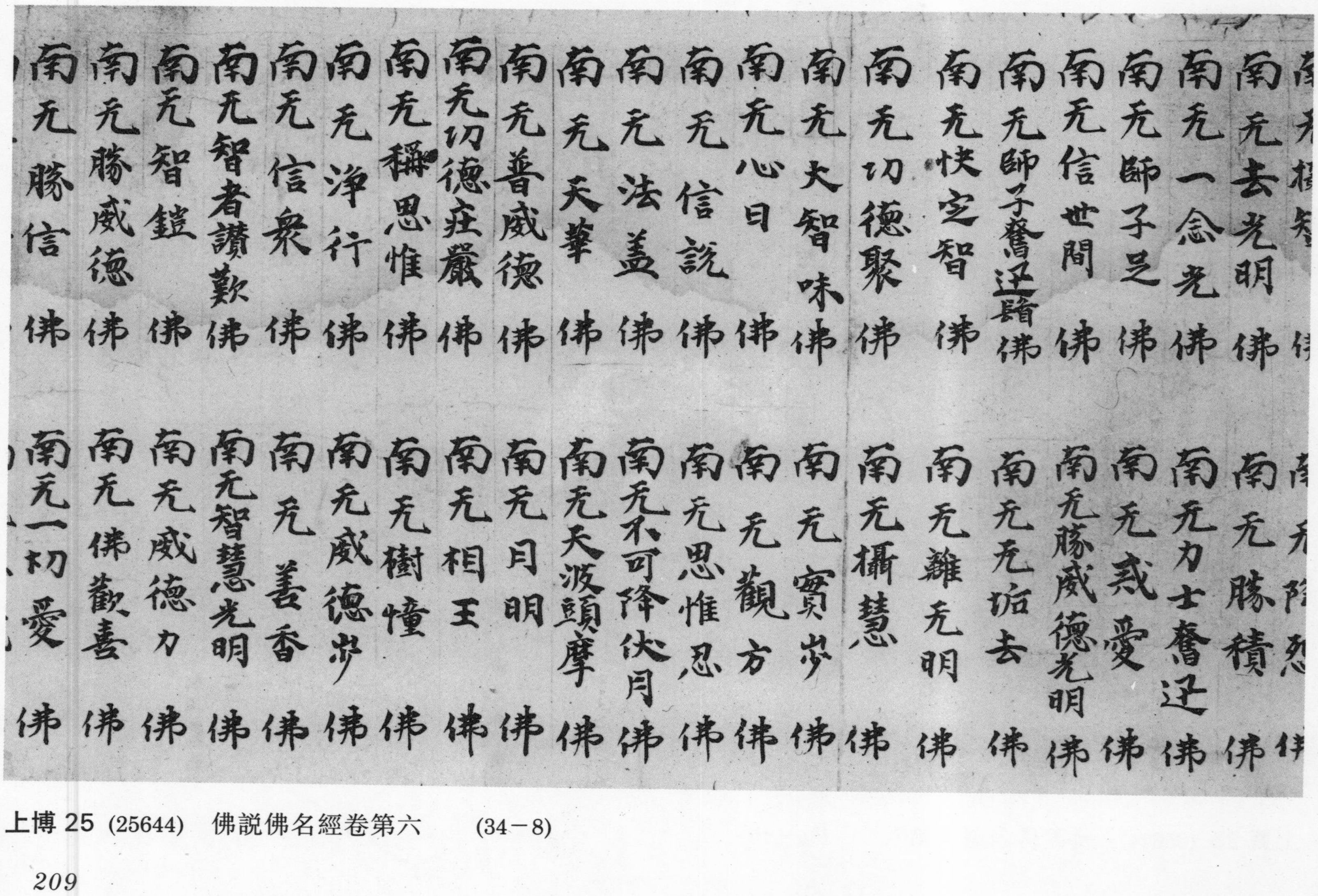

南无攝智佛　南无降怨佛
南无去光明佛　南无勝積佛
南无一念光佛　南无力士奮迅佛
南无師子足佛　南无戒愛佛
南无信世間佛　南无勝威德光明佛
南无師子奮迅踊佛　南无无垢去佛
南无快定智佛　南无離无明佛
南无切德聚佛　南无攝慧佛
南无大智味佛　南无寶步佛
南无心日佛　南无觀方佛
南无信說佛　南无思惟思佛
南无法蓋佛　南无不可降伏月佛
南无天華佛　南无天波頭摩佛
南无善威德佛　南无月明佛
南无切德莊嚴佛　南无相王佛
南无稱思惟佛　南无樹幢佛
南无淨行佛　南无威德步佛
南无信衆佛　南无善香佛
南无智者讚歎佛　南无智慧光明佛
南无智鎧佛　南无威德力佛
南无勝威德佛　南无佛歡喜佛
南无勝信佛　南无一切愛佛

上博 25 (25644)　佛說佛名經卷第六　(34－8)

南无勝威德佛　南无佛歡喜佛
南无勝信佛　南无一切愛佛
南无離諸佛　南无思義佛
南无大高佛　南无聖人面佛
南无黠慧信佛　南无攝菩提佛
南无妙聲佛　南无大威德佛
南无樂師子佛　南无普寶佛
南无一切世愛佛　南无分金剛佛
南无師子聲佛　南无過大佛
南无道師佛　南无人月佛
南无大莊嚴佛　南无日光佛
南无快佛　南无普摩尼香佛
南无寂行佛　南无攝稱佛
南无梵供養佛　南无大吼佛
南无應供佛　南无黠慧信佛
南无无量願佛　南无世光佛
南无見忍佛　南无大華佛
南无有我佛　南无如意佛
南无善蓋提根佛　南无地得佛
南无天德佛　南无不怯弱聲佛
南无普現佛　南无月光明佛

上博 25 (25644)　佛説佛名經卷第六　(34－9)

南无天德佛　南无不怯弱聲佛
南无普現佛　南无月光明佛
南无勝信佛　南无决定色佛

從此以上四千八百佛十二部經一切賢聖
南无方便心佛　南无智味佛
南无切德信佛　南无難降伏佛
南无普見佛　南无月光明佛
南无月蓋佛　南无世福佛
南无信供養佛　南无衆勝佛
南无善蓋佛　南无慚愧佛
南无能觀佛　南无師子聲佛
南无丈行佛　南无普信佛
南无器聲佛　南无勝愛佛
南无普行佛　南无普智佛
南无大奮迅佛　南无月幢佛
南无堅行佛　南无天供養佛
南无能驚怖佛　南无勝稱佛
南无成就一切功德佛　南无堅固佛
南无甘露光佛　南无大聲佛
南无高聲佛　南无大力佛
南无大畫佛　南无信甘露佛
南无行菩提佛　南无蒙深思惟佛

上博 25 (25644)　佛説佛名經卷第六　(34－10)

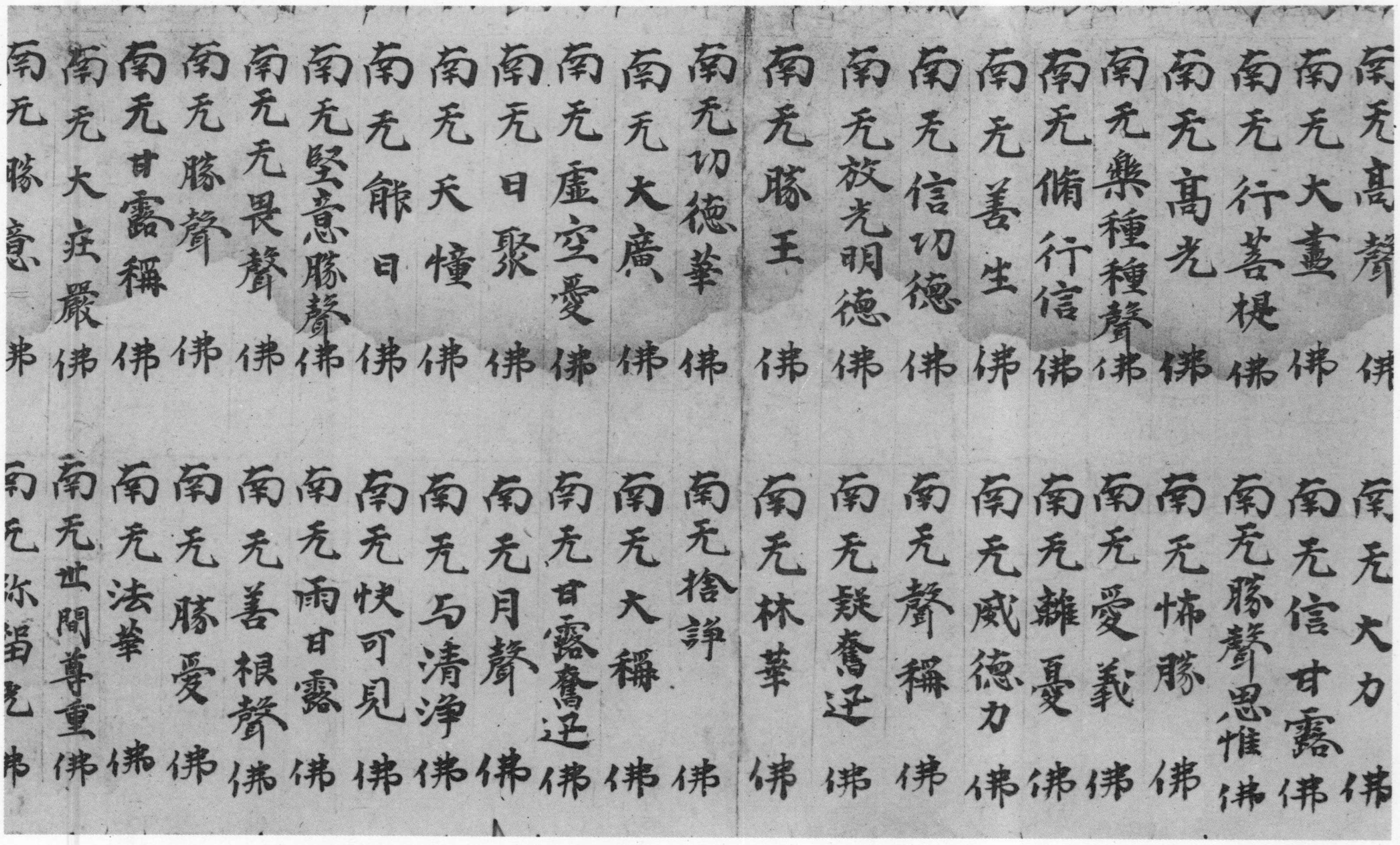
南无高聲佛　南无大力佛
南无大畫佛　南无信甘露佛
南无行菩提佛　南无勝聲思惟佛
南无高光佛　南无怖勝佛
南无樂種種聲佛　南无愛義佛
南无脩行信佛　南无離憂佛
南无善生佛　南无威德力佛
南无信功德佛　南无聲稱佛
南无放光明德佛　南无疑奮迅佛
南无勝王佛　南无林華佛
南无功德華佛　南无捨諍佛
南无大廣佛　南无大稱佛
南无虛空愛佛　南无甘露奮迅佛
南无日聚佛　南无月聲佛
南无天幢佛　南无与清淨佛
南无能日佛　南无快可見佛
南无堅意勝聲佛　南无雨甘露佛
南无无畏聲佛　南无善根聲佛
南无勝聲佛　南无勝愛佛
南无甘露稱佛　南无法華佛
南无大莊嚴佛　南无世間尊重佛

上博 25 (25644)　佛說佛名經卷第六　　(34－11)

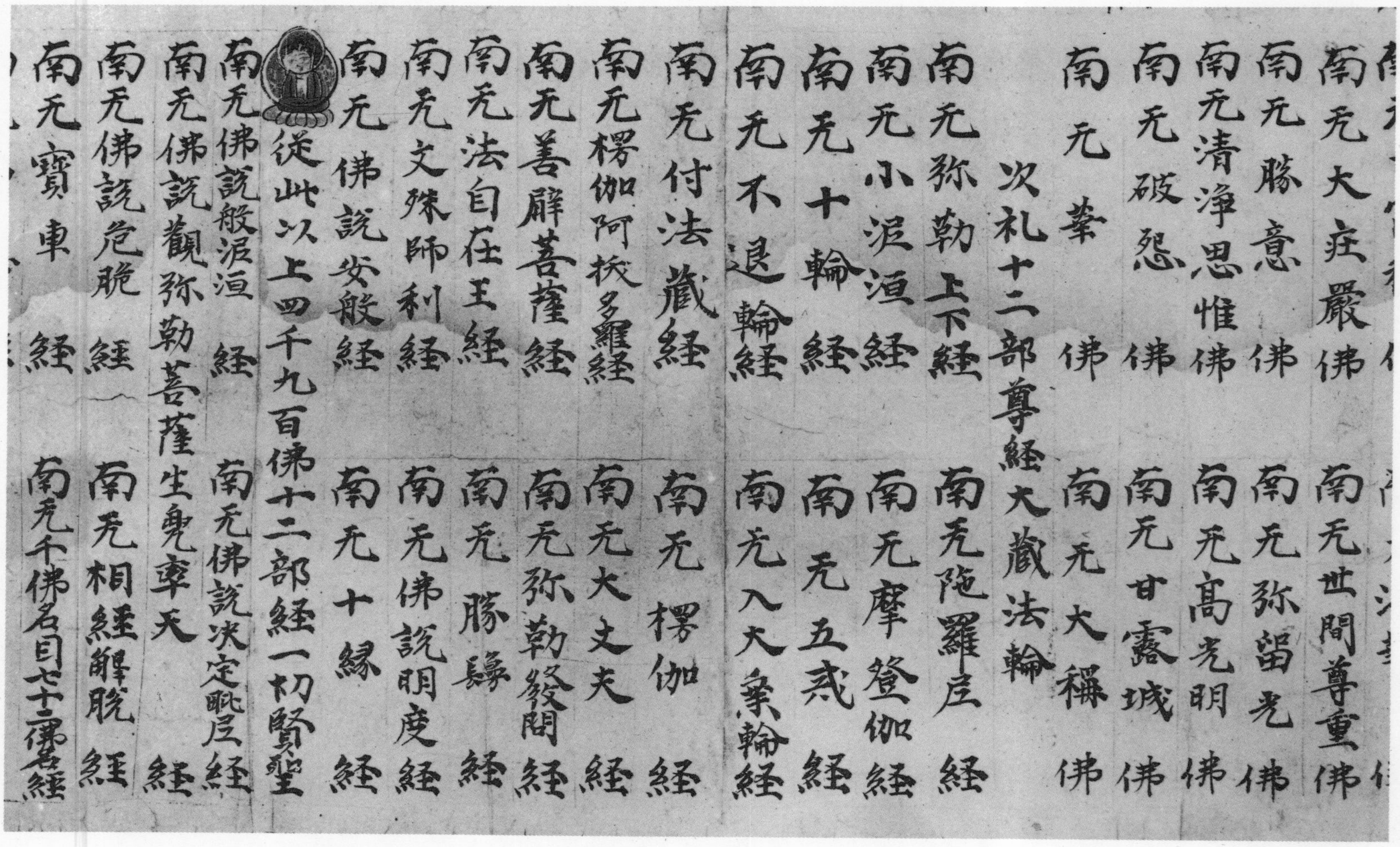
南无大莊嚴佛　南无世間尊重佛
南无勝意佛　南无弥留光佛
南无清淨思惟佛　南无高光明佛
南无破惡佛　南无甘露城佛
南无華佛　南无大稱佛
次礼十二部尊經大藏法輪
南无弥勒上下經　南无陁羅尼經
南无小泥洹經　南无摩登伽經
南无十輪經　南无五戒經
南无不退輪經　南无入大乘輪經
南无付法藏經　南无楞伽經
南无楞伽阿抜多羅經　南无大丈夫經
南无善辟菩薩經　南无弥勒發問經
南无法自在王經　南无勝緣經
南无文殊師利經　南无佛說明度經
南无佛說安般經　南无十緣經
從此以上四千九百佛十二部經一切賢聖
南无佛說般泥洹經　南无佛說決定毗尼經
南无佛說觀弥勒菩薩生兜率天經
南无佛說危脆經　南无相經解脫經
南无寶車經　南无千佛名目七十二佛名經

上博 25 (25644)　佛說佛名經卷第六　　(34－12)

南无佛説觀彌勒菩薩生兜率天經

南无佛説危脆經　南无相續解脫經

南无寶車經　南无千佛名曰七十二佛名經

南无僧忍經

次礼十方諸大菩薩

南无日藏菩薩　南无不歎意菩薩

南无觀世音菩薩　南无滿尸利菩薩

南无執寶印菩薩　南无常擧手菩薩

南无彌勒菩薩　南无敬首菩薩

南无覺首菩薩　南无寶首菩薩

南无惠首菩薩　南无德首菩薩

南无目首菩薩　南无明首菩薩

南无法首菩薩　南无智首菩薩

南无賢首菩薩　南无法慧菩薩

南无功德林菩薩　南无金剛幢菩薩

南无金剛藏菩薩　南无善才童子菩薩

南无轉不退法輪菩薩　南无發心即轉法輪菩薩

南无離垢淨菩薩　南无除諸蓋菩薩

南无示威儀見皆愛喜菩薩　南无妙相嚴淨王意菩薩

南无不誑一切衆生菩薩　南无無量功德海意菩薩

南无諸根常定不亂菩薩　南无寶意菩薩

次礼聲聞緣覺一切賢聖

上博 25 (25644)　佛説佛名經卷第六　(34－13)

南无諸根常定不亂菩薩　南无寶意菩薩

次礼聲聞緣覺一切賢聖

南无阿利多辟支佛　南无婆利多辟支佛

南无多伽樓辟支佛　南无稱辟支佛

南无見辟支佛　南无愛見辟支佛

南无覺辟支佛　南无乾陁羅辟支佛

南无妻辟支佛　南无梨沙婆辟支佛

礼三寶已次復懺悔

已懺煩惱障已懺悔業障所餘報障今當次第披

陳懺悔經中説言業報至時非空非海中非入山石

間无有地方所脫之无不受報唯有懺悔力乃能得

除滅何以知然釋提桓因五衰相見恐懼切心歸誠三

寶五相即滅得延天年如是等比經教所明其事非

一故知懺悔實能滅禍但凡夫之人若不值善友獎導

則靡惡不造致使大命將盡臨窮之際地獄惡相皆

現在前當尒之時懺悔交至不預脩善臨窮方悔後

将何及乎殃禍異處宿預嚴待當獨趣入遠到地獄

所住得前行入於火鑊身心摧碎精神痛苦如此之時欲

求一礼一懺豈復可得衆生等莫自恃盛年財寶勢

力懶惰懈怠放逸自恣死苦一至无問老少貧富貴

賤皆悉摩滅奄忽而至不令人知夫人命无常喻如朝

上博 25 (25644)　佛説佛名經卷第六　(34－14)

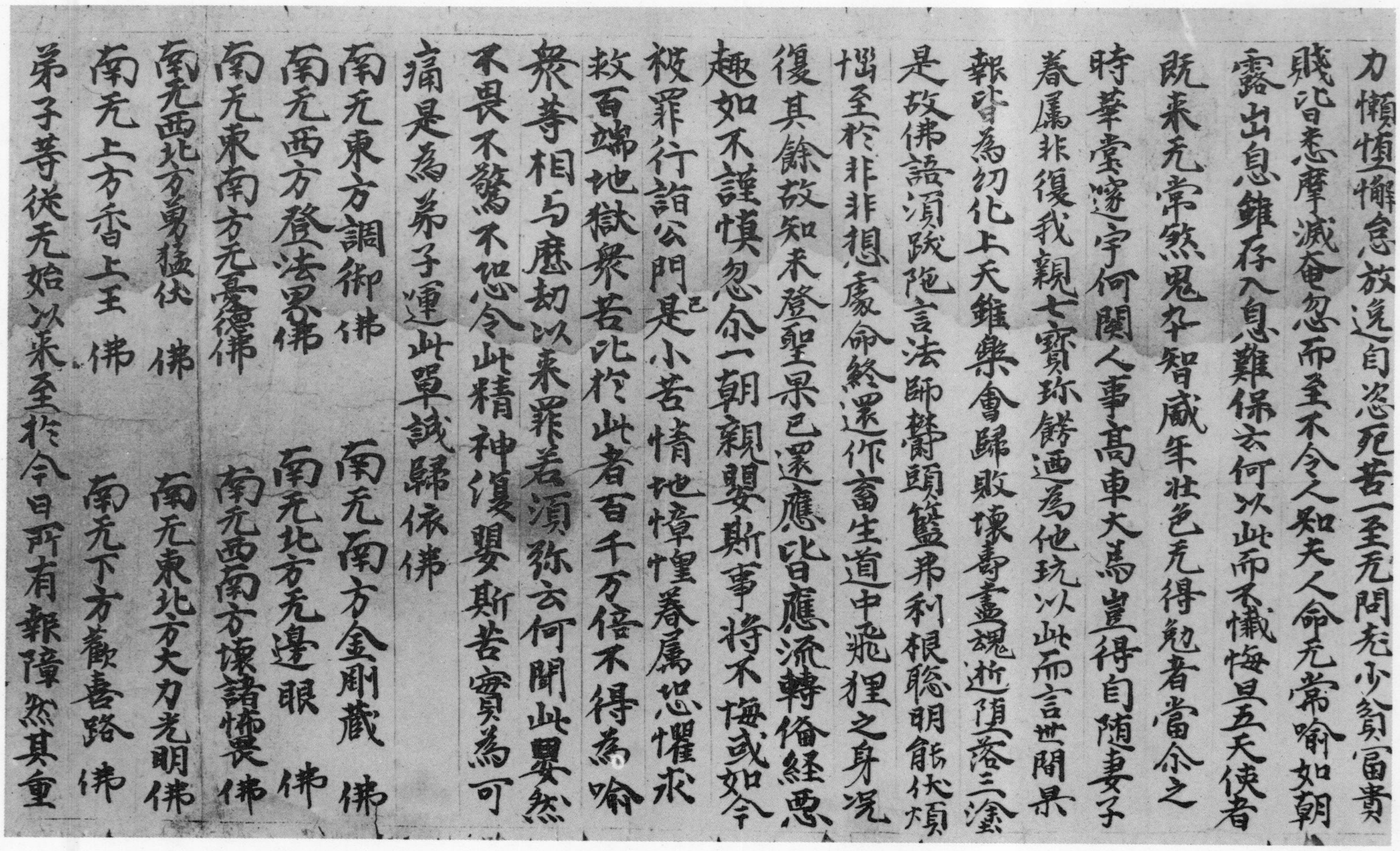
力懶墮懈怠放逸自恣死苦一至无間无少貧富貴
賤皆悉摩滅奄忽而至不令人知夫人命无常喻如朝
露出息雖存入息難保云何以此而不懺悔旦五天使者
既來无常煞鬼卒智蔵年壯色无得免者當尒之
時華堂邃宇何關人事高車大馬豈得自隨妻子
眷屬非復我親七寶珍饍迴為他玩以此而言世間果
報皆為幻化上天雖樂會歸敗壞壽盡魂逝墮落三塗
是故佛語須𧿹陁言法師鬱頭藍弗利根聰明能伏煩
惱至於非非想處命終還作畜生道中飛狸之身況
復其餘故知未登聖果已還應皆應流轉倫經惡
趣如不謹慎忽尒一朝親嬰斯事將不悔或如今
被罪行詣公門是已小苦情地慞惶眷屬恐懼求
救百端地獄衆苦比於此者百千万倍不得為喻
衆等相與歷劫以來罪若須弥云何聞此晏然
不畏不驚不怖令此精神復嬰斯苦實為可
痛是為弟子運此單誠歸依佛
南无東方調御佛　南无南方金剛蔵佛
南无西方登法界佛　南无北方无邊眼佛
南无東南方无憂德佛　南无西南方壊諸怖畏佛
南无西北方勇猛伏佛　南无東北方大力光明佛
南无上方香上王佛　南无下方歡喜路佛
弟子等從无始以來至於今日所有報障煞其重

上博 25 (25644)　佛說佛名經卷第六　(34－15)

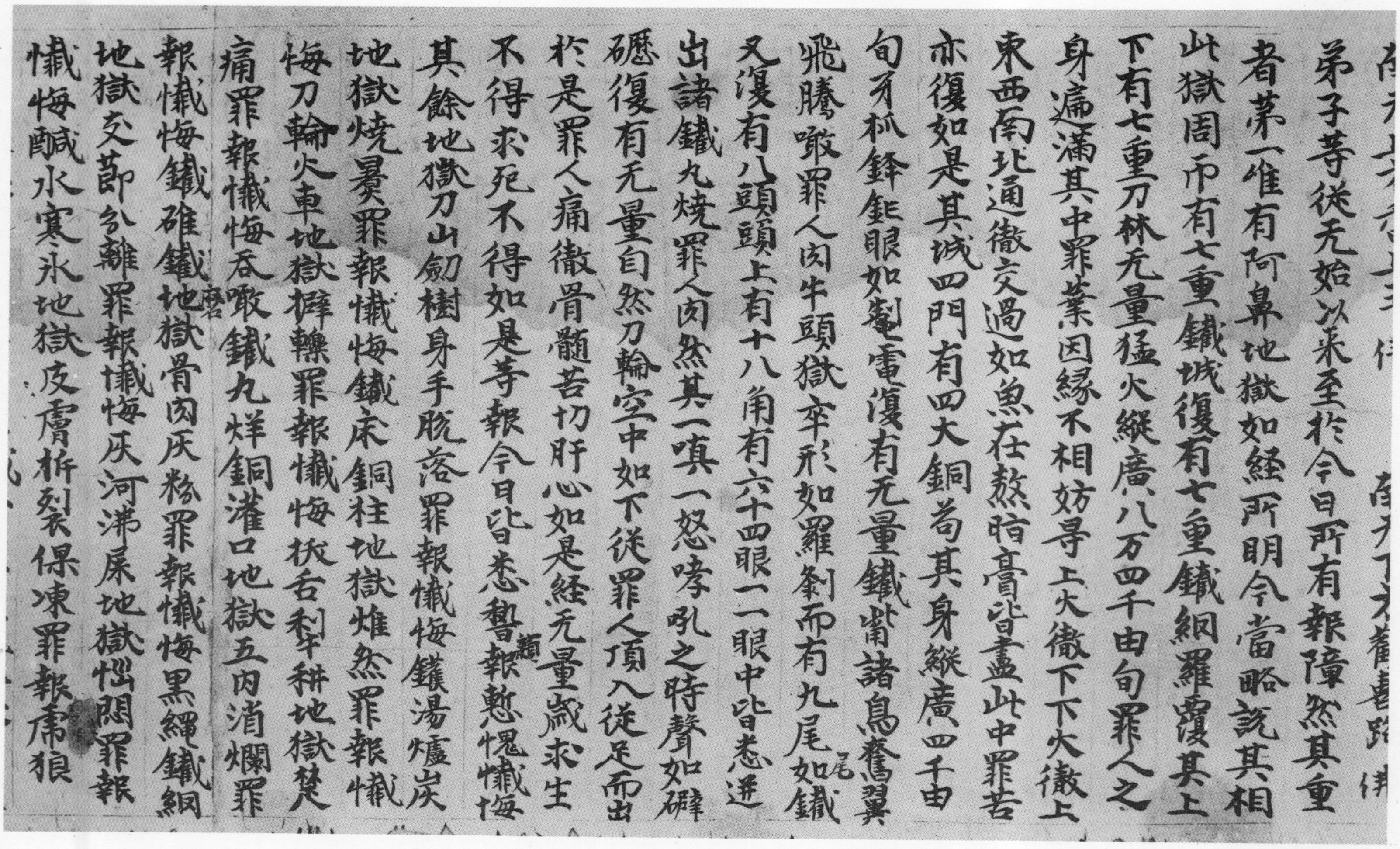
南无上方香上王佛　南无下方歡喜路佛
弟子等從无始以來至於今日所有報障煞其重
者第一唯有阿鼻地獄如經所明今當略說其相
此獄周帀有七重鐵城復有七重鐵網羅覆其上
下有七重刀林无量猛火縱廣八万四千由旬罪人之
身遍滿其中罪業因緣不相妨㝵上火徹下下火徹上
東西南北通徹交過如魚在熬脂膏皆盡此中罪苦
亦復如是其城四門有四大銅狗其身縱廣四千由
旬牙爪鋒鋸眼如掣電復有无量鐵嘴諸鳥奮翼
飛騰噉罪人肉牛頭獄卒形如羅剎而有九尾如鐵
又復有八頭頭上有十八角有六十四眼一一眼中皆悉迸
出諸鐵丸燒罪人肉然其一嗔一怒哮吼之時聲如礔
礰復有无量自然刀輪空中如下從罪人頂入從足而出
於是罪人痛徹骨髓苦切肝心如是經无量歲求生
不得求死不得如是等報今日皆悉誓報慙愧懺悔
其餘地獄刀山劍樹身手脫落罪報懺悔鑊湯爐炭
地獄燒煮罪報懺悔鐵床銅柱地獄焦然罪報懺
悔刀輪火車地獄擗轢罪報懺悔拔舌犂耕地獄楚
痛罪報懺悔吞噉鐵丸烊銅灌口地獄五内消爛罪
報懺悔鐵碓鐵磨地獄骨肉灰粉罪報懺悔黑繩鐵網
地獄交節分離罪報懺悔灰河沸屎地獄惱悶罪報
懺悔醎水寒氷地獄皮膚拆裂保凍罪報虎狼

上博 25 (25644)　佛說佛名經卷第六　(34－16)

地獄交蔄分離罪報懺悔屎河沸屎地獄怳恩罪報
懺悔醎水寒氷地獄皮膚析裂保凍罪報虎狼
鷹犬地獄更相殘害罪報懺悔刀兵距地地獄更相摶
撮斫剉罪報懺悔火坑地獄炮炙罪報懺悔雨石相磓地
獄形骸破碎罪報懺悔衆合黑耳地獄解剔罪懺悔闇
冥肉山地獄斬剉罪報解釘身地獄斷截罪報懺悔
鐵棒倒懸地獄屠割罪報懺悔燋熱叫喚地獄煩寃
罪報懺悔大小鐵圍山閒長夜冥冥不識三光罪報
懺悔阿波波地獄阿婆婆地獄阿吒吒地獄阿羅羅
地獄如是八寒八熱一切諸地獄一一獄中復有八万四千
鬲子地獄以爲眷屬此中罪苦炮㬥楚痛剥皮稀肉
削骨打髓抽腸拔肺无量諸苦不可聞不可說
南无佛南无佛今日在此中者或是无始以来多生父母
一切眷屬我等相與命之後或當復墮如此獄中今
日洗心罩剋叩頭礬顙向十方佛大地菩薩求哀懺
悔令此一切報障畢竟消滅
願弟子承是懺悔地獄等報所生功德即時破壞阿
鼻鐵城悉與淨土无惡道名其餘地獄一切並具
轉爲樂緣刀山劍樹變成寶林鑊湯爐炭蓮花
化生牛頭獄卒除捨暴虐皆起慈悲无有惡念地
獄衆生得離苦果更不造因等受安樂如第三禪一
時俱發无上道心 礼一拜
南无安隱恩 佛

上博 25 (25644) 佛說佛名經卷第六 (34－17)

時俱發无上道心 礼一拜
南无安隱恩 佛　南无道威德 佛
南无清淨心 佛　南无天供養 佛
南无度沮 佛　南无離有 佛
南无法華 佛　南无大勝 佛
南无可樂光明 佛　南无火光 佛
南无見愛 佛　南无光明愛 佛
南无喜聲 佛　南无大施德 佛
南无寶步 佛　南无无滯导智 佛
南无得威德 佛　南无月藏 佛
南无淨光明 佛　南无大莊嚴 佛
南无得樂自在 佛　南无妙光明 佛
南无寂光 佛　南无離疑 佛
南无无過智慧佛　南无成就行 佛
南无清淨身 佛　南无无畏愛 佛
南无稱乳 佛　南无大乳 佛
南无善思 佛　南无大思 佛
南无清淨色 佛　南无大奮迅 佛
南无樂眼 佛　南无命清淨 佛
南无行清淨 佛　南无離熱智 佛

從此以上五千佛十二部經一切賢聖
南无應橋 佛　南无善集智 佛

上博 25 (25644) 佛說佛名經卷第六 (34－18)

南无行清淨佛　南无離熱智佛

從此以上五千佛十二部經一切賢聖
南无應橋佛　南无善集智佛
南无普信佛　南无設尸威德佛
南无不死戌佛　南无不讓聲佛
南无化日佛　南无善住思惟佛
南无高信佛　南无須摩那光明佛
南无光明力佛　南无切德布佛
南无法俱枸蘇摩佛　南无淨威德佛
南无淨行佛　南无天色心佛
南无力佛　南无普觀佛
南无梵供養佛　南无聖華佛
南无虛空佛　南无降伏欝弥佛
南无無辟智佛　南无降伏刺佛
南无降伏城佛　南无應愛佛
南无一切德佛　南无平等勿思佛
南无不怯弱心佛　南无精進信佛
南无高光明佛　南无聞智佛
南无無尋心聲佛　南无無畏光佛
南无甘露聲佛　南无種種日佛
南无勝點慧佛　南无不可脩敬佛

上博 25 (25644)　佛說佛名經卷第六　(34－19)

南无甘露聲佛　南无種種日佛
南无勝黠慧佛　南无不可脩敬佛
南无德王佛　南无讃根佛
南无禪解脫佛　南无大威德佛
南无旃檀香佛　南无見信佛
南无妙橋梁佛　南无可觀佛
南无不可量智佛　南无千日威德佛
南无捨重擔佛　南无稱信佛
南无諸方聞佛　南无自在佛
南无無邊智佛　南无無垢光佛
南无甘露信佛　南无妙眼佛
南无解脫行佛　南无可樂見佛
南无高光明佛　南无大聲佛
南无大威德聚佛　南无光明幢佛
南无應供養佛　南无福德威德積佛
南无信相佛　南无大炎佛
南无應信佛　南无善住思惟佛
南无須提他佛　南无智作佛
南无普寶佛　南无日光佛
南无說提他佛　南无厭眼佛
南无師子身佛　南无稱親光佛
南无清淨聲佛　南无善樂佛

上博 25 (25644)　佛說佛名經卷第六　(34－20)

南无諦提他佛　南无灰眼佛
南无師子身佛　南无稱親光佛
南无清淨聲佛　南无普樂佛
南无寂靜增上佛　南无寶威德佛
南无善成德供養佛　南无七光佛
南无世間尊佛　南无善行淨佛
南无菩提他威德佛　南无應眼佛
南无大步佛　南无成義佛
南无安隱愛佛　南无天摩抳多佛
南无捨湧流佛　南无捨寶佛
南无智滿佛　南无橋佛
南无解脫賢佛　南无衆步佛
南无光明威德佛　南无慈力佛
南无月勝佛　南无寂光佛

從次以上五千一百佛十二部經一切賢聖
南无愛眼佛　南无睒尸羅聲佛
南无不死色佛　南无樂法佛
南无大月佛　南无无障礙聲佛
南无切德奮迅佛　南无不死華佛
南无平等見佛　南无大月佛
南无切德味佛　南无十光佛
南无種種華佛　南无龍德佛

上博 25 (25644)　佛説佛名經卷第六　(34－21)

南无種種華佛　南无龍德佛
南无雲聲佛　南无切德步佛
南无思切德佛　南无大聲佛
南无了聲佛　南无遠離惡處佛
南无天華佛　南无快眼佛
南无然燈佛　南无離癡行佛
南无堅固希佛　南无捨耶佛
南无相華佛　南无不可思議光明佛
南无普賢佛　南无月妙佛
南无樂德佛　南无清淨聲佛
南无勝慧佛　南无賢光佛
南无堅固華佛　南无光明意佛
南无福德佛　南无意成就佛
南无樂解脫佛　南无離濁河佛
南无調怨佛　南无不去捨佛
南无甘露光明佛
南无樂聲佛　南无不可量眼佛
南无快脩行佛　南无妙高光佛
南无集切德佛　南无可樂佛
南无大心佛　南无天信佛
南无思惟甘露佛　南无黠慧佛

上博 25 (25644)　佛説佛名經卷第六　(34－22)

南无大心佛　南无天信佛
南无思惟甘露佛　南无黠慧佛
南无勝燈佛　南无堅意佛
南无力步佛　南无蓮華葉眼佛
南无大髻佛　南无不随他佛
南无无畏行佛　南无不怯弱佛
南无離憂闇佛　南无過潮佛
南无月光佛　南无心勇猛佛
南无解脱慧佛　南无不取捨佛
南无薝蔔燈佛　南无勝火佛
南无善思意佛　南无勝威德色佛
南无信世間佛　南无妙慧佛
南无善喜信佛　南无華光佛
南无人華佛　南无善香佛
南无勝功德佛　南无種種華佛
南无高勝佛　南无虚空劫佛
南无天信佛　南无可敬橋佛
南无月光佛　南无大聚佛
南无寂力佛　南无智地佛
南无高意佛　南无山王智佛
南无快昇佛　南无妙身佛

上博 25 (25644)　佛説佛名經卷第六　(34－23)

南无快昇佛　南无妙身佛
南无勝親佛　南无離疑佛

從此以上五千二百佛一切賢聖
南无應行佛　南无勝香佛
南无勝行佛　南无脩行功德佛
南无大精進心佛　南无然光明佛
南无攝步佛　南无脩行深心佛
南无香希佛　南无香手佛
南无寂静智佛　南无妙心佛
南无功德莊嚴佛　南无增上行佛
南无智意佛　南无功德山清淨聲佛
南无攝集佛　南无妙信佛
南无月見佛　南无功德王光明佛
南无法不可力佛　南无離疑奮迅佛
南无稱王佛　南无攝諸根佛
南无上去佛　南无甘露光佛
南无甘露心佛　南无諸衆上佛
南无髻佛　南无不可降伏色佛
南无普信佛　南无莊嚴王佛
南无甘露日佛　南无勝燈佛
南无波頭上佛　南无寶藏佛

上博 25 (25644)　佛説佛名經卷第六　(34－24)

南无甘露日　佛　南无勝燈　佛
南无波頭上　佛　南无寶藏　佛
南无普光　佛　南无衆勝王　佛
南无善光明勝積王佛　南无善現　佛
南无善賢　佛　南无還華勝　佛
南无自在轉法王　佛　南无千世自在聲　佛
南无千善无垢聲自在王佛
南无離千无畏聲自在王佛
南无千无垢威德自在王佛
南无五百聲自在王佛
南无五百樂自在聲佛　南无日龍歡喜　佛
南无離畏稱王　佛　南无妙光幢　佛
南无離光聲　佛　南无稱自在聲　佛
南无妙法稱聲佛　南无稱妙法稱聲佛
南无勝藏稱王　佛　南无不可思議意王佛
南无寶幢　佛　南无火自在　佛
南无聖智自在幢勇猛王佛　南无不可思慧　佛
南无智藏　佛　南无智高幢　佛
南无智海王　佛　南无大精進聲自在王佛
南无弥留勝劫　佛
南无智顯脩自在種子善无垢吼自在王佛

上博 25 (25644)　佛説佛名經卷第六　(34－25)

南无弥留勝劫　佛
南无智顯脩自在種子善无垢吼自在王佛
南无降伏切德海王　佛　南无智成就力王　佛
南无勝道自在王佛　南无勝闇積自在　佛
南无華勝積智　佛　南无金剛師子　佛
南无成勝　佛　南无賢勝　佛
南无无邊光　佛　南无師子喜　佛
南无无盡智積　佛　南无寶行　佛
南无智波羅婆　佛　南无師子稱　佛
南无智切德王　佛　南无法華雨　佛
南无能作光　佛　南无高山　佛
南无法妙王无垢　佛　南无香自在王无垢眼佛
南无集大身　佛　南无无障身力王　佛
南无自福德力　佛　南无智衣　佛
南无自在　佛　南无无量安隱　佛
南无智集　佛　南无大弥留　佛
南无日藏　佛　南无作切德莊嚴佛
南无華幢　佛　南无切德光明　佛
南无離闇王　佛

從此以上五千三百佛十二部經一切賢聖
南无切德王　佛　南无法幢　佛

上博 25 (25644)　佛説佛名經卷第六　(34－26)

南无辯闍王佛

從此以上五千三百佛十二部經一切賢聖

南无一切德王佛　南无法幢佛
南无聲自在王佛　南无自讃佛
南无金剛密迹佛　南无法護佛
南无寶自在佛　南无妙幢佛
南无山劫佛　南无衆雲佛
南无法作佛　南无莎羅王佛
南无普功德堅固王佛　南无旃檀佛
南无善住佛　南无善至佛
南无幢勝燈佛　南无智步佛
南无堅幢佛　南无散法稱佛
南无降伏憍慢佛　南无功德炎佛
南无智光明佛　南无智燃燈佛
南无无畏王佛　南无智聲幢稱佛
南无金剛燈佛　南无莊嚴王佛
南无勝數佛　南无善住意佛
南无善月王佛　南无次第降伏王佛
南无堅固自在王佛　南无師子步佛
南无那羅延勝藏佛　南无集寶藏佛
南无樹提藏佛　南无星宿差別稱佛
南无功德力堅固王佛　南无妙聲佛

上博 25 (25644)　佛説佛名經卷第六　(34－27)

南无樹提藏佛
南无功德力堅固王佛　南无妙聲佛
南无梵聲佛　南无勝梵佛
南无堅固主佛　南无千香佛
南无波頭摩勝王佛　南无光輪光佛
南无大光明王佛　南无香波頭摩王佛
南无疾无邊功德海智上佛
南无閻浮影佛　南无功德山幢佛
南无師子幢佛　南无龍吼佛
南无華威德王佛　南无善香種子佛
南无我甘露功德威德王劫佛
南无復有八千同名无我甘露功德威德王劫佛
南无法智佛　南无龍自在解脫佛
南无金華佛　南无龍吼自在聲佛
南无寶積佛　南无華照佛
南无大香佛　南无須摩那華佛
南无山王佛　南无世眼佛
南无淨主佛　南无閻浮影佛
南无根本上佛　南无寶山佛
南无海藏佛　南无堅力佛
南无上聖佛　南无自在聖佛
南无拘隣佛　南无師子步佛

上博 25 (25644)　佛説佛名經卷第六　(34－28)

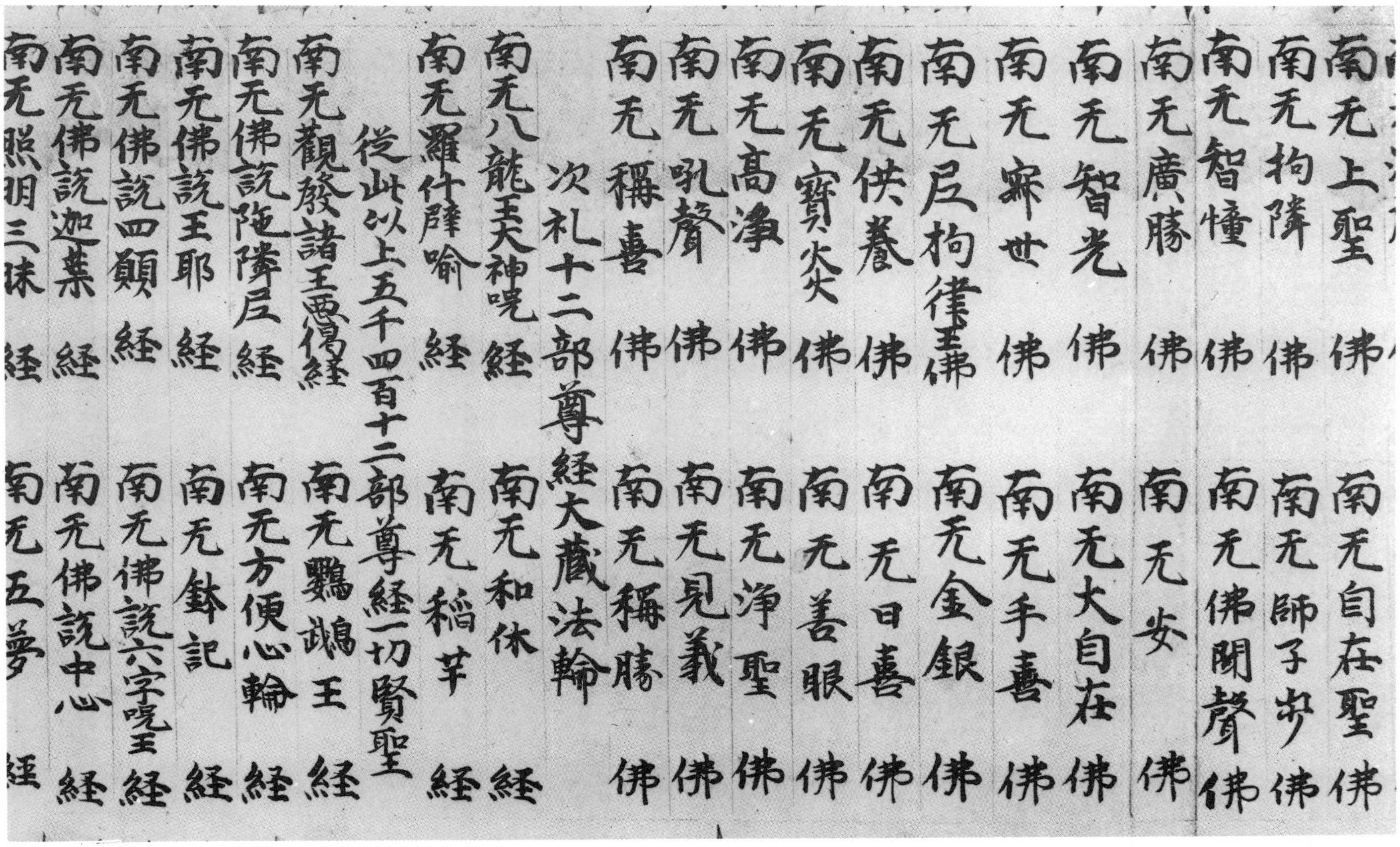

南无上聖佛　南无自在聖佛
南无拘隣佛　南无師子步佛
南无智幢佛　南无佛聞聲佛
南无廣勝佛　南无安佛
南无智光佛　南无大自在佛
南无寂世佛　南无手喜佛
南无尼拘律王佛　南无金銀佛
南无供養佛　南无日喜佛
南无寶炎佛　南无善眼佛
南无高淨佛　南无淨聖佛
南无吼聲佛　南无見義佛
南无稱喜佛　南无稱勝佛
次礼十二部尊經大藏法輪
南无八龍王天神呪經　南无和休經
南无羅什譬喻經　南无稻芉經
從此以上五千四百十二部尊經一切賢聖
南无觀發諸王惡偈經　南无鸚鵡王經
南无佛說陀隣尼經　南无方便心輪經
南无佛說王耶經　南无鉢記經
南无佛說四願經　南无佛說六字呪王經
南无佛說迦葉經　南无佛說中心經
南无照明三昧經　南无五夢經

上博 25 (25644)　佛說佛名經卷第六　(34－29)

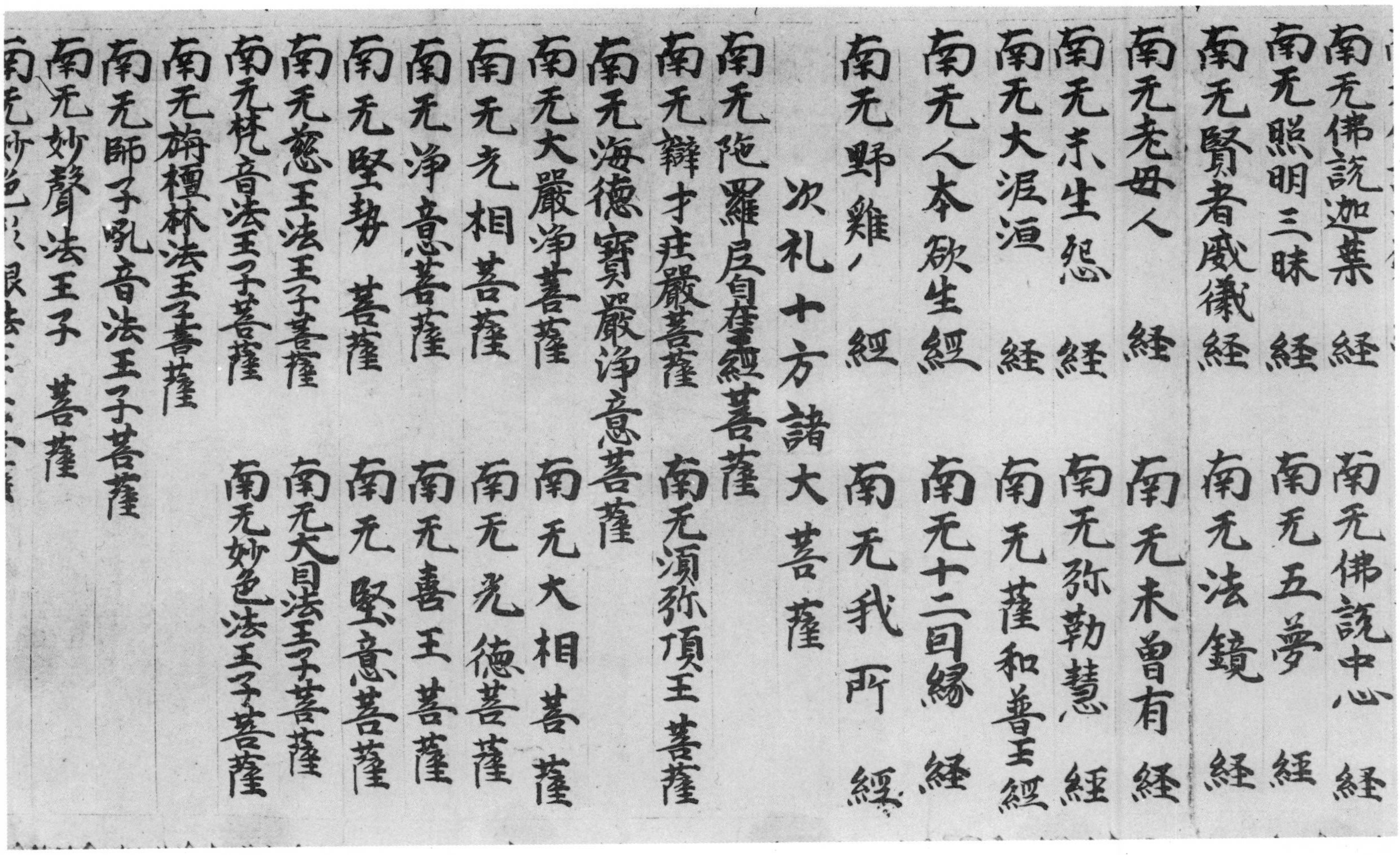

南无佛說迦葉經　南无佛說中心經
南无照明三昧經　南无五夢經
南无賢者威儀經　南无法鏡經
南无老母人經　南无未曾有經
南无未生怨經　南无弥勒慧經
南无大泥洹經　南无薩和菩王經
南无人本欲生經　南无十二因緣經
南无野雞經　南无我所經
次礼十方諸大菩薩
南无陀羅尼自在王菩薩
南无辯才莊嚴菩薩　南无須弥頂王菩薩
南无海德寶嚴淨意菩薩
南无大嚴淨菩薩　南无大相菩薩
南无光相菩薩　南无光德菩薩
南无淨意菩薩　南无喜王菩薩
南无堅勢菩薩　南无堅意菩薩
南无慈王法王子菩薩　南无大自法王子菩薩
南无梵音法王子菩薩　南无妙色法王子菩薩
南无栴檀林法王子菩薩
南无師子吼音法王子菩薩
南无妙聲法王子菩薩

上博 25 (25644)　佛說佛名經卷第六　(34－30)

南无旃檀林法王子菩薩
南无師子吼音法王子菩薩
南无妙聲法王子 菩薩
南无妙色形狠法王子菩薩
南无種種莊嚴法王子菩薩
南无釋幢法王子 菩薩
南无頂生法王子菩薩
次礼聲聞緣覺一切賢聖
南无聞辟支 佛 南无智身辟支佛
南无毗耶離辟支佛 南无俱薩羅辟支佛
南无波蘱羅陁辟支佛 南无无毒淨心辟支佛
南无寶无垢辟支佛 南无福德辟支 佛
南无黑辟支 佛 南无唯黑辟支 佛
礼三寶已 次復懺悔
已懺地獄報竟今當次復懺悔三惡道報經
中佛說多之人多求利故苦惱亦多知足之人雖卧
地上猶以爲樂不知足者雖處天堂猶不稱意
但世間人忽有急難便能捨財不計多少而不知
此身臨於三塗深坑之上一息不還便應隋落忽
有知識營功德福令脩未來善法資粮執此慳
心无肯作理夫如此者㮣爲愚惑何以故介經中
佛說生時不賚一文而來死亦不持一文而去苦身
責報爲之憂

上博 25 (25644) 佛説佛名經卷第六 (34－31)

心无肯作理夫如此者㮣爲愚惑何以故介經中
佛說生時不賚一文而來死亦不持一文而去苦身
積聚爲之憂惱於己无益徒爲他有无善可恃
无德可怙致使命終隋諸惡道是故弟子等
今日磬顙懇到歸依佛
南无東方大光曜佛 南无南方虛空住 佛
南无西方金剛步佛 南无北方无邊力 佛
南无東南方无邊王佛 南无西南方壞諸怨賊佛
南无西北方離垢光 佛 南无東北方金色老音 佛
南无上方月幢王 佛 南无下方師子遊戲 佛
如是十方盡虛空界一切三寶
弟子今日次復懺悔畜生道中无所知識罪報懺
悔畜生道中刀負重牽犁償他宿債罪報懺悔
畜生道中不得自在爲他斫刺屠割罪報懺悔
畜生无足二足多足罪報懺悔畜生道中身諸毛
羽鱗甲之內爲諸小虫之所唼食罪報如是畜生
道中有无量罪報今日至誠皆悉懺悔
次復懺悔餓鬼道中長飢罪報懺悔餓鬼百千万
歲初不曾聞漿水之名罪報懺悔餓鬼食噉膿血
糞穢罪報懺悔餓鬼動身之時一切支節火然罪
報懺悔餓鬼腹大咽小罪報如是餓鬼道中无量苦
報今日磬顙悉皆懺悔

上博 25 (25644) 佛説佛名經卷第六 (34－32)

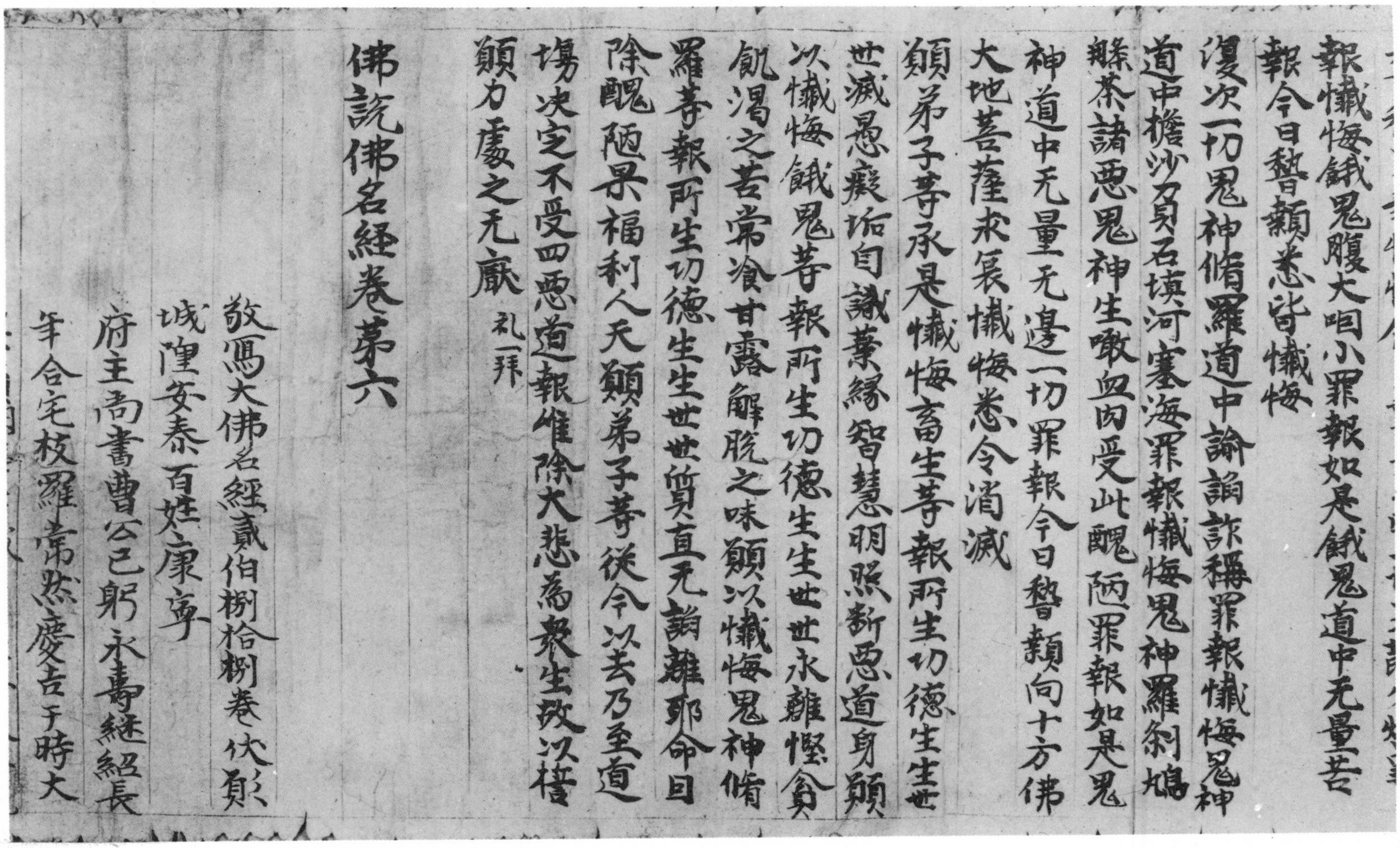

報懺悔餓鬼腹大咽小罪報如是餓鬼道中无量苦
報今日稽顙慈悲懺悔
復次一切鬼神脩羅道中諂誷詐稱罪報懺悔鬼神
道中擔沙負石塡河塞海罪報懺悔鬼神羅刹鳩
槃茶諸惡鬼神生噉血肉受此醜陋罪報如是鬼
神道中无量无邊一切罪報今日稽顙向十方佛
大地菩薩求哀懺悔慈念消滅
願弟子等承是懺悔畜生等報所生功德生生世
世滅愚癡垢自識業緣智慧明照斷惡道身願
以懺悔餓鬼等報所生功德生生世世永離慳貪
飢渴之苦常飡甘露解脫之味願以懺悔鬼神脩
羅等報所生功德生生世世質直无諂離邪命因
除醜陋果福利人天願弟子等從今以去乃至道
場決定不受四惡道報唯除大悲爲衆生故以誓
願力處之无厭 礼一拜

佛說佛名經卷第六

敬寫大佛名經貳伯捌拾捌卷伏願
城隍安泰百姓康寧
府主尚書曹公已躬永壽繼紹長
年合宅枝羅常然慶吉于時大

上博 25 (25644)　佛說佛名經卷第六　(34－33)

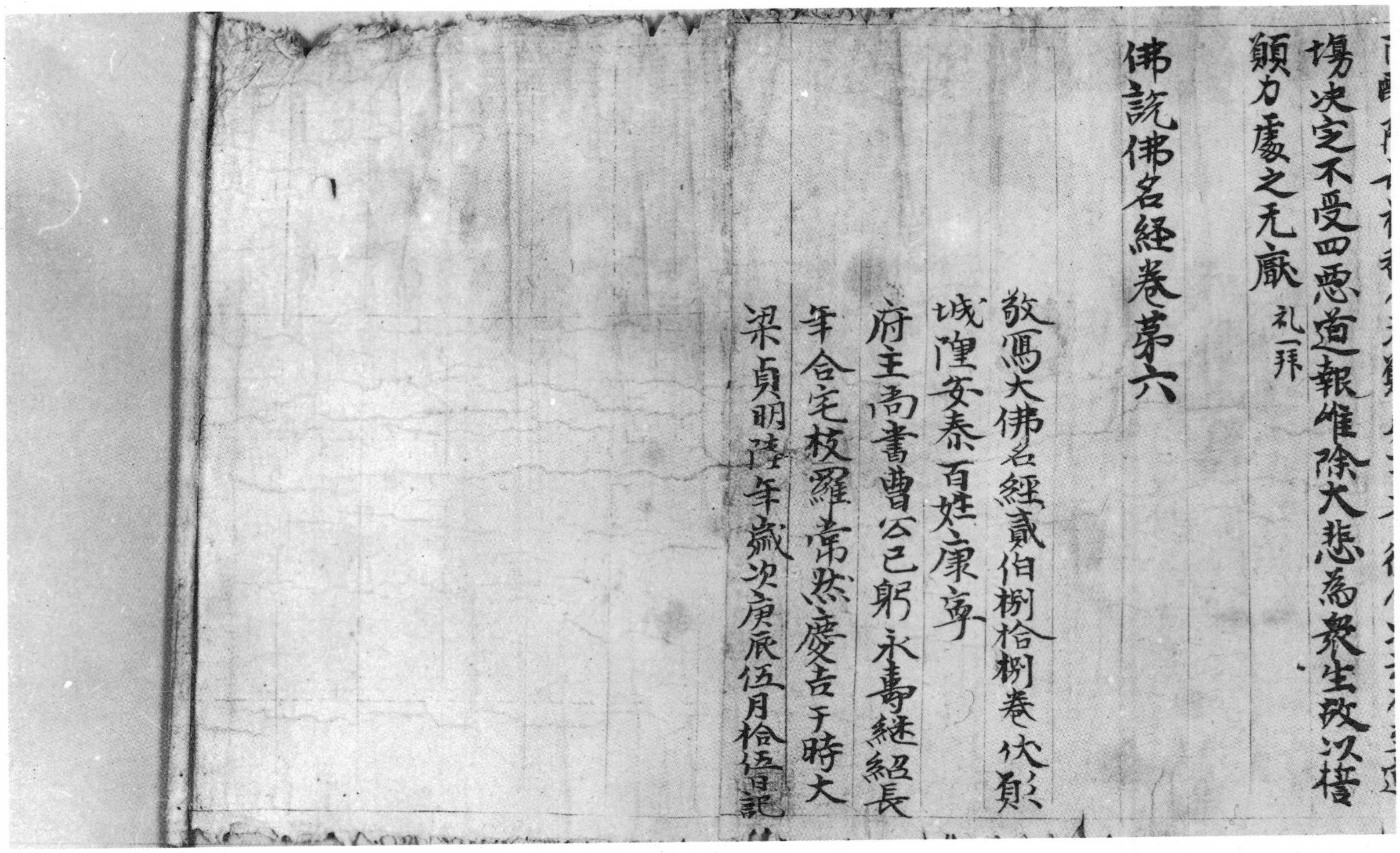

場決定不受四惡道報唯除大悲爲衆生故以誓
願力處之无厭 礼一拜

佛說佛名經卷第六

敬寫大佛名經貳伯捌拾捌卷伏願
城隍安泰百姓康寧
府主尚書曹公已躬永壽繼紹長
年合宅枝羅常然慶吉于時大
梁貞明陸年歲次庚辰伍月拾伍日記

上博 25 (25644)　佛說佛名經卷第六　(34－34)

上博 25 (25644)V　佛説佛名經卷第六勘經記

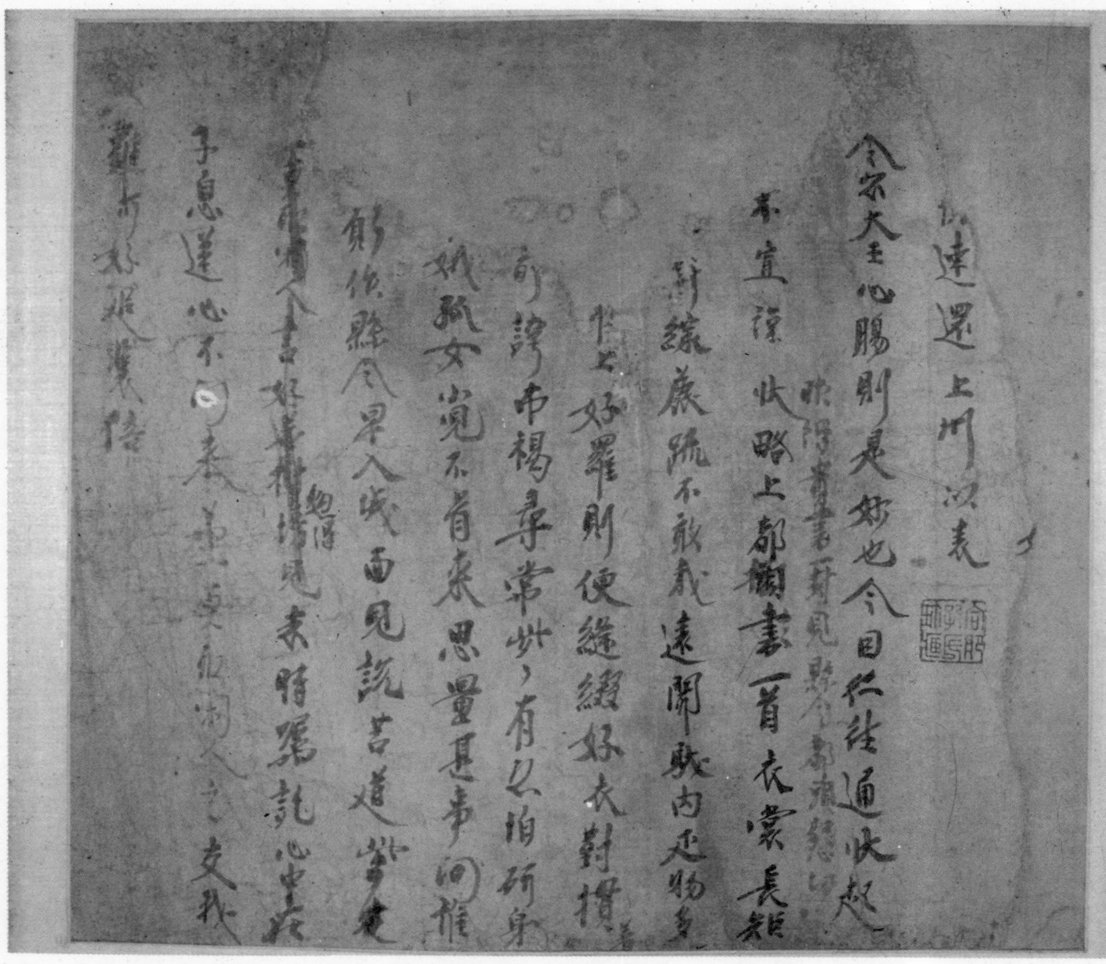

上博 26 (26885)　書信

吃婆羅門語婆

七日我當以呪力作摩醯首羅身飛行致至
王宮門汝等當當步從發我能使其大作供
養汝等都得諸婆羅門皆共然可到七日頭
善呴婆羅門即自吃身化作摩首於虛空
中飛到王門頭諸婆羅門瓜當侍送到王門
頭道人白王言霍空中有摩醯首羅將四百九
十九婆羅門從空來下今在門外餘婆羅在
門地而住五欲得見王阿恕伽王小坐共相扶
不入坐於蕭林上王言阿恕伽王喚使來前
飲食者前摩醯首羅吾手推言我從生以
来未曽食如此食阿恕伽言先不鉤勅不
知何食何食摩醯首羅等當同嚴言我之所
敬而須飲食即勅一民海往到有五百婆羅
門地而住蕃者勅奢王宮內有五百婆羅
門一目攝言摩醯不知為是人為是惡
雖頸末寺語尊者勅奢王宮內有五百婆羅
食二期頸尾人阿恕伽王即勅一民海往到
知何食何食摩醯首羅蕃當同嚴言我之所
靼刹諸問所以頞阿梨闍未為我驅遣使去
羅刹諸問所以頞阿梨闍未為我驅遣使去
所使之人是邪見婆羅門弟子到彼梁中梅
實如王所言語梁僧作如是言阿恕伽王有
五百婆羅門言狼狀似人語似羅刹作是言
正欲得汝沙門作食上坐蚍奢即語雖眶唱

五百婆羅門言狼狀似人語似羅刹作是言
正欲得汝沙門作食上坐蚍奢即語雖眶唱
推集僧起辭梁僧安隱擐持佛法聽我為弟
當如此事梁僧起辭梁僧安隱擐持佛法聽我為
二上生言上生不應去我去上坐蚍奢
應去弟三者言第二上生不應去我
如是展轉乃至沙彌十六万八千僧中其梁
下頭七歲沙彌起僧梁中長跪合掌而作是
言一切大僧沙彌頭大眾我既幼小不能堪任
大歡喜舉手摩沙彌頭言子汝應去我應
謹扶佛法推額次第下沙彌來王作是言大者
更相移致拱次第下沙彌來王作是言大者
看耳故使小者來使作對阿恕伽王聞沙彌
来出門迎坐此沙彌上諸婆羅門
皆大瞋恚阿恕伽王大不瞋別我等習僑尚
不起梁為此小吃而自出迎沙彌問王言以
見喚王時答言山摩醯首羅敬得阿闍刹色
作食不為作隨阿闍刹敬得阿闍刹色
沙言年幼小朝未未食王先施我食然後
乳當與汝令食王即勅蚍奢舉舉食來與食一
茶繁皆都盡如是舉五百梁食與當都未足
見喚王復勅蚍奢言所有餘食盡舉來與沙彌得食
王復勅蚍奢言所有餘食盡舉來與沙彌得食
以人於倉開言三宋大言長三九昌如本廚

上博 27 (34666) 阿恕伽王經卷第十一 　(9-2)

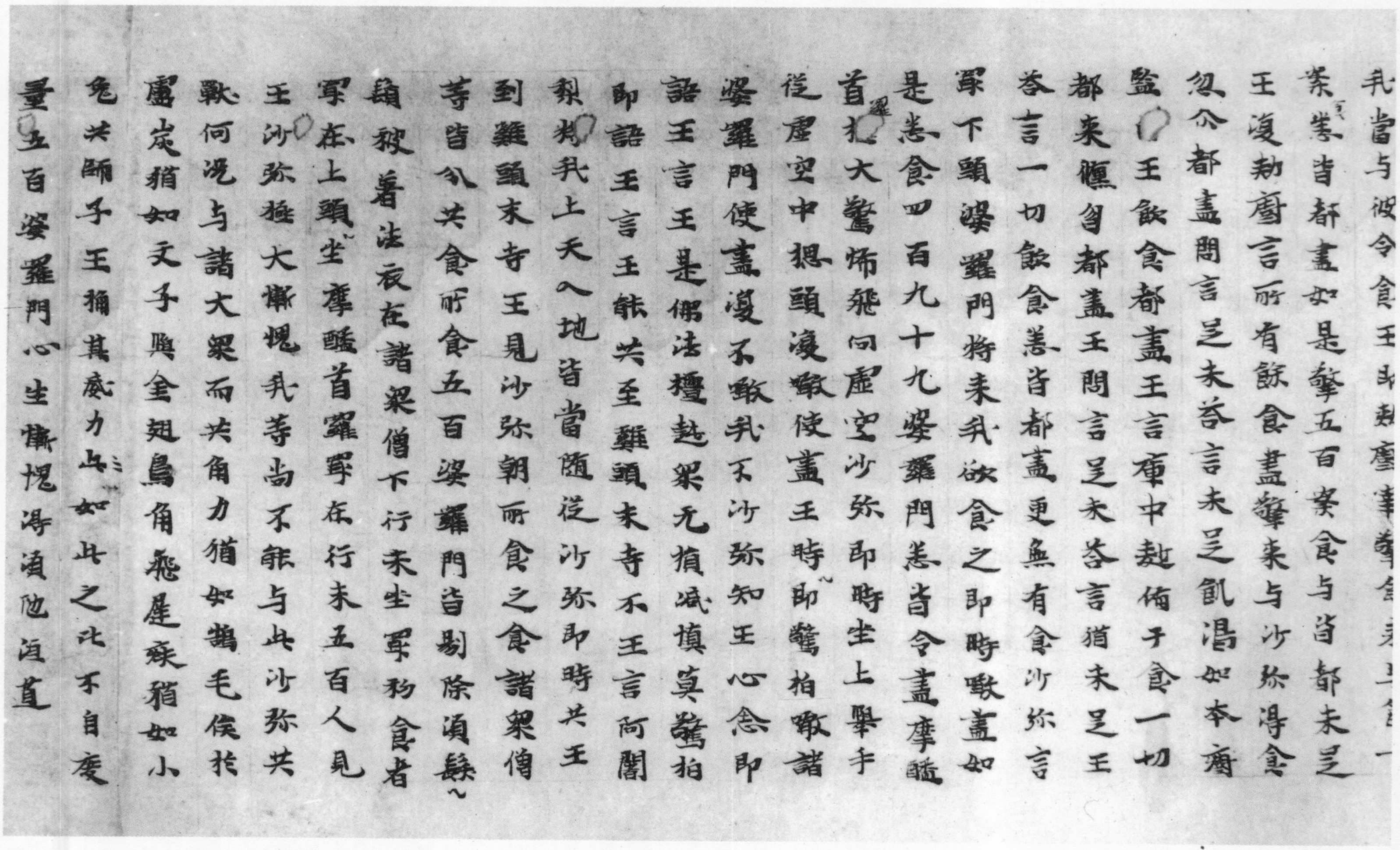
我當与彼令食王即勅廚宰擎食來與食一
粲皆都盡如是擎五百案食与皆都未足
王復勅廚言所有餘食盡擎來与沙弥得食
然尒都盡問言足未答言未足飢渴如本爾
監王飲食都盡王言庫中麨備子食一切
都來應須都盡王問言足未答言猶未足王
答言一切飲食悉皆都盡更無有食沙弥言
衆下頭婆羅門將來我欲食之即時敢盡如
是悉食四百九十九婆羅門悉皆令盡摩醯
首羅大驚怖飛向虛空沙弥即時坐上舉手
從虛空中捉頭復噉使盡王時即驚怕噉諸
婆羅門使盡復不敢我不沙弥知王心念即
語王言王是佛法檀越衆无損減慎莫驚怕
即語王言王能共至雞頭末寺不王言阿闍
梨將我上天入地皆當隨從沙弥即時共王
到雞頭末寺王見沙弥朝所食之食諸衆僧
等皆分共食所食五百婆羅門皆剔除須髮
鬚披著法衣在諸衆僧下行末坐衆粉食者
衆在上頭坐摩醯首羅衆在行末五百人見
王沙弥極大慚愧我等尚不能与此沙弥共
歎何況与諸大衆而共角力猶如鵝毛侯於
盧炭猶如丈子與金翅鳥角飛墜疲猶如小
兔共師子王捔其威力如此之比不自度
量五百婆羅門心生慚愧得須陁洹道

上博 27 (34666) 阿恕伽王經卷第十一 (9－3)

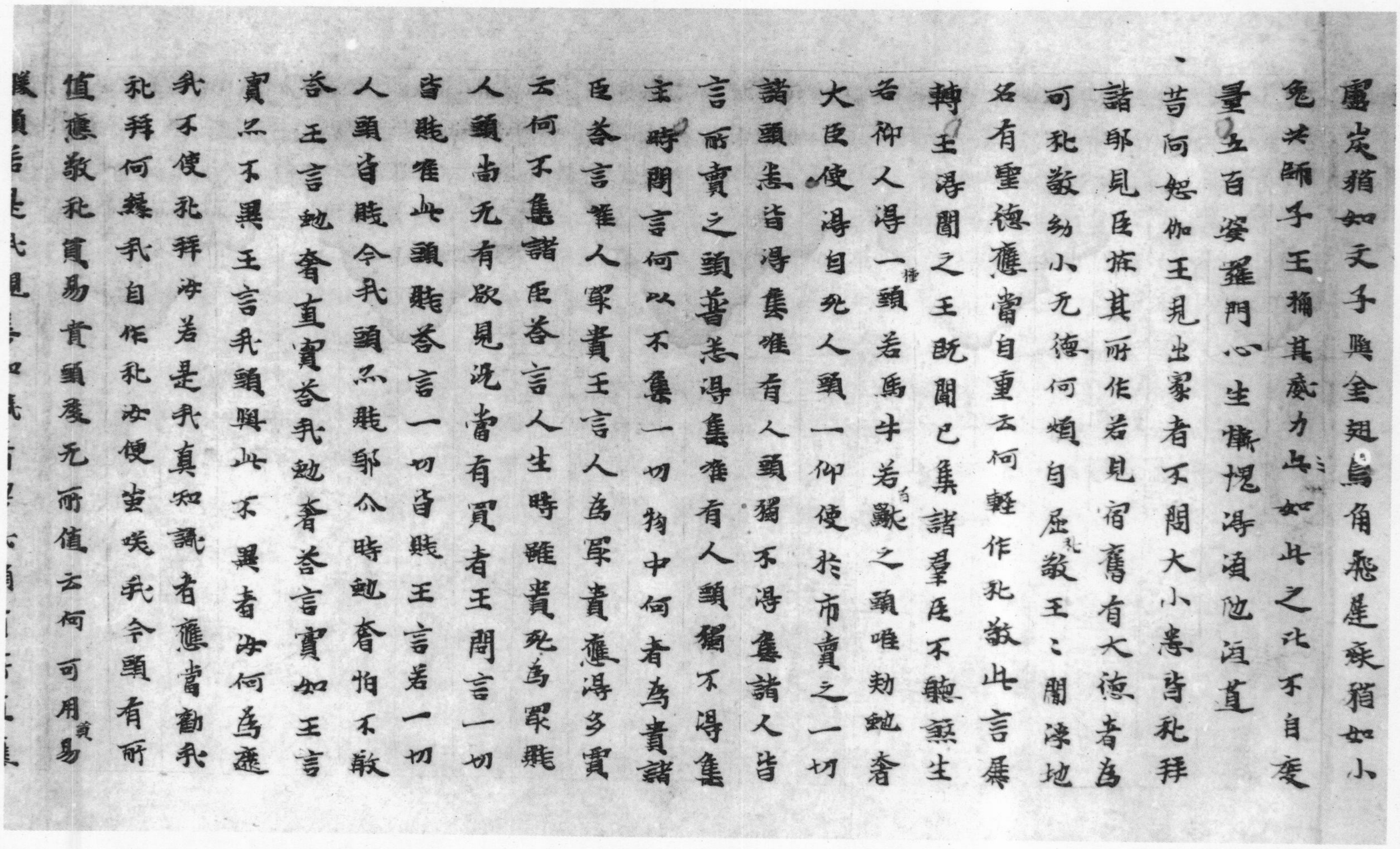
盧炭猶如丈子與金翅鳥角飛墜疲猶如小
兔共師子王捔其威力如此之比不自度
量五百婆羅門心生慚愧得須陁洹道
昔阿恕伽王見出家者不問大小悉皆礼拜
諸耶見臣嫌其所作若見宿舊有大德者為
可礼敬幼小无德何煩自屈礼敬王王閻浮地
名有聖德應當自重云何輕作礼敬此言展
轉王得聞之王既聞已集諸羣臣不聽煞生
各仰人得一頭若馬牛若獸之頭唯勅斂奢
大臣使得自死人頭一仰使於市賣之一切
諸頭悉皆得售唯有人頭獨不得售諸人皆
言所賣之頭普悉得售唯有人頭獨不得售
主時問言何以不售一切物中何者為貴諸
臣答言唯人最貴王言人為最貴應得多賈
云何不售諸臣答言人生時雖貴死為衆賤
人頭尚无有欲見況當有買者王問言一切
皆賤唯此頭賤答言一切皆賤王言若一切
人頭皆賤今我頭不賤耶尒時斂奢怕不敢
答王言斂奢直實答我斂奢答言實如王言
實不不異王言我頭與此不異者汝何為遮
我不使我拜汝若是我真知識者應當勸我
礼拜何緣我自作礼汝便嗤咲我今頭有所
值應敬礼買易貴頭反无所值云何 可用貿易

上博 27 (34666) 阿恕伽王經卷第十一 (9－4)

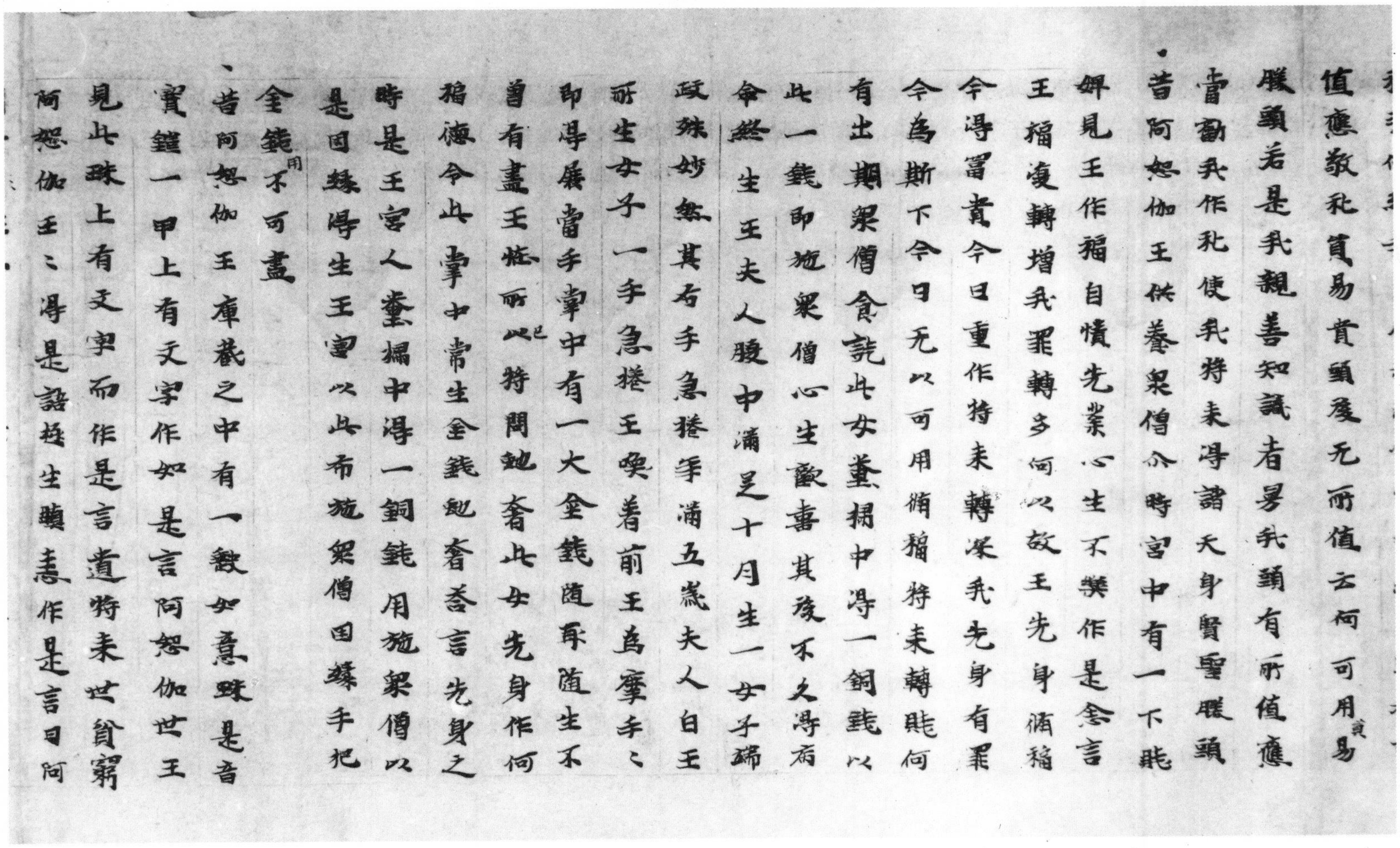
值應敬礼貿易貿頭度无所值云何可用易貿
賤頭若是我親善知識者易我頭有所值應
當勸我作礼使我特來得諸天身賢聖賤頭
、昔阿恕伽王供養衆僧尒時宮中有一下賤
婢見王作福自惟先業心生不樂作是念言
王福復轉增我罪轉多何以故王先身脩福
令得留貴今日重作特來轉深我先身有罪
今為斯下今日无以可用脩福特來轉賤何
有出期衆僧食訖此女糞掃中得一銅錢以
此一錢即施衆僧心生歡喜其後不久得病
命終生王夫人腹中滿足十月生一女子端
政殊妙無其右手急捲手滿五歲夫人白王
所生女子一手急捲王喚着前王為擘手〻
即得展當手掌中有一大金錢隨取隨生不
曾有盡王怪所以特問耶奢此女先身作何
福德令此掌中常生金錢耶奢荅言先身之
時是王宮人糞掃中得一銅錢用施衆僧以
是因緣得生王宮以此布施衆僧因緣手把
金錢用不可盡
、昔阿恕伽王庫藏之中有一鈹如意珠是音
寶鏡一甲上有文字作如是言阿恕伽世王
見此珠上有文字而作是言遺特來世貧窮
阿恕伽王〻得是語極生瞋恚作是言曰阿

上博 27 (34666)　阿恕伽王經卷第十一　(9－5)

見此珠上有文字而作是言遺特來世貧窮
阿恕伽王〻得是語極生瞋恚作是言曰阿
闍世王作一國王而我王閻浮提云何言我
貧窮也有一智臣荅言試珠所能王即遣人
試珠所能有捉珠者能使斫劫都不得近身
何有創捉便得愈寒時得暖熱時凉清此珠力
故能使服毒自然消化着濁水中能使卅里濁
水自然澄清王庫藏中雖有種〻珠乃无此一
能王自思忖我實貧窮彼阿闍世王有此寶
鏡唯留歎懷一押德量如是當知先舊佛在
時人福德深厚我之薄德生在佛後
、昔阿恕伽王使上坐耶奢請尊者賓頭盧耶
奢語王好煎藥粳極令香美尊者賓頭盧特
八万四千羅漢一時來至僧集坐記王自行
水手自過食与尊者賓頭盧飯純粳用澆王
白尊者粳性難消能不作病尊者荅言不作
患也何以故佛在世時水与今日粳氣力正
等我身是彼時身以是之故今不為患王問
言何由乃尒尊者賓頭盧申手入地下至四
万二千里取地肥示王而語王言今人薄福
肥膩之事皆流入地肥使中肥膩以是因緣故
知佛在時人種福德深厚
、昔阿恕伽王時太史白相白如是言王有兵
相王問太史云何穰却太史荅言唯有脩福

上博 27 (34666)　阿恕伽王經卷第十一　(9－6)

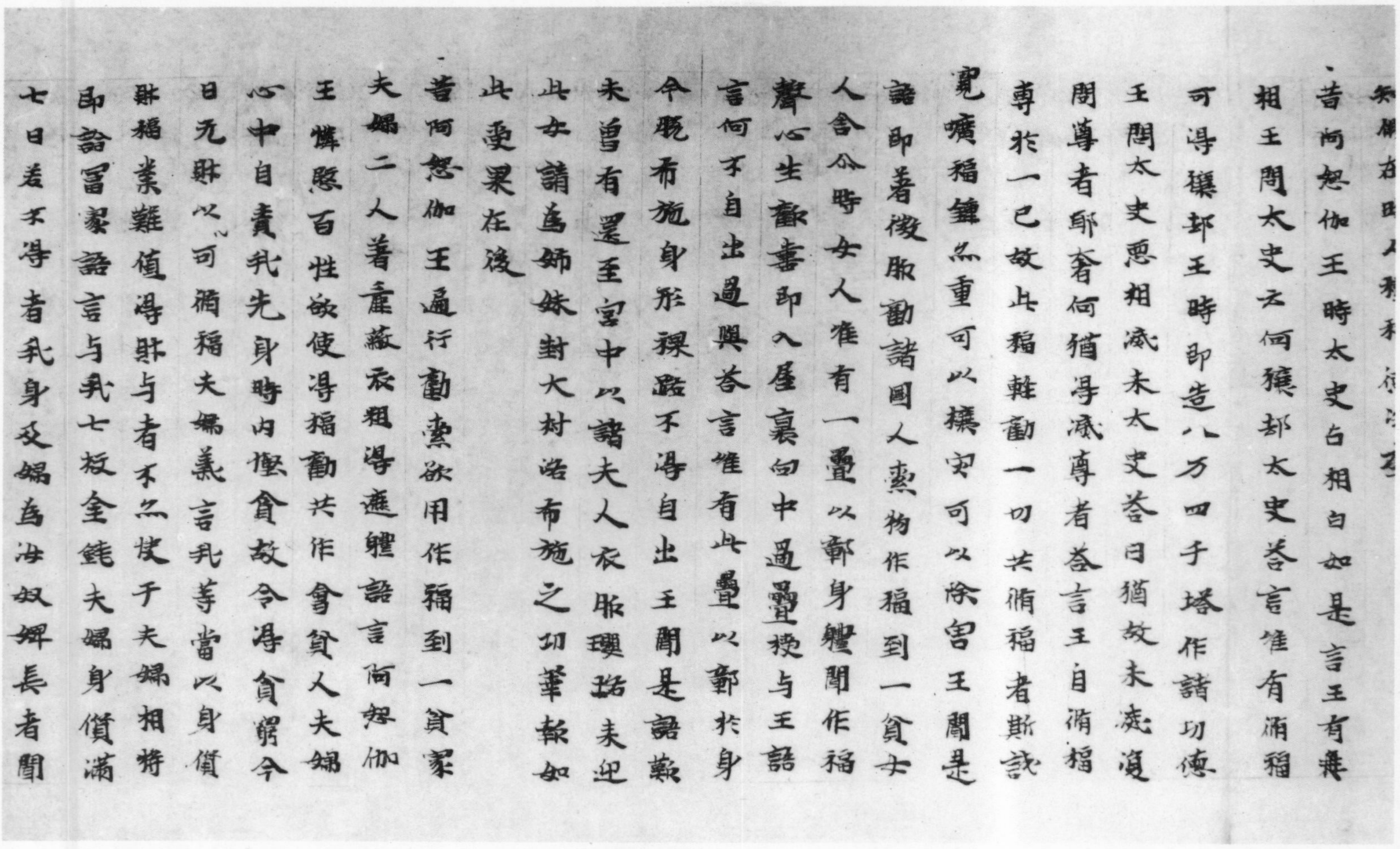
昔阿恕伽王時太史白相白如是言王有無
相王問太史云何獲郁太史答言唯有脩福
可得獲郁王時即造八万四千塔作諸功德
王問太史惡相滅未太史答曰猶故未滅復
問尊者耶奢何猶得滅尊者答言王自脩福
尊於一已故此福雖勸一切共脩福者斯試
寬曠福鍾亦重可以攘災可以除害王聞是
語即著弊服勸諸國人齎物作福到一貧女
人舍尒時女人唯有一疊以鄣身體聞作福
聲心生歡喜即入屋裏向中過疊擲与王語
言何不自出過與答言唯有此疊以鄣於身
今既布施身形裸露不得自出王聞是語歎
未曾有還至宮中以諸夫人衣服瓔珞來迎
此女請為姊妹封大村落布施之功華報如
此要果在後
昔阿恕伽王遍行勸齎欲用作福到一貧家
夫婦二人著麁弊衣粗得遮體語言阿恕伽
王憐愍百姓欲使得福勸共作會貧人夫婦
心中自責我先身時內慳貪故今得貧窮今
日无財以可脩福夫婦議言我等當以身傭
財福業難值得財与者不久伏于夫婦相將
即詣富家語言与我七枚金錢夫婦身傭滿
七日若不得者我身及婦為汝奴婢長者聞

上博 27 (34666)　阿恕伽王經卷第十一　(9－7)

財福業難值得財与者不久伏于夫婦相將
即詣富家語言与我七枚金錢夫婦身傭滿
七日若不得者我身及婦為汝奴婢長者聞
已歡喜即与七錢于時夫婦尋賷此錢与勸
化者勸化者問言汝從何處得此錢來以用
布施夫婦答言貧之絕無錢財依遭福田无
以脩福從富長者穀此錢以身為傭若其過
限夫婦二人許為奴婢勸化者言如是貧穀
其事甚難何用布施貧人答言先身不作今
日以此受此貧苦故今努力當穀布施以是
因緣願使將來之身必得富樂王到宮中自
以己衣服瓔珞及所乘馬并諸夫衣〃人服瓔
珞即与彼封大村邑阿恕伽王如是勸化作
福惡相即滅
昔阿恕伽王欲與阿闍世王所舉舍利阿闍
世王著恒恒河中作大鐵網輪使水輪轉著舍
利處種種方便取不能得問蓮華比丘云何
可得比丘答言斷數千斛捺著中可得上論
得用此語以捺著於水中偶試一捺捺頭擲
關孔中網輪即定更不迴轉然天龍王守護
都不可得王時問言何由可得龍王福勝无
由可得問言云何知彼福勝以金鑄作龍像
及以王像以稱稱之重者福勝即時稱量龍
像倍重王見此事即轉脩福既脩福已復更

上博 27 (34666)　阿恕伽王經卷第十一　(9－8)

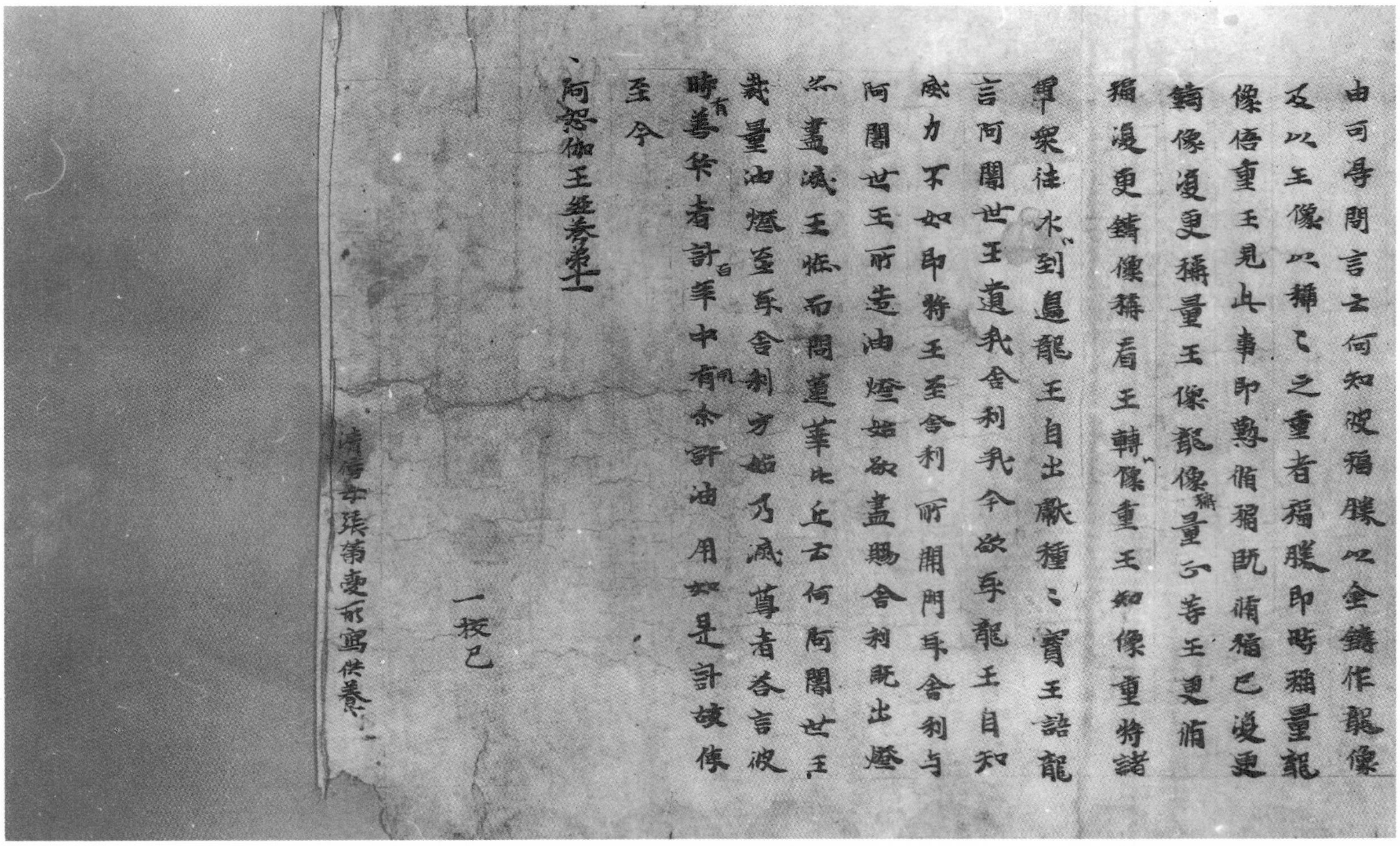
由可得問言云何知彼稱勝以金鑄作龍像
及以玉像以稱〻之重者稱勝即時稱量龍
像倍重王見此事即勅脩稱既脩稱已復更
鑄像復更稱量王像龍像稱量等王更脩
稱復更鑄像稱看王轉像重王如像重將諸
羣衆往水到遇龍王自出獻種〻寶王語龍
言阿闍世王遣我舍利我今欲取龍王自知
威力不如即將王至舍利所開門取舍利與
阿闍世王所造油燈始欲盡賜舍利既出燈
亦盡滅王怪而問蓮華比丘云何阿闍世王
裁量油燈至取舍利方始乃滅尊者答言彼
時有善筭者計百年中有爾許油用如是計校倶
至今
阿恕伽王經卷第十一
一校已
清信女張第娘所寫供養

上博 27 (34666) 阿恕伽王經卷第十一 (9－9)

上博 27 (34666)V 卷帙號

起世經阿脩羅品之二　　　　卷六
諸比丘彼阿脩羅七頭會處有二岐道爲通
彼王往來遊戲故鞞摩質多羅阿脩羅王宮
殿之處有二岐道亦復如是諸小阿脩羅王
宮殿之處亦二岐道諸小阿脩羅住止之處
亦二岐道娑羅園林亦二岐道奢摩梨園林
亦二岐道俱毗陁羅園林亦二岐道難陁那
園林亦二岐道難陁池側亦二岐道蘇質怛
邏波吒羅大樹之下亦二岐道悉皆如前與
七頭會處相通來往
諸比丘若鞞摩質多羅阿脩羅王意欲向
彼娑羅園林奢摩梨俱毗陁羅難陁那等
園林澡浴嬉戲遊行受樂者尒時彼王即便
心念諸小阿脩羅王及念諸小阿脩羅衆是
時諸小阿脩羅王并及諸小阿脩羅等亦生
是念鞞摩質多羅阿脩羅王心念我等如是
知已即以種種衆寶瓔珞莊嚴其身各嚴飾
已乘種種乘俱共來詣鞞摩質多羅阿脩羅
王宮門之外到已下乘至鞞摩質多羅阿脩
羅王殿前而住
尒時鞞摩質多羅阿脩羅王見此諸小阿脩

上博 28 (35559)　起世經卷第六　　(22－1)

羅王殿前而住
尒時鞞摩質多羅阿脩羅王見此諸小阿脩
羅王及諸小阿脩羅衆來在殿前亦即自以
種種瓔珞莊嚴其身既莊嚴已便就乘是
時諸小阿脩羅王及諸小阿脩羅衆等左右
侍衛周匝圍繞前後導從相將往詣娑羅園
林及奢摩梨園林俱毗陁羅園林難陁那園
林到其處已先在難陁園林前駐駕而息諸
比丘難陁園內有三風輪自然吹動莊嚴彼
園何名爲三謂開淨吹何者名開有風輪來
開彼諸門名之爲開何者爲淨有風輪來掃
彼園林令地清淨名之爲淨何者爲吹有風
輪來吹動彼園林樹衆花飄零四散名之爲
吹諸比丘難陁園中風散種種上妙衆花積
至于膝有種種香其香氛氳遍滿園林當於
是時鞞摩質多羅阿脩羅王即與諸小阿脩
羅王及小阿脩羅衆圍繞共入難陁園林隨
意洗浴觀看遊戲諸阿脩羅等共此園林或
經一月或二三月澡浴嬉戲各隨所欲住止
遊行恣情受樂
諸比丘有五阿脩羅恒常住在鞞摩質多羅
阿脩羅王側爲欲防遏諸惡事故何者爲五

上博 28 (35559)　起世經卷第六　　(22－2)

諸比丘有五阿脩羅恒常住在鞞摩質多羅
阿脩羅王側為欲防過諸惡事故何者為五
一名隨喜二名常有三名常醉四名牢真隣
隨五名鞞呵多羅諸比丘鞞摩質多羅阿脩
羅王有如是等五阿脩羅恒常在側守衛防
護諸比丘彼鞞摩質多羅阿脩羅王宮殿之
上有大海水深万由旬住在其上然彼水聚
有四種風輪自然持之何等為四一名為住
二名安住三名不墮四名牢固由此風持常
住不動
諸比丘須弥山王南面過千由旬大海之下
有踴躍阿脩羅王宮殿住處其處縱廣八万
由旬七重城壁略說猶如鞞摩質多羅阿脩
羅王住處一切所有此中一一亦如彼說汝
應當知乃至此王宮殿之上有大水聚亦四
風輪之所住持所謂住及安住不墮牢固等
諸比丘須弥山王西面亦千由旬大海水下
有奢婆羅阿脩羅王宮殿住處其處縱廣八
万由旬七重城壁略說亦如鞞摩質多羅阿
脩羅王住處一切所有此中一一亦如彼說
汝應當知乃至此王宮殿之上所有水聚亦
為四種風輪之所住持住及安住不墮牢固

上博 28 (35559)　起世經卷第六　(22－3)

汝應當知乃至此王宮殿之上所有水聚亦
為四種風輪之所住持住及安住不墮牢固
等
諸比丘須弥山王北面過千由旬大海水下
有羅侯羅阿脩羅王宮殿住處其處縱廣八
万由旬七重城壁諸門臺閣樓櫓却敵園苑
花池乃至種種樹種種葉種種花種種果種
種香薰有種種鳥各各和鳴皆如上說
諸比丘於彼城內有羅侯羅阿脩羅王所住
之城其城名曰摩婆帝縱廣莊嚴亦如前說
七重城壁七重欄楯外有七重多羅行樹七
重鈴網周迊圍繞雜色可觀皆是車𤦲馬瑙
等七寶所成此之城壁高下縱廣亦如前說
城壁四面亦有諸門一一諸門高下縱廣孟
亦如前彼一一門皆有樓櫓却敵臺閣園苑
諸池及花沼等亦有諸樹其樹各有種種葉
種種花種種果種種香薰亦有種種諸雜類
鳥各各和鳴
諸比丘摩婆帝城王所住處有羅侯羅阿脩
羅王聚會之所亦名七頭其處縱廣如上所
說欄楯七重及諸鈴網多羅行樹周迊圍繞

上博 28 (35559)　起世經卷第六　(22－4)

說欄楯七重及諸鈴網多羅行樹周匝圍繞
雜色可觀乃至亦是車𤦲馬瑙等七寶之所
莊嚴於四方面各有諸門彼一一門亦有樓
櫓雜色可觀乃至車𤦲馬瑙等七寶所成以
天車𤦲遍布其地柔軟細滑觸之猶如迦旃
隣提衣當處中央有一寶柱高下縱廣如上
所說於其柱下為羅侯羅阿脩羅王置一高
座其座高下縱廣莊挍一一如前雜色可觀
七寶所成所謂車𤦲馬瑙等柔耎細滑觸之
猶如迦旃隣提衣其座左邊為十六小阿脩
羅王亦各別置諸妙高座七寶所成雜色可
觀右邊亦為十六小阿脩羅王置諸高座如
上所說柔耎細滑觸之如迦旃隣提衣
諸比丘彼阿脩羅王七頭會處東面為羅侯
羅阿脩羅王別置宮殿其處縱廣一一如前
七重垣墻七重欄楯七重鈴網乃至七重多
羅行樹周匝圍繞雜色可觀乃至車𤦲馬瑙
等七寶所成於四方面各有諸門彼一一門
悉有樓櫓臺觀却敵重閣園苑諸池衆花泉
沼有種種樹其樹各有種種葉種種花種種
果種種香薰復有種種異類衆鳥各各和鳴
其音哀雅甚可愛樂

上博 28 (35559)　起世經卷第六　(22－5)

果種種香薰復有種種異類衆鳥各各和鳴
其音哀雅甚可愛樂
諸比丘阿脩羅王七頭會處西南北面有諸
小阿脩羅王宮殿住處其諸宮殿或有縱廣
九百由旬或有八百或有七百乃至六百五
百四百三百二百由旬其最小者尚百由旬
各各皆有七重垣墻七重欄楯略說乃至種
種衆鳥各各和鳴
諸比丘彼阿脩羅王七頭會處四面復有小
阿脩羅衆宮殿住處其處縱廣或九十由旬
或八十七十六十五十四十三十二十由旬
其最小者猶尚縱廣十二由旬七重垣墻略
說乃至種種衆鳥各各和鳴
諸比丘彼阿脩羅王七頭會處東面復有羅
侯羅阿脩羅王園苑名娑羅林其林縱廣一
一如前七重垣墻七重欄楯乃至馬瑙等七
寶所成於四方面各有諸門彼一一門皆有
樓櫓雜色可觀乃至亦為車𤦲馬瑙等七寶
所成甚可愛樂
諸比丘彼阿脩羅王七頭會處南面亦有羅
侯羅阿脩羅王園苑名奢摩梨林縱廣莊嚴
皆如上說七重垣墻乃至七重多羅行樹圍

上博 28 (35559)　起世經卷第六　(22－6)

侯羅阿脩羅王園苑名奢摩梨林縱廣莊嚴
皆如上說七重垣墻乃至七重多羅行樹雜
色可觀亦為七寶之所成就所謂車渠馬瑙
等於四方面各有諸門彼一一門皆有樓櫓
亦馬瑙等七寶所成
諸比丘彼阿脩羅王七頭會處西面亦有羅
侯羅阿脩羅王園苑名俱毗陁羅林縱廣一
一皆如上說七重垣墻乃至馬瑙等七寶所
成於四方面各有諸門彼一一門皆有樓櫓
雜色可觀乃至亦是車渠馬瑙等寶之所成
就甚可愛樂
諸比丘彼阿脩羅王七頭會處北面有羅侯
羅阿脩羅王園苑名難陁那林其林縱廣如
上所說七重垣墻乃至馬瑙等七寶所成於
四方面各有諸門彼一一門亦有樓櫓種種
挍飾雜色可觀乃至車渠馬瑙等寶之所莊
嚴甚可愛樂
諸比丘奢摩梨及娑羅林二苑之間為羅侯
羅阿脩羅王出一池水名曰難陁其池縱廣
如上所說其水涼冷柔耎輕甘清淨不濁以
七寶塼七重砌累七重寶挍間錯莊嚴七重
欄楯七重鈴網亦有七重多羅行樹周迊圍

上博 28 (35559)　起世經卷第六　(22－7)

七寶塼七重砌累七重寶挍間錯莊嚴七重
欄楯七重鈴網亦有七重多羅行樹周迊圍
遶雜色可觀乃至馬瑙等七寶所成於池四
方各有階道甚可愛樂亦為七寶之所莊嚴
池生諸花所謂優鉢羅花鉢頭摩花拘牟頭
花奔荼利花其花火形火色火光略說如上
乃至水形水色水光明照四方香氣氛氳普
薰一切又有藕根汁白味甘食之香美猶如
上蜜
諸比丘俱毗陁羅及難陁那二苑之間為羅
侯羅阿脩羅王出一大樹其樹亦名蘇質怛
邏波吒羅樹形縱廣種種莊嚴皆如上說乃
至七重墻院七重欄楯皆是車渠馬瑙等七
寶所成甚可愛樂略說乃至種種衆鳥各各
和鳴其音哀雅聽者歡喜
諸比丘彼阿脩羅王七頭會處一切莊嚴如
上所說亦有岐道去來住路為通羅侯羅阿
脩羅王遊宮殿故又為諸小阿脩王及諸小
阿脩羅衆亦有岐道通其往來向奢摩梨及
俱毗陁羅亦有岐道向難陁那及難陁池蘇
質怛邏波吒羅樹等皆有岐道通其往來遊
戲受樂

上博 28 (35559)　起世經卷第六　(22－8)

質怛邏波吒羅樹等皆有岐道通其往来遊
戲受樂
諸比丘羅侯羅阿脩羅王若欲往詣娑羅林
苑及難陁那林等澡浴遊戲遍觀看時尒時
即念鞞摩質多羅阿脩羅王時鞞摩質多羅
阿脩羅王便作是念羅侯羅阿脩羅王心念
於我欲俱遊戲尒時鞞摩質多羅阿脩羅王
作是念已復自念其諸小阿脩羅王及其諸
小阿脩羅衆時彼諸小阿脩羅王并其諸小
阿脩羅衆咸生是心鞞摩質多羅阿脩羅王
無念我等我等當往便以種種衆寶瓔珞莊
嚴其身既莊嚴已各乘騎乘共詣鞞摩質多
羅阿脩羅王所到已在宮門外齊行而立尒
時鞞摩質多羅阿脩羅王既見諸小阿脩羅
王及小阿脩羅衆皆已集會即自嚴身服諸
瓔珞御種種乘與諸小王及阿脩羅衆左右
侍衛前後圍繞往詣羅侯羅阿脩羅王所到
已止住
尒時羅侯羅阿脩羅王復更起心念踊躍奢
婆羅二阿脩羅王時踊躍奢婆羅二阿脩羅
王亦作是念羅侯羅阿脩羅王今念我等如

上博 28 (35559) 起世經卷第六 (22－9)

王亦作是念羅侯羅阿脩羅王今念我等如
是知已即各念其諸小阿脩羅王并其諸小
阿脩羅衆如是念時彼等各知咸亦嚴飾衆
集来詣踊躍奢婆羅二大王所到已亦復嚴
身瓔珞乘騎將從前後圍繞来向羅侯羅阿
脩羅王住處各随所安住在一面
尒時羅侯羅阿脩羅王見鞞摩質多羅阿脩
羅王等並已雲集即自念其諸小阿脩羅王
及其諸小阿脩羅衆其衆知已亦各嚴飾服
乘而来至羅侯羅阿脩羅王前儼然住立時
羅侯羅阿脩羅王見衆集已便著種種妙寶
瓔珞莊嚴其身駕種種乘前後圍繞與鞞摩
質多羅阿脩羅王踊躍阿脩羅王奢婆羅阿
脩羅王并諸小王及阿脩羅衆一切雲集前
後導從往詣娑羅林奢摩梨林俱毗陁羅林
難陁那林等到已少時遊巡而住諸比丘難
陁苑中自然而有三種風輪何者為三謂開
淨吹是中開者有風輪来開苑諸門名之為
開淨者有風輪来掃除其地令皆清淨名之
為淨吹者有風輪来吹諸花樹令花布散名
之為吹諸比丘難陁苑中上妙好花遍散地

上博 28 (35559) 起世經卷第六 (22－10)

之為吹諸比丘難隨苑中上妙好花遍散地
上積至于膝其花香氣普薰園林莊嚴具足
種種可樂
介時羅侯羅阿脩羅王及鞞摩質多羅阿脩
羅王踊躍阿脩羅王奢婆羅阿脩羅王等并
諸小王眷眾眷屬小脩羅等園繞共入難隨
那園入已澡浴遊戲受樂種種觀者或行或
住或卧或坐隨所欲樂恣意遊行諸比丘羅
侯羅阿脩羅王亦有五阿脩羅常隨侍衛讙
諸惡事名字如前宮上海水縱廣厚薄四種
風持令不墮墜並如上說
起世經四天王品第七
諸比丘須弥山王東面半腹有山名曰由乹
陁山頂去地四万二千由旬其山頂上有提
頭賴吒天王城郭住處城名賢上縱廣正等
六百由旬七重垣牆七重欄楯七重鈴網復
有七重多羅行樹周匝圍繞雜色可觀悉以
七寶而為莊飾所謂金銀琉璃頗梨赤珠車
磲馬瑙等之所成就於四方面各有諸門一
一諸門皆有樓櫓却敵臺觀園苑諸池有諸
花林種種異樹其樹各有種種葉種種花種

上博 28 (35559)　起世經卷第六　(22－11)

花林種種異樹其樹各有種種葉種種花種
種果種種香其香普薰有種種鳥各各和鳴
其音哀雅甚可愛樂
諸比丘須弥山王南面半腹下去地際四万
二千由旬於由乹陁山頂之上有毗婁勒迦
天王城郭住處城名善現縱廣莊嚴皆如提
頭賴吒天王住處所說乃至種種諸鳥各各
和鳴其音哀雅甚可愛樂
諸比丘須弥山王西面半腹下去地際四万
二千由旬由乹陁山頂有毗婁博叉天王城
郭住處城名善觀縱廣莊嚴一一皆如提頭
賴吒天王住處所說乃至種種諸鳥各各和
鳴其音哀雅甚可愛樂
諸比丘須弥山王北面半腹下去地際亦四
万二千由旬由乹陁山頂有毗沙門天王住
止之處三大城郭其三者何一名毗舍羅婆
二名伽婆鉢帝三名阿荼槃多咸各縱廣六
百由旬七重垣牆七重欄楯略說乃至種種
眾鳥各各和鳴
諸比丘唯除月天子宮殿日天子七大宮殿
已自餘宮屬及四天王天中諸天子宮其間

上博 28 (35559)　起世經卷第六　(22－12)

已自餘宮屬及四天王天中諸天子宮其間
或有縱廣正等四十由旬或有三十或有二
十乃至十二由旬其宮小者猶尚縱廣六由
旬所亦各七重垣墻七重欄楯略說如前乃
至衆鳥各各和鳴
諸比丘毗舍羅婆伽婆鉢帝二宮之間為毗
沙門天王出生一池名那稚尼縱廣正等卌
由旬其水調和清涼輕耎其味甘美香潔不
濁其池四邊七重塼砌七重寶板間錯分明
七重欄楯七重鈴網亦有七重多羅行樹周
通圍繞雜色可觀乃至車𤦲馬瑙等七寶所
成於四方面各有階道亦以七寶之所莊飾
池中多有優鉢羅花鉢頭摩花拘牟陁花奔
荼利花等自然出生其花火形火色火光乃
至水形水色水光花量大小皆如車輪光明
所照至半由旬香氣所薰滿一由旬有諸藕
根大如車軸割之汁出色白如乳食之甘美
味如上蜜
諸比丘伽婆鉢帝阿荼槃多二宮之間為毗
沙門天王立一園苑其園名曰迦毗延多縱
廣正等四十由旬七重垣墻七重欄楯乃至
七重多羅行樹周通圍繞雜色可觀略說如

上博 28 (35559) 起世經卷第六 (22－13)

廣正等四十由旬七重垣墻七重欄楯乃至
七重多羅行樹周通圍繞雜色可觀略說如
前乃至七寶之所成就
諸比丘提頭賴吒天王賢上住處城郭往來
有二岐道毗婁勒迦天王善現住處城郭往
來亦二岐道毗婁博叉天王善觀住處城郭
往來亦二岐道毗沙門天王阿荼槃多城郭
住處亦二岐道毗舍羅婆及伽婆鉢帝城郭
住處亦二岐道四天王天所有眷屬諸小天
衆宮殿住處亦各往來有二岐道那稚尼池
及迦毗延多苑等亦各往來有二岐道
諸比丘毗沙門天王若欲往至迦毗延多苑
中遊戲澡浴者尒時即念提頭賴吒天王時
提頭賴吒天王心亦生念毗沙門大王意念
於我如是知已即復自念其界所屬諸小天
王及小天衆是時東面眷屬諸王及其天衆
咸作是念提頭賴吒大王心念我等如是知
已各各嚴身著諸瓔珞乘諸騎乘詣提頭賴
吒大天王所到已在前一面而住尒時提頭
賴吒天王亦自莊飾服諸瓔珞嚴駕騎乘與
諸小王天衆眷屬前後圍繞相與俱詣毗沙
門天王所到已在前一面而住

上博 28 (35559) 起世經卷第六 (22－14)

諸小王天衆眷屬前後圍遶相與俱詣毗沙
門大天王所到已在前一面而住
尒時毗沙門大王心復更念毗婁勒迦毗婁
博叉二大天王時彼二王亦作是念毗沙門
王意念我等如是知已即各自念已所統領
諸小天王并諸天衆時彼小王及諸天衆亦
皆作念我大天王心念我等宜時速往如是
知已各以瓔珞嚴飾其身俱共往詣毗婁勒
迦毗婁博叉二大王所時二大王知諸小王
及餘天衆皆集會已亦自嚴身服衆瓔珞前
就騎乘與衆圍遶咸共往詣毗沙門大天王
所到已在前隨便停住
尒時毗沙門大天王見二天王及其天衆皆
已集會亦自念其所領小王及諸天衆尒時
北方諸小天王及其天衆即作是念毗沙門
大天王今念我等如是知已各著種種衆寶
瓔珞莊嚴其身俱共往詣毗沙門大天王前
嘿然而住
尒時毗沙門大天王即亦自著衆寶瓔珞莊
嚴其身駕種種乘與提頭賴吒毗婁勒迦毗
婁博叉等四大天王各將所屬諸天王衆前

上博 28 (35559) 起世經卷第六 (22－15)

婁博叉等四大天王各將所屬諸天王衆前
後圍遶皆共往詣迦毗延多園苑到已在苑
門前整駕時停住諸比丘其亦迦毗延多苑中自
然而有三種風輪謂開淨吹開者開彼園門
淨者淨其園地吹者吹其園樹令花飄颺諸
比丘迦毗延多苑中所散衆花積至半膝種
種香氣周遍普熏
尒時毗沙門大天王提頭賴吒天王毗婁勒
迦天王毗婁博叉天王等與諸小王及衆眷
屬圍遶共入迦毗延多苑中澡浴遊戲種種
受樂在彼園中澡浴訖已或復一月二月三
月遊戲受樂隨心所欲恣意遊行諸比丘毗
沙門王有五夜叉恒常隨逐侍衛左右為防
護故何者為五一名五丈二名曠野三名金
山四名長身五名尉毛諸比丘毗沙門天王
遊戲去來常為此等五夜叉神之所守護
起世經三十三天品第八
諸比丘須弥山王頂上有三十三天宮殿住
處其處縱廣八万由旬七重城壁七重欄楯
七重鈴網外有七重多羅行樹周迊圍遶雜
色可觀七寶所成所謂金銀玻璃頗梨赤珠

上博 28 (35559) 起世經卷第六 (22－16)

色可觀七寶所成所謂金銀琉璃頗梨赤珠
車𤦲馬瑙等其城舉高四百由旬厚五十由
旬城壁四面相去各各五百由旬於其中間
乃開一門一一城門悉皆舉高三十由旬闊
十由旬其門兩邊並有樓櫓却敵臺閣軒檻
輦輿又有諸池花林果樹其樹各各有種種
葉種種花種種果種種香其香普薰有種種
鳥各各和鳴其音調雅甚可愛樂又彼諸門
一一門處各有五百夜叉為三十三天晝夜
守護
諸比丘於彼城內為三十三天王更立一城
名曰善見其城縱廣六万由旬七重城壁七
重欄楯七重鈴網外有七重多羅行樹周迊
圍繞雜色可觀亦以七寶之所成就所謂金
銀乃至馬瑙其城亦高四百由旬厚五十由
旬城之四面亦各相去五百由旬於其中間
便開一門諸門亦高三十由旬闊十由旬一
一諸門亦有樓櫓却敵臺閣水池花林種
種奇樹其樹各有種種葉種種花種種果種
種香其香普薰種種衆鳥各各和鳴如是諸
門門門皆有五百夜叉為三十三天晝夜守

上博 28 (35559) 起世經卷第六 (22－17)

種香其香普薰種種衆鳥各各和鳴如是諸
門門門皆有五百夜叉為三十三天晝夜守
護
諸比丘三十三天善見城側為伊羅鉢那大龍
為王立一宮殿其宮縱廣六百由旬七重墻
壁七重欄楯略說乃至種種衆鳥各各和鳴
諸比丘善見城內有三十三天聚會之處名
善法堂其處縱廣五百由旬七重欄楯七重
鈴網外有七重多羅行樹周迊圍繞雜色可
觀乃至馬瑙等七寶所成於四方面各有諸
門一一諸門皆有樓櫓却敵臺觀種種雜色
七寶所成其地純是青琉璃寶柔耎細滑觸
之猶若迦旃隣提衣當其中央有一寶柱高
二十由旬於寶柱下為天帝釋別置一座高
一由旬方半由旬雜色可觀乃至車𤦲等七
寶成就柔耎細滑觸之如前其座兩邊各有
十六小天王座夾侍左右七寶所成雜色可
觀柔耎細滑觸之如前
諸比丘此善法堂諸天集處有帝釋宮其宮
縱廣一千由旬七重垣墻乃至衆鳥各各和
鳴諸比丘此善法堂諸天集處東西南北四
面皆有諸小天王宮殿住處其宮或廣九百

上博 28 (35559) 起世經卷第六 (22－18)

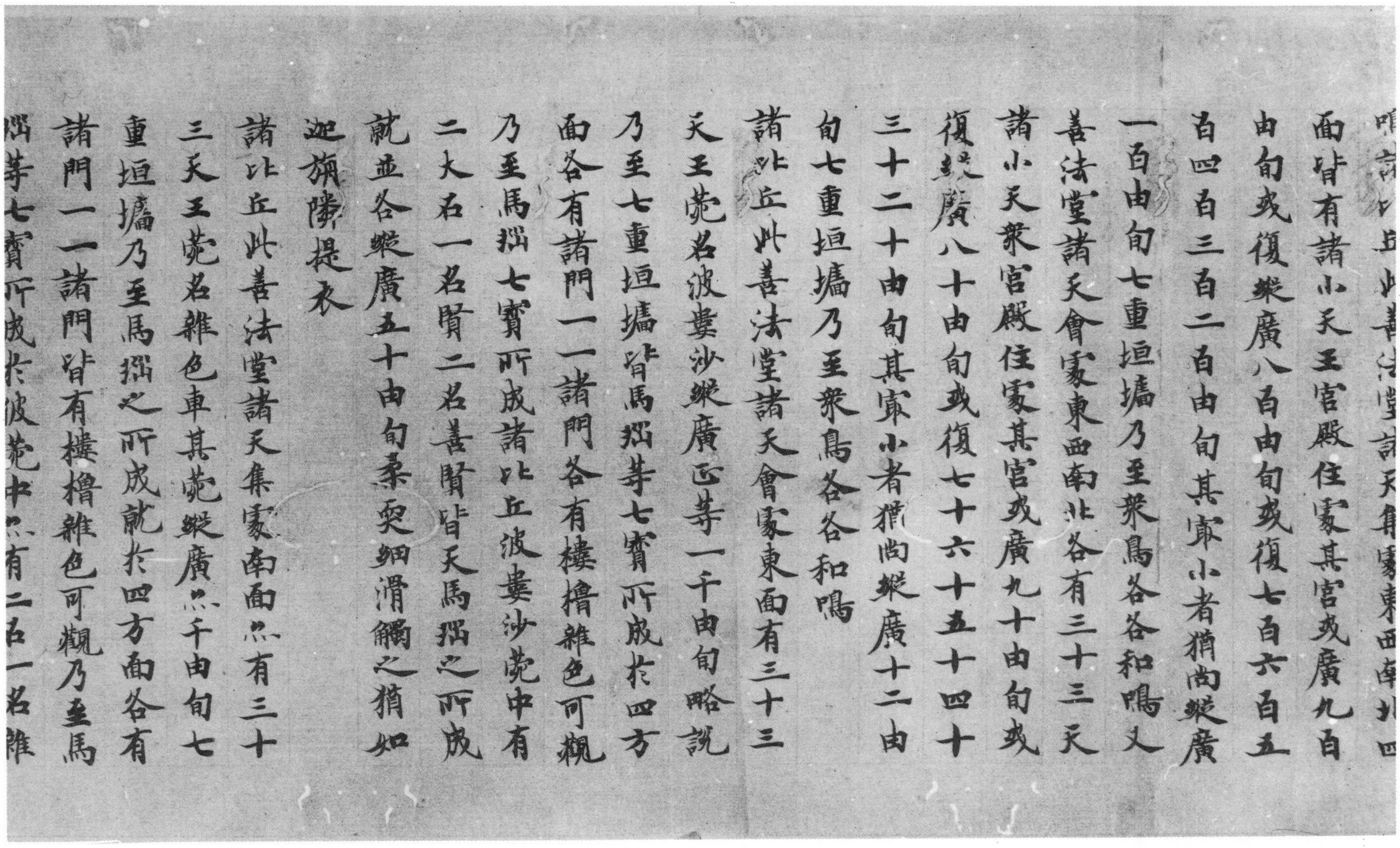

鳴諸比丘此善法堂諸天集處東西南北四
面皆有諸小天王宮殿住處其宮或廣九百
由旬或復縱廣八百由旬或復七百六百五
百四百三百二百由旬其最小者猶尚縱廣
一百由旬七重垣墻乃至衆鳥各各和鳴又
善法堂諸天會處東西南北各有三十三天
諸小天衆宮殿住處其宮或廣九十由旬或
復縱廣八十由旬或復七十六十五十四十
三十二十由旬其最小者猶尚縱廣十二由
旬七重垣墻乃至衆鳥各各和鳴
諸比丘此善法堂諸天會處東面有三十三
天王苑名波婁沙縱廣正等一千由旬略說
乃至七重垣墻皆馬瑙等七寶所成於四方
面各有諸門一一諸門各有樓櫓雜色可觀
乃至馬瑙七寶所成諸比丘波婁沙苑中有
二大石一名賢二名善賢皆天馬瑙之所成
就並各縱廣五十由旬柔耎細滑觸之猶如
迦旃隣提衣
諸比丘此善法堂諸天集處南面亦有三十
三天王苑名雜色車其苑縱廣亦千由旬七
重垣墻乃至馬瑙之所成就於四方面各有
諸門一一諸門皆有樓櫓雜色可觀乃至馬
瑙等七寶所成於彼苑中亦有二石一名雜

上博 28 (35559)　起世經卷第六　　(22－19)

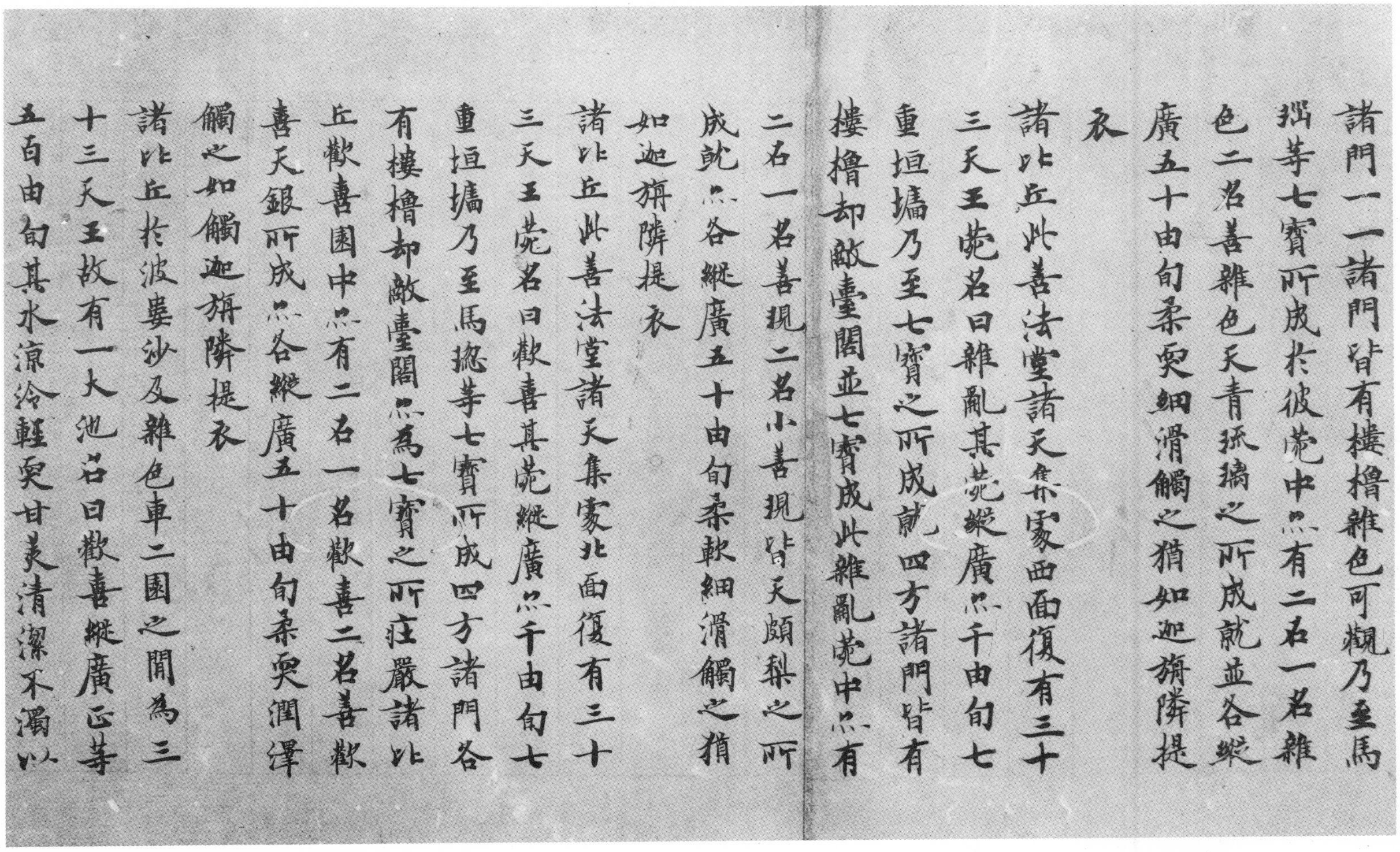

諸門一一諸門皆有樓櫓雜色可觀乃至馬
瑙等七寶所成於彼苑中亦有二石一名雜
色二名善雜色天青琉璃之所成就並各縱
廣五十由旬柔耎細滑觸之猶如迦旃隣提
衣
諸比丘此善法堂諸天集處西面復有三十
三天王苑名曰雜亂其苑縱廣亦千由旬七
重垣墻乃至七寶之所成就四方諸門皆有
樓櫓却敵臺閣並七寶成此雜亂苑中亦有
二石一名善現二名小善現皆天頗梨之所
成就亦各縱廣五十由旬柔軟細滑觸之猶
如迦旃隣提衣
諸比丘此善法堂諸天集處北面復有三十
三天王苑名曰歡喜其苑縱廣亦千由旬七
重垣墻乃至馬瑙等七寶所成四方諸門各
有樓櫓却敵臺閣亦為七寶之所莊嚴諸比
丘歡喜園中亦有二石一名歡喜二名善歡
喜天銀所成亦各縱廣五十由旬柔耎潤澤
觸之如觸迦旃隣提衣
諸比丘於波婁沙及雜色車二園之間為三
十三天王故有一大池名曰歡喜縱廣正等
五百由旬其水涼冷輕耎甘美清潔不濁以

上博 28 (35559)　起世經卷第六　　(22－20)

十三天王故有一大池名曰歡喜縱廣正等
五百由旬其水涼冷輕耎甘美清潔不濁以
七寶塼四面砌累七重寶㭊莊嚴間錯七重
欄楯乃至七重多羅行樹周迊圍繞雜色可
觀於池四方各有階道並是七寶之所莊挍中
有諸花所謂優鉢羅花鉢頭摩花拘牟陀花
奔茶利花其花火形火色火光乃至水形水
色水光縱廣大小皆如車輪光明所照至一
由旬風吹香氣薰一由旬有諸藕根大如車
軸割之汁流色白如乳其味甘美如蜜上蜜
諸比丘雜亂歡喜二園之間為卅三天王故
有一大樹名波利夜怛邏俱毗陀羅其樹本
下周七由旬略說乃至枝葉遍覆墻院縱廣
五百由旬七重垣墻乃至衆鳥各各和鳴
諸比丘此波利夜怛邏俱毗陀羅樹下有一
石名般茶甘婆羅天金所成其石縱廣五十
由旬柔耎潤澤觸之如觸迦旃隣提衣諸比
丘以何因緣此善法堂諸天會處名為善法
諸比丘其善法堂諸天會處三十三天王集
會坐時於中唯論微妙細密善語深義審諦
思惟稱量觀察皆是世間諸勝要法真實正

上博 28 (35559)　起世經卷第六　(22－21)

會坐時於中唯論微妙細密善語深義審諦
思惟稱量觀察皆是世間諸勝要法真實正
理是以諸天稱此會處為善法堂又何因緣
名波婁沙迦苑（波婁沙迦 隨言麁澀）諸比丘麁澀園中三
十三天王入已坐於賢及善賢二石之上唯
論世間麁惡不善戲謔之語是故稱為波婁
沙迦又何因緣名雜色車苑諸比丘雜色車
園三十三天王入已坐於雜色善雜色二石
之上唯論世間種種雜類色相語言是故稱
為雜色車苑又何因緣名雜亂苑諸比丘此
雜亂園三十三天王常以月八日十四日十
五日放其宮内一切綵女入此園中令與三
十三天衆合雜嬉戲不生障隔恣其歡娛受
天五欲具足功德遊行受樂是故諸天共稱
此園為雜亂苑

起世經卷第六

上博 28 (35559)　起世經卷第六　(22－22)

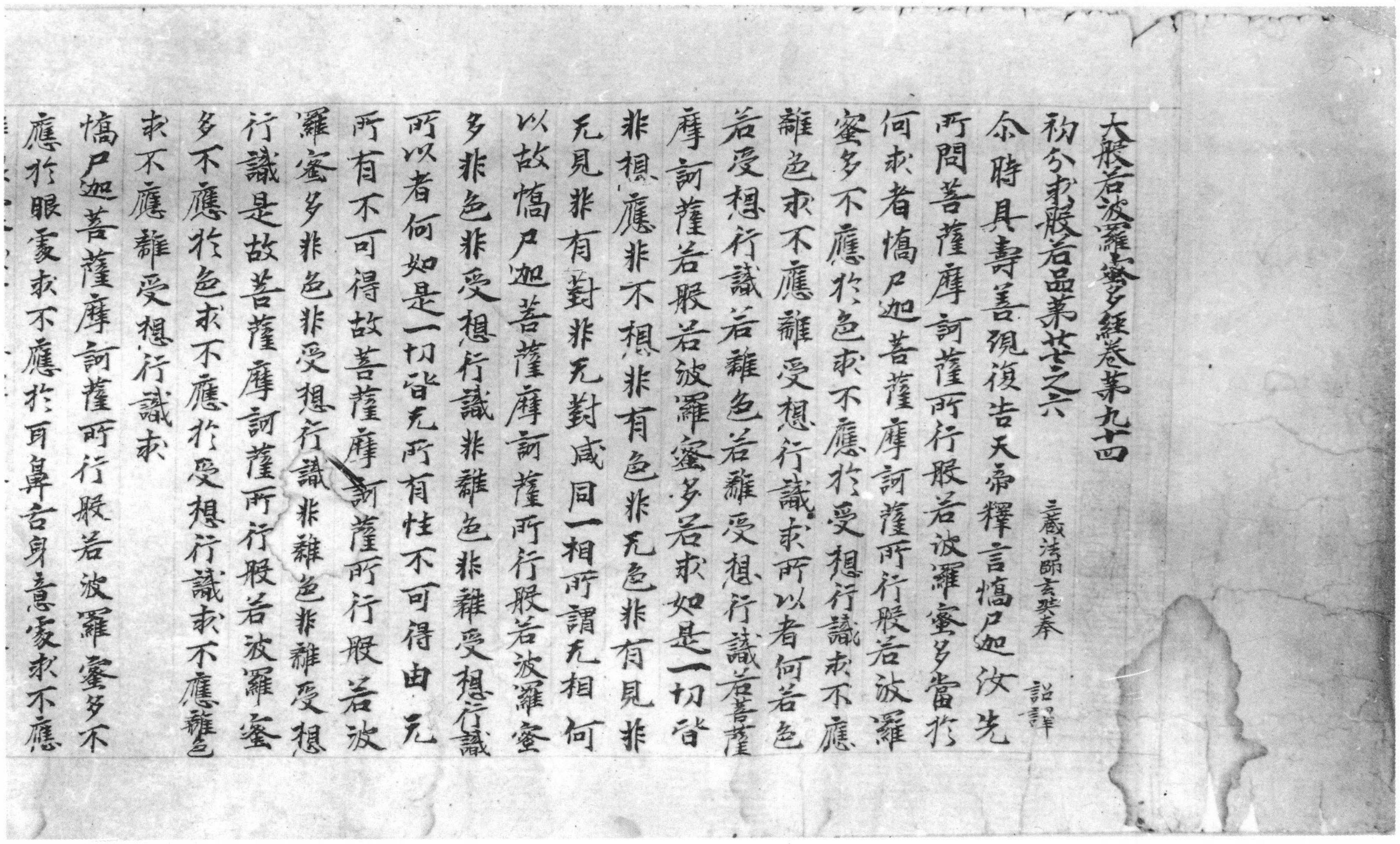

大般若波羅蜜多經卷第九十四
初分求般若品第廿七之六　三藏法師玄奘奉　詔譯
尒時具壽善現復告天帝釋言憍尸迦汝先
所問菩薩摩訶薩所行般若波羅蜜多當於
何求者憍尸迦菩薩摩訶薩所行般若波羅
蜜多不應於色求不應於受想行識求不應
離色求不應離受想行識求所以者何若色
若受想行識若離色若離受想行識若菩薩
摩訶薩若般若波羅蜜多若求如是一切皆
非相應非不相應非有色非无色非有見非
无見非有對非无對咸同一相所謂无相何
以故憍尸迦菩薩摩訶薩所行般若波羅蜜
多非色非受想行識非離色非離受想行識
所以者何如是一切皆无所有性不可得由无
所有不可得故菩薩摩訶薩所行般若波
羅蜜多非色非受想行識非離色非離受想
行識是故菩薩摩訶薩所行般若波羅蜜
多不應於色求不應於受想行識求不應離色
求不應離受想行識求
憍尸迦菩薩摩訶薩所行般若波羅蜜多不
應於眼處求不應於耳鼻舌身意處求不應

上博 29 (36225)　大般若波羅蜜多經卷第九十四　(19－1)

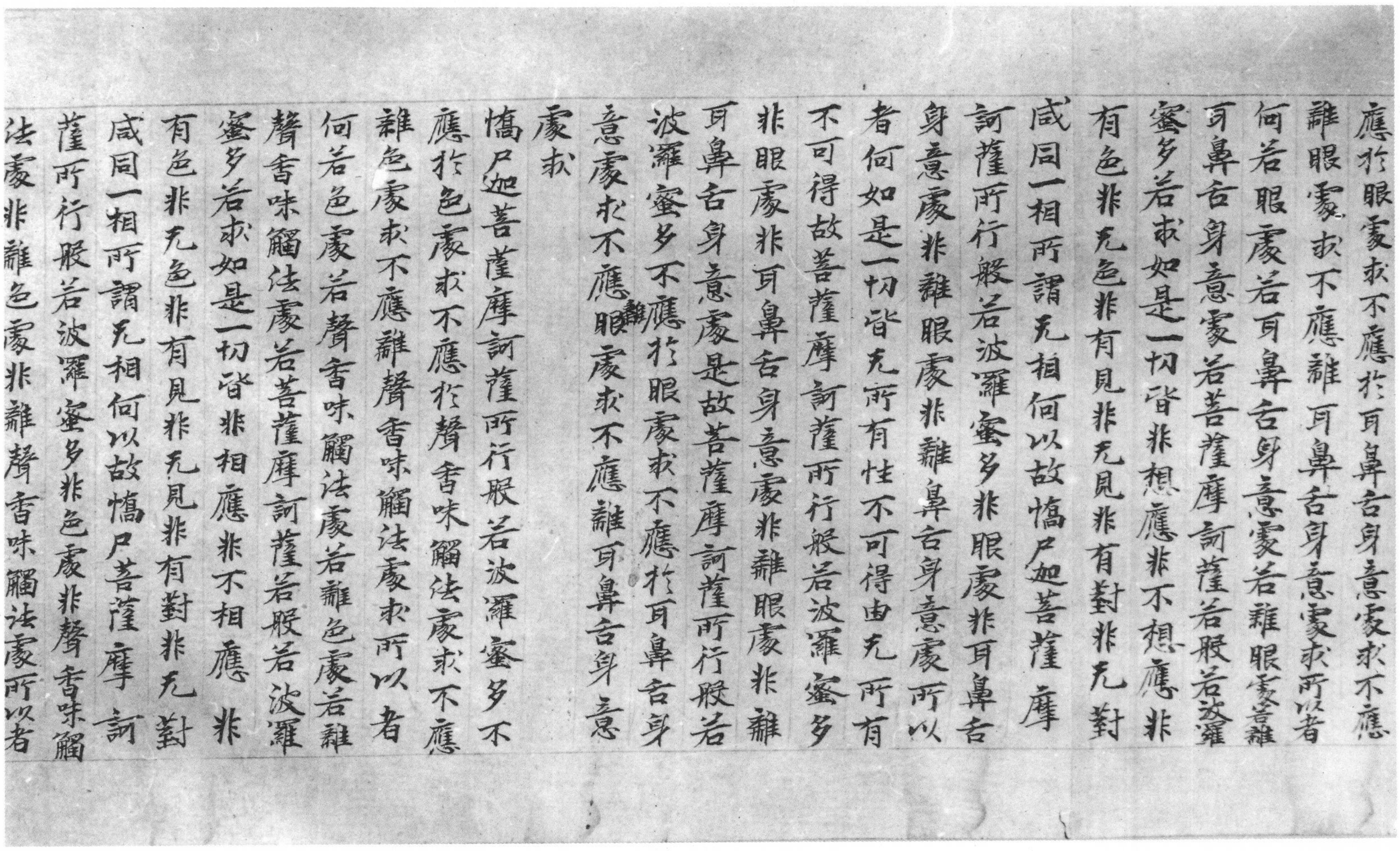

應於眼處求不應於耳鼻舌身意處求不應
離眼處求不應離耳鼻舌身意處求所以者
何若眼處若耳鼻舌身意處若離眼處若離
耳鼻舌身意處若菩薩摩訶薩若般若波羅
蜜多若求如是一切皆非相應非不相應非
有色非无色非有見非无見非有對非无對
咸同一相所謂无相何以故憍尸迦菩薩摩
訶薩所行般若波羅蜜多非眼處非耳鼻舌
身意處非離眼處非離耳鼻舌身意處所以
者何如是一切皆无所有性不可得由无所有
不可得故菩薩摩訶薩所行般若波羅蜜多
非眼處非耳鼻舌身意處非離眼處非離
耳鼻舌身意處是故菩薩摩訶薩所行般若
波羅蜜多不應於眼處求不應於耳鼻舌身
意處求不應離眼處求不應離耳鼻舌身意
處求
憍尸迦菩薩摩訶薩所行般若波羅蜜多不
應於色處求不應於聲香味觸法處求不應
離色處求不應離聲香味觸法處求所以者
何若色處若聲香味觸法處若離色處若離
聲香味觸法處若菩薩摩訶薩若般若波羅
蜜多若求如是一切皆非相應非不相應非
有色非无色非有見非无見非有對非无對
咸同一相所謂无相何以故憍尸迦菩薩摩訶
薩所行般若波羅蜜多非色處非聲香味觸
法處非離色處非離聲香味觸法處所以者

上博 29 (36225)　大般若波羅蜜多經卷第九十四　(19－2)

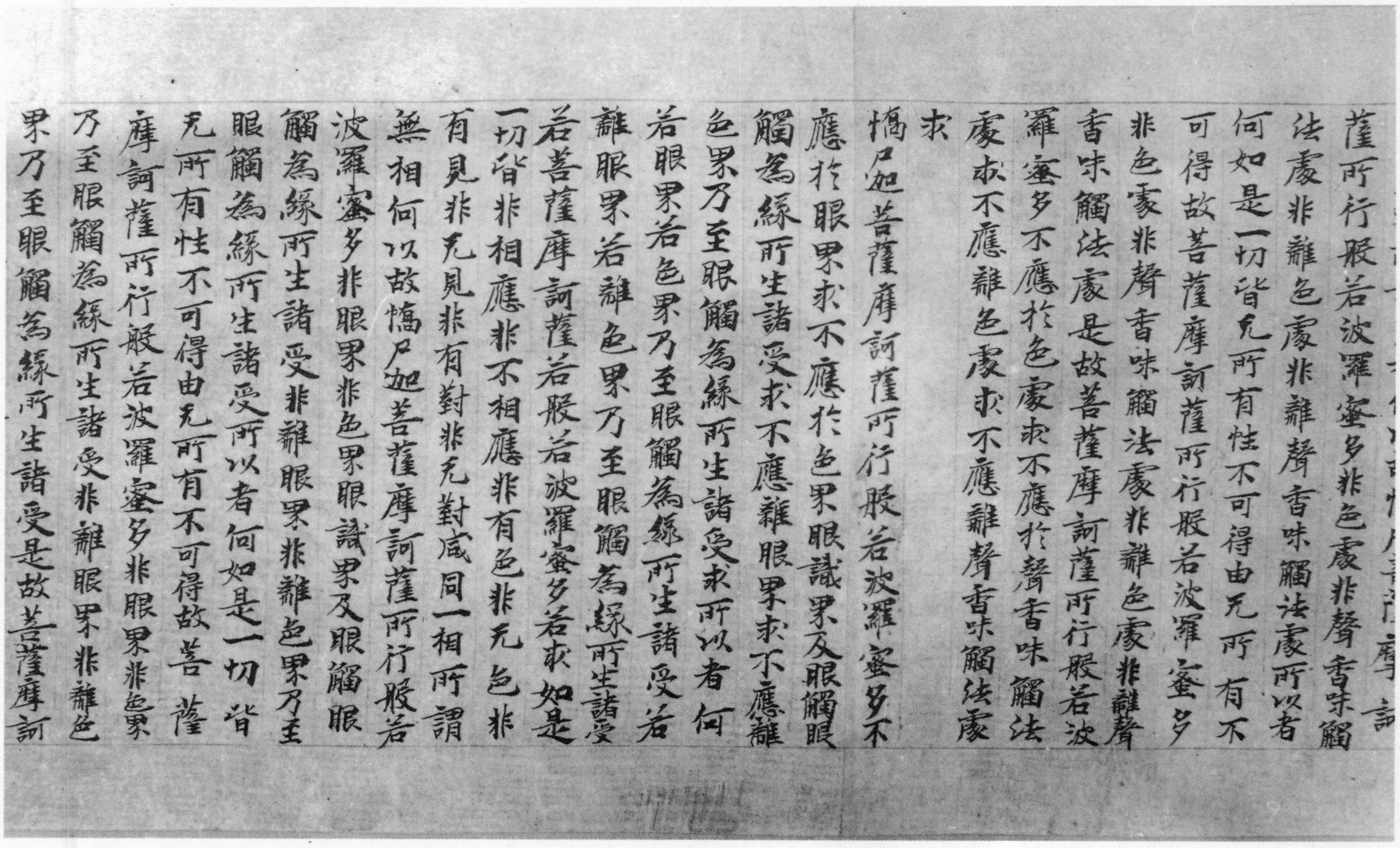
薩所行般若波羅蜜多非色處非聲香味觸
法處非離色處非離聲香味觸法處所以者
何如是一切皆无所有性不可得由无所有不
可得故菩薩摩訶薩所行般若波羅蜜多
非色處非聲香味觸法處非離色處非離聲
香味觸法處是故菩薩摩訶薩所行般若波
羅蜜多不應於色處求不應於聲香味觸法
處求不應離色處求不應離聲香味觸法處
求
憍尸迦菩薩摩訶薩所行般若波羅蜜多不
應於眼界求不應於色界眼識界及眼觸眼
觸為緣所生諸受求不應離眼界求不應離
色界乃至眼觸為緣所生諸受求所以者何
若眼界若色界乃至眼觸為緣所生諸受若
離眼界若離色界乃至眼觸為緣所生諸受
若菩薩摩訶薩若般若波羅蜜多若求如是
一切皆非相應非不相應非有色非无色非
有見非无見非有對非无對咸同一相所謂
無相何以故憍尸迦菩薩摩訶薩所行般若
波羅蜜多非眼界非色界眼識界及眼觸眼
觸為緣所生諸受非離眼界非離色界乃至
眼觸為緣所生諸受所以者何如是一切皆
无所有性不可得由无所有不可得故菩薩
摩訶薩所行般若波羅蜜多非眼界非色界
乃至眼觸為緣所生諸受非離眼界非離色
界乃至眼觸為緣所生諸受是故菩薩摩訶

上博 29 (36225)　大般若波羅蜜多經卷第九十四　　(19－3)

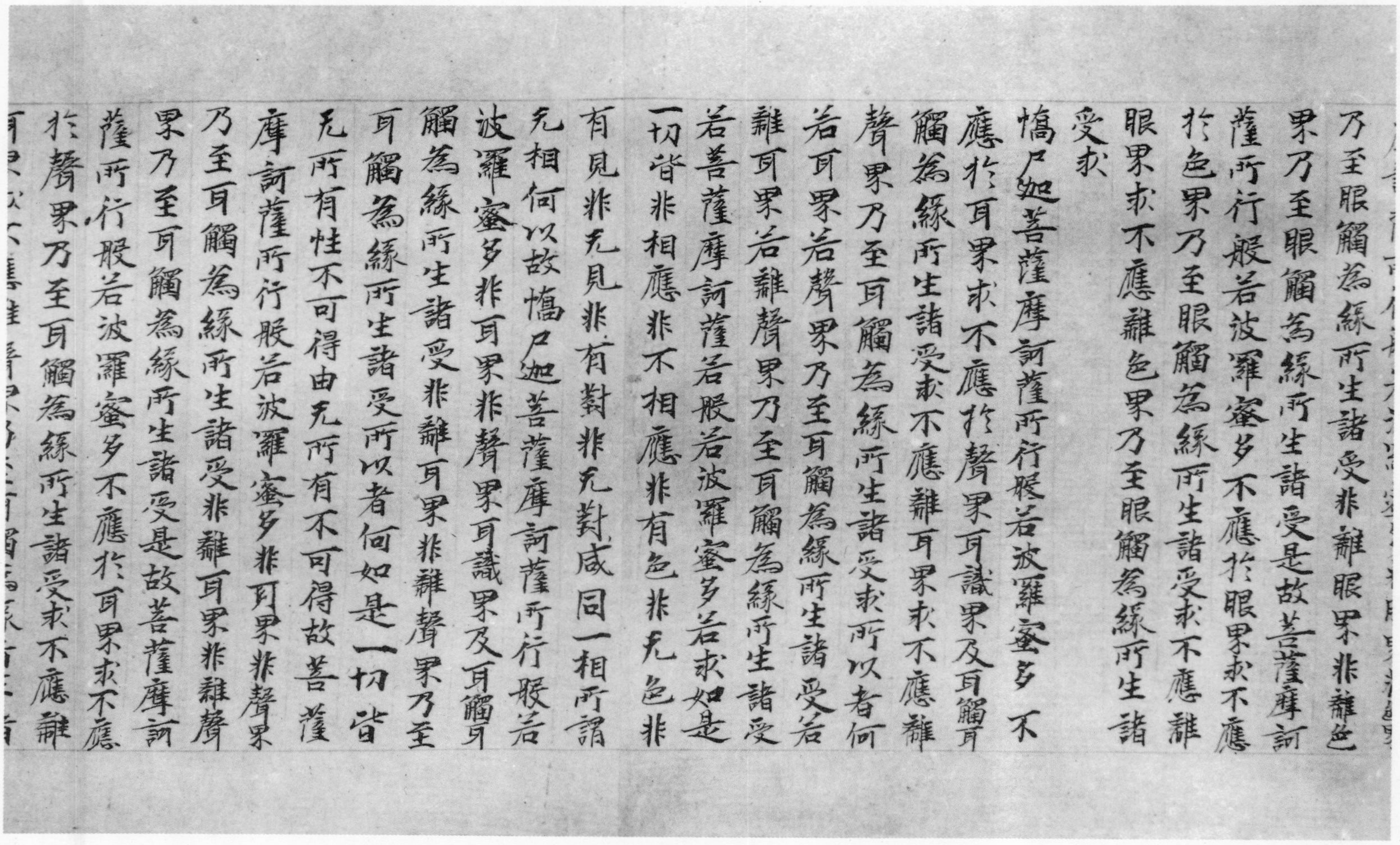
乃至眼觸為緣所生諸受非離眼界非離色
界乃至眼觸為緣所生諸受是故菩薩摩訶
薩所行般若波羅蜜多不應於眼界求不應
於色界乃至眼觸為緣所生諸受求不應離
眼界求不應離色界乃至眼觸為緣所生諸
受求
憍尸迦菩薩摩訶薩所行般若波羅蜜多 不
應於耳界求不應於聲界耳識界及耳觸耳
觸為緣所生諸受求不應離耳界求不應離
聲界乃至耳觸為緣所生諸受求所以者何
若耳界若聲界乃至耳觸為緣所生諸受若
離耳界若離聲界乃至耳觸為緣所生諸受
若菩薩摩訶薩若般若波羅蜜多若求如是
一切皆非相應非不相應非有色非无色非
有見非无見非有對非无對咸同一相所謂
无相何以故憍尸迦菩薩摩訶薩所行般若
波羅蜜多非耳界非聲界耳識界及耳觸耳
觸為緣所生諸受非離耳界非離聲界乃至
耳觸為緣所生諸受所以者何如是一切皆
无所有性不可得由无所有不可得故菩薩
摩訶薩所行般若波羅蜜多非耳界非聲界
乃至耳觸為緣所生諸受非離耳界非離聲
界乃至耳觸為緣所生諸受是故菩薩摩訶
薩所行般若波羅蜜多不應於耳界求不應
於聲界乃至耳觸為緣所生諸受求不應離

上博 29 (36225)　大般若波羅蜜多經卷第九十四　　(19－4)

於聲界乃至耳觸為緣所生諸受求不應離
耳界求不應離聲界乃至耳觸為緣所生諸
受求
憍尸迦菩薩摩訶薩所行般若波羅蜜多不
應於鼻界求不應於香界鼻識界及鼻觸鼻
觸為緣所生諸受求不應離鼻界求不應離
香界乃至鼻觸為緣所生諸受求所以者何
若鼻界若香界乃至鼻觸為緣所生諸受若
離鼻界若離香界乃至鼻觸為緣所生諸受
若菩薩摩訶薩若般若波羅蜜多若求如是
一切皆非相應非不相應非有色非无色非
有見非无見非有對非无對咸同一相所謂
无相何以故憍尸迦菩薩摩訶薩所行般若
波羅蜜多非鼻界非香界鼻識界及鼻觸鼻
觸為緣所生諸受非離鼻界非離香界乃至
鼻觸為緣所生諸受所以者何如是一切皆
无所有性不可得由无所有不可得故菩薩
摩訶薩所行般若波羅蜜多非鼻界非香界
乃至鼻觸為緣所生諸受非離鼻界非離香
界乃至鼻觸為緣所生諸受是故菩薩摩訶
薩所行般若波羅蜜多不應於鼻界求不應
於香界乃至鼻觸為緣所生諸受求不應離
鼻界求不應離香界乃至鼻觸為緣所生諸
受求
憍尸迦菩薩摩訶薩所行般若波羅蜜多不
應於舌界求不應於味界舌識界及舌觸舌

上博 29 (36225) 大般若波羅蜜多經卷第九十四 (19－5)

憍尸迦菩薩摩訶薩所行般若波羅蜜多不
應於舌界求不應於味界舌識界及舌觸舌
觸為緣所生諸受求不應離舌界求不應離
味界乃至舌觸為緣所生諸受求所以者何
若舌界若味界乃至舌觸為緣所生諸受若
離舌界若離味界乃至舌觸為緣所生諸受
若菩薩摩訶薩若般若波羅蜜多若求如是
一切皆非相應非不相應非有色非无色非
有見非无見非有對非无對咸同一相所謂
无相何以故憍尸迦菩薩摩訶薩所行般若
波羅蜜多非舌界非味界舌識界及舌觸舌
觸為緣所生諸受非離舌界非離味界乃至
舌觸為緣所生諸受所以者何如是一切皆
无所有性不可得由无所有不可得故菩薩
摩訶薩所行般若波羅蜜多非舌界非味界
乃至舌觸為緣所生諸受非離舌界非離味
界乃至舌觸為緣所生諸受是故菩薩摩訶
薩所行般若波羅蜜多不應於舌界求不應
於味界乃至舌觸為緣所生諸受求不應離
舌界求不應離味界乃至舌觸為緣所生諸
受求
憍尸迦菩薩摩訶薩所行般若波羅蜜多不
應於身界求不應於觸界身識界及身觸
身觸為緣所生諸受求不應離身界求不應離
觸界乃至身觸為緣所生諸受求所以者何
若身界若觸界乃至身觸為緣所生諸受若

上博 29 (36225) 大般若波羅蜜多經卷第九十四 (19－6)

觸界乃至身觸為緣所生諸受求所以者何
若身界若觸界乃至身觸為緣所生諸受若
離身界若離觸界乃至身觸為緣所生諸受
若菩薩摩訶薩若般若波羅蜜多若求如是
一切皆非相應非不相應非有色非无色非
有見非无見非有對非无對咸同一相所謂
无相何以故憍尸迦菩薩摩訶薩所行般若
波羅蜜多非身界非觸界身識界及身觸身
觸為緣所生諸受非離身界非離觸界乃至
身觸為緣所生諸受所以者何如是一切皆无
所有性不可得由无所有不可得故菩薩
摩訶薩所行般若波羅蜜多非身界非觸界
乃至身觸為緣所生諸受非離身界非離觸
界乃至身觸為緣所生諸受是故菩薩摩訶
薩所行般若波羅蜜多不應於身界求不應
於觸界乃至身觸為緣所生諸受求不應離
身界求不應離觸界乃至身觸為緣所生諸
受求
憍尸迦菩薩摩訶薩所行般若波羅蜜多不
應於意界求不應於法界意識界及意觸意
觸為緣所生諸受求不應離意界求不應離
法界乃至意觸為緣所生諸受求所以者何
若意界若法界乃至意觸為緣所生諸受若
離意界若離法界乃至意觸為緣所生諸受
若菩薩摩訶薩若般若波羅蜜多若求如是
一切皆非相應非不相應非有色非无色非

上博 29 (36225)　大般若波羅蜜多經卷第九十四　(19－7)

若菩薩摩訶薩若般若波羅蜜多若求如是
一切皆非相應非不相應非有色非无色非
有見非无見非有對非无對咸同一相所謂
无相何以故憍尸迦菩薩摩訶薩所行般若
波羅蜜多非意界非法界意識界及意觸意
觸為緣所生諸受非離意界非離法界乃至
意觸為緣所生諸受所以者何如是一切皆
无所有性不可得由无所有不可得故菩薩
摩訶薩所行般若波羅蜜多非意界非法界
乃至意觸為緣所生諸受非離意界非離法
界乃至意觸為緣所生諸受是故菩薩摩訶
薩所行般若波羅蜜多不應於意界求不應
於法界乃至意觸為緣所生諸受求不應離
意界求不應離法界乃至意觸為緣所生諸
受求
憍尸迦菩薩摩訶薩所行般若波羅蜜多不
應於地界求不應於水火風空識界求所應
離地界求不應離水火風空識界求所以者
何若地界若水火風空識界若離地界若離
水火風空識界若菩薩摩訶薩若般若波羅
蜜多若求如是一切皆非相應非不相應非
有色非无色非有見非无見非有對非无
對咸同一相所謂无相何以故憍尸迦菩薩摩
訶薩所行般若波羅蜜多非地界非水火風
空識界非離地界非離水火風空識界所以
者何如是一切皆无所有性不可得由无所

上博 29 (36225)　大般若波羅蜜多經卷第九十四　(19－8)

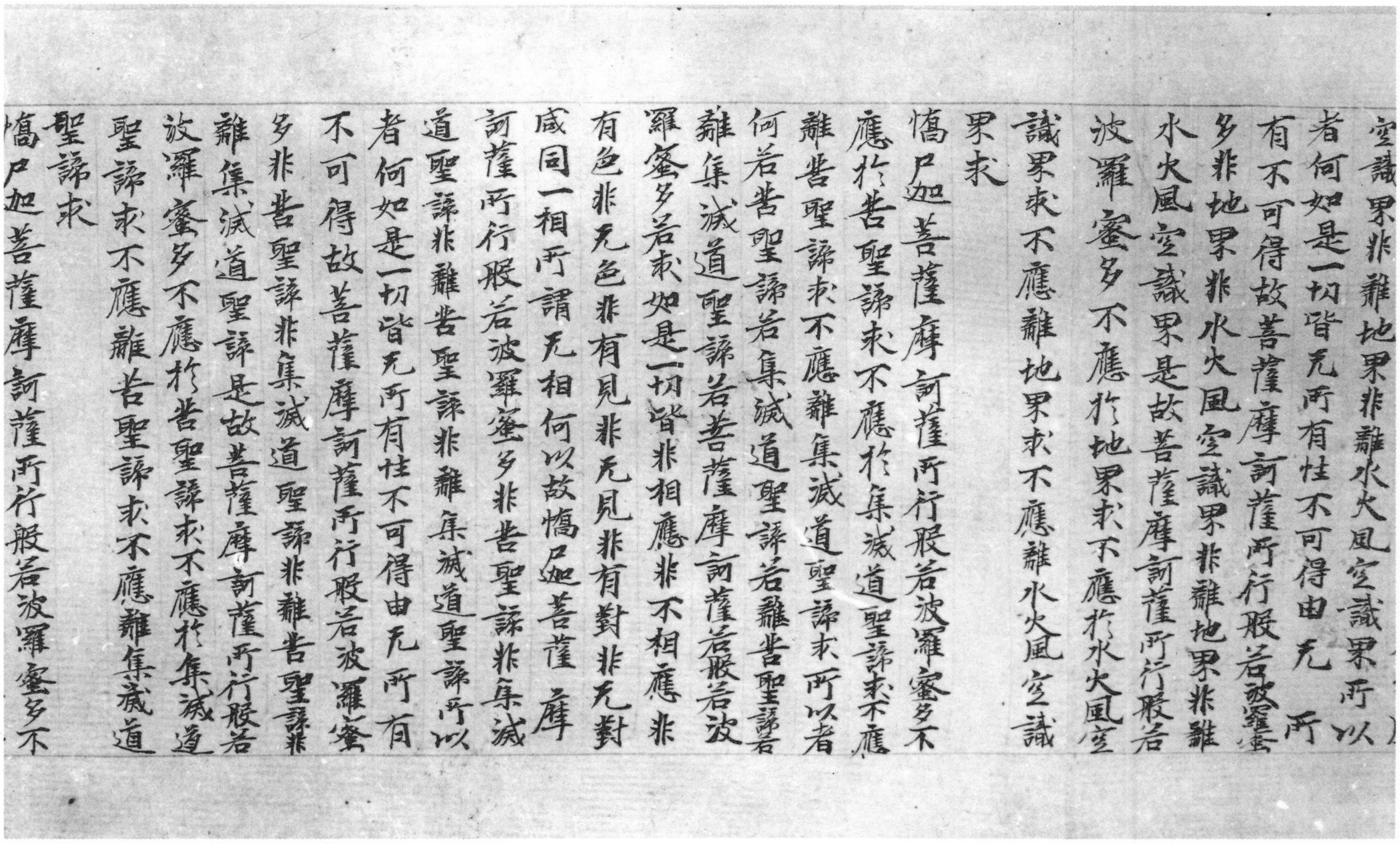
空識界非離地界非離水火風空識界所以
者何如是一切皆无所有性不可得由无所
有不可得故菩薩摩訶薩所行般若波羅蜜
多非地界非水火風空識界非離地界非離
水火風空識界是故菩薩摩訶薩所行般若
波羅蜜多不應於地界求不應於水火風空
識界求不應離地界求不應離水火風空識
界求
憍尸迦菩薩摩訶薩所行般若波羅蜜多不
應於苦聖諦求不應於集滅道聖諦求不應
離苦聖諦求不應離集滅道聖諦求所以者
何若苦聖諦若集滅道聖諦若離苦聖諦若
離集滅道聖諦若菩薩摩訶薩若般若波
羅蜜多若求如是一切皆非相應非不相應非
有色非无色非有見非无見非有對非无對
咸同一相所謂无相何以故憍尸迦菩薩摩
訶薩所行般若波羅蜜多非苦聖諦非集滅
道聖諦非離苦聖諦非離集滅道聖諦所以
者何如是一切皆无所有性不可得由无所有
不可得故菩薩摩訶薩所行般若波羅蜜
多非苦聖諦非集滅道聖諦非離苦聖諦非
離集滅道聖諦是故菩薩摩訶薩所行般若
波羅蜜多不應於苦聖諦求不應於集滅道
聖諦求不應離苦聖諦求不應離集滅道
聖諦求
憍尸迦菩薩摩訶薩所行般若波羅蜜多不

上博 29 (36225) 大般若波羅蜜多經卷第九十四 (19－9)

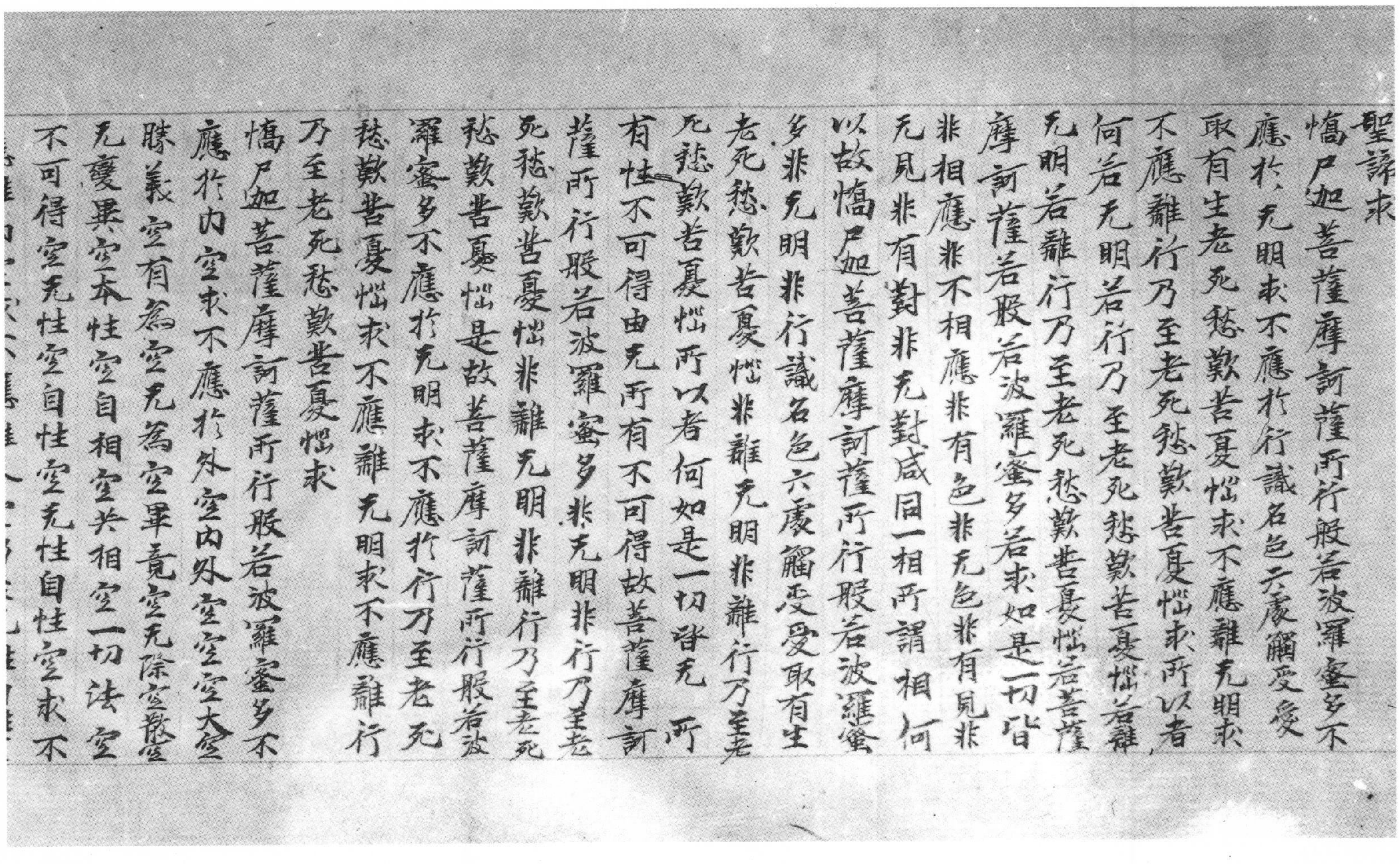
聖諦求
憍尸迦菩薩摩訶薩所行般若波羅蜜多不
應於无明求不應於行識名色六處觸受愛
取有生老死愁歎苦憂惱求不應離无明求
不應離行乃至老死愁歎苦憂惱求所以者
何若无明若行乃至老死愁歎苦憂惱若離
无明若離行乃至老死愁歎苦憂惱若菩薩
摩訶薩若般若波羅蜜多若求如是一切皆
非相應非不相應非有色非无色非有見非
无見非有對非无對咸同一相所謂无相何
以故憍尸迦菩薩摩訶薩所行般若波羅蜜
多非无明非行識名色六處觸受愛取有生
老死愁歎苦憂惱非離无明非離行乃至老
死愁歎苦憂惱所以者何如是一切皆无所
有性不可得由无所有不可得故菩薩摩訶
薩所行般若波羅蜜多非无明非行乃至老
死愁歎苦憂惱非離无明非離行乃至老死
愁歎苦憂惱是故菩薩摩訶薩所行般若波
羅蜜多不應於无明求不應於行乃至老死
愁歎苦憂惱求不應離无明求不應離行
乃至老死愁歎苦憂惱求
憍尸迦菩薩摩訶薩所行般若波羅蜜多不
應於內空求不應於外空內外空空空大空
勝義空有為空无為空畢竟空无際空散空
无變異空本性空自相空共相空一切法空
不可得空无性空自性空无性自性空求不

上博 29 (36225) 大般若波羅蜜多經卷第九十四 (19－10)

无變異空本性空自相空共相空一切法空
不可得空无性空自性空无性自性空求不
應離内空求不應離外空乃至无性自性空
求所以者何若内空若外空乃至无性自性
空若離内空若離外空乃至无性自性空若
菩薩摩訶薩若般若波羅蜜多若求如是一
切皆非相應非不相應非有色非无色非有
見非无見非有對非无對咸同一相所謂无
相何以故憍尸迦菩薩摩訶薩所行般若波
羅蜜多非内空非外空内外空空空大空勝
義空有爲空无爲空畢竟空无際空散空无
變異空本性空自相空共相空一切法空不
可得空无性空自性空无性自性空非離内
空非離外空乃至无性自性空所以者何如
是一切皆无所有性不可得由无所有不可
得故菩薩摩訶薩所行般若波羅蜜多非内
空非外空乃至无性自性空非離内空非離
外空乃至无性自性空是故菩薩摩訶薩所
行般若波羅蜜多不應於内空求不應於外
空乃至无性自性空求不應離内空求不應
離外空乃至无性自性空求
憍尸迦菩薩摩訶薩所行般若波羅蜜多不
應於真如求不應於法界法性不虚妄性不
應異性平等性離生性法定法住實際虚空
界不思議界求不應離真如求不應離法界

上博 29 (36225)　大般若波羅蜜多經卷第九十四　(19－11)

界不思議界求不應離真如求不應離法界
乃至不思議界求所以者何若真如若法界
乃至不思議界若離真如若離法界乃至不
思議界若菩薩摩訶薩若般若波羅蜜多若
求如是一切皆非相應非不相應非有色非
无色非有見非无見非有對非无對咸同一
相所謂无相何以故憍尸迦菩薩摩訶薩所
行般若波羅蜜多非真如非法界法性不虚
妄性不變異性平等性離生性法定法住實際
虚空界不思議界非離真如非離法界乃
至不思議界所以者何如是一切皆无所有
性不可得由无所有不可得故菩薩摩訶薩
所行般若波羅蜜多非真如非法界乃至不
思議界非離真如非離法界乃至不思議界
是故菩薩摩訶薩所行般若波羅蜜多不應
於真如求不應於法界乃至不思議界求不
應離真如求不應離法界乃至不思議界求
憍尸迦菩薩摩訶薩所行般若波羅蜜多不
應於布施波羅蜜多求不應於淨戒安忍精
進静慮般若波羅蜜多求不應離布施波
羅蜜多求不應離淨戒安忍精進静慮般若
波羅蜜多求所以者何若布施波羅蜜多若淨
戒安忍精進静慮般若波羅蜜多若離布施
波羅蜜多若離淨戒安忍精進静慮般若波
羅蜜多若菩薩摩訶薩若般若波羅蜜多若
求如是一切皆非相應非不相應非有色非

上博 29 (36225)　大般若波羅蜜多經卷第九十四　(19－12)

羅蜜多若菩薩摩訶薩若般若波羅蜜多若
求如是一切皆非相應非不相應非有色非
无色非有見非无見非有對非无對咸同一
相所謂无相何以故憍尸迦菩薩摩訶薩所
行般若波羅蜜多非布施波羅蜜多非淨戒
安忍精進静慮般若波羅蜜多非離布施波
羅蜜多非離淨戒安忍精進静慮般若波羅
蜜多所以者何如是一切皆无所有性不可
得由无所有不可得故菩薩摩訶薩所行
般若波羅蜜多非布施波羅蜜多非淨戒安忍
精進静慮般若波羅蜜多非離布施波羅蜜
多非離淨戒安忍精進静慮般若波羅蜜多
是故菩薩摩訶薩所行般若波羅蜜多不應
於布施波羅蜜多求不應於淨戒安忍精進
静慮般若波羅蜜多求不應離布施波羅蜜
多求不應離淨戒安忍精進静慮般若波羅
蜜多求
憍尸迦菩薩摩訶薩所行般若波羅蜜多不
應於四静慮求不應於四无量四无色定求
不應離四静慮求不應離四无量四无色定
求所以者何若四静慮若四无量四无色定
若離四静慮若離四无量四无色定若菩薩
摩訶薩若般若波羅蜜多若求如是一切皆
非相應非不相應非有色非无色非有見非
无見非有對非无對咸同一相所謂无相何
以故憍尸迦菩薩摩訶薩所行般若波羅蜜

上博 29 (36225)　大般若波羅蜜多經卷第九十四　(19－13)

无見非有對非无對咸同一相所謂无相何
以故憍尸迦菩薩摩訶薩所行般若波羅蜜
多非四静慮非四无量四无色定非離四静
慮非離四无量四无色定所以者何如是一
切皆无所有性不可得由无所有不可得故
菩薩摩訶薩所行般若波羅蜜多非四静慮
非四无量四无色定非離四静慮非離四无
量四无色定是故菩薩摩訶薩所行般若波
羅蜜多不應於四静慮求不應於四无量四
无色定求不應離四静慮求不應離四无量
四无色定求
憍尸迦菩薩摩訶薩所行般若波羅蜜多
不應於八解脫求不應於八勝處九次第定十
遍處求不應離八解脫求不應離八勝處九
次第定十遍處求所以者何若八解脫若八
勝處九次第定十遍處若離八解脫若離八
勝處九次第定十遍處若菩薩摩訶薩若般
若波羅蜜多若求如是一切皆相應非不
相應非有色非無色非有見非無見非有對
非無對咸同一相所謂無相何以故憍尸迦
菩薩摩訶薩所行般若波羅蜜多非八解脫
非八勝處九次第定十遍處非離八解脫非
離八勝處九次第定十遍處所以者何如是
一切皆无所有性不可得由无所有不可得
故菩薩摩訶薩所行般若波羅蜜多非八解
脫非八勝處九次第定十遍處非離八解脫

上博 29 (36225)　大般若波羅蜜多經卷第九十四　(19－14)

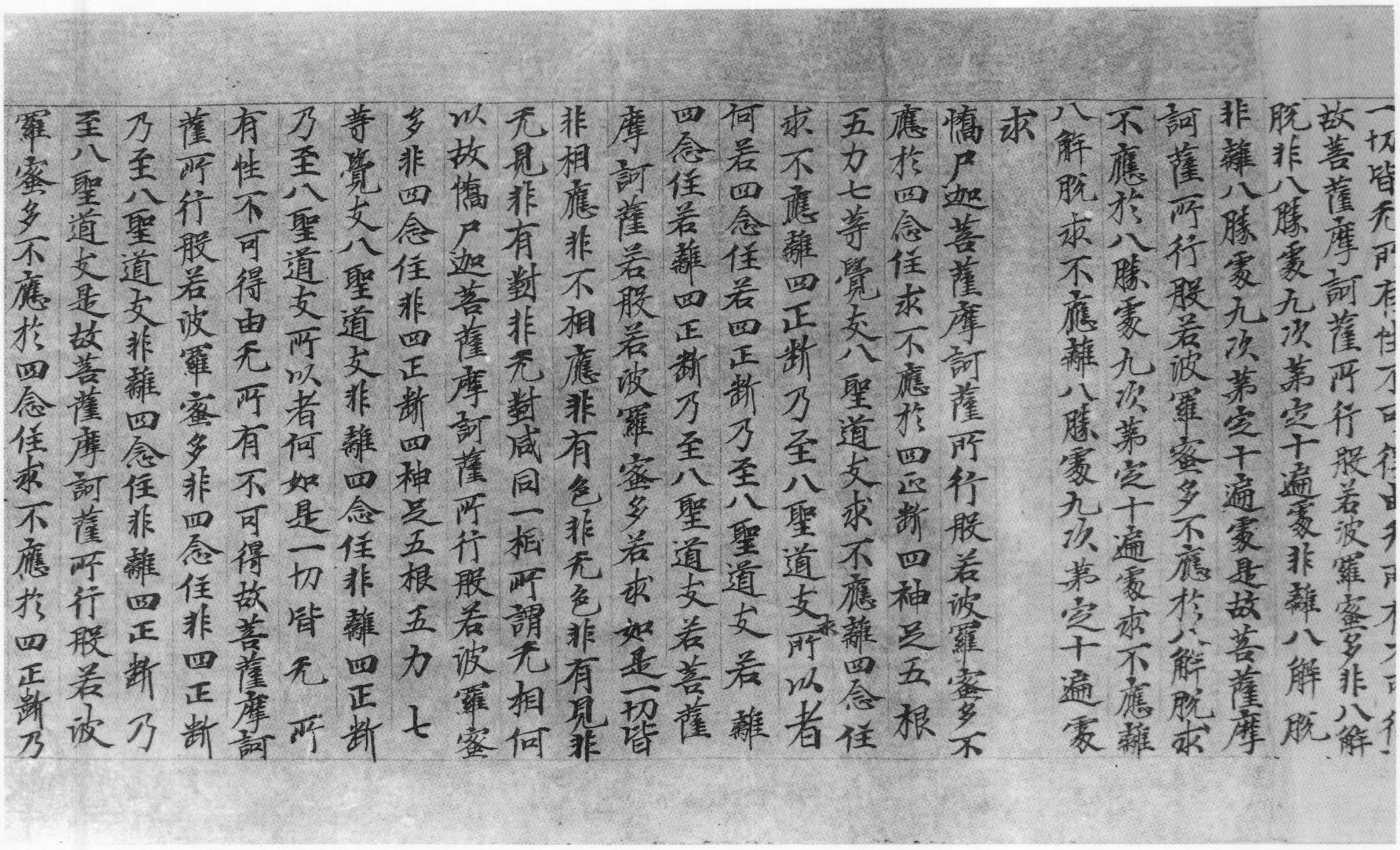
一切皆无所有性不可得由无所有不可得
故菩薩摩訶薩所行般若波羅蜜多非八解
脫非八勝處九次第定十遍處非離八解脫
非離八勝處九次第定十遍處是故菩薩摩
訶薩所行般若波羅蜜多不應於八解脫求
不應於八勝處九次第定十遍處求不應離
八解脫求不應離八勝處九次第定十遍處
求
憍尸迦菩薩摩訶薩所行般若波羅蜜多不
應於四念住求不應於四正斷四神足五根
五力七等覺支八聖道支求不應離四念住
求不應離四正斷乃至八聖道支求所以者
何若四念住若四正斷乃至八聖道支若離
四念住若離四正斷乃至八聖道支若菩薩
摩訶薩若般若波羅蜜多若求如是一切皆
非相應非不相應非有色非无色非有見非
无見非有對非无對咸同一相所謂无相何
以故憍尸迦菩薩摩訶薩所行般若波羅蜜
多非四念住非四正斷四神足五根五力七
等覺支八聖道支非離四念住非離四正斷
乃至八聖道支所以者何如是一切皆无所
有性不可得由无所有不可得故菩薩摩訶
薩所行般若波羅蜜多非四念住非四正斷
乃至八聖道支非離四念住非離四正斷乃
至八聖道支是故菩薩摩訶薩所行般若波
羅蜜多不應於四念住求不應於四正斷乃

上博 29 (36225)　大般若波羅蜜多經卷第九十四　(19－15)

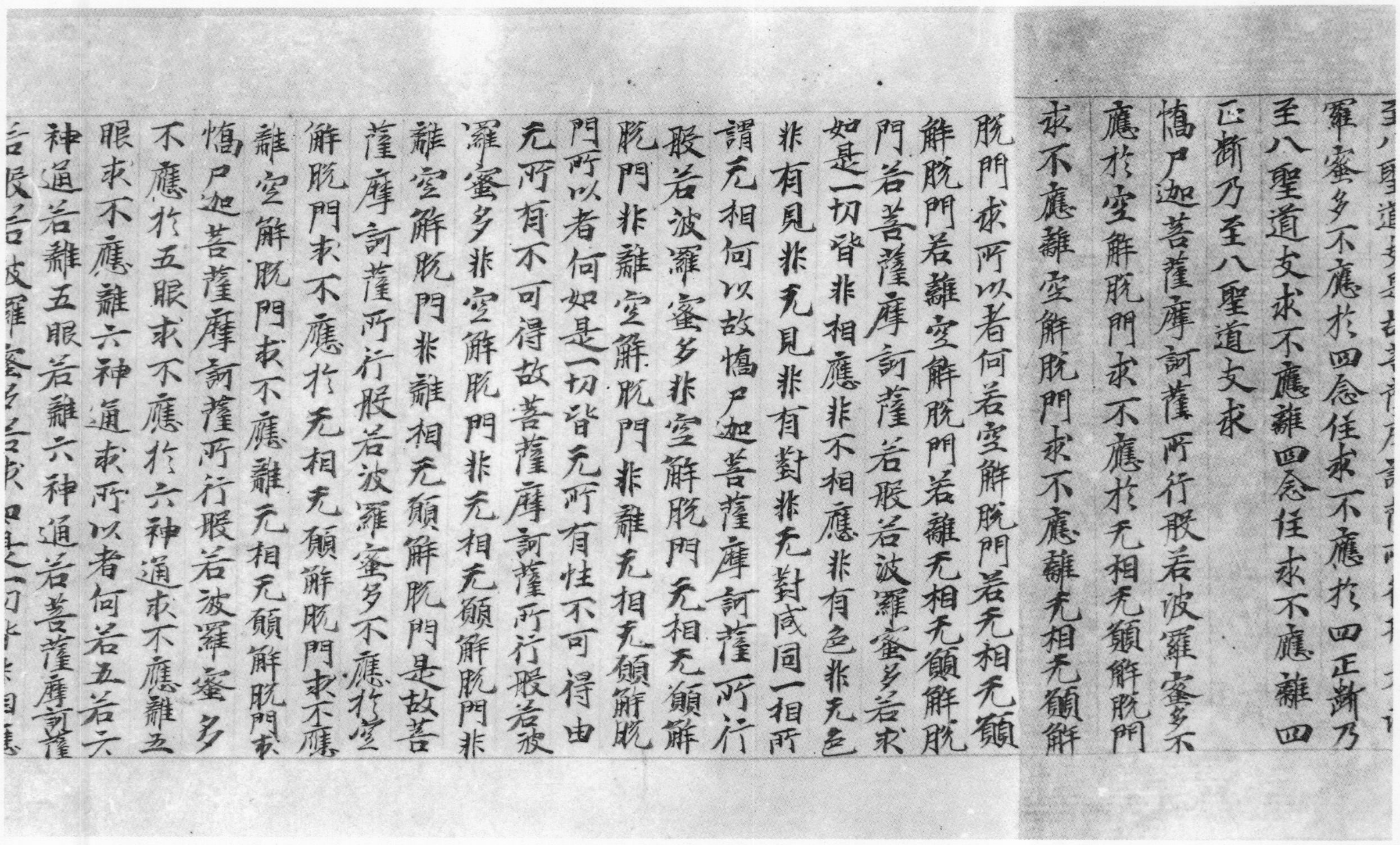
至八聖道支是故菩薩摩訶薩所行般若波
羅蜜多不應於四念住求不應於四正斷乃
至八聖道支求不應離四念住求不應離四
正斷乃至八聖道支求
憍尸迦菩薩摩訶薩所行般若波羅蜜多不
應於空解脫門求不應於无相无願解脫門
求不應離空解脫門求不應離无相无願解
脫門求所以者何若空解脫門若无相无願
解脫門若離空解脫門若離无相无願解脫
門若菩薩摩訶薩若般若波羅蜜多若求
如是一切皆非相應非不相應非有色非无色
非有見非无見非有對非无對咸同一相所
謂无相何以故憍尸迦菩薩摩訶薩所行
般若波羅蜜多非空解脫門非无相无願解
脫門非離空解脫門非離无相无願解脫
門所以者何如是一切皆无所有性不可得由
无所有不可得故菩薩摩訶薩所行般若波
羅蜜多非空解脫門非无相无願解脫門非
離空解脫門非離相无願解脫門是故菩
薩摩訶薩所行般若波羅蜜多不應於空
解脫門求不應於无相无願解脫門求不應
離空解脫門求不應離无相无願解脫門求
憍尸迦菩薩摩訶薩所行般若波羅蜜多
不應於五眼求不應於六神通求不應離五
眼求不應離六神通求所以者何若五若六
神通若離五眼若離六神通若菩薩摩訶薩
若般若波羅蜜多若求如是一切皆非相應

上博 29 (36225)　大般若波羅蜜多經卷第九十四　(19－16)

神道若離五眼若離六神通若菩薩摩訶薩
若般若波羅蜜多若求如是一切皆非相應
非不相應非有色非无色非有見非无見
非有對非對咸同一相所謂无相何以故憍
尸迦菩薩摩訶薩所行般若波羅蜜多非五
眼非六神通非離五眼非離六神通所以者
何如是一切皆无所有性不可得由无所有
不可得故菩薩摩訶薩所行般若波羅蜜多
非五眼非六神通非離五眼非離六神通是
故菩薩摩訶薩所行般若波羅蜜多不應於
五眼求不應於六神通求不應離五眼求不
應離六神通求
憍尸迦菩薩摩訶薩所行般若波羅蜜多不
應於佛十力求不應於四无所畏四无礙解
大慈大悲大喜大捨十八佛不共法求不應
離佛十力求不應離四无所畏乃至十八佛
不共法求所以者何若佛十力若四无所畏
乃至十八佛不共法若離佛十力若離四无
所畏乃至十八佛不共法若菩薩摩訶薩若
般若波羅蜜多若求如是一切皆非相應非
不相應非有色非无色非有見非无見非有
對非无對咸同一相所謂无相何以故憍尸
迦菩薩摩訶薩所行般若波羅蜜多非佛十
力非四无所畏四无礙解大慈大悲大喜大
捨十八佛不共法非離佛十力非離四无所畏
畏乃至十八佛不共法所以者何如是一切

上博 29 (36225)　大般若波羅蜜多經卷第九十四　(19－17)

捨十八佛不共法非離佛十力非離四无所畏
畏乃至十八佛不共法所以者何如是一切
皆无所有性不可得由无所有不可得故菩
薩摩訶薩所行般若波羅蜜多非佛十力非
四无所畏乃至十八佛不共法非離佛十力
非離四无所畏乃至十八佛不共法是故菩
薩摩訶薩所行般若波羅蜜多不應於佛
十力求不應於四无所畏乃至十八佛不共法
求不應離佛十力求不應離四无所畏乃至
十八佛不共法求
憍尸迦菩薩摩訶薩所行般若波羅蜜多不
應於无忘失法求不應於恒任捨性求不應
離无忘失法求不應離恒任捨性求所以者
何若无忘失法若恒任捨性若離无忘失法
若離恒任捨性若菩薩摩訶薩若般若波
羅蜜多若求如是一切皆非相應非不相應非
有色非无色非有見非无見非有對非无
對咸同一相所謂无相何以故憍尸迦菩薩摩
訶薩所行般若波羅蜜多非无忘失法非恒
任捨性非離无忘失法非離恒任捨性所以
者何如是一切皆无所有性不可得由无所
有不可得故菩薩摩訶薩所行般若波羅蜜
多非无忘失法非恒任捨性非離无忘失法
非離恒任捨性是故菩薩摩訶薩所行般若
波羅蜜多不應於无忘失法求不應於恒任
捨性求不應離无忘失法求不應離恒任捨

上博 29 (36225)　大般若波羅蜜多經卷第九十四　(19－18)

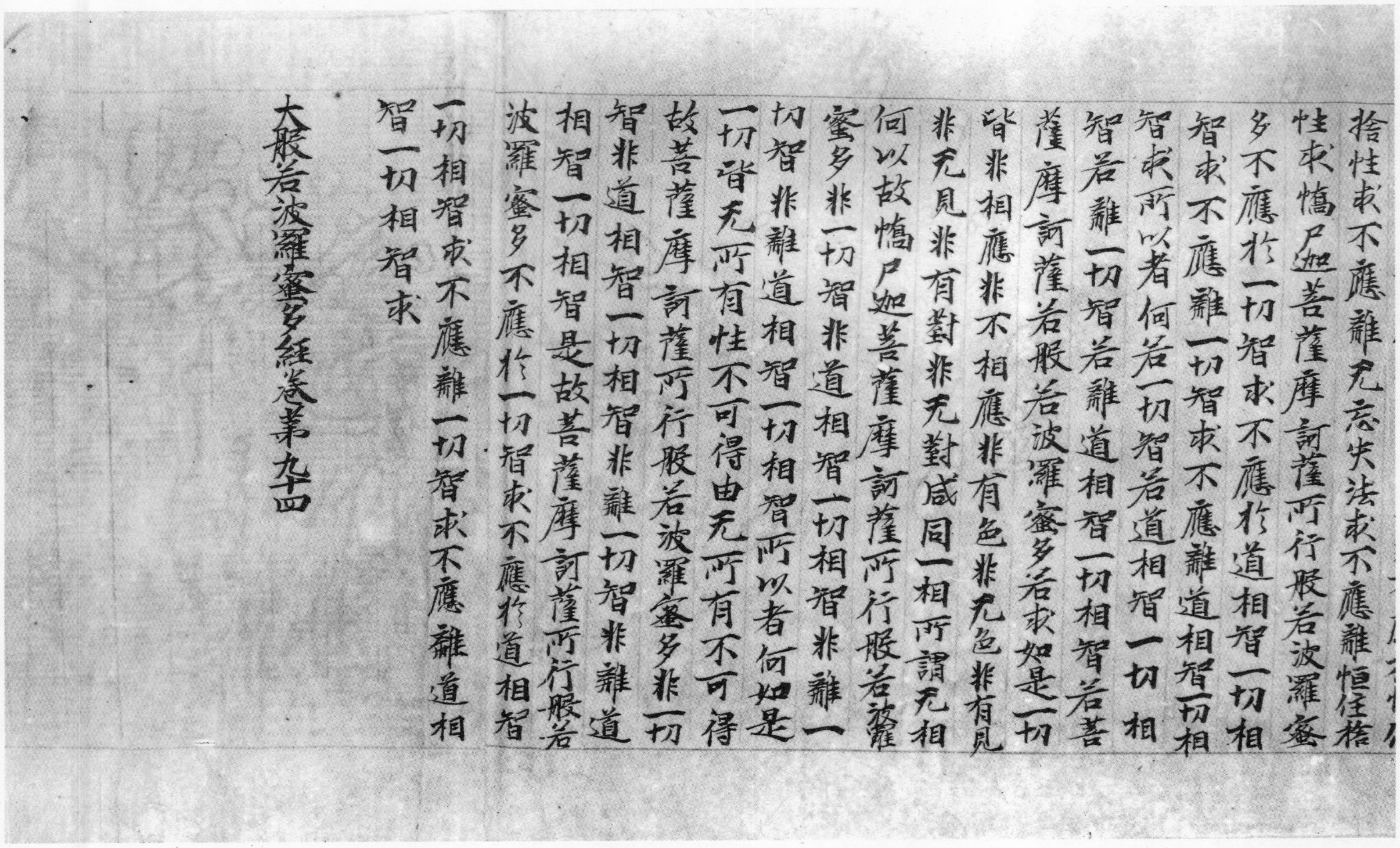
捨性求不應離无忘失法求不應離恒住捨
性求憍尸迦菩薩摩訶薩所行般若波羅蜜
多不應於一切智求不應於道相智一切相
智求不應離一切智求不應離道相智一切相
智求所以者何若一切智若道相智一切相
智若離一切智若離道相智一切相智若菩
薩摩訶薩若般若波羅蜜多若求如是一切
皆非相應非不相應非有色非无色非有見
非无見非有對非无對咸同一相所謂无相
何以故憍尸迦菩薩摩訶薩所行般若波羅
蜜多非一切智非道相智一切相智非離一
切智非離道相智一切相智所以者何如是
一切皆无所有性不可得由无所有不可得
故菩薩摩訶薩所行般若波羅蜜多非一切
智非道相智一切相智非離一切智非離道
相智一切相智是故菩薩摩訶薩所行般若
波羅蜜多不應於一切智求不應於道相智
一切相智求不應離一切智求不應離道相
智一切相智求
大般若波羅蜜多經卷第九十四

上博 29 (36225)　大般若波羅蜜多經卷第九十四　(19－19)

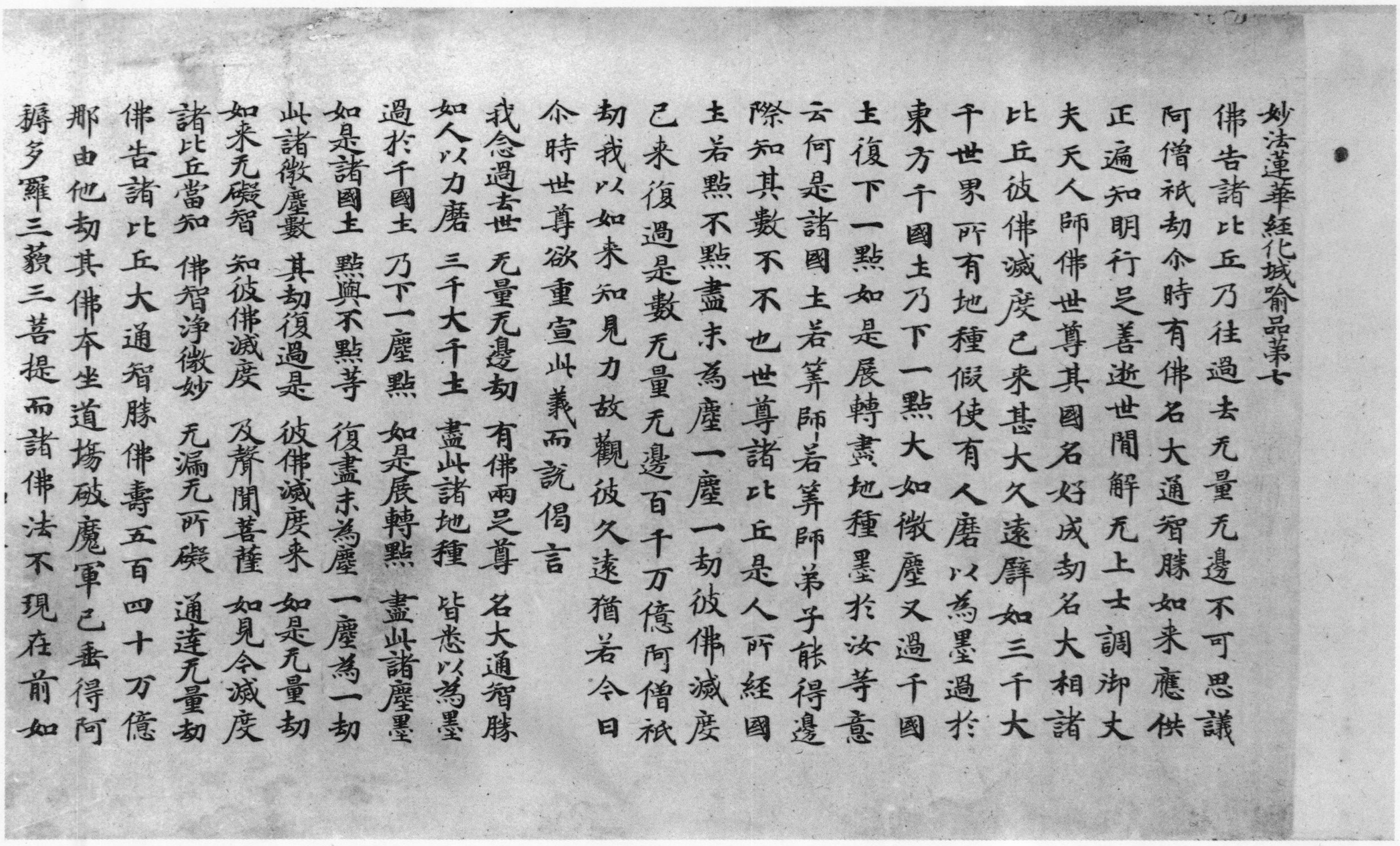
妙法蓮華經化城喻品第七
佛告諸比丘乃往過去无量无邊不可思議
阿僧祇劫尒時有佛名大通智勝如來應供
正遍知明行足善逝世間解无上士調御丈
夫天人師佛世尊其國名好成劫名大相諸
比丘彼佛滅度已來甚大久遠譬如三千大
千世界所有地種假使有人磨以為墨過於
東方千國土乃下一點大如微塵又過千國
土復下一點如是展轉盡地種墨於汝等意
云何是諸國土若筭師若筭師弟子能得邊
際知其數不不也世尊諸比丘是人所經國
土若點不點盡末為塵一塵一劫彼佛滅度
已來復過是數无量无邊百千万億阿僧祇
劫我以如來知見力故觀彼久遠猶若今日
尒時世尊欲重宣此義而說偈言
我念過去世　无量无邊劫　有佛兩足尊　名大通智勝
如人以力磨　三千大千土　盡此諸地種　皆悉以為墨
過於千國土　乃下一塵點　如是展轉點　盡此諸塵墨
如是諸國土　點與不點等　復盡末為塵　一塵為一劫
此諸微塵數　其劫復過是　彼佛滅度來　如是无量劫
如來无礙智　知彼佛滅度　及聲聞菩薩　如見今滅度
諸比丘當知　佛智淨微妙　无漏无所礙　通達无量劫
佛告諸比丘大通智勝佛壽五百四十万億
那由他劫其佛本坐道場破魔軍已垂得阿
耨多羅三藐三菩提而諸佛法不現在前如

上博 30 (36642)　妙法蓮華經化城喻品第七　(15－1)

耨多羅三藐三菩提而諸佛法不現在前如
是一小劫乃至十小劫結跏趺坐身心不動
而諸佛法猶不在前尒時忉利諸天先為彼
佛於菩提樹下敷師子座高一由旬佛於此
座當得阿耨多羅三藐三菩提適坐此座時
諸梵天王雨衆天華面百由旬香風時來吹
去萎華更雨新者如是不絶滿十小劫供養
於佛乃至滅度常雨此華四王諸天為供養
佛常擊天鼓其餘諸天作天伎樂滿十小劫
至于滅度亦復如是諸比丘大通智勝佛過
十小劫諸佛之法乃現在前成阿耨多羅三
藐三菩提其佛未出家時有十六子其第一
者名曰智積諸子各有種種珍異玩好之具
聞父得成阿耨多羅三藐三菩提皆捨所珍
往詣佛所諸母涕泣而隨送之其祖轉輪聖
王與一百大臣及餘百千万億人民皆共圍
繞隨至道場咸欲親近大通智勝如來供養
恭敬尊重讚歎到已頭面礼足繞佛畢一心
合掌瞻仰世尊以偈頌曰
大威德世尊　為度衆生故　於无量億歲　尒乃得成佛
諸願已具足　善哉吉无上　世尊甚希有　一坐十小劫
身體及手足　静然安不動　其心常惔怕　未曾有散亂
究竟永寂滅　安住无漏法　今者見世尊　安隱成佛道
我等得善利　稱慶大歡喜　衆生常苦惱　盲瞑无導師
不識苦盡道　不知求解脫　長夜增惡趣　減損諸天衆
從瞑入於瞑　永不聞佛名　今佛得㝡上　安隱无漏法
我等及天人　為得㝡大利　是故咸稽首　歸命无上尊

上博 30 (36642)　妙法蓮華經化城喻品第七　(15－2)

從瞑入於瞑　永不聞佛名　今佛得㝡上　安隱无漏法
我等及天人　為得㝡大利　是故咸稽首　歸命无上尊
尒時十六王子偈讚佛已勸請世尊轉於法
輪咸作是言世尊說法多所安隱憐愍饒益
諸天人民重說偈言
世雄无等倫　百福自莊嚴　得无上智慧　願為世間說
度脫於我等　及諸衆生類　為分別顯示　令得是智慧
若我等得佛　衆生亦復然　世尊知衆生　深心之所念
亦知所行道　又知智慧力　欲樂及脩福　宿命所行業
世尊悉知已　當轉无上輪
佛告諸比丘大通智勝佛得阿耨多羅三藐
三菩提時十方各五百万億諸佛世界六種
震動其國中間幽瞑之處日月威光所不能
照而皆大明其中衆生各得相見咸作是言
此中云何忽生衆生又其國界諸天宮殿乃
至梵宮六種震動大光普照遍滿世界勝諸
天光尒時東方五百万億諸國土中梵天宮
殿光明照曜倍於常明諸梵天王各作是念
今者宮殿光明昔所未有以何因緣而現此
相是時諸梵天王即各相詣共議此事而彼
衆中有一大梵天王名救一切為諸梵衆而
說偈言
我等諸宮殿　光明昔未有　此是何因緣　宜各共求之
為大德天生　為佛出世間　而此大光明　遍照於十方
尒時五百万億國土諸梵天王與宮殿俱各
以衣裓盛諸天華共詣西方推尋是相見大
通智勝如來處于道場菩提樹下坐師子座

上博 30 (36642)　妙法蓮華經化城喻品第七　(15－3)

尒時五百万億國土諸梵天王與宮殿俱各
以衣裓盛諸天華共詣西方推尋是相見大
通智勝如来處于道場菩提樹下坐師子座
諸天龍王乾闥婆緊那羅摩睺羅伽人非人
等恭敬圍繞及見十六王子請佛轉法輪即
時諸梵天王頭面礼佛繞百千帀即以天華
而散佛上其所散華如須弥山并以供養佛
菩提樹其菩提樹高十由旬華供養已各以
宮殿奉上彼佛而作是言唯見哀愍饒益我
等所獻宮殿願垂納處時諸梵天王即於佛
前一心同聲以偈頌曰
世尊甚希有　難可得值遇　具无量功德　能救護一切
天人之大師　哀愍於世間　十方諸衆生　普皆蒙饒益
我等所從来　五百万億國　捨深禪定樂　為供養佛故
我等先世福　宮殿甚嚴飾　今以奉世尊　唯願哀納受
尒時諸梵天王偈讃佛已各作是言唯願世
尊轉於法輪度脫衆生開涅槃道時諸梵天
王一心同聲而說偈言
世雄兩足尊　唯願演說法　以大慈悲力　度苦惱衆生
尒時大通智勝如来嘿然許之又諸比丘東
南方五百万億國土諸大梵王各自見宮殿
光明照曜昔所未有歡喜踊躍生希有心即
各相詣共議此事而彼衆中有一大梵天王
名曰大悲為諸梵衆而說偈言
是事何因緣　而現如此相　我等諸宮殿　光明昔未有
為大德天生　為佛出世間　未曾見此相　當共一心求
過千万億土　尋光共推之　多是佛出世　度脫苦衆生
尒時五百万億諸梵天王與宮殿俱各以衣

上博 30 (36642)　妙法蓮華經化城喻品第七　(15－4)

過千万億土　尋光共推之　多是佛出世　度脫苦衆生
尒時五百万億諸梵天王與宮殿俱各以衣
裓盛諸天華共詣西北方推尋是相見大通
智勝如来處于道場菩提樹下坐師子座諸
天龍王乾闥婆緊那羅摩睺羅伽人非人等
恭敬圍繞及見十六王子請佛轉法輪時諸
梵天王頭面礼佛繞百千帀即以天華而散
佛上所散之華如須弥山并以供養佛菩提
樹華供養已各以宮殿奉上彼佛而作是言
唯見哀愍饒益我等所獻宮殿願垂納處尒
時諸梵天王即於佛前一心同聲以偈頌曰
聖主天中王　迦陵頻伽聲　哀愍衆生者　我等今敬礼
世尊甚希有　久遠乃一現　一百八十劫　空過无有佛
三惡道充滿　諸天衆減少　今佛出於世　為衆生作眼
世間所歸趣　救護於一切　為衆生之父　哀愍饒益者
我等宿福慶　今得值世尊
尒時諸梵天王偈讃佛已各作是言唯願世
尊哀愍一切轉於法輪度脫衆生時諸梵天
王一心同聲而說偈言
大聖轉法輪　顯示諸法相　度苦惱衆生　令得大歡喜
衆生聞此法　得道若生天　諸惡道減少　忍善者增益
尒時大通智勝如来嘿然許之又諸比丘南方
五百万億國土諸大梵王各自見宮殿光明
照曜昔所未有歡喜踊躍生希有心即各相
詣共議此事以何因緣我等宮殿有此光曜
而彼衆中有一大梵天王名曰妙法為諸梵
衆而說偈言

上博 30 (36642)　妙法蓮華經化城喻品第七　(15－5)

而彼衆中有一大梵天王名曰妙法為諸梵
衆而説偈言
我等諸宮殿　光明甚威曜　此非无因緣　是相宜求之
過於百千劫　未曾見是相　為大德天生　為佛出世間
尒時五百万億諸梵天王與宮殿俱各以衣
祴盛諸天華共詣北方推尋是相見大通智
勝如来處于道場菩提樹下坐師子座諸天
龍王乹闥婆緊那羅摩睺羅伽人非人等恭
敬圍繞及見十六王子請佛轉法輪時諸梵
天王頭面礼佛繞百千帀即以天華而散佛
上所散之華如須弥山并以供養佛菩提樹
華供養已各以宮殿奉上彼佛而作是言唯
見哀愍饒益我等所獻宮殿願垂納處尒時
諸梵天王即於佛前一心同聲以偈頌曰
世尊甚難見　破諸煩惱者　過百三十劫　今乃得一見
諸飢渴衆生　以法雨充滿　昔所未曾覩　无量智慧者
如優曇波羅　今日乃值遇　我等諸宮殿　蒙光故嚴飾
世尊大慈愍　唯願垂納受
尒時諸梵天王偈讃佛已各作是言唯願世
尊轉於法輪令一切世間諸天魔梵沙門婆
羅門皆獲安隱而得度脫時諸梵天王一心
同聲以偈頌曰
唯願天人尊　轉无上法輪　擊于大法鼓　而吹大法螺
普雨大法雨　度无量衆生　我等咸歸請　當演深遠音
尒時大通智勝如来嘿然許之西南方乃至
下方亦復如是尒時上方五百万億國土諸
大梵王皆悉自覩所止宮殿光明威曜昔所

上博 30 (36642)　妙法蓮華經化城喻品第七　(15－6)

下方亦復如是尒時上方五百万億國土諸
大梵王皆悉自覩所止宮殿光明威曜昔所
未有歡喜踊躍生希有心即各相詣共議此事
以何因緣我等宮殿有斯光明而彼衆中有
一大梵天王名曰尸棄為諸梵衆而説偈
言
今以何因緣　我等諸宮殿　威德光明曜　嚴飾未曾有
如是之妙相　昔所未聞見　為大德天生　為佛出世間
尒時五百万億諸梵天王與宮殿俱各以衣
祴盛諸天華共詣下方推尋是相見大通智
勝如来處于道場菩提樹下坐師子座諸天
龍王乹闥婆緊那羅摩睺羅伽人非人等恭
敬圍繞及見十六王子請佛轉法輪時諸梵
天王頭面礼佛繞百千帀即以天華而散佛
上所散之華如須弥山并以供養佛菩提樹
華供養已各以宮殿奉上彼佛而作是言唯
見哀愍饒益我等所獻宮殿願垂納處時諸
梵天王即於佛前一心同聲以偈頌曰
善哉見諸佛　救世之聖尊　能於三界獄　勉出諸衆生
普智天人尊　愍哀羣萌類　能開甘露門　廣度於一切
於昔无量劫　空過无有佛　世尊未出時　十方常闇暝
三惡道增長　阿脩羅亦盛　諸天衆轉減　死多墮惡道
不從佛聞法　常行不善事　色力及智慧　斯等皆減少
罪業因緣故　失樂及樂想　住於邪見法　不識善儀則
不蒙佛所化　常墮於惡道　佛為世間眼　久遠時乃出
哀愍諸衆生　故現於世間　超出成正覺　我等甚欣慶
及餘一切衆　喜歎未曾有　我等諸宮殿　蒙光故嚴飾

上博 30 (36642)　妙法蓮華經化城喻品第七　(15－7)

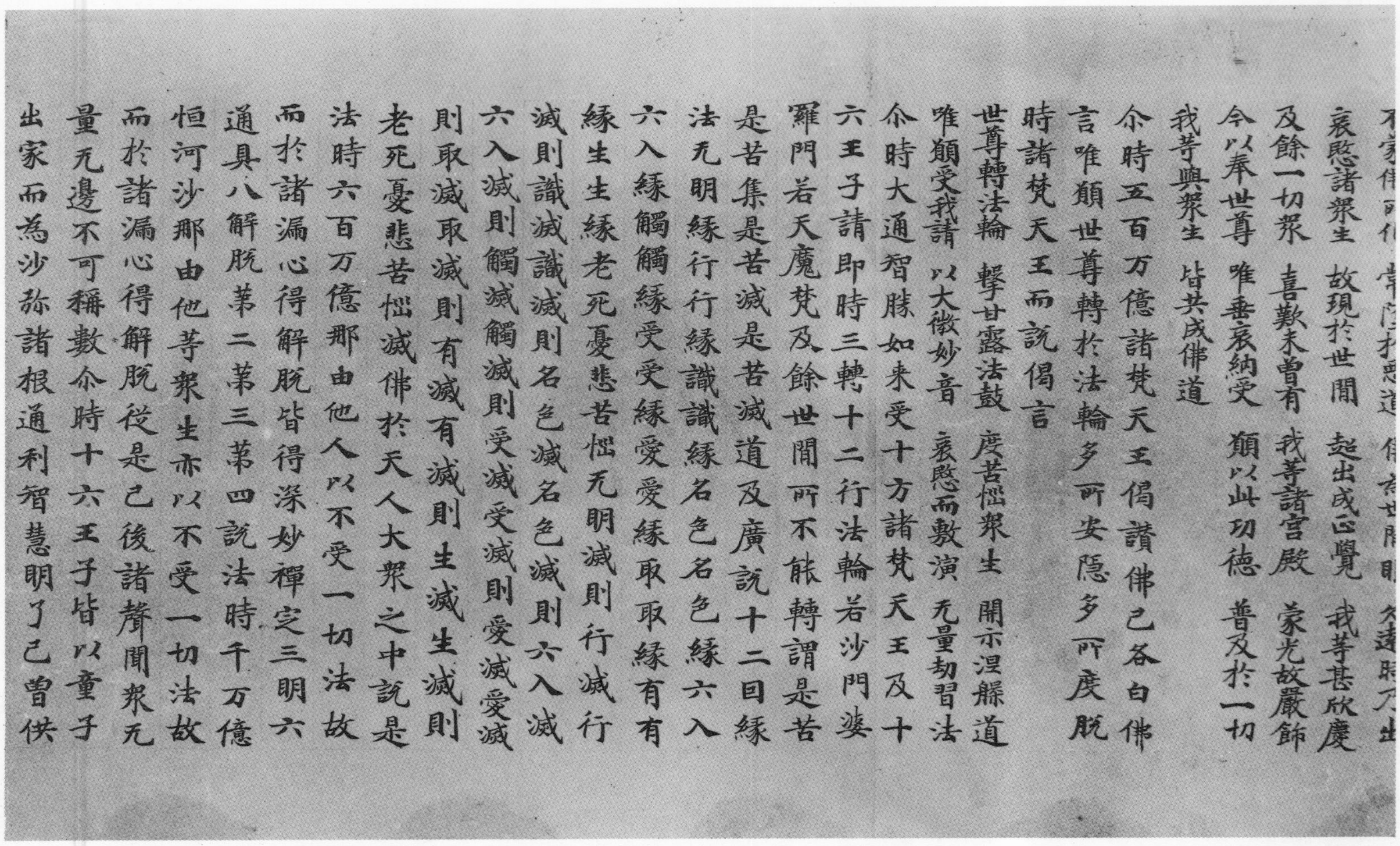

不聞佛所化 常墮於惡道 佛為世間眼 久遠時乃出
哀愍諸衆生 故現於世間 超出成正覺 我等甚欣慶
及餘一切衆 喜歎未曾有 我等諸宮殿 蒙光故嚴飾
今以奉世尊 唯垂哀納受 願以此功德 普及於一切
我等與衆生 皆共成佛道
尒時五百万億諸梵天王偈讚佛已各白佛
言唯願世尊轉於法輪多所安隱多所度脫
時諸梵天王而說偈言
世尊轉法輪 擊甘露法鼓 度苦惱衆生 開示涅槃道
唯願受我請 以大微妙音 哀愍而敷演 无量劫習法
尒時大通智勝如來受十方諸梵天王及十
六王子請即時三轉十二行法輪若沙門婆
羅門若天魔梵及餘世間所不能轉謂是苦
是苦集是苦滅是苦滅道及廣說十二因緣
法无明緣行行緣識識緣名色名色緣六入
六入緣觸觸緣受受緣愛愛緣取取緣有有
緣生生緣老死憂悲苦惱无明滅則行滅行
滅則識滅識滅則名色滅名色滅則六入滅
六入滅則觸滅觸滅則受滅受滅則愛滅愛滅
則取滅取滅則有滅有滅則生滅生滅則
老死憂悲苦惱滅佛於天人大衆之中說是
法時六百万億那由他人以不受一切法故
而於諸漏心得解脫皆得深妙禪定三明六
通具八解脫苐二苐三苐四說法時千万億
恒河沙那由他等衆生亦以不受一切法故
而於諸漏心得解脫從是已後諸聲聞衆无
量无邊不可稱數尒時十六王子皆以童子
出家而為沙弥諸根通利智慧明了已曾供

上博 30 (36642) 妙法蓮華經化城喻品第七 (15－8)

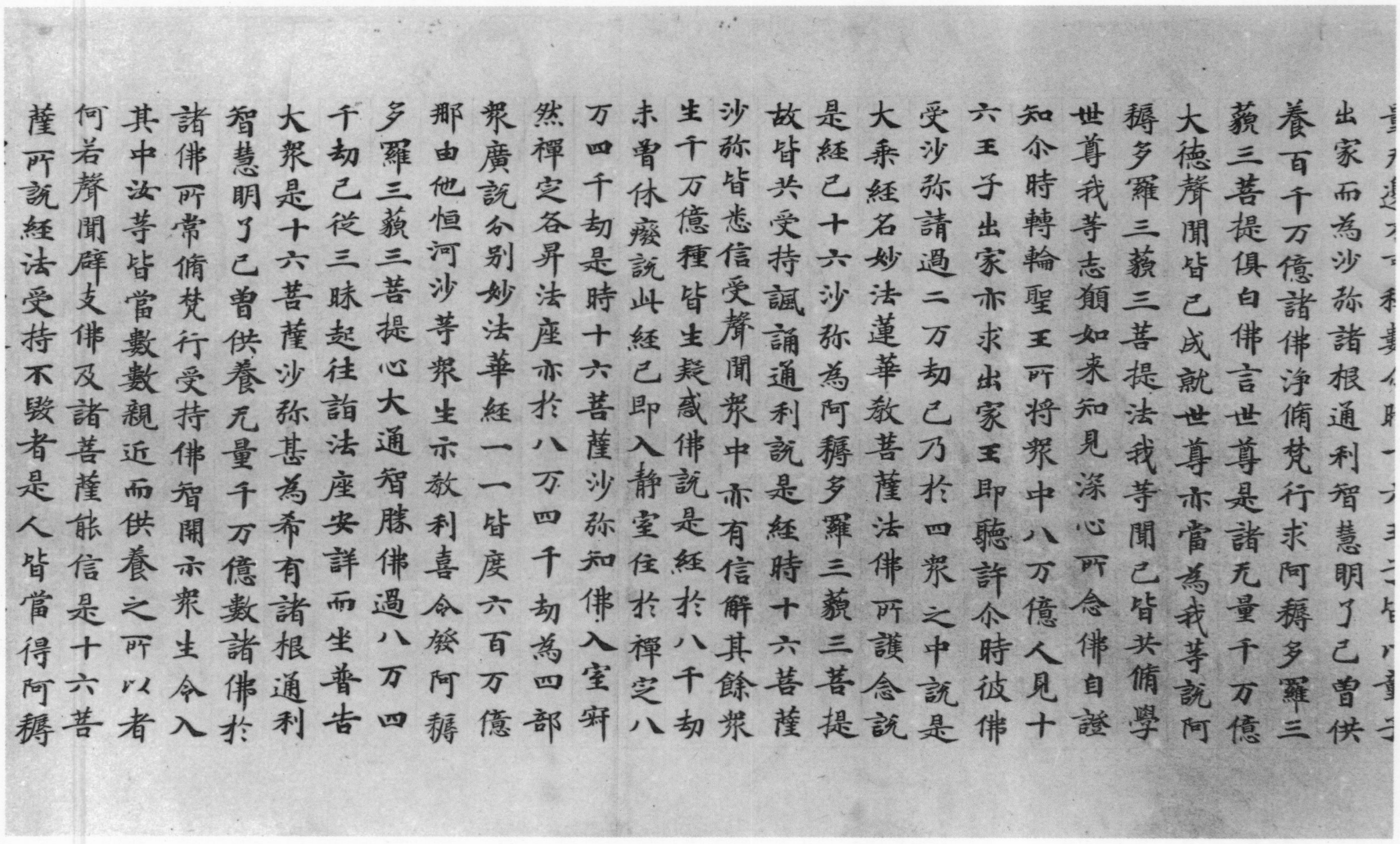

量无邊不可稱數尒時十六王子皆以童子
出家而為沙弥諸根通利智慧明了已曾供
養百千万億諸佛淨脩梵行求阿耨多羅三
藐三菩提俱白佛言世尊是諸无量千万億
大德聲聞皆已成就世尊亦當為我等說阿
耨多羅三藐三菩提法我等聞已皆共脩學
世尊我等志願如來知見深心所念佛自證
知尒時轉輪聖王所將衆中八万億人見十
六王子出家亦求出家王即聽許尒時彼佛
受沙弥請過二万劫已乃於四衆之中說是
大乘經名妙法蓮華教菩薩法佛所護念說
是經已十六沙弥為阿耨多羅三藐三菩提
故皆共受持諷誦通利說是經時十六菩薩
沙弥皆悉信受聲聞衆中亦有信解其餘衆
生千万億種皆生疑惑佛說是經於八千劫
未曾休廢說此經已即入靜室住於禪定八
万四千劫是時十六菩薩沙弥知佛入室寂
然禪定各昇法座亦於八万四千劫為四部
衆廣說分別妙法華經一一皆度六百万億
那由他恒河沙等衆生示教利喜令發阿耨
多羅三藐三菩提心大通智勝佛過八万四
千劫已從三昧起往詣法座安詳而坐普告
大衆是十六菩薩沙弥甚為希有諸根通利
智慧明了已曾供養无量千万億數諸佛於
諸佛所常脩梵行受持佛智開示衆生令入
其中汝等皆當數數親近而供養之所以者
何若聲聞辟支佛及諸菩薩能信是十六菩
薩所說經法受持不毀者是人皆當得阿耨

上博 30 (36642) 妙法蓮華經化城喻品第七 (15－9)

何若聲聞辟支佛及諸菩薩能信是十六菩
薩所說經法受持不毀者是人皆當得阿耨
多羅三藐三菩提如來之慧佛告諸比丘是
十六菩薩常樂說是妙法蓮華經一一菩薩
所化六百万億那由他恒河沙等衆生世世
所生與菩薩俱從其聞法悉皆信解以此因
緣得值四万億諸佛世尊于今不盡諸比丘
我今語汝彼佛弟子十六沙弥今皆得阿耨
多羅三藐三菩提於十方國土現在說法有
无量百千万億菩薩聲聞以為眷屬其二沙
弥東方作佛一名阿閦在歡喜國二名須弥
頂東南方二佛一名師子音二名師子相南
方二佛一名虛空住二名常滅西南方二佛
一名帝相二名梵相西方二佛一名阿弥陁
二名度一切世間苦惱西北方二佛一名多
摩羅跋栴檀香神通二名須弥相北方二佛
一名雲自在二名雲自在王東北方佛名壞
一切世間怖畏第十六我釋迦牟尼佛於娑
婆國土成阿耨多羅三藐三菩提諸比丘我
等為沙弥時各各教化无量百千万億恒河
沙等衆生從我聞法為阿耨多羅三藐三菩
提此諸衆生于今有住聲聞地者我常教化
阿耨多羅三藐三菩提是諸人等應以是法
漸入佛道所以者何如來智慧難信難解尒
時所化无量恒河沙等衆生者汝等諸比丘
及我滅度後未來世中聲聞弟子是也我滅
度後復有弟子不聞是經不知不覺菩薩所

上博 30 (36642)　妙法蓮華經化城喻品第七　(15－10)

及我滅度後未來世中聲聞弟子是也我滅
度後復有弟子不聞是經不知不覺菩薩所
行自於所得功德生滅度想當入涅槃我於
餘國作佛更有異名是人雖生滅度之想入
於涅槃而於彼土求佛智慧得聞是經唯以
佛乘而得滅度更无餘乘除諸如來方便說
法諸比丘若如來自知涅槃時到衆又清淨
信解堅固了達空法深入禪定便集諸菩薩
及聲聞衆為說是經世間无有二乘而得滅
度唯一佛乘得滅度耳比丘當知如來方便
深入衆生之性知其志樂小法深著五欲為
是等故說於涅槃是人若聞則便信受譬如
五百由旬險難惡道曠絕无人怖畏之處若
有多衆欲過此道至珎寶處有一導師聰慧
明達善知險道通塞之相將導衆人欲過此
難所將人衆中路懈退白導師言我等疲極
而復怖畏不能復進前路猶遠今欲退還導
師多諸方便而作是念此等可愍云何捨大
珎寶而欲退還作是念已以方便力於險道
中過三百由旬化作一城告衆人言汝等勿
怖莫得退還今此大城可於中止隨意所作
若入是城快得安隱若能前至寶所亦可得
去是時疲極之衆心大歡喜歎未曾有我等
今者免斯惡道快得安隱於是衆人前入化
城生已度想生安隱想尒時導師知此人衆
既得止息无復疲惓即滅化城語衆人言汝
等去來寶處在近向者大城我所化作為止

上博 30 (36642)　妙法蓮華經化城喻品第七　(15－11)

既得止息无復疲惓即滅化城語衆人言汝
等去来寶處在近向者大城我所化作為止
息耳諸比丘如来亦復如是今為汝等作大
導師知諸生死煩惱悪道險難長遠應去應
度若衆生但聞一佛乘者則不欲見佛不欲
親近便作是念佛道長遠久受勤苦乃可得
成佛知是心怯弱下劣以方便力而於中道
為止息故説二涅槃若衆生住於二地如来
尒時即便為説汝等所作未辨汝所住地近
於佛慧當觀察籌量所得涅槃非真實也但
是如来方便之力於一佛乘分別説三如彼
導師為止息故化作大城既知息已而告之
言寶處在近此城非實我化作耳尒時世尊
欲重宣此義而説偈言
大通智勝佛 十劫坐道場 佛法不現前 不得成佛道
諸天神龍王 阿脩羅衆等 常雨於天華 以供養彼佛
諸天擊天鼓 并作衆伎樂 香風吹萎華 更雨新好者
過十小劫已 乃得成佛道 諸天及世人 心皆懷踊躍
彼佛十六子 皆與其眷屬 千万億圍繞 俱行至佛所
頭面礼佛足 而請轉法輪 聖師子法雨 充我及一切
世尊甚難值 久遠時一現 為覺悟羣生 震動於一切
東方諸世界 五百万億國 梵宮殿光曜 昔所未曽有
諸梵見此相 尋来至佛所 散華以供養 并奉上宮殿
請佛轉法輪 以偈而讃歎 佛知時未至 受請嘿然坐
三方及四維 上下亦復尒 散華奉宮殿 請佛轉法輪
世尊甚難值 願以大慈悲 廣開甘露門 轉无上法輪
无量慧世尊 受彼衆人請 為宣種種法 四諦十二緣

上博 30 (36642) 妙法蓮華經化城喻品第七 (15－12)

世尊甚難值 願以大慈悲 廣開甘露門 轉无上法輪
无量慧世尊 受彼衆人請 為宣種種法 四諦十二緣
无明至老死 皆從生緣有 如是衆過患 汝等應當知
宣暢是法時 六百万億姟 得盡諸苦際 皆成阿羅漢
第二説法時 千万恒沙衆 於諸法不受 亦得阿羅漢
從是後得道 其數无有量 万億劫筭數 不能得其邊
時十六王子 出家作沙弥 皆共請彼佛 演説大乘法
我等及營從 皆當成佛道 願得如世尊 慧眼第一淨
佛知童子心 宿世之所行 以无量因緣 種種諸譬喻
説六波羅蜜 及諸神通事 分別真實法 菩薩所行道
説是法華經 如恒河沙偈 彼佛説經已 静室入禪定
一心一處坐 八万四千劫 是諸沙弥等 知佛禪未出
為无量億衆 説佛无上慧 各各坐法座 説是大乘經
於佛宴寂後 宣揚助法化 一一沙弥等 所度諸衆生
有六百万億 恒河沙等衆 彼佛滅度後 是諸聞法者
在在諸佛土 常與師俱生 是十六沙弥 具足行佛道
今現在十方 各得成正覺 尒時聞法者 各在諸佛所
其有住聲聞 漸教以佛道 我在十六數 曽亦為汝説
是故以方便 引汝趣佛慧 以是本因緣 今説法華經
令汝入佛道 慎勿懷驚懼 譬如險悪道 迥絶多毒獸
又復无水草 人所怖畏處 无數千万衆 欲過此險道
其路甚曠遠 經五百由旬 時有一導師 強識有智慧
明了心決定 在險濟衆難 衆人皆疲惓 而白導師言
我等今頓乏 於此欲退還 導師作是念 此輩甚可愍
如何欲退還 而失大珎寶 尋時思方便 當設神通力
化作大城郭 莊嚴諸舍宅 周帀有園林 渠流及浴池
重門高樓閣 男女皆充滿 即作是化已 慰衆言勿懼

上博 30 (36642) 妙法蓮華經化城喻品第七 (15－13)

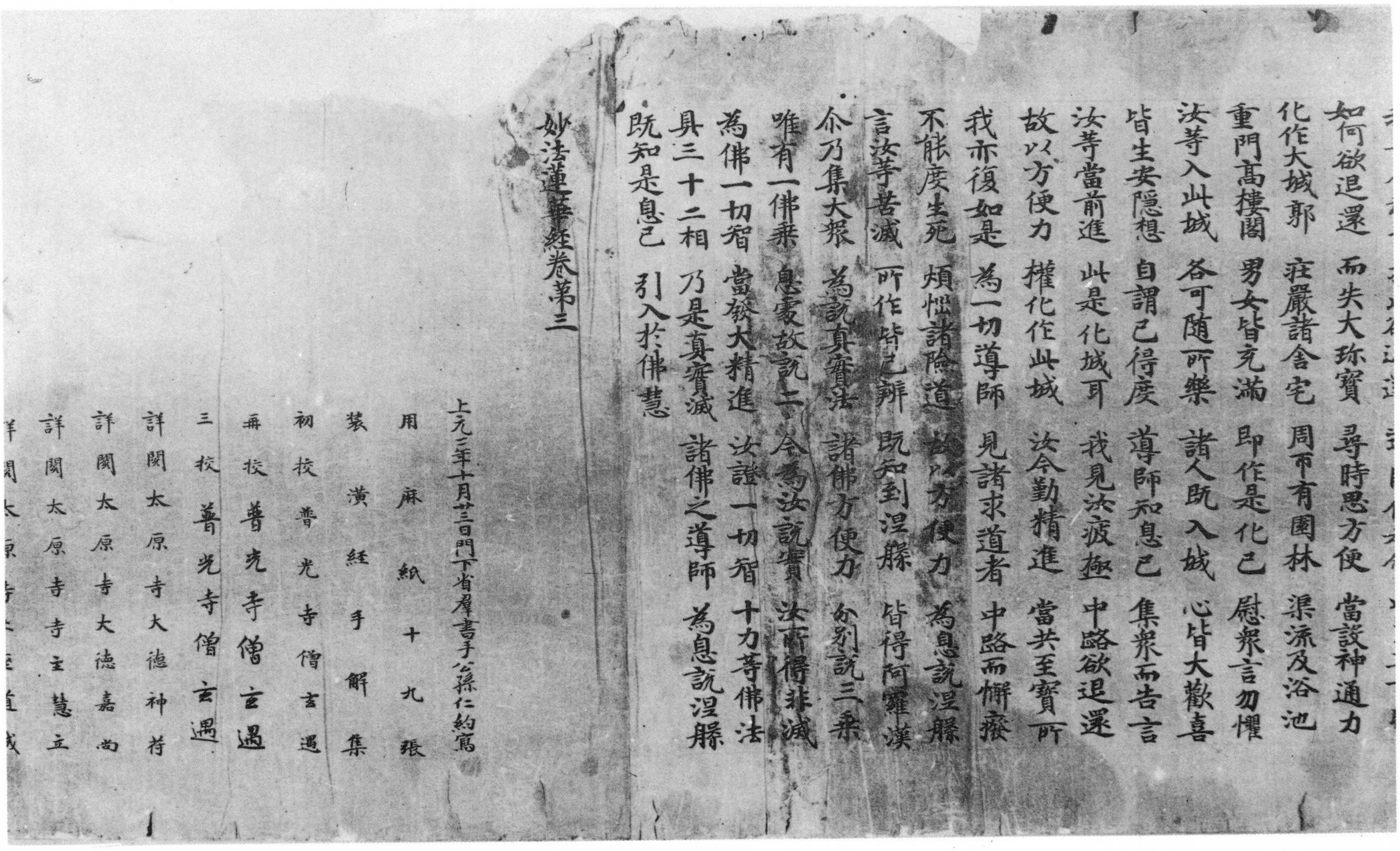

如何欲退還　而失大珎寶　尋時思方便　當設神通力
化作大城郭　莊嚴諸舍宅　周帀有園林　渠流及浴池
重門高樓閣　男女皆充滿　即作是化已　慰衆言勿懼
汝等入此城　各可隨所樂　諸人既入城　心皆大歡喜
皆生安隱想　自謂已得度　導師知息已　集衆而告言
汝等當前進　此是化城耳　我見汝疲極　中路欲退還
故以方便力　權化作此城　汝今勤精進　當共至寶所
我亦復如是　為一切導師　見諸求道者　中路而懈癈
不能度生死　煩惱諸險道　故以方便力　為息說涅槃
言汝等苦滅　所作皆已辦　既知到涅槃　皆得阿羅漢
尒乃集大衆　為說真實法　諸佛方便力　分別說三乘
唯有一佛乘　息處故說二　今為汝說實　汝所得非滅
為佛一切智　當發大精進　汝證一切智　十力等佛法
具三十二相　乃是真實滅　諸佛之導師　為息說涅槃
既知是息已　引入於佛慧

妙法蓮華經卷第三

上元二年十月廿三日門下省群書手公孫仁約寫
用麻紙十九張
裝潢經手解集
初校普光寺僧玄遇
再校普光寺僧玄遇
三校普光寺僧玄遇
詳閱太原寺大德神符
詳閱太原寺大德嘉尚
詳閱太原寺寺主慧立

上博 30 (36642)　妙法蓮華經化城喻品第七　(15－14)

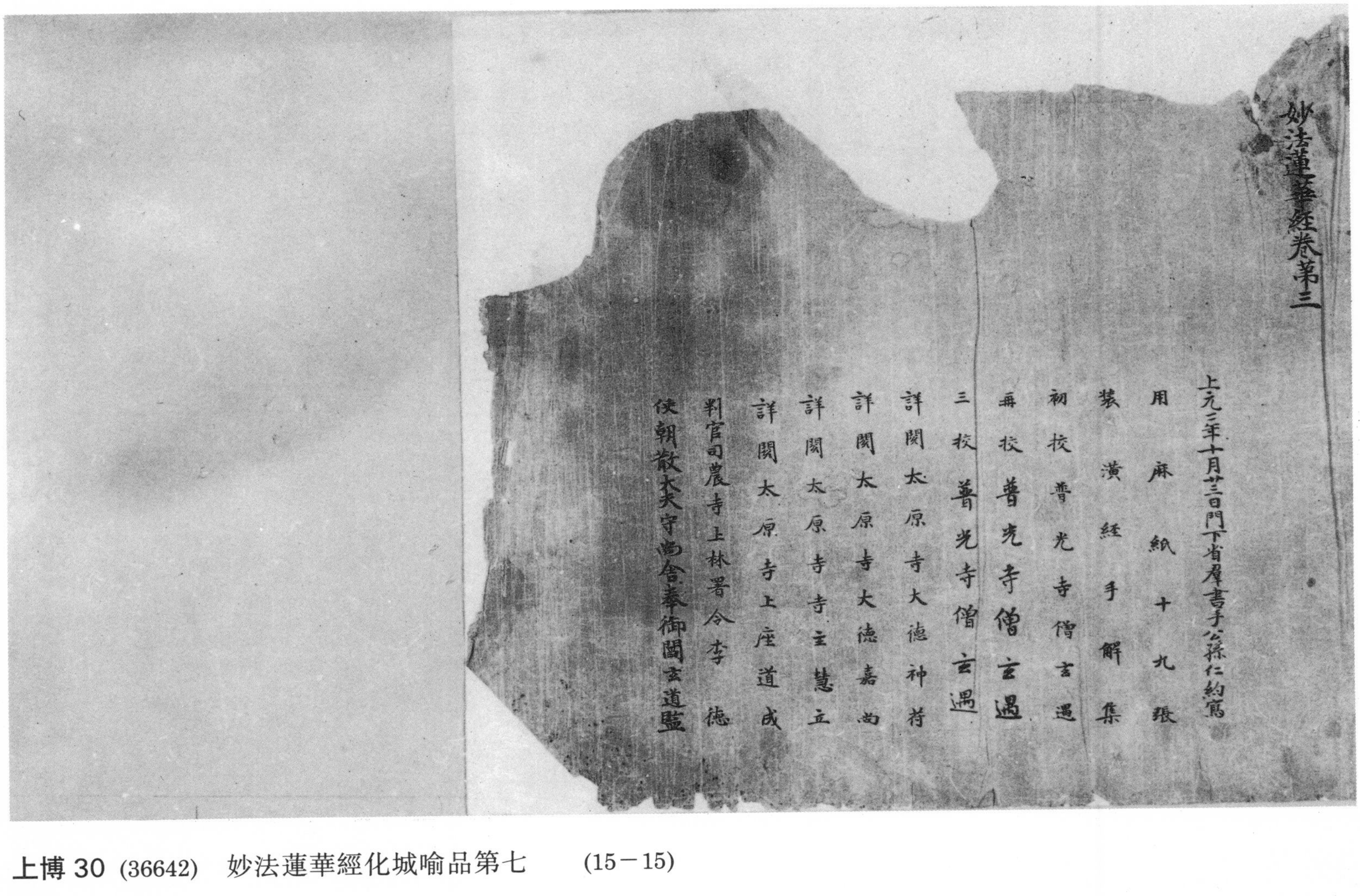

妙法蓮華經卷第三

上元二年十月廿三日門下省群書手公孫仁約寫
用麻紙十九張
裝潢經手解集
初校普光寺僧玄遇
再校普光寺僧玄遇
三校普光寺僧玄遇
詳閱太原寺大德神符
詳閱太原寺大德嘉尚
詳閱太原寺寺主慧立
詳閱太原寺上座道成
判官司農寺上林署令李德
使朝散大夫守尚舍奉御閻玄道監

上博 30 (36642)　妙法蓮華經化城喻品第七　(15－15)

健兒杜奉牒

上抄絺

右件絺今要上抄請處分

開元六年三月　日健兒　杜奉牒

上博 31 (36643)　請紙牒　　(4－1)

開元六年三月　日健兒　杜奉牒

録事司

案紙肆伯張　次紙壹伯張

右緣椎勘用紙寔繁請更給前件

上博 31 (36643)　請紙牒　　(4－2)

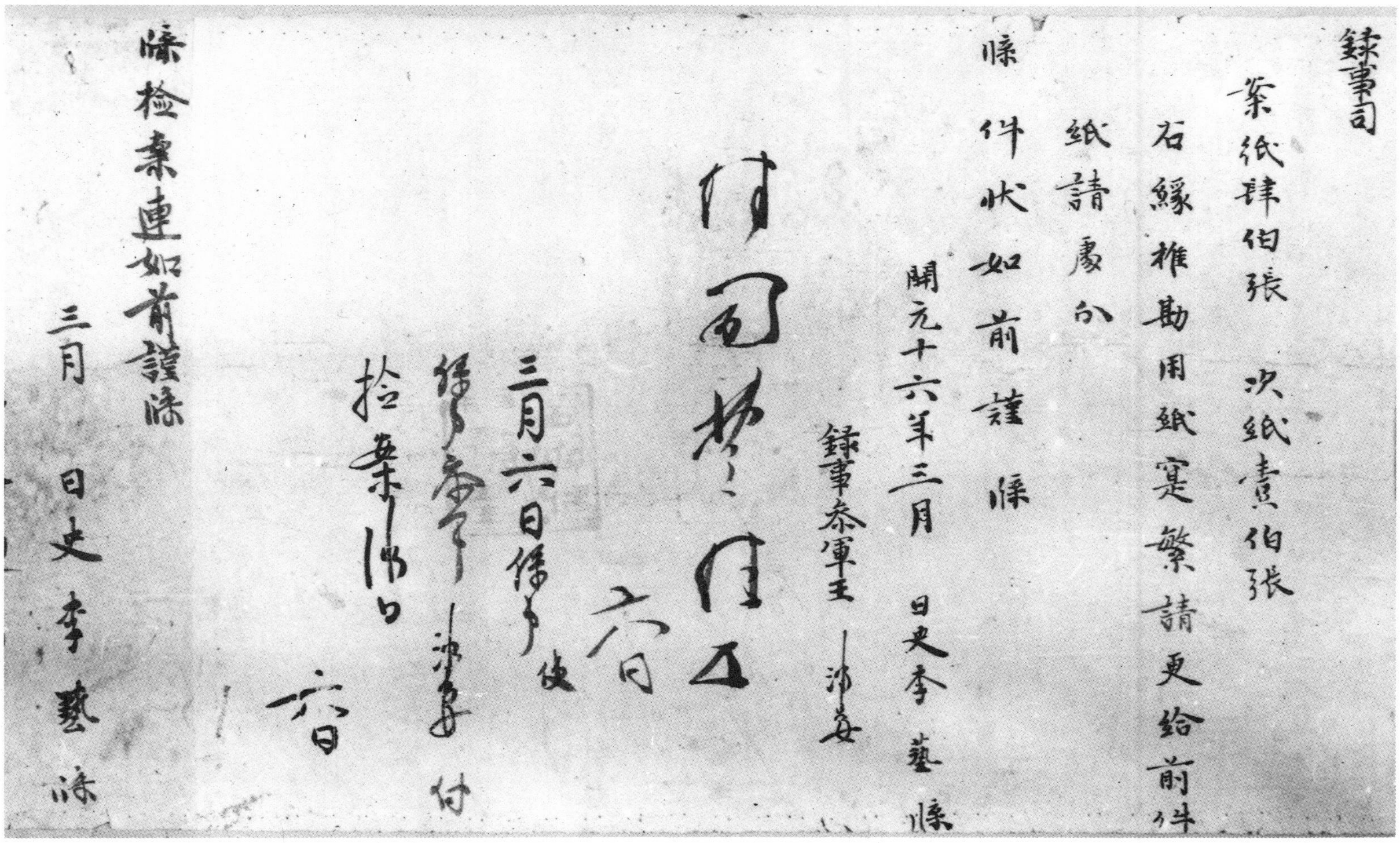
錄事司
桼紙肆伯張　次紙壹伯張
右緣推勘用紙寔繁，請更給前件
紙請處分
牒件狀如前謹牒
開元十六年三月　日史李藝牒
錄事參軍王　沙安
付司 楚 示
六日
三月六日錄事　使
錄事　沙安　付
檢案 沙 白
六日
牒檢案連如前謹牒
三月　日史李藝牒

上博 31 (36643)　請紙牒　(4－3)

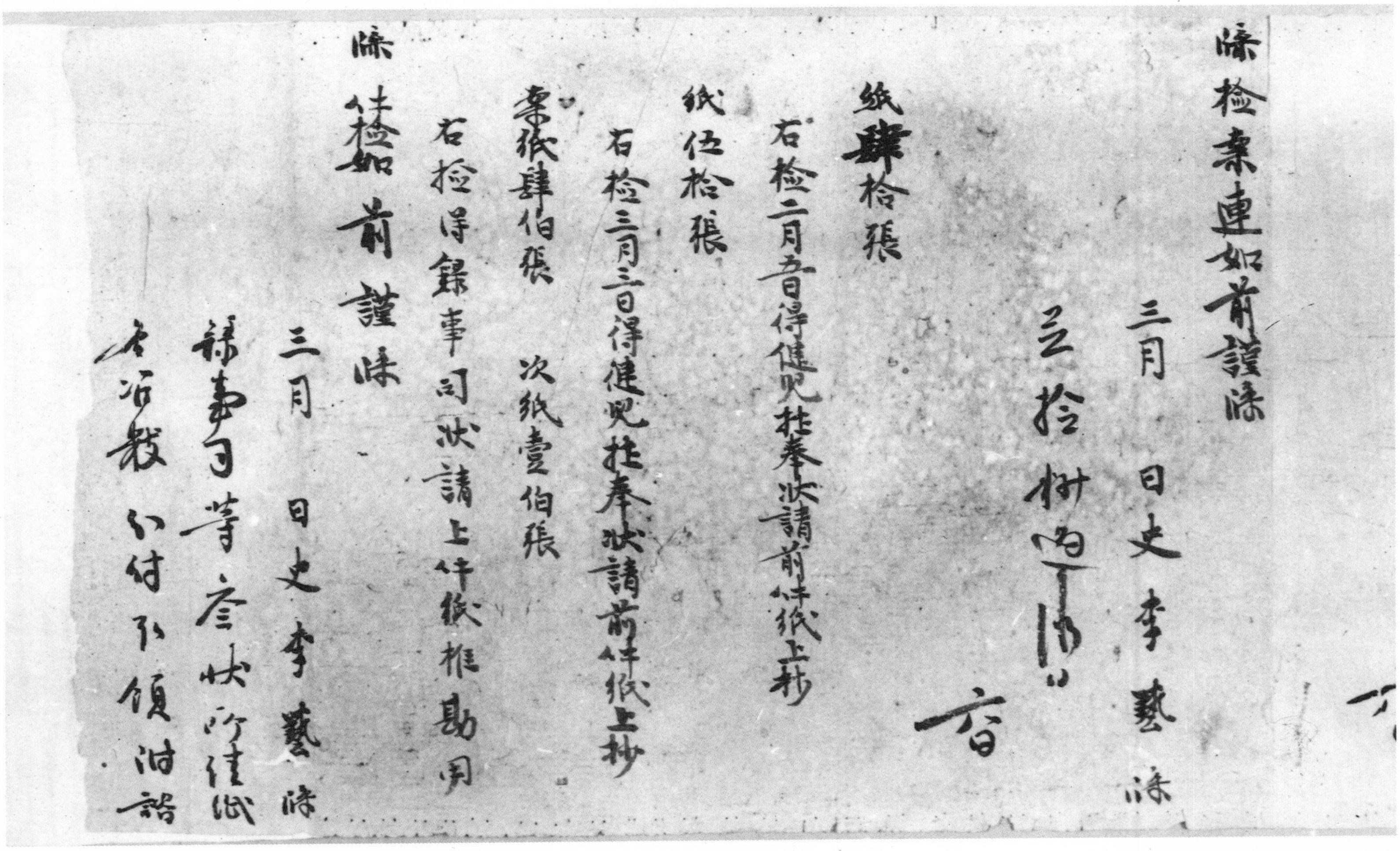
牒檢案連如前謹牒
三月　日史李藝牒
三 [illegible] 沙 白
六日
紙肆拾張
右檢二月五日得健兒赴奉狀，請前件紙上抄
紙伍拾張
右檢三月三日得健兒赴奉狀，請前件紙上抄
桼紙肆伯張　次紙壹伯張
右檢得錄事司狀，請上件紙推勘用
牒件檢如前謹牒
三月　日史李藝牒
錄事司等請狀所請紙
依 [illegible] 付 領訖諮

上博 31 (36643)　請紙牒　(4－4)

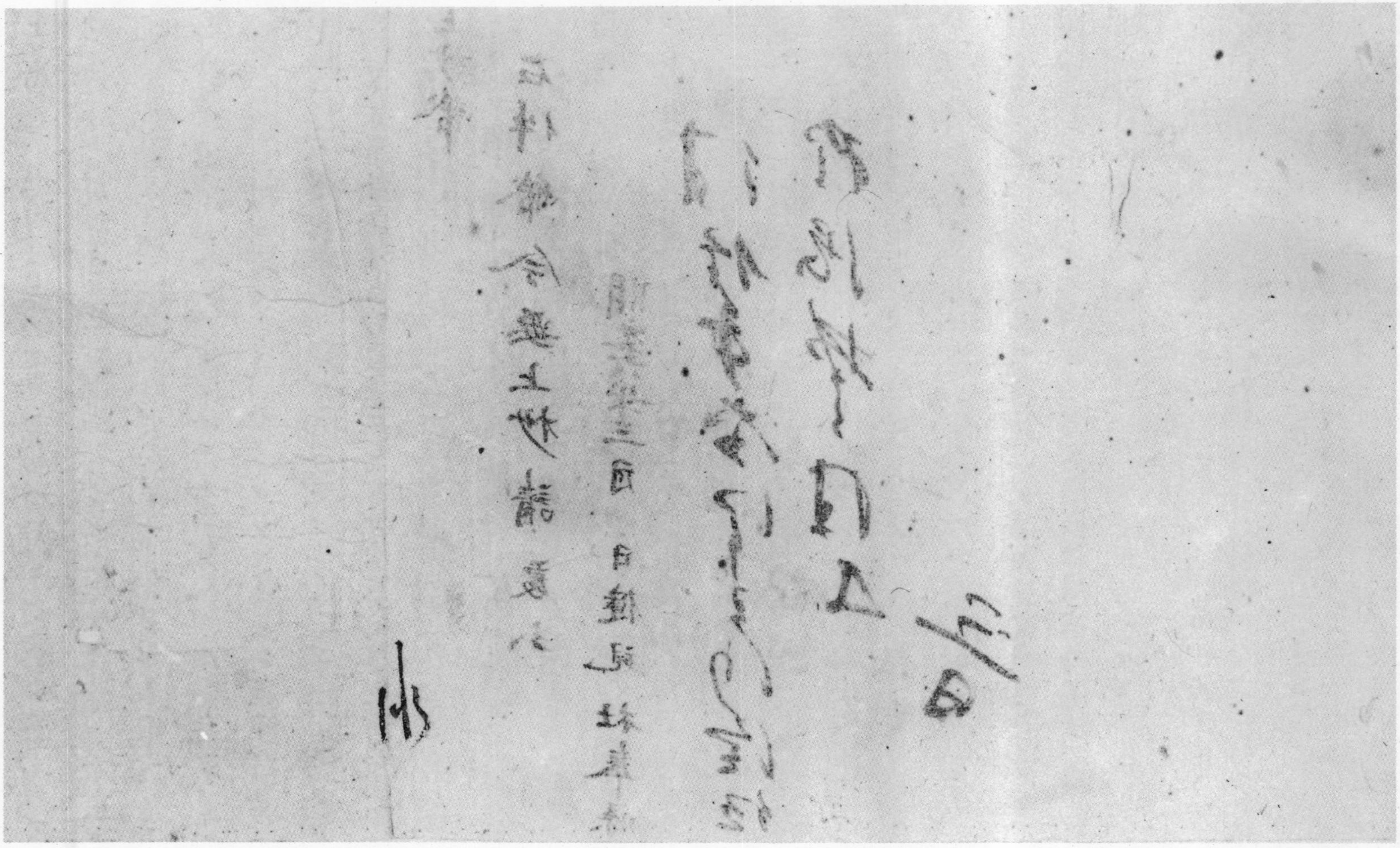

上博 31 (36643)V　騎縫押

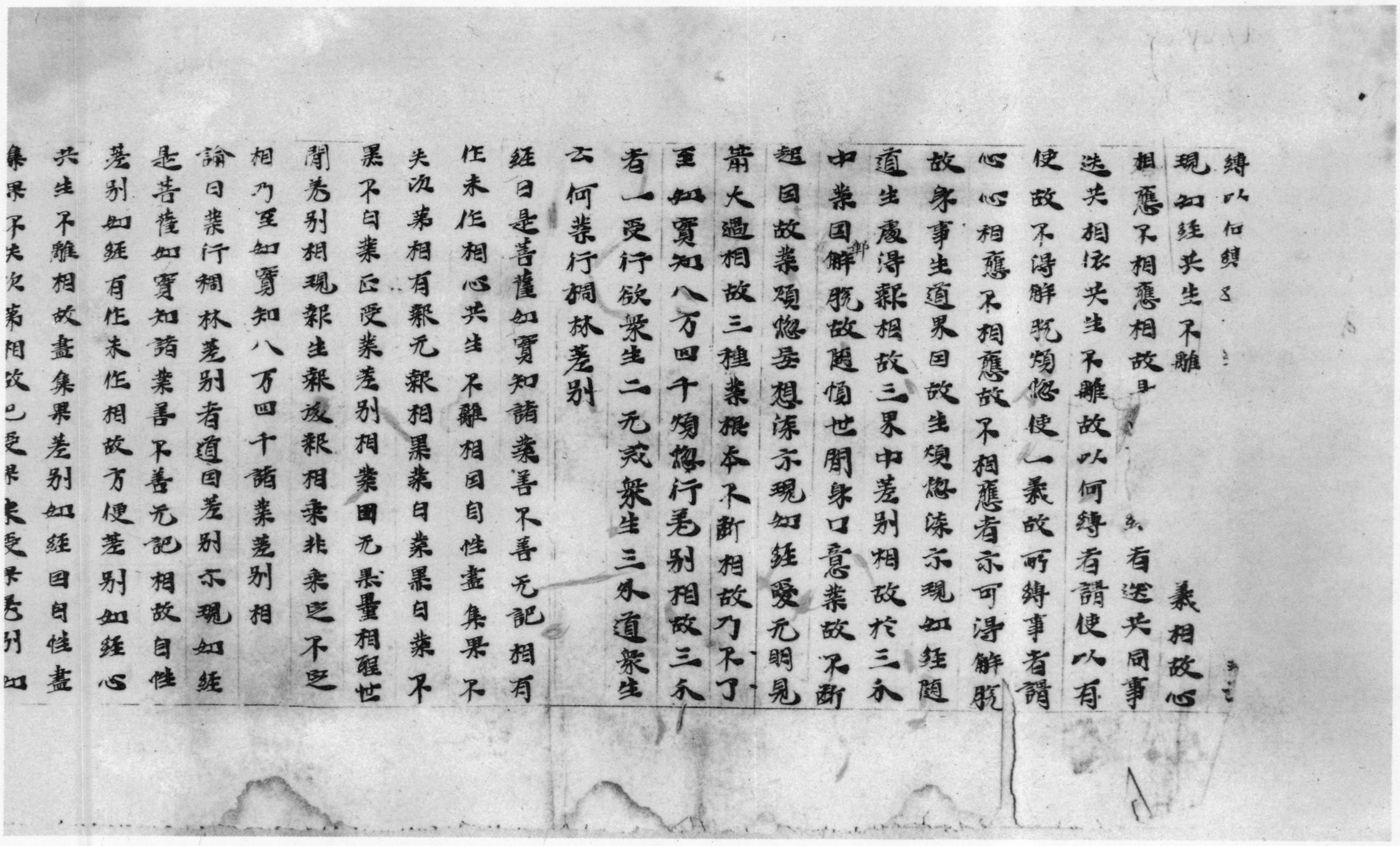

縛以何縛
現如經共生不離　義相故心
相應不相應相故　者迷共同事
迷共相依共生不離故以何縛者謂使以有
使故不得解脫煩惱使一義故所縛事者謂
心心相應不相應故不相應者亦可得解脫
故身事生道界因故生煩惱染亦現如經隨
道生處得報相故三界中差別相故於三界
中業因解脫故隨順世間身口意業故不斷
起因故業煩惱妄想染亦現如經愛无明見
甫大過相故三種業根本不斷相故乃不了
至如實知八万四千煩惱行差別相故三示
者一受行欲衆生二无戒衆生三外道衆生
云何業行稠林差別
經曰是菩薩如實知諸業善不善无記相有
作未作相心共生不離相因自性盡集果不
失次第相有報无報相黑業白業黑白業不
黑不白業正受業差別相業因无量相種世
間差別相現報生報後報相乘非乘定不定
相乃至如實知八万四千諸業差別相
論曰業行稠林差別者道因差別示現如經
是菩薩如實知諸業善不善无記相故自性
差別如經有作未作相故方便差別如經心
共生不離相故盡集果差別如經因自性盡
集果不失次第相故已受果未受果差別如

上博 32 (37493)　十地論善慧地第九卷之十一　　(22－1)

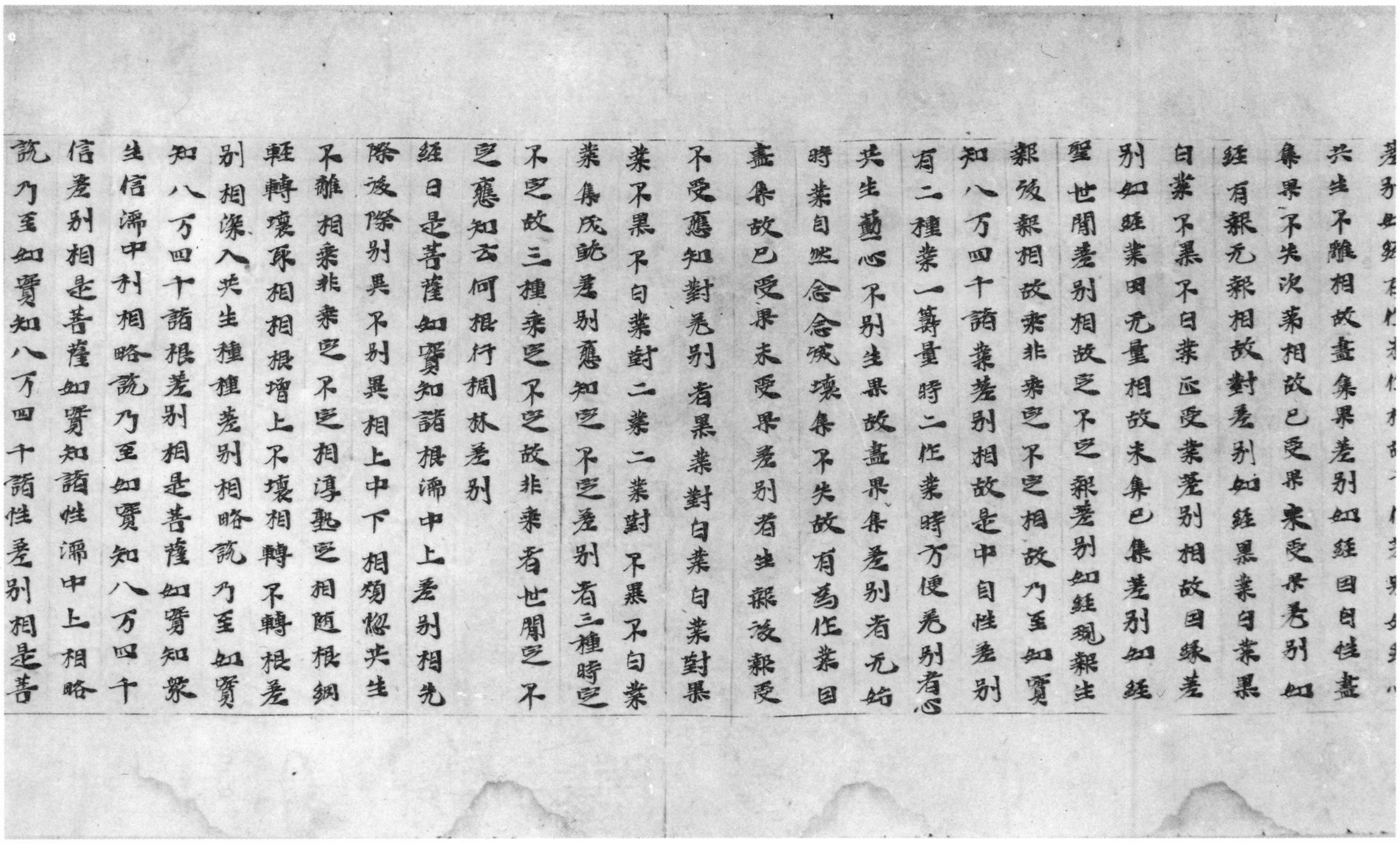
差別[illegible]
共生不離相故盡集果差別如經因自性盡
集果不失次第相故已受果未受果差別如
經有報无報相故對差別如經黑業白業果
白業不黑不白業正受業差別相故因緣差
別如經業因无量相故未集已集差別如經
聖世間差別相故定不定報差別如經現報生
報後報相故乘非乘定不定相故乃至如實
知八万四千諸業差別相故是中自性差別
有二種業一籌量時二作業時方便差別者心
共生熏心不別生果故盡果集差別者无始
時業自然念念滅壞集不失故有為作業因
盡集故已受果未受果差別者生報後報受
不受應知對差別者黑業對白業白業對黑
業不黑不白業對二業二業對不黑不白業
業集成就差別應知定不定差別者三種時定
不定故三種乘定不定故非乘者世間定不
定應知云何根行稠林差別
經曰是菩薩如實知諸根濡中上差別相先
際後際別異不別異相上中下相煩惱共生
不離相乘非乘定不定相淳熟定相隨根網
輕轉壞成相相根增上不壞相轉不轉根差
別相深入共生種種差別相略說乃至如實
知八万四千諸根差別相是菩薩如實知衆
生信濡中利相略說乃至如實知八万四千
信差別相是菩薩如實知諸性濡中上相略
說乃至如實知八万四千諸性差別相是善

上博 32 (37493)　十地論善慧地第九卷之十一　(22－2)

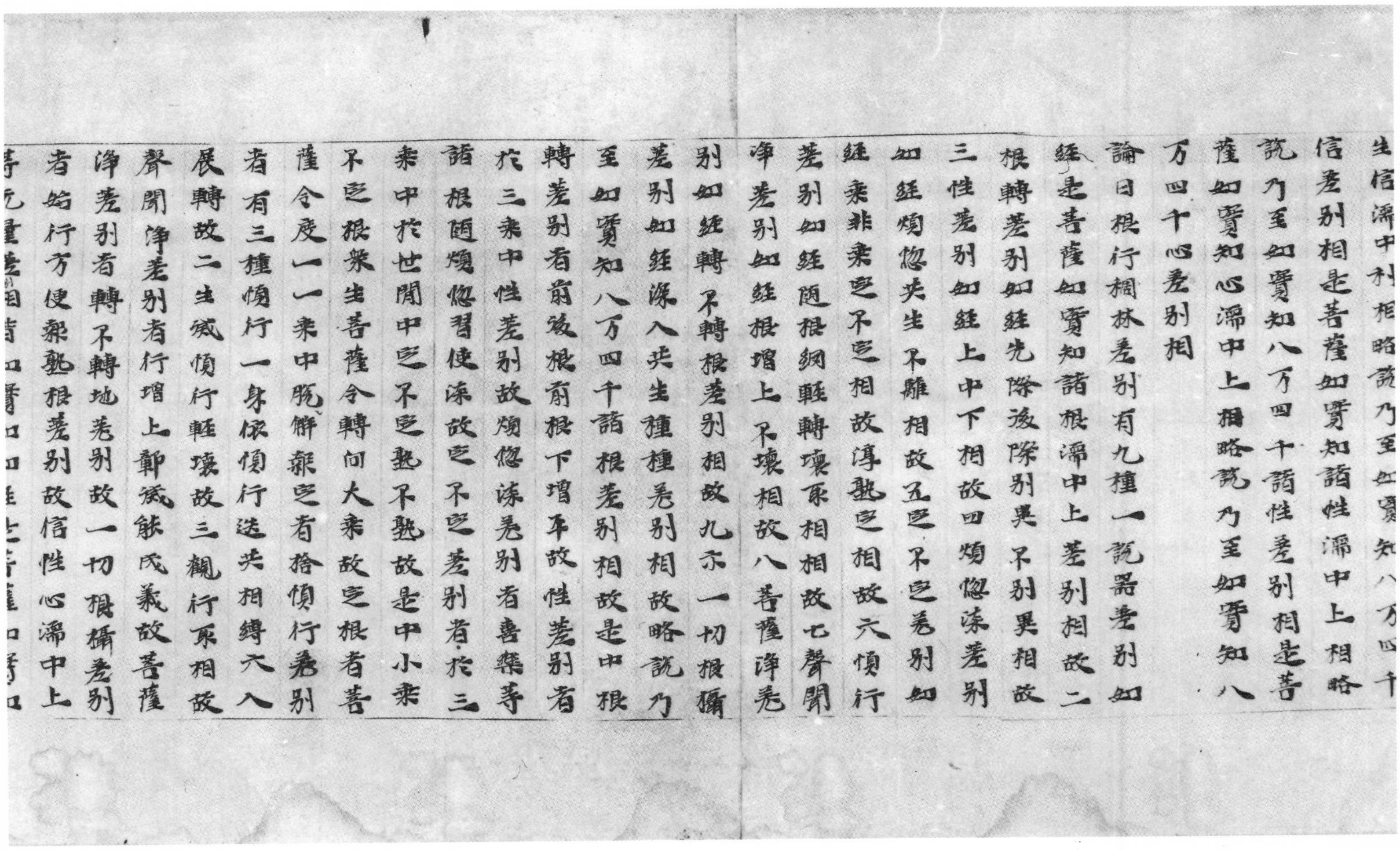
生信濡中利相略說乃至如實知八万四千
信差別相是菩薩如實知諸性濡中上相略
說乃至如實知八万四千諸性差別相是菩
薩如實知心濡中上相略說乃至如實知八
万四千心差別相
論曰根行稠林差別有九種一說器差別如
經是菩薩如實知諸根濡中上差別相故二
根轉差別如經先際後際別異不別異相故
三性差別如經上中下相故四煩惱染差別
如經煩惱共生不離相故五定不定差別如
經乘非乘定不定相故淳熟定相故六傾行
差別如經隨根網輕轉壞成相相故七聲聞
淨差別如經根增上不壞相故八菩薩淨差
別如經轉不轉根差別相故九亦一切根攝
差別如經深入共生種種差別相故略說乃
至如實知八万四千諸根差別相故是中根
轉差別者前後根前根下增本故性差別者
於三乘中性差別故煩惱染差別者善集等
諸根隨煩惱習使染故定不定差別者於三
乘中於世間中定不定熟不熟故是中小乘
不定根衆生菩薩令轉向大乘故定根者菩
薩令度一一乘中脫解報定者捨傾行差別
者有三種傾行一身依傾行迭共相縛六入
展轉故二生滅傾行輕壞故三觀行成相故
聲聞淨差別者行增上鄣滅能成義故菩薩
淨差別者轉不轉地差別故一切根攝差別
者始行方便報熟根差別故信性心濡中上
等无量差別相[illegible]

上博 32 (37493)　十地論善慧地第九卷之十一　(22－3)

染差别者軟不軟地差别故一切煩惱差别
者始行方便練熟根差别故信性心滯中上
等无量差别相皆如實知如經是菩薩如實知
衆生信滯中上相乃至如實知八万四千心
差别相故如是性入應知云何使行稠林差
别
經曰是菩薩如實知諸使深共生心共生相
心相應不相應不離相遠入相无始来不恐怖
相一切禪定解脫三昧三摩跋提神通正悄
相違相堅繫縛三界繫相无始来心相續集
相開諸入門集相得對治實相地入隨煩不
隨煩相不異聖道滅動相略說乃至如實知
八万四千種〻使差别相
論曰是中使者隨逐縛義故此使行稠林差
别者何處隨逐以何隨逐此事差别亦現何
處隨逐者染非染心如經是菩薩如實知使
深共生心共生相故心不離現事故欲色无
色上中下差别如經心相應不相應不離相
故隨順乃至有頂如經遠入相故无邊世界
准智怖畏如惡賊未曾有聞思惟智是故不
拔如經无始来不恐怖相故世間禪定等不能
滅心隨順行經如一切禪定解脫三昧三摩
跋提神正通悄相違相故以何隨逐者有六
種隨逐六種隨逐者六句說一者有不斷隨
逐以有不斷相似使作縛故如經堅繫縛三
界繫相故二遠時隨逐故如經无始来心相
續集相故三一身生隨逐故眼等諸入門六

逐以有不斷相似使作縛故如經堅繫縛三
界繫相故二遠時隨逐故如經无始来心相
續集相故三一身生隨逐故眼等諸入門六
種生集識同生隨逐故及阿梨耶薰故隨逐
如經開諸入門集相故四不實隨逐對治實
義故如經得對治實相故五微細隨逐於九
地中六入處煩惱身隨逐故如經地入隨煩
不隨煩相故六離隨逐出世間行餘行不
能離故如經不異聖道滅動相故略說乃至
如實知八万四千種種使差别相故云何生
行稠林差别
經曰是菩薩如實知諸差生别相隨業生相
地獄畜生餓鬼阿修羅人天差别相有色无色
生差别相有想无想生差别相業是田愛是
水无明是是黑闇識是種子後身是生列來相
名色共生而不離相有癡求愛相續相欲受
欲生樂衆生相續无際相貪著三界想出相
皆知實知
論曰生行稠林差别有八種一身種〻如經
是菩薩如實知諸生差别相故二業種種如
經隨業生相故三住處種種如經地獄畜生
餓鬼阿修羅人天差别相故四色想上下種〻
如經有色无色生差别相故有想无想生差
别相故五同外色因種種如經業是田愛是
水无明是黑闇識是種子後身是生列來相
故六自相種種如經名色共生而不離相故
七本煩生因種種如經有癡求愛相續相故
八集苦諦種〻差别亦現如經欲愛欲生樂

七平順生因種種如經有癡求愛相續相故
八集苦諦種種差別示現如經欲愛欲生樂
衆生相續无際相故貪著三果想出相皆如
實知故是中欲受者樂貪共取處處求故欲
生者没有樂有衆生愛自身他身心著相往
來上下界取著故小大无量无想相出有輪
展轉苦諦差別示現云何習氣行稠林差別
經曰是菩薩如實知習氣行不行差別相隨
道生處熏有習氣隨共衆生行行有習氣隨
業煩惱有習氣隨善不善无記法有習氣後
有有習氣次第隨逐有習氣深入不斷煩惱
事有習氣有實不實有習氣聲聞辟支佛菩
薩如來見聞親近熏有習氣皆如實知
論曰習氣行稠林差別有十種一與果現在
非現在差別如經是菩薩如實知習氣行不行
相故二道熏差別如經隨道生處熏有習氣
故三親近衆生熏差別如經隨共衆生行行有
習氣故四功業煩惱熏差別如經隨業煩惱
有習氣故五善業等熏差別如經隨善不善
无記法有習氣故六中陰熏差別如經後有
有習氣故七與果次第熏差別如經次第隨
逐有習氣故八離世間禪因熏差別遠入熏
不斷煩惱煩惱事故如經深入不斷煩惱事
有習氣故九同法異外道行解脱熏差別如
經有實不實有習氣故十乘熏差別示現如
經聲聞辟支佛菩薩如來見聞親近熏有習

上博 32 (37493)　十地論善慧地第九卷之十一　(22－6)

經聲聞辟支佛菩薩如來見聞親近熏有習
氣皆如實知故云何三聚行稠林差別
經曰是菩薩如實知衆生三聚正定相邪定
相離此二不定相正見正定相邪見邪定相
離此二不定相五逆邪定相五根正定相離
此二不定相八邪邪定相正位正定相更不
作故離此二不定相始修惡行不轉邪定相
稠行无上聖道正定相離此二不定相皆如
實知佛子菩薩隨順如是智名爲安住菩薩
善慧地
論曰衆生三聚行稠林差別有五種一有涅槃
法九涅槃法三乘中一向定差別如經是菩薩
如實知衆生三聚正定相邪定相離此二不
定相故二善行惡行因差別如經正見正定相
邪見邪定相離此二不定相故三惡道善道
因差別如經五逆邪定相五根正定相離此
二不定相故四外道聲聞因差別如經八邪
邪定相正位正定相更不作故離此二不定
相故五菩薩差別示現如經始修惡行不轉
邪定相稠行无上聖道正定相離此二不定
相皆如實知故捨可化衆生名始不喜化他
財名慳過能生他告惡行不轉菩薩波羅蜜
相違邪定菩薩是名法師方便成就智成就
入行成就三種事成就此地中善住如經佛
子菩薩隨順如是智名爲安住菩薩善慧地
故云說何成就與衆生解脫方便故
經曰是菩薩住此菩薩善慧地已如實知衆

上博 32 (37493)　十地論善慧地第九卷之十一　(22－7)

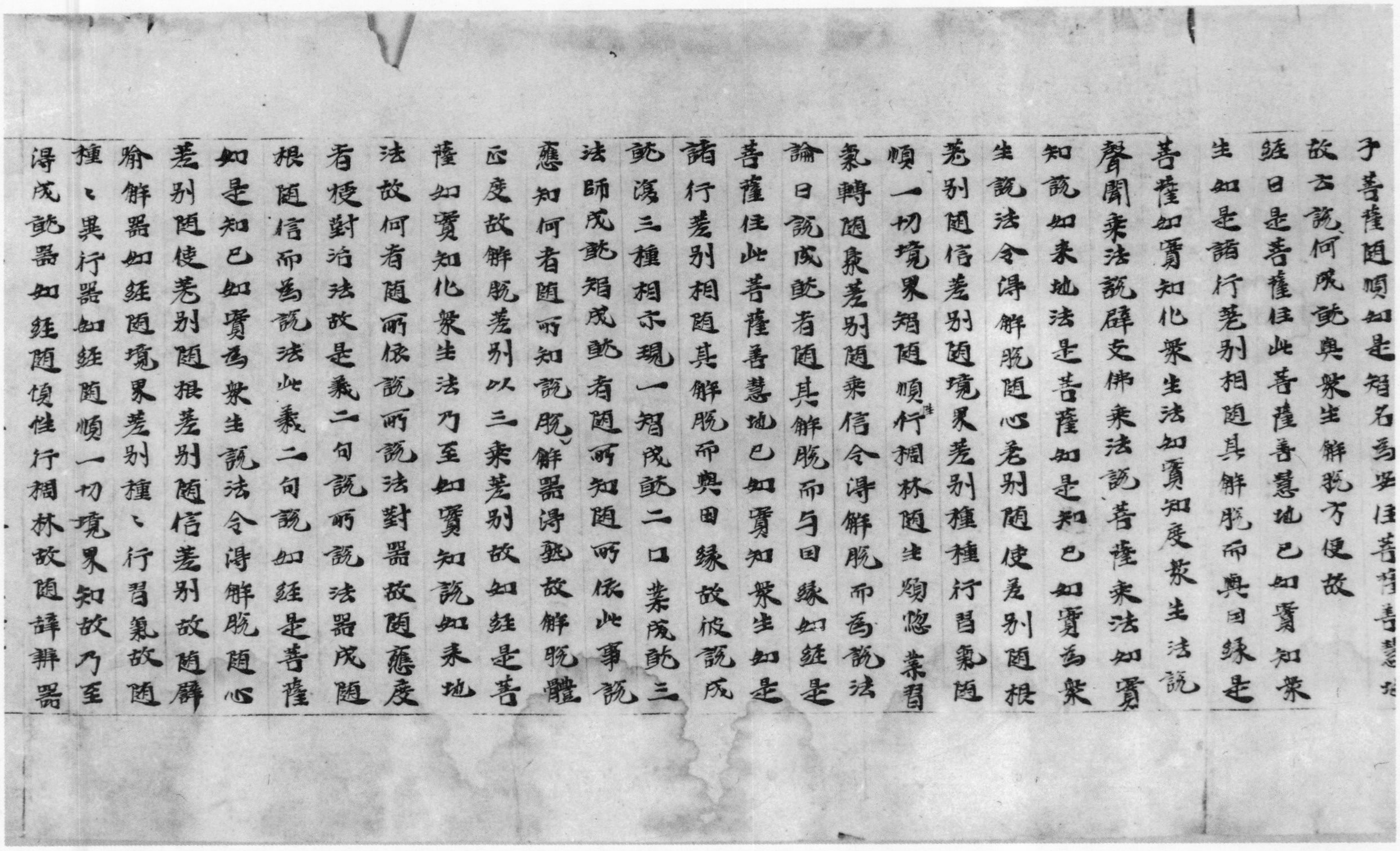
子菩薩隨順如是智名為安住菩薩善慧地
故云說何成就與衆生解脫方便故
經曰是菩薩住此菩薩善慧地已如實知衆
生如是諸行差別相隨其解脫而與因緣是
菩薩如實知化衆生法如實知度衆生法說
聲聞乘法說辟支佛乘法說菩薩乘法如實
知說如來地法是菩薩如是知已如實為衆
生說法令得解脫隨心差別隨使差別隨根
差別隨信差別隨境界差別種種行習氣隨
順一切境界智隨順行稠林隨生煩惱業習
氣轉隨乘差別隨乘信令得解脫而為說法
論曰說成就者隨其解脫而與因緣如經是
菩薩住此菩薩善慧地已如實知衆生如是
諸行差別相隨其解脫而與因緣故彼說成
就復三種相示現一智成就二口業成就三
法師成就智成就者隨所知隨所依此事說
應知何者隨所知說脫解器得熟故解脫體
正度故解脫差別以三乘差別故如經是菩
薩如實知化衆生法乃至如實知說如來地
法故何者隨所依說所說法對器故隨應度
者梗對治法故是義二句說所說法器成隨
根隨信而為說法此義二句說如經是菩薩
如是知已如實為衆生說法令得解脫隨心
差別隨使差別隨根差別隨信差別故隨辟
喻解器如經隨境界差別種種行習氣故隨
種種異行器如經隨順一切境界知故乃至
得成就器如經隨煩性行稠林故隨諍辯器

上博 32 (37493)　十地論善慧地第九卷之十一　(22－8)

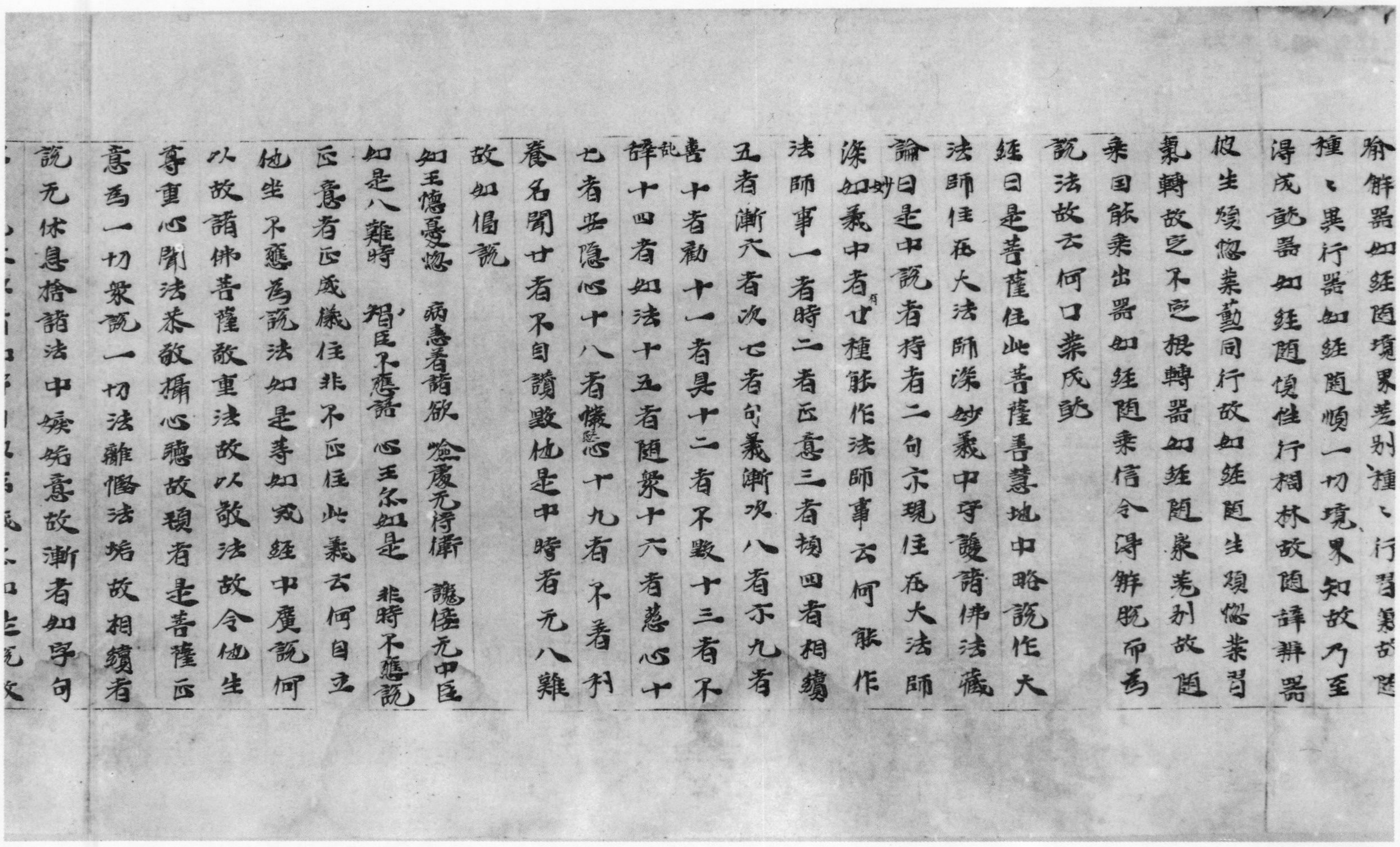
喻解器如經隨境界差別種種行習氣故隨
種種異行器如經隨順一切境界知故乃至
得成就器如經隨煩性行稠林故隨諍辯器
彼生煩惱業薰同行故如經隨生煩惱業習
氣轉故乏不乏根轉器如經隨乘差別故隨
乘因能乘出器如經隨乘信令得解脫而為
說法故云何口業成就
經曰是菩薩住此菩薩善慧地中略說作大
法師住在大法師深妙義中守護諸佛法藏
論曰是中說者持者二句示現住在大法師
深妙如義中者廿種能作法師事云何能作
法師事一者時二者正意三者頓四者相續
五者漸六者次七者句義漸次八者不九者
喜十者勸十一者是十二者不數十三者不
辭十四者如法十五者隨衆十六者慈心十
七者安隱心十八者憐愍心十九者不著利
養名聞廿者不自讚毀他是中時者无八難
故如偈說
如王憶憂惱　病患著諸欲　險處无侍衛　諂佞无中臣
如是八難時　智臣不應語　心王亦如是　非時不應說
正意者正威儀住非不正住此義云何自立
他坐不應為說法如是等如戒經中廣說何
以故諸佛菩薩敬重法故以敬法故令他生
尊重心聞法恭敬攝心聽故頓者是菩薩正
意為一切衆說一切法離慳恡法故相續者
說无休息捨諸法中嫉妬意故漸者如字句

上博 32 (37493)　十地論善慧地第九卷之十一　(22－9)

說无休息捨諸法中嫉姤意故漸者如字句
次第說故次者如字句次第義尒如是說故
句義漸次者說同義法不說不同義法故不
者不所應不等故善者善所應善故勸者怯
弱衆衆生勧令勇猛故具德者現智比智阿含所
證具說故不數者隨順善道說故不亂者不
動不雜正入非㮕林故如法者具說四聖諦
故隨衆者於四衆八部隨所應聞而為說法
故如是十五種相菩薩隨順利益他說一切
法故慈心者於怨衆生中起心慈說法故安
隱心者於惡行衆生中起利益心說法故憐
愍心者於受苦樂放逸衆生中起憐愍利樂
心說法故不著利養名聞者心不悕望常行
遠離故不自讚毀他者離我慢嫉姤隨煩惱
為衆生說法故如是五種相菩薩自心清淨
故具此廿事能作法師是名住大法師深妙
義中故如是說成就中智成就已說云何口
業成就
經曰通達无量智方便四无㝵智起菩薩言
辞說法是菩薩日夜常不壞四无㝵智何等
為四所謂法无㝵義无㝵辞无㝵樂說无㝵
論曰口業成就者菩薩以四无㝵言音說法
如經通達无量智方便乃至樂无說㝵故不
壞者不動故是中四无㝵境界者一法體二
法境界體三正得与衆生四正求与无量

上博 32 (37493)　十地論善慧地第九卷之十一　(22－10)

法境界體三正得与衆生四正求与无量
門是中法體者遠離二邊生法所攝如色㝵
相如是等法境界體者彼遠離二邊生法所
攝中如實智境界菩薩如彼生法所攝智境
界中住如色何者是色眼色等虛妄分別如
是等正得與衆生者於彼如實智境界中隨
他所善言說正知隨他言說正知而與故正
求與无量門者於彼隨他所善言語正知无
量種種義語隨知而与故是四无㝵智十種
差別一依自相二依同相三行相四說相五
智相六无我慢相七小乘相大乘相八菩薩地
相九如來地相十作住持相後五是淨相云
何自相
經曰是菩薩用法无㝵智知諸法自相以義
无㝵智知法諸差別相以辞无㝵智知不壞
說諸法以樂說无㝵智知諸法次第不斷說
論曰是中自相者有四種一法生自相二差
別自相三想堅固自相四彼想差別自相如
經是菩薩用法无㝵智知諸法自相故以義
无㝵智知諸法差別相故以辞无㝵智知不
壞說諸法故以樂說无㝵智知諸法次第不
斷故是中不壞說者隨所覺諸相隨彼彼衆
生種種說法故次第不斷說者次第不息无
量衆多異名為堅固彼義故云何同相
經曰復次以法无㝵智知諸法无體性以義

上博 32 (37493)　十地論善慧地第九卷之十一　(22－11)

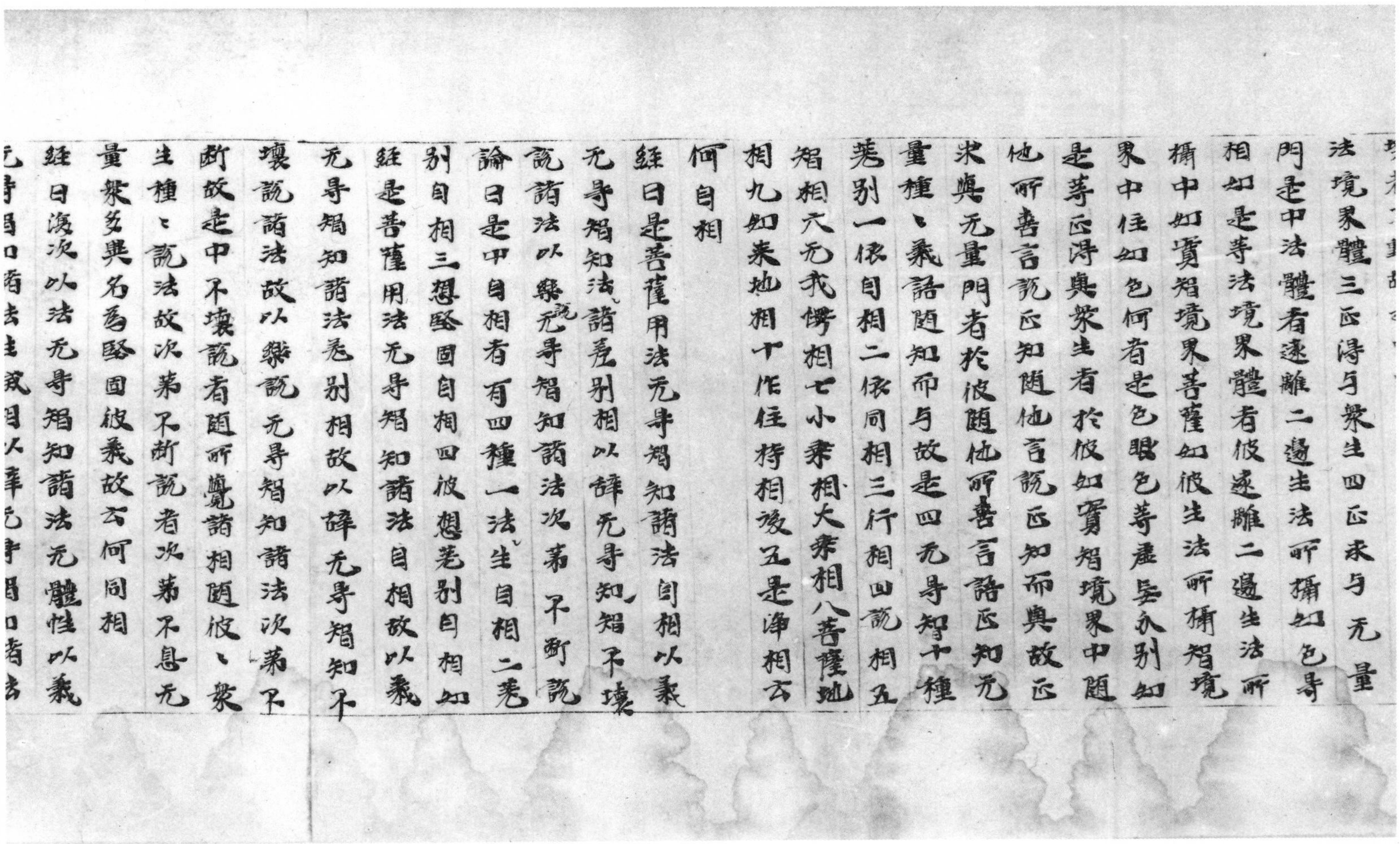

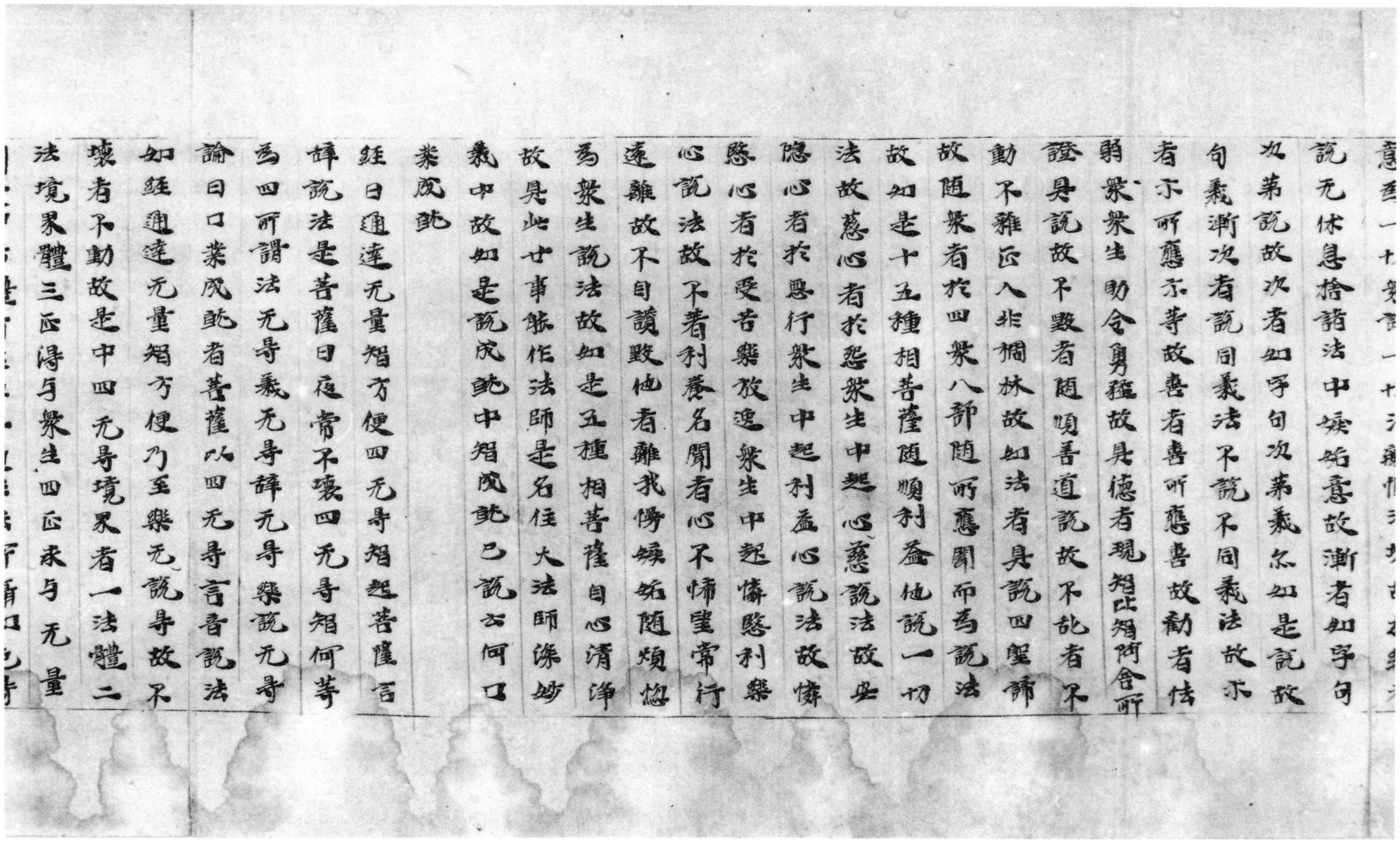

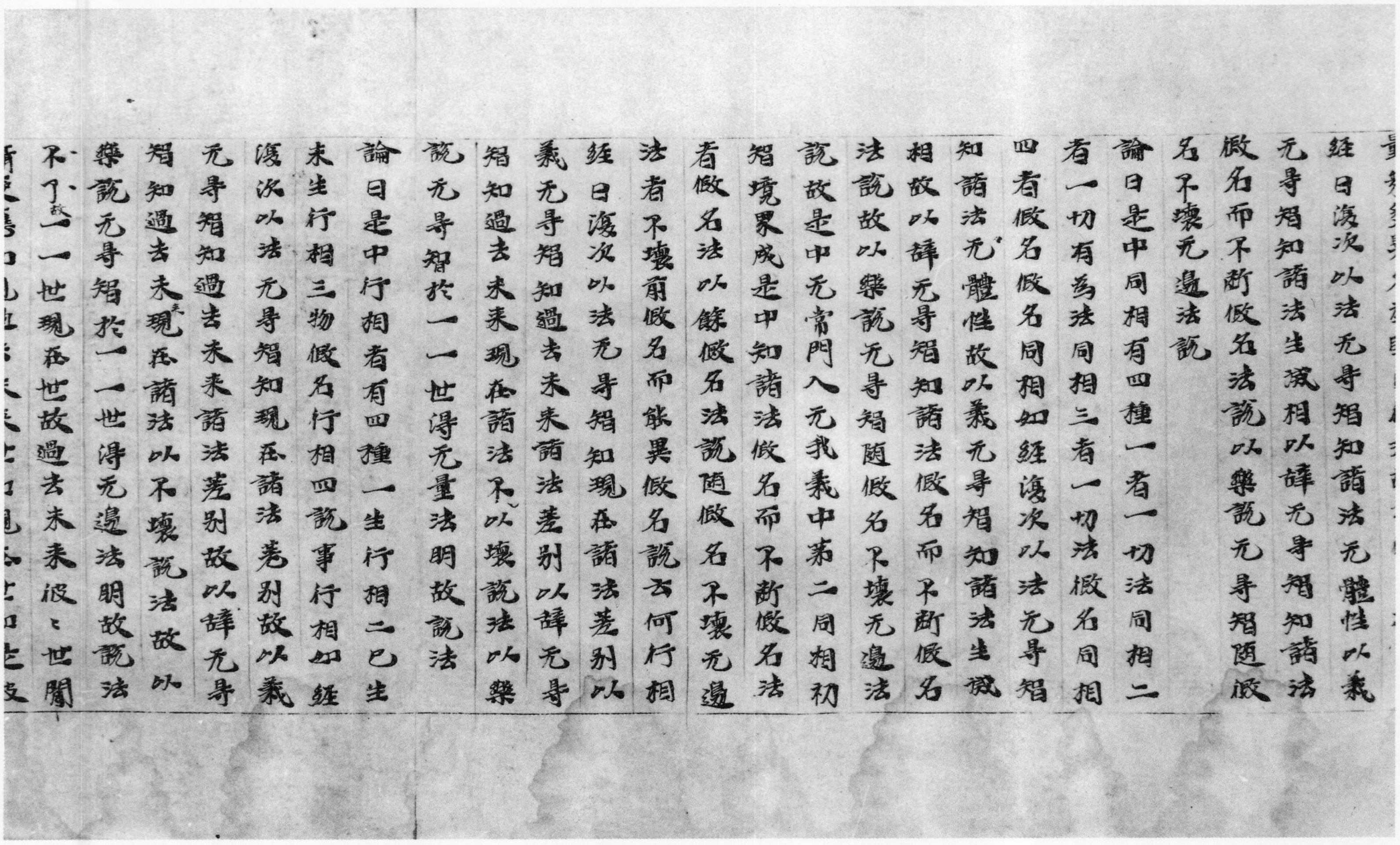

經曰復次以法无㝵智知諸法无體性以義
无㝵智知諸法生滅相以辭无㝵智知諸法
假名而不斷假名法說以樂說无㝵智隨假
名不壞无邊法說
論曰是中同相有四種一者一切法同相二
者一切有為法同相三者一切法假名同相
四者假名假名同相如經復次以法无㝵智
知諸法无體性故以義无㝵智知諸法生滅
相故以辭无㝵智知諸法假名而不斷假名
法說故以樂說无㝵智隨假名不壞无邊法
說故是中无常門入无我義中第二同相初
智境界成是中知諸法假名而不斷假名法
者假名法以餘假名法說隨假名不壞无邊
法者不壞前假名而能異假名說云何行相
經曰復次以法无㝵智知現在諸法差別以
義无㝵智知過去未來諸法差別以辭无㝵
智知過去未來現在諸法不以壞說法以樂
說无㝵智於一一世得无量法明故說法
論曰是中行相者有四種一生行相二已生
未生行相三物假名行相四說事行相如經
復次以法无㝵智知現在諸法差別故以義
无㝵智知過去未來諸法差別故以辭无㝵
智知過去未來現在諸法以不壞說法故以
樂說无㝵智於一一世得无邊法明故說法
不了故一一世現在世故過去未來彼〻世間

上博 32 (37493) 十地論善慧地第九卷之十一 (22－12)

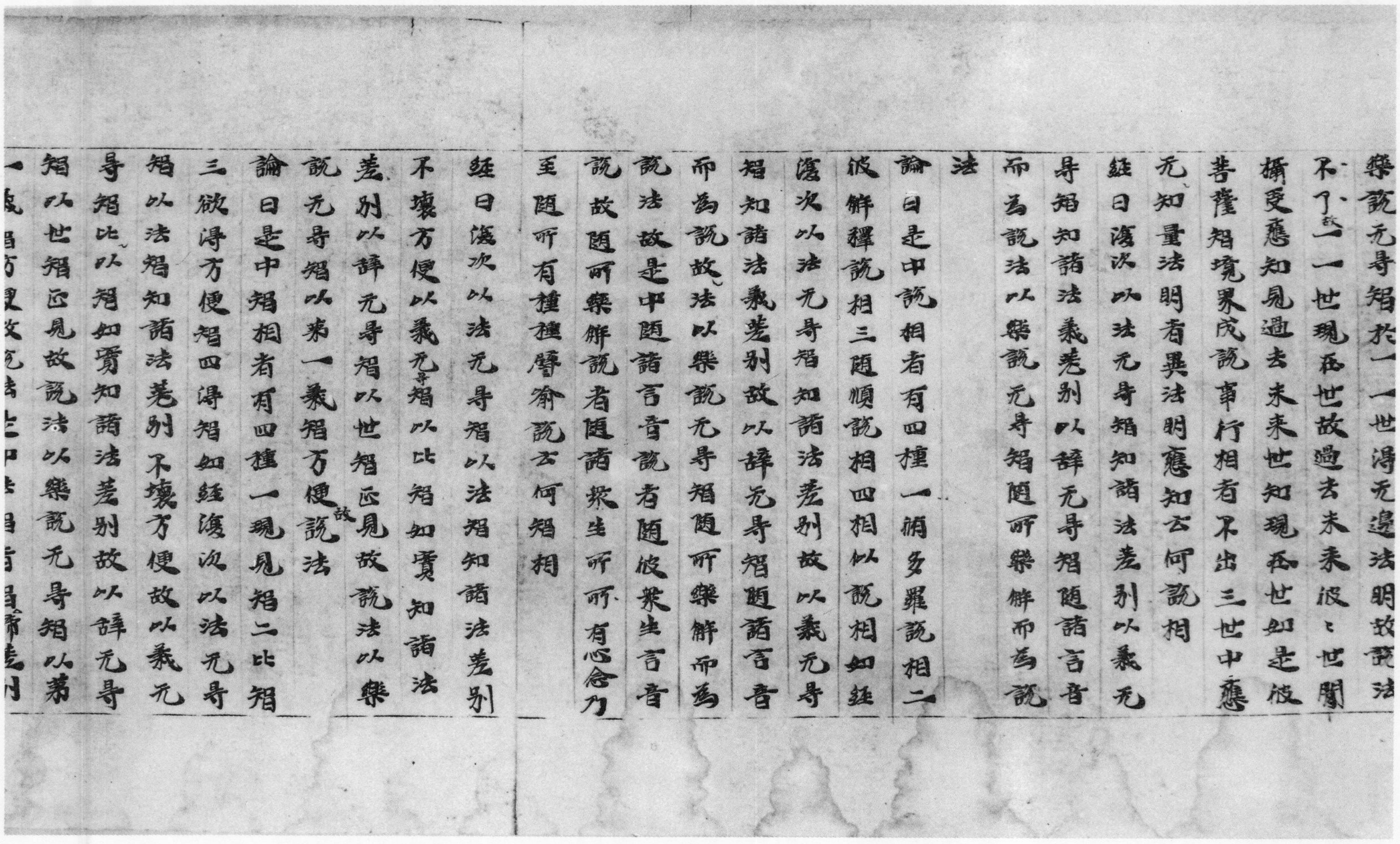

樂說无㝵智於一一世得无邊法明故說法
不了故一一世現在世故過去未來彼〻世間
攝受應知見過去未來世知現在世如是彼
菩薩智境界成說事行相者不出三世中應
无知量法明者異法明應知云何說相
經曰復次以法无㝵智知諸法差別以義无
㝵智知諸法義差別以辭无㝵智隨諸言音
而為說法以樂說无㝵智隨所樂解而為說
法
論曰是中說相者有四種一脩多羅說相二
彼解釋說相三隨順說相四相似說相如經
復次以法无㝵智知諸法差別故以義无㝵
智知諸法義差別故以辭无㝵智隨諸言音
而為說故法以樂說无㝵智隨所樂解而為
說法故是中隨諸言音說者隨彼眾生言音
說故隨所樂解說者隨諸眾生所〻有心念乃
至隨所有種種譬喻說云何智相
經曰復次以法无㝵智以法智知諸法差別
不壞方便以義无㝵智以比智如實知諸法
差別以辭无㝵智以世智正見故說法以樂
說无㝵智以第一義智方便故說法
論曰是中智相者有四種一現見智二比智
三欲得方便智四得智如經復次以法无㝵
智以法智知諸法差別不壞方便故以義无
㝵智比以智如實知諸法差別故以辭无㝵
智以世智正見故說法以樂說无㝵智以第

上博 32 (37493) 十地論善慧地第九卷之十一 (22－13)

智以世智正見故說法以樂說无㝵智以第
一義智方便故說法是中法智者智諦差別
不異方便法智差別不壞方便故比智者如
此如實分別餘亦如是比知如實諦差別知
故第一義智方便者非顛倒異樂說應知云
何无我慢相
經曰復次以法无㝵智知諸法一相不壞以
義无㝵智知陰界入諦因緣集方便以辭无
㝵知智一切世間之所歸敬善妙音聲字句
說法以樂說无㝵智所說轉勝无量法明說
法
論曰是中无我慢相者有四種一第一義諦
无我慢相二世諦无我慢相三說美妙无我
慢相四說无上无我慢相如經復次以法无
㝵智知諸法一相不壞故以義无㝵智知陰
界入諦因緣集方便故以辭无㝵智知一切
世間之所歸敬善妙音聲字句說法故以樂
說无㝵智所說轉勝无量法明說法故是中
一相不壞者无我不壞故我知无我々證无
我如是等壞陰等方便入无我故是故彼菩
薩智境界成一衆積著我二異因著三欲著
四作者此對治如是次第陰等方便應知云
何小乘大乘相
經曰復次以法无㝵智知諸法无有差別稱
成一乘以義无㝵智知分別諸乘差別門以
辭无㝵智能說諸乘不壞以樂說无㝵智於

上博 32 (37493)　十地論善慧地第九卷之十一　(22－14)

成一乘以義无㝵智知分別諸乘差別門以
辭无㝵智能說諸乘不壞以樂說无㝵智於
一一乘无量法明說
論曰是中小乘大乘相者有四種一觀相二
性相三解脫相四念相如經復次以法无㝵
智知諸法无有差別稱成一乘故以義无㝵
智知分別諸乘差別門故以辭无㝵智能說
諸乘不壞故以樂說无㝵智於一々乘无量
法明說故是中知諸法无有差別稱成一乘
者一觀不異應知能說諸乘不壞者依同解
脫不懼无量法明說者種々法明分別說故
隨可度者依種々念行隨順解脫云何菩薩
地相
經曰復次以法无㝵智知一切菩薩行法行
智行隨智入以義无㝵智知分別說十地義
差別入以辭无㝵智不壞說與隨順諸地道
以樂說无㝵智說一一地无量相
論曰是中菩薩地相者有四種一智相二說
相三與方便相四入无量門相如經復次以
法无㝵智知一切菩薩行法行智行隨智入
故以義无㝵智知分別說十地義差別入故
以辭无㝵智知不壞說與隨順諸地道故以
樂說无㝵智說一々地无量相故是中一切
菩薩行者法行智行亦現觀智說故十地差
別者謂心說者口言應知不壞說與隨順諸
地道者不顛倒教授故云何如來地相

上博 32 (37493)　十地論善慧地第九卷之十一　(22－15)

別者謂心說者口言應知不壞說與隨順諸
地道者不顛倒教授故云何如來地相
經曰復次以法无导智知一切佛於一念間
得正覺以義无导智知種〻時事相差別以
辭无导智隨正覺差別說以樂說无导智於
一〻句法无量劫說而不窮盡
論曰是中如來地相者有四種一法身相二
色身相三正覺相四說相如經復次以法无
导智知一切佛於一念間得正覺故以義无
导智知種〻時事相差別故以辭无导智隨
正覺差別說故以樂說无导智於一〻句法
无量劫說而不窮盡故是中時者隨何劫中
成何等佛事者隨以何等佛國土隨何等佛
身相者隨名所記可得見聞故隨正覺者依
十種佛如正覺應知云何住、作持相
經曰復次以法无导智知一切佛語力无畏
不共佛法大悲无导智行轉法輪隨順一切
智〻以義无导智知隨順如來音聲出八万
四千隨眾生心隨根隨信差別以辭无导智
一切眾生行以如來音聲不壞說以樂說无
导智以諸佛智行神通圓滿隨信說法
論曰是中作住持相者有四種一覺相二差
別相三說相四彼无量相如經復次以法无
导智知一切佛語力无畏不共佛法大悲无
导智行轉法輪隨順一切智〻故以義无导
智知隨順如來音聲出八万四千隨眾生心

上博 32 (37493)　十地論善慧地第九卷之十一　(22－16)

导智知一切佛語力无畏不共佛法大悲无
导智行轉法輪隨順一切智〻故以義无导
智知隨順如來音聲出八万四千隨眾生心
隨根隨信差別故以辭无导智一切眾生行
以如來音聲不壞說故以樂說无导智以
諸佛智行神通圓滿隨信說法故是中佛語
者能說法故力者能破憍慢眾生故无畏者
能降伏外道故不共佛法者不同聲聞辟支
佛故大悲者常能說法故无导智行者依彼
說法故轉法輪者隨順說法故此一切事一
切智〻通達知隨故心者隨心性應知諸佛
智行神通圓滿者諸佛法身此行為利益眾
生行不可壞故言圓滿隨彼信故示現菩薩
无盡樂說如是口業成就已說云何法師自
在成就四種事示現一持成就二說成就三
問答成就四受持成就云何持成就
經曰佛子菩薩如是善知无导智安住第九
菩薩地名為得諸佛法藏能作大法師得眾
義陁羅尼眾法陁羅尼起智陁羅尼光明陁
羅尼善意陁羅尼眾財陁羅尼威德陁羅尼
无鄣导門陁羅尼无量陁羅尼得種〻義陁
尼羅得如是等陁羅尼門滿足十阿僧祇百
千陁羅尼門如是十阿僧祇百千音聲方便
如是十阿僧祇百千无量信樂門差別說法
是菩薩得如是十阿僧祇百千无量陁羅尼
門能於无量諸佛所聽法聞已不忘如所聞

上博 32 (37493)　十地論善慧地第九卷之十一　(22－17)

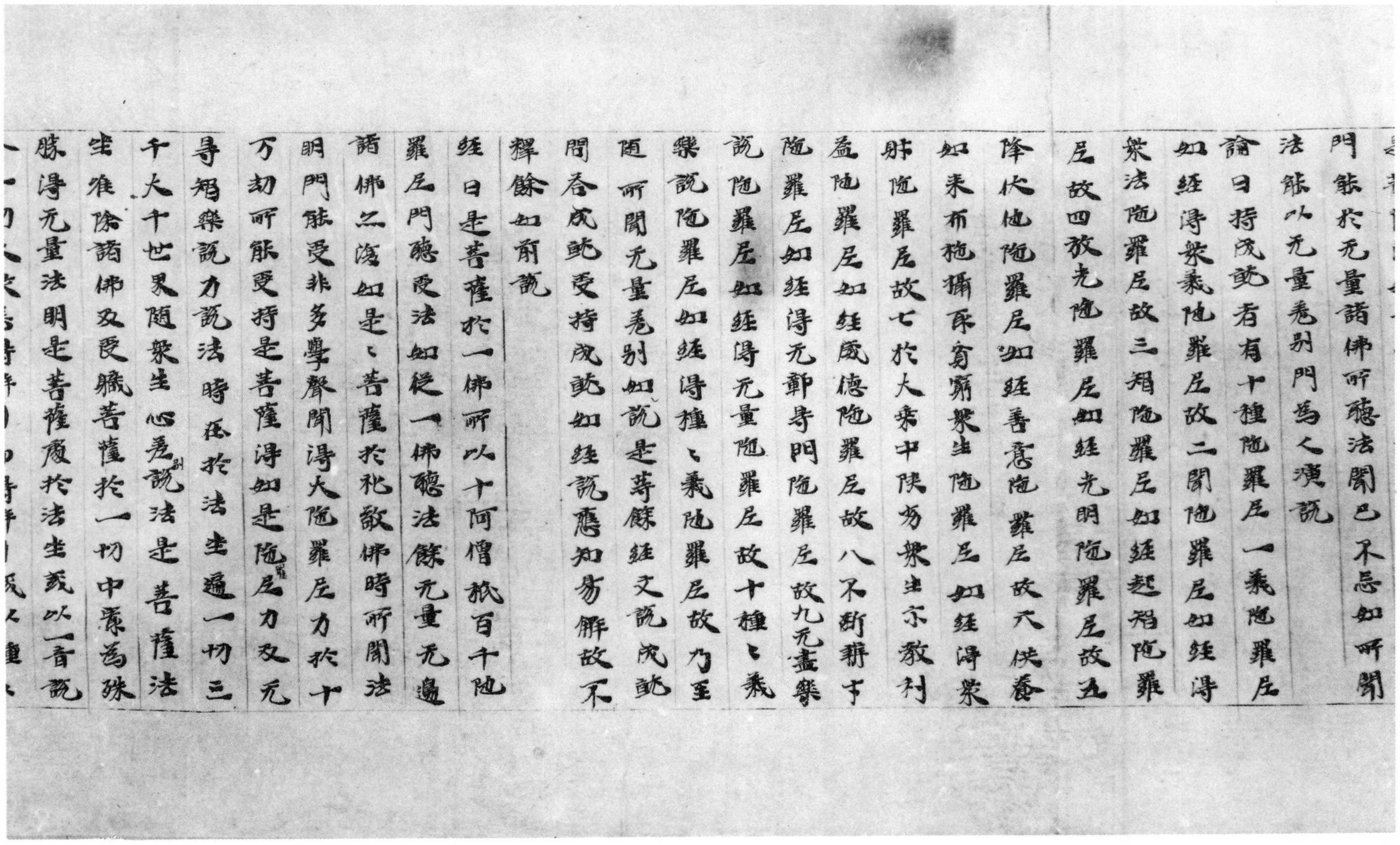

門能於无量諸佛所聽法聞已不忘如所聞
法能以无量差別門為人演說
論曰持成就者有十種陀羅尼一義陀羅尼
如經得衆義陀羅尼故二聞陀羅尼如經得
衆法陀羅尼故三智陀羅尼如經起智陀羅
尼故四放光陀羅尼如經光明陀羅尼故五
降伏他陀羅尼如經善意陀羅尼故六快養
如來布施攝取貧窮衆生陀羅尼如經得衆
財陀羅尼故七於大乘中陝劣衆生示教利
益陀羅尼如經威德陀羅尼故八不斷辯才
陀羅尼如經得无鄣㝵門陀羅尼故九无盡樂
說陀羅尼如經得无量陀羅尼故十種〻義
樂說陀羅尼如經得種〻義陀羅尼故乃至
隨所聞无量差別如說是等餘經文說成就
問荅成就受持成就如經說應知易解故不
釋餘如前說
經曰是菩薩於一佛所以十阿僧祇百千陀
羅尼門聽受法如從一佛聽法餘无量无邊
諸佛亦復如是〻菩薩於礼敬佛時所聞法
明門能受非多學聲聞得大陀羅尼力於十
万劫所能受持是菩薩得如是陀羅尼力及无
㝵智樂說力說法時在於法坐遍一切三
千大千世界隨衆生心差別說法是菩薩法
坐唯除諸佛及受職菩薩於一切中最為殊
勝得无量法明是菩薩處於法坐或以一音說

上博 32 (37493)　十地論善慧地第九卷之十一　(22－18)

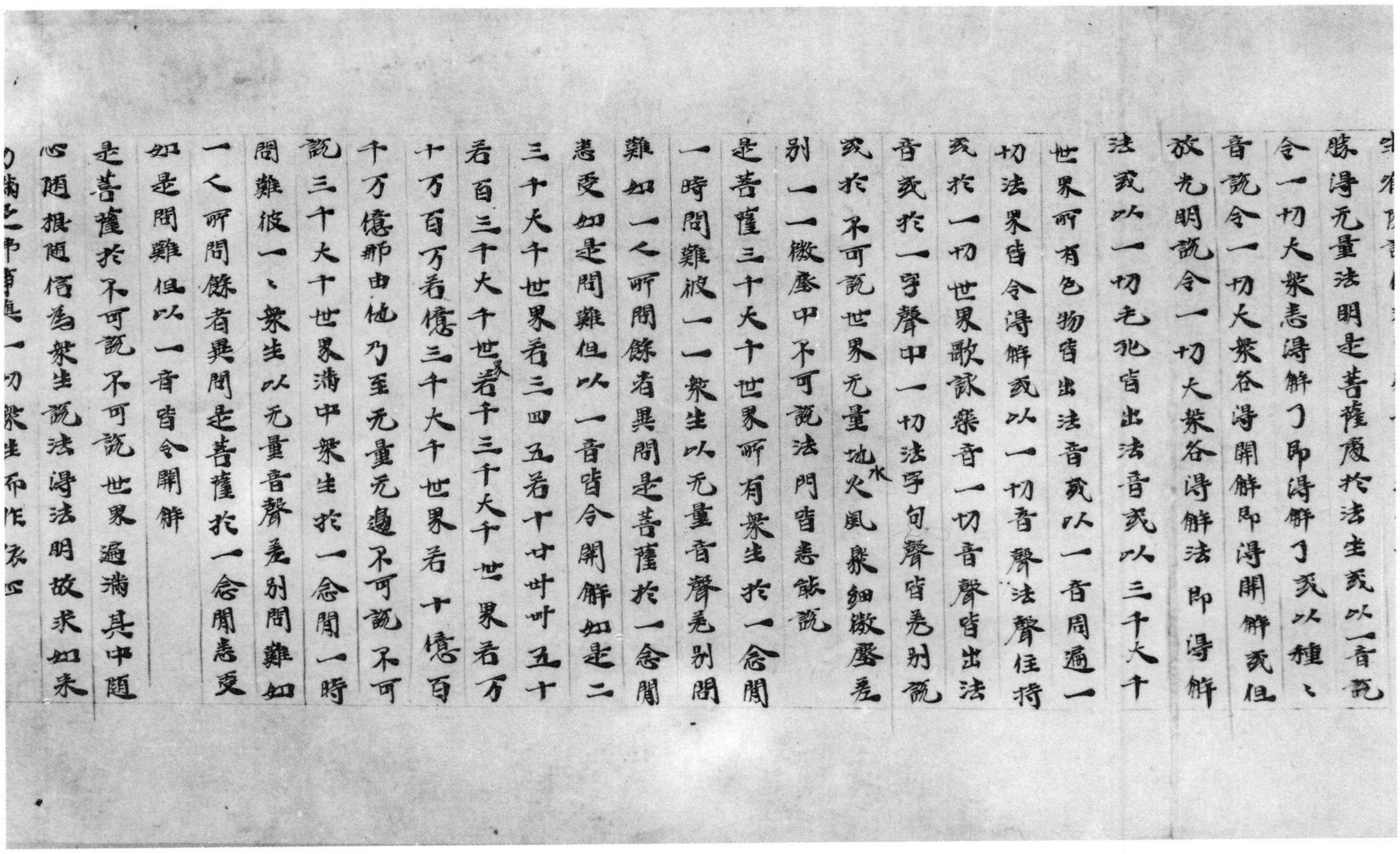

勝得无量法明是菩薩處於法坐或以一音說
令一切大衆悉得解了即得解了或以種〻
音說令一切大衆各得開解即得開解或住
放光明說令一切大衆各得解法即得解
法或以一切毛孔皆出法音或以三千大千
世界所有色物皆出法音或以一音周遍一
切法界皆令得解或以一切音聲法聲住持
或於一切世界歌詠樂音一切音聲皆出法
音或於一字聲中一切法字句聲皆差別說
或於不可說世界无量地水火風聚細微塵差
別一一微塵中不可說法門皆悉能說
是菩薩三千大千世界所有衆生於一念間
一時問難彼一一衆生以无量音聲差別問
難如一〻所問餘者異問是菩薩於一念間
悉受如是問難但以一音皆令開解如是二
三千大千世界若三四五若十廿卅卌五十
若百三千大千世界若千三千大千世界若万
十万百万若億三千大千世界若十億百
千万億那由他乃至无量无邊不可說不可
說三千大千世界滿中衆生於一念間一時
問難彼一〻衆生以无量音聲差別問難如
一〻所問餘者異問是菩薩於一念間悉受
如是問難但以一音皆令開解
是菩薩於不可說不可說世界遍滿其中隨
心隨根隨信為衆生說法得法明故求如來

上博 32 (37493)　十地論善慧地第九卷之十一　(22－19)

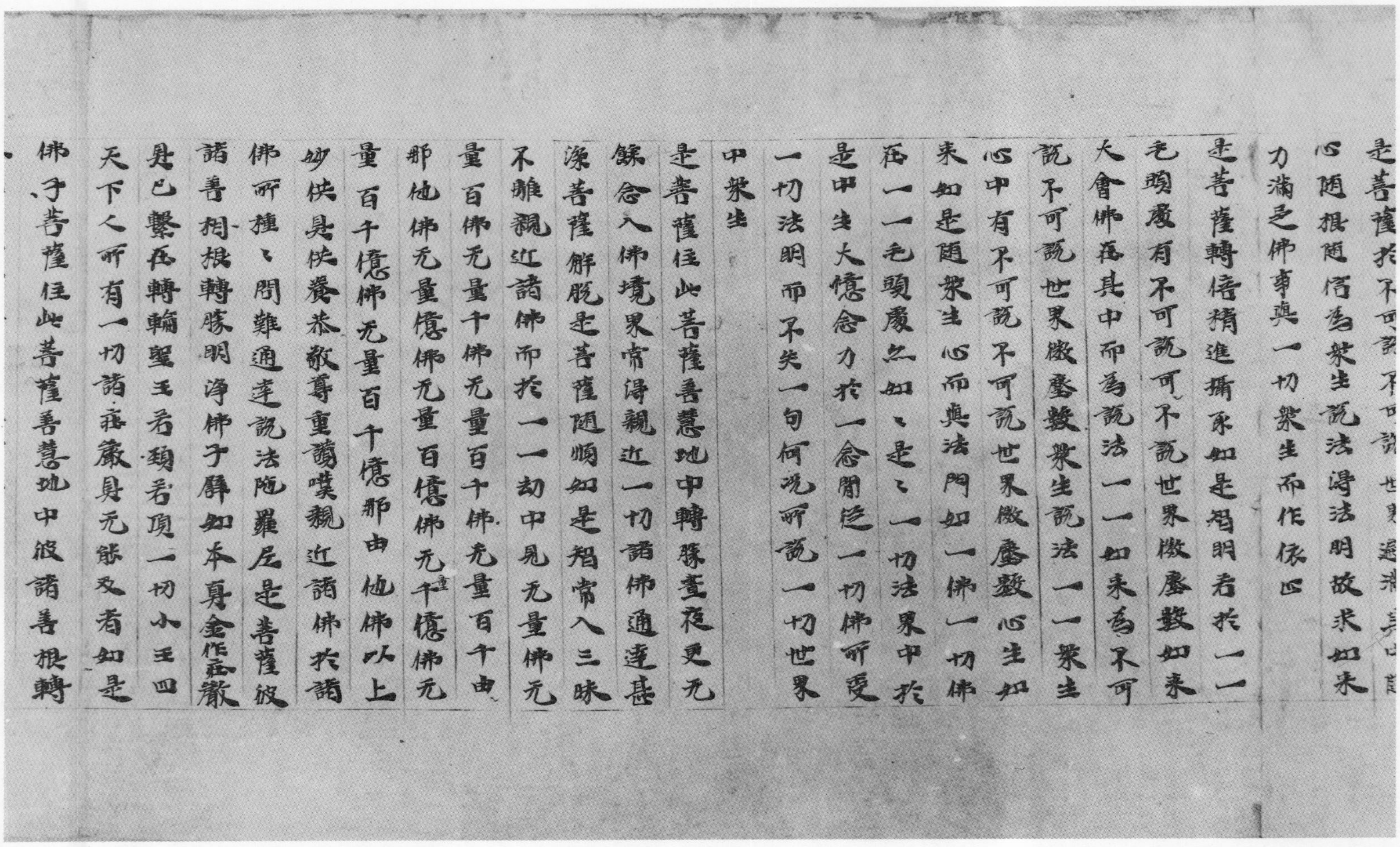
是菩薩於不可說不可說世界遍滿其中
心隨根隨信為衆生說法得法明故求如來
力滿足佛事與一切衆生而作依止
是菩薩轉倍精進攝承如是智明者於一一
毛頭處有不可說可不說世界微塵數如來
大會佛在其中而為說法一一如來為不可
說不可說世界微塵數衆生說法一一衆生
心中有不可說不可說世界微塵數心生如
來如是隨衆生心而與法門如一佛一切佛
在一一毛頭處亦如是是一切法界中於
是中生大憶念力於一念間從一切佛所受
一切法明而不失一句何況所說一切世界
中衆生
是菩薩住此菩薩善慧地中轉勝晝夜更无
餘念入佛境界常得親近一切諸佛通達甚
深菩薩解脫是菩薩隨順如是智常入三昧
不離親近諸佛而於一一劫中見无量佛无
量百佛无量千佛无量百千佛无量百千由
那他佛无量億佛无量百億佛无量千億佛无
量百千億佛无量百千億那由他佛以上
妙供具供養恭敬尊重讚嘆親近諸佛於諸
佛所種種問難通達說法陀羅尼是菩薩彼
諸善根轉勝明淨佛子譬如本真金作莊嚴
具已繫在轉輪聖王若頸若項一切小王四
天下人所有一切諸莊嚴具无能及者如是
佛子菩薩住此菩薩善慧地中彼諸善根轉

上博 32 (37493) 十地論善慧地第九卷之十一 (22－20)

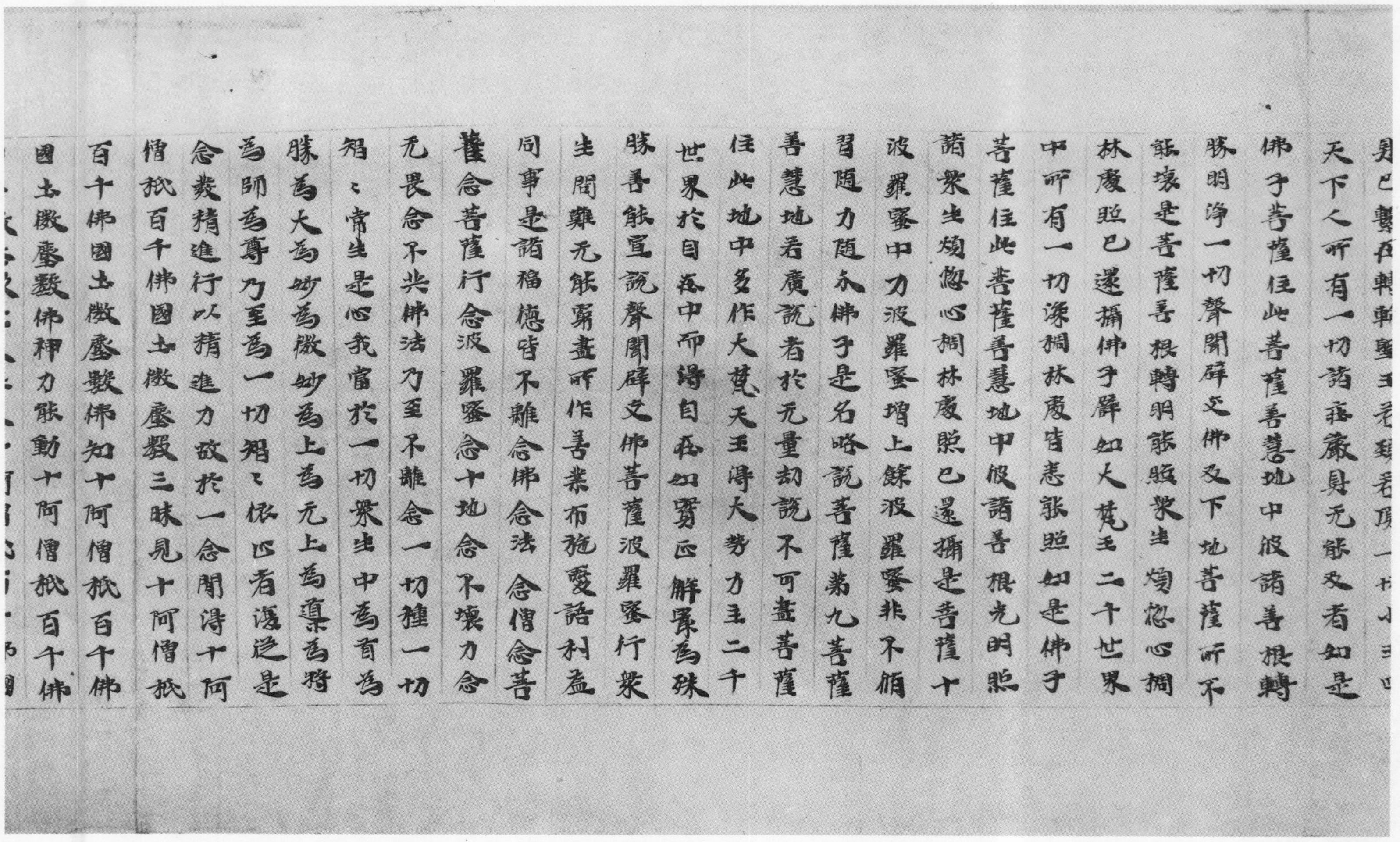
具已繫在轉輪聖王若頸若項一切小王四
天下人所有一切諸莊嚴具无能及者如是
佛子菩薩住此菩薩善慧地中彼諸善根轉
勝明淨一切聲聞辟支佛及下地菩薩所不
能壞是菩薩善根轉明能照衆生煩惱心稠
林處照已還攝佛子譬如大梵王二千世界
中所有一切深稠林處皆悉能照如是佛子
菩薩住此菩薩善慧地中彼諸善根光明照
諸衆生煩惱心稠林處照已還攝是菩薩十
波羅蜜中力波羅蜜增上餘波羅蜜非不脩
習隨力隨分佛子是名略說菩薩第九菩薩
善慧地若廣說者於无量劫說不可盡菩薩
住此地中多作大梵天王得大勢力主二千
世界於自在中而得自在如實正解釋為殊
勝善能宣說聲聞辟支佛菩薩波羅蜜行衆
生問難无能窮盡所作善業布施愛語利益
同事是諸福德皆不離念佛念法念僧念菩
薩念菩薩行念波羅蜜念十地念不壞力念
无畏念不共佛法乃至不離念一切種一切
智智常生是心我當於一切衆生中為首為
勝為大為妙為微妙為上為无上為導為將
為師為尊乃至為一切智智依止者復從是
念發精進行以精進力故於一念間得十阿
僧祇百千佛國土微塵數三昧見十阿僧祇
百千佛國土微塵數佛知十阿僧祇百千佛
國土微塵數佛神力能動十阿僧祇百千佛

上博 32 (37493) 十地論善慧地第九卷之十一 (22－21)

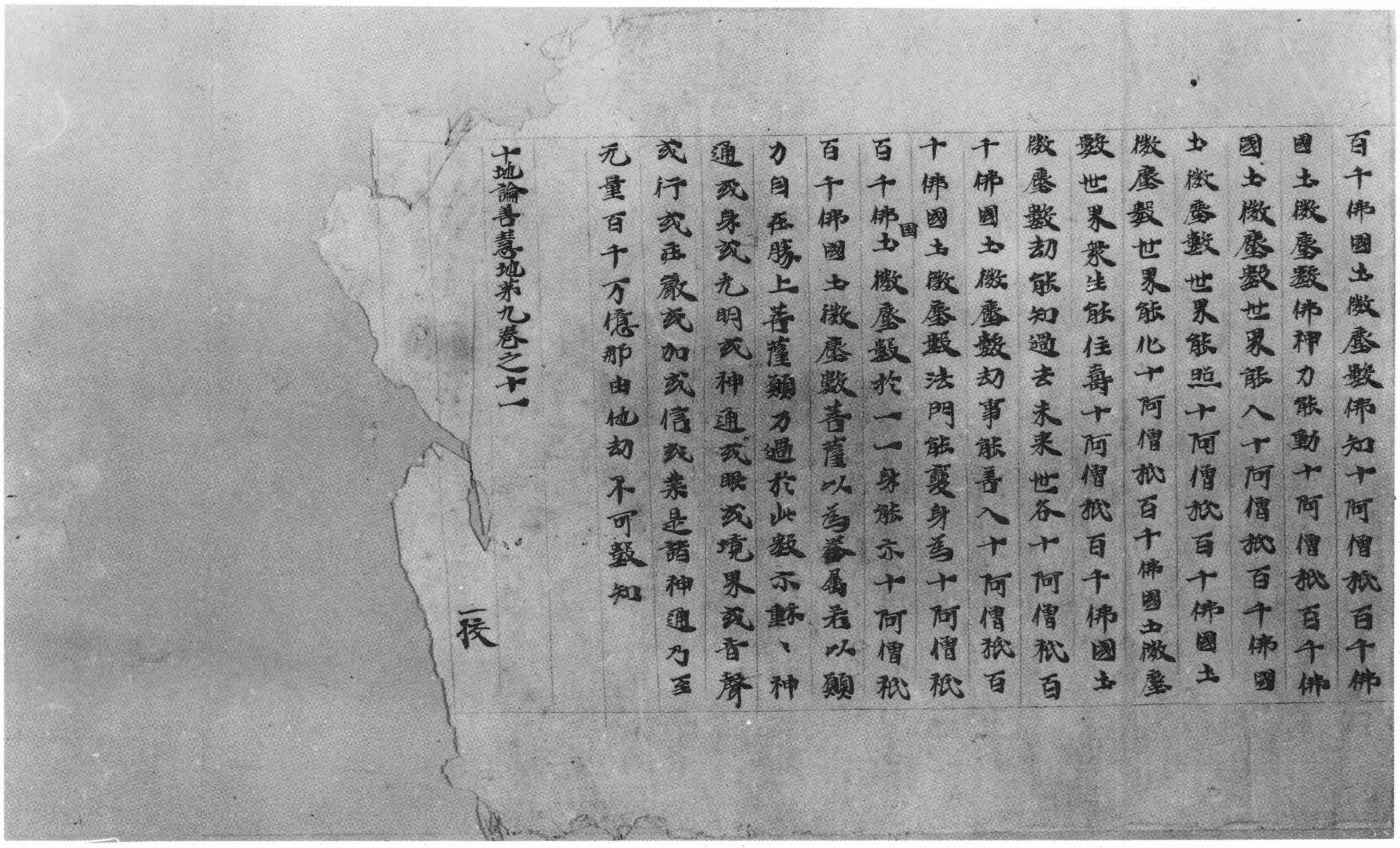
百千佛國土微塵數佛知十阿僧祇百千佛
國土微塵數佛神力能動十阿僧祇百千佛國
土微塵數世界能入十阿僧祇百千佛國土
微塵數世界能照十阿僧祇百千佛國土微塵
數世界衆生能住壽十阿僧祇百千佛國土
微塵數劫能知過去未來世各十阿僧祇百
千佛國土微塵數劫事能善入十阿僧祇百
千佛國土微塵數法門能變身爲十阿僧祇
百千佛國土微塵數於一一身能示十阿僧祇
百千佛國土微塵數菩薩以爲眷屬若以願
力自在勝上菩薩願力過於此數示現神
通或身或光明或神通或眼或境界或音聲
或行或莊嚴或加或信或業是諸神通乃至
无量百千万億那由他劫不可數知

十地論善慧地第九卷之十一

一校

上博 32 (37493)　十地論善慧地第九卷之十一　(22－22)

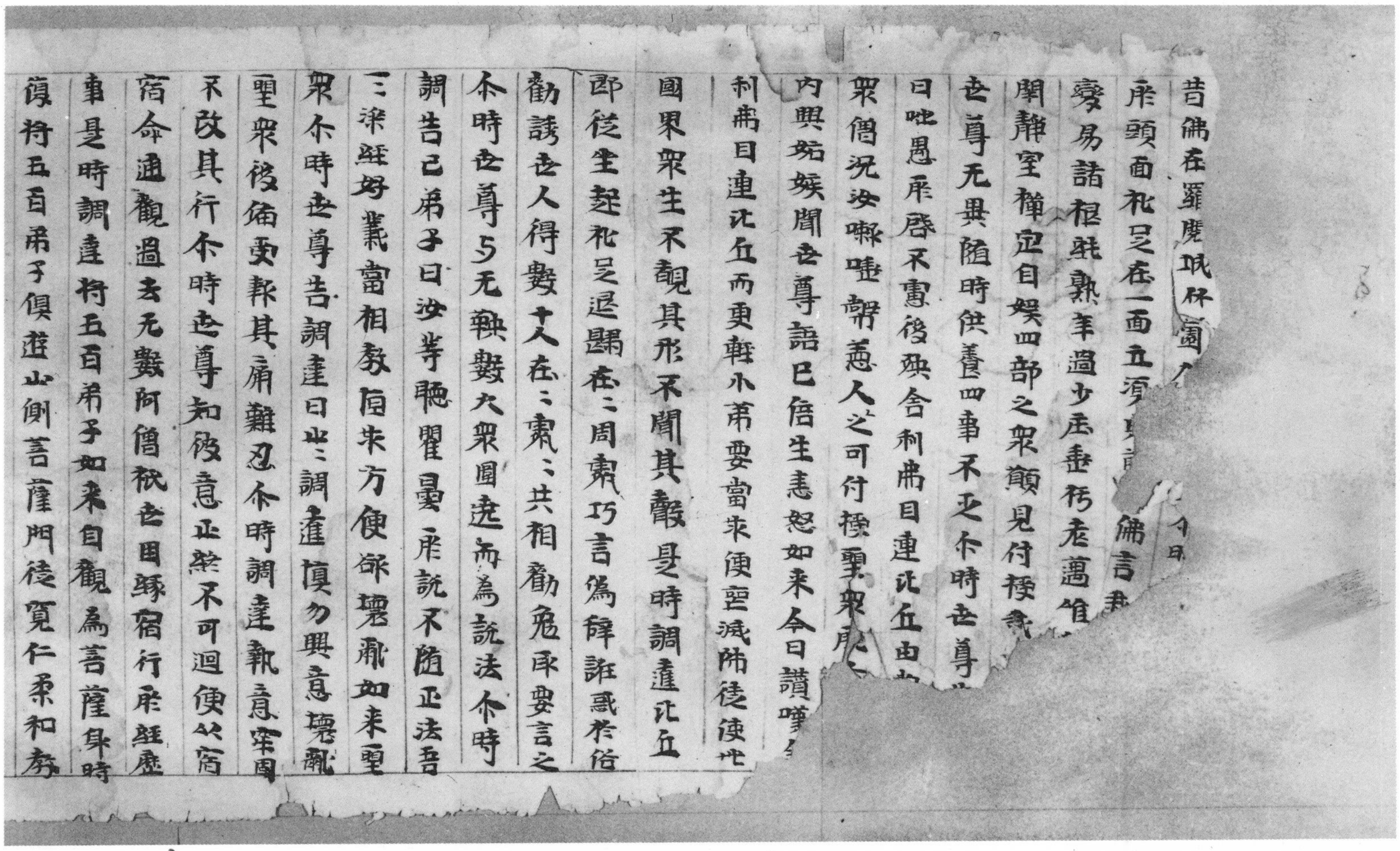
昔佛在羅閱城耆闍
來頭面禮足在一面立須
變易諸根純熟年過少壯垂將老邁
閑靜室禪定自娛四部之衆願見付授
世尊无異隨時供養四事不乏尒時世尊
曰吐愚來啓不寤後與舍利弗目連比丘由
衆僧況汝嘛唾癡惡人之可付授聖衆
内興姤嫉聞世尊語已倍生恚怒如來今日讚嘆
利弗目連比丘而更輕小弟要當求便壞滅佛徒使比
國界衆生不覩其形不聞其聲是時調達比丘
即從坐起禮足退歸在在周流巧言僞辭誑惑於俗
勸誘世人得數千人在在處處共相勸危來要言之
尒時世尊与无數百千衆圍遶而爲說法尒時
調告已弟子曰汝等聽瞿曇來說不隨正法吾
三法經好業當相教盾求方便欲壞亂如來聖
衆尒時世尊告調達曰止止調達慎勿興意壞亂
聖衆後倫更報其痛難忍尒時調達執意牢固
不改其行尒時世尊知彼意正然不可迴便以宿
命通觀過去无數阿僧祇世因緣宿行來經歷
事是時調達將五百弟子如來自觀爲菩薩身時
復將五百弟子俱遊山側菩薩門徒寬仁柔和孝

上博 33 (37494)　出曜經卷第十　(20－1)

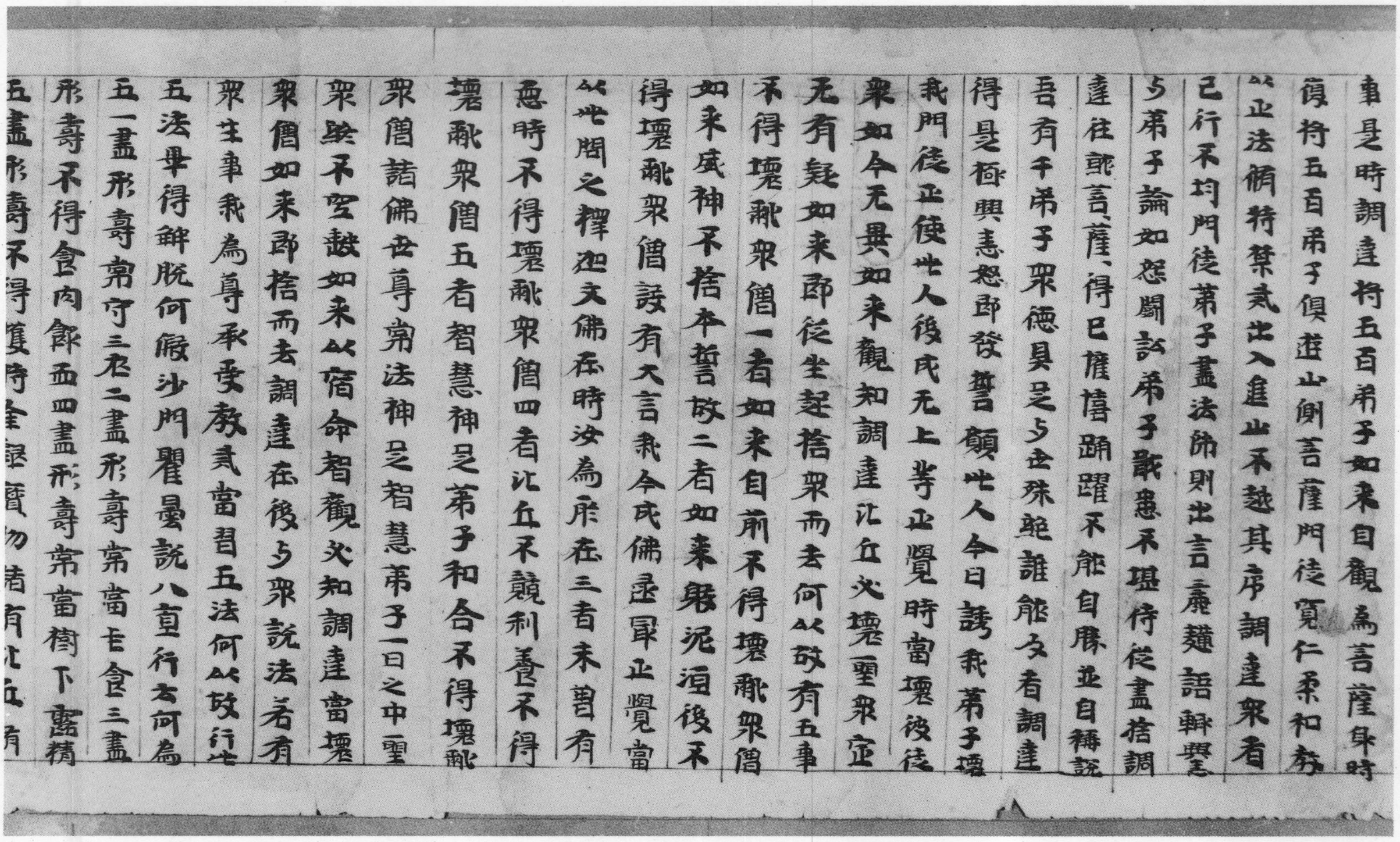

上博 33 (37494) 出曜經卷第十 (20－2)

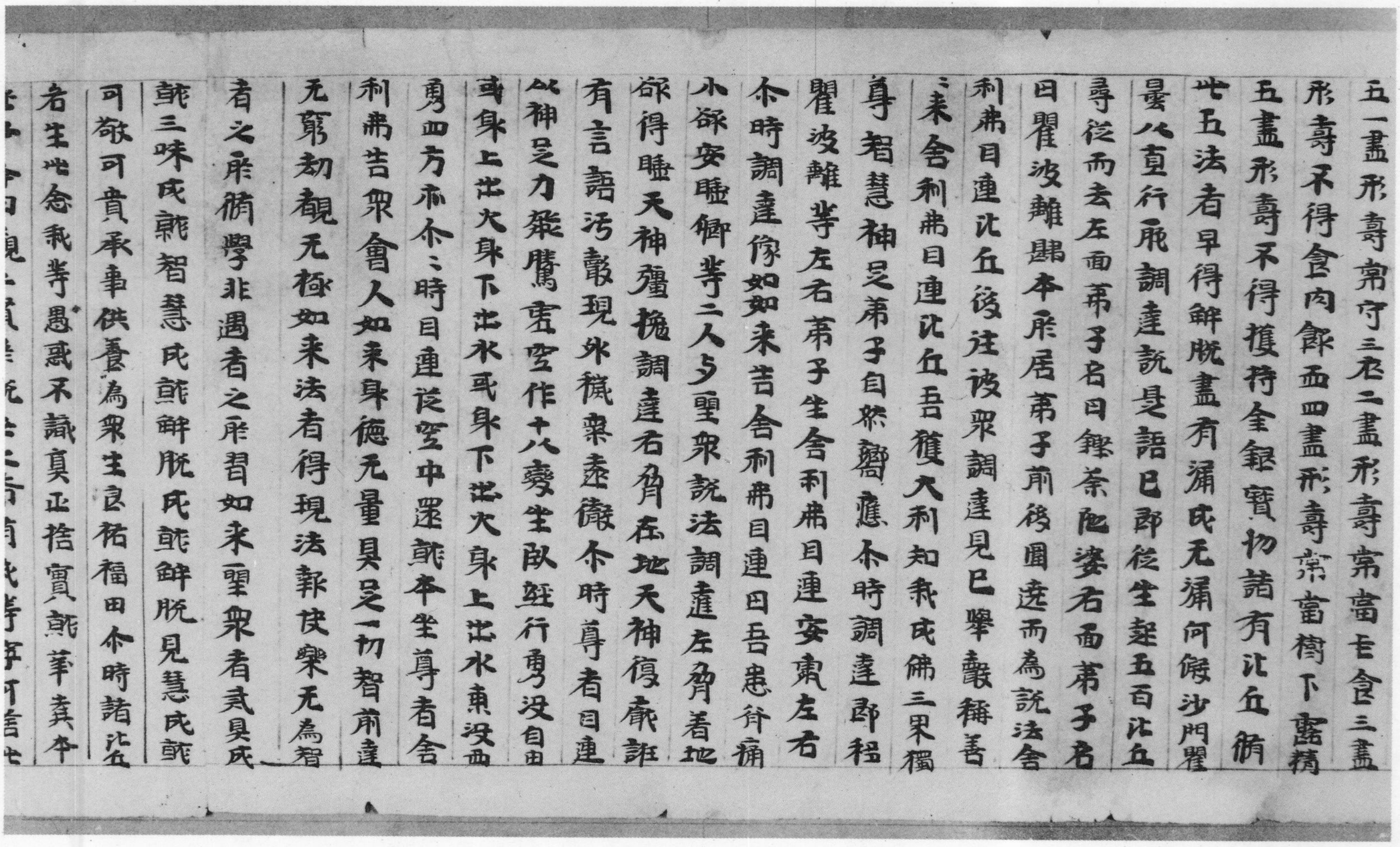

上博 33 (37494) 出曜經卷第十 (20－3)

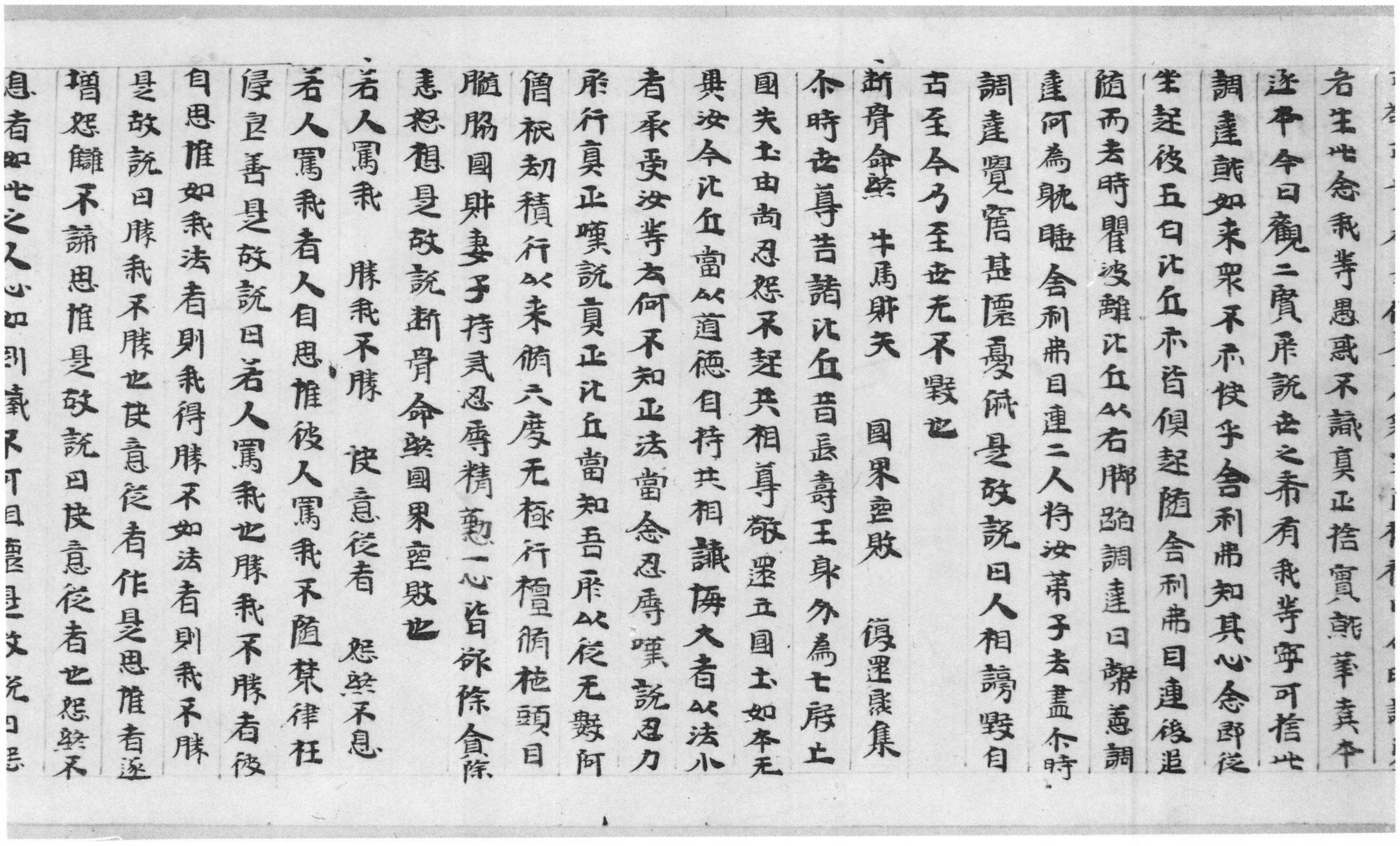
若生此念我等愚惑不識真正捨實就華真本
迹本今日觀二賢乖諍舍之希有我等寧可捨此
調達就如來衆不不使手舍利弗知其心念即從
坐起後五百比丘亦皆俱起隨舍利弗目連後追
隨而去時瞿波離比丘以右脚蹈調達曰聲聲調
達何為睡眠舍利弗目連二人將汝弟子去盡尒時
調達覺寤甚懷憂惱是故說曰人相謗毀自
古至今乃至世尤不毀也
斷骨命終　牛馬財失　國界亟敗　復還聚集
尒時世尊告諸比丘昔長壽王身分為七段上
國失土由尚忍怨不起共相尊敬還五國土如本无
異汝今比丘當以道德自持共相諫悔大者以法小
者承受汝等云何不知正法當念忍辱嘆說忍力
乘行真正嘆說真正比丘當知吾乘以從无數阿
僧祇劫積行以來備六度无極行檀備施頭目
髓腦國財妻子持戒忍辱精懃一心智慧除貪除
恚怨想是故說斷骨命終國界亟敗也
若人罵我　勝我不勝　快意從者　怨終不息
若人罵我者人自思惟彼人罵我不隨禁律枉
侵良善是故說曰若人罵我也勝我不勝者彼
自思惟如我法者則我得勝不如法者則我不勝
是故說曰勝我不勝也快意從者作是思惟者逐
增怨讎不諦思惟是故說曰快意從者也怨終不
息者如此之人心如剛鐵不可[illegible]

上博 33 (37494)　出曜經卷第十　(20－4)

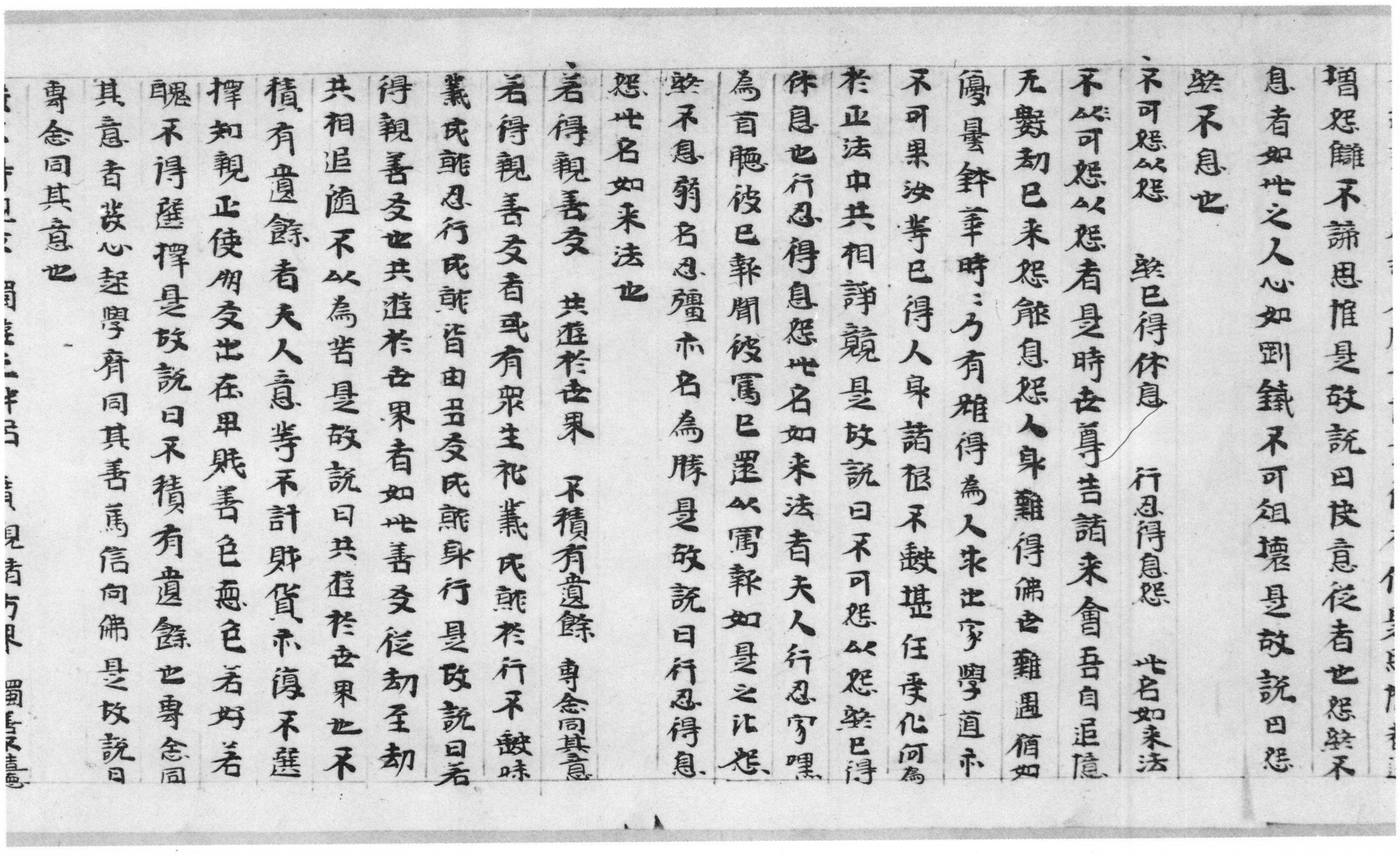
增怨讎不諦思惟是故說曰快意從者也怨終不
息者如此之人心如剛鐵不可沮壞是故說曰怨
終不息也
不可怨以怨　終已得休息　行忍得息怨　此名如來法
不以可怨以怨者是時世尊告諸來會吾自追憶
无數劫已來怨能息怨人身難得佛世難遇值如
優曇鉢華時時乃有難得為人求出家學道亦
不可果汝等已得人身諸根不缺堪任受化何為
於正法中共相諍競是故說曰不可怨以怨終已得
休息也行忍得息怨此名如來法者夫人行忍守嘿
為百聽彼已就聞彼罵已還以罵報如是之比怨
終不息稍名忍彊亦名為勝是故說曰行忍得息
怨此名如來法也
若得親善友　共遊於世界　不積有遺餘　專念同其意
若得親善友者或有衆生祀業成就於行不缺味
業成就忍行成就皆由善友成就身行是故說曰若
得親善友也共遊於世界者如此善友從劫至劫
共相追隨不以為苦是故說曰共遊於世界也不
積有遺餘者夫人意等不計財貨亦復不選
擇知親正使朋友出在卑賤善色惡色若好若
醜不得蹉擇是故說曰不積有遺餘也專念同
其意者發心起學齊同其善萬信向佛是故說曰
專念同其意也

上博 33 (37494)　出曜經卷第十　(20－5)

專念同其意也
設不得親友　獨遊無伴侶　廣觀諸方界　獨善不造惡
設不得親友者所謂親友者行齊德同俱造於
善乃名親友
不造善行者不名為親友如世常言人無有伴如
驢牛俱循不善行者不得名為善友是故說曰設
不得親友也獨遊無伴侶者寧獨遊處使循善行
不以鄙惡人與共俱是故說曰獨遊無伴侶也廣
觀諸方界者人欲觀化觸類所見漸以益智聞語
不惑是故說曰廣觀諸方界也獨善不造惡者
是以智士樂靜不居亂內昔有般國大王興兵相攻
憐國聞之即啟王曰外有賊寇逼近境土王曰無苦
無所堪任賊復前進臣復白王賊已逼至轉來到
城王言無苦不能侵我賊遂入城固守城郭臣復
白王賊寇逼近王宜防衛出共鬪戰王言無苦愁不
害我外寇轉進直趣宮壁臣復白王賊今已至王
欲云何時王沐浴更着新衣自負糧食出見般國隣
王而告之曰城郭宮壁是汝所有吾欲入山自循道
德食足支命衣足蓋形爾時王便說頌曰
善今此衣食　自來欲隱形　捨位御為主　且欲求吉福
寧處叢石間　麤衣粗惡食　食果數息定　麋鹿共相娛
不以處王位　考掠苦毒痛　智者患後世　終不造惡緣
觀御與兵眾　欲求傷害吾　是身為朽器　時衆未在眾

上博 33 (37494)　出曜經卷第十　(20－6)

不以處王位　考掠苦毒痛　智者患後世　終不造惡緣
觀御與兵眾　欲求傷害吾　是身為朽器　時衆未在眾
時彼般國王聞是語已熟自思惟復以此偈報曰
使我大覺士　依法而自持　捨一切德行　摧破我兵眾
雖怨智慧勝　親友遇何益　是以慧為首　智慧廣濟度
時般國王即還軍馬將己兵眾歸還本國宮壁
屋舍盡還本王是故說曰廣觀諸方界獨善
不造惡也
忍辱勝怨　善勝不善　勝者能施　至誠勝欺
忍辱勝怨者夫前鬪所侵又有傷損遇壽壽治又
凡無疑唯有忍者能去其怨是故說曰忍辱勝
怨也善勝不善者云何歸等類聞火之稟性
有冷葉所對曰無也亦如是怨欲息怨終不可得
何者能息唯有善者乃能息耳是故說曰善
勝不善也勝者能施者能施者循善之人行無缺漏意
不起想果能惠施結怨之人為身招禍死入地獄
受苦無量共相傷害死而復生若生人中顏根
醜陋為人輕慢所願不果是故說曰勝者能施
至誠勝欺者智者行身不犯口過出言應律無所
觸嬈正使身死不以忘言詐語而求苟活逆虛生
考涉苦無量目見耳聞怨讎彌重是故說曰至
誠勝欺也
覺無朋類　不得善友　寧獨守善　不與愚偕

上博 33 (37494)　出曜經卷第十　(20－7)

覺无朋類　不得善友　寧獨守善　不与愚偕
學无朋類者夫人廣學當憑善智識從初發
意至於得道皆憑善知識乃得成就若遇惡友
行以遇惡是故說曰學无朋類也不得善友者或
復學人遇惡知識晝夜鬪訟行惡為業是故
說曰不得善友也寧獨守善不与愚偕者設无
朋類當自建意念在閑靜去離憒鬧設聞鬪
訟者常當遠離心不願樂是故說曰寧獨守善
不与愚偕也
樂戒學行　奚用伴為　獨善无憂　如空野象
樂戒學行者夫脩行人心樂閑靜恒以禁戒自
纓絡身尒時世尊告拘苫鞞比丘諫喻止訟比
丘聞已不受佛教知其意郎從坐起飛騰
虛空十二由旬還本精舍至大眾中而說頌曰
樂戒學行　奚用伴為　獨善无憂　如空野象
尒時世尊便作是念拘苫鞞好憙鬪訟各相
誹謗吾今已離之正使我聞拘苫鞞比丘在其方者吾當避之而
就他方尒時有一象王離群獨居獨遊曠野心自思惟得離諸象及
諸眾覩獨遊在此何已快哉我在象中時群象蹂遝蹹蹈水草
然後吾乃得食今日獨行得清水好草亦无憂患尒時世尊見
彼象心中所念便於大眾而說頌曰
一象於象眾　六牙而備具　心念与吾同　獨善而樂靜
一象於象眾者如來身者亦名龍象彼象者亦名龍象如來
世雄三界獨尊象者戰中獨尊是故說曰一象於象眾也六牙

上博 33 (37494)　出曜經卷第十　(20－8)

一象於象眾者如來身者亦名龍象彼象者亦名龍象如來
世雄三界獨尊象者戰中獨尊是故說曰一象於象眾也六牙
而備具者六者象之威怒自纓絡身功德者如來相好如來見彼拘
苫鞞比丘自生厭患象者棄群眾是故說曰獨善无憂如空野象
出曜經惟念品第十五　出息入息念　具滿諦思惟　從初竟通利　案如佛所說
出息入息念者案者謂息入般者謂息出彼脩行人當善觀察二
甘露門一者安般二者不淨觀或有行人但脩安般或脩不淨觀
彼脩安般者思惟分別出息入息、長亦知息短亦知息溫亦知息
冷亦知意著錯能覺從一始從頭至足分別了知設復錯者復
從一始如是匪懈又復數息自知意志吾今於息皆得自在部
使棄息從左目出知意不離從志吾今於息皆得自在左目入亦
復如是從右目出入或從鼻出入皆能隨意最後迴息從頂上出
隨意者成數息法設不成者脫蓋癡礙取命然知是學人
匪十二年或有成者有不成者復脩行人分別思惟不淨觀往至域
外丘壙塚間觀死人尸骸諦熟分別此尸我形有何差別復
還至精舍或坐林或設坐具或復露坐內自思惟盡憶塚間
死尸暴露我身与彼等无差別如是匪懈過十二年有得定
者不得定者是故說曰出息入息念也具滿諦思惟者夫人
臣意善察分別一數二隨三止四觀五還六淨是故說曰具滿
諦思惟也從初竟通利者晝夜孜孜初不懈息數數則從
一始如是通利不受六情染外塵垢是故說曰從初竟通利
也案如佛所說者如來所以遺十二部經詞判要義皆為後生
未開寤者衆智自在除去庶望是故說曰案如佛所說也
[illegible]

上博 33 (37494)　出曜經卷第十　(20－9)

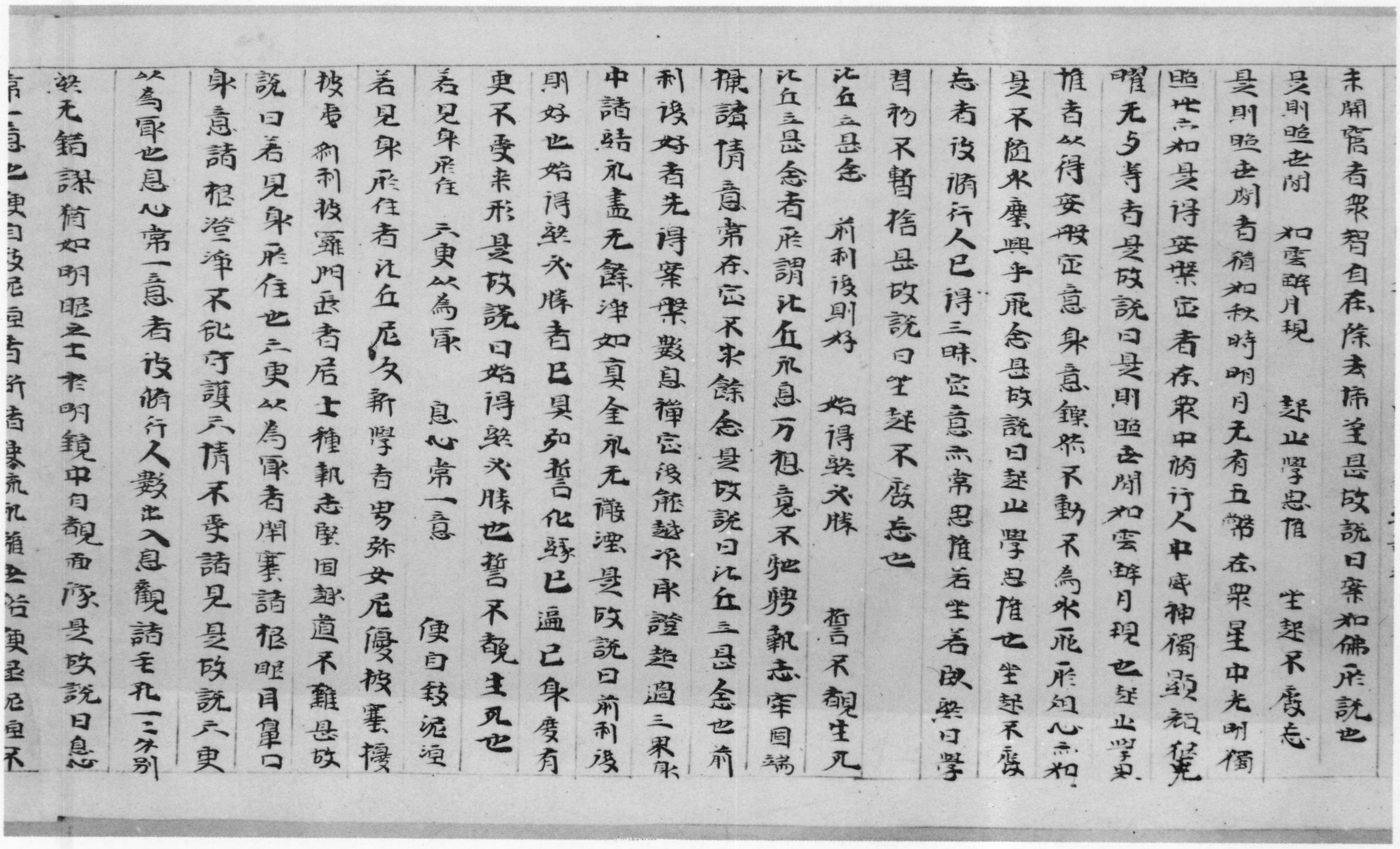

未開寤者衆智自在除去𣩵塗是故說曰寤如佛所說也
是則照世間　如雲解月現　起止學思惟　坐起不廢忘
是則照世間者猶如秋時明月无有五雲在衆星中光明獨
照世亦如是得安禪定者在衆中修行人中威神獨顯超絕
曜无与等者是故說曰是則照世間如雲解月現也起止學思
惟者以得安般定意身意錄然不動不為水所漂心亦如
是不隨水塵興爭所念是故說曰起止學思惟也坐起不廢
忘者彼修行人已得三昧定意亦常思惟若坐若臥終日學
習初不暫捨是故說曰坐起不廢忘也
比丘立是念　前利後則好　始得終必勝　誓不覩生死
比丘立是念者所謂比丘制息方想意不馳騁執志牢固端
攝諸情意常在定不求餘念是故說曰比丘立是念也前
利後好者先得寂禪數息禪定後能越次取證超過三界於
中諸結永盡无餘淨如真金永无穢濁是故說曰前利後
則好也始得終必勝者已具知諸化緣已遍已身度有
更不受來形是故說曰始得終必勝也誓不覩生死也
若見身所住　六更以為最　息心常一意　便自致泥洹
若見身所住者比丘比丘尼久新學者男者女尼優婆塞優
婆夷剎利婆羅門長者居士種執志堅固趣道不離是故
說曰若見身所住也六更以為最者閑塞諸根眼耳鼻口
身意諸根澄淨不犯守護六情不受諸見是故說六更
以為最也息心常一意者彼修行人數出入息觀諸毛孔一一分別
終无錯謬猶如明眼之士於明鏡中自覩面像是故說曰息心
常一意也便自致泥洹者斷諸使流永離世俗便至泥洹不

上博 33 (37494)　出曜經卷第十　(20－10)

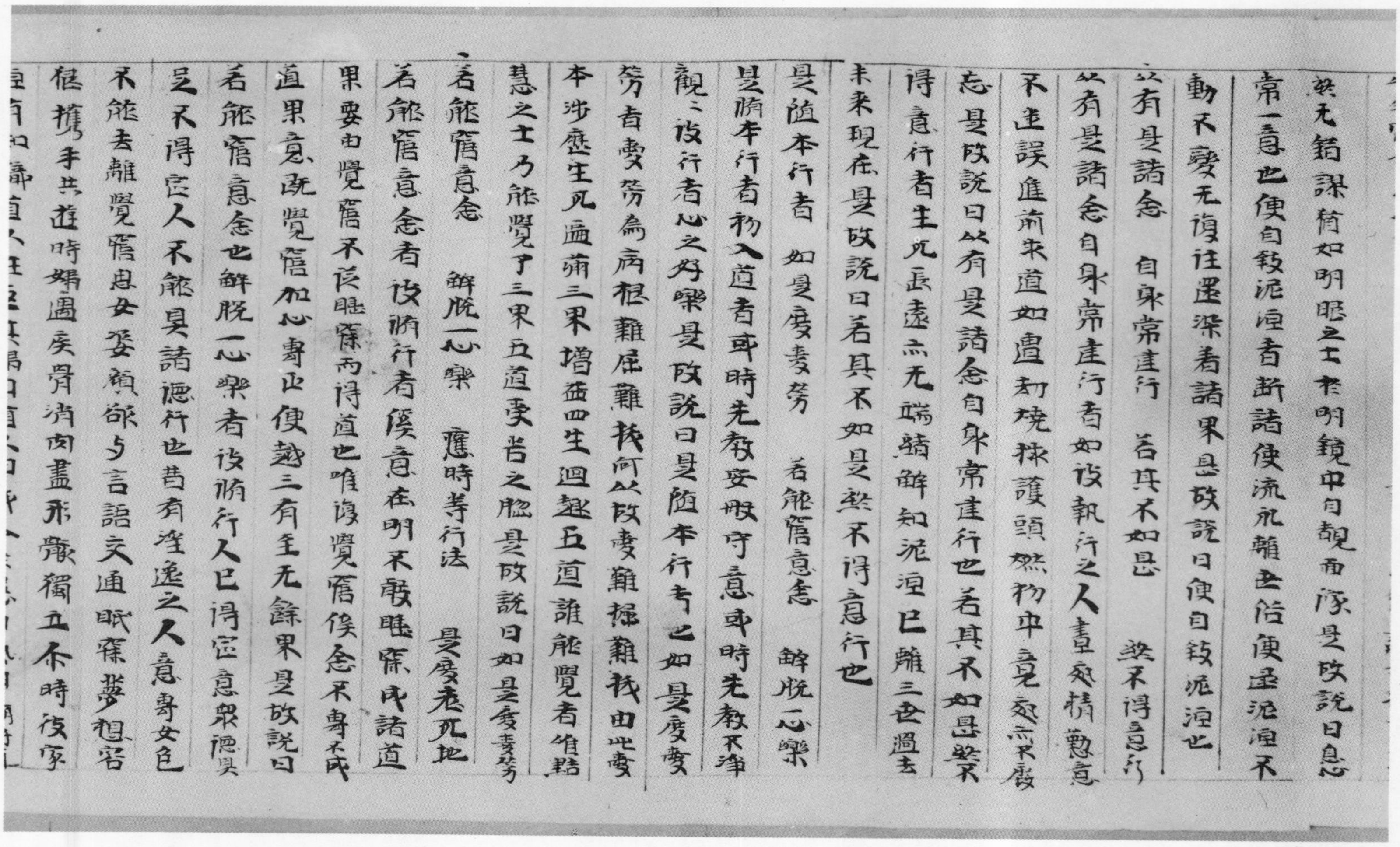

終无錯謬猶如明眼之士於明鏡中自覩面像是故說曰息心
常一意也便自致泥洹者斷諸使流永離世俗便至泥洹不
動不變无復往還染著諸果是故說曰便自致泥洹也
以有是諸念　自身常建行　若其不如是　終不得意行
以有是諸念自身常建行者如彼執行之人晝夜精懃意
不迷誤進前求道如畫救燒救護頭然初中竟夜亦不廢
忘是故說曰以有是諸念自身常建行也若其不如是終不
得意行者生死長遠亦无端緒解知泥洹已離三世過去
未來現在是故說曰若其不如是終不得意行也
是隨本行者　如是度愛勞　若能寤意念　解脫一心樂
是隨本行者初入道者或時先教安般守意或時先教不淨
觀觀彼行者心之所樂是故說曰是隨本行者也如是度愛
勞者愛勞為病根難屈難拔何以故愛難捨難拔由此愛
本涉歷生死涵滿三界增益四生迴趣五道誰能覺者唯黠
慧之士乃能覺了三界五道受苦之惱是故說曰如是度愛勞
若能寤意念　解脫一心樂　應時等行法　是度老死地
若能寤意念者彼修行者係意在明不著睡眠除諸道
果要由覺寤不以睡眠而得道也唯復覺寤係念不專不成
道果意既覺寤加心專正便越三有至无餘果是故說曰
若能寤意念也解脫一心樂者彼修行人已得定意衆德具
足不得定人不能具諸德行也昔有淫逸之人意專女色
不能去離覺寤思女婆顏容与言語交通眠寐夢想容
根攜手共遊時婦遇疾骨消肉盡形骸獨立不時彼家

上博 33 (37494)　出曜經卷第十　(20－11)

相攜手共遊時婦過度骨消肉盡形體獨立爾時彼亭
恒有知識道人往返其婦白道人曰我今所患日夜困篤將有
意故欲陳我情為可爾不時道人曰但說無苦設有隱匿之
事我當覆藏不使彰露婦人白言我夫稟性淫欲偏甚晝
夜役俄不容食息由是生疾恐不自濟時彼道人告婦
人曰若汝夫主至汝身者便以此語其夫曰須陀洹法祇應爾
耶後果如是所言夫主來至婦尋語曰夫為須陀洹道爲
應爾耶夫聞佛言甚懷慚愧內自思惟我將非當是須陀洹
乎即便息意在閑靜處思惟校計成斯陀含阿那含果自
知已得道迹便不復與女人從事婦人問夫汝今何故永息
欲心不與吾從事夫告婦曰吾當見汝何由復共往返婦語其
夫汝言當見見我有何陋我恒貞潔不犯女私何以見罵乃至
於斯婦人即集五親宗族告語之曰今我夫主意見疏薄永息
親情不復交通復見罵詈稱言見我今於眾前便可說之夫
言且止須我取證乃得自明夫主還婦綵畫好瓶盛滿糞穢
牢蓋其口香華莊嚴還至彼眾告其婦曰當愛我不若愛
我者可抱持此瓶如愛我身婦隨其語抱瓶悅豫意不捨
離夫主見婦已愛著此瓶即打瓶破臭穢流溢蛆蟲現出
復語婦曰汝今故能抱此破瓶不耶婦答曰我寧取死終不
能近此破瓶寧入大坑投於深水高山自投於下頭足異終
不能近此瓶夫告其婦前言見汝正見此事耳我觀汝身
劇於此瓶從頭至足分別思惟三十六物有何可貪爾時復重說偈曰
勇者入定觀　身心所興塵　見生已滅惡　如彼鍊畫瓶
是故說解脫一心樂也應時行法者夫脩行人憑善知識或

上博 33 (37494)　出曜經卷第十　(20－12)

勇者入定觀　身心所興塵　見生已滅惡　如彼鍊畫瓶
是故說解脫一心樂也應時行法者夫脩行人憑善知識或
諸天衛護永離不入邪道是易無所患難猶如遠行之人迷
失大道反從小徑偎值之士告其人曰此非正道時可變悔
從彼正路時迷者從其言教還復大路安隱得歸彼脩行人
亦復如是憑善知識獲致正道是故說曰應時行法也
是處老死地者猶人涉路多諸怨惡或遇虎狼盜賊或遇飢
所惡鬼或值道路嶮難倒身傍過如此眾難數百千變
復值水旱之極其人自念設道路有一難猶尚叵過況復多嶮
即自建意晝夜不息得越彼難安隱得歸不失財寶彼脩行
人觀察三果皆悉猒患欲得遠離求無為道是故說曰是
處老死地也
比丘寤意念　當令應是念　都捨生死棄　為能作苦際
比丘寤意念者昔有商客迷過曠野道路疲極竟夜眠睡
群賊相率欲來劫奪時彼虛空神天於空中以偈告商合
覺者誰為眠　眠者誰為覺　誰知誰分別　見報如其義
爾時商客中有優婆塞是佛五戒弟子即報之曰
我覺我為眠　我眠我為覺　我知我分別　欲知此是義
天復問曰　云何覺為眠　云何眠為覺　云何知分別　吾欲聞此義
是時優婆塞即以偈報天曰
覺聖八道者　三佛之所陳　於彼覺寤法　我為在眠寐
不覺八道者　三佛之所說　於彼眠寐法　我為在覺寤
是謂天神　為覺為我眠　我眠我為覺　我知我分別　欲知此是義
天復說曰　善哉覺為眠　善哉眠為覺　善哉知分別　善哉聞此義

上博 33 (37494)　出曜經卷第十　(20－13)

是謂天神 為覺為寐眠 寐眠寐為覺 寐知寐分別 能知也是義
天復說曰 善哉覺為眠 善哉眠為覺 善哉知分別 善哉聞此義
時優婆塞聞此語已即報天曰盡蒙天恩要隱得闚天道
眠不知商人止頃寅所令諸賈客得度嶮路是故說曰比
丘寤意念也當令寤是念者彼脩行人執意精懃意之
所願无事不果清淨无瑕不行放逸昇者精進在心懷慧明
愚癡闇冥无由得現是故說曰當令寤是念也諸部生死
真者彼脩行人復以方便斷諸結使緣著諸縛真重真別
重別打重打去離生死病死是故說曰諸部生死真也為
能作苦際者於現法中越凡夫地不處中泥洹生般泥洹
行般泥洹无行般泥洹不上流究竟般泥洹如斯學人於
現法中般泥洹捨此五泥洹何以故佛說雜阿含所說
義今比丘不說少許生分下多彈指之頃況復吾乎何
以故受生分苦由是流轉不逸於苦比丘當觀猶如糞
除不許常是況復吾乎是故比丘當求方便斷受生分
永離三有如是諸比丘當作是學求生根本无令茲漏諸
脩行人聞佛所說承受教戒於現法中求其生本不復
受有是故說曰為能作苦際也
常當聽微妙 自覺寤其意 能覺之為賢 終始无所畏
常當聽微妙者与人說法甚為難遇是以諸根亦復難得
遇賢遇聖億世乃治世尊說曰吾昔積行億百劫乃時
乃聞法雖得聞法分別義味復不可尊告諸來會專精一意聽
微妙法是故說曰常當聽微妙也自覺寤其意者世尊示与

上博 33 (37494) 出曜經卷第十 (20－14)

微妙法是故說曰常當聽微妙也自覺寤其意者世尊示与
无數百千之衆前後圍遶而為說法時有一人於彼大衆眠寐
睡識於上比丘一人告彼睡比丘曰何不覺寤聽如來說法乃
更眠寐驚動大衆汝何不觀如來妙法美如甘露除人乃患
其人聞已嘿然不對是故說曰自覺寤其意也能覺之為
賢者覺比睡眠猶天之与地億千万倍不可以譬喻為比或
有行人陰蓋所弊澄昏著睡諸天殃佐數來寤伺命在家
蹤三善根苗无常熾火燒生類根我人中尊者今日出現昔
照三果无不蒙光結使賊府盜竊善賊如世衆變不可稱記
皆由睡眠不覺寤故是故說曰能覺之為賢也終始无所畏
者夫人覺寤乃所不能干不但行道之人覺寤為賢世凡
夫人亦由覺寤決辯衆事或時俗人於睡眠中亡失財貨遂
家責主盜賊水火所見侵欺或時行人澄昏睡眠應聞法
時返更不聞應成道果反更不獲應當誦習捨義覺
道於睡眠中皆悉亡失是故說曰終始无所畏也
以覺意得應 日夜慕學行 當解甘露要 令諸漏得盡
以覺意得應者彼脩行人校計思惟晝夜嘆譽覺寤之
德憒閙之人復自嘆說睡眠之要是故說曰以覺意得應也
日夜慕學行者彼脩行人精懃自役晝夜不息前後中間
不失次第是故說曰日夜慕學行也當解甘露要者賢聖八品
道謂之甘露滅盡泥洹亦名甘露彼脩行人習學賢聖八道
進趣泥洹不樂貪樂意欲寂靜淡泊无為无作是故說
日當學甘露要也令諸漏得盡者漏義云何以何故名為
漏義答曰住義為漏義漬為漏義流為漏義滿上為漏義

上博 33 (37494) 出曜經卷第十 (20－15)

曰當學甘露要也令諸漏得盡者漏義云何以何故名為
漏義答曰住義為漏義漬為漏義滲為漏義增上為漏義
非人所持為漏義也住為漏義者欲界衆生以何制住答曰
漏也色无色界衆生以何制住答曰漏也是故說曰住為
漏義云何漬為漏義答曰猶如以水漬穀萌芽得生此衆
生類亦復如是以三有水漬癡行本結使萌芽得生是謂
漬為漏義也滲為漏義者猶如漏泉屋漏滲滲滿淵池
人惡種自然流溢是名滲為漏義也增上為漏義者猶如人
閒共相尊貴尊卑貴賤名有所在上有明主下民不得東
西馳逸此衆生類亦復如是為結使所制持不能得離三界
四生五趣是謂增上為漏義也非人所持為漏義者猶如人
為非人所持在有所說可離而不離離而不離不可持而
不持不可捉而不捉此衆生類亦復如是為結使非人所持
在有所說是故說曰非人所持為漏義也能斷此諸漏者於人天
獨尊意之所念必成不難而獲斷智於苦根本生究竟
不受當來有得无生忍是故說曰能斷此諸漏也
夫人得善利　乃來自歸佛　是故當晝夜　一心當念佛
夫人得善利者世間利者象馬車乘國財妻子金銀珍寶
車𤦲馬瑙琉璃珊瑚虎珀雖言是利非真正利斯或
亡人由是致忽亡國破家无不由之不免地獄餓鬼畜生能拔
命自歸於如來所便能得免地獄畜生之難自歸佛者斷
有至无窮越永取證隨三乘行者得其願若生天上人中受自
然福若初發意志崇佛道者便得四意止四意斷四神足五
根五力七覺意八賢聖道是謂三十七品是故說曰夫人得善

上博 33 (37494)　出曜經卷第十　(20－16)

有至无窮越永取證隨三乘行者得其願若生天上人中受自
然福若初發意志崇佛道者便得四意止四意斷四神足五
根五力七覺意八賢聖道是謂三十七品是故說曰夫人得善
利也問曰何故但說人得獲果證不說天龍阿須倫閱叉鬼
神耶答曰人道於諸趣最尊最妙專心一意便能斷漏盡結
結越永取證人道堪受賢聖道教故說人也乃來自歸佛者云
何名為自歸何以故說自歸答曰擁護為歸義復永无畏為歸
義所難為歸義是故說曰乃來自歸佛也是故當晝夜一心
念佛者人心念佛者人心所念流馳万端彈指之頃造行无量
晝夜所思无有停息於中自挽迴意向善一心念佛亦无衆想
是故說曰是故當晝夜一心當念佛也
夫人得善利　乃來自歸法　是故當晝夜　一心當念法
所謂法者滅盡泥洹有恐懼者令至无為无恐懼者承直
有何難乎有為法者為生老病死所見逼迫滅盡泥洹无生
老病死是故說曰夫人得善利乃來自歸法也晝夜一心念法
者夫言法者現在獲祐除諸熱惱智者所習非愚所行
是故說曰是故當晝夜一心念法者
夫人得善利　乃來自歸衆　是故當晝夜　一心於念衆
夫人得善利乃來自歸衆者問曰无畏為歸義於大衆中有恐
怖者何以故說自歸於衆答曰或有大衆已離五難无復恐懼
云何為五難一為生難二為老難三為病難四為死難五為不衆
衆難離此五難乃可自歸云何名為衆諸有異衆永直俱形從
一至十乃至无數如來聖衆在諸衆中為尊為上是故說曰夫
人得善利乃來自歸衆是故當晝夜一心念於衆也
能知自覺者　是瞿曇弟子　晝夜當念是　一心歸命佛

上博 33 (37494)　出曜經卷第十　(20－17)

人得善利乃來自歸衆是故當晝夜一心念於衆也
能知自覺者　是瞿曇弟子　晝夜當念是　一心歸念佛
能知自覺者初自歸法其義不定今此念佛乃名為定向佛
牢固不可移轉是故說曰能知自覺者也是瞿曇弟子者
如來出瞿曇姓觀察將來未然事故說此義於將來世當有
衆生姓婆破无父母忽然而自豪尊自貴在世自誇如來部出家
謗故說瞿曇弟子晝夜當念是一心念佛者所熏鬼衆不
敢侵近是故說曰晝夜當念是也一心念於佛也
善覺自覺者　是瞿曇弟子　晝夜當念是　一心念於法
善覺自覺者佛告諸比丘當自觀察於諸法要除去亂想
是故說善覺自覺者是瞿曇弟子晝夜當念是一心念於法也
善覺自覺者　是瞿曇弟子　晝夜當念是　一心念於衆
善覺自覺者佛告諸大衆汝等皆見一切大衆以知而見非為
无智以觀而觀非為无觀二知我衆清淨不清淨是故說曰
善覺自覺者是瞿曇弟子晝夜當念是一心念於衆也
念身念非常　念戒布施德　念天安般死　晝夜當念是
彼脩行人持戒完具清淨无瑕穢猶如金剛不可沮壞猶
如須弥不可移動是故說曰念身念非常念戒布施德念
天安般死晝夜當念是所謂念施者施有二種財施結、使、
施、者名曰究竟施不變悔財物施者非至竟施、已還悔是
故說念施也所謂念天者賢聖弟子晝夜念天於此持戒
得生彼處習行功德不斷信根具衆德本誠能禁戒是故
說曰晝夜當念天也當念身者常觀此身九孔諸不淨垢穢
充滿是故說曰當念身也至死亡念亦復如是也

上博 33 (37494)　出曜經卷第十　(20－18)

得生彼處習行功德不斷信根具衆德本誠能禁戒是故
說曰晝夜當念天也當念身者常觀此身九孔諸不淨垢穢
充滿是故說曰當念身也至死亡念亦復如是也
善覺自覺者　是瞿曇弟子　晝夜當念是　一心念不害
善覺自覺者是瞿曇弟子者一切衆生皆念其命愛妻息
貪著家業身口意所脩不害人者乃稱明智之士是故說
曰晝夜當念是一心念不害也晝夜當念不起瞋恚者夫人瞋
恚已起亂想心如劍戟難制難持生恚者不獲其果是故
說曰晝夜當念是不起瞋恚也晝夜當念是常願欲出家
不樂在家貪著五欲彼脩行人雖在家內觀欲如火意常厭
患晝夜思惟夢想出家是故說晝夜當念是常念出家
也晝夜當念是生禪一意初學三初禪定為首禪以攝意
不興結使衆想定念不流馳是故說晝夜當念是生
禪一意也晝夜當念是念持不受塵常樂寂靜不處人間
麤服惡食不著文飾趣自支形自足脩道是故說晝
夜當念是念持不受塵也晝夜當念是空不願无想恒
觀五陰身空而不真不可恃怙為變易法不得久停計我
无我況有身所是故說晝夜當念是空不願无想晝夜當
念是去離願求意彼脩行人志求道德不自為己亦不願男
想女形亦不願色聲香味細滑法是故說晝夜當念是去
離願求意也晝夜當念是習學无想心學人得无想定
具足賢聖法律問曰學人在諸地不見有我无我何以故不說
具足賢聖法律獨說无想定所者答曰无想定者賢聖之
奧室入此室者不聞凡夫雜糅之行是故說晝夜當念是

上博 33 (37494)　出曜經卷第十　(20－19)

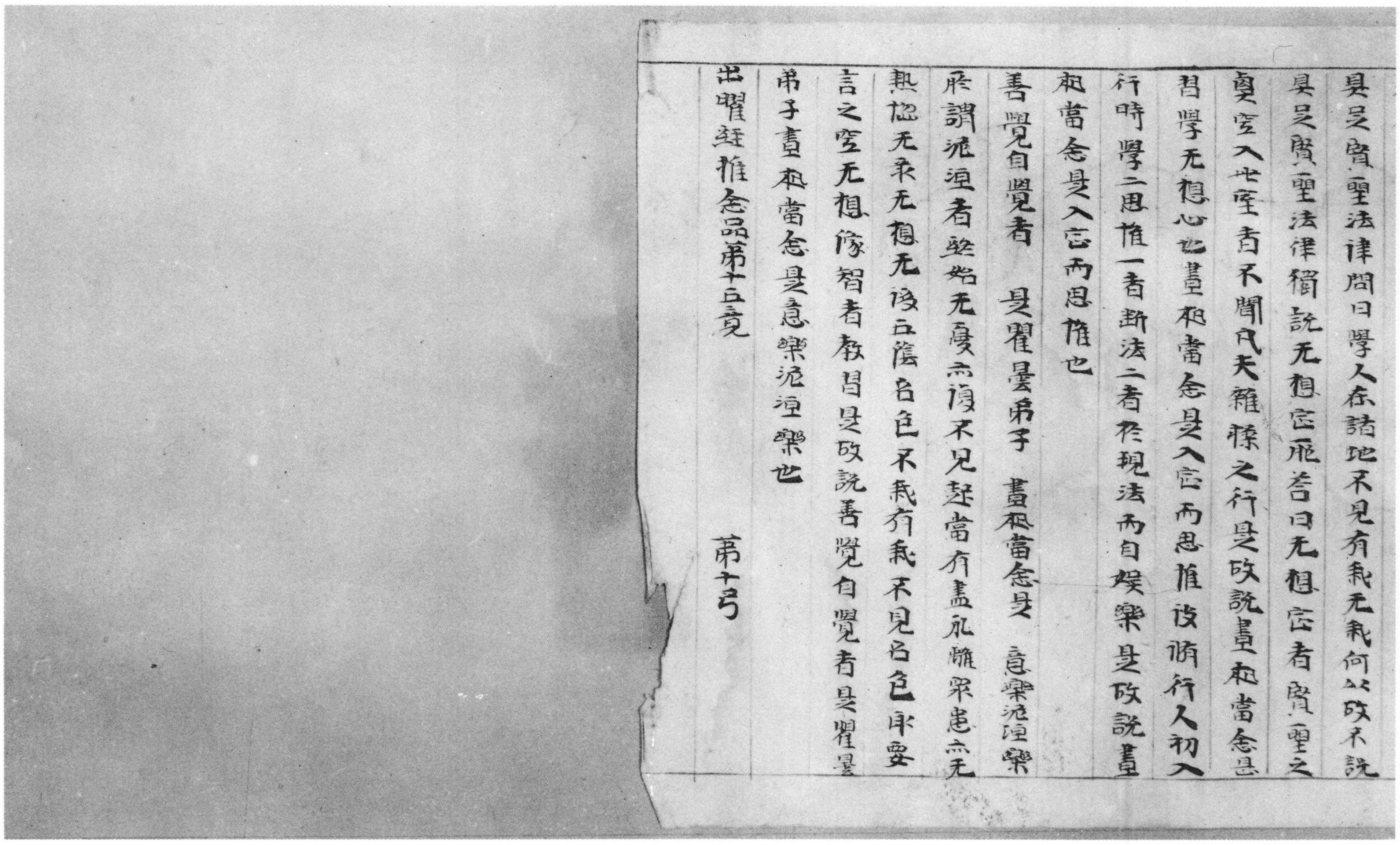

是足賢聖法律問曰學人在諸地不見有我无我何以故不說
是足賢聖法律獨說无想定處者曰无想定者賢聖之
莫空入世空者不聞凡夫雜糅之行是故說盡形當念是
習學无想心也盡形當念是入定而思惟彼論行人初入
行時學二思惟一者斷法二者於現法而自娛樂是故說盡
形當念是入定而思惟也
善覺自覺者　是瞿曇弟子　盡形當念是　意樂泥洹樂
所謂泥洹者無始无憂亦復不見起當有盡永離衆患亦无
熱惱无來无想无復五陰名色不我有我不見名色取要
言之空无想願智者教習是故說善覺自覺者是瞿曇
弟子盡形當念是意樂泥洹樂也
出曜經惟念品第十五竟　　第十弓

上博 33 (37494)　出曜經卷第十　　(20－20)

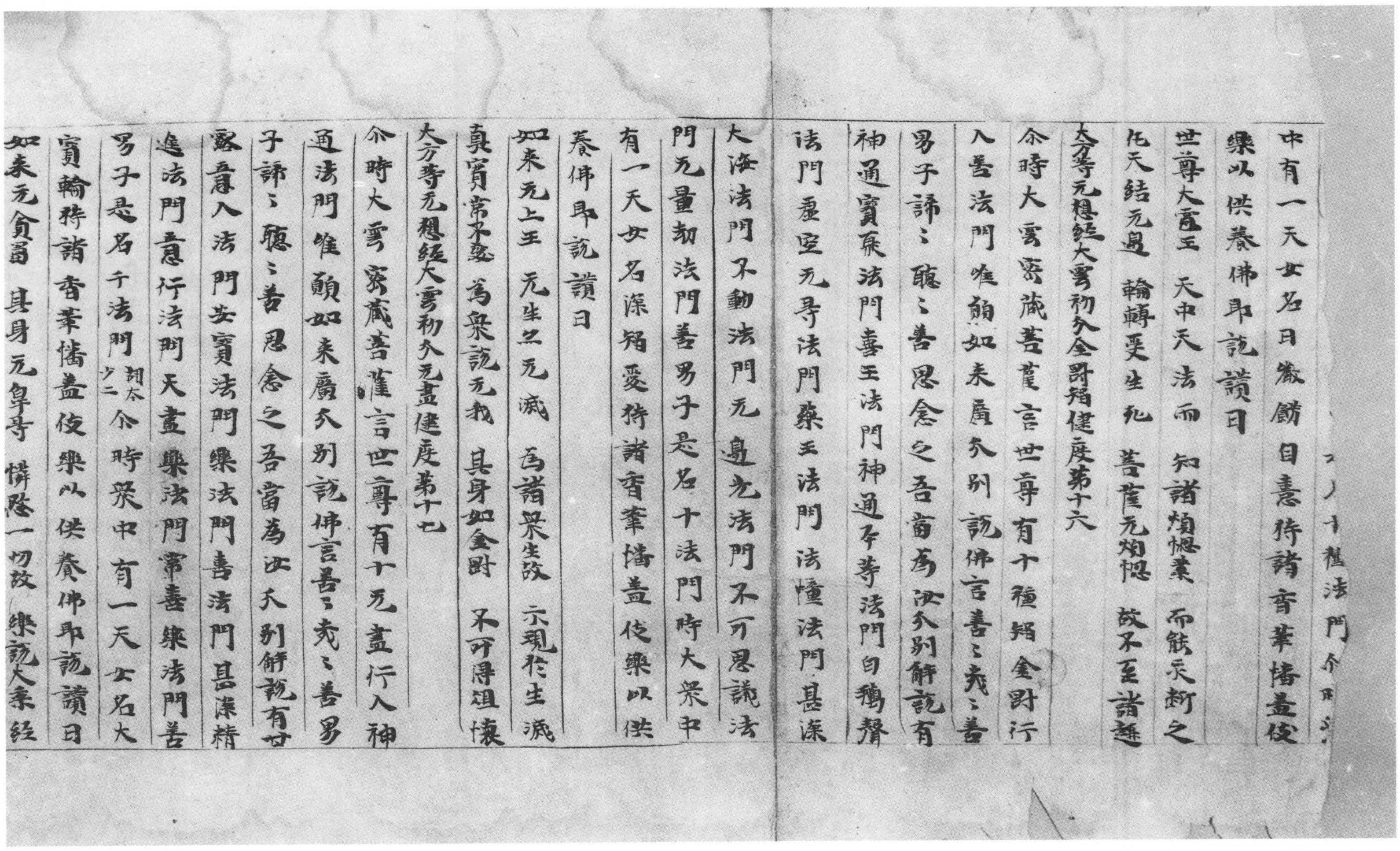

中有一天女名曰微妙自憙持諸香華幡蓋伎
樂以供養佛即說讚曰
世尊大醫王　天中天法雨　知諸煩惱業　而能永斷之
化天結无邊　輪轉受生死　菩薩无煩惱　故不至諸趣
大方等无想經大雲初分金剛健度第十六
尒時大雲密藏菩薩言世尊有十種金剛行
入善法門唯願如來廣分別說佛言善哉善哉善
男子諦聽諦聽善思念之吾當為汝分別解說有
神通寶藏法門善王法門神通平等法門自稱聲
法門虛空无等法門藥王法門法幢法門甚深
大海法門不動法門无邊光法門不可思議法
門无量劫法門善男子是名十法門時大衆中
有一天女名深智愛持諸香華幡蓋伎樂以供
養佛即說讚曰
如來无上王　无生亦无滅　為諸衆生故　示現於生滅
真實常不變　為衆說无我　其身如金剛　不可得沮壞
大方等无想經大雲初分无盡健度第十七
尒時大雲密藏菩薩言世尊有十无盡行入神
通法門唯願如來廣分別說佛言善哉善哉善男
子諦聽諦聽善思念之吾當為汝分別解說有甘
露意入法門安寶法門樂法門善法門甚深精
進法門意行法門天盡樂法門常喜樂法門善
男子是名十法門（胡本少二）尒時衆中有一天女名大
寶輪持諸香華幡蓋伎樂以供養佛即說讚曰
如來无貪着　其身无卑等　憐愍一切故　樂說大乘經

上博 34 (37495)　大方等无想經大雲卷第三　　(9－1)

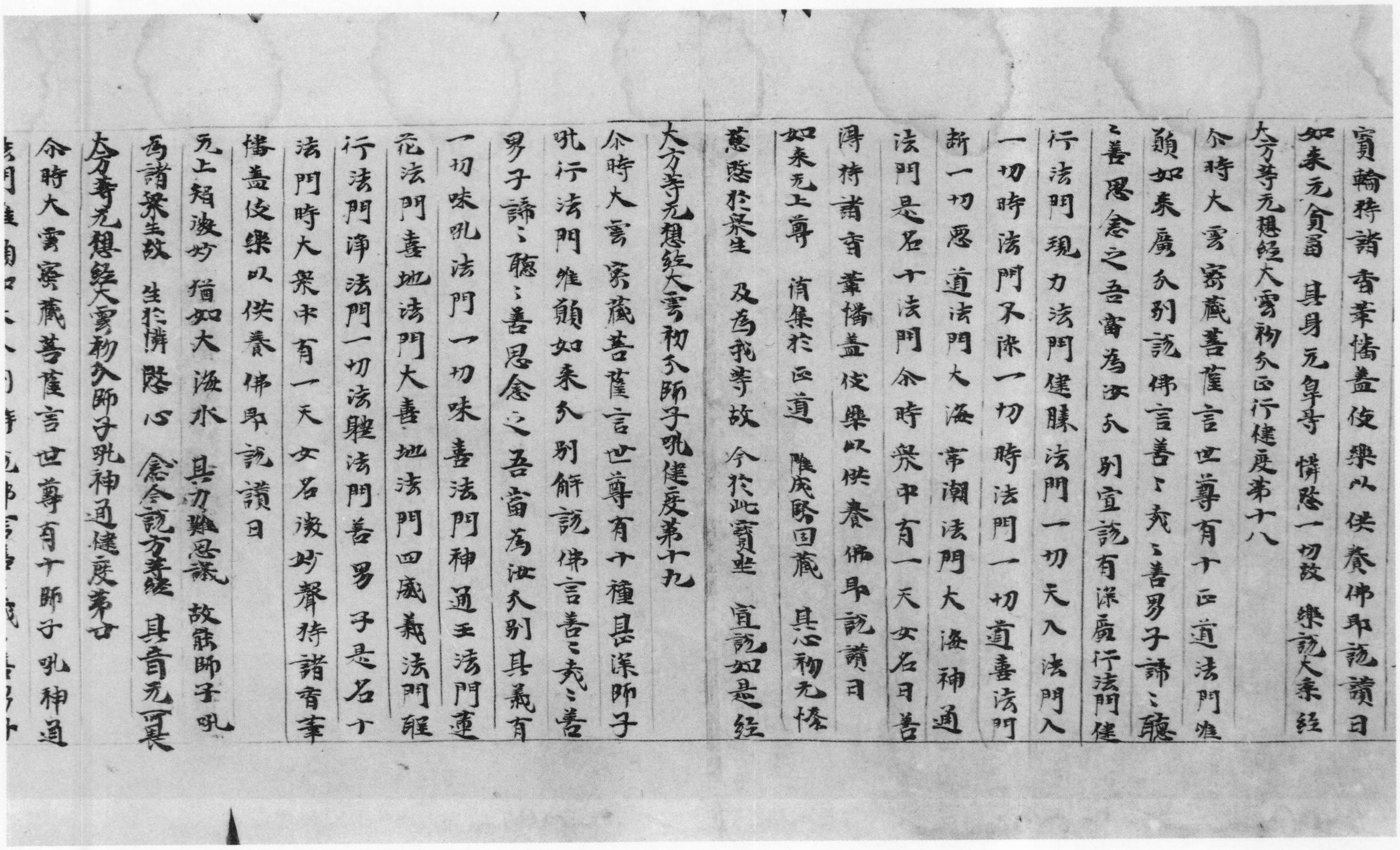

寶輪持諸香華幡蓋伎樂以供養佛所說讚曰
如來无貪著 具身无等等 憐愍一切故 樂說大乘經
大方等无想經大雲初分正行健度第十八
尒時大雲密藏菩薩言世尊有十正道法門唯
願如來廣分別說佛言善哉善哉善男子諦諦聽
善思念之吾當為汝分別宣說有深廣行法門健
行法門現力法門健勝法門一切天入法門入
一切時法門不除一切時法門一切道善法門
斷一切惡道法門大海常潮法門大海神通
法門是名十法門尒時衆中有一天女名曰善
得持諸香華幡蓋伎樂以供養佛所說讚曰
如來无上尊 悄集於正道 唯願賢因藏 具心初无憐
慈愍於衆生 及為我等故 今於此寶坐 宣說如是經
大方等无想經大雲初分師子吼健度第十九
尒時大雲密藏菩薩言世尊有十種甚深師子
吼行法門唯願如來分別解說佛言善哉善哉善
男子諦諦聽善思念之吾當為汝分別具義有
一切味吼法門一切味善法門神通王法門蓮
花法門善地法門大善地法門四威義法門離
行法門淨法門一切法雖法門善男子是名十
法門時大衆中有一天女名微妙聲持諸香華
幡蓋伎樂以供養佛所說讚曰
无上極微妙 猶如大海水 具力難思議 故能師子吼
為諸衆生故 生於憐愍心 念念說方等經 具首无可畏
大方等无想經大雲初分師子吼神通健度第廿
尒時大雲密藏菩薩言世尊有十師子吼神通

上博 34 (37495) 大方等无想經大雲卷第三 (9－2)

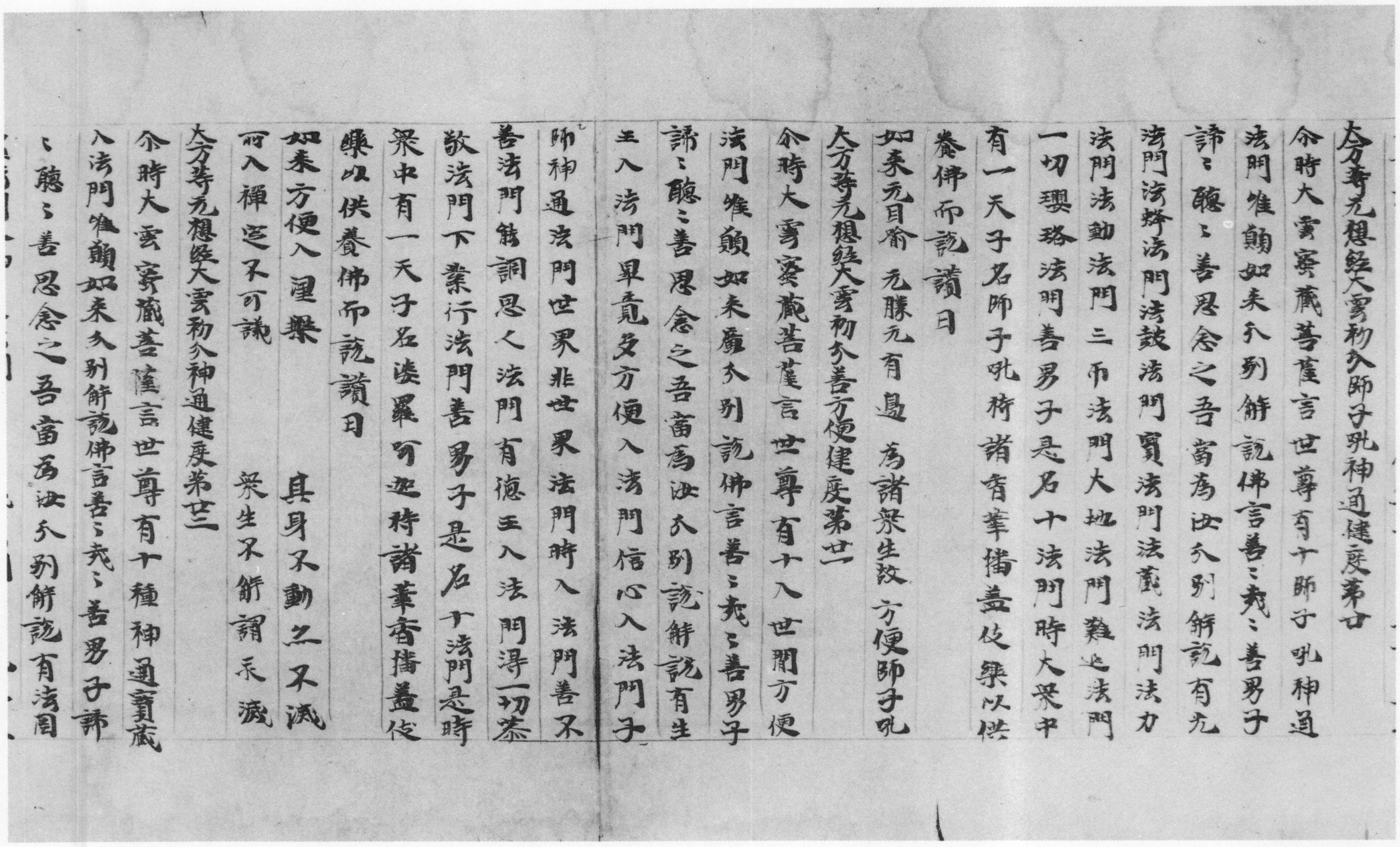

大方等无想經大雲初分師子吼神通健度第廿
尒時大雲密藏菩薩言世尊有十師子吼神通
法門唯願如來分別解說佛言善哉善哉善男子
諦諦聽善思念之吾當為汝分別解說有无
法門法鋒法門法鼓法門寶法門法藏法門法力
法門法動法門三昧法門大地法門難近法門
一切瓔珞法門善男子是名十法門時大衆中
有一天子名師子吼持諸香華幡蓋伎樂以供
養佛所說讚曰
如來无目翳 无勝无有邊 為諸衆生故 方便師子吼
大方等无想經大雲初分善方便健度第廿一
尒時大雲密藏菩薩言世尊有十入世間方便
法門唯願如來廣分別說佛言善哉善哉善男子
諦諦聽善思念之吾當為汝分別說解說有生
王入法門畢竟多方便入法門信心入法門子
師神通法門世界非世界法門時入法門善不
善法門能調恩人法門有德王入法門得一切恭
敬法門下業行法門善男子是名十法門是時
衆中有一天子名娑羅可迦持諸華香幡蓋伎
樂以供養佛所說讚曰
如來方便入涅槃 其身不動亦不滅
所入禪定不可議 衆生不解謂永滅
大方等无想經大雲初分神通健度第廿三
尒時大雲密藏菩薩言世尊有十種神通寶藏
入法門唯願如來分別解說佛言善哉善哉善男子諦
諦聽善思念之吾當為汝分別解說有法図

上博 34 (37495) 大方等无想經大雲卷第三 (9－3)

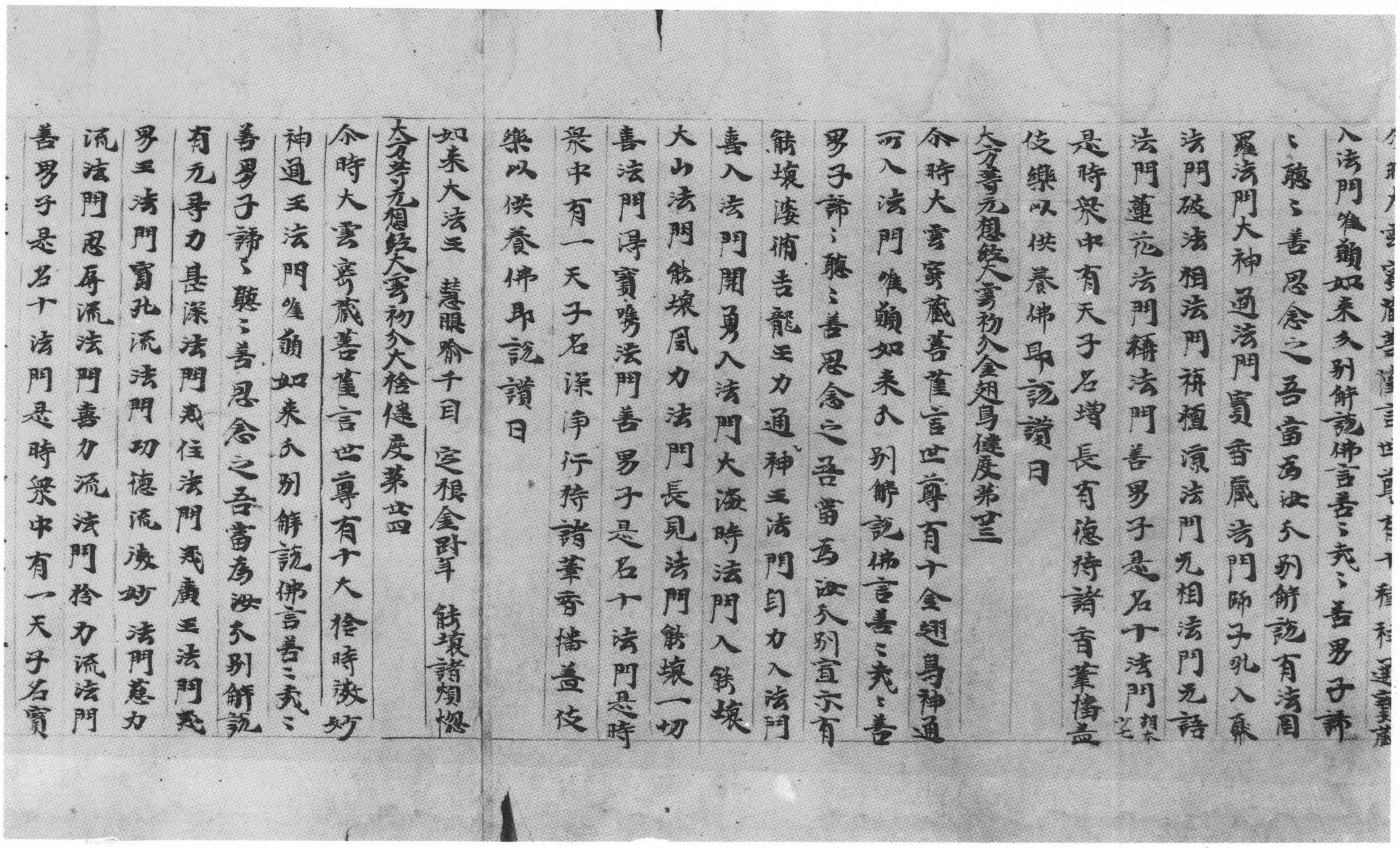
尒時大雲密藏菩薩言世尊有十種神通寶藏
入法門唯願如來分別解說佛言善々哉々善男子諦
々聽々善思念之吾當為汝分別解說有法固
羅法門大神通法門寶香風法門師子吼入乘
法門破法相法門種種源法門无相法門无語
法門蓮花法門稱法門善男子是名十法門 相本 之七
是時衆中有天子名增長有德持諸香華幡蓋
伎樂以供養佛即說讚曰
大方等无想經大雲初分金翅鳥健度苐廿三
尒時大雲密藏菩薩言世尊有十金翅鳥神通
所入法門唯願如來分別解說佛言善々哉々善
男子諦々聽々善思念之吾當為汝分別宣示有
能壞澡浦吉龍王力通神王法門自力入法門
善入法門開勇入法門大海時法門入能壞
大山法門能壞風力法門長見法門能壞一切
善法門得寶嚊法門善男子是名十法門是時
衆中有一天子名深淨行持諸華香幡蓋伎
樂以供養佛即說讚曰
如來大法王　慧眼踰千日　定根金剛牢　能壞諸煩惱
大方等无想經大雲初分大捨健度苐廿四
尒時大雲密藏菩薩言世尊有十大捨時微妙
神通王法門唯願如來分別解說佛言善々哉々
善男子諦々聽々善思念之吾當為汝分別解說
有无尋力甚深法門戒住法門戒廣王法門戒
男王法門寶孔流法門功德流微妙法門慈力
流法門忍辱流法門善力流法門捨力流法門
善男子是名十法門是時衆中有一天子名寶

上博 34 (37495)　大方等无想經大雲卷第三　(9－4)

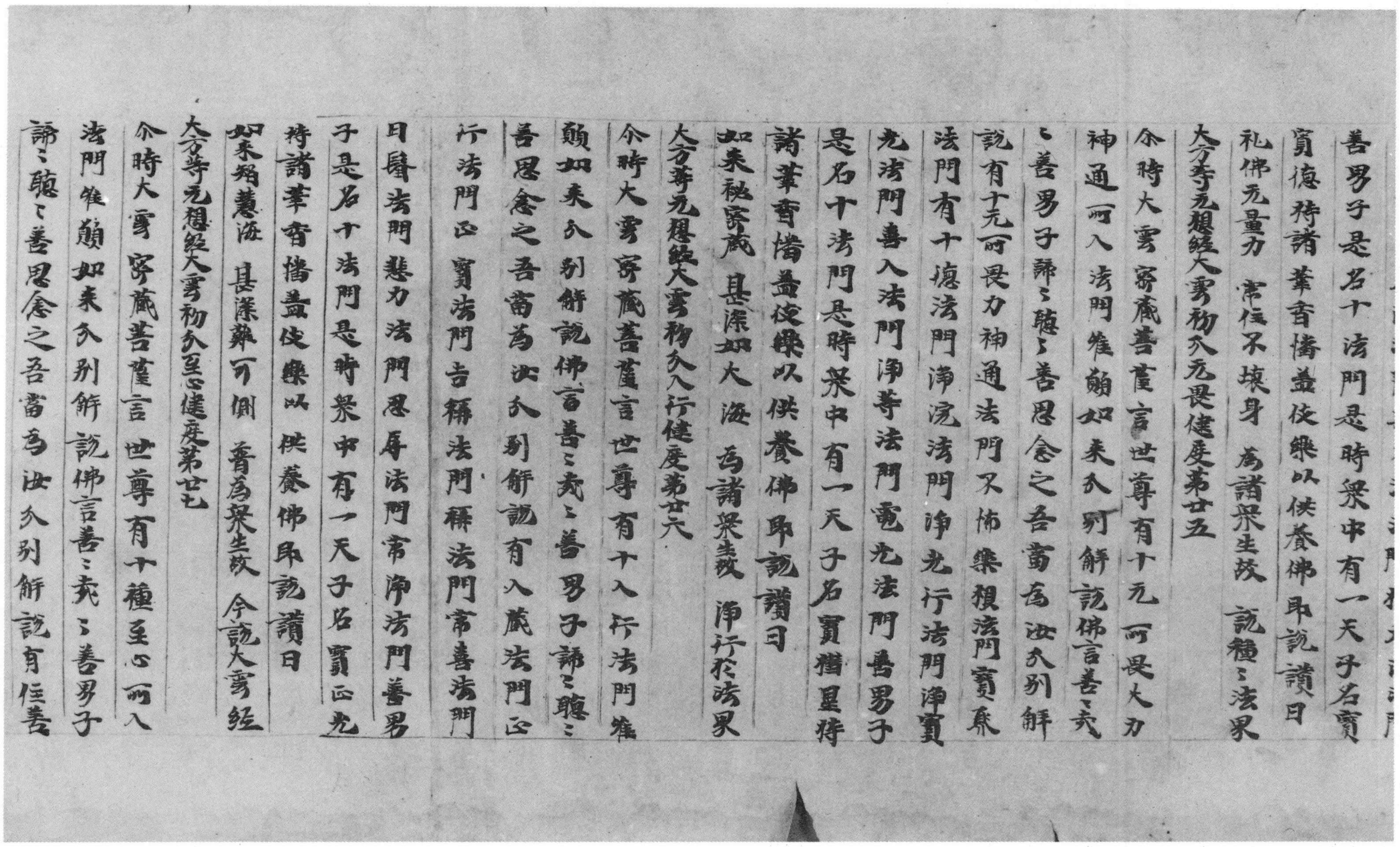
善男子是名十法門是時衆中有一天子名寶
寶德持諸華香幡蓋伎樂以供養佛即說讚曰
礼佛无量力　常住不壞身　為諸衆生故　說種々法界
大方等无想經大雲初分无畏健度苐廿五
尒時大雲密藏菩薩言世尊有十无所畏大力
神通所入法門唯願如來分別解說佛言善々哉
々善男子諦々聽々善思念之吾當為汝分別解
說有十无所畏力神通法門不怖樂根法門寶聚
法門有十德法門淨流法門淨光行法門淨寶
光法門善入法門淨等法門電光法門善男子
是名十法門是時衆中有一天子名寶幡星持
諸華香幡蓋伎樂以供養佛即說讚曰
如來祕密藏　甚深如大海　為諸衆生故　淨行於法界
大方等无想經大雲初分入行健度苐廿六
尒時大雲密藏菩薩言世尊有十入行法門唯
願如來分別解說佛言善々哉々善男子諦々聽々
善思念之吾當為汝分別解說有入藏法門正
行法門正寶法門吉稱法門稱法門常善法門
日髻法門悲力法門忍辱法門常淨法門善男
子是名十法門是時衆中有一天子名寶正光
持諸華香幡蓋伎樂以供養佛即說讚曰
如來智慧海　甚深難可測　普為衆生故　今說大雲經
大方等无想經大雲初分至心健度苐廿七
尒時大雲密藏菩薩言世尊有十種至心所入
法門唯願如來分別解說佛言善々哉々善男子
諦々聽々善思念之吾當為汝分別解說有住善

上博 34 (37495)　大方等无想經大雲卷第三　(9－5)

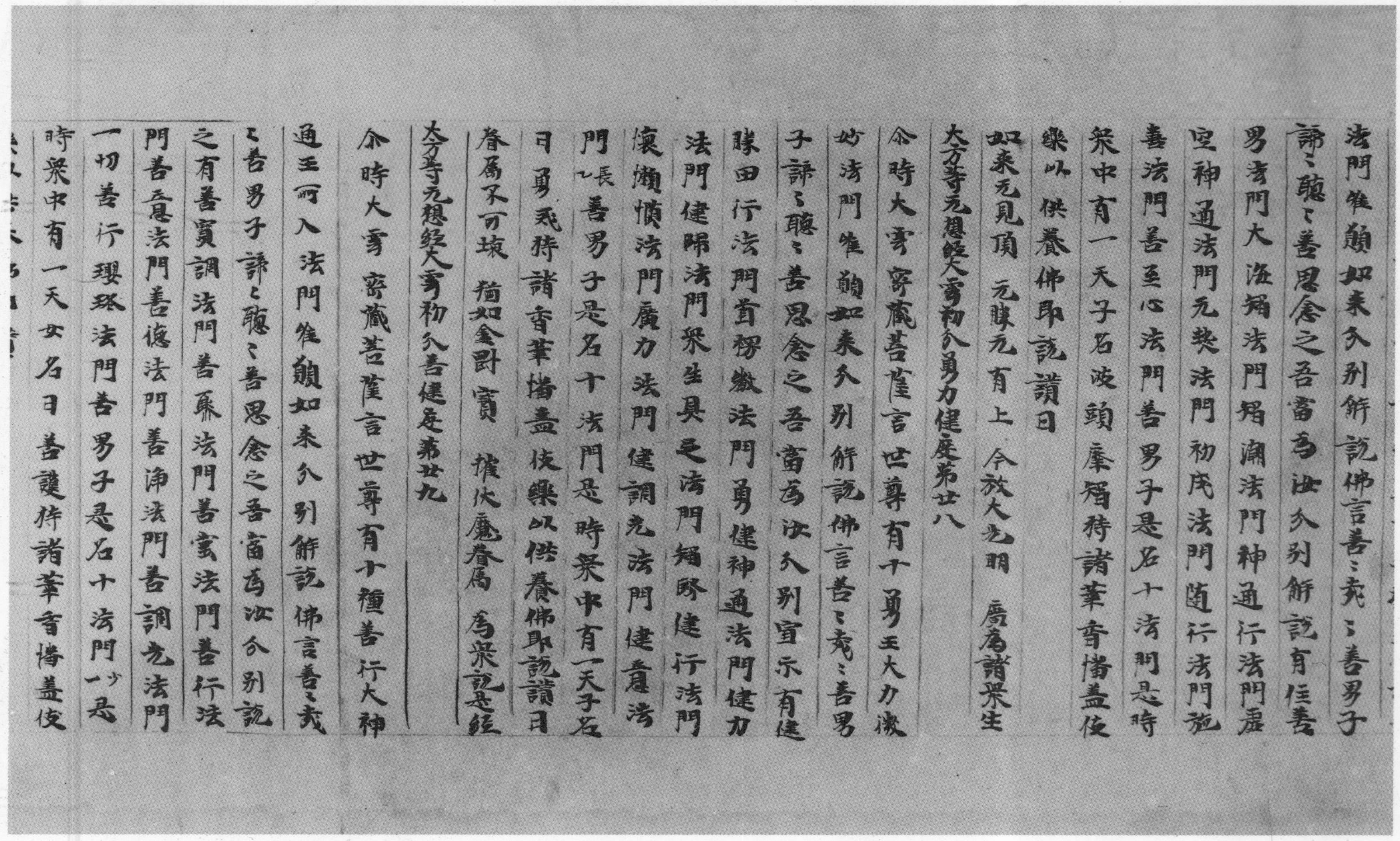
法門唯願如來分別解說佛言善〻哉〻善男子
諦〻聽〻善思念之吾當爲汝分別解說有住善
男子法門大海翻法門翻瀾法門神通行法門虛
空神通法門无契法門初成法門隨行法門施
善法門善至心法門善男子是名十法門是時
衆中有一天子名波頭摩翻持諸華香幡蓋伎
樂以供養佛即說讚曰
如來无見頂　无勝无有上　今放大光明　廣爲諸衆生
大方等无想經大雲初分勇力健度第廿八
尒時大雲密藏菩薩言世尊有十勇王大力微
妙法門唯願如來分別解說佛言善〻哉〻善男
子諦〻聽〻善思念之吾當爲汝分別宣示有健
勝田行法門首楞嚴法門勇健神通法門健力
法門健歸法門衆生具足法門翻勝健行法門
壞懶惰法門廣力法門健調无法門健意法
門〻長善男子是名十法門是時衆中有一天子名
日勇元持諸香華幡蓋伎樂以供養佛即說讚曰
眷屬不可壞　猶如金剛寶　摧伏魔眷屬　爲衆說是經
大方等无想經大雲初分善健度第廿九
尒時大雲密藏菩薩言世尊有十種善行大神
通王所入法門唯願如來分別解說佛言善〻哉
〻善男子諦〻聽〻善思念之吾當爲汝分別說
之有善實調法門善乘法門善實法門善行法
門善意法門善德法門善淨法門善調光法門
一切善行瓔珞法門善男子是名十法門一少是
時衆中有一天女名曰善護持諸華香幡蓋伎

上博 34 (37495)　大方等无想經大雲卷第三　(9－6)

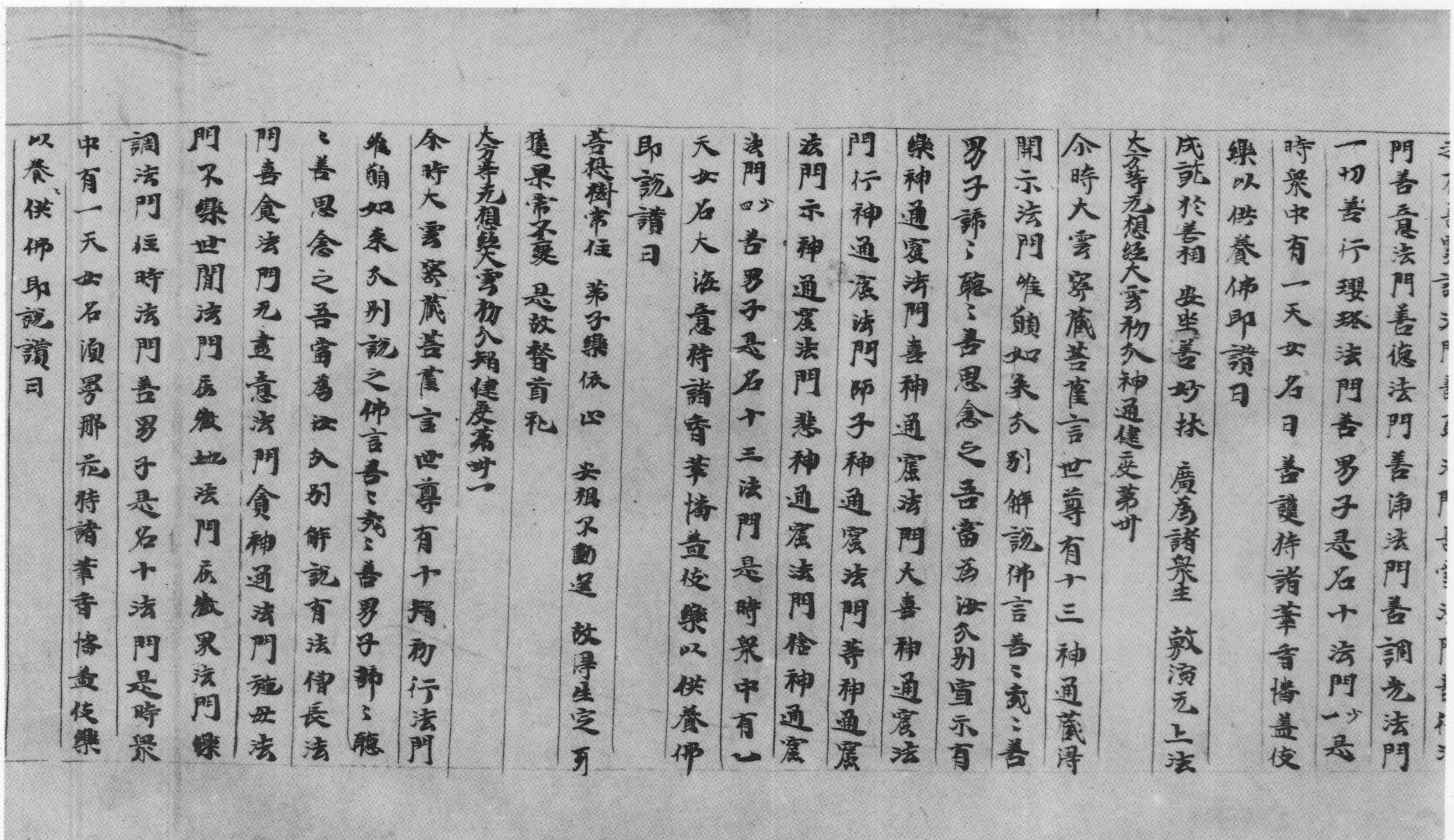
門善意法門善德法門善淨法門善調光法門
一切善行瓔珞法門善男子是名十法門一少是
時衆中有一天女名曰善護持諸華香幡蓋伎
樂以供養佛即讚曰
成就於善相　安坐善妙牀　廣爲諸衆生　敷演无上法
大方等无想經大雲初分神通健度第卅
尒時大雲密藏菩薩言世尊有十三神通藏得
開示法門唯願如來分別解說佛言善〻哉〻善
男子諦〻聽〻善思念之吾當爲汝分別宣示有
樂神通寶法門喜神通寶法門大喜神通寶法
門行神通寶法門師子神通寶法門等神通寶
法門示神通寶法門悲神通寶法門捨神通寶
法門四少善男子是名十三法門是時衆中有一
天女名大海意持諸香華幡蓋伎樂以供養佛
即說讚曰
菩提樹常住　弟子樂依止　安祖不動道　故得生定列
獲果常不變　是故稽首禮
大方等无想經大雲初分翻健度第卅一
尒時大雲密藏菩薩言世尊有十翻初行法門
唯願如來分別說之佛言善〻哉〻善男子諦〻聽
〻善思念之吾當爲汝分別解說有法傳長法
門喜食法門无盡意法門食神通法門施毋法
門不樂世間法門辰微地法門辰微果法門樂
調法門經時法門善男子是名十法門是時衆
中有一天女名須彌那花持諸華香幡蓋伎樂
以養供佛即說讚曰

上博 34 (37495)　大方等无想經大雲卷第三　(9－7)

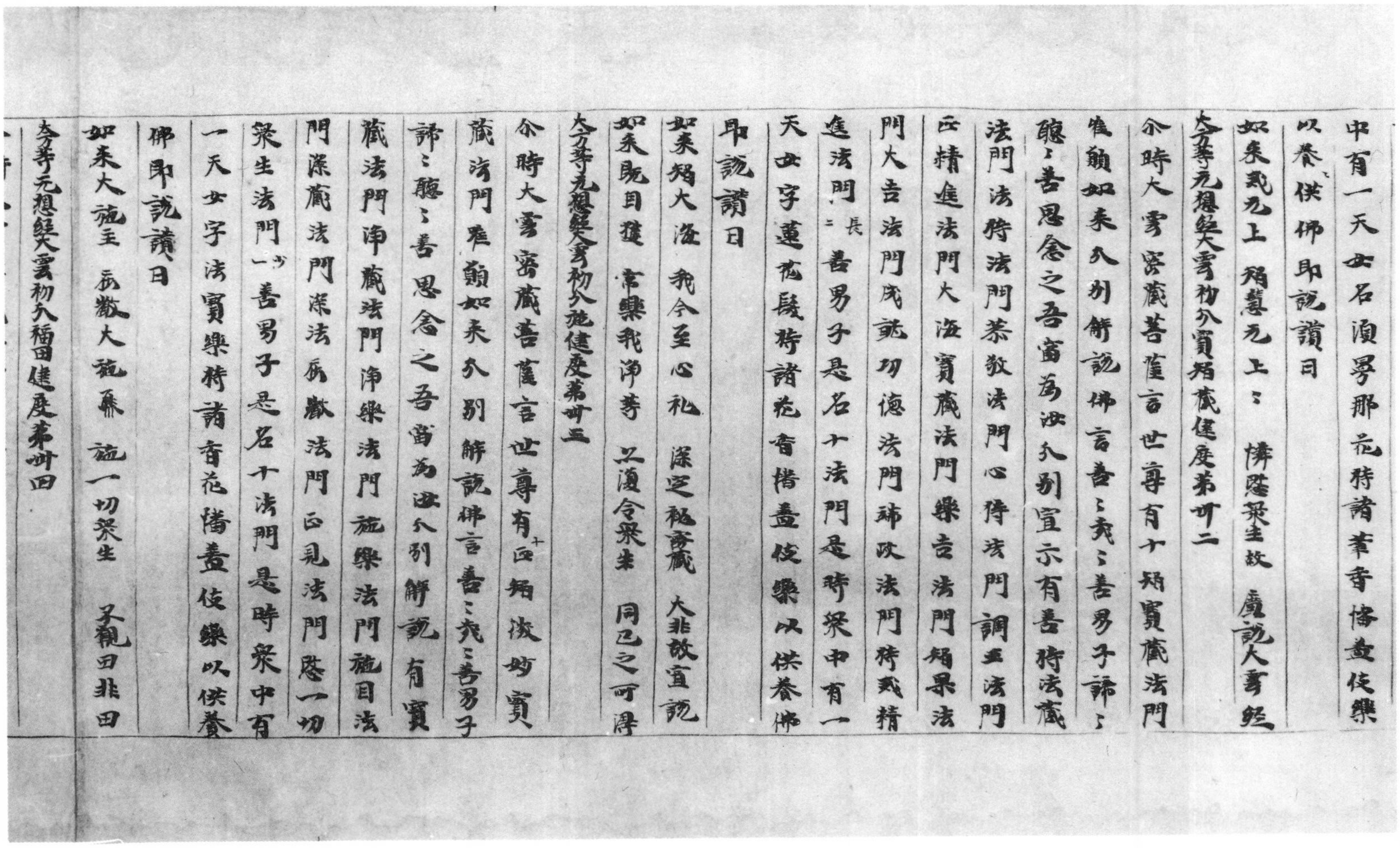

中有一天女名須曼那花持諸華香幡蓋伎樂
以養供佛即說讚曰
如來戒无上　智慧无上上　憐愍衆生故　廣說大雲經
大方等无想經大雲初分寶智藏健度第卅二
尒時大雲密藏菩薩言世尊有十智寶藏法門
唯願如來分別解說佛言善哉善哉善男子諦諦
聽聽善思念之吾當為汝分別宣示有善持法藏
法門法持法門恭敬法門心持法門調伏法門
丘精進法門大海寶藏法門樂吉法門智果法
門大吉法門成就功德法門稀啟法門持戒精
進法門二長善男子是名十法門是時衆中有一
天女字蓮花鬘持諸花香幡蓋伎樂以供養佛
即說讚曰
如來智大海　我今至心禮　深逆祕密藏　大悲故宣說
如來既自獲　常樂我淨等　又復令衆生　同已之可得
大方等无想經大雲初分施健度第卅三
尒時大雲密藏菩薩言世尊有丘十智微妙寶
藏法門唯願如來分別解說佛言善哉善哉善男子
諦諦聽聽善思念之吾當為汝分別解說有寶
藏法門淨藏法門淨法門淨樂法門施樂法門施目法
門深藏法門深法身歡法門正見法門慈一切
衆生法門一少善男子是名十法門是時衆中有
一天女字法寶樂持諸香花幡蓋伎樂以供養
佛即說讚曰
如來大施主　身歡大施彝　施一切衆生　子觀田非田
大方等无想經大雲初分福田健度第卅四

上博 34 (37495)　大方等无想經大雲卷第三　(9－8)

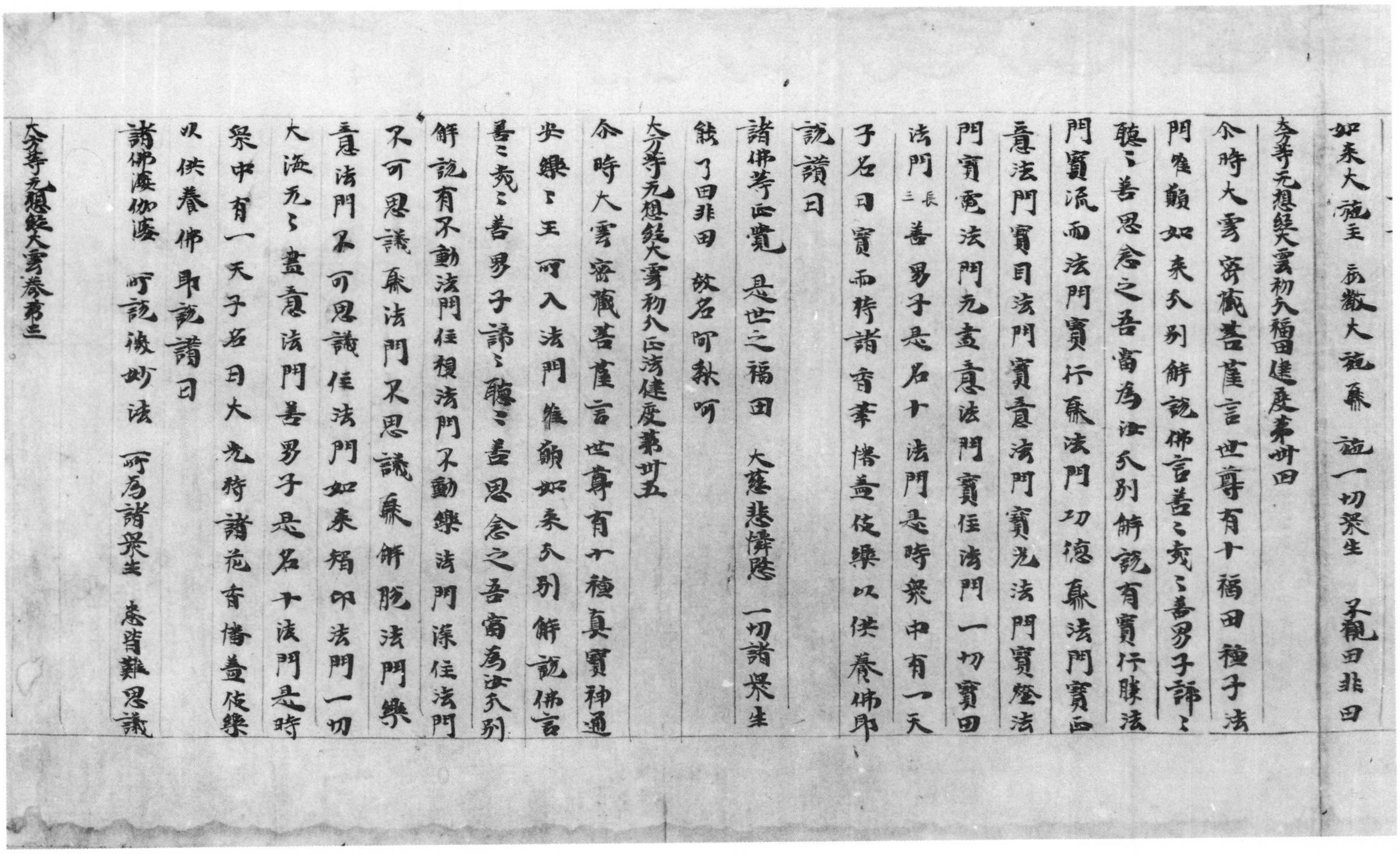

如來大施主　身歡大施彝　施一切衆生　子觀田非田
大方等无想經大雲初分福田健度第卅四
尒時大雲密藏菩薩言世尊有十福田種子法
門唯願如來分別解說佛言善哉善哉善男子諦諦
聽聽善思念之吾當為汝分別解說有寶行勝法
門寶流而法門寶行彝法門功德彝法門寶丘
意法門寶目法門寶意法門寶光法門寶燈法
門寶電法門无盡意法門寶任法門一切寶田
法門三長善男子是名十法門是時衆中有一天
子名曰寶而持諸香華幡蓋伎樂以供養佛即
說讚曰
諸佛等正覺　是世之福田　大慈悲憐愍　一切諸衆生
能了田非田　故名阿耨呵
大方等无想經大雲初分丘滂健度第卅五
尒時大雲密藏菩薩言世尊有十種真實神通
安樂樂王可入法門唯願如來分別解說佛言
善哉善哉善男子諦諦聽聽善思念之吾當為汝分別
解說有不動法門任複法門不動樂法門深任法門
不可思議彝法門不思議彝解脫法門樂
意法門不可思議任法門如來智印法門一切
大海无无盡意法門善男子是名十法門是時
衆中有一天子名曰大光持諸花香幡蓋伎樂
以供養佛即說讚曰
諸佛婆伽婆　所說微妙法　所為諸衆生　悉皆難思議
大方等无想經大雲卷第三

上博 34 (37495)　大方等无想經大雲卷第三　(9－9)

上博 34 (37495)V　雜寫

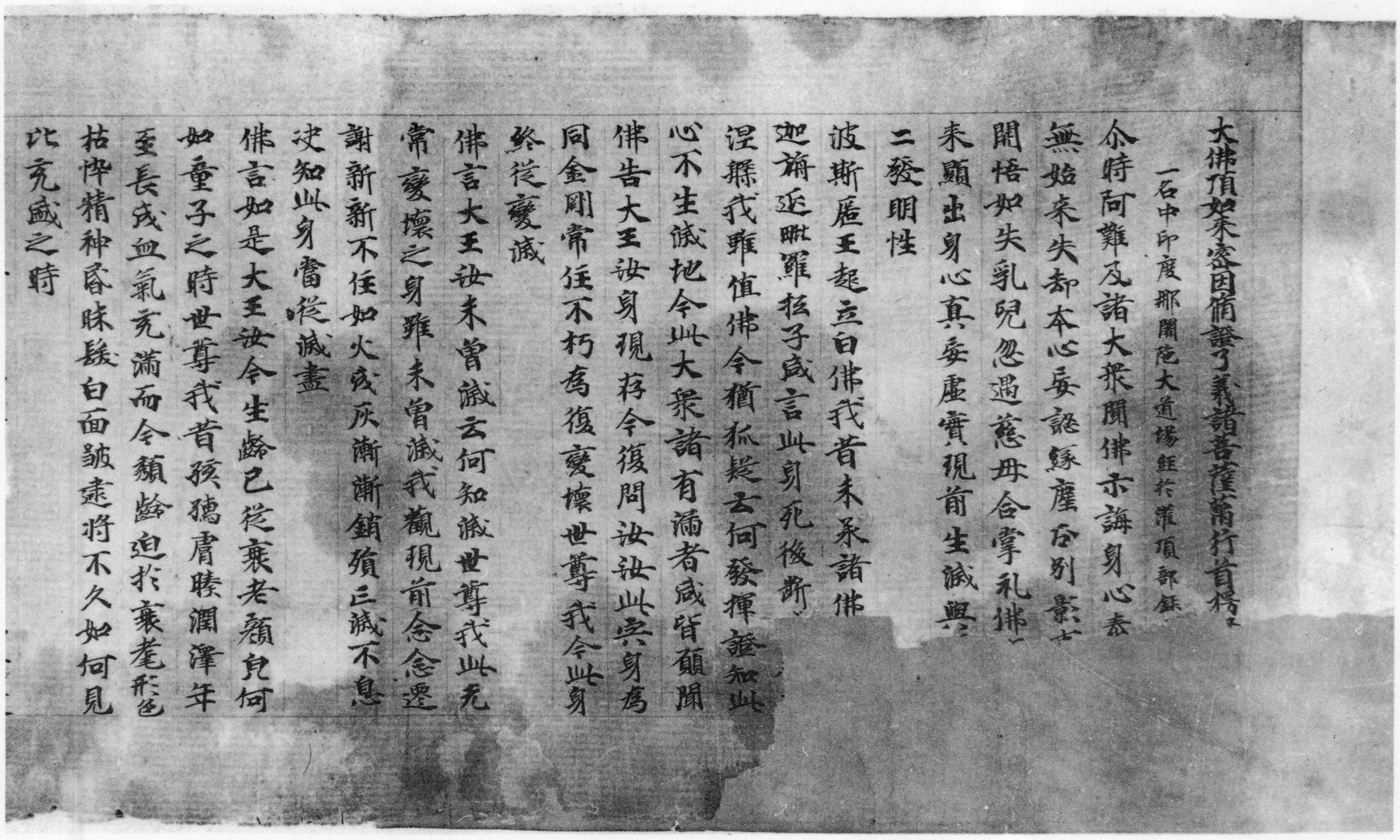

大佛頂如來密因脩證了義諸菩薩萬行首楞嚴經卷第二
一名中印度那蘭陀大道場經於灌頂部錄出
尒時阿難及諸大衆聞佛示誨身心泰
無始來失却本心妄認緣塵分別影事
開悟如失乳兒忽遇慈母合掌礼佛
來顯出身心真妄虛實現前生滅與不
二發明性
波斯匿王起立白佛我昔未承諸佛
迦旃延毗羅胝子咸言此身死後斷
涅槃我雖值佛今猶狐疑云何發揮證知此
心不生滅地令此大衆諸有漏者咸皆願聞
佛告大王汝身現存今復問汝汝此肉身為
同金剛常住不朽為復變壞世尊我今此身
終從變滅
佛言大王汝未曾滅云何知滅世尊我此無
常變壞之身雖未曾滅我觀現前念念遷
謝新新不住如火成灰漸漸銷殞殞滅不息
決知此身當從滅盡
佛言如是大王汝今生齡已從衰老顏貌何
如童子之時世尊我昔孩孺膚腠潤澤年
至長成血氣充滿而今頹齡迫於衰耄形色
枯悴精神昏昧髮白面皺逮將不久如何見
比充盛之時

上博 35 (37496)　大佛頂如來密因脩證了義諸菩薩萬行首楞嚴經卷第二　(18－1)

枯悴精神昏昧髮白面皺逮將不久如何見
比充盛之時
佛言大王汝之形容應不頓朽王言世尊變
化密移我誠不覺寒暑遷流漸至於此何
故我年二十雖號年少顏貌已老初十年時
卅之年又衰廿年今六十又過于二觀五
十時宛然強壯世尊我見密移雖此殂落其間
流易且限十年若復令我微細思惟其變寧唯
一紀二紀實為年變豈唯年變亦兼月化何
直月化兼又日遷沉思諦觀剎那剎那念念
之間不得停住故知我身終從變滅
佛言大王汝見變化遷改不停悟知汝滅亦
於滅時知汝身中有不滅耶波斯匿王合掌
白佛我實不知佛言我今示汝不生滅性大
王汝年幾時見恒河水王言我生三歲慈母
攜我謁耆婆天經過此流爾時即知是恒河
水佛言大王如汝所說二十之時衰於十歲乃
至六十日月歲時念念遷變則汝三歲見此
河時至年十三其水云何王言如三歲時宛
然無異乃至于今年六十二亦無有異佛言
汝今自傷髮白面皺其面必定皺於童年則
汝今時觀此恒河與昔童時觀河之見有童
耄不王言不也世尊佛言大王汝面雖皺而
此見精性未曾皺皺者為變不皺不變變者
受滅彼不變者元無生滅云何於中受汝生死而
猶引彼末伽梨等都言此身死後全滅王聞

上博 35 (37496) 大佛頂如來密因脩證了義諸菩薩萬行首楞嚴經卷第二 (18－2)

此見精性未曾皺皺者為變不皺不變變者
受滅彼不變者元無生滅云何於中受汝生死而
猶引彼末伽梨等都言此身死後全滅王聞
是言信知身後捨生趣生與諸大眾踊躍歡
喜得未曾有
阿難即從座起禮佛合掌長跪白佛世尊若
此見聞必不生滅云何世尊名我等輩遺失
真性顛倒行事願興慈悲洗我塵垢
即時如來垂金色臂輪手下指示阿難言汝
今見我母陀羅手為正為倒阿難言世間眾
生以此為倒而我不知誰正誰倒佛告阿難
若世間人以此為倒即世間人將何為正阿難
言如來豎臂兜羅綿手上指於空則名為正
佛即豎臂告阿難言若此顛倒首尾相換諸
世間人一倍瞻視則知汝身與諸如來清淨
法身比類發明如來之身名正遍知汝等之
身號性顛倒隨汝諦觀汝身佛身稱顛倒者
名字何處號為顛倒
于時阿難與諸大眾瞪矒瞻佛目精不瞬不
知身心顛倒所在佛興慈悲哀愍阿難及諸
大眾發海潮音遍告同會諸善男子我常
說言色心諸緣及心所使諸所緣法唯心所現
汝身汝心皆是妙明真精妙心中所現物云
何汝等遺失本妙圓妙明心寶明妙性認悟
中迷晦昧為空空晦暗中結暗為色色雜妄

上博 35 (37496) 大佛頂如來密因脩證了義諸菩薩萬行首楞嚴經卷第二 (18－3)

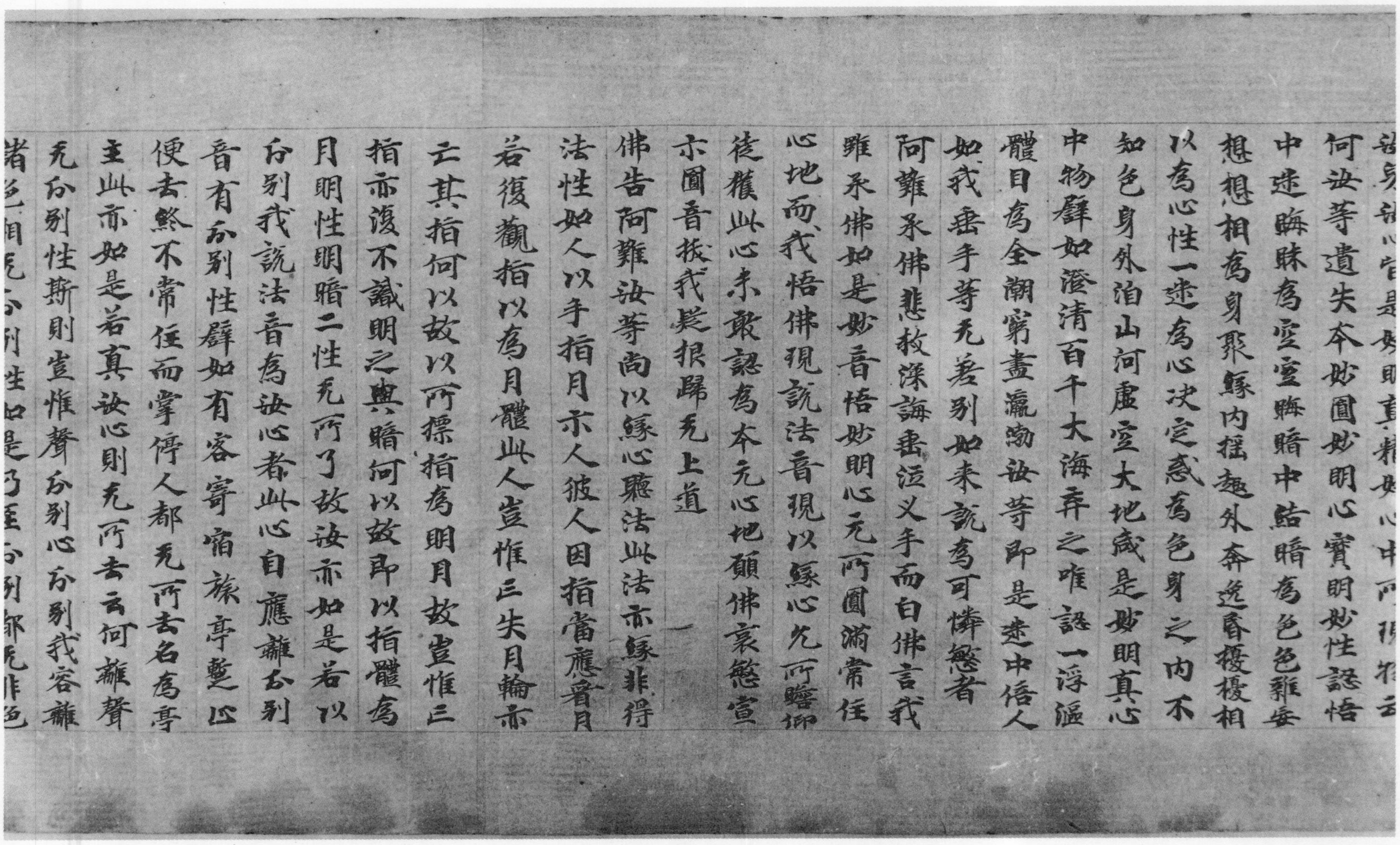

汝身汝心皆是妙明眞精妙心中所現物云
何汝等遺失本妙圓妙明心寶明妙性認悟
中迷晦昧為空空晦暗中結暗為色色雜妄
想想相為身聚緣內搖趣外奔逸昏擾擾相
以為心性一迷為心決定惑為色身之內不
知色身外洎山河虛空大地咸是妙明眞心
中物譬如澄清百千大海弃之唯認一浮漚
體目為全潮窮盡瀛渤汝等即是迷中倍人
如我垂手等无差別如來說為可憐愍者
阿難承佛悲救深誨垂泣叉手而白佛言我
雖承佛如是妙音悟妙明心元所圓滿常住
心地而我悟佛現說法音現以緣心允所瞻仰
徒獲此心未敢認為本元心地願佛哀愍宣
示圓音拔我疑根歸无上道
佛告阿難汝等尚以緣心聽法此法亦緣非得
法性如人以手指月示人彼人因指當應看月
若復觀指以為月體此人豈唯亡失月輪亦
亡其指何以故以所標指為明月故豈唯亡
指亦復不識明之與暗何以故即以指體為
月明性明暗二性无所了故汝亦如是若以
分別我說法音為汝心者此心自應離分別
音有分別性譬如有客寄宿旅亭暫止
便去終不常住而掌亭人都无所去名為亭
主此亦如是若真汝心則无所去云何離聲
无分別性斯則豈唯聲分別心分別我容離
諸色相无分別性如是乃至分別都无非色

上博 35 (37496)　大佛頂如來密因脩證了義諸菩薩萬行首楞嚴經卷第二　（18－4）

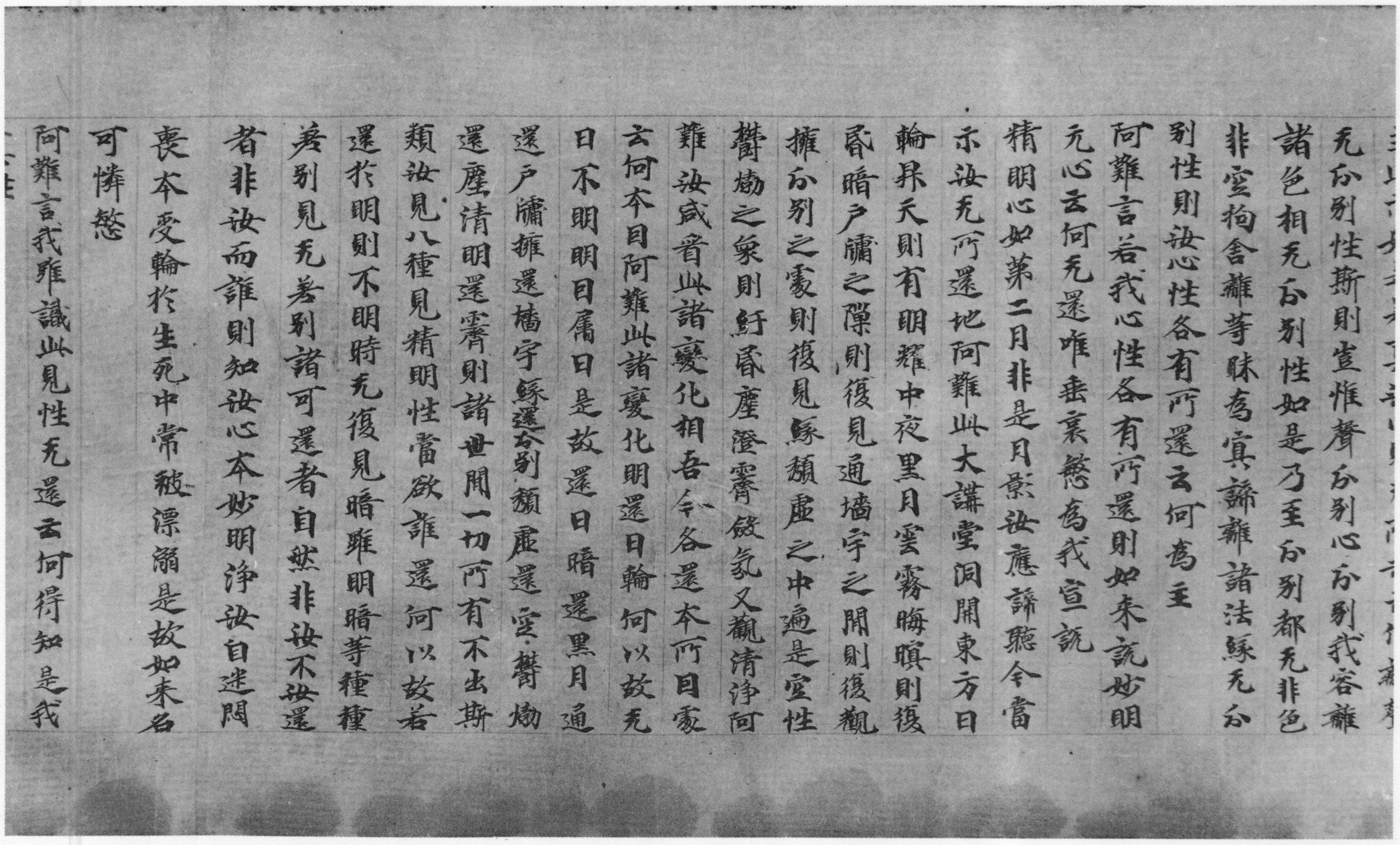

无分別性斯則豈唯聲分別心分別我容離
諸色相无分別性如是乃至分別都无非色
非空拘舍離等昧為冥諦離諸法緣无分
別性則汝心性各有所還云何為主
阿難言若我心性各有所還則如來說妙明
元心云何无還唯垂哀愍為我宣說
精明心如第二月非是月影汝應諦聽今當
示汝无所還地阿難此大講堂洞開東方日
輪升天則有明耀中夜黑月雲霧晦暝則復
昏暗戶牖之隙則復見通牆宇之間則復觀
壅分別之處則復見緣頑虛之中遍是空性
鬱埻之象則紆昏塵澄霽斂氛又觀清淨阿
難汝咸看此諸變化相吾今各還本所因處
云何本因阿難此諸變化明還日輪何以故无
日不明明因屬日是故還日暗還黑月通
還戶牖壅還牆宇緣還分別頑虛還空鬱埻
還塵清明還霽則諸世間一切所有不出斯
類汝見八種見精明性當欲誰還何以故若
還於明則不明時无復見暗雖明暗等種種
差別見无差別諸可還者自然非汝不汝還
者非汝而誰則知汝心本妙明淨汝自迷悶
喪本受輪於生死中常被漂溺是故如來名
可憐愍
阿難言我雖識此見性无還云何得知是我

上博 35 (37496)　大佛頂如來密因脩證了義諸菩薩萬行首楞嚴經卷第二　（18－5）

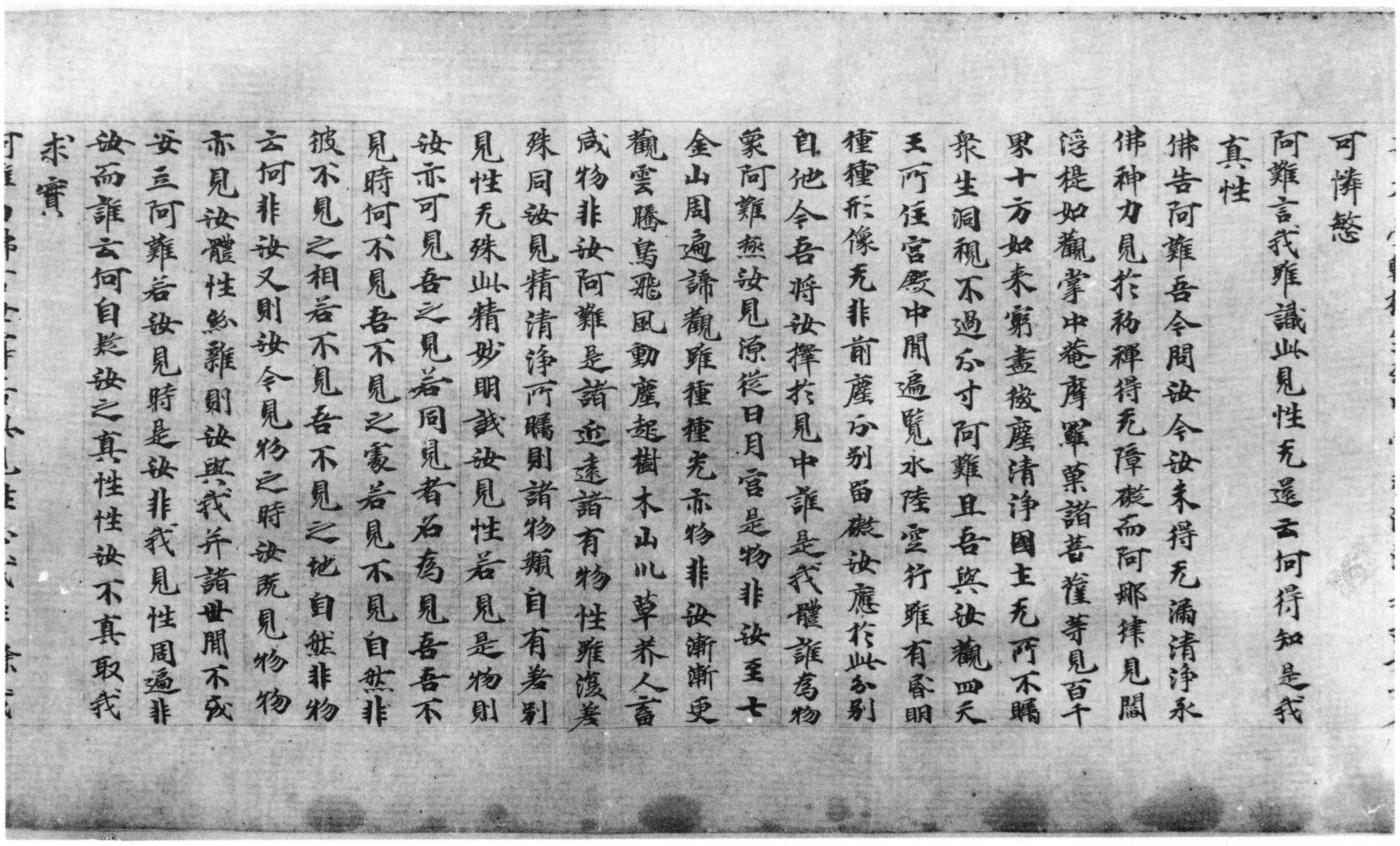

可憐愍
阿難言我雖識此見性无還云何得知是我
真性
佛告阿難吾今問汝今汝未得无漏清淨承
佛神力見於初禪得无障礙而阿那律見閻
浮提如觀掌中菴摩羅菓諸菩薩等見百千
界十方如來窮盡微塵清淨國土无所不矚
衆生洞視不過分寸阿難且吾與汝觀四天
王所住宮殿中間遍覽水陸空行雖有昏明
種種形像无非前塵分別留礙汝應於此分別
自他今吾將汝擇於見中誰是我體誰為物
象阿難極汝見源從日月宮是物非汝至七
金山周遍諦觀雖種種光亦物非汝漸漸更
觀雲騰鳥飛風動塵起樹木山川草芥人畜
咸物非汝阿難是諸近遠諸有物性雖復差
殊同汝見精清淨所矚則諸物類自有差別
見性无殊此精妙明誠汝見性若見是物則
汝亦可見吾之見若同見者名為見吾吾不
見時何不見吾不見之處若見不見自然非
彼不見之相若不見吾不見之地自然非物
云何非汝又則汝今見物之時汝既見物物
亦見汝體性紛雜則汝與我并諸世間不成
安立阿難若汝見時是汝非我見性周遍非
汝而誰云何自疑汝之真性性汝不真取我
求實

上博 35 (37496) 大佛頂如來密因脩證了義諸菩薩萬行首楞嚴經卷第二 (18－6)

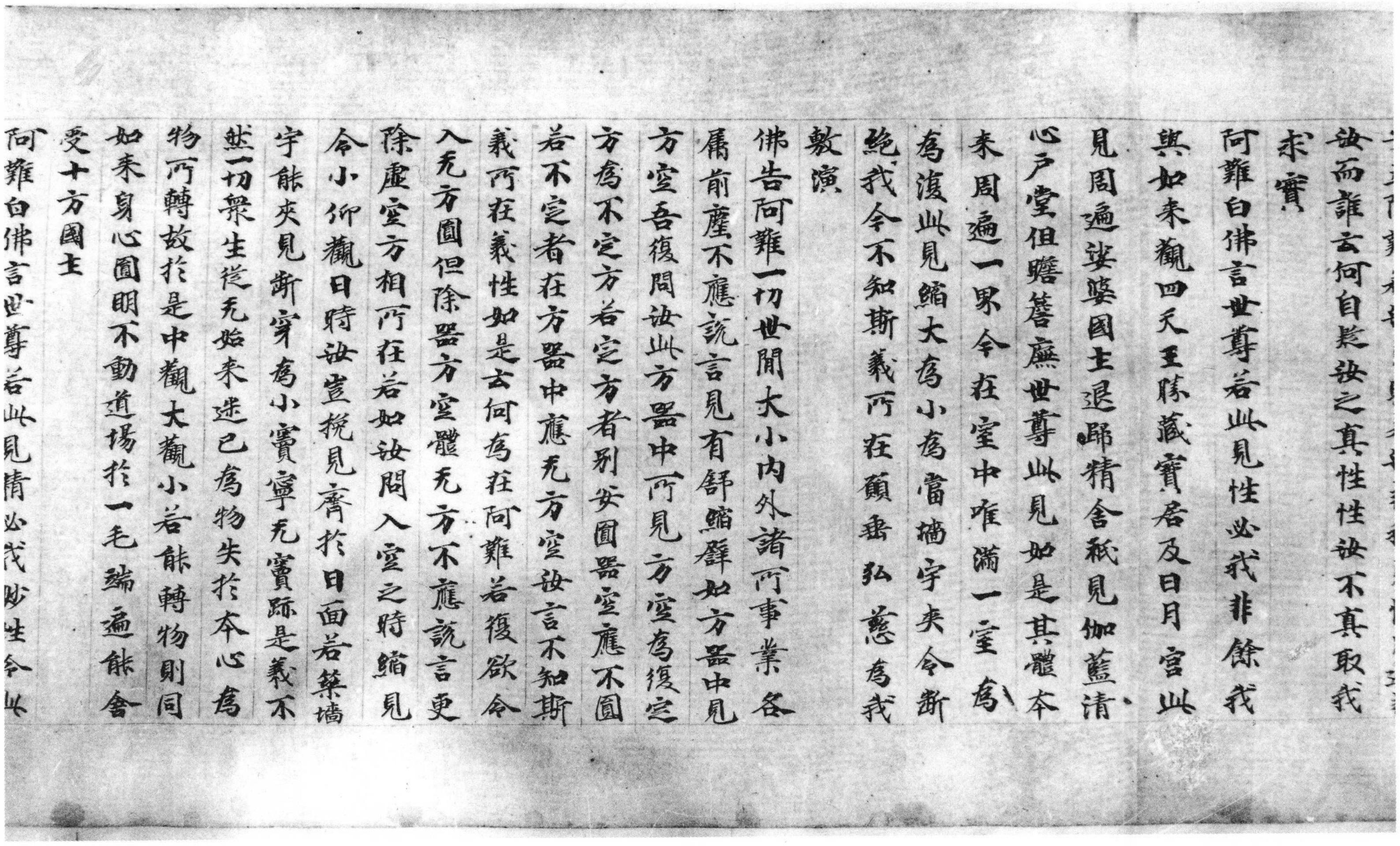

汝而誰云何自疑汝之真性性汝不真取我
求實
阿難白佛言世尊若此見性必我非餘我
與如來觀四天王勝藏寶居及日月宮此
見周遍娑婆國土退歸精舍秖見伽藍清
心戶堂但瞻簷廡世尊此見如是其體本
來周遍一界今在室中唯滿一室為
為復此見縮大為小為當墻宇夾令斷
絕我今不知斯義所在願垂弘慈為我
敷演
佛告阿難一切世間大小內外諸所事業各
屬前塵不應說言見有舒縮譬如方器中見
方空吾復問汝此方器中所見方空為復定
方為不定方若定方者別安圓器空應不圓
若不定者在方器中應无方空汝言不知斯
義所在義性如是云何為在阿難若復欲令
入无方圓但除器方空體无方不應說言更
除虛空方相所在若如汝問入室之時縮見
令小仰觀日時汝豈挽見齊於日面若築墻
宇能夾見斷穿為小竇寧无竇跡是義不
然一切衆生從无始來迷己為物失於本心為
物所轉故於是中觀大觀小若能轉物則同
如來身心圓明不動道場於一毛端遍能含
受十方國土
阿難白佛言世尊若此見精必我妙性今此

上博 35 (37496) 大佛頂如來密因脩證了義諸菩薩萬行首楞嚴經卷第二 (18－7)

受十方國土
阿難白佛言世尊若此見精必我妙性今此
妙性見在我前見必我真我今身心復是何
物而今身心分别有實彼見无别分辯我身
若實我心令我今見見性實我而身非我何
殊如來先所難言物能見我唯垂大慈開發
未悟
佛告阿難今汝所言見在汝前是義非實若
實汝前汝實見者則此見精既有方所非无
指示且今與汝坐祇陁林遍觀林渠及與殿
堂上至日月前對恒河汝今於我師子座前
舉手指陳是種種相陰者是林明者是日礙
者是壁通者是空如是乃至草樹纖毫大小
雖殊但可有形无不指着若必其見現在汝
前汝應以手確實指陳何者是見阿難當知
若空是見既已成見何者是空若物是見既
已是見何者為物汝可微細披剥萬象析出
精明淨妙見元指陳示我同彼諸物分明无
惑
阿難言我今於此重閣講堂遠洎恒河上觀
日月舉手所指縱目所觀指皆是物无是見
者世尊如佛所說況我有漏初學聲聞乃至
菩薩亦不能於萬物象前剖出精見離一切
物别有自性佛言如是如是
佛復告阿難如汝所言无有精見離一切物

上博 35 (37496) 大佛頂如來密因脩證了義諸菩薩萬行首楞嚴經卷第二 (18－8)

菩薩亦不能於萬物象前剖出精見離一切
物别有自性佛言如是如是
佛復告阿難如汝所言无有精見離一切物
别有自性則汝所指是物之中无是見者今
復告汝汝與如來坐祇陁林更觀林苑乃至
日月種種象殊必无見精受汝所指汝又發
明此諸物中何者非見阿難言我實遍見此
祇陁林不知是中何者非見何以故若樹非
見云何見樹若樹即見復云何樹如是乃至
若空非見云何見空若空即見復云何空
我又思惟是万象中微細發明无非見者佛言
如是如是
於是大衆非无學者聞佛此言茫然不知是
義終始一時惶悚失其所守如來知其魂慮
變慴心生憐愍安慰阿難及諸大衆諸善男
子无上法王是真實語如所如說不誑不妄
非末伽梨四種不死矯亂論議汝諦思惟无
忝哀慕
是時文殊師利法王子愍諸四衆在大衆中
即從座起頂禮佛足合掌恭敬而白佛言世
尊此諸大衆不悟如來發明二種精見色空
是非是義世尊若此前緣色空等象若是見
者應有所指若非見者應无所矚而今不知
是義所歸故有驚怖非是疇昔善根輕尠唯
願如來大慈發明此諸物象與此見精无是

上博 35 (37496) 大佛頂如來密因脩證了義諸菩薩萬行首楞嚴經卷第二 (18－9)

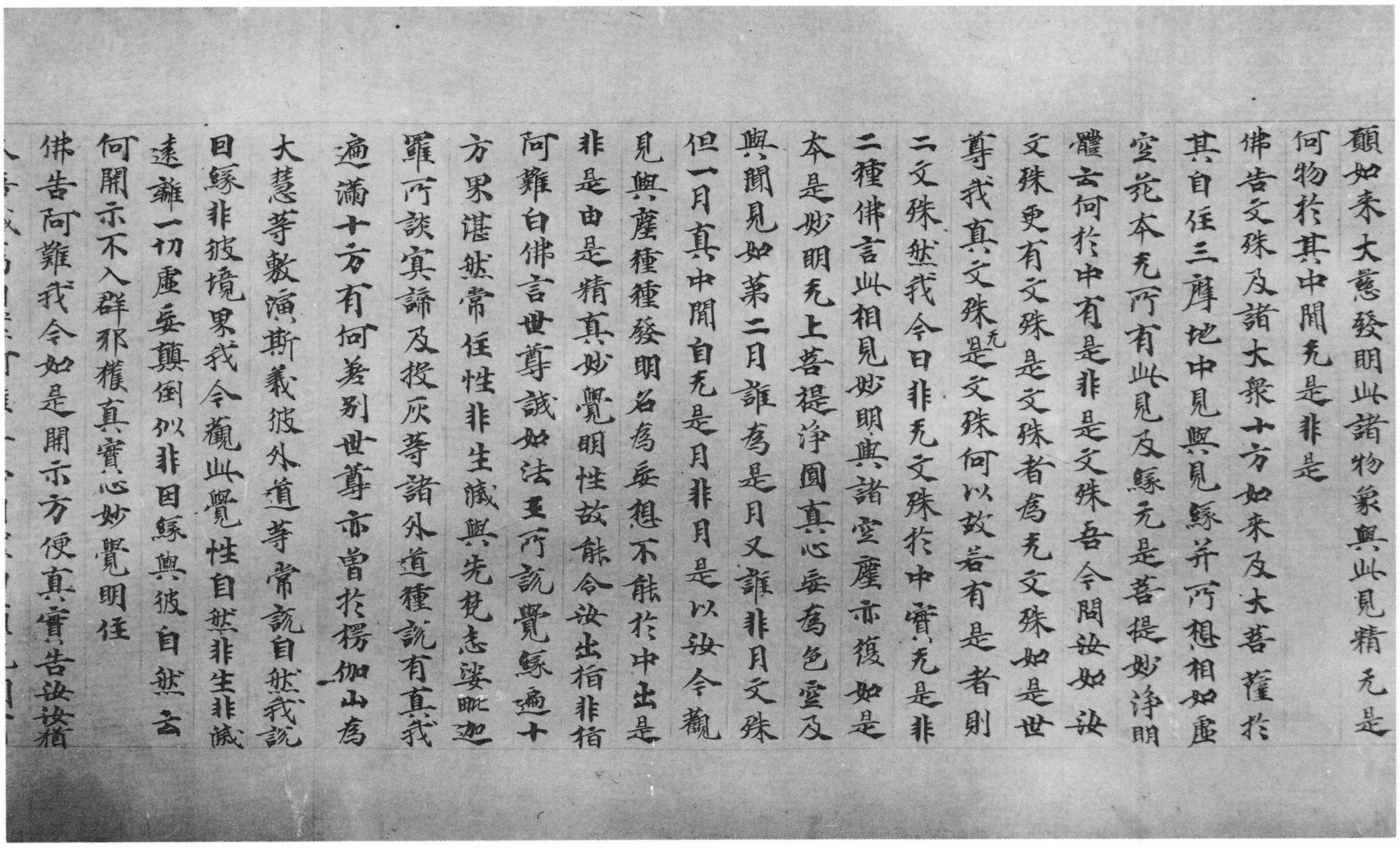
願如来大慈發明此諸物象與此見精无是
何物於其中間无是非是
佛告文殊及諸大衆十方如来及大菩薩於
其自住三摩地中見與見緣并所想相如虛
空花本无所有此見及緣元是菩提妙淨明
體云何於中有是非是文殊吾今問汝如汝
文殊更有文殊是文殊者為无文殊如是世
尊我真文殊无是文殊何以故若有是者則
二文殊然我今日非无文殊於中實无是非
二種佛言此相見妙明與諸空塵亦復如是
本是妙明无上菩提淨圓真心妄為色空及
與聞見如第二月誰為是月又誰非月文殊
但一月真中間自无是月非月是以汝今觀
見與塵種種發明名為妄想不能於中出是
非是由是精真妙覺明性故能令汝出指非指
阿難白佛言世尊誠如法王所說覺緣遍十
方界湛然常住性非生滅與先梵志娑毗迦
羅所談冥諦及投灰等諸外道種說有真我
遍滿十方有何差別世尊亦曾於楞伽山為
大慧等敷演斯義彼外道等常說自然我說
因緣非彼境界我今觀此覺性自然非生非滅
遠離一切虛妄顛倒似非因緣與彼自然云
何開示不入群邪獲真實心妙覺明性
佛告阿難我今如是開示方便真實告汝汝猶

上博 35 (37496)　大佛頂如來密因脩證了義諸菩薩萬行首楞嚴經卷第二　(18－10)

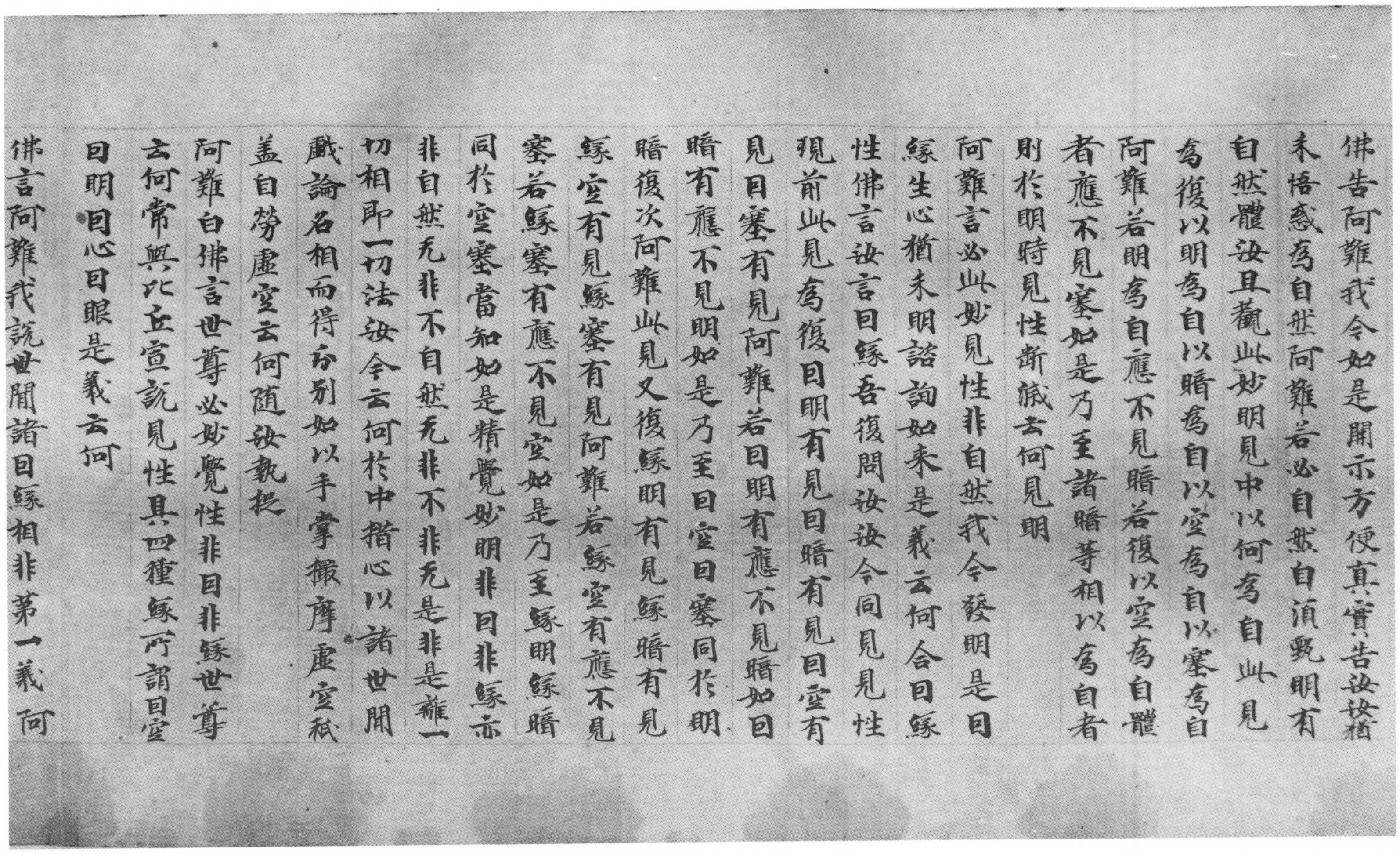
佛告阿難我今如是開示方便真實告汝汝猶
未悟惑為自然阿難若必自然自須甄明有
自然體汝且觀此妙明見中以何為自此見
為復以明為自以暗為自以空為自以塞為自
阿難若明為自應不見暗若復以空為自體
者應不見塞如是乃至諸暗等相以為自者
則於明時見性斷滅云何見明
阿難言必此妙見性非自然我今發明是因
緣生心猶未明諮詢如来是義云何合因緣
性佛言汝言因緣吾復問汝汝今同見見性
現前此見為復因明有見因暗有見因空有
見因塞有見阿難若因明有應不見暗如因
暗有應不見明如是乃至因空因塞同於明
暗復次阿難此見又復緣明有見緣暗有見
緣空有見緣塞有見阿難若緣空有應不見
塞若緣塞有應不見空如是乃至緣明緣暗
同於空塞當知如是精覺妙明非因非緣亦
非自然非不自然无非不非无是非是離一
切相即一切法汝今云何於中措心以諸世間
戲論名相而得分別如以手掌撮摩虛空秖
益自勞虛空云何隨汝執捉
阿難白佛言世尊必妙覺性非因非緣世尊
云何常與比丘宣說見性具四種緣所謂因空
因明因心因眼是義云何
佛言阿難我說世間諸因緣相非第一義阿

上博 35 (37496)　大佛頂如來密因脩證了義諸菩薩萬行首楞嚴經卷第二　(18－11)

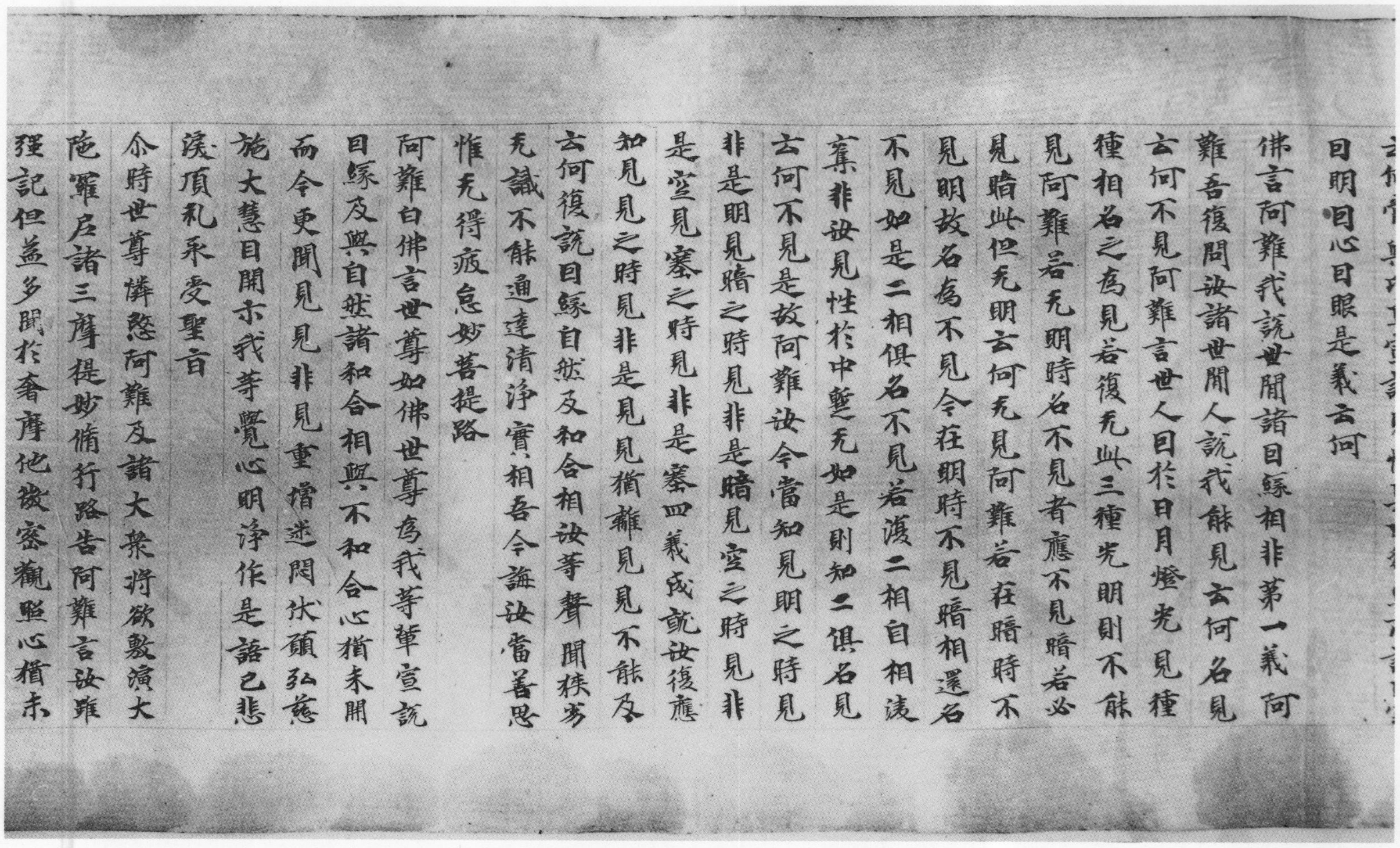
曰明曰心曰眼是義云何
佛言阿難我說世間諸因緣相非第一義阿
難吾復問汝諸世間人說我能見云何名見
云何不見阿難言世人因於日月燈光見種
種相名之為見若復无此三種光明則不能
見阿難若无明時名不見者應不見暗若必
見暗此但无明云何无見阿難若在暗時不
見明故名為不見今在明時不見暗相還名
不見如是二相俱名不見若復二相自相陵
奪非汝見性於中暫无如是則知二俱名見
云何不見是故阿難汝今當知見明之時見
非是明見暗之時見非是暗見空之時見非
是空見塞之時見非是塞四義成就汝復應
知見見之時見非是見見猶離見見不能及
云何復說因緣自然及和合相汝等聲聞狹劣
无識不能通達清淨實相吾今誨汝當善思
惟无得疲怠妙菩提路
阿難白佛言世尊如佛世尊為我等輩宣說
因緣及與自然諸和合相與不和合心猶未開
而今更聞見見非見重增迷悶伏願弘慈
施大慧目開示我等覺心明淨作是語已悲
淚頂禮承受聖旨
尒時世尊憐愍阿難及諸大衆將欲敷演大
陀羅尼諸三摩提妙脩行路告阿難言汝雖
强記但益多聞於奢摩他微密觀照心猶未

上博 35 (37496) 大佛頂如來密因脩證了義諸菩薩萬行首楞嚴經卷第二 (18－12)

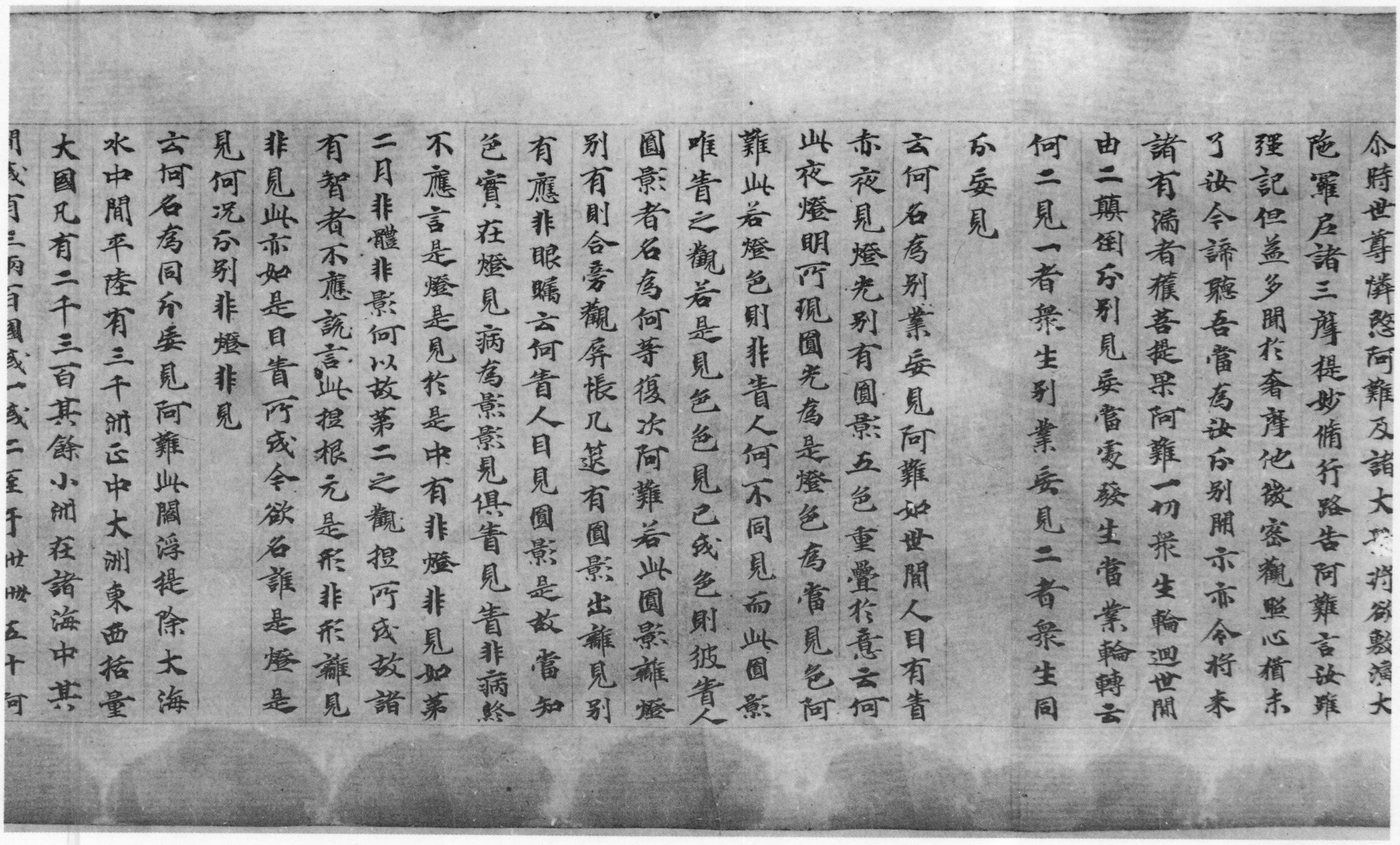
尒時世尊憐愍阿難及諸大衆將欲敷演大
陀羅尼諸三摩提妙脩行路告阿難言汝雖
强記但益多聞於奢摩他微密觀照心猶未
了汝今諦聽吾當為汝分別開示亦令將來
諸有漏者獲菩提果阿難一切衆生輪迴世間
由二顛倒分別見妄當處發生當業輪轉云
何二見一者衆生別業妄見二者衆生同
分妄見
云何名為別業妄見阿難如世間人目有眚
赤夜見燈光別有圓影五色重疊於意云何
此夜燈明所現圓光為是燈色為當見色阿
難此若燈色則非眚人何不同見而此圓影
唯眚之觀若是見色見已成色則彼眚人
見圓影者名為何等復次阿難若此圓影離燈
別有則合旁觀屏帳几筵有圓影出離見別
有應非眼矚云何眚人目見圓影是故當知
色實在燈見病為影影見俱眚見眚非病終
不應言是燈是見於是中有非燈非見如第
二月非體非影何以故第二之觀捏所成故諸
有智者不應說言此捏根元是形非形離見
非見此亦如是目眚所成今欲名誰是燈是
見何況分別非燈非見
云何名為同分妄見阿難此閻浮提除大海
水中間平陸有三千洲正中大洲東西括量
大國凡有二千三百其餘小洲在諸海中其
間或有三兩百國或一或二至于卅卌五十

上博 35 (37496) 大佛頂如來密因脩證了義諸菩薩萬行首楞嚴經卷第二 (18－13)

大國凡有二千三百其餘小洲在諸海中其
間或有三兩百國或一或二至于卅卌五十阿
難若復此中有一小洲秖有兩國唯一國人
同感惡緣則彼小洲當土衆生覩諸一切不
祥境界或見二日或見兩月其中乃至暈適
珮玦彗勃飛流負耳虹蜺種種惡相但此國
見彼國衆生本所不見亦復不聞阿難吾今
為汝以此二事進退合明阿難如彼衆生別業
妄見矚燈光中所現圓影雖現似境終彼見
者目眚所成眚即見勞非色所造然見眚者
終無見咎例汝今日以目觀見山河國土及
諸衆生皆是無始見病所成見與見緣似現
前境元我覺明見所緣眚覺見即眚本覺
明心覺緣非眚覺所覺眚覺非眚中此實見見
云何復名覺聞知見是故汝今見我及汝并
諸世間十類衆生皆即見眚非見眚者彼
見真精性非眚者故不名見阿難如彼衆生
同分妄見例彼妄見別業一人一病目人同
彼一國彼見圓影眚妄所生此衆同分所現不
祥同見業中瘴惡所起俱是無始見妄所
生例閻浮提三千洲中兼四大海娑婆世界并洎
十方諸有漏國及諸衆生同是覺明無漏
妙心見聞覺知虛妄病緣和合妄生和合妄
死若能遠離諸和合緣及不和合則復滅除
諸生死因圓滿菩提不生滅性清淨本心本

上博 35 (37496) 大佛頂如來密因脩證了義諸菩薩萬行首楞嚴經卷第二 (18－14)

死若能遠離諸和合緣及不和合則復滅除
諸生死因圓滿菩提不生滅性清淨本心本
覺常住
阿難汝雖先悟本覺妙明性非因緣非自然
性而猶未明如是覺元非和合生及不和合
阿難吾今復以前塵問汝汝今猶以一切世間
妄想和合諸因緣性而自疑惑證菩提心和
合起者則汝今者妙淨見精為與明和為與
闇和為與通和為與塞和若明和者且汝觀
明當明現前何處雜見見相可辯雜何形像
若非見者云何見明若即見者云何見見必
見圓滿何處和明若明圓滿不合見和見必
異明雜則失彼性明名字雜失明性和明非
義彼暗與通及諸群塞亦復如是
復次阿難又汝今者妙淨見精為與明合為
與暗合為與通合為與塞合若明合者至於
暗時明相已滅此見即不與諸暗合云何見
暗若見暗時不與暗合與明合者應非見明
既不見明云何明合了明非暗彼暗與通及
諸群塞亦復如是
阿難白佛言世尊如我思惟此妙覺元與諸
緣塵及心念慮非和合耶佛言汝今又言覺
非和合吾復問汝此妙見精非和合者為非
明和為非暗和為非通和為非塞和若非明
和則見與明必有邊畔汝且諦觀何處是明

上博 35 (37496) 大佛頂如來密因脩證了義諸菩薩萬行首楞嚴經卷第二 (18－15)

非和合吾復問汝此妙見精非和合者為非
明和為非暗和為非通和為非塞和若非明
和則見與明必有邊畔汝且諦觀何處是明
何處是見在見在明自何為畔阿難若明際
中必無見者則不相及自不知其明相所在
畔云何成彼暗與通及諸群塞亦復如是
又妙見精非和合者為非明合為非暗合為
非通合為非塞合若非明合則見與明性相
乖角如耳與明了不相觸見且不知明相所
在云何甄明合非合理彼暗與通及諸羣塞
亦復如是
阿難汝猶未明一切浮塵諸幻化相當處出生
隨處滅盡幻妄稱相其性真為妙覺明體
如是乃至五陰六入從十二處至十八界因緣
和合虛妄有生因緣別離虛妄名滅殊不能
知生滅去來本如來藏常住妙明不動周圓
妙真如性性真常中求於去來迷悟死生了
無所得
阿難云何五陰本如來藏妙真如性阿難辟
如有人以清淨目觀晴明空唯一精虛迥無
所有其人無故不動目睛瞪以發勞則於虛
空別見狂花復有一切狂亂非相色陰當知
亦復如是阿難是諸狂花非從空來非從目
出如是阿難若空來者旣從空來還從空入若
有出入即非虛空空若非空自不容其花相

上博 35 (37496) 大佛頂如來密因脩證了義諸菩薩萬行首楞嚴經卷第二 (18－16)

有出入即非虛空空若非空自不容其花相
起滅如阿難體不容阿難若目出者旣從目
出還從目入即此花性從見出故當合有見
若有見者去旣花空旋合見眼若無見者出
旣翳空旋當翳眼又見花時目應無翳云
何睛空號清明眼是故當知色陰虛妄本非
因緣非自然性
阿難辟如有人手足宴安百骸調適忽如忘
生性無違順其人無故以二手掌於空相
摩於二手中妄生澀滑冷熱諸相受陰當
知亦復如是阿難是諸幻觸不從空來不從
掌出如是阿難若空來者旣能觸掌何不觸
身不應虛空選擇來觸若從掌出應非待合
又（掌）出故合則掌知離即觸入辟腕骨髓應亦
覺知入時蹤跡必有覺知知出知入自有一物
身中往來何待合知要名為觸是故當知受
陰虛妄本非因緣非自然性
阿難辟如有人談說酢梅口中水出思踏懸崖
足心酸澀想陰當知亦復如是阿難如是
酢說不從梅生非從口入如是阿難若梅生
者梅合自談何待人說若從口入自合口聞
何須待耳若獨耳聞此水何不耳中而出
想踏懸崖與說相類是故當知想陰虛妄
本非因緣非自然性
阿難辟如暴流波浪相續前際後際不相逾

上博 35 (37496) 大佛頂如來密因脩證了義諸菩薩萬行首楞嚴經卷第二 (18－17)

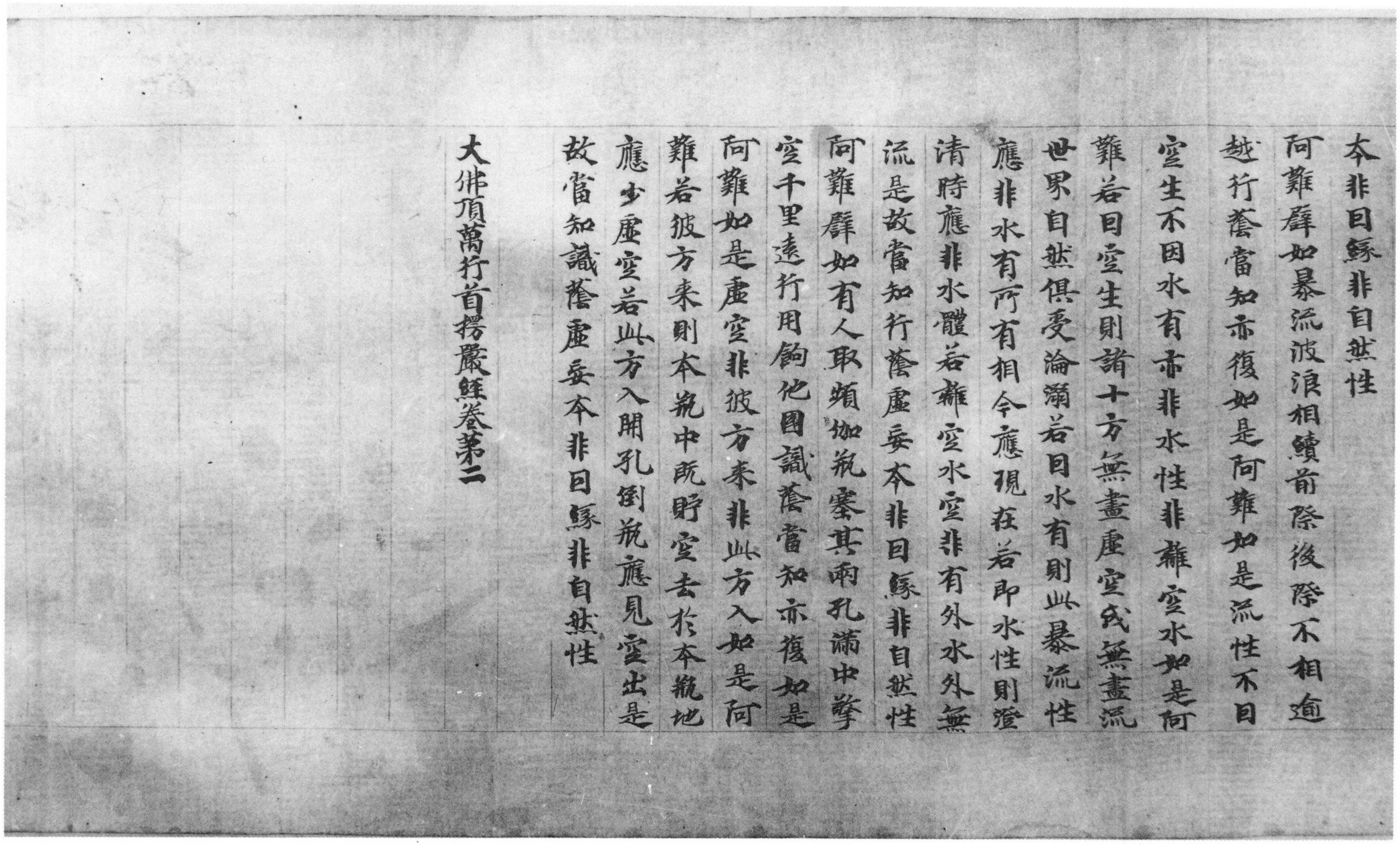
本非因緣非自然性
阿難譬如暴流波浪相續前際後際不相踰
越行陰當知亦復如是阿難如是流性不因
空生不因水有亦非水性非離空水如是阿
難若因空生則諸十方無盡虛空成無盡流
世界自然俱受淪溺若因水有則此暴流性
應非水有所有相今應現在若即水性則澄
清時應非水體若離空水空非有外水外無
流是故當知行陰虛妄本非因緣非自然性
阿難譬如有人取頻伽瓶塞其兩孔滿中擎
空千里遠行用餉他國識陰當知亦復如是
阿難如是虛空非彼方來非此方入如是阿
難若彼方來則本瓶中既貯空去於本瓶地
應少虛空若此方入開孔倒瓶應見空出是
故當知識陰虛妄本非因緣非自然性
大佛頂萬行首楞嚴經卷第二

上博 35 (37496)　大佛頂如來密因脩證了義諸菩薩萬行首楞嚴經卷第二　　(18－18)

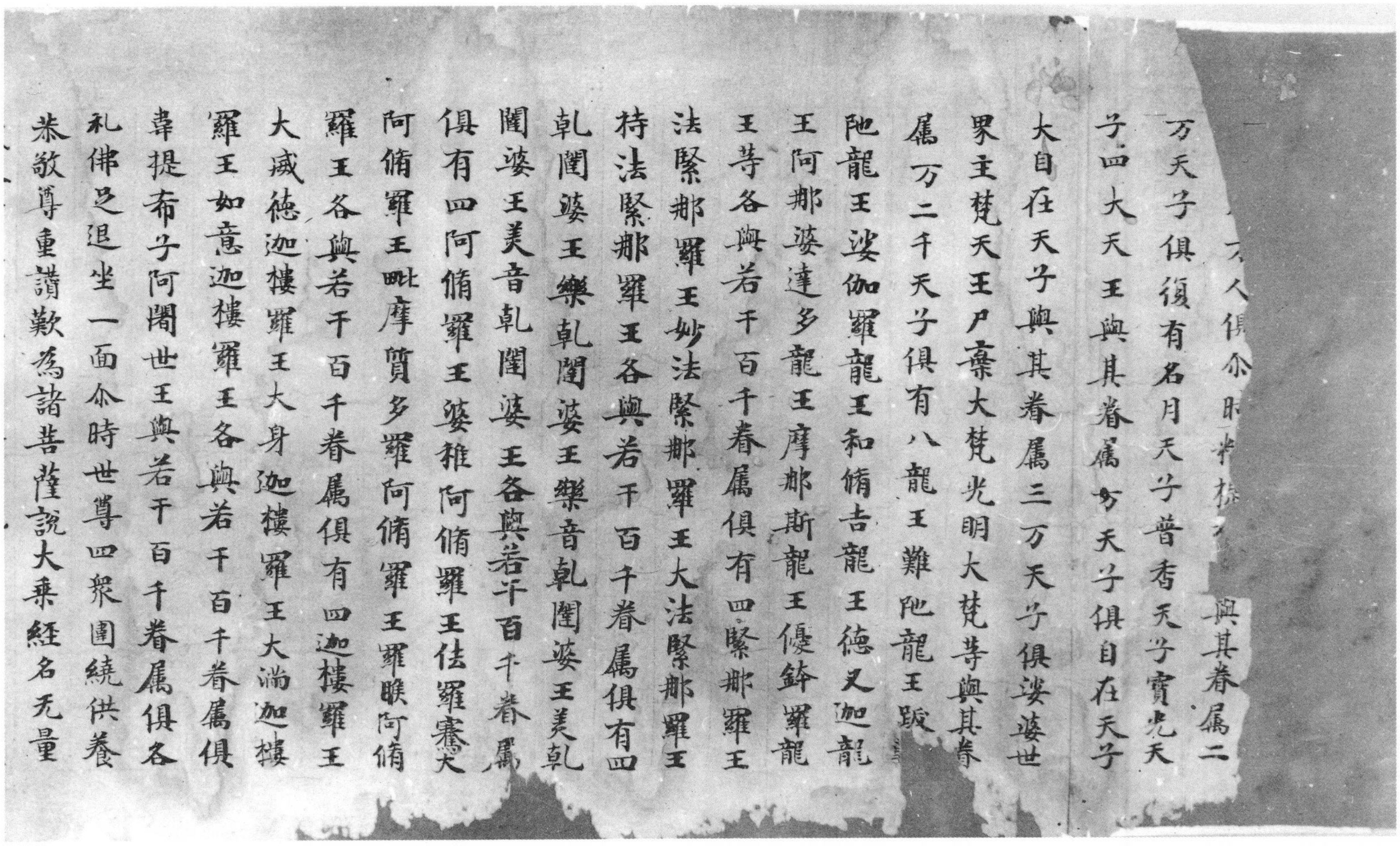
人俱尒時釋提……與其眷屬二
万天子俱復有名月天子普香天子寶光天
子四大天王與其眷屬万天子俱自在天子
大自在天子與其眷屬三万天子俱娑婆世
界主梵天王尸棄大梵光明大梵等與其眷
屬万二千天子俱有八龍王難陀龍王跋難
陀龍王娑伽羅龍王和脩吉龍王德叉迦龍
王阿那婆達多龍王摩那斯龍王優鉢羅龍
王等各與若干百千眷屬俱有四緊那羅王
法緊那羅王妙法緊那羅王大法緊那羅王
持法緊那羅王各與若干百千眷屬俱有四
乾闥婆王樂乾闥婆王樂音乾闥婆王美乾
闥婆王美音乾闥婆王各與若干百千眷屬
俱有四阿脩羅王婆稚阿脩羅王佉羅騫馱
阿脩羅王毗摩質多羅阿脩羅王羅睺阿脩
羅王各與若干百千眷屬俱有四迦樓羅王
大威德迦樓羅王大身迦樓羅王大滿迦樓
羅王如意迦樓羅王各與若干百千眷屬俱
韋提希子阿闍世王與若干百千眷屬俱各
礼佛足退坐一面尒時世尊四衆圍繞供養
恭敬尊重讚歎爲諸菩薩說大乘經名无量

上博 36 (37497)　妙法蓮華經卷第一　　(24－1)

礼佛已退坐一面尒時世尊四衆圍繞供養
恭敬尊重讚歎為諸菩薩說大乘經名无量
義教菩薩法佛所護念佛說此經已結加趺
坐入於无量義處三昧身心不動是時天雨
曼陁羅華摩訶曼陁羅華曼殊沙華摩訶曼
殊沙華而散佛上及諸大衆普佛世界六種
震動尒時會中比丘比丘尼優婆塞優婆夷
天龍夜叉乾闥婆阿脩羅迦樓羅緊那羅摩
睺羅伽人非人及諸小王轉輪聖王是諸大
衆得未曾有歡喜合掌一心觀佛尒時佛放
眉間白豪相光照東方万八千世界靡不周
遍下至阿鼻地獄上至阿迦尼吒天於此世
界盡見彼土六趣衆生又見彼土現在諸佛
及聞諸佛所說經法并見彼諸比丘比丘尼
優婆塞優婆夷諸脩行得道者復見諸菩薩
摩訶薩種種因緣種種信解種種相貌行菩
薩道復見諸佛般涅槃者復見諸佛般涅槃
後以佛舍利起七寶塔尒時弥勒菩薩作是
念今者世尊現神變相以何因緣而有此瑞
今佛世尊入于三昧是不可思議現希有事
當以問誰誰能荅者復作此念是文殊師利
法王之子已曾親近供養過去无量諸佛必

上博 36 (37497)　妙法蓮華經卷第一　(24－2)

今佛世尊入于三昧是不可思議現希有事
當以問誰誰能荅者復作此念是文殊師利
法王之子已曾親近供養過去无量諸佛必
應見此希有之相我今當問尒時比丘比丘
尼優婆塞優婆夷及諸天龍鬼神等咸作此
念是佛光明神通之相今當問誰尒時弥勒
菩薩欲自決疑又觀四衆比丘比丘尼優婆
塞優婆夷及諸天龍鬼神等衆會之心而問
文殊師利言以何因緣而有此瑞神通之相
放大光明照于東方万八千土悉見彼佛國
界莊嚴於是弥勒菩薩欲重宣此義以偈問
曰
文殊師利　導師何故　眉間白豪　大光普照
雨曼陁羅　曼殊沙華　栴檀香風　悅可衆心
以是因緣　地皆嚴淨　而此世界　六種震動
時四部衆　咸皆歡喜　身意快然　得未曾有
眉間光明　照于東方　万八千土　皆如金色
從阿鼻獄　上至有頂　諸世界中　六道衆生
生死所趣　善惡業緣　受報好醜　於此悉見
又覩諸佛　聖主師子　演說經典　微妙第一
其聲清淨　出柔軟音　教諸菩薩　无數億万
梵音深妙　令人樂聞　各於世界　講說正法
種種因緣　以无量喻　照明佛法　開悟衆生

上博 36 (37497)　妙法蓮華經卷第一　(24－3)

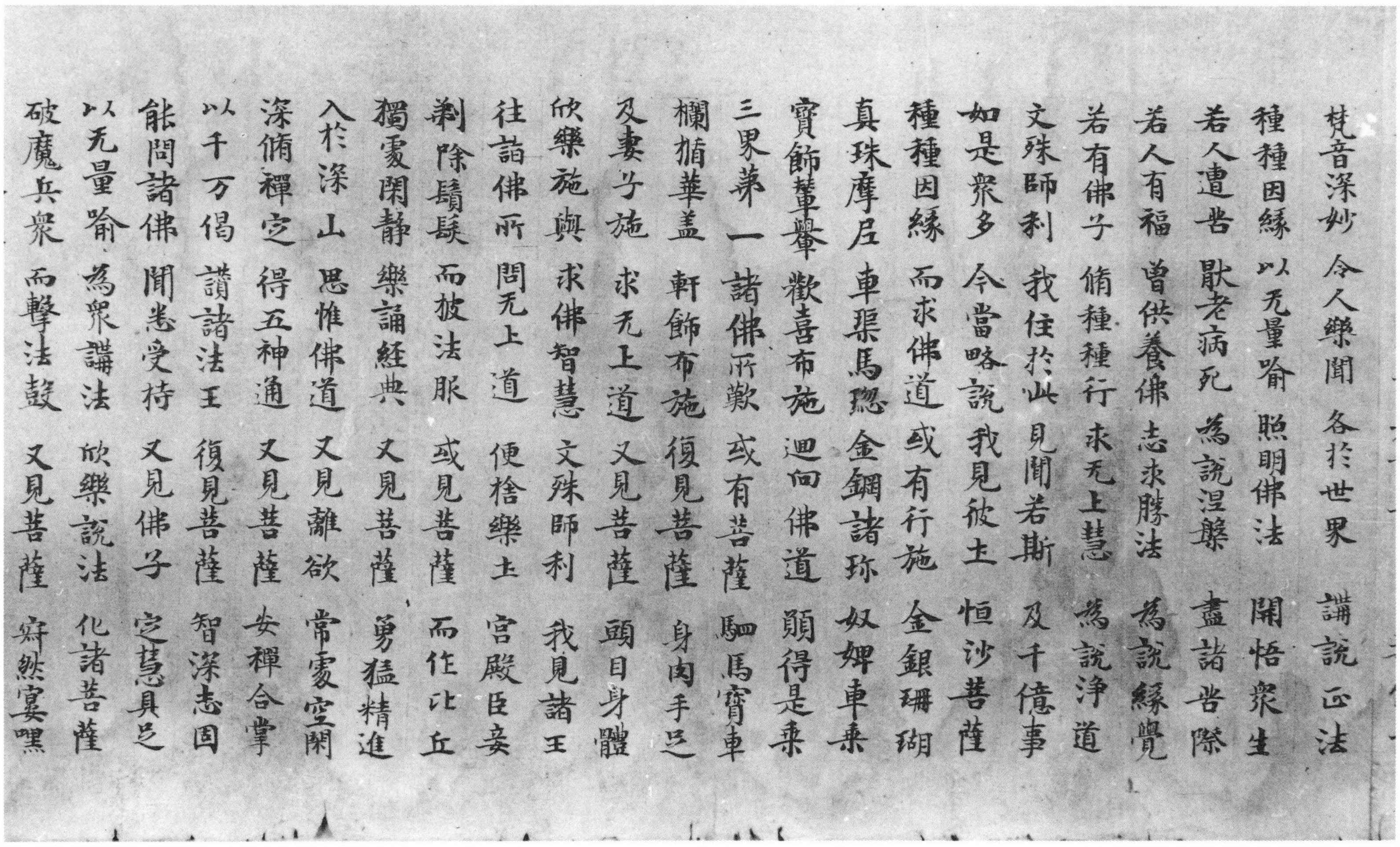

梵音深妙 令人樂聞 各於世界 講說正法
種種因緣 以无量喻 照明佛法 開悟衆生
若人遭苦 猒老病死 為說涅槃 盡諸苦際
若人有福 曾供養佛 志求勝法 為說緣覺
若有佛子 脩種種行 求无上慧 為說淨道
文殊師利 我住於此 見聞若斯 及千億事
如是衆多 今當略說 我見彼土 恒沙菩薩
種種因緣 而求佛道 或有行施 金銀珊瑚
真珠摩尼 車𤦲馬瑙 金剛諸珎 奴婢車乘
寶飾輦轝 歡喜布施 迴向佛道 願得是乘
三界第一 諸佛所歎 或有菩薩 駟馬寶車
欄楯華蓋 軒飾布施 復見菩薩 身肉手足
及妻子施 求无上道 又見菩薩 頭目身體
欣樂施與 求佛智慧 文殊師利 我見諸王
往詣佛所 問无上道 便捨樂土 宮殿臣妾
剃除鬚髮 而被法服 或見菩薩 而作比丘
獨處閑靜 樂誦經典 又見菩薩 勇猛精進
入於深山 思惟佛道 又見離欲 常處空閑
深脩禪定 得五神通 又見菩薩 安禪合掌
以千万偈 讚諸法王 復見菩薩 智深志固
能問諸佛 聞悉受持 又見佛子 定慧具足
以无量喻 為衆講法 欣樂說法 化諸菩薩
破魔兵衆 而擊法鼓 又見菩薩 寂然宴嘿

上博 36 (37497) 妙法蓮華經卷第一 (24－4)

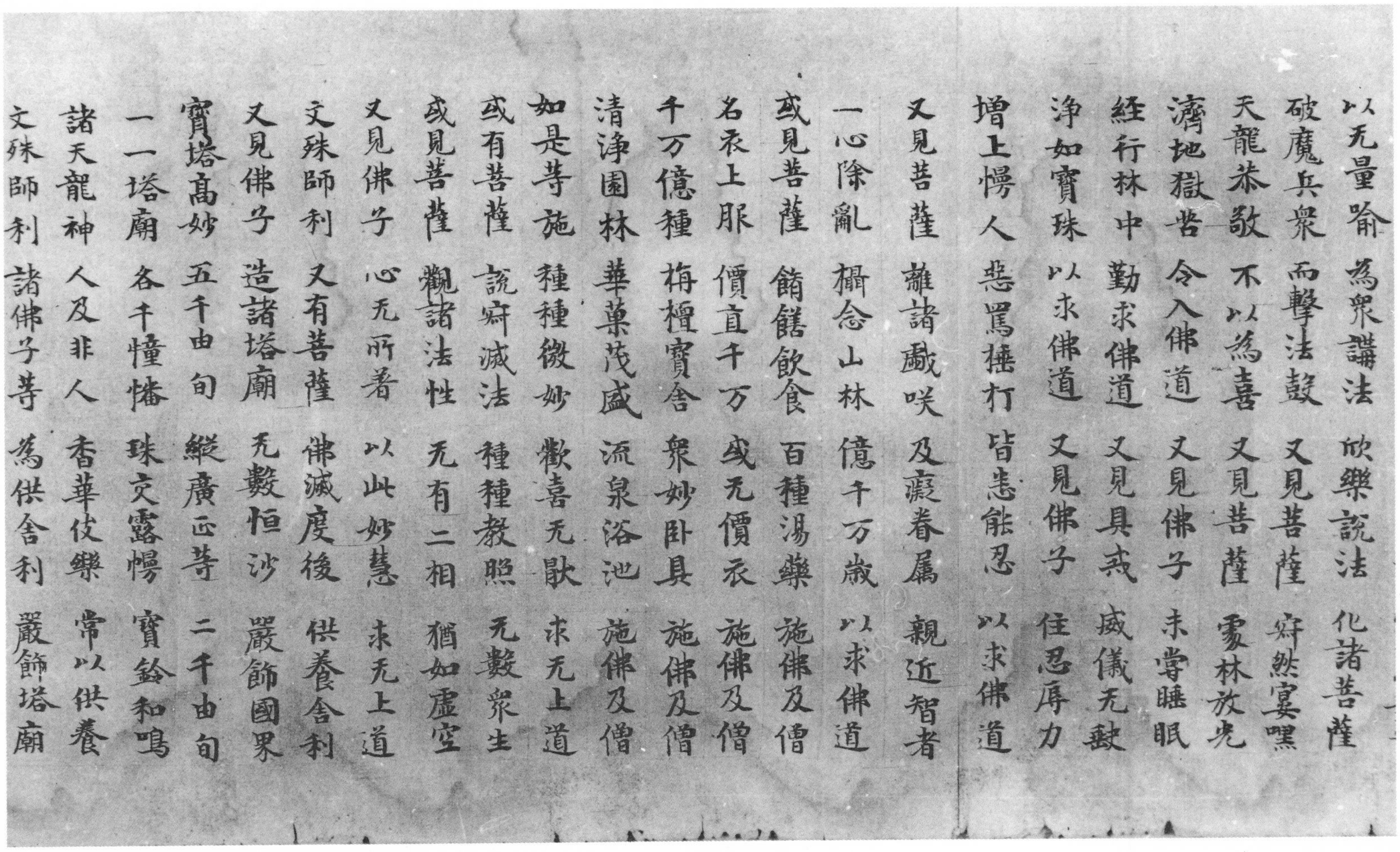

以无量喻 為衆講法 欣樂說法 化諸菩薩
破魔兵衆 而擊法鼓 又見菩薩 寂然宴嘿
天龍恭敬 不以為喜 又見菩薩 處林放光
濟地獄苦 令入佛道 又見佛子 未嘗睡眠
經行林中 懃求佛道 又見具戒 威儀无缺
淨如寶珠 以求佛道 又見佛子 住忍辱力
增上慢人 惡罵捶打 皆悉能忍 以求佛道
又見菩薩 離諸戲咲 及癡眷屬 親近智者
一心除亂 攝念山林 億千万歲 以求佛道
或見菩薩 餚饍飲食 百種湯藥 施佛及僧
名衣上服 價直千万 或无價衣 施佛及僧
千万億種 栴檀寶舍 衆妙卧具 施佛及僧
清淨園林 華菓茂盛 流泉浴池 施佛及僧
如是等施 種種微妙 歡喜无猒 求无上道
或有菩薩 說寂滅法 種種教照 无數衆生
或見菩薩 觀諸法性 无有二相 猶如虛空
又見佛子 心无所著 以此妙慧 求无上道
文殊師利 又有菩薩 佛滅度後 供養舍利
又見佛子 造諸塔廟 无數恒沙 嚴飾國界
寶塔高妙 五千由旬 縱廣正等 二千由旬
一一塔廟 各千幢幡 珠交露幔 寶鈴和鳴
諸天龍神 人及非人 香華伎樂 常以供養
文殊師利 諸佛子等 為供舍利 嚴飾塔廟

上博 36 (37497) 妙法蓮華經卷第一 (24－5)

寶塔高妙五千由旬縱廣正等二千由旬
一一塔廟各千幢幡珠交露幔寶鈴和鳴
諸天龍神人及非人香華伎樂常以供養
文殊師利諸佛子等為供舍利嚴飾塔廟
國界自然殊特妙好如天樹王其華開敷
佛放一光我及衆會見此國界種種殊妙
諸佛神力智慧希有放一淨光照无量國
我等見此得未曾有佛子文殊願決衆疑
四衆欣仰瞻仁及我世尊何故放斯光明
佛子時答決疑令喜何所饒益演斯光明
佛坐道場所得妙法為欲說此為當授記
示諸佛土衆寶嚴淨及見諸佛此非小緣
文殊當知四衆龍神瞻察仁者為說何等
尒時文殊師利語弥勒菩薩摩訶薩及諸大
士善男子等如我惟忖今佛世尊欲說大法
雨大法雨吹大法螺擊大法鼓演大法義諸
善男子我於過去諸佛曾見此瑞放斯光已
即說大法是故當知今佛現光亦復如是欲
令衆生咸得聞知一切世間難信之法故現
斯瑞諸善男子如過去无量无邊不可思議
阿僧祇劫尒時有佛号日月燈明如來應供
正遍知明行足善逝世間解无上士調御丈
夫天人師佛世尊演說正法初善中善後善

上博 36 (37497) 妙法蓮華經卷第一 (24－6)

正遍知明行足善逝世間解无上士調御丈
夫天人師佛世尊演說正法初善中善後善
其義深遠其語巧妙純一无雜具足清白梵
行之相為求聲聞者說應四諦法度生老病
死究竟涅槃為求辟支佛者說應十二因緣
法為諸菩薩說應六波羅蜜令得阿耨多羅
三藐三菩提成一切種智次復有佛亦名日
月燈明次復有佛亦名日月燈明如是二万
佛皆同一字号日月燈明又同一姓姓頗羅
墮弥勒當知初佛後佛皆同一字名日月燈
明十号具足所可說法初中後善其最後佛
未出家時有八子一名有意二名善意三名
无量意四名寶意五名增意六名除疑意七
名響意八名法意是八王子威德自在各領
四天下是諸王子聞父出家得阿耨多羅三
藐三菩提悉捨王位亦隨出家發大乘意常
脩梵行皆為法師已於千万佛所殖諸善本
是時日月燈明佛說大乘經名无量義教菩
薩法佛所護念說是經已即於大衆中結加
趺坐入於无量義處三昧身心不動是時天
雨曼陁羅華摩訶曼陁羅華曼殊沙華摩訶
曼殊沙華而散佛上及諸大衆普佛世界六
種震動尒時會中比丘比丘尼優婆塞優婆

上博 36 (37497) 妙法蓮華經卷第一 (24－7)

種震動尒時會中比丘比丘尼優婆塞優婆
夷天龍夜叉乾闥婆阿脩羅迦樓羅緊那羅
摩睺羅伽人非人及諸小王轉輪聖王等是
諸大衆得未曾有歡喜合掌一心觀佛尒時
如來放眉間白豪相光照東方万八千佛土
靡不周遍如今所見是諸佛土弥勒當知尒
時會中有二十億菩薩樂欲聽法是諸菩薩
見此光明普照佛土得未曾有欲知此光所
為因緣時有菩薩名曰妙光有八百弟子是
時日月燈明佛從三昧起因妙光菩薩說大
乘經名妙法蓮華教菩薩法佛所護念六十
小劫不起于座時會聽者亦坐一處六十小
劫身心不動聽佛所說謂如食頃是時衆中
无有一人若身若心而生懈惓日月燈明佛
於六十小劫說是經已即於梵魔沙門婆羅
門及天人阿脩羅衆中而宣此言如來於今
日中夜當入无餘涅槃時有菩薩名曰德藏
日月燈明佛即授其記告諸比丘是德藏菩
薩次當作佛号曰淨身多陁阿伽度阿羅訶
三藐三佛陁佛授記已便於中夜入无餘涅
槃佛滅度後妙光菩薩持妙法蓮華經滿八
十小劫為人演說日月燈明佛八子皆師妙
光妙光教化令其堅固阿耨多羅三藐三菩

上博 36 (37497)　妙法蓮華經卷第一　（24－8）

十小劫為人演說日月燈明佛八子皆師妙
光妙光教化令其堅固阿耨多羅三藐三菩
提是諸王子供養无量百千万億佛已皆成
佛道其最後成佛者名曰燃燈八百弟子中
有一人号曰求名貪著利養雖復讀誦衆經
而不通利多所忘失故号求名是人亦以種
諸善根因緣故得值无量百千万億諸佛供
養恭敬尊重讚歎弥勒當知尒時妙光菩薩
豈異人乎我身是也求名菩薩汝身是也今
見此瑞與本无異是故惟忖今日如來當說
大乘經名妙法蓮華教菩薩法佛所護念尒
時文殊師利於大衆中欲重宣此義而說偈
言

我念過去世　无量无數劫　有佛人中尊　号日月燈明
世尊演說法　度无量衆生　无數億菩薩　令入佛智慧
佛未出家時　所生八王子　見大聖出家　亦隨脩梵行
時佛說大乘　經名无量義　於諸大衆中　而為廣分別
佛說此經已　即於法座上　跏趺坐三昧　名无量義處
天雨曼陁華　天鼓自然鳴　諸天龍鬼神　供養人中尊
一切諸佛土　即時大震動　佛放眉間光　現諸希有事
此光照東方　万八千佛土　示一切衆生　生死業報處
有見諸佛土　以衆寶莊嚴　瑠璃頗梨色　斯由佛光照
及見諸天人　龍神夜叉衆　乾闥緊那羅　各供養其佛

上博 36 (37497)　妙法蓮華經卷第一　（24－9）

一切諸佛土　即時大震動　佛放眉間光　現諸希有事
此光照東方　万八千佛土　亦一切衆生　生死業報處
有見諸佛土　以衆寶莊嚴　瑠璃頗梨色　斯由佛光照
及見諸天人　龍神夜叉衆　乾闥緊那羅　各供養其佛
又見諸如來　自然成佛道　身色如金山　端嚴甚微妙
如淨瑠璃中　内現真金像　世尊在大衆　敷演深法義
一一諸佛土　聲聞衆无數　因佛光所照　悉見彼大衆
或有諸比丘　在於山林中　精進持淨戒　猶如護明珠
又見諸菩薩　行施忍辱等　其數如恒沙　斯由佛光照
又見諸菩薩　深入諸禪定　身心寂不動　以求无上道
又見諸菩薩　知法寂滅相　各於其國土　說法求佛道
尒時四部衆　見日月燈佛　現大神通力　其心皆歡喜
各各自相問　是事何因緣　天人所奉尊　適從三昧起
讚妙光菩薩　汝為世間眼　一切所歸信　能奉持法藏
如我所說法　唯汝能證知　世尊既讚歎　令妙光歡喜
說是法華經　滿六十小劫　不起於此座　所說上妙法
是妙光法師　悉皆能受持　佛說是法華　令衆歡喜已
尋即於是日　告於天人衆　諸法實相義　已為汝等說
我今於中夜　當入於涅槃　汝一心精進　當離於放逸
諸佛甚難值　億劫時一遇　世尊諸子等　聞佛入涅槃
各各懷悲惱　佛滅一何速　聖主法之王　安慰无量衆
我若滅度時　汝等勿憂怖　是德藏菩薩　於无漏實相
心已得通達　其次當作佛　号曰為淨身　亦度无量衆

上博 36 (37497)　妙法蓮華經卷第一　　（24－10）

各各懷悲惱　佛滅一何速　聖主法之王　安慰无量衆
我若滅度時　汝等勿憂怖　是德藏菩薩　於无漏實相
心已得通達　其次當作佛　号曰為淨身　亦度无量衆
佛此夜滅度　如薪盡火滅　分布諸舍利　而起无量塔
比丘比丘尼　其數如恒沙　倍復加精進　以求无上道
是妙光法師　奉持佛法藏　八十小劫中　廣宣法華經
是諸八王子　妙光所開化　堅固无上道　當見无數佛
供養諸佛已　隨順行大道　相繼得成佛　轉次而授記
最後天中天　号曰燃燈佛　諸仙之導師　度脫无量衆
是妙光法師　時有一弟子　心常懷懈怠　貪著於名利
求名利无猒　多遊族姓家　棄捨所習誦　廢忘不通利
以是因緣故　号之為求名　亦行衆善業　得見无數佛
供養於諸佛　隨順行大道　具六波羅蜜　今見釋師子
其後當作佛　号名曰弥勒　廣度諸衆生　其數无有量
彼佛滅度後　懈怠者汝是　妙光法師者　今則我身是
我見燈明佛　本光瑞如此　以是知今佛　欲說法華經
今相如本瑞　是諸佛方便　今佛放光明　助發實相義
諸人今當知　合掌一心佛　佛當雨法雨　充足求道者
諸求三乘人　若有疑悔者　佛當為除斷　令盡无有餘

妙法蓮華經方便品第二

尒時世尊從三昧安詳而起告舍利弗諸佛
智慧甚深无量其智慧門難解難入一切聲
聞辟支佛所不能知所以者何佛曾親近百

上博 36 (37497)　妙法蓮華經卷第一　　（24－11）

聞辟支佛所不能知所以者何佛曾親近百
千万億无數諸佛盡行諸佛无量道法勇猛
精進名稱普聞成就甚深未曾有法隨宜所
說意趣難解舍利弗吾從成佛已來種種因
緣種種譬喻廣演言教无數方便引導衆生
令離諸著所以者何如來方便知見波羅蜜
皆已具足舍利弗如來知見廣大深遠无量
无礙力无所畏禪定解脫三昧深入无際成
就一切未曾有法舍利弗如來能種種分別
巧說諸法言辭柔軟悅可衆心舍利弗取要
言之无量无邊未曾有法佛悉成就止舍利
弗不須復說所以者何佛所成就第一希有
難解之法唯佛與佛乃能究盡諸法實相所
謂諸法如是相如是性如是體如是力如是
作如是因如是緣如是果如是報如是本末
究竟等尒時世尊欲重宣此義而說偈言
世雄不可量　諸天及世人　一切衆生類　无能知佛者
佛力无所畏　解脫諸三昧　及佛諸餘法　无能測量者
本從无數佛　具足行諸道　甚深微妙法　難見難可了
於无量億劫　行此諸道已　道場得成果　我已悉知見
如是大果報　種種性相義　我及十方佛　乃能知是事
是法不可示　言辭相寂滅　諸餘衆生類　无有能得解
除諸菩薩衆　信力堅固者　諸佛弟子衆　曾供養諸佛

上博 36 (37497)　妙法蓮華經卷第一　(24－12)

是法不可示　言辭相寂滅　諸餘衆生類　无有能得解
除諸菩薩衆　信力堅固者　諸佛弟子衆　曾供養諸佛
一切漏已盡　住是最後身　如是諸人等　其力所不堪
假使滿世間　皆如舍利弗　盡思共度量　不能測佛智
正使滿十方　皆如舍利弗　及餘諸弟子　亦滿十方刹
盡思共度量　亦復不能知　辟支佛利智　无漏最後身
亦滿十方界　其數如竹林　斯等共一心　於億无量劫
欲思佛實智　莫能知少分　新發意菩薩　供養无數佛
了達諸義趣　又能善說法　如稻麻竹葦　充滿十方刹
一心以妙智　於恒河沙劫　咸皆共思量　不能知佛智
不退諸菩薩　其數如恒沙　一心共思求　亦復不能知
又告舍利弗　无漏不思議　甚深微妙法　我今已具得
唯我知是相　十方佛亦然　舍利弗當知　諸佛語无異
於佛所說法　當生大信力　世尊法久後　要當說真實
告諸聲聞衆　及求緣覺乘　我令脫苦縛　逮得涅槃者
佛以方便力　示以三乘教　衆生處處著　引之令得出
尒時大衆中有諸聲聞漏盡阿羅漢阿若憍
陳如等千二百人及發聲聞辟支佛心比丘
比丘尼優婆塞優婆夷各作是念今者世尊
何故慇懃稱歎方便而作是言佛所得法甚
深難解有所言說意趣難知一切聲聞辟支
佛所不能及佛說一解脫義我等亦得此法
到於涅槃而今不知是義所趣尒時舍利弗

上博 36 (37497)　妙法蓮華經卷第一　(24－13)

佛所不能及佛說一解脫義我等亦得此法
到於涅槃而今不知是義所趣尒時舍利弗
知四衆心疑自亦未了而白佛言世尊何因
何緣慇懃稱歎諸佛第一方便甚深微妙難
解之法我自昔來未曾從佛聞如是說今者
四衆咸皆有疑唯願世尊敷演斯事世尊何
故慇懃稱歎甚深微妙難解之法尒時舍利
弗欲重宣此義而說偈言
慧日大聖尊　久乃說是法　自說得如是　力无畏三昧
禪定解脫等　不可思議法　道場所得法　无能發問者
我意難可測　亦无能問者　无問而自說　稱歎所行道
智慧甚微妙　諸佛之所得　无漏諸羅漢　及求涅槃者
今皆墮疑網　佛何故說是　其求緣覺者　比丘比丘尼
諸天龍鬼神　及乾闥婆等　相視懷猶豫　瞻仰兩足尊
是事為云何　願佛為解說　於諸聲聞衆　佛說我第一
我今自於智　疑惑不能了　為是究竟法　為是所行道
佛口所生子　合掌瞻仰待　願出微妙音　時為如實說
諸天龍神等　其數如恒沙　求佛諸菩薩　大數有八万
又諸万億國　轉輪聖王至　合掌以敬心　欲聞具足道
尒時佛告舍利弗止止不須復說若說是事
一切世間諸天及人皆當驚疑舍利弗重白
佛言世尊唯願說之唯願說之所以者何是
會无數百千万億阿僧祇衆生曾見諸佛諸

上博 36 (37497)　妙法蓮華經卷第一　（24－14）

一切世間諸天及人皆當驚疑舍利弗重白
佛言世尊唯願說之唯願說之所以者何是
會无數百千万億阿僧祇衆生曾見諸佛諸
根猛利智慧明了聞佛所說則能敬信尒時
舍利弗欲重宣此義而說偈言
法王无上尊　唯說願勿慮　是會无量衆　有能敬信者
佛復止舍利弗若說是事一切世間天人阿
脩羅皆當驚疑增上慢比丘將墜於大坑尒
時世尊重說偈言
止止不須說　我法妙難思　諸增上慢者　聞必不敬信
尒時舍利弗重白佛言世尊唯願說之唯願
說之今此會中如我等比百千万億世世已
曾從佛受化如此人等必能敬信長夜安隱
多所饒益尒時舍利弗欲重宣此義而說偈
言
无上兩足尊　願說第一法　我為佛長子　唯垂分別說
是會无量衆　能敬信此法　佛已曾世世　教化如是等
皆一心合掌　欲聽受佛語　我等千二百　及餘求佛者
願為此衆故　唯垂分別說　是等聞此法　則生大歡喜
尒時世尊告舍利弗汝已慇懃三請豈得不
說汝今諦聽善思念之吾當為汝分別解說
說此語時會中有比丘比丘尼優婆塞優婆
夷五千人等即從座起礼佛而退所以者何

上博 36 (37497)　妙法蓮華經卷第一　（24－15）

說此語時會中有比丘比丘尼優婆塞優婆
夷五千人等即從座起礼佛而退所以者何
此輩罪根深重及增上慢未得謂得未證謂
證有如此失是以不住世尊嘿然而不制止
尒時佛告舍利弗我今此眾无復枝葉純有
貞實舍利弗如是增上慢人退亦佳矣汝今
善聽當為汝說舍利弗言唯然世尊願樂欲
聞佛告舍利弗如是妙法諸佛如來時乃說
之如優曇鉢華時一現耳舍利弗汝等當信
佛之所說言不虛妄舍利弗諸佛隨宜說法
意趣難解所以者何我以无數方便種種因
緣譬喻言辭演說諸法是法非思量分別之
所能解唯有諸佛乃能知之所以者何諸佛
世尊唯以一大事因緣故出現於世舍利弗
云何名諸佛世尊唯以一大事因緣故出現
於世諸佛世尊欲令眾生開佛知見使得清
淨故出現於世欲示眾生佛知見故出現於
世欲令眾生悟佛知見故出現於世欲令眾
生入佛知見道故出現於世舍利弗是為諸
佛以一大事因緣故出現於世佛告舍利弗
諸佛如來但教化菩薩諸有所作常為一事
唯以佛之知見示悟眾生舍利弗如來但以

上博 36 (37497)　妙法蓮華經卷第一　（24－16）

佛以一大事因緣故出現於世佛告舍利弗
諸佛如來但教化菩薩諸有所作常為一事
唯以佛之知見示悟眾生舍利弗如來但以
一佛乘故為眾生說法无有餘乘若二若三
舍利弗一切十方諸佛法亦如是舍利弗過
去諸佛以无量无數方便種種因緣譬喻言
辭而為眾生演說諸法是法皆為一佛乘故
是諸眾生從諸佛聞法究竟皆得一切種智
舍利弗未來諸佛當出於世亦以无量无數
方便種種因緣譬喻言辭而為眾生演說諸
法是法皆為一佛乘故是諸眾生從佛聞法
究竟皆得一切種智舍利弗現在十方无量
百千万億佛土中諸佛世尊多所饒益安樂
眾生是諸佛亦以无量无數方便種種因緣
譬喻言辭而為眾生演說諸法是法皆為一
佛乘故是諸眾生從佛聞法究竟皆得一切
種智舍利弗是諸佛但教化菩薩欲以佛之
知見示眾生故欲以佛之知見悟眾生故欲
令眾生入佛之知見故舍利弗我今亦復如
是知諸眾生有種種欲深心所著隨其本性
以種種因緣譬喻言辭方便力故而為說法
舍利弗如此皆為得一佛乘一切種智故舍
利弗十方世界中尚无二乘何況有三舍利
弗諸佛出於五濁惡世所謂劫濁煩惱濁眾

上博 36 (37497)　妙法蓮華經卷第一　（24－17）

以種種因緣譬喻言辭方便力故而為說法
舍利弗如此皆為得一佛乘一切種智故舍
利弗十方世界中尚无二乘何況有三舍利
弗諸佛出於五濁惡世所謂劫濁煩惱濁衆
生濁見濁命濁如是舍利弗劫濁亂時衆生
垢重慳貪嫉妬成就諸不善根故諸佛以方
便力於一佛乘分別說三舍利弗若我弟子
自謂阿羅漢辟支佛者不聞不知諸佛如來
但教化菩薩事此非佛弟子非阿羅漢非辟
支佛又舍利弗是諸比丘比丘尼自謂已得
阿羅漢是最後身究竟涅槃便不復志求阿
耨多羅三藐三菩提當知此輩皆是增上慢
人所以者何若有比丘實得阿羅漢若不信
此法无有是處除佛滅度後現前无佛所以
者何佛滅度後如是等經受持讀誦解義者
是人難得若遇餘佛於此法中便得決了舍
利弗汝等當一心信解受持佛語諸佛如來
言无虛妄无有餘乘唯一佛乘尒時世尊欲
重宣此義而說偈言
比丘比丘尼　有懷增上慢　優婆塞我慢　優婆夷不信
如是四衆等　其數有五千　不自見其過　於戒有缺漏
護惜其瑕疵　是小智已出　衆中之糟糠　佛威德故去
斯人尠福德　不堪受是法　此衆无枝葉　唯有諸貞實

上博 36 (37497)　妙法蓮華經卷第一　(24－18)

如是四衆等　其數有五千　不自見其過　於戒有缺漏
護惜其瑕疵　是小智已出　衆中之糟糠　佛威德故去
斯人尠福德　不堪受是法　此衆无枝葉　唯有諸貞實
舍利弗善聽　諸佛所得法　无量方便力　而為衆生說
衆生心所念　種種所行道　若干諸欲性　先世善惡業
佛悉知是已　以諸緣譬喻　言辭方便力　令一切歡喜
或說脩多羅　伽陁及本事　本生未曾有　亦說於因緣
譬喻并祇夜　優婆提舍經　鈍根樂小法　貪著於生死
於諸无量佛　不行深妙道　衆苦所惱亂　為是說涅槃
我設是方便　令得入佛慧　未曾說汝等　當得成佛道
所以未曾說　說時未至故　今正是其時　決定說大乘
我此九部法　隨順衆生說　入大乘為本　以故說是經
有佛子心淨　柔軟亦利根　无量諸佛所　而行深妙道
為此諸佛子　說是大乘經　我記如是人　來世成佛道
以深心念佛　脩持淨戒故　此等聞得佛　大喜充遍身
佛知彼心行　故為說大乘　聲聞若菩薩　聞我所說法
乃至於一偈　皆成佛无疑　十方佛土中　唯有一乘法
无二亦无三　除佛方便說　但以假名字　引導於衆生
說佛智慧故　諸佛出於世　唯此一事實　餘二則非真
終不以小乘　濟度於衆生　佛自住大乘　如其所得法
定慧力莊嚴　以此度衆生　自證无上道　大乘平等法
若以小乘化　乃至於一人　我則墮慳貪　此事為不可
若人信歸佛　如來不欺誑　亦无貪嫉意　斷諸法中惡

上博 36 (37497)　妙法蓮華經卷第一　(24－19)

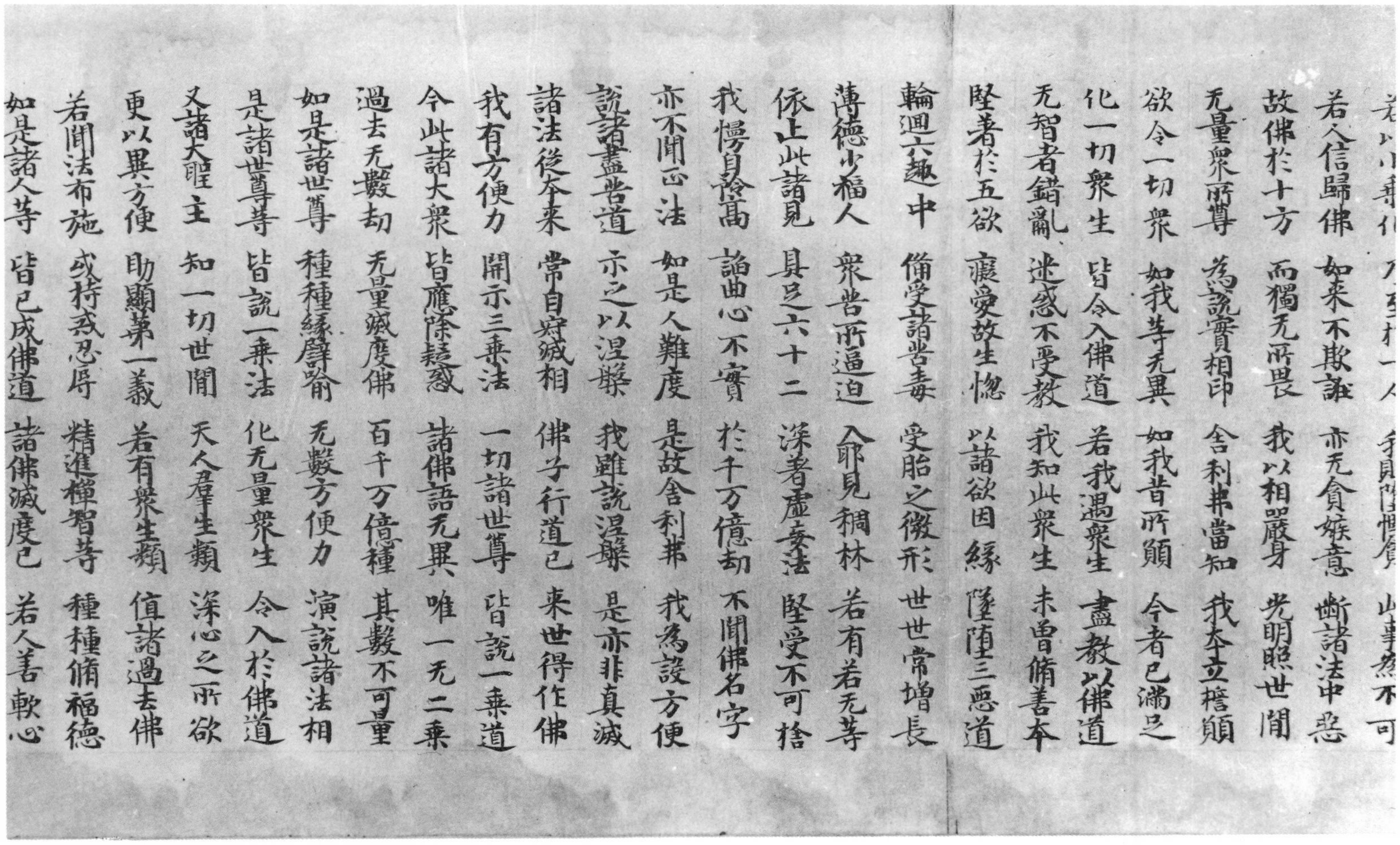

若以小乘化　乃至於一人　我則墮慳貪　此事為不可
若人信歸佛　如來不欺誑　亦无貪嫉意　斷諸法中惡
故佛於十方　而獨无所畏　我以相嚴身　光明照世間
无量眾所尊　為說實相印　舍利弗當知　我本立誓願
欲令一切眾　如我等无異　如我昔所願　今者已滿足
化一切眾生　皆令入佛道　若我遇眾生　盡教以佛道
无智者錯亂　迷惑不受教　我知此眾生　未曾脩善本
堅著於五欲　癡愛故生惱　以諸欲因緣　墜墮三惡道
輪迴六趣中　備受諸苦毒　受胎之微形　世世常增長
薄德少福人　眾苦所逼迫　入邪見稠林　若有若无等
依止此諸見　具足六十二　深著虛妄法　堅受不可捨
我慢自矜高　諂曲心不實　於千万億劫　不聞佛名字
亦不聞正法　如是人難度　是故舍利弗　我為設方便
說諸盡苦道　示之以涅槃　我雖說涅槃　是亦非真滅
諸法從本來　常自寂滅相　佛子行道已　來世得作佛
我有方便力　開示三乘法　一切諸世尊　皆說一乘道
今此諸大眾　皆應除疑惑　諸佛語无異　唯一无二乘
過去无數劫　无量滅度佛　百千万億種　其數不可量
如是諸世尊　種種緣譬喻　无數方便力　演說諸法相
是諸世尊等　皆說一乘法　化无量眾生　令入於佛道
又諸大聖主　知一切世間　天人群生類　深心之所欲
更以異方便　助顯第一義　若有眾生類　值諸過去佛
若聞法布施　或持戒忍辱　精進禪智等　種種脩福德
如是諸人等　皆已成佛道　諸佛滅度已　若人善軟心

上博 36 (37497)　妙法蓮華經卷第一　(24－20)

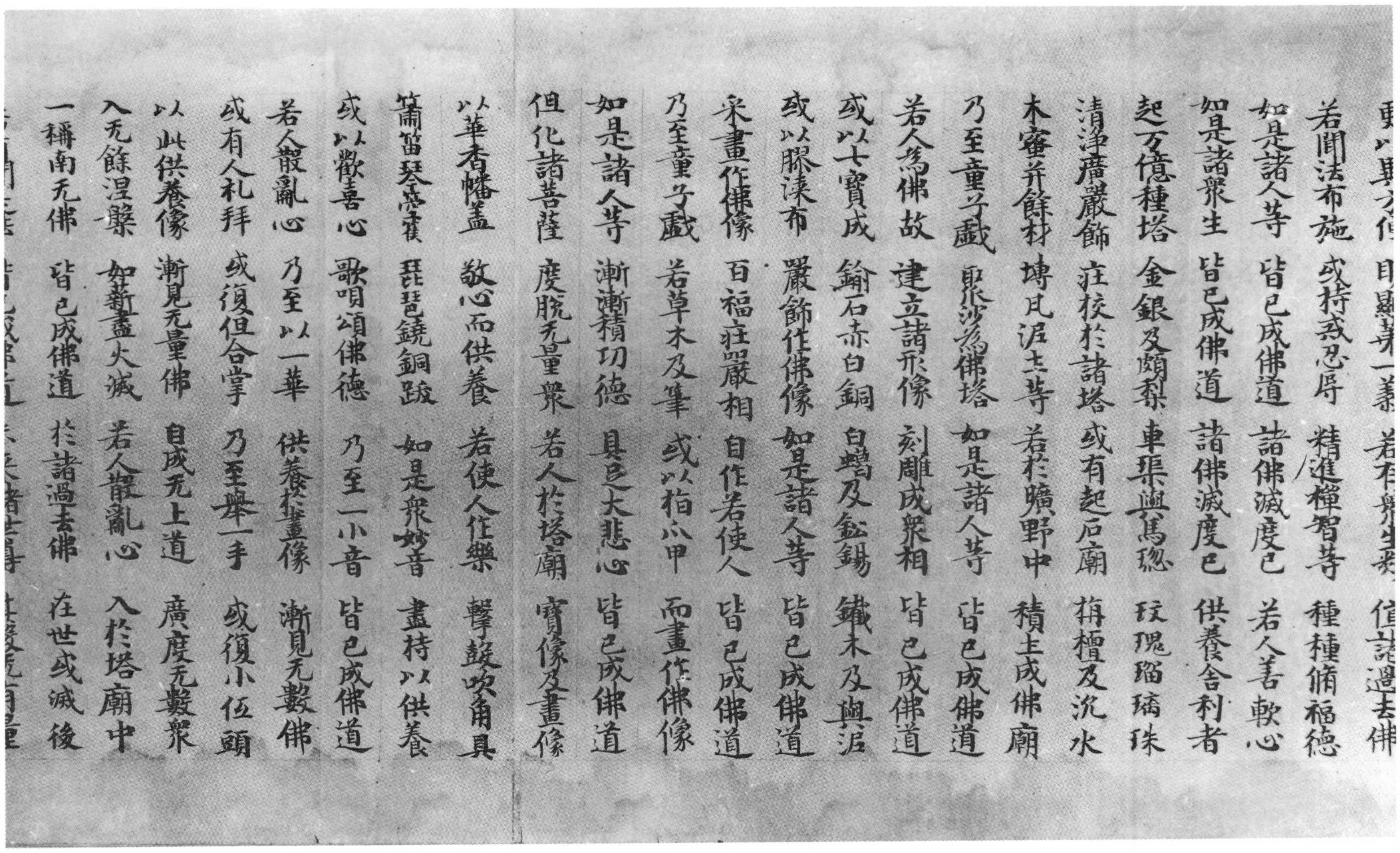

更以異方便　助顯第一義　若有眾生類　值諸過去佛
若聞法布施　或持戒忍辱　精進禪智等　種種脩福德
如是諸人等　皆已成佛道　諸佛滅度已　若人善軟心
如是諸眾生　皆已成佛道　諸佛滅度已　供養舍利者
起万億種塔　金銀及頗梨　車璖與馬瑙　玫瑰瑠璃珠
清淨廣嚴飾　莊校於諸塔　或有起石廟　栴檀及沈水
木櫁并餘材　塼瓦泥土等　若於曠野中　積土成佛廟
乃至童子戲　聚沙為佛塔　如是諸人等　皆已成佛道
若人為佛故　建立諸形像　刻彫成眾相　皆已成佛道
或以七寶成　鍮石赤白銅　白鑞及鉛錫　鐵木及與泥
或以膠漆布　嚴飾作佛像　如是諸人等　皆已成佛道
綵畫作佛像　百福莊嚴相　自作若使人　皆已成佛道
乃至童子戲　若草木及筆　或以指爪甲　而畫作佛像
如是諸人等　漸漸積功德　具足大悲心　皆已成佛道
但化諸菩薩　度脫无量眾　若人於塔廟　寶像及畫像
以華香幡蓋　敬心而供養　若使人作樂　擊鼓吹角貝
簫笛琴箜篌　琵琶鐃銅鈸　如是眾妙音　盡持以供養
或以歡喜心　歌唄頌佛德　乃至一小音　皆已成佛道
若人散亂心　乃至以一華　供養於畫像　漸見无數佛
或有人禮拜　或復但合掌　乃至舉一手　或復小低頭
以此供養像　漸見无量佛　自成无上道　廣度无數眾
入无餘涅槃　如薪盡火滅　若人散亂心　入於塔廟中
一稱南无佛　皆已成佛道　於諸過去佛　在世或滅後
若有聞是法　皆已成佛道　未來諸世尊　其數无有量

上博 36 (37497)　妙法蓮華經卷第一　(24－21)

以此供養像　漸見无量佛　自成无上道　廣度无數衆
入无餘涅槃　如薪盡火滅　若人散亂心　入於塔廟中
一稱南无佛　皆已成佛道　於諸過去佛　在世或滅後
若有聞是法　皆已成佛道　未來諸世尊　其數无有量
是諸如來等　亦方便說法　一切諸如來　以无量方便
度脫諸衆生　入佛无漏智　若有聞法者　无一不成佛
諸佛本誓願　我所行佛道　普欲令衆生　亦同得此道
未來世諸佛　雖說百千億　无數諸法門　其實為一乘
諸佛兩足尊　知法常无性　佛種從緣起　是故說一乘
是法住法位　世間相常住　於道場知已　導師方便說
天人所供養　現在十方佛　其數如恒沙　出現於世間
安隱衆生故　亦說如是法　知第一寂滅　以方便力故
雖示種種道　其實為佛乘　知衆生諸行　深心之所念
過去所習業　欲性精進力　及諸根利鈍　以種種因緣
譬喻亦言辭　隨應方便說　今我亦如是　安隱衆生故
以種種法門　宣示於佛道　我以智慧力　知衆生性欲
方便說諸法　皆令得歡喜　舍利弗當知　我以佛眼觀
見六道衆生　貧窮无福慧　入生死險道　相續苦不斷
深著於五欲　如犛牛愛尾　以貪愛自蔽　盲瞑无所見
不求大勢佛　及與斷苦法　深入諸邪見　以苦欲捨苦
為是衆生故　而起大悲心　我始坐道場　觀樹亦經行
於三七日中　思惟如是事　我所得智慧　微妙最第一
衆生諸根鈍　著樂癡所盲　如斯之等類　云何而可度
尒時諸梵王　及諸天帝釋　護世四天王　及大自在天

上博 36 (37497)　妙法蓮華經卷第一　(24－22)

於三七日中　思惟如是事　我所得智慧　微妙最第一
衆生諸根鈍　著樂癡所盲　如斯之等類　云何而可度
尒時諸梵王　及諸天帝釋　護世四天王　及大自在天
并餘諸天衆　眷屬百千万　恭敬合掌礼　請我轉法輪
我即自思惟　若但讚佛乘　衆生沒在苦　不能信是法
破法不信故　墜於三惡道　我寧不說法　疾入於涅槃
尋念過去佛　所行方便力　我今所得道　亦應說三乘
作是思惟時　十方佛皆現　梵音慰喻我　善哉釋迦文
第一之導師　得是无上法　隨諸一切佛　而用方便力
我等亦皆得　最妙第一法　為諸衆生類　分別說三乘
少智樂小法　不自信作佛　是故以方便　分別說諸果
雖復說三乘　但為教菩薩　舍利弗當知　我聞聖師子
深淨微妙音　喜稱南无佛　復作如是念　我出濁惡世
如諸佛所說　我亦隨順行　思惟是事已　即趣波羅奈
諸法寂滅相　不可以言宣　以方便力故　為五比丘說
是名轉法輪　便有涅槃音　及以阿羅漢　法僧差別名
從久遠劫來　讚示涅槃法　生死苦永盡　我常如是說
舍利弗當知　我見佛子等　志求佛道者　无量千万億
咸以恭敬心　皆來至佛所　曾從諸佛聞　方便所說法
我即作是念　所以出於世　為說佛慧故　今正是其時
舍利弗當知　鈍根小智人　著相憍慢者　不能信是法
今我喜无畏　於諸菩薩中　正直捨方便　但說无上道
菩薩聞是法　疑網皆已除　千二百羅漢　悉亦當作佛
如三世諸佛　說法之儀式　我今亦如是　說无分別法

上博 36 (37497)　妙法蓮華經卷第一　(24－23)

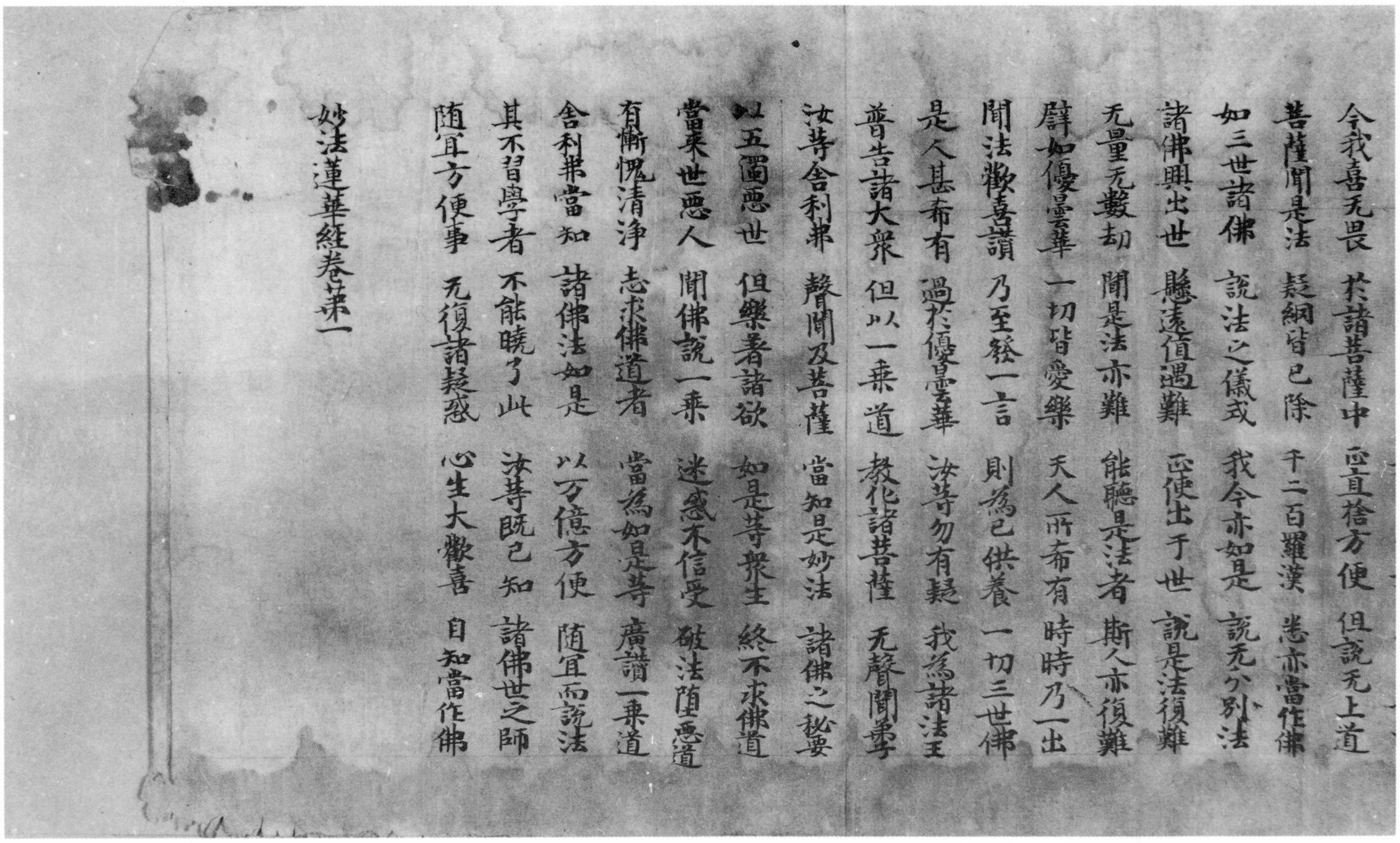
今我喜无畏 於諸菩薩中 正直捨方便 但說无上道
菩薩聞是法 疑網皆已除 千二百羅漢 悉亦當作佛
如三世諸佛 說法之儀式 我今亦如是 說无分別法
諸佛興出世 懸遠值遇難 正使出于世 說是法復難
无量无數劫 聞是法亦難 能聽是法者 斯人亦復難
譬如優曇華 一切皆愛樂 天人所希有 時時乃一出
聞法歡喜讚 乃至發一言 則為已供養 一切三世佛
是人甚希有 過於優曇華 汝等勿有疑 我為諸法王
普告諸大眾 但以一乘道 教化諸菩薩 无聲聞弟子
汝等舍利弗 聲聞及菩薩 當知是妙法 諸佛之祕要
以五濁惡世 但樂著諸欲 如是等眾生 終不求佛道
當來世惡人 聞佛說一乘 迷惑不信受 破法墮惡道
有慚愧清淨 志求佛道者 當為如是等 廣讚一乘道
舍利弗當知 諸佛法如是 以万億方便 隨宜而說法
其不習學者 不能曉了此 汝等既已知 諸佛世之師
隨宜方便事 无復諸疑惑 心生大歡喜 自知當作佛
妙法蓮華經卷第一

上博 36 (37497) 妙法蓮華經卷第一 (24－24)

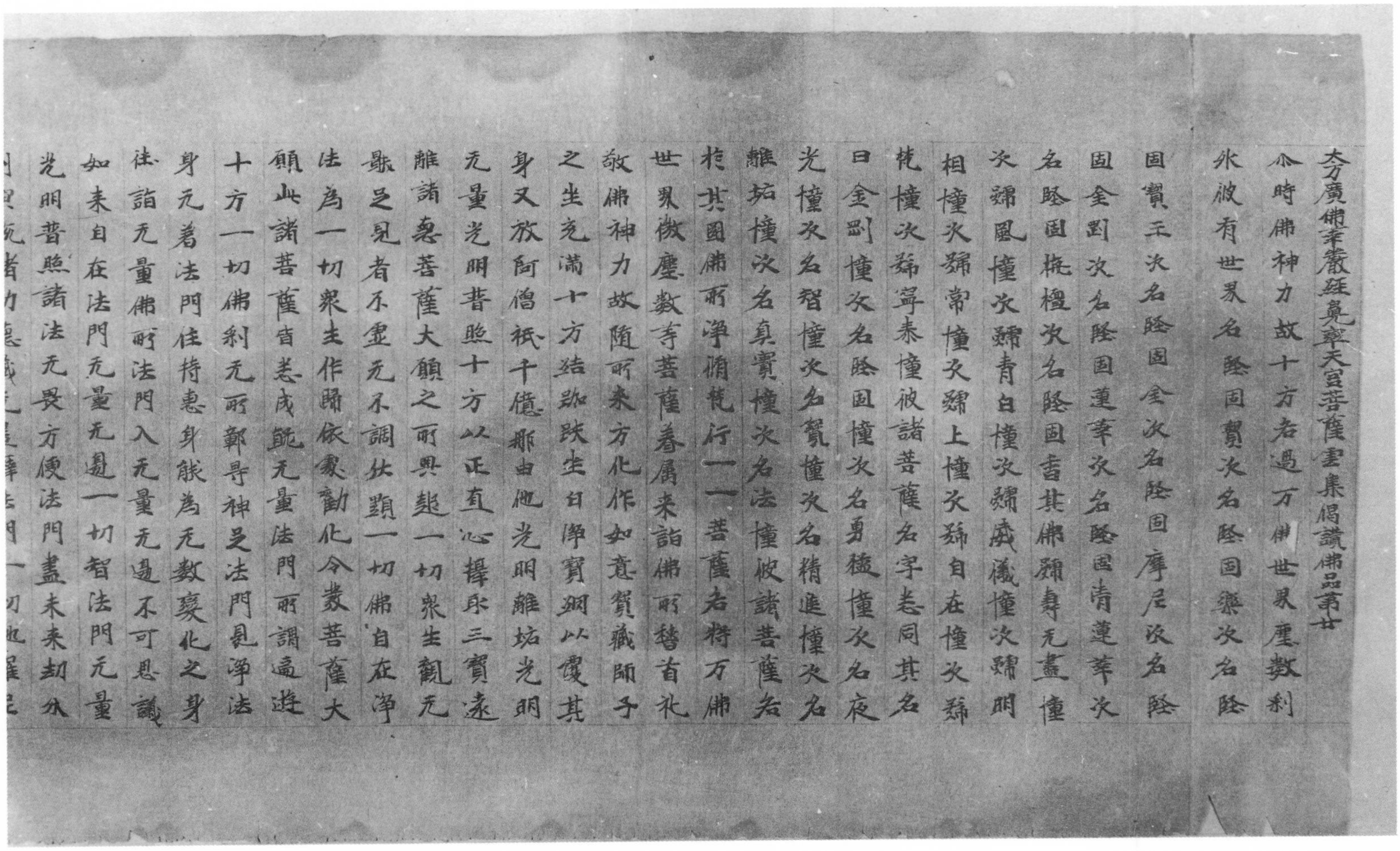
大方廣佛華嚴經兜率天宮菩薩雲集偈讚佛品第廿
尒時佛神力故十方各過万佛世界塵數剎
外彼有世界名堅固寶次名堅固樂次名堅
固寶王次名堅固金次名堅固摩尼次名堅
固金剛次名堅固蓮華次名堅固青蓮華次
名堅固栴檀次名堅固香其佛號身无盡幢
次號風幢次號青白幢次號威儀幢次號明
相幢次號常幢次號上幢次號自在幢次號
梵幢次號寂泰幢彼諸菩薩名字悉同其名
曰金剛幢次名堅固幢次名勇猛幢次名夜
光幢次名智幢次名寶幢次名精進幢次名
離垢幢次名真實幢次名法幢彼諸菩薩各
於其國佛所淨脩梵行一一菩薩各將万佛
世界微塵數等菩薩眷屬来詣佛所稽首礼
敬佛神力故隨所来方化作如意寶藏師子
之坐充滿十方結跏趺坐日淨寶網以覆其
身又放阿僧祇千億那由他光明離垢光明
无量光明普照十方以正直心攝取三寶遠
離諸惡菩薩大願之所興起一切眾生觀无
厭足見者不虛无不調伏顯一切佛自在淨
法為一切眾生作歸依處勸化令發菩薩大
願此諸菩薩皆悉成就无量法門所謂遍遊
十方一切佛剎无所鄣㝵神足法門見淨法
身无著法門住持慧身能為无數變化之身
往詣无量佛所法門入无量无邊不可思議
如来自在法門无量无邊一切智法門无量
光明普照諸法无畏方便法門盡未来劫分

上博 37 (37498) 大方廣佛華嚴經兜率天宮菩薩雲集偈讚佛品第廿 (7－1)

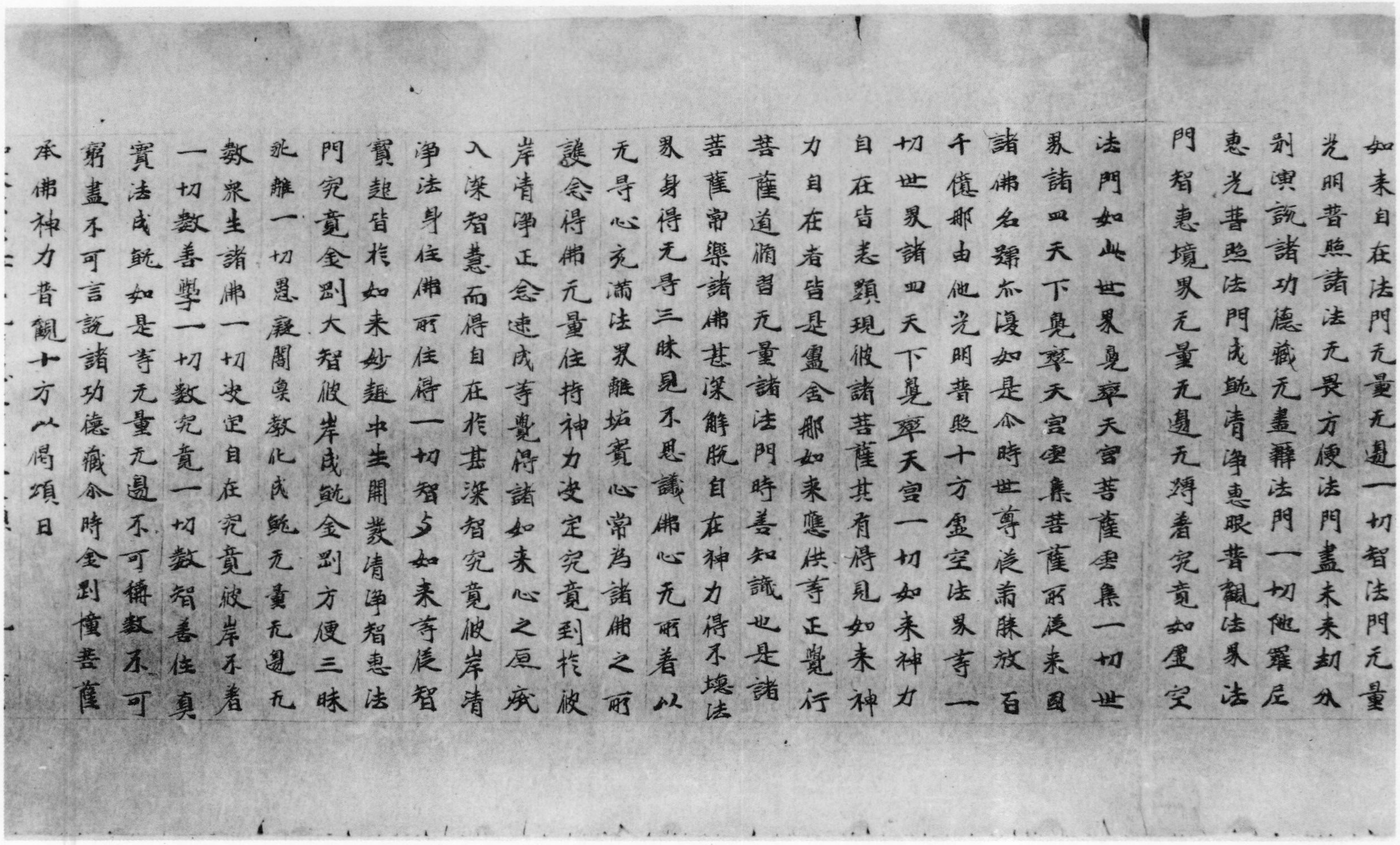

如来自在法門无量无邊一切智法門无量
光明普照諸法无畏方便法門盡未来刧分
別演說諸功德藏无盡辯法門一切陁羅尼
恵光普照法門成就清淨恵眼普觀法界法
門智恵境界无量无邊无埒者究竟如虛空
法門如此世界兜率天宮菩薩雲集一切世
界諸四天下兜率天宮雲集菩薩所從来國
諸佛名號亦復如是尒時世尊從兩膝放百
千億那由他光明普照十方虛空法界等一
切世界諸四天下兜率天宮一切如来神力
自在皆悉顯現彼諸菩薩其有得見如来神
力自在者皆是盧舍那如来應供等正覺行
菩薩道脩習无量諸法門時善知識也是諸
菩薩常樂諸佛甚深解脫自在神力得不壞法
界身得无导三昧見不思議佛心无所着以
无导心充滿法界離垢實心常為諸佛之所
護念得佛无量住持神力決定究竟到於彼
岸清淨正念速成等覺得諸如来心之叵疾
入深智慧而得自在於甚深智究竟彼岸清
淨法身住佛所住得一切智与如来等從智
寶起皆於如来妙趣中生開發清淨智恵法
門究竟金剛大智彼岸成就金剛方便三昧
永離一切愚癡闇冥教化成就无量无邊无
數衆生諸佛一切決定自在究竟彼岸不着
一切數善學一切數究竟一切數智善住真
實法成就如是等无量无邊不可稱數不可
窮盡不可言說諸功德藏尒時金剛幢菩薩
承佛神力普觀十方以偈頌曰

上博 37 (37498)　大方廣佛華嚴經兜率天宮菩薩雲集偈讚佛品第廿　(7－2)

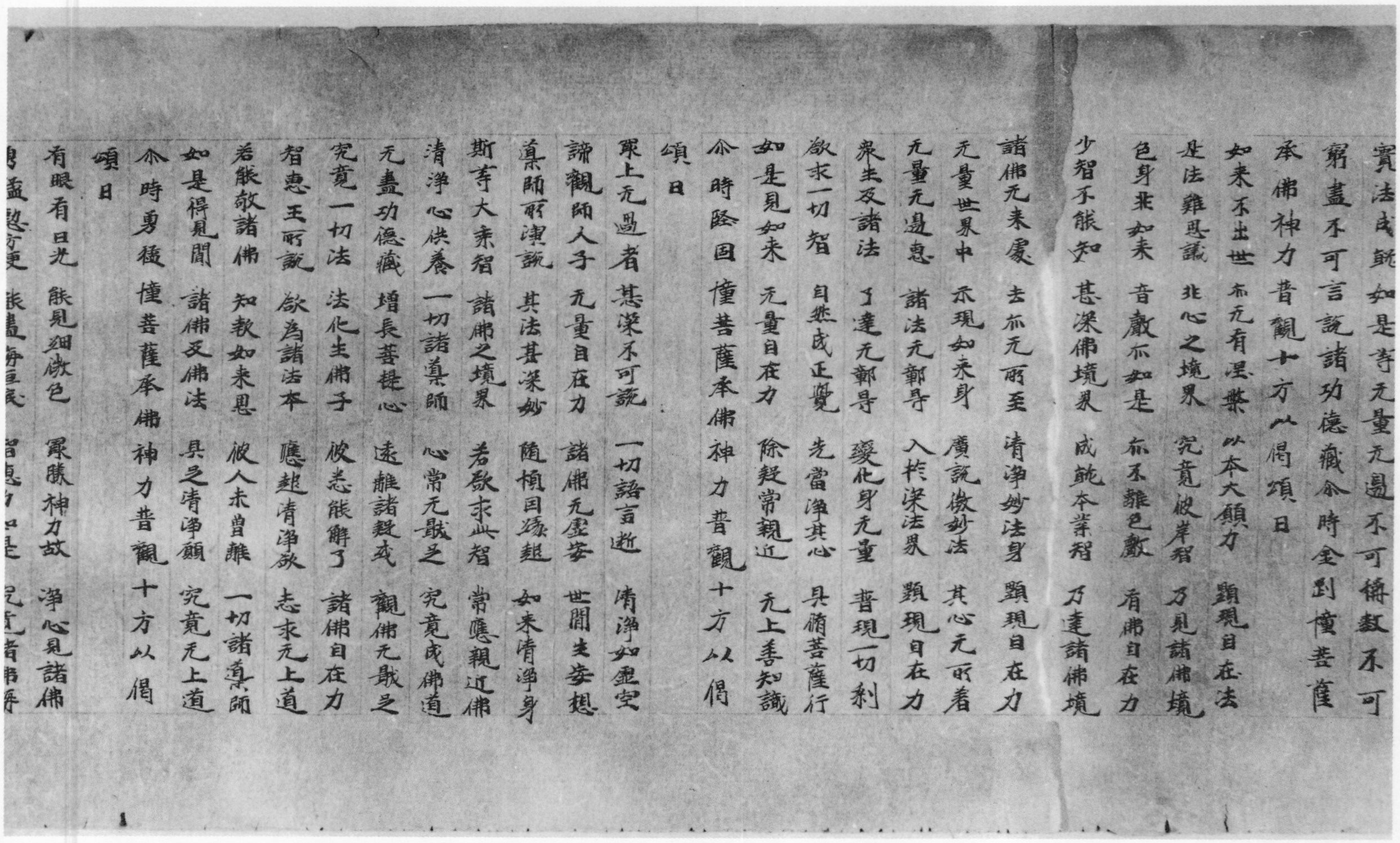

實法成就如是等无量无邊不可稱數不可
窮盡不可言說諸功德藏尒時金剛幢菩薩
承佛神力普觀十方以偈頌曰
如来不出世　亦无有涅槃　以本大願力　顯現自在法
是法難思議　非心之境界　究竟彼岸智　乃見諸佛境
色身非如来　音聲亦如是　亦不離色聲　有佛自在力
少智不能知　甚深佛境界　成就本業智　乃達諸佛境
諸佛无来處　去亦无所至　清淨妙法身　顯現自在力
无量世界中　示現如来身　廣說微妙法　其心无所着
无量无邊恵　諸法无鄣导　入於深法界　顯現自在力
衆生及諸法　了達无鄣导　變化身无量　普現一切刹
欲求一切智　自然成正覺　先當淨其心　具脩菩薩行
如是見如来　无量自在力　除疑常親近　无上善知識
尒時堅固幢菩薩承佛神力普觀十方以偈
頌曰
衆上无過者　甚深不可說　一切語言斷　清淨如虛空
諦觀師人子　无量自在力　諸佛无虛妄　世間生妄想
導師所演說　其法甚深妙　隨順因緣趣　如来清淨身
斯等大乘智　諸佛之境界　若欲求此智　常應親近佛
清淨心供養　一切諸導師　心常无猒足　究竟成佛道
无盡功德藏　增長菩提心　遠離諸疑惑　觀佛无猒足
究竟一切法　法化生佛子　彼悉能解了　諸佛自在力
智恵王所說　欲為諸法本　應趣清淨欲　志求无上道
若能敬諸佛　知教如来恩　彼人未曾離　一切諸導師
如是得見聞　諸佛及佛法　具足清淨願　究竟无上道
尒時勇猛幢菩薩承佛神力普觀十方以偈
頌曰
有眼有日光　能見細微色　衆勝神力故　淨心見諸佛

上博 37 (37498)　大方廣佛華嚴經兜率天宮菩薩雲集偈讚佛品第廿　(7－3)

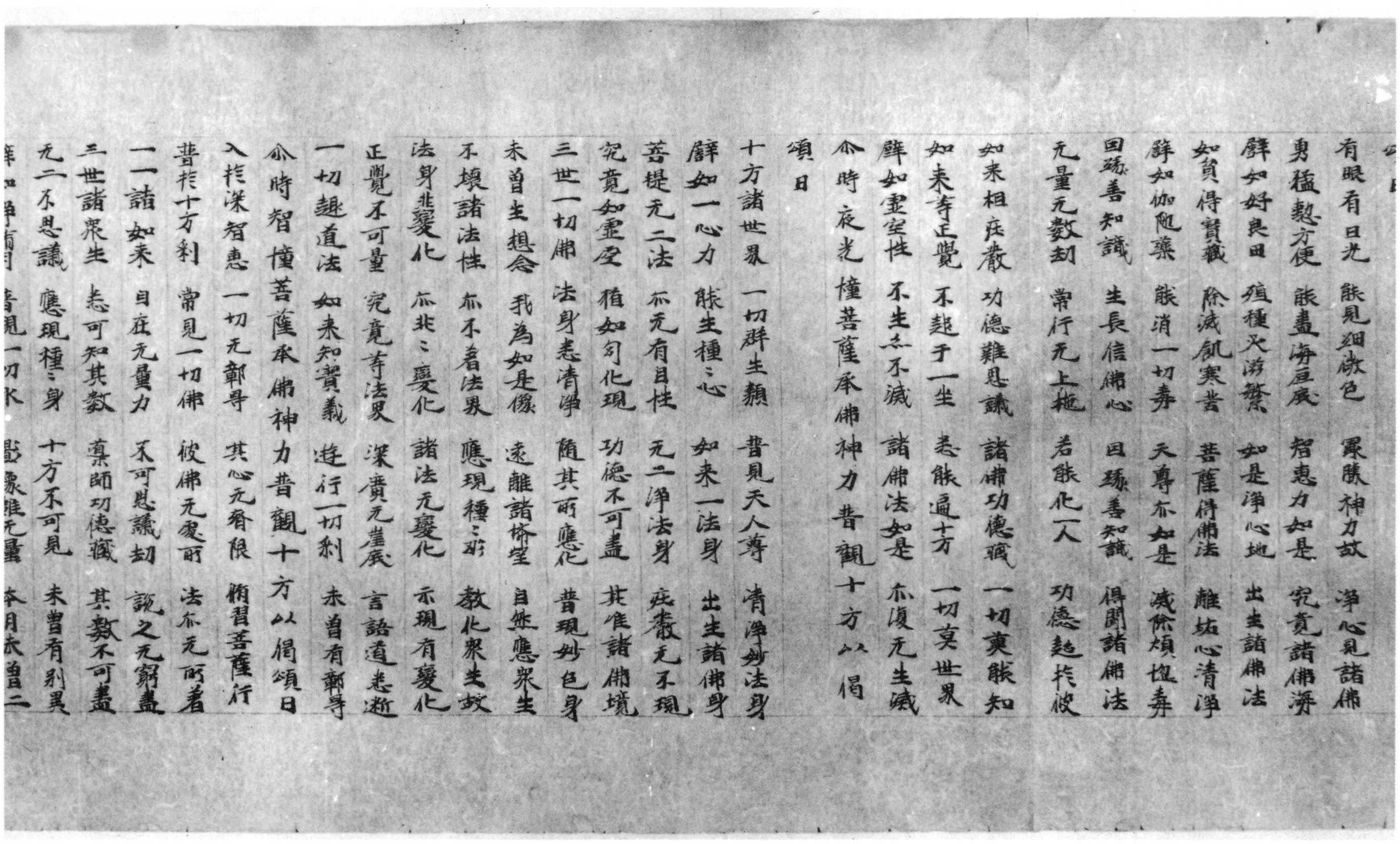

有眼有日光　能見細微色　羅睺神力故　淨心見諸佛
勇猛懃方便　能盡海崖底　智慧力如是　究竟諸佛海
譬如好良田　殖種必滋繁　如是淨心地　出生諸佛法
如貧得寶藏　除滅飢寒苦　菩薩得佛法　離垢心清淨
譬如伽陀藥　能消一切毒　天尊亦如是　滅除煩惱毒
因緣善知識　生長信佛心　因緣善知識　得聞諸佛法
无量无數劫　常行无上施　若能化一人　功德超於彼
如來相莊嚴　功德難思議　諸佛功德藏　一切莫能知
如來等正覺　不起于一坐　悉能遍十方　一切莫世界
譬如虛空性　不生亦不滅　諸佛法如是　亦復无生滅
尒時夜光幢菩薩承佛神力普觀十方以偈
頌曰
十方諸世界　一切群生類　普見天人尊　清淨妙法身
譬如一心力　能生種種心　如來一法身　出生諸佛身
菩提无二法　亦无有自性　无二淨法身　莊嚴无不現
究竟如虛空　猶如幻化現　功德不可盡　其唯諸佛境
三世一切佛　法身悉清淨　隨其所應化　普現妙色身
未曾生想念　我為如是像　遠離諸悕望　自然應眾生
不壞諸法性　亦不著法界　應現種種形　教化眾生故
法身非變化　亦非非變化　諸法无變化　示現有變化
正覺不可量　究竟等法界　深廣无崖底　言語道悉斷
一切趣道法　如來知實義　遊行一切剎　未曾有鄣导
尒時智幢菩薩承佛神力普觀十方以偈頌曰
入於深智慧　一切无鄣导　其心无齊限　脩習菩薩行
普於十方剎　常見一切佛　彼佛无處所　法亦无所著
一一諸如來　自在无量力　不可思議劫　說之无窮盡
三世諸眾生　悉可知其數　導師功德藏　其數不可盡
无二不思議　應現種種身　十方不可見　未曾有別異
譬如淨滿月　普現一切水　影像雖无量　本月未曾二

上博 37 (37498)　大方廣佛華嚴經兜率天宮菩薩雲集偈讚佛品第廿　(7－4)

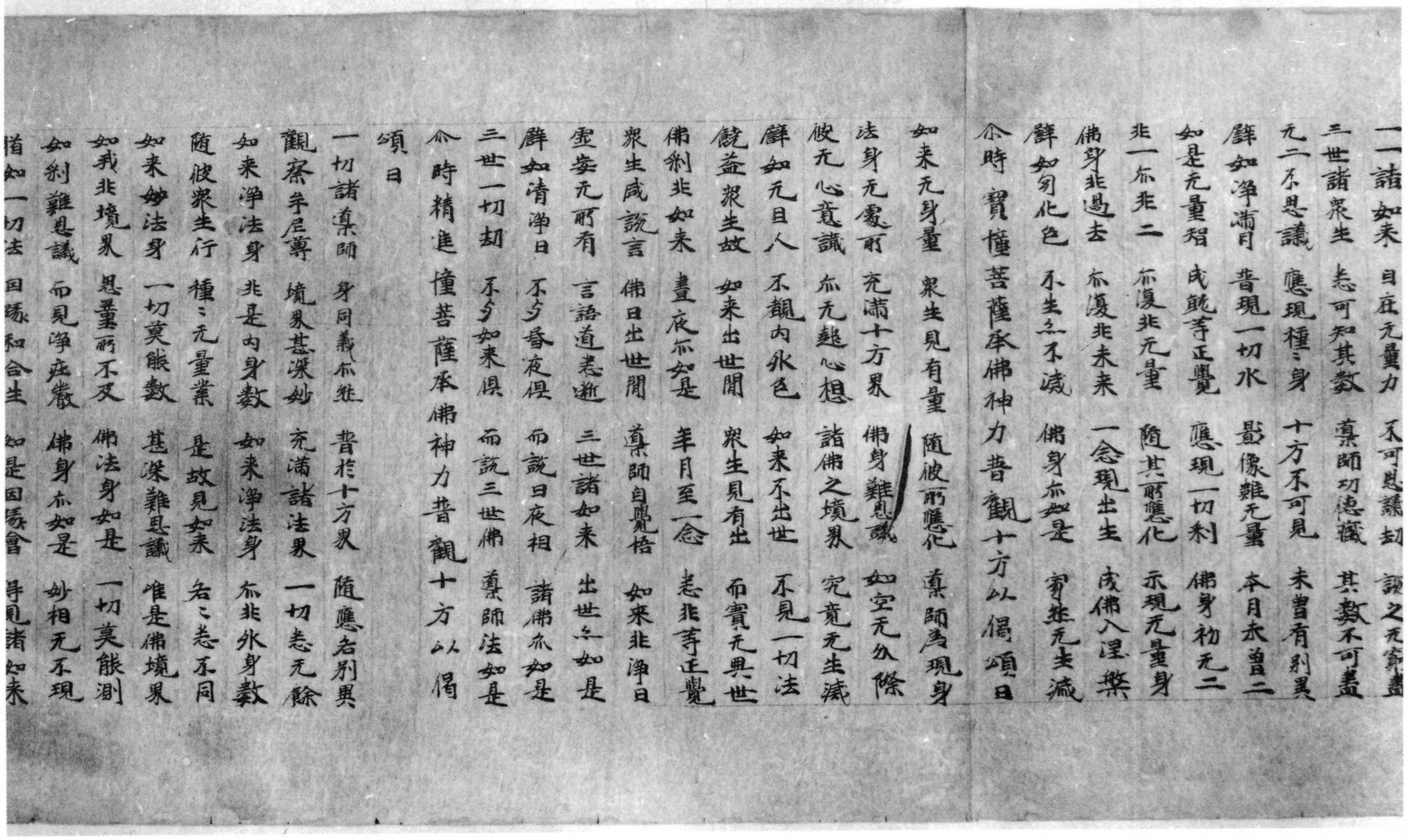

一一諸如來　自在无量力　不可思議劫　說之无窮盡
三世諸眾生　悉可知其數　導師功德藏　其數不可盡
无二不思議　應現種種身　十方不可見　未曾有別異
譬如淨滿月　普現一切水　影像雖无量　本月未曾二
如是无量智　成就等正覺　應現一切剎　佛身初无二
非一亦非二　亦復非无量　隨其所應化　示現无量身
佛身非過去　亦復非未來　一念現出生　成佛入涅槃
譬如幻化色　不生亦不滅　佛身亦如是　寂然无生滅
尒時寶幢菩薩承佛神力普觀十方以偈頌曰
如來无身量　眾生見有量　隨彼所應化　導師為現身
法身无處所　充滿十方界　佛身難思議　如空无分際
彼无心意識　亦无起心想　諸佛之境界　究竟无生滅
譬如无目人　不覩內外色　如來不出世　不見一切法
饒益眾生故　如來出世間　眾生見有出　而實无興世
佛剎非如來　晝夜亦如是　年月至一念　悉非等正覺
眾生咸說言　佛日出世間　導師自覺悟　如來非淨日
虛妄无所有　言語道悉斷　三世諸如來　出世亦如是
譬如清淨日　不分昬夜俱　而說日夜相　諸佛亦如是
三世一切劫　不分如來俱　而說三世佛　導師法如是
尒時精進幢菩薩承佛神力普觀十方以偈
頌曰
一切諸導師　身同義亦然　普於十方界　隨應名別異
觀察牟尼尊　境界甚深妙　充滿諸法界　一切悉无餘
如來淨法身　非是內身數　如來淨法身　亦非外身數
隨彼眾生行　種種无量業　是故見如來　名名悉不同
如來妙法身　一切莫能數　甚深難思議　唯是佛境界
如我非境界　思量所不及　佛法身如是　一切莫能測
如剎難思議　而見淨莊嚴　佛身亦如是　妙相无不現
猶如一切法　因緣和合生　如是因緣會　得見諸如來

上博 37 (37498)　大方廣佛華嚴經兜率天宮菩薩雲集偈讚佛品第廿　(7－5)

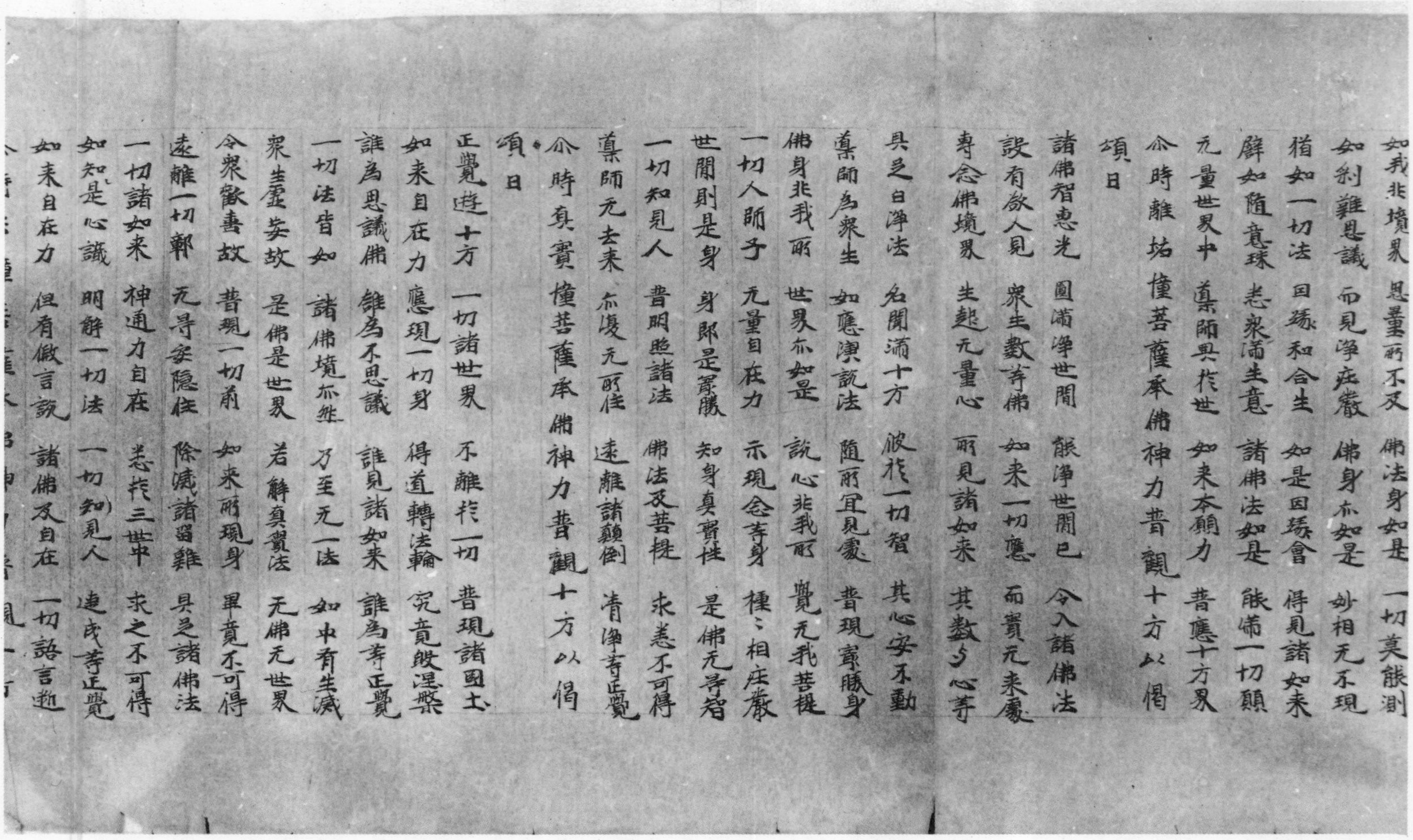
如我非境界 思量所不及 佛法身如是 一切莫能測
如刹難思議 而見淨莊嚴 佛身亦如是 妙相无不現
猶如一切法 因緣和合生 如是因緣會 得見諸如來
譬如隨意珠 悉滿衆生意 諸佛法如是 能滿一切願
无量世界中 導師興於世 如來本願力 普應十方界
尒時離垢幢菩薩承佛神力普觀十方以偈
頌曰
壽念佛境界 生起无量心 所見諸如來 其數与心等
設有欲人見 衆生數等佛 如來一切應 而實无來處
諸佛智慧光 圓滿淨世間 能淨世間已 令入諸佛法
具足白淨法 名聞滿十方 彼於一切智 其心安不動
導師爲衆生 如應演說法 隨所宜見處 普現最勝身
佛身非我所 世界亦如是 說心非我所 覺无我菩提
一切人師子 无量自在力 示現念等身 種種相莊嚴
世間則是身 身即是最勝 知身真實性 是佛无等相
一切知見人 普明照諸法 佛法及菩提 求悉不可得
導師无去來 亦復无所住 遠離諸顛倒 清淨等正覺
尒時真實幢菩薩承佛神力普觀十方以偈
頌曰
正覺遊十方 一切諸世界 不離於一切 普現諸國土
如來自在力 應現一切身 得道轉法輪 究竟般涅槃
誰爲思議佛 雖爲不思議 誰見諸如來 誰爲等正覺
一切法皆如 諸佛境亦然 乃至无一法 如中有生滅
衆生虛妄故 是佛是世界 若解真實法 无佛无世界
令衆歡喜故 普現一切前 如來所現身 畢竟不可得
遠離一切鄣 无導安隱住 除滅諸留難 具足諸佛法
一切諸如來 神通力自在 悉於三世中 求之不可得
如如是心識 明解一切法 一切知見人 速成等正覺
如來自在力 但有假言說 諸佛及自在 一切語言道

上博 37 (37498) 大方廣佛華嚴經兜率天宮菩薩雲集偈讚佛品第廿 (7－6)

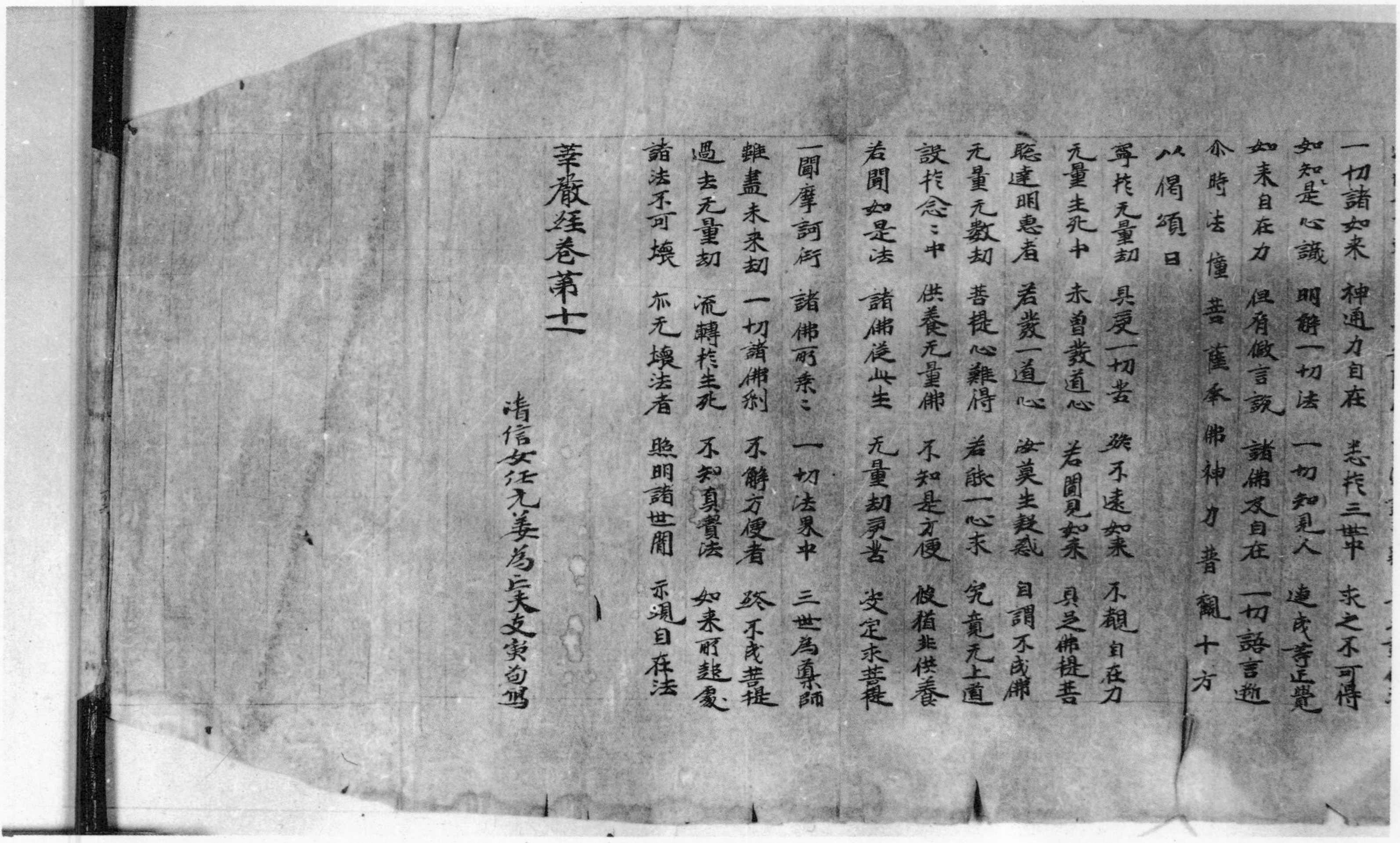
一切諸如來 神通力自在 悉於三世中 求之不可得
如如是心識 明解一切法 一切知見人 速成等正覺
如來自在力 但有假言說 諸佛及自在 一切語言道
尒時法幢菩薩承佛神力普觀十方
以偈頌曰
寧於无量劫 具受一切苦 終不遠如來 不覩自在力
无量生死中 未曾發道心 若聞見如來 具足佛菩提
聰達明慧者 若發一道心 決莫生疑惑 自謂不成佛
无量无數劫 菩提心難得 若能一心求 究竟无上道
設於念念中 供養无量佛 不知是方便 彼猶非供養
若聞如是法 諸佛從此生 无量劫受苦 決定求菩提
一闡摩訶衍 諸佛所乘乘 一切法界中 三世爲導師
雖盡未來劫 一切諸佛刹 不解方便者 終不成菩提
過去无量劫 流轉於生死 不知真實法 如來所起處
諸法不可壞 亦无壞法者 照明諸世間 示現自在法
華嚴經卷第十一
清信女任元姜爲亡夫支寅向寫

上博 37 (37498) 大方廣佛華嚴經兜率天宮菩薩雲集偈讚佛品第廿 (7－7)

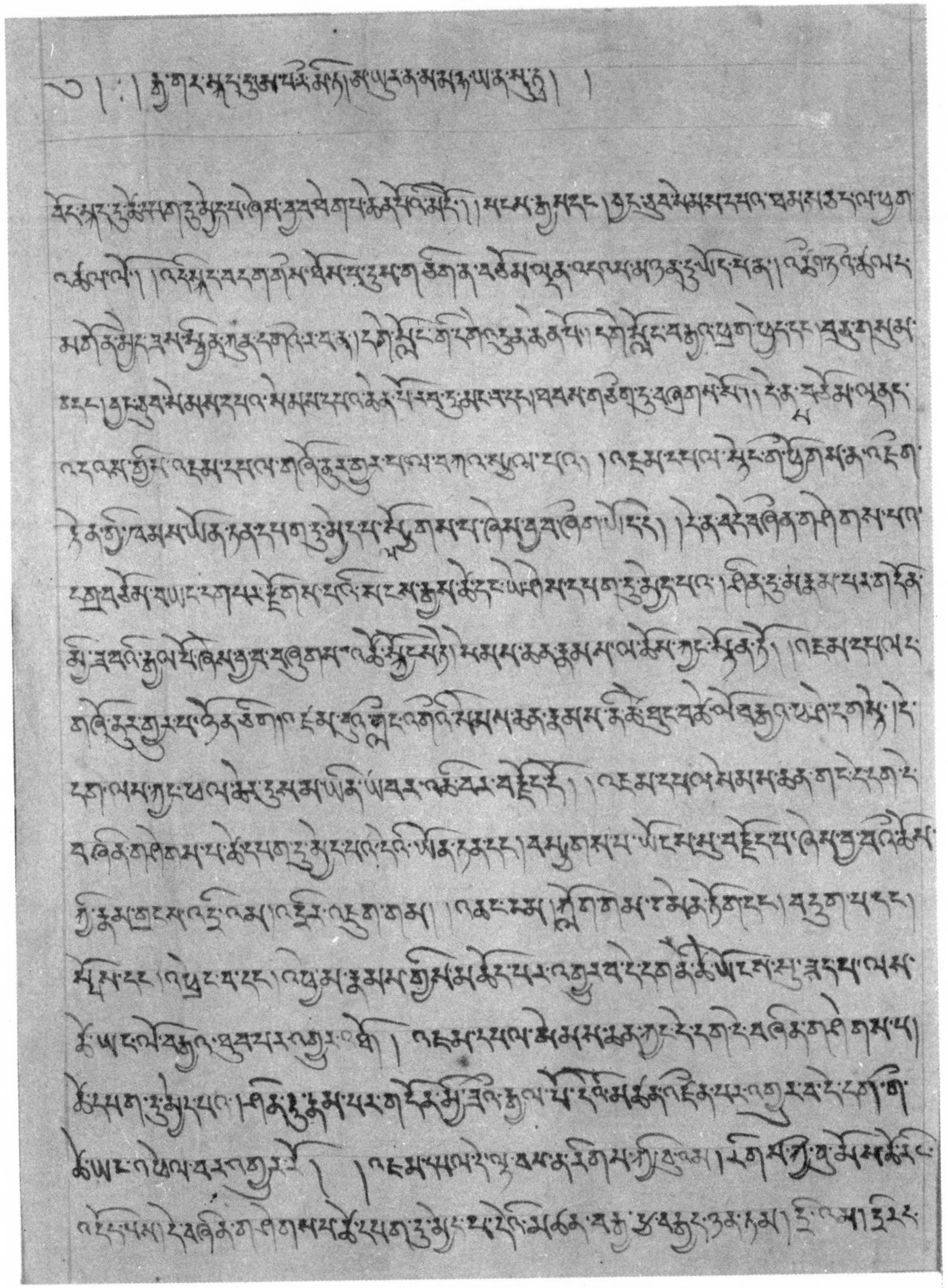

上博 38 (37499)　大乘無量壽經（藏文）　(6－1)

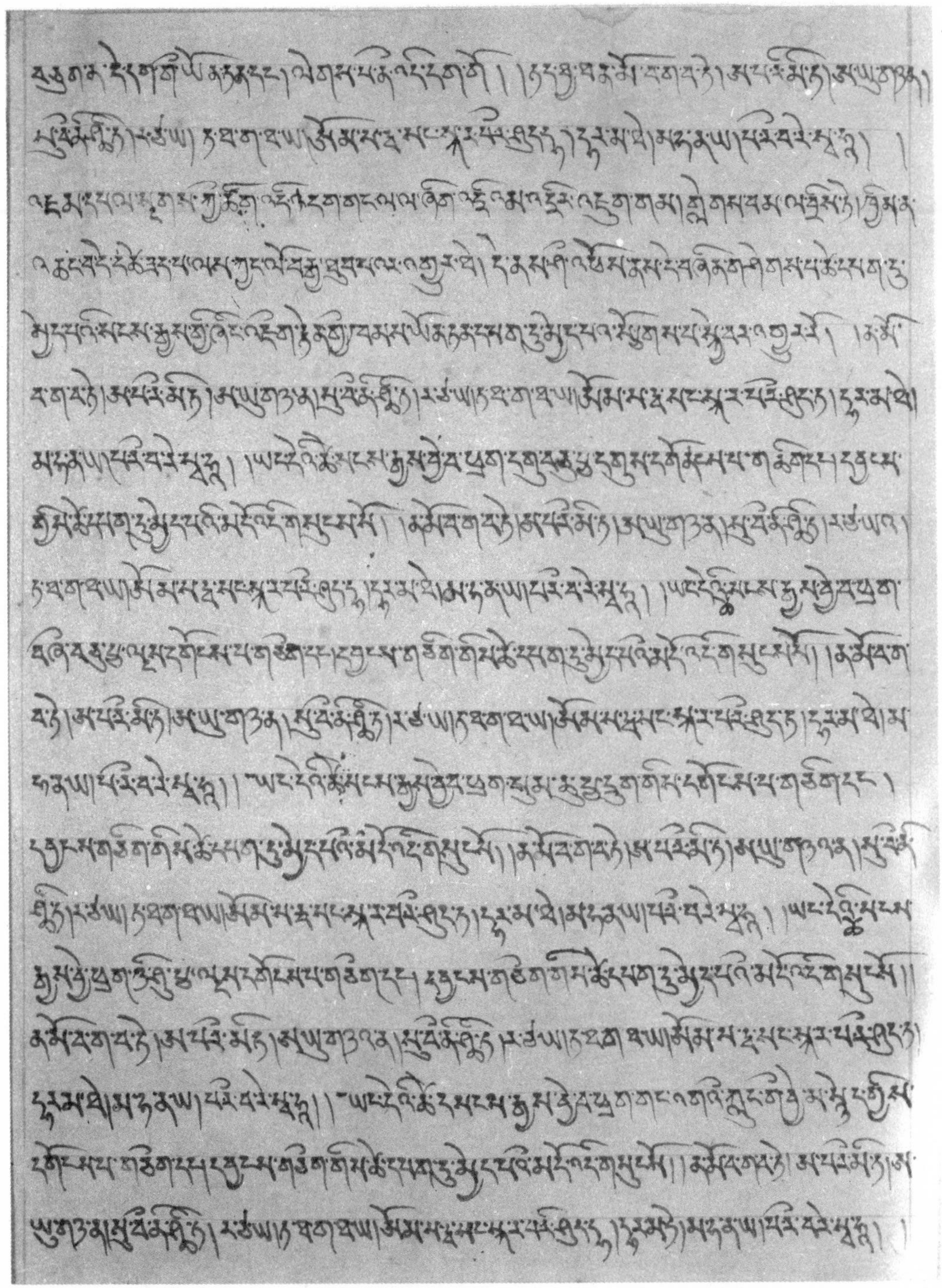

上博 38 (37499)　大乘無量壽經（藏文）　(6－2)

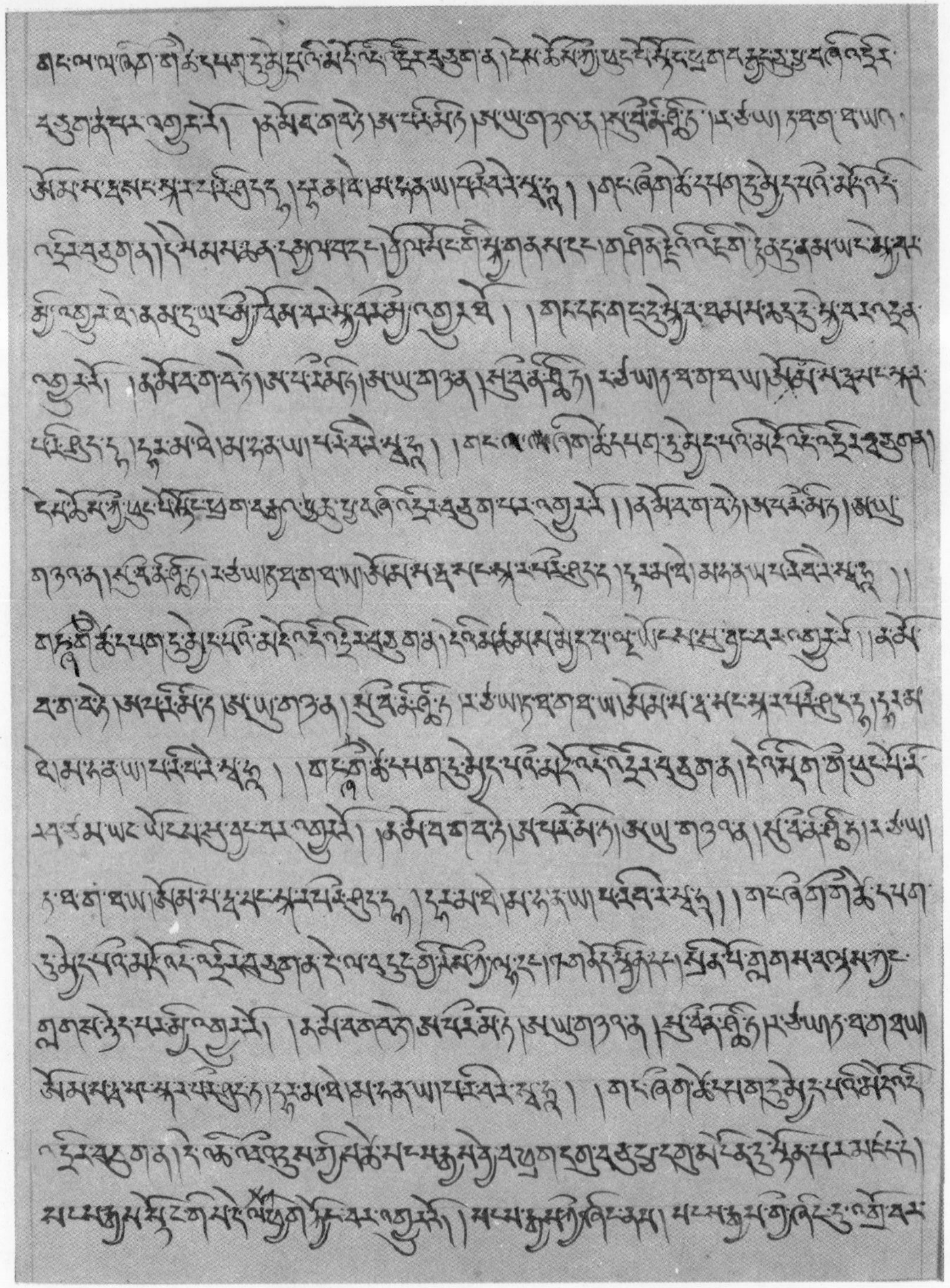

上博 38 (37499)　大乘無量壽經（藏文）　(6－3)

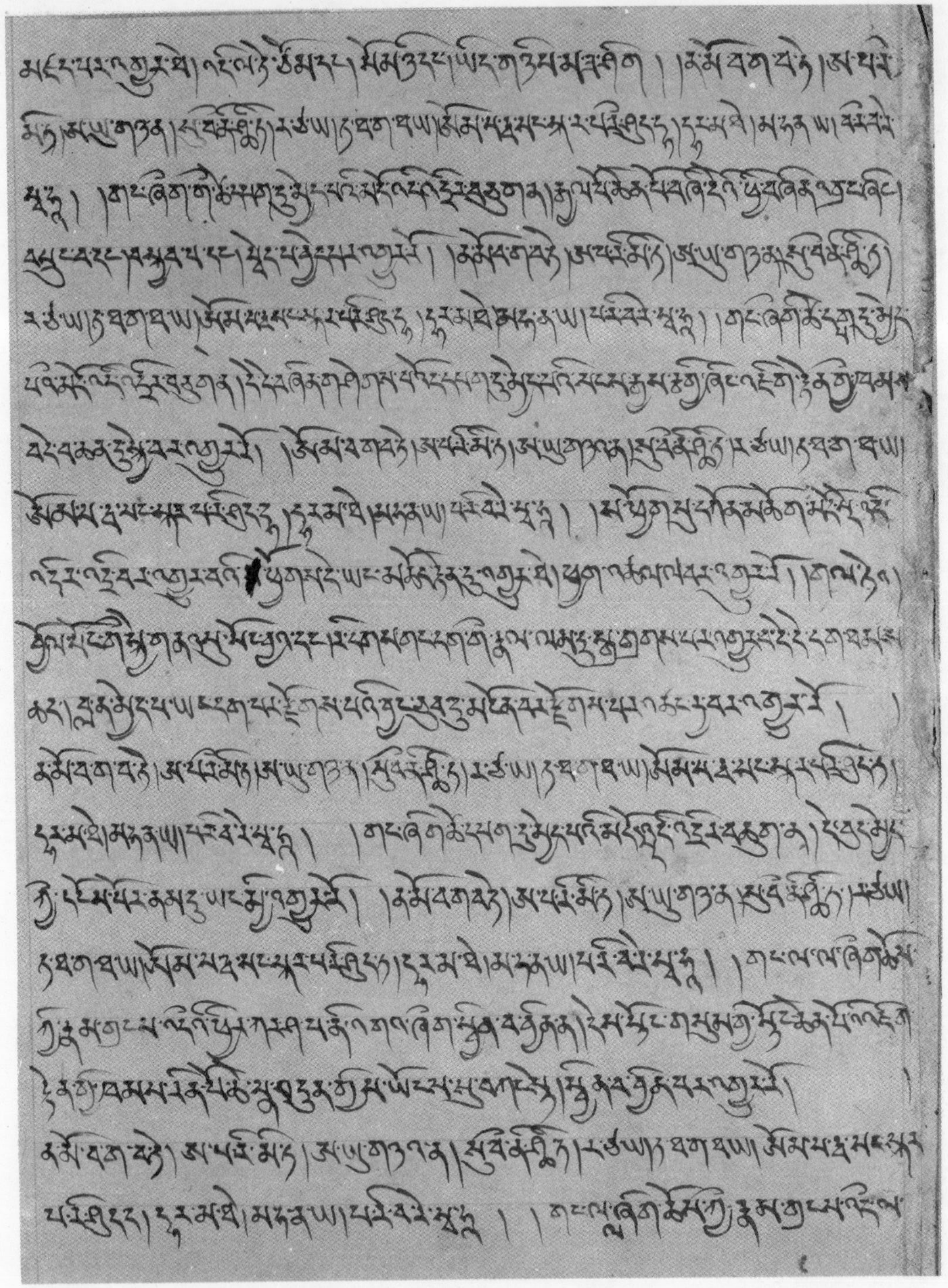

上博 38 (37499)　大乘無量壽經（藏文）　(6－4)

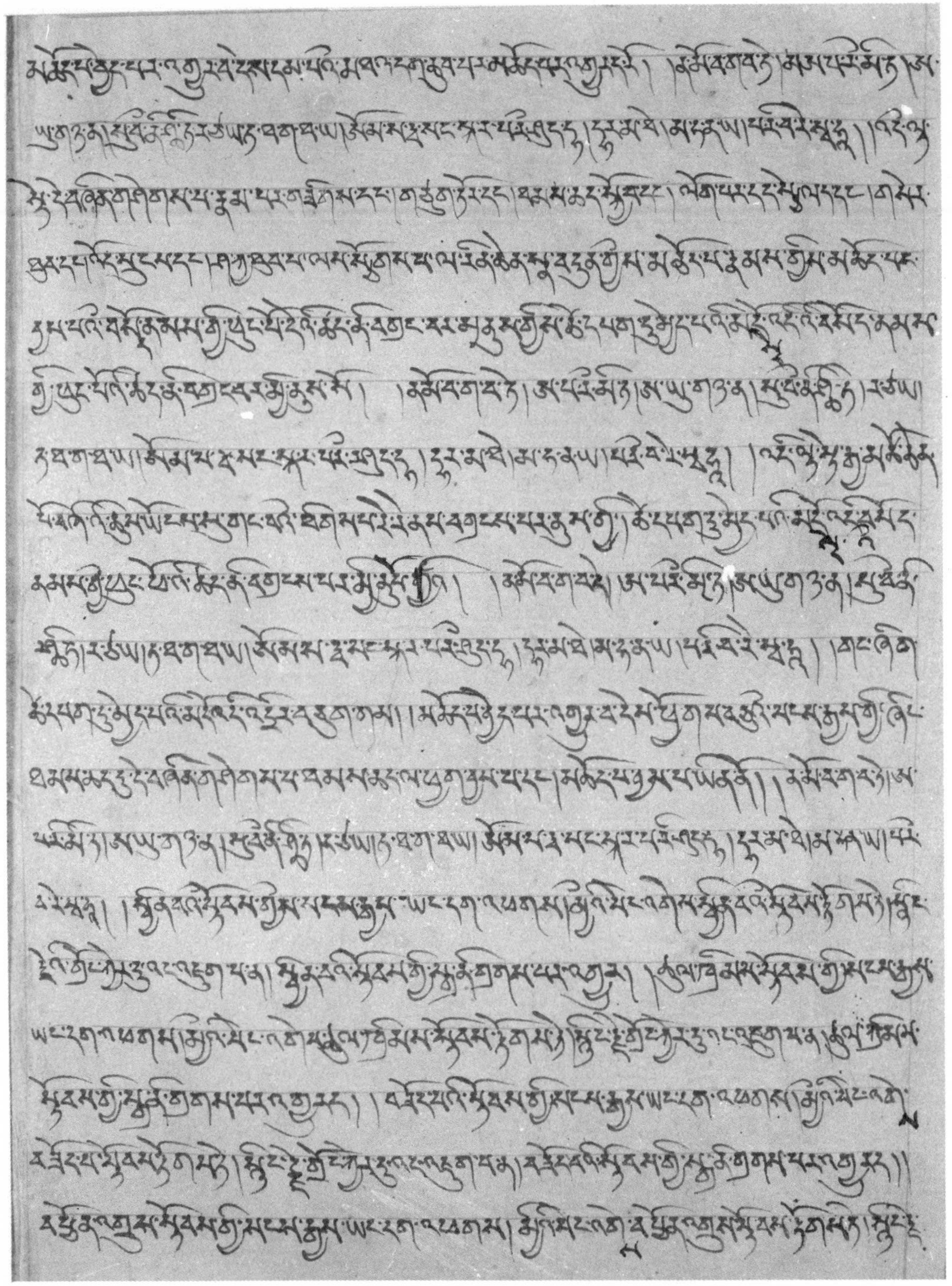

上博 38 (37499)　大乘無量壽經（藏文）　(6－5)

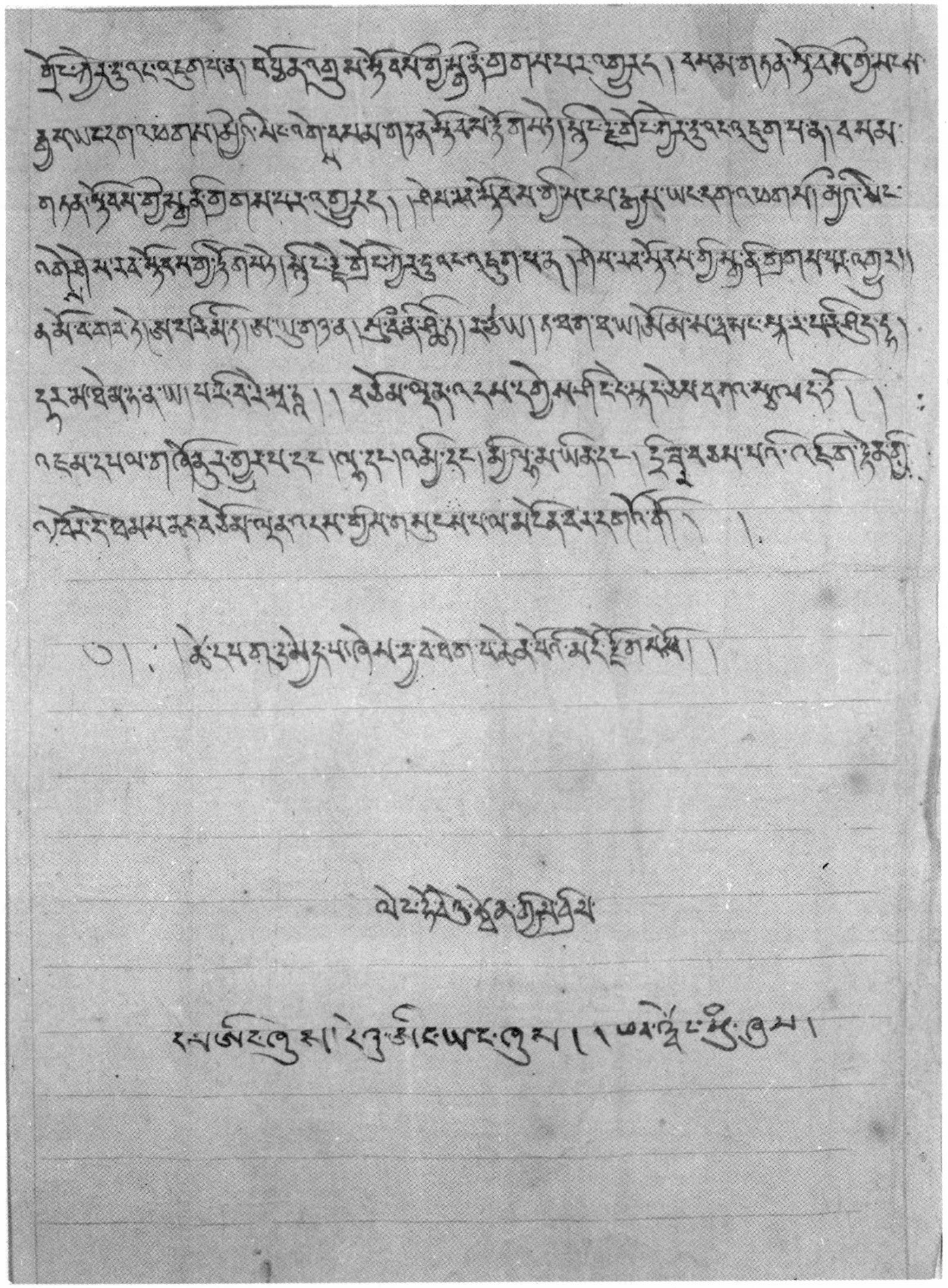

上博 38 (37499)　大乘無量壽經（藏文）　(6－6)

自然頭尖飛鳥毛羽自然色別世間衆生亦
復如是有利有鈍有富有貧有好有醜有
得解脱有不解脱是故當知一切法中各有
自性復次瞿曇如瞿曇說貪欲瞋癡從因緣
生如是三毒因緣五塵是義不然何以故衆
生眠時遠離五塵亦復生於貪欲瞋癡在胎
亦尒初出胎時未能分別五塵好醜亦復生於
貪欲瞋癡諸仙賢聖處在靜處无有五塵
亦能生於貪欲瞋癡亦復有人因於五塵生
於不貪不瞋不癡是故不必從於因緣生一切
法以自性故復次瞿曇我見世人五根不具多
饒財寶得大自在有根具足貧窮下賤不得
自在為人僕使若有因緣何故如是是故諸
法各有自性不由因緣瞿曇世間小兒亦復未
能分別五塵或笑或啼咲時知喜啼時知愁
是故當知一切諸法各有自性復次瞿曇世
法有二一者有二者无有即虛空无即兔角
如是二法一是有故不從因緣二是无故亦
非因緣是故諸法有自性故不從因緣佛
言善男子如汝所言如五大性一切諸法亦應
如是是義不然何以故善男子汝法中以五大
是常何因緣故一切諸法悉不是常若世間

上博 39 (37903) 大般涅槃經卷第卌 (22－1)

言善男子如汝所言如五大性一切諸法亦應
如是是義不然何以故善男子汝法中以五大
是常何因緣故一切諸法悉不是常若世間
物是无常者是五大性何因緣故不是无常
若五大常世間之物亦應是常是故汝說
五大之性有自性故不從因緣令一切法同五
大者无有是處若善男子汝言用處定故
有自性者是義不然何以故皆從因緣得名
字故若從因得名亦從因得義云何名為從因
得名如在額上名之為鬘在頸名瓔在手
名釧在車名輪火在草木名草木火善男子
樹初生時无箭稍性從因緣故工造為箭從
因緣故工造為稍是故不應說一切法有自性
也汝言如龜陸生性自入水犢子生已性能
飲乳是義不然何以故若言入水非因緣
者俱非因緣何不入火犢子生已性能唼乳
不從因緣俱非因緣何不唼角善男子若
言諸法悉有自性不須教習无有增長是義
不然何以故今見有教緣教增長是故當知无
有自性善男子若一切法有自性者諸婆羅門
一切不應為清淨身煞羊祀祠若為身祠
是故當知无有自性善男子世間語法凡有
三種一者欲作二者作時三者作已若一切法
有自性者何故世中有是三語有三語故

上博 39 (37903) 大般涅槃經卷第卌 (22－2)

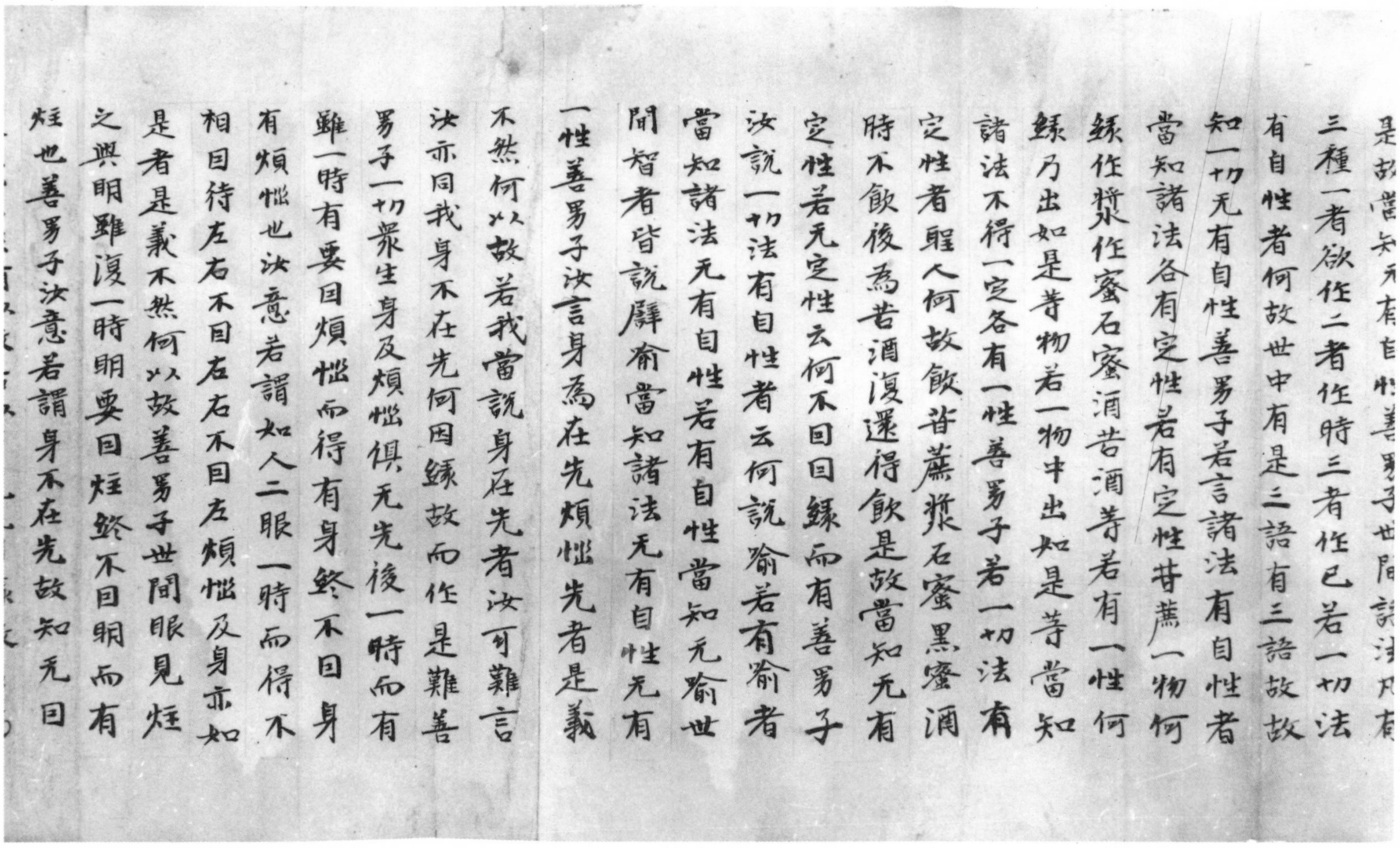

是故當知无有自性善男子世間説法凡有
三種一者欲作二者作時三者作已若一切法
有自性者何故世中有是三語有三語故
知一切无有自性善男子若言諸法有自性者
當知諸法各有定性若有定性甘蔗一物何
縁作漿作蜜石蜜酒苦酒等若有一性何
縁乃出如是等物若一物中出如是等當知
諸法不得一定各有一性善男子若一切法有
定性者聖人何故飲甘蔗漿石蜜黑蜜酒
時不飲後爲苦酒復還得飲是故當知无有
定性若无定性云何不因因縁而有善男子
汝説一切法有自性者云何説喻若有喻者
當知諸法无有自性若有自性當知无喻世
間智者皆説譬喻當知諸法无有自性无有
一性善男子汝言身爲在先煩惱先者是義
不然何以故若我當説身在先者汝可難言
汝亦同我身不在先何因縁故而作是難善
男子一切衆生身及煩惱俱无先後一時而有
雖一時有要因煩惱而得有身終不因身
有煩惱也汝意若謂如人二眼一時而得不
相因待左右不因左右不因左煩惱及身亦如
是者是義不然何以故善男子世間眼見炷
之與明雖復一時明要因炷終不因明而有
炷也善男子汝意若謂身不在先故知无因

上博 39 (37903)　大般涅槃經卷第卌　（22－3）

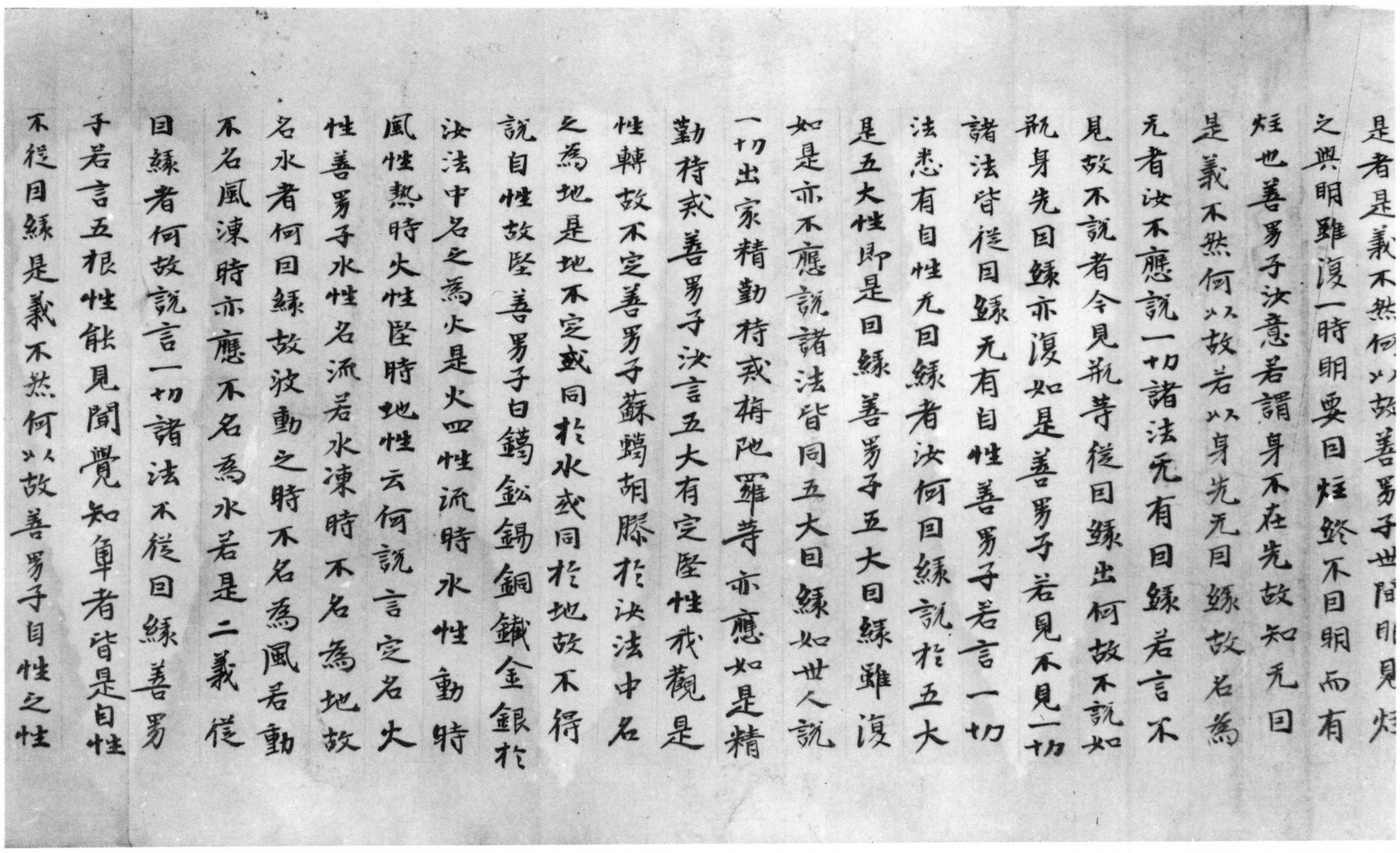

是者是義不然何以故善男子世間眼見炷
之與明雖復一時明要因炷終不因明而有
炷也善男子汝意若謂身不在先故知无因
是義不然何以故若以身先无因縁故名爲
无者汝不應説一切諸法无有因縁若言不
見故不説者今見缾等從因縁出何故不説如
缾身先因縁亦復如是善男子若見不見一切
諸法皆從因縁无有自性善男子若言一切
法悉有自性无因縁者汝何因縁説於五大
是五大性即是因縁善男子五大因縁雖復
如是亦不應説諸法皆同五大因縁如世人説
一切出家精勤持戒栴陁羅等亦應如是精
勤持戒善男子汝言五大有定堅性我觀是
性轉故不定善男子蘇蠟胡膠於汝法中名
之爲地是地不定或同於水或同於地故不得
説自性故堅善男子白鑞鈆錫銅鐵金銀於
汝法中名之爲火是火四性流時水性動時
風性熱時火性堅時地性云何説言定名火
性善男子水性名流若水凍時不名爲地故
名水者何因縁故波動之時不名爲風若動
不名風凍時亦應不名爲水若是二義從
因縁者何故説言一切諸法不從因縁善男
子若言五根性能見聞覺知觸者皆是自性
不從因縁是義不然何以故善男子自性之性

上博 39 (37903)　大般涅槃經卷第卌　（22－4）

因緣者何故說言一切諸法不從因緣善男
子若言五根性能見聞覺知負者皆是自性
不從因緣是義不然何以故善男子自性之性
性不可轉若言眼性見者常應能見不應有
見有不見時是故當知從因緣見非无因緣
汝言非因五塵生貪解脫是義不然何以故
善男子生貪解脫雖復不因五塵因緣悪觀覺
故則生貪欲善覺觀故則得解脫善男子內
因緣故生貪解脫外因緣故則能增長是故
汝言一切諸法各有自性不因五塵生貪解
脫无有是處善男子汝言具足諸根之於財物
不得自在諸根殘缺多饒財寶得大自在因
此以明有自性故不從因緣者是義不然
何以故善男子衆生從業而有果報如是果
報則有三種一者現報二者生報三者後報
貧窮巨富根具不具是業各異若有自性具
諸根者應饒財寶饒財寶者應具諸根今則
不尒是故定知无有自性皆從因緣如汝所
言世間小兒未能分別五塵因緣亦啼亦咲
是故一切有自性者是義不然何以故若有自
性者咲應常咲啼應常啼不應一咲一啼若
一咲一啼當知一切悉從因緣是故不應說
一切法有自性故不從因緣梵志言世尊若
一切法從因緣有如是身者從何因緣佛言

上博 39 (37903)　大般涅槃經卷第卌　(22－5)

一咲一啼當知一切悉從因緣是故不應說
一切法有自性故不從因緣梵志言世尊若
一切法從因緣有如是身者從何因緣佛言
善男子是身因緣煩惱與業梵志言世尊如
其是身從煩惱業是煩惱業可斷不耶佛言
如是如是梵志復言世尊唯願爲我分別解
說令我聞已不移是處悉得斷之佛言善男
子若知二邊中間无导是人則能斷煩惱業
世尊我已知解得正法眼佛言汝云何知世
尊二邊即色及色解脫中間即是八正道也
受想行識亦復如是佛言善哉善哉善男子
善知二邊斷煩惱業世尊唯願聽我出家受
戒佛言善來比丘即時斷除三界煩惱得阿
羅漢果
尒時復有一婆羅門名曰和廣復作是言瞿
曇知我今所念不佛言善男子涅槃是常有
爲无常曲即耶見直即聖道婆羅門言瞿曇
何因緣故作如是說善男子汝意每謂乞食
是常別請无常曲是戶鑰直是帝幢是故我
說涅槃是常有爲无常曲謂耶見直謂八正
非如汝先所思惟也婆羅門言瞿曇實知我
心是八正道悉令衆生得盡滅不尒時世尊
默然不荅婆羅門言瞿曇已知我心我今所
問何故默然而不見荅時憍陳如即作是言

上博 39 (37903)　大般涅槃經卷第卌　(22－6)

心是八正道[illegible]時世尊
默然不荅婆羅門言瞿曇已知我心我今所
問何故默然而不見荅時憍陳如即作是言
大婆羅門若有問世有邊无邊如来常尒默
然不荅八聖是直涅槃是常若脩八聖即得
滅盡若不脩習則不能得大婆羅門辟如大城
其城四壁都无竅孔唯有一門其守門者聦
明有智能善分別可放則放可遮則遮雖
不能知出入多少定知一切有人出者皆由
此門善男子如来亦尒城喻涅槃門喻八正
守門之人喻於如来善男子如来今者雖不
荅汝盡與不盡其有盡者要當脩習是八正
道婆羅門言善哉善哉大德憍陳如如来善
能說微妙法我今實欲知城知道自作守門
憍陳如言善哉善哉汝婆羅門能發无上廣
大之心佛言止止憍陳如是婆羅門非適今
日發是心也憍陳如乃往過去過无量佛有佛
世尊名普光明如来應正遍知明行足善逝
世間解无上士調御丈夫天人師佛世尊是人
先已於彼佛所發阿耨多羅三藐三菩提
心此賢劫中當得作佛久已通達了知法相
為衆生故現處外道示无所知以是因緣
汝憍陳如不應讚言善哉善哉汝今能發如
是大心尒時世尊知已即告憍陳如言阿難比

上博 39 (37903)　大般涅槃經卷第卌　（22－7）

為衆生故現處外道示无所知以是因緣
汝憍陳如不應讚言善哉善哉汝今能發如
是大心尒時世尊知已即告憍陳如言阿難比
丘今為所在憍陳如言世尊阿難比丘在娑
羅林外去此大會十二由延而為六万四千億
魔之所嬈亂是諸魔衆悉自變身為如来
像或有宣說一切諸法從因緣生或有說言
一切諸法不從因生或有說言一切因緣皆
是常法從緣生者悉是无常或有說言五
陰是實或說虛假入界尒或有說言十二
因緣或有說言正有四緣或說諸法如幻如
化如熱時炎或有說言因聞得法或有說言
因思得法或有說言因脩得法或復有說
不淨觀法或復有說出息入息或復有說四
念處觀或復有說三種觀義七種方便或復
有說煗法頂法忍法世間苐一法學无學地
菩薩初住乃至十住或有說空无相无作或
復有說脩多羅祇夜毗伽羅那伽陁優陁那
尼陁那阿波陁那伊帝日多伽闍陁伽毗佛略
阿浮陁達摩優波提舍或說四念處四正勤
四如意足五根五力七覺八聖道或說內空外
空內外空有為空无為空无始空性空遠
離空散空自相空无相空陰空入空界空善
空不善空无記空菩提空道空涅槃空行
[illegible]

上博 39 (37903)　大般涅槃經卷第卌　（22－8）

空内外空有為空无為空无始空性空遠
離空散空自相空无相空陰空入空界空善
空不善空无記空菩提空道空涅槃空行
空得空第一義空空空大空或有示現神
通變化身出水火或身上出水身下出火身
下出水身上出火左脅在下右脅出水右脅
在下左脅出水一脅震雷一脅降雨或有示
現諸佛世界或復示現菩薩初生行至七
步處在深宮受五欲時初始出家脩苦行
時往菩提樹坐三昧時壞魔軍衆轉法輪時
示大神通入涅槃時世尊阿難比丘見是事
已作是念言如是神變昔來未見誰之所作
將非世尊釋迦作耶欲起欲語都不從意阿
難比丘入魔罥故復作是念諸佛所說各各
不同我於今者當受誰語世尊阿難今者極
受大苦雖念如來无能救者以是因緣不來
至此大衆之中
尒時文殊師利菩薩摩訶薩白佛言世尊此
大衆中有諸菩薩已於一生發阿耨多羅三藐
三菩提心至无量生發菩提心已能供養无
量諸佛其心堅固具足脩行檀波羅蜜乃至
般若波羅蜜成就功德久已親近无量諸佛
淨脩梵行得不退轉菩提之心得不退忍不
退轉持得如法忍首楞嚴等无量三昧如

上博 39 (37903)　大般涅槃經卷第卌　（22－9）

般若波羅蜜成就功德久已親近无量諸佛
淨脩梵行得不退轉菩提之心得不退忍不
退轉持得如法忍首楞嚴等无量三昧如
是等輩聞大乘經終不生疑善能分別宣
說三寶同一性相常住不變聞不思議不生
驚怯聞種種空心不怖懅了了通達一切法
性能持一切十二部經廣解其義亦能受持
无量諸佛十二部經何憂不能受持如是
大涅槃典何因緣故問憍陳如阿難所在
尒時世尊告文殊師利諦聽諦聽善男子我
成佛已過三十年住王舍城尒時我告諸比丘言
諸比丘今此衆中誰能為我受持如來十二部
經供給左右所須之事亦使不失自身善利
時憍陳如在彼衆中來白我言我能受持十
二部經供給左右不失所作自利益事我言
憍陳如汝已朽邁當須使人云何方欲為我
給使時舍利弗復作是言我能受持佛一切
語供給所須不失所作自利益事我言舍利
弗汝已朽邁當須使人云何方欲為我給使
乃至五百諸阿羅漢皆亦如是佛悉不受
尒時目連在大衆中作是思惟如來今者不
受五百比丘給使佛意為欲令誰作耶思惟
是已即便入定見如來心在阿難許如日初
出光照西壁見是事已即從定起語憍陳如

上博 39 (37903)　大般涅槃經卷第卌　（22－10）

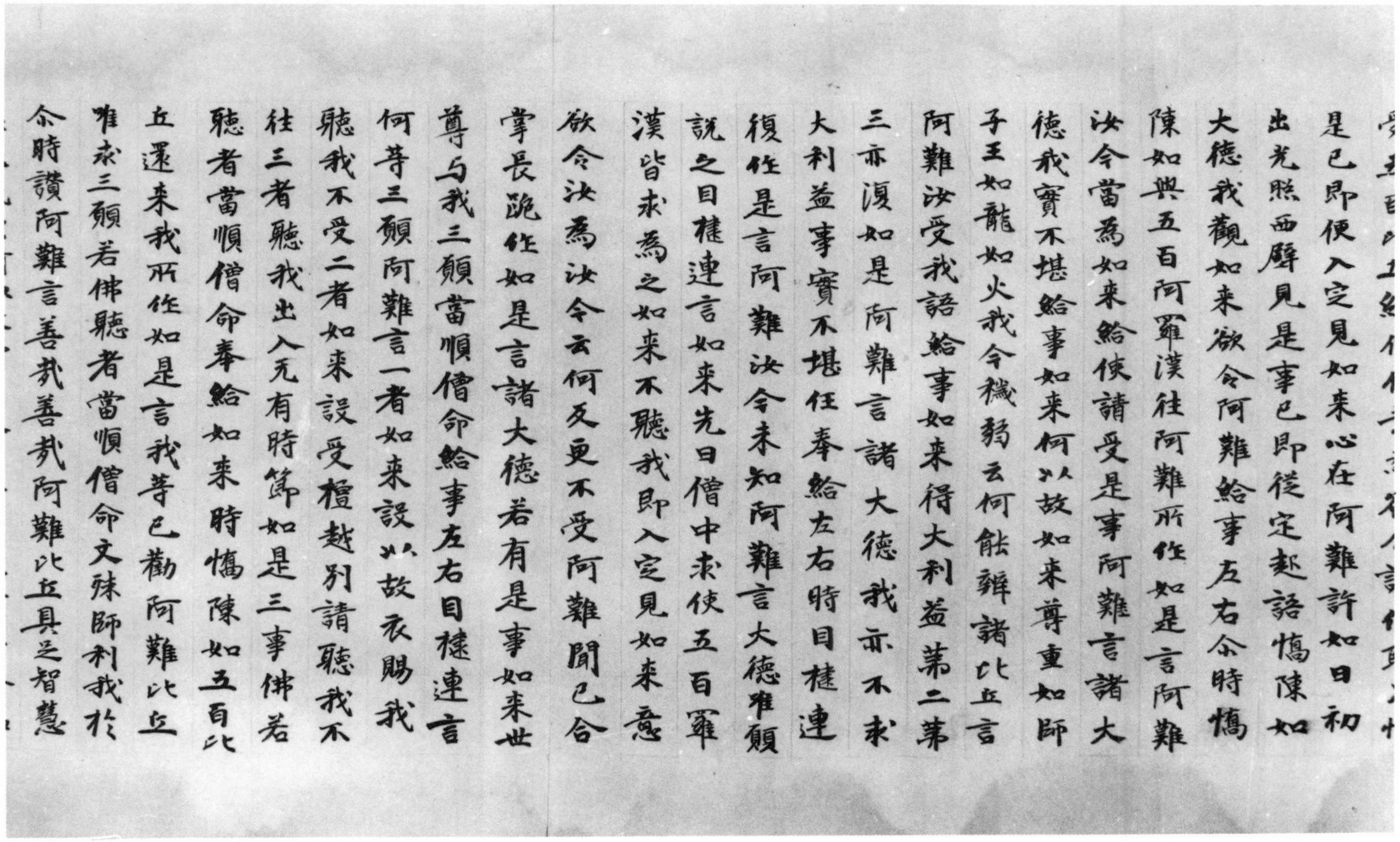
是已即便入定見如来心在阿難許如日初
出光照西壁見是事已即從定起語憍陳如
大德我觀如来欲令阿難給事左右尒時憍
陳如與五百阿羅漢往阿難所作如是言阿難
汝今當為如来給使請受是事阿難言諸大
德我實不堪給事如来何以故如来尊重如師
子王如龍如火我今穢弱云何能辦諸比丘言
阿難汝受我語給事如来得大利益第二第
三亦復如是阿難言諸大德我亦不求
大利益事實不堪任奉給左右時目楗連
復作是言阿難汝今未知阿難言大德唯願
說之目楗連言如来先日僧中求使五百羅
漢皆求為之如来不聽我即入定見如来意
欲令汝為汝今云何反更不受阿難聞已合
掌長跪作如是言諸大德若有是事如来世
尊与我三願當順僧命給事左右目楗連言
何等三願阿難言一者如来設以故衣賜我
聽我不受二者如来設受檀越別請聽我不
往三者聽我出入无有時節如是三事佛若
聽者當順僧命奉給如来時憍陳如五百比
丘還来我所作如是言我等已勸阿難比丘
唯求三願若佛聽者當順僧命文殊師利我於
尒時讚阿難言善哉善哉阿難比丘具足智慧

上博 39 (37903)　大般涅槃經卷第卌　（22－11）

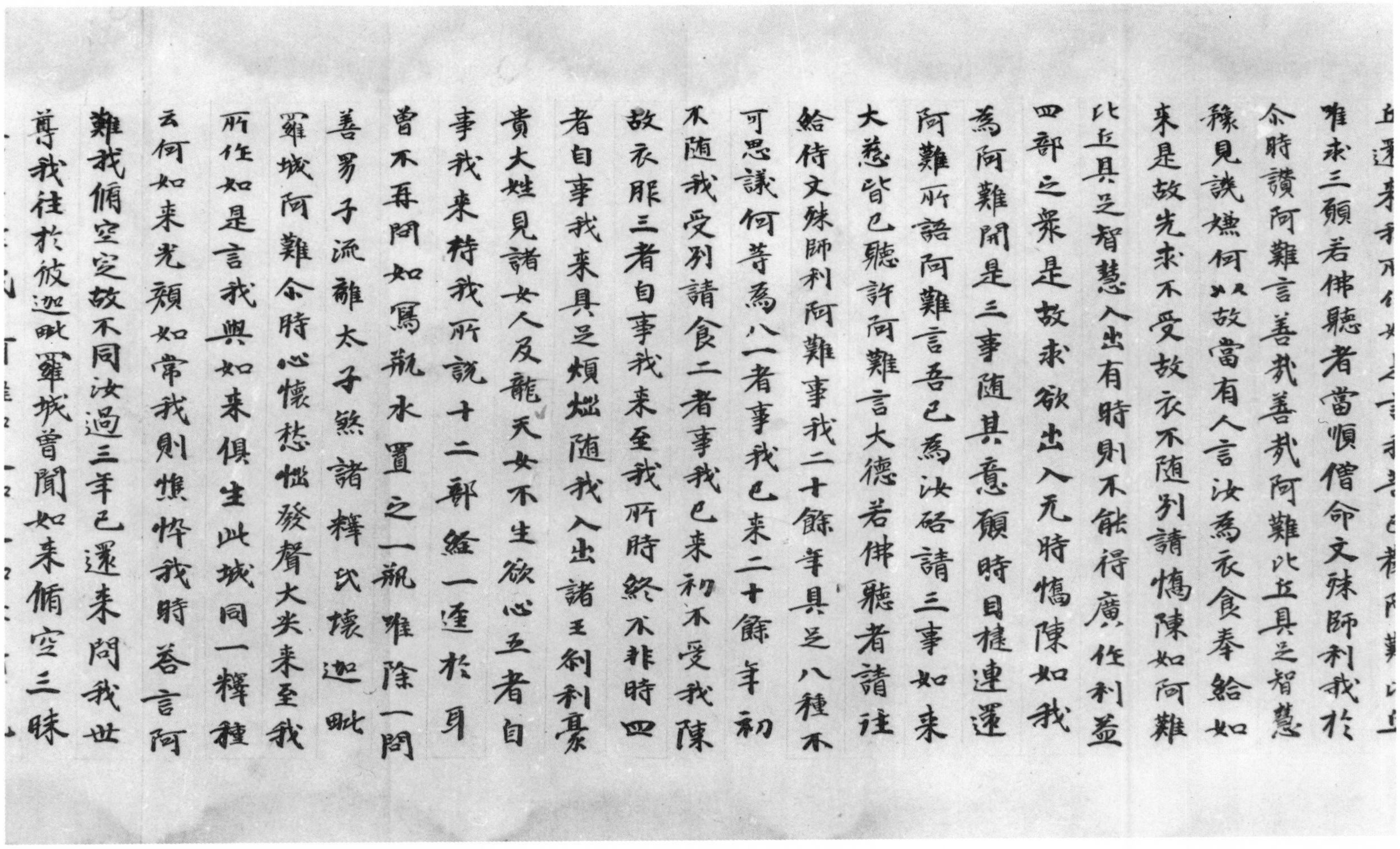
唯求三願若佛聽者當順僧命文殊師利我於
尒時讚阿難言善哉善哉阿難比丘具足智慧
豫見譏嫌何以故當有人言汝為衣食奉給如
来是故先求不受故衣不隨別請憍陳如阿難
比丘具足智慧入出有時則不能得廣作利益
四部之衆是故求欲出入无時憍陳如我
為阿難開是三事隨其意願時目楗連還
阿難所語阿難言吾已為汝啓請三事如来
大慈皆已聽許阿難言大德若佛聽者請往
給侍文殊師利阿難事我二十餘年具足八種不
可思議何等為八一者事我已来二十餘年初
不隨我受別請食二者事我已来初不受我陳
故衣服三者自事我来至我所時終不非時四
者自事我来具足煩惱隨我入出諸王刹利豪
貴大姓見諸女人及龍天女不生欲心五者自
事我来持我所說十二部経一逕於耳
曾不再問如寫瓶水置之一瓶唯除一問
善男子流離太子煞諸釋氏壞迦毗
羅城阿難尒時心懷愁惱發聲大哭来至我
所作如是言我與如来俱生此城同一釋種
云何如来光顏如常我則憔悴我時荅言阿
難我脩空定故不同汝過三年已還来問我世
尊我往於彼迦毗羅城曾聞如来脩空三昧

上博 39 (37903)　大般涅槃經卷第卌　（22－12）

難我循空定故不同汝過三年已還來問我世
尊我往於彼迦毗羅城曾聞如来循空三昧
是事虛實我言阿難如是如是如汝所說
六者自事我来雖未獲得知他心智常知如
来所入諸定七者自事我来未得願智而能
了知如是衆生到如来所現在能得四沙門果有
後得者有得人身有得天身八者自事我来
如来所有秘密之言悉能了知善男子阿難
比丘具足如是八不思議是故我稱阿難
比丘為多聞藏善男子阿難比丘具足八法
能具足持十二部經何等為八一者信根堅
固二者其心質直三者身无病苦四者常勤
精進五者具足念心六者心无憍慢七者成
就定意八者具足從聞生智文殊師利毗婆
尸佛侍者弟子名阿叔迦亦復具足如是八
法尸棄如来侍者弟子名差摩迦羅毗舍浮
佛侍者弟子名憂波扇陀迦羅鳩村大佛侍
者弟子名曰拔提迦那含牟尼佛侍者弟子名曰
蘇坻迦葉佛侍者弟子名葉婆蜜多皆亦具
足如是八法我今阿難亦復如是具足八法
是故我稱阿難比丘為多聞藏善男子如
汝所說此大衆中雖有无量无邊菩薩是諸
菩薩皆有重任所謂大慈大悲如是慈悲之
因緣故各各悉務調伏眷屬莊嚴自身以是

上博 39 (37903) 大般涅槃經卷第卅 (22－13)

是故我稱阿難比丘為多聞藏善男子如
汝所說此大衆中雖有无量无邊菩薩是諸
菩薩皆有重任所謂大慈大悲如是慈悲之
因緣故各各悉務調伏眷屬莊嚴自身以是
因緣我涅槃後不能宣通十二部經若有菩
薩或時能說人不信受文殊師利阿難比丘是
吾之弟給事我来二十餘年所可聞法具足受
持喻如寫水置之一器是故我今顧問阿難
為何所在欲令受持是涅槃經善男子我
涅槃後阿難比丘所未聞者弘廣菩薩當能
流布阿難所聞自能宣通文殊師利阿難比
丘今在他處去此會外十二由延而為六万
四千億魔之所惱乱汝可往彼發大聲言一切
諸魔諦聽諦聽如来今說大陁羅尼一切天
龍乾闥婆阿脩羅迦樓羅緊那羅摩睺羅
伽人與非人山神樹神河神海神舍宅等神聞
是持名无不恭敬受持之者是陁羅尼十恒
河沙諸佛世尊所共宣說能轉女身自識宿
命若受五事一者梵行二者斷肉三者斷酒
四者斷辛五者樂在寂靜受五事已至心信
受讀誦書寫是陁羅尼當知是人則得超越
七十七億弊惡之身尒時世尊即便說之
阿摩隸 毗摩隸 涅摩隸
瞢伽隸 醯摩羅若竭禪 三蔓那跋提

上博 39 (37903) 大般涅槃經卷第卅 (22－14)

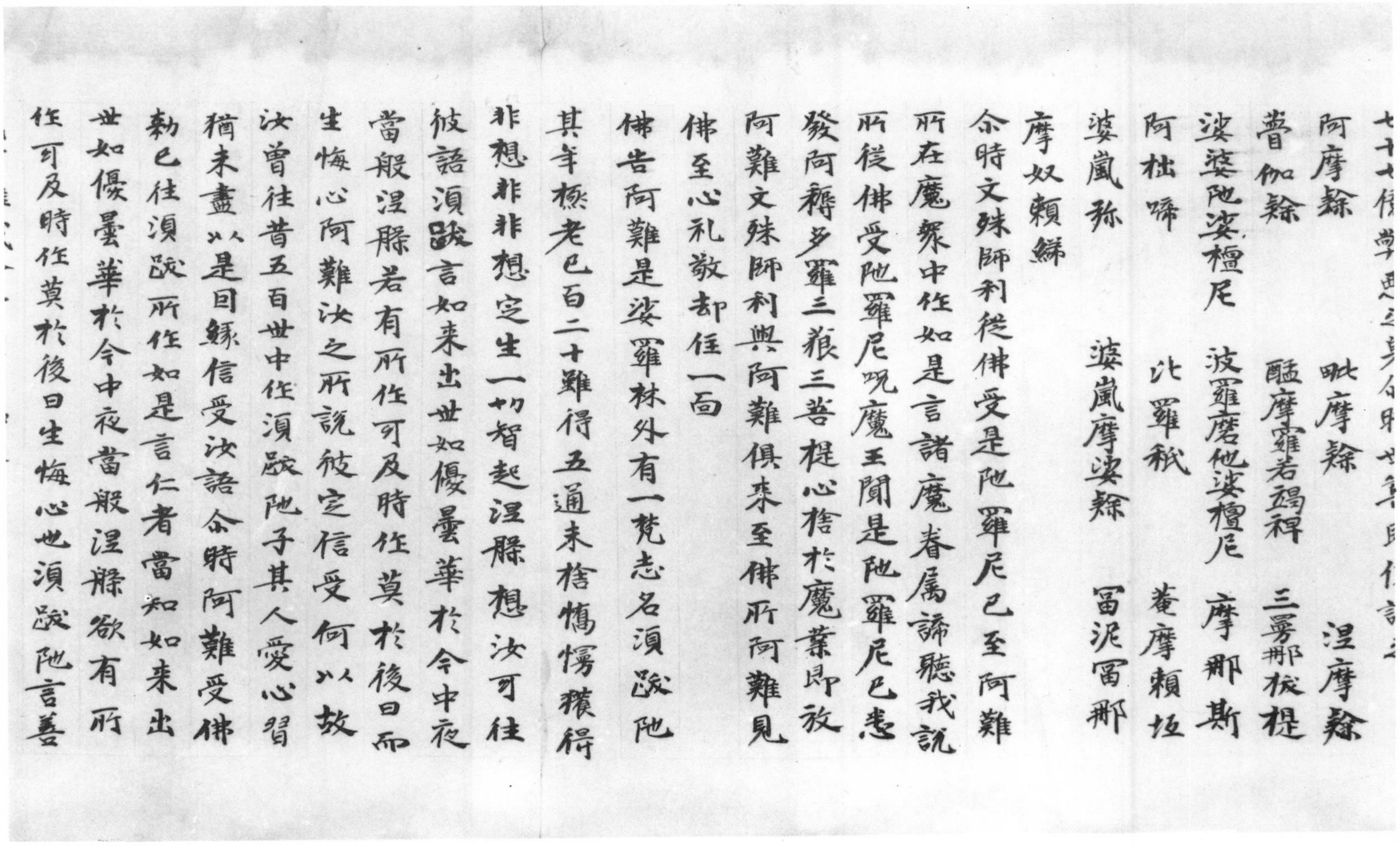

阿摩絺　毗摩絺　涅摩絺
瞢伽絺　醯摩羅若竭稈　三菩那㧞提
波婆陁婆檀尼　波羅磨他婆檀尼　摩那斯
阿拙啼　比羅秖　菴摩賴坻
婆嵐弥　婆嵐摩婆絺　富泥富那
摩奴賴𮉼
尒時文殊師利從佛受是陁羅尼已至阿難
所在魔衆中作如是言諸魔眷屬諦聽我說
所從佛受陁羅尼呪魔王聞是陁羅尼已悉
發阿耨多羅三藐三菩提心捨於魔業即放
阿難文殊師利與阿難俱來至佛所阿難見
佛至心礼敬却住一面
佛告阿難是娑羅林外有一梵志名須跋陁
其年極老已百二十雖得五通未捨憍慢獲得
非想非非想定生一切智起涅槃想汝可往
彼語須跋言如来出世如優曇華於今中夜
當般涅槃若有所作可及時作莫於後日而
生悔心阿難汝之所說彼定信受何以故
汝曾往昔五百世中作須跋陁子其人愛心習
猶未盡以是因緣信受汝語尒時阿難受佛
勅已往須跋所作如是言仁者當知如来出
世如優曇華於今中夜當般涅槃欲有所
作可及時作莫於後日生悔心也須跋陁言善

上博 39 (37903)　大般涅槃經卷第卌　(22－15)

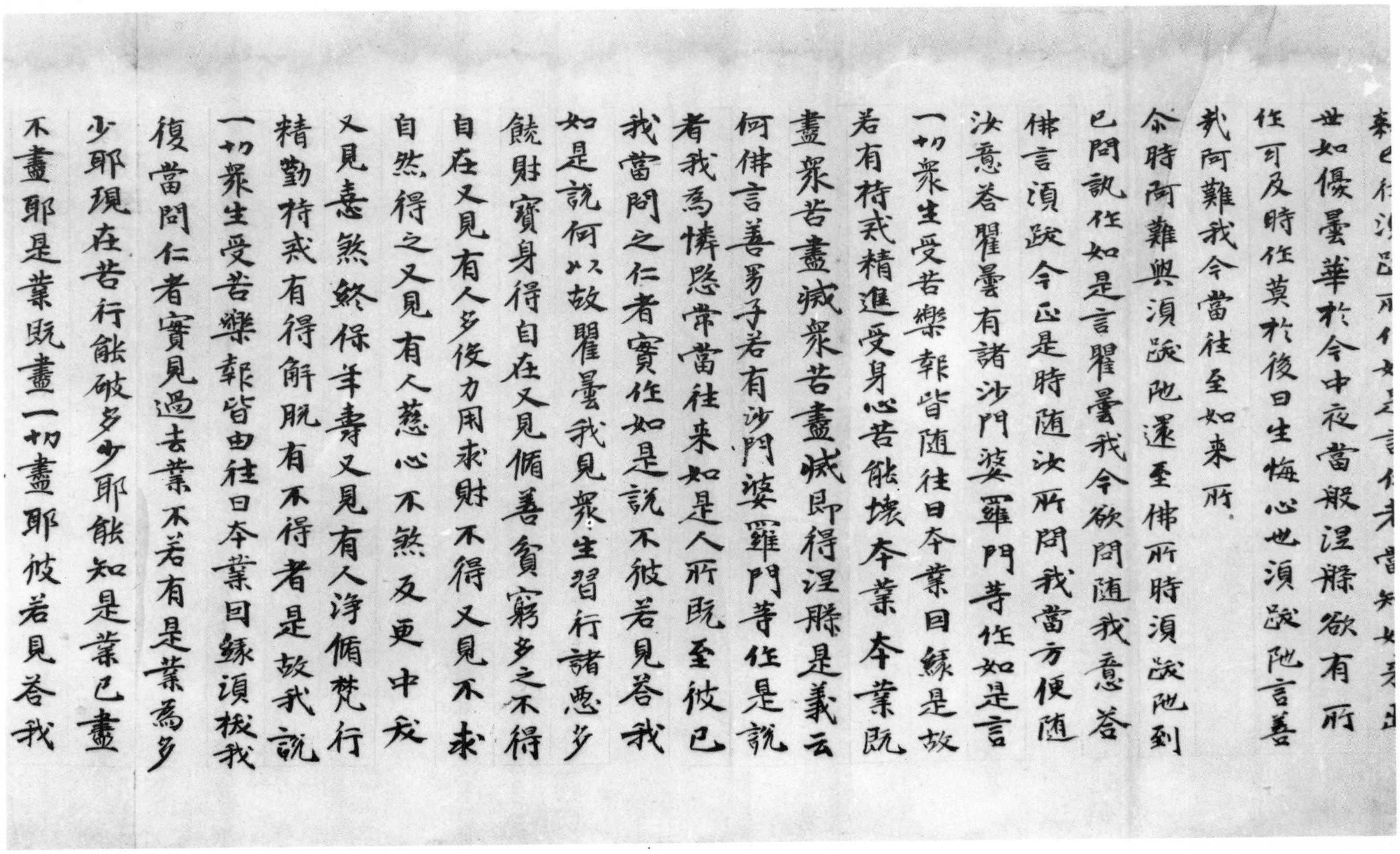

勅已往須跋所作如是言仁者當知如来出
世如優曇華於今中夜當般涅槃欲有所
作可及時作莫於後日生悔心也須跋陁言善
哉阿難我今當往至如来所
尒時阿難與須跋陁還至佛所時須跋陁到
已問訊作如是言瞿曇我今欲問隨我意荅
佛言須跋今正是時隨汝所問我當方便隨
汝意荅瞿曇有諸沙門婆羅門等作如是言
一切衆生受苦樂報皆隨往日本業因緣是故
若有持戒精進受身心苦能壞本業本業既
盡衆苦盡滅衆苦盡滅即得涅槃是義云
何佛言善男子若有沙門婆羅門等作是說
者我為憐愍常當往来如是人所既至彼已
我當問之仁者實作如是說不彼若見荅我
如是說何以故瞿曇我見衆生習行諸惡多
饒財寶身得自在又見脩善貧窮多之不得
自在又見有人多役力用求財不得又見不求
自然得之又見有人慈心不煞反更中夭
又見憙煞終保年壽又見有人淨脩梵行
精勤持戒有得解脫有不得者是故我說
一切衆生受苦樂報皆由往日本業因緣須㧞我
復當問仁者實見過去業不若有是業為多
少耶現在苦行能破多少耶能知是業已盡
不盡耶是業既盡一切盡耶彼若見荅我

上博 39 (37903)　大般涅槃經卷第卌　(22－16)

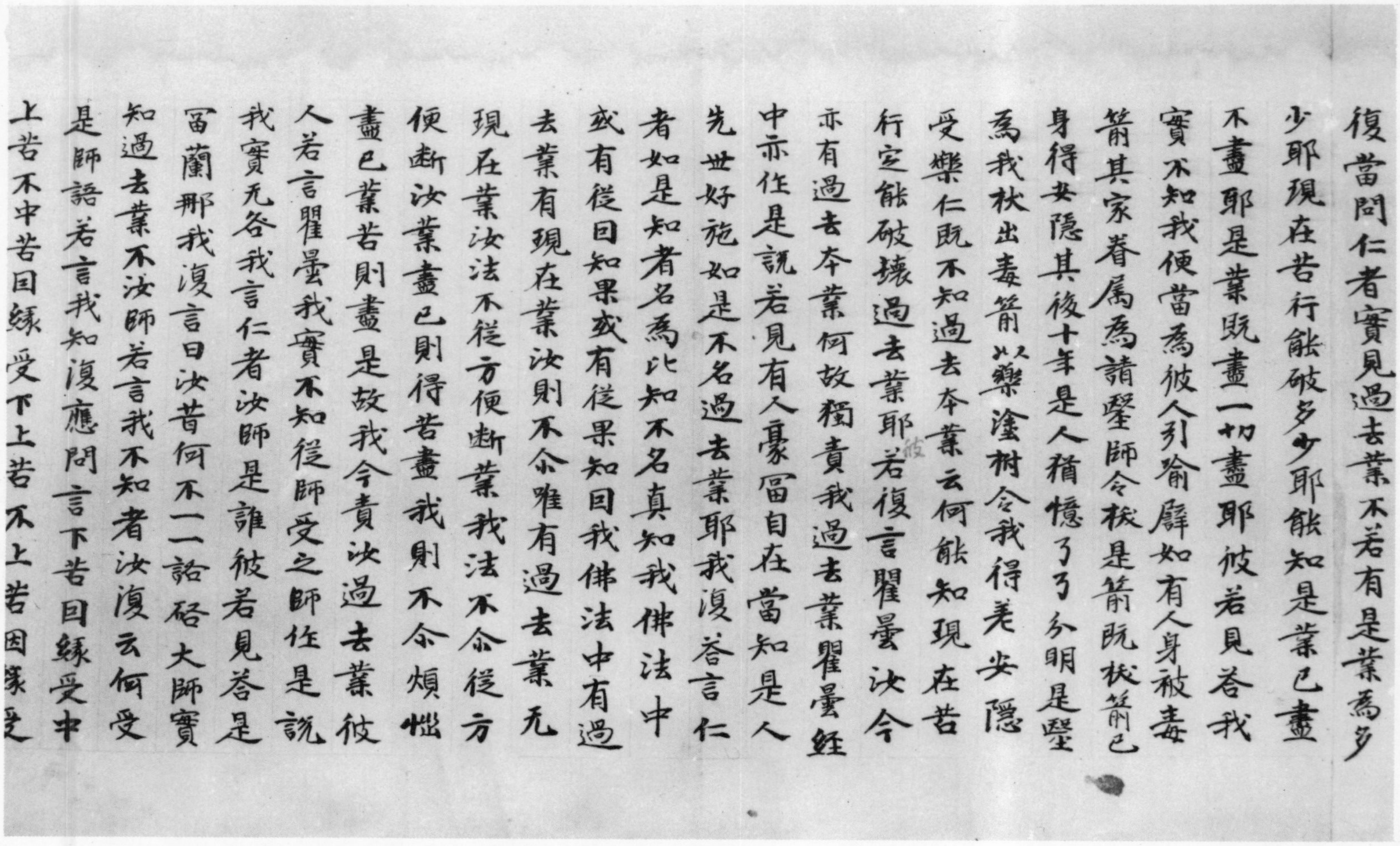
復當問仁者實見過去業不若有是業為多
少耶現在苦行能破多少耶能知是業已盡
不盡耶是業既盡一切盡耶彼若見答我
實不知我便當為彼人引喻譬如有人身被毒
箭其家眷屬為請醫師令拔是箭既拔箭已
身得安隱其後十年是人猶憶了了分明是醫
為我拔出毒箭以藥塗拊令我得差安隱
受樂仁既不知過去本業云何能知現在苦
行定能破壞過去業耶若復言瞿曇汝今
亦有過去本業何故獨責我過去業瞿曇經
中亦作是說若見有人豪富自在當知是人
先世好施如是不名過去業耶我復答言仁
者如是知者名為比知不名真知我佛法中
或有從因知果或有從果知因我佛法中有過
去業有現在業汝則不尒雖有過去業无
現在業汝法不從方便斷業我法不尒從方
便斷汝業盡已則得苦盡我則不尒煩惱
盡已業苦則盡是故我今責汝過去業彼
人若言瞿曇我實不知從師受之師作是說
我實无咎我言仁者汝師是誰彼若見答是
富蘭那我復言曰汝昔何不一一諮啓大師實
知過去業不汝師若言我不知者汝復云何受
是師語若言我知復應問言下苦因緣受中
上苦不中苦因緣受下上苦不上苦因緣受

上博 39 (37903)　大般涅槃經卷第卅　（22－17）

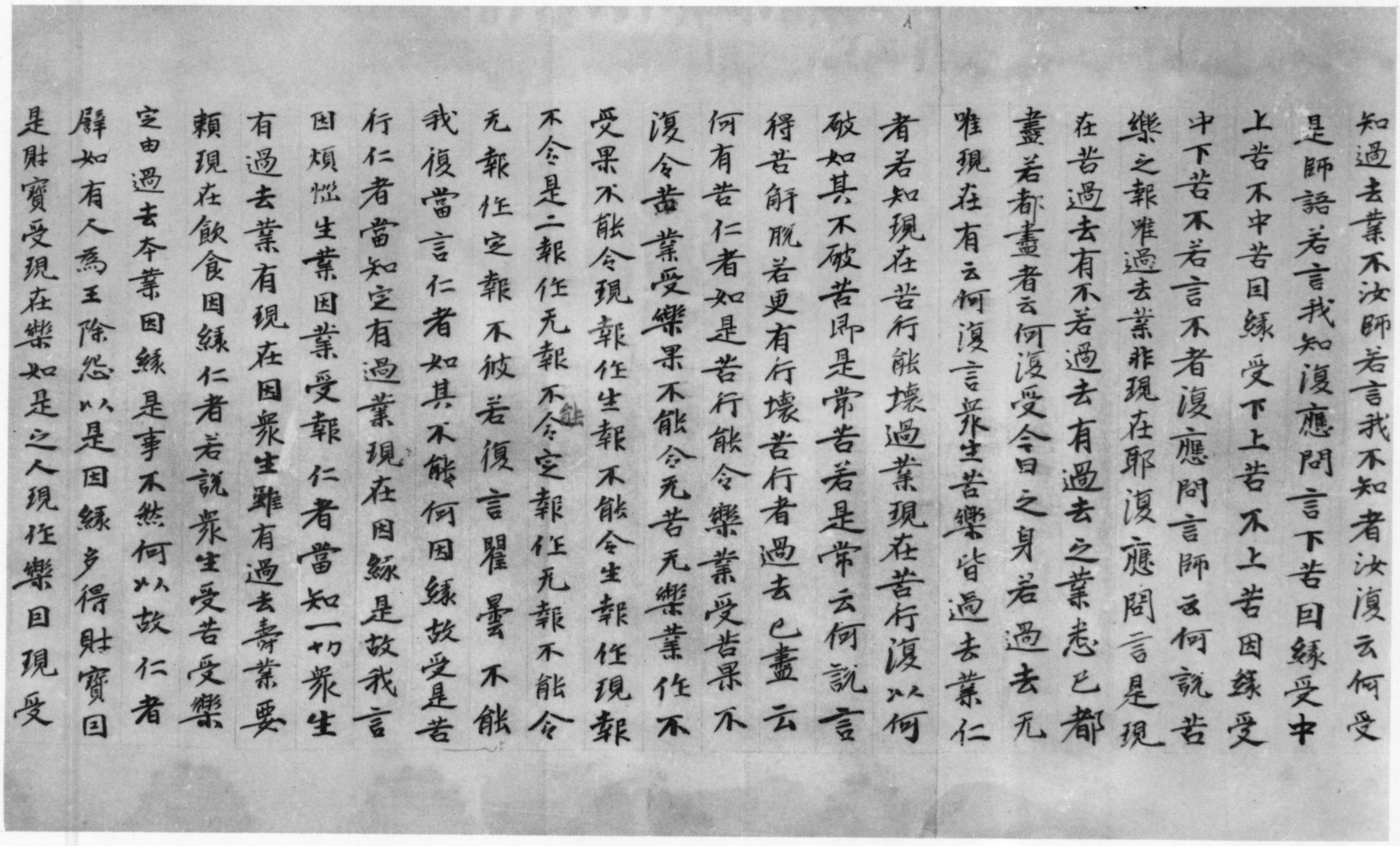
知過去業不汝師若言我不知者汝復云何受
是師語若言我知復應問言下苦因緣受中
上苦不中苦因緣受下上苦不上苦因緣受
中下苦不若言不者復應問言師云何說苦
樂之報唯過去業非現在耶復應問言是現
在苦過去有不若過去有過去之業悉已都
盡若都盡者云何復受今日之身若過去无
唯現在有云何復言衆生苦樂皆過去業仁
者若知現在苦行能壞過業現在苦行復以何
破如其不破苦即是常苦若是常云何說言
得苦解脫若更有行壞苦行者過去已盡云
何有苦仁者如是苦行能令樂業受苦果不
復令苦業受樂果不能令无苦无樂業作不
受果不能令現報作生報不能令生報作現報
不令是二報作无報不令定報作无報不能令
无報作定報不彼若復言瞿曇不能
我復當言仁者如其不能何因緣故受是苦
行仁者當知定有過業現在因緣是故我言
因煩惱生業因業受報仁者當知一切衆生
有過去業有現在因衆生雖有過去壽業要
賴現在飲食因緣仁者若說衆生受苦受樂
定由過去本業因緣是事不然何以故仁者
譬如有人為王除怨以是因緣多得財寶因
是財寶受現在樂如是之人現作樂因現受

上博 39 (37903)　大般涅槃經卷第卅　（22－18）

定由過去本業因緣是事不然何以故仁者
譬如有人為王除怨以是因緣多得財寶因
是財寶受現在樂如是之人現作樂因現受
樂報譬如有人煞王愛子以是因緣喪失身
命如是之人現作苦因現受苦報仁者一切衆
生現在因於四大時節土地人民受苦受樂
是故我說一切衆生不必盡因過去本業受
苦樂也仁者若以斷業因緣力故得解脫者
一切聖人不得解脫何以故一切衆生過去
本業无始終故是故我說脩聖道時是道能
遮无始終業仁者若受苦行便得道者一切
畜生悉應得道是故先當調伏其心不調伏
身以是因緣我經中說斫伐此林莫斫伐樹
何以故從林生怖不從樹生欲調伏身先當
調心心喻於林身喻於樹須跋陀言世尊我
已先調伏心佛言善男子汝今云何能先調
心須跋陀言世尊我先思惟欲是无常无樂
无淨觀色即是常樂清淨作是觀已欲界結
斷獲得色處是故名為先調伏心次復觀色
色是无常如癰如瘡如毒如箭見无色常清
淨寂靜如是觀已色界結盡得无色處是
故名為先調伏心次復觀想即是无常癰瘡
毒箭如是觀已獲得非想非非想處是非非
想即一切智寂靜清淨无有墮墜常恒不變是

上博 39 (37903)　大般涅槃經卷第卅　（22－19）

故名為先調伏心次復觀想即是无常癰瘡
毒箭如是觀已獲得非想非非想處是非非
想即一切智寂靜清淨无有墮墜常恒不變是
故我能調伏其心佛言善男子汝云何能調
伏心耶汝今所得非想非非想定猶名為想
涅槃无想汝云何言獲得涅槃善男子汝已先
能呵責麁想今者云何愛著細想不知呵
責如是非想非非想處故名為想如癰如瘡
如毒如箭善男子汝師欝頭藍弗利根聰明
尚不能斷如是非想非非想處受於惡身況
其餘者世尊云何能斷一切諸有佛言善男
子若觀實相是人能斷一切諸有須跋陀言
世尊云何名為實相善男子无相之相名為
實相世尊云何名為无相之相善男子一切法
无自相他相及自他相无无因相无作相无受
相无作者相无受者相无法非法相无男女
相无士夫相无微塵相无時節相无為自
相无為他相无為自他相无有相无无相无
生相无生者相无因相无因因相无果相无果
果相无晝夜相无明闇相无見相无見者
相无聞相无聞者相无覺知相无覺知者相
无菩提相无得菩提相无業相无業主相无
煩惱相无煩惱主相善男子如是等相隨所
滅處名真實相善男子一切諸法皆是虛

上博 39 (37903)　大般涅槃經卷第卅　（22－20）

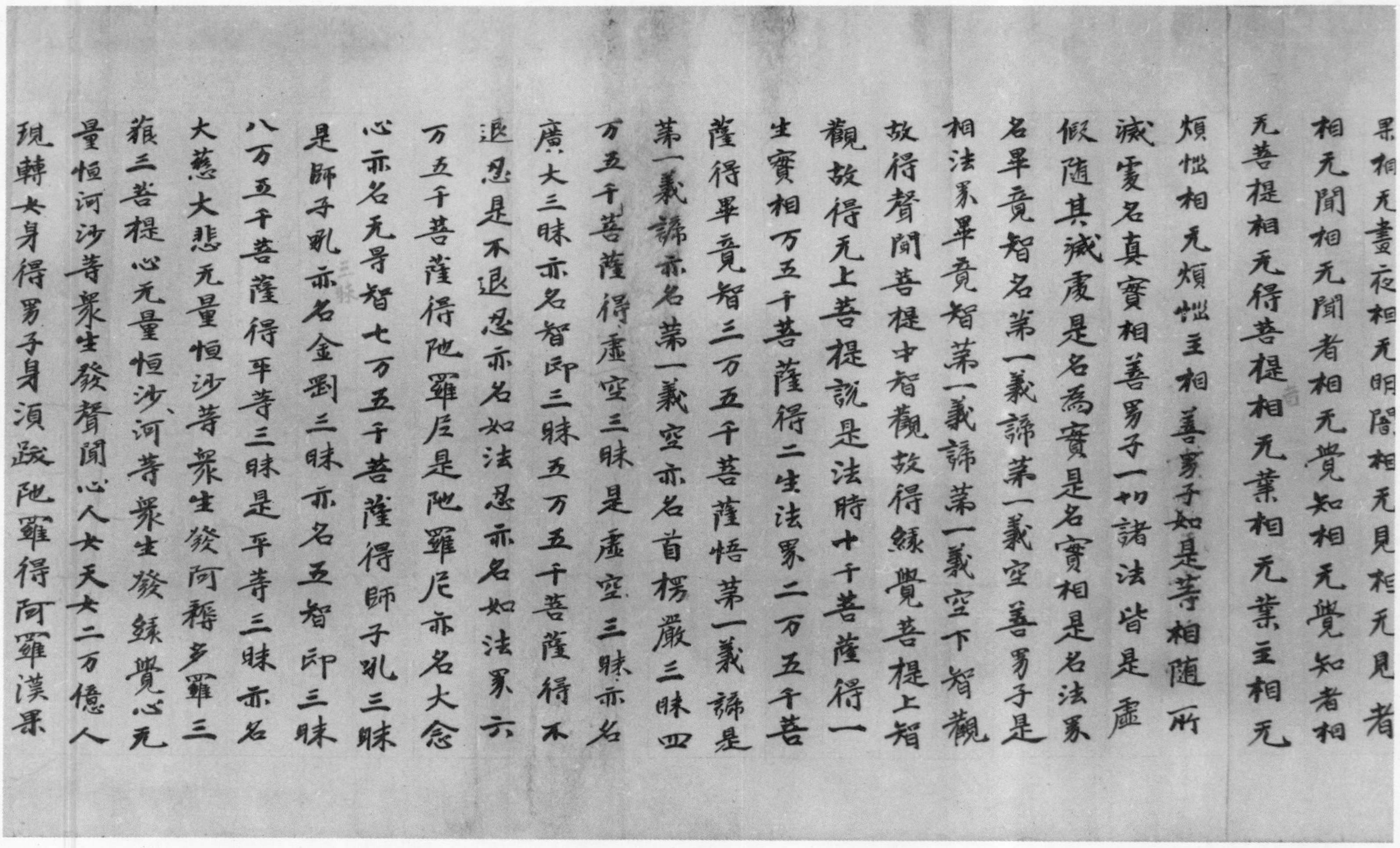
果相无晝夜相无明闇相无見相无見者
相无聞相无聞者相无覺知相无覺知者相
无菩提相无得菩提相无業相无業主相无
煩惱相无煩惱主相善男子如是等相隨所
滅處名真實相善男子一切諸法皆是虛
假隨其滅處是名為實是名實相是名法界
名畢竟智名第一義諦第一義空善男子是
相法界畢竟智第一義諦第一義空下智觀
故得聲聞菩提中智觀故得緣覺菩提上智
觀故得无上菩提說是法時十千菩薩得一
生實相万五千菩薩得二生法界二万五千菩
薩得畢竟智三万五千菩薩悟第一義諦是
第一義諦亦名第一義空亦名首楞嚴三昧四
万五千菩薩得虛空三昧是虛空三昧亦名
廣大三昧亦名智印三昧五万五千菩薩得不
退忍是不退忍亦名如法忍亦名如法界六
万五千菩薩得陁羅尼是陁羅尼亦名大念
心亦名无㝵智七万五千菩薩得師子吼三昧
是師子吼亦名金剛三昧亦名五智印三昧
八万五千菩薩得平等三昧是平等三昧亦名
大慈大悲无量恒沙等衆生發阿耨多羅三
藐三菩提心无量恒沙河等衆生發緣覺心无
量恒河沙等衆生發聲聞心人女天女二万億人
現轉女身得男子身須跋陁羅得阿羅漢果

上博 39 (37903)　大般涅槃經卷第卌　（22－21）

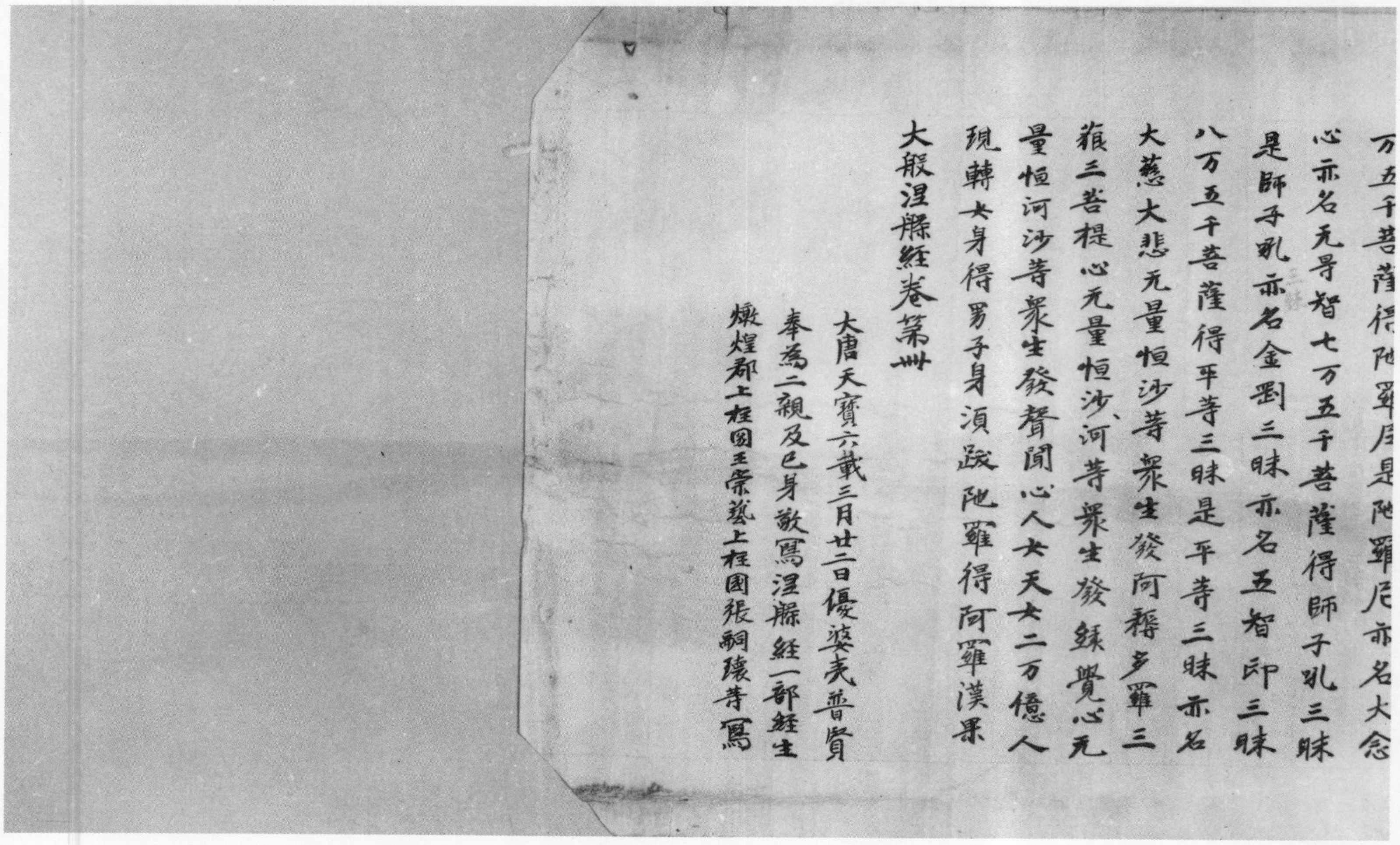
万五千菩薩得陁羅尼是陁羅尼亦名大念
心亦名无㝵智七万五千菩薩得師子吼三昧
是師子吼亦名金剛三昧亦名五智印三昧
八万五千菩薩得平等三昧是平等三昧亦名
大慈大悲无量恒沙等衆生發阿耨多羅三
藐三菩提心无量恒沙河等衆生發緣覺心无
量恒河沙等衆生發聲聞心人女天女二万億人
現轉女身得男子身須跋陁羅得阿羅漢果
大般涅槃經卷第卌
大唐天寶六載三月廿二日優婆夷普賢
奉為二親及己身敬寫涅槃經一部經生
燉煌郡上柱國王崇藝上柱國張嗣環等寫

上博 39 (37903)　大般涅槃經卷第卌　（22－22）

上博 40（39341） 造莫高窟記

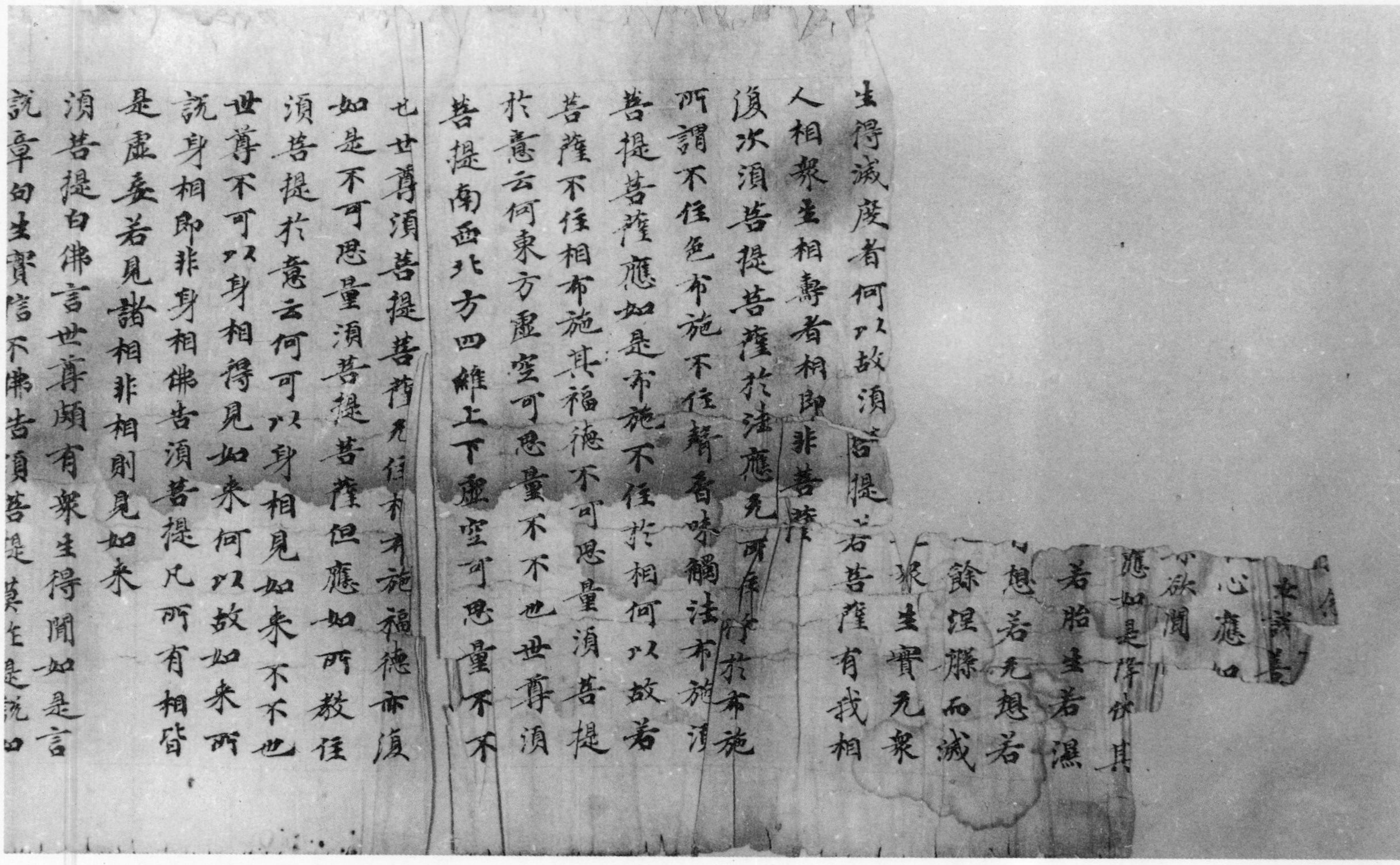

汝說善
心應如
欲聞
應如是降伏其
若胎生若濕
想若无想若
餘涅槃而滅
衆生實无衆
生得滅度者何以故須菩提若菩薩有我相
人相衆生相壽者相即非菩薩
復次須菩提菩薩於法應无所住行於布施
所謂不住色布施不住聲香味觸法布施須
菩提菩薩應如是布施不住於相何以故若
菩薩不住相布施其福德不可思量須菩提
於意云何東方虛空可思量不不也世尊須
菩提南西北方四維上下虛空可思量不不
也世尊須菩提菩薩无住相布施福德亦復
如是不可思量須菩提菩薩但應如所教住
須菩提於意云何可以身相見如來不不也
世尊不可以身相得見如來何以故如來所
說身相即非身相佛告須菩提凡所有相皆
是虛妄若見諸相非相則見如來
須菩提白佛言世尊頗有衆生得聞如是言
說章句生實信不佛告須菩提莫作是說如

上博 41 (39643) 金剛般若波羅蜜經 (4－1)

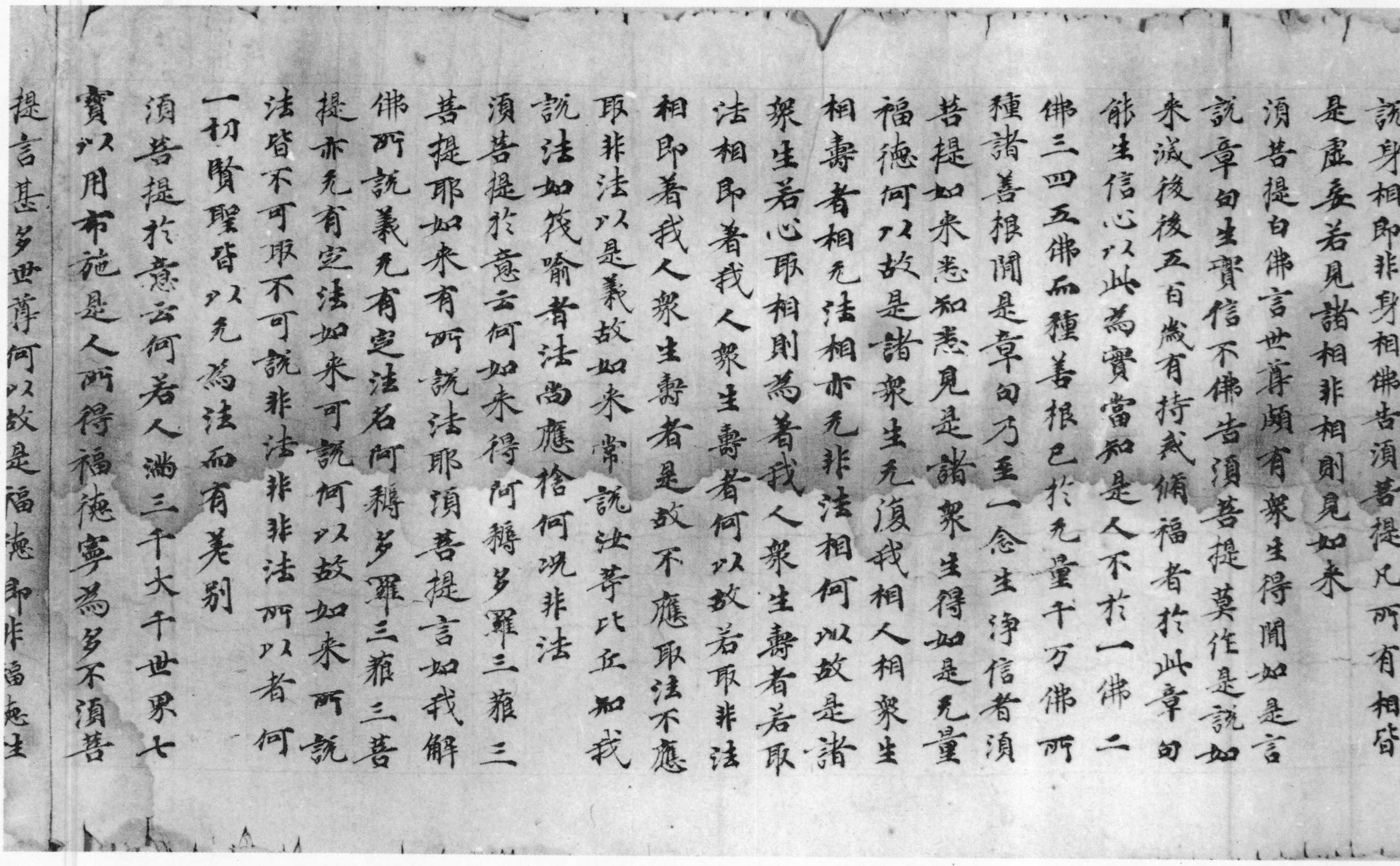

說身相即非身相佛告須菩提凡所有相皆
是虛妄若見諸相非相則見如來
須菩提白佛言世尊頗有衆生得聞如是言
說章句生實信不佛告須菩提莫作是說如
來滅後後五百歲有持戒脩福者於此章句
能生信心以此為實當知是人不於一佛二
佛三四五佛而種善根已於无量千万佛所
種諸善根聞是章句乃至一念生淨信者須
菩提如來悉知悉見是諸衆生得如是无量
福德何以故是諸衆生无復我相人相衆生
相壽者相无法相亦无非法相何以故是諸
衆生若心取相則為著我人衆生壽者若取
法相即著我人衆生壽者何以故若取非法
相即著我人衆生壽者是故不應取法不應
取非法以是義故如來常說汝等比丘知我
說法如筏喻者法尚應捨何況非法
須菩提於意云何如來得阿耨多羅三藐三
菩提耶如來有所說法耶須菩提言如我解
佛所說義无有定法名阿耨多羅三藐三菩
提亦无有定法如來可說何以故如來所說
法皆不可取不可說非法非非法所以者何
一切賢聖皆以无為法而有差別
須菩提於意云何若人滿三千大千世界七
寶以用布施是人所得福德寧為多不須菩
提言甚多世尊何以故是福德即非福德性

上博 41 (39643) 金剛般若波羅蜜經 (4－2)

須菩提於意云何若人滿三千大千世界七
寶以用布施是人所得福德寧為多不須菩
提言甚多世尊何以故是福德即非福德性
是故如來說福德多若復有人於此經中受
持乃至四句偈等為他人說其福勝彼何以故
須菩提一切諸佛及諸佛阿耨多羅三藐三菩提法
皆從此經出須菩提所謂佛法者即非佛法
須菩提於意云何須陁洹能作是念我得須
陁洹果不須菩提言不也世尊何以故須陁
洹名為入流而无所入不入色聲香味觸法
是名須陁洹須菩提於意云何斯陁含能作
是念我得斯陁含果不須菩提言不也世尊
何以故斯陁含名一往來而實无往來是名
斯陁含須菩提於意云何阿那含能作是念
我得阿那含果不須菩提言不也世尊何以
故阿那含名為不來而實无來是故名阿那
含須菩提於意云何阿羅漢能作是念我得
阿羅漢道不須菩提言不也世尊何以故實
无有法名阿羅漢世尊若阿羅漢作是念我
得阿羅漢道即為著我人衆生壽者世尊佛
說我得无諍三昧人中最為第一是第一離
欲阿羅漢我不作是念我是離欲阿羅漢世
尊我若作是念我得阿羅漢道世尊則不說
須菩提是樂阿蘭那行者以須菩提實无所
行而名須菩提是樂阿蘭那行

上博 41 (39643)　金剛般若波羅蜜經　（4－3）

欲阿羅漢我不作是念我是離欲阿羅漢世
尊我若作是念我得阿羅漢道世尊則不說
須菩提是樂阿蘭那行者以須菩提實无所
行而名須菩提是樂阿蘭那行
佛告須菩提於意云何如來昔在然燈佛所於法
有所得不世尊如來在然燈佛所於法實无所得
須菩提於意云何菩薩莊嚴佛土不不也世
尊何以故莊嚴佛土者則非莊嚴是名莊嚴
是故須菩提諸菩薩摩訶薩應如是生清
淨心不應住色生心不應住聲香味觸法生
心應无所住而生其心須菩提譬如有人身
如須彌山王於意云何是身為大不須菩提
言甚大世尊何以故佛說非身是名大身

上博 41 (39643)　金剛般若波羅蜜經　（4－4）

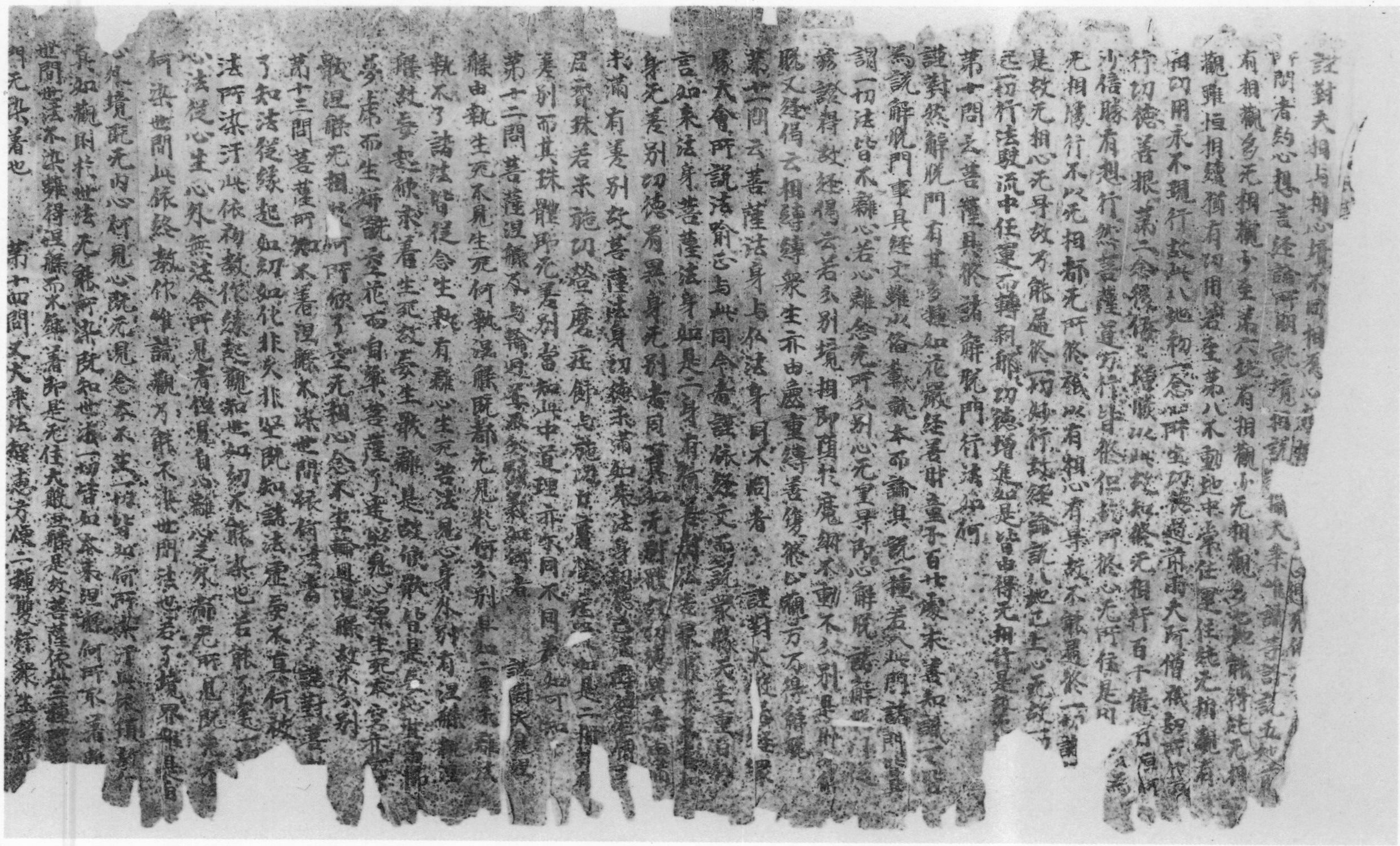

上博 42 (39644)　大小乘廿二問本　　（10－1）

上博 42 (39644)　大小乘廿二問本　　（10－2）

上博 42 (39644)　大小乘廿二問本　（10－3）

上博 42 (39644)　大小乘廿二問本　（10－4）

上博 42 (39644)　大小乘廿二問本　（10－5）

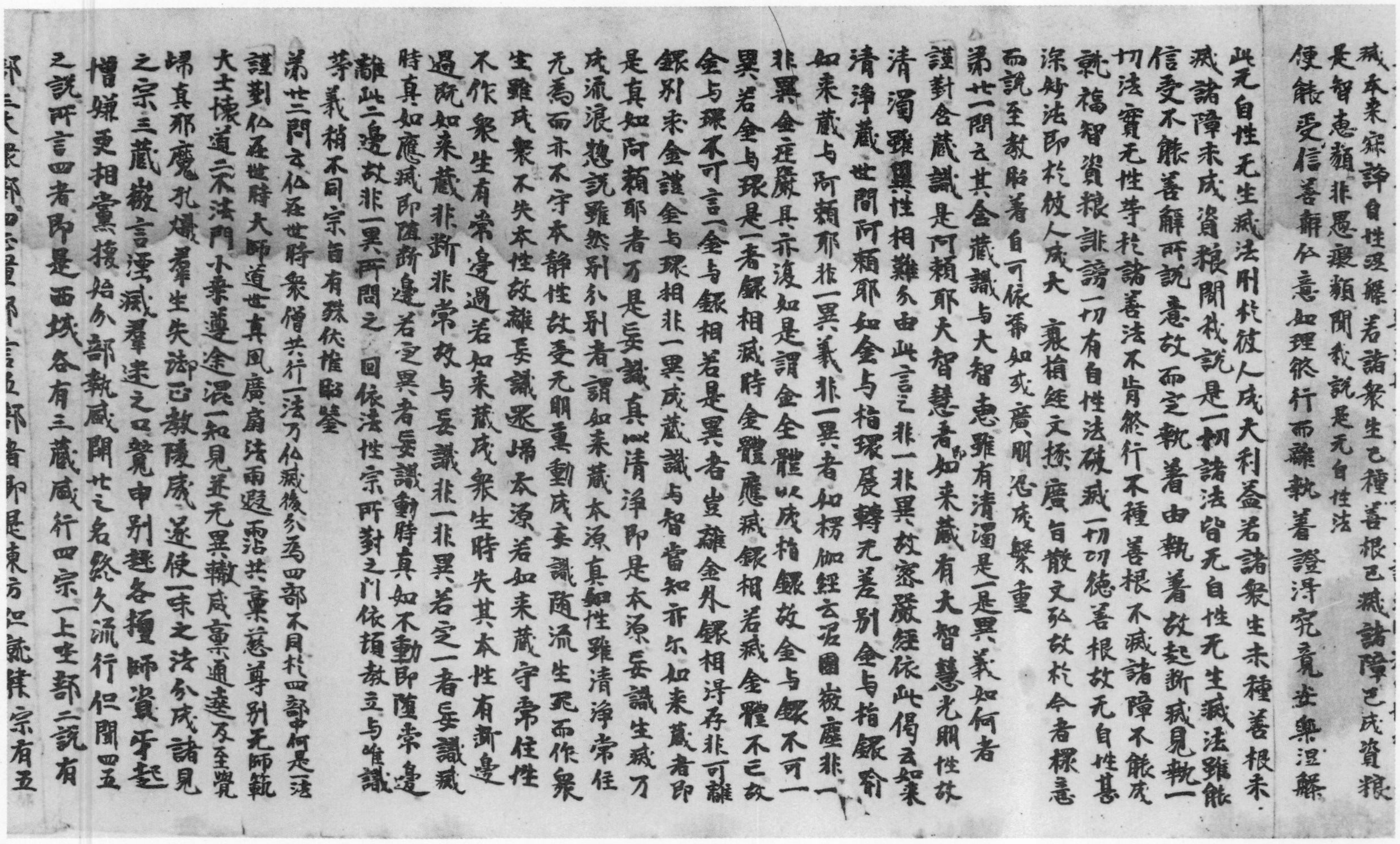

上博 42 (39644)　大小乘廿二問本　（10－6）

之宗三藏攝言淨源摩達之口義中別起名種師資承妄
增竊更相黨援始分部執咸聞廿之名終久流行但聞四五
之說所言四者即是西域各有三藏咸行四宗一上坐部二說有
部三大衆部四正量部　言五部者即是東方但就律宗有五
一者薩婆多即十誦律漢地似行二曇无徳即四分律漢地咸行三
弥沙塞即五分律漢地少行四摩訶僧祇即僧祇律漢地不用
五迦攝毗耶空傳律名但有戒本東方五部從西域来西域
四部咸傳本有皆稱仏說並号聖言今者須明有之始末部
執初興即廿別及傳永久唯四五存先明廿名之所因後配四五
教之同異言廿部者文殊經云十八及本二皆從大衆出无是亦无
非我說未来起　所言本二有其兩重　仏涅槃後十有二年大迦
攝波思集法藏聲妙高山並告之日諸聖者等勿入涅槃集王
舍城當有法事是時四瀾洲　聖衆咸集未生怨王咸興供養
過七日已大迦攝波恐人衆多難成法事簡取五百无學聖僧精持
三藏具多聞者於七葉窟而坐安居兩前三月集成三藏一素怛
羅二毗柰耶三阿毗達摩餘衆久有通三藏人既被簡退共悲歎
日如来在日同一師学法王寂滅簡異我曹欲報仏恩宜集法藏
於其窟外空閑林中坐兩安居集成五藏前三更加呪藏初以迦
攝僧中上座名上座部後以凡聖大衆同君名大衆部此即是
其第一重本既結集已於二法藏隨樂受持不相非斥至仏滅後
百有餘年去聖時淹如日久沒摩揭陁国俱蘇摩城王号无
憂統攝贍部感一白蓋化合人神是時仏法大衆初破謂因四衆
共議大天五事不同分成兩部言四衆者一龍象衆二邊鄙衆三
多聞衆四大徳衆言大天者末兔羅国有一商人婚娶幼妻生
一男子顏貌端正字日大天商人貿遷久滞他国子既年性母逼行烝
後聞父還懐怖懼与母設計遂煞之惡事漸彰共竄　他国
逃難展轉至波吒釐彼城還逢門師羅漢恐泄家事矯請煞
之毋後他非其子還見悔恨交集遂又煞之雖造三逆不斷善根
憂悔罪深何縁當滅傳聞沙門有滅罪法遂至鷄園伽藍門外
見一苾芻誦伽他日　若人造重罪　脩善能滅除　彼能照世間
如日出雲翳　大天聞偈踴躍知歸故請出家有僧遂度性識聡
慜三藏處通詞論既請善於化道波吒釐人无不歸仰既躭名利
惡見乃生矯言我得阿羅漢果五惡見事從此而生既稱得聖
人或聖凡育王頻請說法供養見諸宮女不正思惟於夜夢
寐中漏失不淨浣衣弟子怪而問之豈阿羅漢有斯漏失大天
矯答魔撓使然以漏失因有其二種煩惱漏失羅漢即无不淨

上博 42 (39644)　大小乘廿二問本　（10－7）

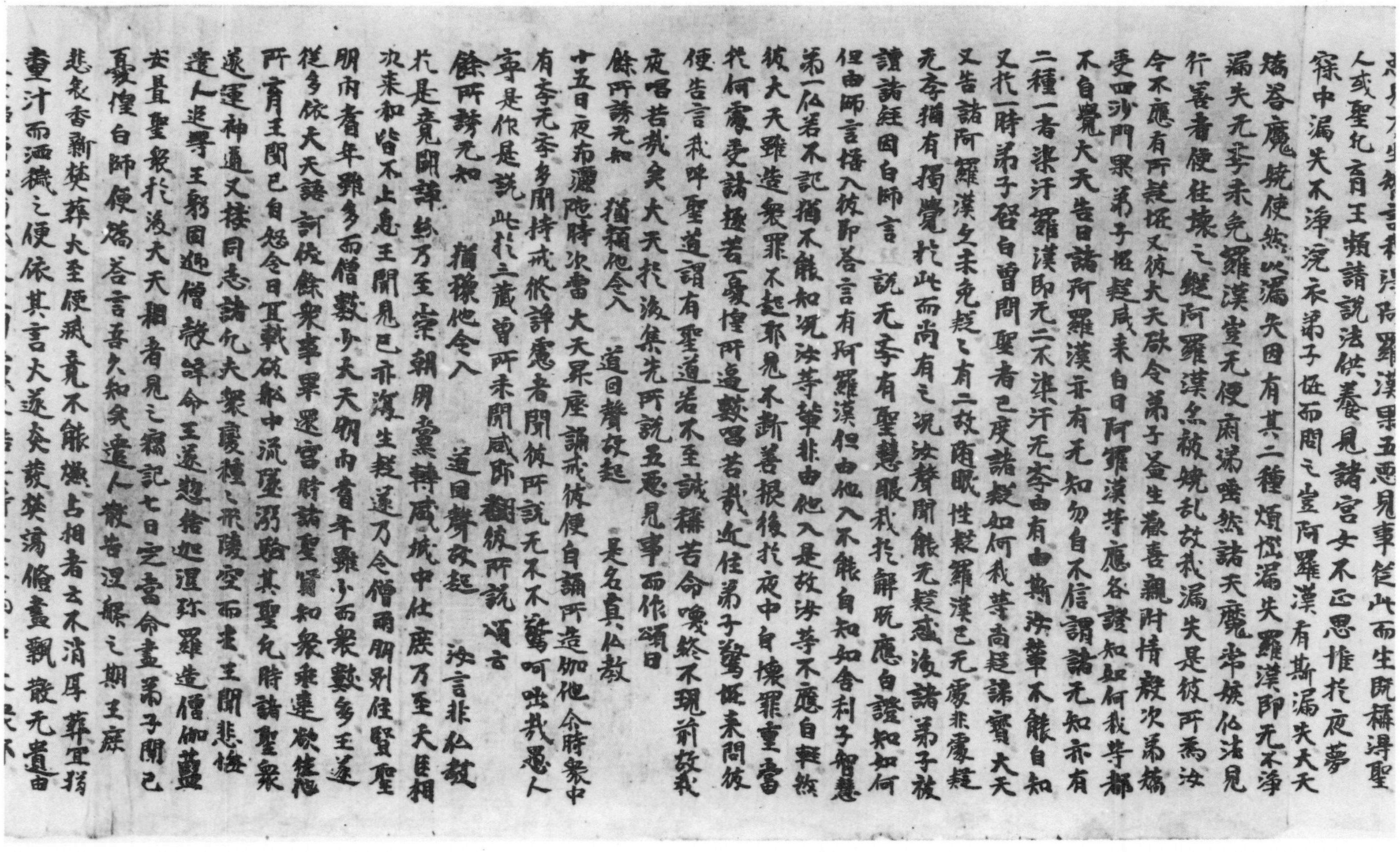

惡見乃生矯言我得阿羅漢果五惡見事從此而生既稱得聖
人或聖凡育王頻請說法供養見諸宮女不正思惟於夜夢
寐中漏失不淨浣衣弟子怪而問之豈阿羅漢有斯漏失大天
矯答魔撓使然以漏失因有其二種煩惱漏失羅漢即无不淨
漏失无学未免羅漢豈无便利涕唾然諸天魔常嫉仏法見
行善者便往壞之縱阿羅漢亦被嬈乱故我漏失是彼所為汝
今不應有所疑怪又彼大天欲令弟子益生歡喜親附情殷次第矯
受四沙門果弟子怪疑咸来白日阿羅漢等應各證知如何我等都
不自覺大天告日諸阿羅漢亦有无知勿自不信謂諸无知亦有
二種一者染汙羅漢即无二不染汙无学由有由斯汝輩不能自知
又於一時弟子啓白曾聞聖者已度諸疑如何我等尚疑諦寶大天
又告諸阿羅漢亦未免疑〻有二故隨眠性疑羅漢已无處非處疑
无学猶有獨覺於此而尚有之況汝聲聞能无疑惑後諸弟子披
讀諸經因白師言　說无学有聖慧眼我於解脫應自證知如何
但由師言悟入彼即答言有阿羅漢但由他入不能自知如舍利子智慧
第一仏若不記猶不能知況汝等輩非由他入是故汝等不應自輕然
彼大天雖造衆罪不起邪見不斷善根後於夜中自懐罪重當
於何處受諸極苦憂惶所逼數唱苦哉近住弟子驚怪来問彼
便告言我呼聖道謂有聖道若不至誠稱苦命喚終不現前故我
夜唱若哉矣大天於後集先所說五惡見事而作頌日
餘所誘无知　猶豫他令入　道因聲故起　是名真仏教
十五日夜布灑陁時次當大天昇座誦戒彼便自誦所造伽他尒時衆中
有学无学多聞持戒修諍慮者聞彼所說无不驚呵咄哉愚人
寧是作是說　此於三藏曾所未聞咸即翻彼所說頌云
餘所誘无知　猶豫他令入　道因聲故起　汝言非仏教
於是竟鬪諍紛乃至朝朋黨轉咸城中仕庶乃至大臣相
次来和皆不止息王聞見已亦復生疑遂乃令僧兩朋別住賢聖
朋內耆年雖多而僧數少大天朋內耆年雖少而衆數多王遂
從多依大天語訶伏餘衆事畢還宮時諸聖賢知衆乖違欲往他
所育王聞已自怒令日宜載破船中流墜溺驗其聖凡時諸聖衆
遂運神通又接同志諸凡夫衆覆種〻形陵空而去王聞悲愧
遣人逐尋王躬固邀僧歸詳命王遂懇捨迦濕弥羅造僧伽藍
安置聖衆於後大天相者見之竊記七日定當命盡弟子聞已
憂惶白師便矯答言吾久知矣遣人散告涅槃之期王庶
悲哀香薪焚葬火至便滅竟不能燃占相者云不消厚葬宜將
糞汁而洒繼之便依其言火遂炎發焚蕩儵盡飄散无遺由

上博 42 (39644)　大小乘廿二問本　（10－8）

憂惶白師便矯荅言吾久知矣遣人散告涅槃之期王庶
悲哀香新焚葬大聖便滅竟不能燃占相者云不消厚葬宜猶
童汁而洒纔之便依其言大遂炎發焚燒償盡飄散无遺由
是乘諍僧成兩部大天用黨聚結集時大衆爲名之大衆部
諸賢聖衆聚結集時上座爲名之上座部此即本部第二重分是
十八部之根本也大衆部中既无賢聖二百年初因有乘諍前後
四破流出八部初第一破流出三部一者說世出世法皆是假既唯說
假名一說部 二者世法顛倒則不名實說出世法實名說出世部
三者上古有仙染鷄生子部主姓 氏名鷄胤部第二破者又因
乘淨流出一部此師學廣玄悟佛經勝過本部名多聞部第三
破者又有一師說世出世亦少假不同一說及說出世名說假部
第四破者二百年滿有一外道捨邪歸正亦名大天重詳五分
出三部一者此人所居山似靈廟即依本處名制多山部 二者又
有一類与此乘違住制多山西名西山住部 三者又有一類乘前
二見住制多山北名北山住部故大衆部四破别分末本別說
有其九部其上座部賢聖住持經尔所時一味和合三百年
初四百年末本末七破爲十一部 第一破者有一大德造發智
論令後進者研究深宗其諸上坐先唯習定既遭詰難自恥
无智遲諸論者移居雪山轉立別名之雪轉部其奉論者說
一切法皆有實體性名說一切有部又說有爲因亦名說因部 第二
破者者於有部中流出一部上古有仙染牛生子是部性名犢子
部第三破者從犢子部流出四部一謂部主有法可上法在人上名
法上部 二賢部主姓賢是善賢聖苗裔名賢胄部 三顯部主
善立法義刊定无邪其量必正名正量部四謂部主所居近山林
木蓊鬱繁而且密林山部 第四破者復從有部流出一部渭此
部主身雖出家本是國王名化地部 第五破者從化他部流出一部
之主葉弘含容正法如藏之密名法藏部 第六破者三百年末
復從有部流出一部 之主上代有仙身真金色欽聲餘光
名飲光部 第七破者四百年末復從有部流出一部自稱我以
慶喜爲師依經立量名經量部 說有種子能從前世轉至
後世名說轉部 如是上座本末重破兼本共成十一部計通
前九部爲廿爲二大衆部二一說部三說出世部四鷄胤部五說假
部六多聞部七制多山部八西山住部九北山住部十上坐部十一說
一切有部 十二犢子部 十三法上部 十四賢胄部 十五正量部 十六密
林山部 十七化他部 十八法藏部 十九飲光部 廿經量部 已明廿

上博 42 (39644) 大小乘廿二問本 （10－9）

一切有部 十二犢子部 十三法上部 十四賢胄部 十五正量部 十六密
林山部 十七化他部 十八法藏部 十九飲光部 廿經量部 已明廿
部因由竟以四五 部相配屬者 漢地所明五部名中薩婆多者
即四部中說一切有當廿中第十一部 曇无德者唐言法藏四部
中无 即廿中第十八部 弥沙塞者唐言化地四部中无是廿中第
十七部 摩訶僧祇四中大衆即廿中第一部也 迦攝毗耶唐言飲
光即廿中第十九部 其四部中初上座五部中无 即廿中是第十
部 四中正量五部中无 是廿中第十五部 如是東西共行六部
一上坐部 二說有部 三大衆部 四正量部 五化他部 六法藏部
餘十四部兩處不行 其化地部本出印度 印度已滅 于闐國
行 其法藏部本出西方 西方不行 東夏廣闡 化地有部
漢地似行 上坐正量印度度咸行 餘方不見 初分部時廿具
足 去聖漸遠 法教論滑 住持人无 部計即滅 住持人在部
計乃存 不以諸部有是有非 而其部執有存有沒 不以諸
法有用不用 而於諸部論正論邪 如析金杖 彼此俱金 但依脩
行 皆德四果 如有毀謗 並隨三塗 情見不乘 皆是一法 如見
宣者 即相是相非 識解寬者 乃无彼无此 迷情執見 用有
憎毀 過生 若達士通情 豈有慊謗正法 以斯解釋 用蕩君羣
疑 願審參詳 无迷一法

大小乘廿二問本

上博 42 (39644) 大小乘廿二問本 （10－10）

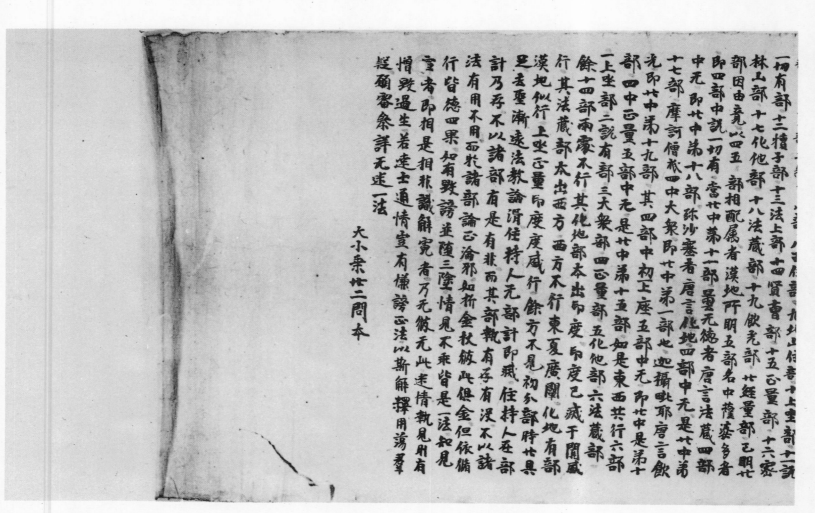

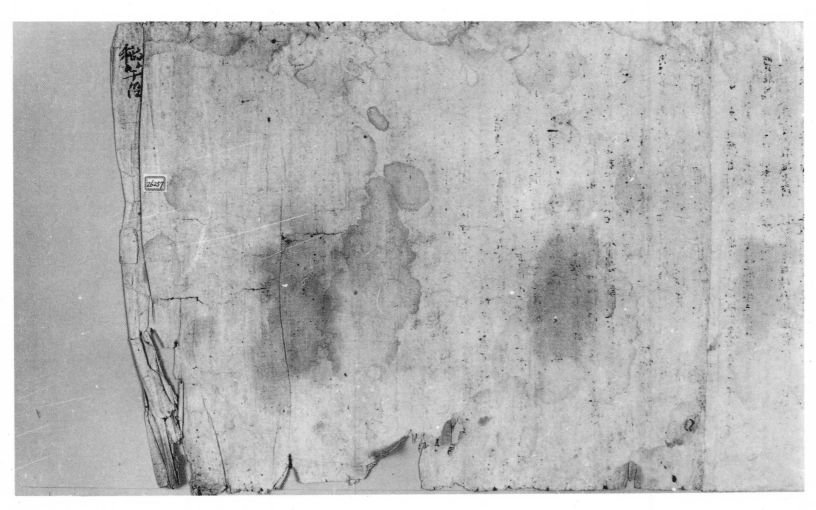

上博 43 (39645) 大乘稻芊經隨聽疏一卷 (包首)

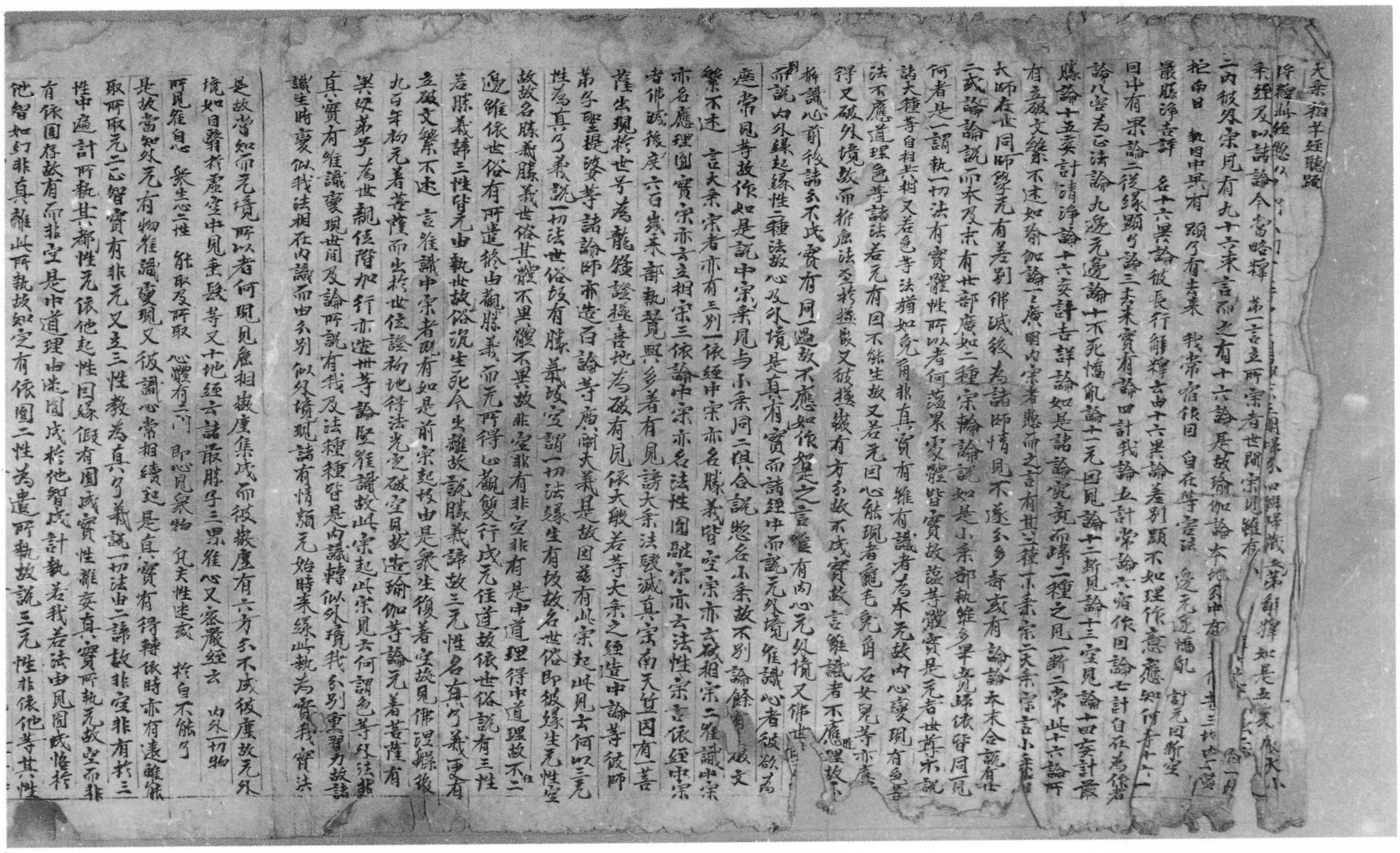

上博 43 (39645) 大乘稻芊經隨聽疏一卷 (13－1)

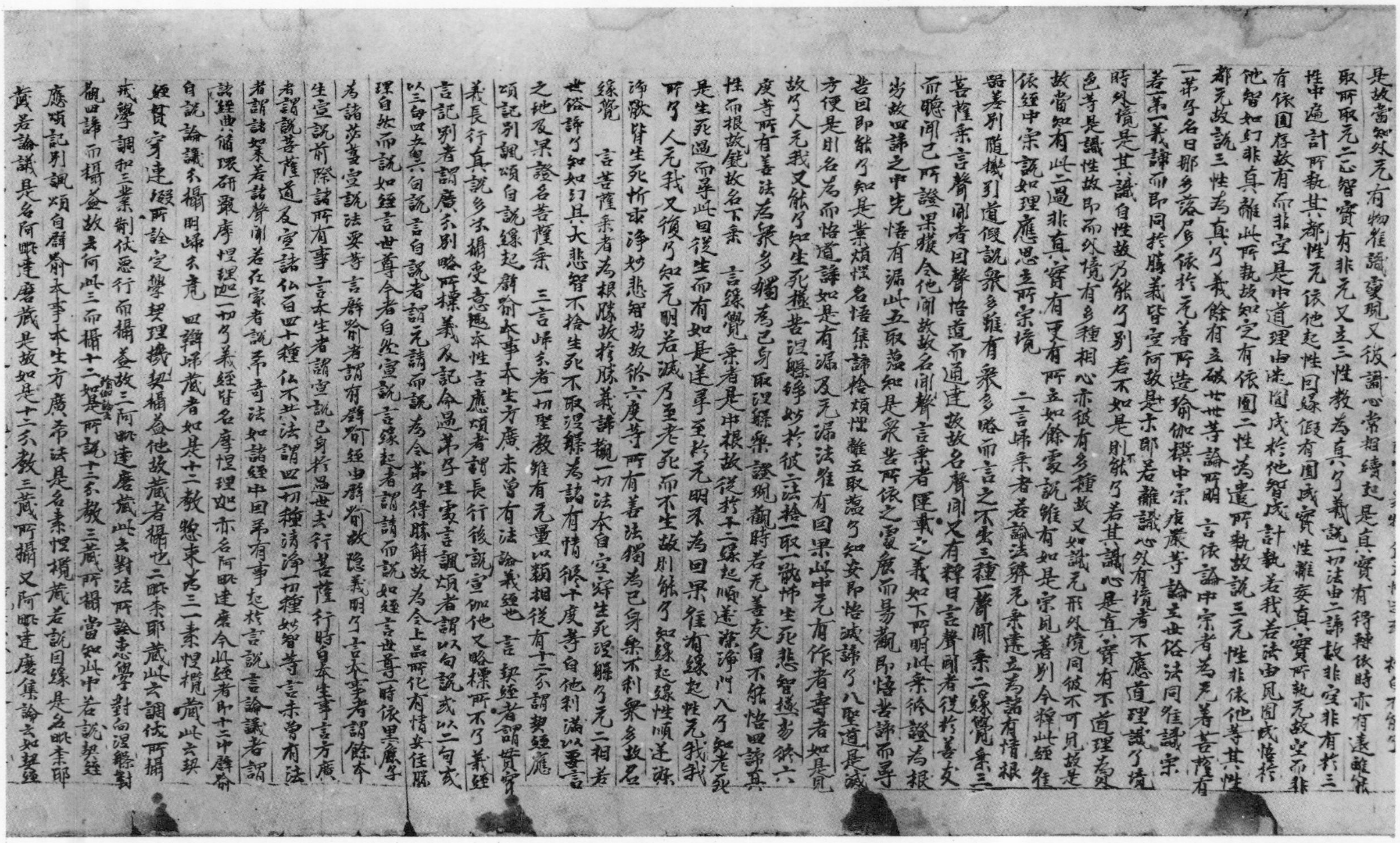

上博 43 (39645)　大乘稻芉經隨聽疏一卷　　(13－2)

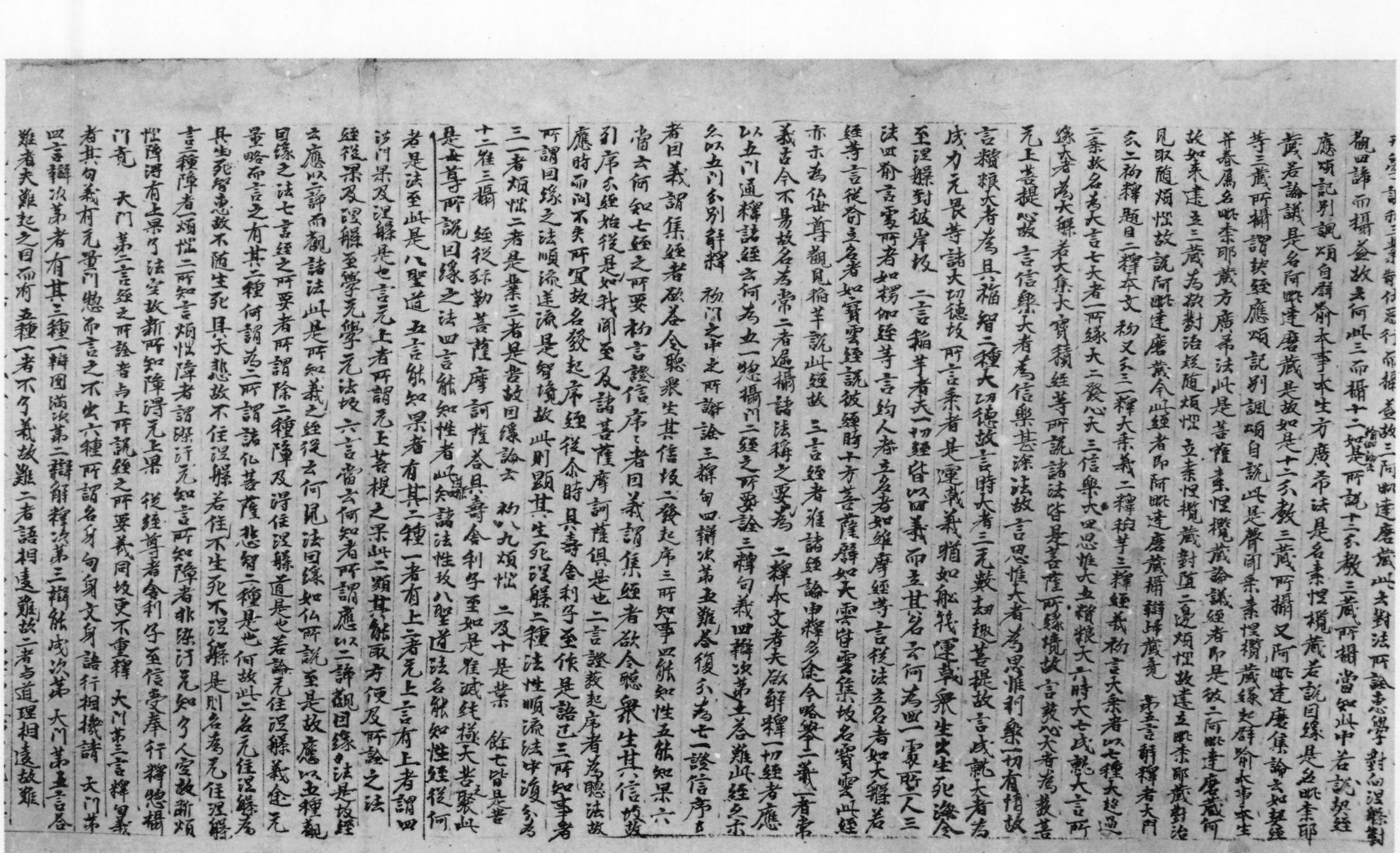

上博 43 (39645)　大乘稻芉經隨聽疏一卷　　(13－3)

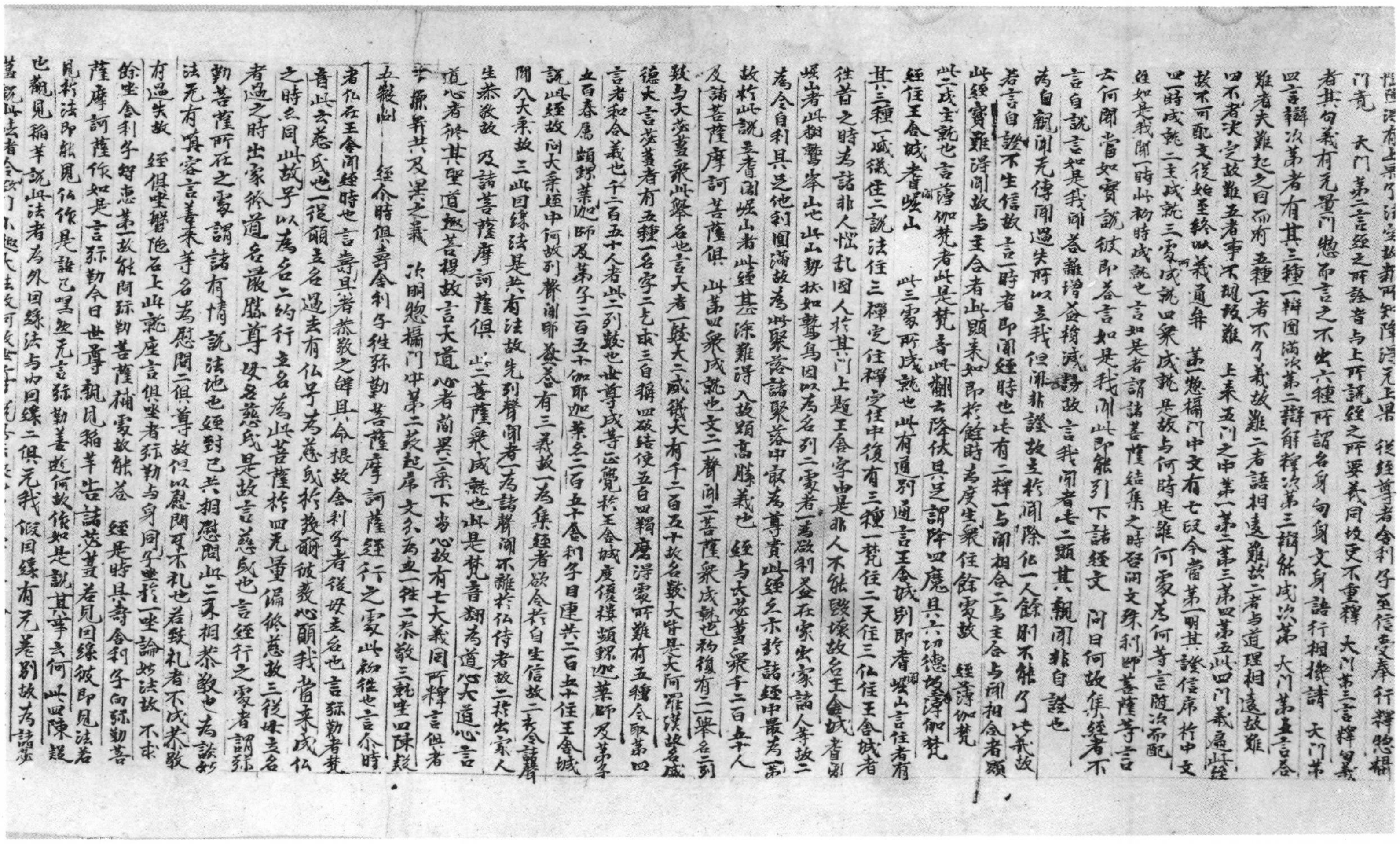

上博 43 (39645)　大乘稻芉經隨聽疏一卷　　(13－4)

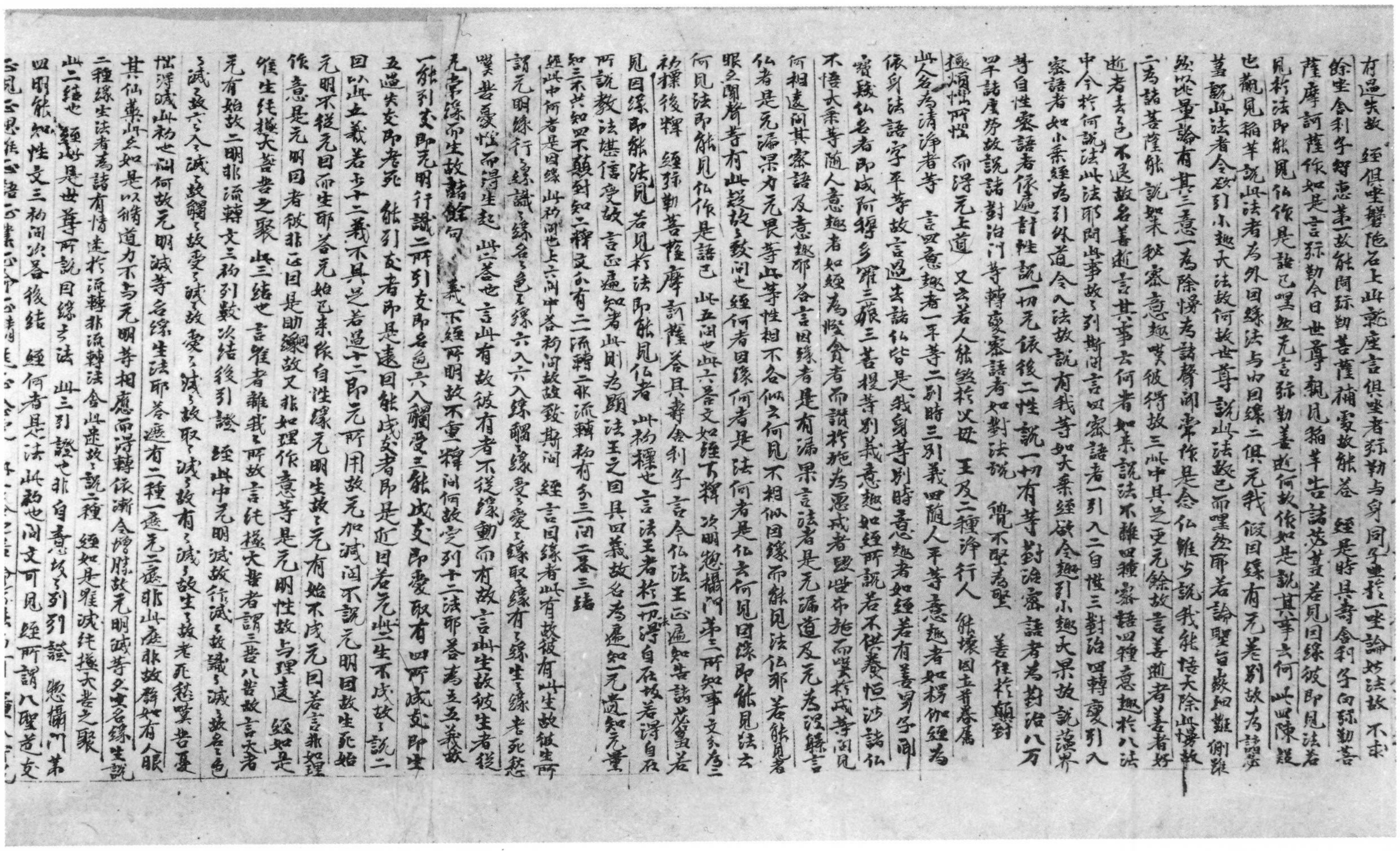

上博 43 (39645)　大乘稻芉經隨聽疏一卷　　(13－5)

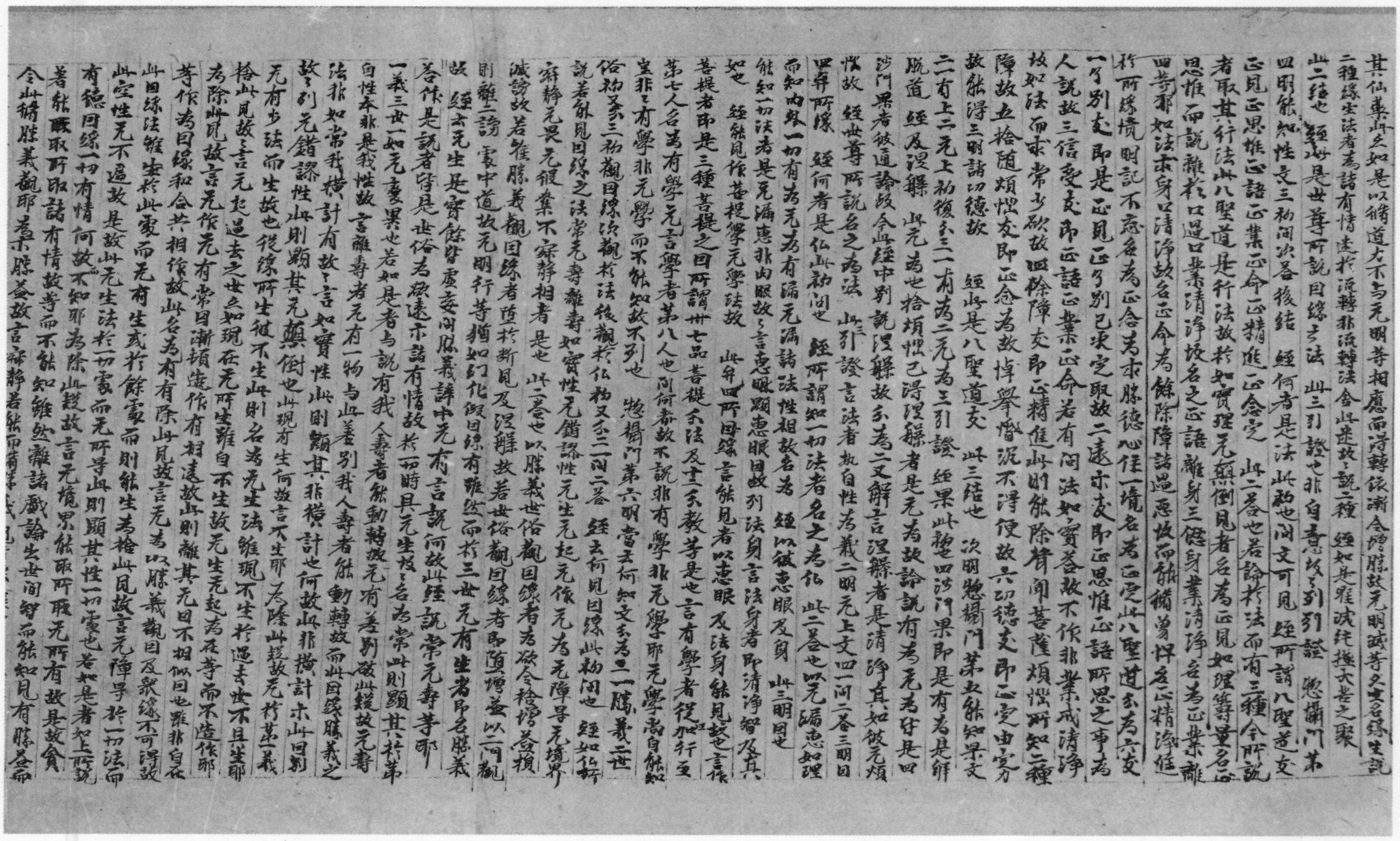

上博 43 (39645)　大乘稻芉經隨聽疏一卷　　(13－6)

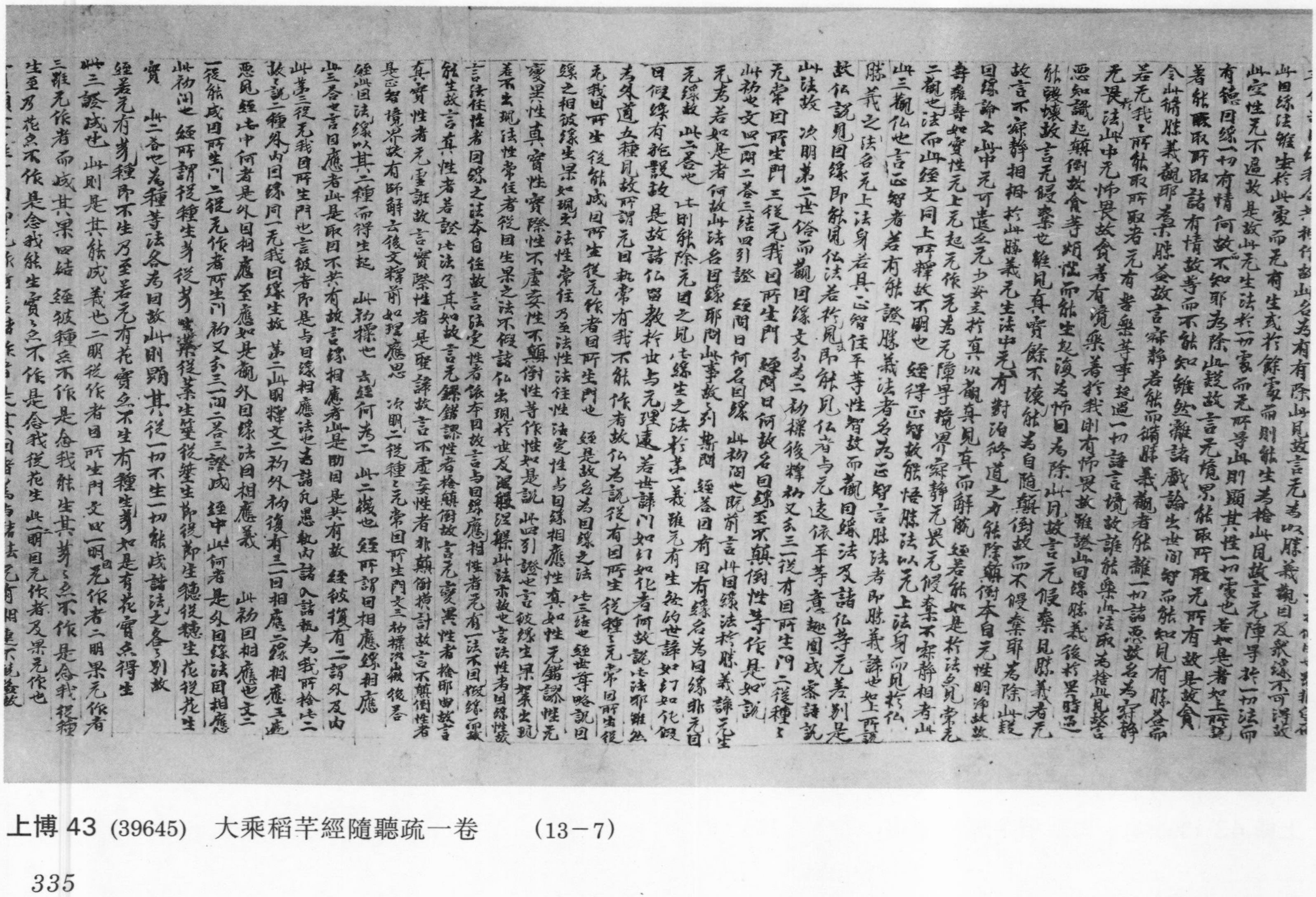

上博 43 (39645)　大乘稻芉經隨聽疏一卷　　(13－7)

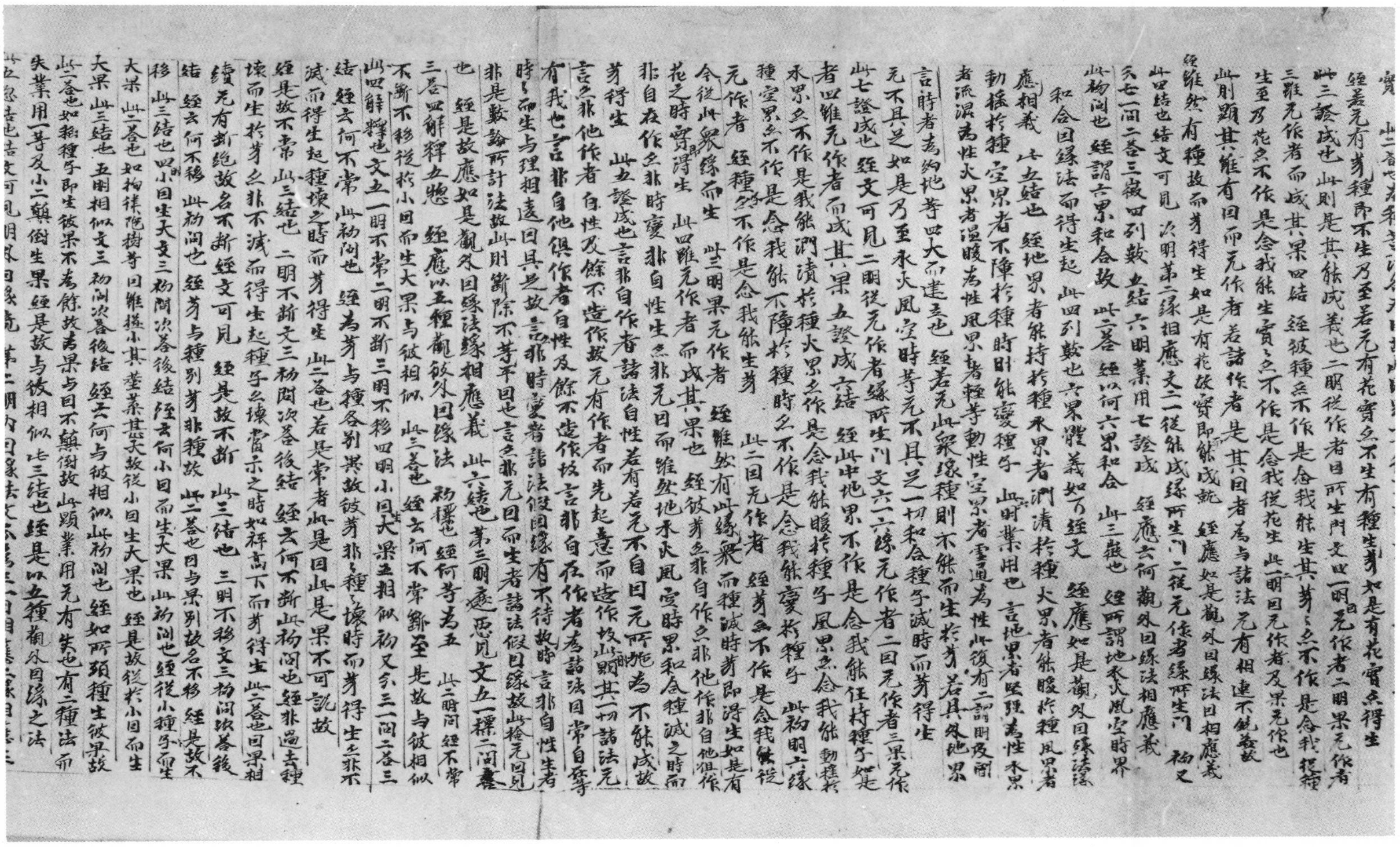

上博 43 (39645)　大乘稻芉經隨聽疏一卷　（13－8）

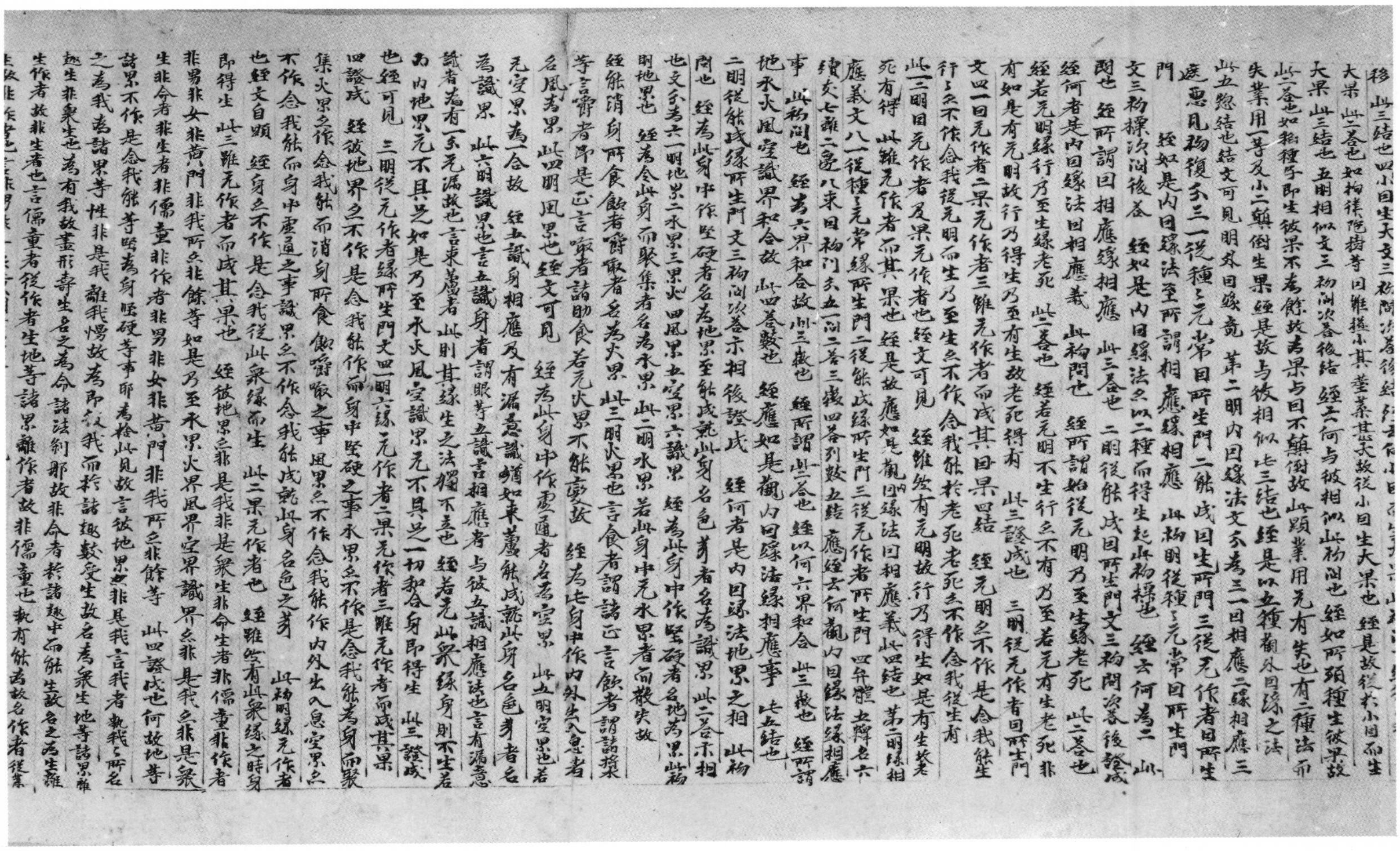

上博 43 (39645)　大乘稻芉經隨聽疏一卷　（13－9）

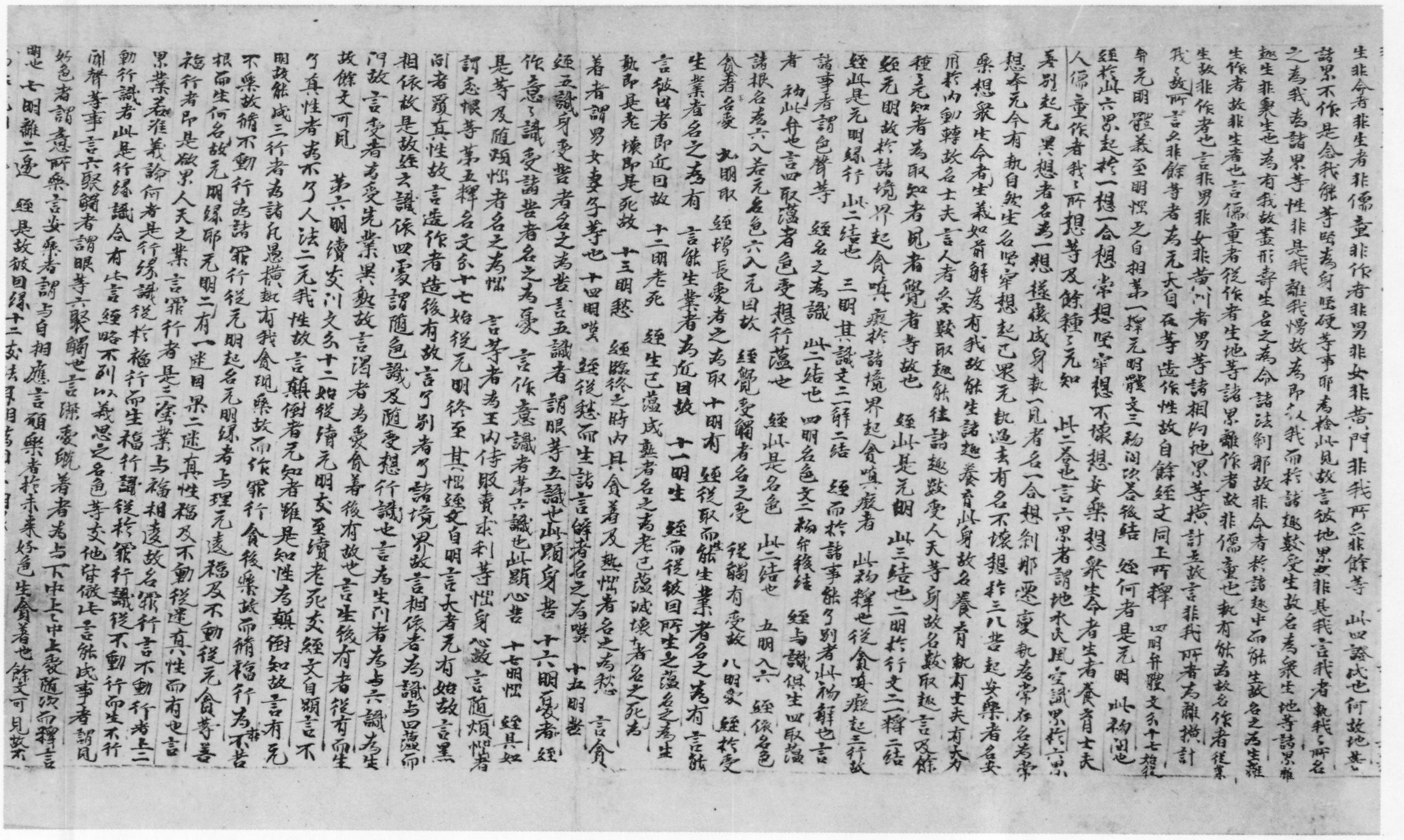

上博 43 (39645)　大乘稻芉經隨聽疏一卷　（13－10）

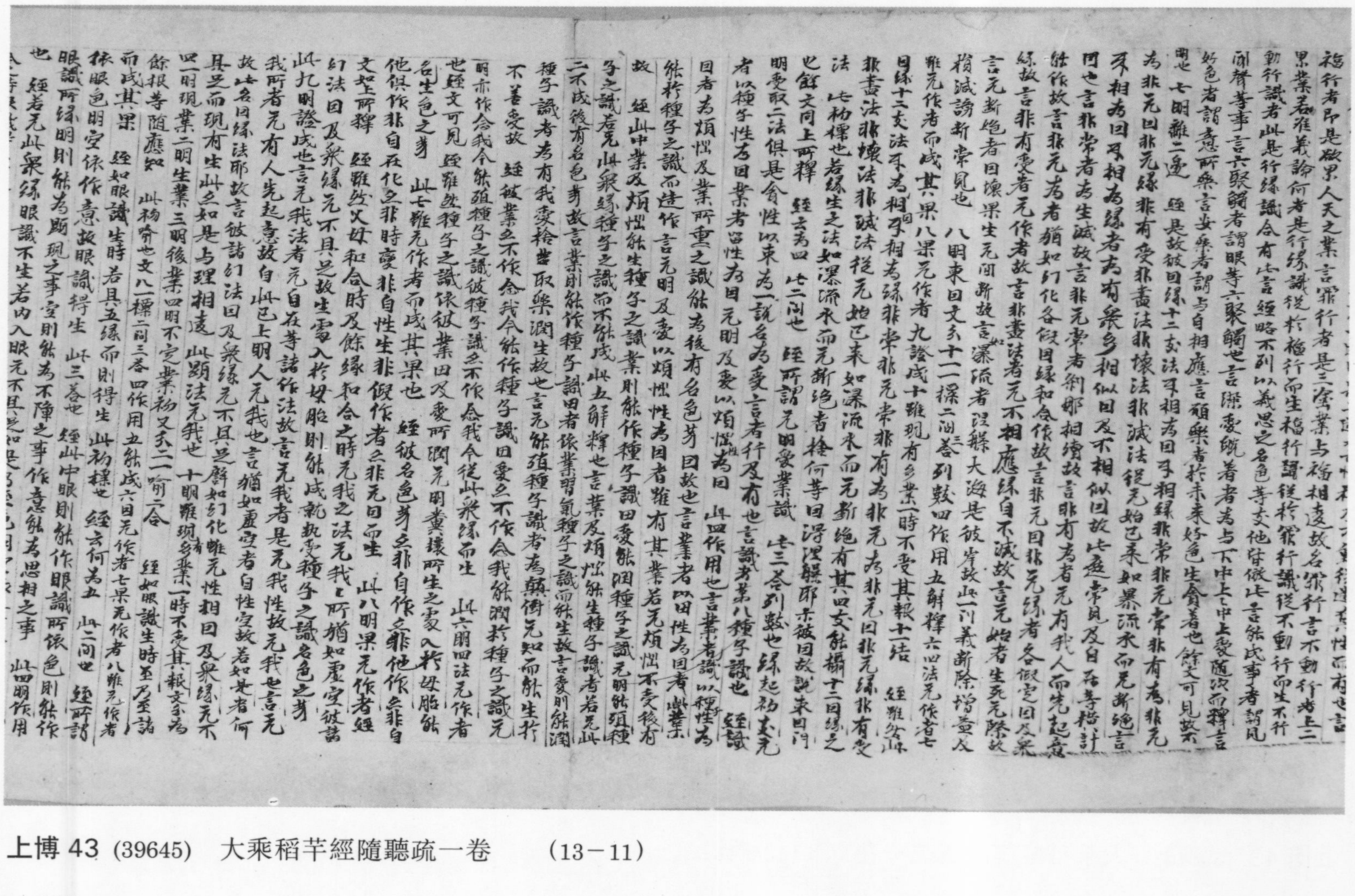

上博 43 (39645)　大乘稻芉經隨聽疏一卷　（13－11）

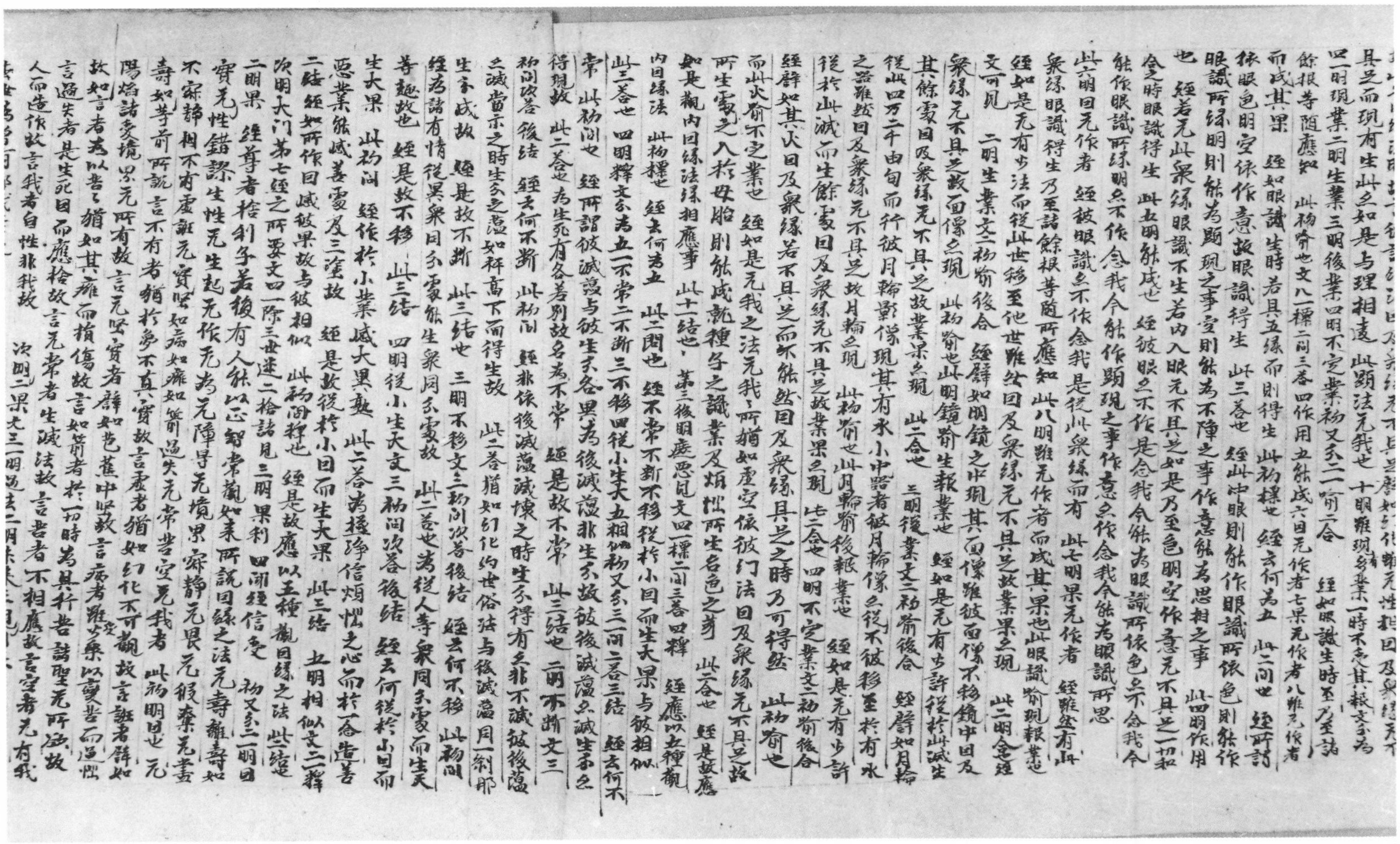

上博 43 (39645)　大乘稻芉經隨聽疏一卷　（13－12）

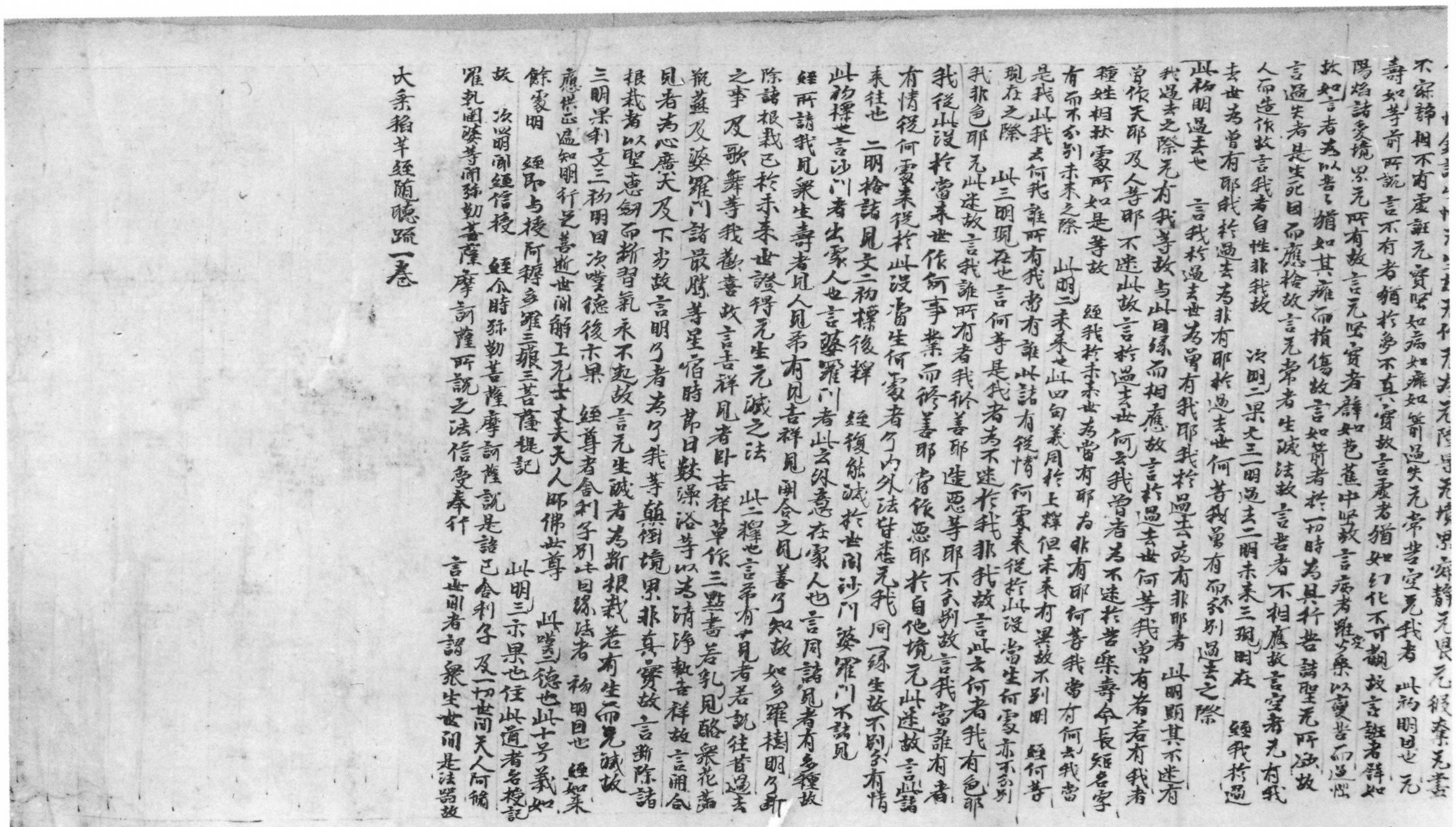

上博 43 (39645)　大乘稻芉經隨聽疏一卷　（13－13）

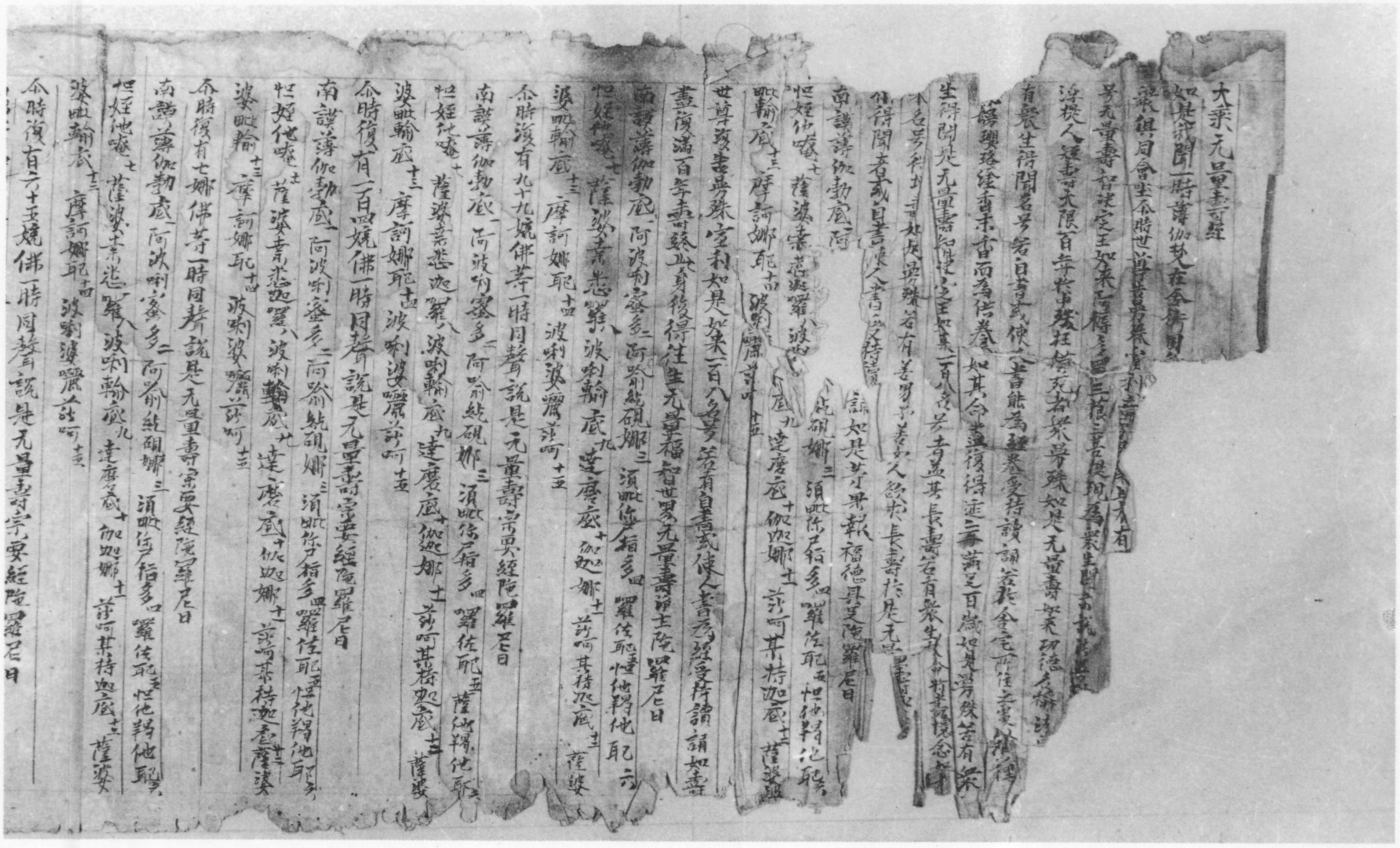

上博 44 (39646)　大乘无量壽經　　(5－1)

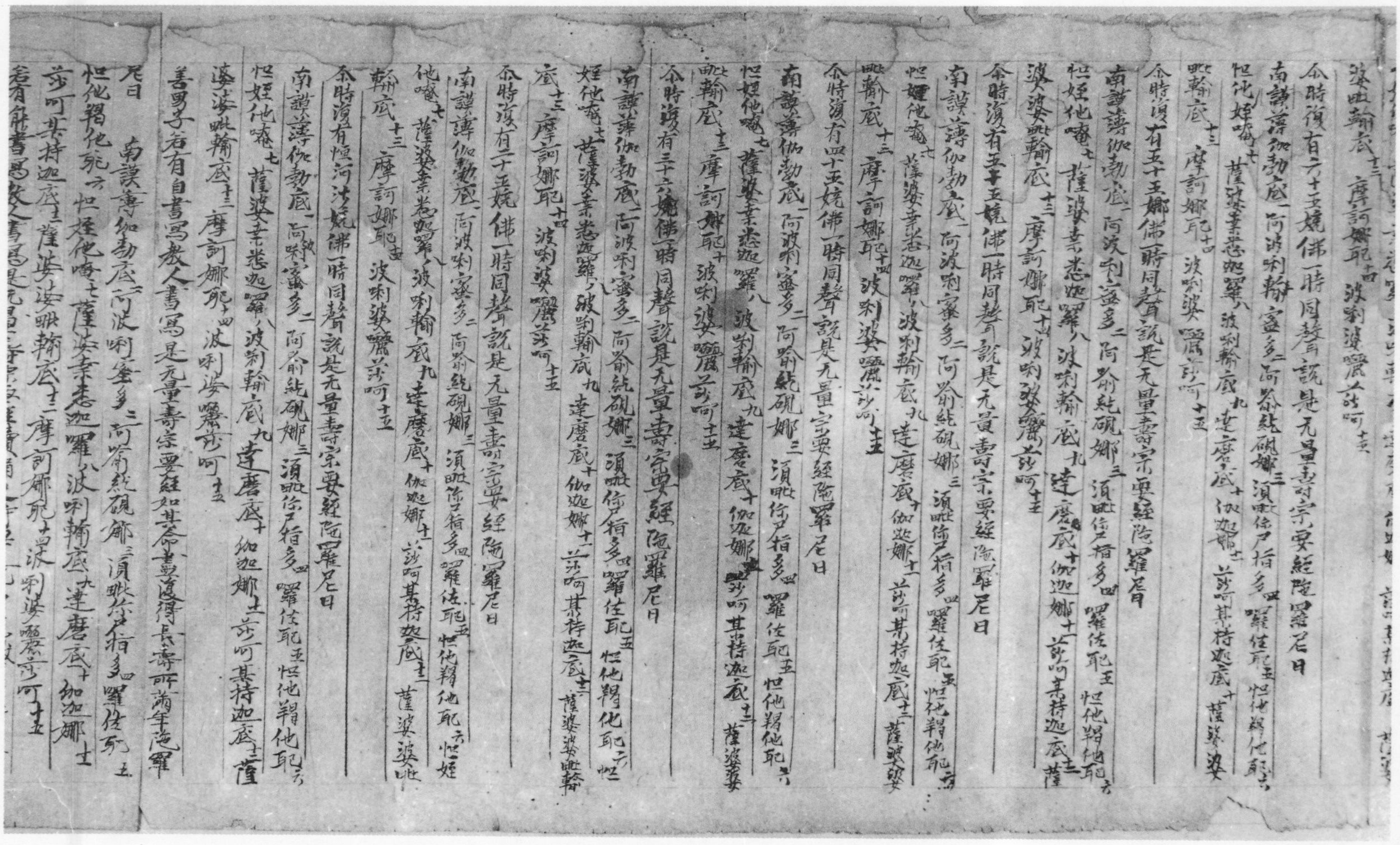

上博 44 (39646)　大乘无量壽經　　(5－2)

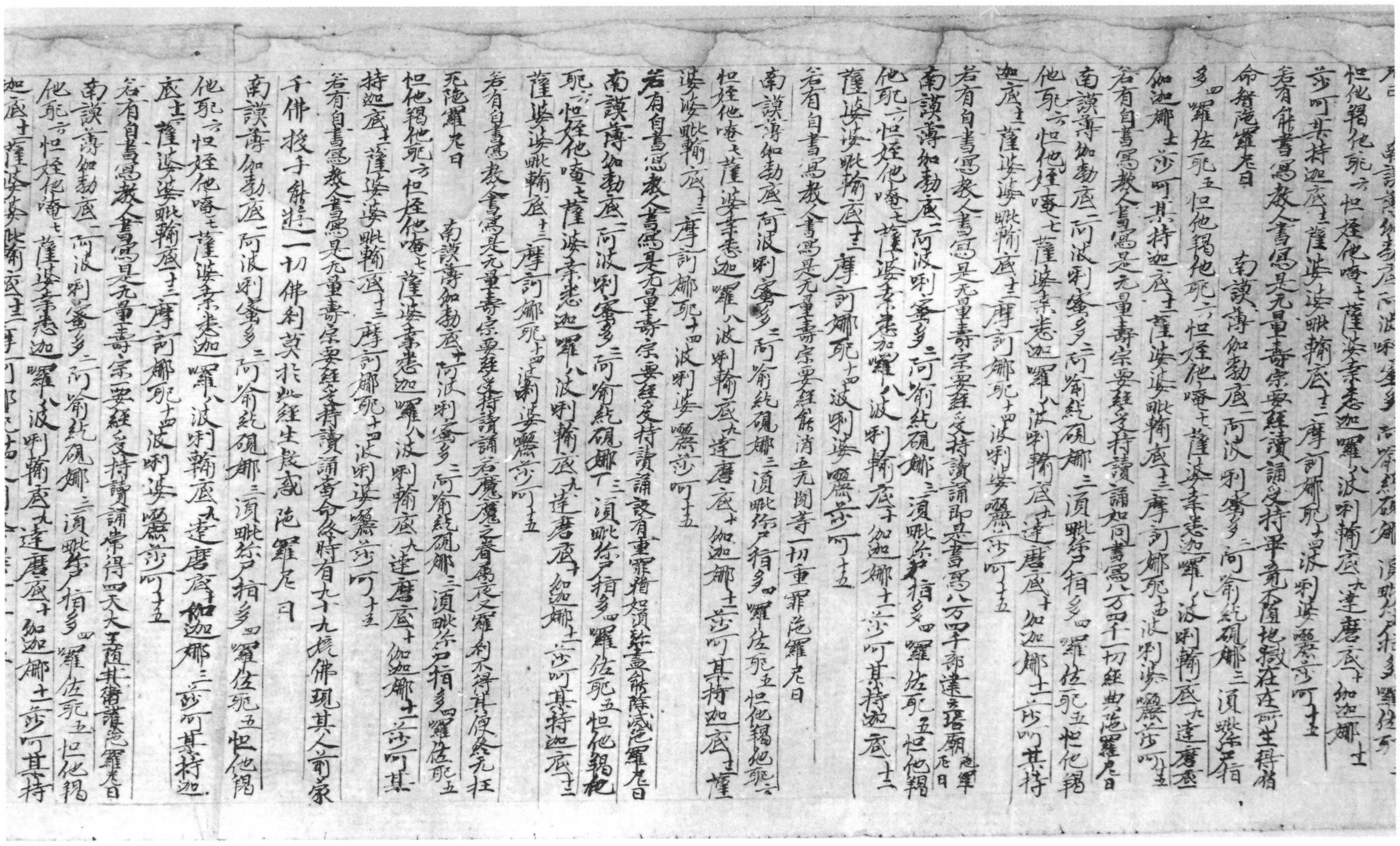

上博 44 (39646)　大乘无量壽經　　(5－3)

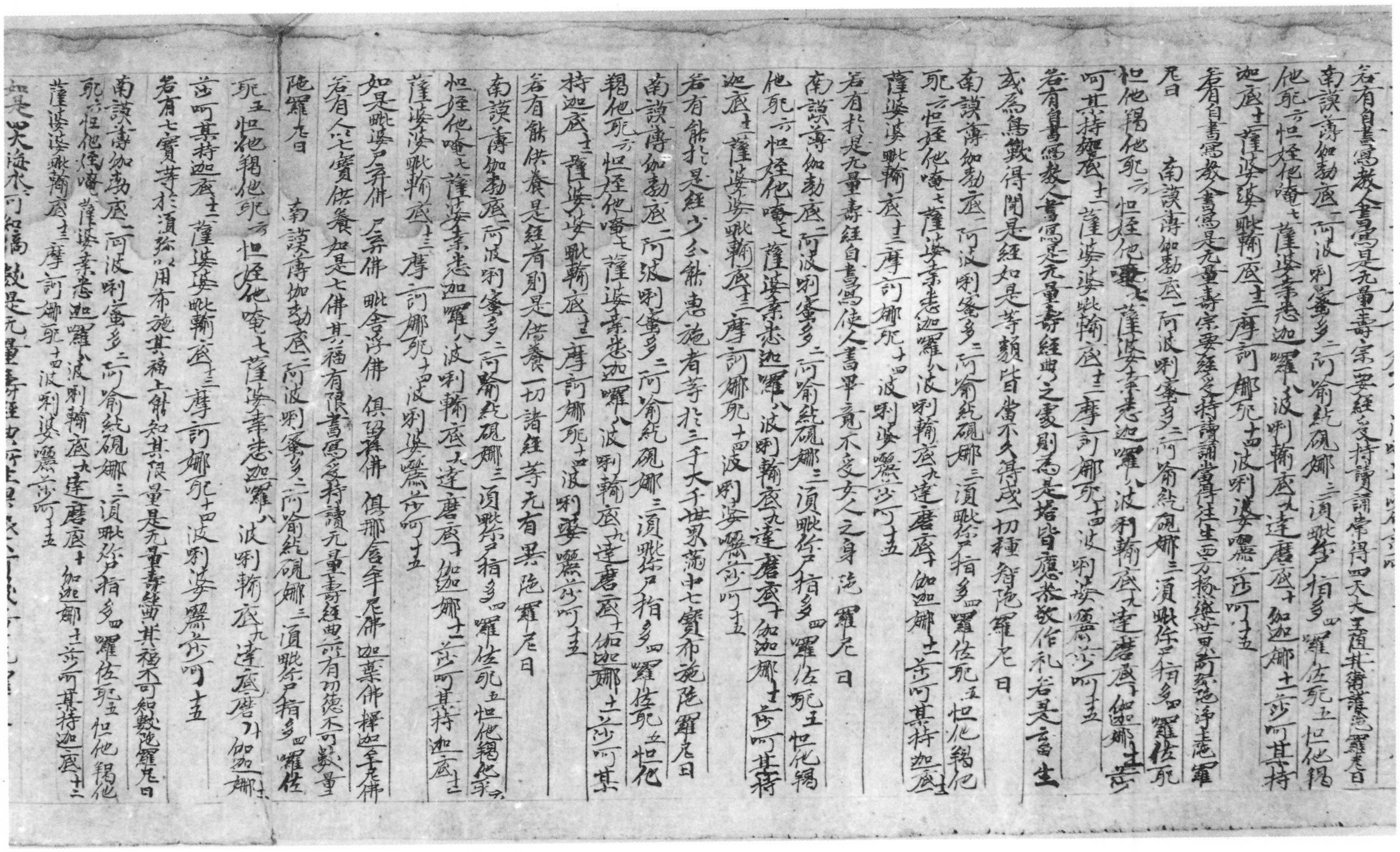

上博 44 (39646)　大乘无量壽經　　(5－4)

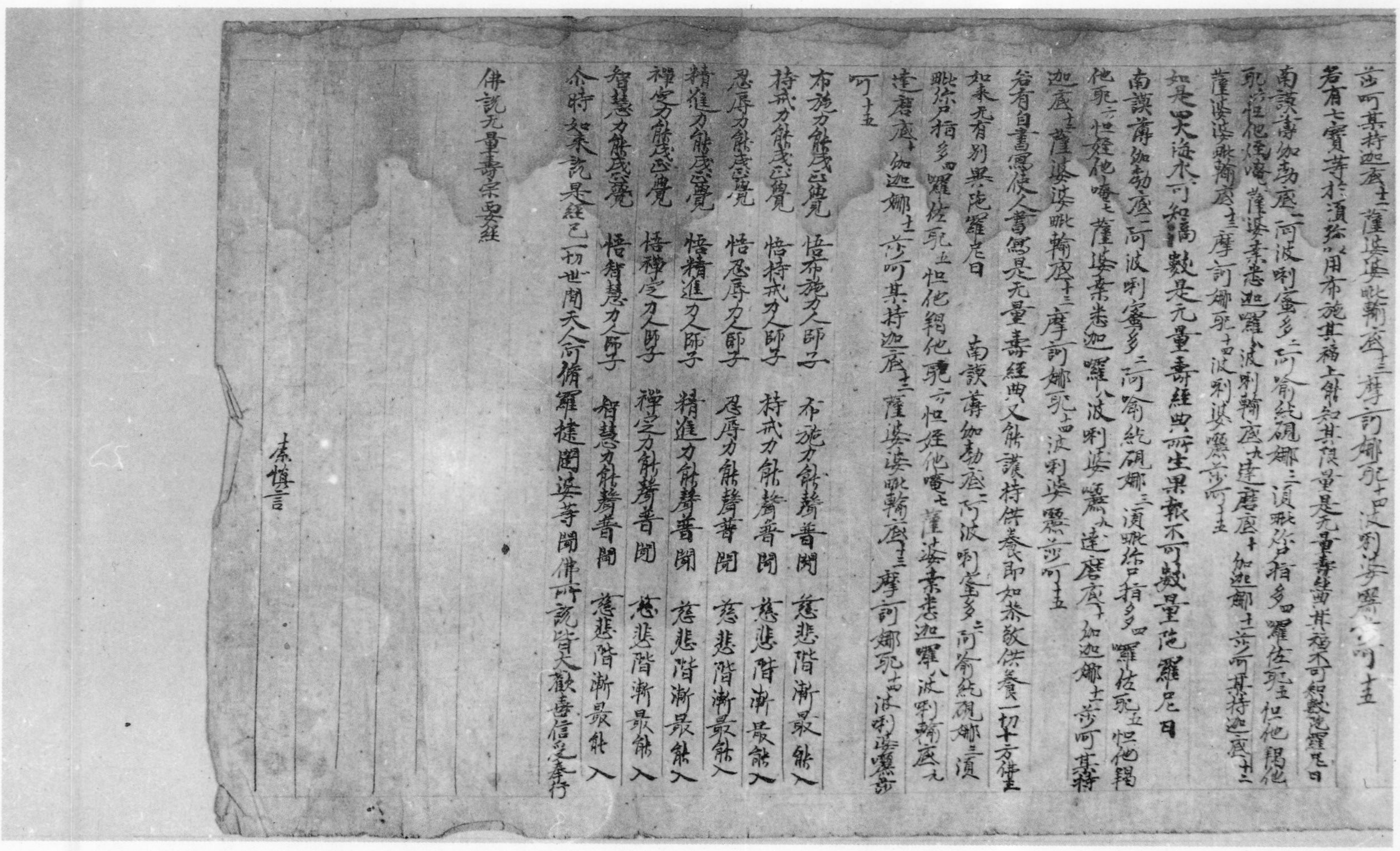

上博 44 (39646) 大乘无量壽經 (5－5)

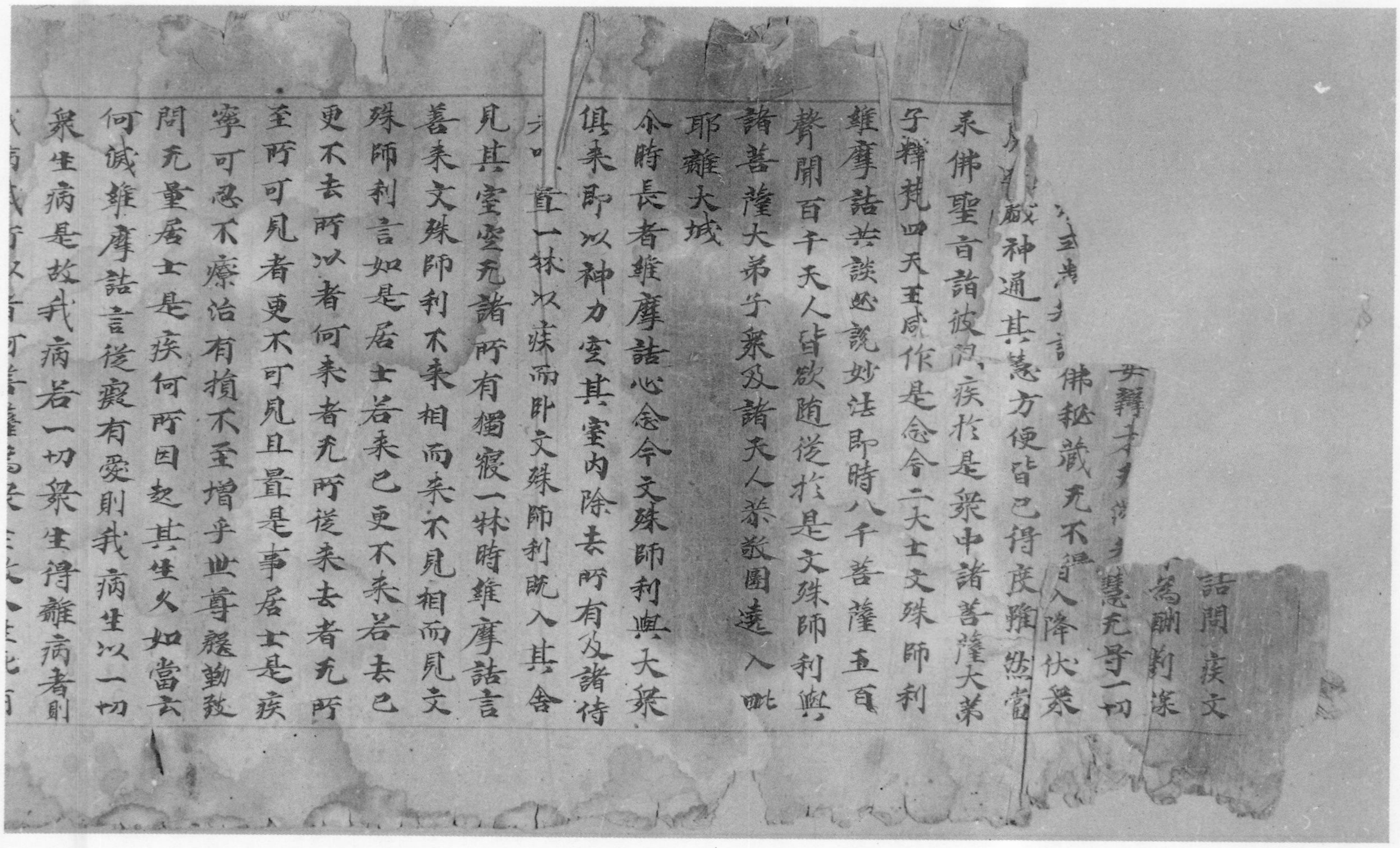

上博 45 (40794) 維摩詰經卷中 (26－1)

問无量居士是疾何所因起其生久如當云
何滅維摩詰言從癡有愛則我病生以一切
衆生病是故我病若一切衆生得離病者則
我病滅所以者何菩薩爲衆生故入生死有
生死則有病若衆生得離病者則菩薩无復
病譬如長者唯有一子其子得病父母亦病
若子病愈父母亦愈菩薩如是於諸衆生愛
之若子衆生病則菩薩病衆生病愈菩薩亦
愈又言是疾何所因起菩薩疾者以大悲起
文殊師利言居士此室何以空无侍者維摩
詰言諸佛國土亦復皆空又問以何爲空答
曰以空空又問空何用空答曰以无分別空
故空又問空可分別耶答曰分別亦空又問
空當於何求答曰當於六十二見中求又問
六十二見當於何求答曰當於諸佛解脫中
求又問諸佛解脫當於何求答曰當於一切
衆生心行中求又仁所問何无侍者一切衆
魔及諸外道皆吾侍也所以者何衆魔者樂
生死菩薩於生死而不捨外道者樂諸見菩
薩於諸見而不動文殊師利言居士所疾爲
何等相維摩詰言我病无形不可見又問此
病身合耶心合耶答曰非身合身相離故亦
非心合心如幻故又問地大水大火大風大
於此四大何大之病答曰是病非地大亦不
離地大水火風大亦復如是而衆生病從四
大起以其有病是故我病

上博 45 (40794)　維摩詰經卷中　（26－2）

非心合心如幻故又問地大水大火大風大
於此四大何大之病答曰是病非地大亦不
離地大水火風大亦復如是而衆生病從四
大起以其有病是故我病
尒時文殊師利問維摩詰言菩薩云何慰喻
有疾菩薩維摩詰言說身无常不說猒
離於身說身有苦不說樂於涅槃說身无我
而說教導衆生說身空寂不說畢竟寂滅說
悔先罪而不說入於過去以己之疾愍於彼疾
當識宿世无數劫苦當念饒益一切衆生憶
所脩福念於淨命勿生憂惱常起精進當作
醫王療治衆病菩薩應如是慰喻有疾菩薩
令其歡喜
文殊師利言居士有疾菩薩云何調伏其心
維摩詰言有疾菩薩應作是念今我此病皆
從前世妄想顛倒諸煩惱生无有實法誰受
病者所以者何四大合故假名爲身四大无主
身亦无我又此病起皆由著我是故於我不
應生著旣知病本即除我想及衆生想當
起法想應作是念但以衆法合成此身起唯
法起滅唯法滅又此法者各不相知起時不
言我起滅時不言我滅彼有疾菩薩爲滅法
想當作是念此法想者亦是顛倒顛倒者是
即大患我應離之云何爲離離我我所云何
離我我所謂離二法云何離二法謂不念內
外諸法行於平等云何平等謂我等涅槃等

上博 45 (40794)　維摩詰經卷中　（26－3）

想當作是念此法想者亦是顛倒顛倒者是
即大患我應離之云何為離離我我所云何
離我我所謂離二法云何離二法謂不念內
外諸法行於平等云何平等謂我等涅槃等
所以者何我及涅槃此二皆空以何為空但以
名字故空如此二法无決定性得是平等无
有餘病唯有空病空病亦空是有疾菩薩
以无所受而受諸受未具佛法亦不滅受而
取證也設身有苦念惡趣衆生起大悲心我
既調伏亦當調伏一切衆生但除其病而不
除法為斷病本而教導之何謂病本謂有攀
緣從有攀緣則有病本何所攀緣謂之三界
云何斷攀緣以无所得若无所得則无攀緣
何謂无所得謂離二見何謂二見謂內見外見
是无所得文殊師利是為有疾菩薩調伏其
心為斷老病死苦是菩薩菩提若不如是已
所脩治為无惠利譬如勝怨乃可為勇如是
兼除老病死者菩薩之謂也彼有疾菩薩復
應作是念如我此病非真非有衆生病亦非
真非有作是觀時於諸衆生若起愛見大
悲即應捨離所以者何菩薩斷除客塵煩惱
而起大悲愛見悲者則於生死有疲厭心若
能離此无有疲厭在在所生不為愛見之所
覆也所生无縛能為衆生說法解縛如佛所說
若自有縛能解彼縛无有是處若自无縛能
解彼縛斯有是處是故菩薩不應起縛何

上博 45 (40794)　維摩詰經卷中　　(26－4)

能離此无有疲厭在在所生不為愛見之所
覆也所生无縛能為衆生說法解縛如佛所說
若自有縛能解彼縛无有是處若自无縛能
解彼縛斯有是處是故菩薩不應起縛何
謂縛何謂解貪著禪味是菩薩縛以方便生
是菩薩解又无方便慧縛有方便慧解无慧
方便縛有慧方便解何謂无方便慧縛謂菩
薩以愛見心莊嚴佛土成就衆生於空无相无
作法中而自調伏是名无方便慧縛何謂有
方便慧解謂不以愛見心莊嚴佛土成就衆
生於空无相无作法中以自調伏而不疲厭
是名有方便慧解何謂无慧方便縛謂菩薩
住貪欲瞋恚邪見等諸煩惱而殖衆德本是
名无慧方便縛何謂有慧方便解謂離諸貪
欲瞋恚邪見等諸煩惱而殖衆德本迴向阿
耨多羅三藐三菩提是名有慧方便解
文殊師利彼有疾菩薩應如是觀諸法又復
觀身无常苦空非我是名為慧雖身有疾常
在生死饒益一切而不厭惓是名方便又復
觀身身不離病病不離身是病是身非新非
故是名為慧設身有疾而不永滅是名方便
文殊師利有疾菩薩應如是調伏其心不住
其中亦復不住不調伏心所以者何若住不
調伏心是愚人法若住調伏心是聲聞法是
故菩薩不當住於調伏不調伏心離此二法
是菩薩行在於生死不為污行住於涅槃不

上博 45 (40794)　維摩詰經卷中　　(26－5)

調伏心是過人法若住調伏心是聲聞法是
故菩薩不當住於調伏不調伏心離此二法
是菩薩行在於生死不為汙行住於涅槃不
永滅度是菩薩行非凡夫行非賢聖行是菩
薩行非垢行非淨行是菩薩行雖過魔行而
現降伏眾魔是菩薩行求一切智无非時求
是菩薩行雖觀諸法不生而不入正位是菩薩
行雖觀十二緣起而入諸耶見是菩薩行雖
攝一切眾生而不愛著是菩薩行雖樂遠離
而不依身心盡是菩薩行雖行三界而不
壞法性是菩薩行雖行於空而殖眾德本
是菩薩行雖行无相而度眾生是菩薩行雖
行无作而現受身是菩薩行雖行无起而起
一切善行是菩薩行雖行六波羅蜜而遍知
眾生心心數法是菩薩行雖行六通而不盡
漏是菩薩行雖行四无量心而不貪著生於
梵世是菩薩行雖行禪定解脫三昧而不隨
禪生是菩薩行雖行四念處而不永離身
受心法是菩薩行雖行四正勤而不捨身心
精進是菩薩行雖行四如意足而得自在神
通是菩薩行雖行五根而分別眾生諸根
利鈍是菩薩行雖行五力而樂求佛十力是菩
薩行雖行七覺分而分別佛之知慧是菩薩
行雖行八聖道而樂行无量佛道是菩薩行
雖行止觀助道之法而不畢竟墮於寂滅是

上博 45 (40794)　維摩詰經卷中　（26－6）

行雖行八聖道而樂行无量佛道是菩薩行
雖行止觀助道之法而不畢竟墮於寂滅是
菩薩行雖行諸法不生不滅而以相好莊嚴其
身是菩薩行雖現聲聞辟支佛威儀而不捨
佛法是菩薩行雖隨諸法究竟淨相而隨
所應為現其身是菩薩行雖觀諸佛國土
永寂如空而現種種清淨佛土是菩薩行
雖得佛道轉于法輪入於涅槃而不捨於菩
薩之道是菩薩行說是語時文殊師利所將
大眾其中八千天子皆發阿耨多羅三藐
三菩提心

不思議品第六

爾時舍利弗見此室中无有牀坐作是念斯
諸菩薩大弟子眾當於何坐長者維摩詰知
其意語舍利弗言云何仁者為法來耶求牀
坐耶舍利弗言我為法來非為牀坐維摩詰
言唯舍利弗夫求法者不貪軀命何況牀坐
夫求法者非有色受想行識之求非有界入
之求非有欲色无色之求唯舍利弗夫求法者
不著佛求不著法求不著眾求夫求法者无
見苦求无斷集求无造盡證脩道之求所
以者何法无戲論若言我當見苦斷集證滅
脩道是則戲論非求法也唯舍利弗法名寂
滅若行生滅是求生滅非求法也法名无染
若染於法乃至涅槃是則染著非求法也

上博 45 (40794)　維摩詰經卷中　（26－7）

以者何法无戲論若言我當見苦斷集證
脩道是則戲論非求法也唯舍利弗法名寂
滅若行生滅是求生滅非求法也法名无染
若染於法乃至涅槃是則染著非求法也法
无行處若行於法是則行處非求法也法
无取捨若取捨法是則取捨非求法也法无
處所若著處所是則著處非求法也法名无
相若隨相識是則求相非求法也法不可住若
住於法是則住法非求法也法不可見聞覺
知若行見聞覺知是則見聞覺知非求法也
法名无爲若行有爲是求有爲非求法也是
故舍利弗若求法者於一切法應无所求說是
語時五百天子於諸法中得法眼淨
尒時長者維摩詰問文殊師利仁者遊於无量
千万億阿僧祇國何等佛土有好上妙功德成
就師子之座文殊師利言居士東方度三十
六恒河沙國有世界名須弥相其佛号須弥
燈王今現在彼佛身長八万四千由旬其師
子座高八万四千由旬嚴飾第一於是長者維
摩詰現神通力即時彼佛遣三万二千
師子之座高廣嚴淨來入維摩詰室諸菩
薩大弟子釋梵四天王等昔所未見其室廣
博悉皆包容三万二千師子之座无所妨閡於
毗耶離城及閻浮提四天下亦不迫迮悉見如
故尒時維摩詰語文殊師利就師子座与諸
菩薩上人俱坐當自立身如彼坐像其得神

上博 45 (40794) 維摩詰經卷中 (26－8)

博悉皆包容三万二千師子之座无所妨閡於
毗耶離城及閻浮提四天下亦不迫迮悉見如
故尒時維摩詰語文殊師利就師子座与諸
菩薩上人俱坐當自立身如彼坐像其得神
通菩薩即自變形爲四万二千由旬坐師子座
諸新發意菩薩及大弟子皆不能昇尒時維
摩詰語舍利弗就師子座舍利弗言居士此
座高廣吾不能昇維摩詰言唯舍利弗爲
須弥燈王如來作礼乃可得坐於是新發意
菩薩及大弟子即爲須弥燈王如來作礼便
得坐師子座舍利弗言居士未曾有也如是
小室乃容受此高廣之座於毗耶離城无所
妨閡又於閻浮提聚落城邑及四天下諸天
龍王鬼神宮殿亦不迫迮維摩詰言唯舍利
弗諸佛菩薩有解脫名不可思議若菩薩住
是解脫者以須弥之高廣内芥子中无所增減
須弥山王本相如故而四天王忉利諸天不覺
不知己之所入唯應度者乃見須弥入芥子
中是名不可思議解脫法門又以四大海水
入一毛孔不嬈魚鼈黿鼉水性之屬而彼大
海本相如故諸龍鬼神阿脩羅等不覺不知
己之所入於此衆生亦无所嬈又舍利弗住不
可思議解脫菩薩断取三千大千世界如陶
家輪著右掌中擲過恒河沙世界之外其
中衆生不覺不知己之所往又復還置本處
都不使人有往來想而此世界本相如故

上博 45 (40794) 維摩詰經卷中 (26－9)

思議解脫菩薩斷取三千大千世界如陶
家輪著右掌中擲過恒河沙世界之外其
中衆生不覺不知己之所往又復還置本處
都不使人有往來想而此世界本相如故
又舍利弗或有衆生樂久住世而可度者菩薩
即演七日以為一劫令彼衆生謂之一劫或有
衆生不樂久住而可度者菩薩即促一劫以
為七日令彼衆生謂之七日又舍利弗住不可
思議解脫菩薩以一切佛土嚴飾之事集
在一國示於衆生又菩薩以一佛土衆生置之
右掌飛到十方遍示一切而不動本處又舍利
弗十方衆生供養諸佛之具菩薩於一毛孔皆
令得見又十方國土所有日月星宿於一毛孔
普使見之又舍利弗十方世界所有諸風菩
薩悉能吸著口中而身无損外諸樹木亦
不摧折又十方世界劫盡燒時以一切火
內於腹中火事如故而不為害又以下方過
恒河沙等諸佛世界取一佛土舉著上方
過恒河沙无數世界如持針鋒舉一棗葉
而无所嬈又舍利弗住不可思議解脫菩薩
能以神通現作佛身或現辟支佛身或現聲
聞身或現帝釋身或現梵王身或現世主
身或現轉輪王身又十方世界所有衆聲上
中下音皆能變之令作佛聲演出无常苦空
无我之音及十方諸佛所說種種之法皆於

上博 45 (40794) 維摩詰經卷中 (26－10)

中下音皆能變之令作佛聲演出无常苦空
无我之音及十方諸佛所說種種之法皆於
其中普令得聞舍利弗我今略說菩薩不可
思議解脫之力若廣說者窮劫不盡是時大
迦葉聞說菩薩不可思議解脫法門歎未曾
有謂舍利弗譬如有人於盲者前現衆色像
非彼所見一切聲聞聞是不可思議解脫法門
不能解了為若此也智者聞是其誰不發
阿耨多羅三藐三菩提心我等何為永絕其
根於此大乘已如敗種一切聲聞聞是不可思
議解脫法門皆應號泣聲震三千大千世
界一切菩薩應大欣慶頂受此法若有菩薩
信解不可思議解脫法門者一切魔衆无如
之何大迦葉說是語時三万二千天子皆發
阿耨多羅三藐三菩提心
尒時維摩詰語大迦葉仁者十方无量阿僧祇
世界中作魔王者多是住不可思議解脫菩
薩以方便力教化衆生現作魔王又迦葉十方
无量菩薩或有人從乞手足耳鼻頭目髓腦
血肉皮骨聚落城邑妻子奴婢象馬車乘金
銀琉璃車𤦲馬瑙珊瑚琥珀真珠珂貝衣服
飲食如此乞者多是住不可思議解脫菩薩
以方便力而往試之令其堅固所以者何住
不可思議解脫菩薩有威德力故行逼迫
示諸衆生如是難事凡夫下劣无有力勢

上博 45 (40794) 維摩詰經卷中 (26－11)

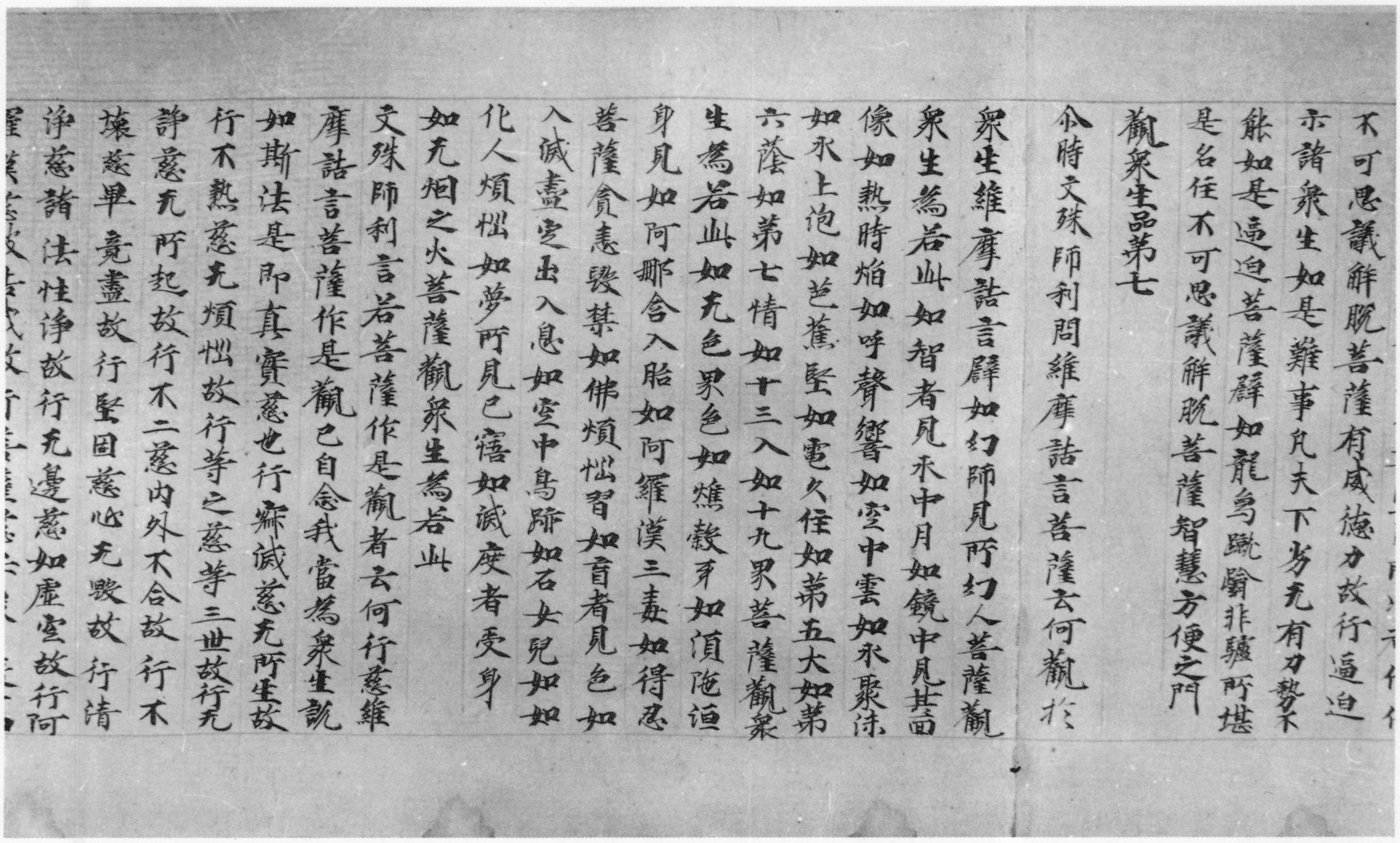

不可思議解脫菩薩有威德力故行逼迫
示諸衆生如是難事凡夫下劣无有力勢不
能如是逼迫菩薩譬如龍象蹴踏非驢所堪
是名住不可思議解脫菩薩智慧方便之門

觀衆生品第七

尒時文殊師利問維摩詰言菩薩云何觀於
衆生維摩詰言譬如幻師見所幻人菩薩觀
衆生爲若此如智者見水中月如鏡中見其面
像如熱時焰如呼聲響如空中雲如水聚沫
如水上泡如芭蕉堅如電久住如第五大如第
六陰如第七情如十三入如十九界菩薩觀衆
生爲若此如无色界色如燋穀牙如須陁洹
身見如阿那含入胎如阿羅漢三毒如得忍
菩薩貪恚毀禁如佛煩惱習如盲者見色如
入滅盡定出入息如空中鳥跡如石女兒如
化人煩惱如夢所見已寤如滅度者受身
如无烟之火菩薩觀衆生爲若此
文殊師利言若菩薩作是觀者云何行慈維
摩詰言菩薩作是觀已自念我當爲衆生說
如斯法是即真實慈也行寂滅慈无所生故
行不熱慈无煩惱故行等之慈等三世故行无
諍慈无所起故行不二慈内外不合故行不
壞慈畢竟盡故行堅固慈心无毀故行清
淨慈諸法性淨故行无邊慈如虛空故行阿

上博 45 (40794)　維摩詰經卷中　(26－12)

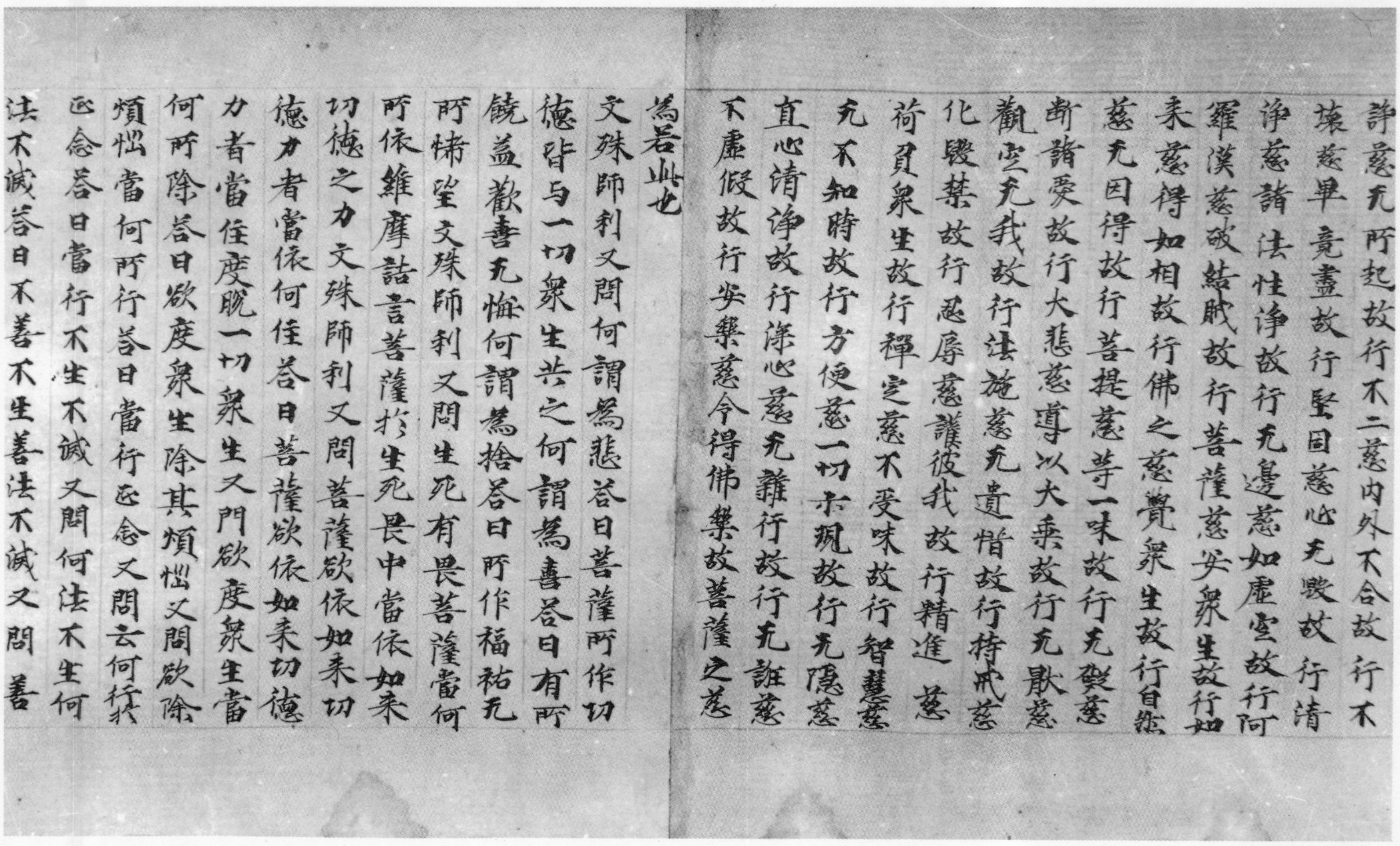

諍慈无所起故行不二慈内外不合故行不
壞慈畢竟盡故行堅固慈心无毀故行清
淨慈諸法性淨故行无邊慈如虛空故行阿
羅漢慈破結賊故行菩薩慈安衆生故行如
來慈得如相故行佛之慈覺衆生故行自然
慈无因得故行菩提慈等一味故行无等慈
斷諸愛故行大悲慈導以大乘故行无猒慈
觀空无我故行法施慈无遺惜故行持戒慈
化毀禁故行忍辱慈護彼我故行精進慈
荷負衆生故行禪定慈不受味故行智慧慈
无不知時故行方便慈一切示現故行无隱慈
直心清淨故行深心慈无雜行故行无誑慈
不虛假故行安樂慈令得佛樂故菩薩之慈
爲若此也
文殊師利又問何謂爲悲答曰菩薩所作功
德皆與一切衆生共之何謂爲喜答曰有所
饒益歡喜无悔何謂爲捨答曰所作福祐无
所悕望文殊師利又問生死有畏菩薩當何
所依維摩詰言菩薩於生死畏中當依如來
功德之力文殊師利又問菩薩欲依如來功
德力者當依何住答曰菩薩欲依如來功德
力者當住度脫一切衆生又問欲度衆生當
何所除答曰欲度衆生除其煩惱又問欲除
煩惱當何所行答曰當行正念又問云何行於
正念答曰當行不生不滅又問何法不生何
法不滅答曰不善不生善法不滅又問善

上博 45 (40794)　維摩詰經卷中　(26－13)

煩惱當何所行答曰當行正念又問云何行於
正念答曰當行不生不滅又問何法不生何
法不滅答曰不善不生善法不滅又問善
不善孰為本答曰身為本又問身孰為本
答曰欲貪為本又問欲貪孰為本答曰虛妄
分別為本又問虛妄分別孰為本答曰顛倒
想為本又問顛倒相孰為本答曰无住為本
又問无住孰為本答曰无住則无本文殊師
利從无住本立一切法
時維摩詰室有一天女見諸大人聞所說法
便現其身即以天華散諸菩薩大弟子上華
至諸菩薩即皆墮落至大弟子便著不墮一
切弟子神力去華不能令去尒時天問舍利
弗何故去華答曰此華不如法是以去之天
曰勿謂此華為不如法所以者何是華无所
分別仁者自生分別想耳若於佛法出家有
所分別為不如法若无所分別是則如法觀
諸菩薩華不著者以斷一切分別想故譬如
人畏時非人得其便如是弟子畏生死故色
聲香味觸得其便已離畏者一切五欲无能
為也結習未盡華著身耳結習盡者華不
著也舍利弗言天止此室其已久如答曰我止此
室如耆年解脫舍利弗言止此久耶天曰耆
年解脫亦何如久舍利弗默然不答天曰如何
耆舊大智而默答曰解脫者无所言說故
吾於是不知所云天曰言說文字皆解脫相

上博 45 (40794) 維摩詰經卷中 (26－14)

年解脫亦何如久舍利弗默然不答天曰如何
耆舊大智而默答曰解脫者无所言說故
吾於是不知所云天曰言說文字皆解脫相
所以者何解脫者不內不外不在兩間文字
亦不內不外不在兩間是故舍利弗无離
文字說解脫也所以者何一切諸法是解
脫相舍利弗言不復以離婬怒癡為解脫乎
天曰佛為增上慢人說離婬怒癡為解脫耳
若无增上慢者佛說婬怒癡性即是解脫舍
利弗言善哉善哉天女汝何所得以何為證
辯乃如是天曰我无得无證故辯如是所以
者何若有得有證者即於佛法為增上慢
舍利弗問天汝於三乘為何志求天曰以聲
聞法化眾生故我為聲聞以因緣法化眾生
故我為辟支佛以大悲法化眾生故我為大乘
舍利弗如人入瞻蔔林唯嗅瞻蔔不嗅餘香
如是若入此室但聞佛功德之香不樂聲聞
辟支佛功德香也舍利弗其有釋梵四天王
諸天龍鬼神等入此室者聞斯上人講說正
法皆樂佛功德之香發心而出舍利弗吾止此
室十有二年初不聞說聲聞辟支佛法但聞
菩薩大慈大悲不可思議諸佛之法舍利弗
此室常現八未曾有難得之法何等為八此
室常以金色光照晝夜无異不以日月所照
為明是為一未曾有難得之法此室入者不
為諸垢之所惱也是為二未曾有難得之法

上博 45 (40794) 維摩詰經卷中 (26－15)

為明是為一未曾有難得之法此室入者不
為諸垢之所惱也是為二未曾有難得之法
此室常有釋梵四天王他方菩薩來會不
絶是為三未曾有難得之法此室說六波羅
蜜不退轉法是為四未曾有難得之法此室
常作天人第一之樂絃歌出无量法化之聲
是為五未曾有難得之法此室有四大藏衆
寶積滿周窮濟乏求得无盡是為六未曾有
難得之法此室釋迦牟尼佛阿弥陁佛阿閦
佛寶徳寶焰寶月寶嚴難勝師子響一切利
益成如是等十方无量諸佛是上人念時即
為來廣說諸佛秘要法藏說已還去是為七
未曾有難得之法此室一切諸天嚴飾宮殿
諸佛淨土皆於中現是為八未曾有難得之
法舍利弗此室常現八未曾有難得之法誰有
見斯不思議事而復樂於聲聞法乎
舍利弗言汝何以不轉女身天曰我從十二年
來求女人相了不可得當何所轉譬如幻師
化作幻女若有人問何以不轉女身是人為
正問不舍利弗言不也幻无定相當何所轉
天曰一切諸法亦復如是无有定相云何乃
問不轉女身即時天女以神通力變舍利弗
令如天女天自化身如舍利弗而問言何以不
轉女身舍利弗以天女像而答言我今不知
何轉而變為女身天曰舍利弗若能轉此女

上博 45 (40794)　維摩詰經卷中　　(26－16)

令如天女天自化身如舍利弗而問言何以不
轉女身舍利弗以天女像而答言我今不知
何轉而變為女身天曰舍利弗若能轉此女
身則一切女人亦當能轉如舍利弗非女而現
女身一切女人亦復如是雖現女身而非女
也是故佛說一切諸法非男非女即時天女
還攝神力令舍利弗身還復如故天問
舍利弗女身色相今何所在舍利弗言女身
色相无在无不在天曰一切諸法亦復如是
无在无不在夫无在无不在者佛所說也舍
利弗問天汝於此沒當生何所天曰佛化所
生吾如彼生曰佛化所生非沒生也天曰衆
生猶然无沒生也舍利弗問天汝久如當得
阿耨多羅三藐三菩提天曰如舍利弗還為
凡夫我乃當成阿耨多羅三藐三菩提舍利
弗言我作凡夫法无有是處天曰我得阿耨多
羅三藐三菩提亦无是處所以者何菩提无
住處是故无有得者舍利弗言今諸佛得
阿耨多羅三藐三菩提已得當得如恒河沙
皆謂何乎天曰皆以世俗文字數故說有三
世非謂菩提有去來今天曰舍利弗汝得阿
羅漢道耶曰无所得故而得天曰諸佛菩薩
亦復如是无所得故而得爾時維摩詰語
舍利弗是天女曾已供養九十二億佛已能
遊戲菩薩神通所願具足得无生法忍住不
退轉以本願故隨意能現教化衆生

上博 45 (40794)　維摩詰經卷中　　(26－17)

遊戲菩薩神通所願具足得无生法忍住不
退轉以本願故隨意能現教化衆生
佛道品第八
尒時文殊師利問維摩詰言菩薩云何通達佛
道維摩詰言若菩薩行於非道是為通達佛
道又問云何菩薩行非道荅曰若菩薩行五
无間而無惱恚至于地獄无諸罪垢至于畜
生无有无明憍慢等過至于餓鬼而具足功
德行色无色界道不以為勝示行貪欲離諸
染著示行瞋恚於諸衆生无有罣礙示行愚
癡而以智慧調伏其心示行慳貪而捨内外
所有不惜身命示行毀禁而安住淨戒乃至
小罪猶懷大懼示行瞋恚而常慈忍示行懈
怠而勤脩功德示行亂意而常念定示行愚
癡而通達世間出世間慧示行諂偽而善方
便隨諸經義示行憍慢而於衆生猶如橋梁
示行諸煩惱而心常清淨示入於魔而順
佛智慧不隨他教示入聲聞而為衆生說未
聞法示入辟支佛而成就大悲教化衆生示
入貧窮而有寶手功德无盡示入形殘而具
諸相好以自莊嚴示入下賤而生佛種姓中
具諸功德示入羸劣醜陋而得那羅延身一
切衆生之所樂見示入老病而永斷病根超
越死畏示有資生而恒觀无常實无所貪示
有妻妾婇女而常遠離五欲淤泥示現訥鈍

越死畏示有資生而恒觀无常實无所貪示
有妻妾婇女而常遠離五欲淤泥示現訥鈍
而成就辯才揔持无失示入邪濟而以正濟
度諸衆生現遍入諸道而斷其因緣現於涅槃
而不斷生死文殊師利菩薩能如是行於非道
是為通達佛道於是維摩詰問文殊師利何
等為如來種文殊師利言有身為種无明有
愛為種貪恚癡為種四顛倒為種五蓋為種
六入為種七識處為種八邪法為種九惱處
為種十不道道為種以要言之六十二見及
一切煩惱皆是佛種曰何謂也荅曰若見无
為入正位者不能復發阿耨多羅三藐三
菩提心譬如高原陸地不生蓮華卑濕淤泥
乃生此華如是見无為法入正位者終不
復能生於佛法煩惱泥中乃有衆生起佛法
耳又如殖種於空終不得生糞壤之地乃能
滋茂如是入无為正位者不生佛法起我見
如須弥山猶能發于阿耨多羅三藐三菩
提心生佛法矣是故當知一切煩惱為如來
種譬如不下巨海不能行无價寶珠如是不
入煩惱大海則不能生一切智寶尒時大迦葉
歎言善哉善哉文殊師利快說是語誠如所
言塵勞之疇為如來種我等今者不復堪
任發阿耨多羅三藐三菩提心乃至五无間
罪猶能發意生於佛法而今我等永不能發

言塵勞之疇為如來種我等今者不復堪
任發阿耨多羅三藐三菩提心乃至五无間
罪猶能發意生於佛法而今我等永不能發
譬如根敗之士其於五欲不能復利如是聲
聞諸結斷者於佛法中无所復益永不志願是
故文殊師利凡夫於佛法有反覆而聲聞无
也所以者何凡夫聞佛法能起无上道心不斷
三寶正使聲聞終身聞佛法力无畏等永
不能發无上道意尒時會中有菩薩名普
見色身問維摩詰言居士父母妻子親戚
眷屬吏民知識悉為是誰奴婢僮僕象馬
車乘皆何所在於是維摩詰以偈荅曰
智度菩薩母　方便以為父　一切衆導師　无不由是生
法喜以為妻　慈悲心為女　善心誠實男　畢竟空寂舍
弟子衆塵勞　隨意之所轉　道品善知識　由是成正覺
諸度法等侶　四攝為伎女　歌詠誦法言　以此為音樂
總持之園苑　无漏法林樹　覺意淨妙花　解脫智慧果
八解之浴池　定水湛然滿　布以七淨華　浴此无垢人
象馬五通馳　大乘以為車　調御以一心　遊於八正路
相具以嚴容　衆好飾其姿　慚愧之上服　深心為華鬘
富有七財寶　教授以滋息　如所說脩行　迴向為大利
四禪為牀坐　從於淨命生　多聞增智慧　以為自覺音
甘露法之食　解脫味為漿　淨心以澡浴　戒品為塗香
摧滅煩惱賊　勇健无能踰　降伏四種魔　勝幡建道場
雖知无起滅　示彼故有生　悉現諸國土　如日无不見
供養於十方　无量億如來　諸佛及己身　无有分別想

上博 45 (40794)　維摩詰經卷中　（26－20）

摧滅煩惱賊　勇健无能踰　降伏四種魔　勝幡建道場
雖知无起滅　示彼故有生　悉現諸國土　如日无不見
供養於十方　无量億如來　諸佛及己身　无有分別想
雖知諸佛國　及与衆生空　而常脩淨土　教化於羣生
諸有衆生類　形聲及威儀　无畏力菩薩　一時能盡現
覺知衆魔事　而示隨其行　以善方便智　隨意皆能現
或示老病死　成就諸羣生　了知如幻化　通達无有礙
或現劫盡燒　天地皆洞然　衆人有常想　照令知无常
无數億衆生　俱來請菩薩　一時到其舍　化令向佛道
經書禁呪術　工巧諸伎藝　盡現行此事　饒益諸羣生
世間衆道法　悉於中出家　因以解人惑　而不墮邪見
或作日月天　梵王世界主　或時作地水　或復作風火
劫中有疾疫　現作諸藥草　若有服之者　除病消衆毒
劫中有飢饉　現身作飲食　先救彼飢渴　却以法語人
劫中有刀兵　為之起慈悲　化彼諸衆生　令住无諍地
若有大戰陣　立之以等力　菩薩現威勢　降伏使和安
一切國土中　諸有地獄處　輙往到于彼　勉濟其苦惱
一切國土中　畜生相食噉　皆現生于彼　為之作利益
示受於五欲　亦復現行禪　令魔心憒亂　不能得其便
火中生蓮華　是可謂希有　在欲而行禪　希有亦如是
或現作婬女　引諸好色者　先以欲鉤牽　後令入佛道
或為邑中主　或作商人導　國師及大臣　以祐利衆生
諸有貧窮者　現作无盡藏　因以勸導之　令發菩提心
我心憍慢者　為現大力士　消伏諸貢高　令發无上道
其有恐懼者　居前而慰安　先施以无畏　後令發道心
或現離婬欲　為五通仙人　開導諸羣生　令住戒忍慈

上博 45 (40794)　維摩詰經卷中　（26－21）

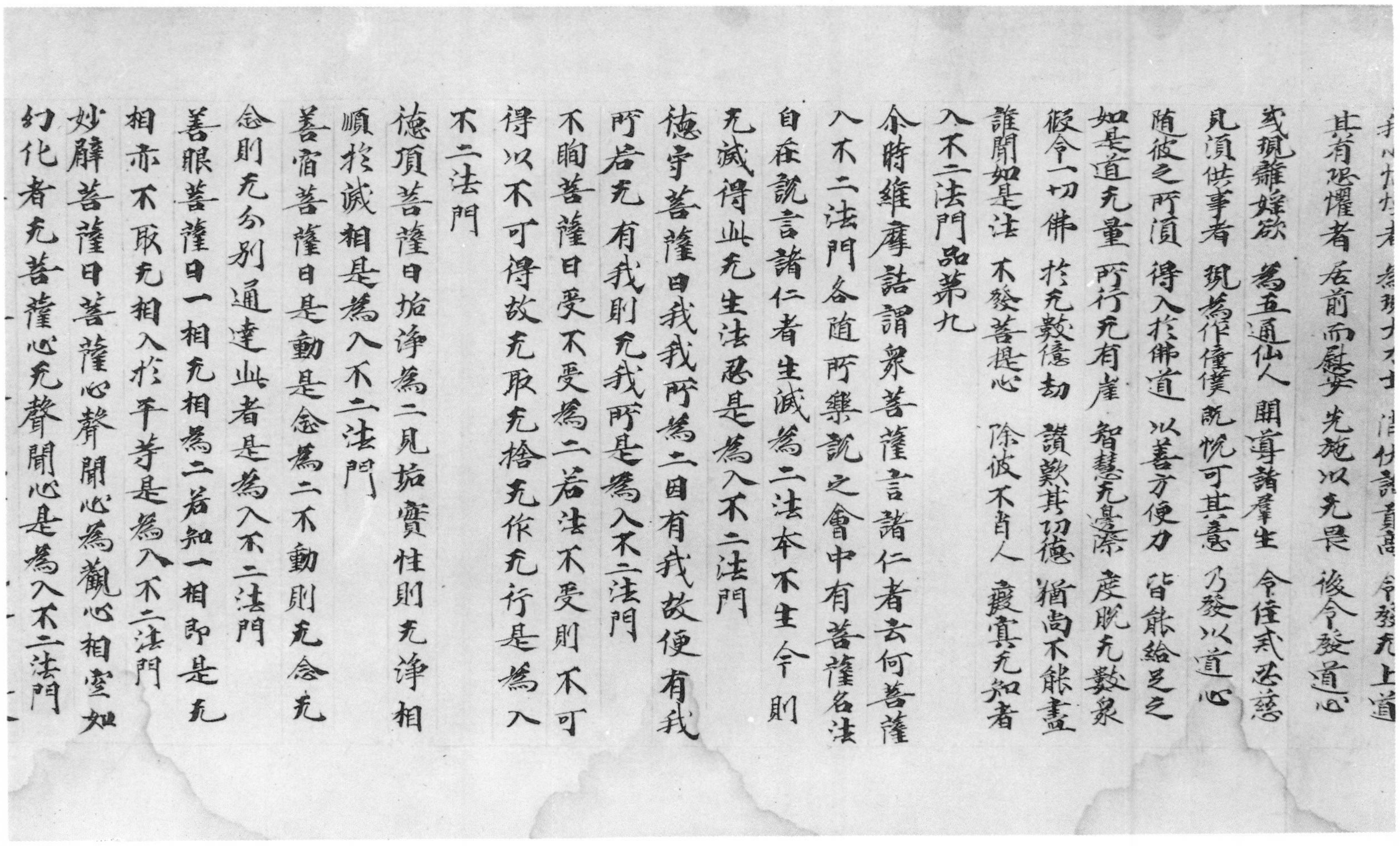
我心憍慢者 為現大力士 消伏諸貢高 令發无上道
其有恐懼者 居前而慰安 先施以无畏 後令發道心
或現離婬欲 為五通仙人 開導諸羣生 令住戒忍慈
見須供事者 現為作僮僕 既悅可其意 乃發以道心
隨彼之所須 得入於佛道 以善方便力 皆能給足之
如是道无量 所行无有崖 智慧无邊際 度脫无數衆
假令一切佛 於无數億劫 讚歎其功德 猶尚不能盡
誰聞如是法 不發菩提心 除彼不肖人 癡冥无知者
入不二法門品第九
尒時維摩詰謂衆菩薩言諸仁者云何菩薩
入不二法門各隨所樂說之會中有菩薩名法
自在說言諸仁者生滅為二法本不生今則
无滅得此无生法忍是為入不二法門
德守菩薩曰我我所為二因有我故便有我
所若无有我則无我所是為入不二法門
不眴菩薩曰受不受為二若法不受則不可
得以不可得故无取无捨无作无行是為入
不二法門
德頂菩薩曰垢淨為二見垢實性則无淨相
順於滅相是為入不二法門
善宿菩薩曰是動是念為二不動則无念无
念則无分別通達此者是為入不二法門
善眼菩薩曰一相无相為二若知一相即是无
相亦不取无相入於平等是為入不二法門
妙臂菩薩曰菩薩心聲聞心為二觀心相空如
幻化者无菩薩心无聲聞心是為入不二法門

上博 45 (40794) 維摩詰經卷中 (26－22)

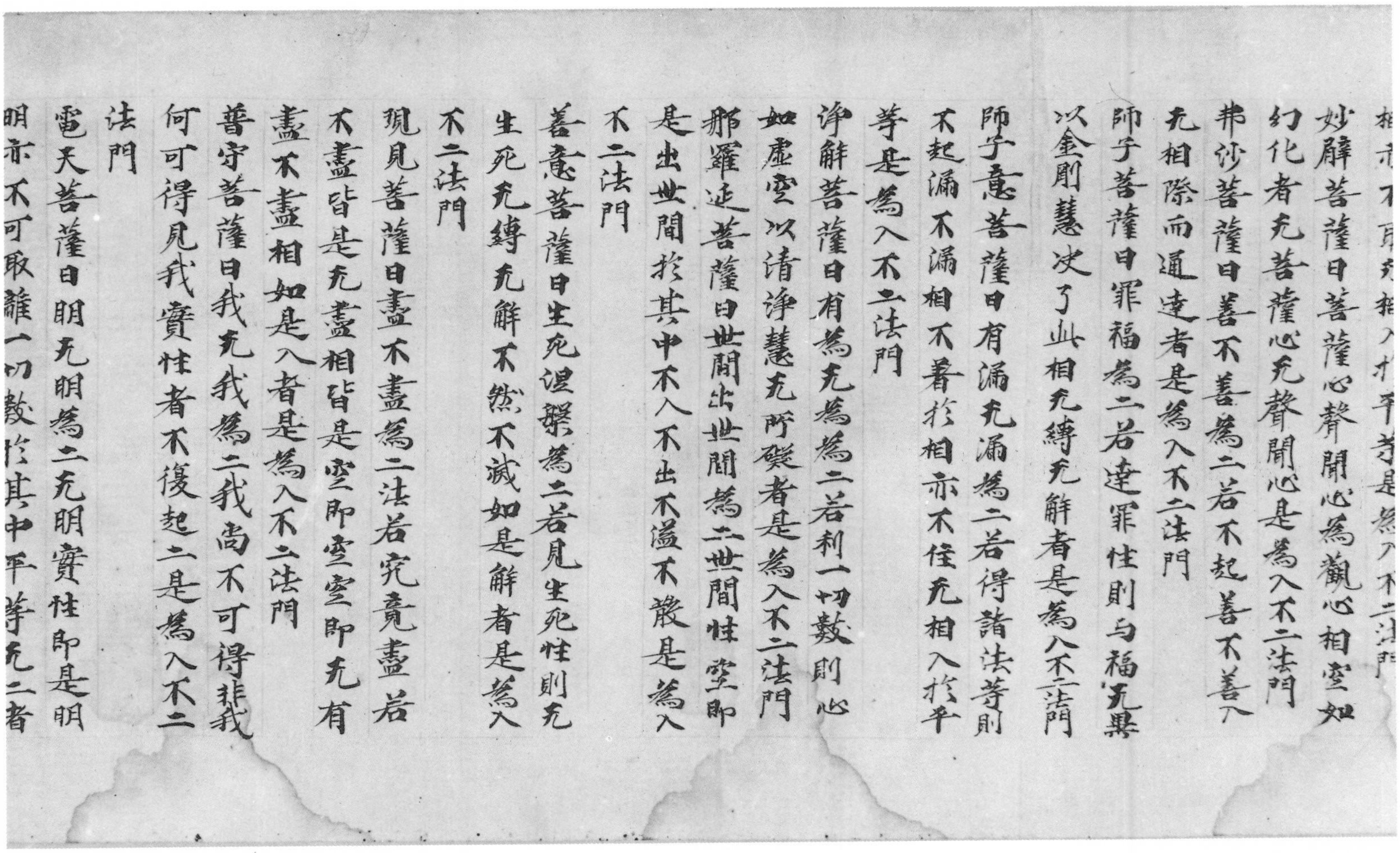
相亦不取无相入於平等是為入不二法門
妙臂菩薩曰菩薩心聲聞心為二觀心相空如
幻化者无菩薩心无聲聞心是為入不二法門
弗沙菩薩曰善不善為二若不起善不善入
无相際而通達者是為入不二法門
師子菩薩曰罪福為二若達罪性則与福无異
以金剛慧決了此相无縛无解者是為入不二法門
師子意菩薩曰有漏无漏為二若得諸法等則
不起漏不漏相不著於相亦不住无相入於平
等是為入不二法門
淨解菩薩曰有為无為為二若離一切數則心
如虛空以清淨慧无所礙者是為入不二法門
那羅延菩薩曰世間出世間為二世間性空即
是出世間於其中不入不出不溢不散是為入
不二法門
善意菩薩曰生死涅槃為二若見生死性則无
生死无縛无解不然不滅如是解者是為入
不二法門
現見菩薩曰盡不盡為二法若究竟盡若
不盡皆是无盡相无盡相即是空空則无有
盡不盡相如是入者是為入不二法門
普守菩薩曰我无我為二我尚不可得非我
何可得見我實性者不復起二是為入不二
法門
電天菩薩曰明无明為二无明實性即是明
明亦不可取離一切數於其中平等无二者

上博 45 (40794) 維摩詰經卷中 (26－23)

法門
雷天菩薩曰明无明為二无明實性即是明
明亦不可取離一切數於其中平等无二者
是為入不二法門
喜見菩薩曰色空為二色即是空非色滅空
色性自空如是受想行識識空為二識即是
空非識滅空識性自空於其中而通者達
是為入不二法門
明相菩薩曰四種異空空種為二四種性即是
空種性如前際後際空故中際亦空若能如
是知諸種性者是為入不二法門
妙意菩薩曰眼色為二若知眼性於色不貪不
恚不癡是名寂滅如是耳鼻香舌味身觸
法為二若知意性於法不貪不恚不癡是名
寂滅安住其中是為入不二法門
無盡意菩薩曰布施迴向一切智為二布施
性即是迴向一切智性如是持戒忍辱精進禪
定智慧迴向一切智為二智慧性即是迴向一
切智性於其中入一相者是為入不二法門
深慧菩薩曰是空是无相是无作為二空即
无相无相即无作若空无相无作則无心意
識於一解脫門即是三解脫門者是為入不二法門
寂根菩薩曰佛法眾為二佛即是法法即是
眾是三寶皆无為相与虛空等一切法亦尒能
隨此行者是為入不二法門
心无礙菩薩曰身身滅為二身即是身滅所以者

上博 45 (40794) 維摩詰經卷中 (26－24)

眾是三寶皆无為相与虛空等一切法亦尒能
隨此行者是為入不二法門
心无礙菩薩曰身身滅為二身即是身滅所以者
何見身實相者不起見身及見滅身身与
滅身无二无分別於其中不驚不懼者是為
上善菩薩曰身口意善為二是三業皆无作相
身无作相即口无作相口无作相即意无作
相是三業无作相即一切法无作相能如是
隨无作慧者是為入不二法門
福田菩薩曰福行罪行不動行為二三行實性
即是空空則无福行无罪行无不動行於此三
行而不起者是為入不二法門
華嚴菩薩曰從我起二為二見我實相者不起
二法若不住二法則无有識无所識者是為
入不二法門
德藏菩薩曰有所得相為二若无所得則无
取捨无取捨者是為入不二法門
月上菩薩曰闇与明為二无闇无明則无有二
所以者何如入滅受想定无闇无明一切法相亦
復如是於其中平等入者是為入不二法門
寶印手菩薩曰樂涅槃不樂世間為二若不樂
涅槃不猒世間則无有二所以者何若有縛
則有解若本无縛其誰求解无縛无解无
樂猒是為入不二法門
珠頂王菩薩曰正道邪道為二住正道者則不
分別是邪是正離此二者是為入不二法門

上博 45 (40794) 維摩詰經卷中 (26－25)

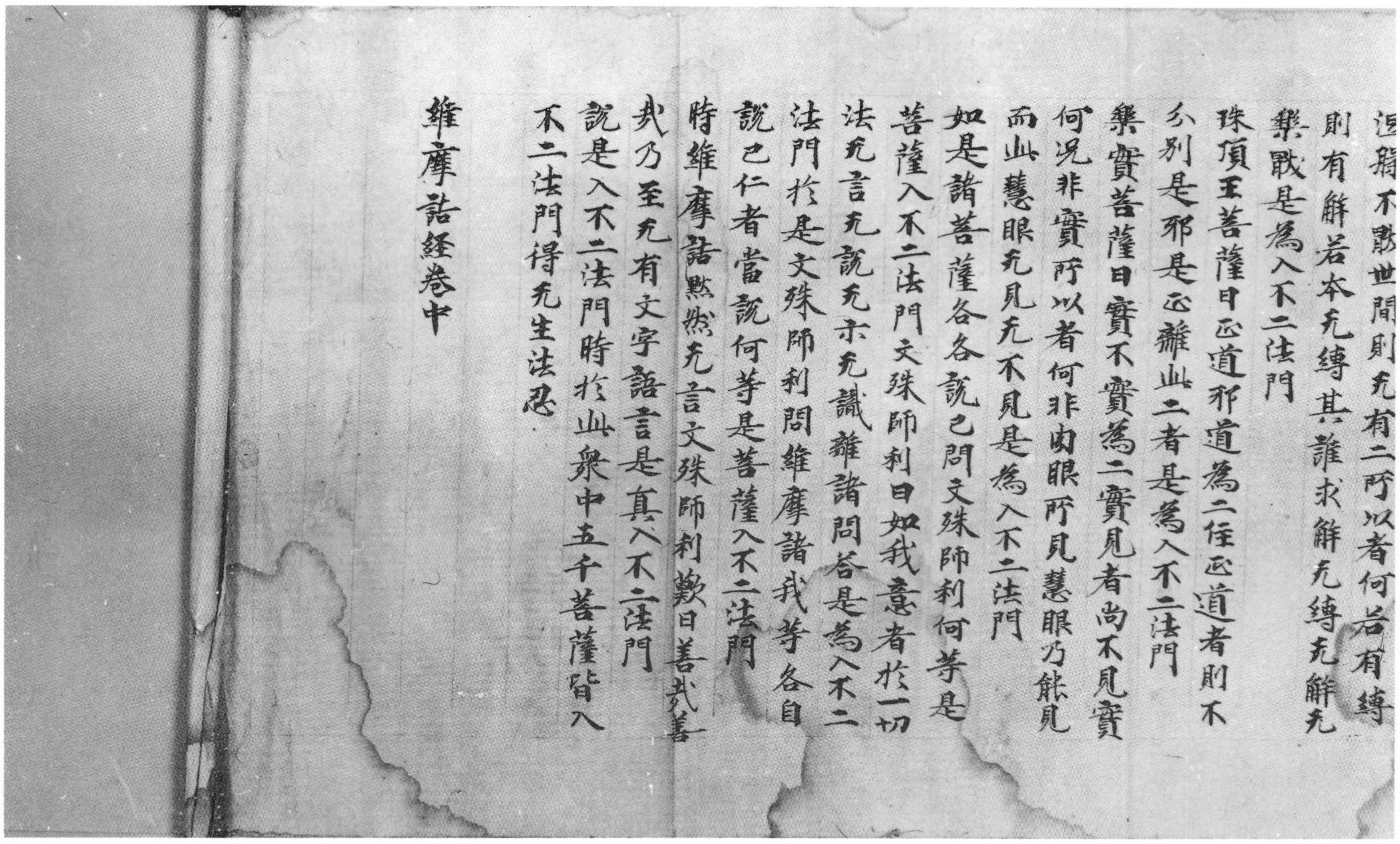

涅槃不猒世間則无有二所以者何若有縛
則有解若本无縛其誰求解无縛无解无
樂猒是為入不二法門
珠頂王菩薩曰正道邪道為二住正道者則不
分別是邪是正離此二者是為入不二法門
樂實菩薩曰實不實為二實見者尚不見實
何況非實所以者何非肉眼所見慧眼乃能見
而此慧眼无見无不見是為入不二法門
如是諸菩薩各各說已問文殊師利何等是
菩薩入不二法門文殊師利曰如我意者於一切
法无言无說无示无識離諸問答是為入不二
法門於是文殊師利問維摩詰我等各自
說已仁者當說何等是菩薩入不二法門
時維摩詰默然无言文殊師利歎曰善哉善
哉乃至无有文字語言是真入不二法門
說是入不二法門時於此衆中五千菩薩皆入
不二法門得无生法忍

維摩詰經卷中

上博 45 (40794)　維摩詰經卷中　　(26－26)

上博 45 (40794)V　1. 雜寫

上博 45 (40794)V　2. 印章

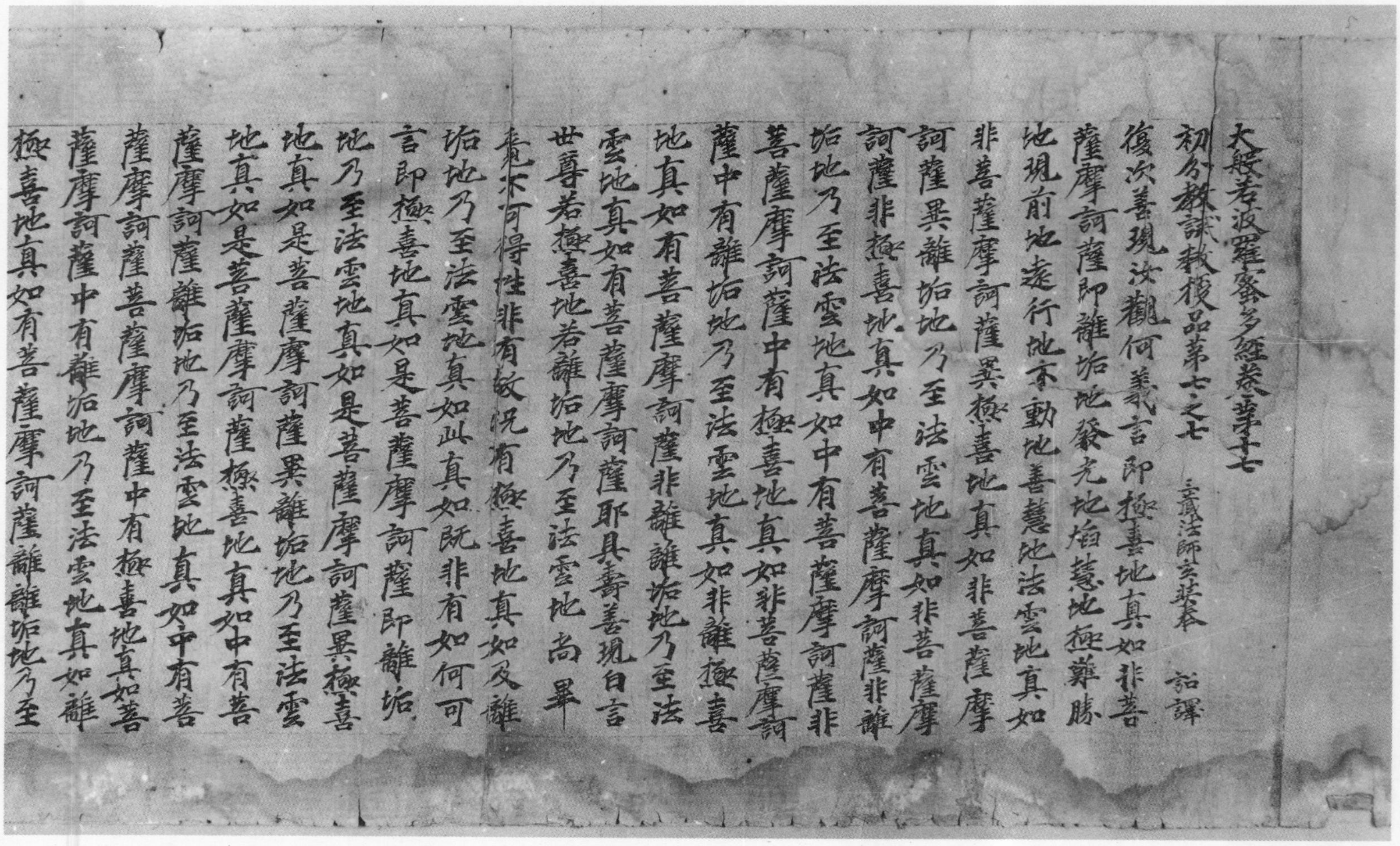

大般若波羅蜜多經卷第十七
初分教誡教授品第七之七　三藏法師玄奘奉　詔譯
復次善現汝觀何義言即極喜地真如非菩
薩摩訶薩即離垢地發光地焰慧地極難勝
地現前地遠行地不動地善慧地法雲地真如
非菩薩摩訶薩異極喜地真如非菩薩摩
訶薩異離垢地乃至法雲地真如非菩薩摩
訶薩非極喜地真如中有菩薩摩訶薩非離
垢地乃至法雲地真如中有菩薩摩訶薩非
菩薩摩訶薩中有極喜地真如非菩薩摩訶
薩中有離垢地乃至法雲地真如非離極喜
地真如有菩薩摩訶薩非離離垢地乃至法
雲地真如有菩薩摩訶薩耶具壽善現白言
世尊若極喜地若離垢地乃至法雲地尚畢
竟不可得性非有故況有極喜地真如及離
垢地乃至法雲地真如此真如既非有如何可
言即極喜地真如是菩薩摩訶薩即離垢
地乃至法雲地真如是菩薩摩訶薩異極喜
地真如是菩薩摩訶薩異離垢地乃至法雲
地真如是菩薩摩訶薩極喜地真如中有菩
薩摩訶薩離垢地乃至法雲地真如中有菩
薩摩訶薩菩薩摩訶薩中有極喜地真如菩
薩摩訶薩中有離垢地乃至法雲地真如離
極喜地真如有菩薩摩訶薩離離垢地乃至

上博 46 (40795)　大般若波羅蜜多經卷第十七　　(21－1)

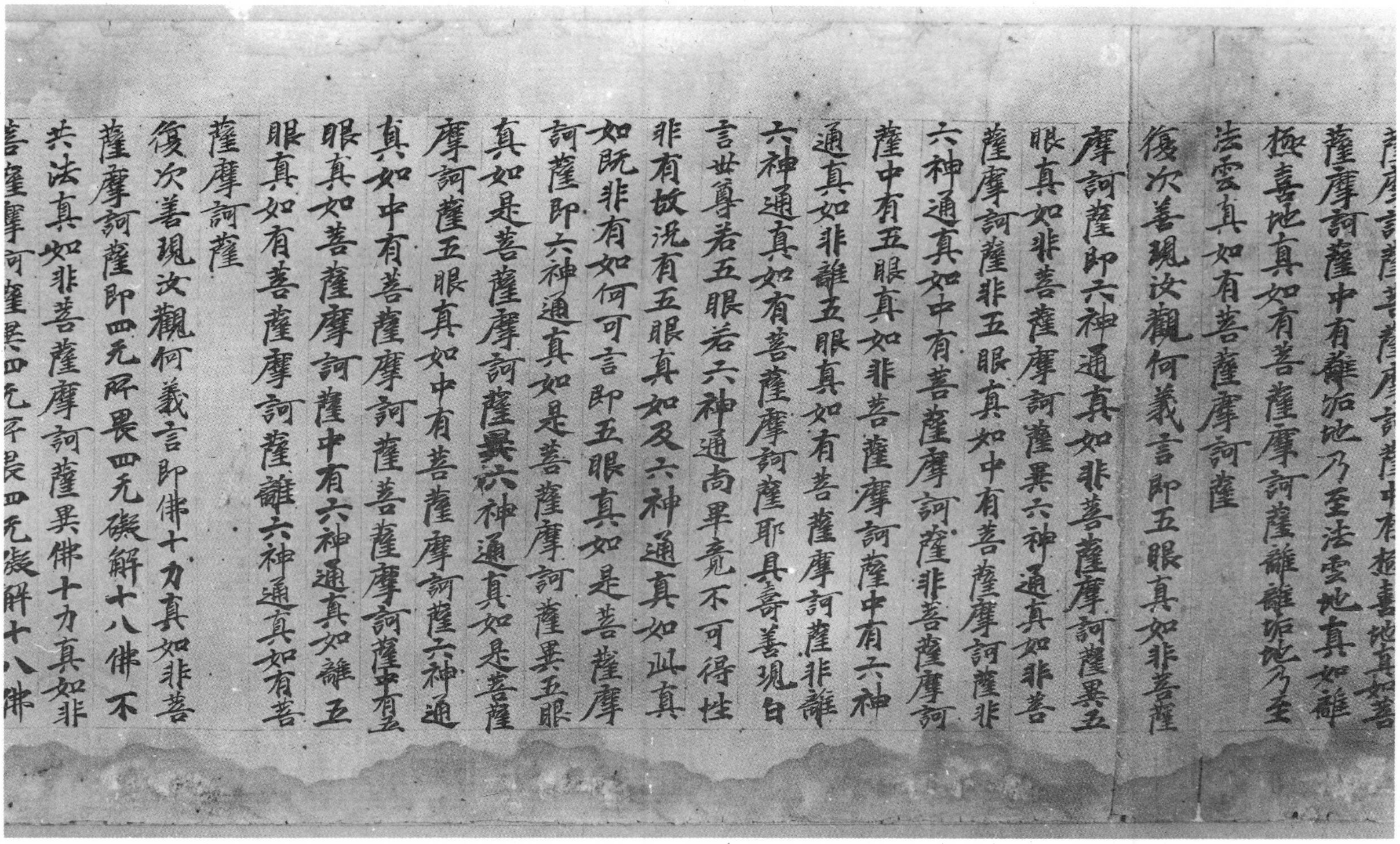
薩摩訶薩菩薩摩訶薩中有極喜地真如菩
薩摩訶薩中有離垢地乃至法雲地真如離
極喜地真如有菩薩摩訶薩離離垢地乃至
法雲地真如有菩薩摩訶薩
復次善現汝觀何義言即五眼真如非菩薩
摩訶薩即六神通真如非菩薩摩訶薩異五
眼真如非菩薩摩訶薩異六神通真如非菩
薩摩訶薩非五眼真如中有菩薩摩訶薩非
六神通真如中有菩薩摩訶薩非菩薩摩訶
薩中有五眼真如非菩薩摩訶薩中有六神
通真如非離五眼真如有菩薩摩訶薩非離
六神通真如有菩薩摩訶薩耶具壽善現白
言世尊若五眼若六神通尚畢竟不可得性
非有故況有五眼真如及六神通真如此真
如既非有如何可言即五眼真如是菩薩摩
訶薩即六神通真如是菩薩摩訶薩異五眼
真如是菩薩摩訶薩異六神通真如是菩薩
摩訶薩五眼真如中有菩薩摩訶薩六神通
真如中有菩薩摩訶薩菩薩摩訶薩中有五
眼真如菩薩摩訶薩中有六神通真如離五
眼真如有菩薩摩訶薩離六神通真如有菩
薩摩訶薩
復次善現汝觀何義言即佛十力真如非菩
薩摩訶薩即四无所畏四无礙解十八佛不
共法真如非菩薩摩訶薩異佛十力真如非
菩薩摩訶薩異四无所畏四无礙解十八佛

上博 46 (40795)　大般若波羅蜜多經卷第十七　（21－2）

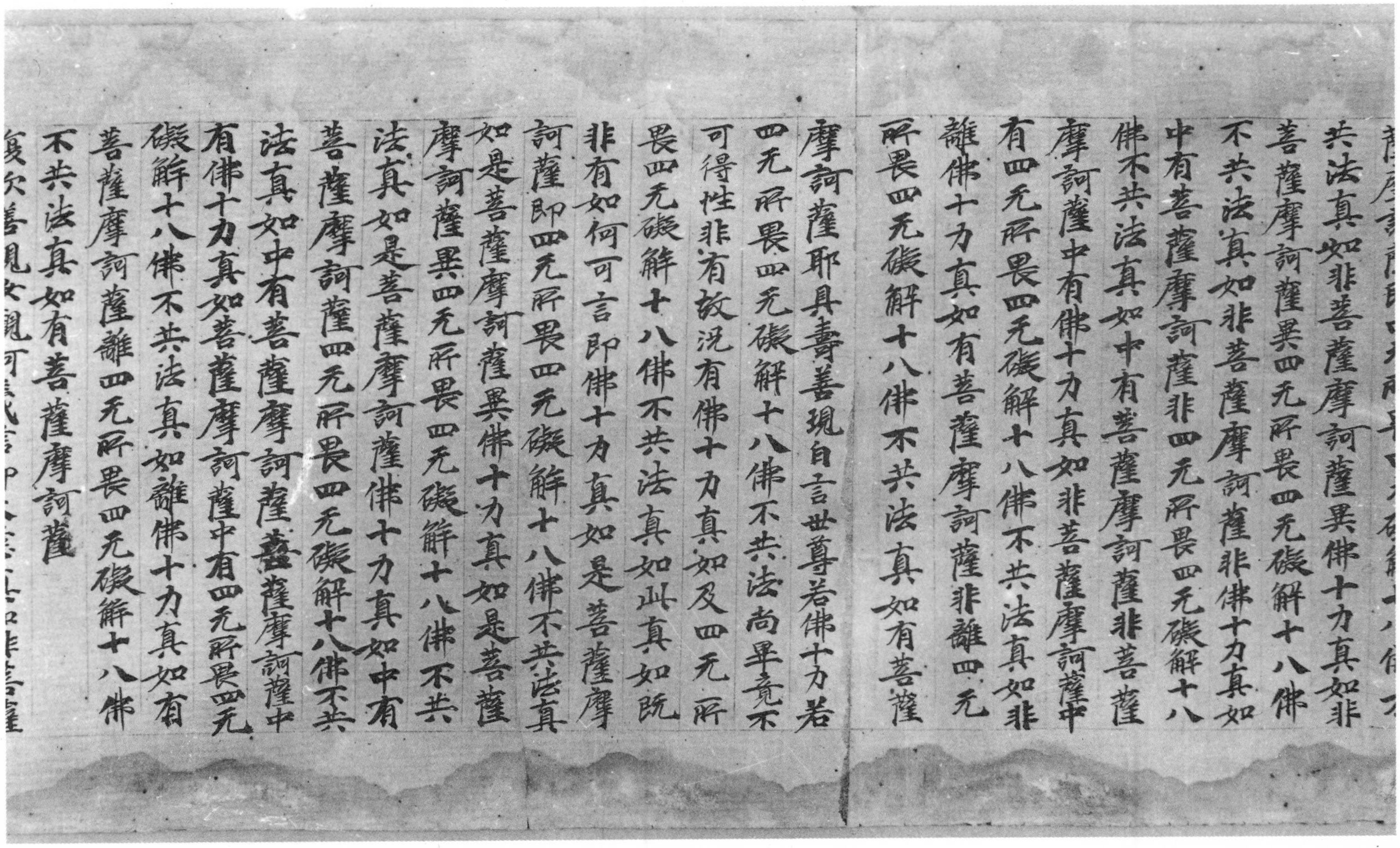
薩摩訶薩即四无所畏四无礙解十八佛不
共法真如非菩薩摩訶薩異佛十力真如非
菩薩摩訶薩異四无所畏四无礙解十八佛
不共法真如非菩薩摩訶薩非佛十力真如
中有菩薩摩訶薩非四无所畏四无礙解十八
佛不共法真如中有菩薩摩訶薩非菩薩
摩訶薩中有佛十力真如非菩薩摩訶薩中
有四无所畏四无礙解十八佛不共法真如非
離佛十力真如有菩薩摩訶薩非離四无
所畏四无礙解十八佛不共法真如有菩薩
摩訶薩耶具壽善現白言世尊若佛十力若
四无所畏四无礙解十八佛不共法尚畢竟不
可得性非有故況有佛十力真如及四无所
畏四无礙解十八佛不共法真如此真如既
非有如何可言即佛十力真如是菩薩摩
訶薩即四无所畏四无礙解十八佛不共法真
如是菩薩摩訶薩異佛十力真如是菩薩
摩訶薩異四无所畏四无礙解十八佛不共
法真如是菩薩摩訶薩佛十力真如中有
菩薩摩訶薩四无所畏四无礙解十八佛不共
法真如中有菩薩摩訶薩菩薩摩訶薩中
有佛十力真如菩薩摩訶薩中有四无所畏四无
礙解十八佛不共法真如離佛十力真如有
菩薩摩訶薩離四无所畏四无礙解十八佛
不共法真如有菩薩摩訶薩
復次善現汝觀何義言即

上博 46 (40795)　大般若波羅蜜多經卷第十七　（21－3）

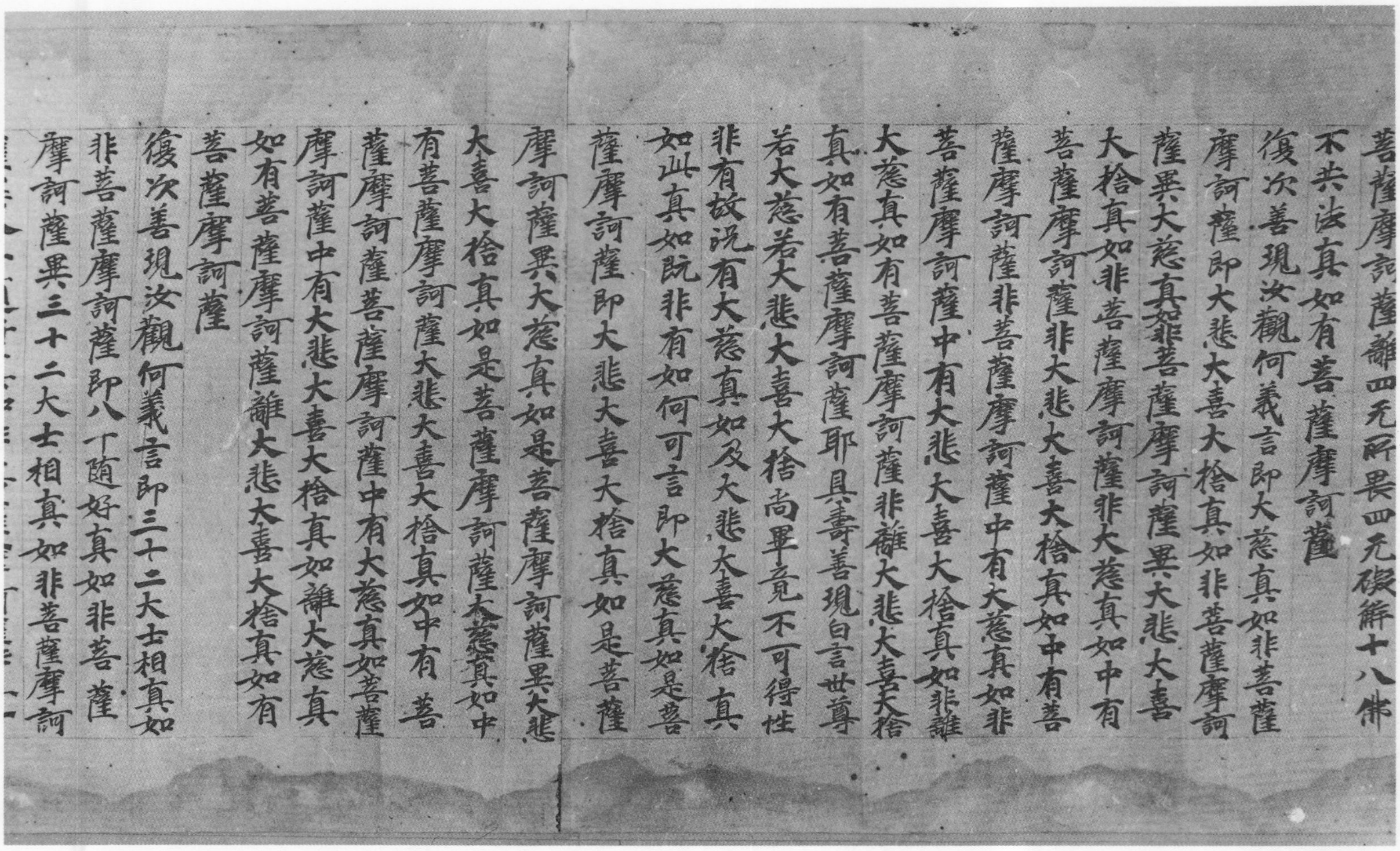

菩薩摩訶薩離四无所畏四无礙解十八佛
不共法真如有菩薩摩訶薩
復次善現汝觀何義言即大慈真如非菩薩
摩訶薩即大悲大喜大捨真如非菩薩摩訶
薩異大慈真如非菩薩摩訶薩異大悲大喜
大捨真如非菩薩摩訶薩非大慈真如中有
菩薩摩訶薩非大悲大喜大捨真如中有菩
薩摩訶薩非菩薩摩訶薩中有大慈真如非
菩薩摩訶薩中有大悲大喜大捨真如非離
大慈真如有菩薩摩訶薩非離大悲大喜大捨
真如有菩薩摩訶薩耶具壽善現白言世尊
若大慈若大悲大喜大捨尚畢竟不可得性
非有故況有大慈真如及大悲大喜大捨真
如此真如既非有如何可言即大慈真如是菩
薩摩訶薩即大悲大喜大捨真如是菩薩
摩訶薩異大慈真如是菩薩摩訶薩異大悲
大喜大捨真如是菩薩摩訶薩大慈真如中
有菩薩摩訶薩大悲大喜大捨真如中有 菩
薩摩訶薩菩薩摩訶薩中有大慈真如菩薩
摩訶薩中有大悲大喜大捨真如離大慈真
如有菩薩摩訶薩離大悲大喜大捨真如有
菩薩摩訶薩
復次善現汝觀何義言即三十二大士相真如
非菩薩摩訶薩即八十隨好真如非菩薩
摩訶薩異三十二大士相真如非菩薩摩訶

上博 46 (40795) 大般若波羅蜜多經卷第十七 (21－4)

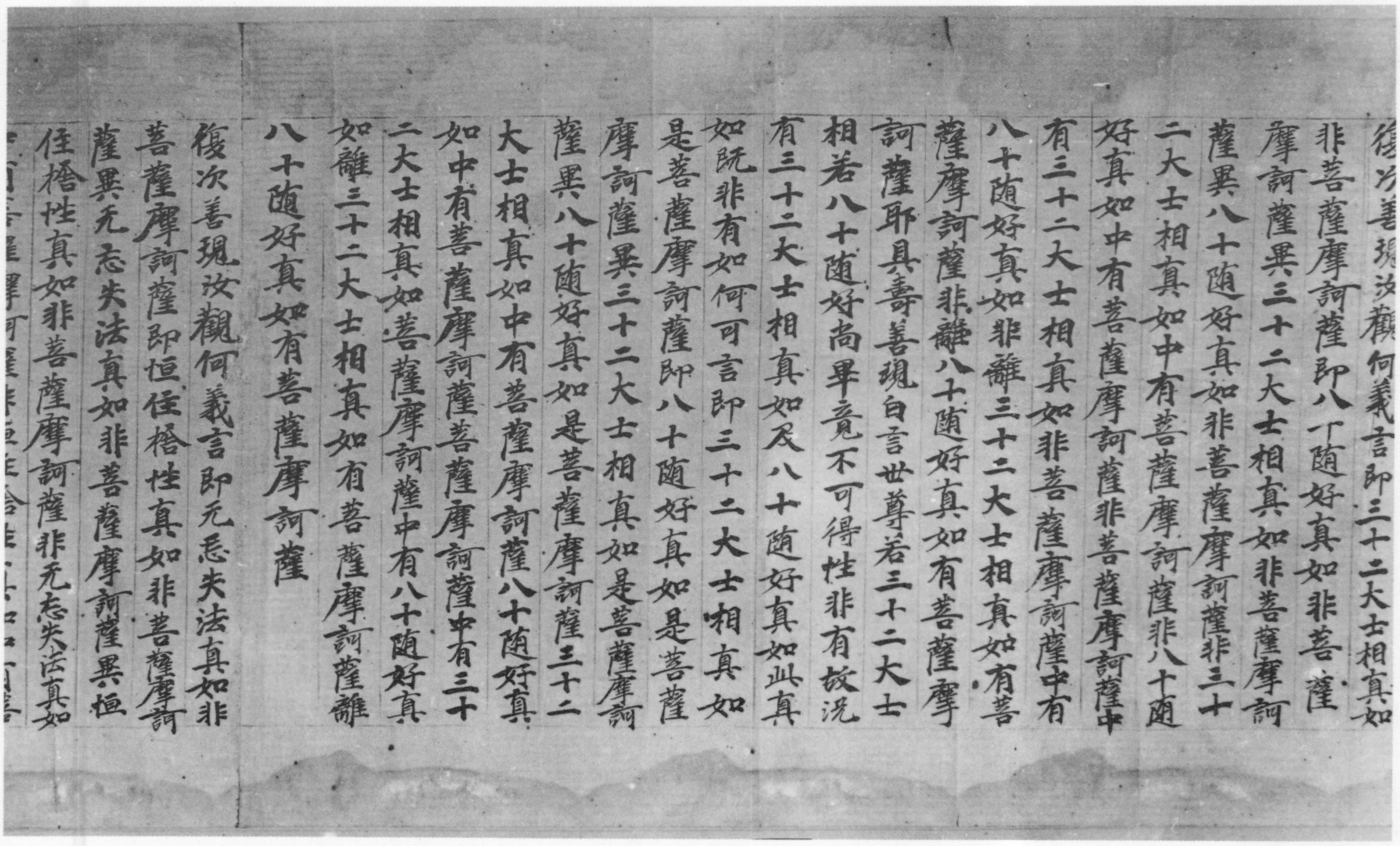

復次善現汝觀何義言即三十二大士相真如
非菩薩摩訶薩即八十隨好真如非菩薩
摩訶薩異三十二大士相真如非菩薩摩訶
薩異八十隨好真如非菩薩摩訶薩非三十
二大士相真如中有菩薩摩訶薩非八十隨
好真如中有菩薩摩訶薩非菩薩摩訶薩中
有三十二大士相真如非菩薩摩訶薩中有
八十隨好真如非離三十二大士相真如有菩
薩摩訶薩非離八十隨好真如有菩薩摩
訶薩耶具壽善現白言世尊若三十二大士
相若八十隨好尚畢竟不可得性非有故況
有三十二大士相真如及八十隨好真如此真
如既非有如何可言即三十二大士相真如
是菩薩摩訶薩即八十隨好真如是菩薩
摩訶薩異三十二大士相真如是菩薩摩訶
薩異八十隨好真如是菩薩摩訶薩三十二
大士相真如中有菩薩摩訶薩八十隨好真
如中有菩薩摩訶薩菩薩摩訶薩中有三十
二大士相真如菩薩摩訶薩中有八十隨好真
如離三十二大士相真如有菩薩摩訶薩離
八十隨好真如有菩薩摩訶薩
復次善現汝觀何義言即无忘失法真如非
菩薩摩訶薩即恒住捨性真如非菩薩摩訶
薩異无忘失法真如非菩薩摩訶薩異恒
住捨性真如非菩薩摩訶薩非无忘失法真如

上博 46 (40795) 大般若波羅蜜多經卷第十七 (21－5)

任捨性真如非菩薩摩訶薩非无忘失法真如
中有菩薩摩訶薩非恒住捨性真如中有菩
薩摩訶薩非菩薩摩訶薩中有无忘失法真
如非菩薩摩訶薩中有恒住捨性真如非離
无忘失法真如有菩薩摩訶薩非離恒住捨
性真如有菩薩摩訶薩耶具壽善現白言世
尊若无忘失法若恒住捨性尚畢竟不可得
性非有故況有无忘失法真如及恒住捨性真
如此真如既非有如何可言即无忘失法真
如是菩薩摩訶薩即恒住捨性真如是菩
薩摩訶薩異无忘失法真如是菩薩摩訶薩
異恒住捨性真如是菩薩摩訶薩无忘失法
真如中有菩薩摩訶薩恒住捨性真如中有
菩薩摩訶薩菩薩摩訶薩中有无忘失法
真如菩薩摩訶薩中有恒住捨性真如離无
忘失法真如有菩薩摩訶薩離恒住捨性
真如有菩薩摩訶薩
復次善現汝觀何義言即一切智真如非菩
薩摩訶薩即道相智一切相智真如非菩薩
摩訶薩異一切智真如非菩薩摩訶薩異
道相智一切智真如非菩薩摩訶薩非一切
智真如中有菩薩摩訶薩非道相智一切相
智真如中有菩薩摩訶薩非菩薩摩訶薩中
有一切智真如非菩薩摩訶薩中有道相智

上博 46 (40795) 大般若波羅蜜多經卷第十七 (21－6)

有一切智真如非菩薩摩訶薩中有道相智
一切相智真如非離一切智真如有菩薩摩
訶薩非離道相智一切相智真如有菩薩摩
訶薩耶具壽善現白言世尊若一切智若道
相智一切相智尚畢竟不可得性非有故況
有一切智真如及道相智一切相智真如此
真如既非有如何可言即一切智真如是菩
薩摩訶薩即道相智一切相智真如是菩薩
摩訶薩異一切智真如是菩薩摩訶薩異
道相智一切相智真如是菩薩摩訶薩一切智
真如中有菩薩摩訶薩道相智一切相智真
如中有菩薩摩訶薩菩薩摩訶薩中有一切
智真如菩薩摩訶薩中有道相智一切相智
真如離一切智真如有菩薩摩訶薩離道相
智一切相智真如有菩薩摩訶薩
世尊色等法及真如既不可得而言即色等
法真如是菩薩摩訶薩或異色等法真如是
菩薩摩訶薩或色等法真如中有菩薩摩訶
薩或菩薩摩訶薩中有色等法真如或離色
等法真如有菩薩摩訶薩者无有是處佛告
善現善哉善哉如是如是如汝所說善現色
等法不可得故色等法真如亦不可得法及真
如不可得故菩薩摩訶薩亦不可得菩薩摩
訶薩不可得故所行般若波羅蜜多亦不

上博 46 (40795) 大般若波羅蜜多經卷第十七 (21－7)

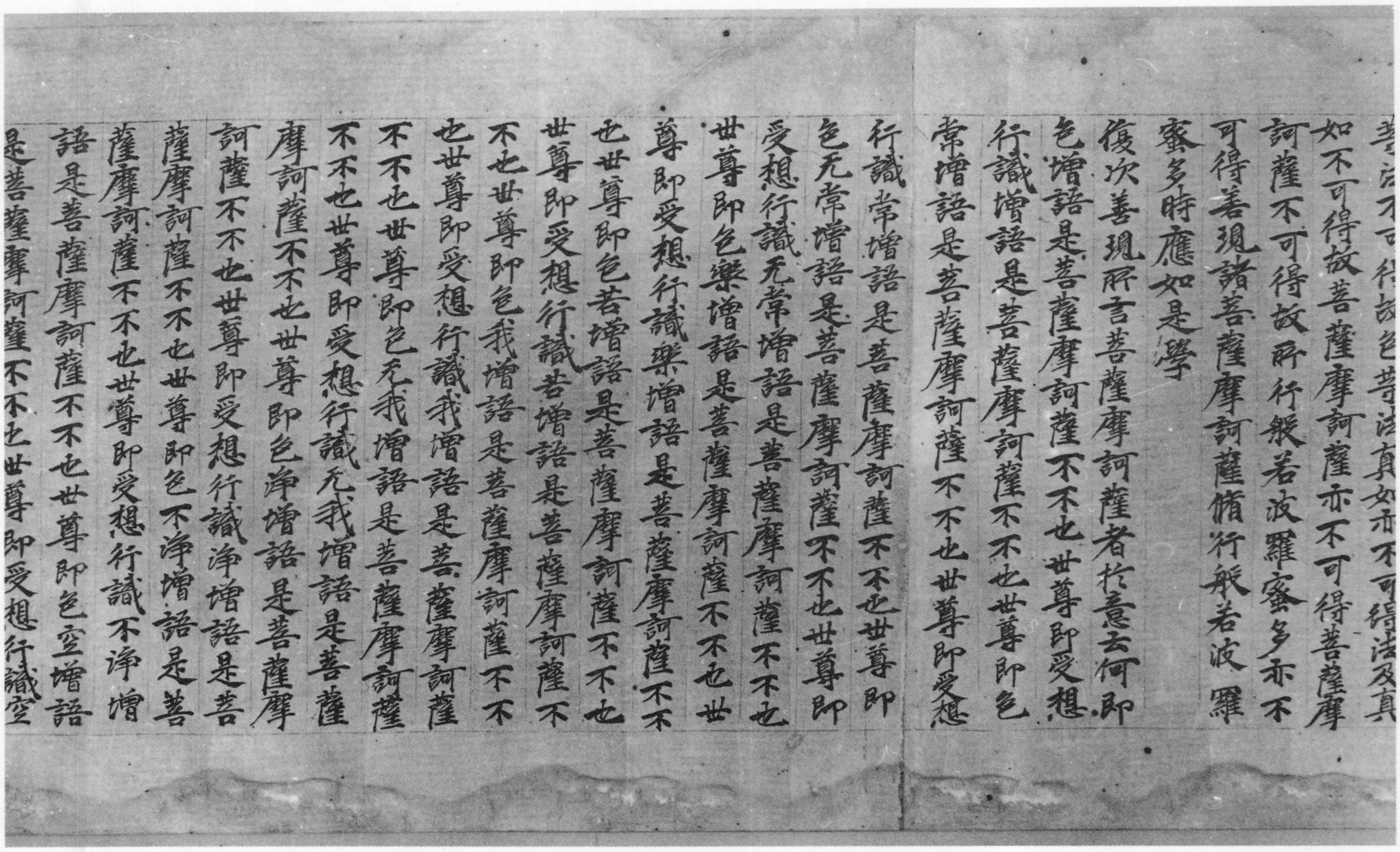
善法不可得故色善法真如亦不可得法及真
如不可得故菩薩摩訶薩亦不可得菩薩摩
訶薩不可得故所行般若波羅蜜多亦不
可得善現諸菩薩摩訶薩脩行般若波羅
蜜多時應如是學
復次善現所言菩薩摩訶薩者於意云何即
色增語是菩薩摩訶薩不不也世尊即受想
行識增語是菩薩摩訶薩不不也世尊即色
常增語是菩薩摩訶薩不不也世尊即受想
行識常增語是菩薩摩訶薩不不也世尊即
色无常增語是菩薩摩訶薩不不也世尊即
受想行識无常增語是菩薩摩訶薩不不也
世尊即色樂增語是菩薩摩訶薩不不也世
尊即受想行識樂增語是菩薩摩訶薩不不
也世尊即色苦增語是菩薩摩訶薩不不也
世尊即受想行識苦增語是菩薩摩訶薩不
不也世尊即色我增語是菩薩摩訶薩不不
也世尊即受想行識我增語是菩薩摩訶薩
不不也世尊即色无我增語是菩薩摩訶薩
不不也世尊即受想行識无我增語是菩薩
摩訶薩不不也世尊即色淨增語是菩薩摩
訶薩不不也世尊即受想行識淨增語是菩
薩摩訶薩不不也世尊即色不淨增語是菩
薩摩訶薩不不也世尊即受想行識不淨增
語是菩薩摩訶薩不不也世尊即色空增語
是菩薩摩訶薩不不也世尊即受想行識空

上博 46 (40795) 大般若波羅蜜多經卷第十七 (21－8)

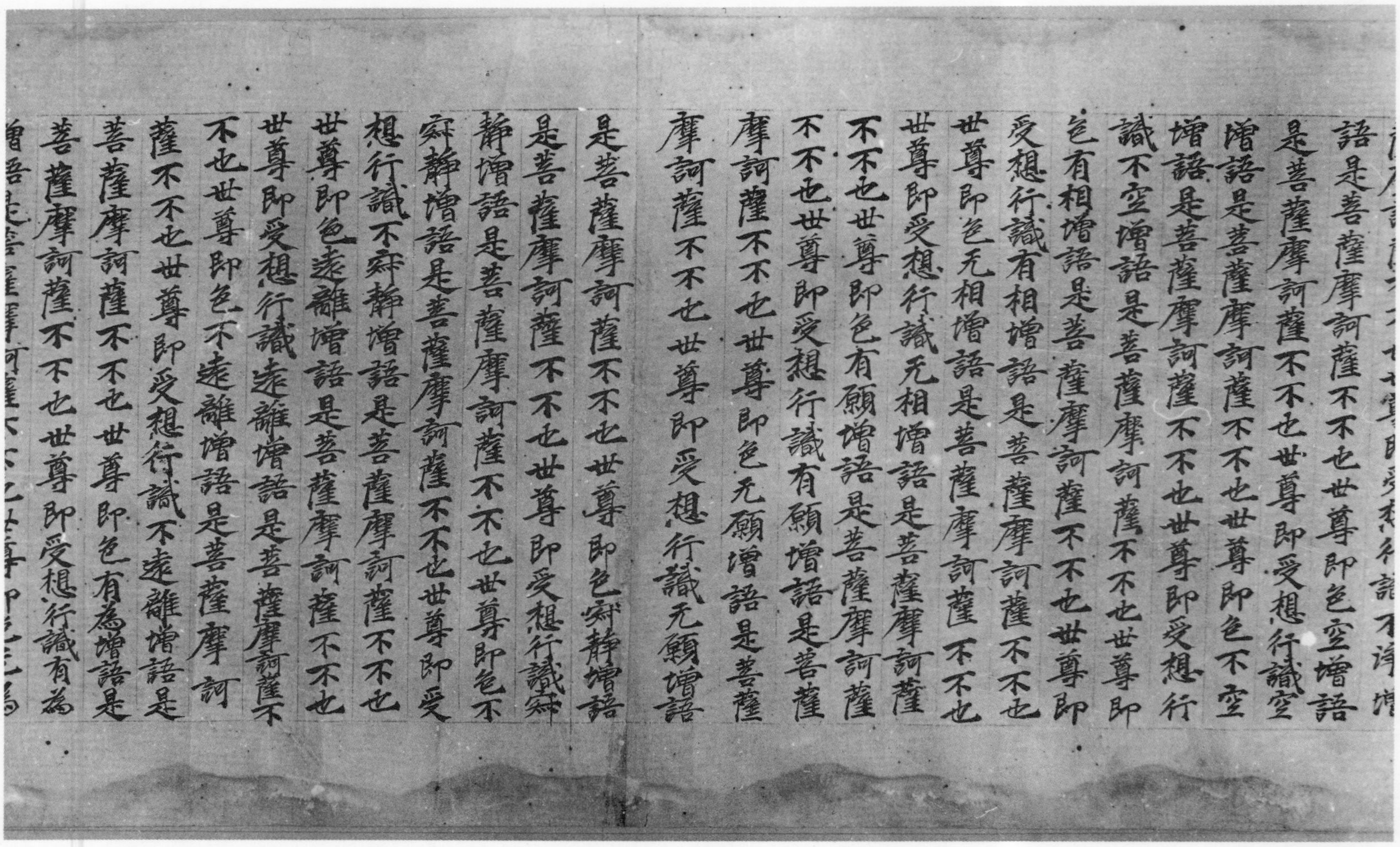
薩摩訶薩不不也世尊即受想行識不淨增
語是菩薩摩訶薩不不也世尊即色空增語
是菩薩摩訶薩不不也世尊即受想行識空
增語是菩薩摩訶薩不不也世尊即色不空
增語是菩薩摩訶薩不不也世尊即受想行
識不空增語是菩薩摩訶薩不不也世尊即
色有相增語是菩薩摩訶薩不不也世尊即
受想行識有相增語是菩薩摩訶薩不不也
世尊即色无相增語是菩薩摩訶薩不不也
世尊即受想行識无相增語是菩薩摩訶薩
不不也世尊即色有願增語是菩薩摩訶薩
不不也世尊即受想行識有願增語是菩薩
摩訶薩不不也世尊即色无願增語是菩薩
摩訶薩不不也世尊即受想行識无願增語
是菩薩摩訶薩不不也世尊即色寂靜增語
是菩薩摩訶薩不不也世尊即受想行識寂
靜增語是菩薩摩訶薩不不也世尊即色不
寂靜增語是菩薩摩訶薩不不也世尊即受
想行識不寂靜增語是菩薩摩訶薩不不也
世尊即色遠離增語是菩薩摩訶薩不不也
世尊即受想行識遠離增語是菩薩摩訶薩不
不不也世尊即色不遠離增語是菩薩摩訶
薩不不也世尊即受想行識不遠離增語是
菩薩摩訶薩不不也世尊即色有為增語是
菩薩摩訶薩不不也世尊即受想行識有為
增語是菩薩摩訶薩不不也世尊即受想行識有為

上博 46 (40795) 大般若波羅蜜多經卷第十七 (21－9)

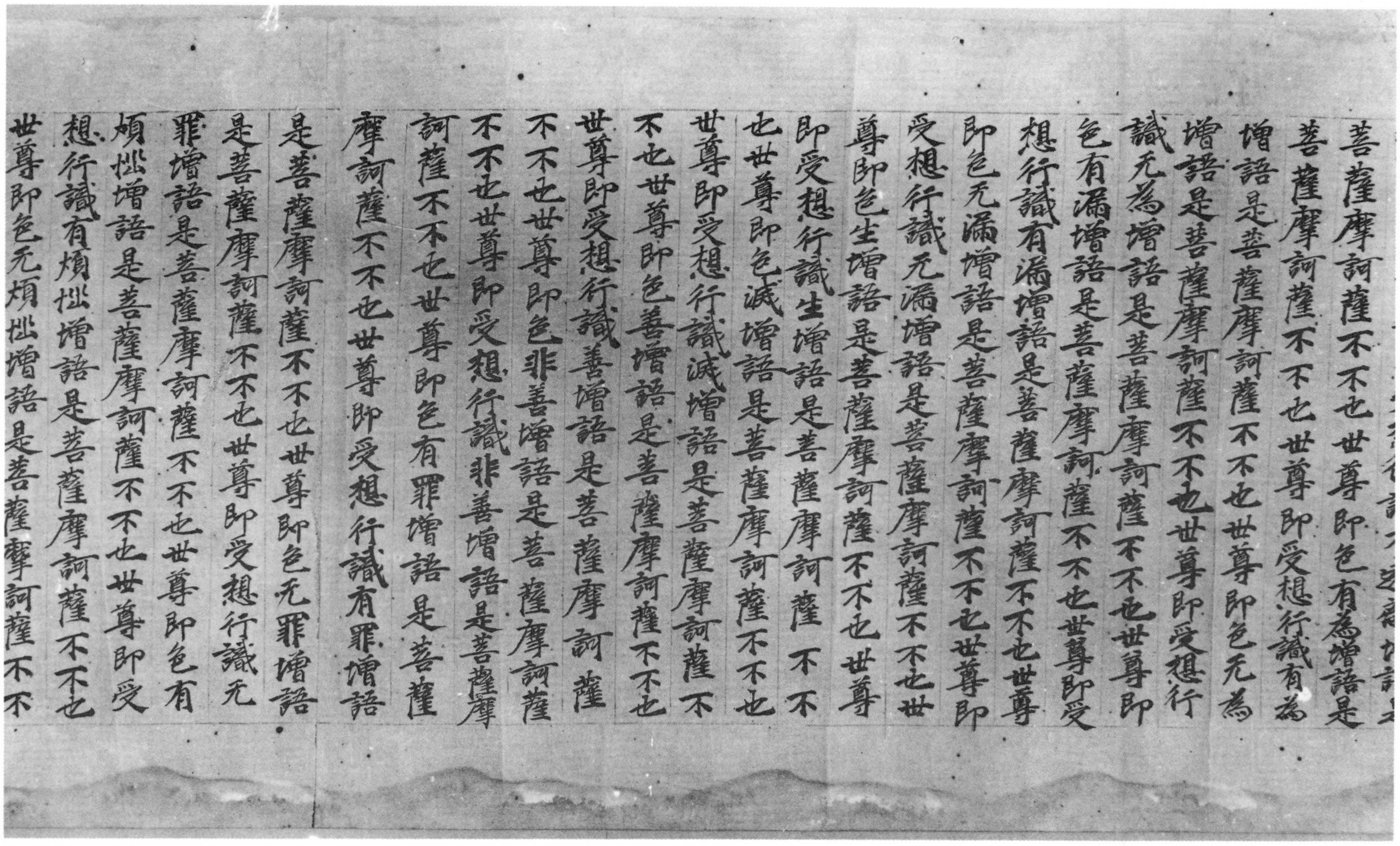
菩薩摩訶薩不不也世尊即色有為增語是
菩薩摩訶薩不不也世尊即受想行識有為
增語是菩薩摩訶薩不不也世尊即色无為
增語是菩薩摩訶薩不不也世尊即受想行
識无為增語是菩薩摩訶薩不不也世尊即
色有漏增語是菩薩摩訶薩不不也世尊即受
想行識有漏增語是菩薩摩訶薩不不也世尊
即色无漏增語是菩薩摩訶薩不不也世尊即
受想行識无漏增語是菩薩摩訶薩不不也世
尊即色生增語是菩薩摩訶薩不不也世尊
即受想行識生增語是菩薩摩訶薩 不不
也世尊即色滅增語是菩薩摩訶薩不不也
世尊即受想行識滅增語是菩薩摩訶薩不
不也世尊即色善增語是菩薩摩訶薩不不也
世尊即受想行識善增語是菩薩摩訶薩
不不也世尊即色非善增語是菩薩摩訶薩
不不也世尊即受想行識非善增語是菩薩摩
訶薩不不也世尊即色有罪增語是菩薩
摩訶薩不不也世尊即受想行識有罪增語
是菩薩摩訶薩不不也世尊即色无罪增語
是菩薩摩訶薩不不也世尊即受想行識无
罪增語是菩薩摩訶薩不不也世尊即色有
煩惱增語是菩薩摩訶薩不不也世尊即受
想行識有煩惱增語是菩薩摩訶薩不不也
世尊即色无煩惱增語是菩薩摩訶薩不不

上博 46 (40795) 大般若波羅蜜多經卷第十七 (21－10)

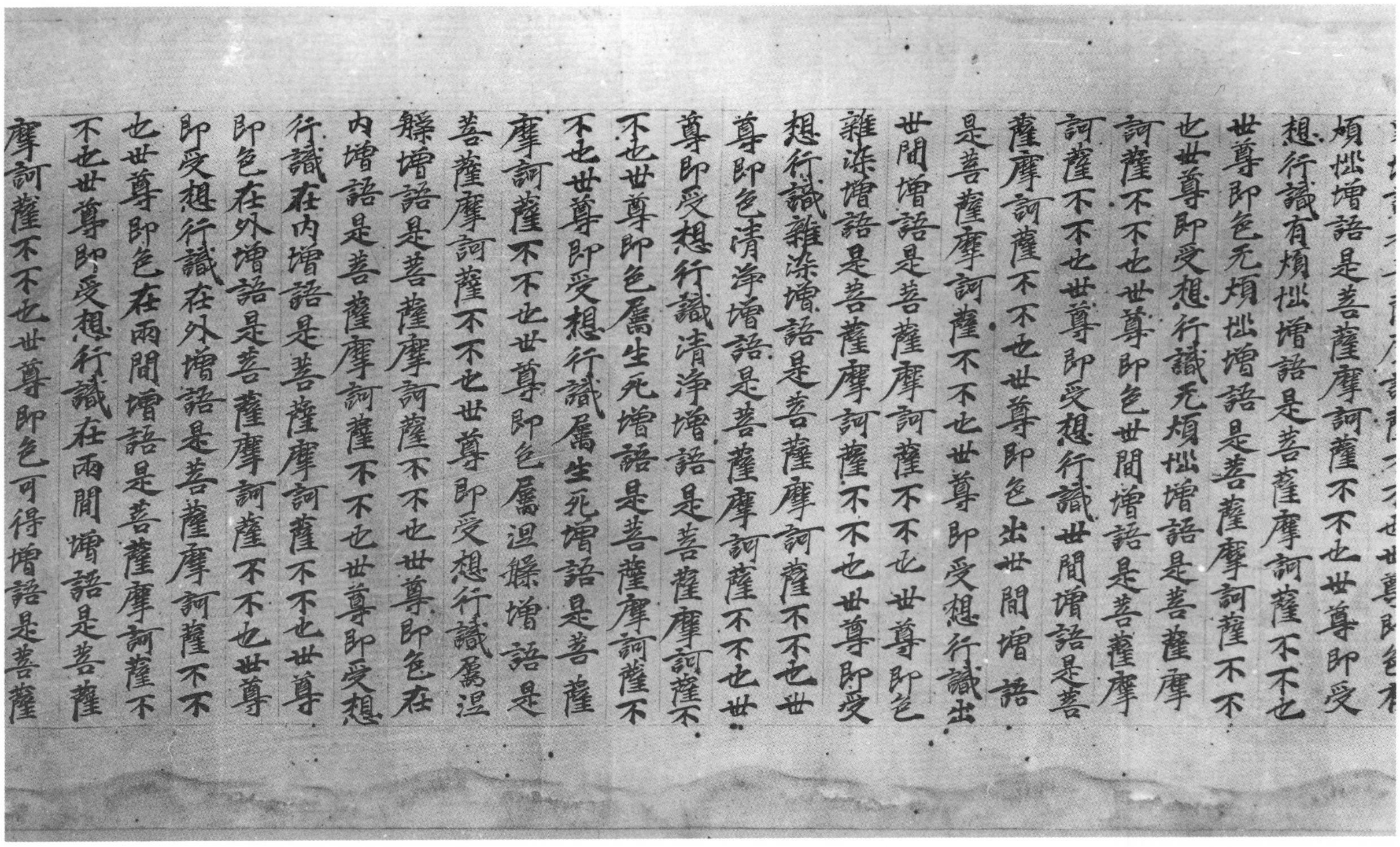
煩惱增語是菩薩摩訶薩不不也世尊即受
想行識有煩惱增語是菩薩摩訶薩不不也
世尊即色无煩惱增語是菩薩摩訶薩不不
也世尊即受想行識无煩惱增語是菩薩摩
訶薩不不也世尊即色世間增語是菩薩摩
訶薩不不也世尊即受想行識世間增語是菩
薩摩訶薩不不也世尊即色出世間增 語
是菩薩摩訶薩不不也世尊即受想行識出
世間增語是菩薩摩訶薩不不也世尊即色
雜染增語是菩薩摩訶薩不不也世尊即受
想行識雜染增語是菩薩摩訶薩不不也世
尊即色清淨增語是菩薩摩訶薩不不也世
尊即受想行識清淨增語是菩薩摩訶薩不
不也世尊即色屬生死增語是菩薩摩訶薩不
不也世尊即受想行識屬生死增語是菩薩
摩訶薩不不也世尊即色屬涅槃增語是
菩薩摩訶薩不不也世尊即受想行識屬涅
槃增語是菩薩摩訶薩不不也世尊即色在
内增語是菩薩摩訶薩不不也世尊即受想
行識在内增語是菩薩摩訶薩不不也世尊
即色在外增語是菩薩摩訶薩不不也世尊
即受想行識在外增語是菩薩摩訶薩不不
也世尊即色在兩間增語是菩薩摩訶薩不
不也世尊即受想行識在兩間增語是菩薩
摩訶薩不不也世尊即色可得增語是菩薩

上博 46 (40795) 大般若波羅蜜多經卷第十七 (21－11)

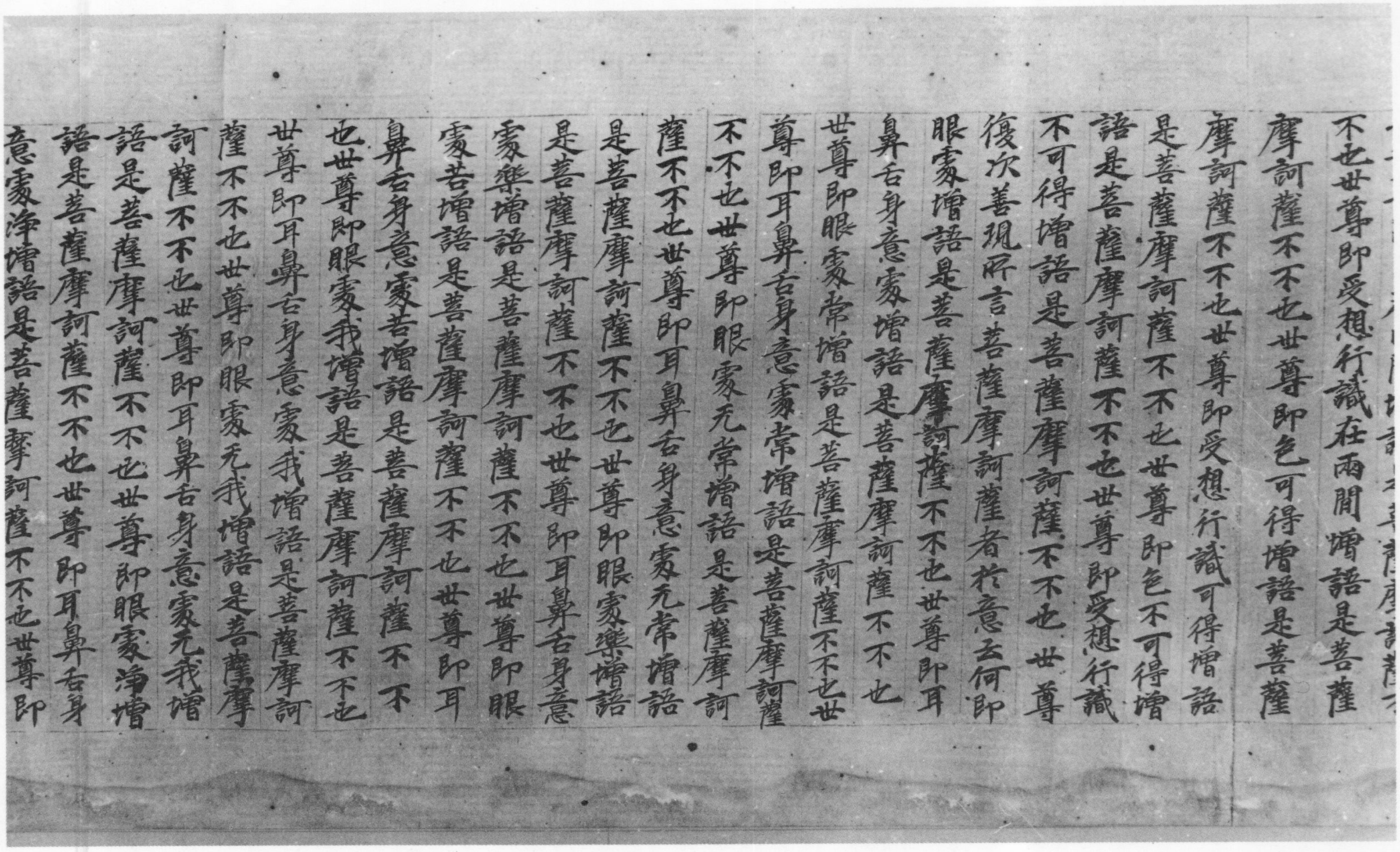
不也世尊即受想行識在兩間增語是菩薩
摩訶薩不不也世尊即色可得增語是菩薩
摩訶薩不不也世尊即受想行識可得增語
是菩薩摩訶薩不不也世尊即色不可得增
語是菩薩摩訶薩不不也世尊即受想行識
不可得增語是菩薩摩訶薩不不也世尊
復次善現所言菩薩摩訶薩者於意云何即
眼處增語是菩薩摩訶薩不不也世尊即耳
鼻舌身意處增語是菩薩摩訶薩不不也
世尊即眼處常增語是菩薩摩訶薩不不也世
尊即耳鼻舌身意處常增語是菩薩摩訶薩
不不也世尊即眼處无常增語是菩薩摩訶
薩不不也世尊即耳鼻舌身意處无常增語
是菩薩摩訶薩不不也世尊即眼處樂增語
是菩薩摩訶薩不不也世尊即耳鼻舌身意
處樂增語是菩薩摩訶薩不不也世尊即眼
處苦增語是菩薩摩訶薩不不也世尊即耳
鼻舌身意處苦增語是菩薩摩訶薩不不
也世尊即眼處我增語是菩薩摩訶薩不不也
世尊即耳鼻舌身意處我增語是菩薩摩訶
薩不不也世尊即眼處无我增語是菩薩摩
訶薩不不也世尊即耳鼻舌身意處无我增
語是菩薩摩訶薩不不也世尊即眼處淨增
語是菩薩摩訶薩不不也世尊即耳鼻舌身
意處淨增語是菩薩摩訶薩不不也世尊即

上博 46 (40795) 大般若波羅蜜多經卷第十七 (21－12)

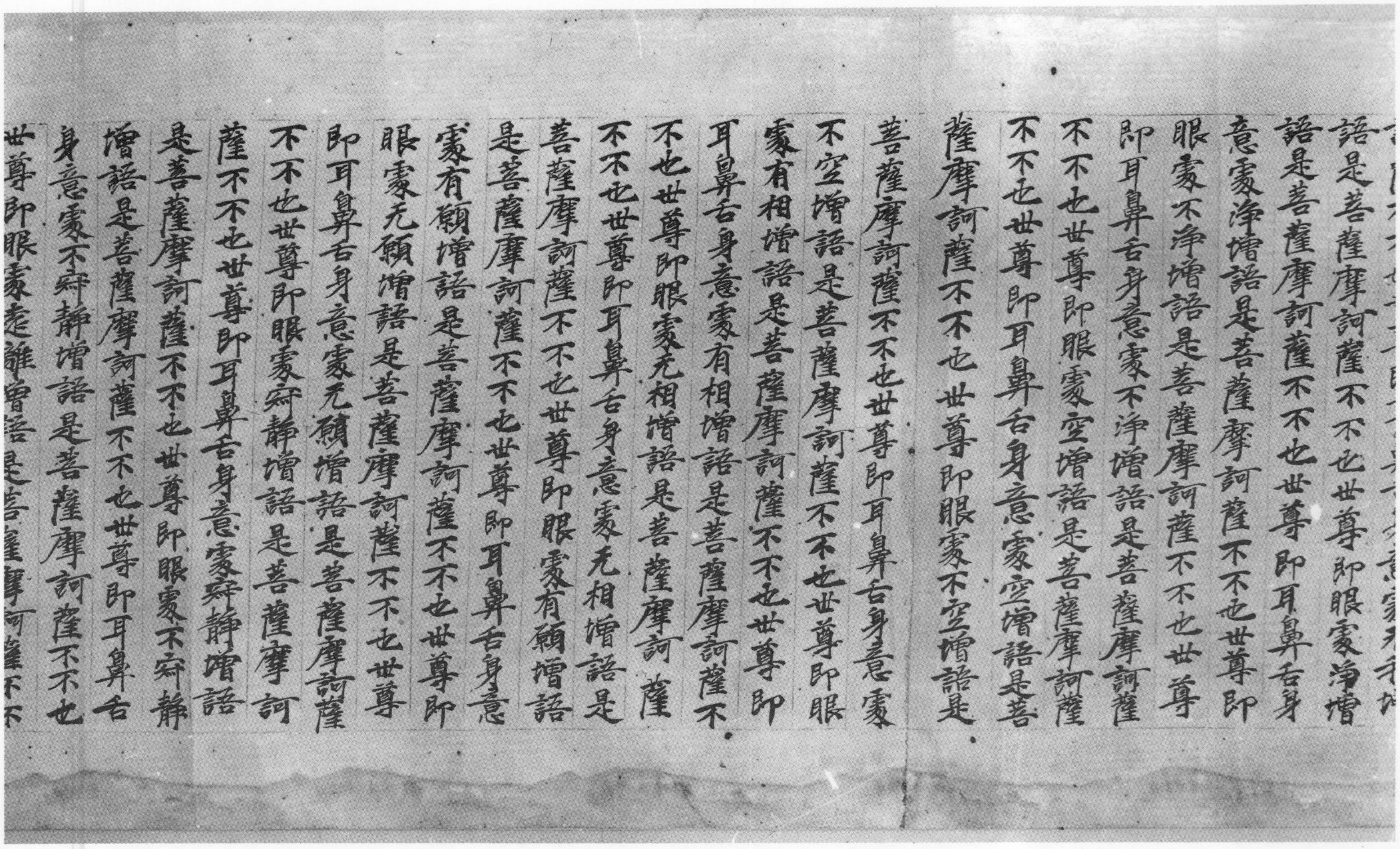
語是菩薩摩訶薩不不也世尊即眼處淨增
語是菩薩摩訶薩不不也世尊即耳鼻舌身
意處淨增語是菩薩摩訶薩不不也世尊即
眼處不淨增語是菩薩摩訶薩不不也世尊
即耳鼻舌身意處不淨增語是菩薩摩訶薩
不不也世尊即眼處空增語是菩薩摩訶薩
不不也世尊即耳鼻舌身意處空增語是菩
薩摩訶薩不不也世尊即眼處不空增語是
菩薩摩訶薩不不也世尊即耳鼻舌身意處
不空增語是菩薩摩訶薩不不也世尊即眼
處有相增語是菩薩摩訶薩不不也世尊即
耳鼻舌身意處有相增語是菩薩摩訶薩不
不也世尊即眼處无相增語是菩薩摩訶薩
不不也世尊即耳鼻舌身意處无相增語是
菩薩摩訶薩不不也世尊即眼處有願增語
是菩薩摩訶薩不不也世尊即耳鼻舌身意
處有願增語是菩薩摩訶薩不不也世尊即
眼處无願增語是菩薩摩訶薩不不也世尊
即耳鼻舌身意處无願增語是菩薩摩訶薩
不不也世尊即眼處寂靜增語是菩薩摩訶
薩不不也世尊即耳鼻舌身意處寂靜增語
是菩薩摩訶薩不不也世尊即眼處不寂靜
增語是菩薩摩訶薩不不也世尊即耳鼻舌
身意處不寂靜增語是菩薩摩訶薩不不也
世尊即眼處遠離增語是菩薩摩訶薩不不

上博 46 (40795) 大般若波羅蜜多經卷第十七 (21－13)

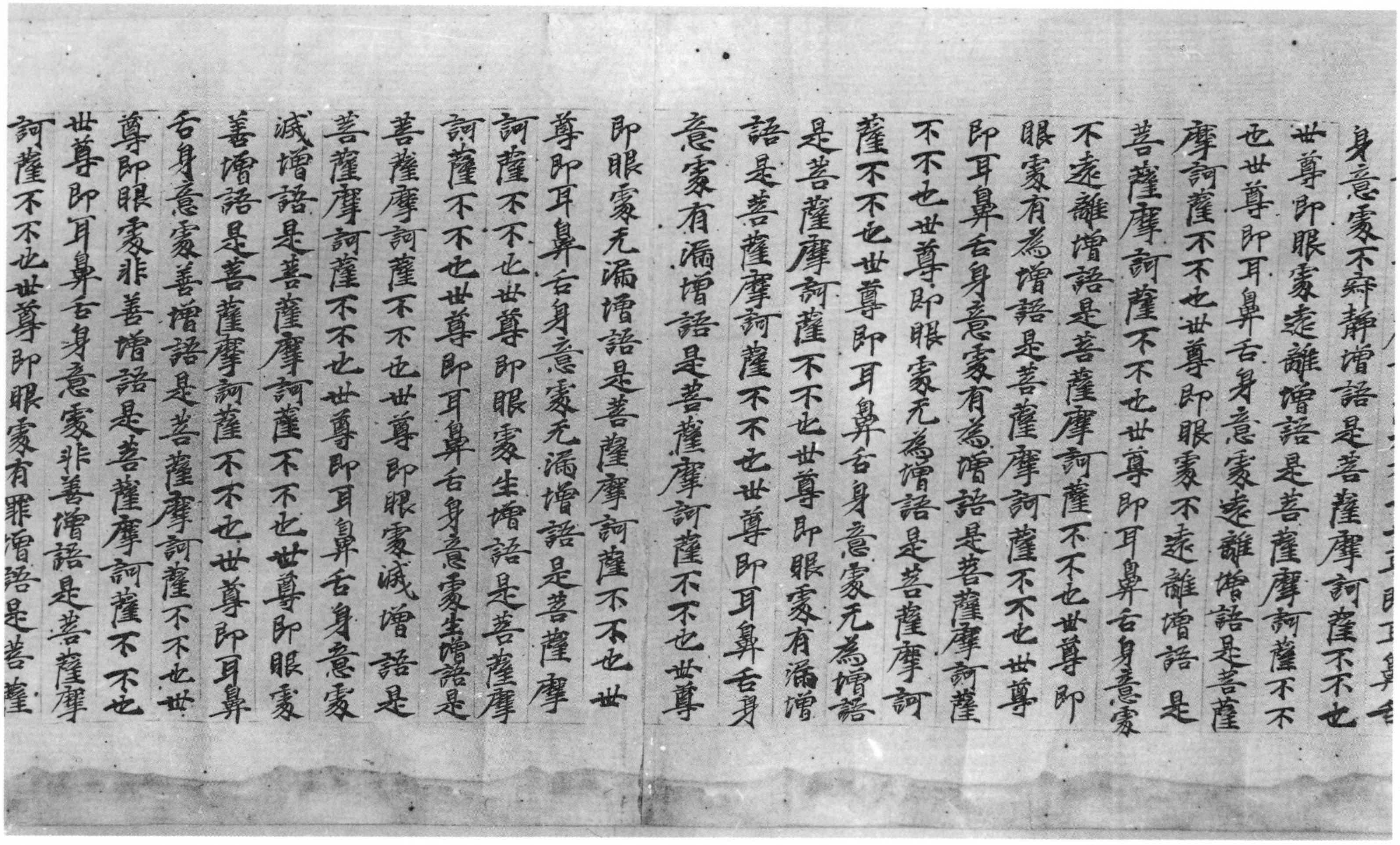
身意處不寂靜增語是菩薩摩訶薩不不也
世尊即眼處遠離增語是菩薩摩訶薩不不
也世尊即耳鼻舌身意處遠離增語是菩薩
摩訶薩不不也世尊即眼處不遠離增語是
菩薩摩訶薩不不也世尊即耳鼻舌身意處
不遠離增語是菩薩摩訶薩不不也世尊即
眼處有為增語是菩薩摩訶薩不不也世尊
即耳鼻舌身意處有為增語是菩薩摩訶薩
不不也世尊即眼處无為增語是菩薩摩訶
薩不不也世尊即耳鼻舌身意處无為增語
是菩薩摩訶薩不不也世尊即眼處有漏增
語是菩薩摩訶薩不不也世尊即耳鼻舌身
意處有漏增語是菩薩摩訶薩不不也世尊
即眼處无漏增語是菩薩摩訶薩不不也世
尊即耳鼻舌身意處无漏增語是菩薩摩
訶薩不不也世尊即眼處生增語是菩薩摩
訶薩不不也世尊即耳鼻舌身意處生增語是
菩薩摩訶薩不不也世尊即眼處滅增語是
菩薩摩訶薩不不也世尊即耳鼻舌身意處
滅增語是菩薩摩訶薩不不也世尊即眼處
善增語是菩薩摩訶薩不不也世尊即耳鼻
舌身意處善增語是菩薩摩訶薩不不也世
尊即眼處非善增語是菩薩摩訶薩不不也
世尊即耳鼻舌身意處非善增語是菩薩摩
訶薩不不也世尊即眼處有罪增語是菩薩

上博 46 (40795) 大般若波羅蜜多經卷第十七 (21－14)

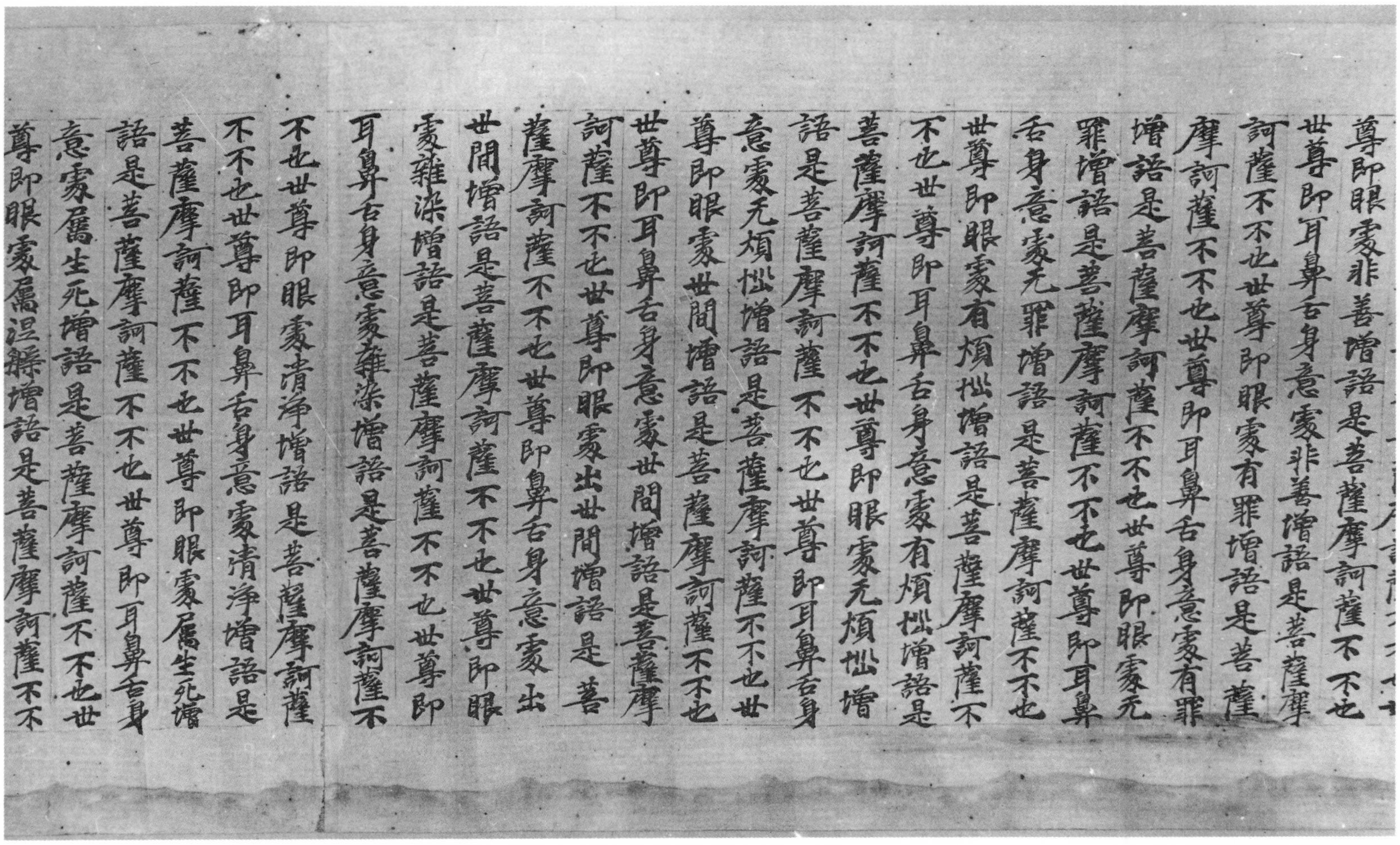
尊即眼處非善增語是菩薩摩訶薩不不也
世尊即耳鼻舌身意處非善增語是菩薩摩
訶薩不不也世尊即眼處有罪增語是菩薩
摩訶薩不不也世尊即耳鼻舌身意處有罪
增語是菩薩摩訶薩不不也世尊即眼處无
罪增語是菩薩摩訶薩不不也世尊即耳鼻
舌身意處无罪增語是菩薩摩訶薩不不也
世尊即眼處有煩惱增語是菩薩摩訶薩不
不也世尊即耳鼻舌身意處有煩惱增語是
菩薩摩訶薩不不也世尊即眼處无煩惱增
語是菩薩摩訶薩不不也世尊即耳鼻舌身
意處无煩惱增語是菩薩摩訶薩不不也世
尊即眼處世間增語是菩薩摩訶薩不不也
世尊即耳鼻舌身意處世間增語是菩薩摩
訶薩不不也世尊即眼處出世間增語是菩
薩摩訶薩不不也世尊即耳鼻舌身意處出
世間增語是菩薩摩訶薩不不也世尊即眼
處雜染增語是菩薩摩訶薩不不也世尊即
耳鼻舌身意處雜染增語是菩薩摩訶薩不
不也世尊即眼處清淨增語是菩薩摩訶薩
不不也世尊即耳鼻舌身意處清淨增語是
菩薩摩訶薩不不也世尊即眼處屬生死增
語是菩薩摩訶薩不不也世尊即耳鼻舌身
意處屬生死增語是菩薩摩訶薩不不也世
尊即眼處屬涅槃增語是菩薩摩訶薩不不

上博 46 (40795) 大般若波羅蜜多經卷第十七 (21－15)

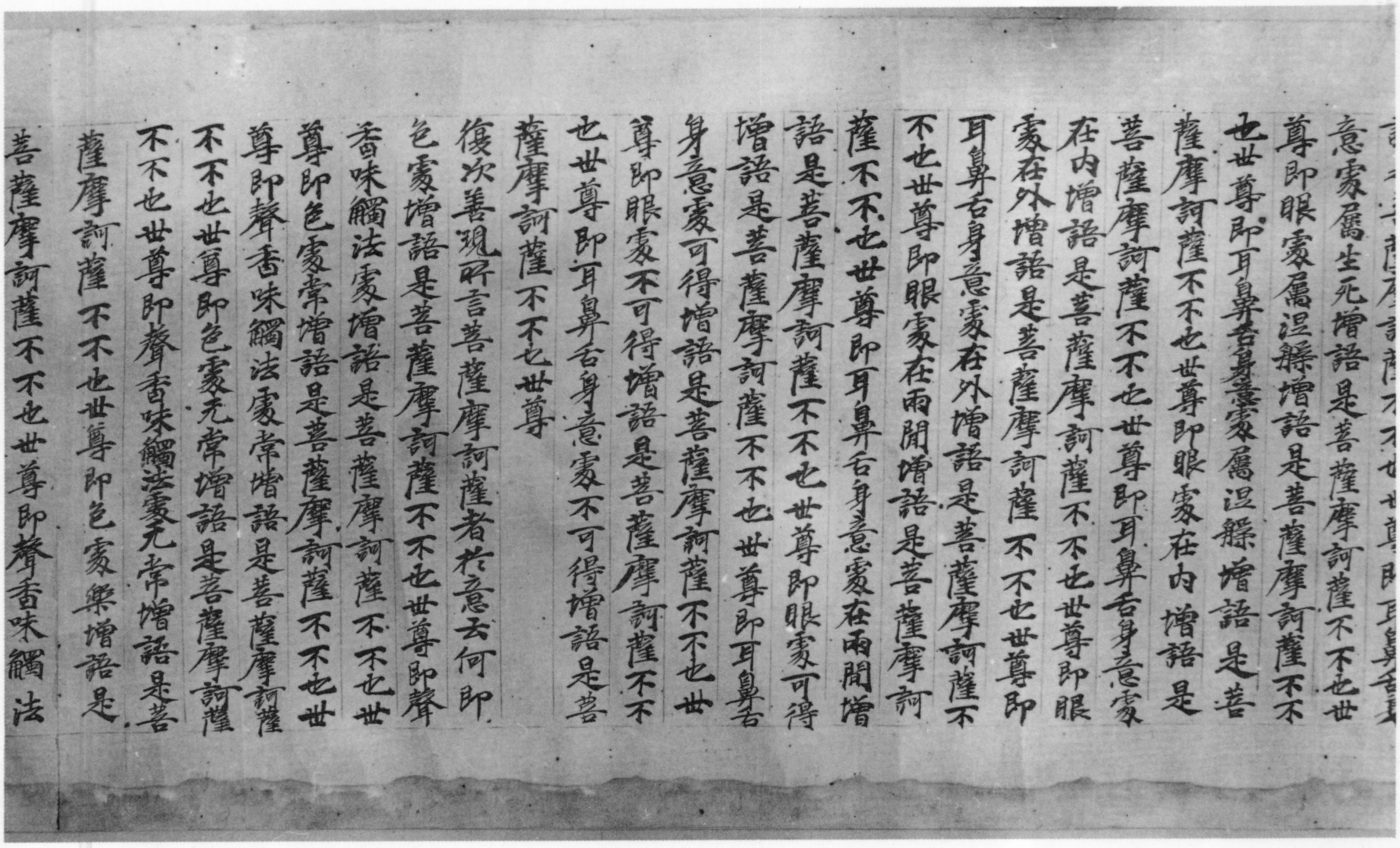

意處屬生死增語是菩薩摩訶薩不不也世
尊即眼處屬涅槃增語是菩薩摩訶薩不不
也世尊即耳鼻舌身意處屬涅槃增語是
菩薩摩訶薩不不也世尊即耳鼻舌身意處
在內增語是菩薩摩訶薩不不也世尊即眼
處在外增語是菩薩摩訶薩不不也世尊即
耳鼻舌身意處在外增語是菩薩摩訶薩不
不也世尊即眼處在兩間增語是菩薩摩訶
薩不不也世尊即耳鼻舌身意處在兩間增
語是菩薩摩訶薩不不也世尊即眼處可得
增語是菩薩摩訶薩不不也世尊即耳鼻舌
身意處可得增語是菩薩摩訶薩不不也世
尊即眼處不可得增語是菩薩摩訶薩不不
也世尊即耳鼻舌身意處不可得增語是菩
薩摩訶薩不不也世尊
復次善現所言菩薩摩訶薩者於意云何即
色處增語是菩薩摩訶薩不不也世尊即聲
香味觸法處增語是菩薩摩訶薩不不也世
尊即色處常增語是菩薩摩訶薩不不也世
尊即聲香味觸法處常增語是菩薩摩訶薩
不不也世尊即色處无常增語是菩薩摩訶薩
不不也世尊即聲香味觸法處无常增語是菩
薩摩訶薩不不也世尊即色處樂增語是
菩薩摩訶薩不不也世尊即聲香味觸法

上博 46 (40795)　大般若波羅蜜多經卷第十七　　(21－16)

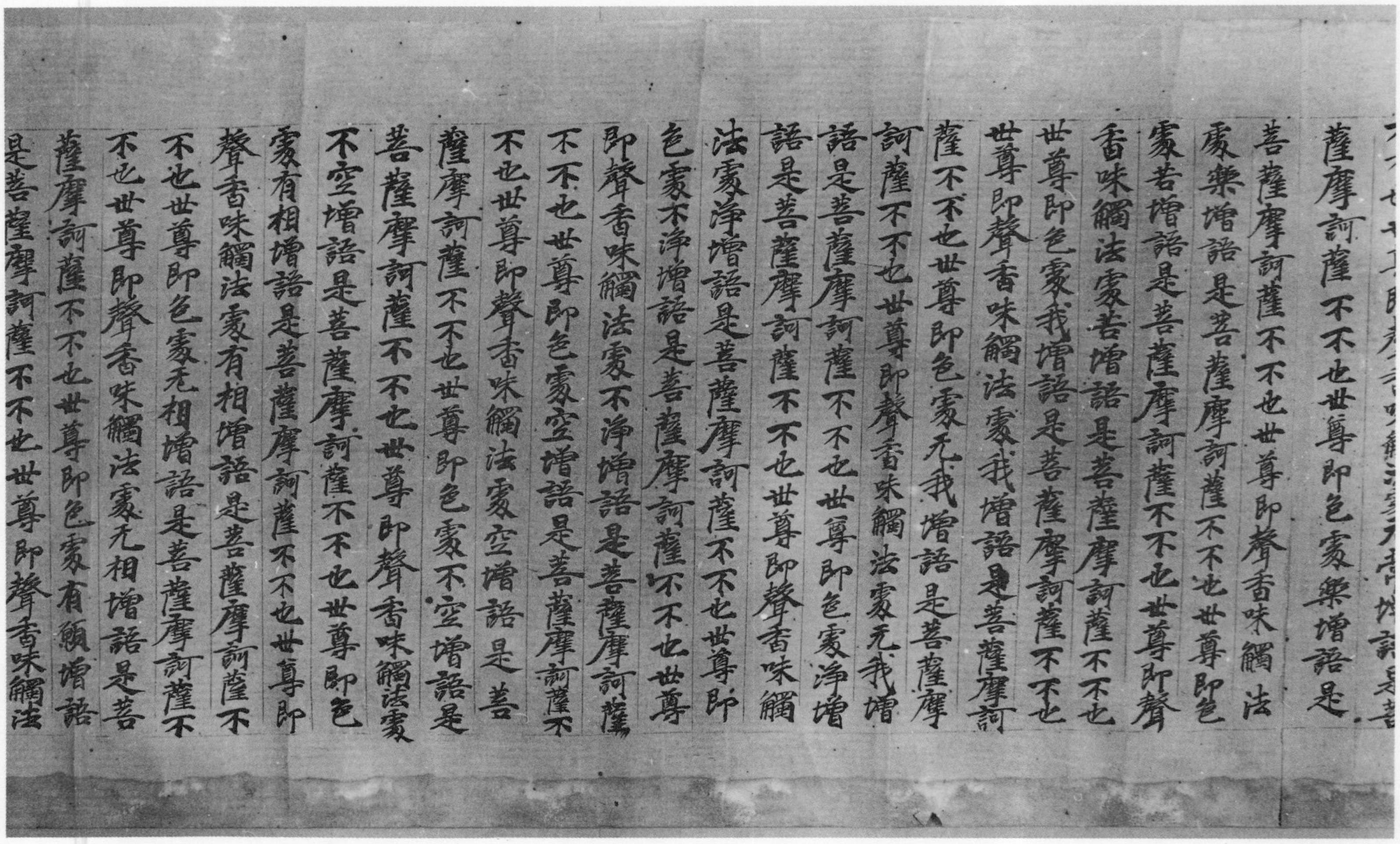

薩摩訶薩不不也世尊即色處樂增語是
菩薩摩訶薩不不也世尊即聲香味觸法
處樂增語是菩薩摩訶薩不不也世尊即色
處苦增語是菩薩摩訶薩不不也世尊即聲
香味觸法處苦增語是菩薩摩訶薩不不也
世尊即色處我增語是菩薩摩訶薩不不也
世尊即聲香味觸法處我增語是菩薩摩訶
薩不不也世尊即色處无我增語是菩薩摩
訶薩不不也世尊即聲香味觸法處无我增
語是菩薩摩訶薩不不也世尊即色處淨增
語是菩薩摩訶薩不不也世尊即聲香味觸
法處淨增語是菩薩摩訶薩不不也世尊即
色處不淨增語是菩薩摩訶薩不不也世尊
即聲香味觸法處不淨增語是菩薩摩訶薩
不不也世尊即色處空增語是菩薩摩訶薩不
不也世尊即聲香味觸法處空增語是菩
薩摩訶薩不不也世尊即色處不空增語是
菩薩摩訶薩不不也世尊即聲香味觸法處
不空增語是菩薩摩訶薩不不也世尊即色
處有相增語是菩薩摩訶薩不不也世尊即
聲香味觸法處有相增語是菩薩摩訶薩不
不也世尊即色處无相增語是菩薩摩訶薩不
不也世尊即聲香味觸法處无相增語是菩
薩摩訶薩不不也世尊即色處有願增語
是菩薩摩訶薩不不也世尊即聲香味觸法

上博 46 (40795)　大般若波羅蜜多經卷第十七　　(21－17)

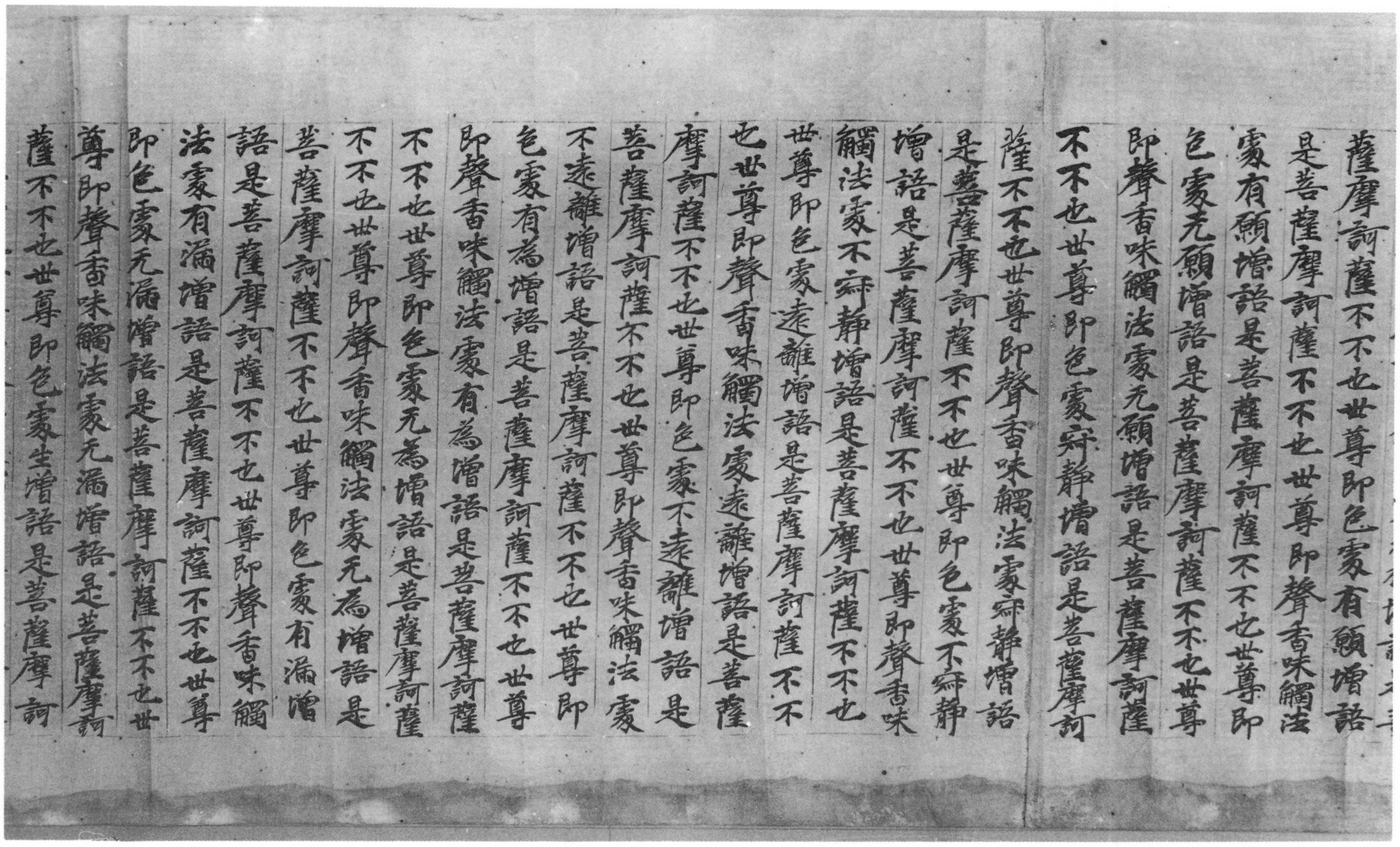
薩摩訶薩不不也世尊即色處有願增語
是菩薩摩訶薩不不也世尊即聲香味觸法
處有願增語是菩薩摩訶薩不不也世尊即
色處无願增語是菩薩摩訶薩不不也世尊
即聲香味觸法處无願增語是菩薩摩訶薩
不不也世尊即色處寂靜增語是菩薩摩訶
薩不不也世尊即聲香味觸法處寂靜增語
是菩薩摩訶薩不不也世尊即色處不寂靜
增語是菩薩摩訶薩不不也世尊即聲香味
觸法處不寂靜增語是菩薩摩訶薩不不也
世尊即色處遠離增語是菩薩摩訶薩不不
也世尊即聲香味觸法處遠離增語是菩薩
摩訶薩不不也世尊即色處不遠離增語是
菩薩摩訶薩不不也世尊即聲香味觸法處
不遠離增語是菩薩摩訶薩不不也世尊即
色處有為增語是菩薩摩訶薩不不也世尊
即聲香味觸法處有為增語是菩薩摩訶薩
不不也世尊即色處无為增語是菩薩摩訶薩
不不也世尊即聲香味觸法處无為增語是
菩薩摩訶薩不不也世尊即色處有漏增
語是菩薩摩訶薩不不也世尊即聲香味觸
法處有漏增語是菩薩摩訶薩不不也世尊
即色處无漏增語是菩薩摩訶薩不不也世
尊即聲香味觸法處无漏增語是菩薩摩訶
薩不不也世尊即色處生增語是菩薩摩訶

上博 46 (40795) 大般若波羅蜜多經卷第十七 (21－18)

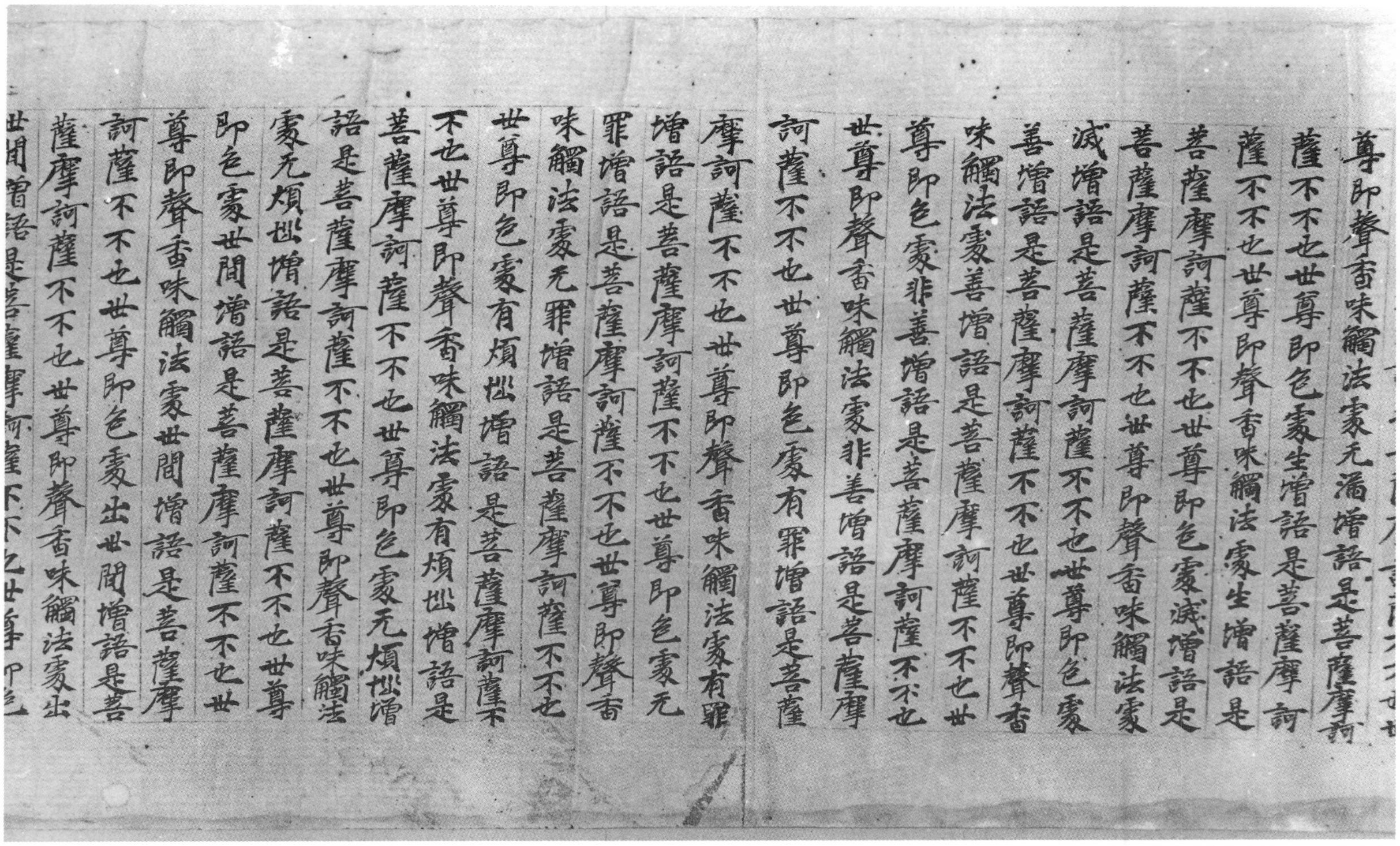
尊即聲香味觸法處无漏增語是菩薩摩訶
薩不不也世尊即色處生增語是菩薩摩訶
薩不不也世尊即聲香味觸法處生增語是
菩薩摩訶薩不不也世尊即色處滅增語是
菩薩摩訶薩不不也世尊即聲香味觸法處
滅增語是菩薩摩訶薩不不也世尊即色處
善增語是菩薩摩訶薩不不也世尊即聲香
味觸法處善增語是菩薩摩訶薩不不也世
尊即色處非善增語是菩薩摩訶薩不不也
世尊即聲香味觸法處非善增語是菩薩摩
訶薩不不也世尊即色處有罪增語是菩薩
摩訶薩不不也世尊即聲香味觸法處有罪
增語是菩薩摩訶薩不不也世尊即色處无
罪增語是菩薩摩訶薩不不也世尊即聲香
味觸法處无罪增語是菩薩摩訶薩不不也
世尊即色處有煩惱增語是菩薩摩訶薩不
不也世尊即聲香味觸法處有煩惱增語是
菩薩摩訶薩不不也世尊即色處无煩惱增
語是菩薩摩訶薩不不也世尊即聲香味觸法
處无煩惱增語是菩薩摩訶薩不不也世尊
即色處世間增語是菩薩摩訶薩不不也世
尊即聲香味觸法處世間增語是菩薩摩
訶薩不不也世尊即色處出世間增語是菩
薩摩訶薩不不也世尊即聲香味觸法處出
世間增語是菩薩摩訶薩不不也世尊即色

上博 46 (40795) 大般若波羅蜜多經卷第十七 (21－19)

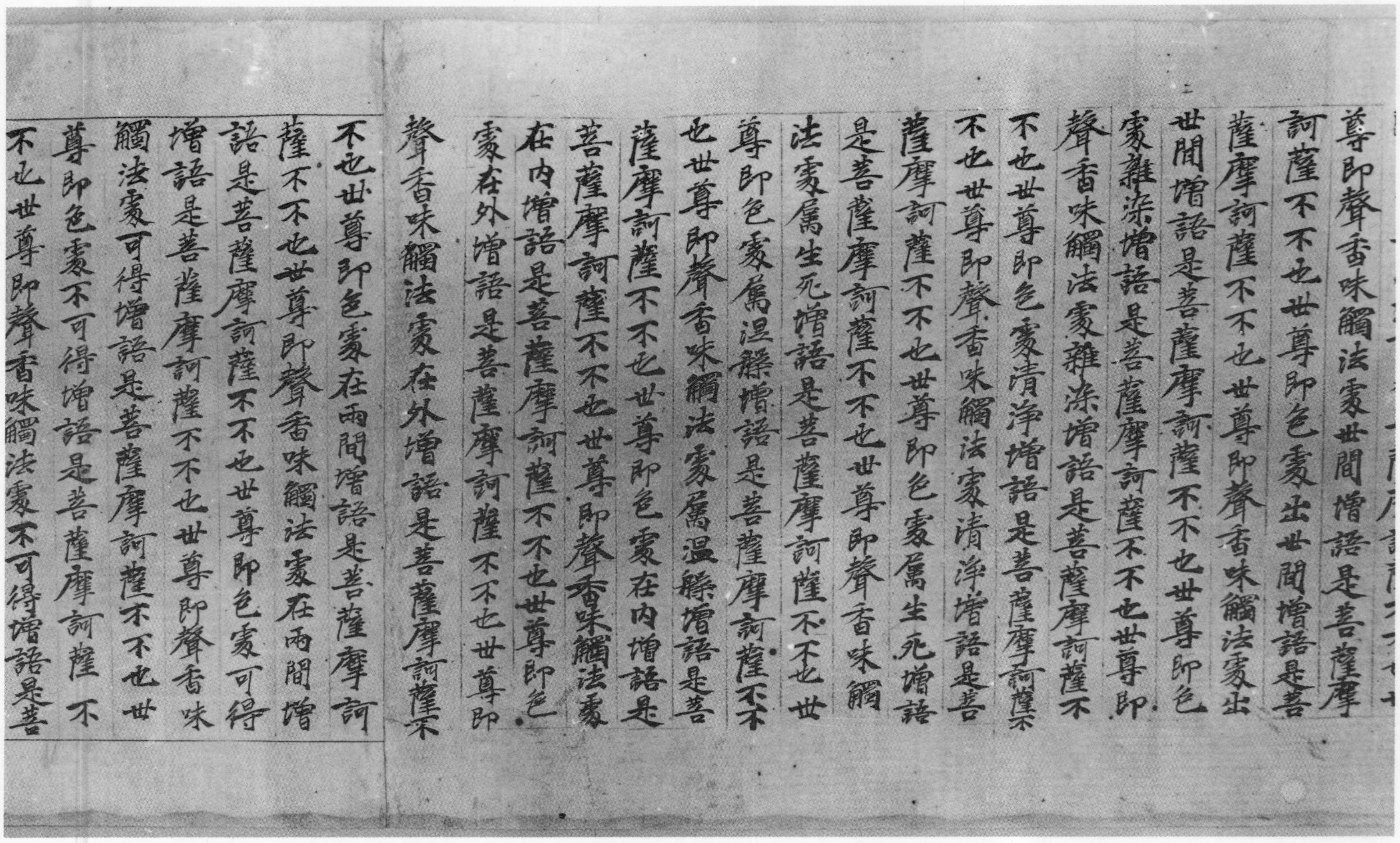
尊即聲香味觸法處世間增語是菩薩摩
訶薩不不也世尊即色處出世間增語是菩
薩摩訶薩不不也世尊即聲香味觸法處出
世間增語是菩薩摩訶薩不不也世尊即色
處雜染增語是菩薩摩訶薩不不也世尊即
聲香味觸法處雜染增語是菩薩摩訶薩不
不也世尊即色處清淨增語是菩薩摩訶薩不
不也世尊即聲香味觸法處清淨增語是菩
薩摩訶薩不不也世尊即色處屬生死增語
是菩薩摩訶薩不不也世尊即聲香味觸
法處屬生死增語是菩薩摩訶薩不不也世
尊即色處屬涅槃增語是菩薩摩訶薩不不
也世尊即聲香味觸法處屬涅槃增語是菩
薩摩訶薩不不也世尊即色處在內增語是
菩薩摩訶薩不不也世尊即聲香味觸法處
在內增語是菩薩摩訶薩不不也世尊即色
處在外增語是菩薩摩訶薩不不也世尊即
聲香味觸法處在外增語是菩薩摩訶薩不
不也世尊即色處在兩間增語是菩薩摩訶
薩不不也世尊即聲香味觸法處在兩間增
語是菩薩摩訶薩不不也世尊即色處可得
增語是菩薩摩訶薩不不也世尊即聲香味
觸法處可得增語是菩薩摩訶薩不不也世
尊即色處不可得增語是菩薩摩訶薩 不
不也世尊即聲香味觸法處不可得增語是菩

上博 46 (40795)　大般若波羅蜜多經卷第十七　(21－20)

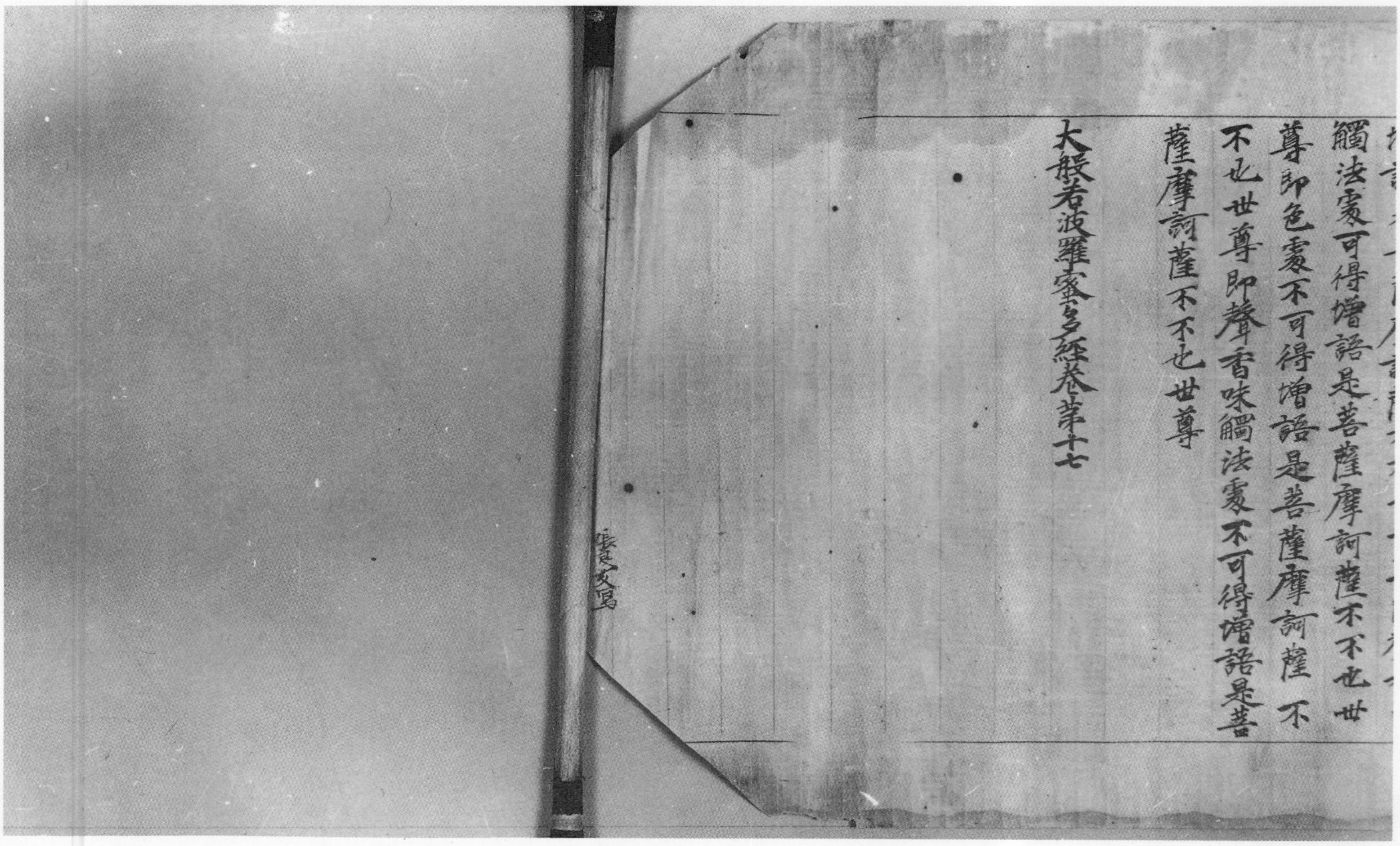
觸法處可得增語是菩薩摩訶薩不不也世
尊即色處不可得增語是菩薩摩訶薩 不
不也世尊即聲香味觸法處不可得增語是菩
薩摩訶薩不不也世尊
大般若波羅蜜多經卷第十七
張良友寫

上博 46 (40795)　大般若波羅蜜多經卷第十七　(21－21)

上博 46 (40795)V　印章

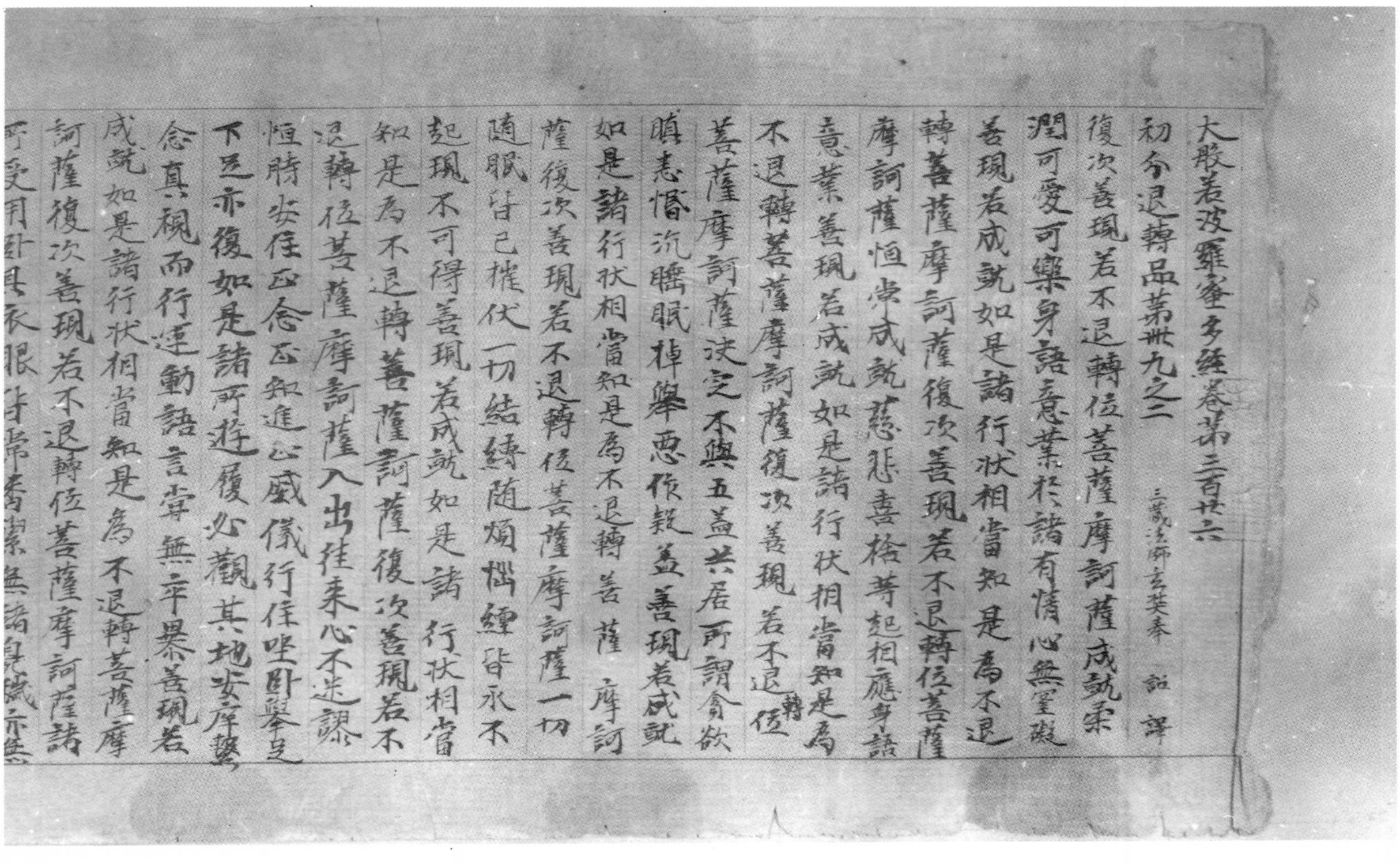

大般若波羅蜜多經卷第三百廿六
初分退轉品第卌九之三　三藏法師玄奘奉　詔譯
復次善現若不退轉位菩薩摩訶薩成就柔
潤可愛可樂身語意業於諸有情心無罣礙
善現若成就如是諸行狀相當知是為不退
轉菩薩摩訶薩復次善現若不退轉位菩薩
摩訶薩恒常成就慈悲喜捨等起相應身語
意業善現若成就如是諸行狀相當知是為
不退轉菩薩摩訶薩復次善現若不退轉位
菩薩摩訶薩決定不與五蓋共居所謂貪欲
瞋恚惛沉睡眠掉舉惡作疑蓋善現若成就
如是諸行狀相當知是為不退轉菩薩摩訶
薩復次善現若不退轉位菩薩摩訶薩一切
隨眠皆已摧伏一切結縛隨煩惱纏皆永不
起現不可得善現若成就如是諸行狀相當
知是為不退轉菩薩摩訶薩復次善現若不
退轉位菩薩摩訶薩入出往來心不迷謬
恒時安住正念正知進止威儀行住坐臥舉足
下足亦復如是諸所遊履必觀其地安庠繫
念直視而行運動語言常無卒暴善現若
成就如是諸行狀相當知是為不退轉菩薩摩
訶薩復次善現若不退轉位菩薩摩訶薩諸
所受用臥具衣服皆常香潔無諸臭穢亦無

上博 47 (40796)　大般若波羅蜜多經卷第三百廿六　　(22－1)

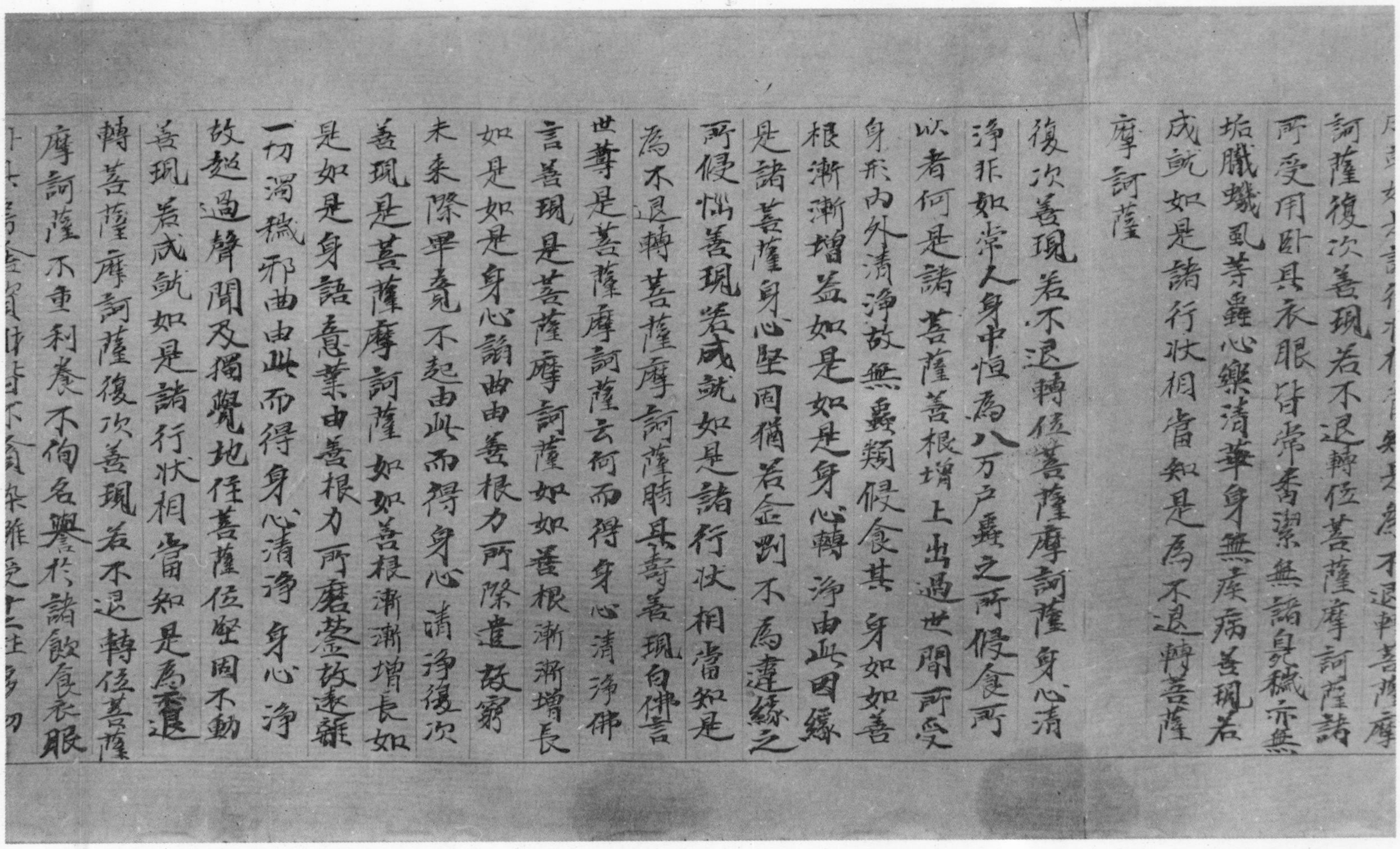

成就如是諸行狀相當知是為不退轉菩薩摩
訶薩復次善現若不退轉位菩薩摩訶薩諸
所受用卧具衣服皆常香潔無諸臭穢亦無
垢膩蟣虱等蟲心樂清華身無疾病善現若
成就如是諸行狀相當知是為不退轉菩薩
摩訶薩
復次善現若不退轉位菩薩摩訶薩身心清
淨非如常人身中恒為八万户蟲之所侵食所
以者何是諸菩薩善根增上出過世間所受
身形內外清淨故無蟲類侵食其身如如善
根漸漸增益如是如是身心轉淨由此因緣
是諸菩薩身心堅固猶若金剛不為違緣之
所侵惱善現若成就如是諸行狀相當知是
為不退轉菩薩摩訶薩時具壽善現白佛言
世尊是菩薩摩訶薩云何而得身心清淨佛
言善現是菩薩摩訶薩如如善根漸漸增長
如是如是身心諂曲由善根力所除遣故窮
未來際畢竟不起由此而得身心清淨復次
善現是菩薩摩訶薩如如善根漸漸增長如
是如是身語意業由善根力所磨瑩故遠離
一切濁穢邪曲由此而得身心清淨身心淨
故超過聲聞及獨覺地住菩薩位堅固不動
善現若成就如是諸行狀相當知是為不退
轉菩薩摩訶薩復次善現若不退轉位菩薩
摩訶薩不重利養不徇名譽於諸飲食衣服

上博 47 (40796)　大般若波羅蜜多經卷第三百廿六　(22－2)

轉菩薩摩訶薩復次善現若不退轉位菩薩
摩訶薩不重利養不徇名譽於諸飲食衣服
卧具房舍資財皆不貪染雖受十二杜多功
德而於其中都無所恃善現若成就如是諸
行狀相當知是為不退轉菩薩摩訶薩復次
善現若不退轉位菩薩摩訶薩常脩布施波
羅蜜多慳貪之心畢竟不起常脩淨戒波羅
蜜多犯戒之心畢竟不起常脩忍波羅蜜
多忿恚之心畢竟不起常脩精進波羅蜜多
懈怠之心畢竟不起常脩靜慮波羅蜜多
散乱之心畢竟不起常脩般若波羅蜜多愚
癡之心畢竟不起由此嫉妬諂誑憍逸覆惱
等心亦永不起善現若成就如是諸行狀相
當知是為不退轉菩薩摩訶薩復次善現若
不退轉位菩薩摩訶薩覺慧堅固能深悟入
聽聞正法恭敬信受隨所聽聞世出世法皆
能方便會入般若波羅蜜多甚深理趣諸所
造作世間事業亦以般若波羅蜜多會入法
性不見一事出法性者設有不與法性相應
亦能方便會入般若波羅蜜多甚深理趣由
此不見出法性者善現若成就如是諸行狀
相當知是為不退轉菩薩摩訶薩
復次善現若不退轉位菩薩摩訶薩設有惡
魔現前化作八大地獄復於一一大地獄中化

上博 47 (40796)　大般若波羅蜜多經卷第三百廿六　(22－3)

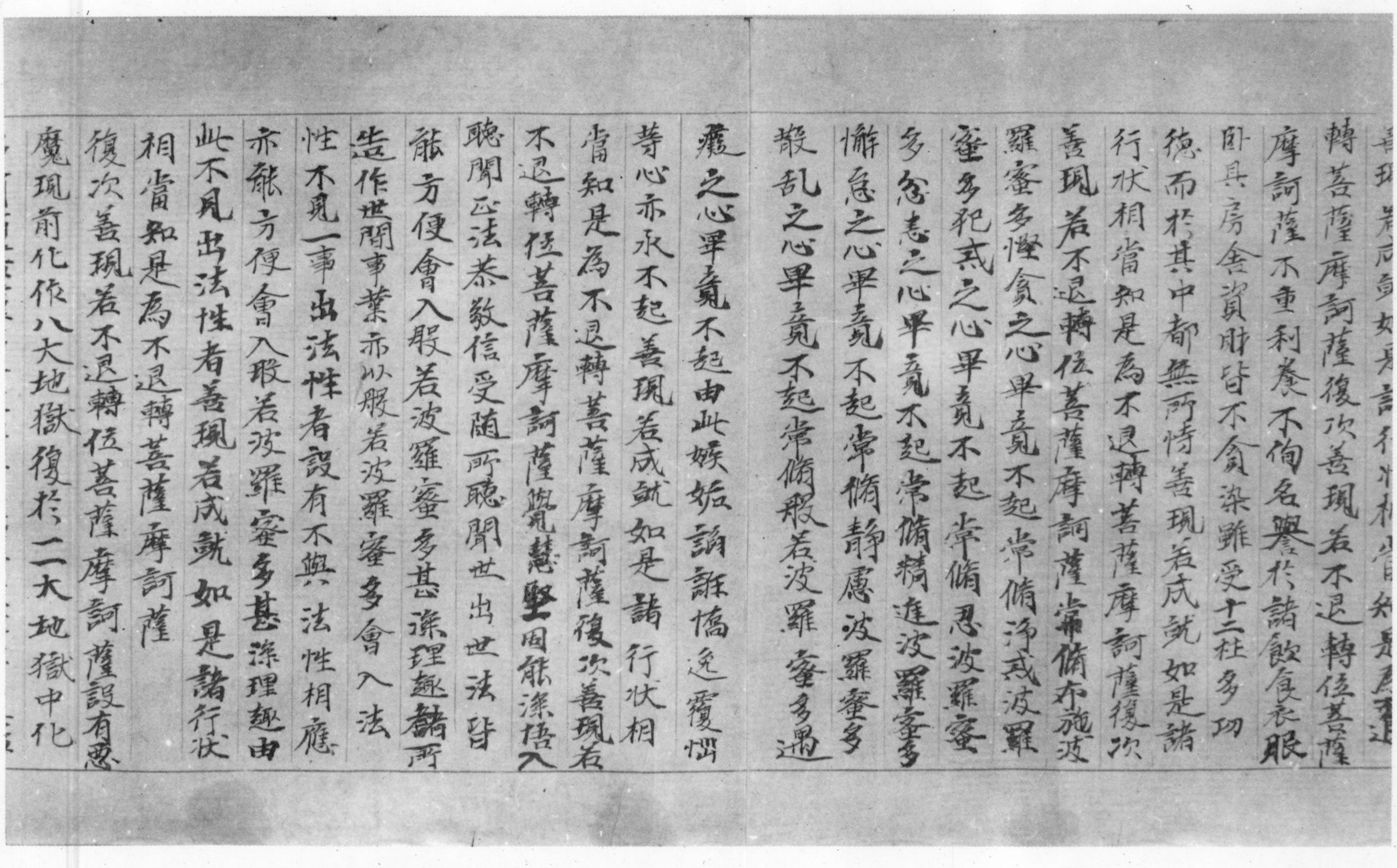

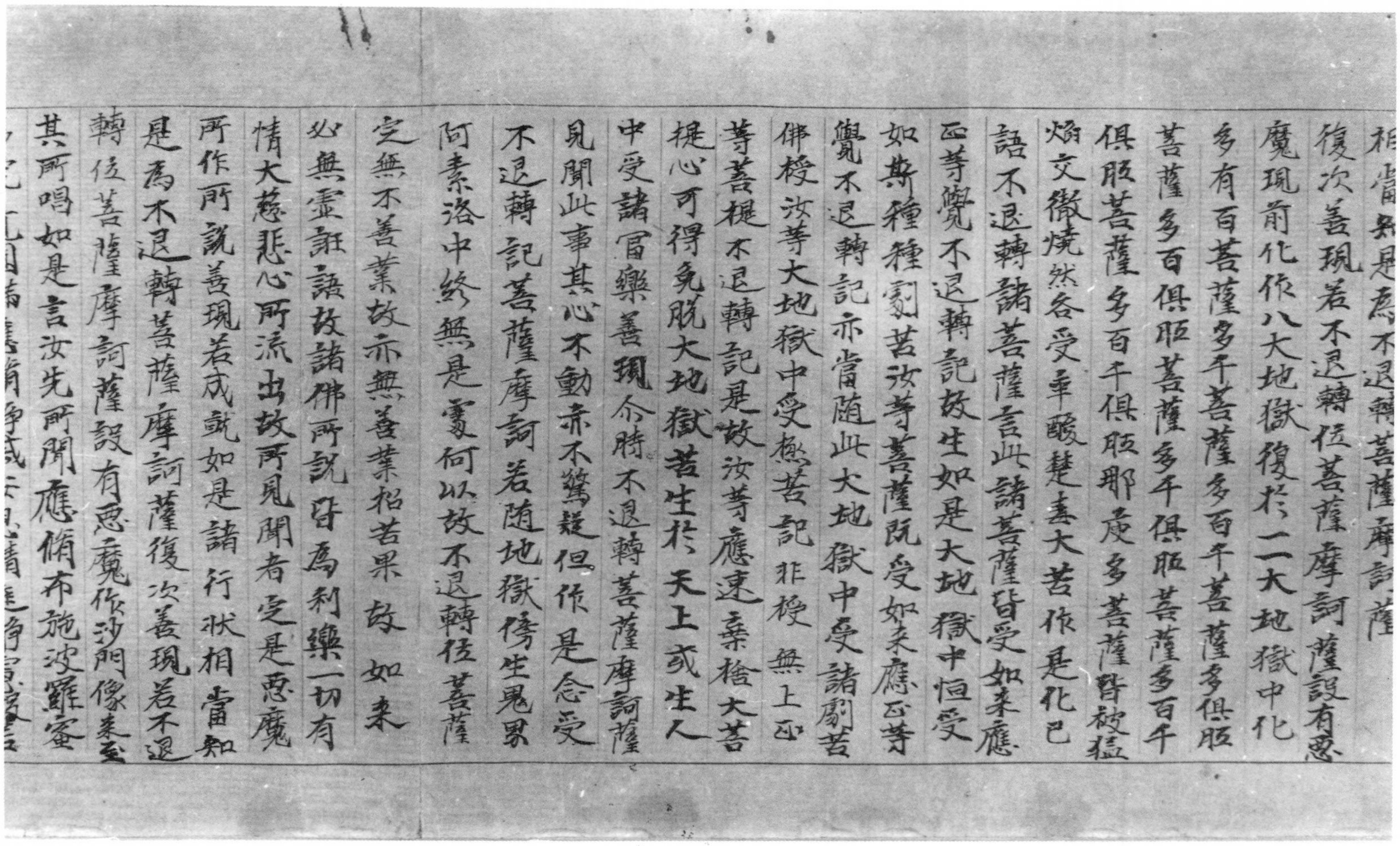
相當知是爲不退轉菩薩摩訶薩
復次善現若不退轉位菩薩摩訶薩設有惡
魔現前化作八大地獄復於一一大地獄中化
多有百菩薩多千菩薩多百千菩薩多俱胝
菩薩多百俱胝菩薩多千俱胝菩薩多百千
俱胝菩薩多百千俱胝那庾多菩薩皆被猛
焰交徹燒然各受辛酸楚毒大苦作是化已
語不退轉諸菩薩言此諸菩薩皆受如來應
正等覺不退轉記故生如是大地獄中恒受
如斯種種劇苦汝等菩薩既受如來應正等
覺不退轉記亦當隨此大地獄中受諸劇苦
佛授汝等大地獄中受極苦記非授無上正
等菩提不退轉記是故汝等應速棄捨大菩
提心可得免脫大地獄苦生於天上或生人
中受諸富樂善現爾時不退轉菩薩摩訶薩
見聞此事其心不動亦不驚疑但作是念受
不退轉記菩薩摩訶若隨地獄傍生鬼界
阿素洛中終無是處何以故不退轉位菩薩
定無不善業故亦無善業招苦果故如來
必無虛誑語故諸佛所說皆爲利樂一切有
情大慈悲心所流出故所見聞者定是惡魔
所作所說善現若成就如是諸行狀相當知
是爲不退轉菩薩摩訶薩復次善現若不退
轉位菩薩摩訶薩設有惡魔作沙門像來至
其所唱如是言汝先所聞應脩布施波羅蜜

上博 47 (40796) 大般若波羅蜜多經卷第三百廿六 (22－4)

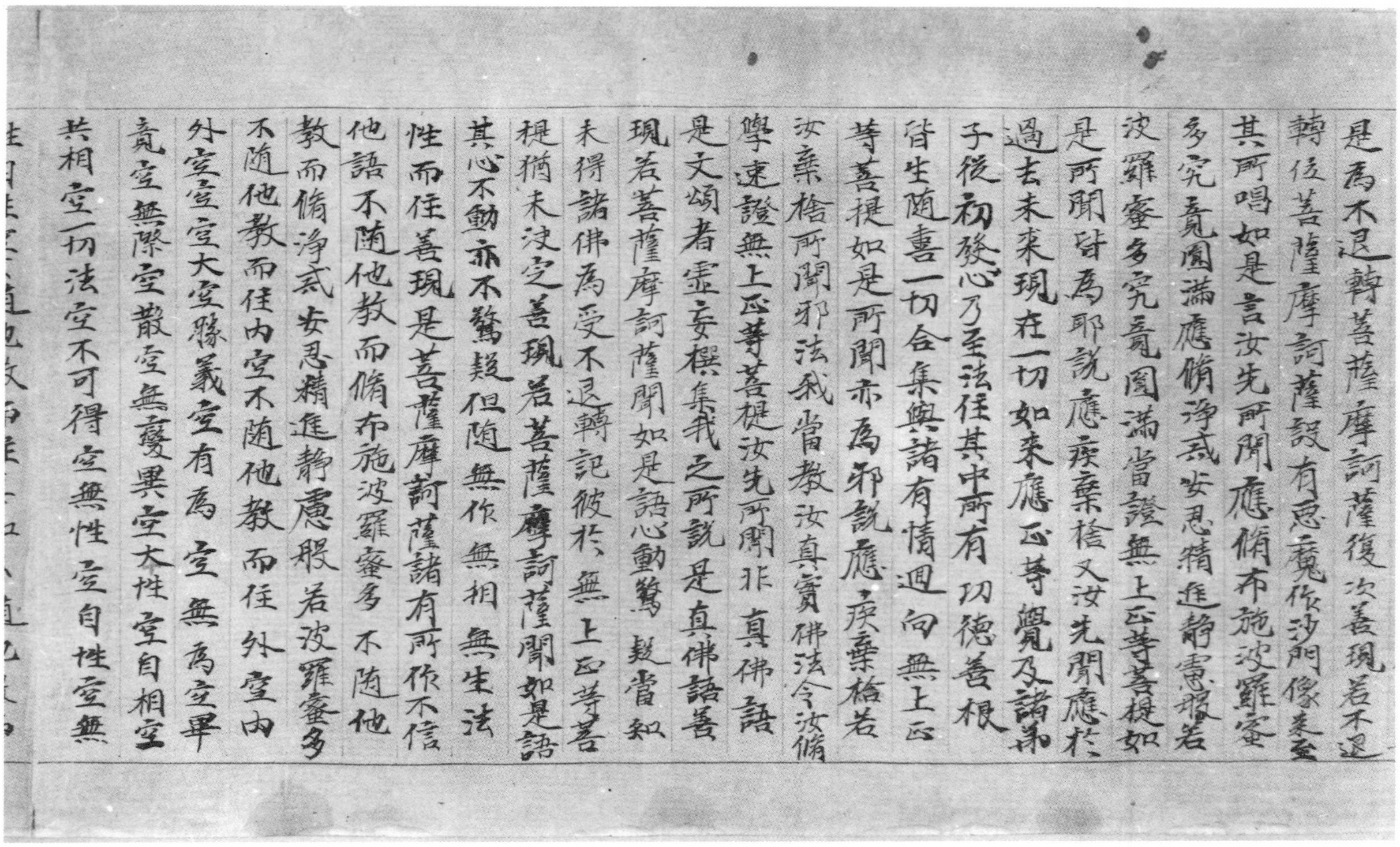
是爲不退轉菩薩摩訶薩復次善現若不退
轉位菩薩摩訶薩設有惡魔作沙門像來至
其所唱如是言汝先所聞應脩布施波羅蜜
多究竟圓滿應脩淨戒安忍精進靜慮般若
波羅蜜多究竟圓滿當證無上正等菩提如
是所聞皆爲耶說應疾棄捨又汝先聞應於
過去未來現在一切如來應正等覺及諸弟
子從初發心乃至法住其中所有功德善根
皆生隨喜一切合集與諸有情迴向無上正
等菩提如是所聞亦爲耶說應疾棄捨若
汝棄捨所聞耶法我當教汝真實佛法令汝脩
學速證無上正等菩提汝先所聞非真佛語
是文頌者虛妄撰集我之所說是真佛語善
現若菩薩摩訶薩聞如是語心動驚疑當知
未得諸佛爲受不退轉記彼於無上正等菩
提猶未決定善現若菩薩摩訶薩聞如是語
其心不動亦不驚疑但隨無作無相無生法
性而住善現是菩薩摩訶薩諸有所作不信
他語不隨他教而脩布施波羅蜜多不隨他
教而脩淨戒安忍精進靜慮般若波羅蜜多
不隨他教而住內空不隨他教而住外空內
外空空空大空勝義空有爲空無爲空畢
竟空無際空散空無變異空本性空自相空
共相空一切法空不可得空無性空自性空無

上博 47 (40796) 大般若波羅蜜多經卷第三百廿六 (22－5)

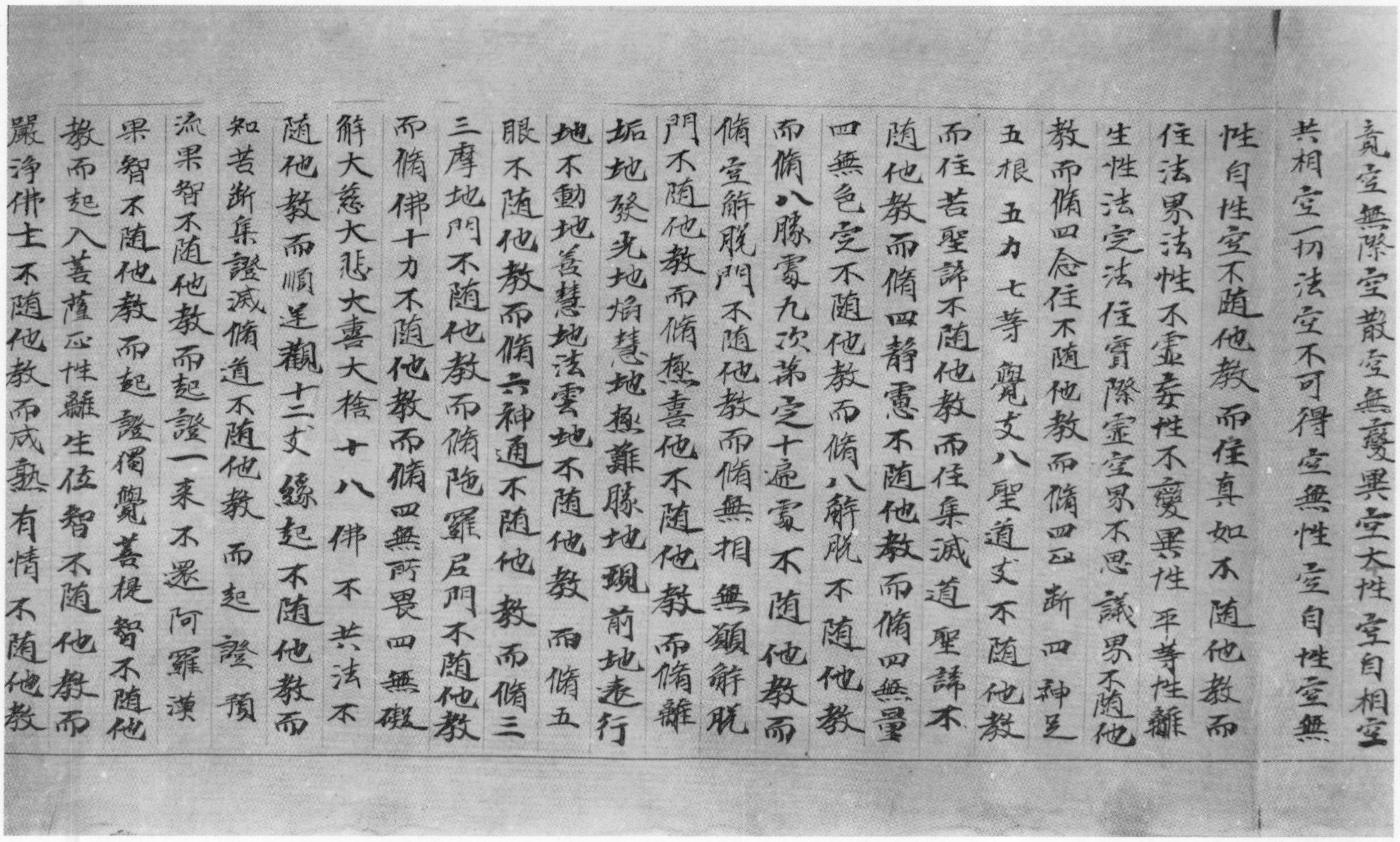
竟空無際空散空無變異空本性空自相空
共相空一切法空不可得空無性空自性空無
性自性空不隨他教而住真如不隨他教而
住法界法性不虛妄性不變異性平等性離
生性法定法住實際虛空界不思議界不隨他
教而修四念住不隨他教而修四正斷四神足
五根五力七等覺支八聖道支不隨他教
而住苦聖諦不隨他教而住集滅道聖諦不
隨他教而修四靜慮不隨他教而修四無量
四無色定不隨他教而修八解脫不隨他教
而修八勝處九次第定十遍處不隨他教而
修空解脫門不隨他教而修無相無願解脫
門不隨他教而修極喜地不隨他教而修離
垢地發光地焰慧地極難勝地現前地遠行
地不動地善慧地法雲地不隨他教而修五
眼不隨他教而修六神通不隨他教而修三
摩地門不隨他教而修陀羅尼門不隨他教
而修佛十力不隨他教而修四無所畏四無礙
解大慈大悲大喜大捨十八佛不共法不
隨他教而順逆觀十二支緣起不隨他教而
知苦斷集證滅修道不隨他教而起證預
流果智不隨他教而起證一來不還阿羅漢
果智不隨他教而起證獨覺菩提智不隨他
教而起入菩薩正性離生位智不隨他教而
嚴淨佛土不隨他教而成熟有情不隨他教

上博 47 (40796)　大般若波羅蜜多經卷第三百廿六　　(22－6)

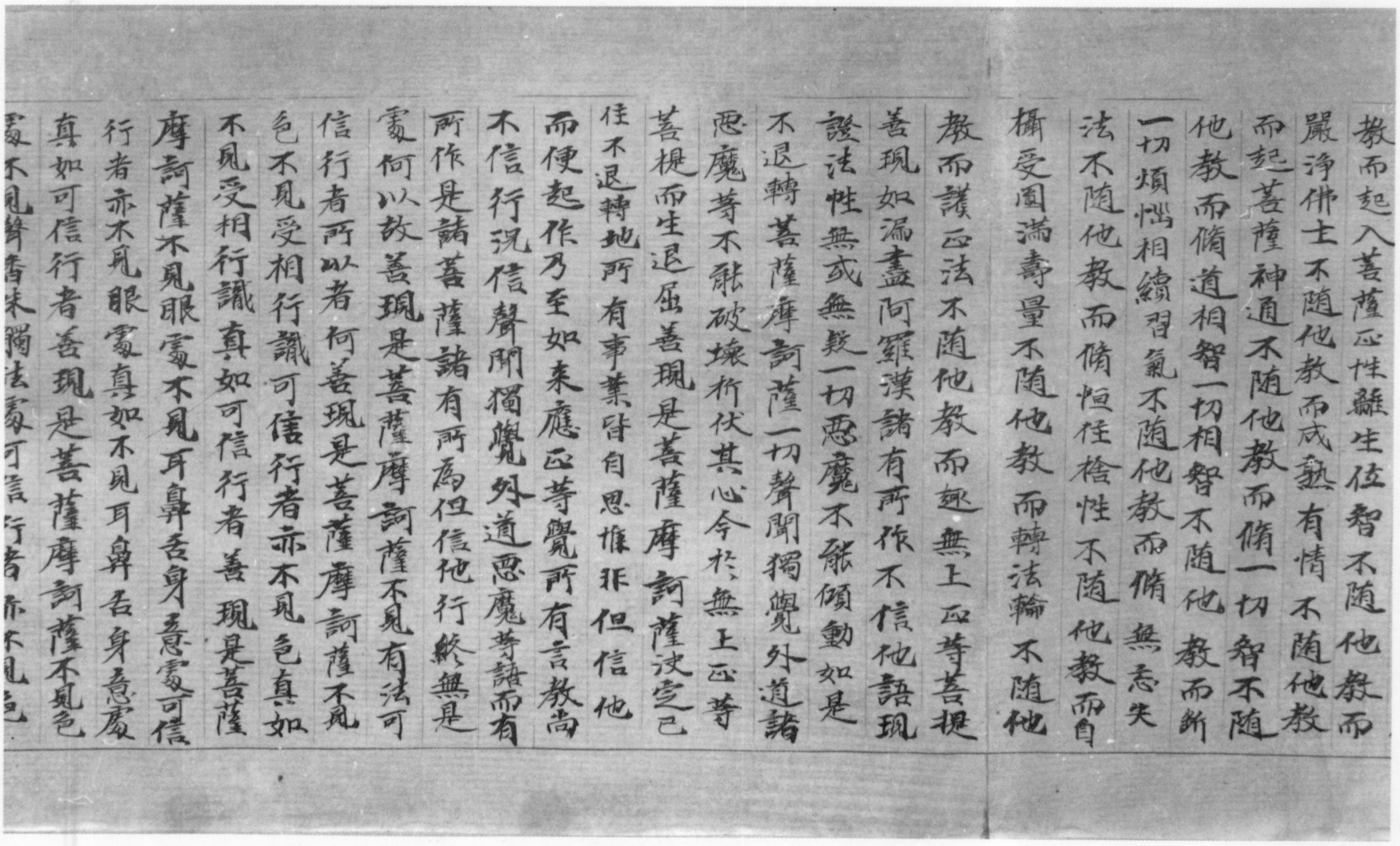
教而起入菩薩正性離生位智不隨他教而
嚴淨佛土不隨他教而成熟有情不隨他教
而起菩薩神通不隨他教而修一切智不隨
他教而修道相智一切相智不隨他教而斷
一切煩惱相續習氣不隨他教而修無忘失
法不隨他教而修恒住捨性不隨他教而自
攝受圓滿壽量不隨他教而轉法輪不隨他
教而護正法不隨他教而趣無上正等菩提
善現如漏盡阿羅漢諸有所作不信他語現
證法性無惑無疑一切惡魔不能傾動如是
不退轉菩薩摩訶薩一切聲聞獨覺外道諸
惡魔等不能破壞折伏其心令於無上正等
菩提而生退屈善現是菩薩摩訶薩決定已
住不退轉地所有事業皆自思惟非但信他
而便起作乃至如來應正等覺所有言教尚
不信行況信聲聞獨覺外道惡魔等語而有
所作是諸菩薩諸有所為但信他行終無是
處何以故善現是菩薩摩訶薩不見有法可
信行者所以者何善現是菩薩摩訶薩不見
色不見受相行識可信行者亦不見色真如
不見受相行識真如可信行者善現是菩薩
摩訶薩不見眼處不見耳鼻舌身意處可信
行者亦不見眼處真如不見耳鼻舌身意處
真如可信行者善現是菩薩摩訶薩不見色
處不見聲香味觸法處可信行者亦不見色

上博 47 (40796)　大般若波羅蜜多經卷第三百廿六　　(22－7)

摩訶薩不見眼處不見耳鼻舌身意處可信
行者亦不見眼處真如不見耳鼻舌身意處
真如可信行者善現是菩薩摩訶薩不見耳鼻舌
身意處可信行者亦不見眼色處真如不見
鼻舌身意處真如可信行者善現是菩薩摩訶
薩不見色處不見聲香味觸法處可信行者
者亦不見色處真如不見聲香味觸法處真
如可信行者善現是菩薩摩訶薩不見色
界不見耳鼻舌身意識界可信行者亦不見
眼識界真如不見耳鼻舌身意識界真如可
眼識界善現是菩薩摩訶薩不見眼觸不見
耳鼻舌身意觸可信行者亦不見眼觸真如不見
見耳鼻舌身意觸真如可信行者善現是菩
薩摩訶薩不見眼觸為緣所生諸受可信
鼻舌身意觸為緣所生諸受真如不見
見眼觸為緣所生諸受真如可信行者亦不
意觸為緣所生諸受真如可信行者善現是
菩薩摩訶薩不見地界不見水火風空
可信行者亦不見地界真如不見水火風空
識界真如可信行者善現是菩薩摩訶薩不
見無明不見行識名色六處觸受愛取有生
老死可信行者亦不見無明真如不見行識

上博 47 (40796) 大般若波羅蜜多經卷第三百廿六 (22-8)

識界真如可信行者善現是菩薩摩訶薩不
見無明不見行識名色六處觸受愛取有生
老死可信行者亦不見無明真如不見行識
名色六處觸受愛取有生老死真如不見淨
者善現是菩薩摩訶薩不見布施波羅蜜多
不見淨戒安忍精進靜慮般若波羅蜜多可
信行者亦不見布施波羅蜜多真如不見
行者善現是菩薩摩訶薩不見內空不見外
空內外空空空大空勝義空有為空
空內外空空空大空勝義空有為空無為空
畢竟空無際空散空無變異空本性空自相
共相空一切法空不可得空無性空自性空
性自性空可信行者亦不見內空真如不
見外空內外空空空大空勝義空有為空無
為空畢竟空無際空散空無變異空無
自相空共相空一切法空不可得空無性
自性空無性自性空真如可信行者善現是
菩薩摩訶薩不見真如不見法界法性不虛
妄性不變異性平等性離生性法定法住實
際虛空界不思議界可信行者亦不見真如
真如不見法界法性不虛妄性不變異性平
等性離生性法定法住實際虛空界不思議
界真如可信行者善現是菩薩摩訶薩不
見四念住不見四正斷四神足五根五力七等
覺支八聖道支可信行者亦不見四念住真

上博 47 (40796) 大般若波羅蜜多經卷第三百廿六 (22-9)

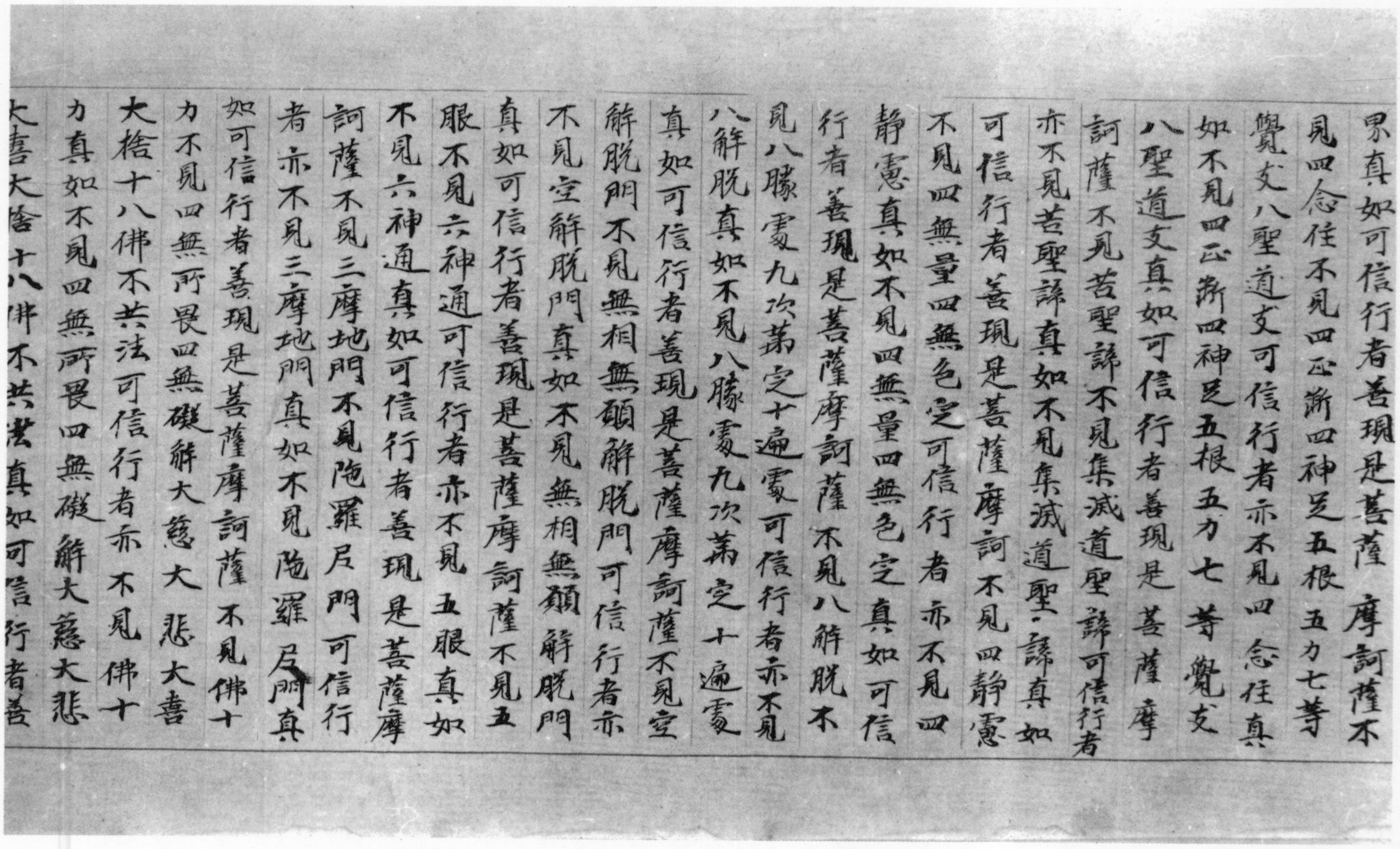
界真如可信行者善現是菩薩摩訶薩不
見四念住不見四正斷四神足五根五力七等
覺支八聖道支可信行者亦不見四念住真
如不見四正斷四神足五根五力七等覺支
八聖道支真如可信行者善現是菩薩摩
訶薩不見苦聖諦不見集滅道聖諦可信行者
亦不見苦聖諦真如不見集滅道聖諦真如
可信行者善現是菩薩摩訶不見四靜慮
不見四無量四無色定可信行者亦不見四
靜慮真如不見四無量四無色定真如可信
行者善現是菩薩摩訶薩不見八解脫不
見八勝處九次第定十遍處可信行者亦不見
八解脫真如不見八勝處九次第定十遍處
真如可信行者善現是菩薩摩訶薩不見空
解脫門不見無相無願解脫門可信行者亦
不見空解脫門真如不見無相無願解脫門
真如可信行者善現是菩薩摩訶薩不見五
眼不見六神通可信行者亦不見五眼真如
不見六神通真如可信行者善現是菩薩摩
訶薩不見三摩地門不見陀羅尼門可信行
者亦不見三摩地門真如不見陀羅尼門真
如可信行者善現是菩薩摩訶薩不見佛十
力不見四無所畏四無礙解大慈大悲大喜
大捨十八佛不共法可信行者亦不見佛十
力真如不見四無所畏四無礙解大慈大悲
大喜大捨十八佛不共法真如可信行者善

上博 47 (40796)　大般若波羅蜜多經卷第三百廿六　(22－10)

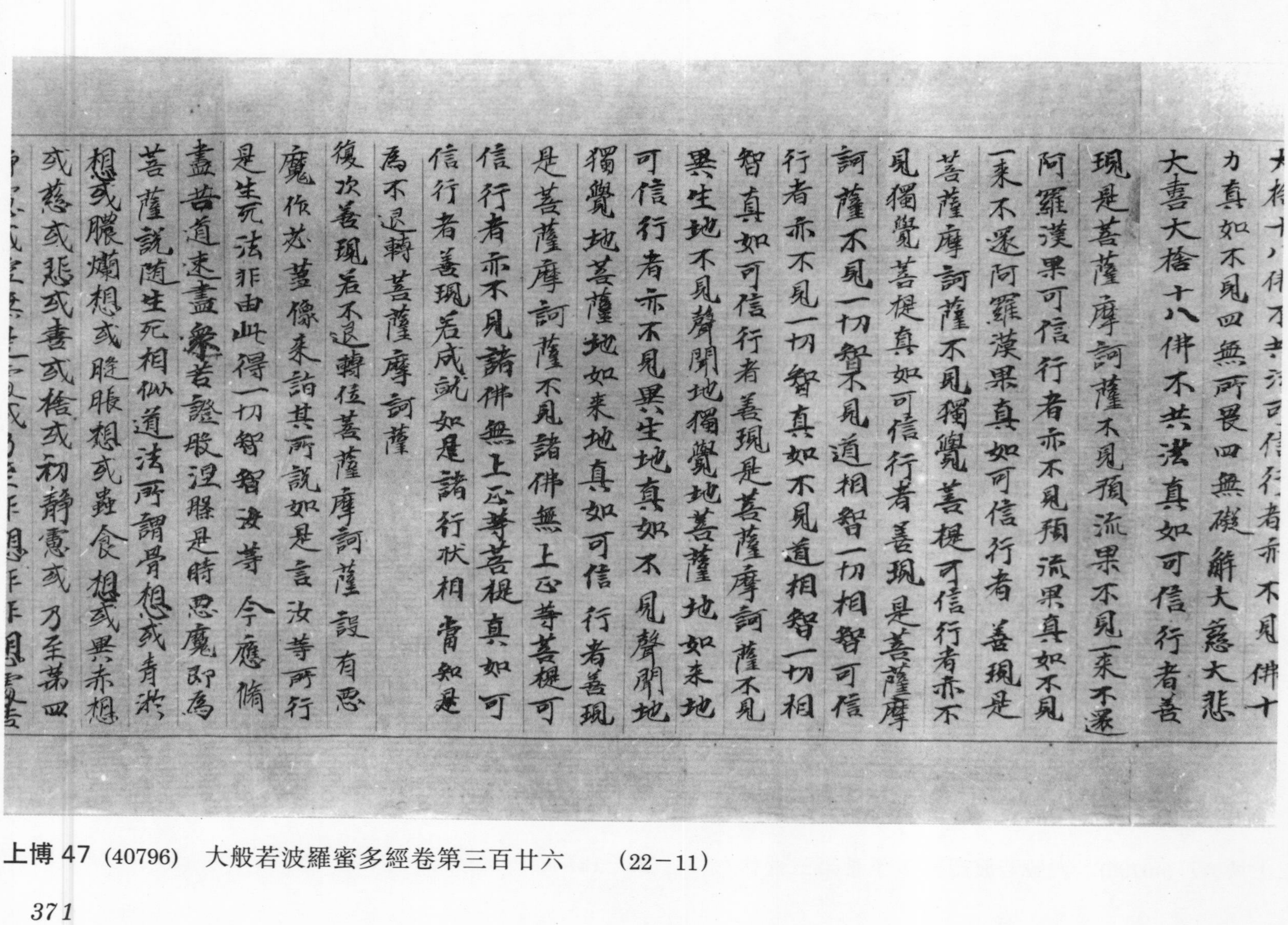
大捨十八佛不共法可信行者亦不見佛十
力真如不見四無所畏四無礙解大慈大悲
大喜大捨十八佛不共法真如可信行者善
現是菩薩摩訶薩不見預流果不見一來不還
阿羅漢果可信行者亦不見預流果真如不見
一來不還阿羅漢果真如可信行者善現是
菩薩摩訶薩不見獨覺菩提可信行者亦不
見獨覺菩提真如可信行者善現是菩薩摩
訶薩不見一切智不見道相智一切相智可信
行者亦不見一切智真如不見道相智一切相
智真如可信行者善現是菩薩摩訶薩不見
異生地不見聲聞地獨覺地菩薩地如來地
可信行者亦不見異生地真如不見聲聞地
獨覺地菩薩地如來地真如可信行者善現
是菩薩摩訶薩不見諸佛無上正等菩提可
信行者亦不見諸佛無上正等菩提真如可
信行者善現若成就如是諸行狀相當知是
爲不退轉菩薩摩訶薩
復次善現若不退轉位菩薩摩訶薩設有惡
魔作苾芻像來詣其所說如是言汝等所行
是生死法非由此得一切智智汝等今應脩
盡苦道速盡衆苦證般涅槃是時惡魔即爲
菩薩說隨生死相似道法所謂骨想或青淤
想或膿爛想或膖脹想或蟲食想或異赤想
或慈或悲或喜或捨或初靜慮或乃至第四
[illegible]

上博 47 (40796)　大般若波羅蜜多經卷第三百廿六　(22－11)

想或膿爛想或膖脹想或蟲食想或異赤想
或慈或悲或喜或捨或初靜慮或乃至第四
靜慮或空無邊處或乃至非想非非想處告
菩薩言此是真道真行汝用此道此行當得
預流果或一來果或不還果或阿羅漢果或
獨覺菩提汝由此道由此行故速盡一切生
老病死何用久受生死苦為現在苦身尚應
厭捨況更求受當來苦身宜自審思捨先所
信善現是菩薩摩訶薩聞彼語時其心不動
亦不驚疑但作是念今此苾芻益我不少能
為我說相似道法令我識知此道不能證預
流果或一來果或不還果或阿羅漢果或獨
覺菩提況當能證諸佛無上正等菩提是菩
薩摩訶薩作此念已深生歡喜復作是念今
此苾芻甚為益我方便為我說障礙法令我
了知障礙法已於三乘道自在修學善現尒
時惡魔知是菩薩深心歡喜復作是言善男
子汝欲見諸菩薩摩訶薩長時勤行無益行
不謂諸菩薩摩訶薩經如殑伽沙數大劫
以無量種上妙衣服飲食臥具醫藥資財花
香等物供養恭敬尊重讚歎殑伽沙等諸佛
世尊復於殑伽沙等佛所修行布施波羅蜜
多修行淨戒安忍精進靜慮般若波羅蜜多
亦於殑伽沙等佛所學住內空覺住外空內
外空空空大空勝義空有為空無為空畢竟

上博 47 (40796)　大般若波羅蜜多經卷第三百廿六　(22－12)

多修行淨戒安忍精進靜慮般若波羅蜜多
亦於殑伽沙等佛所學住內空覺住外空內
外空空空大空勝義空有為空無為空畢竟
空無際空散空無變異空本性空自相空共
相空一切法空不可得空無性空自性空無性
自性空亦於殑伽沙等佛所學住真如學住
法界法性不虛妄性不變異性平等性離生
性法定法住實際虛空界不思議界亦於殑
伽沙等佛所修四念住修四正斷四神足五
根五力七等覺支八聖道支亦於殑伽沙等
佛所學住苦聖諦學住集滅道聖諦亦於殑
伽沙等佛所修四靜慮修四無量四無色定
亦於殑伽沙等佛所修八解脫修八勝處九
次第定十遍處亦於殑伽沙等佛所修空解脫
門修無相無願解脫門亦於殑伽沙等佛所修
極喜地修離垢地發光地焰慧地極難勝地現
前地遠行地不動地善慧地法雲地亦於殑伽沙
等佛所修五眼修六神通亦於殑伽沙等佛所修
三摩地門修陀羅尼門亦於殑伽沙等佛所修
佛十力修四無所畏四無礙解大慈大悲大喜大
捨十八佛不共法亦於殑伽沙等佛所修無忘失
法修恒住捨性亦於殑伽沙等佛所修順逆觀十二
支緣起亦於殑伽沙等佛所修嚴淨佛土成熟有
情亦於殑伽沙等佛所修諸菩薩殊勝神通亦於
殑伽沙等佛所修圓滿壽量學轉法輪護持正

上博 47 (40796)　大般若波羅蜜多經卷第三百廿六　(22－13)

法修恒住捨性亦於殑伽沙等佛所修順逆觀十二
支緣起亦於殑伽沙等佛所修嚴淨佛土成熟有
情亦於殑伽沙等佛所修諸菩薩殊勝神通亦於
殑伽沙等佛所修圓滿壽量學轉法輪護持正
法亦於殑伽沙等佛所修一切智道相智一切相
智是諸菩薩摩訶薩衆亦親近承事如殑伽沙
佛於諸佛所請問菩薩摩訶薩道謂依是言云
何菩薩摩訶薩安住大乘云何菩薩摩訶薩修
行布施波羅蜜多修行淨戒安忍精進靜慮
般若波羅蜜多云何菩薩摩訶薩學住內空學
住外空內外空空空大空勝義空有為空無為
空畢竟空無際空散空無變異空本性空自相空
共相空一切法空不可得空無性空自性空無性自
性空云何菩薩摩訶薩學住真如法界法性不
虛妄性不變異性平等性離生性法定法住實際
虛空界不思議界云何菩薩摩訶薩修四念住
修四正斷四神足五根五力七等覺支八聖道支
云何菩薩摩訶薩學住苦聖諦學住集滅道聖
諦云何菩薩摩訶薩修四靜慮修四無量四無色
定云何菩薩摩訶薩修八解脫修八勝處九次第
定十遍處云何菩薩摩訶薩修空解脫門修無相
無願解脫門云何菩薩摩訶薩修極喜地修離垢
地發光地焰慧地極難勝地現前地遠行地不動地
善慧地法雲地云何菩薩摩訶薩修五眼修六神
通云何菩薩摩訶薩修三摩地門修陀羅尼門云

上博 47 (40796) 大般若波羅蜜多經卷第三百廿六 (22－14)

地發光地焰慧地極難勝地現前地遠行地不動地
善慧地法雲地云何菩薩摩訶薩修五眼修六神
通云何菩薩摩訶薩修三摩地門修陀羅尼門云
何菩薩摩訶薩修佛十力修四無所畏四無礙解
大慈大悲大喜大捨十八佛不共法云何菩薩摩
訶薩修無忘失法修恒住捨性云何菩薩摩訶薩
修順逆觀十二支緣起云何菩薩摩訶薩嚴淨
佛土成熟有情云何菩薩摩訶薩修諸菩薩殊
勝神通云何菩薩摩訶薩修圓滿壽量云何菩薩
摩訶薩學轉大法輪云何菩薩摩訶薩護持正法
令得久住云何菩薩摩訶薩修一切智道相智一
切相智殑伽沙等諸佛世尊如所請問次第為說
是諸菩薩摩訶薩衆如佛教誨安住修學經無
量劫熾然精進尚不能得一切智智況今汝等所
修所學能證無上正等菩提善現是菩薩摩訶
薩雖聞其言而心無異不驚不恐無疑無惑倍復歡
喜作是念言今此苾芻多益於我方便為我說障道
法令我知此障道之法決定不能證預流果或
一來果或不還果或阿羅漢果或獨覺菩提況
能證得一切智智善現時彼惡魔知是菩薩心
不退屈無怖無疑即於是處化作無量苾芻形
像語菩薩言此諸苾芻皆於過去希求無上正
等菩提經無量劫修行種種難行苦行而不能得
今皆退住阿羅漢果諸漏已盡至苦邊際云何汝
等能證無上正等菩提善現是菩薩摩訶薩見聞此已
[illegible]

上博 47 (40796) 大般若波羅蜜多經卷第三百廿六 (22－15)

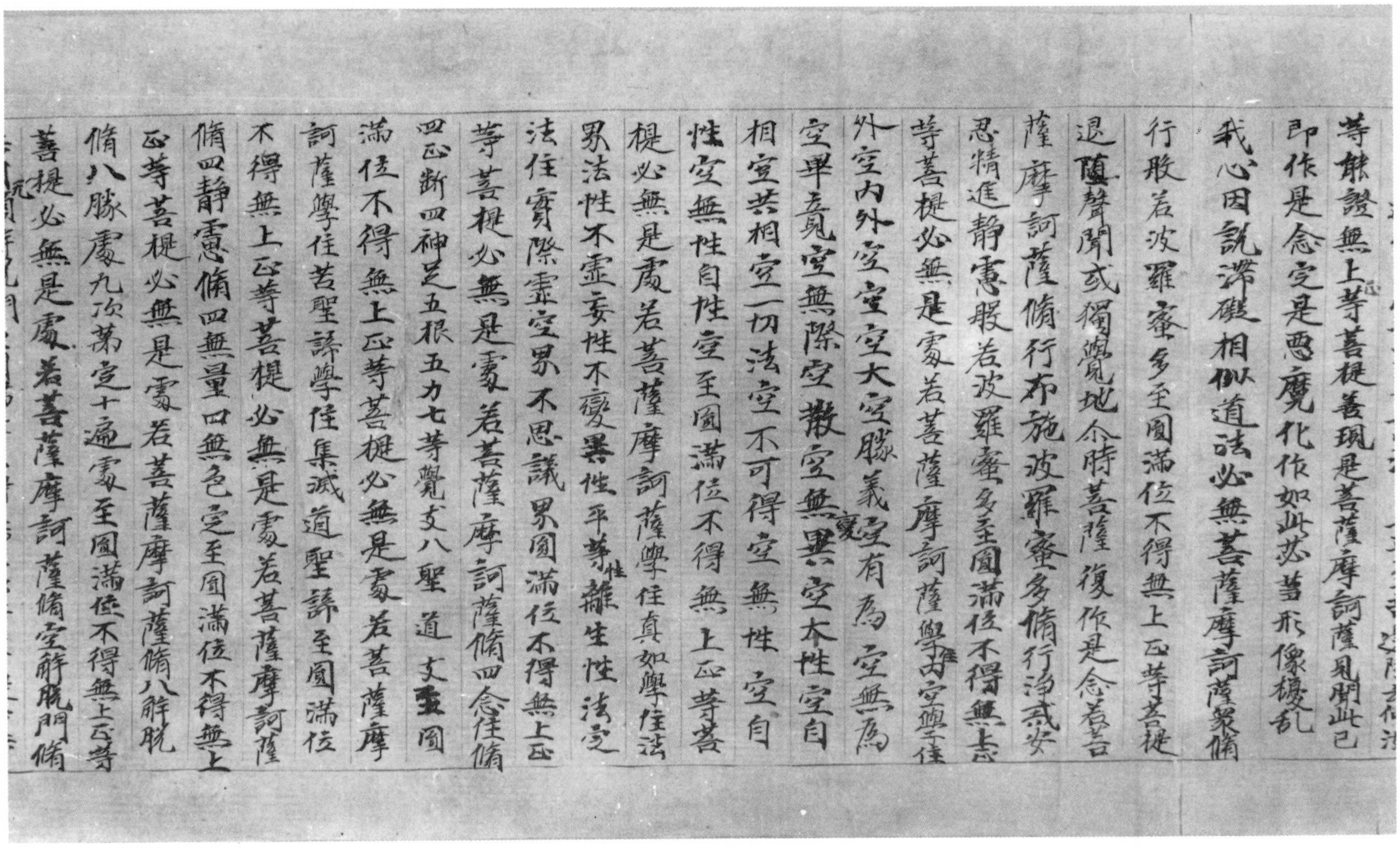

等能證無上正等菩提善現是菩薩摩訶薩見聞此已
即作是念定是惡魔化作如此苾芻形像嬈亂
我心因說障礙相似道法必無菩薩摩訶薩眾脩
行般若波羅蜜多至圓滿位不得無上正等菩提
退墮聲聞或獨覺地尒時菩薩復作是念若菩
薩摩訶薩脩行布施波羅蜜多脩行淨戒安
忍精進靜慮般若波羅蜜多至圓滿位不得無上正
等菩提必無是處若菩薩摩訶薩學住內空
外空內外空空空大空勝義空有為空無為
空畢竟空無際空散空無變異空本性空自
相空共相空一切法空不可得空無性空自
性空無性自性空至圓滿位不得無上正等菩
提必無是處若菩薩摩訶薩學住真如學住法
界法性不虛妄性不變異性平等性離生性法定
法住實際虛空界不思議界至圓滿位不得無上正
等菩提必無是處若菩薩摩訶薩脩四念住脩
四正斷四神足五根五力七等覺支八聖道支至圓
滿位不得無上正等菩提必無是處若菩薩摩
訶薩學住苦聖諦學住集滅道聖諦至圓滿位
不得無上正等菩提必無是處若菩薩摩訶薩
脩四靜慮脩四無量四無色定至圓滿位不得無上
正等菩提必無是處若菩薩摩訶薩脩八解脫
脩八勝處九次第定十遍處至圓滿位不得無上正等
菩提必無是處若菩薩摩訶薩脩空解脫門脩

上博 47 (40796)　大般若波羅蜜多經卷第三百廿六　(22－16)

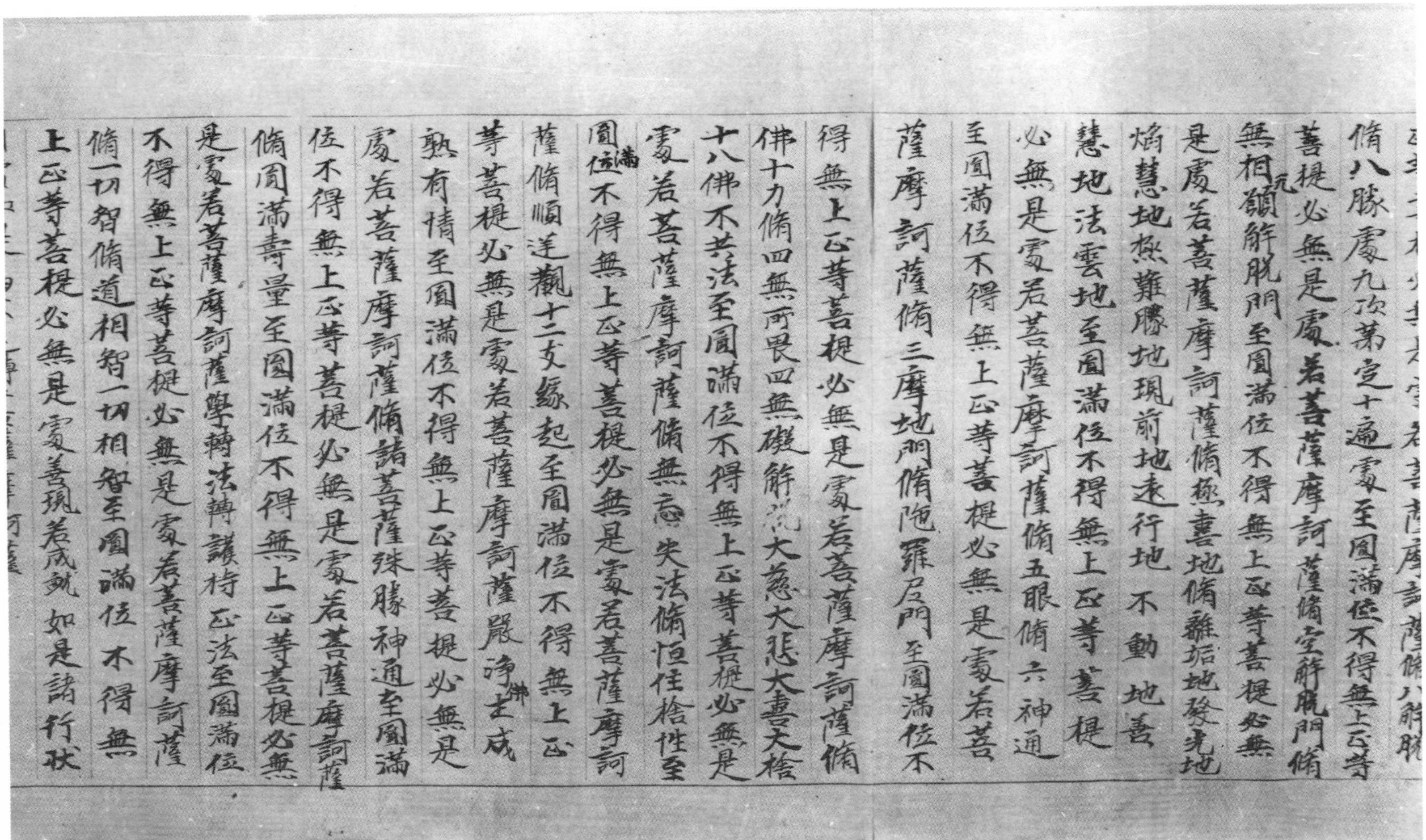

脩八勝處九次第定十遍處至圓滿位不得無上正等
菩提必無是處若菩薩摩訶薩脩空解脫門脩
無相無願解脫門至圓滿位不得無上正等菩提必無
是處若菩薩摩訶薩脩極喜地脩離垢地發光地
焰慧地極難勝地現前地遠行地不動地善
慧地法雲地至圓滿位不得無上正等菩提
必無是處若菩薩摩訶薩脩五眼脩六神通
至圓滿位不得無上正等菩提必無是處若菩
薩摩訶薩脩三摩地門脩陀羅尼門至圓滿位不
得無上正等菩提必無是處若菩薩摩訶薩脩
佛十力脩四無所畏四無礙解大慈大悲大喜大捨
十八佛不共法至圓滿位不得無上正等菩提必無是
處若菩薩摩訶薩脩無忘失法脩恒住捨性至
圓滿位不得無上正等菩提必無是處若菩薩摩訶
薩脩順逆觀十二支緣起至圓滿位不得無上正
等菩提必無是處若菩薩摩訶薩嚴淨佛土成
熟有情至圓滿位不得無上正等菩提必無是
處若菩薩摩訶薩脩諸菩薩殊勝神通至圓滿
位不得無上正等菩提必無是處若菩薩摩訶薩
脩圓滿壽量至圓滿位不得無上正等菩提必無
是處若菩薩摩訶薩學轉法輪護持正法至圓滿位
不得無上正等菩提必無是處若菩薩摩訶薩
脩一切智脩道相智一切相智至圓滿位不得無
上正等菩提必無是處善現若成就如是諸行狀

上博 47 (40796)　大般若波羅蜜多經卷第三百廿六　(22－17)

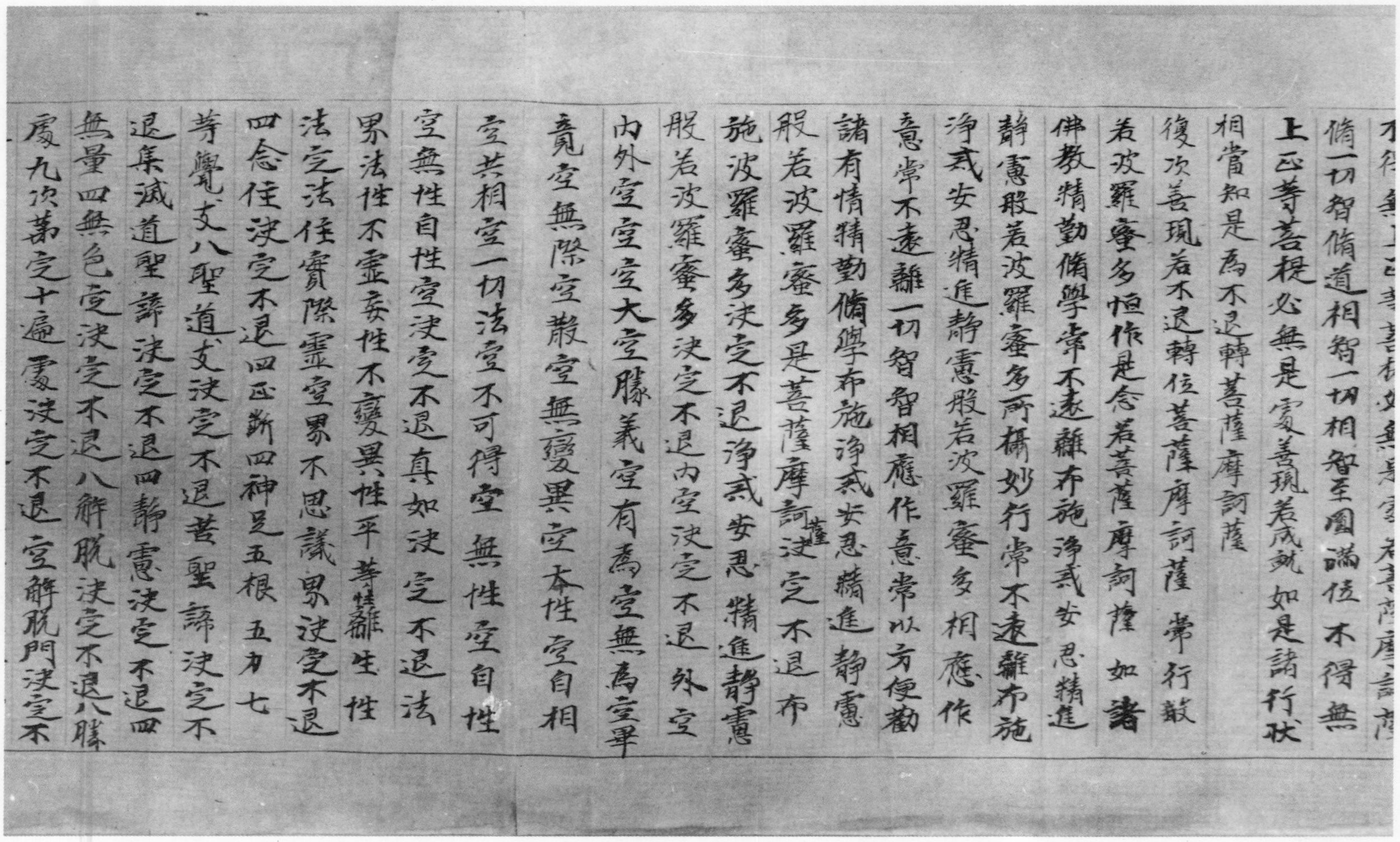

不得無上正等菩提如無是處若菩薩摩訶薩
脩一切智脩道相智一切相智至圓滿位不得無
上正等菩提必無是處善現若成就如是諸行狀
相當知是為不退轉菩薩摩訶薩
復次善現若不退轉位菩薩摩訶薩常行般
若波羅蜜多恒作是念若菩薩摩訶薩如諸
佛教精勤脩學常不遠離布施淨戒安忍精進
靜慮般若波羅蜜多所構妙行常不遠離布施
淨戒安忍精進靜慮般若波羅蜜多相應作
意常不遠離一切智智相應作意常以方便勸
諸有情精勤脩學布施淨戒安忍精進靜慮
般若波羅蜜多是菩薩摩訶薩決定不退布
施波羅蜜多決定不退淨戒安忍精進靜慮
般若波羅蜜多決定不退內空決定不退外空
內外空空空大空勝義空有為空無為空畢
竟空無際空散空無變異空本性空自相
空共相空一切法空不可得空無性空自性
空無性自性空決定不退真如決定不退法
界法性不虛妄性不變異性平等性離生性
法定法住實際虛空界不思議界決定不退
四念住決定不退四正斷四神足五根五力七
等覺支八聖道支決定不退苦聖諦決定不
退集滅道聖諦決定不退四靜慮決定不退四
無量四無色定決定不退八解脫決定不退八勝
處九次第定十遍處決定不退空解脫門決定不

上博 47 (40796)　大般若波羅蜜多經卷第三百廿六　　(22－18)

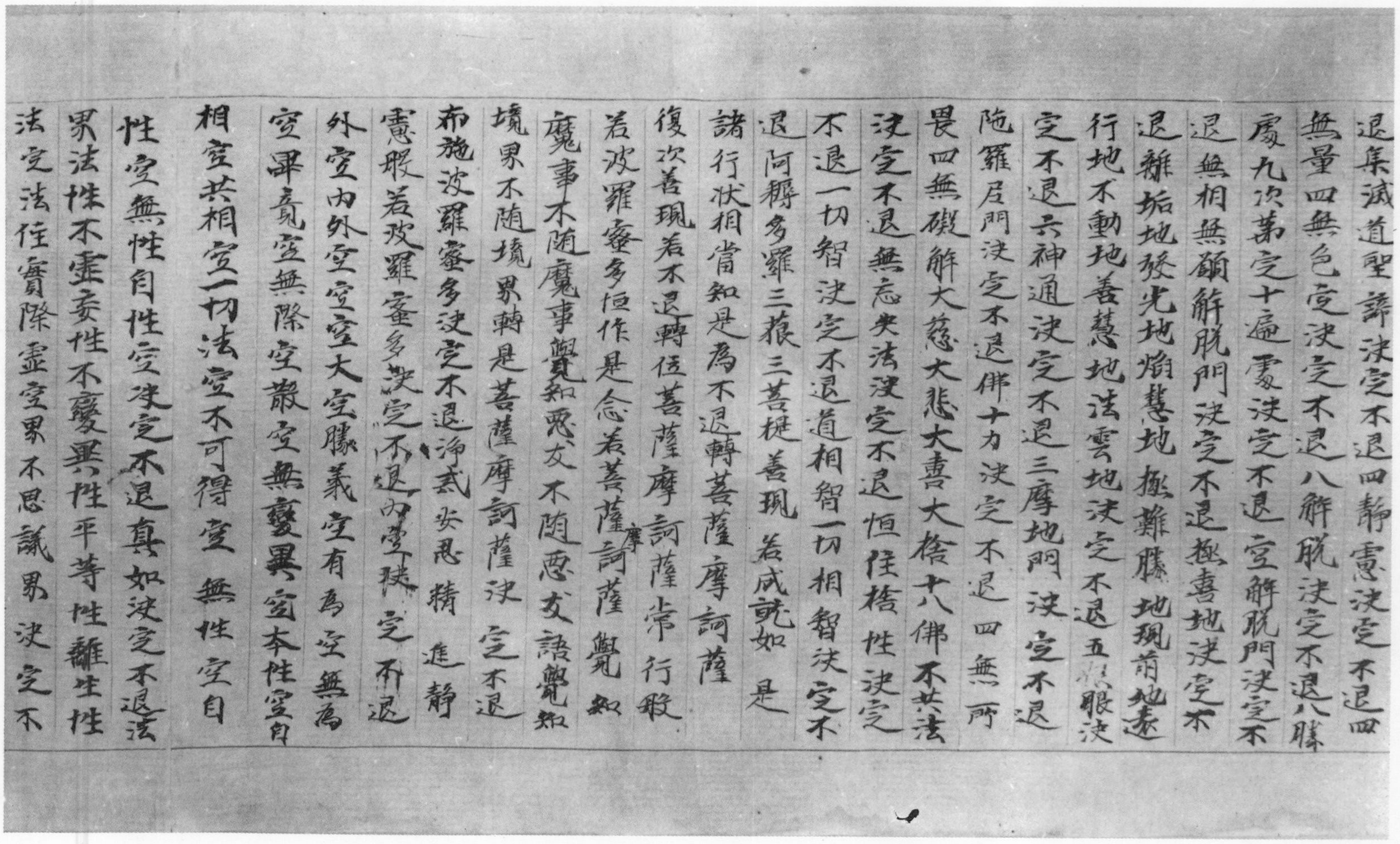

退集滅道聖諦決定不退四靜慮決定不退四
無量四無色定決定不退八解脫決定不退八勝
處九次第定十遍處決定不退空解脫門決定不
退無相無願解脫門決定不退極喜地決定不
退離垢地發光地焰慧地極難勝地現前地遠
行地不動地善慧地法雲地決定不退五眼決
定不退六神通決定不退三摩地門決定不退
陁羅尼門決定不退佛十力決定不退四無所
畏四無礙解大慈大悲大喜大捨十八佛不共法
決定不退無忘失法決定不退恒住捨性決定
不退一切智決定不退道相智一切相智決定不
退阿耨多羅三藐三菩提善現若成就如是
諸行狀相當知是為不退轉菩薩摩訶薩
復次善現若不退轉位菩薩摩訶薩常行般
若波羅蜜多恒作是念若菩薩摩訶薩覺知
魔事不隨魔事覺知惡友不隨惡友語覺知
境界不隨境界轉是菩薩摩訶薩決定不退
布施波羅蜜多決定不退淨戒安忍精進靜
慮般若波羅蜜多決定不退內空決定不退
外空內外空空空大空勝義空有為空無為
空畢竟空無際空散空無變異空本性空自
相空共相空一切法空不可得空無性空自
性空無性自性空決定不退真如決定不退法
界法性不虛妄性不變異性平等性離生性
法定法住實際虛空界不思議界決定不

上博 47 (40796)　大般若波羅蜜多經卷第三百廿六　　(22－19)

性空無性自性空決定不退真如決定不退法
界法性不虛妄性不變異性平等性離生性
法定法住實際虛空界不思議界決定不
退四念住決定不退四正斷四神足五根五力
七等覺支八聖道支決定不退苦聖諦決
定不退集滅道聖諦決定不退四靜慮決定
不退四無量四無色定決定不退八解脫決
定不退八勝處九次第定十遍處決定不退
空解脫門決定不退無相無願解脫門決定
不退極喜地決定不退離垢地發光地焰慧
地極難勝地現前地遠行地不動地善慧地
法雲地決定不退五眼決定不退六神通決
定不退三摩地門決定不退陀羅尼門決定
不退佛十力決定不退四無所畏四無礙解
大慈大悲大喜大捨十八佛不共法決定不退
無忘失法決定不退恒住捨性決定不退
一切智決定不退道相智一切相智決定不
退阿耨多羅三藐三菩提善現若成就如是
諸行狀相當知是為不退轉菩薩摩訶薩
復次善現若不退位菩薩摩訶薩聞諸如來
應正等覺所說法要深心歡喜恭敬信受善
解義趣其心堅固猶若金剛不可動轉不可
引奪常勤修學布施淨戒安忍精進靜慮般
若波羅蜜多亦勸有情精勤修學布施淨戒
安忍精進靜慮般若波羅蜜多善現若成就
如是諸行狀相當知是為不退轉菩薩摩訶薩

上博 47 (40796) 大般若波羅蜜多經卷第三百廿六 (22－20)

若波羅蜜多亦勸有情精勤修學布施淨戒
安忍精進靜慮般若波羅蜜多善現若成就
如是諸行狀相當知是為不退轉菩薩摩訶薩
爾時具壽善現白佛言世尊諸不退轉位菩
薩摩訶薩於何退轉故名不退轉 佛言善
現是菩薩摩訶薩於色想退轉故名不退轉
於受想行識想退轉故名不退轉善現是菩
薩摩訶薩於眼處想退轉故名不退轉於耳
鼻舌身意處想退轉故名不退轉善現是菩
薩摩訶薩於色處想退轉故名不退轉於聲
香味觸法處想退轉故名不退轉善現是菩
薩摩訶薩於眼界想退轉故名不退轉於耳鼻
舌身意界想退轉故名不退轉善現是菩薩摩
訶薩於色界想退轉故名不退轉於聲香味觸
法界想退轉故名不退轉善現是菩薩摩訶
薩於眼識界想退轉故名不退轉於 耳鼻舌
身意識界想退轉故名不退轉善現是菩薩
摩訶薩於眼觸想退轉故名不退轉於耳鼻
舌身意觸想退轉故名不退轉善現是菩薩
摩訶薩於眼觸為緣所生諸受想退轉故名不
退轉於耳鼻舌身意觸為緣所生諸受想
退轉故名不退轉善現是菩薩摩訶薩於地
界想退轉故名不退轉於水火風空識界相
退轉故名不退轉善現是菩薩摩訶薩於無
明想退轉故名不退轉於行識名色六處觸

上博 47 (40796) 大般若波羅蜜多經卷第三百廿六 (22－21)

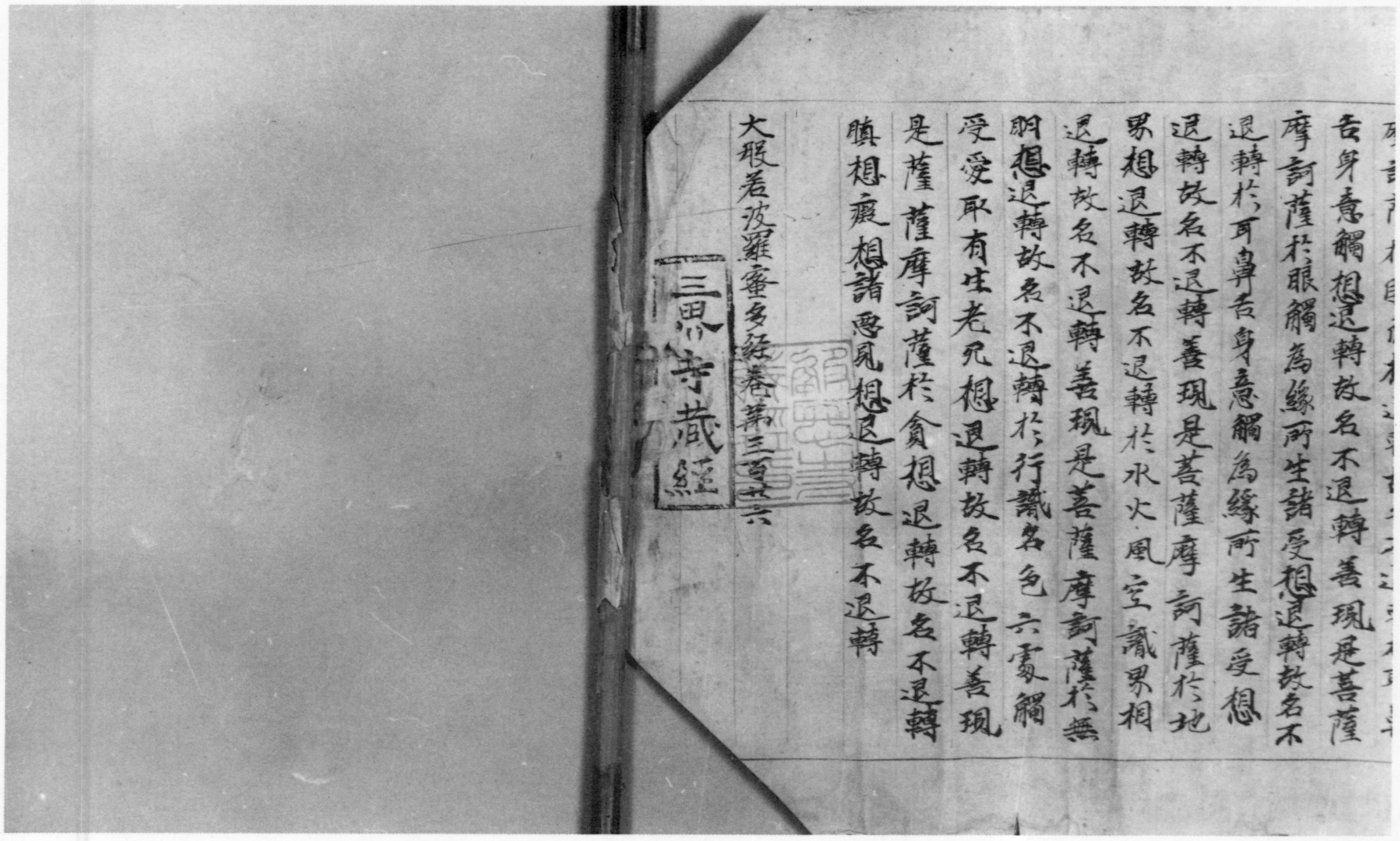

舌身意觸想退轉故名不退轉善現是菩薩
摩訶薩於眼觸為緣所生諸受想退轉故名不
退轉於耳鼻舌身意觸為緣所生諸受想
退轉故名不退轉善現是菩薩摩訶薩於地
界想退轉故名不退轉於水火風空識界相
退轉故名不退轉善現是菩薩摩訶薩於無
明想退轉故名不退轉於行識名色六處觸
受愛取有生老死想退轉故名不退轉善現
是菩薩摩訶薩於貪想退轉故名不退轉
瞋想癡想諸惡見想退轉故名不退轉

大般若波羅蜜多經卷第三百廿六

三界寺藏經

上博 47 (40796) 大般若波羅蜜多經卷第三百廿六 (22－22)

上博 47 (40796)V 印章

敦煌莫高窟黨河

吐鲁番交河故城